新編

俳句の解釈と鑑賞事典

尾形仂 編

笠間書院

はしがき

俳句、この五・七・五というわずか一七音節の、世界一短い詩。それは、その形の愛らしさにも似ず、日本文化を代表する一つに数えあげられています。なぜでしょうか。

その理由については、いろいろ考えられますが、一口にいえば、それは日本の自然的・精神的風土の中から庶民の文芸として、広い国民的支持のもとにはぐくみ育てられてきたものだからだ、ということができるでしょう。

日本人は一億総詩人といわれるぐらい、だれもが日常おりに触れ胸に浮かぶ感懐を、この愛すべき小さな詩形に託してきました。それは、五・七・五というシンプルな詩形とリズムとが、日本人の生理に適していたからにちがいありません。そうしてそれら無数の作品の中でも、この四季の変化の著しい島国の風土の中で生活を営んできた日本人の生《せい》の感覚の根柢《こんてい》にことに深く触れたものが、古来名句として広く人びとの間に親しまれ愛誦《あいしょう》されてきたのです。

すべて詩は人間の心の傷《いた》みの産物といわれますが、それら名句の数々が、時として私どもの胸の中に、何か日本人の心のふるさとといったなつかしい響きを伴ってよみがえってくるのも、そのさりげなく日常の哀歓をうたった小さな詩形の中に、日本の風土に生きた先人たちの心の傷《いた》みが深く刻みつけられているからだといっていいでしょう。その何ともいえないなつかしい響きが私どもの心に安らぎと慰藉《いしゃ》を与えてくれるのは、私どもの胸の中にもまた、潜在的にその響きに共鳴する無弦の琴が蔵されているからだといえます。

けれども、私どもがその響きに限りないなつかしさをおぼえながらも、時として私どもは、その詩的内容について私どもが勝手に理解したつもりでいる解釈がはたして当たっているのだろうかという不安にかられたり、あるいはその内容がよくつかめないもどかしさにさいなまれたりすることがあることも、また否定できません。その魅力に強く心を引かれ、また、漠然《ばくぜん》とはわかったような気がしながらも、しかし、ほんとうにはよくわかったと言い切れる自信が持てない。それが俳句に接するときの、大方の共通した感想だろうと思います。

そこでこの書物では、私どもに与えられた国民的文化遺産ともいうべき古今の名句を選び、専門の研究者や実作者による鑑賞を掲げるとともに、鑑賞の手引きとなるさまざまな事項を加え、俳句の理解と検索の便に供することにしました。

あらゆる文学作品がそうであるように、俳句にもまた唯一絶対の正解といったものは存在しません。作品は常にこれを愛する読者により新しい解釈を加えられることによって成長してゆくものなのです。もしもこの書物が、皆さんの胸の中で皆さん自身の新しい正解を導き出してゆく上に、身近な伴侶《はんりょ》として役立つことができたとしたなら、編者としてこれにすぎる喜びはありません。

なお、この書物の編集については、山下一海氏の絶大な協力にあずかりました。この書物の編集意図を汲んですぐれた鑑賞を寄せられた執筆者各位の労とあわせて、深く感謝の意を表したいと思います。

一九七九年三月

尾形 仂

［改訂版にあたって］

一九七九年に旺文社から刊行された『俳句の解釈と鑑賞事典』は久しく絶版になっていたが、今回改訂増補を加えた上、『新編俳句の解釈と鑑賞事典』として刊行する運びに至った。編集に当たって、小室善弘氏の絶大な御協力をえたことを感謝したい。

二〇〇〇年八月

尾形仂

執筆者紹介

東聖子　十文字学園女子短期大学教授
乾裕幸　関西大学教授
井上敏幸　佐賀大学教授
上野さち子　山口県立大学名誉教授
瓜生鉄二　早稲田実業高校教諭
遠藤誠治　前明星大学講師
尾形仂　前成城大学教授
鍵和田秞子　俳人
●上月乙彦　神戸学院女子短期大学教授、俳人
清登典子　筑波大学助教授
楠元六男　都留文科大学教授
小室善弘　NHK学園専任講師、俳人
桜井武次郎　神戸親和女子大学教授
佐藤和夫　早稲田大学名誉教授、俳人
嶋中道則　東京学芸大学教授
●清水孝之　愛知県立芸術大学教授
白井宏　四国大学教授
●白石悌三　福岡大学教授
高橋庄次　国文学者
中野沙惠　聖徳大学教授
平井照敏　青山学院女子短期大学名誉教授、俳人
●広田二郎　専修大学教授
堀信夫　神戸大学名誉教授
松崎豊　俳人
丸山一彦　宇都宮大学名誉教授
宮坂静生　信州大学医療技術短期大学部教授
村松友次　東洋大学短期大学名誉教授、俳人
●森田蘭　四国女子大学教授、詩人
矢島渚男　俳人
矢島房利　俳誌『寒雷』編集長
山下一海　鶴見大学教授

略年表・季語集・俳人の系譜　執筆協力　小針玲子
宿利弥生　松崎好男（五十音順、●は故人）

凡　例

1 本書では、国民詩として広く愛誦《あいしょう》されてきた、俳句史上代表的な俳人一七五名の作品六七二句を取り上げ、その鑑賞の手引きを試みた。

2 項目は、「室町の俳諧と貞門《ていもん》・談林《だんりん》」「蕉風《しょうふう》直前の俳諧と蕉風《しょうふう》」「中興期の俳諧」「化政・天保期の俳諧」「子規《しき》派の俳句」「虚子《きょし》・碧梧桐《へきごとう》の時代」「昭和前期の俳壇」「戦後の俳壇」「文人俳句」の九区分のもとに各俳人を配列した。同一俳人の句の配列は原則として制作年順とした。ただし制作年の不明な場合は四季別に配列した。

3 各項目の初めに俳人の略歴を記した。

4 掲出句の形態・表記は

＊近世の句は、読みやすさを考慮し適宜、漢字・かなをあてかえ、送りがなを補った。

＊近現代の句は作者の用字を尊重し出典の表記に拠《よ》った。ただし字体は当用漢字体とした。難読文字・旧かなづかいには、新かなづかいによるふりがなを（　）に入れて施した。（　）のないものは出典にあるふりがなである。なお出典は句の下に示した。

5 季語は▼を付して示し、初・仲・晩・兼三の別を記した。句切れは▼を付して示し、切れ字を指摘した。ただし、伝統的に切れ字と規定されているものに限った。語釈は▽を付して示した。

6 〖句解〗では、句のイメージや情感の大略を平易な言葉で示し、《鑑賞》で、詳細な鑑賞を試みた。また《補説》では、鑑賞本文を補足した。

7 主な俳人については、その項目の最後に《参考文献》を付記した。なお、俳諧・俳句総体についての参考文献は、付録に一括して掲げた。

8 本文各所に、参考記事を囲みの形態で載せた。

9 書名・雑誌名には『　』、作品名・論文名には「　」を付した。

10 近代の年号表記には明・大・昭の略号を用いたものもある。（明28）は明治二八年を示す。

11 本文中の引用句・引用文には〈　〉を付した。必要に応じて現代かなづかいによるふりがなを施し、また、近世の引用句・引用文については掲出句と同様、適宜あてかえを行った。文中の敬称はすべて略した。

目次

はしがき
室町の俳諧と貞門・談林 ……一六
山崎宗鑑 ……一六
手をついて（一六）　月に柄を（一七）
荒木田守武 ……一七
飛梅や（一七）　落花枝に（一八）
松永貞徳 ……一九
鳳凰も（一九）　しをるるは（二〇）
野々口立圃 ……二〇
天も花に（二〇）　あらはれて（二一）
松江重頼 ……二二
やあしばらく（二二）　生魚の（二三）
安原貞室 ……二三
これはこれはと（二四）　松にすめ（二四）
北村季吟 ……二五
地主からは（二五）　まざまざと（二五）
田捨女 ……二六
雪の朝（二六）
西山宗因 ……二七
ながむとて（二七）　いかに見る（二七）
となん一つ（二八）
井原西鶴 ……二九
長持へ（二九）　浮世の月（三〇）
蕉風直前の俳諧と蕉風 ……三一
池西言水 ……三一
猫逃げて（三一）　菜の花や（三二）　朝霧や（三二）
木枯の（三三）
椎本才麿 ……三三
笹折りて（三四）　猫の子に（三四）　時雨そめ（三五）
夕暮の（三五）
上島鬼貫 ……三六
春の水（三六）　庭前に（三七）　そよりとも（三七）
行水の（三八）　冬枯れや（三九）
小西来山 ……三九
ほのかなる（三九）　白魚や（四〇）　春の夢（四一）
行水も（四一）
山口素堂 ……四二
目には青葉（四二）　唐土に（四三）　市に入って（四三）
松尾芭蕉 ……四四
春や来し（四四）　姥桜（四五）　夏の月（四六）　あら何
ともなや（四七）　枯枝に（四七）　櫓の声波ヲ（四八）
芭蕉野分して（四九）　髭風ヲ吹きて（五〇）　世にふる
も（五〇）　野ざらしを（五一）　猿を聞く人（五二）　道

のべの（五三） 馬に寝て（五四） 秋風や（五五） 曙や（五六） 狂句木枯の（五七） 海暮れて（五八） 春なれや（五八） 山路来て（五九） 辛崎の（六〇） よく見れば（六一） 古池や（六二） 名月や（六四） 君火をたけ（六四） 花の雲（六五） 蓑虫の（六六） 旅人と（六七） 鷹一つ（六八） いざさらば（六八） 何の木の（六九） 春の夜や（七〇） ほろほろと（七一） 一つ脱いで（七二） 若葉して（七三） 草臥れて（七三） 蛸壺や（七四） 草の戸も（七六） 行く春や（七六） あらたふと（七七） 風流の（七八） 夏草や（七九） 五月雨の（八〇） 蚤虱（八一） 閑かさや（八一） 五月雨を（八二） 暑き日を（八三） 象潟や（八四） 荒海や（八五） 一つ家に（八六） 早稲の香や（八七） 塚も動け（八八） あかあかと（八九） 石山の（八九） 蛤の（九〇） 初しぐれ（九一） 木のもとに（九二） 四方より（九三） 行く春を（九三） 先たのむ（九四） 頓て死ぬ（九五） 京にても（九六） 病雁の（九七） 海士の家は（九八） から鮭も（九八） 住みつかぬ（九九） 山里は（一〇〇） 衰ひや（一〇一） 梅若菜（一〇二） 不精さや（一〇三） ほととぎす（一〇四） 憂き我を（一〇四） 五月雨や（一〇五） 物いへば（一〇七） 三井寺の（一〇七） 鶯や（一〇八） 塩鯛の（一〇九） 郭公（一一〇） しら露も（一一一） 金屏の（一一二） むねがゝに（一一二） 春雨や（一一三） 麦の穂を（一一四） さみだれの（一一五） 六月や（一一六） 清滝や（一一七） 秋ちかき（一一八） ひや〱と（一一九） びいと啼（一二〇） 菊の香や（一二〇） 此道や（一二一） 此秋は（一二二） 白菊の（一二三） 秋深き（一二四） 旅に病で（一二五）

榎本其角……一二六

日の春を（一二六） 初霜に（一二七） 切られたる（一二八） この木戸や（一二八） 名月や（一二九） 声かれて（一三一） 夕立や（一三一） 越後屋に（一三二） 鶯の（一三三） 鐘ひとつ（一三四）

服部嵐雪……一三五

不産女の（一三五） 出替りや（一三六） 名月や（一三六） 竹の子や（一三七） 蒲団着て（一三七） 梅一輪（一三八）

杉山杉風……一三九

子や待たん（一三九） がつくりと（一四〇） 馬の頰（一四〇） 振りあぐる（一四一）

山本荷兮……一四一

木枯に（一四二） 陽炎や（一四二）

坪井杜国……一四三

このごろの（一四三） ゆく秋も（一四四） 足駄はく（一四四） 散る花に（一四五）

越智越人……一四五

行燈の（一四六） 雁がねも（一四六） うらやまし（一四七） 御代の春（一四七）

斎部路通……一四八

鳥どもも（一四八） いねいねと（一四九）

河合曾良……一五〇

卯の花を（一五〇） よもすがら（一五〇）

目　次

立花北枝……一五一
焼けにけり（一五一）　川音や（一五二）　馬洗ふ（一五三）　池の星（一五三）

向井去来……一五四
振舞や（一五四）　郭公（一五五）　岩鼻や（一五五）　鳶の羽も（一五六）　木枯の（一五六）　鉢たたき（一五七）　尾頭の（一五八）　おうおうと（一五八）

野沢凡兆……一五九
灰捨てて（一五九）　花散るや（一六〇）　鶯や（一六〇）　鶯の巣の（一六一）　髪剃や（一六二）　渡りかけて（一六二）　市中は（一六三）　灰汁桶の（一六三）　初潮や（一六四）　禅寺の（一六五）　門前の（一六五）　しぐるるや（一六六）　下京や（一六六）　呼かへす（一六七）

内藤丈草……一六八
大原や（一六八）　春雨や（一六九）　我が事と（一六九）　陽炎や（一七〇）　時鳥（一七一）　一月は（一七一）　まじはりは（一七二）　うづくまる（一七二）　鷹の目の（一七三）　水底を（一七四）　下京を（一七四）　淋しさの（一七五）

森川許六……一七六
梅が香や（一七六）　卯の花に（一七七）　涼風や（一七七）　十団子も（一七八）　茶の花の（一七八）　御命講や（一七九）　大名の（一八〇）　寒菊の（一八一）

浜田洒堂……一八二
日の影や（一八二）　花散りて（一八三）　高土手に（一八三）　人に似て（一八四）

志太野坡……一八五
長松が（一八五）　行く雲を（一八六）　山伏の（一八六）　小夜しぐれ（一八七）

広瀬惟然……一八七
梅の花（一八八）　水鳥や（一八八）

服部土芳……一八九
棹鹿の（一八九）　かげろふや（一九〇）

斯波園女……一九〇
鼻紙の（一九〇）　冴ゆる夜の（一九一）

各務支考……一九一
馬の耳（一九二）　食堂に（一九二）　船頭の（一九三）　歌書よりも（一九三）

岩田涼菟……一九四
凩の（一九五）　それもおう（一九五）

中川乙由……一九六
浮草や（一九六）　諫鼓鳥（一九六）

稲津祇空……一九七
秋風や（一九七）　野鳥の（一九八）

中興期の俳諧……一九九

秋色……一九九
井戸端の（一九九）

横井也有……二〇〇
蝿が来て（二〇〇）　二三枚（二〇一）

目次

千代女……二〇一

紅さいた（二〇二） 朝顔に（二〇二） 月の夜や（二〇三）

与謝蕪村……二〇四

古庭に（二〇四） 柳ちり（二〇五） 水桶に（二〇六） 夏河を（二〇七） 離別れたる（二〇八） 春の海（二〇九） 鮎くれて（二一〇） 夕露や（二一一） 稲妻や（二一一） 鳥羽殿へ（二一二） 楠の根を（二一四） 宿かさぬ（二一五） 難波女や（二一五） 行く春や（二一六） 物焚て（二一七） 年守るや（二一八） 不二ひとつ（二一九） 人の世に（二二〇） 桃源の（二二〇） うぐひすの（二二一） 高麗船の（二二三） 牡丹散て（二二三） 斧入レて（二二四） 山は暮れて（二二五） 菜の花や（二二六） 花いばら（二二七） 愁ひつつ（二二七） 狐火の（二二八） 歯豁に（二二九） 行く春や（二三〇） 水仙に（二三一） 白梅や（二三二） 月今宵（二三三） 梅遠近（二三四） 鶯の（二三四） 春もやや（二三五） 山蟻の（二三六） 鮒ずしや（二三七） 淋しさに（二三八） 梅散るや（二三九） 妹が垣根（二三九） 春雨や（二四一） 畑打つや（二四二） 公達に（二四二） 冬鶯（二四三） しら梅に（二四四）

炭太祇……二四五

山路きて（二四五） やぶ入りの（二四六） ふらここの（二四六） ふり向けば（二四七） 東風吹くと（二四八） 行く女（二四八） 脱ぎすてて（二四九） 初恋や（二四九） 痳よといふ（二五〇） 寒月や（二五一） 盗人に（二五一） 冬枯や（二五二）

黒柳召波……二五三

浴して（二五三） 傘の（二五四） 冬ごもり（二五四） 憂きことを（二五五）

吉分大魯……二五五

牡丹折りし（二五六） 初時雨（二五六） ともし火に（二五七） 河内女や（二五七）

高井几董……二五八

湖の（二五八） 冬木立（二五九） 絵草紙に（二六〇） 門口に（二六〇）

大島蓼太……二六一

世の中は（二六一） 馬借りて（二六二）

堀麦水……二六三

椿落ちて（二六三） 郭公（二六三）

勝見二柳……二六四

小海老飛ぶ（二六四） 白ぎくや（二六五）

高桑闌更……二六五

枯れ蘆の（二六五） 鵜の面に（二六六）

三浦樗良……二六七

山寺や（二六七） さくら散る（二六八） すかし見て（二六八） 嵐吹く（二六九） かりがねの（二七〇） 立臼の（二七〇） 紛るべき（二七一） 寒の月（二七一）

加藤暁台……二七二

ゆきどけや（二七二） 火ともせば（二七三） うぐひすや（二七三） 日くれたり（二七四） 夕顔の（二七五）

目　次

蚊ばしらや（二七五） 風かなし（二七六） 九月尽（二七六）
秋の山（二七七） 暁や（二七八）
釈蝶夢……二七八
一夜一夜（二七九） 凩や（二七九） うづみ火や（二八〇）
加舎白雄……二八〇
人恋し（二八一） 子規（二八一） 菖蒲湯や（二八二） めくら子の（二八三） 吹尽し（二八三） 鶏の觜に（二八四） 氷る夜や（二八四） をかしげに（二八五）
松岡青蘿……二八五
はる雨の（二八六） 角上げて（二八六） 蘭の香も（二八七）
戸口より（二八八） 松風の（二八八） 灯火の（二八九）

化政・天保期の俳諧……二九〇
大伴大江丸……二九〇
秋来ぬと（二九〇） ちぎりきな（二九一）
井上士朗……二九一
足軽の（二九一） 木枯や（二九二）
夏目成美……二九三
魚食うて（二九三） 蝿打って（二九三）
鈴木道彦……二九四
ゆさゆさと（二九四） 家二つ（二九五）
建部巣兆……二九五
梅散るや（二九六） 江に添うて（二九六）
小林一茶……二九七
三文が（二九七） 夏山や（二九八） 楢の葉の（二九九） かすむ日や（三〇〇） 夕燕（三〇〇） 古郷や（三〇一） 田の雁や（三〇二） 米蒔くも（三〇三） 有明や（三〇四） 是がまあ（三〇五） 春雨や（三〇五） 人来たら（三〇六） 秋風に（三〇七） むまさうな（三〇八） 雪とけて（三〇九） 大根引き（三一〇） 涼風の（三一〇） 痩蛙（三一一） ひいき目に（三一二） 次の間の（三一三） 目出度さも（三一四） 雀の子（三一五） 麦秋や（三一六） 蟬なくや（三一七） 蟻の道（三一七） 露の世は（三一八） 秋風や（三一九） 椋鳥と（三二〇） 雪ちるや（三二一） ともかくも（三二二） づぶ濡れの（三二二） やれ打つな（三二三） ちる芒（三二五） やけ土の（三二五）
成田蒼虬……三二六
蓬莱の（三二七） 江のひかり（三二七）
田川鳳朗……三二八
暮遅き（三二八） 紙燭して（三二九）
桜井梅室……三二九
元日や（三二九） 冬の夜や（三三〇）
市原たよ女……三三一
日のさすや（三三一）

子規派の俳句……三三二
正岡子規……三三三
あたたかな（三三三） 赤蜻蛉（三三三） 行く我に（三三四） 柿くへば（三三四） 元日の（三三五） 行く秋の（三三五） し

目　次

長谷川かな女……三八八
春尽きて（三八六）　駒ケ嶽（三八七）　乗鞍の（三八八）　羽子板の（三八八）
阿部みどり女……三八九
日と海の（三八九）
富安風生……三八九
よろこべば（三九〇）　まさをなる（三九〇）　赤富士に（三九一）
杉田久女……三九二
足袋つぐや（三九二）　谺して（三九二）　風に落つ（三九三）
吉田冬葉……三九四
岩なだれ（三九四）
竹下しづの女……三九四
短夜や（三九四）
富田木歩……三九五
我が肩に（三九五）
河東碧梧桐……三九六
赤い椿（三九六）　空をはさむ（三九六）　芒枯れし（三九七）　曳かれる牛が（三九八）　榾をおろせし（三九八）　老妻若やぐと見る（三九九）
荻原井泉水……四〇〇
伏して哭す（四〇〇）　力一ぱいに（四〇一）　空をあゆむ（四〇一）　咲きいずるや（四〇二）　遠くたしかに（四〇二）　残る花は（四〇三）
種田山頭火……四〇四
まったく雲がない（四〇四）　おちついて（四〇五）
尾崎放哉……四〇五
咳をしても（四〇六）　春の山の（四〇六）
中塚一碧楼……四〇七
能登が突き出で（四〇七）　病めば蒲団のそと（四〇八）

昭和前期の俳壇……四〇九

水原秋桜子……四〇九
葛飾や（四〇九）　梨咲くと（四一〇）　啄木鳥や（四一〇）　蟇ないて（四一一）　萩の風（四一二）　滝落ちて（四一二）
高野素十……四一三
方丈の（四一三）　蟻地獄（四一四）　また一人（四一五）　生涯に（四一五）
阿波野青畝……四一六
案山子翁（四一六）　なつかしの（四一七）　葛城の（四一七）
山口誓子……四一八
流氷や（四一八）　夏の河（四一九）　つきぬけて（四二〇）　海に出て（四二一）　土堤を外れ（四二一）　炎天の（四二二）
山口青邨……四二三
祖母山も（四二三）　みちのくの（四二三）　外套の（四二四）
川端茅舎……四二五
しぐるゝや（四二五）金剛の（四二五）ひら〱と（四二六）　まひ〱や（四二七）　花杏（四二七）　朴散華（四二八）

目次

後藤夜半……四二九
滝の上に（四二九）
山口草堂……四三〇
癌病めば（四三〇）
右城暮石……四三〇
水中に（四三一）
篠田悌二郎……四三一
蘆刈の（四三一）　鮎釣や（四三二）
橋本多佳子……四三二
毟りたる（四三三）　白桃に（四三三）　月一輪（四三四）
三橋鷹女……四三四
子に母に（四三四）　白露や（四三五）　蔦枯れて（四三六）
高浜年尾……四三六
遠き家の（四三六）　野分雲（四三七）
永田耕衣……四三七
夢の世に（四三七）
中村汀女……四三八
あはれ子の（四三八）　雨粒の（四三九）　外にも出よ（四三九）
中村草田男……四四〇
降る雪や（四四〇）　蟾蜍（四四〇）　妻二夕夜（四四一）　万
緑の中や（四四二）　勇気こそ（四四二）　焼跡に（四四三）
加藤楸邨……四四四
露の中（四四四）　雉子の眸の（四四四）　死や霜の（四四五）
鮟鱇の（四四六）　木の葉ふりやまず（四四六）　原爆図
中（四四七）
石田波郷……四四八
バスを待ち（四四八）　顔出せば（四四八）　秋の夜の（四四九）
霜の墓（四五〇）　雪はしづかに（四五〇）　螢籠（四五一）
皆吉爽雨……四五二
夜焚火人の（四五二）
星野立子……四五三
しんしんと（四五三）　女郎花（四五三）
大野林火……四五四
蝸牛（四五四）　ねむりても（四五五）　風立ちて（四五五）
福田蓼汀……四五六
福寿草（四五六）
松本たかし……四五七
羅を（四五七）　我庭の（四五八）　夢に舞ふ（四五八）
長谷川素逝……四五九
馬ゆかず（四五九）　しづかなる（四六〇）
石橋秀野……四六一
蟬時雨（四六一）
吉岡禅寺洞……四六一
海苔買ふや（四六二）　一握の（四六二）
日野草城……四六三
ところてん（四六三）　こひびとを（四六四）　ひとりさ
す（四六四）

芝不器男……四六五
あなたなる（四六五）　麦車（四六六）
横山白虹……四六六
雪霏々と（四六六）
西東三鬼……四六七
水枕（四六七）　広島や（四六八）　秋の暮（四六九）
秋元不死男……四六九
クリスマス（四六九）　鳥わたる（四七〇）
平畑静塔……四七〇
徐々に徐々に（四七一）
富沢赤黄男……四七一
蝶堕ちて（四七二）
三谷　昭……四七二
暗がりに（四七三）
桂　信子……四七三
鯛あまたいる（四七三）
橋本夢道……四七四
無礼なる妻よ（四七四）
戦後の俳壇……四七五
安住　敦……四七五
てんと虫（四七五）
橋本鶏二……四七六
鷹の巣や（四七六）
細見綾子……四七六
鶏頭を（四七七）　女身仏に（四七七）
中島斌雄……四七八
子へ買ふ焼栗（四七八）　爆音や（四七八）
石川桂郎……四七九
柚子湯して（四七九）　遠蛙（四八〇）
石橋辰之助……四八〇
朝焼の（四八一）
加倉井秋を……四八一
食卓の（四八一）
篠原　梵……四八二
閉ぢし翅（四八二）
高屋窓秋……四八三
山鳩よ（四八三）
能村登四郎……四八三
暁紅に（四八四）
角川源義……四八四
ロダンの首（四八四）
香西照雄……四八五
あせるまじ（四八五）
野見山朱鳥……四八六
曼珠沙華（四八六）

目　次

石原八束……四八六
くらがりに（四八七）
沢木欣一……四八七
塩田に（四八七）
西垣　脩……四八八
さやけくて（四八八）
原子公平……四八九
戦後の空へ（四八九）
森　澄雄……四八九
除夜の妻（四九〇）　磧にて（四九〇）
飯田龍太……四九一
紺絣（四九一）　父母の亡き（四九二）
上村占魚……四九二
晩涼の（四九二）
野沢節子……四九三
冬の日や（四九三）
藤田湘子……四九四
枯山に（四九四）
高柳重信……四九四
船焼き捨てし（四九五）　たてがみを刈り（四九五）
金子兜太……四九六
霧の村（四九六）　人体冷えて（四九七）
市川一男……四九七
おのが面に（四九七）

内田南草……四九八
靴の底に（四九八）
鈴木真砂女……四九九
羅や（四九九）
三橋敏雄……四九九
昭和哀へ（四九九）
草間時彦……五〇〇
足もとは（五〇〇）
川崎展宏……五〇一
「大和」より（五〇一）
岡本　眸……五〇二
雲の峰（五〇二）
稲畑汀子……五〇二
雪雲の（五〇二）
寺山修司……五〇三
勝ちて獲し（五〇三）
鷹羽狩行……五〇三
摩天楼（五〇四）
原　裕……五〇四
鳥雲に（五〇四）
上田五千石……五〇五
渡り鳥（五〇五）
文人俳句……五〇六

目　次

尾崎紅葉……五〇六
猿曳の（五〇六）
夏目漱石……五〇七
腸に（五〇七）　有る程の（五〇七）
内田百閒……五〇八
こほろぎの（五〇八）
久保田万太郎……五〇九
新参の（五〇九）　新涼の（五〇九）　あきくさを（五一〇）
室生犀星……五一〇
青梅の（五一一）　鯛の骨（五一一）

■付　録

俳句の技法と鑑賞……五二〇
句会について……五三一
俳諧・俳句史概説　付　参考文献……五三五
俳諧・俳句史略年表……五四四
季語集……五五六
用語小辞典……五九九

久米正雄……五一二
魚城移るにや（五一二）
芥川龍之介……五一三
木がらしや（五一三）　水涕や（五一四）
瀧井孝作……五一五
真赤なフランネルの（五一五）
永井龍男……五一五
シャボンのせて（五一六）
石塚友二……五一七
百方に（五一七）

■索　引

俳人の系譜……六〇九
俳句索引……六八五
人名索引……六六六
事項索引……六四九
季語索引……六三七

囲み記事一覧

けんかした重頼と立圃22
西鶴の矢数俳諧29
芭蕉は忍者か117
許六と去来180
秋色の親孝行200
千代女伝説203
蕪村の老いらくの恋240
一茶、妻の異常行動に悩むこと312
子規と連句337
虚子と碧梧桐の秋山真之論358
虚子の満州紀行368
碧梧桐と煎餅屋399
連作俳句と映画419
戦争俳句460
新興俳句の弾圧471
芥川龍之介と小沢碧童513

欧米に紹介された俳句

〈落花枝に〉と重置法18
鈴木大拙の俳句論61
〈古池や蛙飛び込む水の音〉の翻訳63
ホイジンガーの芭蕉論75
〈蟬の声〉に宇宙的な重大性を聞く83
最初のハイカイ詩集106
モンタージュと俳句130
Ｆ．Ｓ．フリントの蕪村紹介213
つり鐘を大砲に変える222
春雨とスプリングシャワー231
小・中学校のＨＡＩＫＵ教育262
翻訳されて輝きを増した一茶324
欧米における俳句の受容516

俳句の一年

虫194　鳥289
風331　花407

室町の俳諧と貞門《ていもん》・談林《だんりん》

室町時代に連歌の文芸性が高まると、その反面、自由な俳諧の連歌がさかんに行われるようになった。山崎宗《そう》鑑《かん》と荒木田守武《あらきだもりたけ》がその代表的作者であった。江戸時代になると、当代一流の文化人松永貞徳《ていとく》が指導者となって、俳諧は文芸としての地位を獲得し、貞門《ていもん》俳諧と呼ばれるようになった。やがて大坂の西山宗因《そういん》の自由な俳諧が時代の好みに迎えられ、京都や江戸にも広がり、談林《だんりん》俳諧と呼ばれた。

山崎宗鑑（やまざきそうかん）

生没年未詳。本名は志那弥三郎範重《しなやさぶろうのりしげ》か。没年は天文八、九年（一五三九、四〇）、享年七七〜八六歳と推定されている。近江国《おうみのくに》（滋賀県）の人で、将軍足利義尚《あしかがよしひさ》（義輝《よしてる》とも）に仕え、のち出家して京都の山崎に住み、『犬筑波《いぬつくば》集』を編んだ人物とされ、荒木田守武《あらきだもりたけ》とともに俳諧の始祖と仰がれる。伝記や句に伝説的な要素が濃い。

手をついて歌申しあぐる蛙《かわず》かな

（阿羅野《あらの》）

▼季語―「蛙《かわず》」仲春。古く和歌で季題を隠して詠みこむいわゆる隠題《かくしだい》などのほかは、原則として「かえる」とはいわず「かわず」といった。同じ蛙《かえる》でも、青蛙《あおがえる》(雨蛙《あまがえる》)・ひきがえる・河鹿《かじか》は夏の季語。▼句切れ―「蛙《かわず》かな」。切れ字「かな」。

《句解》 両手をついて、かしこまって鳴いている蛙《かえる》の姿は、まるで貴人の前で、和歌を詠じているようだ。

《鑑賞》 『古今集』の仮名序に〈花に鳴く鶯《うぐいす》、水に住む蛙《かわず》の声を聞けば、生きとし生けるもの、いづれか歌をよまざりける〉とあり、句はこれを踏まえている。この蛙《かえる》は、春の鶯《うぐいす》に対して秋の代表として出されたもので、鳴き声の美しい河鹿《かじか》のことであるが、後世、普通の蛙《かえる》を詠むときも、この序文のように、歌を詠む生き物として取り扱われた。

そういう伝統に従いながら、蛙《かえる》の鳴く姿を、歌人が歌を申しあげる姿に見立てたこの句は、古風ではあるが、どことなくユーモラスでおもしろい雰囲気《ふんいき》を漂わせている。

《補説》 出典の『阿羅野《あらの》』は元禄二年（一六八九）刊。この句は『耳無草《みみなしぐさ》』に道寸の作とするように、別人の作の可能性もあるが、当時一般に宗鑑の作と信じられていたらしく、諸書に宗鑑作として出ている。

（乾）

月に柄（え）をさしたらばよき団扇（うちわ）かな

（誹諧《はいかい》初学抄）

▼季語―「団扇《うちわ》」晩夏。「月」は秋の季語であるが、団扇《うちわ》とともに出ているので、ここでは夏の月とみなければならない。▼句切れ―「団扇《うちわ》かな」。切れ字「かな」。

〔句解〕　真ん丸な夏の月が、涼しそうに空にかかっている。あれにてごろな柄《え》をつけたら、きっとよいうちわができることだろう。

《鑑賞》　夏の月は、古来、涼しさを表す風物として詠むならわしがあり、うちわもまた涼しい風を送るものであること、形が真ん丸で似ていることの二点が、作者にこの句を思いつかせた原因である。古い詩や歌に、山に隠れる月を扇でたとえたり、青空にかかった月を柄《え》のないうちわに見立てたり、うちわの丸みが明月に似ていると詠んだりするならわしがあったから、作者もそれに従ったのであろう。『夫木《ふぼく》抄』の〈夏の夜の光すずしくすむ月をわがもの顔にうちはとぞ見る〉という歌が、この句にいちばん似ている。ただし、〈柄《え》をさしたらば〉という無邪気な発想が、童心を感じさせてよい。

《補説》　この句は『犬筑波《いぬつくば》集』にも出ているが、作者名を記さない。しかし宗鑑の代表作として諸書にみえる。蕉門《しょうもん》の向井《むかい》去来《きょらい》は、これを不易《ふえき》の句（時代を越えてすぐれた句）と高く評価した（『去来《きょらい》抄』など）。（乾）

荒木田守武（あらきだもりたけ）

文明五（一四七三）～天文一八（一五四九）。伊勢《いせ》神宮（内宮）の神官。荒木田氏薗田《そのだ》家に生まれ、のち長官となった。連歌や狂歌もよくしたが、史上初めての千句俳諧『守武千句』（誹諧之《はいかいの》連歌独吟千句）の成功によって、俳諧の開祖の一人と称された。俳風は守武流と呼ばれ、後世の俳諧、特に談林《だんりん》俳諧に多大の影響を与えた。

飛梅（とびうめ）やかろがろしくも神の春

（守武千句）

▼季語―「神の春」新年。神々の新春というほどの意で、新年をことほぐ心持ちがある。「飛梅《とびうめ》」も初春の季語であるが、「神の春」に重心がかけられている。▼句切れ―「飛梅《とびうめ》や」。切れ字「や」。▽飛梅《とびうめ》―筑紫《つくし》（福岡県）の大宰府《だざいふ》に流された菅原道真《すがわらのみちざね》の〈東風《こ》吹かばにほひおこせよ梅の花あるじなしとて春を忘るな〉（『拾遺集《しゅういしゅう》』）という歌に感じ、あるじを慕って都から大宰府《だざいふ》まで飛んだという伝説の梅。

『句解』道真《みちざね》のあとを慕って、(まるで紙のように)かろがろと飛んだ梅。なんとめでたい(紙ならぬ)神の春であることよ。

《鑑賞》〈かろがろしくも〉には軽薄の意はない。軽快にもの意で、むしろ神力の偉大さをたたえる気持ちが感じられる。

その〈かろがろしくも〉から〈神の春〉への接続は、〈かろがろしく〉の縁語で〈神〉と同音異義語である「紙」の語を媒介としてなされている。こうしたたわいのない縁語・掛詞《かけことば》の駆使が、当時の俳諧の特徴でもあり、おもしろさでもあったのだ。

《補説》これは、文学の神として道真《みちざね》を祭った天満宮の祭日に発起した千句巻頭の発句《ほっく》で、史上初めての試みが成功する祈りもこめられていたと思われる。なお『小町踊《こまちおどり》』には〈飛梅《とびうめ》のかるがるしきや神の春〉の形で出ている。

(乾)

落花《らっか》枝に帰ると見れば胡蝶《こちょう》かな

(菊のちり)

▼季語―「落花《らっか》」晩春、「胡蝶《こちょう》」仲春。花は桜の花。一句としては「胡蝶《こちょう》」の方に重心がある。▼句切れ―「胡蝶《こちょう》かな」。切れ字「かな」。

欧米に紹介された俳句　1

■〈落花《らっか》枝に〉と重置法

エズラ＝パウンドは「渦巻《うずまき》主義」(一九一四年)の中で、〈日本人は探求のセンスを具《そな》えている。彼等にはイマジズムの美がわかっているのだ。ずっと昔、ある中国人は、いわなければならないことを十二行でいえないなら、沈黙を守ったほうがましだといった。しかし日本人はもっと短いHOKKU(発句《ほっく》)という形式を発明した〉と述べ、〈落花《らっか》枝に帰ると見れば胡蝶《こちょう》かな〉を二行に翻訳した詩をあげ、〈これが非常に有名な、ある発句《ほっく》の内容である〉と書いている。

彼は「ひとつのイメージの詩」を提唱し、それには重置(スーパーポジション)の構造があるともいっている。守武《もりたけ》の句についていえば、落ちた花びらに蝶《ちょう》のイメージを重ねる手法である。彼はこの重置法によって〈群集のなかのこれらの顔の亡霊／濡《ぬ》れた黒い枝の花弁〉という二行詩を書き、「発句《ほっく》のような詩」と呼んだ。重置法はその後の現代詩の重要な技法になったが、これは古俳諧の「取り合わせ」の考え方に似ているといえよう。

一五世紀から一六世紀にかけて生きた、伊勢《いせ》の神官の俳句が、二〇世紀のモダニズムの短詩に影響を与えていることは、おもしろい。

(佐藤)

『句解』 風に誘われて桜の花びらがはらはらと散る。ふしぎやそのひとひらが、枝に帰るではないか——。とみたのは目の錯覚で、実は蝶《ちょう》が舞い上がって枝にとまったのだった。

《鑑賞》 これは矚目《しょくもく》の風景ではなく、『伝燈録《でんとうろく》』の〈破鏡《はきょう》重ネテ照サズ、落花《らっか》枝ニ上リ難シ〉から出た、謡曲「八島《やしま》」の文句〈落花枝にかへらず、破鏡《はきょう》再び照さず〉を踏まえた机上の創作である。

落花《らっか》は決して枝に帰ることがないという自然界の法則を、上五・中七で破ってみせ、下五でその種《たね》明かしをして、なあんだと思わせるところが一句の眼目。観念的な機知の遊びである。

《補説》 この句は、延宝二年(一六七四)刊『音頭《おんど》集』に、中七〈かへるとみしは〉の句形で出て、武在《たけあり》の作となっている。宝永三年(一七〇六)刊『菊のちり』以来守武作となるが、武在《たけあり》の作とするのが正しい。武在《たけあり》もまた伊勢《いせ》神宮の神官で荒木田姓であったから、誤られたものであろう。 (乾)

松永貞徳(まつながていとく)

元亀二(一五七一)～承応二(一六五三)。幼名小熊。名は勝熊。別号には長頭丸《ちょうずまる》・逍遊《しょうゆう》などがある。連歌師松永永種《えいしゅ》を父として京都に生まれた。広く古典に通じた知識人で、啓蒙家としても活躍した。連歌の師里村紹巴《じょうは》の下で俳諧をも習い、やがて全国に多くの門人を擁して、貞門《ていもん》派と呼ばれた。編著に『新増犬筑波集《しんぞういぬつくば》』『御傘《ごさん》』『天水抄』などがある。

鳳凰《ほうおう》も出《い》でよのどけきとりの年

(犬子集《えのこ》)

▼季語—「のどけし」兼三春。「とりの年」とあるので、新年。▼句切れ—「出《い》でよ」。切れ字「よ」。

▽鳳凰《ほうおう》—古代中国で、聖人が天子の位に着いたとき現れるとされた架空の動物。前は麒麟《きりん》で、後ろは鹿《しか》の姿をし、首は蛇《へび》、尾は魚、背は亀《かめ》、あごは燕《つばめ》、くちばしは鶏に似て、羽に五色の紋のある鳥。梧桐《ごとう》に宿り、竹の実を食い、醴泉《れいせん》(味のよい泉)の水を飲むという。鳳《ほう》は雄、凰《おう》は雌。

『句解』 めでたい新年を迎えた。世の中は平らに治まって、いかにものどかな新春である。しかも今年はちょうど酉《とり》の年に当たる。その酉《とり》(鳥)年にちなんで、鳳凰《ほうおう》も姿を現していいじゃないか。

《鑑賞》 新年の発句《ほっく》は、天下泰平をことほぐ気持ちをこめて詠むのが通則であった。作者はその約束を、酉《とり》の年にからませて、鳳凰《ほうおう》という聖代の瑞鳥《ずいちょう》をもち出すことで果たしたわけである。

たわいがないといえばそれまでだが、俳諧はまだ高次な詩として自覚されていない時代だったにもかかわらず、おおらかな句調に、新年ののどかさをうかがわせる点は、さすがである。

《補説》同じ作者に、やはり干支《えと》を利用した〈霞《かすみ》さへまだらに立つやとらの年〉（『犬子《えのこ》集』）という句もある。（乾）

しを《お》るるは何か杏子《あんず》の花の色

（犬子《えのこ》集）

▼季語—「杏子《あんず》の花」晩春。杏子《あんず》はバラ科の落葉果樹。中国の原産。幹の高さは約三メートル、葉は卵形で鋸歯《きょし》がある。花は五弁で、白色または淡紅色。形は梅花に似てやや大きい。夏、円形の実を結ぶ。▼句切れ—「何か杏子《あんず》の花の色」。切れ字「何か」。
▽しをる—植物の生気を失ってしぼむ意に、愁いに沈む意を掛けてある。能や狂言で、うつむいて掌《てのひら》を目の前にかざし、涙をおさえる様子をすることを「しおり」というが、うなだれた杏子《あんず》の花にはそんな風情《ふぜい》がある。▽杏子《あんず》—「案ず」の言い掛けで、「何か案ず」と続く。
『句解』可憐《かれん》な風情《ふぜい》をして杏子《あんず》の花が萎《しお》れている。いったい何を案じて萎《しお》れているのだろうか。

《鑑賞》杏子《あんず》の花の萎《しお》れた様子を擬人法で表現した句。掛《かけ》詞《ことば》も擬人法も、古風の手法で目新しくもないが、愁いを含んだ女のさまを連想させるのは、〈花の色〉という言葉が美人の容色を想《おも》い起こさせるからであろう。花のように美しい顔を「花の顔」という。また絶世の美女と言い伝えられる小野小町《おののこまち》の〈花の色はうつりにけりないたづらにわが身世にふるながめせしまに〉（『古今集』）という歌も、しぜんに連想される。（乾）

野々口立圃（ののぐちりゅうほ）

文禄四（一五九五）〜寛文九（一六六九）。名は親重《ちかしげ》。通称は宗左衛門ほか諸説がある。別号には松翁《しょうおう》・松斎《しょうさい》などがある。京都に生まれ、雛人形《ひなにんぎょう》の細工を業として雛屋《ひなや》と称した。烏丸《からすまる》光広《みつひろ》に和歌を、猪苗代兼与《いなわしろけんよ》に連歌を学ぶ。『犬子《えのこ》集』の編集をめぐって松江重頼《しげより》と対立、のち立圃流を開いて他派と交わらなかった。その著『はなひ草』はながく俳諧規則の手本となる。

天も花に酔へ《ええ》るか雲の乱れ足

（犬子《えのこ》集）

▼季語—「花」晩春。桜の花のこと。▼句切れ—「酔《え》へるか」。切れ字「か」。
『句解』花どきの空は、とかく雲行きが乱れがちだが、それは人ばかりか天も花見酒に酔《よ》って、千鳥足になっているからだろう。

《鑑賞》謡曲「大江山《おおえやま》」の〈猶々《なおなお》めぐる盃《さかずき》の、度重《たび》なれば有明の天も花に酔へりや、足もとはよろよろと、ただよふか、いざよふか〉（原典は『和漢朗詠集』の菅原道真《すがわらのみちざね》の詩〈天ノ花ニ酔《え》ヘルハ桃李《とうり》ノ盛ンナルナリ〉）を踏まえる。

「花に酔《え》ふ」といえば、花そのものに酔《よ》う意のようであるが、その裏に、花見酒に酔《よ》う意を隠してある。また、天が花に酔《よ》った証拠として、雲の足が乱れていると擬人化していった点に、おかしみが感じられる。「大江山《おおえやま》」の〈ただよふか、いざよふか〉がしぜんに想起されたものであろう。

《補説》この句のように、謡曲や漢詩など先行文学の言葉を借りて句を作ることを本説取《ほんせつど》り（和歌の場合は本歌取《ほんかど》り）といい、貞門《ていもん》や談林《だんりん》で重んじられた手法であった。その場合、もとの意味がどれほど大きく現代ふうに転じられているかが興味の的となる。（乾）

あらはれ《わ》て見えよ芭蕉《ばしょう》の雪女　（そらつぶて）

▼季語―「雪女」仲冬。大雪の夜などに現れるという伝説の雪の精。北村季吟《きぎん》の『増山の井』に〈雪女とは、山中の雪のうちにある化生《けしょう》の物なり〉とある。▼句切れ―「見えよ」。切れ字「よ」。

▽芭蕉《ばしょう》の雪女―「芭蕉《ばしょう》の雪」と「芭蕉《ばしょう》の女」を組み合わせ、さらに「雪女」を言い掛けた語法。「芭蕉《ばしょう》の雪」は、中国唐の時代、冬の芭蕉《ばしょう》が見たいという勅命を受けて、王摩詰《おうまきつ》が描いたという雪中の芭蕉《ばしょう》で、「炎天の梅花」とともに、あり得ぬもののたとえ。「芭蕉《ばしょう》の女」は、女の姿をして現れるという芭蕉《ばしょう》の精。謡曲「芭蕉《ばしょう》」に〈さては雪の中の芭蕉《ばしょう》の偽れる姿と聞えしは、疑ひもなき芭蕉《ばしょう》の女と現はれけるこそ不思議なれ〉とある。

〔句解〕芭蕉《ばしょう》の精は、人間の女の姿をして現れるという。しかもそれが雪中の芭蕉《ばしょう》というのであれば、ただの芭蕉《ばしょう》の女ではなく、芭蕉《ばしょう》の雪女として現れて見せてくれ。

《鑑賞》謡曲「芭蕉《ばしょう》」の言葉を踏まえ、芭蕉《ばしょう》の女よりもさらに珍しい芭蕉《ばしょう》の雪女を求めた趣向におかしみがある。古風の俳諧に多く見られる、技巧のかった句で、詩情に乏しいといわなければならない。

《補説》同じ作者の句に、

綻《ほころ》ぶや尻《しり》も結ばぬ糸桜　（犬子《えのこ》集）
霧の海の底なる月はくらげかな　（誹諧発句《はいかいほっく》帳）
涼しさを進上申す扇かな　（そらつぶて）

などがあるが、いずれも言葉の洒落《しゃれ》に頼った古風の作である。（乾）

松江重頼（まつえしげより）

慶長七（一六〇二）〜延宝八（一六八〇）。通称大文字屋治右衛門。後号維舟《いしゆう》。別号江翁。出雲国《いずものくに》（島根県）松江の生まれか。京都に住み撰糸《せんじ》売りを業とした。連歌の師里村昌琢《しようたく》の下で俳諧を習った。『犬子集《えのこ》』の編集をめぐる野々口立圃《りゆうほ》との対立をはじめ、生涯身辺に争いが絶えなかった。西山宗因《そういん》を友とし、いっぷう変わった俳風を示した。編著には『犬子集《えのこ》』『毛吹草《けふきぐさ》』などがある。

やあしばらく花に対して鐘撞《つ》く事

（佐夜中山集《さよのなかやま》）

▼季語―「花」晩春。桜の花のこと。▼句切れ―「やあしばらく」。切れ字「待て」（命令形）を省略した形。

《句解》　やあやあしばらく、この花の盛りに、鐘をつくのは待ってくれよ。古歌にも〈入相《いりあい》の鐘に花ぞ散りける〉とあるじゃないか。（鐘などついて花を散らさないでくれ）。

《鑑賞》　謡曲「三井寺《みいでら》」に、〈ややあしばらく、狂人の身にて何とて鐘をば撞《つ》くぞ。急いで退き候《の》へ〉〈今宵《こよい》の月に鐘撞く事、狂人とてな厭《いと》ひ給ひそ〉という、ワキとシテの問答がみえる。句はこの詞章を踏まえ、さらに同曲中に取り入れられている、『新古今集』の能因《のういん》の歌〈山寺の春の夕暮《ゆうぐれ》来てみれば入相《いりあい》の鐘に花ぞ散りける〉を背景として、

■けんかした重頼《しげより》と立圃《りゆうほ》

貞門《ていもん》俳諧の初めての本格的な撰《せん》集は、松江重頼《しげより》と野々口《ご》立《りゆう》圃《ほ》によって計画された。師の松永貞徳《ていとく》に相談すると、貞徳《ていとく》は初めは許さなかったが、やがて二人の強い希望をいれ、山崎宗鑑《そうかん》の『犬筑波集《いぬつくば》』になぞらえ、「犬子草《えのこぐさ》」の題を与えて許した。

しかし編纂《へんさん》の過程で二人の意見が合わず、ものわかれとなり、さらに師の貞徳《ていとく》とも疎遠になった。そして撰《せん》集の草稿を持っていた重頼《しげより》は、『犬子集《えのこ》』と書名を改めて単独で出版してしまった。それをいきどおった立圃《りゆうほ》は、『犬子集《えのこ》』の句にさらに一〇〇〇余句を加えて、『誹諧発句帳《はいかいほっく》』として刊行するのであった。

『俳家奇人談』（文化一三年〈一八一六〉）によると、重頼《しげより》と立圃《りゆうほ》の対立のきっかけは、立圃《りゆうほ》の句〈螢火《ほたるび》は河のせなかの灸《やいと》かな〉が、貞徳《ていとく》の句〈螢火《ほたるび》は野中の虫の灸《やいと》かな〉に似ているからと、重頼《しげより》が入集を拒んだことによるという。貞徳《ていとく》は、自句より立圃《りゆうほ》の句がすぐれているとして、重頼《しげより》に入集を認めるように頼んだが、重頼《しげより》は承知しなかったのである。（山下）

花の散るのを惜しむこころを詠じたもの。

入相《いりあい》の鐘をつこうとしている僧に呼びかけた言葉そのものを句とした点、および「散る」という言葉を用いないで、花の散る意をきかせた作意に新しみが感じられる。

《補説》 この句の「散る」がそうであるように、直接言葉に表さず、それとわかるように句を作る方法を「ぬけ」または「ぬき」と呼び、談林《だんりん》時代に大流行した。重頼はその先駆者の一人といっていいだろう。 （乾）

生魚（なまうお）の切目（きりめ）の塩や秋の風 （藤枝集《ふじえだ》）

▼季語―「秋の風」兼三秋。▼句切れ―「塩や」。切れ字「や」。

▽切目《きりめ》の塩―ことわざ。「傷口に塩」などともいう。傷口に塩を塗《ぬ》ると一層痛むように、悪いことがさらに重なって起こることのたとえ。句はその原義を生かし用いてある。

『句解』 秋の風は、まるで生魚《なまうお》の切り目に塩がしみ入るように、身にしみて吹くことだ。

《鑑賞》 秋の風は、たとえば〈秋風は身にしむばかり吹きにけり今やうつらむ妹《いも》がさごろも〉（『新古今集』）の歌のように、身にしむものとして詠みならわされてきた。作者はその「身にしむ」という言葉を使わず、〈切目《きりめ》の塩〉ということわざを利用して、秋風の身にしむことを詠んだわけで、この手法は「ぬけ」と呼ばれる（〈やあしばらく〉の句参照）。

また当時の連想語辞典『類船集《るいせん》』には〈身に入《シム》―魚の鱠《ナマス》〉とあり、〈生魚《なまうお》〉と〈秋の風〉が「身にしむ」という言葉を媒体として、容易に結びついたことも知られる。

一見写生の句のようにもみえるが、それは現代的感覚による錯覚で、言葉の理知的な技巧のかった作品といわなければならない。

《補説》 同じ作者の〈秋やけさ一足に知るのごひえん〉（『名取川《なとりがわ》』）の句も、秋の到来を風の音に知るという古来の常識を破った点に俳諧を求めたもので、季節の実感を素直にとらえた句ではない。 （乾）

安原貞室（やすはらていしつ）

慶長一五（一六一〇）～寛文一三（一六七三）。本名正章《まさあきら》。通称鎰屋《かぎや》彦左衛門。別号一嚢軒《いちのうけん》・腐誹子《ふはいし》。京都に生まれる。紙商を営む。初め松江重頼《しげより》に親炙《しんしゃ》したが、『俳諧之註《はいかいのちゅう》』をめぐって不和となり、のち松永貞徳《ていとく》直門の正統派としてふるまった。松尾芭蕉《ばしょう》ら蕉風《しょうふう》俳人に高く買われたことは有名である。編著には『玉海集《ぎょっかい》』『氷室守《ひむろもり》』『正章千句《せいしょう》』などがある。

これはこれはとばかり花の吉野山

（一本草《ひともとぐさ》）

▼季語―「花」晩春。桜の花のこと。▼句切れ―「これはこれはとばかり」。切れ字「なり」「かな」などの省略された形。▽吉野山―奈良県吉野郡にある歌枕《うたまくら》。桜の名所として名高い。

〘句解〙 吉野山は、桜の名所としてさまざまな古歌に詠まれてきたが、実際花におおわれた吉野山をまのあたりにすると、ただ「これはこれは」と感嘆するばかりで、形容する言葉も浮かんではこない。

《鑑賞》 〈これはこれはとばかり〉は、〈古浄瑠璃《こじょうるり》に頻出《ひんしゅつ》することばで、当時、日常生活においても吃驚《びっくり》したときに使われた流行語〉（加藤定彦）で、それを花の吉野に結びつけた大胆さと、中七の中間に句切れを設けた異体さとに特徴がある。

しかし、吉野山の文学的伝統を素直に受け入れ、ストレートに表現した点に、時代を越えた不易性《ふえきせい》（不変性）が認められたため、松尾芭蕉《ばしょう》は『笈《おい》の小文《こぶみ》』の吉野山の条に〈かの貞室が「是《これ》は〳〵」と打ちなぐりたるに、われいはん言葉もなくて、いたづらに口をとぢたる、いと口をし〉と記し、また俳諧七部集の一つ『阿羅野《あらの》』の巻頭にこの句をすえるなど、高く評価した。 （乾）

松にすめ月も三五夜中納言《さんごやちゅうなごん》

（玉海集《ぎょっかいしゅう》）

▼季語―「月」。「三五夜《さんごや》」とあり、八月十五夜の名月で、仲秋。▼句切れ―「すめ」。切れ字「め」。▽松にすめ―月よ松に澄め（松と月とは縁語）と、中納言《ちゅうなごん》よ松陰に住めの二つの意を兼ねる。須磨《すま》に流寓《りゅうぐう》した在原行平《ありわらのゆきひら》と、松風・村雨姉妹の悲恋物語を描いた謡曲「松風」に、〈行平《ゆきひら》の中納言《ちゅうなごん》三年《みとせ》はここに須磨《すま》の浦〉とあり、「須磨《すま》」に「住む」が言い掛けられているほか、〈須磨《すま》の浦わの松の行平《ゆきひら》〉のごとく、「松」と「中納言《ちゅうなごん》」も切り離せない関係にある。▽三五夜中納言《さんごやちゅうなごん》―白居易《はくきょい》の詩句〈三五夜中新月ノ色、二千里ノ外故人ノ心〉による〈三五夜中《さんごやちゅう》〉に〈中納言《ちゅうなごん》〉の言い掛け。

〘句解〙 八月十五夜の名月よ、須磨《すま》の浦の松の梢《こずえ》に美しく澄んでかかってくれ。そしてそんな松陰に、行平《ゆきひら》の中納言《ちゅうなごん》よ、愛のいおりを結んで永住してください。

《鑑賞》 前書に、〈須磨《すま》の月見に赴《おもむ》きし頃《ころ》、むかし行平卿《ゆきひらきょう》の住み給ひし処《ところ》やいづこと尋ね侍《はべ》りしに、上野山福祥寺といふ。これ今の須磨寺《すまでら》なり。この山の東の尾つづき、松一《ひと》村《むら》侍《はべ》るを月見の松と名づけ給ひしなど人の教へけるまゝに〉とあり、句の成立事情がわかる。

松尾芭蕉《ばしょう》は『鹿島《かしま》紀行』の冒頭に、〈洛の貞室、須磨《すま》の浦の月見にゆきて、「松かげや月は三五夜中納言《さんごやちゅうなごん》」と云《い》ひけん狂

夫のむかしもなつかしきまゝに、此《こ》の秋かしまの山の月見んと思ひ立つことあり〉と記し、これを賞している。（乾）

北村季吟（きたむらきぎん）

寛永一（一六二四）～宝永二（一七〇五）。通称久助。別号には拾穂軒《しゅうすいけん》・湖月亭などがある。近江国《おうみのくに》（滋賀県）の人。京都新玉津島神社の社司。江戸に出て幕府歌学方役人となる。初め安原貞室《ていしつ》、のち松永貞徳《ていとく》に従い、『山の井』『六百番誹諧発句合《はいかいのほっくあわせ》』など著書が多い。歌学者としても活躍、『源氏物語湖月抄』『枕草子春曙抄《まくらのそうししゅんしょ》』などの注釈書がある。松尾芭蕉《ばしょう》の師。

地主《じしゅ》からは木《こ》の間《ま》の花の都かな　（花千句）

▼季語―「花の都」晩春。▼句切れ―「都かな」。切れ字「かな」。▽地主《じしゅ》―地主権現《じしゅごんげん》。京都市東山清水寺の鎮守の神。▽花の都―〈木《こ》の間《ま》の花〉からの言い掛けで、繁華な京の都をいう。花は都を賞美するこころ。

『句解』　東山の地主権現《じしゅごんげん》から見下ろすと、花盛りの桜の木の間に、にぎわう京の都が望まれる。これこそまことに花の都というにふさわしいながめであるよ。

《鑑賞》　謡曲「田村」の〈あらあら面白の地主の花の景色やな。桜の木の間漏《も》る月の……さぞ名に負ふ、花の都の春の空〉を踏まえた句で、〈木《こ》の間《ま》の花〉に〈花の都〉を言い掛け、京を花の都ということの理由を説いた趣向である。
　ただしこの程度の技巧ならさして苦にならず、実景のスケッチとしても味わうことができる。榎本其角《えのもときかく》の『句兄弟《くきょうだい》』に〈老師名高き句なり〉とある。

《補説》　『花千句』巻頭の発句《ほっく》で正立《しょうりゅう》が〈残る雪かと見ゆる白壁〉と脇《わき》を付けている。京の家並みの白壁がまるで残雪のように見えるというもので、発句《ほっく》を全く理知的に解した付句《つけく》である。（乾）

まざまざといますが如《ごと》し魂祭《たままつり》　（独琴《ひとりごと》）

▼季語―「魂祭《たままつり》」初秋。陰暦七月一三日から一六日まで、仏前に棚《たな》を設け、まこもの筵《むしろ》を敷き、供物《くもつ》を供え、祖先の霊を迎えてまつる行事。年末にも行われたが、季吟自身〈この類《たぐい》、聖霊を祭るの意有らば、秋たるべし〉（『増山の井』）といっている。▼句切れ―「いますが如《ごと》し」。切れ字「し」。▽まざまざと―目の前に見るように、ありありと。▽います―「在る」「居る」の尊敬語。

『句解』　仏前に棚《たな》を設け、香をたき、供物《くもつ》を供えて祖先の霊をまつる様子は、まるで亡き人がありありと目前に現れていらっしゃるようだ。

《鑑賞》〈いますが如《ごと》し〉は、『論語』の〈祭ルコト在《いま》スガ如《ごと》シ、神ヲ祭ルコト神在《いま》スガ如《ごと》シ〉による。それを魂祭《たままつり》の行事に結びつけたのが一句の眼目である。『論語』の言葉が句によくなじんでいて異和感を感じさせないのは、季吟が古典をよく咀嚼《そしゃく》していたことにもよるのであろう。

《補説》季吟にはほかに、

一僕《いちぼく》とぼくぼくありく花見かな　（山の井）
はら筋をよりてや笑ふ糸ざくら　（綾錦《あやのにしき》）
めづらしや二四八条のほととぎす　（新続犬筑波《いぬつくば》集）
鴈《かり》は文字おほふや霧のゐんふたぎ　（山の井）
年の内へふみこむ春の日足かな　（同）

などがあるが、言葉の技巧が先行していて、〈地主《じしゅ》からは〉や〈まざまざと〉の句のような趣に欠ける。　（乾）

田捨女（でんすてじょ）

寛永一一（一六三四）〜元禄一一（一六九八）。諱《いみな》は貞閑。別号嶺雲。丹波国《たんばのくに》（兵庫県）柏原《かいばら》の豪族季繁《すえしげ》を父として生まれた。一八歳で結婚、夫の季成《すえなり》とともに北村季吟《きぎん》に和歌・俳諧を学んだ。四一歳のとき夫と死別、のち剃髪《ていはつ》して妙融尼と号し、盤珪《ばんけい》禅師に帰依した。播磨国《はりまのくに》（兵庫県）網干《あぼし》に不徹庵《ふてつあん》を結んだが、尼僧は常に三〇名を下らなかったという。

雪の朝二の字二の字の下駄《げた》のあと　（続近世畸《き》人伝《じんでん》）

▼季語―「雪」仲冬。▼句切れ―「朝」。

〔句解〕朝早く戸外に出てみると、真っ白に降り敷いた雪の路上に、ちょうど二の字の形をした下駄《げた》の足跡が、点々と続いている。

《鑑賞》この句は、作者が六歳のときに作って、人びとを驚かせたという話が伝えられている（『続近世畸《き》人伝《じんでん》』など）が、自筆の句集にはみえず、捨女の作かどうかは明らかでない。

また、雪の路上にくっきりと記された下駄《げた》の足跡を、数字の「二」に見立てたのは、いかにも子供らしくてかわいいが、『犬筑波集《いぬつくば》』に〈一二一二と文字ぞ見えける／雪降りに歯欠け足駄《あしだ》をはきつれて〉という付合《つけあい》がみえ、厳密には捨女の発明とはいいがたい。

《補説》捨女にはほかに、

いざつまむわかなもらすな籠《かご》の内　（自筆句集）
水鏡見てやまゆかく川柳　（続連珠）
ぬれ色やあめのしたてる姫つつじ　（続山の井）
月や空にいよげに見えつすだれごし　（自筆句集）

などの作品があり、ことば遊びの中にも、女性らしい感受性がほのみえる。　（乾）

西山宗因（にしやまそういん）

慶長一〇（一六〇五）〜天和二（一六八二）。本名豊一《とよかず》。通称次郎作。宗因は主として連歌の号。俳号には一幽《いちゆう》・西翁《さいおう》・梅翁《ばいおう》などがある。肥後国《ひごのくに》（熊本県）八代《やつしろ》の生まれ。里村昌琢《しょうたく》に連歌を学び、四三歳で大坂天満宮連歌所の宗匠となった。連歌の余技で始めた俳諧が談林風《だんりんふう》と呼ばれて一世を風靡《ふうび》、井原西鶴《さいかく》・岡西惟中《いちゅう》・桃青《とうせい》（松尾芭蕉《ばしょう》）らを輩出した。没後の句集に『梅翁《ばいおう》宗因発句《ほっく》集』（素外編）がある。

ながむとて花にもいたし頸《くび》の骨　（牛飼《うしかい》）

▼季語―「花」晩春。桜の花のこと。▼句切れ―「いたし」。切れ字「し」。

▽ながむとて―ながめるといって。ながめていて。

〖句解〗 美しい桜の花を見上げ、ひねもすながめ暮らしていたものだから、とうとう首の骨が痛くなってしまった。

《鑑賞》 花の命は短い。それゆえ古来、愛する者との別れのかなしさが、落花《らっか》を惜しむこころに託して歌いつがれてきた。西行《さいぎょう》法師の〈眺むとて花にもいたく馴《な》れぬれば散る別れこそかなしかりけれ〉（『新古今集』）もその一つである。

この句、出典には〈西行《さいぎょう》法師の「花にもいたく」とよまれし歌を吟じて〉、安永版『梅翁《ばいおう》宗因発句《ほっく》集』には〈ひねもす花に暮して、かの西上人《さいしょうにん》の歌をおもふ〉と前書する。

すなわち、〈眺《なが》むとて花にもいたく〉の部分を踏まえ、「はなはだ」の意の〈いたく〉（副詞）を〈いたし〉（形容詞）に転じて、〈頸《くび》の骨〉を接続した句法。和歌優美の世界から、いきなり卑俗の世界へと急降下する、観念上の落差に滑稽《こっけい》感が期待されている。

こうした雅と俗の暴力的な結びつけに、談林《だんりん》俳諧が時代の好尚にかなって一世を風靡《ふうび》した原因の一つがあったと思われるが、このようにして生み出されてくる世界は、やはり伝統的な落花《らっか》への愛惜の情にほかならなかった。（乾）

いかに見る人丸《ひとまる》が目には桜鯛《さくらだい》　（佐夜中山《さよのなかやま》集）

▼季語―「桜鯛《さくらだい》」晩春。仲春とする説もある。桜の花の咲くころ、産卵のため内湾に集まってくる鯛《たい》。うろこの紅色が鮮やかで、肉づきがよく、脂がのっていて美味である。兵庫県明石《あかし》の名産で、当時の俳諧付合《つけあい》語辞典『類船《るいせん》集』にも〈鯛《たい》―

明石《あかし》〉とある。▼句切れ―「いかに見る」。切れ字「いかに」。▽人丸《ひとまる》―柿本人麿《かきのもとのひとまろ》。『万葉集』の歌人。明石《あかし》市にこれを祭った柿本《かきのもと》神社（人丸《ひとまる》神社）がある。

《句解》 そのむかし歌聖柿本人麿《かきのもとのひとまろ》は、吉野山の桜を雲かとばかりながめたが、いま人丸《ひとまる》神社の人丸《ひとまる》は、桜ならぬ桜鯛《さくらだい》を、どう思って見ることだろうか（きっと喜んで賞味することだろう）。

《鑑賞》 『古今集』仮名序の〈春のあした、よしのの山のさくらは、人まろが心には、雲かとのみなむおぼえける〉によった句で、人丸《ひとまる》→桜、桜→桜鯛《さくらだい》、桜鯛《さくらだい》→明石《あかし》、明石《あかし》→人《ひと》丸《まる》の連想を組み合わせた技巧的な作品であるが、句意がすっと通じるために、さほど複雑さを感じさせない。人丸《ひとまる》と桜鯛《さくらだい》の組み合わせはまさに奇想天外で、宗因の面目躍如たるものがある。（乾）

《補説》 『古今集』の序にいう人麿《ひとまろ》の「吉野山」の原歌は未詳である。

となん一つ手紙のはしに雪の事

（千宜理記《ちぎりき》）

▼季語―「雪」仲冬。▼句切れ―「となん一つ」。係助詞「なん」を受けて結ぶ語「書ける」「書きける」などの省略された形。▽となん―……ということを。「と」によって受けとめられる引用句を省略し、下五〈雪の事〉にそれを暗示させた語法。▽一つ―一筆。「一、何々」と記すひとつ書きを連想させる。▽手紙のはし―用件を記した手紙の追伸《ついしん》（追って書き・なおなお書きともいう）。

《句解》 おもしろく雪の降った日、ちょうど人に手紙をやることがあったので、無風流を咎《とが》められた兼好《けんこう》法師の故事を思い出し、手紙のはしに〈この雪いかがみる〉と一筆書き添えてやった。

《鑑賞》 『徒然草《つれづれぐさ》』第三一段の〈雪のおもしろう降りたりし朝《あした》、人のがり言ふべき事ありて文をやるとて、雪の事何ともいはざりし返事《かえりごと》に、「この雪いかが見ると一筆のたまはせぬほどの、ひがひがしからん人のおほせらるる事、聞きいるべきかは。返す返す口をしき御心なり」と言ひたりしこそ、をかしかりしか〉によった句で、〈となん〉が〈この雪いかが見る〉を受けたことは明らか。

それにしても、いきなり冒頭に〈となん一つ〉とおいた語法は奇抜で、このへんに作者の得意があったものであろう。（乾）

《補説》 宗因には貞門《ていもん》にはなかったような斬新《ざんしん》で軽快な作風が多い。松尾芭蕉《ばしょう》はのちに、〈上に宗因なくんば、我々が俳諧、今以《もっ》て貞徳《ていとく》の涎《よだれ》をねぶるべし。宗因は此《こ》の道の中興開山なり〉（『去来《きょらい》抄』）と高く評価した。

井原西鶴（いはらさいかく）

寛永一九（一六四二）～元禄六（一六九三）。本名は平山藤五か。初号鶴永《かくえい》。別号には西鵬《さいほう》・松寿軒などがある。大坂の商家に生まれる。自称一五歳で俳諧を志し、のち西山宗因《そういん》に入門して談林《だんりん》派の代表的作者として活躍し、阿蘭陀《おらんだ》流と呼ばれた。速吟に長じ一昼夜二万三五〇〇句の記録を作った。編著には『生玉万句《いくだままんく》』『西鶴大矢数《おおやかず》』などがある。晩年は浮世草子《うきよぞうし》作者としても活躍した。

長持《ながもち》へ春ぞ暮れ行く更衣《ころもがえ》　（落花《らっか》集）

▼季語―「更衣《ころもがえ》」初夏。陰暦四月一日、綿入れを脱いで袷《あわせ》に着替えた行事。もと宮中で、几帳《きちょう》・畳・装束などを夏の装いに改めた行事にならったものである。▼句切れ―「春ぞ暮れ行く」。▽長持《ながもち》―衣類・道具などを入れておくための、蓋《ふた》のある長方形の箱。▽春ぞ暮れ行く―春季の終わる意で、春の一日が暮れる意ではない。

『句解』　更衣《ころもがえ》の今日、さまざまな楽しい思い出をまとった花見小袖《こそで》を、長持《ながもち》の中へ収めてしまう。春はどこへ行くのかと思っていたら、長持《ながもち》の中へ暮れて行くの

■西鶴《さいかく》の矢《や》数俳諧《かずはいかい》

延宝五年（一六七七）五月二五日、三六歳の西鶴《さいかく》は、京都三十三間堂《げんどう》の通し矢（三十三間堂《げんどう》の軒下を射通した競争で、射手は、一昼夜に数千本または一万数千本などの数を誇った）にならい、大坂生玉《いくたま》の本覚寺で一夜一日の速吟を試み、一六〇〇句の連句を成した。これが矢数俳諧《やかずはいかい》の始まりである。〈初花の口拍子きけ大句数〉という颯爽《さっそう》たる発句《ほっく》とともに、文芸史上空前のスピード競争が始まった。

その年九月二四日には、奈良の月松軒紀子《きし》が一八〇〇句の独吟を成して早くも西鶴《さいかく》を破り、延宝七年三月五日には仙台の大淀三千風《おおよどみちかぜ》が二八〇〇句を独吟して西鶴《さいかく》の記録をさらに大幅に引き離したのである。そこで西鶴《さいかく》は、新たな決意のもとに、延宝八年（一六八〇）五月七日、大坂生玉《いくたま》で独吟を試み、四〇〇〇句の記録をうちたてる。

その後西鶴《さいかく》は『好色一代男』を書いたりして小説に力を注いだが、このくらいの記録はいずれ人に破られるかもしれないと不安だったのだろう。貞享元年（一六八四）六月五日、摂津《せっつ》（大阪府）住吉《すみよし》の神前で二万三五〇〇句の独吟を試み、それに成功して安心し、西鶴《さいかく》は二万翁《おう》と自称するようになる。二万三五〇〇句を二四時間で吟ずるのだから、単純に計算しても、一句を詠むのに三・七秒弱しかかかっていないという大変なスピードである。（山下）

だなあ。

《鑑賞》 西鶴初期の作品。『画賛草稿十二ケ月』に〈袖《そで》をつらねて見し花も絶えて、女中きる物も今朝名残《けさなごり》ぞかし〉という前書がついて出る。

袖《そで》をつらねて浮かれ歩いた花見衣装が、暮れ行く春とともに、一枚一枚長持《ながもち》の中へしまわれてゆく、ということを、〈長持《ながもち》へ春ぞ暮れ行く〉と奇抜にいいとった点にのちの蕉風《しょうふう》にはない古い作意が認められるが、惜春の情を人事によって巧みに表現してみせた、西鶴らしい佳句である。

北村季吟《きぎん》の『山の井』に、更衣《ころもがえ》の句の作り方を説いて、〈花衣ぬぎかへて、はらわたをたつ〉などとあるが、それに比べると、西鶴の句はいかにも優美である。　(乾)

浮世の月見過しにけり末《すえ》二年

(西鶴置土産《おきみやげ》)

▼季語―「月」仲秋。八月十五夜の名月。▼句切れ―「見過しにけり」。切れ字「けり」。

▽浮世の月―この世の月。柿本人麿《かきのもとのひとまろ》の辞世と伝えられる

石見《いわみ》がた高津の松の木の間よりうき世の月を見はてぬるかな

(細川幽斎《ゆうさい》『九州道の記』など。所伝によって字句に小異がある)による。▽見過しにけり―余分に見過ぎた、つまり長生きし過ぎたという意。上記の歌のもじり。▽末《すえ》二年―西鶴は五二歳没。「人生五〇年」というから、最晩年の二年間のこととなる。

〔句解〕 人生は五〇年といい伝えるのに、わたしはもう五二年も生きながらえた。人麿《ひとまろ》の辞世にちなんでいえば、浮世の月を末《すえ》二年だけ、余分に見過ぎたことになる。

《鑑賞》 西鶴辞世の句。出典に肖像とともに掲げられ、〈辞世　人間五十年の究《きわま》り、それさへ我にはあまりたるに、ましてや〉と前書する。五〇年でさえ余るというのは、出家した三四歳をもって、浮世を離れたと考えていたからであろう。

また西鶴の死は八月一〇日で、五二年目の名月はついに見られなかった。十五夜までは生きられると考えていたのだろうかと、中村幸彦は指摘している。

《補説》 西鶴には、町人風俗、特に金銭の世界を詠んだ句に佳句が多い。浮世草子《うきよぞうし》との接点を思わせる。

しれぬ世や釈迦《しやか》の死跡《しにあと》にかねがある　(白根草《しらねぐさ》)

大晦日《おおみそか》定めなき世の定めかな　(三ケ津歌仙《さんかづかせん》)

(乾)

蕉風《しょうふう》直前の俳諧と蕉風《しょうふう》

談林《だんりん》俳諧が風俗詩化、散文化への傾きをみせると、純正な詩への志向が、江戸の池西言水《ごんすい》・椎本才麿《しいのもとさいまろ》・松尾芭《ば》蕉《しょう》、大坂の小西来山《らいざん》、伊丹《いたみ》の上島鬼貫《うえじまおにつら》などにみられるようになった。中でも芭蕉《ばしょう》とその門下による蕉風《しょうふう》俳諧が、抜きん出た高さに到達した。芭蕉《ばしょう》には、榎本其角《えのもときかく》・服部嵐雪《はっとりらんせつ》・向井去来《むかいきょらい》・内藤丈草《じょうそう》などすぐれた弟子が多かったが、芭蕉《ばしょう》没後、蕉門《しょうもん》は分裂し、各務支考《かがみしこう》の流れの美濃《みの》派、岩田涼菟《りょうと》・中川乙由《おつゆう》の流れの伊勢《いせ》派が栄えた。

池西言水（いけにしごんすい）

慶安三（一六五〇）〜享保七（一七二二）。本名は則好か。通称八郎兵衛。別号には兼志・紫藤軒《しどうけん》などがある。奈良に生まれる。江戸に出て松尾芭蕉《ばしょう》・椎本才麿《しいのもとさいまろ》らと交わり、談林風《だんりんふう》を超えようとする新風運動の先頭集団にいた。のち京都に定住、伊藤信徳《しんとく》らと交わった。編著には『江戸新道《しんみち》』『江戸蛇之酢《じゃのすし》』『東《あずま》日記』『京日記』などがある。自選句集に『初心もと柏《かしわ》』がある。

猫《ねこ》逃げて梅ゆすりけり朧月《おぼろづき》　（初心もと柏《かしわ》）

▼季語―「梅」初春、「朧月《おぼろづき》」兼三春。梅花のにおう初春のころのおぼろ月。おぼろ月は水蒸気によってほのかに霞《かす》んだ月。▼句切れ―「ゆすりけり」。切れ字「けり」。

〔句解〕どこかにうずくまっていたらしい猫《ねこ》が、ふいに木伝《きづた》いに走り、そのひょうしに枝が揺れて、梅花の香りが馥郁《ふくいく》と漂う。空にはおぼろに霞《かす》んだ春の月がかかっていて、なにやら妖艶《ようえん》なおぼろ夜の風情《ふぜい》である。

《鑑賞》『類題発句《ほっく》集』などに中七〈梅動《ユスリ》きけり〉とするのは、出典に〈動けり〉と表記されているためで、明らかな誤伝。また『かり座敷』などには〈梅匂《にお》ひけり〉とある。作者の自注にも〈月にうかれて花にたよれり。のらのうかれは妻こひかけ、うとく木づたへば、猶《なお》梅が香甚《はなはだ》し〉とあるから、〈匂《にお》ひけり〉でもよいわけだが、〈ゆすりけり〉の方が動きがあり、梅の香りはおのずから言外に漂う。

市井《しせい》の生活感情が繊細な美意識によって表現されており、いかにも都会人好みの佳句であることはいうまでもないが、自注に従ってこの猫《ねこ》を妻恋い猫《ねこ》（春季）と解すると、妻恋い猫《ねこ》・梅・朧月《おぼろづき》と道具がそろいすぎて、作りもの

の感がしないでもない。このへんに言水の限界があったとみてよかろう。（乾）

菜の花や淀《よど》も桂《かつら》も忘れ水

（初心もと柏《かしわ》）

▼季語―「菜の花」仲春。▼句切れ―「菜の花や」。切れ字「や」。

▽淀《よど》―淀川《よどがわ》。京都のまちの南を西南に流れる川。▽桂《かつら》―桂川《かつらがわ》。同じく西を南へ流れて、西南の地点で淀川《よどがわ》と合流する。▽忘れ水―草におおわれて見えない水の流れ。

〔句解〕東山の高台からはるか西南の方角をながめると、見渡すかぎり菜の花盛りである。いつもはほの白く輝いて見える淀川《よどがわ》も桂川《かつらがわ》も、その菜の花に埋もれてしまって見えず、まるで忘れ水のような風情《ふぜい》がある。

《鑑賞》前書に〈東山の台にて〉とあり、そこからの眺望《ちょうぼう》を詠んだ句とわかる。作者の自注に〈忘れ水とは深草が下にゆく流れなり。右の二河、常は清白に見ゆ。花菜長く覆ひては、其の様忘れ水たり〉とあり、淀川《よどがわ》や桂川《かつらがわ》を忘れ水に見立てたのが一句の眼目である。

「見立て」の手法は、貞門《ていもん》俳諧で最も盛んに行われ、談林《だんりん》俳諧ではややすたれたとはいえ、スケールが雄大また奇抜となった。言水はそれに学んだのである。

のちに高井几董《きとう》は、与謝蕪村《よさぶそん》らと清水寺の閣上から淀川《よどがわ》八幡山《はちまんやま》あたりを眺望《ちょうぼう》した際、〈今の人とても、「菜の花に淀《よど》も桂《かつら》も」とまではおもひよるべし。「忘れ水」と慥《たし》かに置く事難《かた》し〉と褒《ほ》めると、蕪村《ぶそん》も同意したという（『新雑談集《ぞうだん》』）。たしかに天明調に通うところのある句である。（乾）

朝霧やさても富士呑《の》む長次郎

（初心もと柏《かしわ》）

▼季語―「霧」兼三秋。▼句切れ―「朝霧や」。切れ字「や」。

▽長次郎―塩の長次郎。当時有名だった手品師。作者の自注に〈しほや長次郎といふ者、世にいでて放下す。目前の山海、行路の牛馬を忽《たちま》ちにのみ隠す〉とある。

〔句解〕みるみるうちに朝霧が湧《わ》き出して富士の姿をのみ隠す。それはまるで、なんでもかでものんでみせる長次郎の奇術を見るようだ。

《鑑賞》作者の自注に、〈今朝《けさ》の朝霧は眼上の不二《ふじ》山をのむ。塩の長次に似たり〉とあり、霧が富士山を覆い隠すのを、長次郎の奇術に見立てたことは明らか。また〈此《こ》の山ただは出さず。しほじりの縁を以てなり〉から、長次郎と富士山は、『伊勢物語』第九段に、富士の姿を形容して〈塩《しお》尻《じり》のやうになんありける〉とあるのを媒介として、取り合わされたものであることもわかる。

こうした奇抜な言葉の操作は談林《だんりん》俳諧の特徴で、この句は談林《だんりん》時代の作と推定される。言水は晩年、〈予《よ》この句をこのまず、さりながら雑言《ぞうごん》の一つ、是《こ》れ慰みにも〉とことわりながら、あえて自選句集に取り入れたのは、言水の俳意識のありどころを示すものであろう。（乾）

木枯《こがらし》の果てはありけり海の音

（新撰都曲《しんせんみやこぶり》）

▼季語―「木枯《こがらし》」初冬。秋から初冬にかけて吹く強い風。木を吹き枯らす風の意。▼句切れ―「ありけり」。切れ字「けり」。

▽果て―行き着く先。▽海―琵琶《びわ》湖。真蹟《しんせき》の前書に〈湖上眺《ちょう》望《ぼう》〉とあり、海洋と解するのは誤り。「湖」もウミと読む。

〔句解〕冬の湖は、いつもの静かさとはうって変わり、時として激しい波の音を響かせる。ああ、ここが、音立てて野山を吹きまくっていたこがらしの行き着く果てであったのだな。

《鑑賞》作者は、この句によって一躍名を挙げ、「こがらしの言水」とまで呼ばれた。それほど名高い句である。いつもは京の市街で聞くこがらしの音と、湖水の高鳴りとを結びつけた知的操作が、一句の眼目である。その結びつけを可能にしたのは中七〈果てはありけり〉で、従来、その表現の巧みさと、その裏に感知される感受性の豊かさが喧伝《けんでん》されてきたわけだが、この言葉は、実は言水の発明ではなく、謡曲「東北」の〈霞《かすみ》の関を今朝越えて、果てはありけり武蔵野《むさしの》を〉によったものと考えられる。

当時の俳諧に対する謡曲の影響力は想像以上で、ちょっとした趣向・表現・言葉にも、謡曲を出典とするものが数多く見出されるから、よほど注意深く読まないと、評価を誤るおそれがある。この句も、想像力のたくましい佳句であるにはちがいないが、〈果てはありけり〉が言水の発明でないとすると、従来の評価は少々割り引かれる必要があろう。

《補説》「こがらしの言水」のように、有名な句の一部が作者のニックネームに用いられた例として、〈もしあらば雪女もや白うるり〉の句による「白うるりの道節《どうせつ》」（末吉道《どう》節《せつ》）、〈白炭ややかぬ昔の雪の枝〉の句による「白炭の忠知《ただとも》」（神野忠知《ただとも》）などがある。（乾）

椎本才麿（しいのもとさいまろ）

明暦二（一六五六）～元文三（一七三八）。本姓は谷氏。椎本は故郷の椎名津彦《しいなつひこ》の神にちなんだ名乗り。通称八郎右衛門。

初号則武。別号西丸・才丸。大和国《やまとのくに》(奈良県)宇陀《うだ》郡の生まれ。初め貞門《ていもん》の山本西武《さいむ》、のち談林《だんりん》の西山宗因《そういん》・井原西鶴《さいかく》に師事した。江戸に出て松尾芭蕉《ばしょう》・池西言水《ごんすい》らと新風を競ったが、のち大坂に定住、やがて精彩を失った。編著には『坂東太郎』『椎《しい》の葉』などがある。

笹《ささ》折りて白魚のたえだえ青し

(東《あずま》日記)

▼季語―「白魚」初春。シラウオ科の魚。全長一〇センチメートルくらいで、色は無色透明に近い。春先産卵のため川をさかのぼる。▼句切れ―「青し」。切れ字「し」。

『句解』 籠《かご》に笹《ささ》の葉を折り敷いて、すくったばかりの白魚を盛ると、白く透明な白魚のすきますきまに、笹《ささ》の葉の緑が透けて見えて、実に美しい。

《鑑賞》 透明で柔らかい白魚と、緑の鮮やかな笹《ささ》の葉の取り合わせは、実に繊細で美しい。白魚がまるで薄緑色に染まるかのようにも感じられる。このデリケートな美の把握《はあく》は、作者のみずみずしい感受性を示すものとして高く評価されてきたが、そんなあえかな美しさを生み出しえた〈たえだえ青し〉という言葉は、実は作者の発明ではなく、〈年くれし雲ゐの雪気《ゆきけ》はれそめてたえだえ青きしののめの空〉(『夫木《ふぼく》抄』)の先例がある。句はそれによったと考えられるから、従来の評価はいくらか修正されねばならない。

《補説》 諸家の白魚を詠んだ句は、

藻《も》にすだく白魚やとらば消《け》ぬべき　松尾芭蕉《ばしょう》
白魚やさながら動く水の色　小西来山《らいざん》

など、いずれもその透明で消え入りそうな美をとらえている。また才麿の句は、芭蕉《ばしょう》の〈海暮れて鴨《かも》の声ほのかに白し〉(『甲子《かっし》吟行』)と同じ句体で、五・五・七など破調の句の流行した過渡期の作風である。出典『東《あずま》日記』は延宝九年(一六八一)刊。　(乾)

猫《ねこ》の子に嗅《か》がれてゐ《い》るや蝸牛《かたつむり》

(陸奥鵆《むつちどり》)

▼季語―「蝸牛《かたつむり》」仲夏。▼句切れ―「嗅《か》がれてゐるや」。切れ字「や」。

『句解』 猫《ねこ》の子が、はてなんだろうと、けげんな顔をして、かたつむりのにおいを嗅《か》いでいる。

《鑑賞》 得体《えたい》の知れぬ生き物に遭遇した猫《ねこ》の子の、けげんな顔つきや逃げ腰までが想像され、可憐《かれん》でユーモラスな気分をかもし出すが、それよりもおもしろいのは、いかにも迷惑そうに殻《から》の中に身をすくめて、固くなっているかたつむりの心がしのばれることである。

修辞の上からみても、一句の焦点はむしろ、下五にただ一語何の説明も加えずにおいた〈蝸牛《かたつむり》〉にあると考えられる。猫《ねこ》がかたつむりを嗅《か》いでいるのではなく、かたつむりが猫《ねこ》によって嗅《か》がれているという、中七の受身の表現に注目したい。作者はかたつむりにピントを合わせてシャッターを押した。そこに俳諧が感じられる。

《補説》『夫木《ふぼく》抄』に〈牛の子に踏まるな庭のかたつぶり角あればとて身をな頼みそ〉の歌があるが、才麿はその上《かみ》の句に、俳諧をもって挑戦《ちょうせん》したのかもしれない。（乾）

時雨《しぐれ》そめ黒木になるは何々ぞ　（仮橋《かりはし》）

▼季語―「時雨《しぐれ》」初冬。陰暦一〇月ごろ、断続的に降る雨。初冬のわびしさを感じさせる。▼句切れ―「何々ぞ」。切れ字「ぞ」。ただし、「時雨《しぐれ》そめ」にもやや休止がある。

▽黒木―生木を三〇センチメートルぐらいの長さに切り、かまどで蒸し焼きにして燃えやすくした、黒色のたき木。京都の八瀬・大原《おおはら》あたりで作られ、大原女《おはらめ》が頭にのせて、京都市中を売り歩いた。

『句解』　山々を時雨《しぐれ》が降りめぐり始めた。わびしい冬の到来である。あの山々から伐《き》り出されて、黒木にいぶされるのは、どんな木々なのだろう。

《鑑賞》　山々をめぐる初時雨《しぐれ》を矚目《しょくもく》した際、やがて黒木にいぶされる木々の運命を思いやったのであるが、時雨《しぐれ》と黒木の間には、特別な論理的な関係はない。冬の訪れを告げるわびしく静かな時雨《しぐれ》の情趣と、いぶされてくすんだ黒木のもつ情趣との間に、なにかしら通い合うものが感じられたのである。

前書に〈元禄二年十月四日、言水《ごんすい》亭興行《こうぎょう》〉とあり、江戸から大坂へ移住する際、久しぶりに訪れた京都の、初時雨《しぐれ》の情趣に感動しての作であろう。

《補説》　時雨《しぐれ》と黒木とを取り合わせた句には、野沢凡兆《ぼんちょう》の、

　しぐるるや黒木積む屋の窓明り　（猿蓑《さるみの》）

がある。

両者の優劣はたやすくはつけがたいが、才麿の句には季節の動きが感じられる。それは〈時雨《しぐれ》そめ〉という上五のはたらきによるもので、〈時雨《しぐれ》降り〉と伝える『才麿発句《ほっく》抜萃《ばっすい》』の句形はよくない。（乾）

夕暮《ゆうぐれ》のものうき雲やいかのぼり　（其袋《そのふくろ》）

▼季語―「いかのぼり」兼三春。江戸でいうたこ。絵だこ・字だこ・奴《やっこ》だこ・扇子《せんす》だこなど、さまざまな種類がある。
▼句切れ―「雲や」。切れ字「や」。

『句解』 春の夕暮れ、空にはもの憂く雲がたなびき、二つ三つ、いかのぼりがたゆとうている。

《鑑賞》 春の夕暮れのけだるいような感覚が巧みに表現されている。たこは東風《こち》に乗って勢いよく飛翔《ひしょう》するが、ここでは動きがほとんどなく、春曇りの夕空にゆっくりとたゆとうている風情《ふぜい》が感じられる。萩原朔太郎《はぎわらさくたろう》の詩にでも出てきそうなポエジーのある句である。

《補説》 才麿にはすぐれた作品が多い。

鶯《うぐいす》の細脛《ほそはぎ》よりやこぼれ梅　（翁草《おきなぐさ》）

謡曲「花月」の〈鶯《うぐいす》の花踏み散らす細脛《ほそはぎ》を〉によった句で、〈こぼれ梅〉が効果的である。

おもひ出《い》でて物なつかしき柳かな　（続《つづき》の原《はら》）

柔らかく枝を垂れて情緒深げに見える柳から、過去の記憶の糸をたぐる。感傷的な味わいのある句である。

白雲を吹き尽したる新樹《しんじゅ》かな　（難波《なにわ》の枝折《しおり》）

紺碧《こんぺき》の初夏の空、輝くばかりの新緑。〈吹き尽したる〉という豪快な表現が効《き》いている。語法的には、新樹《しんじゅ》が白雲を吹き尽くしたように聞こえ、その点正岡子規《しき》などの目指していた写生とは違う。

五月雨《さみだれ》や桃《もも》の葉寒き風の色　（この華《はな》）

五月雨《さみだれ》どきの膚寒さを、桃の葉裏を吹き返す風の色に象徴させた句で、感覚的な才麿の句風をよく示している。（乾）

上島鬼貫（うえじまおにつら）

寛文一（一六六一）〜元文三（一七三八）。本名宗邇《むねちか》。通称与惣兵衛。別号には囉々哩《らりり》・仏兄《さとえ》などがある。摂津国《せっつのくに》（兵庫県）伊丹《いたみ》の酒造家油屋の一族に生まれた。一三歳で松江重頼《しげより》に入門、のち談林風《だんりんふう》に転じ、また一時伊丹風《いたみふう》と呼ばれる異体の俳諧に遊んだが、やがて松尾芭蕉《ばしょう》より早く「まことの外に俳諧なし」と悟り、率直で平易な俳風を示した。編著には『大悟物狂《たいごものぐるい》』『仏の兄《ほとけのあに》』『独言《ひとりごと》』などがある。

春の水ところどころに見ゆるかな　（大悟物狂《たいごものぐるい》）

▼季語―「春の水」初春。春がきて冬がれの川や池の水量が豊かになり、のどかな春の感じを与えるのをいう。▼句切れ―「見ゆるかな」。切れ字「かな」。

『句解』 冬の間は水がかれて人目をひくこともなかった川や池が、春の到来とともに、息を吹き返した緑の野山のところどころに、豊かに白く光って見える。のどかな早春の風景である。

《鑑賞》 見たままを素直に詠んだ句である。〈ところどころに見ゆる〉というのも、日常平俗な言葉の言いまわしで一切の技巧を排している。それでありながら、〈春の水〉の

本質を見事にとらえ、早春の明るさ、輝きを余すところなく表現しえている。いかにも鬼貫らしい佳句である。（乾）

庭前に白く咲いたる椿《つばき》かな

（大悟物狂《たいごものぐるい》）

▼季語―「椿《つばき》」仲春。松永貞徳《ていとく》の『御傘《ごさん》』に、〈雑《ぞう》なり。花を結びては春なり。たとひ花の字なくとも、花の心ある句躰《くてい》ならば、春になるべし〉とあり、〈白く咲いたる〉とあるので春季となる。▼句切れ―「椿《つばき》かな」。切れ字「かな」。

『句解』椿《つばき》の花の本質は、いろいろ言葉を巧むより、〈庭前に白く咲いたる椿《つばき》〉、この一言で足り、この一言にきわまる。

《鑑賞》前書に〈空道和尚《おしょう》、いかなるか是《こ》れなんぢが誹《はい》眼《がん》、ととはれしに、即答《そくとう》〉とある。空道和尚《おしょう》から、なんじの俳諧観はいかなるものか、と禅問答をしかけられ、それに対して無心の境地で、即時に詠んで答えたのがこの句だというのである。

すなわち、古来椿《つばき》は、玉椿《たまつばき》・伊勢《いせ》椿《つばき》・とびいり椿《つばき》など、〈其《そ》の名につきたる作意あめる〉（北村季吟《きぎん》著『山の井』）と説かれてきたわけだが、そうした作意の一切合切を投げ捨てて、ただ無心にありのままを詠むのが、わたしの俳眼です、と答えたのである。

これは、〈如何《いか》ナルカ是レ祖師西来意《さいらいい》〉（達磨《だるま》大師が中国にやってきた本義は何か）とたずねられた趙州《ちょうしゅう》という僧が、ただ〈庭前ノ栢樹子《はくじゅし》〉（庭先のかしわの木）と答えたという、『正法眼蔵《しょうぼうげんぞう》』『碧眼録《へきがんろく》』などで有名な禅問答を下敷きにしている。したがってこの句は、何の粉飾も加えず、ありのままの自然を詠むことによって椿《つばき》の花の本質をつかみ取ると同時に、そうした創作態度そのものによって、じかにおのれの俳諧観を示したものといえよう。

とすると、彼の唱えた俳諧の誠とは、純粋に文学上の理念ではなく、禅的達観に近いものの見方を基底とする、つまりは宗教的色彩の濃い精神だったということになろう。

《補説》『仏兄《さとえ》七久留万《ななくるま》』に〈誹諧《はいかい》の大道は、言習《ことばなら》ふにも得ず。句のかたち作りならふにも得ず。只《ただ》我が平生の気心、高天《たかま》が原に遊んで、雪月花のまことなるに戯れ、神妙をしらば云々《うんぬん》〉とあり、鬼貫の俳諧観がよくわかる。（乾）

そよりともせいで秋立つ事かいの

（とてしも）

▼季語―「秋立つ」初秋。▼句切れ―「秋立つ事かいの」。切れ字「の」。

▽そより―そよろ。風の静かに吹くさま。▽事かいの―こと

かなあ。〈かいの〉は疑問の終助詞「か」に詠嘆の終助詞「い」がついてできた終助詞「かい」に、さらに詠嘆の終助詞「の」が接続したもの。軽い疑問を含んだ詠嘆の意を表す。

『句解』　秋がやってきたことを知らせるはずの風はそよとも吹かず、こんなに暑い日なのに、今日が立秋だなんてまあ（とても信じられないよ）。

《鑑賞》　〈残暑〉という前書がついている。暦の上の立秋と、現実の季節感との間のずれは、現代でもよく感じることであるが、それをずばりと言った句。

〈そより〉〈せいで〉〈事かいの〉はすべて当時の口語で、日常生活での挨拶《あいさつ》の言葉が、そのまま口をついて出たような趣がある。

ただし、『古今集』の〈秋来ぬと目にはさやかに見えねども風の音にぞ驚かれぬる　藤原敏行《ふじわらのとしゆき》〉など、風の音に秋の到来を知るという古来の常識が下敷きになっており、そういう伝統に対し、現実の生活感覚からちょっと反抗してみたい気持ち、皮肉ってみたい気持ちが看取されないでもない。

《補説》　鬼貫には口語調の句が多い。

草麦や雲雀《ひばり》があがるあれ下がる　（仏兄《さとえ》七久留万《なくるま》）
惜しめども寝たら起きたら春であろ　（同）
なんとけふの暑さはと石の塵《ちり》を吹く　（同）
によつぽりと秋の空なる富士の山　（大悟物狂《たいごものぐるい》）
冬はまた夏がましじやといひにけり　（大悟物狂《たいごものぐるい》）

（乾）

行水《ぎょうずい》の捨てどころなき虫の声　（鬼貫句選）

▼季語―「虫の声」初秋。松虫・鈴虫・きりぎりすなどの鳴く声。「行水《ぎょうずい》」は現在は夏の季語だが、当時は雑《ぞう》として扱われた。▼句切れ―「虫の声」。詠嘆の終助詞「かな」などが省略されたと考えればよい。
▽行水《ぎょうずい》―たらいなどに湯を入れて体を流す、簡易入浴法。ここはそれに使った湯。

『句解』　行水《ぎょうずい》で使った湯を捨てようとしたが、あたり一面美しい虫の声でいっぱいで、うっかり捨てると鳴きやんでしまうおそれがある。これではどこにも捨てる場所がない。困った、困った。

《鑑賞》　虫の声を賞するのは、古来詩歌の常識で、鬼貫もそれに従ったまでであるが、それを〈行水《ぎょうずい》の捨てどころなき〉と、日常卑近な素材である行水《ぎょうずい》の湯のあと始末を取り上げて言ったところに俳諧がある。

鬼貫の作の中でも最も有名な句であるが、千代女《ちよじょ》の〈朝顔に釣瓶《つるべ》とられて貰《もら》ひ水〉と同様、風流を売り物にしたようなところがあり、かえって低俗に感じられる。

『仏兄七久留万《さとえななくるま》』などには中七〈捨所《すてどころ》なし〉とする。その場合は、句切れ「なし」、切れ字「し」。

《補説》〈鬼貫は夜中盥《たらい》を持ち歩き〉という、この句を揶揄《やゆ》した有名な川柳がある。これはそのいやみな風流ぶりに痛棒をくらわせたもので、川柳子のきわめて健康的な精神の所産だといわなければならない。（乾）

冬枯（ふゆがれ）や平等院（びょうどういん）の庭の面（おも）

（大悟物狂《たいごものぐるい》）

▼季語―「冬枯《ふゆがれ》」初冬。冬になって、木や草が枯れ、荒涼たる風景を現出すること。▼句切れ―「冬枯《ふゆがれ》や」。切れ字「や」。

▽平等院《びょうどういん》―山城国《やましろのくに》（京都府）宇治にある天台・浄土両宗の寺。もと関白藤原頼通《ふじわらのよりみち》の別荘であったのを、永承七年（一〇五二）寺として創建。治承四年（一一八〇）平氏追討を謀《はか》って敗れた源頼政《みなもとのよりまさ》が、ここで戦死した。庭の芝の上に扇を敷き、それに座して自刃《じじん》したといい、今も扇の芝と称してその跡をとどめている。

〖句解〗ひと日、宇治の平等院《びょうどういん》を訪れた。今、木の葉は落ち尽くし、扇の芝は枯れ果てて、頼政《よりまさ》の昔を偲《しの》ぶよすがもない（それが一層悲しみを誘う）。

《鑑賞》前書〈宇治にて〉。中七・下五は、謡曲「頼政《よりまさ》」の〈ただ一すぢに老武者の、これまでと思ひて、平等院の庭の面、これなる芝の上に扇を打敷き、鎧《よろい》脱ぎ捨て、座を組みて〉の傍点の部分をそのまま借用したもの。

談林《だんりん》俳諧では、謡曲の文句をもとの意味からできるだけ飛躍させて用い、そこに生まれる滑稽感《こっけいかん》を眼目としたのであるが、この句はそれとは違って、謡曲の言葉のもつ背景―頼政《よりまさ》の討ち死にという悲劇的世界を、見事に生かしえている。満目蕭条《まんもくしょうじょう》たる冬枯れの古寺の庭に、頼政《よりまさ》のはかない生涯を、もの悲しく回想した、出色の作品である。（乾）

小西来山（こにしらいざん）

承応三（一六五四）～享保一（一七一六）。通称伊右衛門。初号満平《みつひら》。別号には十万堂・湛翁などがある。大坂の薬種商の家に生まれ、七歳で前川由平《ゆうへい》に書学・俳諧を学び、のち西山宗因《そういん》についた。晩年は雑俳《ざっぱい》の点者としても活躍した。豪放磊落《らいらく》さと繊細な感受性とを合わせもち、句風は談林《だんりん》を超えるものがあった。編著に『大坂八五十韻《はちこじゅういん》』『今宮草《いまみやぐさ》』などがある。

ほのかなる鶯（うぐいす）聞きつ羅生門（らしょうもん）

（海陸《かいりく》前集）

▼季語―「鶯《うぐいす》」初春。▼句切れ―「聞きつ」。切れ字「つ」。

▽羅生門《らしょうもん》―羅城門《らじょうもん》とも。平安京の南京極《きょうごく》に設けられていた都

城の正門。南北約七・八メートル、東西約三一・七メートル、重閣・瓦葺《かわらぶき》に鴟尾《しび》のついた建物。早く荒廃し、現在京都市南区千本九条にその跡が残る。

〘句解〙 早春、羅生門《らしょうもん》のほとりを通りかかると、かすかにうぐいすが鳴いた。ほのかな鳴き声ではあるが、たしかにうぐいすの声だ。

《鑑賞》 羅生門《らしょうもん》といえば、渡辺綱《わたなべのつな》の鬼退治などを連想するのが長い間の常識であったが、作者はそれを捨て、自己の体験に基づいて、ほのかなうぐいすの声を詠出した点に、まず新しみが感じられる。

羅生門《らしょうもん》は平安京の外郭にあったから、〈ほのかなる声ぞ聞ゆる九重《ここのえ》の宮のほかにや鳥は鳴くらむ〉（『新拾遺《しゅうい》集』）の歌も連想されるし、上五・中七の表現からは、〈つれづれと思ひやりつつ鶯《うぐいす》のほのかに聞きし声ぞ恋しき〉（『新千載《せんざい》集』）の歌も思い合わされ、全体として王朝時代への連想を誘う雅《みや》びな情趣を漂わせている。

この句には〈動情〉という前書がついており、京洛《らく》の片ほとりでほのかに聞いたうぐいすの声に、春の到来を知ってなごみ動く心が感じられる。

和歌にしばしば用いられた雅語〈ほのかなる〉の措辞がよく効《き》いている。

（乾）

白魚やさながら動く水の色

（続今宮草《いまみやぐさ》）

▼季語—「白魚」初春。シラウオ科の魚。全長一〇センチメートルぐらいで、色は無色透明に近い。春先、産卵のため川をさかのぼる。▼句切れ—「白魚や」。切れ字「や」。

〘句解〙 水量の増した早春の川に白魚が泳ぎまわっている。その透き通った体の色は、まるで水そのものが動いているかのごとく見える。

《鑑賞》 白魚の美の本質をずばりと言い当てた句である。椎本才麿《しいのもとさいまろ》にも〈笹《ささ》折りて白魚のたえだえ青し〉（『東《あずま》日記』）、松尾芭蕉《ばしょう》にも〈藻《も》にすだく白魚やとらば消《け》ぬべき〉（同）の句があるが、前者は笹《ささ》の緑との対照、後者は白露への見立てにより、しかもいずれも古歌の助けを借りて成立しているのに対し、この句は、白魚そのものにレンズを絞り、その繊細な美を真正面から写しとった点に特徴がある。

『きさらぎ』には下五〈水の魂《たま》〉とあって、白魚の神秘性が強調されているからこの方がよいとする説もあるが、〈水の魂《たま》〉では技巧性が感じられ、自然さがそこなわれるという見方も成り立つ。作者もおそらくそのことに気づいて、〈水の色〉と推敲《すいこう》したのであろう。ただし鑑賞は、それぞれの個性に応じて、さまざまであってよい。

（乾）

春の夢気の違は《わ》ぬが恨めしい

（俳諧古選）

▼季語―「春の夢」兼三春。▼句切れ―「恨めしい」。文語「恨めし」（「し」が切れ字）の口語体。「春の夢」でもいったん切れる。
▽春の夢―春の夜にみる夢。またそのように、はかない出来事。句はその両意を掛ける。

〘句解〙いとし子が亡くなったこと自体、春の夜の夢のようにはかない出来事だったが、すこやかに遊びまわる姿を夢にみて、目覚めた春暁のむなしさは、いっそ気が違ってしまえばよいと思うくらいだ。だが現実はそうもならず、それがかえってうらめしい。


《鑑賞》前書は〈愛子《いとしご》をうしなうて〉。『続今宮草《いまみやぐさ》』には〈浄しゅん童子、早春世をさりしに〉とある。浄春童子は、正徳二年（一七一二）正月、生後まもなく死んだ、来山の子。時に来山五九歳。老齢になってもうけた子だけに、いとしさ、悲しさはひときわ深く、それが中七以下の口語調に見事に生かされている。

　ただこの前書がない場合、句の趣はがらりと変わる。〈春の夢〉は古来、妖艶《ようえん》で幻想的なイメージをもつ言葉で、『新古今集』の〈枕《まくら》だにしらねばいはじ見しままに君語るなよ春の夜の夢　和泉式部《いずみしきぶ》〉、〈春の夜の夢にあひつとみえつれば思ひ絶えにし人ぞ待たるる　伊勢《いせ》〉など、片恋ごころと密接に結びついていた。

　そういうイメージを抱いてこの句を読むと、春の夜の夢の逢瀬《おうせ》もはかなく覚めて、恋心はつのるばかり、いっそ気が違ってしまわないのがうらめしい、というほどの意となる。発句《ほっく》もそれ自身で完結し、独立した詩として扱うかぎり、こう解さざるを得ず、前書によってそんな妖艶《ようえん》な句の世界を逆転してみせたところに、俳諧があったとも解しうるわけである。（乾）

行水《ぎょうずい》も日まぜになりぬ虫の声

（俳諧古選）

▼季語―「虫の声」初秋。松虫・鈴虫・きりぎりすなどの鳴く声。「行水《ぎょうずい》」は現在は夏の季語であるが、当時は雑《ぞう》として扱われた。▼句切れ―「なりぬ」。切れ字「ぬ」。
▽行水《ぎょうずい》―たらいに湯を入れて体を流す簡易入浴法。▽日まぜ―一日おき。

〘句解〙暑いときは毎夕かかすことのなかった行水《ぎょうずい》も、秋風立って虫の声が聞かれるようになった今日このごろは、一日おきにしかしなくなった。

《鑑賞》夏から秋への季節の推移感が、行水《ぎょうずい》という日常的、通俗的な営みを通して、見事にとらえられている。

〈日まぜになりぬ〉には動きが表現されており、行水《ぎょうずい》の回数が減ってゆくのに反比例して、虫の声が日一日としげくなってゆく、そんな時の流れが感じられる。しかし、だからといって、〈日まぜ〉に「日ませ」(日増し)を言い掛けて〈虫の声〉にもかかるとみるのはよくない。

上島鬼貫《うえじまおにつら》にも〈行水《ぎょうずい》の捨てどころなき虫の声〉の句があるが、風流を売り物にしたようないやみが感じられ、来山のこの句には遠く及ばない。

来山には立秋を詠んだ〈秋立つやはじかみ漬《づけ》も澄み切って〉の句もあり、清澄な秋の季感がよく表現されていた。

(乾)

山口素堂(やまぐちそどう)

寛永一九(一六四二)〜享保一(一七一六)。名は信章。別号には来雪・素仙堂などがある。甲斐国《かいのくに》(山梨県)の素封家に生まれた。二〇歳のころ江戸に出て儒学を学んだ。和歌・書道・茶道・能などにも造詣《ぞうけい》が深く、茶道の号を今日庵《あん》・其日庵《あん》という。松尾芭蕉《ばしょう》とも親交があり、その尊敬を受けた。のち葛飾《かつしか》に移り、葛飾蕉門《かつしかしょうもん》の始祖となった。没後の句集に『素堂家集』(子光編)がある。

目には青葉山ほととぎす初鰹(はつがつお)

(江戸《えど》新道《しんみち》)

▼季語―「青葉」「山ほととぎす」「初鰹《はつがつお》」、いずれも初夏。
▼句切れ―「青葉」「山ほととぎす」「初鰹《はつがつお》」。
▽初鰹《はつがつお》―陰暦四月ごろにとれるはしりの鰹《かつお》。

〔句解〕目には、しみ入るようなみずみずしい青葉の色、耳にはあこがれの山ほととぎすの声、そして口には初鰹《はつがつお》の珍味(鎌倉の初夏はなんとすばらしいのだ)。

《鑑賞》〈かまくらにて〉と前書があり、句にはその土地がらに対する挨拶《あいさつ》の意がこめられる。

青葉とほととぎすとは、〈ほととぎす聞く折にこそ夏山の青葉は花に劣らざりけれ〉(西行《さいぎょう》『山家《さんか》集』)など、古歌に多く詠まれているが、そこへさらに鎌倉の名物鰹《かつお》を登場させて挨拶《あいさつ》としたもの。『徒然草《つれづれぐさ》』第一一九段に〈鎌倉の海に鰹《かつお》といふ魚《いお》は、かの境にはさうなきものにて、この頃《ごろ》もてなすものなり〉とあり、兼好《けんこう》のころから珍重されるようになったという。この句のできた当時の俳諧付合《つけあい》語辞典『類船《るいせん》集』にも〈鎌倉―鰹《かつお》〉とある。

この句は諸書に収録され、素堂の代表作として喧伝《けんでん》された。それはおそらく、『とくくの句合《くあわせ》』に〈目には青葉といひて、耳に郭公《ほととぎす》、口に鰹《かつお》、とおのづから聞ゆるにや〉と自評するごとく、〈目には〉（視覚）に対応する「耳には」（聴覚）・「口には」（味覚）の語を省略し、同季の名詞を羅《ら》列《れつ》しただけで発句《ほっく》を成立させた奇抜な句法が、当時（出典は延宝六年〈一六七八〉刊）の好尚にかなったことと、江戸人の初鰹《はつがつお》に寄せる執心の深さとによるものであろう。句の旋律にも、初夏らしいさわやかさがある。（乾）

唐土《もろこし》に富士あらばけふ《きょう》の月も見よ　（阿羅野《あらの》）

▼季語―「けふの月」仲秋。八月十五夜の名月。▼句切れ―「見よ」。切れ字「よ」。

〔句解〕　中国にもし富士山があって、その秀麗な雄姿を仰ぎみることができるなら、今日のこのすばらしい名月も賞美してごらん。だが、あいにく中国には富士山もなければ、月見の風習もない。風雅を愛する心は、わが日の本には及ぶまい。

《鑑賞》〈けふの月も見よ〉は、出典によって〈後《のち》の月見せん〉〈けふの月見せよ〉〈後《のち》の月見せよ〉などとさまざまだが、素堂の真蹟《しんせき》を模刻した寛政版『さらしな紀行』には、〈そもく今宵《こよい》の月を賞する事、中華にはきかず、ましてくだら・しらぎにもしらず。わが日の本の風雅に富めるなるべし。「もろこしに富士あらば後の月見せん」〉とある。

元禄元年（一六八八）九月十三夜、更科《さらしな》の旅から帰った松尾芭蕉《ばしょう》主催の会で詠まれた句で、〈後《のち》の月〉が事実に合うが、一句としてはそうでなければならぬ必然性はなく、〈けふの月〉の方にむしろ普遍性がある。

中国に対してわが国の優位性を示した句で、深みはない。〈唐土《もろこし》に富士あらば〉の発想には、『古今集』誹諧《はいかい》歌〈もろこしの吉野の山にこもるともをくれんと思ふわれならなくに〉の〈もろこしの吉野の山〉が響いているように思われる。（乾）

市《いち》に入ってしばし心を師走《しわす》かな　（貞享三年歳旦《さいたん》三物《みつもの》集）

▼季語―「師走《しわす》」晩冬。陰暦一二月の異称。▼句切れ―「師《し》走《わす》かな」。切れ字「かな」。

▽市《いち》―人の多く集まるにぎやかな町。市街。

〔句解〕　つね日ごろは俗世間のわずらわしさからのがれて隠者の生活を楽しんでいるが、年の暮れともなるとむしょうに世間が恋しくなり、ひと日、市街の雑踏にもまれて、師走《しわす》気分を味わってみたことだ。

《鑑賞》　素堂は三八歳のころ仕官を辞し、上野不忍池《しのばず》畔に退隠した。その後は世俗との交わりを断って風流韻事を楽しむ隠者の暮らしに終始したらしい。そんな素堂にも、ふと、なま暖かい世俗の風に触れてみたいという、浮世心の動くことがあったのである。

師走《しわす》は一年の生活の総決算でもあり、やがてくる新年への備えに多忙をきわめる月でもある。市中の雑踏はさこそと思いやられ、浮世心をいやすには絶好の季節だといわなければならない。〈しばし心を師走《しわす》かな〉とは、しばし心を師走《しわす》に遊ばせけるかな、とでもいうべきところ。そのつづめた表現がまことに効果的である。素堂の代表作というべきであろう。

（乾）

松尾芭蕉（まつおばしょう）

寛永二一（一六四四）〜元禄七（一六九四）。幼名金作。通称甚七郎。俳号は、初め宗房《そうぼう》、延宝三年（一六七五）から桃青。天和二年（一六八二）以後は芭蕉を多く用いる。

伊賀《いが》（三重県）上野赤坂町に生まれる。一九歳ごろ藤堂新七郎家に出仕、同家の嗣子良忠《しよしただ》、俳号蟬吟《せんぎん》に寵愛《ちょうあい》され、ともに貞門風《ていもんふう》俳諧に熱中したが、寛文六年（一六六六）二五歳で蟬吟《せんぎん》は死去。寛文一二年（一六七二）から延宝二年（一六七四）までの間に江戸に下り、談林《だんりん》調俳人として活躍する。延宝八年（一六八〇）ごろから漢詩文調の新作風の先駆者となる。同年冬、日本橋小田原町から深川へ移居。

貞享一〜二年（一六八四〜八五）の『野ざらし紀行』の旅で蕉風《しょうふう》を樹立。その後『かしまの記』『笈《おい》の小文《こぶみ》』『更科《さらしな》紀行』の旅、とりわけ元禄二年（一六八九）の『おくのほそ道』の旅を通して蕉風《しょうふう》の展開を推し進めた。ほそ道の旅の後は上方《かみがた》に滞在し、『ひさご』『猿蓑《さるみの》』の作風を築き上げた。元禄四年（一六九一）一〇月末、江戸に帰着。以後軽みの作風の形成展開に力を注ぐ。元禄七年（一六九四）五月、西上の旅に出る。上方《かみがた》の門人たちを軽みへと指導したが、大坂で発病し、一〇月一二日に死去。膳所《ぜぜ》の義仲寺境内に埋葬された。

春や来《こ》し年や行きけん小晦日《こつごもり》

（千宜理記《ちぎりき》）

▼季語―「小晦日《こつごもり》」晩冬。旧暦「大晦日《おおつごもり》」の前日、すなわち一二月二九日をいう。▼句切れ―「春や来《こ》し」「年や行きけん」。切れ字「や」。

▽春―新春・新年の意に用いる。▽年―旧年、過ぎ去った一年の意に用いる。

〘句解〙 新年が来たのだろうか、それとも旧年が行ってしまったのだろうか、……今日一二月二九日は年内立春ということだが。

《鑑賞》 前書に〈廿九日立春ナレバ〉とある。一二月二九日が立春に当たるのは寛文二年（一六六二）、芭蕉が一九歳のときのことである。それによって作句の年次が判明する。芭蕉の作品中、制作年次のわかっている最も古い句である。

旧暦では年内に立春となる日が一〇年間に五回ぐらいずつあって、別に珍しいことでもなかったが、陰暦（旧暦）と陽暦との併用からくるこの矛盾に気づいて詠んだ『古今集』巻頭の〈年の内に春は来にけりひととせを去年《こぞ》とやいはん今年とやいはん〉（在原元方《ありわらのもとかた》）以来、和歌においては新年の題材として詠み継がれてきた。連歌・俳諧でもこの伝統を継承したが、季は和歌で春としていたのを冬に改めた。芭蕉の句も年内立春を詠んだものであるから、内容からいっても冬季に属する。

在原元方《ありわらのもとかた》の歌を本歌としてその意を取り、言葉は『伊勢《いせ》物語』六九段の伊勢《いせ》の斎宮《さいぐう》の〈君や来《こ》し我や行きけん思ほえず夢かうつつか寝てかさめてか〉の第一、二句から取った。二重の本歌取りを敢行し、複雑でありながら軽妙、非常にしゃれた知巧的作品である。貞門風発句《ていもんふうほっく》の傑作の一つとして、当時の他の作者たちの単純な見立てや、ありふれた言葉のしゃれに興じている年内立春の句の中にあって、群を抜いて光っている。

《補説》芭蕉の句と同じ寛文二年の年内立春の句は次のようなものである。

昨日立つ春や今年と及び腰　　重貞

去年《こぞ》立つはけふの枝葉か花の春　　昌房

（広田・嶋中）

姥桜《うばざくら》咲くや老後の思ひ《い》出《い》で　（佐夜中山集《さよのなかやましゅう》）

▼季語―「姥桜《うばざくら》」仲春。『毛吹草《けふきぐさ》』（正保二年〈一六四五〉）『増山の井』（寛文三年〈一六六三〉）に二月として「彼岸桜」の項目に掲出する。芭蕉も仲春の花と考えていたものと思われる。年ふけて、なおなまめかしさをとどめている女性についてもいう。花としてのイメージがあまりはっきりせず、年輩の女性のイメージの方がより明瞭《めいりょう》な言葉である。▼句切れ―「姥桜《うばざくら》咲くや」。切れ字「や」。

▽姥桜《うばざくら》―花が散る時期まで葉が出ないので、「歯なし」に掛けていったもの。

『句解』姥桜《うばざくら》が咲いているよ。謡曲の「実盛《さねもり》」にうたわれているように、年をとってからの思い出にということだろう。

《鑑賞》「姥桜《うばざくら》」という名称に興を発し、これに謡曲「実《さね》盛《もり》」の〈老後の思ひ出《で》これに過ぎじ〉という詞句を結びつけた作である。

現実に桜を見ての発想によるものではなく、〈姥桜《うばざくら》〉↑↓〈老後の思ひ出《い》で〉という言葉の上の遊びを楽しんでいるだけの作品なのであるが、それ故にかえって実景に束縛されず、老いてなお化粧を厚くし、なまめかしくふるまっている女性のイメージを句の前景に重層的に浮かび上がらせている。この語においては桜の花のイメージよりも年増《としま》女のそれの方がはるかにさだかなのを巧みに利用して、花見の場を連想させる文学空間を描き出している。

《補説》この句のように謡曲の文句を直ちに裁ち入れる方法は、西山宗因《そういん》によって万治のころから始められたのであるが、寛文のころからおおいに流行するようになる。この句もその流行に乗った作品である。　（広田・嶋中）

夏の月御油《ごゆ》より出《い》でて赤坂や

（俳諧向之岡《むかいのおか》）

▼季語―「夏の月」兼三夏。「短夜、明けやすき」さまなどを詠むべきものとされていた。▼句切れ―「赤坂や」。切れ字「や」。「夏の月」でもいったん切れる。

▽御油《ごゆ》―東海道の宿駅の名。愛知県豊川市御油《ごゆ》町。▽赤坂―御《ご》油《ゆ》の西にある宿駅の名。愛知県宝飯《ほい》郡音羽町大字赤坂。

《句解》夏の月夜の明けやすく短いこと、東海道の御《ご》油《ゆ》から出て赤坂に着くまでの間ほどというところだ。

《鑑賞》東海道の御油《ごゆ》と赤坂の間は一六町（約一・七キロメートル）、五十三次《つぎ》中宿駅間の距離が最も短い。夏の夜は明けやすく、月の出ている時間も古来短いものとして詠まれている。その最も短いもの二つを取り合わせた作品である。

比喩《ひゆ》の句といわれているが、単なる比喩《ひゆ》ではない。まず〈夏の月御油《ごゆ》より出《い》でて―赤〉と読ませて、夏の月の出の赤く暑苦しいイメージを連想させ、その〈赤〉を突如〈赤坂〉に転じて御油《ごゆ》・赤坂両駅間の最短距離一六町を思い出させる。その瞬間、〈夏の月〉は直線的に下に続くものではなく、上五で一度句切れとなり、一句は二句一章の取り合わせの構成をなしていることがみえてくる。

この句は、芭蕉が晩年になってからも〈今もほのめかすべき一句には〉といって自賛したと伝えられる。

また芥川龍之介《あくたがわりゅうのすけ》が、地名の与える色彩感、耳に与える効果を説き、山本健吉が、〈夏の月〉と〈御油《ごゆ》より出《い》でて赤坂や〉とが匂《にお》い・うつりの隠微な照応関係に立っていることを説いているのによっても知られている。山本健吉のいうように、この句については作者自身がみずから作ったときの意図とは離れた高い解釈をのちに与えたものにちがいないのである。

《補説》〈御油《ごゆ》より出《い》でて赤坂や〉の発想の契機としては、謡曲「千手《せんじゅ》」の〈時雨《しぐれ》降りおく奈良坂や〉が考えられる。「千手《せんじゅ》」ではこの詞句の後に平重衡《たいらのしげひら》の東海道下りの道行きの詞章が続く。　（広田・嶋中）

あら何ともなやきのふ《（う）》は過ぎてふくと汁　（江戸三唫）

▼季語―「ふくと汁」（ふぐ汁）初冬。現代俳句では「河豚《ふぐ》」は兼三冬。▼句切れ―「あら何ともなや」。切れ字「や」。「きのふは過ぎて」でもいったん切れる。

▽あら何ともなや―謡曲「芦刈《あしかり》」「女郎花《おみなめし》」「熊坂《くまさか》」などに九例用いられている。「おや、なんだ」「なんだ、つまらない」「ああ、しようがない」というような間投詞的意味に用いられているが、芭蕉は「ああ、なんともなくてよかった」という意味に転じて用いている。

『句解』 ああ、なんともなくてよかった。昨日ふぐ汁を食った後、中毒するのではないかと心配でたまらなかったが、その昨日も何事もなく過ぎて、もう安心だ。

《鑑賞》 謡曲「芦刈《あしかり》」の〈あら何ともなや候。……今とてもなす業《わざ》もなき身の行く方《え》、昨日と過ぎて今日と暮れ、明日又かくこそ荒磯《ありそ》海《み》の浜の真砂《まさご》の数ならぬ此《こ》の身命《しんみょう》をつがんとて〉を巧みに踏まえた発想である。

まず「あら何ともなや、昨日は過ぎて」と謡曲調で「芦《あし》刈《かり》」的なイメージを展開してゆく。ところが、下五で〈ふくと汁〉という全く意外な落ちを突如もち出し、一句を俳諧のおかしみに転調してしまう。「なんだ、そんなことだったのか。」と読者が気がついてもすでに遅い。それだから最初に〈あら何ともなや〉と言っているでしょうと作者の笑いが返ってくる。機知的で、ユーモラスな楽しい句である。上八という破調も、中七とともに謡曲調にうまく乗っていて、少しも目ざわりではない。

《補説》 『江戸三唫』では、この発句《ほっく》に信章が〈寒さしさって足の先まで〉と脇句《わきく》をつけている。ふくと汁を食ったので、全身が暖まったというのである。（広田・嶋中）

枯枝《かれえだ》に烏《からす》のとまりたるや秋の暮《くれ》　（東《あずま》日記）

▼季語―「秋の暮《くれ》」兼三秋。秋の夕暮れという意味で三秋を兼ねて用いる場合もあり、暮秋の意味に用いる場合もある。芭蕉も両様の用い方をしている。この作品については、『東《あずま》日記』では暮秋、『あら野』では仲秋の扱いをしている。▼句切れ―「とまりたるや」。切れ字「や」。

『句解』 葉の落ち尽くした木の枝に烏《からす》がとまっている。古来「秋は夕暮れ」といわれている情景の中に水墨画のように閑寂枯淡なシルエットを描き出している。これこそ秋の夕暮れの情趣の極致といえよう。

《鑑賞》 この句の〈秋の暮《くれ》〉について、芭蕉自身は延宝末年の作句当時には暮秋の意味に用い、のち『あら野』に再録されるころには仲秋の夕暮れという読み方も許容するようになっていたのではないかと思われる。それに伴って、〈烏《からす》〉についても必ずしも複数に固執せず、一羽とみてもよいとするにいたったのではないかと推定される。〈枯枝《かれえだ》〉は落葉した枝である。この句は水墨画の「寒鴉《かんあ》枯木《こぼく》」の画題を一七音の詩形に言い取ったものと解され、措辞・表現は依然として談林《だんりん》調であるが、内容は水墨画的、漢詩的であり、それによって天和調へと展開してゆく新風の線上にある作品と評価されている。

ところで、近時岡田利兵衛によって発見、報告された画賛句文を見ると、『枕草子《まくらのそうし》』の〈秋は夕ぐれ。夕日はなやかにさして山際いと近くなりたるに、烏《からす》の寝所へ行くとて、三つ四つ二つなンど、飛び行くさへあはれなり。〉を下敷きとして、秋の夕暮れの本情を表現しようとした作品であるという読み方が可能なことに気づかされる。『枕草子《まくらのそうし》』にいう秋の夕暮れの〈あはれ〉は、藤原俊成《ふじわらのしゅんぜい》以後、中世の和歌・連歌に詠み継がれてきたが、これと漢詩文・水墨画に表現されてきた秋の夕暮れの閑寂枯淡美をあわせ取り、和漢の両伝統を止揚した境地に俳諧文学の新味を打ち立てようとした作品である。

その歴史的意義とともに、延宝末期から天和時代にかけての新風展開の精神的緊張から発する微妙な詩精神のきらめきを、この句のk音の多い生硬な声調のうちから読み取ることができるであろう。

《補説》『あら野』では〈かれ朶《えだ》に烏《からす》のとまりけり秋の暮《くれ》〉と推敲《すいこう》改案された句形で載っている。原句に感じられる詩精神の緊張が失われているが、現在知られている真蹟《しんせき》は改案の句形であるものの方が多い。後年、この方が一般にわかりやすく、好評をもって迎えられたことを示すものであろう。

櫓《ろ》の声波ヲ打つて腸《はらわた》氷ル夜や涙　（武蔵曲《むさしぶり》）

▼季語―「氷る」仲冬。ひえ・さび・わびのイメージを伴う。▼句切れ―「腸《はらわた》氷ル夜や」。切れ字「や」。▽櫓《ろ》の声―櫓《ろ》のきしる音。漢詩用語。白楽天《はくらくてん》・劉禹錫《りゅううしゃく》などに用例がある。▽腸《はらわた》氷ル―漢詩用語「腸《はらわた》断ッ」にならった措辞。

〔句解〕深川芭蕉庵《あん》の冬の夜、漕《こ》ぎ行く舟の櫓《ろ》のきしる音が暗い川面の波の上を伝わって聞こえてくる。一人私は聞き入っていて、腸《はらわた》のしんまで凍るようなわびしい気持ちに引きこまれてゆく。……孤独の涙が目ににじむ。

《鑑賞》前書に〈深川冬夜ノ感〉とある。延宝八年（一六八〇）の作。俳諧史において、この句の作られた延宝八年から数年間は漢詩文調の時代であった。その中にあって、この句は、内容・表現ともに徹底して漢詩的なものを志向している。用語は〈櫓《ろ》の声〉〈波ヲ打って〉〈腸氷《はらわた》ル〉と漢詩調であり、その上、それらに〈波ヲ〉〈氷ル〉と片仮名を用いたのも漢文の送り仮名めかしたものであろうといわれている。しかも部分的な用語用字だけではなく、この句全体が漢詩句的構成になっている（〈海暮れて〉の句、五八ページ参照）。また句の内容も漢詩的である。

芭蕉が延宝八年冬、世俗的な名利を棄てて江戸市外の深川の草庵《そうあん》に入ったのは、『荘子《そうじ》』にいう無《む》何《か》有《ゆう》の郷を求め、杜《と》甫《ほ》・李《り》白《はく》・寒山《かんざん》・白楽天《はくらくてん》の詩精神をその生き様《ざま》をとおして学ぼうとするにあった。そうした深川の庵住《あんじゅう》の生き様《ざま》の中から創出されたのがこの句であった。天和時代作風の先端に立つものである。

《補説》 真蹟《しんせき》懐紙には〈窓《ニハ》含《ム》西嶺千秋《ノ》雪　門《ニハ》泊《ス》東海万里《ノ》船　我其《そ》の句を識《し》りて、其《そ》の心を見ず。その侘《わび》をはかりて、其《そ》の楽しびをしらず。唯、老杜《ろうと》にまされるものは、独り多病のみ。閑素茅舎《ぼうしゃ》の芭蕉にかくれて、自ら乞食《こつじき》の翁とよぶ。〉という前文を付して、この句と、〈貧山の釜《かま》霜に鳴る声寒し／氷にがく偃鼠《えんそ》が咽《のど》をうるほせり／暮《くれ》々てもちを木玉《こだま》の侘寝《わびね》かな〉の四句を列記する。作句当時の芭蕉の境涯《きょうがい》をうかがい知ることができよう。

（広田・嶋中）

芭蕉野分《のわき》して盥《たらい》に雨を聞く夜かな

（武蔵曲《むさしぶり》）

▼季語―「野分《のわき》」仲秋。秋の暴風。野の草を吹き分け荒れる風の意。「芭蕉」初秋・仲秋。漢詩からの影響で高士・隠士のイメージをもつ。また、もろく、はかないという連想を伴う。▼句切れ―「聞く夜かな」。切れ字「かな」。「芭蕉野分《のわき》して」でもいったん切れる。

〘句解〙 わが茅舎《ぼうしゃ》の軒先の芭蕉に野分《のわき》が吹き荒れて雨風の音がしきりである。漢士の詩人たちに詠まれた蕉雨愁情の趣だ。そうして茅《かや》屋根を漏《も》る雨滴を受ける盥《たらい》に水音がわびしく響くのを私は一人聞いている。杜《と》甫《ほ》の「秋風破屋ノ歌」や蘇《そ》東《とう》坡《ば》の〈破屋常《ニ》持《ス》レ傘《さんヲ》〉の詩句をも思い出させる夜であるよ。

《鑑賞》 前書は〈茅舎《ぼうしゃ》ノ感〉。茅舎《ぼうしゃ》は茅《かや》ぶきのささやかな住居のこと。詩人・高士の住居のイメージをもつ。芭蕉の葉を打つ夜の雨風の音に聞き入る孤独清閑の心境を詠んだ漢詩は、白楽天《はくらくてん》の「夜雨」〈早蛩《そうきょう》　啼《ないテ》　復《また》歇《やム》　残燈滅又明　隔《テテ》レ窓《ヲ》知《ル》二夜雨《ヲ》一　芭蕉先《まツ》有《リ》レ声〉をはじめとして非常に多い。〈茅《ぼう》舎《しゃ》ノ感〉と題し、〈芭蕉野分《のわき》して〉と打ち出せば、芭蕉の門人や友人たちは直ちにそうした漢詩のかずかずを思い起こす状況に天和前後の時代はあった。

また野分《のわき》で雨漏《も》りがするといえば、杜甫《とほ》の「茅屋《ぼうおく》為ル二秋風ノ所トレ破ル歌」（『古文真宝前集』の目録では「秋風破屋ノ歌」）がおや蘇東坡《そとうば》の「次‐韻ス朱光庭喜ブレ雨ヲ」の〈破屋常ニ持スレ傘《さん》ヲ〉がおのずと連想された。野分《のわき》の夜、その雨漏《も》りを盥《たらい》に受けて聞き入っているというところに、漢土の詩人たちに対する俳諧師芭蕉の姿勢が示されているのである。

《補説》 禹柳《うりゆう》の『伊勢《いせ》紀行』では、この句に〈老杜《ろうと》、茅舎破《ぼうしやは》風《ふう》の歌あり。坡翁《はおう》ふたたび此《こ》の句を侘《わ》びて屋漏《おくろう》の句作る。其《そ》の世の雨をばせを葉に聞きて、独寐《ひとりね》の草の戸〉という前文をつけてある。発想の道筋を示すものである（文中の〈坡《は》翁《おう》〉は蘇東坡《そとうば》を指す）。

（広田・嶋中）

髭《ひげ》風ヲ吹きて暮秋嘆ズルハ誰《た》ガ子ゾ

（みなしぐり）

▼季語―「暮秋」。孤独悲愁の情趣が感じられる。▼句切れ―「誰《た》ガ子ゾ」。切れ字「ゾ」。
▽誰《た》ガ子ゾ―何者であろうか。子は漢文で男子・士大夫《したいふ》の通称として用いる。「子供」ではない。

『句解』 うらさびしい風に髭《ひげ》を吹かれながら、暮秋を嘆じているのは、いったいだれであろうか。……それはあの杜甫《とほ》であり、同時に彼にならおうとする私自身でもあるのだ。

《鑑賞》 前書に〈憶《おも》フ二老杜《ろうと》ヲ一〉とある。老杜《ろうと》とは杜甫《とほ》を小杜《しようと》（杜牧《とぼく》）に対していういい方。杜甫《とほ》の「白帝城最高楼」の詩句〈杖《つえ》ツイテレ藜《あかざ》ヲ嘆ズルレ世ヲ者ハ誰ガ子ゾ〉に拠《よ》った作品。寛文一〇年（一六七〇）刊『杜律集解《とりつしつかい》』には、この詩句について〈自ラ指シテ名ヲ隠ス〉と注する。その杜甫《とほ》のイメージに芭蕉も名を隠した自己の姿を重ねて、世俗時流に受けいれられない嘆きを暮秋に寄せて訴えている。

芭蕉は漢土の詩人中、杜甫《とほ》を最も敬愛し、常に彼の詩と生き様《ざま》にならおうとしていた。「風髭《ひげ》を吹きて」とすべきところを〈髭《ひげ》風ヲ吹きて〉といったのも、彼の詩にみられる倒装法にならったものである。こうして内容も表現もすべて杜甫《とほ》にならった句である。俳諧変革を一気に達成しようとする当時の芭蕉の気魄《きはく》と孤独感がこの句には漂っている。

《補説》 倒装法の用例としては『詩人玉屑《ぎよくせつ》』などに引用されている杜甫《とほ》の「秋興八首」の詩中の〈香稲《こうとう》啄《ついば》ミ余《あま》ス鸚鵡《おうむ》ノ粒　碧梧《へきご》棲《す》ミ老《あら》ス鳳凰《ほうおう》ノ枝〉の句が当時よく知られていた。

（広田・嶋中）

世にふるもさらに宗祇《そうぎ》のやどりかな

（みなしぐり）

▼季語―なし。ただし一句は宗祇《そうぎ》の〈世にふるもさらに時雨《しぐれ》のやどりかな〉を背景とすることによって、「時雨《しぐれ》」（初冬）の季感をもっている。▼句切れ―「やどりかな」。切れ字

「かな」。

▽世にふる―世に経る。「ふる」は「経る」と「降る」とを掛けてある。時雨《しぐれ》の縁語でもある。

『句解』 手ずから張った、このつたなく、わびしい渋《しぶ》笠《がさ》をみずからの宿りとして、人生を時雨《しぐれ》の宿りと観じた宗祇《そうぎ》のように、流離漂泊の生涯に徹してゆきたい。

《鑑賞》 前書に〈手づから雨のわび笠《がさ》をはりて、〉とある。この句、真蹟画賛句文では上五が〈世にふるは〉となっており、これが初案かといわれる。

二条院讃岐《さぬき》の〈世にふるは苦しきものを真木《まき》の屋にやすくも過ぐる初時雨《しぐれ》かな〉(『新古今集』)に拠《よ》った宗祇《そうぎ》の句全体を受けて、句中の一語〈時雨《しぐれ》〉を〈宗祇《そうぎ》〉と言い換えてある。讃岐《さぬき》は後宮に生きる苦しさを時雨《しぐれ》に寄せて叙情しているのであるが、それを受けて宗祇《そうぎ》は戦乱の世を流離漂泊する人生の感慨を詠嘆している。宗祇《そうぎ》においては、人生の宿りは、〈真木《まき》の屋〉のそれではなく、〈時雨《しぐれ》のやどり〉だと観ずる無常観に裏打ちされている。

芭蕉は、讃岐《さぬき》―宗祇《そうぎ》と展開した詩脈を受けて、句中の〈時雨《しぐれ》〉を〈宗祇《そうぎ》〉と置き換えて、和歌史・連歌史を継承する俳諧師の生き方を見事に表現した。〈宗祇《そうぎ》のやどり〉によって、中世史とその中における連歌師たちの群像と生き様《ざま》を手に取るように視界に浮かび上がらせているのである。芭蕉の言語感覚の鋭さ・深さをみるべきである。

《補説》 延宝末、天和の漢詩文調時代にも、芭蕉は西行《さいぎょう》・定家《ていか》・宗祇《そうぎ》など真の意味での中世詩歌の創造者を決して見失うことがなかった。

(広田・嶋中)

野ざらしを心に風のしむ身かな

(野ざらし紀行)

▼季語―「身にしむ」兼三秋。この句では、「風のしむ身」という形に変えて用いた。身に滲透《しんとう》する秋風の感触に人生と自然の寂寥《せきりょう》を深く感じ取る体験と、『源氏物語』や藤原俊成《ふじわらのしゅんぜい》の歌(『千載集《せんざいしゅう》』)などによる「身にしむ」という言語体験とが結合して成立した季語である。▼句切れ―「しむ身かな」。切れ字「かな」。

▽野ざらし―野山で雨風にさらされている髑髏《どくろ》。▽心に―心に期しての意。掛詞《かけことば》として、上の〈野ざらしを〉を受け、下の〈風のしむ身〉にかかってゆく。

『句解』 旅の途上で行き倒れになって、髑髏《どくろ》を野山にさらしても、との決意でいま旅立つのであるが、そうなったわが身のありさまを心に思い浮かべながら、折からの秋風がひとしお身にしみる思いである。

《鑑賞》 『野ざらし紀行』の旅に出《い》で立つに当たって作った句である。紀行では、冒頭に、〈千里に旅立ちて、路粮《みちかて》をつゝまず。三更《さんこう》月下《げつか》無何《むか》に入るといひけむ昔の人の杖《つえ》にすがりて、貞享甲子秋八月、江上の破屋を出る程、風の声そゞろ寒げなり。〉と述べ、その結びにこの句と〈秋十《と》とせかへつて江戸を指す故郷〉の句を並記する。

〈野ざらしを心に〉は、『荘子《そうじ》』「至楽」編に語られている野ざらしの髑髏《どくろ》の寓言《ぐうげん》や、仮名草子『一休骸骨《がいこつ》』のイメージを発想の契機とするといわれるが、小野小町《おののこまち》の和歌や髑髏《どくろ》伝説も発想にかかわっているであろう。小町《こまち》が晩年おちぶれて、死後は遺骸《いがい》が野ざらしになっていたという話は、『袋草子《ふくろそうし》』『無名《むみょう》抄』『袖中《しゅうちゅう》抄』などに語られていて、よく知られていた。これと関係があると思われる小町《こまち》の歌、〈あはれなりわが身の果てやあさみどりつひには野辺の霞《かすみ》と思へば〉が『新古今集』に出ている。

芭蕉はこうした伝説や和歌を熟知していたのであって、〈野ざらしを心に〉の作句に当たっては、必然的にこれらにも思いが及んだものと思われる。そうした思いを受けとめる〈心に風のしむ身かな〉の中七・下五は、「身にしむ」という季語の力を十分に生かし得て見事である。一句は意志と感情の裂け目にある芭蕉の出《い》で立ちの姿をよく把握《はあく》・表現している。

《補説》『源氏物語』『千載《せんざい》集』における「身にしむ」の用例は次のごときものである。〈深き秋のあはれまさりゆく風の音身にしみけるかなと、〉(「葵《あおい》」)、〈夕されば野辺の秋風身にしみて鶉《うずら》鳴くなり深草の里　俊成《しゅんぜい》〉。(広田・嶋中)

猿（さる）を聞く人捨子（すてご）に秋の風いかに

(野ざらし紀行)

▼季語―「秋の風」兼三秋。愁風に通じ、草木を凋落《ちょうらく》させ、蕭《しょう》々と吹く音によって、人の旅愁を深からしめる。▼句切れ―「いかに」。切れ字「いかに」。「猿《さる》を聞く人」でもいったん切れる。

▽猿《さる》を聞く人―初案は〈猿《さる》を啼《なく》旅人〉。巴峡《はこう》に猿《さる》の鳴く声を聞いて旅愁を一層深くした漢土の詩人たち。杜甫《とほ》・白楽天《はくらくてん》をはじめとして、猿声《えんせい》に断腸の旅愁をそそられた詩人が非常に多く、猿声《えんせい》を詠んで旅愁を叙することは古来漢詩の一つのパターンをなしている。

『句解』　巴峡《はこう》の猿《さる》の声を聞いて断腸の涙を流した漢土の詩人たちよ、この富士川のほとりに捨てられて泣いている捨て子に秋の風の蕭《しょう》々と吹き過ぎてゆくあわれを、いかに聞かれるか。

《鑑賞》『野ざらし紀行』では、この句の前に、〈富士川のほとりを行くに、三つばかりなる捨子《すてご》の、あはれげに泣くあり。この川の早瀬にかけて、うき世の波をしのぐにたへず、露ばかりの命待つ間と捨て置きけむ、小萩《こはぎ》がもとの秋の風、こよひや散るらん、明日やしをれんと、袂《たもと》より食ひ物投げて通るに、〉、後に〈いかにぞや、汝《なんじ》父に悪《にく》まれたるか、母に疎《うと》まれたるか。父は汝《なんじ》を悪《にく》むにあらじ、母は汝《なんじ》を疎《うと》むにあらじ。ただこれ天にして、汝《なんじ》が性のつたなきを泣け。〉という地の文を配してある。この文脈の中に置いて句が読まれることを芭蕉は期待している。和漢の文学伝統の対比と統一の上に俳諧文学の新しいあり方を探求しているのである。

捨て子に食物を与えただけで、救ってやらなかったことについて問題にされている作品であるが、これは西行《さいぎょう》が出家するに当たって妻子を捨て去ったという『西行物語《さいぎょうものがたり》』の説話を本説とするものなのである。矢橋家蔵の真蹟《しんせき》によって、どこかで捨て子を見たのは事実であったろうと推定されるのであるが、その話を、箱根を越えて本格的な旅の記述の始まる富士川の章においたのである。西行《さいぎょう》は妻子を捨て去ることによって旅の歌人僧となったが、それにならうことによって旅の俳人となろうとする芭蕉が妻子の代わりに捨て子の話を取り上げたのである。なお、場所を富士川の早瀬のほとりに定めたのは、巴峡《はこう》の急流に対応させるという意味ももっている。

《補説》 猿声《えんせい》に断腸の思いをすることを詠んだ詩句としては、白楽天《はくらくてん》の〈三声ノ猿ノ後ニ垂ル二郷涙ヲ一〉（『和漢朗詠集』）、杜甫《とほ》の〈聴テレ猿ヲ実ニ下ル三声ノ涙〉（『杜律集解《とりつしっかい》』）などがよく知られている。芭蕉の句の〈猿《さる》を聞く人〉は、この杜甫《とほ》の詩句を典拠としている。

（広田・嶋中）

道のべの木槿（むくげ）は馬に食（わ）はれけり

（野ざらし紀行）

▼季語―「木槿《むくげ》」初秋。ただし、『はなひ草』『増補はなひ草』では八月にあげる。この句でも仲秋に用いている。▼句切れ―「食はれけり」。切れ字「けり」。

『句解』 東海道を馬に乗ってゆくと、道のほとりに木槿《むくげ》が咲き連なっている。野趣愛すべき花だとながめていると、突然その一枝が自分の乗っている馬に食われてしまった。これだ、と了得できるところがあった。

《鑑賞》 前書は〈馬上吟〉。初稿本には〈眼前〉とあったのを改めたもの。

延宝末期から天和の時代を通じて、芭蕉が漢詩の方法を探求し続けてきた成果がこの句に示されている。技巧を弄《ろう》せず、眼前の光景をありのままに描写し、そこに対象の真を得るという宋《そう》・明《みん》詩論が、ついに俳諧の実作に具現されたのである。

上五の〈道のべの〉は西行《さいぎょう》歌〈道のべの清水流るる柳蔭《かげ》しばしとてこそ立ちどまりつれ〉（『西行物語《さいぎょうものがたり》』）から言葉

を取っている。『野ざらし紀行』の旅は、西行《さいぎょう》の旅にならい、その漂泊の歌心を、西行《さいぎょう》の足跡を践《ふ》みめぐることによって追体験しようという意図に貫かれていた。富士川の捨て子の条を受け、また伊勢《いせ》参宮の条を喚《よ》び起こす布石として、西行《さいぎょう》の旅情に交響・照応する句が配置されてよいところである。

中七・下五の〈木槿《むくげ》は馬に食はれけり〉は、その意外性によって読者を衝撃する。〈木槿《むくげ》〉の代わりに「すすき」「稲葉」「ささげ」など馬が好んで食うものを置き換えてみると、すべて俳句にならないことがわかる。この句には、意外で、新鮮な発見がある。それが句の奥に、ただごとのごとくして、ただごとではない何かの存在を感じさせる。禅的直観に似た把握《はあく》である。しかし、そこに禅意を付会するのはゆき過ぎである。

《補説》 この句が、初稿で〈眼前〉と題されたのは、発想の道筋をうかがわしめるものであるが、この題では木槿《むくげ》と馬と芭蕉との関係がさだかでない。それ故三者の関係を定めて〈馬上吟〉と改題したのである。これは「遊子吟」「清夜吟」などの詩題にならったものである。また〈吟〉には旅情の悲愁が声調としてこもっている。

（広田・嶋中）

馬に寝て残夢《ざんむ》月遠し茶の煙

（野ざらし紀行）

▼季語—「月」兼三秋。この句においては、漢詩の「早行《そうこう》」のイメージと歌枕小夜《うたまくらさよ》の中山の連想を伴う。▼句切れ—「月遠し」。切れ字「し」。

▽残夢《ざんむ》—眠りからはっきり覚めきらず、うとうとと夢見心地の続いているさま。

〔句解〕 朝早く宿を出た。馬上にうつらうつらと夢見心地の覚めきらない意識に、有明の月が遠くかすかである。はっと気づいてみると、あたりの民家から朝茶を煮る煙がほのかに立ち昇っている。

《鑑賞》 『野ざらし紀行』では、〈二十日あまりの月かすかに見えて、山の根際《ねぎわ》いと暗きに、馬上に鞭《むち》をたれて、数里いまだ鶏鳴《けいめい》ならず。杜牧《とぼく》が早行《そうこう》の残夢《ざんむ》、小夜《さよ》の中山に至りてたちまち驚く。〉とあって、この句が出ている。句はこの前文にいうところを要約した形になっている。

前文はまた次の杜牧《とぼく》の「早行《そうこう》」の詩をほとんどそのまま敷き写している。〈垂《レテ》レ鞭《むちヲ》信《まかセテ》レ馬《ニ》行《ク》 数里未《ダ》二鶏鳴《カ》一 林下帯《ビ》二残夢《ヲ》一 葉飛《テ》時《ニ》忽《たちまチ》驚《ク》 霜凝《こリテ》孤雁《がん》迥《はるかナリ》 月暁《ニシテ》遠山横《タフ》 僮僕《どうぼく》休《やめヨ》レ辞《スルコトヲ》レ険《ヲ》 何《いずれノ》時《ニカ》世路平《ナラン》〉。

結局、芭蕉がこの句で杜牧《とぼく》の「早行《そうこう》」の詩にいうところに新たに加えたものは〈茶の煙〉だけであるが、これも唐宋の詩においては〈残夢《ざんむ》〉と寄合《よりあい》のような関係にある。しかし、そのような関係の糸をたどって、早行《そうこう》の残夢《ざんむ》の心を形象化したような〈茶の煙〉を見とめ、描きとめたところに芭蕉の手柄があった。

そして、さらにこの句文の必然性が『類字名所和歌集』にあげる小夜《さよ》の中山の和歌の堆積《たいせき》の中から見出だされることは尾形仂《つとむ》によって明らかにされたとおりであろう。この句においても、芭蕉は和漢二つの詩脈の統一の上に新しい俳諧の文学空間を作り出そうとしているのである。

《補説》 この句は、初案〈馬上落《おちン》として残夢《ざんむ》残月茶の烟《けむり》〉(『三冊子《さんぞうし》』)(真蹟草稿)、再案〈馬に寐《ね》て残夢《ざんむ》残月茶の煙〉(『三冊子《さんぞうし》』)の改稿過程を経てなったものである。『三冊子』には、なお〈この句、古人の詞を前書になして風情《ふぜい》を照らすなり。〉と説く。

(広田・嶋中)

秋風や藪《やぶ》も畠《はたけ》も不破《ふわ》の関

(野ざらし紀行)

▼季語―「秋風」兼三秋。この句ではとくに万物凋落《ちょうらく》の深く悲しい寂寥《せきりょう》感が枯色のイメージを漂わせている。▼句切れ―「秋風や」。切れ字「や」。

『句解』 草木を凋落《ちょうらく》させ、山野を枯色に染め変えてゆく秋風の深く身にしみ入る悲哀寂寥《せきりょう》の感よ。ふけゆく秋の色を濃くしているあたりの藪《やぶ》も畠《はたけ》も昔の不破《ふわ》の関の跡なのだ。ものみな流転し、推移する中で、人間の生き続けている相がここにある。

《鑑賞》 前書に〈不破《ふわ》〉とある。不破《ふわ》は歌枕《うたまくら》。岐阜県不破《ふわ》郡関ケ原町。この句では同町にある不破《ふわ》の関址《せきし》を指す。不破《ふわ》の関は、古代三関の一つ。天武天皇は壬申《じんしん》の乱(六七二)の際、ここに本営を置いた。桓武《かんむ》天皇の延暦八年(七八九)に廃止されたが、歌枕《うたまくら》として文学の中に存続し、その荒廃のあわれを平安後期以後の和歌に詠み継がれ、紀行・軍記物語にも取り上げられた。

上五の〈秋風や〉は季語〈秋風〉の本意を一句の主想として強く打ち出したものである。中七・下五は、藪《やぶ》や畠《はたけ》と化した不破《ふわ》の関址《せきし》に対する懐古の感情を〈秋風〉から受ける悲哀寂寥《せきりょう》感と等価なものとして把握《はあく》し、二句一章の構成をとって、上五に対置したものである。

後京極良経《ごきょうごくよしつね》の〈人住まぬ不破《ふわ》の関屋の板庇《いたびさし》荒れにしのちはただ秋の風〉(『新古今集』)を典拠とする。このほかに、不破《ふわ》の関屋の荒廃を詠んだ中世和歌の多くを背景とする。『東関《とうかん》紀行』『十六夜《いざよい》日記』の不破《ふわ》の条、『平家物語』『太平記』の海道下りの一節なども連想しているであろう。

ここで〈不破《ふわ》の関〉の付合《つけあい》である板びさし・ひまもる月

などを取り上げず、関址《せきし》の現況の〈藪《やぶ》も畠《はたけ》も〉を描き出したのは、漢詩文における黍離麦秀《しょりばくしゅう》（亡国の遺跡に黍《きび》や麦などの生い茂っているさま）の懐古の詩想に拠《よ》るところもあったものとみられよう。そこにおのずと芭蕉の歴史観・世界観も示されている。

かずかずの和漢の古典の典拠・背景を、〈藪《やぶ》も畠《はたけ》も〉という現実の確かな把握《はあく》による描写の底に沈め、余情として匂《にお》わせている。この紀行中でも、とりわけすぐれた作品の一つである。

《補説》 不破《ふわ》の関を詠んだ歌は、『類字名所和歌集』『松葉名所和歌集』『夫木《ふぼく》抄』などに多く集められている。

（広田・嶋中）

曙《あけぼの》や白魚白きこと一寸

（野ざらし紀行）

▼季語―「白魚」初春。ただし、この句では一寸という長さをいって冬季の白魚の意をもたせているとみられる。あえかで可憐《かれん》なイメージとして取り用いている。▼句切れ―「曙《あけぼの》や」。切れ字「や」。

▽白魚白きこと―白魚の無色透明さ。生きている白魚は無色透明に近い。

『句解』 『枕草子《まくらのそうし》』『源氏物語』に描かれ、西行《さいぎょう》・定家《ていか》などの『新古今集』歌人たちに、詠まれているイメージそのままの、曙《あけぼの》の空のうすくれないに匂《にお》い渡るような美しさ。それと、今しも浜にすくい上げられた一寸ほどの稚《わか》い白魚の、杜甫《とほ》の「白小」の詩にみるような、あえかに可憐《かれん》な透きとおる美しさ。二つの美しさが互いに映り合い、匂《にお》い合って清新可憐《かれん》な美の世界を現出している。

《鑑賞》 この句の初案は、上五が〈雪薄し〉であった。しかし、これでは薄雪のイメージと白魚のイメージが互いに美的効果を減殺《げんさい》してしまうので、〈雪薄し〉を捨てて、中七・下五〈白魚白きこと一寸〉と映り合う改案を求めた。『野ざらし紀行』の初稿本には、この句と前文が出ていないので、初稿本執筆の時期にはまだ暗中模索の段階であったと思われる。長い間求め続けて、ようやくにして〈曙《あけぼの》や〉の改案を得、この句を紀行中におくことが可能になった。〈曙《あけぼの》〉という言葉は、本来は美的な意味を含まず、暁の次の段階を言ったものにすぎなかったが、『枕草子《まくらのそうし》』にいたって〈春は曙《あけぼの》〉の段によって美的なイメージ・意味を賦《ふ》与《よ》された。ついで『源氏物語』では一四回にわたる用例によって、たとえば、〈（紫上《むらさきのうえ》は）けだかく清らに、さとうち匂《にお》ふ心地して、春の曙《あけぼの》の霞《かすみ》の間よりおもしろき樺桜《かばざくら》の咲き乱れたるを見る心地す。〉というように、あえかに艶《えん》な紫上《むらさきのうえ》の美しさと映り合う、匂《にお》い渡るような情趣・色調を意味としてもつ物語言葉に醇化《じゅんか》され、文学語としての美的特性を具備するようになった。『新古今集』時代になると、西行《さいぎょう》・定家《ていか》などの歌人たちに愛用され、歌語としての存在を確立した。

芭蕉は、この言葉の繊細優艶《ゆうえん》で深微な美的意味・イメージをよく見抜いて取り用い、白魚の句を完璧《かんぺき》に仕上げたのである。

《補説》この句は、杜甫《とほ》の「白小」の詩、〈白小群分ノ命 天然二寸ノ魚 細微沾《ソフ》ニ水族ニ一 風俗当《ツ》ニ園蔬《えんそ》ニ一 入《テ》レ肆《いち》ニ銀花乱レ 傾《クレバ》レ箱雪片虚《むなシ》 生成猶《ホ》拾《フガ》レ卵《ヲ》 尽《クニ》取《ルコト》義如何《ン》〉を発想の契機とする。それが初案にはあらわであったが、改案では物語的、和歌的な表現と渾然《こんぜん》と融合して、新しい美に再創造されている。（広田・嶋中）

狂句木枯《こがらし》の身は竹斎《ちくさい》に似たるかな

（冬の日）

▼季語―「木枯《こがらし》」初冬。天和から貞享へかけて、ひたすらわび・さびを探求した芭蕉の風狂の境涯《きょうがい》に映り合う。▼句切れ―「似たるかな」。切れ字「かな」。▽狂句―風狂の句。俳諧の発句《ほっく》・連句。▽竹斎《ちくさい》―富山道冶《とみやまどうや》作、仮名草子『竹斎《ちくさい》』の主人公。山城国《やましろのくに》（京都府）の藪《やぶ》医者。一僕睨之介《にらみのすけ》を供につれて、諸国を漂泊し、珍妙な治療をしては失敗を重ねるが、当意即妙の狂歌を詠んで紛らわす。名古屋には「天下一の藪医師《やぶくすし》の竹斎《ちくさい》」という看板を掲げて三年の間とどまった。

〖句解〗風狂の句を作って、木枯らしに吹きさらされながら、この名古屋の地にたどり着いたわが身は、あの竹斎《ちくさい》にいかにも似ていることである。

《鑑賞》『冬の日』では、この発句《ほっく》に〈笠《かさ》は長途の雨にほころび、紙衣《かみこ》はとまりとまりのあらしに揉《も》めたり。侘《わ》びつくしたるわび人、我さへあはれに覚えける。むかし狂歌の才士、此《こ》の国にたどりし事を、不図《ふと》おもひ出《い》でて申し侍《はべ》る。〉と前書が付してある。岡田野水《やすい》・山本荷兮《かけい》・坪井杜国《とこく》ら、名古屋の連衆に対する初対面の挨拶《あいさつ》の句である。

芭蕉の名は、すでに『桃青門弟独吟二十歌仙《かせん》』『みなしぐり』などによって、新鋭の俳人として広く知れわたっていた。その芭蕉が木枯らしすさぶ中を破れ紙子《かみこ》にほころびた笠《かさ》（つまり、これからの俳諧の新風を象徴するようなスタイル）で名古屋の連衆の前に姿を現したのである。彼らは「これだ、これからの新風は。」と衝撃を受けたに相違ない。

野水《やすい》は、芭蕉の発句《ほっく》に〈たそやとばしる笠《かさ》の山茶花《さざんか》〉と脇句《わきく》をつけた。訪問者をだれかと迎えてみれば、竹斎《ちくさい》どころか、江戸俳壇の新鋭芭蕉翁《おう》であったと歓迎の意を述べたのである。ここに名古屋蕉門《しょうもん》が成立、『冬の日』五歌仙《かせん》の興行となったのである。

《補説》『野ざらし紀行』では、この発句《ほっく》に〈名護屋に入る道のほど諷吟《ふうぎん》す〉と前文をつけてある。竹斎《ちくさい》と深いゆかりのある名古屋を訪れた挨拶《あいさつ》の意が一句の中心になっている。

（広田・嶋中）

海暮れて鴨（かも）の声ほのかに白し

（野ざらし紀行）

▼季語―「鴨《かも》」兼三冬。漂泊・旅愁・望郷・寒さなどのイメージと結びつく。▼句切れ―「ほのかに白し」。切れ字「し」。▽白し―無色透明の感として用いられている。〈曙《あけぼの》や白魚白きこと一寸〉の句と同様の用法。

『句解』しだいに暮色を濃くしてきて、海は今はもうとっぷりと暮れてしまっている。沖合い遠くから鴨《かも》の声が聞こえてくるが、それはほのかに、無色透明な感じで、わが心中の旅愁を一層深めるのである。

《鑑賞》〈海辺に日暮《ひくら》して〉と前書して、『野ざらし紀行』の尾張《おわり》滞在中の作品五句の最後におかれる。四句それぞれに旅愁を叙した後の、望郷の思いにつながる位置を受け持つ。

この句は、五・五・七の破調と、聴覚の視覚への転化で、近代的な感じがする。杜甫《とほ》の詩句〈沙晩《すなくレテ》 鶺鴒《せきれい》寒《シ》〉（「弟豊に寄す一首」）を発想の契機とし、声調は、この詩句や、同じく杜甫《とほ》の詩句〈国破《レテ》 山河在《リ》 城春《ニシテ》 草木深《シ》〉（「春望」）などの「主語＋述語＋て、主語＋述語」という漢詩句の訓読調を取り用いている。こうした感覚の転化や漢文訓読調については、〈躍《おどりか》嗄れて念仏鉦鼓《しょうこ》に声白し　重徳〉（天和二年〈一六八二〉刊『うちぐもり砥《と》』）というような先行作品とのかかわりが考えられ、また当時の漢詩文調流行の情況も思い合わされる。

そういう情況、先行作品の存在する中にあって、同じ様式を用いながら、真に杜甫《とほ》の詩脈につながる旅の俳人として、芭蕉は一次元高い俳諧詩を創出し、時代の様式を超越して、それ自体として存立し、今なお清新さを感じさせる作品たらしめた。

《補説》感覚の転化は、西洋では、一九世紀にフランスの象徴派の詩において盛行したが、芭蕉の句はそれに二世紀も先んじている。

（広田・嶋中）

春なれや名もなき山の薄霞（うすがすみ）

（野ざらし紀行）

▼季語―「春」兼三春、「薄霞《うすがすみ》」初春、薄霞《うすがすみ》は、『新古今集』以来、春の到来を示すものと感じ取られていた。▼句切れ―「春なれや」。切れ字「や」。

▽名もなき山―名山に対して無名の山。名も知られていない山をいう。

〘句解〙 ああ、やはり春になったのだなあ。あの天《あま》の香具山《かぐやま》などのように名を知られてはいない山々にも、ほのかな霞《かすみ》がかかっている。

《鑑賞》『野ざらし紀行』では、伊賀《いが》（三重県）上野での〈誰が聟《むこ》ぞ歯朶《しだ》に餅《もち》おふうしの年〉の句の次に、〈奈良に出《い》づる道のほど〉と前書してこの句を記す。すなわち、実際の作句日付（伊賀《いが》を発《た》って奈良に赴いたのは二月中旬）に制約されないで、初春の句として、その位置に置き定めているのである。

紀行の初稿本系の諸本では下五は〈朝霞《がすみ》〉となっている。『芭蕉庵小文庫《こぶんこ》』『まくらかけ』『宇陀法師《うだのほうし》』などもこれを採る。この方が実景の描写としてすぐれているが、芭蕉は紀行全体を貫いている伝統とのかかわりを考え、後掲の柿《かきの》本人麿《もとのひとまろ》・後鳥羽院《ごとばいん》の歌などと照応させて〈薄霞《うすがすみ》〉と改案したものと思われる。

〈春なれや〉については、「春なればにや」の意と解するのと、詠嘆の意とみるのと二説がある。ところで、この上五には謡曲や西行《さいぎょう》の歌の声調に通うものがあるといわれるが、謡曲では〈春なれや〉という詞句が「芦刈《あしかり》」「東北」「高砂《たかさご》」をはじめとして八例も用いられており、西行《さいぎょう》歌にも〈花も散り涙ももろき春なれやまたやはと思ふ夕ぐれの空〉がある。これらの用例はすべて詠嘆の意に用いられているので、芭蕉もこうした用例の上に立って上五を詠嘆の意に用いたものとみられる。

〈名もなき山の薄霞《うすがすみ》〉は、〈ひさかたの天《あま》の香具山《かぐやま》この夕べ霞《かすみ》たなびく春立つらしも　人麻呂《ひとまろ》〉（『万葉集』『新勅撰《ちょくせん》集』）〈ほのぼのと春こそ空に来にけらし天《あま》の香具山《かぐやま》霞《かすみ》たなびく　後鳥羽院《ごとばいん》〉（『新古今集』）などの歌を思い浮かべ、それらの歌に見落とされ、詠み残されている無名の山々も、春の到来によって、ほのかに霞《かすみ》がたなびいている情景を詠んだものである。そこに芭蕉の俳諧がある。（広田・嶋中）

山路来てなにやらゆかしすみれ草《ぐさ》

（野ざらし紀行）

▼季語―「すみれ草《ぐさ》」兼三春。その姿形、花の色合いが、とりわけ可憐《かれん》さを感じさせる。▼句切れ―「なにやらゆかし」。切れ字「し」。

〘句解〙 山路をたどって来て、路傍にふと目にとまったすみれ草《ぐさ》の花、――姿態といい、薄紫の花の色合いといい、何かしら深く微妙に心ひかれるものがある。

《鑑賞》『野ざらし紀行』では、〈大津に出《い》づる道、山路をこえて〉としてこの句を記すが、実際の作句は、それよりかなり後の、熱田《あつた》の白鳥山に詣《もう》でた折のことであった。

　白鳥山は日本武尊《やまとたけるのみこと》が白鳥に化《け》して舞い降りたところと伝えられる。そこに咲いていた白すみれは、おそらくその昔の白鳥がさらに可憐《かれん》な草花に化《け》したもののように芭蕉には見えたのであろう。〈何とはなしに何やらゆかし菫草《すみれぐさ》〉の初案が成った。西行《さいぎょう》が伊勢《いせ》神宮に詣《もう》でて、〈何事のおはしますかは知らねどもかたじけなさに涙こぼるる〉と詠んだのを下敷きにし、また、西行《さいぎょう》の歌の第一句に一〇例もみられる〈何となく〉という歌句を上五に取り用いた。それを、江戸帰着後、紀行執筆の折に〈山路来て〉と改めて、〈大津に出《い》づる道〉での作としたのである。この改案は、『堀河百首』に所出する大江匡房《おおえのまさふさ》の〈箱根山うす紫のつぼ菫《すみれ》二《ふた》しほ三しほたれか染めけん〉と、この歌に詠むところを箱根山中で追体験した木下長嘯子《ちょうしょうし》の『挙白集』巻八「初めてあづまに行きける道の記」の箱根山中の一節を典拠としている。

　このようにして、匡房《まさふさ》から長嘯子《ちょうしょうし》へと流れる詩心の伝承に呼応し、都人の心になって逢坂山《おうさかやま》を越える旅情の吟詠としてこの句を治定《じじょう》したのである。この改案によって一句は奥深い詩情を背後に匂《にお》わせる山路のすみれのさだかなイメージを獲得した。

《補説》　白鳥山は『皺筥《しわばこ》物語』に熱田《あつた》二九名所の一つとして挙げられている。なお、この句の句碑が、神奈川県箱根の正眼寺境内に建てられている。　（広田・嶋中）

辛崎《からさき》の松は花より朧《おぼろ》にて　（野ざらし紀行）

▼季語―「花」晩春。「朧《おぼろ》」兼三春。多く月のイメージを伴う。▼句切れ―「朧《おぼろ》にて」で余情をこめて切る。
▽辛崎《からさき》―歌枕《うたまくら》。大津市。藤原為家《ふじわらのためいえ》以後、中世和歌では松を詠むことが多い。また松に降る雨を「唐崎夜雨《からさきのやう》」と呼んで近江《おうみ》八景の一つとする。

〔句解〕　夜雨《やう》によって知られている辛崎《からさき》の松である。が、この朧《おぼろ》の夕べの眺望《ちょうぼう》の中では、あたりの花よりもほのかにぼうとかすんでいて、八景の一とされる夜雨《やう》の景よりもさらに趣深く見える。

《鑑賞》　『野ざらし紀行』で〈大津に出《い》づる道〉の作とする〈すみれ草《ぐさ》〉の句に続けて、〈湖水の眺望《ちょうぼう》〉と前書して記されている。

　大津での作句である。同地滞在中、芭蕉は、〈辛崎《からさき》の松は小町《こまち》が身の朧《おぼろ》〉（『鎌倉海道』）、〈辛崎《からさき》の松は花より朧《おぼろ》かな〉（『孤松《ひとつまつ》』）とも詠んでみている。〈湖水の眺望《ちょうぼう》〉は漢詩の題にならったものである。湖水に小野小町《おののこまち》を連想したのも、西湖《せいこ》に対して西施《せいし》を思い浮かべる漢詩のパターンに拠《よ》ったものとみられる。しかし、あからさまに小町《こまち》の比喩《ひゆ》としたのではせっかくの景致が見失われてしまう。また〈花より朧《おぼろ》かな〉でも明瞭《めいりょう》に言い切りすぎて湖水朦朧《もうろう》たる実景から離れてしまう。江戸帰着後、彼は結局〈朧《おぼろ》にて〉に治定《じじょう》して落ち着いた。

こうして、辛崎《からさき》の松をめぐる中世和歌、漢詩文の伝統的な詩情も、治定《じじょう》した表現の背景に余情として浮かび上がらせ得た。切れ字「かな」をもってとめるべきところを〈にて〉ととめ、〈松は花より朧《おぼろ》〉という、通念を破る美の発見をさながらに形象化したところに俳諧があったのであるが、そのことがかえって俳諧をも、時間をも超えた永遠の詩の創出となったのである。

《補説》近江《おうみ》八景は中国の瀟湘《しょうしょう》八景にならい、近衛《このえ》尚通《ひさみち》が明応九年（一五〇〇）に選び定めたといわれる。

（広田・嶋中）

よく見れば薺《なずな》花咲く垣根《かきね》かな

（続虚栗《みなしぐり》）

▼季語—「薺花《なずな》」、薺《なずな》の花で兼三春。七草の一つとしての「薺《なずな》」は、「若菜」「菜摘み」とともに新年。「薺《なずな》」は、別名、ぺんぺん草、三味線草とも呼ばれ、春の終わりごろ、小さな白色の

欧米に紹介された俳句 2

■鈴木大拙《だいせつ》の俳句論

鈴木大拙《だいせつ》は西洋人のために、達意な英文で禅に関する論文をたくさん書いたが、それらの中でしばしば俳句を取り上げている。鈴木大拙《だいせつ》、エーリッヒ＝フロム、リチャード＝デマチーノ共著の『禅と精神分析学』（一九六三年）の冒頭に、松尾芭蕉《ばしょう》の〈よく見れば薺《なずな》花咲く垣根《かきね》かな〉の句の長い解説がある。大拙《だいせつ》は、この俳句と似た主題の下に書かれたテニスンの五行の詩〈割れた壁に咲く花を、その隙間《すきま》から摘みとり／根っ子ごと手に取ってみる／小さい花よ—もし私が／お前を根も花もすべて理解できれば／神と人間がなんであるかを私は知るであろう〉を挙げ、芭蕉《ばしょう》の句と比較している。

芭蕉《ばしょう》は路傍の垣根《かきね》にひそやかな花を咲かせているなずなを見つけ、それを摘みとらず、ただ〈かな〉という、英語では感嘆符でしか表現しようのない言葉で、詩的感動を表したのである。彼の心には、テニスンと同じように多くのことが去来したはずであるが、それをコンセプチュライズ（概念化）しなかった。一方は沈黙（あるいは沈黙の雄弁）であり、他方は雄弁で主知的である、と大拙《だいせつ》はいう。

大拙《だいせつ》はさらに日本人と西洋人の自然観の相違にも言及している。彼の文章を読むと、俳句が西洋の詩とは全く違った方法で書かれていること、西洋の詩のいわば盲点をついていることを知る。

（佐藤）

十字花をつける。▼句切れ―「垣根《かきね》かな」。切れ字「かな」。「薺《なずな》花咲く」でもいったん切れる。

▽よく見れば―ふと立ちどまって、心をとめてよくよく見ると。▽垣根《かきね》―芭蕉庵《あん》の垣根《かきね》でもよいが、ここは散歩か何かで通りかかった折の、とある垣根《かきね》と解すべきであろう。

『句解』 垣根《かきね》のほとりに何か小さな白い花が咲いている。立ち寄ってよくよく見てみると、それは薺《なずな》の花であった。ああ、薺《なずな》はこんなに可憐《かれん》な花を咲かせるのだったなあ。

《鑑賞》 貞享四年（一六八七）説もあるが、三年とみるのが妥当であろう。

〈薺花咲く垣根〉という発想は、和歌・漢詩それぞれに類似の作がある。長嘯子《ちょうしょうし》の『挙白集』の歌〈故郷のまがきは野らとひろく荒れてつむ人なしになづな花咲く〉や、『夫《ふ》木《ぼく》抄』の衣笠内大臣の歌〈山がつの垣根のうちの唐なづなくきたつほどになりぞしにける〉がそれであり、漢詩には、『白氏文集《はくしもんじゅう》』巻一五の〈惆悵《ちゅうちょう》去年墻下地、今春唯有㆓薺花開㆒〉や、同巻七の〈薺葉生㆓墻根㆒〉などである。

こうした伝統的発想を芭蕉の句がもっていることは否定できない。しかし上五の〈よく見れば〉は、芭蕉独自の発想、つまり、自然の小さな生命にまで、深く心を潜《ひそ》めることのできた芭蕉が、思いがけぬところに自然の精緻《せいち》と、その営みの細かさを見出した驚き・喜び、あるいは一種のなつかしさの感情を端的に表現している。これは芭蕉が俳文「蓑虫《みのむし》ノ説跋《ばつ》」で、程明道《ていめいどう》の詩句〈万物静観《スレバ》皆自得《ス》〉を引用し、万物は皆そのところを得て自得しているのだという思想に深い共感を示したことと密につながっている。

この時期の芭蕉の句に、自然の小さな生命（白魚・雀《すずめ》・草の種・ひばりなど）を詠みこんだものが多いが、これは決して偶然のことだったのではない。（井上）

古池や蛙（かわず）飛び込む水の音

（蛙合《かわずあわせ》）

▼季語―「蛙《かわず》」仲春。『毛吹草《けふきぐさ》』俳諧四季之詞二月の項に〈かへる子〉、同連歌四季之詞中春に〈蛙《かえる》〉とある。『増山の井』二月「蛙《かえる》」の項に〈かへる・尼《あま》がへる・ひきがへる・かへる子・井蛙《せいあ》〉をいずれも「俳」として掲げる。▼句切れ―「古池や」。切れ字「や」。

▽古池―芭蕉庵《あん》のかたわらにあった池。採茶庵梅人《さいたあんばいじん》の『杉風《さんぷう》秘記抜書』には〈はせを庵《あん》の傍に生洲《いけす》の魚を囲《かこ》ひたる古池あり〉とある。

『句解』 草庵《そうあん》のかたわらに古池がある。遅々とした静かな春の日中、時折、蛙《かえる》がその古池の水面に飛びこむ音が聞こえてくる。

《鑑賞》句の成立年次は確かでなく、天和二年（一六八二）から貞享三年（一六八六）の間と推定されるが、初案は上五を〈山吹や〉とおいたもので、のちに〈古池や〉と改められたことが、各務支考《かがみしこう》の『葛《くず》の松原』や『惟然《いぜん》伝聞書』所収の知足宛《ちそくあて》芭蕉書簡などによって知られる。

初案は〈かはづ鳴くかみなび河にかげ見えていまや咲《さく》らん山吹の花〉（『新古今集』）などの歌に明らかなように、和歌的類型によるものであり、芭蕉の手柄は、単に、鳴く蛙《かえる》を、水に飛びこむ音にすりかえたにすぎない。

〈古池や〉への改稿は、芭蕉庵《あん》に、古い池がたまたまあったことをいおうとしたのではなく、古くて、人に忘れられた無用の池、つまり貧しい詩人・隠者にふさわしい情景として選びとられた言葉である。漢詩では、蛙《かえる》と古池、詩人・隠者とが結びつき、〈群レ吠《ほ》ユ古池ノ中〉〈書窓雨後悩《ス》ニ人情《ヲ》一〉など詠まれている。〈古池や蛙《かわず》〉は、この漢詩のパターンによったのである。

したがって、一句の眼目は、和漢の伝統的表現「鳴蛙《めいあ》」を、水に飛びこむ音の把握《はあく》によっていっきに乗り越えようとする点にあったといえる。蕉風《しょうふう》樹立の記念碑とされる理由もここにある。

《補説》『円機活法』巻五「隠者」の項に〈鳴蛙《めいあ》〉、巻八「蛙《かえる》」の項には〈不レ厭《いとハ》蛙声《あせいノ》到《ルコトヲ》ニ枕辺《ニ》一〉の詩句がある。

欧米に紹介された俳句　3

■〈古池や蛙《かわず》飛び込む水の音〉の翻訳

松尾芭蕉《ばしょう》のこの句の最も早い翻訳者の一人としてラフカデイオ＝ハーンを挙げることができるが（一八九八年）、今日ではたくさんの翻訳があって、西欧に広く知られている。

一度この詩を読むと、ぜったい忘れられなくなる不思議な魔力が、これにはある。B・H・チェンバレンはこの句について、蛙《かえる》は西欧人にとってロバのように滑稽《こっけい》な生き物だが、日本人は蛙《かえる》によって数多くの伝統的な詩を書いたと指摘している（一九〇二年）。

池といえば英米人はまず水を想像するから、old pond では「古い水」という感じになるので、quiet pond（静かな池）にすべきだという説もある（サイデンステッカーほか）。また、下五の〈水の音〉を〈水の音、そしてあとは静寂〉（ハリー＝ベーン）などと訳したり、あるいは単に「ぽちゃん」「ぼちゃん」という英語に訳した例もある（R・H・ブライスほか）。

エミイ＝ロウエルの「池」という詩〈冷い、濡《ぬ》れた葉が／苔《こけ》色の水に浮いている／そして蛙《かえる》の鳴き声──／薄明のなかで鐘が鳴った〉（『浮世絵』、一九一八年）は、この句の影響のもとに書かれたと考えてよいであろう。（佐藤）

なお、この句の句碑は、秋田県花輪町の長年寺、岐阜県高山市の正雲寺など各地に数多く建てられている。（井上）

名月や池をめぐりて夜もすがら　（孤松《ひとつまつ》）

▼季語―「名月」仲秋。和歌・連歌では「名に高き月」「今日の月」「今宵《こよい》の月」などと称し、漢詩では「明月」と詠む。俳諧では「芋《いも》」を冠して俳言《はいごん》として用いられたが、漢音でメイゲツとのみ用いられることも『毛吹草《けふきぐさ》』以来一般的である。
▼句切れ―「名月や」。切れ字「や」。
▽名月―『世話焼草《せわやきぐさ》』『類船集《るいせん》』などには「名月」の付合《つけあい》として「芋《いも》・大豆《まめ》・詩作・歌の詠」が並べられているように、「名月」は「花」とともに詩・歌・連歌・俳諧共通の最も重要な創作素材とされる。

『句解』　今夜は仲秋の名月である。独《ひと》り草庵《そうあん》で月見をした。池水に映える清光に興じ、とうとう夜もすがら月夜の佳興に酔うたことである。

《鑑賞》　芭蕉発句《ほっく》中、月を詠んだ句は九〇句あり、うち秋の月を詠んだものは八四句に達し、同一季題で最も句数の多いものである。

その中で「名月（明月一例）」の語を用いた句は一一句。そしてこの句は、その初出である。貞享以前の名月の句二〇句近くは〈今日の月〉〈今宵《こよい》の月〉〈月こよひ〉といった表現をとる。貞享三年（一六八六）の作において初めて〈名月〉が用いられた意味は重要である。

『続虚栗《みなしぐり》』には〈名月や池をめぐつて〉の形であったものが、翌年の『あつめ句』では〈めぐりて〉と改められている。俗語〈めぐつて〉が改められたのは、一つには〈名月〉の音を、より印象づけるためともいえるが、最も重要な点は、俗語を削っても俳諧の発句《ほっく》が成立し得るという自覚がこの期にうかがわれることである。〈古池や〉の句が「とんだる」から「とびこむ」へと改められ、一句に俳言《はいごん》がないにもかかわらず蕉風《しょうふう》確立の句とされるのと同じ創作意識がこの句にも認められる。詩・和歌・連歌共通の素材「月」に対し、自己を没入していく創作態度が、俳諧発句《ほっく》の内実を漢詩・和歌と等質の次元になし得たといえよう。古来の名月句中、類をみない秀吟と称されるゆえんである。（井上）

君火をたけよきもの見せむ雪まるけ　（続虚栗《みなしぐり》）

▼季語―「雪まるけ」兼三冬。雪遊びの一つ。「雪まろけ」ともいう。雪ころがしのこと（『増山の井』）。「雪ころばかし」「雪こかし」「雪丸め」ともいう。「まるけ」「まろけ」ともに

当時は清音だったらしい。▼句切れ―「君火をたけ」「よきもの見せむ」。切れ字「たけ」「む」。

▽君―友人の意味であるが、単なる友人ではなく、芭蕉とともに雪月花《せつげつか》の風情《ふぜい》を愛する文人の意。『雪満呂気《ゆきまろげ》』の詞書《ことばがき》に〈曾良《そら》何某《なにがし》、此《この》あたりちかく、かりに居をしめて、朝な夕なにとひつとはる。我くひ物いとなむ時は、柴《しば》を折くぶるたすけとなり、茶を煮夜はきたりて軒をたゝく。性隠閑《せいいんかん》をこのむ人にて、交金《まじわり》をたつ〉とあり、具体的には門人河合曾良《かわいそら》を指す。

〘句解〙 ああいいときに来てくれた。君はここで火を焚《た》いてあたっていてくれ。私は、いまいいものを作って見せてあげよう。雪まろげをね。

《鑑賞》 『雪満呂気《ゆきまろげ》』の詞書《ことばがき》によって、〈君〉が曾良《そら》であったことがわかるが、一句を鑑賞する場合には、ある風流を解する友人と考えた方がよい。『続虚栗《みなしぐり》』に〈対《ス》二友人一〉、『笈《おい》日記』に〈草庵《そうあん》をとぶらへる人に対して〉と詞書《ことばがき》があるのも、その間のことを物語っていよう。庵住《あんじゆう》生活をしている芭蕉をわざわざ雪の日に訪れる、そうした風狂を愛する友人であることが、一層、童心さながらに雪に興じる芭蕉を浮かび上がらせるからである。

この句は、貞享三年（一六八六）冬、芭蕉庵《あん》での作だが、この冬の芭蕉には雪に興じた作が多い。ことに〈はつゆきや幸庵《さいわいあん》にまかりある〉の詞書《ことばがき》〈我くさのとのはつゆき見むと、よ所《そ》に有《あり》ても空だにくもり侍《はべ》れば、いそぎかへることあまたゝびなりけるに、師走《しわす》中の八日、はじめて雪降けるよろこび〉（『あつめ句』）には、雪に対する異常なまでの態度が表現されている。芭蕉は雪にひたすら狂う自己を表現することにより、俳言《はいごん》による創作という低次元にあった俳諧発句《ほっく》を文学たらしめんとしたのである。（井上）

花の雲鐘は上野か浅草か

（続虚栗《みなしぐり》）

▼季語―「花の雲」晩春。遠くから見た桜花が雲のように見えるのをいう。『御傘《ごさん》』では、雲を花と見た場合も用いるので、「花の朧《おぼろ》」「花の波」などとともに連歌以来〈六ヶ敷物《むつかしきもの》〉と述べている。▼句切れ―「花の雲」「上野か」「浅草か」。三段切れ。切れ字「上野か浅草か」の二つの「か」。

▽鐘は上野か浅草か―上野は寛永寺の鐘をいい、浅草は金竜山浅草寺《せんそうじ》の鐘をいう。また、上野・浅草はともに江戸の花の名所であった。

〘句解〙 草庵《そうあん》に座して遠く上野・浅草あたりをながめると、桜の花は霞《かす》んでまるで白い雲のように見える。その方向から鐘の音も聞こえてくるが、あれは一体上野の鐘なのだろうか、それとも浅草の鐘なのだろうか。

《鑑賞》 榎本其角《えのもときかく》は『末若葉《うら》』（元禄一〇年〈一六九七〉成）の中で〈観音の甍見《いらか》やりつ花の雲〉の句を説明して、〈かねは上野か浅草かと聞えし前の年の春吟也。尤《もっと》も病起の眺望《ちょうぼう》成るべし。一聯《れん》二句の格也。句を呼びて句とす〉と述べているが、両句はともに深川芭蕉庵《あん》から上野・浅草の花の眺《ちょう》望《ぼう》を詠んだもので、『続虚栗《みなしぐり》』には〈草庵《そうあん》〉なる詞書《ことばがき》が施されている。作句年代は、貞享三、四年（一六八六、八七）と考えられる。

花見の雑踏の中での作ではなく、静かな草庵《そうあん》からのそれである点に、この期の芭蕉の創作態度の特徴がある。芭蕉は、この年の秋、草庵《そうあん》生活を文学化した『あつめ句』を執筆したが、そこでは〈華〉なる詞書《ことばがき》の下に〈花さゐて七日鶴見る麓《ふもと》かな〉の句に並べてこの句を出しており、ここでも〈麓《ふもと》〉つまり深川の草庵《そうあん》が強調されていた。其角《きかく》は〈病起の眺望《ちょうぼう》成るべし〉と作句状況を推測したが、〈病起〉は、文字どおりの病と解すべきではなく、草庵《そうあん》における詩人・隠者のありようを示す一つの詩題であったと解すべきであろう。（井上）

《補説》　花と鐘の取り合わせは「長楽鐘成《ノ》花外《ニ》尽《ク》」（『詩人玉屑《ぎょくせつ》』）といった漢詩的発想に基づく。この素材を用いた句に〈鐘消て花の香は撞《ツク》夕《ゆうべ》かな〉がある。

蓑虫《みのむし》の音《ね》を聞きに来よ草の庵《いお》

（続虚栗《みなしぐり》）

▼季語―「蓑虫《みのむし》の音《ね》」初秋。この当時は、「蓑虫《みのむし》」のみでは雑《ぞう》とされ、「鳴く」意味を付して秋となる、という『御傘《ごさん》』の説が守られている。『増山の井』『改正月令博物筌《げつれいはくぶつせん》』など江戸期の季寄類では、「蓑虫《みのむし》鳴く」を七月部に掲げるものが多いが、「兼三秋」とするものも見受けられる（『年浪草』）。▼句切れ―「聞きに来よ」。切れ字「よ」。

▽蓑虫《みのむし》の音《ね》―『和漢三才図会《さんさいずえ》』に〈未《ダ》レ聞《カ》二鳴《ヲ》声一……其鳴《トハ》者非《ズ》二嚶《すだく》声一乃涕泣《ていきゅう》之義〉とあるように、「蓑虫《みのむし》の鳴き声」は、実際の声ではなく、『枕草子《まくらのそうし》』「虫は」の条の〈蓑虫《みのむし》、いとあはれなり。……親のあしき衣ひき着せて、今秋風吹かむ折にぞこむずる。待てよ。と云《い》ひて、逃げていにけるも知らず、風の音聞き知りて八月ばかりになれば、ちゝよちゝとはかなげに鳴く、いみじくあはれなり〉によって作られた歌語。

『句解』　私の草庵《そうあん》でも、風にゆられている蓑虫《みのむし》が目立つようになりました。清少納言が「父よ父よ」と鳴くといったその声を聞きにいらして下さい。あなたと秋のあわれを語り尽くしましょう。

《鑑賞》　貞享四年（一六八七）秋、芭蕉庵《あん》での作。『続虚栗《みなしぐり》』には〈聴閑〉の詞書《ことばがき》があり、作句当時の『あつめ句』には〈くさの戸ぼそに住みわびて、あき風のかなしげなるゆふぐれ、友達のかたへいひつかはし侍《はべ》る〉と前書する。草庵《そうあん》の閑寂に徹しようとする心と、それとは逆に、人恋しさに耐えきれない心とが詩情として漂う。

『続虚栗《みなしぐり》』には、この句に続いて〈聞にゆきて　何の音もなし稲うちくふて螽《いなご》かな　嵐雪《らんせつ》〉の句がある。また山口素堂《そどう》は、この句に答えて「蓑虫《みのむし》ノ説」を草した。さらに素《そ》堂《どう》の文章に感動した芭蕉は、「説跋《ばつ》」を草す。そして、このことを伝え聞いた英一蝶《はなぶさいっちょう》は、みずから、蓑虫《みのむし》の絵を描き、その絵に芭蕉が句を賛し、二つの文章を配して一巻の巻物が成立する。芭蕉を中心とした風雅の世界を味わうにたる作品である。　（井上）

旅人とわが名呼ばれん初時雨《しぐれ》

（笈《おい》の小文《こぶみ》）

▼季語―「初時雨《しぐれ》」初冬。「時雨《しぐれ》」は広く、一〇、一一月に降る雨をいうが、一〇月になって初めて降る雨を、とくに「初時雨《しぐれ》」という。秋の末に降るのを「秋時雨《しぐれ》」というが、これとも明確に区別される。▼句切れ―「わが名呼ばれん」。切れ字「ん」。

《句解》 いよいよ初時雨《しぐれ》がやってくる季節となった。時雨《しぐれ》に濡《ぬ》れて旅をした古人にならい、自分も旅に出よう。そして「旅人」とのみ呼ばれる境涯《きょうがい》の人となろう。

《鑑賞》 『続虚栗《みなしぐり》』に〈十月十一日餞別会《せんべつかい》〉という詞書《ことばがき》があり、〈亦《また》さゞん花を宿々にして　由之〉以下の世吉《よよし》(四四句)を載せる。句の成立は、貞享四年（一六八七）の、まさに初時雨《しぐれ》のころであった。しかし、なんらかの事情があったらしく、『笈《おい》の小文《こぶみ》』の旅立ちは、同月二五日である。天和期の芭蕉句〈世にふるもさらに宗祇《そうぎ》のやどりかな〉にうかがえるごとく、芭蕉の旅は、深く古人を慕い、伝統に帰依する、一種の修業であったといってよく、今回の旅の意識もそうしたものだったと考えられる。『笈《おい》の小文《こぶみ》』の詞書《ことばがき》〈神無月《かんなづき》の初、空定めなきけしき、身は風葉の行末なき心地して〉のすべてが「時雨《しぐれ》」の本意をいう言葉「さだめなき雨」「身のふりて・木の葉・落葉」「旅の行衛《ゆくえ》を思ふ」などでつづられているのもこうした意識が強かったことを証明している。

『三冊子《さんぞうし》』はこの句を〈心のいさましきを句のふりにふり出して、よばれん初しぐれと云《いい》しと也〉と説明し、現代の解釈も『三冊子《さんぞうし》』を受け、「身も心も旅人に変身したいという決意」をこめたものとしている。〈心のいさまし〉さが、〈初時雨《しぐれ》〉の〈初〉の字のもつ、ものを賞翫《しょうがん》する気持ちと、「時雨《しぐれ》」がイメージする音とスピード感とがあいまって、一句にリズムと心のはずみを感じさせる。うきうきした感じだともいえる。しかしその感じは、あくまでも西《さい》行《ぎょう》・宗祇《そうぎ》にならった旅人になりおおせようとする芭蕉の決意があって出てきたものであったことを忘れてはなるまい。　（井上）

鷹《たか》一つ見付けてうれしいらご崎《ざき》

（笈《おい》の小文《こぶみ》）

▼季語―「鷹《たか》」仲冬。「さしば」「つみ」などは「秋鷹《こたか》」といい、仲秋の季語となるが、仲冬の「鷹《たか》」は、「おおたか」（白鷹・鶴鷹）と称し、「鷹《たか》狩り」の最も盛んな季節のものである。▼句切れ―「見付けてうれし」。切れ字「し」。
▽いらご崎《ざき》―愛知県渥美《あつみ》半島西端渥美《あつみ》町の伊良湖岬《いらござき》。歌枕《うたまくら》で、古くは「伊良虞嶋《いらごのしま》（崎）」。和歌では『万葉集』以来、伊勢《いせ》の名所に数えられ、『歌枕名寄《うたまくらなよせ》』などでも、伊勢《いせ》に分類されている。『笈の小文《おいのこぶみ》』に、〈鷹《たか》のはじめて渡る所といへり〉とあるように、現在も「白鷹《おおたか》」の渡る地として有名。

『句解』　伊良湖岬《いらござき》に立って雄大な眺望《ちょうぼう》を楽しんでいるとき、遠く大空を渡る一羽の鳥を見た。ああ、あれが有名な伊良湖《いらご》の鷹《たか》なのか。伊良湖《いらご》の鷹《たか》を実際に見ることができるなんて、なんと幸運なことであろう。

《鑑賞》　貞享四年（一六八七）一一月一二日、芭蕉・坪井杜国《とこく》・越智越人《おちえつじん》の三人は馬を連ねて伊良湖《いらご》に遊ぶ。その折は〈いらご崎《ざき》にるものもなし鷹《たか》の声〉であったが、鳴海《なるみ》にもどって草された「伊良古《いらご》紀行」真蹟《しんせき》では、早くも〈鷹《たか》ひとつ見付《つけ》てうれしいらご崎《ざき》〉と改められている。

芭蕉の伊良湖岬《いらござき》訪問は、保美《ほび》村に罪を得て隠棲《いんせい》中の杜国《とこく》を見舞うために急遽《きゅうきょ》行われたもので、この訪問は、いわば偶然に実現したものだったが、芭蕉には、もともと西行《さいぎょう》の歌〈すだか渡るいらごが崎《さき》をうたがひてなほきにかゝる山帰りかな〉（『山家《さんか》集』）を通して、一度はたずねてみたい地であったと考えられる。こうした願望が偶然に実現した喜びが〈見付けてうれし〉という率直な表現になったと思われる。

ところでこの句には〈鷹《たか》一つ〉の〈鷹《たか》〉を杜国《とこく》の象徴と見る解釈がある。それは、詩人的資質を稟《う》けた杜国の配流の悲しみを、歌枕《うたまくら》「伊良虞《いらご》」を下敷きに極めて隠微のうちに語ったとするものである。

《補説》〈杜国《とこく》が不幸を伊良古崎《いらこざき》に尋ねて　夢よりも現《うつつ》の鷹《たか》ぞ頼母《たのも》しき〉（『鵲尾冠《しゃくびかん》』）とある。

（井上）

いざさらば雪見にころぶ所まで

（花摘《はなつみ》）

▼季語―「雪見」仲冬。一一月の異名に「雪見月」（『増山の井』）があり、この時期を〈大雪と云《いう》、中を冬至と云《いう》〉と『日本歳時記』（貞享五年〈一六八八〉刊、貝原益軒《えきけん》著）にある。
▼句切れ―「いざさらば」。

『句解』　おお雪が降ってきた。私は、では、雪見に出かけてくるよ。雪に足をとられてころんでしまうところまでね。

《鑑賞》 貞享四年（一六八七）一二月三日ごろ名古屋での作と推定されているが、季題意識は一一月であったと思われる。初案は真蹟《しんせき》詠草に、

書林風月ときゝし其名《そのな》もやさしく覚えて、しばし立寄てやすらふ程に、雪の降り出《い》でければ

いざ出《いで》むゆきみにころぶ所まで

丁卯臘月《ていぼうろうげつ》初　夕道《せきどう》何がしに送る

とある形で、作句状況もよくわかる。

「書林風月堂」の風流な名前に心ひかれて立ち寄り、店頭の書物に目を楽しませていたが、ふっと外を見ると雪が降り出していた。「文学書の中の雪もすばらしいのですが、私にとっては、現在降っている雪が、それ以上に心をわくわくさせます。漢詩で〈喜《ブ》ㇾ雪《ヲ》〉といい、一一月の異名は『雪見月』とさえいいますよね。風月堂さん、大切なご本を見せていただいてありがとう。雪を見てじっとしておれなくなりました。ちょっと雪見に出かけてきます」といって芭蕉は走り出して行った。そして、その後、風月堂夕道《せきどう》への返礼の意をこめて詠草を送ったのだと思われる。

『阿羅野《あらの》』『笈《おい》の小文《こぶみ》』は〈いざ行《ゆか》む〉の形であるが、『三《さん》冊子《ぞうし》』の説くところでは、これが初案であり、〈いざさらば〉が成案となったようである。

《補説》 『笈《おい》の小文《こぶみ》』の旅で、名古屋地方を訪れた芭蕉には雪の句が多い。

面白し雪にやならん冬の雨　（千鳥掛《ちどりがけ》）

磨《とぎ》なほす鏡も清し雪の花　（笈《おい》の小文《こぶみ》）

ためつけて雪見にまかるかみこかな　（同）

箱根こす人も有らし今朝の雪　（同）

〈ためつけて〉の句は、掲出句と同想ともいえよう。（井上）

何の木の花とは知らず匂《におい》ひかな

（笈《おい》の小文《こぶみ》）

▼季語―「花」晩春。三月を「花見月」「桜月」とも称し、『増山の井』では〈花の笑《エミ》〉の項に、〈花の顔・花の匂《にお》ひ　色香〉などの言葉を並べ〈みな花の上をいふなり〉と注する。この句の場合、正確には「花の匂《にお》ひ」が季語で、「花」は雑《ぞう》の花ではなく、桜を意味する。▼句切れ―「匂《にお》ひかな」。切れ字「かな」。「何の木の花とは知らず」でもいったん切れる。

『句解』 伊勢《いせ》神宮に詣《もう》でて、社頭にぬかずくと、何の花かはわからないが、どこからともなくほのかな匂《にお》いが漂ってくる。所が所だけに、神々《こうごう》しさに身は引き締まるばかりである。

《鑑賞》 貞享五年（一六八八）二月、伊賀《いが》より伊勢《いせ》へ赴き、

四日に参詣《さんけい》しての作。その折の一〇句を書きつけた『伊勢《いせ》詠草』真蹟写《しんせきうつし》では前書は〈いせ〉とあり、また『笈《おい》の小文《こぶみ》』では〈伊勢《いせ》山田〉とのみあるが、別に俳文を添えたものがあって、芭蕉の創作態度をうかがうことができる。

『花はさくら』所載の文は、〈貞享五とせ如月《きさらぎ》の末、伊勢《いせ》に詣《もう》づ。此《この》御前のつちを踏事、今五度に及び侍《はべ》りぬ。更にとしのひとつも老行《おいゆく》まゝに、かしこきおほんひかりもたふとさも、猶《なお》思ひまされる心地して、彼西行《かのさいぎょう》の「かたじけなさに」とよみけん涙の跡もなつかしければ、扇うちしき、砂にかしらかたぶけながら〉といったもので、この句が、西行《さいぎょう》の〈何事のおはしますをば知らねどもかたじけなさの涙こぼるる〉（延宝二年〈一六七四〉刊『西行《さいぎょう》法師家集』）を踏まえていることは明白である。

二月四日の作を、あえて〈如月《きさらぎ》の末〉と改めたのは、三月の季語「花の匂《にお》ひ」を一句で強調するためだったと思われる。芭蕉愛読の『新編伊勢《いせ》名所拾遺集《しゅうい》』には、先の西行《さいぎょう》歌を外宮《げぐう》での詠として載せるとともに、現在は絶えてないと伝えられる「桜木の里」を詠んだ歌七首を掲げているが、内五首は、「桜（花）―にほふ」の歌であり、こうした言葉を芭蕉は取りこんだようである。同書には〈桜の宮―日本のさくらの始也〉という記事も見受けられ注目される。 （井上）

春の夜や籠《こも》り人《ど》ゆかし堂の隅《すみ》

（笈《おい》の小文《こぶみ》）

▼季語―「春の夜」兼三春。「春夜」「夜半《よわ》の春」とも。▼句切れ―「春の夜や」「籠《こも》り人《ど》ゆかし」。切れ字「や」「し」。▽籠《こも》り人《ど》―祈願のため社寺に参籠《さんろう》する人。▽堂―「籠堂《こもりどう》」の意であるが、ここでは奈良県桜井市初瀬町にある長谷寺《はせでら》を指す。本尊十一面観音は、平安朝貴族、とくに女性の信仰があつかったことで有名。

『句解』 長谷寺《はせでら》の春の夜は朧《おぼろ》に霞《かす》みこめ、参詣《さんけい》の人も絶えて、あたりはひっそりとしている。しばらくたたずんでいると、御堂の一隅《いちぐう》に、ひそやかに参籠《さんろう》する人びとの気配があるのに気づいた。どんな人が、どんな願い事があってお籠《こも》りしているのだろうと、私はしきりに心ひかれるのだった。

《鑑賞》 貞享五年（一六八八）三月一九日、伊賀《いが》（三重県）上野を出発した芭蕉と坪井杜国《とこく》は、まず伊賀《いが》種生《たなお》村の兼好《けんこう》塚《づか》をたずね、臍《ほそ》（細）峠《とうげ》を越えて直ちに初瀬へ詣《もう》でている。この句は、この折に想を得た句であったと思われるが、『笈《おい》の小文《こぶみ》』に〈初瀬〉の前書で出てくるのみで、他に伝えられたものがなく、旅行の時点で作られたものではないようである。あるいは『笈《おい》の小文《こぶみ》』の一部分を推敲《すいこう》した元禄三、四年（一六九〇、九一）ころの作とも考えられる。

　長谷寺《はせでら》参詣《さんけい》は、平安朝以来有名で、『源氏物語』の、二〇年ぶりに乳母《うば》右近《うこん》にめぐり会った玉蔓《たまかずら》の話や、『枕草子《まくらのそうし》』の記事、また『撰集抄《せんじゅう》』の「西行《さいぎょう》遇フ㆓妻ノ尼ニ㆒事」はとくに有名。芭蕉は、こうした女性たちを〈籠《こも》り人《ど》〉に思い寄せ、古典的、幻想的な春の夜を描き出したのである。

　また、〈籠《こも》り人《ど》ゆかし〉に、〈初瀬を祈る〉（『毛吹草《けふきぐさ》』連歌恋之詞）、〈泊瀬《ハツセ》―いのる契〉（『類船集《るいせん》』）といった伝統的恋の情が、ほのかに漂っていることを忘れてはならないであろう。

《補説》『阿羅野《あらの》』所収〈鳫《かり》がねの〉歌仙《かせん》中の芭蕉の付句〈初瀬に籠《こも》る堂の片隅《かたすみ》〉、『猿蓑《さるみの》』所載の河合曾良《かわいそら》の〈春の夜はたれか初瀬の堂籠《どうごもり》〉といった同想の句があり注目される。

（井上）

ほろほろと山吹《やまぶき》ちるか滝の音

（笈《おい》の小文《こぶみ》）

▼季語―「山吹《やまぶき》」晩春。野生の低木で、渓谷のほとりなどにとくに多い。花は黄色で、白いのもある（白山吹《やまぶき》）。一重のも八重（八重山吹《やまぶき》）のもある。晩春に花盛りとなる。▼句切れ―「山吹《やまぶき》ちるか」。切れ字「か」。
▽滝―奈良県吉野郡川上村にある「西河《にじこう》の滝」をいう。貝原益軒《えきけん》の『吉野山名勝考』に〈西河《にじこう》の滝―是《これ》吉野川の上なり。……此《この》滝は只《ただ》急流にて、大水岩間を漲《みなぎり》落る也。よのつねの滝のごとく高き所より流れ落るにはあらず。岩間の漲きり沸《わ》く事甚《はなはだ》見事なり、近く寄りて見るべし、遠く見ては賞するにたへず。〉とある。
〔句解〕滝の音がごうごうと響いている。その音の中で静かに咲いている山吹《やまぶき》を見ていると、まるで滝の音に引きこまれるように、ほろほろと、花びらが散っていく。

《鑑賞》貞享五年（一六八八）三月二三、四日ころ、吉野川上流の「西河《にじこう》の滝」「蜻蛉《せいれい》が滝」をたずねた折の作。元禄二年（一六八九）刊『阿羅野《あらの》』には何の詞書《ことばがき》もなく掲載されているが、『笈《おい》の小文《こぶみ》』には〈西河《にじこう》〉の前書きで載り、句の後に〈蜻蛉《せいめい》が滝〉と続けて記されているが、その句はない。あるいは、この句の前書を、〈西河《にじこう》〉とするか、〈蜻蛉《せいめい》が滝〉とするか迷った痕跡《こんせき》かとも考えられる。

　益軒《えきけん》がいうとおり、「西河《にじこう》」が、滝ではなく、急流であって近くで見なければ賞するに足りないものであったとすれば、山吹《やまぶき》は急流に流されていく花びらだったということになろう。その場合は紀貫之《きのつらゆき》の〈吉野川岸の山吹《やまぶき》吹く風に底の影さへうつろひにけり〉（『古今集』）の歌そのままの「岸の山吹《やまぶき》」を詠んだものとなる。真蹟《しんせき》自画賛の前書

〈きしの山吹《やまぶき》とよみけむ、よしの〻川かみこそみなやまぶきなれ〉は、このことを語っている。

しかし後年森川許六《きょりく》が描いた絵は、虚空《こくう》より落ちる滝であって、句も「滝の音」になってしまっている。吉野訪問当時の伝統的な「岸の山吹《やまぶき》」のイメージが、時間とともに、「滝の音」の中の山吹《やまぶき》に変わっていったといえよう。（井上）

一つ脱いで後《うしろ》に負ひ《い》ぬ衣がへ《え》　（笈《おい》の小文《こぶみ》）

▼季語―「衣がへ」初夏。陰暦四月一日、宮中では、装束をはじめ、室内の装飾・畳なども替えた。この風習にならい、民間でも、綿入れを袷《あわせ》に替えることが行われた。▼句切れ―「負ひぬ」。切れ字「ぬ」。

《句解》旅の中で、四月一日を迎えることになった。「更衣《ころもがえ》」の日であるが、私は、重ね着一枚を脱いで、背中に負うことで、この年中行事をすますことになってしまった。

《鑑賞》貞享五年（一六八八）四月一日、『笈《おい》の小文《こぶみ》』の旅で、和歌の浦から奈良に向かう途中の作である。

『笈《おい》の小文《こぶみ》』では、〈和歌　行春《ゆくはる》にわかの浦にて追付《おいつき（い）》たり〉の次に、〈衣更《ころもがえ》〉と詞書《ことばがき》があってこの句がある。上五は〈一つぬひて〉と表記されており、これが決定稿だとする説もあるが、真蹟《しんせき》類には〈ぬぎて〉とするものも多く、どちらとも決めがたい。

ただし、池西言水《こんすい》の『前後園集』（元禄二年〈一六八九〉刊）では〈ぬいて〉と表記されており、また団水《だんすい》の『秋津島』（元禄三年〈一六九〇〉跋《ばつ》刊）などでは〈脱て〉と表記するが、読みはおそらく「ぬいで」だったかと思われる。というのは、この句が手軽な旅を俳意強く表現した好句として、他門の人びとに喜ばれたからである。俳意に重きをおくと、読みは「ぬぎて」よりも、俳言《はいごん》「ぬいで」の方がよい。

しかし、この時期の芭蕉の句は、全体的にみて俳言《はいごん》を重視しない傾向があり、真蹟《しんせき》類の〈ぬぎて〉も無視することはできない。〈ぬぎて〉であったとするならば、この一句の主眼は、そうした手軽な「更衣《ころもがえ》」を行う旅の境涯《きょうがい》にある自己そのものを描き出すことにあったということになるであろう。

この解釈も捨てがたいが、『笈《おい》の小文《こぶみ》』の中で、〈和歌　行春《ゆくはる》にわかの浦にて追付《おいつき（い）》たり〉と続けて読んでみると、この句にも「つい」「つき」の同じ問題があることがわかる。『笈《おい》の小文《こぶみ》』の中で読むときは、旅中の即興性を生かすということで、俳言《はいごん》で読むのもおもしろいかと思い、ここでは「ぬいで」と読んでおくことにする。（井上）

若葉して御目《（おんめ）》の雫拭《（しずくぬぐわ）》はばや

（笈《おい》の小文《こぶみ》）

▼季語―「若葉」初夏。夏に入って、すべて樹木がみずみずしい新葉をつけるのをいう。「若葉の花」「わか葉の紅葉」（『増山の井』）などともいう。また「柿《かき》若葉」「梅若葉」など、木の名をつけて呼ぶことも多い。▼句切れ―「拭《ぬぐ》はばや」。「若葉して」でもいったん切れる。
▽御目《おんめ》―奈良市五条にある律宗総本山唐招提寺《とうしょうだいじ》、開山堂にある木彫りの鑑真《がんじん》像の目をいう。鑑真《がんじん》（六八八～七六三）は、唐の揚州江陽県の人。幾度も難破して盲目となったが、天平勝宝五年（七五三）来朝、のち帰化して天平三年（七五九）同寺を創建した。

〘句解〙　唐招提寺《とうしょうだいじ》は、みずみずしい樹々《きぎ》の若葉に包まれている。ほの暗い開山堂の鑑真《がんじん》像、その盲《めし》いた御目《おんめ》は、あたかも涙を宿しているように見える。私は、あのみずみずしい若葉で、その涙をぬぐってあげたい気持ちでいっぱいになった。

《鑑賞》　貞享五年（一六八八）四月九日ころ、唐招提寺《とうしょうだいじ》に参《さん》詣《けい》した折の作。『笈《おい》の小文《こぶみ》』には、〈唐招提寺鑑真和尚《とうしょうだいじがんじんわじょう》来朝の時、船中七十余度の難をしのぎたまひ、御目《おんめ》のうち塩風吹入て、終《つい》に御目《おんめ》盲《めしい》させ給ふ尊像を拝して〉との詞書《ことばがき》がある。鑑真《がんじん》伝は、『唐大和上東征伝《とうだいわじょうとうせいでん》』『元亨釈書《げんこうしゃくしょ》』などによって有名であり、芭蕉もそうしたものによったと思われる。

これらの詞書《ことばがき》の伝えるごとく、身の危険を冒してまで教えを広めようとする鑑真《がんじん》の熱意に打たれるとともに、約一〇〇〇年前の創建当時の姿をそのままに残している大伽《だいが》藍《らん》と鑑真《がんじん》像に、じかに接した感動がこの句を生んだといえよう。貝原益軒《えきけん》の『和州巡覧記』には、〈世にすぐれたる大伽《だいが》藍《らん》也。元禄元年まで、九百三十年に至て、幸にして一度も未《いまだ》炎上せず、作りもかへず、其《その》まゝ也。世に類《たぐい》なき古代の梵刹《ぼんせつ》なり〉とある。芭蕉は一〇〇〇年という時間を、鑑真《がんじん》像に見たのである。

上五〈若葉して〉を、「若葉でもって」と解釈する説と、「若葉する」（周囲が若葉になること）と解釈する説があるが、後者は時代が下がっての用法のように考えられる。

《補説》　唐招提寺《とうしょうだいじ》開山堂の傍らに、この句の句碑が建てられている。

（井上）

草臥《（くたび）》れて宿借《（やどか）》るころや藤《（ふじ）》の花

（笈《おい》の小文《こぶみ》）

▼季語―「藤《ふじ》の花」晩春。『増山の井』三月に〈藤《ふじ》〉を掲げ、〈藤《ふじ》なみ・藤《ふじ》かづら・ふぢづる俳・さがりふぢ俳・しら藤《ふじ》〉などを列記する。『類船集《るいせんしゅう》』では、別名むらさき草、二季草

ともいうとし、付合語《つけあい》に〈時鳥《ほととぎす》・たそがれ時・よもぎふの宿〉などを挙げている。▼句切れ―「宿借《やどか》るころや」。切れ字「や」。
▽草臥《くたび》れて―「草臥」は、疲れて草に臥《ふ》す意の当て字で、疲れ果てる、くたくたに疲れる意。

〖句解〗 春の一日を歩き尽くし、疲れて今宵《こよい》の宿を乞《こ》おうとする折から、物憂くおぼつかない靄《もや》の中に、にじむように藤《ふじ》の花房が咲き垂れているのが目に入ってきた。

《鑑賞》 貞享五年(一六八八)四月一〇、一一日ころ、大和《やまと》三山のあたりを訪ねた折に想を得た句。同年四月二五日付「猿雖宛書簡《えんすいあて》」に〈丹波市、やぎと云処《いうところ》、耳なし山の東に泊る、ほとゝぎす宿かる比《ころ》の藤《ふじ》の花〉とあり、これが初案であったことがわかる。

初案は「藤《ふじ》―時鳥《ほととぎす》・たそがれ時・よもぎふの宿」といった、伝統的類型的発想による句作にすぎないものであったが、改案では、〈ほとゝぎす〉を削ってしまい、春季の藤《ふじ》の花の句とし、しかも『笈《おい》の小文《こぶみ》』では、吉野行脚出立《あんぎゃしゅったつ》の日(三月一九日)の夕暮れの旅のつらさを述べた文章と相映発する句としてはめこんでいる。旅人の疲れた気分と、夕靄《ゆうもや》の中に物憂げに垂れさがっている藤《ふじ》の花の感じとが調和し、初案とは全く面目を一新した作となっている。

四月八日以降の芭蕉らの日程に不明な点が多く、四月一〇日丹波市泊まりでの作とする説と、一一日八木での作とする説とが対立したままであるが、そうした事実の穿鑿《せんさく》が意味を有しないほどに、この改案は見事であったといえる。ただし、その推敲《すいこう》の時期は、〈大和行脚《やまとあんぎゃ》のとき〉と前書して『猿蓑《さるみの》』に出ていることから、ほぼ元禄三、四年(一六九〇、九一)ころかと推測される。

《補説》 「たそがれどきの藤《ふじ》の花」の伝統的イメージは次のような歌に詠まれている。〈君にだに訪《と》はれで経れば 藤《ふじ》の花たそがれ時も知らずぞありける〉(紀貫之《きのつらゆき》『後撰集《ごせん》』)

(井上)

蛸壺《たこつぼ》やはかなき夢を夏の月

(笈《おい》の小文《こぶみ》)

▼季語―「夏の月」兼三夏。『御傘《ごさん》』に〈夏月と申は、みじか夜・涼き・明やすき・あつき・卯花《うのはな》・橘《たちばな》・時鳥《ほととぎす》などを結び入たる句を申也〉とあり、『山の井』には、〈夕の影の涼しさをめで、いることのはやきををしみて〉作るようにとある。三夏を通じて、夏の夜の月をいう。▼句切れ―「蛸壺《たこつぼ》や」。切れ字「や」。「はかなき夢を」でも切れる。
▽蛸壺《たこつぼ》―蛸《たこ》を捕らえるのに使う口径約一〇センチメートル、深さ約二五センチメートルの素焼きの壺《つぼ》。長い幹縄《みきなわ》に多くの

枝縄《えだなわ》をつけて壺《つぼ》を縛り、昼のうちに海底に沈めておき、翌早朝に引き上げる。穴にひそむ蛸《たこ》の習性を利用したもの。現代の歳時記類では、「蛸《たこ》」「蛸壺《たこつぼ》」は夏の季語となっているが、芭蕉当時は無季の俳言である。

『句解』　夏の夜の月は、海面を皎《こう》々と照らしている。夜が明ければ、引き上げられてしまうとも知らないで、蛸《たこ》は、はかない夢を結んでいることであろう。

《鑑賞》　貞享五年（一六八八）四月一九日、兵庫に泊まり、翌二〇日須磨《すま》・明石《あかし》を訪ねているが、泊まったのは須磨《すま》である（「猿雖宛《えんすいあて》書簡」）。『猿蓑《さるみの》』『笈《おい》の小文《こぶみ》』などすべて、〈明石《あかし》夜泊〉と詞書《ことばがき》があるが、これは、「明石《あかし》―月」という伝統的な言葉の連想によって、須磨《すま》と明石《あかし》が入れ換えられたものと思われる。

いうまでもなく、明石《あかし》の月は秋でなければならない。『笈《おい》の小文《こぶみ》』本文にも〈かゝる所の秋なりけりとかや。此《この》浦の実《まこと》は秋をむねとするなるべし。かなしさ、さびしさいはむかたなく、秋なりせば、いさゝか心のはしをもいひ出《いだす》べき物を〉と記す。

しかし、夏の訪問であったことが、かえって芭蕉に〈蛸壺《たこつぼ》〉を発見させ、さらには、〈夏の月〉の本意本情を把握《はあく》させる結果となった。明けやすい夏の短夜のはかなさと、蛸壺《たこつぼ》に夢を結ぶ蛸《たこ》の命のはかなさとが、そこはかとなく響き合い、そうしたはかない情感は、旅人芭蕉の旅泊の思いに通ずるものがあったといってよいであろう。（井上）

欧米に紹介された俳句　4

■ホイジンガーの芭蕉《ばしょう》論

ホイジンガーは『ホモ・ルーデンス』（一九三八年）の中で、〈詩は遊びとともに始まる〉という主張を裏づけるために、松尾芭蕉《ばしょう》の〈亡き人の小袖《こそで》も今や土用干〉の句と〈もろもろの心柳にまかすべし　涼菟《りょうと》〉を挙げている。

彼はこれらの句を松尾邦之助とスタイニルベル＝オーベルラン共訳の『芭蕉《ばしょう》とその弟子のハイカイ』によって知ったのだが、その本がパリで出版されたときの書評で、アンデレ＝テリーブ（フランスの文芸評論家）が芭蕉《ばしょう》について次のように書いている（以下、松尾邦之助の訳文による）。〈もしラ＝フォンテーヌが芭蕉《ばしょう》を読むことができたら、おそらく彼も芭《ば》蕉《しょう》と同じような句を残したろうと思わずにはおられない。ともあれ、日本の詩人芭蕉《ばしょう》は、彼の時代に、すでにわれわれフランスの同時代のどの詩人よりも遥《はる》かに優れた才能をもって、感覚上の優美さ、繊細さを十分に表現することができた詩人である……例えば「物干のキモノ、何と小さな袖《そで》、死去した子供」、この僅《わず》か一二語（仏文）が、描写的な哀歌となってすべてを物語っている。〉（佐藤）

草の戸も住み替わる代《よ》ぞ雛《ひな》の家

（おくのほそ道）

▼季語―「雛《ひな》」晩春。三月三日、弥生《やよい》の節句に飾る。▼句切れ―「住み替わる代《よ》ぞ」。切れ字「ぞ」。
▽草の戸―草庵《そうあん》。江戸深川の芭蕉庵《あん》を指す。

『句解』 世捨て人のすみかとして自分の住み古してきたこの草庵《そうあん》にも、主《あるじ》の交替すべき時節がやってきたとだ。折からの弥生《やよい》の節句に、自分の出た後の草庵《そうあん》が、妻や娘をもった世俗の人である新しい主《あるじ》により、はなやかに雛《ひな》を飾る家と変わるのも皮肉なことだが、今や自分はそのはなやかなすみかをよそに、無所住の旅に出ようとしているのである。

《鑑賞》 『おくのほそ道』の巻頭、長途の旅を覚悟して芭蕉庵《あん》を人に譲り、一時門人杉山杉風《さんぷう》の別宅に移った際の吟。真蹟《しんせき》短冊に〈娘持ちたる人に草庵《そうあん》を譲りて〉と前書がみえることによって、成立の事情は明らかである。初案に、中七〈住み替わる代《よ》や〉とあったのを、元禄六年（一六九三）ごろ『おくのほそ道』本文執筆の際、〈代《よ》ぞ〉と改めた。

初案のモチーフは、自分のような隠士の住み古した草庵《そうあん》が、はなやかに雛《ひな》を飾る家と変わる、その世外の人から世俗の人の有へという交替の機微を嘆ずる情で、〈や〉の切れ字が転換の意外性を媒介し、〈も〉〈や〉という言い回しが、落梧《らくご》宛て書簡に「草庵の変はれる様《やう》をかしくて」とある、やや苦笑を伴った詠嘆の気持ちを匂《にお》わせている。〈世《よ》や〉を〈代《よ》ぞ〉と改め、流転の相に対する感慨をより強調したのは、〈月日は百代《はくたい》の過客《かかく》にして、行きかふ年もまた旅人なり〉と書き出された『おくのほそ道』本文の万物流転の思想との照応を緊密にしようとしたからであろう。同時に、〈ぞ〉という強い措辞が、流転の相に身をまかせて旅におもむく堅い決意を響かせている効果も見落とせない。

《補説》 『世中百韻《よのなかひやくいん》』所収の初案の前書は〈はるけき旅の空思ひやるにも、いささかも心にさはらんものむつかしければ、日ごろ住みける庵《いおり》を相知れる人に譲りて出《い》でぬ。この人なむ、妻を具し娘・孫など持てる人なりければ〉（落梧宛て書簡同旨）と、成立事情につきより詳しい。（尾形）

行く春や鳥啼《な》き魚《うお》の目は涙

（おくのほそ道）

▼季語―「行く春」晩春。「暮《くれ》の春」「末の春」などに比し、刻々と過ぎ行く春を嘆ずる気持ちが深い。▼句切れ―「行く春や」。切れ字「や」。

『句解』 三月の春光すでに尽き、春もまさに行かんとしている。あてどなく無心に空をさすらう鳥の声も哀愁に満ち、水に浮かぶ魚の目も涙にうるんでいるかに見える。この行く春の憂愁の中を、自分は今、人びとと限りない別れを惜しむ涙にくれながら、いつ帰るとも知れぬ漂泊の旅に出ようとしているのだ。

《鑑賞》　千住《せんじゅ》での、見送りの人びとに対する留別の吟（餞《せん》別《べつ》吟に対し、旅に出る者が後に残る人に詠んで贈る別れの句）。『おくのほそ道』本文に〈千住《せんじゅ》といふ所にて船を上がれば、前途三千里の思ひ胸にふさがりて、幻の巷《ちまた》に離別の涙をそそぐ〉としてみえる。

もと、〈鮎《あゆ》の子の白魚送る別れかな〉と詠んだのを、巻末の「行く秋ぞ」と照応させ、本文執筆の際に改めた。

〈鳥〉〈魚《うお》〉は千住《せんじゅ》での別れの場における矚目《しょくもく》であると同時に、また、漂泊の悲しみを分かち合う友として芭蕉が旅の人生の中で親しんできた自然の風物を代表するものでもある。一句は、切れ字〈や〉による切断を介して、刻々と過ぎ行く春をとどめることのできない詠嘆の情と、漂泊の宿命を担った魚鳥の悲しみの姿とを二重映しにすることで、惜春の句であると同時に惜別の句でもあるという二義性を獲得している。

高浜虚子《きょし》がこの句に、釈尊《しゃくそん》の入滅を悲しんでいろいろな動物が啼泣《ていきゅう》している涅槃《ねはん》図を思い寄せているのは、参考すべき解といえよう。非情の魚の目にたたえられた涙の珠《たま》は、謡曲『合浦《がっぽ》』などにもとづき芭蕉の詩心のとらえた虚像ではあるが、それは仏教的無常観の上から現世を「幻の巷《ちまた》」と諦観《ていかん》しながらも、なお仮のすみかにおけるかりそめの別れに涙を禁じ得ぬ、いかんともしがたい人間的悲しみを象徴するものともいえる。典拠として陶淵明《とうえんめい》や杜甫《とほ》の詩句をあげる説もあるが、直接の関係は認めがたい。　（尾形）

あらたふ《(とう)》と青葉若葉の日の光

（おくのほそ道）

▼季語―「若葉」初夏。「青葉」は雑《ぞう》。▼句切れ―「あらたふと」。

▽日の光―「日光」の地名をきかせてある。

〔句解〕　ああ尊いことよ。青葉若葉の濃淡とりどりに織りなす初夏の緑に、さんさんと映発する日の光。それはこの日光山の霊域に鎮座する神霊の荘厳さそのものである。

《鑑賞》　日光山東照宮参詣《さんけい》の句。河合《かわい》曾良《そら》の「俳諧書留《かきとめ》」室《むろ》の八島《やしま》の条に〈あなたふと木《こ》の下暗《したやみ》も日の光〉とみえるのが初案で、すでに日光山参詣《さんけい》以前に室《むろ》の八島《やしま》で発想されたらしい。真蹟《しんせき》懐紙に〈日光山に詣《もう》づ　あらたふと木《こ》の下《した》闇《やみ》も日の光〉とみえるのは、その伝来から推して、旅中那《な》須野《すの》滞在中に染筆《せんぴつ》されたものと思われる。

これらの初案における季語は、夏木立が鬱蒼《うっそう》と茂って昼なお暗いさまをいう「木下闇《こしたやみ》」で、一句は、小暗《おぐら》く茂った木の下陰、つまり国土のすみずみまでも、日の光、すなわち日光山東照宮の御威光が照らしているという、東照宮の神威賛仰《さんこう》の意図が先立った観念的においが濃い。

野坡《やば》本『おくのほそ道』には〈あなたうと青葉若葉の日の光〉の句形がしるされており、中七が〈青葉若葉の〉と改案されたのは、本文執筆の際のことであろう。〈青葉若葉〉と続けたのは、神域の松・杉などの常緑樹の濃い青葉と、落葉樹のみずみずしい新緑とが、濃淡さまざまの初夏の色を織りなしている景を言い取ったもの。

その青葉若葉の一枚一枚が陽光を映発しつつ山全体に日の光が遍満しているさまは、あたかも曼陀羅《まんだら》（仏教の根本理法を象徴する図形）に描かれた荘厳世界を思わせる。〈あらたふと〉とは、そうした自然美と宗教性とが一体となった荘厳世界への賛嘆を打ち出したもので、その声調には能の登場人物の口吻《こうふん》に通うものがある。

自身を能に登場する諸国一見の旅僧になぞらえ、自然の中に神霊の力を感得しようとした芭蕉のこの旅に対する根本的な姿勢が、おのずからにそのような声調をとらせたのである。

（尾形）

風流の初めや奥の田植歌

（おくのほそ道）

▼季語—「田植歌」仲夏。▼句切れ—「風流の初めや」。切れ字「や」。

▽奥—奥州地方。

〖句解〗 白河《しらかわ》の関を越えて耳にした鄙《ひな》びた陸奥《みちのく》の田植歌。それは詩歌の源流でもあり、今度の旅で、本格的な奥州路に入って最初に経験した風流であった。

《鑑賞》 本文に、白河《しらかわ》の関を越えて須賀川《すかがわ》の宿《しゅく》に旧知の等《とう》窮《きゅう》という俳人を尋ねたところ、等窮《とうきゅう》から〈白河《しらかわ》の関いかに越えつるや〉と問われて、この句を披露《ひろう》し、これを巻頭に連句を巻いたことをしるす。真蹟《しんせき》短冊に〈白河《しらかわ》の関越ゆるとて〉、河合曾良《かわいそら》の「俳諧書留《かきとめ》」に〈奥州岩瀬郡の内、須賀川《すかがわ》相《さ》楽《がら》伊左衛門（等窮《とうきゅう》）にて〉と前書するも、句形に異同はない。

曾良《そら》の『随行日記』や「俳諧書留《かきとめ》」によれば、この句を発句《ほっく》に等窮《とうきゅう》・曾良《そら》と三吟の連句が巻かれたのは、元禄二年（一六八九）陰暦四月二一日から二三日にかけてのことで、折から等窮《とうきゅう》の家では二四日から田植の行事が始まろうとしていた。〈田植歌〉は、そうした折節《おりふし》にちなんで発想されたものにほかならない。

白河《しらかわ》の関は、もと蝦夷《えぞ》に対する防衛拠点として設けられた関で、陸奥《みちのく》の入口の歌枕《うたまくら》として知られ、四月二一日にここを越えた芭蕉の風流行脚《あんぎゃ》の歩みは、いよいよ本格的な奥州の旅路に入ったことになる。このあたりの田は、芭蕉の育った伊賀《いが》の山国とは違って広く、したがって田植歌のテンポもゆるい。そののどかに鄙《ひな》びた田植歌の声調は、詩歌の源流としての古代歌謡を思わせ、いかにも奥州路に入ったのだという新鮮な感興をかきたてたことであろう。

一句は、白河《しらかわ》の関を越えて耳にした鄙《ひな》の田植歌を、風流の源流とたたえ、陸奥《みちのく》の風流を尋ねて回ろうとしている自分の旅の最初の収穫とする喜びの気持ちを、そのままに等《とう》窮《きゅう》亭における風流の一会への挨拶《あいさつ》として呈したのである。したがって〈田植歌〉は、芭蕉が実際に耳にした歌声であると同時に、芭蕉に関越えの発句《ほっく》を促して連句の会を設けた等窮《とうきゅう》の風流心をも意味し、一句は関越えの感懐と、等窮《とうきゅう》への挨拶《あいさつ》という、二重の響きを帯びている。　（尾形）

夏草や兵《つわもの》どもが夢の跡

（おくのほそ道）

▼季語―「夏草」兼三夏。▼句切れ―「夏草や」。切れ字「や」。

『句解』 往年、義経《よしつね》以下の勇士たちが功名の夢を抱いて奮戦し、はかなくも一場《いちじょう》の夢と消えた廃墟《はいきょ》。その廃《はい》墟《きょ》の上に、生えては枯れ、枯れては生えて、いま眼前に茫《ぼう》々と生い茂る夏草は、人生の刹那《せつな》の興亡と悠久《ゆうきゅう》の夢とを象徴しているかのようだ。

《鑑賞》 源義経《みなもとのよしつね》が藤原泰衡《ふじわらのやすひら》の軍に囲まれ自害して果てた平泉《ひらいずみ》の高館《たかだち》における懐古の情を述べた一節の結びに、〈さても義臣すぐってこの城にこもり、功名一時の叢《くさむら》となる。「国破れて山河あり、城春にして草青みたり」と、笠《かさ》うち敷きて、時の移るまで涙を落しはべりぬ〉としてみえる。河合《かわい》曾良《そら》の『随行日記』「俳諧書留《かきとめ》」にはみえず、『猿蓑《さるみの》』（元禄四年〈一六九一〉刊）に〈奥州高館《たかだち》にて〉と前書して収めるのが最初であるから、句の成ったのはおそらく、『嵯峨《さが》日記』に奥州高館《たかだち》の詩のことを録した元禄四年夏ごろであろう。

一句は、中七・下五の間で〈兵《つわもの》どもが夢〉↓〈夢の跡〉というように〈夢〉の掛詞《かけことば》的はたらきによる微妙な曲折をはらみながら、〈や〉の切れ字を介して典型的な二句一章の形をとり、眼前に生い茂る夏草という具象物と、史劇の世界のイメージとを重層的に表出したものである。

生《う》えては枯れ、枯れては生える夏草は、自然の流転の相の恒久性を象徴し、はかなく亡び失せた〈兵《つわもの》どもが夢〉は、その〈夢の跡〉を訪れ、その事跡を回顧する人の胸に、五〇〇年の歳月を隔てて、なお永劫《えいごう》の夢を喚《よ》びさます。そうした自然と人生のそれぞれの中に、流転と恒久とを含んだ上五と中七・下五の対置を通した一大共鳴音の中から、一句は、流転の相それ自体を永遠と観ずる芭蕉の「不易流行《ふえきりゅうこう》」の思想と、永遠なるものへの思いを訴えかけている。『おくのほそ道』本文の中では、〈夏草〉が前文の〈一時の叢《くさむら》〉〈草青みたり〉に、〈兵《つわもの》ども〉が〈義臣〉、〈夢〉が〈功名一時〉に、それぞれ照応している効果も見落とせない。（尾形）

五月雨《さみだれ》の降り残してや光堂

（おくのほそ道）

▼季語―「五月雨《さみだれ》」仲夏。▼句切れ―「降り残してや」。切れ字「や」。

▽光堂―平泉《ひらいずみ》中尊寺の金色堂。藤原清衡《ふじわらのきよひら》により、阿弥陀《あみだ》堂に葬堂の意味を兼ねた中尊寺の別院として建立された。金色堂の名は、金箔《きんぱく》を施した内陣の荘厳《しょうごん》に由来する。光堂は阿弥陀《あみだ》如来《にょらい》（無量光仏）を本尊とする阿弥陀《あみだ》堂の通称で、近世になってからの俗称である。

『句解』　この寺の建てられて以来、五〇〇年にわたって年々降り続けてきた五月雨《さみだれ》も、ここだけは降り残してであろうか、今、五月雨《さみだれ》煙る空のもとで、光堂は燦《さん》然《ぜん》と輝き、かつての栄光をしのばせていることだ。

《鑑賞》　高館《たかだち》での回顧の句文に続き、平泉《ひらいずみ》の条の後段、光堂の荒廃を述べた一節に〈珠《たま》の扉《とぼそ》風に破れ、金《こがね》の柱霜雪に朽ちて、すでに頽廃《たいはい》空虚の叢《くさむら》となるべきを、四面新たに囲みて、甍《いらか》を覆《おお》ひて風雨を凌《しの》ぎ、暫時《しばらく》千歳《せんざい》の記念《かたみ》とはなれり〉として所出。曾良《そら》本によれば、本文執筆の際、もと〈五月雨《さみだれ》や年々降りて五百たび〉としたのを中七〈年々降るも〉と推敲《すいこう》し、さらにこのように改案したものであることが知られる。

そうした推敲《すいこう》過程が示すように、〈五月雨《さみだれ》〉は眼前当季の景であるとともに、これまで五〇〇年の歳月を年々この時期に降り続いてきた五月雨《さみだれ》という時間性をも含んでいる。いわばそれは、前文に〈風〉〈霜雪〉〈風雨〉などの語をもって語られた、多年にわたる自然の浸食を代表するものにほかならない。〈や〉は疑問の意を含めた詠嘆で、〈降り残してや〉というとらえ方をしたところに、俳諧的機知のはたらきがある。

一句は、そのような機知的言い回しを通して、光堂が多年の歳月にわたる自然の浸食に耐え、空濛《くうもう》たる雨中に燦然《さんぜん》と現前していることへの賛嘆の情を吐露《とろ》したもので、〈夏草や〉の句の場合と同様、ここにも変化の相の中における永劫《えいごう》なるものへの思いが読み取れよう。眼前当季の景物を詠みこむ発句《ほっく》の約束からいえば、これを当日の事実に即して晴天の景ととる解には従えない。（尾形）

蚤虱《のみしらみ》馬の尿《ばり》する枕《まくら》もと

（おくのほそ道）

▼季語―「蚤《のみ》」晩夏。▼句切れ―「蚤《のみ》」「虱《しらみ》」「枕《まくら》もと」。三段切れ。

〔句解〕蚤《のみ》、それに虱《しらみ》。おまけに、暗がりの中で馬の小便する音までが、眠られぬ枕《まくら》もとに近々と響いてくる。なんとも侘《わ》びしくもまたおかしな目にあったものだ。

《鑑賞》奥羽《おうう》山系を横断して裏日本へ向かう途次、義経《よしつね》伝説で知られた尿前《しとまえ》の関を越え、陰暦五月一五、一六日と堺田《さかいだ》に宿泊した際の体験に基づき、〈三日風雨荒れて、よしなき山中に逗留《とうりゅう》す〉として所出。『韻塞《いんふたぎ》』に〈宿《ス》二山中《ニ》一〉、『陸奥《むつ》鵆《ちどり》』に〈貧家《ノ》舎《やどり》〉と前書する。

中七の部分、野坡《やば》本に〈尿《バリ》する〉と振り仮名する。『泊《はく》船《せん》集』『今日の昔』に〈尿《バリ》こく〉、『古今抄』に〈尿《バリ》つく〉とあるのは、ことさらに卑俗化を図った誤伝であろう。前田金五郎「俳諧用語考」（『連歌俳諧研究』二〇）に多くの用例を挙げて説くところによれば、当時の言語意識では、小便をいうのに、畜類ないし下賤《げせん》者の場合「ばり」、人の場合「しと」と使い分けられていたという。芭蕉がわざわざ「バリ」と振り仮名したのは、そうした当時の言語意識に基づく日常語を使用することで、現実の状況に密着した切実感を表現しようとしたものにほかならない。ただし、日光における〈あらたふと青葉若葉の日の光〉の句にも知られるように、地名にちなんで諷詠《ふうえい》することは、和歌・連歌以来、旅中吟の基本的心得となっていた。一方で、芭蕉は、「尿」の文字を通して尿前《しとまえ》の地名を利かそうとしたものでもあるだろう。

〈蚤《のみ》〉〈虱《しらみ》〉と畳みかけ〈馬の尿《しと》する枕《まくら》もと〉と続けた三段切れのリズムには、そうした地名に興じ、自分のおかれた状況のいぶせさに侘《わ》び興ずる気分が息づいている。〈枕《まくら》もと〉は、土間などに寝かされて実際に枕《まくら》もとに馬の尿《にょう》の飛沫《ひまつ》を浴びたのではなく、馬小屋を母屋《おもや》内に設けるこの地方の民家の構造から、暗がりに意想外に耳近く聞こえた馬の放尿《ほうにょう》の響きを興じたもので、全体に俳諧的笑いの色が濃い。（尾形）

閑《しず》かさや岩にしみ入る蝉《せみ》の声

（おくのほそ道）

▼季語―「蝉《せみ》」仲・晩夏。▼句切れ―「閑《しず》かさや」。切れ字「や」。

〔句解〕なんという静かさだろう。ふと気がつけば、この静寂の中で蝉《せみ》の鳴き声のするのが、あたかも四囲の岩山の苔《こけ》むした巌石《がんせき》の中へとしみ透《とお》ってゆくような気がする。あたりの静寂は一層深く、自分の心も澄みきって、大自然の生命の中へ融《と》けこんでゆくかのようだ。

《鑑賞》 立石寺《りゆうしやくじ》の条に〈山形領に立石寺《りゆうしやくじ》といふ山寺あり。ことに清閑の地なり。……佳景寂寞《じやくまく》として、心澄みゆくのみおぼゆ〉として所出。河合曾良《かわいそら》の「俳諧書留《かきとめ》」に〈山寺や石にしみつく蝉《せみ》の声〉とみえるのが初案で、のち初五〈閑かさや〉（奥羽の日記）と推敲《すいこう》され、本文の形に定着したもの。〈さびしさの岩にしみこむ〉（木枯《こがらし》）〈さびしさや岩にしみこむ〉（初蝉《はつぜみ》）とあるのは誤伝である。芭蕉が五月二七日（陽暦七月一三日）に参詣《さんけい》した立石寺《りゆうしやくじ》は、慈覚《じかく》大師開基の天台寺院で、境内約一〇〇万坪、全山凝灰岩《ぎようかいがん》より成る。

この句の発想に深くかかわったものとして、中国天台山国清寺の閑寂境をうたった「寒山詩」の存在を逸することはできない。初案の〈山寺〉〈石〉〈蝉《せみ》〉という取り合わせの発想の底には、〈寒山道、無《シ》二人《ノ》到《ル》一、……有《リテ》二蝉《せみノ》鳴《ク》一、無《シ》二鴉《からすノ》噪《さわグ》一、……石磊磊《らくらくトシテ》、山隩隩《おうおう》……〉などの詩句のイメージが二重映し的に焼きつけられており、〈閑《しず》かさや〉への推敲《すいこう》にも「寒山詩」に頻出《ひんしゆつ》する「寂寂」「清閑」の語がかかわっていた。一方、蝉《せみ》の声があることであたりの閑寂さが一層深く感ぜられるという把握《はあく》には、〈蝉躁《せみさわギテ》林逾《いよいよ》静《カナリ》〉（王籍）などの詩句のパターンの介在が思われる。だが、この句が『おくのほそ道』きっての絶唱とされるゆえんは、それら先行の詩境と交響しながら、〈しみ入る〉の措辞を通して、作者の心が蝉《せみ》の声と一つに融《と》け合い、重畳《ちよう》巌《がん》の奥深く浸透して、宗教的ともいうべき一大閑寂境に到達していることでなければならない。その景情一致の澄心の世界は、禅的悟入の境地にも比せられよう。（尾形）

五月雨《さみだれ》を集めて早し最上川《もがみがわ》

（おくのほそ道）

▼季語―「五月雨《さみだれ》」仲夏。▼句切れ―「集めて早し」。切れ字「し」。

▽最上川《もがみがわ》―歌枕《うたまくら》。山形・福島の県境の吾妻山《あづまやま》に源を発し、庄内平野を潤して酒田で日本海に注ぐ。日本三急流の一つ。

〔句解〕 この日ごろ、庄内の山野に降り続く五月雨《さみだれ》を一河に集め、満々たる水をみなぎらせて、水勢いよいよ早い。なんと豪壮な最上《もがみ》の急流よ。

《鑑賞》 最上川《もがみがわ》下りの条に、沿岸の地名・景観をあげ〈水みなぎつて舟あやうし〉としてみえる。

元禄二年（一六八九）五月二七日（陽暦七月一三日）、大石田の俳人高野一栄宅で催された歌仙《かせん》の発句《ほつく》として詠まれた〈五月雨《さみだれ》を集めて涼し最上川《もがみがわ》〉の句は、一応初案ということもできなくはないが、その状況や句境からいえば、二句それぞれに別趣の句として扱うべきであろう。すなわち、〈集めて涼し〉は、最上川《もがみがわ》に臨む一栄宅の俳席の実感の上に、主人一栄の胸中の涼しさに対する賛意を重ねて、挨拶《あいさつ》の意を寓《ぐう》したものであるのに対して、これは川下りの舟中からとらえた最上川《もがみがわ》の奔流の本意を表現しようとしたものだからである。〈五月雨《さみだれ》を集めて〉というスケールの大きい把握《はあく》と、〈早し〉という「一言の断」的な直截《ちょくせつ》簡明な措辞とが織りなす力強く雄渾《ゆうこん》なリズムが、増水期の最上川《もがみがわ》の量感と速度感とをズバリと言い止めている。

最上川《もがみがわ》は、『古今集』陸奥歌《みちのくうた》の〈最上川《もがみがわ》上れば下る稲舟《いなぶね》のいなにはあらずこの月ばかり〉の古歌によって歌枕《うたまくら》として知られるが、同じく梅雨期の最上川《もがみがわ》を対象とした兼好《けんこう》の〈最《も》上川《がみがわ》早くもまさるあま雲の上れば下る五月雨《さみだれ》のころ〉の歌が、『古今集』の本歌の措辞とリズムとを巧みにあやなした流動感を通してその本意をとらえようとしているのに対して、この芭蕉の、〈五月雨《さみだれ》を集めて〉という機知的把握《はあく》と切れ字〈し〉による一刀両断的表現は、和歌表現に対する俳諧表現の特色を端的に示すものといえるだろう。（尾形）

暑き日を海に入れたり最上川《もがみがわ》

（おくのほそ道）

▼季語―「暑き日」晩夏。『産衣《うぶぎぬ》』に〈「暑き日」、日次《ひなみ》たるべし。ただし、「暑き日の影」などいふは、日次《ひなみ》たるべからず〉とみえるように、本来、暑い一日の意だが、句意により、暑

欧米に紹介された俳句　**5**

■〈蟬《せみ》の声〉に宇宙的な重大性を聞く

イギリスの文豪オルダス＝ハクスリーの『科学と文学』（一九六三年）に、詩人とは科学者が表現し得ないことを表現する存在であるという一節があるが、その中で松尾芭蕉《ばしょう》の〈閑《しず》かさや岩にしみ入る蟬《せみ》の声〉を引用し、次のように述べている。

〈この芭蕉《ばしょう》の俳句には、ものの真如《サツチネス》、マイスター＝エックハルトのいわゆる「神の根源」が、永劫《えいごう》から時間の中へ突然躍り出てくるユニークな出来事についての経験が記録されている。この記述不可能な出来事を伝達するのに、この日本の詩人は、その詩を極度に洗練させて、岩の間の空間をみたしている静寂と同じように絶対的な静寂、「音楽的な空洞《くうどう》の虚無」（注―マラルメの言葉）ともいえる静寂を表現しようとしているようにもみえるし、また無心に繰り返す昆虫《こんちゅう》の鳴き声に盛りこまれた神秘的な含意によって、一種の絶対性、宇宙的な重大性を表現しようとしているようにもみえる〉

なお芭蕉《ばしょう》の他の蟬《せみ》の句〈頓《やが》て死ぬけしきは見えず蟬《せみ》の声〉は、〈この道や行く人なしに秋の暮《くれ》〉とともに、アメリカの作家サリンジャーの短編『テディ』に出てくる。（佐藤）

い太陽の意にも用いられる。▼句切れ―「入れたり」。切れ字「たり」。

『句解』 赤い夕日が海に沈もうとしている。暑い一日を、大河の水に浮かべて海へ流し入れてしまったのだ。流れ終えた最上川《もがみがわ》の河口のあたりからは、涼しい夕風が立ち始めている。

《鑑賞》 酒田の条に〈あつみ山や吹浦《ふくうら》かけて夕涼み〉と二句並べて掲出する。河合曾良《かわいそら》の「俳諧書留《かきとめ》」や『継尾集《つぎお》』に〈涼しさや海に入れたる最上川《もがみがわ》〉とみえるのが初案で、本文執筆の際、野坡《やば》本の〈暑き日を海に入れたる最上川《もがみがわ》〉の句形を経て、曾良《そら》本で本文の句形に推敲《すいこう》定着した。

初案は、元禄二年（一六八九）六月一四日（陽暦七月三〇日）酒田の最上川《もがみがわ》河口を望む寺島彦助《ひこすけ》亭で催された連句の席の発句《ほっく》として詠まれたもの。季語は〈涼しさ〉で、最上《もがみ》川《がわ》が〈涼しさ〉を海に流し入れ、その結果、河口のあたりからようやく涼気が漂い始めたといって、俳席の眺望《ちょうぼう》を賛したものだが、やや表現不足の感を免れない。

再案の〈暑き日〉については、太陽とみるか暑い一日とみるかで説が分かれているが、重層的表現を好む芭蕉の作風からいえば、本来の暑い一日の意の上に、太田水穂《みずほ》も指摘するように、〈入り日を洗ふ沖つ白波〉（『新古今集』春上。上句〈奈呉《なご》の海の霞《かすみ》の間よりながむれば〉）といった夕日の景情をダブらせたものとみるべきだろう。ただし、再案の句形は切れ字を欠くので、定稿では中七を〈海に入れたり〉と改めたのである。

定稿のごとく改められることにより、最上川《もがみがわ》が今日の暑い一日を海に流し入れたという時間的経過と、入り日が波に洗われている景情を通して、暑い一日から解放され、夕景と同時にようやく涼しいくつろぎを味わうことのできた心理的経過も明瞭《めいりょう》になる。「涼しさ」といわずに涼しさを感得させたところが俳諧である。（尾形）

象潟《きさがた》や雨に西施《せいし》がねぶの花

（おくのほそ道）

▼季語―「ねぶの花」仲夏。牡丹刷毛《ぼたんばけ》を散らしたような形で淡紅色を帯び、夕方開く。ねぶはねぶりの略で、夜、羽状の葉を閉じ合わせるところから出た名。女性の連想を伴う。

▼句切れ―「象潟《きさがた》や」。切れ字「や」。

▽象潟《きさがた》―歌枕《うたまくら》。秋田県由利《ゆり》郡象潟《きさがた》町にあった入り江。文化元年（一八〇四）の地震で陸地となり、往時の景観を失った。

▽西施《せいし》―中国春秋時代、越王勾践《えつおうこうせん》が呉《ご》王夫差《ふさ》に献じた美女。病む胸に手を当て、眉《まゆ》をひそめた容姿で知られる。

『句解』 象潟《きさがた》の夕暮れ。うちけぶる雨の中に、かの美人西施《せいし》が憂いに眼《まなこ》をとざした姿を彷彿《ほうふつ》させて、ねぶの花がそぼ濡《ぬ》れている。

《鑑賞》 象潟《きさがた》の条に〈松島は笑ふがごとく、象潟《きさがた》は怨《うら》むがごとし。寂しさに悲しみを加へて、地勢、魂を悩ますに似たり〉としてみえる。

太平洋に臨む松島の開放的な明るさに対し、日本海に面し閉鎖的な入り海を形作る象潟《きさがた》の風景には沈鬱《ちんうつ》の色が濃い。元禄二年（一六八九）六月一六日（陽暦八月一日）の夕刻、象潟《きさがた》の雨景に臨んだ芭蕉は、その印象を初め〈象潟《きさがた》の雨や西施《せいし》がねぶの花〉と詠み、のち上記の句形に改めた。象潟《きさがた》の陰湿の風光に憂愁の美女の面影を幻想したのは、西湖《せいこ》の風光を美人西施《せいし》にたぐえてきた漢詩の伝統的パターンによるものではあるが、矚目《しょくもく》のねぶの花に西施《せいし》の面影の具象化を見いだしたところに俳諧の新しい発見がある。

〈西施《せいし》がねぶの花〉とは、「西施《せいし》がねぶり」と「ねぶの花」とを掛詞《かけことば》にした句法で、憂いに眼《まなこ》を伏せた西施《せいし》の面影を、暮色の中で葉をとざしたねぶの姿にダブらせたもの。象潟《きさがた》の雨景を西施《せいし》に比した比喩《ひゆ》的観念的初案から、雨と西施《せいし》とねぶの花との複合イメージをもって象潟《きさがた》の暗鬱《あんうつ》な女性的風光を象徴した定稿への改変は、まさに言葉の魔術ということができるだろう。

《補説》 西施《せいし》の発想は蘇《そ》東坡《とうば》〈水光瀲灎《れんえん》晴レテ偏《ひとえ》ニ好《よ》シ、山色朦朧《もうろう》雨亦《もまた》奇ナリ、若《も》シ把《とり》テ二西湖《せいこ》ヲ一比《セ》バ二西子《ニ》一、淡粧《たんしょう》濃抹《のうまつ》両《ふたつ》ナガラ相宜《よろ》シ〉（「西湖《せいこ》」）に基づく。（尾形）

荒海や佐渡《さど》に横《とう》たふ天《あま》の河《がわ》

（おくのほそ道）

▼季語―「天の河《あまがわ》」初秋。七夕《たなばた》の空にかかる銀河。男女交会の恋の連想を伴う。▼句切れ―「荒海や」。切れ字「や」。▽佐渡《さど》―付合《つけあい》辞書『類船集《るいせんしゅう》』に〈佐渡《さど》―流人〉とみえるように、順徳院・日蓮《にちれん》・日野資朝《すけとも》・世阿弥《ぜあみ》などの島流しの哀史を秘め、流刑者の島として知られた。▽横たふ―ハ行四段活用自動詞の連体形。下二段活用の他動詞に用いるのがふつうだが、文語では「立つ」のように自動詞四段、他動詞下二段の活用を取るものが多いので、漢文訓読などの場合、一種の雅語意識に基づき、「横たはる」の代わりに、四段活用の自動詞として用いる場合があった。

《句解》 旅泊にみる日本海の荒海。その荒海の隔てるかなたには、悲しい流人の島として知られる佐渡島《さどがしま》が横たわり、銀河が白くその上にかかっている。空の二星も交会をとげるというこの夜、島の人びととは荒海に隔てられた家郷の人びとを、どんなに恋い慕いながら、あの星の橋を仰いでいることかと思えば、独り北海のほとりをさすらう自分の心も締めつけられるような思いがされる。そうした人間の思いを包んで、夜の海はあくまでも黒く、銀河はあくまでも高く、天地の寂寥《せきりよう》の極みともいうべき相を呈している。

《鑑賞》 越後《えちご》路の条に〈文月や六日も常の夜には似ず〉の句に次ぎ、七夕《たなばた》の吟として掲出する。真蹟《しんせき》懐紙類や「銀河序」によれば、元禄二年（一六八九）七月四日（陽暦八月一七日）出雲崎《いずもざき》での作。

一句は、古来天上の哀切の恋を優雅に歌い続けてきた〈天の河《あまがわ》〉という詩材を、日本海の荒海と、悲しい流人の島という悲愁の構図の中でとらえ直したもの。雄渾《ゆうこん》の調べをもって、人間界の哀切な慕情を包んだ夜の天地の寂寥相《せきりようそう》を大きくズカリと描き出し、その背後から、その景に対している芭蕉の締めつけられるような旅愁を惻々《そく》と伝えている。おそらく『おくのほそ道』きっての絶唱と称することができるだろう。（尾形）

一つ家《や》に遊女も寝たり萩《はぎ》と月

（おくのほそ道）

▼季語—「萩《はぎ》」初・仲秋。「月」兼三秋。萩《はぎ》はなよなよとした感じから、艶《えん》な女性の姿態の連想を伴う。▼句切れ—「遊女も寝たり」。切れ字「たり」。
▽一つ家《や》—孤屋《こおく》・一軒家の意。

『句解』 北国辺土の一軒家の宿に、はなやかにも罪深いあわれな遊女も泊まり合わせて寝ている。折から庭には萩《はぎ》がなまめかしく咲きこぼれ、その上を澄んだ月が照らしているのが、なんとなく遊女と、その遊女たちが僧侶《そうりよ》と見誤って済度の願いを寄せた自分たちとの、ゆくりなきめぐり合いを思わせているかのようだ。

《鑑賞》 『おくのほそ道』の終段をいろどる市振《いちぶり》の宿での遊女との出合いについてつづった幻想的一章の結びにすえられている。

本文に、〈曾良《そら》に語れば、書きとどめはべる〉と書き添えてあるが、河合曾良《かわいそら》の『随行日記』元禄二年（一六八九）七月一三日（陽暦八月二六日）の条には〈市振《いちぶり》立つ。虹《にじ》立つ〉と記すのみで、『俳諧書留《かきとめ》』にも記録されていない。句は『おくのほそ道』が完成される以前の他の集にも所見がなく、おそらく『撰集抄《せんじゆう》』の「江口遊女の事」の章の西行《さいぎよう》と江口の遊女との出合いについて述べたエピソードを下敷きにした前文とともに、紀行文執筆の際、創作挿入《そうにゆう》したものであろう。〈一つ家《や》〉とは、そうしたフィクションの舞台の中で、北国辺地の侘《わ》びしい田舎宿《いなかやど》を、あたかも野中の一軒家かのごとく見立てたもの。

一句は、自分のような世俗を捨てた僧形《そうぎよう》の旅人と、同じ一軒家に、はなやかにも罪深い遊女も偶然泊まり合わせた、その取り合わせの機微を、庭前の萩《はぎ》と、その上に置いた露を照らす月光との取り合わせに比したのである。〈月〉は、ただちに自分自身を比したというより、遊女が僧と見誤って罪深い身の済度を願った真如《しんによ》の月の心を響かせたものであろう。〈遊女も〉の〈も〉は、自分たち乞食《こつじき》巡礼の旅人に対しての〈も〉だが、その中には遊女に対するいとおしみと、人生のめぐり合いのゆくりなさに対する感慨がこもっている。（尾形）

早稲《わせ》の香や分け入る右は有磯海《ありそうみ》

（おくのほそ道）

▼季語―「早稲《わせ》」初秋。実りの早い稲。▼句切れ―「早稲《わせ》の香や」。切れ字「や」。

▽有磯海《ありそうみ》―歌枕《うたまくら》。元来は岩が多く波の荒い海岸を控えた海の意の普通名詞だが、『万葉集』巻一一、大伴家持《おおとものやかもち》の〈渋谿《しぶたに》の崎《さき》の荒磯《ありそ》に寄する波いやしくしくにいにしへ思ほゆ〉などの和歌により、富山湾の伏木《ふしき》港の西に近い渋谿崎《しぶたにさき》から西方氷見《ひみ》に至る一帯の海岸をいう固有名詞となった。

『句解』 北国の国土の豊饒《ほうじょう》さを思わせるように、熟した早稲《わせ》の穂から漂ってくるかすかなかおり。一面の穂波の中を踏み分けて加賀《かが》の国へと入る右手には、尋ねることを断念した『万葉集』の有磯《ありそ》海《うみ》の波が続いているのだ。

《鑑賞》 越中《えっちゅう》路の条に、歌枕《うたまくら》の担籠《たこ》の浦を尋ねようとしたが、〈芦《あし》の一夜《ひとよ》の宿貸す者あるまじと言ひおどされて、加賀《かが》の国に入る〉として所出。真蹟《しんせき》草稿に上五〈稲の香や〉とあるのが初案である。

　句の詠まれた場所については諸説があるが、多くの真蹟《しんせき》類にも〈加州に入る〉と前書するように、芭蕉がこれを一二〇万石の大国加賀《かが》に入るに際しての挨拶《あいさつ》として詠んだものであることは動かない。

〈早稲《わせ》の香〉は、米どころとしての北陸の国土の豊饒《ほうじょう》を、こまやかな感官のはたらきを通してとらえたもの。〈分け入る〉の語にも、一面の稲穂の垂れた豊かな実りと、その中を行く旅人としての感懐が的確に表現されている。〈右〉は日本海を右手にした旅の進行方向を示す、同じく旅人としての語である。

　芭蕉が、見ぬ歌枕《うたまくら》への憧憬《しょうけい》の念をこめてあげた〈有磯《ありそ》海《うみ》〉の名は、詩歌の伝統に支えられた国土のみやびを象徴するもので、一句の中では、稲の穂波と荒磯《ありそ》の波とが大きな照応を形作るとともに、現実の景と詩歌の伝統との豊かな交響を奏でており、そうした中を〈分け入る〉ことに、大国訪問の挨拶《あいさつ》の意が深く蔵されている。『三冊子《さんぞうし》』にも説かれているように、いかにも大国入りの挨拶《あいさつ》にふさわしい句格の高さをみるべきであろう。

《補説》　この句に関し、芭蕉が〈大国に入りて句を言ふ時は、その心得あり〉と説き、大国の位にふさわしい句を詠むように教えたことが『三冊子《さんぞうし》』に見える。　（尾形）

塚《つか》も動けわが泣く声は秋の風

（おくのほそ道）

▼季語―「秋の風」初秋・兼三秋。『礼記《らいき》』に〈秋ノ言タル、愁ナリ〉とみえるように、悲愁の感を伴う。▼句切れ―「塚《つか》も動け」。切れ字「け」。
▽塚《つか》―土を小高く築いて造った墓。

《句解》　君の死をいたみ悲しむ私の慟哭《どうこく》が、地中なる君が霊に届き、動くべくもない塚《つか》も感応《かんのう》して動けよかし。わが慟哭《どうこく》の声は、蕭殺《しゅくさつ》たる秋風に和し、秋風はわが傷心を運んで、君の塚《つか》の上を吹きめぐる。

《鑑賞》　金沢の条に〈一笑《いっしょう》といふ者は、この道に好ける名のほのぼの聞えて、世に知る人もはべりしに、去年《こぞ》の冬早《そう》世《せい》したりとて、その兄追善を催すに〉としてみえる。すなわち、元禄二年（一六八九）七月二二日（陽暦九月五日）、兄ノ松《べっしょう》の主催のもとに一笑《いっしょう》の菩提寺《ぼだいじ》願念寺で催された追善俳諧の席で詠まれたもの。〈年ごろ我を待ちける人のみまかりける塚《つか》に詣《もう》でて〉と前書して当日手向《たむ》けた真蹟《しんせき》も伝存する。

一笑《いっしょう》（一六五三〜八八）は小杉氏、通称茶屋新七。加賀《かが》俳壇の俊秀《しゅんしゅう》として聞こえたが、芭蕉の訪れる前年、元禄元年（一六八八）一二月六日に三六歳の若さで病没した。一九四句の撰《せん》入をみた『孤松《ひとつまつ》』入集句の、

遠方《おちかた》に鼻かむ秋の寝覚《ねざめ》かな
木枯《こがらし》に月のすわりし梢《こずえ》かな

といった澄明《ちょうめい》な句境をみれば、金沢入りをしてその死を知らされた芭蕉の痛恨のほどもさこそとうなずけよう。

〈塚《つか》も動け〉という一見オーバーともとれる呼びかけも、そうした一笑《いっしょう》の作風に寄せる深い芸術的共鳴に基づくもので、一句は秋風を愁風と解し悲風・凄風《せいふう》と呼んで傷悼《しょうとう》の心を託してきた漢詩の伝統を襲い、深い痛哭《つうこく》の情を表白したもの。〈塚《つか》も動け〉とはげしく打ち出した命令形語尾の切れ字の響きが、下の〈わが泣く声〉にはげしい慟哭《どうこく》の色を添え、その慟哭《どうこく》の声に和して吹く秋風が、〈塚《つか》も動け〉という呼びかけに悲愁の陰影を加えている。〈塚も動け〉の措辞が誇張に終わっていないのは、天地の悲しみと一つになった深い慟哭《どうこく》に支えられているからである。　（尾形）

あかあかと日はつれなくも秋の風

(おくのほそ道)

▼季語―「秋の風」初秋・兼三秋。▼句切れ―「秋の風」。
▽つれなく―そ知らぬさまで、無情に、の二義がある。

〔句解〕もう秋が立ったというのに、夕日はそれもそ知らぬげに赤々と旅行く私の上を無情に照りつけ、残暑なおきびしいものがあるものの、さすがに目に見えぬ風のおとないには、やはり秋の風だなあと感じさせるものがあることよ。

《鑑賞》金沢と小松の条の中間に、〈途中吟〉として所出。実際に句の詠まれたのは、元禄二年(一六八九)七月一七日(陽暦八月三〇日)金沢犀川橋畔《さいかわきょうはん》の立花北枝《ほくし》の庵《いおり》に遊んだ際のことかという。

〈あかあかと〉は、古語では物が明るく見えるさまにいうが、芭蕉はこれを『詩林良材』に〈赫々《カクカク》 夏ノ暑キサマナリ〉と注するような烈日の感を含ませつつ、夕日の赤い色の形容に転用したのであろう。自画賛類に、前景に萩《はぎ》・薄《すすき》をあしらい、遠景の地平に赤い大きな夕日を描いたものが多く伝存する。

〈日は〉は「風は」に対したもので、〈つれなく〉は、立秋を過ぎたのにそれもそ知らぬげに、の意ではあるが、そこにもまた、「無情に」「容赦なく」の義を掛けて、言葉の多義性を存分に活用している。〈つれなくも〉の〈も〉は、「ものの」の意。

一句は〈つれなくも〉で屈折し、下五の〈秋の風〉が配されることで、上五・中七の世界にほっと大きな救いが点ぜられる、といった句法をとり、〈秋の風〉と言い切った余韻の中から、夏から秋へと移る季節の推移の中で長途の旅を続ける芭蕉の旅愁を惻《そく》々と伝えて余すところがない。目に見えぬ風のおとないに秋の到来を感じ取った『古今集』藤原敏行《ふじわらのとしゆき》の〈秋来《き》ぬと目にはさやかに見えねども風の音にぞ驚かれぬる〉の名歌に対し、これは旅の詩人がとらえた新しい俳諧的把握《はあく》ということができるだろう。犀川橋畔《さいかわきょうはん》の吟を、本文に〈途中吟〉としたのは、旅愁をより増幅するためだったと思われる。(尾形)

石山の石より白し秋の風

(おくのほそ道)

▼季語―「秋の風」初秋・兼三秋。▼句切れ―「石より白し」。切れ字「し」。
▽石山―那谷寺《なたでら》をいう。石英粗面岩と角蛮岩《かくばんがん》より成る岩山の洞窟《どうくつ》中に千手《せんじゅ》観音を安置し、もと自生山巌谷寺《じしょうざんいわやでら》といった。

〘句解〙 古来秋風の色を白に配するが、この那谷寺《なたでら》の建っている石の山に吹きつける秋の風は、石の膚よりも、もっと白く冷徹な感じがする。岩膚は秋風と白さを競い、境内には、覚えず襟《えり》を正すような森厳の気が立ちこめていることだ。

《鑑賞》 花山法皇の開基と伝える那谷寺参詣《なたでらさんけい》の条に所出。元禄二年（一六八九）八月五日（陽暦九月一八日）の作。

古来中国では秋風を木火土金水の五行に配しては金に当て、色に配しては白、すなわち素風と観じた。白は無色透明の意の白である。『古今六帖《こきんろくじょう》』天「秋の風」の部に収める紀友則《きのとものり》の〈吹き来れば身にもしみける秋風を色なきものと思ひけるかな〉の歌は、秋風を素風と観じた中国の考え方を踏まえ、その「色なき風」に実は身にしみ透《とお》る色（情感）のあることを興じたものにほかならない。芭蕉が〈秋の風〉を〈石より白し〉ととらえたのは、そうした「素風」「色なき風」の伝統に基づくもの。

〈石山の石〉と重ねたのは、巨岩の畳まり重なったさまを強調せんがためで、〈石山〉が眼前の那谷寺《なたでら》を指したものであることはいうまでもない。秋風を白く身にしむ色と観ずる伝統的詩情に立脚しながら、それを眼前の〈石山〉の〈石より白し〉と言い切ったところに、芭蕉の感覚の冴《さ》えと、時所にちなんだ俳諧のウィットがある。

一句の本意は、その秋風との対比を通して岩膚の冷徹さを暗示するとともに、「身にしむ」色の秋風に包まれた境内の覚えず襟《えり》を正すような森厳の気をたたえるところにあり、そうした背面からの描出に俳諧的挨拶《あいさつ》の特色が出ている。その〈白し〉ととらえた冷徹感の底には、遠く花山院の生き方のあわれや、北国の自然のあわれが反芻《はんすう》されていたことだろう。（尾形）

蛤《はまぐり》のふたみに別れ行く秋ぞ

（おくのほそ道）

▼季語―「行く秋」晩秋。刻々と移り過ぎ行く秋を嘆ずる情が深い。▼句切れ―「行く秋ぞ」。切れ字「ぞ」。▽蛤《はまぐり》の―二見《ふたみ》の名産にちなみ、枕詞《まくらことば》的に用いたもの。▽ふたみ―伊勢《いせ》の歌枕《うたまくら》「二見《ふたみ》」の地名に、蛤《はまぐり》の蓋《ふた》・身の意を掛ける。

〘句解〙 蛤《はまぐり》の離れがたい蓋《ふた》と身とが別れるように、尽きぬ名残を惜しみつつ、人びとと別れて、今や二見《ふたみ》が浦へとまた新しい旅に発足する時が来た。折から秋もまさに行こうとして、四囲の風物はいちだんと惜別の情をかきたてている。こうして私は無限に終わりなき旅を続けてゆくのである。

《鑑賞》 『おくのほそ道』の最終章大垣《おおがき》の条に〈旅のものうさもいまだやまざるに、長月六日になれば、伊勢《いせ》の遷《せん》宮《ぐう》拝まんと、また舟に乗りて〉として掲出し、全局を結ぶ。

もと大垣《おおがき》より伊勢《いせ》長島へ向けて水門川を下る舟中で、同船した見送りの大垣連衆《おおがきれんじゅ》に対する挨拶《あいさつ》として詠まれたもの。真蹟《しんせき》懐紙類に中七〈二見《ふたみ》へ〉〈二見《ふたみ》に〉と両種あるのは、推敲《すいこう》のゆれを示している。当時同船した木因《ぼくいん》は定家《ていか》の〈浦の苫屋《とまや》の秋の夕暮《ゆうぐれ》〉の歌を心において、〈秋の暮《くれ》行く先々の苫屋《とまや》かな〉と芭蕉の旅の前途を祝したが、〈二見《ふたみ》に〉〈行く秋ぞ〉の措辞は、直接にはその木因《ぼくいん》の挨拶《あいさつ》に応《こた》えたものにほかならない。

漂泊の先人として敬慕する西行《さいぎょう》の〈今ぞ知る二見《ふたみ》の浦の蛤《はまぐり》を貝合せとて覆《おお》ふなりけり〉の歌から取って〈蛤《はまぐり》の〉を「玉くしげ二見《ふたみ》」に代わる枕詞《まくらことば》に用いるとともに、〈ふたみ〉に蛤《はまぐり》の蓋《ふた》・身を利かせて別れがたい思いを暗示し、〈別れ行く〉から離別の場にふさわしい季節の別れを悲しむ情を含んだ〈行く秋〉へ言い掛けるなど、ウィットに富んだ二重三重の技巧は、無量の思いを発句《ほっく》詩型に凝縮するために、俳諧の表現技法を極度に駆使したものといえるだろう。〈別れ行く〉〈行く秋ぞ〉と言い掛けた結びは、人生は無限に続く旅なのだという、この紀行を閉じるにふさわしい無量の余韻を響かせている。

（尾形）

初しぐれ猿《さる》も小蓑《こみの》をほしげなり

（猿蓑《さるみの》）

▼季語―「初しぐれ」初冬。初冬のころ、晴れるかと思うとさっと降り、降るとみる間にすぐやんでしまう通り雨。歌人たちはこの定めなき時雨《しぐれ》の風趣に、山家《やまが》におけるしめやかな感傷を寄せていたが、乱世を生きた宗祇《そうぎ》はこれに〈世にふるもさらにしぐれのやどりかな〉と、無常と漂泊の色を書き添えた。そんな侘《わ》びしくからびた時雨《しぐれ》のイメージに、数奇《すき》の味を加えて、風狂の代名詞としたのは、蕉風《しょうふう》の俳人たちである。

▼句切れ―「ほしげなり」。切れ字「なり」。「初しぐれ」でもいったん切れる。

▽小蓑《こみの》―小蓑《こみの》というものが実際にあるわけではない。猿《さる》から芭蕉が連想した想像上の小蓑《こみの》である。

〔句解〕 ここかしこ浮かれ歩いてきたが、今しも初冬の訪れを告げる初時雨《しぐれ》がパラついてきた。因果な侘数《わびず》奇《き》の漂泊者にはお誂《あつら》えむきの風趣だわいと思っていると、かたわらの猿《さる》までが、小蓑《こみの》をつけて、初時雨《しぐれ》に興じたそうな様子をしているのであった。

《鑑賞》 真蹟《しんせき》懐紙には〈あつかりし夏も過、悲しかりし秋もくれて、山家《やまが》に初冬をむかへて〉と前書。『おくのほそ道』の旅で味わった旅情は、この句にまで波及している。一句はいわば「山家《やまが》の初時雨《しぐれ》」という結び題の句である。

ただ、『卯辰集《うたつ》』になると〈伊賀《いが》へ帰る山中にて〉と前書し、伊勢《いせ》から伊賀《いが》へ帰る途中の作としている。どちらをとるのも、それぞれの風趣があっておもしろい。

諸注にいうように、猿《さる》はただ単に時雨《しぐれ》を侘《わ》びているのではない。前々年には〈旅人とわが名呼ばれん初時雨《しぐれ》〉(『笈《おい》の小文《こぶみ》』)と、初時雨《しぐれ》に喜び勇んで首途《かどで》した芭蕉である。時雨《しぐれ》は侘《わ》びしくはあるが、また同時にお誂《あつら》えむきの雨でもあるのだ。この句は、そんなものずきな旅を好む自分の心の癖《くせ》を、猿《さる》に小蓑《こみの》をと想像することで、見事に形象化しているのである。そこに「しぐれ」の侘《わ》びと、俳諧の本質である飄逸滑稽《ひょういつこっけい》な味が融合して、蕉門《しょうもん》の連中が驚嘆するような俳句が成立したのである。

(堀)

木《こ》のもとに汁も鱠《なます》も桜かな

(ひさご)

▼季語―「桜」晩春。バラ科サクラ属に属する落葉高木のうち、比較的花の美しいもの数百種の総称。花といえば、だれしも第一に桜を連想するほど日本人に愛されている花で、古くから、和歌や絵画に取り上げられた。したがって花見も国民的行事となっている。この句も季語は「桜」であるが、季題としては「花見」とみるほうがよかろう。▼句切れ―「桜かな」。切れ字「かな」。

▽木《こ》のもとに―木の下、樹下。「コノモトニ」「キノモトニ」両説があるが、和歌・謡曲では「コノモト」と読む。この句が西行《さいぎょう》歌〈木《こ》のもとに旅寝をすれば吉野山花のふすまを着する春風〉(『山家集《さんか》』)や謡曲「西行桜《さいぎょうざくら》」を下心に踏まえるところがあるらしいから、「コノモトニ」と読むべきか。▽汁も鱠《なます》も―汁は吸い物、あつもの、つゆなどを指す。鱠《なます》は生魚の肉を細かく切って酢にひたした食べ物、あるいは大根・人参《にんじん》を細かく刻んで三杯酢などであえた食べ物。ただし、穎原《えばら》退蔵によると〈汁も鱠《なます》も〉は、「酢にも味噌《みそ》にも」「酢につけ粉につけ」と同様の慣用的成句であり、「何もかも」の意味という(『芭蕉俳句新講』)。

『句解』 今を盛りの花桜の下、肴《さかな》や盃《さかずき》をとりどりに並べわたして花見に興じていると、ひんぷんと散る花びらが、汁にも鱠《なます》にも、いや地上の何もかもに散りかかって、あたり一面は花だらけ。

《鑑賞》 『ひさご』には、この句を発句《ほっく》にした、珍碩《ちんせき》(洒堂《しゃどう》)、曲水《きょくすい》との三吟歌仙《かせん》が載る。前書は〈花見〉。ただし、この三吟歌仙《かせん》は芭蕉が苦心の末、三度目にやっと完成したもので、他に初度、再度の歌仙《かせん》もある。

最初は伊賀《いが》藤堂家二〇〇〇石どりの藩士、小川風麦《ふうばく》亭の花見に招かれた折の挨拶《あいさつ》吟であった。落花に焦点を合わせた花見の句で、風麦《ふうばく》の脇《わき》は〈明日来る人はくやしがる春〉。芭蕉はその席で、〈花見の句のかかりを少し心得て、軽みをしたり〉と語ったという(『三冊子《さんぞうし》』)。〈かかり〉とは、言葉のもつ音楽的形象性、つまり吟調のこと。リズミカルな〈汁も鱠《なます》も〉という成句の語感とイメージが、花見の浮き立つような興趣によく似合うというのである。 (堀)

四方より花吹き入れて鳰《にお》の波 (白馬)

▼季語―「花」晩春。ただし、一句の主題はただ単なる花ではなく、落花である。▼句切れ―「鳰《にお》の波」。
▽四方―周囲一帯よりの意。▽鳰《にお》の波―鳰《にお》の海(琵琶《びわ》湖)の波。当時「にお」だけで琵琶《びわ》湖を意味することもあった。〈膳所《ぜぜ》曲水《きよくすい》之楼にて 蛍火《ほたるび》や吹《ふき》とばされて鳰《にお》のやみ 去来《きょらい》〉(『猿蓑《さるみの》』)、〈しからば湖《ニオ》の水鳥の、やがてばらばらに立わかれて〉(『続猿蓑《さるみの》』「今宵賦《ふ》」)

《句解》 山水の春色今たけなわの琵琶《びわ》湖畔に立つと、折からの風に乗って四囲の峰々の花が空に舞い上がり、湖畔の名所の花もしきりに湖水に散りこんでいる。さしもの大景も、花一色に塗りこめられ、漫《まん》々たる湖水も匂《にお》いたつばかり花びらが散り敷いていることだ。

《鑑賞》 『白馬』には「洒落堂記《しやらくどうのき》」という文章の締めくくりとして、この句がすえられている。洒落堂《しやらくどう》は近江《おうみ》(滋賀県)膳所《ぜぜ》の俳人珍碩《ちんせき》(洒堂《しやどう》)の草堂の名である。その眺望《ちようぼう》は〈おものゝ浦は勢多《せた》・唐崎《からさき》を左右の袖《そで》のごとくし、海を抱て三上山に向ふ。海は琵琶《びわ》のかたちに似たれば、松のひゞき波をしらぶ。日えの山・比良の高根をなゝめに見て、音羽《おとわ》・石山を肩のあたりになむ置《おけ》り。長柄の花を髪にかざして、鏡山は月をよそふ。〉とあるがごとき大観であって、詩人・俳人たちの性情を養うのにたよりがあった。前掲の〈木《こ》のもとに〉の三吟歌仙《かせん》を巻いたころ、芭蕉はこの珍碩《ちんせき》亭にあった。その折の挨拶《あいさつ》吟であるから、その静閑の気味を賞したものとみなければならない。

『卯辰《うたつ》集』には、〈四方より花吹入て鳰《にお》の海〉の形で載る。このほうが大景を直叙して好ましいという説が多い。ただし、この句形が改案形なのか、誤伝なのかはっきりしたことはわからない。『白馬』では、「洒落堂記《しやらくどうのき》」が十分大景のすばらしさを叙しているので、ここはこのままでよい。〈吹き入れて〉という能動態をもって表現することにより、見方が巨視的になり、雄大な句姿となっている。 (堀)

行く春を近江《おうみ》の人とを《お》しみける (猿蓑《さるみの》)

▼季語―「行く春」晩春。ただ単なる惜春の情だけでなく、「行く・来る」のイメージがあることを見落としてはならない。▼句切れ―「をしみける」。切れ字「ける」。ただし〈行

く春や〉の句形もあり、この場合は、「行く春や」で句切れ、切れ字「や」となる。
▽近江《おうみ》の人―直接には、いわゆる近江蕉門《おうみしょうもん》の人びとを指すと思われるが、それと同時に、柿本人麿《かきのもとのひとまろ》をはじめ、この琵琶《びわ》湖畔で春を惜しんだ古人たちをも含む。

『句解』 月日の歩みと歩調を合わせて、ここまで旅から旅を続けて来たが、今日はこの湖水に舟を浮かべて、去り行く春の名残を、近江《おうみ》の人びととしみじみ惜しんだことである。

《鑑賞》『猿蓑《さるみの》』には〈望《ミテ》二湖水《ヲ》一惜《シム》レ春《ヲ》〉と前書する。また、ある真蹟《しんせき》懐紙には〈志賀辛崎《からさき》に舟をうかべて、人々春の名残をいひけるに〉、また別の真蹟《しんせき》には〈四季折〳〵の名残ところ〳〵にわたりて、いま湖水のほとりに至る〉と前書する。

前掲の〈初しぐれ猿《さる》も小蓑《こみの》をほしげなり〉の句にみられた漂泊の意識は、この句にも認められる。つまり、この句は湖水を眼前にして、去り行く春の後ろ姿を見送り、いよいよ逝《ゆ》くものはかくのごときかという思いを噛《か》みしめている句である。〈行く春〉がただ単なる三月終わりの惜春の代名詞ではなく、文字どおり「往き来」するもののイメージをもっていたことは、〈行く春に和歌の浦にて追付《おいつき》たり　芭蕉〉〈行く春に追ひぬかれたる旅寝かな　丈草《じょうそう》〉などの句をみれば明らかである。

真蹟《しんせき》懐紙に〈志賀辛崎《からさき》に舟をうかべ〉と、わざわざ「志賀・辛崎《からさき》・舟」と並べてあるところをみると、あるいはこのとき芭蕉の脳裏には、人麿《ひとまろ》の名歌〈さざなみの志賀の辛《から》崎《さき》さきくあれど大宮人《おおみやびと》の舟待ちかねつ〉のイメージが幻視されていたかもしれない。古来、往来には船便のほうが便利であったから、「行く・来る」の語感に、泊まりの多い水辺はよく似合うのである。

《補説》『去来抄《きょらいしょう》』には、この句に対し尚白《しょうはく》が、近江《おうみ》は丹波《たんば》に、行く春は行く歳《とし》に置き換えることができると非難したが、それは不当である旨の論がある。（堀）

先《まず》たのむ椎《しい》の木も有《あり》夏木立　（猿蓑《さるみの》）

▼季語―「夏木立」兼三夏。「新樹」の傍題として成立した季語。さわやかな緑陰のイメージが強い。▼句切れ―「椎《しい》の木も有《あり》」。
▽椎《しい》の木―ブナ科の常緑高木。暖地ではうっそうとした大木になる。五、六月ころ、強い香りの穂状花をつけ、翌年秋どんぐり状の実がなる。古くから「椎《しい》が本《もと》」という言葉もあり、頼りがいのありそうなイメージの木である。

『句解』 所詮《しょせん》ひとところには住まれぬ、流浪漂泊のわが身ではあるが、縁あってその名もゆかしい幻住庵《げんじゅうあん》をしばらく借り受けることになった。まず何はともあれ、この頼もしい椎《しい》の木陰を力と頼み、旅に病み、無能無才の半生に疲れたわが身を、この夏木立の中で休めることにしよう。

《鑑賞》『猿蓑《さるみの》』では、芭蕉の代表的俳文「幻住庵記《げんじゅうあんのき》」の最後を締めくくる句として掲出されている。また、ある真《しん》蹟《せき》懐紙では〈行く春や近江《おうみ》の人〉の句と並記する。その〈四季折〻の名残〉という前書は、この句にまでかかる。「幻住庵記《げんじゅうあんのき》」は、幻住庵《げんじゅうあん》の様子をありのままに述べる「記」の文体によってはいるものの、実は旅に明け暮れしたおのれの半生を回顧した文章である。だから、そこには漂泊の意識が濃厚に打ち出されている。一句はその漂泊の意識を踏まえ、かりそめに発した〈先《まず》たのむ〉の言葉であるから、「幻住庵記《げんじゅうあんのき》」全文がこの言葉にかかっている。

古注、新注ともに、〈ならびゐて友をはなれぬ小雀《こがらめ》のねぐらに頼む椎《しい》の下枝　西行《さいぎょう》〉、『源氏物語』椎本《しいがもと》の〈立ちよらむ蔭《かげ》とたのみし椎《しい》が本《もと》むなしき床《とこ》になりにけるかな〉を典拠とみるかどうかで、意見が分かれているが、どちらとも、にわかに断定はできない。「頼む」という語が、仮に庵《いおり》の傍らの椎《しい》の木を見た実感だとしても、何故それが詩となっているかの説明としては不十分である。しかし、右の典拠によったとするには、少しそのかかわりが薄いようである。おそらく古来頼りがいのある木とされる椎《しい》の木が、たまたまそこにあったので、それを力草にして、よるべない漂泊の意識をこれにつなぎとめたものであろう。（堀）

頓《やが》て死ぬけしきは見えず蟬《せみ》の声　（猿蓑《さるみの》）

▼季語―「蟬《せみ》」晩夏。〈蟪蛄《けいこ》ハ春秋ヲ知ラズ〉（『荘子』）などといわれ、長い地中の生活に比べ、地上の成虫生活の期間がきわめて短い。また、その鳴き声は非常にやかましく盛んで、いかにも夏らしい景物の一つ。▼句切れ―「けしきは見えず」。

▽頓《やが》て―「間もなく」と「すぐ、たちまち」の意味があるが、ここでは「たちまち」の意。

〔句解〕こうして全山耳を聾《ろう》せんばかりに盛んに鳴き立てる蟬《せみ》の声を聞いていると、これが秋を待たずにたちまち死んでしまう虫の声かと思わせるありさまであることよ。まことに無常迅速、無常迅速。

《鑑賞》『猿蓑《さるみの》』には前書はないが、『卯辰《うたつ》集』には〈無常迅速〉と前書する。また、『蕉翁《しょうおう》句集』にも〈此《この》句に無常迅速と前書有る自筆も有〉と注記している。ただし、『卯辰《うたつ》集』の句形は、中七が〈けしきも見えず〉である。

当時芭蕉は、知己・門弟の思いがけない死を経験している。金沢の一笑《いっしょう》の死、愛弟子《まなでし》杜国《とこく》の死である。無常迅速の観念が芭蕉の肺肝に徹していたことは疑いをいれない。

しかし、芭蕉はそれを不運な二人の不幸としてとらえず、日月星辰《にちがっせいしん》の運行がもたらす無常の摂理であると理解したのである。だから、一句は〈無常迅速〉の前書を添えれば観相の句となるが、除いても十分実相観入の句として鑑賞にたえ得る深い詩境の句となり得ている。かつて芭蕉は〈行く春を近江《おうみ》の人とをしみける〉〈先《まず》たのむ椎《しい》の木も有《あり》夏木立〉の句で、移り変わる四時を友とする漂泊の境涯《きょうがい》を歌い上げていたが、その心境は、さらに蟬《せみ》の鳴き声の中に、無常の足音を聴き分けるところまで澄みきってきた。

〈けしきは見えず〉のほうが、〈けしきも見えず〉より、句境が浅まになるように思われるが、〈けしきは見えず〉の形で『猿蓑《さるみの》』に入集しているところをみると、たしかに芭蕉が再案したものであるらしい。あるいは観相の句の一格として、あえてその性格をはっきり打ち出してみせたものであろうか。

（堀）

京にても京なつかしやほととぎす

（をのが光《ひかり》）

▼季語―「ほととぎす」兼三夏。ほととぎすについての伝説は多いが、中でも「蜀魂・不如帰」と表記することにまつわる伝説が最も有名である。蜀《しょく》の望帝が臣下の妻に恋して位を譲り、ついに亡命客死した。しかし、望帝の望郷の念は抑えがたく、その魂魄《こんぱく》は化してほととぎすとなり、その鳴き声は不如帰《ふじょき》となったという。『円機活法』「子規」の条、「大意」の項には、〈帝恨・旅魂・蜀《しょく》帝魂〉などとある。ほととぎすに望郷・旅愁はよく似合うのである。▼句切れ―「なつかしや」。切れ字「や」。

▽なつかし―もとは、身近にしたい、馴《な》れ親しみたいの意味であったが、のちには離れている人や物に覚える慕情をも意味するようになった。

『句解』　これまで、時に従い折にふれ、ふと都恋しいと思うことの多かった私だが、現在こうして京に旅寝しながら、たまたまほととぎすの鳴き過ぎるのを聞いていると、旅愁と懐旧の情とがせつないほど胸を締めつけ、いよいよ京恋しいという思いが増さるのである。

《鑑賞》　元禄三年（一六九〇）六月二〇日付、小春《しょうしゅん》宛《あて》芭蕉書簡に初出。沾徳《せんとく》編『俳林一字《はいりんいちじ》幽蘭《ゆうらん》集』には、〈旅寓《りょぐう》〉と前書し、上五を〈京に居て〉の形で掲出する。〈京に居て〉は、誤伝ではないかと思われるが、〈旅寓《りょぐう》〉という前書を添えたのは一つの見識である。

この句は、芭蕉が近江《おうみ》の幻住庵《げんじゅうあん》にいたころ、その山から降りて京に仮寓《かぐう》したときの作品である。やがてまた山に帰ることが予定されていたので、〈京なつかし〉の思いもひとしお深かったのである。

先にも述べたように、旅情と懐旧は、ほととぎすに似合いのイメージをもつ。だから、素性《そせい》法師に〈いそのかみ古きみやこのほととぎす声ばかりこそ昔なりけれ〉（『古今集』）という作品もあるのである。ありし昔の都の日々が恋しいと叫ぶ蜀《しょく》の望帝の化したほととぎすの声を聞くと、旅愁と懐旧の情とが胸に迫って、むしょうに京がなつかしくなるというのである。　（堀）

病雁《びょうがん》の夜寒に落ちて旅寝かな　（猿蓑《さるみの》）

▼季語―「雁《がん》」晩秋。「夜寒」も晩秋の季語であるが、主題は雁《がん》のほうである。晩秋になって暖かい南の地方に渡って行く雁《がん》のことをいう。▼句切れ―「旅寝かな」。切れ字「かな」。「落ちて」でもいったん切れる。
▽病雁《びょうがん》―「ビョウガン」「ヤムカリ」「ヤムガン」など、読みにはいろいろな説があるが、近江《おうみ》（滋賀県）堅田《かただ》の千那《せんな》の筆になる「近江《おうみ》八景序」などに「ビョウガン」と読むのに従う。
『句解』　湖畔の旅寝に夜寒を侘《わ》びていると、その客愁《かくしゅう》のせいか、ふと一羽の病雁《びょうがん》がひらひらと舞い降りて羽を休める気配を感じた。九天の高みより夜寒に舞い降りる病雁《びょうがん》、そこに旅寝の極致を見た思いがする。

《鑑賞》『猿蓑《さるみの》』には〈堅田《かただ》にて〉の前書で、次掲の〈海《あ》士《ま》の家《や》は〉の句と並べて出す。このことに関して『去来抄《きょらいしょう》』には、芭蕉が両句のうち一句を選んで入集するよう向井《むかい》去《きょ》来《らい》・野沢凡兆《ぼんちょう》両人に指示したところ、凡兆《ぼんちょう》は〈海士《あま》の家《や》は〉の方の、句の働き、事実の新鮮さを買い、去来《きょらい》は〈病雁《びょうがん》〉の句の〈格高く趣かすか〉なところを買って、意見が対立し、ついに二句共に入集したというエピソードを伝える。

元禄三年（一六九〇）九月二六日付、茶屋与次兵衛（昌房）宛《あて》芭蕉書簡に、〈昨夜堅田《かただ》より致二帰帆一候。……拙者散々風引候而、蜑《あま》の苫屋《とまや》に旅寝を侘《わび》て、風流さま〴〵の事共に御坐候〉として、この句を報じている。

〈夜寒に落ちて〉という端的な表現が秀抜。去来《きょらい》が〈格高く趣かすか〉といい、『旅寝論』で、〈古人も作の跡の見えざる句をもつて上品の沙汰《さた》あり〉として、この句を例に挙げているのは、〈旅寝かな〉の語を介して、病雁《びょうがん》と芭蕉とが一体化し、鳴き渡る雁《がん》の群れから、急に一羽の病雁《びょうがん》が落ち来たったと見るや、たちまちそれは芭蕉の旅懐（旅寝の姿ではない）の象徴となったところの幻術をいうのであろう。真蹟《しんせき》短冊に基づいた冶天《やてん》編『横平楽《おうへいらく》』や歌雄ら編の『堅田集《かただ》』には〈かたゞにふしなやみて〉と前書する。

《補説》榎本其角《えのもときかく》が〈病《や》ム雁《かり》のかた田におりて旅ねかな〉(『枯尾花《かれおばな》』)とするのは杜撰《ずさん》であろう。なお、滋賀県大津市の堅田《かただ》本福寺にこの句の句碑がある。　(堀)

海士《あま》の家《や》は小海老《こえび》にまじるいとどかな　(猿蓑《さるみの》)

▼季語―「いとど」兼三秋。直翅目《ちょくしもく》カマドウマ科の昆虫《こんちゅう》。体長約二センチメートル。全体は黄褐色《おうかっしょく》で、後肢《こうし》がよく発達していて跳躍に適し、触角が非常に長く細い。エンノシタコオロギ、エビコオロギともいう。元来鳴く虫ではないが、〈啼《なく》やいとど塩にほこりのたまるまで　凡兆《ぼんちょう》〉(『猿蓑《さるみの》』)などと詠まれ、鳴くものと考えられていた。▼句切れ―「いとどかな」。切れ字「かな」。▽海士《あま》の家《や》―漁師の家。ここではいわゆる「蜑《あま》の苫屋《とまや》」のこと。『おくのほそ道』象潟《きさがた》の条に〈蜑《あま》の苫屋《とまや》に膝《ひざ》をいれて〉とあるのは、〈さすらふる我身にしあればきさがたやあまのとまやにあまたゝびねん　顕仲《あきなか》〉や能因《のういん》の歌を踏まえるという。たしかに、「蜑《あま》の苫屋《とまや》」は旅の数奇人《すきびと》たちにとって最も旅寝らしい旅寝のできるところであった。▽小海老《こえび》―琵琶《びわ》湖の名産。

『句解』これが古来歌などに詠まれる蜑《あま》の苫屋《とまや》の仮寝かと思っていると、そこらの平《ひら》ざるに入れてある小海《こえ》老《び》の中に、かすかに鳴くいとどが混じり合い、ひとしお旅懐の深まるのを覚えたことである。

《鑑賞》先の茶屋与次兵衛宛《あて》書簡にこの句の記載がなく、また真蹟《しんせき》類も残されていないことから、堅田《かただ》滞在中に詠まれたものではなく、『猿蓑《さるみの》』撰《せん》のときまでに詠まれたものか。

野沢凡兆《ぼんちょう》はこの句の、働きのある表現、斬新《ざんしん》な着眼に感心している。たしかに、その評価は間違っていない。ただし、このような表現論で、前掲の〈病雁《びょうがん》〉の句を鑑賞したのは軽率であった。〈病雁《びょうがん》〉は漢詩の伝統に根ざす落雁《らくがん》をたよりに、高度に象徴的技法を駆使した作品であり、〈海士《あま》の家《や》〉の句は、和歌の伝統に根ざす「蜑《あま》の苫屋《とまや》」の旅の夜寒に、〈きりぎりす夜寒に秋のなるまゝによわるか声の遠ざかり行く　西行《さいぎょう》〉などを思い合わせ、矚目《しょくもく》の景の句として仕立て上げたものである。病雁《びょうがん》と小海老《こえび》とでは、一句の中で果たす役割がまるで違う。そこを芭蕉は〈病雁《びょうがん》を小海老《こえび》などと同じごとく論じけり〉(『去来抄《きょらいしょう》』)と笑ったのであって、決して句の勝劣を言って笑ったのではない。　(堀)

から鮭《ざけ》も空也《くうや》の痩《やせ》も寒の内　(猿蓑《さるみの》)

▼季語―「寒の内」晩冬。小寒と大寒の期間をいう。寒の入りから節分までの約三〇日間で、一年中で一番寒さのきびしいときである。▼句切れ―「寒の内」。

▽から鮭《ざけ》―乾鮭、干鮭とも書く。鮭《さけ》の鱗《うろこ》や腸を取り除いて、長期間干し乾かしたもの。非常に堅い。冬日にさらすことが多く、また薬食《くすりぐい》としても用いられるので、冬季の季語とする歳時記類もある。▽空也《くうや》―空也《くうや》僧、すなわち鉢叩《はちたた》きのこと。一一月一三日の空也《くうや》忌《き》から除夜までの四八日間、毎夜蛸薬師《たこやくし》堀川東の空也《くうや》堂を出発、鉦《かね》を打ち、瓢《ひさご》を叩《たた》きながら念仏・和賛を唱え、明け方まで洛中洛外《らくちゅうらくがい》の五三昧《ごさんまい》（火葬場）七墓をめぐって歩く半俗半僧の人たち。

〖句解〗　厳冬に永いこと霜露風日にさらされ、かちかちにひからびたから鮭《ざけ》。そして寒中のはげしい苦行に痩《や》せからびた空也《くうや》僧の姿。それもこれも、冷えからびたその趣によって、姿なき寒に姿を与えた観がある。

《鑑賞》　『元禄四年三物尽《みつものづくし》』や『猿蓑《さるみの》』に出る。真蹟《しんせき》には〈都に旅寝して、鉢扣《はちたたき》のあはれなるつとめを、夜ごとに聞侍《はべり》て〉と前書する。

『三冊子《さんぞうし》』によれば、〈この句、師のいはく、心の味を言ひとらんと、数日腸《はらわた》をしぼる、となり。骨折りたる句と見えはべるなり〉という労作であった。また各務支考《かがみしこう》のいうところでは、〈痩《やせ》〉という字は、〈から鮭《ざけ》〉にもかかり、「から鮭《ざけ》の痩《やせ》も空也《くうや》の痩《やせ》も」という意味になる。厳冬の中でただ痩《や》せに痩《や》せていくから鮭《ざけ》、連夜の寒行で、冷えからび尽くしていく空也《くうや》僧、そのイメージの極北に「寒」の一字を発見、京の底冷えの中で一片の氷心と凝り固まっていくわが心の味わいを言い取ったものであろう。

山本健吉は、「か」「く」「か」という乾いた破裂音の頭韻の効果や、「も」「の」「も」「の」という四つの助詞の働きのすばらしさを指摘している。芭蕉の最高傑作の一つに数える人も多いが、苦心したほど効果のあがった句かどうかは再検討の余地があろう。　（堀）

住みつかぬ旅のこころや置き火燵《こたつ》

（勧進牒《かんじんちょう》）

▼季語―「置き火燵《こたつ》」兼三冬。底板のあるやぐらの中に炉を入れた、持ち運びのできるこたつ。切り火燵《こたつ》に対していう。ところ定まらぬというイメージとともに、うたた寝などの縁から、仮寝のイメージも伴う。また埋《うず》み火のイメージもある。▼句切れ―「旅のこころや」。切れ字「や」。

〖句解〗　ここかしこと泊まりを重ねて、旅寝を続けてきたが、今日こうして暖かく置き火燵《こたつ》のもてなしを受けている最中にも、またまた野心《のごころ》が動き出して、なんともはや落ち着かぬわが旅心であることよ。

《鑑賞》　前掲の〈から鮭《ざけ》も〉の句と同じころ、京の客舎で詠んだ句。元禄四年（一六九一）一月五日付で、在江戸の曲水《きょくすい》にあてた書簡には〈去《い》ね去《い》ねと人にいはれても、なほ食ひあらす旅のやどり、どこやら寒き居心を侘《わ》びて〉と前書を添えて報じている。〈去《い》ね去《い》ね〉とは、処々方々で迷惑をかけた乞食《こじき》坊主斎部路通《いんべろつう》の〈いねいねと人に言はれつ年の暮《くれ》〉の句を指し、そんな慌ただしい師走《しわす》の市中にあって、なおその慌ただしさにまぎれぬ自分の旅心を、扱いかねている態である。

桃隣《とうりん》の『粟津原《あわづはら》』によると、一句は榎本其角《えのもときかく》の〈寝ごころや火燵蒲団《こたつぶとん》のさめぬ内〉という句に和したものであるという。肌肉をゆるめて、ほっかりと寝つく其角《きかく》の市中の夢と違い、浮雲無住を大望とするわが身には、この埋《うず》み火のかすかなぬくもりこそ似合いものであると、置き火燵《こたつ》を持ち出してきたのである。

〈どこやら寒き居心を侘《わ》びて〉とは、もちろん京の門人の亭主ぶりの不行き届きをかこつ言葉ではない。置き火燵《こたつ》の侘《わ》びしい孤心は、人やりならぬ芭蕉自身の遊意のせいであって、一歩さがってふり返ってみれば、それはそれで充実した旅懐なのである。

一句は〈住みつかぬ旅のこころ〉と〈置き火燵《こたつ》〉とを、切れ字〈や〉で結びつけた、典型的な二句一章の発句《ほっく》であるが、どこへ行っても、何かに追い立てられるような落ち着かぬ旅心と、とりあえずそこに置かれている置き火燵《こたつ》のあたり加減とが、微妙な匂《にお》いともいうべき照応をなしていて、絶妙である。　（堀）

山里は万歳《まんざい》遅し梅の花　（真蹟《しんせき》懐紙）

▼季語―「梅の花」初春。梅は別名「春告草《はるつげぐさ》」という。また「梅暦」という言葉もある。〈梅《ハ》是《レ》山家《ノ》暦。山中には梅の咲くを見て春を知るといふ心にて、暦といふなり〉（『栞草《しおりぐさ》』）。つまり、梅は山里の春を知るにたよりある花である。「万歳《まんざい》」も新年の季語だが、ここは梅が主。▼句切れ―「万歳《まんざい》遅し」。切れ字「し」。

▽山里―山の中にある人里。山間の村。さらには山間に設けられた貴族たちの別荘・山荘をもいう。▽万歳《まんざい》―新年に家々を訪れ、千秋万歳《せんしゅうまんざい》つまり千年も万年も栄えませと予祝《よしゅく》して歩く門付《かどづ》け芸およびその芸人。ふつう太夫《たゆう》と才蔵とでコンビを組む。

〔句解〕　万事都塵《とじん》と無縁なここ山里の閑居では、新春をことほぐ万歳《まんざい》の訪れるのも遅いようです。もうあたりは春の到来を告げる梅の花も咲き匂《にお》っているというのに。

《鑑賞》　真蹟《しんせき》懐紙には〈伊陽山中初春〉の前書がある。『土芳《どほう》筆全伝』には〈この句、橋木子にて会の時〉と注記する。橋木子は藤堂修理長定のことで、藤堂藩一五〇〇石の重臣であり、服部土芳《はっとりどほう》とは風雅の上で親交があった。

この句の解釈については、古注、新注ともに、〈万歳《まんざい》遅し〉が遅く来た眼前の万歳《まんざい》の姿を見て遅しと感じているのか、まだ来ぬ万歳《まんざい》を待ちわびて遅しといっているのかで意見が分かれる。ところが、『三冊子《さんぞうし》』には〈発句《ほっく》とは、行きて帰る心の味なり。たとへば、「山里は万歳《まんざい》遅し梅の花」といふたぐひなり。「山里は万歳《まんざい》遅し」と言ひ放して、「梅は咲けり」といふ心のごとくに、行きて帰るの心、発句《ほっく》なり。〉とある。文中の〈梅は咲けり〉の〈は〉に注意すれば、一句は春告草《はるつげぐさ》の梅は咲いたのに、同じ春のことぶれをする万歳《まんざい》はまだ来ないと解するのが自然になる。

もちろん山里は橋木子への挨拶《あいさつ》という点から考えて、心閑《のど》かな山荘の意味に解すべきであろう。都塵《とじん》を離れた山里で、何かの到来を待ちわびるのは和歌以来の伝統であり、そのことはそのまま山荘のすばらしさを意味するものといえる。　（堀）

衰ひ《い》や歯に食ひ《い》あてし海苔《のり》の砂

（をのが光《ひかり》）

▼季語―「海苔《のり》」初春。近世後期には兼三春にも扱われた。
▼句切れ―「衰ひや」。切れ字「や」。
▽衰ひや―『けふの昔』には上五を〈おとろひや〉と表記。正しくは「おとろへや」であるが、近世には慣用的な用法として通用していた。

【句解】　たっぷりと磯《いそ》の香りを含んだ海苔《のり》、これもまた春の興趣の一つと、独り食事を楽しんでいると、間の悪いときは悪いもので、海苔《のり》に混じった砂をジャリと嚙《か》んでしまった。その一瞬の感触がひどく身にこたえて、今さらのようにわが身の衰老が顧みられたことだ。

≪鑑賞≫　金沢の一笑《いっしょう》追善集『西の雲』には〈嚙当《かみあつ》る身のおとろひや苔《のり》の砂〉の形で掲出。のち、『をのが光《ひかり》』の編者車《しゃ》庸《よう》たちが近江《おうみ》を訪れた際には〈衰ひや〉の形に改案されていたものらしい。

初案の〈嚙当《かみあつ》る身のおとろひや〉では、「おとろひ」についての説明がくどく、ことに〈身の〉という言葉が冗漫《じょうまん》である。その点、改案の〈衰ひや〉と端的にきりこんだ表現はよくきいていて、砂を嚙《か》み当てた瞬間の名状しがたい感触に「衰ひ」そのものを感じ取ったところがよく表現されている。またザラリとした口中の不快な舌ざわりと、衰老の味けない感慨とはよく似合う。

この衰老について、若いときはそれほど身にも感じなかったであろうものを、今それがひどく身にこたえるのは、やはり年老いたせいかと、若いときとの対比で鑑賞する人もあるが、それでは理屈に堕す。むしろ、ここでは衰老の嘆きよりは、衰老の感触そのものを、その感傷をそぎ落とした端的な表現の中に示しているとみるべきであろう。「老ひ」とは感傷でも不安でもない。まさにかくのごとき日常的感触そのものであるという表現である。

《補説》『泊船集《はくせん》』許六《きょりく》書き入れには〈歯にあたる身のおとろひや海苔《のり》の砂〉となっているが、拠《よ》るところは不明である。（堀）

梅若菜まりこの宿のとろろ汁

（猿蓑《さるみの》）

▼季語—「梅」初春。「若菜」も新年の季題。▼句切れ—「梅」「若菜」「まりこの宿のとろろ汁」。梅・若菜・とろろ汁と名詞を三つ並べたところで三段切れになる。

▽まりこの宿—静岡市西部の地名。丸子。江戸時代は東海道五十三次の府中と岡部《おかべ》との間にあった宿駅で、宇津谷峠《うつのやとうげ》の東口に当たる。宿場の名物としてとろろ汁がある。

《句解》新春の淑気《しゅくき》天地に満ち、春の景色もいよいよととのった今日この日、君は東海道の方へ旅立たれるという。まことと時節もよし、きっと楽しい道中となることであろう。梅に若菜に、そう、そしてあの丸子の宿のとろろ汁、どれもこれも気に入ることと思いますよ。

《鑑賞》『猿蓑《さるみの》』には〈餞《はなむけス》二乙州《おとくにガ》東武ノ行ニ一〉と前書がある。元禄四年（一六九一）正月、乙州《おとくに》が商用で江戸に下るとき、催された送別句会での歌仙《かせん》の発句《ほっく》。

芭蕉はこの春は新築の乙州《おとくに》亭で越年、そのままその屋敷で亭主の送別句会を開くことになった。海道の知識については先輩格である芭蕉は、いろいろと乙州《おとくに》に教えたにちがいない。

この句でも前途の春色《しゅんしょく》をかぞえ、海道筋の風光を並べ立てて、その旅をうらやみ励まし、その行を壮《さか》んにしようとしているわけである。乙州《おとくに》が和した脇《わき》は〈かさあたらしき春の曙《あけぼの》〉であった。

『三冊子《さんぞうし》』に、〈工《たく》みて云《いえ》る句にあらず、ふといひて宜《よろ》しと跡にてしりたる句也。かくのごとくの句は、またせんとはいひがたし〉というように、口拍子でうまく生まれた句であった。同書にはまた右に続けて〈東武におもむく人に対しての吟也。梅若なと興じて、まり子の宿には、といひはなして当たる一体なり〉とある。

つまり、清らかに香る梅、みどりに萌《も》える若菜、それにとろろ汁を直ちに並べずに、〈梅若菜〉でいったん言い切り、その後〈まりこの宿の〉と調子をとってはずみをつけ、最後に〈とろろ汁〉を打ちつけてみせた技法の調子のよさをいうのである。梅・若菜という和歌・連歌以来の素材に、とろろ汁という庶民的素材をうまく当てて、俳味よろしき句ぶりとなっている。

《補説》〈まりこの宿のとろろ汁〉の静岡市丸子に、この句の句碑がある。　（堀）

不精《ぶしょう》さやかき起《おこ》されし春の雨　（猿蓑《さるみの》）

▼季語―「春の雨」兼三春。『三冊子《さんぞうし》』には〈春雨《はるさめ》はをやみなく、いつまでもふりつづく様にする。三月をいふ。二月すゑよりも用る也。正月・二月はじめを春の雨と也〉と、「春雨《はるさめ》」と「春の雨」とを分けて用いているが、他の俳書では、そこまで厳密に分けて用いていない。▼句切れ―「不精《ぶしょう》さや」。切れ字「や」。

▽不精《ぶしょう》さ―原本は〈不性さ〉と表記する。春眠から覚めきらぬ懶惰《らんだ》な気分をいう。

『句解』　覚めるでもなく、眠るでもなく、夢うつつに春眠をむさぼっていると、何やら春の雨らしい気配がする。ままよ、雨ならばと不精《ぶしょう》をきめこみ、またうとうととしていると、とうとう家人にゆり起こされてしまった。

《鑑賞》　元禄四年(一六九一)二月二二日付の珍碩《ちんせき》(洒堂《しゃどう》)宛《あて》芭蕉書簡に、〈不性《ぶしょう》さや抱起《だきおこ》さるる春の雨〉の句形で報じられている。おそらくこれが初案であろう。また、『土芳《どほう》筆全伝』には〈山吹や笠《かさ》に指べき枝の形《なり》〉の句と並記し、〈二句トモニあか坂の庵《いおり》ニ在《あり》。初の庵《いおり》の時(也)〉と注記する。つまり、故郷伊賀《いが》（三重県）上野の赤坂の草庵《そうあん》で、ゆっくりくつろいでいるときの気分を詠んだものである。

古注では、かき起こす人を、芭蕉を取り巻く上野の俳諧仲間とし、連中に「起きよ起きよ」と抱き起こされたとする。それはそれでおもしろい解釈であるが、ここはやはり、実家の家人に起こされたとみるべきであろう。また「かき起《おこ》す」を初案の〈抱起《だきおこ》さるる〉からの連想で、手を貸して無理にも引き起こすと解する説もあるが、わざわざ〈かき起《おこ》されし〉と改案したのは、抱き起こすことの態《わざ》とらしさを嫌《きら》ったものというべきで、〈かき〉はやはり、単なる調子をととのえるための言葉とみる方がよかろう。

〈かき起《おこ》されし春の雨〉は、あたかも春の雨が、かき起こされたかのごとき印象を与えるが、もちろんそんなことはない。ここは俳諧特有の措辞で、「かき起《おこ》された○○の春の雨」というほどの意味である。その○○には読者の好みの言葉を補えばよい。寝床の温《ぬく》もりを去りがたい老懶《ろうらん》の感じと、春の雨の情趣、そして、ゆり起こす者とゆり起こされる者との間にある暖かい心の交流が、見事に照応している。　（堀）

ほととぎす大竹藪《おおたけやぶ》を漏《も》る月夜

（嵯峨《さが》日記）

▼季語―「ほととぎす」兼三夏。杜鵑目《とけんもく》の鳥。カッコウによく似ているが、形は小さくてツグミぐらいの大きさ。昼も夜も鳴くが、とくに夜鋭く真一文字に鳴き過ぎるときの残響が印象的。▼句切れ―「ほととぎす」。
▽大竹藪《おおたけやぶ》―大きな竹の多く生えているところ。京都嵯峨《さが》は竹の名所である。また、幽篁《ゆうこう》という言葉もあり、竹林は隠士の好んで隠れ住むところである。▽月夜―月の明るい夜。月の照りわたった夜。また「夜」は虚辞として、ただ月の光をいうこともある。ここは後者。

『句解』　突然、あたりの静寂を破って、ほととぎすが鳴き過ぎた。ふり仰ぐと大竹藪《おおたけやぶ》の葉をすかして、あたり一面水のように烟る月の光がさしこんでいるのであった。

《鑑賞》　『嵯峨《さが》日記』四月二〇日の条に、落柿舎《らくししゃ》の頽破《たいは》した様子のかえって好ましいことを述べ、その後に〈柚《ゆ》の花や昔しのばん料理の間〉の句と並べて掲出する。また、芭蕉の「落柿舎《らくししゃ》の記」によると、〈洛《らく》の何某去来《なにがしきょらい》が別墅《べっしょ》は下《しも》嵯峨《さが》の藪《やぶ》の中にして、嵐山《あらしやま》のふもと、大井川の流れに近し。此《この》地閑寂の便りありて、心すむべき処《ところ》なり〉とあるので、この大竹藪《おおたけやぶ》は落柿舎《らくししゃ》のそれであるかもしれない。『笈《おい》日記』『泊船《はくせん》集』には中七を〈大竹原を〉とし、『芭蕉庵《あん》小文庫』には下五を〈月ぞ〉とする。これらはあるいは初案・別案のたぐいかと思われるが、確実なことはまだいえない。

竹は隠士の好むものであって、竹林の七賢人をはじめ、この竹の陰に世をのがれた賢人は多い。ことに初夏のころの若竹はすこぶるさわやかで、閑情を楽しむのに適している。しかし、一句にはそのことはひとことも触れられていない。ただひたすら、一筋尾を引いて鳴き渡るほととぎすの声と、大竹藪《おおたけやぶ》を貫く月かげという、音と光の交錯を描くのみである。しかも、それでいて主観句以上のすばらしい閑情を歌い上げることに成功している点が、この句のすぐれているところで、まずその点を幽賞すべきであろう。

《補説》　嵯峨野《さがの》にある車折《くるまさき》神社に、句碑が建てられている。　（堀）

憂き我をさびしがらせよ閑古鳥《かんこどり》

（嵯峨《さが》日記）

▼季語―「閑古鳥《かんこどり》」兼三夏。カッコウのこと。一名呼子鳥《よぶこどり》ともいう。『糸切歯《いときりば》』は、ほととぎすと、かんこ鳥とを並べて記し、〈いづれにも寂寥《せきりょう》をもっぱらとす〉と注している。▼句切

れ―「さびしがらせよ」。切れ字「よ」。

《句解》　閑古鳥《かんこどり》よ、鳴いておくれ。お前のそのさびしい鳴き声で、世の憂きことも知り尽くし、そのさびしさをかみしめようとしている我に、さらに一層さびしさを与え、さびしさに徹するようにしておくれ。

《鑑賞》『嵯峨《さが》日記』四月二二日の条に〈朝の間雨降《ふる》。けふは人もなくさびしき儘《まま》にむだ書してあそぶ。其《その》ことば「喪に居る者は悲《かなしみ》をあるじとし、酒を飲《のむ》ものは楽（を）あるじとす。さびしさなくばうからましと西上人《さいしようにん》のよみ侍《はべ》るは、さびしさをあるじなるべし。又よめる、山里にこは又誰をよぶこ鳥独《ひとり》すまむとおもひしものを。独住《ひとりすむ》ほどおもしろきはなし。長嘯《ちようしよう》隠士の曰《いわく》、客は半日の閑を得れば、あるじは半日の閑をうしなふと。素堂此言葉《そどうこのことば》を常にあはれぶ。予も又、うき我をさびしがらせよかんこどり　とは、ある寺に独居《ひとりい》て云《いい》し句なり〉という形で掲出。

〈ある寺に独居《ひとりい》て〉とは、元禄二年（一六八九）九月、伊勢《いせ》（三重県）長島の大智院《だいちいん》で、この句の初案、〈うきわれをさびしがらせよ秋の寺〉を得たことを指す。それを今の形に改案したのは、芭蕉真蹟《しんせき》によったという『石見《いわみ》かんこどり塚《づか》』では、〈予も一とせかりに山居のまねびせしころ〉のことというから、元禄三年（一六九〇）夏の幻住庵《げんじゆうあん》在庵《ざいあん》中のことであった（『校本芭蕉全集』）。

日記中に記す〈独住《ひとりすむ》ほどおもしろきはなし〉というのが、一句の主題であると思われる。この句について、森川許六《きよりく》が〈憂き我をさびしがらする閑古鳥《かんこどり》〉では発句《ほつく》にならない。〈さびしがらせよ〉で詩になっていると評しているのは名言である。なお、日記の初めに〈けふは人もなくさびしき儘《まま》にむだ書してあそぶ。〉と記しながら、そのすぐ後で〈独住《ひとりすむ》ほどおもしろきはなし〉と書きつけている、芭蕉の心理の襞《ひだ》をよく味わうべきであろう。（堀）

五月雨《さみだれ》や色紙へぎたる壁の跡

（嵯峨《さが》日記）

▼季語―「五月雨《さみだれ》」仲夏。陰暦五月のころのじめじめと降り続くなが雨。梅雨《つゆ》ともいう。▼句切れ―「五月雨《さみだれ》や」。切れ字「や」。

▽色紙―和歌・俳句・絵・書などを書く方形の厚紙。ふつう、表面に模様をいろどり、金銀の砂子などを置く。▽へぎたる―剝《は》がしたるの意味。『笈《おい》日記』『喪《も》の名残《なごり》』『泊船《はくせん》集』などに中七〈色紙まくれし〉とする。これは杜撰《ずさん》かと思われる。

《句解》　うっとうしい五月雨《さみだれ》の降り続くある日のこと、別荘のとある一間の壁に、何やら色紙を剝《は》がした跡らしいところが目にとまった。別荘のありし日のはなやかな様も偲《しの》ばれて、そこにこの建物の今昔を見る思いがしたことである。

《鑑賞》 『嵯峨《さが》日記』は五月四日の条に〈宵《よい》に寝ざりける草臥《くたびれ》に、終日臥《ふす》。昼より雨降止ム。明日は落柹舎《らくししゃ》を出《いで》んと名残をしかりければ、奥・口の一間〱を見廻《まわ》りて〉として、この句を記し、日記全編を閉じる。また別に『先手後手《せんてこて》集』には真蹟《しんせき》によるとして、落柹舎頽破《らくししゃたいは》の様を記し、この句を挙げる。

四月一八日に落柹舎《らくししゃ》に入って、この日は五月四日、翌日はいよいよこの庵《いおり》を出ようという日に、妙に名残惜しくなって、一間一間見回っているうち、ある一間の黒ずんだ壁に、色紙の剝《は》ぎ取られた跡を見つけ、感慨を催している句である。うっとうしい五月雨《さみだれ》の季節に、黴《かび》臭い壁の色紙の跡は映りがよい。また、その侘《わ》びしい情趣に、別離を惜しむ気持ちが、おのずからこもる。

元禄七年（一六九四）五月一〇日付の芭蕉宛《あて》去来《きょらい》書簡に、〈落柹舎《らくししゃ》ヲ毀《コボ》ツ〉と報告され、〈頓而《やがて》ちる柹《かき》の紅葉もね間の跡　去来《きょらい》〉という句が添えられているので、元禄七年夏には落柹舎《らくししゃ》が取り壊されたことがわかる。もとは富豪の持ち物であり、一説に小堀遠州《こぼりえんしゅう》の茶室であったといわれるほどの建物であったが、そのころはすっかり老朽化していたものらしい。古注に、謡曲「定家《ていか》」で有名な時雨《しぐれ》の亭《ちん》のことや、百首色紙のことを連想するものがあるが、そこま

欧米に紹介された俳句　**6**

■最初のハイカイ詩集

フランス人P・L・クーシューが一九〇五年にパリで出した私家版のハイカイ詩集『川の流れに沿うて』は、西洋人による最初のハイカイ詩集であるといわれている。この中に〈片手で洗濯物《せんたくもの》をたたきながら／他方の手が／額のうえの髪を直している〉という意味の三行詩がある。

比較文学者W・L・シュワルツ（西洋人で一番最初に日本の美を発見したのはフランス人であるというのが彼の持論）は、この短詩が芭蕉《ばしょう》の〈粽《ちまき》結ふ片手にはさむ額髪〉の句に負うていると説明する。B・H・チェンバレンの訳（一九〇二年）によって、クーシューは〈粽《ちまき》結ふ〉を知ったのである。そのチェンバレンはこの句を、〈どこかの村の祭礼で、ひなびた田舎《いなか》娘が、休日を楽しむ人びとに菓子や飴《あめ》を売りながら、自分の容姿にも気をくばっている図である〉と解説している。

『川の流れに沿うて』が出た一九〇五年は、わが国で『海潮音』が出版された年だが、目立たない形ながら、同じ年に西洋人によるハイカイ詩集が出ていることは注目すべきであろう。なお高浜虚子《きよし》は昭和一二年にパリを訪れた際、このクーシューに会っている。

（佐藤）

で考えなくてもよかろう。

《補説》 京都嵯峨《さが》野《の》の落柿舎《らくししゃ》（再建されたもの）に、この句の句碑がある。（堀）

物いへ《え》ば脣《くちびる》寒し秋の風

（真蹟《しんせき》大短冊）

▼季語―「秋の風」兼三秋。古くから、秋の訪れを知るたよりとされる。また一方、『古文真宝後集《こぶんしんぽう》』などで知られる漢武帝の「秋風辞」に〈秋風起リテ 兮白雲飛ビ 草木黄落シテ 兮雁南ニ帰ル〉とあるように、万物を零落せしめるものというイメージもある。「寒し」も冬の季語であるが、ここは「秋の風」が主。
▼句切れ―「脣寒し《くちびる》」。切れ字「し」。
▽脣《くちびる》寒し―気のせいか、脣《くちびる》のあたりがさむざむと感じられること。古注に『左伝』の僖公五年の条〈諺所謂事相依 脣亡歯寒者 其虞虢之謂也〉や、『史記』の〈言也牙歯寒ク 未レ極ダ二離徴之根一ラ〉を参考に引いている。いってみれば、悔恨の情の感覚的徴表である。

『句解』 人中で物を言えば、えてして言わずもがなのことまで口を滑らせてしまう。秋風の中に立って、心に悔やまれることの多いこのごろである。

《鑑賞》 『芭蕉庵《あん》小文庫』には〈座右之銘 人の短をいふ事なかれ 己の長をとく事なかれ〉と前書。また、ある真《しん》蹟《せき》懐紙には〈ものいはでただ花をみる友も哉《がな》 とは何某《なにがし》鶴《かく》亀《き》が云《いい》けむ 我草庵《そうあん》の座右に書付けけるをおもひ出《いだし》て〉と前書する。〈人の短を〉云々《うんぬん》は、『文選』巻二八、崔子玉《さいしぎょく》の「座右銘」に〈無レ道《シ》ニ二人之短《いフコト》ヲ一 無レ説《シ》ニ二己之長《トクコト》ヲ一 施レ人慎勿レ念 受レ施慎勿レ忘〉とあるによる。この座右銘はよほど中国文人の人びとに愛好されていたものらしい。

他人の足らないところを譏《そし》り、おのれの長を誇ることは、だれしもが経験することである。そしてこの種の言葉は、そのままむなしくわが胸に返ってくることも、人はよく知っている。もちろん、この句はそんな芭蕉の自戒の語として書きつけられたものである。しかし、見方を変えれば、たちまち教訓臭い句となってしまうおそれがある。それでもなお、この句が人口に膾炙《かいしゃ》するのは、おそらくだれもがこのような苦い経験を重ねるからであろう。やはりこの句は、その種の作品として、出色のでき映えを示しているというべきである。（堀）

三井寺《みいでら》の門たたかばやけふ《きょう》の月

（雑談集《ぞうだん》）

▼季語―「けふの月」仲秋。仲秋の名月。ただし、『栞草《しおりぐさ》』に〈「今宵《こよい》の月・今日の月」以上十五夜の月に限りていふことばなり。かつ「今日・今宵《こよい》」と賞するところ、句中にあらざればととのはず〉とあるように、名月に興ずる心躍りを感得し

なければならない。▼句切れ—「たたかばや」。▽三井寺《みいでら》—大津市園城寺町《おんじようじ》にある天台宗寺門派の総本山園城寺《おんじよう》の通称。謡曲「三井寺《みいでら》」（駿河国《するがのくに》清見ケ関の女が、さらわれたわが子を狂い尋ね歩いて三井寺《みいでら》に至り、八月十五夜にこの寺の鐘を撞《つ》いたことが縁で、子供に再会する）の舞台にもなっている。▽たたかばや—たたいてみたいものだ。

『句解』　この湖水のほとりで見る名月の清興は殊のほかである。さあ、皆さん、どうであろう、この盛り上がった興趣に乗じて、三井寺《みいでら》の月下の門を敲《たた》こうではないか。

《鑑賞》　元禄四年（一六九一）八月十五夜の作。『雑談集《ぞうだんしゅう》』には〈於大津義中菴《ぎちゆうあん》〉と前書する。「月見ノ賦《ふ》」（『和漢文操』）によれば、この夜芭蕉は乙州《おとくに》・正秀《まさひで》・洒堂《しゃどう》・丈草《じょうそう》・支《し》考《こう》・木節《ぼくせつ》・惟《い》然《ぜん》・智月《ちげつ》ら大勢の門人と、義仲寺無名庵《むみょうあん》に名月を賞したのち、船で湖上に乗り出したあげく、さらに堅《かた》田《だ》の千那《せんな》・尚白《しょうはく》らを訪ねて、彼らを驚かしている。そのとき、時刻はもう五更（午前四時ごろ）も過ぎていたらしい。また、その席では古往今来の文人墨客の話に花が咲いたという。そんな浮き立つ一座の興に、膝《ひざ》を乗り出して音頭をとろうとしたのがこの一句である。

古注の多くがいうように、賈島《かとう》の〈鳥《ハ》宿《ル》池辺《ノ》樹　僧《ハ》敲《タタク》月下《ノ》門〉という有名な詩句を踏まえ、さらに謡曲「三井寺《みいでら》」の世界なども思いやって、三井寺《みいでら》の僧を驚かそうとうち興じているのである。東海呑吐の『芭蕉句解』に〈門敲《たた》くは夜更《よふけ》をいへり〉とあるのは、すぐれた指摘で、にぎやかな遊興の句であるにもかかわらず、イメージがすっきりとしているのは、そのせいである。

《補説》　「月見ノ賦《ふ》」によれば、当夜、白楽天《はくらくてん》・杜甫《とほ》・李《り》白《はく》・小町《こまち》・紫式部・蘇東坡《そとうば》・賈島《かとう》のことなどが噂《うわさ》にのぼったという。（堀）

鶯《うぐいす》や餅《もち》に糞《ふん》する椽（縁）のさき

（葛《くず》の松原）

▼季語—「鶯《うぐいす》」三春。鶯《うぐいす》は梅の花が咲くころしきりにさえずるので「春告鳥《はるつげどり》」、その声が美しいので「歌よみ鳥」、その声が「法華経《ほけきょう》」と聞こえるので「経よみ鳥」など、その他いろいろに呼ばれる。『古今集』の仮名序に、〈花に鳴く鶯、水に住む蛙《かわず》の声を聞けば、生きとし生けるもの、いづれか歌をよまざりける〉とあるように、鶯《うぐいす》はとくに歌人の心をとらえた。それで鶯《うぐいす》は、昔から「和歌優美」の世界に棲《す》む鳥として日本文学の伝統の中に生きていた。しかし近世文学の時代になると、そうした鶯《うぐいす》が「俳諧自由」の世界へも入ってくる。▼句切れ—「鶯《うぐいす》や」。切れ字「や」。「糞《ふん》する」でも切れる。

『句解』　ようやく暖かくなった早春のある日、縁先に並べて干してあるかき餅《もち》に、飛んで来た鶯《うぐいす》が糞《ふん》を落としていったよ。

《鑑賞》　芭蕉は、元禄五年（一六九二）二月七日付の杉山杉風《さんぷう》への手紙に〈鶯《うぐいす》の句致候。……与風《ふと》所望に逢《あひ》候而《て》如《かくの》此《ごとく》レ申候。……日比《ごろ》工夫之《の》処《ところ》に而《て》御座候〉と述べている。晩年の芭蕉は「軽み」の境地に思いをめぐらしていた。〈日《ひ》比《ごろ》工夫之《の》処《ところ》〉といっているのはそのことであった。〈鶯《うぐいす》や〉の句はその証《あかし》だった。

この句の鶯《うぐいす》は、「俳諧自由」の世界へ入ってきた鶯《うぐいす》であった。「和歌優美」の世界の鶯《うぐいす》は、いつも梅の小枝で美しい声でさえずった。しかし芭蕉は、鶯《うぐいす》に縁先に並べてあるかき餅《もち》の上にポトリと糞《ふん》を落とさせた。ユーモラスな即興句である。それは「和歌優美」の世界から解放された「俳諧自由」の世界の鶯《うぐいす》をモチーフにして、しかもその背景に広がるのどかな田舎《いなか》の生活風景を思わせる句であった。

かつて芭蕉は〈はいかい《俳諧》もさすがに和歌の一体《いってい》也。一句にしほ《(を)》りのあるやうに作すべし〉。(『去来抄《きょらいしょう》』)といったが、それは「雅語」を用いる「和歌優美」の世界へ帰れといったのではない。「俗語」から出発して、「俗語を正す」ことによって、「俳諧自由」の世界を開けという意味であった。「軽み」の理念こそ、その世界を開く鍵《かぎ》だったのである。

（上月・東）

塩鯛《しおだい》の歯ぐきも寒し魚《うお》の店《たな》

（陸奥鵆《むつちどり》）

▼季語―「寒し」三冬。▼句切れ―「歯ぐきも寒し」。切れ字「し」。

▽塩鯛《しおだい》―塩をした鯛《たい》。▽歯ぐき―歯の根部を包む歯肉。▽魚《うお》の店《たな》―魚屋の店先。

〘句解〙　通りがかった魚屋の店先の塩鯛《しおだい》が歯ぐきをむき出しに見せている。ふと眼《め》についた塩鯛《しおだい》の歯ぐきが印象的で、さむざむとした師走《しわす》風景を一層さむざむと感じさせる。

《鑑賞》　芭蕉は、元禄五年（一六九二）一二月三日付の意《い》専《せん》への手紙に、榎本其角《えのもときかく》の〈声かれて猿《さる》の歯白し峰の月〉の句と、自分の〈塩鯛《しおだい》の歯ぐきも寒し魚《うお》の棚《(店)》〉の句を挙げ、〈取《とり》紛《まぎれ》候間、早筆《そうひつ》〉と書いている。其角《きかく》の句と自分の句については別に何もいっていない。其角《きかく》は『句兄弟《くきょうだい》』に、自分の句と芭蕉の句とを句合わせして、評語を加えて、自分の句の方を〈兄〉としている。

『三冊子《さんぞうし》』は、〈塩鯛《しおだい》〉の句を挙げ、この句について、芭蕉その人の意見を聞き書きしている。〈此《こ》句、師のいはく、心遣《つか》はずと句になるもの、自賛にたらず、と也。……又いはく、猿《さる》のは《歯》白し峯の月といふは、其角《きかく》也。塩鯛《しおだい》の歯ぐきは我老吟也。下を魚《うお》の棚《たな》と、たゞ言《いひ》たるも自句也、といへり〉と。つまり芭蕉は、猿の歯白し峯の月というような人の意表をつくような句を詠むのは其角《きかく》の行き方である。私はただ、塩鯛《しおだい》の歯ぐきも寒し魚《うお》の棚《たな》、といっているだけだ。彼はあくまでも人の意表をつこうとしているけれども、私はただ平凡に、見たまま、感じたまま、思ったままを句に詠むだけのことだ。ことさらに自賛はできない」といっているのだった。

俳諧についてのそうした考え方を芭蕉は、元禄六年（一六九三）四月末の「許六《きょりく》離別の詞」で次のように端的にいっている。〈予が風雅は夏炉冬扇《かろとうせん》のごとし。衆にさかひて用《もちう》る所なし〉（私の俳諧は夏の炉、冬の扇のようなものだ。むだなものであり、世間の人の用には立たない）。

塩鯛《しおだい》の句はトリビアルな即興句であった。しかし、「俳諧のやわらぎ」の中にほのぼのとした彼の人生観が感じられる。そこに彼の詩の存在の意味があった。（上月・東）

郭公《ほととぎす》　声横たふ《う》や水の上

（藤の実）

▼季語―「ほととぎす」初・中夏。「時鳥」「子規」「杜鵑」「不如帰」「蜀魂」などいずれもほととぎすの異称。その他和名も多い。「郭公」はほととぎすとして用いられる場合が多いがこれは別の鳥である。▼句切れ―「声横たふや」。切れ字「や」。

〖句解〗　ほととぎすが河の上を鳴いて飛び去った。その声が河の面に余韻を残している。河はゆったりと水を漂わせていて、静かである。

《鑑賞》　いわゆる「即興感偶」の句である。句の成立事情について諸注があるが、その拠《よ》りどころはやはり元禄六年（一六九三）四月二九日付の荊口《けいこう》への芭蕉の手紙である。芭蕉は猶子桃印《ゆうしとういん》の死のことをいい、断腸の思いを述べ、「蜀君《しょっくん》」が死して郭公《ほととぎす》となったという故事にも触れなどして、句の成立過程に及んでいる。

「杉風《さんぷう》や曾良《そら》が水辺のほととぎすの句をしきりにすすめるので、ふと詠んだ句が〈ほとゝぎす声や横《よこた》ふ水の上〉であるが、また同じ心で、〈一声《ひとこえ》の江《え》に横《よこた》ふやほとゝぎす〉ともしてみた。そのとき、私の脳裏には蘇東坡《そとうば》の「前赤壁の賦《ふ》」の詩句〈白露　江ニ横ハリ、水光　天ニ接《まじ》ハル〉があったのでしょう。しかし二句のうちいずれとも定めかねて、沾徳《せんとく》に意見を求めると、彼は〈水の上〉とくつろげていう方が余情があってよいといい、素堂《そどう》・安適《あんてき》らも同じ意見なので、〈水の上〉の方にしました。〈させる事なき句〉ですが、〈水の上〉としてもなお〈白露横レ江〉という詩句を背景にして見てください」と芭蕉は書いている。

服部土芳《はっとりどほう》は『三冊子《さんぞうし》』にそれを正直に要約している。森川許六《きよりく》は「自得発明弁」にそれを批判的に書き、沾徳《せんとく》のような俳諧を解し得ないような人には〈水の上〉の方がよかったのであろうといい、むしろ〈江《え》に横たふや〉を高く評価するようないい方をしている。彼は『篇突《へんつき》』でもそれを繰り返しいっているが、『去来抄《きょらいしょう》』は〈許六《きよりく》のいへる所、さだめて故有るべし〉と軽く受けながしている。

芭蕉が手紙に蜀魂《しょっこん》の故事を引いたりしているので、〈水の上〉に余韻を残すほととぎすの声が、死してほととぎすに転生した桃印《とういん》の声にも思えて、それがあわれに思える。

（上月・東）

しら露もこぼさぬ萩《はぎ》のうねり哉

（芭蕉庵《あん》小文庫）

▼季語―「萩《はぎ》」初秋。「露」もまた秋の季語ではあるが、ここでは句意から「萩《はぎ》」が主である。▼句切れ―「うねり哉」。切れ字「かな」。

『句解』 美しく、こぼれやすい白露をおく萩《はぎ》のうねりはしなやかで優雅である。少女の吐息《といき》のような微風が吹いてきても、それだけで、萩《はぎ》は白露を地上にこぼしてしまいそうに思える。しかし萩《はぎ》のうねりはあくまでも静かであり、白露も静かである。

《鑑賞》 元禄六年(一六九三)の吟。私はこの句を読んで、ふと、『古今集』の〈読人知らず〉の、次の一首を思い浮かべた。

萩《はぎ》の露　玉《たま》にぬかむと　とれば消《け》ぬ
よし見む人は　枝ながら見よ

萩《はぎ》の露があまりにきれいなので、露の玉を糸に通そうと指でつまむと消えてなくなってしまったというような、美のはかなさ、美のこわれやすさをいっているのである。上《かみ》の句だけを取ると、それは一七音律の発句《ほっく》と同じように思われる。もちろんそれがそのままで俳句とはいえないであろうけれども、芭蕉の〈萩《はぎ》のうねり〉の句とどこか共通するところが感じられる。

森川許六《きよりく》は「俳諧自《じ》讃之《さんの》論」に〈師ガ風、閑寂を好《この》んではそし〉といっている。芭蕉にはそうした「ほそみ」の美学があった。〈しら露もこぼさぬ〉の一句はまさしくそうした「ほそみ」の美学の表現である。それが『古今集』の一首を思わせるのである。

それはまた現象学派の美学を思わせる。オスカー＝ベッカー（一八八九～一九六四）によれば、美の静かさは微妙なこわれやすい緊張の状態であり、美にはそうしたこわれやすさ、はかなさがあるのだった。芭蕉はベッカーを知る由もなかったが、〈萩《はぎ》のうねり〉のわずかな動揺によって一瞬に露の美が破壊されることを知っていた。美はそんなにこわれやすく、はかないものであることを知っていた。そこに彼の「ほそみ」の美学があった。〈しら露もこぼさぬ萩《はぎ》のうねり〉はその証《あかし》である。

（上月・東）

金屏《きんびょう》の松の古さよ冬籠《ふゆごもり》　（炭俵《すみだわら》）

▼季語―「冬籠《ふゆごもり》」三冬。金屏《きんびょう》は、金屏風《きんびょうぶ》のことで、「屏風《びょうぶ》」もまた冬の季語であるが、この句では、「冬籠《ふゆごもり》」に重点がおかれている。▼句切れ―「松の古さよ」。切れ字「よ」。

『句解』 金屏風《きんびょうぶ》に描かれた松の絵もすっかり古びてしまって、それがいつ描かれたのかさえ定かでないが、そんな金屏風《きんびょうぶ》を後ろにして、私はこうして冬籠《ふゆごもり》をしている。

《鑑賞》 『炭俵《すみだわら》』の序には、霜凍る冬の夜に、孤屋《こおく》・野坡《やば》・利牛《りぎゅう》ら三人が芭蕉庵《あん》を訪れて、火桶《ひおけ》を囲んで、俳談などしているときに、芭蕉が、ふと、口ずさんだ〈金屏《きんびょう》の松の古さよ〉という句に心惹かれて、三人が『炭俵《すみだわら》』を撰《せん》するにいたった、と記されている。

この句については、芭蕉が深川の侘《わ》び住まいでそれを作ったとすれば、〈金屏《きんびょう》〉は豪奢《ごうしゃ》にすぎてふさわしくないというような批評もあるけれども、この〈金屏《きんびょう》〉は豪華な金《きん》屏風《びょうぶ》ではなく、すでに古びていて、〈金屏《きんびょう》〉というのも名ばかりのものである。それがかえって、芭蕉庵《あん》の侘《わ》びしい生活を強調している。あるいは杉山杉風《さんぷう》のような門人のだれかが「隙間《すきま》風をふせぐ用にでもお使いください」といって持ちこんだものなのかもしれない。

〈金屏《きんびょう》〉とのみいえば、豪奢《ごうしゃ》な広い座敷も想像されて、たしかに、侘《わ》びしい草庵《そうあん》には不似合いだけれども、〈松の古さよ〉によって〈金屏《きんびょう》〉はかえってその所を得ているのである。そのことを各務《かがみ》支考《しこう》はすでに『続五論《ごろん》』の中で〈風雅のさび〉を強調し、〈ばせを庵《あん》六畳敷のふゆごもりと見え侍《はべ》るか。是《これ》風雅の淋しき実《じつ》なるべし〉といっている。

芭蕉は常に自分自身に似通うものの中に身を置いていたのである。支考《しこう》の言い当てているように、そうした〈風雅のさび〉の中にこそ、芭蕉における「詩と真実」があったのである。

（上月・東）

むめがゝにのつと日の出る山路かな　（炭俵《すみだわら》）

▼季語―「梅」初春。▼句切れ―「山路かな」。切れ字「かな」。

『句解』 旅人が行く、早春の山路を、一人。まだ明けやらぬ静かな山路を黙々と、旅人は行く。山路は間もなく深い眠りから覚めるであろう。それにしても旅人はどこからどこへ行くのだろうか。旅人はふと梅の香を意識する。そして足もとに春を感じる。旅人は来し方行く末のことを思う。峠にさしかかったときに、向こうが明るくなった。そして次の瞬間に、朝日がのっと旅人の行く手に昇ってきた。また梅の香がする。朝日はきっとこの梅の香にさそわれて昇ってきたのであろう。旅人はそう感じた。

《鑑賞》 この句で問題になるのは〈のつと〉である。〈のつと〉は「ぬっと」と同じだが、「ぬっと」では情感が違ってくる。いずれにもせよ、〈のつと〉は俗語である。俗語は俗語のままでは卑俗に落ちる。俗語を詩の世界で用いるためには〈俗語を正す〉のでなければならない。日常語は、純化し、昇華することによって詩語となるのである。

『三冊子《さんぞうし》』には、〈師のいはく、俳諧の益は俗語を正す也。つねに物をおろそかにすべからず。此事は人のしらぬ所也。大切の所也、と伝へられ侍《はべ》る也〉と記している。果たして、〈のつと〉の本意は人の知らぬところであった。『旅寝論』は、〈其角《きかく》一日語《かたり》テ曰《いはく》〉として、そのことを指摘している。「梅が香にの句における〈のつと〉は誠ののつとであってこの句の眼目である。同門の輩《ともがら》がそれを真似《まね》て、きっととか、すっとなどとさかんにおもしろがっている。それはナンセンスにすぎない」といい、〈尤《もっとも》見ぐるしゝ〉と嚙《か》んで吐き出すようにいっている。

幸田露伴《こうだろはん》の評釈にも、〈のつとは、ぬつとに同じかれど、のつとの方卑しからず聞こえておほらかに響けば、かくは句づくれるなるべし……梅が香に招かれて日の出《い》づるが如《ごと》くなる正《まさ》に是《こ》れ俳諧の極真極高のところ、一歩を過ぐれば甚《はなは》だ陋《ろう》なるに堕《お》つ〉とある。〈つねに物をおろそかにすべからず〉といわざるを得ないゆえんである。

（上月・東）

春雨(はるさめ)や蜂(はち)の巣つたふ(う)屋ねの漏(もり)

（炭俵《すみだわら》）

▼季語―「春雨《はるさめ》」三春。▼句切れ―「春雨《はるさめ》や」。切れ字「や」。

〔句解〕 春雨《はるさめ》が静かに降る日であった。訪れる人もない。ふと目をやると軒に蜂《はち》の巣が残っていて、屋根の雨漏《あまも》りがその古巣を伝って流れている。蜂《はち》は去年はこの巣を忙しく出たり入ったりしていたのに、もはやどこにもいない。小さい生き物の生命のはかなさ――。

《鑑賞》 元禄七年（一六九四）春の芭蕉庵《あん》での句である。『許野消息《きょやしょうそこ》』の志太野坡《しだやば》の手紙に、〈此蜂《このはち》の巣は、去年《こぞ》の巣の草菴《そうあん》の軒に残《のこり》たるに、春雨のつたひたる静《しづか》さ面白くいひとりたる、深川の庵《いおり》の体《てい》そのまゝにて、幾度も落涙致《いたし》申《もうし》候。凡俗をはなれ侍《はべ》る句也〉と書いている。幾度も落涙したというのは、いささか感傷にすぎるように思えて、私はもう一度、芭蕉の句を読み返してみた。そして私はそこに「生と死」の問題を読み取った。この句には、蜂《はち》はすでに存在しなかった。その巣のみが軒に取り残されていて、それが〈屋ねの漏《もり》〉に濡《ぬ》れているのである。芭蕉はじっとその蜂《はち》の巣を見つめているのだった。芭蕉が何を考えていたかが、私にもわかるような気がした。

私はふと志賀直哉《なおや》の「城《き》の崎《さき》にて」のことを思った。彼は〈自分の心には何かしら死に対する親しみが起っていた……〉と書き、また〈或朝の事、自分は一疋《いっぴき》の蜂《はち》が玄関の屋根で死んで居るのを見つけた……。死骸を見る事は淋《さび》しかった。然《しか》し、それは如何《いか》にも静かだった〉と書いている。

芭蕉において直哉《なおや》を見、直哉《なおや》において芭蕉を見る思いがする。そして野坡《やば》の感傷もわかるように思える。この句において、「生と死」の問題について瞑想《めいそう》している芭蕉の面影が浮かんでくる。

（上月・東）

麦の穂を便《たより》につかむ別《わかれ》かな

（有磯海《ありそうみ》）

▼季語—「麦の穂」初夏。この句においては仲夏。▼句切れ—「別《わかれ》かな」。切れ字「かな」。

『句解』 別れるときには互いに顔を見合わせて、うなずき合ったが、今度の離別はなんとなく心細く、体の力がなくなるような思いであった。麦の穂をたよりにつかんで、やっと身を支えることができるような気持ちであった。

《鑑賞》 元禄七年（一六九四）五月一一日、江戸を出て、郷里伊賀《いが》上野（三重県）に向かう芭蕉を、門人知友が川崎《かわさき》まで見送ったときの句。

この旅には、芭蕉の心のうちに、西国《さいごく》（四国・九州）へ渡り、長崎《ながさき》まで足を延ばして、唐土《もろこし》の舟の行き来するのを見たり、外来の文化（おそらく中国文化だけでなく、キリシタンの文化）にも接したい念願もあった。それは『おくのほそ道』の旅以来の念願であった。元禄三年（一六九〇）以後、折りに触れて門人たちへの手紙にその遊意をもらしていた。それゆえ今度こそ、その宿願を達成したい心もあった。

しかし芭蕉はすでに五一歳。年ごとに身の衰えを感じていた。痔疾《じしつ》の下血などもしばしばあった。胃腸も丈夫な方ではなかった。一方に遠境羇旅《きりょ》の思いがあり、他方に衰老の感があり、芭蕉の心には迷いがあった。十数年別れ別れでいた寿貞《じゅてい》がそのころ、芭蕉庵《あん》で養生していた。それを思い、これを考えながら、彼は今度の旅を決意したのだった。

『陸奥鵆《むつちどり》』の桃隣《とうりん》の文は、この出立の様子を次のように述べている。〈戌《いぬ》五月八日、此度《このたび》は西国《さいこく》にわたり、長崎《ながさき》にしばし足をとめて、唐土船《もろこしぶね》の往来を見つ、聞馴《ききなれ》ぬ人の詞《ことば》も聞《きか》んなどゝ、遠き末をちかひ、首途《かどで》せられけるを、各《おのおの》品川まで送り出《いで》、二時《ふたとき》斗の余波《なごり》、別るゝ時は互にうなづきて声をあげぬばかりなりけり。駕籠《かご》の内より離別とて扇を見れば、麦の穂を力につかむ別れ哉〉。

送る人送られる人の前途の不安がしみじみと読み取れる。『有磯海《ありそうみ》』は、句の前書に〈人ぐ川《かわ》さきまで送りて、餞別《せんべつ》の句を云《いい》、其かへし〉とのみ書いているが、芭蕉の心境はそんなに坦《たん》々としたものではなかった。(上月・東)

さみだれの空吹《ふき》おとせ大井川

(有磯海《ありそうみ》)

▼季語―「五月雨《さみだれ》」仲夏。▼句切れ―「吹《ふき》おとせ」。切れ字「せ」。

〔句解〕大井川よ、いっそ、五月雨《さみだれ》を降らす天を、吹き落として、濁流とともに押し流してしまえ。

《鑑賞》 大井川は赤石山脈に源を発し、駿河《するが》・遠江《とおとうみ》(静岡県)の境を流れ、全長約一八〇キロメートルを流れ下って、駿河《するが》湾に注ぐ。江戸時代、橋がなかったので、出水のときは、旅人の川越しを禁止した。川留めというのがそれである。川留めになれば、大井川は「越すに越されぬ大井川」となった。

芭蕉が大井川の川留めに遭《あ》ったのは、元禄七年(一六九四)閏《うるう》五月一六日・一七日・一八日であった。一五日の晩方から降り出した雨は降り続いて、川は増水した。濁流は滔《とう》々と流れ、空は暗雲に覆われていた。芭蕉は一五日に島田(大井川東岸の宿駅)に着いた。まだ暮れてはいなかったので、すぐに大井川を越えようかとも考えたが、金谷《かなや》(大井川西岸の宿駅)には、阿波《あわ》二五万七〇〇〇石の大名松平淡路《あわじ》殿が宿をとっておられるので、金谷《かなや》へ行っても思うように宿をとることができないであろうといわれて、島田に泊まることにしたのである。川奉行役(川庄屋)の孫兵衛(俳号、如舟《じょしゅう》)方に宿をとった。その晩から大井川は増水し始めて川留めとなったのである。

その間の事情は閏《うるう》五月二一日付の杉山杉風《さんぷう》への手紙、同日付の河合曾良《かわいそら》への手紙に詳細にしたためられている。川留めが解禁になれば、さっそく手配いたしますからという如舟《じょしゅう》の言に従って、そこに三日逗留《とうりゅう》してしまった。杉風《さんぷう》への手紙には〈三日渡り留《とまり》候而《て》、十九日立《たち》申候。〉とある。

〈さみだれの空吹《ふき》おとせ大井川〉は、当然その三日の間に詠まれた句であった。「五月雨《さみだれ》を降らす天を吹き落として濁流とともに押し流してしまえ、大井川よ」という激越な句の調子と、濁流が滔《とう》々と流れる風景は、いずれも壮大である。それればかりではなく、「暗雲よ去れ、濁流よ静まれ」と詠む芭蕉に何か呪術的《じゅじゅつ》なものを感じる。


《補説》大井川東岸、島田市の大井川公園に、この句の句碑がある。（上月・東）

六《ロク》月や峯に雲置クあらし山

▼季語—「六月」晩夏。▼句切れ—「六月や」。切れ字「や」。

『句解』ああ、すっかり六月だ。嵐山《あらしやま》の峰に浮かぶ雲のたたずまいは、まさしく六月だ。

（杉風宛《さんぷうあて》書簡）


《鑑賞》元禄七年（一六九四）六月二四日付の杉山杉風《さんぷう》への手紙には長い本文の後に、嵯峨《さが》落柿舎《らくししゃ》滞在中の句が五句記されているが、その第一句に、この句が置かれている。芭蕉はこの句の〈六月〉に自分で振り仮名して、音で読ませている。

『三冊子《さんぞうし》』には、この句を挙げて、〈この句、落柿舎《らくししゃ》の句也。雲置嵐山《おくあらしやま》といふ句作、骨折《をり》たる処といへり〉と書いている。〈雲置ク　あらし山〉の発想に芭蕉は骨を折ったらしいと、その点を強調しているのである。

無風状態の中で、山も動かず、雲も動かず、洛西《らくほく》は六月の炎暑に包まれているのだった。芭蕉は、〈おかしき人の渋団《しぶうちわ》など借て〉嵐山《あらしやま》のあたりを逍遙《しょうよう》していた。『芭蕉翁《おう》行状記』にはそんなことが書かれている。

〈峯に雲置クあらし山〉の句は、『三冊子《さんぞうし》』で服部土芳《はっとりどほう》が述べているように、表現に苦心があったのであろう。が、しいていえば、〈峯に雲置クあらし山〉だけでは、何の抵抗もない自然描写であって、レトリックの上でとかくをいうほどのことではないとも思われる。

問題は上五の〈六《ロク》月や〉に、作者自身がとくに振り仮名をつけて音読しているところにある。それを訓読して「みなづきや」と読んでは、「みやこのみやび」は感じられても、〈おかしき人の渋団《しぶうちわ》など借りて〉逍遙《しょうよう》している芭蕉の面影は消えてなくなってしまう。「みなづきや峯に雲置クあらし山《やま》」では、句はかえって平凡に堕《だ》してしまう。杉風《さんぷう》への手紙に、〈先づかるみと興と専《もっぱら》に御はげみ、人々にも御中可ㇾ被ㇾ成候〉と書いているのを考えると、「軽み」の秘密は、むしろこの上五の〈六《ロク》月や〉にあったと考えられる。

『俳諧古今抄』で各務支考《かがみしこう》が、〈五もじは六月《ろくがつ》と音に吟ずべし。人もしみな月《づき》と訓に唱へば、語勢に炎天のひゞきなからんとぞ〉といっているのも、一つの詩眼が感じられる。（上月・東）

清滝《きよたき》や波にちり込《こむ》青松葉

（笈《おい》日記）

▼季語―一句全体の季感で夏。▼句切れ―「清滝《きよたき》や」。切れ字「や」。

〔句解〕 清滝《きよたき》の渓流をこうしてながめていると、ああ、心も洗われるような気がする。その渓流へ青嵐《あおあらし》に吹きちぎられた青松葉が、自分の生命を投げこむように、波に散りこみ、そして波間に消えてゆくのである。それはいかにもさわやかで、清い。

《鑑賞》 清滝《きよたき》川は大堰《おおい》川（大井川）と嵐山《あらしやま》の上流で落ち合い、渡月橋を経て、末は淀《よど》川に入る。清滝《きよたき》川と大堰《おおい》川の落ち合うあたりに、今も「落合《おちあい》」の地名がある。青松葉の句はその落合《おちあい》のあたりの句であるという説があるが、そう決めつけることもできない。

またこの句が芭蕉の辞世であるという説もある。しかしこの句は改作であって、芭蕉ほどの人が改作を辞世とするようなことは考えられない。その間の事情は『去来《きょらい》抄』にも『笈《おい》日記』にも『三冊子《さんぞうし》』にも改作の事情が記されている。元禄七年（一六九四）六月二四日付の杉山杉風《さんぷう》への手紙には、先に挙げた〈六《ロク》月や峯に雲置クあらし山〉の句の後に〈清滝《きよたき》や波に塵《ちり》なき夏の月〉として記されている。これが初案

■芭蕉《ばしょう》は忍者か

芭蕉《ばしょう》が実は忍者であった、という説が、結構楽しまれている。この推測は、芭蕉《ばしょう》の出身が忍者の本場の伊賀《いが》であること、『おくのほそ道』の旅程を記述どおり歩くとかなり健脚でなければならないことなどから出ている。だが出身地のことはさておき、その健脚ぶりは、当時の感覚ではそれほど驚くには足りないことかもしれないし、いちいち断っていなくても、馬や舟を使うことも結構多いはずである。とにかくあれほどの文学が、情報活動のかたわらに生まれるものだろうか。

あるいは、『おくのほそ道』の旅の同行者河合曾良《かわいそら》が何か密命を帯びていたのではないかともいわれる。村松友次の『芭蕉《ばしょう》の作品と伝記の研究』は、同行の予定であった斎部路通《いんべろつう》が急に曾良《そら》に変わったこと、曾良《そら》が旅立ち直前までどこかに禁足されていたらしいこと、当時修理でごったがえしている日光に参詣《さんけい》できたのは曾良《そら》が幕府筋とかかわりがあったからではないかということ、などをその理由として挙げている。（山下）

であった。

　ところで、同年九月二七日に芭蕉は斯波園女《しばそのめ》をたずねたときに、〈しら菊の目にたてゝ見る塵《ちり》もなし〉の句を詠んだ。『去来抄《きょらい》』には、〈先師、難波《なにわ》の病床に予を召《めし》て曰《いはく》〉として、清滝《きよたき》の〈塵《ちり》なき〉と、白菊の〈塵《ちり》もなし〉とがまぎらわしいから、清滝《きよたき》の句を〈波にちり込《こむ》〉と改作した、清滝《きよたき》の句をこのように改めてほしいといったことが述べられている。〈初《はじめ》の草稿、野明《やめい》がかたに有らん。取《とり》てやぶるべし〉と、芭蕉はいったのである。向井《むかい》去来《きょらい》は〈名人の、句に心を用ひ給ふ事しらるべし〉と付記している。句と句がまぎらわしいとか、似ているとかいうこと（俳諧で嫌《きら》う「等類《とうるい》」のこと）を芭蕉は気にしたのである。

〈清滝《きよたき》〉の句と〈しら菊〉の句の等類《とうるい》の問題は別として、〈波に塵《ちり》なき〉はかえって〈塵《ちり》〉を感じさせる。それに対し〈波にちり込《こむ》〉の句境は澄み切っていて、読者の胸に突き刺さるような清新さが感じられる。

（上月・東）

秋ちかき心の寄《よる》や四畳半

（鳥の道）

▼季語―「秋近し」晩夏。▼―「心の寄や」。切れ字「や」。

『句解』　近づく秋の気配を感じながら、庵《いおり》の四畳半の茶室に集まって、お道具を拝見したり、歌仙《かせん》を巻いたりしているうちに、一層秋の近づく思いがして、互いの心はしみじみと寄りそうおもいであった。

《鑑賞》　『鳥の道』には〈元禄七年六月廿一日、大津木節菴《ぼくせつあん》にて〉としてこの句がみえる。この日は芭蕉《ばしょう》・望月《もちづき》木節《ぼくせつ》・広瀬惟然《いぜん》・各務《かがみ》支考《しこう》の四人で歌仙《かせん》一巻が巻かれたが、本句はその発句《ほっく》である。

「俳諧自讃之論《じさんのろん》」に「玄梅《げんばい》の『鳥の道』に〈四畳半〉という俳諧がある。これは『続猿蓑《ぞくさるみの》』の趣があって〈あまみをぬきたる俳諧〉である」と森川許六《きょりく》は記している。「あまみ」というのは「軽み」以前の、陳腐な言葉、かるがるしい趣向から生まれる作者の安易な姿勢である。「軽み」は心の深層にあるものが、しぜんに句の表面に表現されたものである。つまり「あまみ」を捨てたところに「軽み」が生じるのである、と許六《きょりく》はいうのだった。

〈四畳半〉の句は「あまみ」を捨てた、ほんとうの「軽み」の句なのである。〈秋ちかき心〉というのは「軽み」の表現であった。この句の主眼はそこにある。もしもこれを安易な言葉に置き換えれば、その瞬間に、「軽み」は「あまみ」に堕落する。

〈秋ちかき心〉はいかにも侘《わ》びしい。この侘《わ》びしさの背後には何があったのか。深川の芭蕉庵《あん》で寿貞《じゅてい》が他界したのが六月二日。芭蕉が落柿舎《らくししゃ》でその訃《ふ》に接したのがその五、六日後。〈何事も〳〵夢まぼろしの世界、一言理くつは無《これ》レ之《なく》候〉と猪兵衛に手紙をしたためたのが八日。またその初盆には〈数ならぬ身とな思ひそ玉祭り〉の句を詠んで寿貞《じゅてい》の霊を慰めている。〈秋ちかき心〉の歌仙《かせん》を巻いたのが二一日。

芭蕉はだれよりも自分自身が〈秋ちかき心〉を感じていた。木節《ぼくせつ》も惟然《いぜん》も支考《しこう》もそうした芭蕉の心を思いやっていたのである。〈秋ちかき心〉が互いに身を寄せ合うおもいであった。秋の気配はいよいよ身近に感じられた。

（上月・東）

ひや〳〵と壁をふまへ《え》て昼寝哉

（笈《おい》日記）

▼季語―「ひや〳〵（冷やか）」仲・三秋。「昼寝」も現在は夏の季語であるが、当時としては「冷やか」がこの句の季語。
▼句切れ―「昼寝哉」。切れ字「かな」。

〔句解〕つかの間の昼寝でもと思って、横になってはみたが、壁に届く足の裏に「ひえびえ」とした感触が伝わって、来し方行く末の思いが募るばかりであった。

《鑑賞》『笈《おい》日記』には、芭蕉が各務支考《かがみしこう》に、この句をおまえはどう思うかとたずね、支考《しこう》が「残暑の句でしょう。きっと、蚊帳《かや》の釣《つ》り手などを手に巻きつけるようにしながら、〈思ふべき事〉を思い続けている人のように思えます」と答えたと書かれている。芭蕉は、「この句の謎《なぞ》は支考《しこう》に解かれてしまった」といって、笑っただけで後は無言であったという。

この句がただ〈壁をふまへて昼寝かな〉のみなら、しょせんはトリビアリズムの域を出ない。ごろりと仰向けに寝て、足の裏が壁に届いているというだけなら、句は平凡で底が浅い。それは森川許六《きょりく》のいう「あまみ」の句にすぎない。

しかし上五の〈ひやひやと〉が、この句を引き締めている。上五の〈ひやひやと〉と下五の〈昼寝かな〉との間にはなにほどかの違和感がたゆとうている。そのために中七の〈壁をふまへて〉に「なぞ」が感じられるのである。支《し》考《こう》はそれに感づいて、〈思ふべき事をおもひ居《い》ける人〉のイメージを指摘している。芭蕉は〈此《こ》謎《なぞ》は支考《しこう》にとかれ侍《はべ》る〉といい、あとは微笑に紛らせているが、〈思ふべき事をおもひ居《い》ける人〉が何を思っていたのかはなお謎《なぞ》である。支考《しこう》はその謎《なぞ》を完全に解き得たのであろうか。芭蕉はただ微笑したのみである。

〈ひや〳〵と〉は、許六《きょりく》のいう〈腸《はらわた》の厚き所より出《い》でて、一句の上に自然とある〉ものであった。「あまみ」の句ではなく、「軽み」の句であった。思いなしか、この句の向こうに、〈旅に病《やん》で夢は枯野《かれの》をかけ廻《めぐ》る〉の句がみえるよ

うに思える。　（上月・東）

びいと啼《なく》尻声《しりごえ》悲し夜ルの鹿《しか》

（笈《おい》日記）

▼季語―「鹿《しか》」三秋。▼句切れ―「尻声《しりごえ》悲し」。切れ字「し」。

『句解』猿沢《さるさわ》の池のほとりの、この月夜に、妻恋う鹿《しか》の、ぴいーと長く尾を引いて啼《な》く声を聞くと、身を切られるように悲しい思いがする。

《鑑賞》元禄七年（一六九四）九月一〇日付の杉山杉風《さんぷう》への手紙に、「仲秋の名月は伊賀《いが》で見ました。奈良に来て、菊の香やならには古き仏達／菊の香やならは幾代の男ぶり／ぴいと啼尻声《なくしりごえ》悲し夜ルの鹿《しか》　などの句を詠みましたが、まだ十分に推敲《すいこう》ができておりませんので、しばらく他の人たちには伏せておいてほしい」というようなことを書いている。

また『笈《おい》日記』伊賀《いが》の九月八日の条に各務支考《かがみしこう》は、「重陽《ちょうよう》（九月九日の菊の節句）には古都奈良へ行くとおっしゃっていたが、翁《おきな》は兄上（松尾半左衛門）とのお別れがおさびしかったようだ。兄上も今別れると今度はまたいつ会えるだろうか、お互いに年をとって身の衰えを感じるので、今度の別れが一層心細く思われるとおっしゃって、伴《とも》の者にもよろしく頼むと声をかけながら、いつまでも見送っておいでだった。翁《おきな》も今年は、ことのほかお弱りのようだ。その夜は月がとても明るかったので、鹿《しか》の声々も乱れがちなのをあわれに思われて、猿沢《さるさわ》の池のほとりを吟行された。そのときの吟、びいと啼尻声《なくしりごえ》かなし夜の鹿《しか》」と記している。

支考《しこう》も広瀬惟然《いぜん》も側にいてくれるのに、わたし一人が遠い暗闇《くらやみ》の中へ消え入る思いである。「ああ、亡き寿貞《じゅてい》のことが思われる。兄上のことが思われる。来し方行く末のことが思われる。わたしもすでに老い、このように身も疲れ果てた。思えば、ああ、人生の、遠いはるかな旅路であった。それにしてもこの明るい月の下で、妻恋う鹿《しか》の、ぴいと啼《な》く声が、なぜこんなに私を感傷的にするのであろうか」芭蕉はしみじみとそんなことを思っていたのであろうか。芭蕉はその生活において「孤独の人」であった。その芸術において「単独者」であった。　（上月・東）

菊の香やな良《ら》には古き仏達

（笈《おい》日記）

▼季語―「菊」晩秋。▼句切れ―「菊の香や」。切れ字「や」。

『句解』今日は、九月九日、重陽《ちょうよう》の日。菊の香に包まれた古都奈良に、わたしは来た。無限に広がる菊の香は、静かに、かすかに、わたしの嗅覚《きゅうかく》を刺激する。このなごやかな香の漂う古い都には、〈古き仏たち〉がいますのである。〈古き仏たち〉は、菊の香の静寂の中に、光明のごとくにいますのである。広大無辺の中に大慈大悲の仏たちが、拈華《ねんげ》微笑《みしょう》していますのである。

《鑑賞》 元禄七年（一六九四）九月一〇日付の杉山杉風《さんぷう》への手紙に、〈菊の香やならには古き仏達〉〈菊の香やならは幾代の男ぶり〉〈ぴいと啼尻声《なくしりごえ》悲し夜《よ》ルの鹿《しか》〉の三句が記されている。芭蕉はしばしば奈良を訪れた。彼は奈良を愛した。この古き都の奈良の若葉を愛した。菊の香を愛した。鹿《しか》を愛した。仏たちを思慕した。

『笈《おい》の小文《こぶみ》』の旅のときにも、〈灌仏《かんぶつ》の日に生れあふ鹿《か》の子哉〉〈若葉して御《おん》めの雫《しずく》ぬぐはゞや〉の二句がみえる。灌《かん》仏《ぶつ》の日に生まれた鹿《しか》の子にも、仏の慈悲の眼《め》が注がれていた。盲目の鑑真和尚《がんじんわじょう》の眼《め》にも若葉の反映する慈悲の涙が光っていた。芭蕉はそのときも仏の大慈大悲に感嘆して句を詠んだのだった。

今、ここでも、芭蕉に語りかける〈古き仏達〉に感嘆して、句を詠んでいるのである。それはすべて、彼にとっての「奈良賛歌」であった。奈良において、彼のココロ（パトス）とコトバ（ロゴス）は円融して一つになったのである。奈良における芭蕉の感動が、おのずから「奈良賛歌」となったのだった。

奈良に来ると彼の心は慰められた。迷妄《めいもう》が拭《ぬぐ》い去られるように思えた。それは人間が思議することのできないもののはからいによるもののようであった。〈菊の香〉の漂う古都奈良に来て、そうしたはからいが〈古き仏たち〉の大慈大悲によるものであることを悟ったのである。〈菊の香〉と〈古き仏たち〉の交感の場所が奈良であることを悟ったのだった。

《補説》 奈良市正念寺にこの句の句碑がある。（上月・東）

此道《このみち》や行人《ゆくひと》なしに秋の暮

（笈《おい》日記）

▼季語―「秋の暮《くれ》」晩・三秋。▼句切れ―「此《この》道や」。切れ字「や」。

『句解』 無限から無限へ続く、ああ、この道。行く人の影もなく、声もない。秋の夕べは暮れやすく、そのあわれさは、旅人にとって、一層しみじみとあわれである。

《鑑賞》 『笈《おい》日記』によれば、元禄七年（一六九四）九月二六日、清水《きよみず》（大坂天王寺の新清水《きよみず》）の茶店へ遊吟したときに、芭蕉はこの句を詠んだのである。この日それを発句《ほっく》として半歌仙《はんかせん》（一八句の連句）が巻かれた。『笈《おい》日記』は、〈連衆《れんじゅう》十二人〉と記しているが、半歌仙《はんかせん》は一〇人で巻かれた。芭蕉・泥足《でいそく》・支考《しこう》・游刀《ゆうとう》・之道《しどう》・車庸《しやよう》・洒堂《しやどう》・畦止《けいし》・惟然《いぜん》・亀柳《きりゆう》である。

その席で、〈此《この》道〉の句と〈人声や此道《このみち》かへる秋のくれ〉の二句を詠んで、門人らに〈此二句の間、いづれをか〉と問うた。その結果、〈行ひとなしにと、独歩したる所、誰かその後にしたがひ候半《そうろはん》〉という意見に従って、その句に〈所思《しよし》〉と題をつけて、それを発句《ほつく》として半歌仙《はんかせん》が巻かれたのだった。

しかし芭蕉が〈此《この》二句の間、いづれをか〉とその座の人に問いかけたのは、二句のうちの一句を選んで他を捨てるつもりだったからではなかった。彼においてそれは現実上の「二者択一」の問題ではない。形而上的《けいじじよう》な「あれか・これか」の問題であった。それは人に問いかける問題ではなくて、自己自身に問いかけているのだった。

彼は「単独者」の道を歩き続けながら、日常的には「独り」(alone)ではなかった。日常的な生活においては、人間は「独り」では生きていくことはできない。他者との対話なくしては生きていくことはできない。しかもなお芭蕉は「単独者」の道を生きようとした。彼は他者において自己を求めていたのではなくて、彼は自己において自己を求めていたのだった。

〈人声や〉において〈行人《ゆくひと》なしに〉を求め、〈行人《ゆくひと》なしに〉において〈人声や〉を求めていた。〈此《この》二句の間、いづれをか〉というのは、彼における「あれか・これか」の問題であった。

（上月・東）

此《この》秋は何《なん》で年よる雲に鳥

（笈《おい》日記）

▼季語―「秋」三秋。この句においては晩秋。▼句切れ―「何で年よる」。切れ字「何で」。

〖句解〗 今年の秋は、なぜに、自分の衰老のことが、こうも気にかかるのであろうか。晩秋の雲にさそわれて、ああ、鳥はあのように旅を続けているのに。

〖鑑賞〗 『笈《おい》日記』には、〈旅懐《りよかい》〉と前書があって、句の後に、各務《かがみ》支考《こう》自身の長い文章が添えられている。要約すれば、「この句はその日（九月二六日）の朝から苦吟されて、とくに下五の〈雲に鳥〉には心魂を傾けられたようだ。ああ、自分は無為のまま、このように老いてしまった、とひどく悲しんでおいでのようだったが、何が翁《おきな》をこんなに悲しませたのであろうか。思えば、伊賀《いが》をお立ちになってからは急にお弱りになったようで、旅のお心はあったのに、あの雲の鳥のように、ついにお立ちになることはできなかった。それがくやしく思えてならない」というのであった。

たしかに、この句の眼目は〈雲に鳥〉という下五にあった。雲は、鳥たちを旅へ誘うのである。詩人もまた雲にそそのかされて、永遠の旅人となる。雲は淡い憂愁を抱いていることがあった。絹糸のようにやさしく空に浮かんでいるときもあった。雲の峰があらゆる変幻を見せることもあった。そうかと思うと、雲は飄《ひょう》々と空に漂っていた。青空を背景にして、白い雲が斑紋《はんもん》をまき散らすときもあった。寒い大空にだんだんと滞って、いつまでも動かぬこともあった。そうした一つの雲、百の雲、千の雲が詩人に語りかけた。

　芭蕉はそうした雲の言葉を聞き、そして理解した。彼はそうした雲の言葉に誘われて、永遠の旅人となった。永遠の旅の途上にあって、彼と雲との対話が続けられた。

　しかし元禄七年（一六九四）九月二六日の遊吟のときから、〈此道や行人なしに秋の暮《くれ》〉の句、そして〈此秋は何で年よる雲に鳥〉の句、また二八日の〈秋深き隣は何をする人ぞ〉の句のように、いわゆる絶唱三章が詠まれ、雲との対話はしだいに遠のくようになった。余情のみが、余韻のみが漂っていた。芭蕉はむなしく空を仰いで、雲よ、雲とともに旅行く鳥よ、遠くはるかなるものよ、と嘆くばかりであった。

（上月・東）

白菊の目にたてゝ見る塵《ちり》もなし　（笈《おい》日記）

▼季語—「菊」晩秋。▼句切れ—「塵《ちり》もなし」。切れ字「し」。「白菊の」でもいったん切れる。

〔句解〕白菊は、一点の塵《ちり》もなく、いよいよ白く、いよいよ清らかである。まことに白菊の美しさは、風雅の美そのものである。

《鑑賞》『笈《おい》日記』は、この句の後に、「この句は園女《そのめ》の風雅の美を詠んだ一句である。このときの芭蕉と園女《そのめ》との出会いが二人の最期の出会いであったことを思うと、そのときの面影が見えるように思える」といっている。

　芭蕉が斯波《しば》園女《そのめ》亭を訪れたのはこのときが二度目であった。最初のときは元禄元年（一六八八）二月だった。そのときの芭蕉の句は〈のうれんの奥物ぶかし北の梅〉。このとき、芭蕉は〈北の梅〉において園女《そのめ》を見ていた。二度目の園《その》女《め》亭訪問では、園女《そのめ》において〈白菊〉を見ているのである。

　各務支考《かがみしこう》は〈此《この》日の一会《いちえ》を生前の名残とおもへば、その時の面影も見るやうにおもはるゝ也〉と感情をこめて述べているが、芭蕉にとっても、〈此《この》日の一会《いちえ》〉は忘れがたい印象であったのであろう。このとき〈白菊の〉の句を発句《ほっく》とする歌仙《かせん》を巻いている。一座したのは、芭蕉・園女《そのめ》・之《し》道《どう》・一有《いちゆう》(園女《そのめ》の夫)・支考《しこう》・惟然《いぜん》・洒堂《しゃどう》・舎羅《しゃら》・荷中《かちゅう》の九人であった。『芭蕉翁《おう》追善之日記』には、二七日の条に、このことを書き、〈殊に其《そ》一巻は、はなやかにして哥仙《かせん》みちたり〉と記している。脇句《わきく》は園女《そのめ》の〈紅葉に水を流すあさ月〉である。

芭蕉は、支考《しこう》がいっているように「園女《そのめ》の風雅の美」をいっているのだ。白菊において園女《そのめ》を見、園女《そのめ》において、〈目に立てゝ見る塵《ちり》も〉ない白菊の美を見ていたのである。園女《そのめ》の脇句《わきく》もまた「風雅の美」を反映している。

諸注が、西行《さいぎょう》の〈くもりなき鏡の上にゐる塵《ちり》を目に立てて見る世とおもはばや〉(『山家集《さんか》』)を、レトリックの上で〈白菊の〉の句に影響があったかのようにいうのは不当である。西行《さいぎょう》の境地と芭蕉の境地はそのとき、全く違っているのである。（上月・東）

秋深き隣は何をする人ぞ

（笈《おい》日記）

▼季語―「秋深し」晩秋。▼句切れ―「何をする人ぞ」。切れ字「ぞ」。

『句解』 ああ、秋はいよいよ深まり、隣からは人声も物の音も聞こえてこない。晩秋は静寂の季節であり、そこに住む人は沈黙の世界の中にいる。隣の人は何をする人なのか。その侘《わ》びしさが、わたしの心にも伝わってくる。会ってみたい。沈黙の人としみじみと対話がしてみたい。

《鑑賞》 『笈《おい》日記』の畦止《けいし》亭の条に、「今宵《こよい》は九月二八日の夜なので、行く秋の名残りを惜しもうと、一座の人びとはそれぞれに即興句を詠んだ。その座にいた人は、芭蕉・洒《しゃ》堂《どう》・支考《しこう》・惟然《いぜん》・畦止《けいし》・泥足《でいそく》・之道《しどう》であった。その翌二九日は芝柏《しはく》亭に招かれていた芭蕉は、気分がすぐれなかったので、この一句を届けられたのだった。」というようなことを記しているが、芭蕉はその病床からついに再び立ち上がることができなかったのである。

この句が「絶唱三章」の終わりの章句である。もちろん芭蕉は「三章」を意識的に考えたのでもなく、そんなことをどこにもいっていない。三つの句はそれぞれの独自な境地をもっていた。しかも三は一において円融することが考えられるのだった。

〈此道や行く人なしに〉あるいは〈人声や此道かへる〉において、〈此秋は何で年よる〉において、〈隣は何をする人ぞ〉において、彼は人恋しさ、人なつかしさの感をあからさまに詠嘆しているのだった。晩秋の〈此道〉を行きながら、人影がなつかしかった。人声が恋しかった。独り(alone)であることがさびしかった。彼は雲とともに旅ゆく鳥において、自分をいとおしい存在としてしみじみと感じた。そして沈黙する隣人において、彼はその沈黙の世界に心惹かれた。

人間はあくまでも、対話においてある存在でなければならない。私はそれを人間思慕の文学、あるいは隣人思慕の文学と呼びたいと思う。

（上月・東）

旅に病《やん》で夢は枯野《かれの》をかけ廻《めぐ》る

（笈《おい》日記）

▼季語―「枯野《かれの》」三冬。▼句切れ―「かけ廻る」。「旅に病で」でもいったん切れる。

〔句解〕 こうして旅先で病床に臥《ふ》して、生死の境を彷《ほう》徨《こう》する身が、夢にみるのは、ああ、なお枯れ野をかけめぐる旅人の姿である。

《鑑賞》 芭蕉の最後の吟である。この句の前後の模様は、『笈《おい》日記』や榎本其角《えのもときかく》の「芭蕉翁終焉記《おうしゅうえんき》」に詳しく記されている。『笈《おい》日記』について、要約すれば、「九月二九日の夜から、翁《おきな》ははげしい下痢《げり》に見舞われ、それが一〇月一日の朝まで続いた。五日の朝、病床を南の御堂《みどう》の前の静かな方（南久太郎町、花屋仁左衛門方の離れ）に移して、膳所《ぜぜ》・大津・伊勢《いせ》・尾張《おわり》の親しい人たちのところへ手紙で知らせたりしたが、支考《しこう》を呼んで、今日は、大分気分がよいとおっしゃったので、介抱していた者も心なごむ思いがした。七日の朝、膳所《ぜぜ》の正秀《まさひで》が夜船で到着した。それから、京都の去来《きょらい》が来た。暮れ方に、乙州《おとくに》・木節《ぼくせつ》・丈草《じょうそう》が来た。彦根《ひこね》の李由《りゆう》も来た。八日、之道《しどう》が住吉へ延年の祈願に行った。

その夜半、呑舟《どんしゅう》に墨をすらせて、〈病中吟　旅に病《やん》で夢は枯野《かれの》をかけ廻《めぐ》る　翁《おきな》〉とお書かせになったが、支考《しこう》を呼ばれて、〈な《(ほ)》をかけ廻《めぐ》る夢心〉とも作ってみたが、どちらか、とたずねられた。そして、生死の転変を前にして、なおこんなことに迷うのは、仏教では妄執《もうしゅう》というのだろうが、この一句で生前の俳諧を忘れようと思う、とおっしゃった。翁《おきな》には辞世はなかった。薬をお飲みになってから、〈大井川浪《なみ》に塵《ちり》なし夏の月〉の句を〈清滝《きよたき》や波にちり込《こ》青松葉〉に改作したとおっしゃった。一〇日の暮れに、遺書三通（内二通は支考《しこう》の代筆、一通は自筆）」。

芭蕉は元禄七年（一六九四）一〇月一二日申《さる》の刻、〈死顔うるはしく〉眠るように逝《い》った。門人たちは〈俳諧の光〉を失った思いであった。〈病中吟〉は辞世ではなかった。旅に病んでなお旅の途上にある自己の実存を夢みていたのであった。まさに芭蕉は「風雅の魔心」に取りつかれた人であった。

《補説》 芭蕉終焉《しゅうえん》の地に近い、大阪市南御堂《みどう》境内に句碑が建てられている。

（上月・東）

《参考文献》▼『古典俳文学大系　芭蕉集（全）』（集英社　昭45）▼『芭蕉の本』（角川書店　昭45〜47）▼山本健吉『芭蕉全発句』（河出書房新社　昭49）▼『鑑賞日本古典文学　芭蕉』（角川書店　昭50）▼『新潮日本古典集成　芭蕉文集』（新潮社　昭53）▼『新潮日本古典集成　芭蕉句集』（新潮社　昭57）▼尾形仂『松尾芭蕉』（講談社　昭63）▼尾形仂『芭蕉の世界』（筑摩書房　平元）▼今栄蔵『芭蕉　その生涯と芸術』（日本放送協会　平元）▼『校本芭蕉全集』（富士見書房　平3）▼『芭蕉全図譜』（岩波書店　平5）▼『芭蕉年譜大成』（角川書店　平6）▼『新編日本古典文学全集　松尾芭蕉集①』（小学館　平7）▼『新芭蕉講座』（三省堂　平7）▼『新編芭蕉大成』（三省堂　平11）

榎本其角（えのもときかく）

寛文一（一六六一）〜宝永四（一七〇七）。名は侃憲。父は膳所《ぜぜ》藩常府の医師竹下東順。江戸に生まれる。初め母の姓榎本（下）氏を称したが、のちみずから宝井と改める。別号には螺舎《らしゃ》・宝晋斎《ほうしんさい》・晋子《しんし》・渉川《しょうせん》などがある。延宝二年（一六七四）ごろ松尾芭蕉《ばしょう》に入門。貞享三年（一六八六）立机し独立。芭蕉《ばしょう》没時に一門の総代として追悼集『枯尾花《かれおばな》』を編む。芭蕉《ばしょう》の閑寂とは対照的な作風であった。編著には『虚栗《みなしぐり》』のほか多数ある。

日の春をさすがに鶴《つる》の歩みかな

（丙寅《へいいん》初懐紙《はつかいし》）

▼季語—「日の春」新年。元日の朝日を祝っていった語であろう。これまでに用例が見出せないので其角の造語かと思われる（栗山《くりやま》理一『近世俳句俳文集』）。▼句切れ—「歩みかな」。切れ字「かな」。「日の春を」でもいったん軽い休止がある。
▽さすがに—いかにもふさわしく。

《句解》　元日の朝日のさし出《い》ずる中を、めでたい日にふさわしく、鶴《つる》が気品のあるさまで、ゆったりと歩いている。

《鑑賞》　貞享三年（一六八六）の歳旦《さいたん》吟で、これを発句《ほっく》として、松尾芭蕉《ばしょう》ら一座の百韻《ひゃくいん》があり、その前半五十韻《いん》に芭蕉《ばしょう》が加えた評注（『初懐紙評註《はつかいしひょうちゅう》』）に〈元朝の日のはなやかにさし出《い》でて、長閑《のどか》に幽玄なる気色《けしき》を鶴《つる》の歩みにかけて言ひつらね侍《はべ》る。祝言《しゅうげん》、外にあらはす。さすがにといふて、には感多し〉とある。

しかし、志太野坡《しだやば》によれば〈先師、この五文字よろしからず。「春の日は」「立春は」とおくべき句なり。されども角（其角）が手ぶり、そのときははなやかに聞こえはべりしが、今を以てこれを翫味《がんみ》するに、師の説実に奇なり〉（『袖《そで》日記』）と、〈日の春〉という語に対して後年の芭蕉《ばしょう》は批判的であったという。其角による巧みな造語を、わざとらしいとしてきらったのであろう。

〈鶴《つる》〉は新年にふさわしい瑞鳥《ずいちょう》(めでたい鳥)として出したもので矚目《しょくもく》ではない。格調の高い上々《じょう》の歳旦《さいたん》吟というべきであろう。『続虚栗《みなしぐり》』(貞享四年〈一六八七〉刊)にも収まる。

《補説》脇句《わきく》は文鱗《ぶんりん》の〈砌《みぎ》りに高き去年《こぞ》の桐《きり》の実〉。この初懐紙《はつかいし》の連衆《れんじゅう》は、他に、枳風《きふう》・コ斎《こさい》・芳重《ほうじゅう》・杉風《さんぷう》・仙化《せんか》・李下《りか》・挙白《きょはく》・朱絃《しゅげん》・蚊足《ぶんそく》・千里《ちり》・揚水《ようすい》・不卜《ふぼく》・千春《せんしゅん》・峡水《きょうすい》。松尾芭蕉《ばしょう》の評注も興行後間もないころになったものと思われ、『初懐紙評註《はつかいしひょうちゅう》』の奥に〈「当時(現在)の俳道、意味心得がたし。願くは句解したまはらんや」とはべりければ、即興に加筆し給ふ。終日の席、ばせを翁《おう》の持病快からず、五十韻《いん》にして筆をたちたまふ。貞享三丙寅《へいいん》年正月〉とある。(桜井)

初霜に何とおよるぞ舟の中　(猿蓑《さるみの》)

▼季語―「初霜」初冬。▼句切れ―「何とおよるぞ」。切れ字「ぞ」。

▽およる―「寝る」の敬語。

『句解』 初霜が降りたらしいとりわけきびしい寒さの夜、淀《よど》に泊まっている船の中の人は、どのような夢を結んでいるだろうか。

《鑑賞》〈淀《よど》にて〉と、前書がある。淀《よど》は、山城国《やましろのくに》(京都府)久世《くぜ》郡淀《よど》町で、京と大坂をつなぐ淀舟《よどぶね》の発着所。『猿蓑《さるみの》』以前に、其角が上洛《じょうらく》したのは貞享元年(一六八四)と元禄元年(一六八八)だが、貞享元年の折の冬はすでに帰東していたと思えるので、元禄元年の作となる。『俳諧勧進牒《かんじんちょう》』(元禄四年〈一六九一〉春序)に上五〈初霜を〉とあり、それが初案と思えるが、〈軽くをと流し、強くにと押さへる〉『猿蓑《さるみの》』の句形に改めたのは松尾芭蕉《ばしょう》であろう(荻《おぎ》野《の》清『猿蓑《さるみの》俳句研究』)。中七は、狂言『靭猿《うつぼざる》』(または『松の葉』)の「飛驒踊《ひんだおどり》」の歌〈船の中には何とおよるぞ、苫《とま》を敷き寝に楫《かじ》を枕《まくら》に〉に拠《よ》る。

初霜が降りたらしいとりわけ寒さのきびしい夜、淀《よど》に仮泊している乗合舟を見ての句である。難波《なにわ》(大坂)へ下る知人を見送っての挨拶《あいさつ》吟ととるならば、乗合舟に身を託していく見知らぬ旅人たちの上を思いやって詠んだとするのに比して余情は乏しくなろうが、荻《おぎ》野清の説くように、〈其角平生の風から言へば、やはりさうした特定の場合に詠んだ挨拶《あいさつ》の句と見るのが当たってゐるかもしれない〉(『猿蓑《さるみの》俳句研究』)。歌謡の文句をとって、巧みにその情景を活かして用いたところに、其角の才のすぐれた点をみる。

《補説》同じ前書の句で『阿羅野《あらの》』に、〈ほととぎす十日もはやき夜舟かな〉の風泉《ふうせん》の句があり、淀《よど》の夜舟を題材にした天明期の句に、〈淀舟《よどぶね》や炬燵《こたつ》の下の水の音〉（炭太祇《たんたいぎ》）や〈霜百里舟中に我月を領す〉（与謝蕪村《よさぶそん》）などがある。

（桜井）

切られたる夢はまことか蚤《のみ》のあと

（花摘《はなつみ》）

▼季語―「蚤《のみ》」兼三夏。▼句切れ―「まことか」。切れ字「か」。

《句解》ばっさりと刀で切られたという夢は本当だったのだろうか。夢から覚めてみると蚤《のみ》に食われたあとがある（それを夢では刀で切られたとみたのだろう）。

《鑑賞》『花摘《はなつみ》』の元禄三年（一六九〇）六月一六日の条に〈怖《おそろ》しき夢を見て〉と前書を付して出る。『五元集《ごげん》』の前書は〈いきげさにずでんどうとうちはなされたるが、さめて後《のち》〉とする。

『去来抄《きょらい》』は〈去来曰《きょらいいわ》く「其角は誠に作者にてはべる。わづかに蚤《のみ》の食ひつきたること、たれかかくはいひ尽さん」。先師（松尾芭蕉《ばしょう》）曰《いわ》く「しかり。彼は定家《ていか》の卿《きょう》なり。さしてもなきことをことごとしく言ひつらねはべるときこえし評に似たり」〉と、向井《むかい》去来《きょらい》と芭蕉《ばしょう》の対話のあったことを伝えるが、これ以上評をつけ加えることはあるまい。

〈何でもないことに奇想を構へて、人を驚かさうといふ考へが、実にありありと看取される〉（潁原《えばら》退蔵『俳句評釈』）句だが、〈いたづらにその声を大にしてその実少なきの恨みはある〉（河東碧梧桐《かわひがしへきごどう》『其角俳句評釈』）として、その価値を下げることはできない。それはそれで、俳諧のおもしろさを十分に伝えるのだから。

《補説》〈死の海を汗の浮寝や夢中人〉（『東《あずま》日記』）、〈酒ノ瀑布《タキ》冷麦の九天ヨリ落ルナラン〉（『虚栗《みなしぐり》』）など、其角には若いころから〈さしてもなきことをことごとしく言〉った句がある。

（桜井）

この木戸や鎖《じょう》のさされて冬の月

（猿蓑《さるみの》）

▼季語―「冬の月」兼三冬。冷たく空に冴《さ》え澄んでいる趣を表すことが多い。▼句切れ―「この木戸や」。切れ字「や」。

▽木戸―城戸《きど》つまり城門。市内の町々の境に設けられた町木戸との説（白石悌三《ていぞう》『俳句・俳論』）もある。

《句解》酔いに乗じて歩いていると、折柄の寒月の下にぴったりと閉ざされた城門が、何物をも寄せつけぬように屹立《きつりつ》している。

《鑑賞》元禄三年（一六九〇）冬の作だろう。其角門の出《しゅつ》紫《し》撰《せん》になる『亦深川《またふかがわ》』（宝永四年〈一七〇七〉刊）は、ある日其角と立志《りゅうし》が酔ってむつまじく市ケ谷の雨、浅茅《あさじ》ケ原の嵐《あらし》に吹かれての帰り道、其角がこの句を詠み、立志《りゅうし》が〈影法師《かげぼうし》のちよこちよこはやし冬の月〉の句を詠んだということを伝えている。

ところで、『去来抄《きょらいしょう》』によれば、『猿蓑《さるみの》』撰《せん》のときにこの句が送られてきて、其角自身〈冬の月〉とおこうか〈霜の月〉とおこうかと迷っているとのことだったが、さして煩う句でもないので〈冬の月〉として入れたが、その際に、上五の〈此《この》木戸や〉を〈柴《しばの》戸や〉と間違って読んでしまっていたもので、〈此《この》木戸や〉だったら秀逸句なので、板木《はんぎ》を改めて、刷り直せと松尾芭蕉《ばしょう》から伝えてきた、というエピソードを載せる。

たしかに〈柴《しばの》戸や〉ならありきたりの隠逸趣味になってしまうだろう。野沢凡兆《ぼんちょう》は、どちらにしてもたいした違いはないと述べていて、〈木戸〉を庭木戸ととったようだが、向井去来《むかいきょらい》は、城門ととり、〈「錠《じょう》のさされて」と申す言葉も『平家物語』以来、其角が言葉かと被《ぞんじ》レ存《られ》候〉(元禄八年一月二九日付許六宛《きょりくあて》書簡)といい、〈惣門《そうもん》は錠《じょう》のさされて候ふぞ。東面の小門より入らせ給へ〉(『平家物語』巻五)を踏まえたものとし、〈その風情《ふぜい》あはれに物すごく、いふばかりなし〉(『去来抄《きょらいしょう》』)と述べている。

この句の詠まれたのは、『亦深川《またふかがわ》』の記事から、市ケ谷見附《みつけ》あたりと推定され、その城門の光景は〈威圧が直ちに美しさにもなつてゐる不思議な景であつた。其角のこころを捉《とら》へ、やがてこの句を結実させたのは、さうした景だつた〉のであり、〈上五に「この」と指示したために、この句が変に生々しい感じのもの〉になり、〈身近に城門をふり仰いだ様がこれによつて分る〉(荻野《おぎの》清『猿蓑《さるみの》俳句研究』)。

《補説》『猿蓑《さるみの》』板本には埋め木で〈この〉に正された跡が歴然とみえる。　(桜井)

名月や畳の上に松の影

(雑談集《ぞうだん》)

▼季語―「名月」仲秋。陰暦八月十五夜の月をいう。▼句切れ―「名月や」。切れ字「や」。

〘句解〙仲秋の名月を静かにながめていると、座敷の中まで月光がさしこんできて、畳の上にくっきりと松の影を落としている。

《鑑賞》〈閑《しずか》ニ 見ルレ月ヲ 更《ふく》る夜の人をしづめてみる月におもふくまなる松風のこゑ〉という『耳底記《じていき》』(烏丸光広《からすまるみつひろ》著)の歌を前書ふうに記す。

『雑談集《ぞうだん》』(其角著、元禄四年〈一六九一〉奥)では、〈花影乗《じょう》ジテレ月ニ上ル二欄干ニ一〉という王安石《おうあんせき》の「夜直」の一句に比するとき、「畳の上の松影」では春秋がはっきりせず、夏の夜の涼しいさまにもとれるという批難《ひなん》があったのに対して、〈春の月なるゆゑ、花欄干に上るとは言へり〉と答弁している。果たして実際にだれかから右のような難問があったかどうか不明で、其角が自問自答で句解をしたとも考えられるが、其角の答とは「秋の月だから松の影とした」ということを言外に含ませているのだろう。

　場所を高貴な人の邸宅とするか、庶民の住居とするかは判然としないが、とにかく、畳の上にくっきりと印された松樹の影は名月の趣を伝えるに十分であろう。〈何人も気のつきさうで、しかも等閑に附《ふ》する「畳の上」といふ卑近なことに置いたといふのが諸人の感嘆したところでなからうか〉という河東碧梧桐《かわひがしへきごとう》（『其角俳句評釈』）の指摘は肯《うべな》わるべきで、俳諧性もそこにあったであろう。

　元禄四年閏《うるう》八月二五日付智海宛《ちかいあて》書簡（『七多羅樹』所収）に〈良夜四ッ過清影〉と前書して載せ、その他『をのが光《ひかり》』（元禄五年〈一六九二〉夏序）、『北の山』（元禄五年水鶏《くいな》なく夜序）にも出るので元禄四年の作としていいだろう。

《補説》海外にも早くから知られた句で、エイゼンシュテインの『映画の弁証法』（一九三九年までに発表された論文を集めたもの）にも紹介され、〈われわれの観点からすると、これらのものはモンタージュ成句である〉とされている。

（桜井）

欧米に紹介された俳句　7

■モンタージュと俳句

セルゲイ＝エイゼンシュテインのモンタージュ論は映画芸術の理論として有名だが、彼は幾つかの論文で俳句を取り上げている。すなわち『意外なるもの』（一九二八年）では、その冒頭に〈広き野をただ一呑《の》みや雉子《きじ》の声　野明《やめい》〉の翻訳を掲げ、『フィルム言語』（一九三四年）では〈帆をあぐれば岸の柳の走りけり　若水《じゃくすい》〉を引用している。

とくに彼の日本文化論ともいうべき『映画芸術の原理と表意文字』（一九三〇年）では、歌舞伎《かぶき》と写楽《しゃらく》の役者絵と俳句および短歌に言及し、日本の伝統芸術にモンタージュの手法が顕著なことを述べ、〈枯枝《かれえだ》に烏《からす》のとまりたるや秋の暮《くれ》　芭蕉《ばしょう》〉〈名月や畳の上に松の影　其角《きかく》〉〈夕風や水青鷺《あおさぎ》の脛《すね》をうつ　蕪村《ぶそん》〉〈明方や城をとりまく鴨《かも》の声　許六《きょりく》〉の四句を挙げている。たしかにこれらの句は、翻訳で読むと、すべて映画の一コマを思わせるほどに映画的である。彼は俳句を〈集中された印象派のスケッチ〉という。なお上記エイゼンシュテインの諸論文は『フィルム－フォーム』（一九四九年）に英訳されている。

（佐藤）

声かれて猿《さる》の歯白し峰の月

（句兄弟《くきょうだい》）

▼季語―「月」兼三秋。▼句切れ―「猿《さる》の歯白し」。切れ字「し」。

『句解』峰にかかる月に向かって猿《さる》が悲しげに声を上げて鳴いているが、声も枯れ果てて、むき出した猿《さる》の歯の白さがひときわ目立つ。

《鑑賞》元禄五年(一六九二)の作。『句兄弟《くきょうだい》』の三九番に、松尾芭蕉《ばしょう》の〈塩鯛《しおだい》の歯ぐきも寒し魚《うお》の店《たな》〉と番《つが》えて出し、〈これこそ「冬の月」といふべきに、「山猿《やまざる》叫《ンデ》 山月落《ツ》」と作りなせる物すごき巴峡《はこう》の猿《さる》によせて「峰の月」とは申したるなり。「沾《うるおス》レ衣声《ヲ》」と作りし詩の余情《よせい》ともいふべくや〉と自解がある。

巴峡《はこう》は揚子江上流の地で、両岸に猿《さる》が多い。古来「巴峡《はこう》の猿《さる》」は漢詩によく詠まれ、猿《さる》のあわれさはその鳴き声にあるとされてきた。この句は、いわば漢詩の「巴峡《はこう》の猿《さる》」を俳諧的に翻訳したものといえるが、〈猿《さる》の歯白し〉と猿《さる》の鳴き叫ぶ姿を写した点、芭蕉《ばしょう》が〈初しぐれ猿《さる》も小蓑《こみの》をほしげなり〉と鳴き叫ばない猿《さる》を詠んだのに比して、新しみは少ないだろう。『句兄弟《くきょうだい》』は、芭蕉《ばしょう》句が〈「猿《さる》の歯」と申せしに合はせられたるにはあらず〉というが、元禄五年（一六九二）一二月三日付意専《いせん》宛《あて》書簡に、芭蕉《ばしょう》は両句を記しているので、其角句に触発されてできたことは確かであろう。

『三冊子《さんぞうし》』は〈「猿《さる》の歯白し峰の月」といふは其角なり。「塩鯛《しおだい》の歯ぐき」は我が老吟なり。下を「魚《うお》の棚《たな》」とただ言ひたるも自句なり〉という芭蕉《ばしょう》の語を伝えている。巧みに作りなすところと身近なものに題材をとってすなおに詠むところとに両者の俳諧の世界の対照があるのであるが、森川許六《きょりく》は〈師(芭蕉《ばしょう》)が風閑寂を好んでほそし。晋子《しんし》(其角)が風伊達《だて》を好んでほそし。この細きところ師が流なり。ここに符合す〉(「俳諧自讃之論《じさんのろん》」)と両者を評している。

《補説》芭蕉《ばしょう》は其角の力量を相当意識していたようで、『花摘《はなつみ》』には〈「うつくしき顔かく雉《きじ》の蹴爪《けづめ》かな」(其角句)と申したれば、「蛇《へび》食ふと聞けば恐ろし雉子《きじ》の声　翁」〉とあり、〈草の戸に我は蓼《たで》くふ螢《ほたる》かな〉に対し、芭蕉《ばしょう》は〈朝顔に我は飯《めし》食ふをとこかな〉と詠んでいる。もちろんこれらは、尾形仂《つとむ》のいう「座の文学」における応酬である。

（桜井）

夕立や田を見めぐりの神ならば

（五《ご》元《げん》集）

▼季語―「夕立」兼三夏。▼句切れ―「夕立や」。切れ字「や」。

▽見めぐりの神―「三囲《みめぐり》の神」に掛けた語。三囲稲荷《みめぐりいなり》社は現

在の東京都向島《むこうじま》にある。

『句解』 日照り続きで人びとが困っているが、田を見めぐるという名を負われている神なので、きっと夕立を降らしてくださるだろう。

《鑑賞》〈牛島三遶《みめぐり》の神前にて雨乞《あまこい》するものにかはりて〉と前書があり、句の後に〈翌日雨ふる〉と記す。山東京伝《さんとうきょうでん》『近世奇跡考』も『江戸名所図会《ずえ》』も、元禄六年（一六九三）六月二八日のことであったとする社伝を記すが、確証はない。

其角自身得意の句であって、其角門淡々《たんたん》の記すところによれば、船遊びのときに暑さに耐えかね、人びとが〈宗匠の句にて雨ふらせ給へ〉と言ったとき、其角が〈一大事の申しごとかな〉と〈正色赤眼心を閉ぢて〉この句を言ったところ、即座に雨が降ってきたのだという（『其角十七回』）。もちろん、すでに伝説化されてしまった話だが、そういう点が俗受けし、名高くなって、〈夕立や十二字足すと降つてくる〉〈夕立の一句稲荷《いなり》もはだしなり〉〈句をほめるやうに蛙は鳴き出し〉〈傘《かさ》の礼すむと其角がはなしなり〉など、この句を題材にした川柳は枚挙にいとまがない。

一句の働きは、「三囲《みめぐり》の神」を〈見めぐりの神〉と掛けたところにあるのだが、川柳子がつとに〈三めぐりの雨は豊かの折《おり》句なり〉（『柳多留《やなぎだる》』）と指摘したように〈ゆふだちや、たを見めぐりのかみならば〉と「ゆたか」が折り句になっている点もあったかもしれない。折り句は雨乞《あまご》いの歌の場合の定石であったともいう。

『其角十七回』は中七を〈田も〉とするが、『五元集《ごげん》』の其角自撰《せん》の部分に〈田を〉とあるので、〈田も〉は杜撰《ずさん》であろう。

《補説》馬琴《ばきん》は『燕石雑志《えんせきざつし》』の中で、上五を〈夕立てや〉と動詞に読むべきことをいう。また、『江戸名所図会《ずえ》』の伝える社僧の話によれば、村民が集まって雨乞《あまご》いの祈願をしているとき、其角門の白雲《はくうん》が其角に雨乞《あまご》いの句を勧め、神前に奉じたもので、その草稿が残されていたという。

なお向島三囲稲荷《みめぐりいなり》に、句碑が建てられている。（桜井）

越後屋《えちごや》に衣《きぬ》さく音や更衣《ころもがえ》　（浮世《うきよ》の北《きた》）

▼季語―「更衣《ころもがえ》」初夏。陰暦四月一日に綿入れの冬着を袷《あわせ》などに着がえた。一〇月一日にも更衣《ころもがえ》があるが、俳諧でただ「更衣《ころもがえ》」としたときは前者。王朝以来の宮中の行事が民間に入ったもの。▼句切れ―「衣《きぬ》さく音や」。切れ字「や」。

▽越後屋《えちごや》―江戸日本橋駿河《するが》町にあった呉服店。三井八郎右衛門が延宝元年（一六七三）に開店。今の三越百貨店の前身。

▽衣《きぬ》―ここは絹の布地を指しているだろう。

『句解』越後屋《えちごや》の前を通りかかると衣地《きぬじ》を裂く音が絶え間なく聞こえてくる。更衣《ころもがえ》のころで、店が一層にぎわっているのだ。

《鑑賞》〈越後屋《えちごや》に〉とあるので、越後屋《えちごや》の中に入ったのではなく、前を通りかかった、とした方が感じが出るだろう。もちろん、戸外まで衣地《きぬじ》を裂く音が聞こえてくるかどうかの穿鑿《せんさく》など不要である。越後屋《えちごや》は現金掛け値なし、切り売りの大衆的商法で評判をとったのであって、ここの〈衣《きぬ》さく〉も、その切り売りのためである。ピッと鋭い感じの音質が期待できるので、〈衣《きぬ》〉は絹地であるはずだ。

森川許六《きょりく》は〈新しきものは、なるほど昔よりありきたりて、人々の見残し取り残したるものなり〉として、この句について〈もちろん句作り等はよくとりはやしたりといへども……かやうの今めかしきものを取り出《い》だして発句《ほっく》にすること、以てのほかの至りなり〉というが（「自得発明弁」）、実は、そこにこそこの句のすぐれた点があったであろう。

〈布を裂く音に喚起される初夏の生命感〉が句のポイントで、季語〈更衣《ころもがえ》〉のもつ動き（気配）に、京都でも大坂でもない、江戸を発見したところにこの句の命があった（安東次男《つぐお》『近世の秀句』、井上敏幸『鑑賞・日本の名歌名句一〇〇〇』）。まことに都会的な、そしてのちの江戸座の風調につながる佳句である。『浮世《うきよ》の北《きた》』（元禄九年〈一六九六〉春序）に出るので元禄八年（一六九五）の作か。（桜井）

鶯《うぐいす》の身をさかさまに初音《はつね》かな　（初蟬《はっせみ》）

▼季語―「鶯《うぐいす》」。本来は兼三春だが、元禄期では初春とするものが多く、この場合も「初音《はつね》」と合わせて初春か。▼句切れ―「初音《はつね》かな」。切れ字「かな」。

『句解』鶯《うぐいす》が木にさかさまにとまって、初音《はつね》をさえずっている。

《鑑賞》『初蟬《はっせみ》』（元禄九年〈一六九六〉刊）に出るのでそのころの作。

鶯《うぐいす》は大変すばやいもので、枝移りの際などにもくるりとさかさまになることがあるかもしれない。そこに目を止めたことで鶯《うぐいす》の動作を活写し、しかも新しみがあると森川許六《きょりく》は次のように賞賛している。〈鶯《うぐいす》といふ句はよのつねになりがたき題なり。晋子《しんし》(其角)が「身をさかさま」と見出したる眼《まなこ》こそ、天晴《あっぱ》れ近年の秀逸とや言はむ。亡師の「餅《もち》に糞《ふん》する」とこなし給へるのち、これほどに新しきは見えず〉（『篇突《へんつき》』）。

それに対して向井《むかい》去来《きょらい》は〈この句、もっとも風情《ふぜい》あり。しかれども「初音《はつね》かな」と言へる、いかがはべらん、鶯《うぐいす》の身を逆《さかさま》にするは戯《たわぶ》れ鶯《うぐいす》なり。戯《たわぶ》れ鶯《うぐいす》は早春の気色にあらず。初音《はつね》の鶯《うぐいす》は身を逆《さかさま》にする風情《ふぜい》なし。「初音《はつね》ほのめく」などとも詠めり。今其角が鶯《うぐいす》を見るに、日ごろその姿を覚えて句に臨む意《こころ》を、画屏《がびょう》なんどを見て作《な》したる句なりと難じらるるも尤《もっと》もなり〉（『旅寝論』）と、鶯《うぐいす》が身をさかさまにするのは晩春のころの鶯《うぐいす》が遊んでいるのであって、初音《はつね》をさえずるころにはそういう姿態はとらぬと難じ、〈およそ、物を作《な》するに本性《ほんじょう》を知るべし。知らざる時は、珍物新詞（珍しい素材や新しい用語）に魂を奪はれて、外のことになれり〉（『去来抄《きょらい》』）という。

おそらく去来《きょらい》のいうように、鶯《うぐいす》がさかさまになって初音《はつね》をさえずるのを其角が見たことはなく、またそのようなことはないであろう。だが、そういうことを創《つく》り出したところに其角の手柄を認めるべきで、彼の作句の本領もそこにあったというべきであろう。

其角の句集『五元集《ごげん》』（旨原《しげん》編、延享四年〈一七四七〉刊）に〈止二丘隅一〉と前書があるが、これは『詩経』の〈緜蛮《めんばん》（鳥の鳴き声）タル黄鳥、丘隅ニ止マル〉に拠《よ》ったもので、句意とは関係ない。其角自身がつけたものなら、彼の衒学《げんがく》癖《へき》によるものである。

（桜井）

鐘ひとつ売れぬ日はなし江戸の春

（宝晋斎引付《ほうしんさいひきつけ》）

▼季語—「（江戸の）春」新年。単に春の季節をいっているのでなく、元日を寿《ことほ》ぐ語である。▼句切れ—「売れぬ日はなし」。切れ字「し」。

▽鐘—梵鐘《ぼんしょう》。

『句解』　お寺の梵鐘《ぼんしょう》などというものは、滅多に売れそうもないものであるが、その梵鐘《ぼんしょう》でさえ毎日売れるほどにぎわって繁栄している大江戸のめでたい新春であるよ。

《鑑賞》　〈一日長安花〉と前書がある。長安は中国の都だが、江戸を擬した（同じ中国の都でも洛陽《らくよう》といえば京ときまっているから長安を用いたこともあろう）。元禄一一年（一六九八）の歳旦《さいたん》吟。

寺院の梵鐘《ぼんしょう》のように滅多に需要のないものを出したところに其角の才気あふれたところが感じられる。もちろん矚《しょく》目《もく》の吟などではなく、それほど江戸は人が多くにぎわっているというのであって、江戸の繁栄ぶりを誇っているのである。都会的な句を作る点においては其角は第一人者であり、すぐれたセンスの持ち主であった。

『温故《おんこ》集』（延享五年〈一七四八〉刊）に中七を〈売れぬ

日もなし〉とするのは杜撰《ずさん》であろう。　（桜井）

《参考文献》▼潁原退蔵「其角」（『蕉門の人々』大八洲出版　昭21）▼市橋鐸「其角」（『芭蕉の門人〈上〉』大八洲出版　昭21）▼飯田正一「宝井其角」（『俳句講座2』明治書院　昭33）▼石川真弘『蕉門俳人年譜集』（前田書店　昭57）▼今泉準一『元禄俳人宝井其角』（桜楓社　昭44）▼石川八朗「同門評判㈡其角」（『芭蕉の本3』角川書店　昭45）▼石川八朗『其角晩年の生活について』（『語文研究』19号　昭40）▼乾裕幸『榎本其角』（蝸牛俳句文庫　平4）▼石川八朗他『宝井其角全集』（勉誠社　平6）

服部嵐雪（はっとりらんせつ）

承応三（一六五四）～宝永四（一七〇七）。通称孫之丞《まごのじよう》と称す。治助は名のり。幼名久米之助。別号には嵐亭治助・雪中《せつちゆう》庵《あん》・不白軒・寒蓼堂《かんりようどう》・玄峰堂などがある。江戸豊島郡湯島に生まれる。父に従って常州（茨城県）麻生の藩主新庄家に仕えたが延宝四年（一六七六）ごろ致仕《ちじ》した。延宝二年ごろ松尾芭蕉《ばしよう》に入門。榎本《えのもと》其角《かく》とともに江戸蕉門《しようもん》の双璧《そうへき》であった。撰《せん》集に『其帒《そのふくろ》』などがあり、句集に『玄峰集』がある。

不産女《うまずめ》の雛《ひな》かしづく《ず》ぞ哀れなる

（続虚栗《みなしぐり》）

▼季語―「雛《ひな》遊び」晩春。▼句切れ―「かしづくぞ哀れなる」。▽不産女《うまずめ》―結婚生活をしているが子のない女性。▽雛《ひな》―雛《ひな》遊びの雛のこと。雛人形《ひなにんぎよう》。▽かしづく―大事にする。

『句解』縁づいて何年か経たのにまだ子供に恵まれない女性が、一人雛《ひな》祭りの飾りを大切に扱っているようすが哀れである。

《鑑賞》『続虚栗《みなしぐり》』（榎本《えのもと》其角《かく》編、貞享四年〈一六八七〉一月奥）に出るので、貞享四年の作か。

当時の雛《ひな》飾りは今のように豪華なものではなかったが、雛《ひな》祭りといえば、女性特有のはなやいだ雰囲気《ふんいき》が感じられよう。その中にあって、子供に恵まれない女性が一人で雛《ひな》を飾っているわけで、（しかも子供を産めない女性は離縁されても仕方がなかった時代なので一層）哀感が感じられよう。

なお、嵐雪の妻れつ女は子がなかったと伝えられ、彼女をモデルにしたとの説もあるが、嵐雪が遊女であったれつ女と生活を共にしだしたのは貞享三年（一六八六）以降と考えられるので、句意からは直接に関係づけることができない（最初の妻との間には男子ができたが、母子ともに延宝末年ごろに没している）。　（桜井）

出替《(でがわ)》りや幼な心に物あは《(わ)》れ　（猿蓑《さるみの》）

▼季語―「出替《でがわ》り」晩春。奉公人の交代する日で春秋二回あるが、俳諧で単に「出替《でがわ》り」としたときは春。当時、地方によって期日は異なり、まだ一定していなかった。▼句切れ―「出替《でがわ》りや」。切れ字「や」。

『句解』　出替《でがわ》りの日がやってきた。しばらく馴《な》れ親しんだ主家にいとまを告げる幼い奉公人も、幼な心にこの世のあわれを感じているようだ。

《鑑賞》　嵐雪の幼少のころを詠んだ句という解はとれないが、句意については、なお二つの解が対立している。すなわち、〈幼な心〉を主家の子のそれとみるか、幼い奉公人のそれとみるかであるが、後者とした方があわれが深い。〈物あはれ〉の〈物〉は接頭語で漠然《ばくぜん》としたものを指すが、この〈物あはれ〉については、何か対象に対して心に感じた気持ちを表すようなので、奉公先に暇《いとま》を告げる幼い者の姿を見ての感慨となろう。

『瓜作《うりつくり》』（元禄四年〈一六九一〉刊）に中七を〈幼な心の〉とするが、撰《せん》者琴風《きんぷう》と嵐雪との関係からみても、これが初案であったと思われ、その方がわかりやすい。しかし、初案では平板にすぎたので〈に〉と改め複雑な響きを備えさせたもので、松尾芭蕉《ばしょう》によって改められたのだと考えられる（石川真弘「問題の存する嵐雪の発句《ほっく》若干」）。『嵯峨《さが》日記』に録されるので元禄四年の作。

《補説》　各務支考《かがみしこう》の『葛《くず》の松原』（元禄五年〈一六九二〉刊）に〈嵐雪が「幼」の一字にて、人に数行の涙をゆづりけるなり〉との評がある。

（桜井）

名月や煙這《(は)》ひ《(い)》ゆく水の上　（萩《はぎ》の露）

▼季語―「名月」仲秋。陰暦八月十五夜の月。▼句切れ―「名月や」。切れ字「や」。▽煙―水の上から立ち昇る煙をいっている。水煙。もや。

『句解』　空には仲秋の名月が美しく照り、目の前にある池の上を白く水煙が流れていく。別世界のように美しい光景である。

《鑑賞》　『萩《はぎ》の露』（元禄六年〈一六九三〉刊）に出るのでこの年の吟。〈水の上〉を川面《かわも》ともとれるが、『三山雅集《さんざんが》』（宝永七年〈一七一〇〉刊）に〈二夜《フタヨ》ノ池〉と前書があるので池の上としておく。

『留主《るす》ごと』（宝永二年〈一七〇五〉刊、嵐雪序）などに中七を〈這《は》うたる〉とするのは、嵐雪自身の改作と思われるが、動きが死んでしまってよくない。月光の下で、この世

とは別世界にあるような水辺の夜色の美しさを描き出した佳作。　（桜井）

竹の子や児《ちご》の歯ぐきの美しき　（別座《べつざ》鋪《しき》）

▼季語―「竹の子」初夏。▼句切れ―「竹の子や」。切れ字「や」。
▽児《ちご》―幼児。

〔句解〕 幼い子供が竹の子を噛《か》んでいる。その歯ぐきがなんとも美しい。

《鑑賞》『別座鋪《べつざしき》』（元禄七年〈一六九四〉五月八日奥）と同じころに出た『炭俵《すみだわら》』（元禄七年六月二八日奥）にも載るので元禄七年の作であろう。

小さい子供が白い歯を見せて、竹の子を噛《か》んでいるわけで、薄紅色の歯ぐきに白い歯並み、そしてみずみずしい竹の子と、大変感覚的にとらえたすがすがしい感じの句であるが、おそらく、『源氏物語』横笛の巻の、まだ幼い薫《かおる》が竹の子を食べる場面、〈御歯の生ひ出《い》づるに食ひあてんとて、筍《たこうな》（竹の子）をつと握り持ちて、雫《しずく》もよよと食ひ濡《ぬ》らし給へば〉に想を得たものであろう。『別座鋪《べつざしき》』『炭俵《すみだわら》』は「軽み」の代表的撰《せん》集といわれるが、決して古典を踏まえたことで重みとはなっていない。

なお、この〈竹の子〉は、孟宗竹《もうそうだけ》のそれと考えない方がいいだろう。大きな竹の子ではなく、当時食した細い竹の子が子供の歯に映るのである。また、〈美しき〉も古典語の意味でかわいらしいというふうにはとらず、今の「美しい」の意ととっていい。

《補説》 嵐雪の王朝古典を典拠とする句としては、『源氏物語』若紫の巻の〈見も知らぬ四位五位こきまぜに、ひまなう出《い》で入りつつ〉を踏まえた〈五位六位色こきまぜよ青すだれ〉（『其袋《そのふくろ》』）も知られている。これも色彩的にすがすがしさの感じられる句である。　（桜井）

蒲団《ふとん》着て寝たる姿や東山　（枕屏風《まくらびょうぶ》）

▼季語―「蒲団《ふとん》」兼三冬。季感が弱いために他の冬の季語と合わせ用いることが多く、ここでは「山眠る」（鑑賞参照）が併用されている。▼句切れ―「姿や」。切れ字「や」。
▽東山―京都の東方にある山の意。賀茂《かも》川の東に連なり、北は如意《にょい》ケ岳から南は稲荷《いなり》山にいたる。

〔句解〕 夕暮れどきに京の街から冬の東山をながめると、冬には「山眠る」というけれどもそのとおり、人が蒲団《ふとん》をかぶって寝た姿である。

《鑑賞》 前書に〈東山晩望〉とある。元禄七年（一六九四）

一〇月二五日、嵐雪は松尾芭蕉《ばしょう》の墓に詣《もう》でるべく江戸をたった。そして一一月一二日に東山丸山量阿弥亭での初月忌百韻《ひゃくいん》に出座した。そのころの作であろうが、そのことなどについて報じる一二月三日付書簡（『六花追悼集』所収）の末にこの句を録している。

〈蒲団《ふとん》〉は俳諧の季語だが、冬山の形容である「山眠る」と掛け合わせた（白石悌三《ていぞう》『俳句・俳論』）ところに、一層の俳諧性があるだろう。山が近くに見えるという京の特性を巧まずとらえ、しかも、当時にあっては贅沢《ぜいたく》品であった蒲《ふ》団《とん》でもって東山のこんもりとしてやわらかな姿を表現したところに、この句が単なる見立て（比喩《ひゆ》）に終わっていないよさがある。ただ、前書をはずしたならば、人の寝姿が東山に似ているという逆の見立てにもとれるわけで、その点に嵐雪によくみられる欠点がある。

《補説》 嘯山《しょうざん》は『俳諧古選』（宝暦一三年〈一七六三〉刊）で〈譬喩《ひゆ》の句難し。此の篇《へん》、古今第一。温厚和平、真に平安の景なるかな、真に平安の景なるかな〉と絶賛している。

（桜井）

梅一輪一輪ほどの暖かさ

（庭の巻）

▼季語―「寒梅」（前書）晩冬。▼句切れ―「梅一輪」。

『句解』 梅が一輪だけ咲いた。まだ冬だけれどもどこかにほんの少し暖かさが感じられるようで、春の訪れがま近いと思われる。

《鑑賞》 『庭の巻』にも嵐雪一周忌追悼集『遠のく』にも〈寒梅〉と前書があり、冬の句とわかる。『庭の巻』（立詠撰《せん》）は宝永二、三年（一七〇五、六）の成立と推定されるので宝永初年ごろの作であろう。

「一輪づつの」と誤られたりして、嵐雪の句では〈蒲団《ふとん》着て寝たる姿や東山〉の句とともによく人に知られるものであるが、それは〈一輪ほどの（づつの）〉という理屈っぽい点が、かえって一般に受けたのであろう（穎原《えばら》退蔵『俳句評釈』）という。

嵐雪の句には、表現上の不備が指摘され、前書がなければ句意に混乱をきたす場合が多い（石川真弘「問題の存する嵐雪の発句《ほっく》若干」）。この句の場合、寒中の梅一輪に感じたほのかな暖かさに目をつけたもので、「一輪づつの」（梅が一輪また一輪と咲くごとに暖かさが増していく）とするよりは、よほど好感のもてる句となっている。しかし、前書をはずしたとき、春の句とされる恐れは十分にあるのであって、嵐雪句集『玄峰集』（寛延三年〈一七五〇〉刊、旨原《しげん》編）は、春の部に収めて〈この句、ある集に冬部に入れたり。またおもしろきか〉と注してしまっている。春の句としたなら、〈一輪ほどの〉でもって「一輪咲くごとに一輪ほどの暖かさが増していく」の意ともとれることになり、そこから「一輪づつの」という誤りも生まれたのであろう。（桜井）

《参考文献》 ▼潁原退蔵「嵐雪」（『蕉門の人々』大八洲出版　昭21）▼市橋鐸「嵐雪」（『芭蕉の門人上』大八洲出版　昭22）▼石川真弘『蕉門俳人年譜集』（前田書店　昭57）▼石川真弘「問題の存する嵐雪の発句若干」（『はまなす』故荻野清先生追悼文集刊行会　昭36）▼桜井武次郎『服部嵐雪』（蝸牛俳句文庫　平8）

杉山杉風（すぎやまさんぷう）

正保四（一六四七）～享保一七（一七三二）。通称藤左衛門、また市兵衛ともいう。別号には採荼庵《さいたあん》・蓑杖《さじょう》・五雲亭などがあり、隠居して一元と称す。江戸小田原町杉山賢永（俳号仙風）の長男。家業は鯉屋《こいや》という幕府御用達の魚屋。耳が不自由だった。松尾芭蕉《ばしょう》の東下とともに入門し、終生その経済的な後援者だった。『俳諧合常盤屋《ときわや》』や芭蕉《ばしょう》七回忌『冬かつら』の編著などがある。

子や待たんあまり雲雀《ひばり》の高あがり　（猿蓑《さるみの》）

▼季語―「雲雀《ひばり》」兼三春。ただし、三月にわたるのは一説にしかすぎないとして、初春とするものや仲春とするものもある。雲雀《ひばり》の姿としては、空高く上がって鳴くさまがよく詠まれ、それがのどかな春の日とマッチする。▼句切れ―「子や待たん」。切れ字「や」。

▽高あがり―空高く上がってさえずること。

『句解』　雲雀《ひばり》があまりにも高く春の空に上がってさえずっている。下の巣では子が待っているだろうに。

《鑑賞》『万葉集』の山上憶良《やまのうえのおくら》の歌〈憶良《おくら》らは今はまからん子なくらんその彼《か》の母も我《わ》を待つらむぞ〉を踏まえた句作り。『猿《さる》みのさがし』がこの句を評して〈雲雀《ひばり》の春色眼前に見えて言外十分の句なり。子や待たんにて魂出来たるなり。揚雲雀《あげひばり》の春和にして、高あがりは趣向なり〉といっているのは、揚雲雀《あげひばり》を詠むだけでなく下で待っている子を詠んだところに〈魂〉ができたというわけであろう。『猿蓑《さるみの》さがし』は、動物に人間と同じ感情をもたせた句作りを〈魂の入った句〉と評している場合が多い。あまり高く上がると子が不安がるだろうというのである。

また、『猿《さる》みのさがし』は、この句は嵐蘭《らんらん》の〈子や啼《な》かんその子の母も蚊の食はん〉と〈同巣模写変体《どうそうもしゃへんたい》〉だといっているが、嵐蘭《らんらん》句は「焼《い》レ蚊《ク》辞《ヲ》」（『本朝文選《もんぜん》』）の末に出るもので、松尾芭蕉《ばしょう》の言を容れて改作したものだった（元禄三年一〇月二一日付嵐蘭宛芭蕉《らんらんあてばしょう》書簡）。嵐蘭《らんらん》句の場合は「辞」という文体（押韻して歌うに適するようにする）にふさわしくするためのものであって、〈子や待たん〉と古歌を截《た》ち入れた手法は、杉風句の場合のみに、その古さを指摘されるだろう。　（桜井）

がっくりと抜け初《そ》むる歯や秋の風　（猿蓑《さるみの》）

▼季語―「秋の風」兼三秋。侘《わ》びしく身にしみるものである。
▼句切れ―「歯や」。切れ字「や」。
▽がっくりと―急に異なった状態になるさまで、意気消沈するときにも用いる。ここでは歯の急に抜けるさま（抜けた跡のさまとする見方もある）。

〔句解〕　がっくりと歯が初めて抜けてしまった。急に衰えの感じられるこの身に、秋風が侘《わ》びしく吹いている。

《鑑賞》　元禄三年（一六九〇）九月二五日付の松尾芭蕉宛《ばしょうあて》書簡に杉風は〈七月に拙者歯一つぬけ申し候。古事申し直し、句に仕《つかまつ》り候〉として〈がっくりと身の秋や歯のぬけし跡〉と初案の形を記している。

その手紙の冒頭に〈六月中より相煩《あいわずら》ひあやうき体に罷《まかり》なり候ふところ、本間道悦《どうえつ》老療治にて助かり、頃日《けいじつ》は養生薬たべ申すばかりにて本復仕《つかまつ》り候〉とあって、夏から秋に大病をしたことがわかる。年齢も四三歳、もともと病弱でもあって、一層身の衰えを感じたにちがいない。〈抜け初《そ》むる〉は歯の抜けたその最初の一本ということであって、老いを実感するきっかけであった。

ところで、初案の形だと〈がっくりと〉が〈身の秋〉にかかって衰えを感じた気持ちを表す語であったのに対し、改案だと歯の抜ける様子を表した語になる（白石悌三《ていぞう》は抜けた跡を表す語としている。『俳句・俳論』）。いうまでもなく、改案の方がなだらかに言い下されていて、これも一種の「軽み」の叙法で、『猿蓑《さるみの》』に入集せしめるときに芭蕉《ばしょう》の手で改められたものであろう。

《補説》　杉風は後年にも〈歯は抜けて何かつれなし秋の暮《くれ》〉（『続別座敷《べつざしき》』）と詠んでいる。　（桜井）

馬の頬《ほお》押しのけ摘むや菫草《すみれぐさ》　（続別座敷《べつざしき》）

▼季語―「菫草《すみれぐさ》」晩春。野に自生し、小さな花をつける。
▼句切れ―「摘むや」。切れ字「や」。

〔句解〕　草を食べようとして頭を下げた馬の頬《ほお》を押しのけるようにして菫草《すみれぐさ》を摘む。

《鑑賞》『続別座敷《べつざしき》』（元禄一二年初冬杉風跋《ばつ》。一三年仲夏奥）に出るので元禄一二年（一六九九）ごろの作。前書に〈新堀にて〉とある。新堀は、江戸芝の増上寺《ぞうじょうじ》南裏から渋谷川に通じた堀割で元禄の初めに開かれたという（『江戸名所図会《ずえ》』）。当時は住む人も稀《まれ》な野辺であった。

この馬は杉風が乗ってきたものか、あるいは近くの農夫あたりがつれてきていたものか明らかでないが、後者としておいた方が〈菫草《すみれぐさ》〉とともに野趣があっていい。〈押しのけ摘むや〉という表現は、動作を活写してすぐれている。馬が菫草《すみれぐさ》を食べてしまおうとしたので、あわてて馬の頬《ほお》を押しのけたというのでは理に堕《お》ちよう。可憐《かれん》な菫草《すみれぐさ》を見つけて思わずそれを摘み取ったのを右のように表現したのである。（桜井）

振りあぐる鍬《くわ》の光や春の野ら

（小柑子《しょうこうじ》）

▼季語―「春の野ら」兼三春。▼句切れ―「光や」。切れ字「や」。

▽野ら―「ら」は接尾語。もともと野原の意だが、のちに田または畑の意味で用いられる。

『句解』春の田できらりと光るものがあった。農夫の振り上げた鍬《くわ》の刃に太陽の光が反射したのだった。

《鑑賞》『小柑子《しょうこうじ》』（元禄一六年〈一七〇三〉二月野《や》紅自《こうじ》跋《ばつ》）に出るので元禄一五年（一七〇二）ごろの作。杉風の句の特徴は、その平明さである。それが欠点ともなって救いようのない平板さのままに終わるものもあるが、この句などは、一瞬のきらめきを詠みとらえて佳句となった。〈振りあぐる〉も説明に終わらず、連続した動きの中の一瞬間を示すのに効果を発している。

だが、『小夜《さよ》の中山《なかやま》集』（遊五《ゆうご》編、寛保二年〈一七四二〉）に〈絵讃《えのさん》〉と前書がある。だとすると右の功は絵の作者に与えられるべきかとも思われるが、〈七十六翁蓑杖《さじょう》杉風〉と記しており、後年になって旧作を画賛に流用したものと考えていいだろう。

《補説》向井《むかい》去来《きょらい》の〈動くとも見えで畑打つ男かな〉と対比される。（桜井）

山本荷兮（やまもとかけい）

慶安一（一六四八）～享保一（一七一六）。通称武右衛門また太一（太市）ともいう。名は周知。初号加慶。別号には橿木《きょうぼく》堂《どう》などがある。連歌の号は昌達。名古屋堀詰町のち桑名町に住む。医師。初め貞門《ていもん》の一雪《いっせつ》についたが、貞享元年（一六八四）冬、名古屋へ来た松尾芭蕉《ばしょう》に入門した。尾張蕉門《おわりしょうもん》のリーダーとして『冬の日』『春の日』『阿羅野《あらの》』を相次いで撰《せん》したが、やがて蕉門《しょうもん》から離れた。

木枯《こがらし》に二日の月の吹き散るか　（阿羅野《あらの》）

▼季語—「木枯《こがらし》」初冬。▼句切れ—「吹き散るか」。切れ字「か」。

『句解』木枯らしが吹きすさんでいる。空にか細く二日の月がかかっている。木の葉を残らず吹き散らしてしまう木枯らしによって、あの月まで吹き散ってしまわないだろうか。

《鑑賞》『阿羅野《あらの》』は元禄二年（一六八九）春に編集が終わったので元禄元年冬の作か。

『桃の実』（元禄六年〈一六九三〉刊）に〈尾陽の荷兮をこのごろ世に「凩《こがらし》の荷兮」と言へるは、「木枯《こがらし》に二日の月の吹き散るか」とい へる句よりいふことなるべし。「二日の月」の主《ぬし》になりたる故にや〉とあって、当時評判の句であったが、松尾芭蕉《ばしょう》は〈兮が句は、二日の月といふ物にて作《な》せり。其《その》名目を除けば、させることなし〉（『去来抄《きょらいしょう》』）といっている。

人びとは細い月の代表として三日月を挙げるが、それより一層細い〈二日の月〉を詠んだところが人びとに賞されたのであった。そのか細さを木枯らしに吹き散らされそうだと詠んだのはたしかにすぐれていて、『真木柱《まきばしら》』（元禄一〇年〈一六九七〉刊）が〈ほそくからびたる体〉の例句に挙げるのももっともである。

しかし『阿羅野《あらの》』を繙《ひもと》けば、荷兮は他にもさまざまの月の句を詠んでいるのであって、これも〈二日の月〉の題材がまずあり、それにふさわしいさまを作り上げたのであろう。芭蕉《ばしょう》の評もその点をついたものであった。作意を好んだ荷兮で、そのために元禄期の芭蕉《ばしょう》の俳風についていけなかったのだが、しかし、〈二日の月〉という題材の発見、〈吹き散るか〉という働きのある措辞は賞していい。（桜井）

陽炎《かげろう》や取りつきかぬる雪の上　（猿蓑《さるみの》）

▼季語—「陽炎《かげろう》」兼三春。▼句切れ—「陽炎《かげろう》や」。切れ字「や」。

『句解』雪の降った後、まぶしいほど晴れた戸外を見ると、陽炎《かげろう》が雪の上を少し離れてゆらめいている。

《鑑賞》雪の後は晴天になることが多い。陽《ひ》の光が、白い雪の上に照り映えてまぶしいほどである。そして春の日ざしはすでに暖かで、雪の上のあちこちに陽炎《かげろう》がゆらめいている。

地面の雪につかず離れずにゆれ動く陽炎《かげろう》のさまを〈取り

つきかぬる〉と詠んだのは巧みである。これを冷たい雪だから陽炎《かげろう》が取りつきかねているのだと解すれば理に堕《お》ちてしまっていけない。陽炎《かげろう》は、ゆらゆらと頼りなげではかなげであるが、そういう陽炎《かげろう》の特質をよくとらえている。

《補説》 なお、自撰《せん》の『曠野《あらの》後集』（元禄六年〈一六九三〉刊）に中七を〈とりつきかねし〉としているのは、『猿蓑《さるみの》』入集の際松尾芭蕉《ばしょう》に改められたのを、もとの形で入集せしめたものとも考えられる。（桜井）

坪井杜国（つぼいとこく）

生年未詳。元禄三年（一六九〇）没。通称庄兵衛。名古屋に生まれる。御園《みその》町の町代をつとめた富裕な米問屋だったが貞享二年（一六八五）罪を得て三河国《みかわのくに》（愛知県）伊良胡岬《いらござき》の近くに蟄居《ちっきょ》した。貞享元年冬松尾芭蕉《ばしょう》に入門。芭蕉《ばしょう》に大変かわいがられて『笈の小文《おいのこぶみ》』の旅で吉野などへ随行した。蕉風《しょうふう》開拓期の重要作者といえる。元禄三年三月二〇日没（三四、五歳）。三河国《みかわのくに》畑村に葬られる。

このごろの氷踏み割る名残かな （春の日）

▼季語—「氷」晩冬。▼句切れ—「名残かな」。切れ字「かな」。

『句解』 この間からずっとはりつめていた氷を踏み割ってしまったあとの名残惜しさよ。

《鑑賞》 前書に〈芭蕉翁《ばしょうおう》をおくりて帰るとき〉とある。貞享元年（一六八四）冬、松尾芭蕉《ばしょう》は、いわゆる『野ざらし紀行』の旅の途次に名古屋に入った。そこで巻かれた五つの歌仙《かせん》と追加表六句を収めるのが、のちに俳諧七部集の第一に数えられる『冬の日尾張五歌仙』である。

芭蕉《ばしょう》と尾張連衆《おわりれんじゅう》を結びつけたのは大垣《おおがき》の木因《ぼくいん》であったと考えられるが、杜国ももちろんこのときに初めて芭蕉《ばしょう》に見《まみ》えたのであった。『冬の日』連衆《れんじゅう》は名古屋の富裕な商人たち（荷兮《かけい》は医師）で、俳諧は一種の旦那《だんな》芸であったが、それでも新風に接する緊張感の中に身を置けることに喜びを感じたであろうし、芭蕉《ばしょう》もまた、共に新しい俳諧を試みることのできる連衆《れんじゅう》の得られたことを何よりの喜びと感じたにちがいない。その連衆《れんじゅう》の中でまだ三〇歳前だったと思われる杜国に対して、芭蕉《ばしょう》はとりわけ期待するところが大きかったであろうし、杜国もまた新しい師の気持ちによくこたえた。

この句は、しばらくの滞在ののち、一二月中旬ごろ熱田《あつた》へ向かって出立した芭蕉《ばしょう》を見送っての帰り道の吟で、道にはりつめていた氷を踏み割った、その音の切なさに師との別れの悲しみを感じ、同時に、バラバラに乱れ散る破片に、むなしくとりとめのない気持ちを感じているのである。下

五を「別れかな」とせずに〈名残かな〉とした点に余韻がある（川島つゆ『芭蕉《ばしょう》七部集　俳句鑑賞』）。（桜井）

ゆく秋も伊良胡《いらご》を去らぬ鷗《かもめ》かな

（鵲尾冠《しゃくびかん》）

▼季語―「ゆく秋」晩秋。▼句切れ―「鷗《かもめ》かな」。切れ字「かな」。

▽伊良胡《いらご》―伊良湖岬《いらござき》。三河国《みかわのくに》（愛知県）渥美《あつみ》半島西端の岬《みさき》。

『句解』今年もまた秋が過ぎ冬が来ようとしているのに、伊良湖岬《いらござき》の浜辺に遊んでいる鷗《かもめ》は立ち去ろうともしない（ここに住まねばならなくなった私も、このものさびしい海辺から去ることはできそうもない）。

《鑑賞》杜国は名古屋の富裕な米問屋であったが、空米売買の罪を得て（これはどうも藩政の犠牲になったらしい節《ふし》がみられる）、初め死罪を宣せられたが、のちに死一等を減ぜられて所払いとなり、三河国伊良胡《みかわのくにいらご》（実際は畑村で、のちに保美《ほび》村）に蟄居《ちっきょ》することになった。

貞享四年（一六八七）一一月にわざわざ保美《ほび》村まで杜国を見舞った松尾芭蕉《ばしょう》は〈鷹《たか》一つ見付けてうれしいらご崎《ざき》〉（『笈《おい》の小文《こぶみ》』）の句を詠んで、〈鷹《たか》〉に杜国の面影を重ねたが、杜国のこの句には〈戴叔倫《たいしゅくりん》が「沅湘《げんしょう》東流《ひんがしニル》」の句を身の上に吟じて〉と前書があり、杜国みずからを〈鷗《かもめ》〉に重ねている。後年の『鵲尾冠《しゃくびかん》』（享保二年〈一七一七〉刊）に〈故杜国〉として出るもので作年次は不明。

《補説》「沅湘《げんしょう》東流《ひんがしニル》」は『三体詩』にも収まるが、『徒然草《つれづれぐさ》』でも有名である。（桜井）

足駄《あしだ》はく僧も見えたり花の雨

（笈《おい》の小文《こぶみ》）

▼季語―「花の雨」晩春。花どきのひえびえとした雨をいうが、単に、桜の咲くころの雨としてもよい。▼句切れ―「見えたり」。切れ字「たり」。

▽足駄《あしだ》―もともと歯と鼻緒のある履物の総称だったが、近世以降、とくに雨天に用いる高下駄《たかげた》の意とする。

『句解』桜の花にしとしとと雨が降りかかっているとき、境内には人が往《ゆ》き来し、その中に足駄《あしだ》を履いた僧侶《そうりょ》の姿も見える。

《鑑賞》松尾芭蕉《ばしょう》は杜国の人柄と才を非常に愛し、その蟄居《ちっきょ》する三河国《みかわのくに》（愛知県）保美《ほび》村まで、貞享四年（一六八七）一一月にわざわざ見舞いに訪れた。その折にすでに約束ができていたのであろうか、翌年二月上旬ごろに伊勢《いせ》で落ち合い、いったん伊賀《いが》へもどったのち、三月一九日、二人は連れ立って吉野の花見へと出立した。杜国は戯れに万菊丸と号し、三月下旬ごろ大和長谷寺《やまとはせでら》で得たのがここに出す句である。

『笈《おい》の小文《こぶみ》』には、〈初瀬〉と前書し〈春の夜や籠《こも》り人《ど》ゆかし堂の隅《すみ》〉の芭蕉《ばしょう》句と併記されるが、『阿羅野《あらの》』（元禄二年〈一六八九〉刊）には〈木履《ぼくり》はく僧もありけり雨の花〉とあって、『笈《おい》の小文《こぶみ》』に記されるに際して芭蕉《ばしょう》によって改められたのであろう。

長谷寺《はせでら》は王朝以来観音信仰で参籠《さんろう》する人が多かった。阿部正美は〈「花の雨」に、王朝風な艶麗《えんれい》な味わいがある〉（『鑑賞日本の名歌名句一〇〇〇』）と指摘している。（桜井）

散る花にたぶさはづ《ず》かし奥の院

（笈《おい》の小文《こぶみ》）

▼季語―「花散る」晩春。「花」はもちろん桜のことである。
▼句切れ―「はづかし」。切れ字「し」。
▽たぶさ―髪の毛を頭の頂に集めて束ねたところ。もとどり。ここでは、有髪すなわち俗体を指す。▽奥の院―神社または寺院の奥の方にあるもので、神霊または開山祖師などの霊を安置する。ここは、紀伊国《きいのくに》（和歌山県）高野山《こうやさん》の奥の院で、弘法大師《こうぼうだいし》空海の廟《びょう》があり、そこへ行く途中には無数の墓石が並ぶ。

『句解』 高野山《こうやさん》の奥の院に参詣《さんけい》すると、桜がはらはらと散っていてそぞろに無常を感じ、俗のままの姿であることが恥ずかしい。

《鑑賞》 〈高野《こうや》〉と前書して〈父母《ちちはは》のしきりに恋し雉《きじ》の声〉の芭蕉《ばしょう》句とともに記されている。

『阿羅野《あらの》』（元禄二年〈一六八九〉刊）には〈高野《こうや》にて〉と前書して中七を〈たぶさ恥ぢけり〉とするので、〈たぶさはづかし〉と直したのは松尾芭蕉《ばしょう》であったと思われる。『いつを昔』などいずれも『阿羅野《あらの》』と同じ句形である。〈恥ぢけり〉とすれば、そのときの自分の気持ちを後で叙述するようになって好ましくない。

芭蕉《ばしょう》はもとより法体《ほったい》となっている。それに対比して俗体の自分が恥ずかしいといったのだが、黒くつややかな髪に薄紅《うすべに》がかった花びらがはらはらと散りかかるのは、艶《えん》な感じがある。芭蕉《ばしょう》と杜国（万菊丸）が高野山《こうやさん》に登ったのは貞享五年（一六八八）三月下旬ごろであった。（桜井）

越智越人（おちえつじん）

明暦二年（一六五六）生。没年未詳。通称十蔵（重蔵）。別号負山子・槿花翁《きんかおう》。北越《ほくえつ》の生まれ。延宝の初めに名古屋へ来て染物屋を営む。貞享元年（一六八四）の冬ごろ松尾芭蕉《ばしょう》に入門か。貞享五年（一六八八）の『更科紀行《さらしなきこう》』の旅で芭蕉《ばしょう》に同行した。のちに山本荷兮《かけい》らとともに芭蕉《ばしょう》から離反した。没年は元文四年（一七三九）ごろか。俳論『不猫蛇《ふみょうじゃ》』、注釈『誹諧《はいかい》冬の日槿《きん》華翁之《かおうの》抄』、撰《せん》集『鵲尾冠《しゃくびかん》』などがある。

行燈《あんどん》の煤《すす》けぞ寒き雪の暮れ

（春の日）

▼季語―「雪」兼三冬。▼句切れ―「煤《すす》けぞ寒き」。

『句解』雪の夕暮れどき、ただでさえさびしいのに、煤《すす》けた行燈《あんどん》に対していると、一層侘《わ》びしさが身にしみてうそ寒くなってくる。

《鑑賞》越人の句の初めて見えるのが『春の日』（貞享三年〈一六八六〉）で、発句《ほっく》は九句が録され集中第一位である。行燈《あんどん》の煤《すす》けたのは侘《わ》びしい感じが深いもので、その感じを〈寒き〉ととらえ、その主観に、寒い雪の日の夕暮れどきとおくことによって客観化したわけである。寒さやさびしさという冬の情のこめられた佳作で、〈この句には別に旅といふことはないが、何となく旅人らしい情がする〉（潁《え》原《ばら》退蔵『俳句評釈』）、〈簡素な部屋に孤座する旅人の面影が浮かんでくる〉（栗山《くりやま》理一『日本古典文学全集』）と、一人旅の旅人を想像するのは自然だが、越人は貧窮の生活を送っており、おそらく実感であったろう。

（桜井）

雁《かり》がねも静かに聞けばからびずや

（阿羅野《あらの》）

▼季語―「雁《かり》がね」仲秋。もとは「雁《かり》が音《ね》」で雁《かり》の声をいったが、雁《かり》そのものを指して「雁金」とも書くようになった。しかし、ここでは〈聞けば〉とあるので、声を指している。

▼句切れ―「からびずや」。切れ字「や」。

『句解』毎夜毎夜聞く雁《かり》の声も、こうして静かに聞けば、実にからびた味わいがございませんでしょうか。

《鑑賞》〈深川の夜〉と前書がある。元禄元年（一六八八）、『更科《さらしな》紀行』の松尾芭蕉《ばしょう》に随行した越人は、八月下旬江戸に着きそのまま深川芭蕉庵《ばしょうあん》に滞在、江戸蕉門《しょうもん》の人たちと交際を重ね、年内に帰名した。この句は、芭蕉庵《ばしょうあん》に入って間もないころの一夜、師と対座して巻いた両吟歌仙《かせん》の発句《ほっく》で、芭《ば》蕉真蹟《しょうしんせき》や本間自準本『鹿島詣《かしまもうで》』の模刻によって歌仙《かせん》の推敲《すいこう》過程が知られる。

当時の深川は、まだ草深く、川辺には葦《あし》などが茂り、そこを渡る風の音が蕭《しょう》々と聞こえていたであろう。そういうところでの一夜、対座した師弟の間で交わされた応酬であるが、静かに語るような口調のこの発句《ほっく》は、すぐれた挨拶《あいさつ》となっている。〈からびずや〉はもちろん反語であって、〈からび〉とは枯淡の味わいをいうのであろう。雁《かり》の声の

情を見事にとらえている。芭蕉《ばしょう》は、この句に対して〈酒強《し》ひ習ふこの頃《ごろ》の月〉と脇《わき》をつけ、清夜のわびを共に楽しんだ。（桜井）

うらやまし思ひ《い》切る時猫《ねこ》の恋

（猿蓑《さるみの》）

▼季語―「猫《ねこ》の恋」初春。▼句切れ―「うらやまし」。切れ字「し」。「時」でも切れる。

〔句解〕あんなにも執拗《しつよう》に続いていた猫《ねこ》の恋だが、やむときはぴたりとやんでしまう。その思い切りのよさがうらやましい。

《鑑賞》元禄四年（一六九一）二月二一日付の珍碩宛芭蕉《ちんせきあてばしょう》書簡に〈越人より状こし候よし、一段の御事にござ候。此方へも届き候。「思ひ切る時うらやまし猫《ねこ》の恋」と申し越し、よろしく候〉とあり、三月九日付の向井去来宛《むかいきょらいあて》書簡にも〈越人「猫《ねこ》」の句、驚き入り候。初めて彼が秀作承り候。心ざしある者は終《つい》に風雅の口に出《い》でずといふ事なしとぞ存じられ候。姿はいささかひがみたる所も候へども、心は高遠にして無窮の境に遊ばしめ、賢愚の人どもに教へたるものなるべし〉と絶賛している。

『類船集《るいせんしゅう》』の猫《ねこ》の項に出る〈うらやましくしのびもやらでのら猫《ねこ》の妻こひさけぶ春の夕暮《ゆうぐれ》〉を踏まえていることは明らかだが、そのように〈しのびもやらで〉妻を恋う猫《ねこ》を詠まずに、その猫《ねこ》が思い切るときのいさぎよさを詠んだのは類型を破る新しい発想であった（白石悌三《ていぞう》『俳句・俳論』）。思い切りの悪いわが身（あるいは人間一般）に対して、未練がましくない猫《ねこ》の恋をうらやましいといったのだが、越人自身、愛欲に悩んだことはあったらしい。だからといって、この句を越人の特定の恋情に密着させて考えるのは無用だろう。

《補説》越人には、思い切りのよさをうらやんだ句として〈散るときの心やすさよ芥子《けし》の花〉（『猿蓑《さるみの》』）もある。松尾芭蕉《ばしょう》の〈猫《ねこ》の恋やむとき閨《ねや》の朧月《おぼろづき》〉（『をのが光』）は越人句に触発されたものか。（桜井）

御代《みよ》の春蚊屋《かや》の萌黄《もえぎ》に極《きわま》りぬ

（元禄四年歳旦《さいたん》帳）

▼季語―「御代《みよ》の春」初春。▼句切れ―「極《きわま》りぬ」。切れ字「ぬ」。▽萌黄《もえぎ》―緑の強い黄緑色。萌《も》え出る葱《ねぎ》（萌葱《もえぎ》）の色から出た語という。

〔句解〕大君のお治めになる御代《みよ》は、蚊屋《かや》の色が萌黄《もえぎ》色《いろ》と定まっているように、いつまでも変わらず栄えてめでたいことだ。

《**鑑賞**》「荷兮三物《かけいみつもの》」に出る。『翁草《おきなぐさ》』(元禄八年〈一六九五〉)には、中七〈蚊屋《かや》は萌黄《もえぎ》に〉とあり、『去来抄《きょらいしょう》』は、上五以下〈君が春蚊屋はもよぎに〉とあるが、荷兮歳旦帳《かけいさいたんちょう》の形に拠《よ》るべきだろう。

〈極《きわま》りぬ〉は、定まっているという意味であるが、それが最もすぐれているというようなニュアンスが含まれているだろう。君の御代《みよ》の栄えるめでたさを、蚊屋《かや》の色が萌黄色《もえぎいろ》に定まっていて、他の色に変わることがないということに掛けた表現である。

この点について、松尾芭蕉《ばしょう》は『去来抄《きょらいしょう》』の中で、〈越人が句、已《すで》に落ち付きたりと見ゆれば、また重み出来《いでき》たり。この句、蚊屋《かや》はもよぎに極《きわま》りたるにて足れり。月影・朝朗《あさぼらけ》などと置きて、蚊屋《かや》の発句《ほっく》となすべし。その上に、変らぬ色を君が代に引きかけて歳旦《さいたん》となし侍《はべ》るゆゑ、心重く、句きれいならず〉と評している。

すなわち、素直に「朝朗蚊屋《あさぼらけかや》は萌黄《もえぎ》に極《きわま》りぬ」などのように蚊屋《かや》の句とすればいいのに、もってまわって新年の句とするから(蚊屋《かや》なら夏季)重みが出てくるのだというのである。このような理に堕《お》ちた重みが越人の欠点であり、芭《ば》蕉《しょう》の「軽み」についていけなかった理由であった。

(桜井)

斎部路通(いんべろつう)

慶安二(一六四九)〜元文三(一七三八)。通称与次衛門。名は伊紀。八十村《やそむら》氏をも用いる。呂通・露通とも書く。常陸《ひたち》国《くに》(茨城県)高岡《たかおか》の生まれか。神職の家柄だったという。乞食《こじき》となって漂泊の旅の最中に貞享二年(一六八五)三月膳《ぜ》所松本で松尾芭蕉《ばしょう》と会い入門。性格的にも問題のあった人物で芭蕉《ばしょう》の勘気をも受けた。大坂で没。『俳諧勧進牒《かんじんちょう》』『芭蕉翁《ばしょうおう》行状記』などの撰《せん》著がある。

鳥どもも寝入ってゐ《い》るか余吾《よご》の海　(猿蓑《さるみの》)

▼季語―「水鳥」兼三冬。▼句切れ―「寝入ってゐるか」。切れ字「か」。
▽余吾《よご》の海―近江国《おうみのくに》(滋賀県)伊香郡。琵琶《びわ》湖の北にある小さな湖。
『**句解**』冬の夜、余吾《よご》の海のあたりはしんと静まりかえっていて、波一つ立たない。この湖に棲《す》む水鳥たちも寝入ってしまっているのだろうか。

《**鑑賞**》元禄二年(一六八九)冬の吟と思われる。湖岸に立った作者が、一人で湖面を包む夜の闇《やみ》を見て、もうこの湖の水鳥も寝入っているのか、枯れ葦《あし》の陰にでも浮き寝をしてどんな夢を結んでいるだろうか、と思いやっている体《てい》の句である。琵琶《びわ》湖などという大きな湖でなく、その近くの小さな湖であることによって感情は細やかとなり、宿り定めぬ放浪の作者の心と思い合わせると、一層感慨は深いだろう。

『去来《きょらい》抄』は、この句について〈先師、此《この》句細みありと評し給ひしとなり〉と伝える。〈細み〉とは、〈俳言《はいごん》の詩性を、句意（句の心）によって支えあげる〉ものであり、〈心の動きのデリカシー〉もその一つであるという（乾裕幸《いぬいゆうこう》「細みの視座」）。この句に対して〈細みあり〉と松尾芭蕉《ばしょう》が評したのも、路通の水鳥に対する繊細な、それをなつかしむような気持ちを察してのことであったにちがいない。（桜井）

いねいねと人に言は（わ）れつ年の暮（くれ）

（猿蓑《さるみの》）

▼季語—「年の暮《くれ》」晩冬。▼句切れ—「言はれつ」。切れ字「つ」。

『句解』あちらこちらでも帰れ帰れと人に言われて、落ち着くところもなく今年も暮れようとしている。

《鑑賞》元禄三年（一六九〇）の歳暮吟か。元禄三年一二月末の江戸橘《たちばな》町の知人宅での作とする（石川真弘『蕉門《しょうもん》俳人年譜集』）。

路通は問題のある人柄で門人たちもその扱いに困っていたらしい。『奥の細道』の行脚《あんぎゃ》にも、初め路通の随行が予定されていながら、河合曾良《かわいそら》に代えられたという次第であった。

しかし、この上五の〈いねいねと〉を、文字どおりに、どこへ行っても嫌《きら》われてすげなくされるという意味にはとりにくい。元禄四年には、路通は立机披露の歳旦帳《さいたんちょう》まで作っていて（ただし、この歳暮吟は載らない）、得意の時期であった。

とすれば、これは、白石悌三《ていぞう》のいうように（『俳句・俳論』）、一般化して世間が忙しくだれからも相手にされない師走坊《しわすぼう》主《ず》を詠んだものであるとしなくてはなるまい。もちろん、路通自身も勧進坊主《かんじんぼうず》で、わが身と重ねることも可能だが、それは内面のものとしておくべきだろう。すぐに作者の身の上にその句を密着させて考えようとするのは近代の鑑賞の弊である。

《補説》元禄四年正月五日付の曲水宛芭蕉《きょくすいあてばしょう》書簡（『俳諧勧進《かんじん》牒《ちょう》』所収）は〈いねいねと人に言は《わ》れてもなほ食ひあらす旅のやどり、どこやら寒き居心を侘びて〉として、

住みつかぬ旅のこころや置き火燵《こたつ》

の句（芭蕉《ばしょう》句）を録す。（桜井）

河合曾良（かわいそら）

慶安二(一六四九)〜宝永七(一七一〇)。通称惣五郎《そうごろう》。幼名与左衛門。岩波氏を継いで岩波庄右衛門正字《まさたか》と名のる。河合姓は雅号ともいう。信濃国《しなののくに》(長野県)上諏訪《かみすわ》の人。伊勢国《いせのくに》(三重県)長島藩に仕えていたが、のち致仕《ちじ》して江戸に出、貞享二年(一六八五)末ごろまでに松尾芭蕉《ばしょう》に入門した。篤実な人で、『鹿島《かしま》紀行』『奥の細道』の旅に随伴した。宝永七年三月幕府の巡国使に随行して壱岐《いき》(長崎県)勝本で病死した。遺稿集に『雪満呂気《ゆきまろげ》』がある。

卯《う》の花をかざしに関の晴着かな

（奥の細道）

▼季語—「卯《う》の花」初夏。▼句切れ—「晴着かな」。切れ字「かな」。

▽かざし— 髪や冠にさすことにもいうが、ここでは手に持つこと。

《句解》 古人は能因《のういん》の歌に敬意を表して、旅中に冠を正し装束を改めてこの関を越えたと伝えるが、今、自分には正すべき冠も改めるべき衣装もないので、せめてこの道の辺に咲いている卯《う》の花をかざしにして、それを晴着のつもりで関を越えよう。

《鑑賞》 松尾芭蕉《ばしょう》に随行した曾良は元禄二年(一六八九)四月二〇日に白河《しらかわ》の関を越えた。『奥の細道』には、〈卯の花の白妙《しろたえ》に、茨《いばら》の花の咲きそひて、雪にも越ゆるここちぞする。古人冠を正し、衣装を改めしことなど、清輔《きよすけ》の筆にもとどめ置かれしとぞ〉と記してこの句を出す。〈清輔《きよすけ》の筆〉とは、藤原清輔《ふじわらのきよすけ》の書いた『袋草紙《ふくろぞうし》』のことで、昔、竹田大夫国行《だゆうくにゆき》が白河《しらかわ》の関を越えるとき、〈都をば霞《かすみ》と共にたちしかど秋風ぞ吹く白河《しらかわ》の関〉と詠んだ能因《のういん》法師に敬意を表して衣装を改めたという話を載せる。

清輔《きよすけ》の伝える能因《のういん》の故事にならったものだが、卯《う》の花をかざしにするところに風狂の気持ちがある。卯《う》の花は実際に咲いていたわけだが、それ以上に、藤原季道《ふじわらのすえみち》の〈見てすぐる人しなければ卯《う》の花の咲ける垣根《かきね》や白河《しらかわ》の関〉(『千載《せんざい》集』)や藤原定家《ふじわらのていか》の〈夕つく夜入りぬる影もとまりけり卯《う》の花咲ける白河《しらかわ》の関〉(『夫木抄《ふぼくしょう》』)などから、文学的伝統の上で、白河《しらかわ》の関と縁の深い花であった。（桜井）

よもすがら秋風聞くや裏の山

（奥の細道）

▼季語—「秋風」兼三秋。はげしく吹き、さびしく身にしみるもの。▼句切れ—「聞くや」。切れ字「や」。

▽よもすがら—夜通し。

『句解』 一晩中眠りつけずに、裏山の木立の上を吹き渡る蕭《しょう》々たる秋風の音を聞きあかした。

《鑑賞》『奥の細道』には〈大聖寺《だいしょうじ》の城外、全昌寺といふ寺に泊まる。なほ加賀《かが》の地なり。曾良も前の夜、この寺に泊まりて〉としてこの句を出し、『猿蓑《さるみの》』にも〈加賀《かが》の全昌寺に宿す〉と前書がある。全昌寺は石川県加賀《かが》市大聖寺《だいしょうじ》町南部にある曹洞宗《そうとうしゅう》寺院。

　曾良は元禄二年（一六八九）八月五日に松尾芭蕉《ばしょう》に別れ、その夜全昌寺に泊まり、翌六日も雨のために滞留している。〈裏の山〉は曾良のいるところではなく、秋風の吹きすさんでいるところ。全昌寺の裏山である。

　師と別れたさびしさの真情のあふれた句で、〈秋風〉の季語がよくきいているし、〈裏の山〉も〈秋風〉とよく調和しており、「前の山」ではいけない。曾良の詩人としての才能は高く評価され得ないが、これなどは、彼の生涯の作中でも最も成功したものだろう。　（桜井）

《補説》 全昌寺境内に、句碑がある。

立花北枝（たちばなほくし）

　生年未詳。享保三年（一七一八）没。通称研屋《とぎや》源四郎。いちじ、土井氏を称する。別号鳥《ちょう》（趙）翠台《すいたい》・寿夭軒《じゅようけん》。加賀《かが》（石川県）小松に生まれ、金沢で兄牧童とともに研刀を業とした。初め北村季吟《きぎん》門の友琴《ゆうきん》についたが、のち蕉門《しょうもん》に近づき、元禄二年（一六八九）七月、金沢に来た松尾芭蕉《ばしょう》に入門し、越前《えちぜん》（福井県）松岡《まつおか》まで随行した。『山中《やまなか》問答』はそのときの芭蕉《ばしょう》の教えを録したもの。ほかに『喪《も》の名残《なごり》』の撰《せん》がある。

焼けにけりされども花は散りすまし　（猿蓑《さるみの》）

▼季語―「花」晩春。「花」といえば桜を指すが、その他の千木万草にも及ぶ。ここは桜。▼句切れ―「焼けにけり」。切れ字「けり」。

『句解』 火事で丸焼けになってしまった。しかし、花は散り終わった後で、今年の花を見られたので思い残すことはない。

《鑑賞》『卯辰《うたつ》集』に〈元禄三のとし大火に庭の桜も炭になりたるを〉、『猿蓑《さるみの》』に〈庚午《かのえうま》の歳《とし》、家を焼きて〉と前書がある。元禄三年（一六九〇）三月一七日の金沢の大火に類焼した折の作だが、松尾芭蕉《ばしょう》は四月二四日付の書簡（『蕉翁《しょうおう》消息集』所収）で〈「やけにけり」の御秀作、かかるときに臨み、大丈夫感心、去来《きょらい》・丈草《じょうそう》も御作、驚き申すばかりにござ候。名歌を命にかへたる古人も候へば、かかる名句に御替へなされ候へば、さのみ惜しかるまじくと存じ候〉と絶賛している。

〈焼けにけり〉と投げ出した上五に作者の複雑な心境がうかがえるが、しかし、この句にはわざと風流を気取った厭味《いやみ》が感じられよう。事実芭蕉《ばしよう》は、正秀《まさひで》の〈蔵《くら》焼けてさはる物なき月見かな〉について〈高く言ひて甚《はなは》だ心俗なり〉と評したという（『三冊子《さんぞうし》』）が、正秀《まさひで》追悼集『水の友』に拠《よ》れば、芭蕉《ばしよう》が賞賛したものであったとなっている。不幸にあいつつもなした句作には、たとえそれが好ましくない方向の作であっても、あえてその作をほめて、はげましとしたのであろう。

　北枝自身にも奇行癖があったようで（高桑闌更《たかくわらんこう》『誹諧世説《はいかいせせつ》』）、その人柄から推して厭味《いやみ》と感じられない面があったのかもしれない。

《補説》　北枝は、宝永三年（一七〇六）二月五日にも再び類焼し、各務支考《かがみしこう》は『家見舞』の一集を編んだ。そのとき支考《しこう》は〈焼けにけりされども桜咲かぬ間に〉の句を贈っている。（桜井）

川音や木槿《むくげ》咲く戸はまだ起きず　（卯辰集《うたつ》）

▼季語—「木槿《むくげ》」初秋。朝に花を開き暮れにしぼみ落ちるので、はかないものとされる。▼句切れ—「川音や」。切れ字「や」。

『句解』　川音がするばかり。垣《かき》の木槿《むくげ》は白く咲き、ひっそりとした家はまだ閉ざされたままで、人の起きている気配はない。

《鑑賞》　〈霧深きあした渡月橋を渡りて北嵯峨《さが》に分け入るころ〉と前書がある。渡月橋は京の西郊嵯峨《さが》の大堰《おおい》川にかかる橋。

『卯辰集《うたつ》』は元禄四年（一六九一）刊で、それまでに北枝の上京が知られないために、〈そぞろ歩きして見た実景〉だが〈どういう時の作か、不審がある〉（阿部正美『俳句大観』）とされるが、北枝が想像で句作をしたとすればいい。物語のイメージを俳諧に移したもので、〈わびしげな家々〉（綱島三千代『古典俳句を学ぶ』）とするよりは、ひっそりと隠棲《いんせい》する人、あるいは女主人の家と思いやったのであろう。〈訪ね寄った家〉（潁原《えばら》退蔵『俳句評釈』）というよりは、前書の〈分け入るころ〉から、通りすがりの家とした方がいい。

　朝霧が深くこめていて、川の瀬音だけが聞こえてくる中に、白い木槿《むくげ》の花が印象的だというのは、いかにも想像の句であろう。しかし、作りものの厭味《いやみ》の感じられないのは、この句のもつすがすがしさと格調の高さによるものである。

《補説》　北枝が初めて上京したのは、元禄九年（一六九六）

一〇月の義仲寺の松尾芭蕉《ばしよう》の墓参りのときであり、次いで一三年にも上京し各務支考《かがみしこう》主催の芭蕉《ばしよう》七回忌取り越し法要にも列席した。　（桜井）

馬洗ふ《う》川すそ闇《くら》き水鶏《くいな》かな　（蔦獅子《こもじし》集）

▼季語―「水鶏《くいな》」兼三夏。夕方から朝にかけてカタカタと鳴く声が戸をたたくようなので、その鳴くことを「たたく」という。▼句切れ―「水鶏《くいな》かな」。切れ字「かな」。

〘句解〙　一日の仕事を終えて馬を洗うころ、空にはまだ明るさが残るが、川下はもう闇《やみ》に包まれていて、そこから水鶏《くいな》のたたく声が聞こえてくる。

《鑑賞》　『蔦獅子《こもじし》集』（元禄六年冬巴水《はすい》自序）に出るので元禄六年（一六九三）ごろの作。

ただ〈水鶏《くいな》かな〉とあるが、水鶏《くいな》は声を賞するものなので、その声が聞こえてくることをいう。〈闇《くら》き〉は〈水鶏《くいな》〉を直接に修飾するのではなく、一種の中止法で、しいていうなら「闇《くら》き（中で鳴く）水鶏《くいな》」でもある。夕暮れどきはただでもものさびしいころであるが、それよりももう少し遅いころだろう。農夫が一人、馬を洗っている。遅い時刻であるだけに一層ものさびしさが感じられる。そして、水鶏《くいな》のたたく音がそのさびしさをかきたてるような感じである。

よく見かける農村風景だが、〈物を描くのみにとどまらない調べのやわらかさ〉（阿部正美『俳句大観』）だとか、〈印象派の絵画でも見るような一瞬〉（綱島三千代『古典俳句を学ぶ』）だとか評価は高い。　（桜井）

池の星またはらはらと時雨《しぐれ》かな　（白陀羅尼《はくだらに》）

▼季語―「時雨《しぐれ》」初冬。定めなく降ったりやんだりするのが本意。▼句切れ―「時雨《しぐれ》かな」。切れ字「かな」。

〘句解〙　時雨《しぐれ》が通り過ぎて池の面が静かになり、映った星がきらめき出すと間もなく、またその星が消えてはらはらと時雨《しぐれ》が降ってきた。

《鑑賞》　『白陀羅尼《はくだらに》』（宝永元年〈一七〇四〉）に初出なので元禄末ごろの作。

陰晴定めがたい時雨《しぐれ》の空模様を、見事にとらえた好句だが、この句の新鮮さは、池の面に映る星だけに目をとどめたところにある。しかも〈池の星〉という表現によって、あたかも水の奥から星の光が生まれ出てきているようで、すぐれた言葉といえる。〈はらはらと〉は、時雨《しぐれ》の降り出してきた様子をいう。

〈やや凝《こ》りすぎの感もあるが、池の面が澄んだり騒いだりするにつれて、暗い水底から星の光が生まれたり消えたりするかすかな現象をとらえた眼《め》は鋭い〉（白石悌《てい》三《ぞう》『俳句・俳論』）というとおりであろう。

《補説》これだけの力量をもった北枝らを擁《よう》した加賀《かが》俳壇だが、元禄一四年（一七〇一）ごろから各務《かがみ》支考《しこう》の影響下におかれ、後年、美濃《みの》派の本拠地となってしまう。（桜井）

向井去来（むかいきょらい）

慶安四（一六五一）〜宝永一（一七〇四）。通称平次郎。号は義焉子《ぎえんし》。庵号落柿舎《あんごうらくししや》。長崎《ながさき》に生まれ京都に住む。武道を修めたが、貞享年間蕉門《しょうもん》に入る。師にきわめて篤実に仕え蕉《しょう》門《もん》でも重きをなした。元禄四年（一六九一）野沢凡兆《ぼんちょう》とともに『猿蓑《さるみの》』を選ぶ。彼の『去来抄』『去来文』『旅寝論』などは、服部土芳《はつとりどほう》の『三冊子《さんぞうし》』と並んで蕉風《しょうふう》の代表的俳論書である。

振舞（ふるまい）や下座（しもざ）に直る去年（こぞ）の雛（ひな）

（去来発句《ほっく》集）

▼季語―「雛《ひな》」仲春。ここは雛人形《ひなにんぎょう》の略。江戸時代の元禄ごろから布製の内裏《だいり》雛《ひな》が売り出されて都市の家庭で飾られ、さらに、いろいろな人形や調度類を飾るようになった。▼句切れ―「振舞《ふるまい》や」。切れ字「や」。

▽振舞《ふるまい》―挙動・行為の意と、もてなし・饗応《きょうおう》の意の両説あるが、ここでは後者。すなわち当時の調度は、蛤《はまぐり》の貝などに飯や汁を盛ったが、その饗応《きょうおう》の席のこと。

《句解》雛《ひな》祭りの壇に人形や調度が飾られている。新しい雛《ひな》が上段の席に並ぶのにひきかえ、去年の古ぼけた雛《ひな》は下の段に並んでいる。その饗応《きょうおう》の席順は、世間の時めきたる人の衰えたるさまを暗示するかのようだ。

《鑑賞》『去来抄』の記事によって、去来の創作意図と松尾芭蕉《ばしょう》の評価がわかる。すなわち、〈此《この》句は予おもふ処有《ところあり》て作《な》す。五文字、古ゐぼし・紙ぎぬ等は謂過《いいすぎ》たり。景物は下《した》心《こころ》徹せず。あさましや・口をしやの類ははかなしと、今の冠《かんむり》を置て窺《うかが》ひければ、先師曰《いわ》く「五文字に心をこめておかば、信徳が人の世や成べし。十分ならずとも振舞《ふるまい》にて勘忍《かんにん》有《ある》べし」と也。〉

去来の〈おもふ処《ところ》〉とは〈雛《ひな》〉によって人間の栄枯盛衰の運命を象徴することにあった。そのアイデアは去来の豊富な人生経験を思わせる。〈古ゐぼし・紙ぎぬ〉は衰えの相を具体的に表現しすぎて露骨である。景物では創作意図が通じない。〈あさましや・口をしや〉は観念がむき出しで余情がない。意図をほのめかす言葉として、やっと〈振舞《ふるまい》や〉で妥協することとなった。上五の表現は芭蕉《ばしょう》に満点はもらえなかったにせよ、人の世の栄枯盛衰を〈雛《ひな》〉に象徴させたところ、卓抜である。

（森田・白井）

郭公《ほととぎす》なくや雲雀《ひばり》と十文字

（去来発句《ほっく》集）

▼季語―「郭公《ほととぎす》」兼三夏。郭公《ほととぎす》のほか、時鳥・杜鵑・子規などの文字も当てる。古来その鳴き声を「天辺《てっぺん》かけたか」とか「本尊かけたか」と聞いている。古人には、鶯《うぐいす》と郭公《ほととぎす》にはことに初音を聞くことを競い待つという風流があった。「雲雀《ひばり》」は春の季語であるが、ここは「郭公《ほととぎす》」が中心的季語。▼句切れ―「なくや」。切れ字「や」。

『句解』 郭公《ほととぎす》は空を横切りながら鋭く鳴き過ぎる。雲雀《ひばり》は空の低みから高みへ一直線に上昇する。二つが十文字に交叉《こうさ》するように、季節は交替して夏となる。

《鑑賞》 『去来文』に去来みずから〈定家卿《ていかきょう》の煙十文字におもひより候て〉といっているのは、伝藤原定家《ふじわらのていか》作の〈大原《おおはら》や小塩の山の横がすみ立つは炭焼く煙なりけり〉を指すらしい。去来の意図は〈己《おの》が力を古詩・古歌の上にせめ上げるところにあった。古歌の〈横がすみ〉と〈立つ煙〉の趣向を下敷きに、二つの鳥が〈十文字〉に交叉《こうさ》するとして、季節の交替を暗示したのは去来の手柄である。〈十文字〉の一語によって、よく五・七・五の枠《わく》に収め得た。さらに郭公《ほととぎす》と雲雀《ひばり》の横と縦は、よく二者の実態を把握《はあく》したものである。〈十文字〉の表現を幼稚とする批判もあるが、榎本其角《えのもときかく》にも〈おくり火や定家《ていか》の煙十文字〉の句例もあり、当時の表現のパターンを知れば、決して珍奇をもてあそんでいるわけではないことがわかる。森川許六《きょりく》はこの句を去来一代の秀逸に数えている。

（森田・白井）

岩鼻《いわはな》やここにもひとり月の客

（去来発句《ほっく》集）

▼季語―「月の客」仲秋。知人を招いて月見の座を設けるとき、その客を「月の友」「月の客」などといい、月の出を待って句を詠んだりした。▼句切れ―「岩鼻《いわはな》や」。切れ字「や」。▽岩鼻《いわはな》―岩端とも書く。岩の端の出っ張ったところ。

『句解』 去来の創作意図では、明月の夜逍遙《しょうよう》していると、岩頭のあたりに自分と同様月を賞《め》でている風流人をもう一人見つけた、の意となる。松尾芭蕉《ばしょう》の解では、その主客の位置を変え、明月よ、ここに私というもう一人の風流人がいますよ、と月に名のった意となる。

《鑑賞》 『去来抄』の逸話はあまりに名高い。すなわち〈去来曰《いわ》く「洒堂《しゃどう》はこの句を『月の猿《さる》』と申し侍《はべ》れど、予は『客』勝りなんと申す。いかが侍《はべ》るや。」先師曰《いわ》く「猿《さる》とは何事ぞ。汝《なんじ》、この句をいかにおもひて作《な》せるや。」去来曰《いわ》く

「明月に乗じ山野吟歩《ぎんぽ》し侍《はべ》るに、岩頭又一人の騒客《そうきゃく》を見付たる」と申す。先師曰《いわ》く「ここにもひとり月の客と、己《おのれ》と名乗り出《い》でたらんこそ、幾ばくの風流ならん。ただ自称の句となすべし。」〉

浜田洒堂《しゃどう》の意見は論外である。去来が傍観的に他者発見の喜びで提出した句を、芭蕉《ばしょう》は文字一つ変えずに、我もまた月に興じて浮かれ出た風狂の徒であると、自称に変えてしまった。

この逸話が示唆《しさ》する問題は二つある。一つは、発句《ほっく》の鑑賞は作者の創作意図とは別に多義多解が可能であり、むしろ意図に添わぬ方がすぐれたものとなることもあり得ること。二つには、〈名乗り〉の風狂による迫力を、芭蕉《ばしょう》が尊重したことである。　（森田・白井）

鳶《とび》の羽《は》もかいつくろひ《い》ぬ初しぐれ

（去来発句《ほっく》集）

▼季語―「初しぐれ」初冬。その冬初めて降る時雨《しぐれ》。連歌時代までは侘《わ》びしい気分のこもった言葉であったが、元禄時代は必ずしもそうではない。▼句切れ―「かいつくろひぬ」。切れ字「ぬ」。

▽かいつくろふ―鳥の羽の乱れを整えること。

『句解』　冬のことぶれの初時雨《しぐれ》が降り始めた。樹上の鳶《とび》も濡《ぬ》れて乱れた羽をつくろいすまし、いかにもさむざむと見えるが、彼は彼なりにあの姿で時雨《しぐれ》に興じているのであろうか。

《鑑賞》　『猿蓑《さるみの》』巻五の歌仙《かせん》は、去来のこの発句《ほっく》で始まる。脇《わき》は松尾芭蕉《ばしょう》の〈一ふき風の木の葉しづまる〉で、あわただしく過ぎ去る時雨《しぐれ》の趣をよく承《う》けている。

この句は、さむざむとして侘《わ》びしい山野の時雨《しぐれ》の一点景には相違ないが、〈鳶《とび》の羽《は》も〉のもには、俳人が「初時雨《しぐれ》」によって冬の情趣をかぎ取るように、鳶《とび》もまた「初時雨《しぐれ》」によって、冬の到来を覚悟したかのごとき緊張した面持ちだという、暖かい眼差《まなざ》しが感じられる。鳶《とび》もまた風狂の士なのである。

《補説》　後の与謝蕪村《よさぶそん》にこの句を賛した鳶図《とびず》がある。樹上の鳶《とび》の姿といい、斜めに降っている時雨《しぐれ》の趣といい、蕪村《ぶそん》水墨画の傑作である。　（森田・白井）

木枯《こがらし》の地にも落さぬしぐれかな

（去来発句《ほっく》集）

▼季語―「木枯《こがらし》」初冬。凩とも書く。晩秋から初冬に吹く強い風で、木を吹き枯らすということからこの名がある。「時《し》雨《ぐれ》」兼三冬。秋冬のころ陰晴さだめなく降る雨。「片時雨《かたしぐれ》」「横時雨《しぐれ》」などの語もあって、一句の情景は想像できよう。

▼句切れ―「しぐれかな」。切れ字「かな」。

『句解』　はらはらと時雨《しぐれ》が降ってきたが、はげしい木枯らしが、雨脚《あまあし》がまっすぐ地上に届かないほど時雨《しぐれ》を吹き払ってしまう。

《鑑賞》　『去来抄』などに山本荷兮《かけい》の〈木枯《こがらし》に二日の月の吹き散るか〉の句との比較論評が記されている。〈先師曰《いわ》く「兮《けい》が句は二日の月といふ物にて作《な》せり。其名目《そのみようもく》をのぞけばさせる事なし。汝《なんじ》が句は何を以て作《な》したるとも見えず、全体の好句也。たゞ地迄《まで》とかぎりたる迄《まで》の字いやし」とて直したまへり。初は地迄《まで》おとさぬ也。〉。去来の初案〈地迄〉は理屈に堕《だ》した説明的表現であったが、〈地にも〉で面目一新し、〈木枯《こがらし》〉のはげしさが生きる表現となった。

芭蕉《ばしよう》の批評どおり、荷兮《かけい》の珍奇な語彙《ごい》素材を拾う才は去来にはないが、〈全体の好句〉といわれるように、茫洋《ぼうよう》としていながら景観のかなめを把握《はあく》している。その計らいのなさは、愚直な面すらもつ人柄からくるもので、技巧以前の問題である。部分的な傷の推敲《すいこう》に目を奪われて、〈全体の好句〉という去来の持ち味を見落とすべきではない。

（森田・白井）

鉢《はち》たたき来ぬ夜となれば朧《おぼろ》なり

（去来発句《ほっく》集）

▼季語―「鉢《はち》たたき」仲冬。「空也《くうや》念仏」などともいう。空也《くうや》僧が一一月一三日の空也忌《くうやき》から四八日間洛中洛外《らくちゆうらくがい》を念仏を唱え鉦《かね》を打って歩くこと。「鉢《はち》たたき」の中心的風情《ふぜい》は、念仏の声や鉦《かね》の音にあるが、その他古人が抱いたイメージは貧・老・踊・茶筌《ちやせん》・都などであった。「朧《おぼろ》」兼三春。春の夜万物がかすんで見える様子。一句は季節の推移を詠むのが主眼なので冬と春と季語が二つある。▼句切れ―「朧《おぼろ》なり」。切れ字「なり」。

『句解』　ついこの間まで鉢《はち》たたきが来ていたが、しばらく念仏の声も鉦《かね》の音も聞こえないなあと思って、戸外の空をながめると、いつしか月も朧《おぼろ》にかすんでいる。もう春が訪れたのだなあ。

《鑑賞》　一句の主題は季節の推移にあるが、それを何の計らいもなく自然に詠んだところにこの句のすばらしさがあり、去来一代の傑作である。〈鉢《はち》たたき来ぬ〉の何か物足りない空白感では季感は意識されていないのに、月光の〈朧《おぼろ》〉のさまで、春の自覚にぱっと転換する。その意識の流れをいい得て妙。

去来の他の傑作を各務支考《かがみしこう》は〈いかにしてかく安き筋より入らるゝや〉とたずねているが、去来の秀逸は自然発生的に生まれるようである。

（森田・白井）

尾頭《おかしら》の心もとなき海鼠《なまこ》かな　（去来発句《ほっく》集）

▼季語―「海鼠《なまこ》」兼三冬。体形は円頭状でやや偏平。日本沿岸各地に産し、酢にて生食するほか、煮干して中華料理に使う。『本朝食鑑』に〈状、鼠《ねずみ》に似て頭尾手足なし。ただ前後両口あり〉と説くのは、ほぼその形容を尽くしている。▼句切れ―「海鼠《なまこ》かな」。切れ字「かな」。
▽尾頭《おかしら》―尾と頭。▽心もとなし―あるかなきかのさま。かすかで漠然《ばくぜん》としていること。

〔句解〕 魚屋（あるいは厨《くりや》）に海鼠《なまこ》を見つけた。海鼠《なまこ》の形は偏平でどちらが頭かどちらがしっぽかわからない。ずいぶんおぼつかなく、摑《つか》みどころがないことだなあ。

《鑑賞》 魚類のほとんどが頭と尾がはっきりしていて尾頭《おかしら》付きという言葉もある。〈海鼠《なまこ》〉のややグロテスクな形状に着眼したことそのものもおもしろいが、〈尾頭《おかしら》の心もとなき〉という表現も、他の追随できぬユーモアである。

すぐれたユーモアは無理に作ろうとして生み出せるものでなく、去来が不用意に率直に詠んだところにユーモアがある。去来という人は真面目な反面洒脱《しゃだつ》な面のあったことを示す好例である。あるいは、摑《つか》みどころのない得体の知れぬ人物を風刺したかと読めなくもないが、そこまで勘《かん》ぐらぬ方がよい。

（森田・白井）

おうおうといへ《え》ど敲《たた》くや雪の門《かど》　（去来発句《ほっく》集）

▼季語―「雪」兼三冬。北国人はともかく一般に日本の風流人は雪・月・花の名のごとく、好んで雪を詩歌に詠み興じてきた。降る雪を指す場合と積もった雪を指す場合があるが、ここでは降る雪に解した方が一句に迫力が増すであろう。▼句切れ―「敲《たた》くや」。切れ字「や」。
▽おうおう―閉ざした門を敲《たた》く人に対して、応答する声。

〔句解〕 雪の夜に訪ねて来た人が、締まった門をしきりに敲《たた》く。家の中から「はいはい、今開けますよ」と大声で応じても、寒いためか待ちかねていつまでも敲《たた》き続ける。

《鑑賞》 これは当時門人間に評判になった句である。成立は元禄七年（一六九四）冬。去来書簡によれば、初案は〈たゝかれてあくるましれや雪の門《かど》〉、再案は〈あくる間をたたき続けや雪の門《かど》〉であった。

発想の契機は藤原道綱《ふじわらのみちつな》の母の〈歎《なげ》きつつ独りぬる夜のあくる間はいかに久しきものとかは知る〉の和歌にあった。初案・再案はその和歌の心に即して、雪の夜、門を敲《たた》かれてあけるまでの長さを知ってくれという、怨《うら》みの情を詠んでいたのが、〈おうおうと〉の語を思いついて一挙に古歌離れし、自賛のごとく秀逸となった。

注意したいのは、経験から生まれたかのごとくみえる一句が、古歌翻案から一転して生まれたことである。〈おうおうと〉の会話の活力と、〈いへど敲《たた》くや〉の屈折が〈雪の門《かど》〉と密につながったことによって、雪夜いらいらして門を敲《たた》く客と、返事しつつ戸を開けに出る去来との生放送のごとき印象を読者はもつ。雪夜の情が一句を貫き、当時好評を博したのももっともである。（森田・白井）

《参考文献》▼「去来」（『蕉門名家句集一』集英社　昭47）▼『向井去来』（去来顕彰会　昭29）▼中西啓「向井去来」（『俳句講座2　俳人評伝　上』明治書院　昭44）

野沢凡兆（のざわぼんちょう）

生年未詳。正徳四年（一七一四）没。姓は宮城・宮部氏などともいう。名は允昌《みつまさ》、また長次郎と称すか。別号には加生《かしょう》・阿《あ》圭《けい》・春花園などがある。金沢に生まれる。京に出て医を業とし達寿《たつじゅ》と称す。妻とめ女《じょ》も羽紅と号し俳諧をたしなむ。元禄四年（一六九一）向井《むかい》去来《きょらい》とともに『猿蓑《さるみの》』を撰《せん》したが、元禄六年罪に座して入牢《にゅうろう》した。出獄後俳諧に復帰したが、『猿蓑《さるみの》』時代の精彩はなかった。

灰捨てて白梅うるむ垣根《かきね》かな　（猿蓑《さるみの》）

▼季語―「白梅」初春。「梅」は早春まだ寒いころ百花に先がけて咲き、香りも高いので古来詩人に愛された。中でも「白梅」は気品高く凛《り》々しい印象を与える。▼句切れ―「垣根《かきね》かな」。切れ字「かな」。

▽うるむ―光沢が薄れぼんやりして不透明になる様子。

〔句解〕　垣根《かきね》のそばに灰を捨てると、パッと舞い上がった瞬間純白で鮮明だった梅の花が、不透明に朦朧《もうろう》とした気配になった。この一瞬の朧化《ろうか》もまた一風情《ふぜい》あるものだ。

《鑑賞》　昔は十能《じゅうのう》の灰などを庭に捨てることがしばしばあった。凡兆の経験にもあるいは庭の〈白梅〉近くに灰を捨てることがあったかもしれない。そして読者はその瞬間、鮮明であった〈白梅〉がうるんで見えたのだと信じこむであろう。

読者の享受鑑賞としてはそれでよいのである。が、一度立場を変えて作者の身になってみると、〈灰〉によって〈白梅〉が〈うるむ〉ような現象が生じたか否かは疑問である。凡兆が〈うるむ〉と強調したゆえんは、美しく清楚《せいそ》な〈白梅〉が遠近によって〈うるむ〉のでもなく、たそがれや朧《おぼろ》夜《よ》の時刻によって〈うるむ〉のでもなく、〈灰〉という日常の廃棄物によって〈うるむ〉ところにある。してみれば、この句はまさに人工の美といえるので、事実は作品ほど美しかろうはずはないが、凡兆はこうした新しい素材開拓によって、乾いた眼《め》で俳諧的発見を次々と成し遂げた人であった。

（森田・白井）

花散るや伽藍《がらん》の枢《くるる》落し行く　（猿蓑《さるみの》）

▼季語―「花散る」晩春。満開の桜も美しいが花吹雪《ふぶき》も美しい。日本人は落花を惜しみさびしみつつも、その風情《ふぜい》を愛する。▼句切れ―「花散るや」。切れ字「や」。▽伽藍《がらん》―梵語《ぼんご》で僧伽藍《がらん》の略。僧園の意。▽枢《くるる》―閾《しきい》の穴にさしこんで、戸が開かないようにする桟《さん》。「おとし」「さる」ともいう。

『句解』　大きな寺の境内、たそがれには人影もない。一人の僧が本堂の扉《とびら》を閉めようとして、ギーッと引いた枢《くるる》をコトンと落として去った。その静寂裏の響きに応ずるかのように桜の花がはらはらと散る。

《鑑賞》　春の夕暮れ、閑静な寺の境内に花が散る。それだけですでに美しい一幅の風景画である。凡兆はこれに配するに、自分の責任業務を果たす無表情の僧を配した。僧は落花の風情《ふぜい》を味わっているわけではない。また、〈枢《くるる》〉を落とすコトンという音も、無機物の響きで落花の風情《ふぜい》と照応しない。それでいながら、晩春の落花を詠んで、これほどすぐれた一つのまとまりある世界を印象鮮明に描くのは、凡兆のなみなみならぬ才である。また一句における梵《ぼん》語《ご》〈伽藍《がらん》〉はここでは俳言《はいごん》として働いており、現代俳句において外来語を挿入《そうにゅう》する感覚に近い。

　古来、和歌の世界では名高い能因《のういん》法師の〈山里の春の夕《ゆう》暮《ぐれ》来て見れば入相《いりあい》の鐘に花ぞ散りける〉の歌のごとき情緒が、固定した連想のパターンであった。凡兆はそうした陳腐さを非情な〈枢《くるる》〉の音で一挙に粉砕したのである。

（森田・白井）

鶯《うぐいす》や下駄《げた》の歯につく小田《おだ》の土　（猿蓑《さるみの》）

▼季語―「鶯《うぐいす》」兼三春。ホーホケキョと明るい声で鳴く鶯《うぐいす》は、春の到来を告げる鳥として古来詩歌に数多く詠まれてきた。▼句切れ―「鶯《うぐいす》や」。切れ字「や」。▽小田《おだ》―「お」は接頭語。たんぼのこと。当時松尾芭蕉《ばしょう》にも〈世を旅に代《しろ》かく小田の行きもどり〉などの用例がある。

『句解』　早春田のあぜ道を歩いていると、霜が解け春の息吹《いぶき》を感じさせる春泥《しゅんでい》が、下駄《げた》の歯の間にはさまり足を取られる。折から鶯《うぐいす》の鳴き声が聞こえる。もう春になったのだなあ。

《鑑賞》　古来〈鶯《うぐいす》〉といえば、梅や柳に配合されて優美に詠み習わされてきた。それを〈土〉のもつ生命感と配したところに、俳諧らしい新しみがある。〈や〉の切れ字の働きによって、天上の快い〈鶯《うぐいす》〉の声の響きと、地上の泥《どろ》に歩み辛《づら》く困惑している作者の不快感との対照が、一層はっきりする。

　何気なく見過ごしそうな句であるが、日常卑近の素材から早春の一コマをつかむのは凡兆の手腕である。人間の諸感覚の中でも、触感という最も直接的な感覚から出発しているところがおもしろい。　（森田・白井）

鷲《わし》の巣の樟《くす》の枯枝《かれえ》に日は入りぬ　（猿蓑《さるみの》）

▼季語―「鷲《わし》の巣」兼三春。鳥の巣は産卵のためゆえ、総じて春。鷲《わし》が巣を作る時期は三、四月ころで高山の岩壁に作る。ここでも高山の凄愴《せいそう》なイメージをねらっている。▼句切れ―「入りぬ」。切れ字「ぬ」。〈鷲《わし》の巣の樟《くす》の〉というたたみかけに注目すべきである。

▽樟《くす》の枯枝《かれえ》―枯れ枝とあっても冬ではなく、ここでは常緑樹の樟《くす》が枯死した状態。

《句解》　山路の夕暮れは早い。巨大な樟《くす》の枯れ枝に獰《どう》猛《もう》な鷲《わし》の巣がかかっている。落日は赤々と燃えて巨木の鷲《わし》の巣をいちだんと際立たせている。

《鑑賞》　『猿蓑《さるみの》』には〈越《こし》より飛騨《ひだ》へ行くとて、籠《かご》の渡りの危ふきところどころ、道もなき山路にさまよひて〉の前書がある。

　〈籠《かご》の渡り〉とは、飛騨《ひだ》（岐阜県）・越中《えっちゅう》（富山県）両国を流れる庄川の白川谷（あるいは神通《じんづう》川にもある）の両岸が絶壁で橋を渡せないところに、藤蔓《ふじづる》を張り籠《かご》を吊《つる》して、引き綱で渡る仕掛けだから、スリル満点で綱を引く手もとでも狂ったら大変である。この前書を土地柄のスリルを強調するための虚構とみる見方もある。凡兆は金沢の人だから仮に籠《かご》渡りの経験がないとしても、見聞の経験はあったろう。

　巨大な樟《くす》の老樹、獰猛《どうもう》な鷲《わし》の巣、深山の落日という道具立てで、凡兆の舞台装置はいやが上にも凄愴《せいそう》感を盛り立てている。それでいて、作者はあくまで平静に読者とともに一幅の絵画をながめるかのごとく、主観的言辞をもてあそばない。

　凡兆が客観的叙景句にすぐれると評されるゆえんだが、それはきわめて人工的に構成されたイメージであることを理解すべきである。　（森田・白井）

髪剃《かみそり》や一夜に金精《さび》て五月雨《さつきあめ》 （猿蓑《さるみの》）

▼季語―「五月雨《さつきあめ》」仲夏。「さみだれ」とも読む。梅雨と同じだが、梅雨が時候にも使われるのに対し五月雨《さつきあめ》は雨のこと。▼句切れ―「髪剃《かみそり》や」。切れ字「や」。
▽髪剃《かみそり》―ふつう剃刀と書く。古くはカミゾリといったか。髭《ひげ》などを剃《そ》るのに使う小型の刃物。

『句解』 五月雨《さみだれ》は昨日も今日も降り続けている。ふと剃刀《かみそり》を使おうと思って手にして見ると、昨日使えたものが今日は一面緑青《ろくしょう》で、湿気の中に妖《あや》しい色と光を放っている。

《鑑賞》 不注意に読むと日常道具の些事《さじ》としか読めぬだろう。が、梅雨期の何にでも黴《かび》の生ずる陰気でしめっぽい季節のときに、〈髪剃《かみそり》〉という刃物の錆《さび》に着眼すること自体、すでに非凡である。それは江戸趣味では律し切れない非常に近代的な感覚といってもよい。
〈髪剃《かみそり》〉はここでは単に日常の道具であることを超えて、暗く陰湿な空間に、妖《あや》しい光と錆色《さびいろ》を放つ小さな凶器である。〈五月雨《さつきあめ》〉は人間を倦怠《けんたい》と虚脱に誘うが、〈髪剃《かみそり》〉は狂気へ誘うかもしれない。 （森田・白井）

渡りかけて藻《も》の花のぞく流《ながれ》かな （猿蓑《さるみの》）

▼季語―「藻《も》の花」仲夏。多く湖沼・細流などに生じ、春、細い葉を水面に出し、夏、緑黄色の花や白色の花を見せる。「花藻《はなも》」ともいう。▼句切れ―「流《ながれ》かな」。切れ字「かな」。
▽流《ながれ》―小川の流れをいう。

『句解』 小さな川のこれまた小さな橋を渡りかけているとき、ふと水面に咲いている目立たぬ可憐《かれん》な〈藻《も》の花〉を発見した喜びに思わずのぞいて見た。

《鑑賞》 『卯辰《うたつ》集』（元禄四年〈一六九一〉刊）にも所出。凡兆の句の中では比較的人工的技巧味の薄い句である。それでも橋といわないで〈渡る〉といい、川といわないで〈流《ながれ》〉といっているところに、修辞の錬磨《れんま》が感じられる。
まず〈藻《も》の花〉が目立たない花であり、橋を渡って行くという動作も、取り立てて珍しくない日常のことである。凡兆は日常の動作をしながら、日常よくある小さな〈藻《も》の花〉を発見した喜びを、スナップ写真のごとく即興的に取り上げたのである。詩とは決して珍しい情景、珍しい素材に頼らなくとも、日常足下に詩材はあるということを示す佳句である。

《補説》 後世の加舎白雄《かやしらお》は、西行《さいぎょう》の〈道の辺《べ》に清水流るる柳《やなぎ》かげしばしとてこそ立ちどまりつれ〉の歌をこの句の典拠としているが、凡兆が狙《ねら》い、誇りとしたのは、早撮りカメラのシャッター・チャンスのよさであろうから、おそらくかかわりはあるまい。

（森田・白井）

市中《いちなか》は物のにほひ《おい》や夏の月　（猿蓑《さるみの》）

▼季語―「夏の月」兼三夏。秋の月ほど澄んでいないが、夜涼を感じさせる景物である。また「短夜」「明けやすし」などの連想を伴う。▼句切れ―「にほひや」。切れ字「や」。▽市中《いちなか》―「まちなか」「いちなか」、二通りの読みがある。いずれに読んでも町中の意。▽物のにほひ―漠然《ばくぜん》としたいい方だが、厨《くりや》の夕餉《ゆうげ》の匂《にお》い、売り物の匂《にお》い、汗の匂《にお》いなどが熱気でむれている、いわば、夏の生活の臭気である。

〔句解〕地上のたてこんだ町中には、昼間の暑さのほとぼりがまだ残っていて、生活上のさまざまな匂《にお》いが熱気にむれて消えやらない。が、天には、暑熱に悩む人間生活とはかかわりなく、涼しげな月がかかっている。

《鑑賞》『猿蓑《さるみの》』所収歌仙《かせん》（凡兆・松尾芭蕉《ばしょう》・向井去来《むかいきょらい》の三吟）の発句《ほっく》で、脇《わき》は〈あつしあつしと門々の声　芭蕉《ばしょう》〉とつけている。

俳諧七部集中でも最も生彩ある歌仙《かせん》の一つである。生彩あるのみならず庶民生活の衣食住まで如実に知られるような歌仙《かせん》である。一つはこの発句《ほっく》がいきいきとした生活の汗と脂を巧みにとらえたからであろう。

和歌はもちろん俳諧の世界においても、〈夏の月〉は「短夜」「明けやすし」の連想が圧倒的に支配していた。凡兆が大胆に〈物のにほひ〉のごとき、卑俗とも受け取られる虞《おそれ》のあるものを取り上げて、町中の熱気のみならず生活の活気までとらえたのは、冒険だがおおいに成功している。芭蕉《ばしょう》も凡兆の呼吸を飲みこんでいたからこそ、〈あつしあつし〉の会話体でつけたのである。

（森田・白井）

灰汁桶《あくおけ》の雫《しずく》やみけりきりぎりす　（猿蓑《さるみの》）

▼季語―「きりぎりす」初秋。『古今集』以来近世にいたるまでこおろぎのことをきりぎりすと呼んでいた。秋鳴く虫の中でも最も一般的なもの。種類によってコロコロと鳴くのや、リーリーと鳴くのがある。▼句切れ―「やみけり」。切れ字「けり」。
▽灰汁桶《あくおけ》―水を満たした中に灰を投じ、底のせん口から灰汁《あく》がしたたるように仕掛けた桶《おけ》。洗濯《せんたく》や染色用の灰汁《あく》を取るためのもの。

〔句解〕秋の夜も更けた。闇夜《やみよ》の静寂に聞こえてくるのは〈灰汁桶《あくおけ》〉の雫《しずく》のポトポトという音だけであったが、それも間遠になり、ついにやむと、今度はこおろぎの声がひときわ耳に立つようになった。

《鑑賞》『猿蓑《さるみの》』所収の歌仙《かせん》(凡兆・芭蕉《ばしょう》・野水《やすい》・去来《きょらい》の四吟)の発句《ほっく》で、脇《わき》は松尾芭蕉《ばしょう》の〈あぶらかすりて宵寝《よいね》する秋〉。

昔の〈灰汁桶《あくおけ》〉は土間のあたりに置かれてあったろう。夜更けに聞いている作者の位置は居間か座敷であろうか。雫《しずく》のかすかな音が際立って聞こえるほどだから、よほどの静寂である。その音が途絶えたとき、今まで雫《しずく》に憚《はばか》っていたかのごとくこおろぎの鳴き声が聞こえ始めた。

というふうに微《かす》かな無機物の音と微《かす》かな生命の声を連結させているが、ここの切れ字〈けり〉が利《き》いていて、〈灰汁《あく》桶《おけ》〉と〈きりぎりす〉との移行断絶を無言の中に響かせている。蕉風《しょうふう》のさびの一典型とするに足る秀吟である。

《補説》凡兆には〈物の音独り倒るる案山子《かかし》かな〉と、やはり秋の静寂を詠んだ句があるが、寂寥《せきりょう》感はこちらの方が深い。

(森田・白井)

初潮や鳴門(なると)の浪(なみ)の飛脚船(ひきやくぶね)

(猿蓑《さるみの》)

▼季語—「初潮」仲秋。またの名を「葉月潮《はづきじお》」「望《もち》の潮」「秋の大潮」などともいう。陰暦八月一五日満月の大潮の満潮のこと。力強い高波となる。▼句切れ—「初潮や」。切れ字「や」。

▽鳴門《なると》—徳島県の東北端と、淡路島《あわじ》の西南端との間にある海峡。潮流の渦《うず》をなす名勝地である。▽飛脚船《ひきやくぶね》—政治・軍事・商売をはじめ急ぎの連絡のため、日和《ひより》や風向きにかまわず急行する小船。江戸時代ではこれを専門にする小船が主要港湾にあった。

『句解』潮の最も高い初潮の夜、月はこうこうと照っている。満潮の鳴門《なると》が渦《うず》をなす中を、波しぶきを立てながら一艘《そう》の飛脚船《ひきやくぶね》が何の用件か、矢のように疾走して行く。

《鑑賞》現存資料では凡兆が鳴門《なると》に赴いた形跡はないから、経験嘱目《しょくもく》の句でなく想像であろう。

一読広重《ひろしげ》の鳴門《なると》の画や時代劇の一コマを彷彿《ほうふつ》とさせるだけの迫力がある。満月の〈初潮〉を強調しているのだから、時刻は夜と解した方が、さらに勇壮美が増す。大潮には鳴《な》門《と》の渦《うず》は舟を呑《の》むほどはげしく危険であるから、その渦《うず》に挑《いど》んで小さな船が木の葉のように翻弄《ほんろう》されつつ、急を告げに走る光景は、まことにスリル満点である。〈初潮〉〈鳴門《なると》〉〈飛脚船《ひきやくぶね》〉三者共に男性的動態で緊迫した画面を構成し、秀逸である。

(森田・白井)

禅寺の松の落葉《おちば》や神無月《かんなづき》

（猿蓑《さるみの》）

▼季語―「神無月《かんなづき》」初冬。陰暦一〇月の異称で陽暦の一一月前後に当たる。名の由来は諸神が出雲《いずも》へ集まるため神々が留守になるからだと一般にいわれている。「松の落葉《おちば》」は雑《ぞう》。▼句切れ―「落葉《おちば》や」。切れ字「や」。

『句解』禅寺は一体に清閑の地が多く庭も掃き清められている。ここの禅寺もまたわずかに松の落ち葉がこぼれるだけで、さびしくしんとして、他のところのように神無月《かんなづき》につきものの、雑木の落ち葉を履《ふ》む音など聞こえない。

《鑑賞》神無月《かんなづき》はどこも落ち葉の季節である。霜月《しもつき》はすでに落ち葉は終わっているので、ここはどうしても〈神無月《かんなづき》〉でなくてはいけない。禅寺のイメージは広大で質実で清閑である。きれいに掃き清められた庭の、常緑樹の〈松の落《お》葉《ば》〉のみを点描したのは、凡兆らしい格調高くすきのない情景描写である。

　しかもそれが平板とならず、退屈させないのは、従来〈神《かん》無《な》月《づき》〉といえば紅葉というのが、常套《じょうとう》的な連想のパターンであったのに、凡兆はその常識の虚をついているからである。

《補説》凡兆が植物を詠んだ句に〈三葉《みは》ちりて跡はかれ木や桐《きり》の苗〉〈肌《はだ》さむし竹切山の薄紅葉《うすもみじ》〉などの例がある。いずれも人が詠み残した新しい素材である点、また、非情な乾いた眼《め》でとらえている点に、凡兆の個性がうかがわれる。

（森田・白井）

門前の小家《こいえ》も遊ぶ冬至かな

（猿蓑《さるみの》）

▼季語―「冬至」仲冬。二十四気の一つ。陽暦一二月二二日ごろ。一年中で最も日が短い。このころから寒さもきびしくなる。江戸時代は冬至にどの家も働かず休んだ。寺の僧も一日の暇が与えられた。▼句切れ―「冬至かな」。切れ字「かな」。▽門前―意味は寺の門前。現代の語感ではモンゼンと音読みすることは当たり前だが、当時音読みの漢語を用いるのは、現代において外来語を用いる感覚に等しい。俳言《はいごん》といってよいであろう。

『句解』冬至の日を祝って寺では今日一日を休み、僧たちは遊んでいる。そして、その寺の門前の小商《こあきな》いの店でものんびり遊んでいることだ。

《鑑賞》元禄時代〈冬至〉を扱った句はきわめて稀《まれ》である。その点だけでも凡兆はパイオニアとしての功績がある。一句は時・場・気分が心憎いほど調和している。寺に参《さん》諧《けい》の人もなく僧たちも遊んでいるのだが、それを正面からは詠まない。〈門前の小家《こいえ》〉といえば、仏様への供物などをし売るしがない店であろう。日ごろ貧しく質素な暮らしをしている〈小家《こいえ》〉の人たちも、店を閉ざして今日は一日のんびり好きなことをしているのである。その閑を得て放心の体《てい》の門前町を暖かい眼《め》でとらえている。

《補説》 冬至のよく詠まれた天明期に〈書記典主《しょきてんず》故園に遊ぶ冬至かな　蕪村《ぶそん》〉〈禅院の子も菓子貰《もら》ふ冬至かな　召波《しょうは》〉などの句がある。たぶんに凡兆の影響があろう。（森田・白井）

しぐるるや黒木積む屋の窓明《あか》り　（猿蓑《さるみの》）

▼季語―「しぐれ」兼三冬。『山の井』に〈時雨《しぐれ》は空定めなく、晴るると見ればぐれりと曇り、降ると思へばささらげもあらぬ気色〉と記すように、陰晴定めなく降る。『猿蓑《さるみの》』は時雨《しぐれ》一三句から始まる。▼句切れ―「しぐるるや」。切れ字「や」。▽黒木―生木《なまき》をかまどで蒸し焼きにして黒くしたもの。薪《たきぎ》として用いる。京都の八瀬大原《やせおおはら》で作られ大原女《おはらめ》が頭に乗せて京都市中を売り歩いた。▽積む屋―積んでいる家。

《句解》 戸外は時雨《しぐれ》がぱらついている。農家のような家であろう。冬の燃料として軒下に黒木を高々と積み上げている。室内は薄暗いのに黒木でふさがれていない窓から、かすかに時雨《しぐれ》明かりの光線が洩《も》れている。

《鑑賞》 句解では一応実景の句として解釈した。が、今一つ試解を提出しておこう。「謡《うたい》は俳諧の源氏」といわれるように、中世の歌人連歌作者にとって『源氏物語』が必読書であるなら、謡《うたい》は近世俳人にとって必須《ひっす》の教養だった。凡兆が向井去来《むかいきょらい》と『猿蓑《さるみの》』を編んだ洛西嵯峨《らくせいさが》にいて、〈黒木〉の語から野宮《ののみや》の鳥居を連想しても決して唐突ではない。謡曲「野宮《ののみや》」の光源氏と六条御息所《ろくじょうみやすんどころ》が対面する場面は、黒木の鳥居があり小柴垣《こしばがき》があり、〈いと仮そめのおん住まひ、今も火《ほ》焚《た》き屋《や》の幽《かす》かなる、光はわが思ひ内にある〉とうたわれる。

凡兆はこの「野宮《ののみや》」から想を得て〈小柴垣《こしばがき》〉を〈黒木〉として庶民の家屋に舞台を変えたのではなかろうか。すると、ここの〈窓明《あか》り〉は厨《くりや》の明かりを外からながめたものとなる。その方が〈窓明《あか》り〉を句解のごとく時雨《しぐれ》明かりと解するより自然である。

《補説》 芥川龍之介《あくたがわりゅうのすけ》は、この句について〈なるほど俳諧とはこういうものか〉と感嘆している。（森田・白井）

下京《しもぎょう》や雪つむ上の夜の雨　（猿蓑《さるみの》）

▼季語―「雪つむ」兼三冬。積雪が長い間解けずに残っているのを根雪といい、積もったばかりの軽い雪を新雪といい、

きめの細かいのをしまり雪、大粒のをざらめ雪という。▼句切れ—「下京《しもぎょう》や」。切れ字「や」。
▼下京—京都三条通り以南の土地の称。商人・工人・職人などが住み、上京《かみぎょう》とは対照的に庶民的な雰囲気《ふんいき》であった。

『句解』下町の下京《しもぎょう》の家並《やな》みには、いっせいに雪が積もっている。さらに夜になると雨まで加わって、寒さ侘《わ》びしさが募ってくる。が、屋根の下には人なつこい下京《しもぎょう》の人びとが心を寄せ暖め合っている生活が感じられる。

《鑑賞》『去来抄《きょらいしょう》』の名高い逸話によれば、この句は松尾芭《ば》蕉《しょう》と凡兆の合作ということができる。すなわち〈この句、はじめに冠《かんむり》なし。先師をはじめいろいろと置き侍《はべ》りて、此冠《このかんむり》に極め給ふ。凡兆「あ」とこたへて、いまだ落ちつかず。先師曰《いわ》く「兆、汝《なんじ》手柄に此冠《このかんむり》を置くべし。もしまさる物あらば、我再び俳諧をいふべからず」となり。〉とあって、芭蕉《ばしょう》はもし〈下京《しもぎょう》や〉以上の冠《かんむり》があるのなら、自分はもはや俳諧を口にしないとまで豪語している。

その自負どおり〈下京《しもぎょう》や〉がすばらしい理由は、〈雪つむ上の夜の雨〉の侘《わ》びしく切ないような情景が、土地柄の雰囲気《ふんいき》によって、生活のぬくもりを帯びてつながるからであろう。昔の地名町名からはおのずから想像できる独特の持ち味があった。おそらく凡兆の意図としては非情な叙景だけで貫きたかったろうが、芭蕉《ばしょう》はわずか五文字で人間臭い冬の町を完成させた。

所用で外出した者は傘《かさ》を斜めに家路を急いでいるであろう。窓から洩《も》れる灯《とう》下には食卓や炬燵《こたつ》を囲んで雪夜に堪える団欒《だんらん》があるだろう。〈下京《しもぎょう》や〉の冠《かんむり》こそ庶民生活の象徴であるから。

（森田・白井）

呼かへ《え》す鮒売《ふなうり》見えぬあられかな

（猿蓑《さるみの》）

▼季語—「あられ」兼三冬。白色不透明な氷の粒。霰と書く。板庇《いたびさし》などに降るときは音が耳立つので「霰《あられ》たばしる」などという。「鮒《ふな》」は「初鮒《はつぶな》」「鮒《ふな》の巣離《すばな》れ」といえば春の季語であるが、ここの〈鮒売《ふなうり》〉は「寒鮒売《かんぶなうり》」のことである。「寒鮒《かんぶな》」は晩冬。鮒《ふな》は冬には水底にもぐり冬眠をする。この期の鮒《ふな》は脂が乗っておいしい。▼句切れ—「あられかな」。切れ字「かな」。

『句解』寒鮒《かんぶな》売りが天秤《てんびん》をかついで家の前を威勢よく通り過ぎて行く。この寒さに声を張り上げて。急いで鍋《なべ》を下げて門口へ出て見たが、もうそこらにいない。「おーい」と大声で呼んでも聞こえないらしい。折からはげしく音立てて降るあられにこちらも視界を遮《さえぎ》られる。鮒《ふな》売りはあられの曇天に吸われるごとく消えた。

《鑑賞》〈渡りかけて藻《も》の花のぞく流《なが》れかな〉と同様に、あっという間の瞬時を、間髪を容《い》れずとらえる凡兆の手腕は見事というほかはない。凡兆一代の秀逸に数えてよいであろう。

さらに、〈あられ〉に挑《いど》む〈鮒売《ふなうり》〉といい、それを買いに出る人といい、庶民生活の活写で、平板に陥りやすい厨房《ちゅうぼう》俳句としても出色である。〈あられ〉が利《き》いていて、元気のよい〈鮒売《ふなうり》〉には雪より似つかわしい。曇天にたたずむ客の声と姿を際立たせ、句の表面から主体の〈鮒売《ふなうり》〉を消す効果を、凡兆は十分知っていたろう。

《補説》幸田露伴《こうだろはん》は〈凡兆一流の俳味したたるがごとし〉と評し、俳句を欧米に最も早く紹介したチェンバレンも、〈開け放たれていた窓があっという間に閉《しま》ったようなもの〉と称賛している。

（森田・白井）

《参考文献》▼「凡兆」（『蕉門名家句集』集英社　昭47）▼井本農一「野沢凡兆」（『俳句講座2』明治書院　昭44）▼小室善弘『俳人凡兆の研究』（有精堂　平5）

内藤丈草（ないとうじょうそう）

寛文二（一六六二）～元禄一七（一七〇四）。名は本常《もとつね》、別号には仏幻庵《ぶつげんあん》・懶窩《らんか》などがある。尾張《おわり》犬山藩士、のち遁世《とんせい》した。元禄元年（一六八八）上洛《じょうらく》し、翌年蕉門《しょうもん》に入る。『猿蓑《さるみの》』の後序を草す。病弱と数奇《すうき》な運命のためか、生涯孤独であったが、俳人間に慕われ、作品もすぐれたものが多い。俳諧随筆に『寝《ね》ころび草《ぐさ》』があり、没後の句集に『丈草発句《ほっく》集』がある。

大原《おおはら》や蝶《ちょう》の出て舞《う》ふ朧月《おぼろづき》

（丈草発句《ほっく》集）

▼季語―「蝶《ちょう》」兼三春。春の風情《ふぜい》にふさわしいので「蝶《ちょう》」とのみあれば春の季語であるが、実は厳寒を除いて年中いる。それらは季節の名を冠して呼ぶ。可憐《かれん》で華麗で詩人ならずとも「蝶《ちょう》」を愛さぬ人はない。「朧月《おぼろづき》」兼三春。朧《おぼろ》にかすんだ春の月。古人はそのあいまい模糊《もこ》とした風情《ふぜい》を愛した。ここは二つの季語を主従に分かちがたい。昔は季重《きがさ》ねを必ずしも嫌《きら》わなかった。▼句切れ―「大原《おおはら》や」。切れ字「や」。

▽大原《おおはら》―京都市左京区北部の地名。三千院《さんぜんいん》・寂光院《じゃっこういん》があり、『平家物語』の大原御幸《おはらごこう》の一節は名高い。

〔句解〕大原《おおはら》の里を夜逍遙《しょうよう》していると、朧月夜《おぼろづきよ》のほの明かりの中を、白い蝶《ちょう》が浮かれ舞っていた。

《鑑賞》単なる矚目《しょくもく》の句と解してもよいが、夜の蝶《ちょう》は作者の幻影であったのかもしれない。上五に〈大原《おおはら》や〉と強く打ち出している以上、建礼門院《けんれいもんいん》の悲話やその他の『平家物語』の世界を作者が想起しないはずはない。

悲話の綴《つづ》られた風土に発見された〈蝶《ちょう》〉は、〈朧月《おぼろづき》〉に浮かれ、果たせなかった夢を追っているのかもしれない。いずれにせよ、〈朧月《おぼろづき》〉の〈蝶《ちょう》〉は、妖《あや》しい美しさで作者を懐旧の情へ誘って止まないのである。

《補説》 芥川龍之介《あくたがわりゅうのすけ》は、蕉門《しょうもん》中天分の最もすぐれた者は丈草だといっている。

（森田・白井）

春雨《はるさめ》や抜け出たままの夜着《よぎ》の穴

（丈草発句《ほっく》集）

▼季語―「春雨《はるさめ》」兼三春。当時の代表的俳論書『三冊子《さんぞうし》』では、陰暦正月から二月初めに降るのを「春の雨」、二月末から三月に降るのを「春雨《はるさめ》」と区別する。実際にはげしく降ったとしても、静かにいつまでも降り続くように詠むのが「春雨《はるさめ》」に抱く古人のイメージであった。「夜着《よぎ》」兼三冬。大型で厚く綿を入れた襟《えり》や袖《そで》のある掛け布団。ここでは「春雨《はるさめ》」が中心的季語。▼句切れ―「春雨《はるさめ》や」。切れ字「や」。

『句解』 春雨《はるさめ》は小止《おや》みなく降っている。独り閑居していると、起き出て夜着《よぎ》をたたむことも物憂い。ふと見ると夜着《よぎ》は人間一人分のふくらみをそのまま穴のように開けている。

《鑑賞》 丈草はみずから懶窩《らんか》（ものぐさな穴の意）と号した。また書名には『寝《ね》ころび草《ぐさ》』と題した。虚弱で独身閑居の身であった彼の生活記録である。が、それが平凡に堕《だ》していないのは、薄暗い〈春雨《はるさめ》〉の情調と匂付《においづけ》のごとく照応していることと、〈夜着《よぎ》の穴〉への洒脱《しゃだつ》な着眼による。

そして一句からにじみ出てくるものは、いい知れぬ孤独感である。〈抜け出たままの夜着《よぎ》の穴〉は経験的事実であったろうが、その〈穴〉のごとく丈草の心にはぽっかりと孤独の〈穴〉が開いていた。彼は束縛を捨て自由を選んだが、それは団欒《だんらん》を捨て孤独を選ぶことでもあった。そのさびしさを深刻ぶらず静かに微笑しつつ提出するのが丈草の持ち味である。

《補説》 丈草にはほかに〈着て立てば夜の衾《ふすま》もなかりけり〉の句もある。

（森田・白井）

我が事と鰌《どじょう》の逃げし根芹《ねぜり》かな

（丈草発句《ほっく》集）

▼季語―「芹《せり》」兼三春。春の七草の一つ。野川のある湿地帯に多く自生する。芹《せり》摘みは野遊びの一つで、摘んだ芹《せり》はいろいろの料理にして食べた。▼句切れ―「根芹《ねぜり》かな」。切れ字「かな」。

▽鰌《どじょう》―淡水魚。体長約二〇センチメートル。体は長く円柱状。食用として栄養に富む。

『句解』 小川のほとりで根芹《ねぜり》を取ろうとすると、そのあたりにいたどじょうが、自分がつかまえられると勘違いしてあわてて逃げた。

《鑑賞》 即興の句であろう。昔はたいていの人が芹《せり》摘みの経験も、どじょう捕りの経験もあったから、これは丈草の経験であろう。どじょうがす早く逃げることもままあり得ることである。別解として「疑心生《ズ》二暗鬼《あんきヲ》一」の観相の比喩《ひゆ》とみる解もあるが、そうした寓意《ぐうい》詩として読むと、せっかくのいきいきした素材、束《つか》の間《ま》の光景が死んでしまう。些事《さじ》といえば些事《さじ》である。が、だれもが見過ごす些事《さじ》をこれほど軽く巧みに把握《はあく》するのは並みではない。丈草のユーモアは決して作為的な大仰《おおぎょう》な笑いでなく、些事《さじ》を暖かく見守る微笑である。

また、彼は小動物を好んで多く詠み、〈取りつかぬ力で浮む蛙《かわず》かな〉〈夕立に走り下るや外の蟻《あり》〉〈草庵《そうあん》の弱りはじめや秋の蠅《はえ》〉〈つれのある所へ掃《は》くぞきりぎりす〉など、いずれも小動物の小さな情景を、愛憐《あいれん》の情をこめて詠んでいる。　（森田・白井）

陽炎《かげろう》や塚《つか》より外に住むばかり

（丈草発句集《ほっく》）

▼季語—「陽炎《かげろう》」兼三春。野馬とも書く。強い日光で地面近くの空気が熱せられ、光線の屈折で揺れ動いて見える現象。
▼句切れ—「陽炎《かげろう》や」。切れ字「や」。
▽塚《つか》—墓のこと。

《句解》 先師芭蕉翁《ばしょうおう》の墓に詣《もう》でた。一見、師と自分とは幽明境を異にしているかのごとくだが、陽炎《かげろう》があるかなきかに揺れるように、この身もはかなく、今塚《つか》より一歩外の世界に住むだけのことで、間もなく師の後を追う身である。

《鑑賞》『丈草発句集《ほっく》』の前書に〈芭蕉翁《ばしょうおう》の墳《つか》にまふでて我病身をおもふ〉とある。丈草は松尾芭蕉《ばしょう》没後三年間、心喪《しんも》に服し、元禄九年（一六九六）膳《ぜ》所《ぜ》近傍の龍《たつ》ケ丘の西に仏《ぶつ》幻庵《げんあん》を結んだ。以《もっ》て師への心服《しんぷく》のほどをうかがうことができる。

が、この句の価値は、そうした丈草の人柄のみならず、〈塚《つか》より外〉といった簡明な言葉や、季語〈陽炎《かげろう》〉の配合によって、生死無常の思想をさりげなく表現していることにある。淡々とした言葉で深い観相の句を詠むことはむつかしい。丈草がよくそれをなし得たのは、僧であり、病身であり、孤独な境涯《きょうがい》にあった彼が、幻の世を体感悟得《ごとく》していたからであろう。一句の季語〈陽炎《かげろう》〉ほど効果的なものはない。それは生命の春の象徴でもあり、はかない幻の象徴でもあるから。

芭蕉《ばしょう》は生前丈草を〈この僧この道にすゝみ学ばば、人の上に立たんこと月を越ゆべからず〉と評していた。月を待たず、人の上に立つ才とみていたのである。（森田・白井）

時鳥《ほととぎす》鳴くや湖水のささ濁り

（丈草発句《ほっく》集）

▼季語―「時鳥《ほととぎす》」兼三夏。時鳥《ほととぎす》のほか、郭公・杜鵑・子規などの文字を当てる。古来その鳴き声を「天辺《てっぺん》かけたか」とか「本尊かけたか」と聞いている。古人には鶯《うぐいす》と時鳥《ほととぎす》には、ことに初音を聞くことを競い待つという風流があった。▼句切れ―「鳴くや」。切れ字「や」。▽湖水―ここではおそらく琵琶《びわ》湖であろう。▽ささ濁り―水が少し濁ること。

『句解』　五月雨《さみだれ》のころであろう。琵琶《びわ》湖は晴天の日とは違って水は一面かすかに濁っている。たまたま時鳥《ほととぎす》が一声鋭い鳴き声で湖上を渡った。

《鑑賞》　時刻はいつとも定めがたい。大きな湖は濁りを帯びているほどだから、曇天がおおい、一面朦朧《もうろう》としている。その大まかで鈍い景色とは対照的に、裂帛《れっぱく》の鋭い時鳥《ほととぎす》の声が一瞬通過し、その後はまた薄暗い静寂に帰る。

一見茫漠《ぼうばく》とした詠みぶりだが、実はまことに繊細な神経の行き届いた句である。〈ささ濁り〉の語感には、作者の澄んだ眼《め》と、至近距離にある湖水の静けさが感じられる。客観的叙景句で作者に格別の意図や趣向はないが、丈草の自然詠には他の模倣できぬ静謐《せいひつ》の品格が備わっている。

向井去来《むかいきょらい》は丈草のすぐれた素質をうらやみ、〈性くるしみ学ぶ事を好まず。感ありて吟じ、人ありて談じ、常は此事《このこと》打わすれたるが如《ごと》し〉と評している。野心欲得なく詠んで完成の域に達し得る感受性の持ち主であったらしい。

（森田・白井）

一月《ひとつき》は我に米かせ鉢叩《はちたた》き

（丈草発句《ほっく》集）

▼季語―「鉢叩《はちたた》き」仲冬。「空也《くうや》念仏」などともいう。空也《くうや》僧が一一月一三日の空也忌《くうやき》から四八日間洛中洛外《らくちゅうらくがい》を念仏を唱え鉦《かね》を打って歩くこと。「鉢叩《はちたた》き」の中心的風情《ふぜい》は念仏の声や鉦《かね》の音にあるが、その他古人が抱いたイメージは貧・老・踊・茶筌《ちゃせん》・都などであった。▼句切れ―「米かせ」。切れ字「せ」。▽一月《ひとつき》―「いちがつ」と読まず「ひとつき」と読む。米の一月分。

『句解』　もしもし鉢叩《はちたた》きさん。夜ごと洛中《らくちゅう》を歩いて喜《き》捨《しゃ》のお米も大分たまったろう。あなたより貧しい自分に一月分ほど工面してくれないか。

《鑑賞》　〈一月《ひとつき》は我に米かせ〉とは、丈草が実際に鉢叩《はちたた》きに向かっていった言葉ではむろんない。なし得ぬことをややおどけていってみたまでである。

鉢叩《はちたた》きが都の人びとに物を乞《こ》うと、だれしもその貧の身で念仏を唱える姿に同情し、食事その他の物を恵んでやるのがふつうで、そういう句例は多い。〈旅人の馳走《ちそう》に嬉《うれ》しはちたたき　去来《きょらい》〉〈一瓢《ぴょう》の飲んで寝《い》よやれ鉢《はち》たたき　蕪《ぶ》村《そん》〉〈声せぬは誰《た》が粥喰《かゆく》はす鉢《はち》たたき　法三〉など。

丈草はその鉢叩《はちたた》きの貧のイメージを裏返し、物乞《こ》いに物を乞《こ》うという俳諧らしいユーモアを生んだのである。現代でいえば、セールスマンに物を売りつける逆転に似ている。丈草は貧しくともこれだけのユーモアを生む余裕があり、困窮を深刻に詠むことはほとんどなかった。

（森田・白井）

まじは《わ》りは紙子《かみこ》の切《きれ》を譲りけり

（丈草発句《ほっく》集）

▼季語―「紙子《かみこ》」兼三冬。紙衣とも書く。厚い白紙に柿渋《かきしぶ》を塗り、幾度も日に乾かした後、一夜露にさらし、揉《も》んで衣服に仕立てる。紙子《かみこ》姿は貧困質素の象徴といえる。▼句切れ―「譲りけり」。切れ字「けり」。

▽まじはり―ここでは交友。▽切《きれ》―織物などの切れ端。ここでは紙子《かみこ》を補綴《ほてい》するための紙の切れ端。

《句解》　私たちは互いに貧しいが友情に厚く、粗末な紙子《かみこ》が破れて困っているときは、その補綴《ほてい》の切れまで譲るほどである。

《鑑賞》　『猿蓑《さるみの》』には〈貧交〉の前書がある。〈貧交〉とは杜甫《とほ》の名高い詩「貧交行《こう》」を指す。「貧交行《こう》」には〈翻《セバ》レ手《ヲ》作《なり》レ雲《ト》覆《ヘバ》レ手《ヲ》雨、紛々《タル》軽薄何《ゾ》須《もちイン》レ数《フルヲ》。君不《ヤ》レ見管鮑《かんぽう》貧時《ノ》交、此《この》道今人棄如《シ》レ土《ノ》〉とある。

丈草は俳諧の道に入る前に、漢詩をよくした人であるから、本詩取りの句もあって当然である。杜甫《とほ》の詩は、貧しいときには人の態度が手を翻したように変わるという軽薄さを嘆いたものであるが、丈草はそれを逆転させ、いかに貧窮しても変わらぬ友情に詠み換えた。

〈紙子《かみこ》〉がすでに貧乏のシンボル。その〈切《きれ》〉にいたっては貧乏は極に達する。そうした境涯《きょうがい》にあっても、互いに信頼する知己は助けの手をのべるというのであるが、丈草が詠むと見すぼらしさや哀れさはない。これはおのれの不幸を詠み続けた小林一茶《いっさ》の句風とはおおいに異なるところである。むしろことさら貧を標榜《ひょうぼう》した気配すらある。本詩取りの発句《ほっく》としてすぐれているばかりでなく、清貧に甘んじ恬《てん》澹《たん》としていた隠士丈草の人柄がにじみ出ている。

（森田・白井）

うづ《ず》くまる薬の下《もと》の寒さかな

（丈草発句《ほっく》集）

▼季語―「寒さ」兼三冬。冬の気温の寒さを感覚的にとらえるだけでなく、心理的な寒さも含めていうことがある。ことにこの句の場合は「心の寒さ」である。▼句切れ―「寒さか

な」。切れ字「かな」。
▽うづくまる―しゃがんで丸くなること。

『句解』 師芭蕉《ばしょう》の病状は重い。師の病を案じながら火《ひ》鉢《ばち》の薬鍋《なべ》のそばでうずくまっていると、寒さがひしひし迫り心配のため心も寒い。

《鑑賞》 〈ばせを翁《おう》の病床に侍《はべ》りて〉と前書がある。松尾芭《ば》蕉《しょう》臨終の数日前の吟。

『去来抄《きょらい》』に次のように記している。〈先師、難波《なにわ》の病床に、人々に夜伽《よとぎ》の句をすすめて、「今日より我が死後の句也。一字の相談を加ふべからず。」ト也。さまざまの吟ども多侍《はべ》りけれど、たゞ此《この》一句のみ、「丈草出来たり」との給ふ。かかる時は、かかる情こそうごかめ、興を催し景をさぐるいとまあらじとは、此時《この》こそおもひしり侍《はべ》りける。〉

芭蕉《ばしょう》の病床には多くの門人が侍《じ》していたが、丈草のみ芭《ば》蕉《しょう》に褒《ほ》められた。作意なく真情が貫き、不安が募る気分を〈寒さ〉の一語によく要約し得ている。向井《むかい》去来《きょらい》が感嘆したのも、芭蕉《ばしょう》と同じくまず丈草の真情であった。そしてさらに、一大事のときには、趣向を案じたり情景を描写したりの余裕はないといっている。そのとおりで、ここには構えた方法意識はなく、うずくまっている丈草の姿を彷彿《ほうふつ》とさせるほど、素直な詠みぶりである。

《補説》 このときの他の門人たちの句は次のとおり。〈病中のあまりすするや冬ごもり　去来《きょらい》〉〈引張りてふとんぞ寒き笑ひ声　惟然《いぜん》〉〈しかられて次の間へ出る寒さかな　支考《しこう》〉〈おもひ寄る夜伽《よとぎ》もしたし冬ごもり　正秀《まさひで》〉〈くじとりて菜飯《なめし》たかする夜伽《よとぎ》かな　木節《ぼくせつ》〉〈皆子也みのむし寒く鳴尽《なきつく》す　乙州《おとくに》〉
（森田・白井）

鷹《たか》の目の枯野《かれの》に居《すわ》るあらしかな

（丈草発句《ほっく》集）

▼季語―「鷹《たか》」兼三冬。猛禽《もうきん》類。鷲《わし》ほど勇壮でないが姿は清楚《せいそ》で威厳がある。鷹《たか》狩りの折は餌《えさ》を減らして飢《う》えさせるとよく大鳥をとった。「枯野《かれの》」兼三冬。満目蕭条《まんもくしょうじょう》たる枯れ野のイメージは、百人一首の〈山里は冬ぞさびしさまさりける人目も草もかれぬと思へば　源宗于《みなもとのむねゆき》〉や松尾芭蕉《ばしょう》の〈旅に病んで夢は枯《かれ》野《の》をかけめぐる〉の句によって知られるとおり、古来詩人の心を強くとらえた。▼句切れ―「あらしかな」。切れ字「かな」。▽（目が）居《す》る―怒ったり酒に酔ったりしてじっと一点を見つめ目玉を動かさぬさま。

『句解』 満目蕭条《まんもくしょうじょう》たる枯れ野には嵐《あらし》が吹きつのっている。鷹匠《たかじょう》に調教された鷹《たか》が一羽、獲物に向かって機を逸すまいと、鋭い眼《め》を光らせている。

《鑑賞》 丈草の作としては珍しい句作りである。一面の〈枯《かれ》野《の》〉といい、吹きすさぶ〈あらし〉といい、猛禽《もうきん》の〈鷹《たか》〉

といい、三者すべて激越で緊迫した素材から構成されていてすきがない。

　鷹《たか》狩りの〈鷹《たか》〉は勢子《せこ》や犬によって鳥を飛び立たせた瞬間に放たれるのであるから、鷹《たか》が飛鳥に飛びかかる寸前の最も緊迫した瞬間を、〈居《す》る〉の一語でカメラに収めたわけで、間もなく〈鷹《たか》〉は視野から消えるのである。叙景句においてもこうした凄絶《せいぜつ》な光景を詠み得た丈草の才はまさに非凡である。

（森田・白井）

水底《みなそこ》を見て来た顔の小鴨《こがも》かな　（丈草発句《ほっく》集）

▽季語―「小鴨《こがも》」兼三冬。冬の水鳥。海・川・沼に棲《す》む。水泳も潜水も巧みにできる。水中にもぐって餌《えさ》をついばむ。その肉は美味。▼句切れ―「小鴨《こがも》かな」。切れ字「かな」。

『句解』　小鴨《こがも》が一羽、水中にもぐったかと思うと、間もなく水面から顔を出し、ちょこなんと岸にいる。その小鴨《こがも》の表情ときたら、水底《みなそこ》を見てきたとでも言いたげな得意の顔だ。


《鑑賞》　〈小鴨《こがも》〉というのは小型の鴨《かも》の品種名でもあるが、ここの〈小〉は愛称の接頭語のごとくである。川か沼か池かわからないが、作者が水辺で鴨《かも》が水中にくぐるところ、浮かんで身ぶるいするところ、小さな足をそろえて岸に留まっているところを実際にながめた即興句であろう。

　鴨《かも》は水中にもぐり、突き出た嘴《くちばし》で餌《えさ》をついばみ、また浮上するから、その動作はだれでも目にするのだが、かわいい鴨《かも》を観察して〈水底《みなそこ》を見て来た顔〉というユーモアは、思案分別では生まれない。丈草にいわれてみて読者は鴨《かも》の愛くるしい表情を眼前のものとできる。松尾芭蕉《ばしょう》に〈俳諧は三尺の童《わらわ》にさせよ〉という言葉があるが、これは丈草の童心が生んだ句である。

（森田・白井）

下京《しもぎょう》をめぐりて火燵行脚《こたつあんぎゃ》かな　（丈草発句《ほっく》集）

▼季語―「火燵《こたつ》」兼三冬。炬燵とも書く。切り火燵《ごたつ》と置き火燵《ごたつ》とがある。切り火燵《ごたつ》は室内に炉を切り、上部を格子《こうし》に組んだ木製の櫓《ろ》をかけ布団で覆う腰掛け式。置き火燵《ごたつ》は外形は現代の電気火燵《ごたつ》のようで、下に鉢《はち》の火桶《ひおけ》を入れたもの。▼句切れ―「火燵行脚《こたつあんぎゃ》かな」。切れ字「かな」。
▽下京《しもぎょう》―京都三条通り以南の土地の称。商人・工人・職人などが住み、上京《かみぎょう》とは対照的に庶民的な雰囲気《ふんいき》であった。▽火燵行脚《こたつあんぎゃ》―行脚《あんぎゃ》は僧が諸国をめぐって修行すること。火燵行脚《こたつあんぎゃ》とはたぶん丈草の造語であろう。友人の家を次々訪問して火燵《こたつ》にあたらせてもらう徘徊《はいかい》のこと。

『句解』　よその人が諸国遊歴の行脚《あんぎゃ》に出かけるのはまことにうらやましいことだ。病弱で怠け者の私にはできないことだから、せめて下京《しもぎょう》の知己の家を訪ね歩いて、火燵《こたつ》の振る舞いにあずかり気を晴らそう。

《鑑賞》 この句は『記念題』には〈人の行脚《あんぎゃ》のうらやましくて〉と前書がある。健脚の他人をうらやむ丈草は、僧といっても諸国遊説《ゆうぜい》の旅に出る人でなく、草庵《そうあん》に閑居する隠士であった。それは生来の病弱と疎懶《そらん》の気質に由来するが、前書にいうほど羨望《せんぼう》やひけ目は感じていない。むしろ〈火燵行脚《こたつあんぎゃ》〉もまた一興という飄逸味《ひょういつみ》が、この句の身上であろう。

〈火燵行脚《こたつあんぎゃ》〉なる造語は、平生火燵《こたつ》のお守《も》りをしている孤独な寒がり屋が、あちこちの火燵《こたつ》を荒らし、談話で渇を癒《いや》そうというのんきな気分から出た言葉で、洒脱味《しゃだつみ》がある。〈下京《しもぎょう》〉の語も効果的で、上京《かみぎょう》の上流社会とは対照的に、下《しも》京《ぎょう》の人びとは庶民的で暖かく人なつこいから、訪ねる丈草を快く迎えてくれたろう。こうしたユーモアこそは丈草の独擅場《どくせんじょう》である。　（森田・白井）

淋《さび》しさの底ぬけて降るみぞれかな　（丈草発句《ほっく》集）

▼季語―「みぞれ」兼三冬。霙と書く。雨と雪が同時に入り混じって降るのがみぞれ。ミゾレという音感が表すように、降り物の中でも侘《わ》びしくさむざむと暗い感じのものである。

▼句切れ―「みぞれかな」。切れ字「かな」。

▽底ぬけ―物に限度のないこと。

〔句解〕 草庵《そうあん》に独居していると、みぞれが闇《やみ》の空から果てしなく降ってくる。みぞれが止まぬように、わがさびしさも冬の夜しんしんと、果てしなく癒《いや》すすべがない。

《鑑賞》 『かなしぶみ』に〈檐《のき》吹おろしは沖島山かけて、比《ひ》良《ら》比《ひ》叡《え》の雲もむれ入る粟津《あわづ》野《の》の草庵《そうあん》にともし火きえ、香尽《こうつき》たるよもすがら〉と前書があるから、粟津《あわづ》（膳所《ぜぜ》粟津《あわづ》町）仏幻庵《ぶつげんあん》での作。

生涯独身であった丈草の腸《はらわた》からうめき出たような句である。灯《ともしび》消えた闇《やみ》に閉じこもってだれも語る人とてなく、叫び声を上げたいようなとき、陰湿《いんしつ》なみぞれが降り続くのである。降り物の中でも最も侘《わ》びしい〈みぞれ〉は丈草の悲《ひ》涼《りょう》沈痛の感にふさわしい。

〈淋《さび》しさの〉の〈の〉が微妙に働き、孤独の極限から〈淋《さび》しさ〉が果てなく湧《わ》くように、〈みぞれ〉がさびしさの使者のごとく果てしなく降ると、二つにまたがっている。団欒《だんらん》を知らぬ孤絶からは声も出ないことすらあるが、丈草はその孤独地獄から深夜のうめき声をかろうじて書き留めた。この声は単に一俳人というより、丈草が生粋《きっすい》の詩人であったことを示す句である。　（森田・白井）

《参考文献》▼「丈草」（『蕉門名家句集巻一』集英社　昭47）▼伴蒿蹊「僧丈草」（『近世畸人伝』岩波文庫　昭46）▼市橋鐸『丈草伝記考説』（『説林』別冊第二　愛知県立女子大国文学会　昭39）▼石川真弘『蕉門俳人年譜集成(3)内藤丈草』（私家版　昭42）

森川許六（もりかわきょりく）

明暦二（一六五六）～正徳五（一七一五）。名は百仲、通称五介。別号には五老井《ごろうせい》・菊阿仏《きくあぶつ》などがある。彦根《ひこね》藩士。元禄二年（一六八九）ごろから蕉風《しょうふう》俳諧に関心を抱き江左尚白《こうさしょうはく》・榎本《えのもと》其角《きかく》に接触、同五年から六年にかけての江戸勤番中、松尾芭《ば》蕉《しょう》に親炙《しんしゃ》することを得た。以後、向井《むかい》去来《きょらい》に兄事し、芭蕉道統の直指を誇って多彩な活動を行った。去来《きょらい》と『俳諧問答』、志太野坡《しだやば》と『許野消息《きょやしょうそこ》』の論戦がある。李由《りゆう》とともに『韻塞《いんふたぎ》』『篇突《へんつき》』『宇陀法師《うだのほうし》』を選ぶ。ほかに『本朝文選《もんぜん》』『正風彦根《ひこね》体』『歴代滑稽《こっけい》伝』などがあり、後世の句集に『五老井発句《ごろうせいほっく》集』がある。

梅が香や客の鼻には浅黄椀（あさぎわん）

（篇突《へんつき》）

▼季語―「梅が香」初春。▼句切れ―「梅が香や」。切れ字「や」。

▽浅黄椀《あさぎわん》―黒漆塗《うるしぬ》りの上に浅黄色《あさぎいろ》または赤・白の漆《うるし》で花鳥の文様を描いた椀《わん》。京都二条南北新町で作られたという（『雍州《ようしゅう》府志《ふし》』）。浅黄色《あさぎいろ》は薄い藍色《あいいろ》。

『句解』　庭先に梅香る座敷、対座する客の、鼻先に持ち上げた浅黄椀《あさぎわん》がいかにも春めいて、ゆかしい主《あるじ》の接待である。

《鑑賞》　許六は『篇突《へんつき》』において、梅が香に明徳を、菊の香に陰徳を説き、〈人々香の字になづみて明徳を失ふ、よくつつしむべし〉と述べている。〈梅が香〉の本意は、はなやかさ、めでたさにあるというのであろう。

そこで恰好《かっこう》の取り合わせ物として〈浅黄椀《あさぎわん》〉を案じ出し、〈梅が香や精進膾《しょうじんなます》に浅黄椀《あさぎわん》〉〈梅が香や据《す》ゑ並べたる浅黄椀《あさぎわん》〉〈梅が香やどこともなしに浅黄椀《あさぎわん》〉と、中七をさまざまにおき悩んだあげく、成案を得たという。以上は、元禄一一年（一六九八）筆「自得発明弁」（『俳諧問答』所収）に披露《ひろう》する〈このごろ〉の苦心談で、成案を得て〈この春の梅の句となせり〉という。まず題に対して取り合わせ物を案じ、次に〈とりはやす詞〉をたずねるという許六流の句作りの過程が明かされていて、興味深い。

〈客の鼻には〉とは、いわば浅黄椀《あさぎわん》のクローズ－アップで、大ぶりの見事な椀《わん》を口に運ぶ客の手つきまでしのばせる妙案である。かつ俳味もあって悪くない。惜しむらくは、作者の位置が定かでないことで、創作過程に起因する許六の発句《ほっく》の弱点である。作者＝亭主の位置から詠んだのか、

作者不在の世界なのか、判然としない。（白石・楠元）

卯《う》の花に蘆毛《あしげ》の馬の夜明《よあけ》かな　（炭俵《すみだわら》）

▼季語―「卯《う》の花」初夏。白く群れ咲くさまを雪にたとえて「卯月《うづき》の雪」といい、垣根《かきね》に植えて「卯《う》の花垣《はながき》」という。▼句切れ―「夜明《よあけ》かな」。切れ字「かな」。▽蘆毛《あしげ》の馬―白に黒または他色の差毛《さしげ》の少し混じって、青みがかった白、または鼠《ねずみ》色に見える馬。

『句解』ほのぼの明けに雪のように白い卯《う》の花の道を分けて、蘆毛《あしげ》の馬を乗り出す旅立ちだ。

《鑑賞》『炭俵《すみだわら》』に〈旅行に〉の前書がある。元禄六年（一六九三）五月六日の江戸発足吟で、「甲路記行」（『韻塞《いんふたぎ》』所収）には〈明れば五月六日、武江の館を退く〉として掲げている。〈甲斐《かい》の猿橋《さるはし》を渡りて上の諏訪《すわ》へかかり〉木曾《きそ》路を経ての帰国であった。

〈卯《う》の花〉〈蘆毛《あしげ》〉〈夜明《よあけ》〉と共通するイメージの素材を取り合わせて幻想味を増幅し、それらの語を〈の〉でたたみかけ最後に〈かな〉と治定《じじよう》する常套《じようとう》の句作りである。道具立てが多いため、イメージは豊かだが句意は取りにくい。

向井去来《むかいきょらい》が、かつて同趣向の句を案じて、〈有明《ありあけ》の花に乗《のり》込む〉といいさし、下五をおきわずらった事を述べている（『去来抄《きょらいしょう》』）のに従えば、「卯《う》の花に蘆毛《あしげ》の馬を乗《のり》込む夜明《よあけ》かな」の意であろう。

去来《きょらい》はまた、〈曲輪《くるわ》の外より取合《とりあわ》せたる句〉の例にこの句を挙げている（『旅寝論』）。曲輪《くるわ》とは常識的な連想範囲をいうもので、許六の用語である。たしかに許六には斬新《ざんしん》な取り合わせの句が多いが、相反するイメージの語を取り合わせて複雑な色合いを出すよりは、同一イメージの語をたたみかける傾向が著しい。（白石・楠元）

涼風《すずかぜ》や青田《あおた》の上の雲の影　（韻塞《いんふたぎ》）

▼季語―「涼風《すずかぜ》」「青田《あおた》」晩夏。前者は当時の歳時記にみえないが、作例は多い。両者を一つにした「青田風《あおたかぜ》」の語もある。▼句切れ―「涼風《すずかぜ》や」。切れ字「や」。

『句解』涼風《すずかぜ》が吹き渡り、一面の青田《あおた》が雲の影を宿したまま うねっている。

《鑑賞》一面に広がる青田《あおた》の上に雲が影を落として、緑の濃淡を作っている。その形のままに葉波が風にうねる光景。平凡なようで印象鮮明な句である。うねりは雲の影もろとも青田《あおた》を渡っていくようで、影は動かない。深みはないが、確かな叙景である。

水田に映る雲や星を詠んだ例はままあるが、雲の影を地上に、しかも波立つ青田《あおた》の上にとらえた着眼が珍しい。

《補説》　各務支考《かがみしこう》の発句《ほっく》に〈涼風《すずかぜ》を青田《あおた》におろす伊吹《いぶき》かな〉(『笈日記《おいにっき》』)があり、同じ季語を重ねているが、許六の句には及ばない。　(白石・楠元)

十団子《とおだご》も小粒になりぬ秋の風　(韻塞《いんふたぎ》)

▼季語―「秋の風」兼三秋。蕭殺《しょうさつ》を本意とする。万物凋落《ちょうらく》のあわれをさそい、愁風とも呼ばれる。▼句切れ―「小粒になりぬ」。切れ字「ぬ」。

▽十団子《とおだご》―駿河国《するがのくに》(静岡県)宇津《うつ》の山の東登山口で古くから売っていた名物。『東海道名所記』(万治二年〈一六五九〉刊)には〈坂のあがり口に茅屋《ぼうおく》四五十家あり、家ごとに十団子《とおだご》を売る。その大きさ赤小豆《あずき》ばかりにして麻の緒につなぎ、古《いにしえ》へは十粒を一連にしける故に十団子《とおだご》などいふならし〉と記されている。宇津《うつ》の山は、在原業平《ありわらのなりひら》の東下りで名高い歌枕《うたまくら》。古来、旅人を不安と望郷の念にからせた東海道の難所で、丸子と岡《おか》部《べ》の間に位置する。

《句解》　そろそろ街道もさびれゆく季節、蕭《しょう》々たる秋風に、思いなしか十団子《とおだご》も小粒になったようだ。

《鑑賞》　『韻塞《いんふたぎ》』にみずから〈宇津《うつ》の山を過ぎ〉と、前書を付している。元禄五年(一六九二)七月、彦根《ひこね》から出府する途中の吟で、江戸に着いて間もない八月九日、入門面接のため芭蕉庵《ばしょうあん》を訪れて披露《ひろう》し、松尾芭蕉《ばしょう》の絶賛にあずかった。秋風と十団子《とおだご》という雅俗の取り合わせを、〈小粒になりぬ〉と取りはやしたところが眼目で、二日間案じ煩って、二十数へん目にたどりついた会心の表現と自賛している(『俳諧自讃之論《じさんのろん》』)。もともと赤小豆《あずき》ほどの小粒なのだが、万物を零落させる秋風の中でひとしお小粒に感じられたという印象である。

『去来抄《きょらいしょう》』によれば、芭蕉《ばしょう》は〈この句、しをりあり〉と評したという。〈小粒になりぬ〉と具象化されることによって、十団子《とおだご》に抱いた作者の情が言外に感得され、それが季と名所の本意にも叶《かな》う点を評価したものであろう。

《補説》　『阿羅野《あらの》』所収の尚白《しょうはく》の発句《ほっく》に〈このごろは小粒になりぬ五月雨《さつきあめ》〉がある。入門以前、許六は尚白《しょうはく》に聞き、『阿羅野《あらの》』を熟読して、独学で蕉風《しょうふう》の秘訣《ひけつ》を探り求めたという。　(白石・楠元)

茶の花の香や冬枯《ふゆがれ》の興聖寺《こうしょうじ》　(草刈笛《くさかりぶえ》)

▼季語―「茶の花」初冬。「冬枯《ふゆがれ》」兼三冬。▼句切れ―「茶の花の香や」。切れ字「や」。

▽興聖寺《こうしょうじ》―山号、仏徳山。天福元年(一二三三)、道元の開

基に成る日本最初の禅寺である。もと深草の極楽院跡にあったが、慶安二年（一六四九）、宇治に再興された。『都名所図《ず》会《え》』によれば、〈川岸より門前までを琴坂《ことざか》といひ、左右に桜・紅葉をうゑて山吹《やまぶき》を透垣《すいがい》とし、朝日山を庭中にとり、白槇《びゃくしん》を撓《たわ》めては竜虎をつくり、姫躑躅《ひめつつじ》咲き乱れては宇治の川瀬の篝《かがり》火《び》と疑ふ〉景勝地であった。

『句解』　冬ざれて一面枯色の中に、由緒ある興聖寺《こうしょうじ》が寂静のたたずまいをみせている。乾いた空気の中に、ふと茶の花の香りがする。

《鑑賞》　『草刈笛《くさかりぶえ》』は趣向として四季部立の最初にそれぞれ〈花鳥〉と題し、冬には茶の花と鷦鷯《みそさざい》の句を列挙しているが、「茶の花」一四句のうち四句が釈教の取り合わせである。とくにこの句は、茶の花に興聖寺《こうしょうじ》が宇治の名物・名所の取り合わせになっている。許六には〈菜の花の中に城あり郡《こおり》山《やま》〉など、土地のイメージをうまくつかんだ取り合わせの句が多い。

　松尾芭蕉《ばしょう》は〈十七字の中に季を入れ、歌枕《うたまくら》を用ひて、いささか心ざし述べ難し〉と、名所を詠んだ句の場合は、特に季語にこだわらず雑《ぞう》を許容したが、この句は固有名詞のほかに季語を二つも重ねている。そのため当然、情を表す余地はなく、切れ字〈や〉と〈の〉のたたみかけで一句を構成している。それぞれに閑寂高雅のイメージをもつ言葉を三つまで取り合わせ、楷書《かいしょ》体の危なげないリズムを作り出している。〈俳諧慥《たしか》にして、畳の上に座し釘《くぎ》かすがひを以てかたく締めたるがごとし〉と芭蕉《ばしょう》に評されたゆえんで、〈名人は危き所に遊ぶ、俳諧かくのごとし〉とも諭《さと》されたという（「俳諧自讃之論《じさんの》」）。

（白石・楠元）

御命講《おめこう》や頭のあを《お》き新比丘尼《びくに》　（韻塞《いんふたぎ》）

▼季語―「御命講《おめこう》」初冬。一〇月一二日から一三日にかけて日蓮宗《にちれんしゅう》の寺院で行われる日蓮忌《にちれんき》の法会（『日次紀事《ひなみきじ》』）。とりわけ盛物《もりもの》に美を尽くし、他宗の男女まで見物のために群れをなしたという。日蓮《にちれん》は弘安五年（一二八二）一〇月一三日没。「命講《めこう》」はもと「御影講《みえいこう》」の転訛音《てんかおん》に当てた字だから、さらに「御」を添えるのは重言である。▼句切れ―「御命講《おめこう》や」。切れ字「や」。

『句解』　御命講《おめこう》のにぎわいの中で、この日を機縁に黒髪を切り仏に仕える身となったのであろうか、うら若い尼僧《にそう》の青々とした剃《そ》りたての頭が印象的である。

《鑑賞》　尼寺《あまでら》の御命講《おめこう》を詠んだ句である。この句について向井去来《むかいきょらい》は〈仏縁の日をふれて剃《そ》りこぼしたる新比丘尼《びくに》〉という着想に感じ、中七を改めれば〈あはれなる方も出《い》で来べき御句〉と再考を奨《すす》めた。許六は、御命講《おめこう》と新比丘尼《びくに》の取り合わせが中七の働きで発句《ほっく》になっているのだと、榎《えの》本《もと》其角《きかく》評をたてに譲らず、〈御命講《おめこう》さして憐《あわ》れなる物にても無レ之候〉と反論している。

去来《きょらい》は再び反論して、〈一句の言葉・趣向を憐《あわ》れに〉というのではない、〈一句の句柄の、しほりの出《い》で来るやうに〉というのだ。定めし若き新比丘尼《びくに》であろうが、〈一旦《たん》一夕の思ひにあらず、千界万過、幾許《いくばく》の悲しみ憾《うら》みをむすびて、かかる姿となられけん〉と察する作者の情が言外に感得されるような〈一句の姿〉を工夫せよというのであって、〈ただ新比丘尼《びくに》の頭の景色ばかりに〉言い捨てたのでは情が薄い。もっとも、〈頭のあおき新比丘尼《びくに》〉という珍物新詞に執着した句案ならば論外だがと述べている。以上の論争（元禄八年〈一六九五〉正月付、許六宛去来《あてきょらい》書簡）に鑑賞上の要点は尽きている。

（白石・楠元）

大名の寝間《ねま》にも寝たる寒さかな

（芭蕉庵《ばしょうあん》小文庫）

▼季語―「寒さ」兼三冬。『続猿蓑《さるみの》』では下五を〈夜寒かな〉と誤り伝えているが、それでは秋季になる。▼句切れ―「寒さかな」。切れ字「かな」。

『句解』　とある旅宿、たまたま上段の間で大名並みの一夜を過ごしたが、寝ても起きても落ち着かず、しんしんと寒さが身にしみた。

《鑑賞》　『芭蕉庵《ばしょうあん》小文庫』には〈旅宿〉の前書がある。元禄四年（一六九一）一〇月九日、江戸を出発して帰国の途についた許六は、その夜、中仙道《なかせんどう》第七の宿駅鴻巣《こうのす》の本陣に泊まった。『五老《ごろう》文集』（元禄六年〈一六九三〉成）の句日記には

■**許六《きょりく》と去来《きょらい》**

森川許六《きょりく》は向井《むかい》去来《きょらい》より五歳若い。許六《きょりく》は彦根《ひこね》藩士として武芸にすぐれ、絵画や漢詩をたしなんだ。去来《きょらい》は軍学・神道《しんとう》・有職故実《ゆうそくこじつ》を身につけ、堂上の人びととも交際した。武家的な教養を幅広く身につけている点は同じだが、去来《きょらい》がかなり裕福であったのに比して、許六《きょりく》は三〇〇石取りの武士としての体面を保つ必要から、生活にはあまり余裕がなかったようだ。

このように、似てもいるし反対でもある二人が論争をするからおもしろい。去来《きょらい》の榎本其角《えのもときかく》批判に対して、許六《きょりく》は横合いから返答をかって出て「贈落柿舎去来書《らくししゃきょらいにおくるのしょ》」を書き、「未熟者ではありますが蕉門《しょうもん》の大敵のためには真っ先かけて討ち死にする覚悟があります。願わくは貴兄も私と志をあわせられんことを」と気負い立つ。去来《きょらい》は「答許子問難弁《きょしのもんなんにこたうるのべん》」に、「その志に感涙するばかりです。私は生来文弱の徒でとても同志の器ではありません」と答え、許六《きょりく》の意気ごみをいささかもてあましている。

（山下）

〈十日、未明にたつ。旅の仮屋のありさま、上段・下段とやらんをしつらひたれども、はばからず一夜を明したるは、誠に旅したる思ひ出ならん〉とあり、次にこの句が記されている。元禄五年(一六九二)秋起筆の『旅館日記』に〈大名の寝間《ねま》は寝《いね》ても寒さかな〉とあるのは初案であろう。

つまり、大名の寝間《ねま》のさむざむとした様子を述べたもので、〈寒さ〉は多分に心理的なものである。季感を主とした「夜寒」ではふさわしくない。高い天井、広い部屋、ひんやりと沈んだ金地の襖絵《ふすまえ》や漆黒《しっこく》の調度類、全《すべ》てが身にそわず、闇《やみ》の底に孤独な身を横たえて、寝つかれない不思議な夜を過ごしたのである。旅の一夜ならでは味わえない、この身分不相応の体験には、藩士なればこそその実感もあって興味深い。

《補説》 許六は元禄六年五月筆「旅懐狂賦《ふ》」を元禄九年(一六九六)一二月に改稿して発句《ほっく》を挿《はさ》み、「風狂人が旅の賦《ふ》」と題して『韻塞《いんふたぎ》』に公表したが、〈旅店のさま上段に書院床、剣菱《けんびし》のすかし、火のなき火燵《こたつ》にやぐらかけて〉に始まる初段の末に、この句を挿《はさ》んでいる。 (白石・楠元)

寒菊の隣もありや生大根《いけだいこ》 (笈《おい》日記)

▼季語―「寒菊」「生大根《いけだいこ》」兼三冬。寒菊は他の花のなくなる晩秋につぼみ、冬中咲くので、「晩節霜ヲ凌《しの》グ操」などと賞せられる。生大根《いけだいこ》は、畑から引き抜いたままの大根を地中に深く埋めて翌春まで貯蔵することをいう。当時の歳時記にみえないが、許六自身〈寒菊に生大根《いけだいこ》、同季の取合《とりあわ》せなり〉(『歴代滑稽伝《こっけいでん》』)と述べており、季語としての用例もある。▼句切れ―「隣もありや」。切れ字「や」。

▽隣もあり―〈徳ハ孤ナラズ、必ズ隣アリ〉(『論語』)を踏まえた言葉。

〔句解〕 満目蕭条《まんもくしょうじょう》たる冬ざれの中で、霜に耐え孤独な花をつける寒菊だが、かたわらでは春の貯《たくわ》えにせっせと大根を土中にいけこんでいる人があって、花に心を和ませている。

《鑑賞》 元禄五年(一六九二)冬〈芭蕉庵《ばしょうあん》にて三吟俳諧ありける時〉(『歴代滑稽伝《こっけいでん》』)の発句《ほっく》で、脇《わき》は芭蕉《ばしょう》、第三は嵐蘭《らんらん》であった。この第三までは『笈《おい》日記』彦根《ひこね》部に、一〇月三日許六亭興行歌仙《かせん》の芭蕉発句《ばしょうほっく》の次に、〈深川の草庵《そうあん》をとぶらひて〉と前書して載る。

「俳諧自讃之論《じさんのろん》」(『俳諧問答』所収)によれば、時を同じくして浜田洒堂《しゃどう》の発句《ほっく》〈鶏や榾焼《ほだた》く夜の火のあかり〉が成ったというが、こちらは一二月三日付の芭蕉《ばしょう》書簡で伊賀《いが》に報じられている。

『五老《ごろう》文集』には句合わせの題詠として神楽《かぐら》・寒菊・時雨《しぐれ》・

網代《あじろ》の四句が並記され、いずれにも芭蕉《ばしょう》の長点が掛けられている。三吟俳諧と句合わせは同日に行われたのであろうか。神楽《かぐら》は一一月の季語である。

芭蕉《ばしょう》は許六と洒堂《しゃどう》の両句を賞して〈世間俳諧する者、この場所に到りて案ずるものなし〉と述べたという。〈この場所〉とは、芭蕉《ばしょう》のもくろみつつあった「軽み」の新境地にほかならない。芭蕉庵《ばしょうあん》近隣の鄙《ひな》びた風景に託して、孤高の師を〈寒菊〉に、田舎者《いなか》の自分を〈生大根《いけだいこ》〉になぞらえつつ、及ばずながら新風のよき理解者たらんとほのめかした挨拶《あいさつ》の発句《ほっく》である。

（白石・楠元）

《参考文献》▼山崎喜好「森川許六」（『芭蕉の門人・下』大八洲出版　昭23）▼山崎喜好「許六をめぐりて」（『芭蕉と門人』弘文社　昭22）▼尾形仂「許六」（『芭蕉をめぐる人々』紫之故郷舎　昭28）▼尾形仂「許六──近江蕉門について」（『芭蕉講座3』創元社　昭30）▼尾形仂「森川許六」（『俳句講座3』明治書院　昭34）

浜田洒堂（はまだしゃどう）

生年未詳。元文二年（一七三七）没。通称高宮治助。初号珍《ちん》夕《せき》（珍碩《ちんせき》・珍磧《ちんせき》とも）。江州《こうしゅう》（滋賀県）膳所《ぜぜ》に生まれる。享年、約七〇歳。元禄二年（一六八九）末来遊の松尾芭蕉《ばしょう》に入門し、翌三年『ひさご』を選ぶ。同六年（一六九三）立机して大坂で開業、之道《しどう》と悶着《もんちゃく》を起こし、芭蕉《ばしょう》はその仲介のため大坂に赴いて客死した。同一二年（一六九九）ごろ膳所《ぜぜ》に帰る。編書に『深川』『市《いち》の庵《いおり》』『白馬』（正秀《まさひで》共編）がある。

日の影やごもくの上の親すずめ

（猿蓑《さるみの》）

▼季語─「親すずめ」晩春。歳時記の多くは「雀《すずめ》の子」を掲出する。実際に雀《すずめ》の育雛《いくすう》は年二回で、その期間も産卵から約五〇日にわたるが、晩春から繁殖し始めるので春季とされ、「孕雀《はらみすずめ》」も仲春の季語になっている。『源氏物語』で幼い紫の上が雀《すずめ》の子を逃がしたと泣くのも、三月晦日《みそか》の設定である。「日影」も糸遊《かげろう》の付合《つけあい》で、まず春の日ざしを連想するが、「春日影」といわなければ季語にならない。▼句切れ─「日の影や」。切れ字「や」。▽ごもく─塵芥《ごみ》。とくに川や池の水面に浮かんでいる塵芥《ごみ》をいうこともある。

『句解』　春の日ざしが水面に反射してちらちらする中で、水辺にたまった藻屑《もくず》の上を、親雀《おやすずめ》がちょんちょんと飛びながら、せわしげに餌《えさ》をついばんでいる。

《鑑賞》　『猿蓑《さるみの》』の編者向井去来《むかいきょらい》は、「不玉宛論書《ふぎょくあて》」の中で、〈此《これ》、只事《ただごと》なり、発句《ほっく》とはいひがたし〉と嘲笑《ちょうしょう》する人びとに、松尾芭蕉《ばしょう》が〈二三子の此《こ》の句を笑ふは、いまだ此《こ》の場を踏まざるなり〉と反論した逸話を紹介し、〈右の句を以て、軽を好み重を悪《にく》むの差別を考へ給へ〉と説いている。

人びとがこの句を〈只事《ただごと》〉と嘲笑《ちょうしょう》するゆえんは、日常の素材を日常の言葉でなんの趣向もなく詠んだ点にあろう。しかし、身の軽い雀《すずめ》が〈ごもくの上〉を小きざみに飛び移りながら餌《えさ》をあさる姿には、湖畔に住む洒堂ならではの発見がある。水ぬるむ湖面に反射したやわらかい春の日ざしが、雀《すずめ》の動き回るあたりにちらちらする印象派ふうのとらえ方も、只事《ただごと》と笑い捨てるにはしのびないし、その無心の動作を子雀《こすずめ》のために餌《えさ》をあさるとみた眼《め》にも、言外のなつかしさがこもる。（白石・楠元）

花散りて竹見る軒のやすさかな　（続猿蓑《さるみの》）

▼季語―「花散る」晩春。▼句切れ―「やすさかな」。切れ字「かな」。「花散りて」でもいったん切れる。

〘句解〙咲くにつけ散るにつけ心休まる間もなかった桜の季節が過ぎて、それまで目にとまることもなかった竹の緑が、軒端にながめられる穏やかな今日このごろだ。

《鑑賞》『続猿蓑《さるみの》』春の部に、〈花〉の類題で収める。竹の若葉は夏季で、晩春・初夏の交の感懐にはちがいないが、〈竹〉のみでは季語にならない。「花疲れ」が季語となるのも近代である。

形式上の切れ字は〈かな〉であるが、〈花散りて〉で軽い句切れを認めたい。〈世の中に絶えて桜のなかりせば春の心はのどけからまし〉(『古今集』)という古歌の心を踏まえて、淡い虚脱感をそこに汲《く》み取るべきだろう。

幸田露伴《こうだろはん》の『評釈猿蓑《さるみの》』には、〈今まで芳雲香霧に包まれゐし竹の見え来れるところを、わが心のやすまりぬと云取《いいと》りたり〉とある。室内にくつろいで、見るともなく意識される竹の緑に、日常平穏の日々を慰んでいるのである。平凡な句作りながら、行く春の弛緩《しかん》した空気まで感得される。『俳諧古選』の評に〈寓意微妙《ぐういびみょう》〉というのは、うがちすぎだろう。

《補説》『施主名録発句集《せしゅめいろくほっくしゅう》』は、洒堂の代表句に選んでいる。（白石・楠元）

高土手に鶸《(ひわ)》の鳴く日や雲ちぎれ　（猿蓑《さるみの》）

▼季語―「鶸《ひわ》」晩秋。ふつうには真鶸《まひわ》をいう。雀《すずめ》より小さく、体色は黄、可憐《かれん》な澄んだ声でチュイン、チュインとよくさえずる。秋の渡来時、山地で大群となり、平野・村落の雑木林の梢《こずえ》に小群でいる。川辺の木立の梢《こずえ》によく群れをなす河原鶸《ひわ》を、近代では春季に扱う。▼句切れ―「鶸《ひわ》の鳴く日や」。

切れ字「や」。

▽高土手―高く築いた堤。

〔句解〕見上げるような川堤の木立の梢《こずえ》に、鶸《ひわ》が群れて、しきりに鳴いている。梢《こずえ》には秋風が渡り、高く澄んだ青空にちぎれ雲が流れている。

《鑑賞》空を切る高土手、その上に沿って立ち並ぶ木々、その梢《こずえ》の上に広がる秋天、仰角でとらえた風景が爽快《そうかい》である。空気が澄んでいるので群鳥のさえずりがよく透る。鳥の群れがさわぐのか、風が渡るのか、梢《こずえ》の葉が秋の日ざしにちらちらと白く光る。

「ちぎれ雲」と体言止めにしては、あまりに額縁的な風景画になるところを、不安定に留めて雲の動きを見せたところがよい。『猿《さる》みのさがし』は〈夕栄《ゆうばえ》のさま〉、幸田露伴《こうだろはん》『評釈猿蓑《さるみの》』は〈日斜なるさま〉、伊東月草《げっそう》『猿蓑《さるみの》俳句鑑賞』は〈真昼の景〉という。

（白石・楠元）

人に似て猿《さる》も手を組む秋の風

（猿蓑《さるみの》）

▼季語―「秋の風」兼三秋。伝統的な季語で、蕭殺《しょうさつ》を本意とする。▼句切れ―「猿《さる》も手を組む」。

▽手を組む―両手を胸の前で交叉《こうさ》させ、わが身を抱くようにするポーズか。伊東月草《げっそう》・荻野《おぎの》清とも、手先を組み合わせるのではなく、腕組みする意と解している。猿《さる》が腕組みするかどうかは両者とも不明としながら、伊東は〈よしんばさういふ事実はないにしても、どことなく人に近い猿《さる》の仕草《しぐさ》の象徴として十分成功した表現〉（『猿蓑《さるみの》俳句鑑賞』）といい、荻野《おぎの》は〈猿《さる》として至極ありふれた動作からでは、人に似てといふ感動が呼び起されない〉（『猿蓑《さるみの》俳句研究』）という。ただし後者の編注には、調教せずして猿《さる》が腕を組むのは見たことがない、という大阪市立動物園長寺内信三の教示が掲げられている。

〔句解〕蕭《しょう》々たる秋風の中で、わが身を抱くようにしてうずくまっている猿《さる》の人めかしいしぐさが、どことなくあわれである。

《鑑賞》『猿蓑《さるみの》』巻頭の松尾芭蕉《ばしょう》の発句《ほっく》〈初しぐれ猿《さる》も小蓑《こみの》をほしげなり〉に似て、芭蕉《ばしょう》の感情移入をあらわにした見立てとは別趣の、特異なおもしろさがある。むしろ『猿蓑《さるみの》』の芭蕉付句《ばしょうつけく》〈猿《さる》引きの猿《さる》と世を経る秋の月〉を、猿《さる》を主体にして述べた趣がある。

おそらくは飼《か》い猿《ざる》であろう。おのずと身についた人間くさい所作を、無心のけだものだけにあわれとみているのである。

《補説》希因《きいん》の発句《ほっく》〈手を組んだ梢《こずえ》の猿《さる》や秋の暮れ〉（『俳諧新選』）は、洒堂の発句《ほっく》を野生の猿《さる》と解した七部集の本句取りの作か。

（白石・楠元）

《参考文献》 ▼大内初夫『芭蕉と蕉門の研究』(桜楓社 昭43)

志太野坡(しだやば)

寛文二(一六六二)～元文五(一七四〇)。本姓竹田。通称弥助。別号は浅生庵《あさじゆうあん》など。福井に生まれ、のち江戸で越後屋《えちごや》両替店の手代となる。貞享四年(一六八七)当時、蕉門《しょうもん》の俳書に野馬の名でみえるが、その後動静不明で、六年を経て元禄六年(一六九三)蕉門《しょうもん》に再登場する。同七年、孤屋《こおく》・利牛《りぎゅう》と『炭俵《すみだわら》』を選ぶ。越後屋《えちごや》退職後、大坂に樗木社《ちょぼくしゃ》を結んで西国俳壇の経営に乗り出し、門下一千余人を有し、二十数編の俳書を後見した。編書に『万句四之富士《よつのふじ》』『放生日《ほうじょうび》』などがあり、後世の句集に『野坡吟草』がある。

(ちょうまつ)長松が親の名で来る御慶(ぎょけい)かな

(炭俵《すみだわら》)

▼季語―「御慶《ぎょけい》」新年。正月の祝言。「謹《つつし》んで御慶《ぎょけい》申し入れます」と古風に言上する。▼句切れ―「御慶《ぎょけい》かな」。切れ字「かな」。▽長松《ちょうまつ》―丁稚《でっち》の通り名。

『句解』 丁稚奉公《でっちぼうこう》の年季があけて実家に帰った長松《ちょうまつ》が、今年は、襲名した親の名で年始の挨拶《あいさつ》にやって来た。もっともらしい名で一人前に御慶《ぎょけい》を申し入れるさまが、なんともほほえましい。

《鑑賞》 実家の親が隠居して、何屋何兵衛といった名を受け継いだのだろう。威儀を正して、旧主人のもとへ年始の礼回りにやって来た。迎える方には、どうしても長松《ちょうまつ》のイメージがあって、何屋何兵衛がそぐわない。あっぱれな成人ぶりであるが、昔ながらの幼い面影もありありとして、頼もしくもまたほほえましいというユーモラスな句。軽妙な穿《うが》ちが、一歩誤れば川柳にでもなりそうなところを、なつかしく見守る視線に救われて、正月らしいほのぼのとした句になっている。

越後屋《えちごや》両替店の手代であった野坡は、やはり丁稚《でっち》から勤めあげたのだろう。商売がら、世相や人情の機微に通じ、これも町人物の一コマを思わせる、小説ふうな人事句である。日常卑近な市民生活の種々相を巧まずスケッチする彼に、松尾芭蕉《ばしょう》は新風の軽みを期待した。『炭俵《すみだわら》』は、その期待にこたえた彼の撰集である。

《補説》 調和《ちょうわ》・立志《りゅうし》が判者の月並前句集『新身《あらみ》』に、元禄一六年(一七〇三)九月締め切り分の勝句として〈長松《ちょうまつ》が親の名で来て御年頭〉が入集する。前句題は〈かしこまりけり〳〵〉、作者は忍行田《おしぎょうだ》の水月。はめ句として利用された例である。大伴大江丸《おおともおおえまる》にも〈長松《ちょうまつ》が親と申して西瓜《すいか》かな〉というパロディがある。

(白石・楠元)

行く雲をねてゐ（い）てみるや夏座敷　（炭俵《すみだわら》）

▼季語―「夏座敷」兼三夏。夏、襖障子《ふすましょうじ》などを外して風通しをよくした座敷。『徒然草《つれづれぐさ》』に〈家のつくりやうは夏をむねとすべし〉というように、日本家屋は蒸し暑い夏に開け放して、外の自然と溶け合うような構造になっている。古歳時記にとくに登録されていないが、季語に用いた例句は多い。▼句切れ―「ねてゐてみるや」。切れ字「や」。

『句解』寝ながらにして行く夏の雲の流れを互いに目で追っている、主客うちくつろいだ夏座敷よ。

《鑑賞》『炭俵《すみだわら》』にみずから〈ある人の別墅《べっしょ》にいざなはれ、尽日うち和らぎて物語りしその夕つかた、外のかたを眺《なが》め出《いだ》して〉と前書を付している。別墅《べっしょ》というから静かな郊外地であろう。尽日は終日の意。晦日《かいじつ》の意ではないが、行く雲に晩夏の情感が託されていることは、『炭俵《すみだわら》』の上巻末、夏の部の最後にこの句がおかれていることからも明らかである。

長い夏の日の夕方、庭の照り返しもようやく和らいだ座敷に、終日の会話に飽いた主客がごろりと横になって雲の流れを見やっている。陰りつつも空はなお明るい。心ゆくまで語り尽くした後の倦怠感《けんたいかん》が互いを黙しがちにしているが、そこにかえって主客の心おきないくつろぎが感じ取れ、淡い情感のある佳作になっている。（白石・楠元）

山伏の火をきりこぼす花野かな　（寒菊随筆）

▼季語―「花野」兼三秋。秋草の千々に花咲く野原をいう。▼句切れ―「花野かな」。切れ字「かな」。▽火をきりこぼす―火打ち石で打ち出した火花がパッと地面にこぼれることをいう。

『句解』点々と咲く花が、昨夜野宿の山伏がきりこぼした火花かとまがうばかりの秋草の原だ。

《鑑賞》『寒菊随筆』に〈豊後《ぶんご》日田《ひた》にて〉の前書があり、同地の鳳岡《ほうこう》亭における探題句という。日田《ひた》は今の大分県日田《ひた》市、九州修験道の霊場英彦山《ひこさん》にも遠くないので、近くの山野で山伏の姿を見かけることも珍しくないだろう。

〈火をきりこぼす〉は夜景でないと効果がないが、花野が嘱目《しょくもく》だから夜景の句ではない。したがって、山伏は実在でなく虚のイメージ。火花を花野に掛けた見立ての句で、野坡としてはちょっと異色の作である。亭主鳳岡《ほうこう》が、談林《だんりん》俳人中村西国《さいこく》の甥《おい》なので、それを意識した趣向だろう。

彦根蕉門《ひこねしょうもん》の孟遠《もうえん》は〈是《これ》、蕉門《しょうもん》の句にあらず、例の彩色物なり〉（『桃の杖《つえ》』）と難じているが、佳作とはいえないまでも、悪い見立てではない。なお、孟遠《もうえん》は〈かつらぎや木の間に光る稲妻は山伏のうつ火かとこそ見れ〉（謡曲「葛城《かつらぎ》」）による着想かという。
（白石・楠元）

小夜《さよ》しぐれ隣の臼《うす》は挽《ひ》きやみぬ　（炭俵《すみだわら》）

▼季語―「小夜《さよ》しぐれ」兼三冬。「小」は接頭語で、夜降る時雨《しぐれ》をいう。▼句切れ―「挽《ひ》きやみぬ」。切れ字「ぬ」。「小《さ》夜《よ》しぐれ」でもいったん切れる。
▽臼《うす》―挽《ひ》き臼《うす》。平たい円筒状の石を二枚重ね、その間に穀粒を入れ、上の石を手で回しながら擂《す》りつぶし粉にする。

《句解》　夜更けて時雨《しぐれ》がさあっと通り過ぎていく。その音に耳をすましていると、隣家の挽《ひ》き臼《うす》の音がいつの間にか止んでいるのに気づいた。隣人もすでに寝ついたのだなあ。

《鑑賞》　『炭俵《すみだわら》』にみずから〈旅ねのころ〉と前書を付している。野坡には勤務上の出張が多かった。『炭俵《すみだわら》』以前の俳歴の空白もそのためかと推測される。〈旅ねのころ〉も出張先の仮寓《かぐう》を思い起こした作であろう。
　夜半の時雨《しぐれ》はただでも愁情をもよおすもの、旅寝となればさらに身にしみるだろう。隣家から夜なべ仕事に臼挽《うすひ》く音が響いてくるとなれば、下町のわびしい旅宿にちがいない。さっと通り過ぎる雨脚と、長時間鈍く響いていた臼音《うすおと》と、雅俗の対比がおもしろい。物理的な音量からいえば臼《うす》音《おと》の方が大きいにきまっているが、屋根打つ時雨《しぐれ》によって、単調な臼音《うすおと》が、いつの間にか止んでいるのに気づくのである。耳に障《さわ》るその音には庶民の生活の響きがあるが、その隣人も寝静まった夜更けに一人目覚めながら、孤愁をかみしめているのである。
（白石・楠元）

《補説》　枕上に響く隣家の臼音《うすおと》は、『源氏物語』夕顔の巻と同じ趣向。古注に〈ひとり寝も今は何にか慰まむ隣の笛も吹きやみぬなり〉（『夫《ふ》木《ぼく》抄』）の換骨奪胎という説もある。

《参考文献》　▼大内初夫『芭蕉と蕉門の研究』（桜楓社　昭43）

広瀬惟然（ひろせいぜん）

生年未詳。正徳元年（一七一一）没。名は源之丞《げんのじょう》。初号素《そ》牛《ぎゅう》、別号に鳥落人・梅花仙などがある。美濃国《みののくに》（岐阜県）関に生まれる。元禄元年（一六八八）蕉門《しょうもん》に入り、松尾芭蕉《ばしょう》の上方《かみがた》にあるときは始終随伴した。芭蕉《ばしょう》没後も諸国を行脚《あんぎゃ》し、また、京に風羅《ふうら》堂《どう》を営んだりしたが、晩年は故郷に隠棲《いんせい》した。享年六〇余歳。編書に『藤《ふじ》の実』『二《じ》葉《よう》集』などがあり、後世の句集に『惟然坊句集』、追善集に『蓑《みの》の雫《しずく》』『年の雲』『梅の紅』がある。

梅の花赤いは赤いは赤いはな

（惟然坊句集）

▼季語―「梅の花」初春。ただし、紅梅は仲冬とするものが多い。▼句切れ―「赤いは」「赤いは」「赤いはな」。
▽赤いはな―「赤い花」ではなく、「赤いよなあ」の意味である。

『句解』真紅の梅の花は、ただただ、もう見事なまでに赤いよなあ。

《鑑賞》伝統的な「梅の花」を、本意本情におかまいなく、無分別に詠嘆したまで。

向井《むかい》去来《きょらい》は、〈惟然坊が今の風、大方この類なり。是等《これら》は句とは見えず。先師（松尾芭蕉《ばしょう》）遷化《せんげ》の歳の夏、惟然坊が俳諧を導き給ふに、その口質の秀《ひい》でたる処《ところ》より、すすめて「磯際《いそぎわ》にざぶり〳〵と浪うちて」或《あるい》は「杉の木にすう〳〵と風の吹きわたり」などといふを賞し給ふ。又「俳諧は気先を以て無分別に作《な》すべし」とのたまひ、又「この後いよ〳〵風体かろからん」などのたまひける事を聞きまどひ、我が得手にひきかけ、……句の勢、句の姿などといふ物語どもは、皆忘却せらるると見えたり〉（『去来抄《きょらいしょう》』）と述べている。

そのとおりで弁護の余地はないが、少なくとも彼に奇を衒《てら》う意識はなく、心のままに何ものにも縛られずにふるまおうとする性格が、特異な口語調、時に無季の発句《ほっく》をも生み出したのであった。

（白石・楠元）

水鳥やむかふ（こう）の岸へつういつい

（惟然坊句集）

▼季語―「水鳥」兼三冬。鴨《かも》・鴛鴦《おしどり》の類。ただし、名指しでいうとき、都鳥・鷗《かもめ》・鳰《にお》などは雑《ぞう》。▼句切れ―「水鳥や」。切れ字「や」。

『句解』冴《さ》え渡る池の面を、水鳥がつういついと水を切って向こう岸へすべるように泳いでいく。

《鑑賞》『惟然坊句集』に〈つうい〳〵〉の表記でみえる。したがって「つういつうい」と読む可能性もあるが、口拍子のリズムを重んじた惟然に、破調の句はほとんどない。同句集の他の用例〈ふうはふは〉〈しなりしな〉〈ずんぶずぶ〉などから推して、「つういつい」であろう。

独特の擬声語・擬態語を乱発した彼だが、この句などは矚目《しょくもく》を素直に詠んで成功した例である。『家伝惟然師伝』によれば、元禄一〇年（一六九七）ごろ惟然は各務支考《かがみしこう》の行脚《あんぎゃ》の跡を追って、〈蕉風《しょうふう》の俳諧は支考《しこう》がごとき理屈なるものにあらず。発句《ほっく》なども只《ただ》自然の物にて、みな利口過ぎたり。随分あしくせよ、あしきとても心涼しくば句もまた涼しきなり〉と説いて回り、〈梅の花〉〈水鳥や〉など数章をうたい、世に惟然風俗と称されたという。（白石・楠元）

服部土芳（はっとりどほう）

明暦三（一六五七）～享保一五（一七三〇）。諱《いみな》は保英。通称半左衛門。初号芦馬《ろば》、別号に蓑虫庵《みのむしあん》がある。伊賀《いが》（三重県）上野の木津家に生まれ、藤堂藩士服部家の養子となる。貞享二年（一六八五）少年時代に旧知の松尾芭蕉《ばしょう》と再会したことから、同三年には藩を致仕《ちじ》して俳諧に専念した。のち伊賀蕉門《いがしょうもん》の中心となった。遺稿に『蓑虫庵集《みのむしあん》』があり、また『蕉翁《しょうおう》句集』『蕉翁文集《しょうおうぶんしゅう》』『三冊子《さんぞうし》』などがある。

棹鹿《さおしか》のかさなり臥《ふ》せる枯野《かれの》かな　（猿蓑《さるみの》）

▼季語―「枯野《かれの》」兼三冬。享保二年（一七一七）刊『俳諧通俗志』に、鹿《しか》は枯れ野に結んで秋、枯れ野は鹿《しか》に結んで秋というが、『猿蓑《さるみの》』では冬の部に収めている。▼句切れ―「枯《かれ》野《の》かな」。切れ字「かな」。
▽棹鹿《さおしか》―当て字。「さ」は接頭語。牡鹿《おじか》のことであるが、慣用されてとくに雌雄を問わない。

『句解』　冬ざれの春日野《かすがの》の日だまりに、鹿《しか》がひと固まりに体を寄せ合って、まるで重なるように群れ臥《ふ》している。

《鑑賞》　『蓑虫庵集《みのむしあん》』の元禄元年（一六八八）の部に〈臥《ふ》しぬ〉の形でみえる。『猿蓑《さるみの》』ではそれを〈臥《ふ》せる〉に改め、〈奈良にて〉の前書を付した。

奥山に妻恋う声をあわれと聞く古歌の風情《ふぜい》ではない。群れ臥《ふ》すあたりは萩《はぎ》も紅葉もない枯れ野である。交尾期もすんで、角を切られた鹿《しか》の表情はおとなしい。空気は冷たく澄んで冬の日ざしが穏やかな枯れ野のそこここに、互い違いにじっと身を寄せ合っている人慣れした鹿《しか》の習性を、〈かさなり臥《ふ》せる〉と見立てたところがおもしろい。

『猿蓑《さるみの》』編集中に伊賀《いが》の半残《はんざん》にあてた松尾芭蕉《ばしょう》の書簡に、〈ご発句《ほっく》「花靭《はなうつぼ》」「木菟《みみずく》」など人々驚き入り申し候。土芳「鹿《しか》」の句、皆々感心申し候〉とあるが、三句に共通するのは、軽い飄逸味《ひょういつみ》、あわれにもおかしい姿、伝統と無縁の新しみである。

《補説》　元禄元年（一六八八）の奈良は、東大寺大仏殿再建の着工で未曾有《みぞう》の人出を記録した。土芳の訪れたころは、春の釿始《ちょうなはじめ》の儀をピークとする混雑も一応おさまり、この句のような光景も静かにながめられたことだろう。（白石・楠元）

かげろふ《(う)》やほろほろ落つる岸の砂

(猿蓑《さるみの》)

▼季語—「かげろふ」兼三春。連歌では雑《ぞう》。▼句切れ—「かげろふや」。切れ字「や」。

『句解』 かげろうもゆる春の日ざしに、凍《い》てついていた岸辺の土砂がゆるみ、乾いた砂がほろほろとこぼれては止み、止んではこぼれ落ちている。

《鑑賞》 岸は水辺とは限らない。小さな断崖《だんがい》でもよい。霜柱が解けて蒸発すると、ゆるんで乾いた表層の土はもろくなって、断続的にこぼれ落ちる。

そのかすかな砂のこぼれを〈ほろほろ〉と表現したところが、巧まずしてよい。雨・涙・木の葉・花片に用いては陳腐な形容語が、ここでは新鮮であり、〈かげろふ〉のはかなさとのうつりもよい。

〈かげろふ〉は水分の蒸発によって生じるが、そのおおらかな春日の把握《はあく》に、以下の微視的観察が利《き》いている。些細《ささい》な、しかも無機的現象をとらえて、物みな目覚め動き始める季節の確かな鼓動を伝えている。時に稚拙でもあった土芳の「あだなる風」の、最も成功した作例であろう。

(白石・楠元)

《参考文献》 ▼富山奏『伊賀蕉門の研究と資料』(風間書房 昭45)

斯波園女(しばそのめ)

寛文四(一六六四)〜享保一一(一七二六)。伊勢《いせ》山田(三重県伊勢《いせ》市)の神官秦師貞の娘で、同郷の医師斯波一有《いちゆう》(のち渭川《いせん》)の妻となる。夫の影響で俳諧に親しみ、元禄元年(一六八八)来遊の松尾芭蕉《ばしょう》を自宅に招く。同五年(一六九二)大坂に移り雑俳点者として名を成した。同一六年(一七〇三)夫と死別、宝永二年(一七〇五)榎本其角《えのもときかく》を頼って江戸に下り、眼科医を開業、江戸俳壇と交わった。編著に『菊のちり』『鶴《つる》の杖《つえ》』があり、一有《いちゆう》にも『あけ鴉《がらす》』がある。

鼻紙の間《(あい)》にしを《(お)》るすみれかな

(住吉《すみよし》物語)

▼季語—「すみれ」兼三春。野遊びの摘み草にふさわしい可憐《かれん》な花。▼句切れ—「すみれかな」。切れ字「かな」。

『句解』 旅の記念に摘み帰ったすみれが、かわいそうに、鼻紙の間でしおれてしまった。

《鑑賞》 元禄一〇年(一六九七)刊の『住吉《すみよし》物語』に〈竹の内に越えて吉野に詣《もう》づるとて三句〉と前書し、

春雨《はるさめ》にけふも坂での思案かな　渭川《いせん》

春雨《はるさめ》やされども笠《かさ》に花すみれ　　その女

と並出する。

竹の内峠は、大阪平野から二上《ふたかみ》山の南を越えて奈良盆地に通じる竹の内街道の難所。春雨《はるさめ》に濡《ぬ》れながらも、夫妻連れ立っての楽しい旅であったろう。園女は山路のすみれを摘んで笠《かさ》にさし、また旅の記念にと鼻紙の間にそっとはさんで懐にした。園女は伊勢《いせ》在住のころにも大和《やまと》めぐりをしていて、そのときは夏であったが、〈咲かぬまも物にまぎれぬ菫《すみれ》かな〉と詠んでおり、好みの花であったらしい。後半生の彼女には、男まさりの女丈夫の印象が強いが、当時三〇余歳のこの句などは、いかにも女性らしい心やさしさが感じられる。

『俳諧百一集』は、この句を選んで〈是《これ》式部が風情《ふぜい》、真《まこと》に菫《すみれ》なるべし。手もとのことにして孰《たれ》か是《これ》をおもはざらん〉と評している。〈式部が風情《ふぜい》〉とは紫のゆかりに基づく連想であろう。（白石・楠元）

冴《さ》ゆる夜の灯《ともしび》すごし眉《まゆ》の剣　（菊のちり）

▼季語―「冴《さ》ゆる夜」兼三冬。透徹した冬の夜の冷気をいう。▼句切れ―「灯《ともしび》すごし」。切れ字「し」。

▽すごし―寒気が身にこたえること。底本には濁点がないので「少し」とも読めるが、『玉藻《たまも》集』には「凄し」の漢字が当ててある。▽眉《まゆ》の剣―「剣」は「険」の当て字。眉間《みけん》にけわしさの漂うこと。

『句解』　しんしんと冴《さ》え渡る深夜。ほの暗い灯《とう》火の下で来ぬ人を待つ女のいらだちが眉間《みけん》に表れ、身にしみるような寒さだ。

《鑑賞》　『菊のちり』に〈恋〉の題で収められている。舌足らずの表現だが、それだけに、小説的な想像をさまざまにめぐらすことのできる珍しい人事句である。句の世界を時代にも世話にも定め得るが、まず世話物の女性だろう。〈暖簾《のうれん》の奥ものゆかし北の梅〉〈白菊の目に立てて見る塵《ちり》もなし〉という松尾芭蕉《ばしょう》の挨拶《あいさつ》からは想像しにくいが、気性のはげしい人であったらしい園女ならではの着想である。ただし、〈すごし〉という主観表現と〈眉《まゆ》の剣〉という客観表現の折り合いが悪く、視点の定まらない憾《うら》みが残る。（白石・楠元）

各務支考（かがみしこう）

寛文五（一六六五）～享保一六（一七三一）。別号に東華坊・西華坊・野盤子《やばんし》・見竜・獅子《しし》庵《あん》などがある。美濃《みの》（岐阜県）北野の生まれ。生家は村瀬氏、各務氏は姉の婚家。元禄三年

（一六九〇）蕉門《しょうもん》に入る。松尾芭蕉《ばしょう》没後は、西国・北陸筋を中心に美濃《みの》派を組織し、正徳元年（一七一一）「終焉《しゅうえん》の記」を作って郷里に身を隠したが、その後も旺盛《おうせい》な著述活動を続けた。『続猿蓑《さるみの》』の精撰《せん》に参与したほか、『葛《くず》の松原』以下の俳論集、『本朝文鑑《ほんちょうぶんかん》』以下の俳文集、『笈《おい》日記』以下の撰《せん》集など多数あり、後世の句集に『蓮二吟《れんじぎん》集』がある。

馬の耳すぼめて寒し梨《なし》の花

（葛《くず》の松原）

▼季語―「梨《なし》の花」晩春。花盛りになると白一色でうずまる。▼句切れ―「寒し」。切れ字「し」。

〔句解〕 ひんやりと日が陰り、馬が耳をすぼめるようにする。あたりには、梨《なし》の花が一面の雪のように白い。

《鑑賞》 『笈《おい》日記』中の挿話《そうわ》に、みずから〈東路にて〉の作というから、元禄五年（一六九二）二月江戸を立って奥羽《おうう》に向かった折の途中吟であろう。

北関東の春が遅いとはいっても、晩春ともなればもはや寒い日々はない。たまたまの春寒はあっても、ここにいう「寒さ」は多分に心理的なものである。関東の黒い土、雪のように白い梨《なし》の花、それが曇天下にひんやりとした感触をもたらす。そんな風土の中で、〈馬の耳すぼめて〉という把《は》握《あく》は凡手でない。

向井去来《むかいきょらい》はむしろ〈梨《なし》の花〉の取り合わせに感心し、『旅寝論』では〈曲輪《くるわ》の外より取合《とりあわ》せたる句〉の作例に挙げているが、この句の佳作たるゆえんは、〈馬の耳すぼめて〉と〈梨《なし》の花〉の意表に出る取り合わせにあるのではなく、それが〈寒し〉という心象によって見事に統一されている点にあろう。

《補説》 『笈《おい》日記』によれば、元禄八年（一六九五）四月一八日森川許六《きょりく》亭に投宿した支考は、彼の賛を求めるために句意を描いた〈梨《なし》の花の白妙《しろたえ》に咲きて、その陰に唐《から》めきぬる人の驢馬《ろば》の頭《かしら》引きたて背《うしろ》むきに乗りたる絵〉を示され、〈されば、此《こ》の句の唐《から》めきて詩に似たりと見給へる眼《め》は、絵を得て俳諧をさとり、俳諧を得て絵にうつし給へるならん。みづからなしおきたる事の此《こ》の境にいたらざるは、絵に拙《つたな》きゆゑならん〉と述べている。

（白石・楠元）

食堂《じきどう》に雀《すずめ》鳴くなり夕時雨《ゆうしぐれ》

（流川《ながれがわ》集）

▼季語―「夕時雨《ゆうしぐれ》」兼三冬。夕方に降る時雨《しぐれ》。▼句切れ―「雀《すずめ》鳴くなり」。切れ字「なり」。

▽食堂《じきどう》―寺院の七堂の一つで、衆僧が食事をとるところ。多くは本堂の東廊に続き、食事どきの合図にたたく魚板が廊下に掛けてある。

『句解』　夕闇《ゆうやみ》迫る寺院の大屋根を濡《ぬ》らして冷たい時雨《しぐれ》がさっと通り過ぎる。あわてた雀《すずめ》が食堂《じきどう》の軒下に群れて、ひとしきり鳴きさわいでいる。

《鑑賞》　支考みずから関与した『続猿蓑《さるみの》』に再出しているので、自信作であろう。同集「釈教之部」の雑題の項に出る。〈食堂《じきどう》〉の一語によって、七堂を整えた寺院の大きさが出た。しかも夕時雨《ゆうしぐれ》のときにかなって、食堂《じきどう》には夕餉《ゆうげ》どきの人の気配がある。他の堂宇はがらんとして、うすら寒い夕暮れ、高い軒下にさわぐ雀《すずめ》のさえずりが、さっとくる時雨《しぐれ》の風趣を見事にとらえた。

　支考は十代を郷里の臨済宗の寺院に雛僧《すうそう》として過ごし、長じてからも盤珪《ばんけい》禅師について参禅の経験をもつだけに、禅刹《ぜんさつ》の雰囲気《ふんいき》をよくいいかなえている。（白石・楠元）

船頭の耳の遠さよ桃の花

（夜話《やわ》ぐるひ）

▼季語―「桃の花」仲春。『雅楽抄』に〈桃は低きもの、賤《あさま》しき心、暖かなる心、田舎体《いなかてい》よし〉という。▼句切れ―「耳の遠さよ」。切れ字「よ」。

『句解』　村はずれの渡し場、向こう岸の船頭は呼びかけても一向に聞こえないふうである。あたりには桃の花がそこここに咲いていて、のどかな春景色である。

《鑑賞》　風やわらかに水ぬるむころの典型的な田園風景である。遠山は薄青くかすんでいるだろう。船頭は、この渡しに棹《さお》さして年老いた白頭の老爺《ろうや》にちがいない。急ぐ用でもない旅客は、あきらめたふうに春景を楽しんでいる。切れ字〈よ〉が利《き》いて、絶妙の取り合わせである。人事と景物が一つに溶けて駘蕩《たいとう》たる気分をかもし、美濃《みの》派の良質な部分を代表する俗談平話調の佳作である。

　船頭は船客の話も聞こえぬと解する評釈も多い。そのあたりは、鑑賞者しだいである。（白石・楠元）

歌書よりも軍書にかなし芳野山

（俳諧古今抄）

▼季語―なし。〈名所に雑《ぞう》の発句《ほっく》とは、一句にその所の名を出し、その風景の情をうつし、しかもまた当季を結ばんことをば、姿情かならずおだやかなるまじ〉（『古今抄』）という。
▼句切れ―「軍書にかなし」。切れ字「し」。
▽歌書―和歌の書。たとえば『類字名所和歌集』に、吉野山の歌は三八一首を数え、他にずば抜けた歌枕《うたまくら》である。▽軍書―軍記の書。たとえば『太平記』に、吉野山にまつわる南朝義臣たちの悲話は詳しい。

『句解』　吉野山といえば、歌書に数多く詠まれた花の風情《ふぜい》もさることながら、軍書に語り伝えられた南朝哀史の方が一層あわれ深いことだ。

《鑑賞》　宝永七年（一七一〇）三月、雲鈴《うんれい》・魯九《ろきゅう》・大川《だいせん》とともに吉野の花を訪れての作（『梅のわかれ』）という。

翌年、みずから終焉《しゅうえん》記を作って〈終《つい》に芳野山の一句に口を閉ぢたる〉と記した。それによれば、梨門《りもん》と一句をめぐって論の応酬があり、支考は松尾芭蕉《ばしょう》に富士・吉野の発句《ほっく》のない理由を明かして〈富士には雪をおそるべく、芳野には花をおそるべけんか〉と評し、蕉門《しょうもん》諸家の芭蕉《ばしょう》の先例にならうは愚かしと、あえて雑《ぞう》の句を試みたこと（『古今抄』）を述べている。

『俳諧古選』の評に〈新異俊逸、是此老之絶唱《これこの》〉というごとく、意表に出る気《き》の利いた発想が受けて、人口に膾炙《かいしゃ》した。

《補説》　『芭蕉翁頭陀物語《ばしょうおうずだ》』に、この句は実は冬の美濃草庵《みのそうあん》ですでに想を得ていた句で、翌春童平《どうへい》と吉野山に登って披《ひ》露《ろう》したという。『はいかい袋』は、『紅梅千句』の付合《つけあい》〈公家は衰ふ元亨《こう》のするゑ／歌書よりは釈書を専にもてあそび〉によると指摘している。

（白石・楠元）

《参考文献》　▼堀切実『支考年譜考証』（笠間書院　昭44）　▼同「同門評判㈠支考」（『芭蕉の本3』角川書店　昭45）

■俳句の一年——虫

のどかな春の日に舞う蝶《ちょう》の姿。長い冬が終わり、野山に花が咲きそろう。花と蝶《ちょう》は、いかにも春にふさわしい。〈初蝶来何色《はつちょうく》と問ふ黄と答ふ　虚子《きょし》〉〈大原《おおはら》や蝶《ちょう》の出て舞ふ朧月《おぼろづき》　丈草《じょうそう》〉

芭蕉《ばしょう》の〈閑《しず》かさや岩にしみ入る蟬《せみ》の声〉は深山の蟬《せみ》しぐれ。暑い夏と蟬《せみ》の声。うるさいようなその鳴き声も、夏の暑さにはよく似合う。〈蟬《せみ》なくやつくづく赤い風車《かざぐるま》　一茶《いっさ》〉

螢《ほたる》は夏の夜の風物詩であるが、秋の螢《ほたる》は、あわれをさそう。〈秋風に歩行《あるい》て逃げる螢《ほたる》かな　一茶《いっさ》〉〈たましひのたとへば秋の螢《ほたる》かな　蛇笏《だこつ》〉

秋の草むらにすだく虫の声。秋の静けさを演出する小さな小さな虫たち。〈月の夜や石に出て鳴くきりぎりす　千代女《ちよじょ》〉〈こほろぎの夜鳴いて朝鳴いて昼鳴ける　百閒《ひゃっけん》〉

やがて、その虫たちも死に絶えてしまう。枯れ枝の蓑虫《みのむし》は、冬の間近を思わせる。〈蓑虫《みのむし》の音を聞きに来よ草の庵《いお》　芭蕉《ばしょう》〉

岩田涼菟（いわたりょうと）

万治二（一六五九）〜享保二（一七一七）。名は正致、通称は権七郎という。別号に団友斎《だんゆうさい》・神風館三世などがある。伊勢《いせ》の神職。初入集は貞享二年（一六八五）だが、蕉門《しょうもん》に入ったのは松尾芭蕉《ばしょう》の晩年で、芭蕉《ばしょう》没後は、榎本其角《えのもときかく》・各務支考《かがみしこう》・

谷木因《ぼくいん》らに親しんだ。西国・北陸筋に行脚《あんぎゃ》して勢力を扶植《ふしょく》し、多くの俳書を後見、伊勢《いせ》派の基礎をきずいた。編書に『皮籠《かわご》摺《ずれ》』『山中集』『潮とろみ』などがあり、後世の句集に『それも応《おう》』『梁普請《やなぶしん》』がある。

凩《こがらし》の一日吹いて居《お》りにけり

（伊勢新百韻《いせしんひゃくいん》）

▼季語―「凩《こがらし》」初冬。和歌では秋・冬に詠む。実際は晩秋から初冬にかけて吹く季節風で、木を吹き枯らすといわれ、いっきに冬を運んでくる。▼句切れ―「居《お》りにけり」。切れ字「けり」。

〖句解〗木枯らしが、時に強く時に弱く木々の梢《こずえ》を鳴らしながら、終日吹き荒れていたなあ。その音を聞くともなく耳にしながら、一日が暮れた。

《鑑賞》元禄一一年（一六九八）刊の『伊勢新百韻《いせしんひゃくいん》』はこれを発句《ほっく》とした百韻《ひゃくいん》一巻を収め、松尾芭蕉《ばしょう》没後の俳壇に『炭《すみ》俵《だわら》』『続猿蓑《さるみの》』以後の新風を提唱せんとした集。脇《わき》・第三は、

鈴《すず》掛けて出たれば馬のうれしげに　支考《しこう》
烏《からす》もまじる里の麦まき　乙由《おつゆう》

以下、仄止《そくし》・反朱《はんしゅ》・唐庭《とうてい》・水甫《すいほ》と続く田園風物詩で、擬声語の多用、口語調のリズム、安易なほどさらりとした詠法が目立つ。涼菟の発句《ほっく》が、まずそうした一巻の基調を提示している。

〈漫興〉という前書を付す。なんとなくもよおす感興のことで、一句にふさわしい。発句《ほっく》にはふつう、なんらかの曲折を設けるものだが、前書のとおり平明そのもの、淡々としていや味がない。あやうく俗調に流れるところを、そこはかとない季節の感慨が救っている。

『俳諧百一集』は、この句を選んで〈ありのままに述べたること、その身の粉骨なり。これらの絶唱、もし句の主《ぬし》にならんと詞をうつしても爰《ここ》に似たる。ましてや只《ただ》、自然の所ならん〉と評している。（白石・楠元）

それもおうこれもおうなり老の春

（元禄十三年歳旦《さいたん》帳）

▼季語―「老の春」新年。▼句切れ―「これもおうなり」。切れ字「なり」。
▽おう―「否応《いやおう》」の応。何遍も「おうおう」と肯定し承知すること。

〖句解〗また一つ年を重ねて、それもよし、これもよしと、好好爺《こうこうや》ぶりが板についた初春の心境だ。

《鑑賞》元禄一三年（一七〇〇）の団友斎歳旦帳《だんゆうさいさいたん》に、門下の芦本《ろほん》・空牙《くうが》・万李《ばんり》・八菊《はちきく》と組んだ三物《みつもの》の巻頭発句《ほっく》である。

当春、涼菟は四二歳。四〇歳を初老と呼んだ当時でも、

実の境地というにはまだ距離があろう。我執を捨て心の平安を願う一方、さすがに若年の客気《かっき》はなく、我ながら角がとれてきたかなと苦笑する気持ちはあったかもしれない。
三宅嘯山《みやけしょうざん》は『俳諧古選』に〈今朝の春〉の句形で収め〈老成〉の評語を与えている。句体は軽いが、いささかの穿《うが》ちが鼻につく。ともあれ、涼菟の代表作として知られ、その句集もこの句によって『それも応《おう》』と題された。

（白石・楠元）

中川乙由（なかがわおつゆう）

延宝三（一六七五）〜元文四（一七三九）。別号麦林舎《ばくりんしゃ》。伊勢《いせ》（三重県）川崎《かわさき》に生まれる。初め材木商、のち神宮の御師となって慶徳図書《けいとくずしょ》と称した。元禄三年（一六九〇）蕉門《しょうもん》に入り、岩田涼菟《りょうと》に師事し、各務支考《かがみしこう》に親炙《しんしゃ》した。同一一年（一六九八）『伊勢新百韻《いせしんひゃくいん》』を刊行し、涼菟《りょうと》没後の伊勢《いせ》俳壇の中心となって伊勢《いせ》派の勢力を地方に扶植《ふしょく》した。『麦林集《ばくりん》』『麦林《ばくりん》集後編』がある。

浮草《うきくさ》や今朝《けさ》はあちらの岸に咲く

（麦林《ばくりん》集）

▼季語—「浮草《うきくさ》の花」兼三夏。一名「根無草《ねなしぐさ》」ともいい、その定めなさは〈わびぬれば身をうき草の根を絶えてさそふ水あらばいなむとぞ思ふ〉と小野小町《おののこまち》に詠まれて有名。▼句切れ—「浮草《うきくさ》や」。切れ字「や」。

『句解』 見なれた岸の浮き草が、今朝《けさ》はすっかり向こう岸に吹き寄せられて、白い可憐《かれん》な花を咲かせている。

《鑑賞》 〈今朝《けさ》はあちらの〉は、裏に「昨日はこちらの」の意を含む。平明な叙景の中に寓意《ぐうい》を感じさせる。人口に膾炙《かいしゃ》したゆえんであろう。三宅嘯山《みやけしょうざん》は〈平正ニシテ悠遠《ゆうえん》〉（『俳諧古選』）と評し、橘南谿《たちばななんけい》は〈世の中の変遷常なきをよくいひ尽くせり。此《こ》の人の胸懐おもひやらる〉（『北窓瑣談《さだん》』）とする。
のみならず、この句には小町《こまち》の歌を媒介に、さらになまめいた説話が生まれた。乙由があるとき古市《ふるいち》の社中と芝居に行くと、土地のなじみの遊女が隣桟敷《さじき》に来ており、翌日はまた向こう桟敷《さじき》にいて挨拶《あいさつ》してよこしたので、返しに詠んで与えたとか、さらには、乙由自身の連れの遊女が翌日は別の客に連れ添っていたので詠み与えたとかである。

《補説》 涼袋《りょうたい》著『南北新話』によれば、百川《ひゃくせん》に〈浮草《うきくさ》もあちらの岸にけさの秋〉の先行作があったという。

（白石・楠元）

諫鼓鳥《かんこどり》我もさびしいか飛んで行く

（麦林《ばくりん》集）

▼季語—「諫鼓鳥《かんこどり》」兼三夏。郭公《かっこう》。ホトトギスに似て、初夏のころ南方より渡来する。その声の寂寥《せきりょう》たるを賞し、閑古鳥・閑呼鳥の字を当てる。この鳥が鳴くと麦を刈るという。

▼句切れ―「我もさびしいか」。切れ字「か」。「諫鼓鳥《かんこどり》」でもいったん切れる。

▽我―相手をいくらか卑しめていう二人称。

〔句解〕 かんこ鳥が飛んでいく。その声は人をさびしがらせるが、お前自身もさびしくて飛んでいくのか。

《鑑賞》〈諫鼓鳥《かんこどり》我もさびしいか〉という喚《よ》びかけが、〈さびしいか飛んで行く〉と叙述に転ずる構造となっている。〈我もさびしいか〉は、その裏に当然「俺《おれ》もさびしい」の意を含む。

憂き我をさびしがらせよ閑古鳥《かんこどり》　松尾芭蕉《ばしょう》
閑古鳥《かんこどり》寺見ゆ麦林寺《ばくりんじ》とやいふ　与謝蕪村《よさぶそん》

芭蕉《ばしょう》の句を踏まえてこの句が成り、この句を踏まえて蕪《ぶ》村《そん》の句が成った。三者三様の句作りに、資質の違いが表れておもしろい。

『新雑談集《しんぞうだんしゅう》』によれば、〈この句はじめは聞得るものまれなりしを、ひとり金沢の希因《きいん》より秀逸のよし聞え侍《はべ》りしに、麦林《ばくりん》も満足せられしとぞ〉という。口語調の素直な感情移入が効果を上げ、三宅嘯山《みやけしょうざん》も〈意ヲ刻ミテ痕《あと》無シ〉（『俳諧古選』）と評している。『俳諧百一集』は、この句を選んで〈その心のさびしみよりおこりて聞く人もさびし、鳥もさびし、天性不思議神境と見えたり〉と評している。

（白石・楠元）

稲津祇空（いなつぎくう）

寛文三（一六六三）～享保一八（一七三三）。初号は青流。別号に石霜庵《せきそうあん》・有無庵《うむあん》などがある。大坂に生まれる。俗化する享保俳壇の中で宗祇《そうぎ》、松尾芭蕉《ばしょう》を敬慕し、正徳四年（一七一四）宗祇《そうぎ》の墓前で剃髪《ていはつ》、祇空と改号した。平明清新な俳風と深い人間性は、芭蕉《ばしょう》復帰の五色墨《ごしきずみ》運動を推進させ、蔵前の札差の祇徳《ぎとく》、祇明《ぎめい》ら四時観《しじかん》派にも強く影を落とす。祇徳門《ぎとくもん》からは夏目成美《せいび》が出る。句集に『鶏筑波《とりつくば》』『朽葉集《くちはしゅう》』などがある。

秋風や鼠《ねずみ》のこかす杖《つえ》の音　（玄湖《げんこ》集）

▼季語―「秋風」兼三秋。愁風とも呼ばれ、生命の凋落《ちょうらく》をうながすものとして、深い寂寥《せきりょう》を感じさせる。▼句切れ―「秋風や」。切れ字「や」。

▽こかす―倒す。▽杖《つえ》―俳諧行脚《あんぎゃ》のための杖《つえ》。

〔句解〕 夜の闇《やみ》の中。草庵《そうあん》の外では秋風が吹き続けている。屋内では鼠《ねずみ》が活動を始めたようだ。突然、なにか棒の倒れる音。ああ、あれは鼠《ねずみ》が杖《つえ》にぶつかったのだな。みずからのたてた音に鼠《ねずみ》は逃げ去り、屋内はもとの静寂にもどる。秋風がますますさびしく聞こえてくる。逃げ去った鼠《ねずみ》がいとしく思われ、老いゆくわが身の生命に対しても改めていつくしみの心を抱き、布団の中で、じっと秋風に耳を澄ます。

《鑑賞》 鼠《ねずみ》が杖《つえ》を倒してその音に逃げ去る姿を、闇《やみ》の中で想像して微笑している心持ちが〈こかす〉という言葉には感じられる。愛の目である。『去来抄《きょらい》』の〈春風にこかすな雛《ひな》のかごの衆　荻子《てきし》〉の〈こかす〉にも対象への愛が感じられる。

伝統的な秋風の音と鼠《ねずみ》のたてる卑俗な、滑稽《こっけい》な音との融合した世界——寂寥《せきりょう》と滑稽《こっけい》とが高い次元で統一されている世界——。ここに松尾芭蕉《ばしょう》的な俳諧精神が形象化されているといえよう。鼠《ねずみ》の生命とわが身の生命を大きく包みこんでいる秋風が、滑稽《こっけい》な音をも深い詩の世界に引き入れてしまう。〈古池や蛙《かわず》飛び込む水の音〉と比べるとよい。（遠藤）

野烏《のがらす》の腹に蹴《け》て行く春の水

（玄湖《げんこ》集）

▼季語—「春の水」兼三春。冬の去った後の生命のよみがえりを感じさせる。冷たかった水も徐々にぬるんでくる。▼句切れ—「春の水」。▽野烏《のがらす》—野にいる烏《からす》。▽腹に—腹の部分で。

『**句解**』 暖かな日のさす野。ぬるみ初《そ》めた水の中にまで踏みこんでいた烏《からす》が、急に、腹の部分で水を蹴《け》りつけるようにして飛び立って行った。烏《からす》の黒い胸のあたりに一瞬水しぶきが上がり、日に輝く。眠くなるようなのどかな春の水面に、鋭い動きをみせて烏《からす》が姿を消してしまうと、また後には静かにかすむ野の風景が残っている。水面には、あの黒い影はない。

《鑑賞》「足で蹴《け》る」とせずに「腹で蹴《け》る」としたところに、春の水の感触を腹部で楽しむかのように飛び立った烏《からす》の生態が鋭く詠みこまれている。やわらかな春の水を全身で感じ取りつつ、鋭い運動をみせて立ち去る烏《からす》の黒と、うららかな日に輝きわたる川面とのコントラストも印象的である。

〈野烏《のがらす》の〉〈春の水〉と、〈の〉が三回繰り返されて、のびやかな雰囲気《ふんいき》をかもし出している中に、〈蹴《け》て行く〉という鋭角的なカ行の音がはさまっている韻律上の工夫も、内容にふさわしい。春の水の女性的生命感に対して、烏《からす》の男性的生命力をぶっつけた句とみることもできようか。（遠藤）

中興期の俳諧

蕉風《しょうふう》末流の俳諧が低俗なものになったので、それを再び芭蕉《ばしょう》の昔に帰そうとする動きは、芭蕉《ばしょう》没後五〇年を過ぎたころから現れ始めたが、真の新風は、与謝蕪村《よさぶそん》・加藤暁台《きょうたい》によって確立したといえる。ほかに、釈蝶夢《しゃくちょうむ》・三浦樗良《ちょら》・堀麦水《ほりばくすい》・高桑闌更《たかくわらんこう》・加舎白雄《かやしらお》・松岡青蘿《まつおかせいら》などが特色ある作風を示した。この時期の俳諧を中興俳諧という。蕉風《しょうふう》復興を共通の目標としたが、各人の芭蕉《ばしょう》理解にはかなりの隔たりがあった。

秋色（しゅうしき）

寛文九（一六六九）～享保一〇（一七二五）。小川氏か。別号に菊后亭《きくごてい》。江戸の菓子の老舗《しにせ》大坂屋の娘。夫の寒玉とともに榎本其角《えのもときかく》の門人。結婚後、古着・古物商や一膳飯屋《いちぜんめしや》を経営。晩年は俳諧の点者として生活した。当時珍しい女流俳人として有名だが、俳風は平俗であった。青流（稲津祇空《ぎくう》）との共編の其角《きかく》遺稿集『類柑子《るいこうじ》』や其角《きかく》追善集『石などり』などを刊行した。

井戸端の桜あぶなし酒の酔《よい》

（江戸《えど》砂子《すなご》）

▼季語―「桜」晩春。人の心を魅惑する魔力を秘める。この句から「秋色桜《しゅうしきざくら》」の名も起こる。▼句切れ―「あぶなし」。切れ字「し」。

〔句解〕　花見の酔漢が井戸の近くに来た。すぐそばの桜を見上げていて、彼は井戸の存在に気づかぬらしい。桜の花に魅惑され、彼は今にも井戸に落ちそうだ。気をつけて下さいよ、酔っ払いの男よ。それにしても井戸も危ないが、井戸に気づかせぬ桜の魅力こそ最も危険千万なものだ。美しすぎて危ないのだ。

《鑑賞》　「桜咲く井戸端あぶなし酒の酔《よい》」ではなく〈桜あぶなし〉であるのが、この句のミソだ。上五・中七まで読み、謎《なぞ》をかけられたように思う。下五で「なるほど」と納得。俳句の意外性を最もよく生かした榎本其角《えのもときかく》の門流らしい技巧の句。

主眼は、交通安全的な標語にあるのではない。井戸の中に人を誘惑するほどの妖《あや》しい桜の魅力を〈あぶなし〉といっているのだ。桜の美を逆説的に表現した句といえる。謡曲「紅葉狩《もみじがり》」を踏まえた〈もののふ（武士）の紅葉にこりず女とは〉の紅葉と井戸端の桜は、女性の魅力そのものの象徴ともいえよう。

《補説》 秋色桜《しゅうしきざくら》の句碑は、東京の上野公園の清水堂の裏にある。（遠藤）

横井也有（よこいやゆう）

元禄一五（一七〇二）〜天明三（一七八三）。本名時般《ときつら》。通称は孫右衛門。別号に知雨亭などがある。二六歳で尾張《おわり》藩御用人となり、五三歳で退官した。以後死にいたるまで知雨亭に隠遁《いんとん》し、遊俳として自適の生活を送った。美濃《みの》派の流れをくむ俳風で、軽妙・上品なユーモアがある。武士であるが庶民的感覚の持ち主である。俳文集に『鶉衣《うずらごろも》』、編著の句集に『蘿《ら》葉《よう》集』『垤《ありつか》集』などがある。

蠅《はえ》が来て蝶《ちょう》にはさせぬ昼寝かな　（蘿《ら》葉《よう》集）

▼季語―「蠅《はえ》」「昼寝」兼三夏。「五月蠅《うるさ》い」の当て字のとおり、しつこさ・不潔さ・いやらしさをまず連想させる蠅《はえ》。暑い夜の睡眠不足を補い、午後の暑さを忘れるための昼寝。
▼句切れ―「昼寝かな」。切れ字「かな」。

『句解』 けだるく暑苦しい昼下がり。荘周《そうしゅう》ではないが夢の世界で蝶《ちょう》に化身して、しばしつらい俗世間を忘れようと横になる。もう少しで夢の世界に遊べそうになると、見計らっているかのごとく蠅《はえ》が襲いかかってきて、再び俗世間に引きもどされてしまう。

《鑑賞》 『荘子』斉物論の〈昔者荘周夢ニ為ル胡蝶《こちょう》ト。栩栩《くく》然トシテ胡《こ》蝶《ちょう》也。自ラ喩《たのシミテ》適《かなヘルカナ》レ志ニ与。不レ知ラ周ナルコトヲ也。俄然トシテ覚《さム》レバ、則チ

■秋色《しゅうしき》の親孝行

秋色《しゅうしき》は、一三歳で、上野清水寺観音堂の花見に、

　井戸端の桜あぶなし酒の酔《よい》

と詠むほどの才気があった。この句は当時、寺の御門主の目にとまって秀逸の折り紙つきとなり、人びとに知られて、その桜はいつか秋色桜《しゅうしきざくら》といわれるようになった。

俳諧に専心するようになった秋色《しゅうしき》は、あるとき、某侯の山荘に招かれた。なかなか評判の庭園だったので秋色《しゅうしき》の父はなんとか拝見したいものと、彼女の家来といつわって庭内にまぎれこんだ。

折悪しくはげしい雨となったので、秋色《しゅうしき》は駕籠《かご》を頂戴《ちょうだい》して帰ったが、供である父ははなはだ難儀をする羽目になった。これを見かねた秋色《しゅうしき》は、駕籠《かご》かきにも気づかれぬように父を駕籠《かご》に乗せて、自分は手早く紙合羽《かっぱ》を身につけ、供のふりをして歩いた。まことに大胆で、あっぱれな親孝行ぶりであったと『俳家奇人談』は伝えている。（山下）

蘧蘧然《きよきよトシテ》周也。不レ知《ラ》、周之夢為《ニなレルカ》ニ胡蝶《こちようト》一与、胡蝶《こちよう》之夢為《ニなレルカヲ》レ周《ト》与。周与《トとハ》ニ胡蝶《こちよう》一、則必有《チズラン》レ分矣。此《これヲ》之謂《これいフ》ニ物化《ト》一。〉をもじった句である。快い春風に舞う蝶《ちよう》はあこがれの世界の象徴であり、黒い蠅《はえ》は俗世の象徴とも考えられる。

『鶉衣《うずらころも》』前編上の「夢弁」の〈蝶《ちよう》となりて漆園《しつえん》にたはぶれ、蟻《あり》にひかれて槐《かい》国にあそぶ。……かかるたつとき夢の告を、仏はいかなれば、例の世をはかなみて夢幻泡影《ほうよう》のたとへごとより、人は現《うつつ》も夢の部に入れて、世中をいとふまでこそうたてけれ。とても夢現の同じものならば、夢を現《うつつ》にかぞへ入れて、起きてたのしみね（寝）てたのしまば、五十年の月日をわたるも、百年の算用にはあふべきをや。……聖人に夢なしとは、いつの世に誰が定めたるぞ。〉という一節は、也有の夢に対する高い評価を示す。

《補説》 この句は大伴大江丸《おおともおおえまる》の〈この蠅《はえ》によくよく盧生《ろせい》寝坊なり〉と同じ川柳的句と解することもできるが、也有の辞世〈短夜やわれにはながき夢覚めぬ〉を思い寄せると、より深い鑑賞をしたくなるのも確かなのである。（遠藤）

二三枚絵馬見て晴るる時雨《しぐれ》かな

（蘿葉《らよう》集）

▼季語―「時雨《しぐれ》」兼三冬。秋・冬の軽い通り雨。旅を思わせ、降ったりやんだりあわただしい感もある。▼句切れ―「時雨《しぐれ》かな」。切れ字「かな」。

▽絵馬―庶民が祈願成就のため寺社に奉納する額。馬の絵だけではない。

『句解』 冬の旅の途中、時雨《しぐれ》にあって絵馬堂に駆けこむ。退屈しのぎに見ていた絵馬についい引きこまれて見入ってしまう。ふと気づくと時雨《しぐれ》はやんでいる。先を急がなくては。絵馬に心を残しながらも旅人は立ち去ってゆく。

《鑑賞》 庶民の祈願のこもった絵馬に引かれ、もっと時雨《しぐれ》が降り続いてほしいと思う旅人は、寺社奉行もっとめた也有自身かもしれない。

『鶉衣《うずらころも》』前編中の「旅賦」は、旅の途次、庶民の営みに暖かな視線を向けている也有の心のにじみ出たよい文章で、この句の鑑賞の参考にもなる。川上不白《ふはく》の〈永き日や絵馬をみてゐる旅の人〉と比べるとおもしろい。（遠藤）

千代女（ちよじょ）

元禄一六（一七〇三）～安永四（一七七五）。加賀《かが》（石川県）の松任《まつとう》の表具師の娘。俳諧は各務支考《かがみしこう》の指導を受け、支考《しこう》没後は盧元坊《ろげんぼう》に学ぶ。宝暦四年（一七五四）五二歳で剃髪《ていはつ》して素園と号す。俳風は鋭さを思わせる面もないわけではないが、大部分は通俗味のまさったもので、その名声も句の大衆性に負うところが多い。誤伝の句の多いのも特徴である。編著『千《ち》代《よ》尼《に》句集』は生前刊行された。

紅さいた口も忘るる清水かな　（千《ち》代《よ》尼《に》句集）

▼季語―「清水」兼三夏。涼味はその冷たさと幽《かす》かな音からかもし出される。▼句切れ―「清水かな」。切れ字「かな」。
▽紅さいた口―紅をさした口。

『句解』 炎天下、人を訪問するためにきちんとした身だしなみで家を出る。ていねいに唇《くちびる》に紅もさして。――汗をぬぐいながら行くと、山陰に清水の湧《わ》く音が聞こえる。暑さで頭がボーッとなり、また一刻も早く水が飲みたくて、紅をさした唇《くちびる》のことなどすっかり忘れてしまった。飲み終わってから、しまった、と思うのだが、もう手おくれ。

《鑑賞》 暑さと清水の冷たさを表現する句であることは〈清水かな〉が証明している。水ではげた口紅がいかに醜悪であるかを気にする娘心により、炎天下の清水の誘惑の強さを表現している。
〈朝顔に釣瓶《つるべ》とられて貰《もら》ひ水〉と同じく、人情的側面から清水を詠みこむ。やはり俗受けをねらった一面のあることはたしかだ。

《補説》 〈白菊や紅さいた手のおそろしき〉は、白菊の清純な美しさを、爪紅《つめべに》さしたおのれの手（または口紅をさしたあとの紅のついている手か）の生臭さと対比して強調しようとした句であろう。涼味に満ちた清水を、口紅というなまなましたものとの対照で描き出したのと同一の手法といえる。常識的人情で自然の景物を割り切るところに底の浅さがみえる。 （遠藤）

朝顔に釣瓶《つるべ》とられて貰《もらい》ひ水　（千《ち》代《よ》尼《に》句集）

▼季語―「朝顔」初秋。早暁に花開く。左巻きにまといつく茎は、放っておくと一・八メートルぐらいにも延びる。▼句切れ―「貰《もら》ひ水」。「とられて」でもいったん切れる。

『句解』 朝早く食事の仕度に起き出す。まず必要な水を汲《く》もうとすると、つるべに美しい花を咲かせて、朝顔がからみついている。切ってしまう気にもなれず、近所の家から水をもらって間に合わせた。

《鑑賞》 女性の花に対する優しさを詠んだ句として、素直に読み取りたいのだが、やはり定説どおり風流心の押し売りに感じられる。上島鬼貫《うえじまおにつら》の〈行水《ぎょうずい》の捨てどころなき虫の声〉と似る風流のてらいである。こうしたものが、のちの天保の月並調の流れの源泉ともいえよう。

真蹟《しんせき》類には〈朝顔や〉の句型がある。この型をとれば、句切れは「朝顔や」、切れ字は「や」である。

しかし〈朝顔や〉とすると、釣瓶《つるべ》を何がとるのか判然とせずに困る。

《補説》 結婚初夜の作という〈渋かろか知らねど柿《かき》の初ちぎり〉、子供を失ったときの作という〈蜻蛉《とんぼ》つり今日はどこまで行ったやら〉などを含めてその他有名な句の多くは、伝説的なものにすぎず、たしかな証拠となる文献はない。逆にいえば、千代女の句を世人がどのように鑑賞していたかを、誤伝の句が教えてくれているともいえよう。通俗的な人情味の濃いものが俳句だと大衆は思い、千代女はその選手になったのである。

なお、金沢市の念西院に、この句の句碑が建てられている。（遠藤）

月の夜や石に出て鳴くきりぎりす

（千代尼《ちよに》句集）

▼季語―「月の夜」仲秋。一年中で最もさやけく清い月の光は、見る人に永遠のものへの憧憬《どうけい》をかきたててやまない。

▼句切れ―「月の夜や」。切れ字「や」。

▽きりぎりす―当時はこおろぎをきりぎりすといった。

〔句解〕 すべてのものが澄みきった月の光に照らされている。庭石の上も、昼とは違って透明なまでに清浄に見える。その上にこおろぎが登って鳴いている。小

■千代女《ちよじょ》伝説

朝顔に釣瓶《つるべ》とられて貰《もら》ひ水

は、よく人に知られている千代女《ちよじょ》の句だが、〈渋かろか知らねど柿《かき》の初ちぎり〉や、〈蜻蛉《とんぼ》つり今日はどこまで行ったやら〉の句は、現在のところ千代女《ちよじょ》のたしかな作であるかどうかはわからない。また夫の死を悲しんだ〈起きてみつ寐《ね》てみつ蚊帳《かや》の広さかな〉の句は実は遊女浮橋《うきはし》の作であったらしい。生前すでに句集が編まれるほど高名であった千代女《ちよじょ》だったから、さまざまな俗説や誤伝が生じたのであろう。

『俳家奇人談』によると、伊勢《いせ》の中川乙由《おつゆう》は松任《まっとう》の千代女宛《ちよじょあて》の手紙の端に、〈花さかぬ身は静かなる柳かな〉と書き送ったが、行き違いに偶然にも千代女《ちよじょ》は、乙由《おつゆう》に、〈花さかぬ身は狂ひよき柳かな〉といいやっていた。この二句をつくづくと並べて見た千代女《ちよじょ》は、私の「狂」の一字は「静」にはとても及ばないと深く反省したという。独り身の女として〈狂ひよき〉とは、まことにはずかしいものであった。（山下）

さいけれども鮮明な影を石の上に置いて。こおろぎの声は、あたりの風物をますます澄みきったものにし、果ては月に向かい上昇してゆくかのように聞こえる。

《鑑賞》 祇徳《ぎとく》編の『此柱《このはしら》』（寛保三年〈一七四三〉刊）では〈月の夜は〉と改作されている。物陰でひっそりと鳴くこおろぎが石の上に出てきたのは、月の光に誘われたのであろうか。深まりゆく秋の夜、石上で一匹のこおろぎが、月と対話しているのだ。はかない生命《いのち》のこおろぎが、永遠のものを思わせる月に向かって、何事かを語りかけて鳴いているのだ。ちっぽけなこおろぎの生命《いのち》は、このとき、決して小さくはない。「生きる」ことの本質のようなものを、このか弱いこおろぎは感じさせるのだ。こおろぎの声は、生きとし生けるものの生命《いのち》の叫びなのだ。

高桑闌更《たかくわらんこう》の〈月の夜や石に登りて啼《な》く蛙《かわず》〉は、この句からヒントを得ているのかもしれない。〈石〉は蛙《かえる》、こおろぎが自然の奥深い世界と交歓できる、聖なる場である。（遠藤）

与謝蕪村（よさぶそん）

享保一（一七一六）〜天明三（一七八三）。摂津国東成《せっつのくにひがしなり》郡毛馬《けま》村（大阪市都島《みやこじま》区毛馬《けま》町）の農家に生まれた。姓は谷口、のち与謝《よさ》氏を自称した。享保末年単身江戸へ下り夜半亭宋阿《やはんていそうあ》の内弟子として江戸座系の俳壇に活躍した。初号を宰町《さいちょう》、のち宰鳥《さいちょう》を用いる。宋阿《そうあ》と死別後、宇都宮において歳旦帖《さいたんちょう》を刊行して蕪村《ぶそん》と改号し、また俳詩「北寿老仙《ほくじゅろうせん》をいたむ」をつくった。宝暦元年（一七五一）上京したが、まもなく丹後《たんご》（京都府）宮津に行き三年余り南宗画《なんしゅうが》の修業に専心する。宝暦末年には文人画家として認められ、池大雅《いけのたいが》とともに近世文人画の大成者と目される。

俳諧は、讃岐《さぬき》から帰った明和五年（一七六八）夏以後熱心に三菓《さんか》社の発句《ほっく》会を指導、早くも俳壇革新の新風を完成した。同七年（一七七〇）には夜半亭《やはんてい》二世を継承し高井几董《きとう》・吉分大魯《よしわけたいろ》も入門する。安永元年（一七七二）の『其雪影《そのゆきかげ》』以後、一派の撰《せん》集は蕪村監修・几董《きとう》編集に成った。文学の面では六二歳の安永六年（一七七七）が、最も高潮した時期で『夜半楽《やはんらく》』に「春風馬堤曲《しゅんぷうばていきょく》」「澱河歌《でんがか》」の俳詩二編を発表し、四月から亡母のために『新花摘《はなつみ》』の夏行《げぎょう》を発企し、中絶後は独自の俳文で修業時代の回想記を書いた。連句集に安永九年（一七八〇）の『もゝすもゝ』があるが、最晩年に意欲的な俳諧の集はない。「芭蕉《ばしょう》に帰れ」を共通の標語とした中興俳壇では、江戸で大島蓼太《りょうた》、上京して炭太祇《たんたいぎ》、他派出身の加藤暁台《きょうたい》・三浦樗良《ちょら》・勝見二柳《じりゅう》・堀麦水《ほりばくすい》・高桑闌更《たかくわらんこう》の順で交渉が深かった。門人黒柳召波《しょうは》は早《そう》逝《せい》し、夜半亭《やはんてい》三世は几董《きとう》が継いだ。

古庭に鶯啼《うぐいすな》きぬ日もすがら

（『寛保四年宇都宮歳旦帖《さいたんちょう》』）

▼季語—「鶯《うぐいす》」兼三春。古来、「梅に鶯《うぐいす》」は春の先駆けとされた景物である。初音は二月初めごろ、囀《さえず》りの整うのは三月ごろで、特色のある美声は冬の陰鬱《いんうつ》さを吹き飛ばすように明朗快活である。四月には高地へ移動する。「春告鳥《はるつげどり》」など異名も多い。▼句切れ—「啼《な》きぬ」。切れ字「ぬ」。
▽古庭—古さびて落ち着きのある庭園。蕪村にはこの句をはじめ、古井戸・古傘《ふるがさ》・古河・古寺・古雛《ふるびな》など「古」を用いた用例は多いが、成功した場合は少ない。▽日もすがら—終日。ひねもす。「夜もすがら」の対。

『句解』 苔《こけ》むして古色のある庭に古木の梅が咲いた。今日も鶯《うぐいす》がこの古庭を立ち去ろうともせず、一日中鳴いていた。

《鑑賞》 寛保二年（一七四二）恩師早野巴《は》人《じん》と死別すると、まもなく江戸を去って、蕪村（二七歳）は結城《ゆうき》（茨城県）の砂岡雁宕《いさおかがんとう》を頼る。秋の終わりごろから翌三年にかけて約一年間東北地方一円を行脚《あんぎゃ》し、宇都宮まで帰ってきて刊行したのが処女撰《せん》集『「寛保四年宇都宮歳旦帖《さいたんちょう》」』である。

標題には「渓霜《けいそう》蕪村輯《しゅう》」とあり、「渓霜《けいそう》」は谷に降りた霜、したがって「蕪村」も荒蕪《こうぶ》の村の意であったと推定される。巻頭の三物《みつもの》にはなお「宰鳥《さいちょう》」号が使われ、本句は巻軸の一句で、ここに初めて生涯の俳号「蕪村」が用いられた。

出版資金を負担したと思われる宇都宮の露鳩《ろきゅう》は沾山《せんざん》系の地方俳人であるが、蕪村の親友砂岡雁宕《いさおかがんとう》の縁戚《えんせき》かと推測されている。結城《ゆうき》・下館《しもだて》（茨城）・関宿《せきやど》（千葉）・境（茨城）・佐久山（栃木）の俳人たちも入集し、追加には蕪村と交渉の深かった存義《ぞんぎ》ら江戸座系の俳人も加わる。

穎《え》原《ばら》退蔵は〈田舎《いなか》俳人に調子を合せた傾も見えるが、……流石《さすが》に後年の口質を思はせるものがある〉（創元選書『蕪村』）と評価した。〈古庭に〉は裏に「古木の梅」を含んでいて新しい発想ではないが、上五・中七に意想を率直に述べたところがよい。早春の情調を大づかみに表現しようとしたところは、やがて〈春の海終日《ひめもす》のたりのたりかな〉（二〇九ページ参照）に展開するであろう。『蕪村句集』には採録されなかった。

（清水・清登）

柳ちり清水かれ石ところどこ

（反《ほ》古衾《ごぶすま》）

▼季語—「柳ちる」晩秋。春の柳の優美さにくらべて、柳の黄葉は「桐一葉《きりひとは》」と同じく早くも凋落《ちょうらく》を知らせるあわれさがある。▼句切れ—「ちり」「かれ」「ところどこ」。
▽柳—『反《ほ》古衾《ごぶすま》』（宝暦二年〈一七五二〉刊）に〈神無《かんな》月《づき》はじめの頃《ころ》ほひ、下野《しもつけ》の国に執行《しゅぎょう》して遊行柳《ゆぎょうやなぎ》とかいへる古木の影に目前の景色を申出《もうしいで》はべる〉と前書があり、実際には初冬の吟。遊行柳《ゆぎょうやなぎ》は下野国芦野《しもつけのくにあしの》の里（栃木県那須《なす》郡那須《なす》町芦野《あしの》）にあり、柳の精を遊行上人《ゆぎょうしょうにん》が済度されたという謡曲「遊行柳《ゆぎょうやなぎ》」

の伝説のある歌枕《うたまくら》。西行上人《さいぎようしようにん》が〈道の辺《べ》に清水流るる柳かげしばしとてこそ立ちどまりつれ〉（『新古今集』）と詠んだと伝えられている。松尾芭蕉《ばしよう》の〈田一枚植えて立去る柳かな〉（『おくのほそ道』）も同所の作。▽ところどこ—五音に詰めて読むのは乙二《おつに》『蕪村発句解《ほつくかい》』の説による。「ところどころ」と読んでもよい。

『句解』　名高い遊行柳《ゆぎようやなぎ》の枯れ葉は、早くも散ってしまい、道のべの清水も水は涸《か》れてしまい、川床にはところどころに露出した岩石が、秋の薄日を受けているのみ。

《鑑賞》　東北行脚《あんぎや》の往路とすれば寛保二年（一七四二）、帰路とすれば同三年（一七四三）一〇月の作であろう。東北行脚《あんぎや》の収穫として、〈古庭に鶯《うぐいす》啼《な》きぬ日もすがら〉の句より早いことも十分あり得る。

『蕪村句集』には〈遊行柳《ゆぎようやなぎ》のもとにて　柳散清水涸石処々〉と擬漢詩ふうに表記し、また晩年の自画賛によると、「後赤壁賦《こうせきへきのふ》」の〈山高月小《クニ》、水落石出《チツ》〉を想起して成ったという。この句を発句《ほつく》とした歌仙《かせん》（延享年間の成立か）の脇《わき》は〈馬上の寒さ詩に吼《ほ》える月　李井《りせい》〉であり、孤高の詩人の寂寥感《せきりようかん》がテーマであった。伝統的な日本の古典的風景を蘇《そ》東坡《とうば》によって全く新しくとらえ直した点に、画期的な開眼が認められる。江戸俳壇にあき足りず、早くから『虚栗《みなしぐり》』『冬の日』の初期蕉風《しようふう》を理想とした蕪村会心の作。

京の漢詩人三宅嘯山《みやけしようざん》は〈老成鍛練。是素堂《そどう》之風骨〉（宝暦一三年〈一七六三〉刊『俳諧古選』）と評した。ありのままの「目前の景色」のようで、実は漢詩文的審美眼による選択と構成とが意識されている。

（清水・清登）

水桶《みずおけ》にうなづ《ず》きあふ《う》や瓜茄子《うりなすび》

（蕪村句集）

▼季語—「瓜《うり》」「茄子《なすび》」仲夏。瓜《うり》も茄子《なすび》も陰暦五月、時期を同じくして実る。胡瓜《きゆうり》では茄子《なすび》と形が違いすぎるから、この「瓜《うり》」は真桑瓜《まくわうり》であろう。どちらかといえばその「冷し瓜《うり》」に重点がかかる。直接の先例は榎本其角《えのもときかく》の〈豊年　ぬか味噌《みそ》に年を語らん瓜茄子《うりなすび》〉（『花摘《はなつみ》』）であろう。▼句切れ—「あふや」。切れ字「や」。

『句解』　水桶《みずおけ》の中に放りこまれた真桑瓜《まくわうり》と茄子《なすび》とが、ぶかぶかと浮かんで頭をぶっつけ合うように、われら初対面の坊主頭もお互いに意気投合して、「左様《さよう》」「その通り」とうなずき合うことだ。

《鑑賞》　前書に〈青飯《せいはん》法師にはじめて逢《あい》けるに、旧識のごとくかたり合《あい》て〉（『落日庵《らくじつあん》句集』では小異がある）とある。青飯《せいはん》法師は『蕪村自筆句帳』（尾形仂《つとむ》編著）により美濃《みの》派の渡辺雲裡房《うんりぼう》のこと。彼は宝暦一一年（一七六一）四月六九歳で亡くなる。

蕪村はその一七回忌集『桐《きり》の影』（安永六年〈一七七七〉刊）に〈雲裡《うんり》叟《そう》、武府の中橋にやどりして一壺《ひとつぼ》の酒を蔵し、一年の粟《あわ》をたくはへ、たゞひたごもりに籠《こも》りて一夏《いちげ》の発句《ほっく》おこたらじとのもふけなりしも、遠き昔の俤《おもかげ》にたちて〉と回想し、〈なつかしき夏書《げがき》の墨の匂《にお》ひかな　洛陽《らくよう》蕪村〉と悼句を手向けている。江戸の中橋は通町にあり、日本橋と京橋の間にあった。

二人の坊主頭の初対面は、夜半亭宋阿《やはんていそうあ》没後の釈蕪村と号していた時代、すなわち延享年間、結城《ゆうき》方面からときどき江戸に出向いた時期と推定される。雲裡房《うんりぼう》のほうは延享四年（一七四七）冬、義仲寺の無名庵《あん》に入るから、それ以前、仙台《せんだい》から江戸へ出てきたころであろう。のち宝暦五年（一七五五）には丹後《たんご》（京都府）滞在中の蕪村を訪問し、同一〇年（一七六〇）秋には、筑紫《つくし》行脚《あんぎゃ》に蕪村を誘ったが、〈秋かぜのうごかして行く案山子《かかし》かな〉（『蕪村句集』）と同行しなかった。二人はよほど馬が合ったらしい。

本句も即興的で軽妙な滑稽《こっけい》句。その場のはずんだ気持が、いきいきと淡泊に詠まれている。美濃《みの》・伊勢《いせ》風《ふう》ではあったが、雲裡房《うんりぼう》の滋味ある脱俗性に、蕪村は生涯深い敬意と親愛感を抱いたようだ。なお甘い瓜《うり》は雲裡房《うんりぼう》（「うり」「うんり」と音も近い）を、ありふれた茄子《なすび》は自分を寓《ぐう》した見事な挨拶《あいさつ》吟である。

（清水・清登）

夏河を越すうれしさよ手に草履《ぞうり》

（蕪村句集）

▼季語―「夏河」兼三夏。ここは盛夏の小川で、日照り続きにやや水量は減っているかもしれぬが、涸《か》れ川ではない。▼句切れ―「うれしさよ」。切れ字「よ」。

〔句解〕　さらさらと音を立てながら小川が流れている。さっそく裾《すそ》をまくり裸足《はだし》になって水を渡る。草履《ぞうり》は手に持ち、じゃぶじゃぶと冷たい底砂を踏んで行くのが、快くうれしい。

《鑑賞》　宝暦四年（一七五四）〜七年（一七五七）の丹後《たんご》（京都府）時代の作。現地での執筆と思われる遺草（俳人真蹟《しんせき》全集『蕪村』）には、浄土宗の説教僧らしい白道上人《びゃくどうしょうにん》の仮寓《かぐう》を訪《おとな》い、夕方まで物語して帰るときの吟として〈蟬《せみ》も寝る頃《ころ》や衣の袖畳《そでだたみ》〉についで本句を記す。

〈前に細川のありて、潺湲《せんかん》と流れければ〉と前書がある。『蕪村句集』には〈丹波《たんば》（丹後《たんご》の誤り）の加悦《かや》といふ所にて〉とある。加悦《かや》は現在の京都府与謝《よさ》郡加悦《かや》町。宮津市の西南約一二キロメートルに位置する。当時も丹後《たんご》縮緬《ちりめん》の中心地であった。

蕪村の丹後《たんご》行きの目的は画業にあって、田舎蕉門《いなかしょうもん》・美濃《みの》派が主流であった宮津俳壇にはあまり関心をもたなかった。むしろ詩壇との交渉が認められ、漢詩の実作に励んでいる（宝暦七年卯月《うづき》六日付嘯山《しょうざん》宛《あて》書簡）。

そうした環境にあって、宮津を離れ虚心に自然と人間に接したとき、平明で親近な佳吟を得たことは、蕪村の作風展開の上で注目すべき事実である。中国画本の学習から直接自然を見つめる作業に精励した画業の影響も考えられる。

この〈うれしさ〉は具体的には〈手に草履《ぞうり》〉姿の少年的感覚である。真夏の夕刻、冷たい水に入った生理的な快感は少年のものであり、率直な表現がよく下五の稚拙《ちせつ》感を成功させた。早く吉田冬葉《とうよう》・中村草田男《くさたお》が、清純な少年詩的な鑑賞を示した。天真流露の句である。

えてして低俗に陥りやすい〈うれしさよ〉を見事な詩語に昇華させている。その理由は、〈小鳥来る音うれしさよ板庇《いたびさし》〉（『蕪村句集』）にも通ずる「虚心」「去私」という離俗の精神に存するであろう。丹後《たんご》時代唯一の収穫である。

（清水・清登）

離別《さら》れたる身を踏込《ふんご》むで田植かな

（咄相手《はなしあいて》）

▼季語―「田植」仲夏。江戸時代には数軒の農家が「結《ゆ》い」を組んだり、早乙女《さおとめ》を雇ったりして相互に協力した。苗代《なわしろ》で生育した稲の苗を水田に插《さ》すことを田植という。もっぱら女性の仕事であり、早乙女《さおとめ》は、田(植)歌を歌いながら作業を進めた。▼句切れ―「田植かな」。切れ字「かな」。

▽踏込《ふんご》む―「踏み込む」の音便形。足をぐっと踏み入れる。大胆に思い切ってする。狂言や西鶴《さいかく》に頻出《ひんしゅつ》する。元文三、四年（一七三八、三九）ころの評点付句（下館《しもだて》市・中村氏蔵）に〈近道の水へ踏込《ふんご》ム蓼《たで》の中　宰町《さいちょう》〉がある。

『句解』 今日は離別された先夫の家の田植だ。寄合《よりあい》田植だから自分だけわがままを言うわけにもいかぬ。つらくもあり、恥ずかしくもあり、幾たびも思い悩んだ末、遂に意を決して泥田《どろた》の中に足を踏み込んだ。

《鑑賞》 初出の『咄相手《はなしあいて》』（下巻）が、宝暦八年（一七五八）四月高井几董《きとう》の父、几圭《きけい》の薙髪《ちはつ》賀集（剃髪《ていはつ》を祝う句集）だから、それ以前の作。

この句の女性は夫とは仲がよかったが、姑《しゅうと》などのため不縁になった（『蕪村全集』）とか、〈情の切《せつ》な内に何となくおとなしい性質の女〉（高浜虚子《きょし》『蕪村句集講義』）とか説かれたが、現実に田植の場面から逃亡するわけにはいかぬ〈離《さ》別《ら》れたる〉女の泥田《どろた》に踏み込むまでの内面心理の葛藤《かっとう》を詠んだ句である。

夫婦死別の悲しみを詠んだ句に〈身にしむやなき妻の櫛《くし》

を閨《ねや》に踏む〉（『蕪村句集』）があり、それは芝居の一場面かと思われる。この〈離別《さら》れたる〉の句は農民出身の蕪村には身近な日常の悲劇であった。生母は丹後《たんご》（京都府）与謝《よさ》村出身の出稼《でかせ》ぎの女性だったという伝説もあるから、あるいは生母の面影かもしれない。

〈離別《さら》れたる〉の簡潔な情況説明、〈身を踏込《ふんご》むで〉の切実な心理描写、複雑な内容を描きつくしてあわれ深い人事句である。後には嫋々《じょうじょう》と余韻を引いて流れる田歌が、ひとしお哀感をたたえる。

《補説》〈尼寺や十夜《じゅうや》に届く鬢葛《びんかずら》　宰町《さいちょう》〉（『卯月庭訓《うづきていきん》』元文三年〈一七三八〉刊）は現在知られる蕪村の最も早期の句であり、また、小説的趣向の先駆でもある。それは江戸座の人事趣味に根ざしていると思われる。（清水・清登）

春の海終日《ひめもす》のたりのたりかな

（俳諧古選）

▼季語―「春の海」兼三春。冬は風が強く波が高いが、春になると風もなぎ、海面は穏やかになる。和らいだ日射しの下、カモメが飛びかい、沖には春霞《はるがすみ》がたなびき、白帆《しらほ》の行き交いものどかである。▼句切れ―「のたり のたり かな」。切れ字「かな」。

▽終日《ひめもす》―朝から夕まで。一日中。『類聚名義抄《るいじゅみょうぎしょう》』にヒネモス・ヒメモス。どちらにも読めるが、門人高井几董《きとう》は〈ひめもす晴間なき雨の日、多武峰《とうのみね》に登りて〉（『晋明集二稿』）と使う。

『句解』沖には春霞《はるがすみ》がたなびき、穏やかな空と海とが広がっている。碧《あお》い春の海は、一日中のたりのたりと、のどかにもの憂げにのたうっているよ。

《鑑賞》初出は『俳諧古選』（「終日」に訓読符号がつく。宝暦一三年〈一七六三〉刊）、〈平淡《ニシテ》而逸〉という評語が下された。以後、『其雪影《そのゆきかげ》』（安永元年〈一七七二〉刊）『俳諧金花伝』（安永二年〈一七七三〉刊、〈須磨《すま》の浦にて〉と前書）『発句《ほっく》小鑑』（安永四年〈一七七五〉刊）などに掲げられ、当時から世評の高かった代表作の一つ。

子規《しき》一派の『蕪村句集講義』以来、評価について論じられてきたが、のちの河東碧梧桐《かわひがしへきごどう》は抽象化とその機知性が目立つとして否定的であり（『蕪村名句評釈』）、水原秋桜子《みずはらしゅうおうし》も〈実につまらぬ句〉（『夜半亭《やはんてい》蕪村』）と全面的に否定した。肯定する側は荻原井泉水《おぎわらせいせんすい》の〈風景的に味はせる句ではなくて、のたり〳〵といふ音感から味はせるもの〉とする音律的観点に立ち（野口米次郎・萩原朔太郎《はぎわらさくたろう》・内藤吐《と》天《てん》）、中村草田男《くさたお》は〈どこかおほどかで、日本人共通の童心に通じた喜ばしさがある〉と高く評価した。

〈のたりのたり〉の擬態語が一句の生命であろう。沖波のうねりか、岸波を指すのか、必ずしも明確でないが、春の海ののどけさの抽象化という点はほぼ確かであろう。宮津湾の印象を帰洛《きらく》後一句にまとめたものか。

作者は安永五年（一七七六）の吉分大魯《よしわけたいろ》宛《あて》書簡に、発句《ほっく》は人の知らぬ古語故事をもって人を驚かすのはよくないといい、松尾芭蕉《ばしょう》の〈花の雲鐘は上野か浅草か〉、榎本其角《えのもときかく》の〈いな妻やきのふは東けふは西〉の句と並べて本句を挙げ、癖《くせ》のないように仕立てるのがよいと教えている。大衆的な発句《ほっく》の平淡さをねらったものだが、〈春の海〉の本質を把握《はあく》した純粋詩として注目されよう。（清水・清登）

鮎《あゆ》くれてよらで過ぎ行く夜半《よわ》の門

（蕪村句集）

▼季語―「鮎《あゆ》」兼三夏。鮎《あゆ》は秋に川の下流でふ化し、春まで海中生活をするが二、三月ころ川へもどり清流を遡《さかのぼ》る。秋産卵すれば海へ下って死ぬので年魚という。美しい姿をした川魚の王。川底の石苔《いしごけ》を常食とするので一種の香気があり香魚ともいう。旬《しゅん》は土用入りののち二〇日間ほどである。▼句切れ―「夜半《よわ》の門」。「鮎《あゆ》くれて」でもいったん切れる。

《句解》　夏の夜更けに門を叩《たた》く音がする。今ごろだれかといぶかりながら出てみると、「豊漁《ほうりょう》だから置いてゆく」と、言葉少なに友は深い闇《やみ》の中に消え去った。手にした数匹の鮎《あゆ》からは強い香気が立ち上り、思いがけぬ贈物に、しばらくは寂然《せきぜん》たる夜半《よわ》の門《かど》べにたたずんでいた。

《鑑賞》　「明和五年句稿」（『夏より』六月二〇日兼題〈鮎《あゆ》〉の作）に出る。

香魚の香りと淡泊な友情とがぴったりと融合し、中七〈よらで過ぎ行く〉に離俗の理念がこめられている。立ち寄って自慢話をしてゆくようでは俗中の俗だ。

天明元年（一七八一）の蕪村の画作に「王子猷《おうしゆう》訪《フ》二戴安《たいあん》道《どうヲ》一図」がある。山陰に大雪が降った夜、王子猷《おうしゆう》は酒を飲んで左思《さし》の招隠詩《しょういんし》を口ずさむと、たちまち剡《えん》（浙江省《せっこうしょう》の県名）にいる友人戴安道《たいあんどう》を憶《おも》う。小舟に乗って遠路門前まで行くが、会わずに帰ってきた。人がその故を問うと、王は「もともと興に乗じて行ったので、興尽きれば必ずしも戴《たい》に会うことはない」と答えた（『世説』）との故事による。王の風流は当時の日本人にももてはやされ、多くの詩画の題材とされた。この句もそのような招隠詩《しょういん》の離俗世界を俳諧化した秀吟である。

時間的経過を簡潔に叙しながら、最後に〈夜半《よわ》の門〉をくっきり浮かび上がらせた手法は確かな造型法であり、ここは〈門《もん》〉と音読するのがよい。〈匂《にお》ひも、物の音も、ただ夜ぞひとときはめでたき〉（『徒然草《つれづれぐさ》』）の具象化でもあろう。

三つも動詞を続けたため、調子をこわすほどではないが、よくないとする見解も出されたが、水原秋桜子《みずはらしゅうおうし》は季節感が強く、下五が確かにすわっているために、三つの動詞の波を抑えきれたのであろう、と評した。（清水・清登）

夕露や伏見《ふしみ》の相撲《すもう》ちりぢりに　（蕪村句集）

▼季語―「露」兼三秋。夜間冷えると水蒸気が凝結して草木などに置く水滴をいう。一年中で秋に最も多く目立つので、古来秋季とされた。朝日がさすと消えるから、「露の世」「露の身」など無常観の象徴とされる。「朝露」「夜露」に対し「夕露」という。なお、内裏《だいり》で七月下旬に相撲節会《すまいのせちえ》が行われたので、相撲《すもう》も秋季とされるが、本句の季題・主題は「夕露」である。▼句切れ―「夕露や」。切れ字「や」。

▽伏見《ふしみ》―京都市伏見区。文禄三年（一五九四）秀吉が伏見《ふしみ》城を築いてから繁栄し、江戸時代には淀《よど》川水系の要港とされ商工都市として発展した。大坂への三十石船の発着点である。

〖句解〗近在近郷の人びとが伏見《ふしみ》の相撲《すもう》にわきたっていた。それも終わると、群衆は四散してしまった。いつしか夕闇《ゆうやみ》がせまり、踏みにじられた雑草の上には早くも夕露がしとどに降りている。

《鑑賞》「明和五年句稿」（『夏より』七月二〇日兼題〈相撲《すもう》〉の作）に出る。〈伏見《ふしみ》の相撲《すもう》〉は伏見稲荷《ふしみいなり》の秋の宮相撲《みやずもう》かと思われるが、確証を得られない。〈日でりどし伏水《ふしみ》の小菊もらひけり〉（『蕪村句集』）も伏見《ふしみ》・淀《よど》など、京都南部の水郷と関連するかと思われる。蕪村の卓抜な名所感覚を証する好例である。

　この句、実は〈当時歌舞地ノ　不レ説カ二草離離タルヲ一　今日歌舞尽キ満園秋露垂ル〉（無名氏「金谷園」、『古文真宝』）の見事な転換である。〈伏見《ふしみ》〉という地名を使ったために漢詩臭は霧消してしまい、五言絶句の内容をほとんど過不足なく表現しつくした。しかも〈伏見《ふしみ》の相撲《すもう》〉という行事は、前後の相当長い時間の推移と状況の変化を明確に描き出し、この句のテーマである歓楽ののちの哀愁感をしみじみと思わせる。余韻・余情に富む秀吟である。

　河東碧梧桐《かわひがしへきごどう》は、〈露が実在的であるよりも、感傷的象徴であるのもいゝ〉（『蕪村名句評釈』）と評したが、むしろ実在的であって同時に象徴的であるところに、この句のすばらしさがあると思う。（清水・清登）

稲妻や浪もてゆへ《え》る秋津島《あきつしま》　（夏より）

▼季語―「稲妻」初秋。秋の遠い夜空に、雷は聞こえず雷

光のみが走る現象を稲妻・稲光という。昔から稲を成熟させると信じられ、稲交《いなつるみ》とも呼ばれた。この句の場合は、夏の夕立のときなどに多い、雷鳴を伴うはげしい稲妻の場合か。

▼句切れ―「稲妻や」。切れ字「や」。

▽浪もてゆへる―〈浪で垣《かき》を結った〉(『蕪村全集』)、〈白浪でささべりをとられた〉(中村草田男《くさたお》『蕪村集』)。「結ふ」は垣《かき》を構える。▽秋津島《あきつしま》―「秋津国《あきつくに》」と同じく日本国の異称。〈そらみつ大和《やまと》の国を蜻蛉島《あきつしま》とふ〉(記紀歌謡九七)。古くはアキヅシマと濁った。

『句解』　はげしく稲妻が明滅する。その瞬間ごとに、うち寄せる浪で白い垣《かき》を結うたように、秋津《あきつ》島大和《しまやまと》の国が黒々と照らし出される。

《鑑賞》　明和五年(一七六八)七月二〇日兼題〈稲妻〉の作。『蕪村遺稿』にも収められるので、最初、河東碧梧桐《かわひがしへきごどう》が〈日本を地図的に小さく見下したやうな景色を頭に描いて其処《そこ》に稲妻がして居るといふ一つの空想的傾向であらう〉(『蕪村遺稿講義』)と説いたが、その真価を解し得なかった。

その後、荻原井泉水《おぎわらせいせんすい》が〈此《この》着想は実に雄大であり、荘厳であって、芭蕉《ばしょう》とても遠く及ばず、まして蕪村の後にも是《これ》に近づき得るものはない〉(『芭蕉《ばしょう》・蕪村・子規《しき》』)と絶賛し、中村草田男《くさたお》はグレコの「トレド全景」と比較してその奔放な空想をたたえ、「一種の神秘感」を指摘した。

舒明《じょめい》天皇の国見の長歌や柿本人麿《かきのもとのひとまろ》の〈名ぐはしき稲見《いなみ》の海の沖つ波千重《ちえ》に隠りぬ大和島根《やまと》は〉(『万葉集』)あたりから触発された作か。万葉的な壮大さは否定できない。また豊穣《ほうじょう》の国・秋津島《あきつしま》のイメージも句裏にあるであろう。

現実には十国峠《じっこくとうげ》や比叡山《ひえいざん》などからの俯瞰《ふかん》景の印象によったであろうことは、一連の類想句からもしのばれる。当時すでに高所からの俯瞰《ふかん》景に対する新しい美意識が発生していた。大観山水図の画家蕪村の視点は比較的高いが、ついに国土の上空高く舞い上がって、この壮絶の一句を成したのである。

《補説》　類想句には次のようなものがある。

初汐《はつしお》や旭の中に伊豆相模《いずさがみ》　(落日庵《らくじつあん》句集)
いなづまや浪のよるよる伊豆相模《いずさがみ》　(夜半叟《やはんそう》句集)
いな妻や秋津《あきつ》しまねのかかり舟　(遺稿稿本)
(清水・清登)

鳥羽殿《とばどの》へ五六騎いそぐ野分《のわき》かな

(夏より)

▼季語―「野分《のわき》」仲秋。秋に吹く暴風。野の草木を吹き分ける意。「野分け」とも。歳時記類に仲秋八月とするのは『礼記』月齢の記事による。『枕草子《まくらのそうし》』『徒然草《つれづれぐさ》』は野分《のわき》の翌朝に興趣を感じているが、この句は野分《のわき》の最中《さなか》を扱う。▼句切れ―「野分《のわき》かな」。切れ字「かな」。

▽鳥羽殿《とばどの》―京都の南、紀伊郡鳥羽《とば》（京都市伏見区《ふしみ》）に白河《しらかわ》・鳥羽《とば》両帝が造営された離宮。城南《せいなん》離宮とも。〈凡《およそ》、京中むほんの聞えありて、軍兵東西南北より入あつまりて、兵具《ひょうぐ》をば馬に負はせ車につみ、つつしみかくしてもてむらがり、そのほかもあやしき事のみ多かりける〉（『保元物語』）による脚色であろう。

〔句解〕　野分《のわき》が秋草をなびかせて吹き荒れる中を、軍装の武者五、六騎が一団となっては鳥羽殿《とばどの》さして次々と疾駆《しっく》して行った。何か兵馬の変でも起こるのか、ただならぬ気配だ。騎馬武者の去ったあとには、相変わらずすさまじい野分《のわき》が吹きつのる。

《鑑賞》　明和五年（一七六八）八月一四日兼題〈野分《のわき》〉の作。

季題〈野分《のわき》〉の舞台が効果的である。時刻は白昼説もあるが、夕刻とみるのがよい。絵巻物ふうの発想といわれるとおり、絵画的イメージが豊かで、美しい一幅の歴史画であろう。〈五六騎〉とぼかしたところに、文学的余情の妙味もあり、ここは「二三騎」ではそぐわないようだ。また〈いそぐ〉の現在形が、時間をおいて次々と馳《は》せ参ずるさまを連想させるに十分である。

軍記物に取材した空想の所産であるが、師を模倣したと

欧米に紹介された俳句　**8**

■F・S・フリントの蕪村《ぶそん》紹介

イギリスのイマジスト派の詩人F・S・フリントは、一九〇八年（明治四一年）七月一一日付のイギリスの週刊新聞『ニュー＝エイジ』で、蕪村《ぶそん》の、

寂《せき》として客の絶え間のぼたんかな

を取り上げている。

彼は日本の詩歌の英訳集『剣と華』という本の書評文で、〈日本人は芸術的な暗示をとらえるのに敏感であると聞いている〉〈完全な描写でなく示唆《しさ》するのだ〉といい、ステファン＝マラルメの詩が想起されると述べている。さらに〈ただひとつの言葉が日本人にさまざまな連想を呼び起こしてゆくのだ。よく見られる日本の詩の典型である次のハイカイを考えてみよ。「独り部屋にいて／人は去ってしまった――／牡丹《ぼたん》」「落ちた花びらが／枝に飛んでもどってゆく／ああ！ 蝶《ちょう》」（それぞれ「寂《せき》として」と「落花《らっか》枝に帰ると見れば胡蝶《こちょう》かな」の訳）〉と述べ、そして最後に、〈これらの日本人のように、心の音楽のかすかな断片を捉《とら》えて表現することができる詩人に、未来は開かれている〉と書いている。

なお、この〈寂《せき》として〉の句はフランス人P・L・クーシューによって訳されたものである。　（佐藤）

思われる高井几董《きとう》の、〈鳥羽殿《とばどの》へ御歌使や夜半《よわ》の雪〉(『井華《せいか》集』)はいかにも微温的で状況があいまいである。出発・途中・到着の場合が考えられるが、そのいずれであるかについて、明確なイメージがすぐには浮かばない。

　蕪村の場合は、視覚的な遠近法による単純な構成であるが、一読して確かな造型手腕を認めることができよう。水《みず》原秋桜子《はらしゅうおうし》は〈表現がきびきびして、人馬の動きがさながらに見えるやうである〉(『夜《や》半亭《はんてい》蕪村』)と高く評価した。

（清水・清登）

楠《くす》の根を静かにぬらすしぐれかな　（夏より）

▼季語―「しぐれ」初冬。晩秋・初冬のころ、陰晴定めなく降る雨をいう。陰暦一〇月を時雨月《しぐれづき》ともいう。京都では北西の季節風の強いときに降り、一般に山地や山沿い地方に多い。▼句切れ―「しぐれかな」。切れ字「かな」。

『句解』　ひとしきり降りだした時雨《しぐれ》。こんもりと茂った楠《くすのき》の巨木の陰のみは乾いていたが、やがて地上にわだかまる太い根の鱗《うろこ》状の木肌《きはだ》も徐々に濡《ぬ》れ色に変わってゆく。音もなく降る時雨《しぐれ》がひときわ静けさを増し、強い楠《くすのき》の香が匂《にお》いたつ。

《鑑賞》　明和五年(一七六八)九月二七日兼題〈時雨《しぐれ》〉の作。榎本其角《えのもときかく》に〈八畳の楠《くす》の板間《いたま》をもるしぐれ〉(『五元集』)があり、時雨《しぐれ》と楠《くす》との調和的な取り合わせは決して蕪村の発見ではないが、中七の〈静かにぬらす〉によって、長い時間の経過をとらえたところに独自性がある。

　この時雨《しぐれ》に濡《ぬ》れてゆく繁茂した楠《くすのき》は芳香を発しているにちがいない。人影も見えぬ、森閑とした情景は、やはり俗臭を絶った離俗の舞台設定である。決して正岡子《し》規《き》らのいうように〈物淋《さび》しい〉(『蕪村句集講義』)のではなく、即物的な静寂そのものの発見であるところが新しい。

　〈静かに〉というとらえ方には、作者の個性的な主観が強く働いており、それは感傷を超えた、より純粋な美意識である。「寂しさ」を多く詠んだ松尾芭蕉《ばしょう》とは全く異質の世界であろう。

　静けさに堪《た》へて水澄むたにしかな　（蕪村句集）
　静かなるかしの木はらや冬の月　（同）

「静か」を使用した句は必ずしも多くないが、一般に蕪村の叙景句には寂寞《せきばく》たる空間を創造した佳吟が多いのである。

　菜の花や鯨《くじら》もよらず海暮れぬ　（蕪村句集）
　寒月や鋸岩《のこぎりいわ》のあからさま　（同）

なお京都東山の照葉樹林帯には特に楠《くすのき》が目立つ。盤根錯節する楠《くすのき》の巨木は今も青蓮院《しょうれんいん》の門前にみられる。

（清水・清登）

宿かさぬ燈影《ほかげ》や雪の家つゞき　（夏より）

▼季語―「雪」兼三冬。たまに降る程度の暖かい地方と違って雪国では生活への脅威である。本句の「雪」はまだ「新雪」であろうか。▼句切れ―「燈影《ほかげ》や」。切れ字「や」。

〔句解〕　雪雲の垂れこめた空を案じながら歩き続ける。やがて雪となり、夕暮れ近くなってもやみそうもない。一、三軒の家で宿を乞《こ》うてみたが、すげなく断られた。次の宿場まで道を急がねばならぬ。ふと、振り返ってみると、非情な雪中の家々に、明るい燈影《ほかげ》が点々とともっていて、この世ならぬ美しさだ。

《鑑賞》　明和五年（一七六八）一一月四日兼題〈雪〉の作。初案の中七〈燈影《ほかげ》の雪や〉を本句の形に改めている。初案が書き損じかどうかは、明らかでない。〈燈影《ほかげ》の雪や〉では焦点が降る雪になり、雪中の〈燈影《ほかげ》〉の美しさがぼけてしまう。

〈宿かさぬ〉は非情なようだが、東北地方へは当時無頼の行脚《あんぎや》俳人が多く入りこみ、住民は迷惑したので、行きずりの旅人には警戒して宿を借さなかったらしい（上田秋成《あきなり》『癇癖《くせ》談《ものがたり》』）。東北行脚《あんぎや》中、蕪村もそのような体験をもったのかもしれない。

しかし〈宿かさぬ〉無情な人間をも美化する雪中の燈火を賛嘆するのだから、感情を超えた客観的唯美主義の傾向が色濃く認められる。河東碧梧桐《かわひがしへきごとう》が指摘したとおり、美としてながめる余裕をもつのである（『蕪村名句評釈』）。回想吟だからでもあろうが、蕪村句境の本質をよく示している。物から離れ、客観的立場で自然や人間の諸相をながめるのである。

一句の高低・抑揚がよく整っている。その声調には、燈《ほ》影《かげ》の遠のいてゆく移動感や距離感が、作者の心理的陰影をも伴って立体的に伝わってくるようだ。

《補説》　同じ年（一七六八）の一二月一四日兼題〈雪吹《ふぶき》〉の作に、有名な

宿かせと刀投げ出す雪吹《ふぶき》かな　（夏より）

がある。小説的趣向の代表作とされるが、むしろ芝居の一場面であろう。小道具の使い方など実に巧妙だが、芝居気たっぷりの作為性も認められる。（清水・清登）

難波女《なにわめ》や京を寒がる御忌詣《ぎよきもうで》　（其雪影《そのゆきかげ》）

▼季語―「御忌詣《ぎよきもうで》」初春。陰暦一月一九日より二五日までの

七日間、浄土宗各寺院で行われる開祖法然上人《ほうねんしようにん》忌日（建暦二年〈一二一二〉一月二五日）の法会《ほうえ》（現在は四月一九日より七日間）。京都東山の華頂山知恩院（浄土宗の総本山）では特に参詣人《さんけいにん》が多い。御忌《ぎよき》を一年の遊覧始めとして「弁当始め」といい、一〇月の東福寺開山忌を「弁当納め」といった。着飾った衣装を「御忌小袖《ぎよきこそで》」といい、それを見て呉服屋はその年の流行染めを考案した（『見た京物語』）。▼句切れ―「難波女《なにわめ》や」。切れ字「や」。

〘句解〙きびしい京の寒さもようやく薄らぐころ、知恩院は御忌詣《ぎよきもうで》の善男善女でにぎわっている。境内の一隅《いちぐう》には一団の大坂女たちが、袖《そで》を合わせたり、身震いしたり、なまめかしい声まであげて、しきりに京の余寒に震えている。

《鑑賞》「明和六年句稿」（『夏より』正月二七日兼題〈御忌《ぎよき》〉の作）に出る。『蕪村句集』には前書〈早春〉とある。

大坂は浄土宗の一大勢力地帯だから、この〈難波女《なにわめ》〉が一人であろうはずはない。〈京を寒がる〉のも、海に面した暖かい土地から来て、早春の京の寒気に慣れぬからである。彼女たちは風俗・言語からはっきりと京女とは区別されよう。御忌《ぎよき》の期間はなお余寒きびしいのが普通であった。貞享元年（一六八四）から京に移住した池西言水《こんすい》に「御忌詣《ぎよきもうで》」「御忌《ぎよき》の鐘」の句があるが、江戸中心の蕉門《しようもん》俳人たちにはほとんど作例がない。

本句は、スナップ描写ふうだが、女たちの姿態・動作・音声までも具体的に形象化した描写力は見事である。kyō から ga を経て gyo への音律の移行もなめらかであり、本堂内外の騒然たるささめきも聞こえるようだ。蕪村の句に優れた女性描写が多いのは、画家としての観察眼によるところであろう。

《補説》蕪村は師の夜半亭宋阿《やはんていそうあ》の没後（寛保二年〈一七四二〉）から上京した宝暦元年（一七五一）まで釈蕪村と称して、ほとんど浄土宗僧侶《そうりよ》に近い修道生活を体験し、いちじ東山の僧房に住んだこともある。

あなたうと茶もだぶだぶと十夜かな　（五畳敷）

も明和五、六年〈一七六八、六九〉の作で、「十夜念仏」は陰暦一〇月の浄土宗の行事である。「南無阿弥陀仏《なむあみだぶつ》」の称名を、茶を注ぐ「だぶだぶ」という音に掛け、実感豊かな擬声語で巧みに表現したのも、宗教体験の深さに由来しているかと思う。『蕪村句集』には、これも無用の前書〈十夜〉をつけるが、〈早春〉とともに老婆心であろう。（清水・清登）

行く春や撰者《せんじや》を恨む歌の主

（平安二十歌仙《かせん》）

▼季語―「行く春」晩春。百花乱れ咲くはなやかな春が過ぎ

去ってゆくのを、とどめ得ぬ愛惜の情を詠嘆する。▼句切れ―「行く春や」。切れ字「や」。
▽撰者《せんじゃ》―書物・文章・詩歌などの作者、またその選び手。ここでは勅撰《ちょくせん》集などの撰者《せんじゃ》をいう。

『句解』春も過ぎ去ろうとしている。今さらだれを恨んだとて、どうにもなるものではないが、あれほど自信のあった自分の歌を、このたびの撰《せん》集から落とした撰者《せんじゃ》がいまいましい――と、その歌詠みはいつまでも愚痴をこぼす。春はあわれな落選歌人一人を置きざりにして過ぎゆこうとしている。

《鑑賞》「明和六年句稿」(『夏より』三月一〇日兼題〈暮春〉の作)に初出。『平安二十歌仙《かせん》』は同年五月刊。『続明烏《あけがらす》』(安永五年〈一七七六〉刊)、『蕪村句集』にも収録された。

和歌以来の〈行く春〉の情調を特定の人物のイメージによって表現しようとした作。〈行く春〉への愛惜の情を、いつまでも愚痴っぽく恨み続ける落選歌人の感情によって具象化したのである。

これは単純な二物の取り合わせ法ではなく、〈行く春〉が象徴的背景として活用されているところに、注目すべき新手法を認めなければならない。人間・〈歌の主〉のあわれさを包みこむ自然の推移・〈行く春〉の寂寥感《せきりょうかん》、という二重構造になっているのである。その点で肉体の衰弱した最晩年の

行く春や重たき琵琶《びわ》の抱き心　(五車反古《ごしゃほうぐ》)

などと同類とみることのできぬ秀吟といえよう。

なお『蕪村句集講義』において、薩摩守忠度《さつまのかみただのり》の故事(『平家物語』巻七)が問題とされたが、その面影と限定することは不可能である。また水原秋桜子《みずはらしゅうおうし》によって〈まことに素晴らしく、蕪村作中の第一級に属する〉とも評価された。

同じ王朝取材の作に次の句がある。

返歌なき青女房よくれの春　(蕪村句集)

(清水・清登)

物焚《ものたい》て花火に遠きかかり舟　(続明烏《あけがらす》)

▼季語―「花火」初秋。江戸の川遊びで、大筒《おおづつ》を製して競争したが、近来火災を恐れて停止された(正徳三年〈一七一三〉『滑稽雑談《こっけいぞうだん》』)。「花火」が秋季とされた事情はつまびらかでない。鎮魂供養の意は〈花火せよ淀《よど》のお茶屋の夕月夜〉(『蕪村句集』)にもみえる。本句は江戸両国の川開きの催し物としての打ち上げ花火であろう。▼句切れ―「かかり舟」。「物焚《ものたい》て」でもいったん切れる。
▽かかり舟―碇泊《ていはく》している舟。「かかる」は「かけある」の約。

『句解』暗い川岸にもやっている舟の上に人影がうごめき、遅い夕餉《ゆうげ》の支度をしているらしい火が小さく赤く燃えている。音もなく流れる大河の対岸の町空には、遠花火が音もなく開いては消える。

《鑑賞》「明和六年句稿」（『夏より』八月三日兼題〈花火〉の作）に出る。

歓楽などとはおよそ無縁の水上生活者の、貧しい生業《なりわい》が、作者の心をとらえたのであろう。近景の小舟の上の炎の色が印象的であるのにひきかえ、遠景の花火は背景に押しやられ、歓楽のむなしさを象徴する美の虚像にすぎない。はなやかな世俗から遠く離れている〈かかり舟〉の離俗と孤高の詩である。遠花火の哀愁感が、人生的な心象風景を完《かん》璧《ぺき》に伴奏している。

この句も写生などではない。手法は遠近法により、近景・遠景・近景をからませる構成をとっている。主題は明確に「物焚《ものたい》て（ゐる）かかり舟」である。その自然さと奥行きの深さが、いささかも感傷に陥ることなく、下層庶民の生活を即物的に描き出して、高い詩性を得ている。

河東碧梧桐《かわひがしへきごどう》が〈俳句の自然への伸展性を示す、真に画期的の作〉（『蕪村名句評釈』）と評価したのは、季題が心情表現の背景的情調として利用された新手法を指摘したものである。近世南画の大成者としての蕪村の山水図は、ほとんど中国的範疇《はんちゅう》を出ないものだったが、発句《ほっく》の世界では、早くも近代的な風景画にきわめて接近する叙景を成就したことが注目される。（清水・清登）

年守《としも》るや乾鮭《からさけ》の太刀《たち》鱈《たら》の棒

（明和辛卯春《めいわしんぼうのはる》）

▼季語―「年守《としも》る」仲冬。「年守《としも》る」は大晦日《おおみそか》の夜（除夜）に徹夜して元旦《がんたん》を迎える風習。「守歳《しゅさい》」ともいう。新しい年の始めを起きて守ろうという「年籠《こもり》」の名残といわれる。
▼句切れ―「年守《としも》るや」。切れ字「や」。
▽乾鮭《からさけ》の太刀《たち》―「乾鮭《からさけ》」は鮭《さけ》の内臓を抜き陰乾《かげぼ》しにしたもの。『発心集』の〈多武峰《とうのみね》増賀上人《そうがしょうにん》、遁世《とんせい》往生の事〉に、〈乾鮭《からさけ》と云《い》ふ物を太刀《たち》にはきて、骨限《こつげん》なる女牛《めうし》のあさましげなるに乗って〉とあるのによる。なお『今昔物語集』『宇治拾遺《しゅうい》物語』にも同じ用例がある。▽鱈《たら》の棒―鱈《たら》は体長六〇～九〇センチメートルもあり、冬が美味。頭が大きいので俗に「大口魚」ともいわれ、塩干魚（塩鱈《しおだら》）とする。

『句解』大晦日《おおみそか》の夜を起き通して新しい年を守る。あの尊い増賀上人《そうがしょうにん》をまねて、台所の乾鮭《からさけ》を太刀《たち》に佩《は》き、塩鱈《しおだら》を長い棒に見立てて。乾《から》び痩《や》せきっているその干し魚の鋭利さ、その堅固さ。これならひと安心。

《鑑賞》『明和辛卯春《めいわしんぼうのはる》』（明和八年〈一七七一〉刊）および明和七年（一七七〇）一二月二二日付の高井几董《きとう》宛《あて》書簡によ

り、同年一二月の作と確認される。同書簡にはこの句を記し、〈此棒《この》にて懸鳥《かけとり》ども追廻《おいまわ》し、あるいは白眼《にら》み凌《しのぎ》可《ク》レ申《ス》と存《ぞんじ》候〉とある。〈懸鳥《かけとり》〉は年末の懸《かけ》取り（借金取り）を鳥に見立て、裏に借金取りを追い払う意を掛けたもの。

〈乾鮭《からさけ》の太刀《たち》〉は古来珍しくないし、蕪村にも他に作例が多いが、棒鱈《ぼうだら》を持ち出したところに創意と俳諧とがある。どちらも乾《から》び痩《や》せて武器の代役になりそうだから、この二つの貯蔵食品があれば、無事「年守《としも》り」の大役も果たせようと興じた。〈守《も》る〉は警衛の意だから、両者を武器にとりなした機知にユーモアがある。（清水・清登）

不二《ふじ》ひとつ埋《うず》みのこして若葉かな　（あけ烏《がらす》）

▼季語―「若葉」初夏。紅色や黄赤色を呈するものもあるが、主としてみずみずしい緑色。蕪村には生命感あふれる若葉の威勢を頼もしさ、強さと受けとめた句もあるが、この句のように量感としてとらえた作は、俳諧史上他にほとんど見当たらない。▼句切れ―「若葉かな」。切れ字「かな」。「不《ふ》二《じ》ひとつ」でもいったん切れる。
▽不二《ふじ》―富士山。静岡県と山梨県の県境にある。不尽・不死とも書く。

『句解』まだ頂上に白雪を残して聳《そび》え立つ孤峰富士の山麓《さんろく》は、どこもかしこも若葉に覆《おお》いつくされていて、あたかも富士一つのみを埋ずみ残したという感じだ。


《鑑賞》楼川宛《ろうせんあて》蕪村書簡により明和八年（一七七一）前の作と推定される。大島蓼太《りょうた》の『棚《たな》さがし』（安永五年〈一七七六〉刊）にも発表され、当時から代表作として名高い。

正岡子規《しき》が『蕪村句集講義』において、中七は理屈くさい形容で、厭味《いやみ》のある月並調と断じて以後、概して評判がよくない。のちの河東碧梧桐《かわひがしへきごとう》も〈中七の擬人的な言い方が失敗して、何らの詩情を催さない、俗臭紛々たるもの〉（『蕪村名句評釈』）とし鈴鹿野風呂《すずかのぶろ》も同意見であった（『俳句選釈』）。

しかしこの句は斜め上空から見下ろした光景で、若葉を量としてとらえた句と解すれば、月並調どころか、先の〈稲妻や浪もてゆへる秋津島《あきつしま》〉の句とともにきわめて斬新《ざんしん》な見方と手法に成るものといえよう。山麓《さんろく》の一部の光景から、想像力によって大景観を形象化したのである。生《なま》なかなことで、富士山の偉容をとらえ得るはずがないのだ。

自信作であったことは、「東海万公句　青天八朶玉芙蓉」に対し「東成蕪邨《ぶそん》句」として本句を題賛した不二《ふじ》図があることによっても知られる。〈万公〉は江戸の高輪・東禅寺の詩僧、万庵和尚のことである。

《補説》同じ富士山を詠んだ句、

不二颪《ふじおろし》十三州の柳かな　（落日庵《らくじつあん》句集）

玉あられこけるや不二《ふじ》の天辺《てへん》より　（同）

も注目される。特に〈柳〉の句は〈若葉〉とは逆に、山頂から吹き下ろす風が富士見十三州のすべての柳を吹きなびかすというのだ。富士山を詠んだ五章、いずれも常人の思い及ばぬ天外の奇想であることに驚かされる。（清水・清登）

人の世に尻《しり》を居《す》えたるふくべかな　（蕪村句集）

▼季語―「ふくべ」仲秋。「青ふくべ」は初秋。「ひさご」「瓢《ひょう》簞《たん》」ともいう。細長いもの、中央のくびれたもの、円く平たいものなど、形はさまざまで用途も異なる。三、四月に種をまき、すっかり蔓《つる》が枯れてから一〇月ごろに実をとり、中の果肉を腐らして取り出し乾燥させる。この句のふくべは円くて大きな尻《しり》の平たい、炭取り用のふくべであろう。実が大きくなってくると蔓《つる》から落ちぬよう、支えや尻《しり》当てをする。
▼句切れ―「ふくべかな」。切れ字「かな」。
▽尻《しり》を居《す》えたる―落ち着いて居すわる。

《句解》炭取りにする、尻太《しりぶと》の円く大きいふくべは蔓《つる》にぶら下がりながら、早くも支えを当てられて安座している。人の世はあくせく落ち着かぬのに、こいつはもうどっしりと尻《しり》をすえているわい。うらやましいことだ。

《鑑賞》「耳たむし」により明和八年（一七七一）以前の作と推定される。

鈴鹿野風呂《すずかのぶろ》は〈腹の中へ歯はぬけけらし種ふくべ〉（『蕪村句集』）を絶賛し、〈古来瓢《ふくべ》の句には擬人法を使った滑稽《こっけい》味《み》のものが多い〉ことを指摘した（『俳句選釈』）。その飄逸《ひょういつ》な姿形に豊かな俳諧味があるからであろう。

蕪村のこの句も、「尻《しり》を居《す》える」という日常の俗語を活用して、人生観を寓《ぐう》した句である。中七の観察と描写が確実であるから、決して観念のみが空転することはない。

学問は尻《しり》からぬけるほたるかな　（蕪村句集）

と、発想や手法がよく似ている。ともに〈俳諧は俗語を用ひて俗を離るるを尚《とうと》ぶ〉（『春泥《しゅんでい》句集』序）という離俗の理念を具体化したような好例である。

句解は『蕪村句集講義』の正岡子規《しき》の説によったが、その後この句を取り上げて評釈した例は管見に入らない。見直されるべき句の一つと思う。（清水・清登）

桃源の路地の細さよ冬ごもり　（自筆句帳）

▼季語―「冬ごもり」兼三冬。冬、寒さを避けて家に籠《こも》って

いることをいう。老人は動作も鈍り、なんとなくもの憂くわびしい。▼句切れ—「細さよ」。切れ字「よ」。▽桃源—陶淵明《とうえんめい》の「桃花源記」に記された理想郷。俗世間を離れた一種のユートピア。桃源郷ともいう。晋《しん》の太元年中、武陵《ぶりょう》の漁人が渓流に沿うて遡《さかのぼ》ると桃林に行き当たり、水源に一山があり、山に小さな入口があった。〈便《すなはチ》捨《テテ》レ船従《ヨリ》レ口入《ル》。初極《ハメテ》狭《ク》、纔《わずかニ》通《ズ》レ人《ヲ》。復行《クコト》数十歩、豁《かつ》然《トシテ》開朗、土地平曠《へいこう》、屋舎儼《げん》然、有《リ》二良田美池桑竹之属《たぐひ》一〉▽路地—市中の家の間の狭い通路。また門内や庭内の通路をいう。特に茶室にいたる通路。〈三径の十歩に尽きて蓼《たで》の花〉〈小路行けば近く聞ゆるきぬたかな〉(ともに、『蕪村句集』)。

『句解』 家の建てこんだ狭い借家の冬籠《こも》り。この路地の細さもあの桃源郷の小さい入口に似ているではないか。冬籠《こも》りしながら、わが胸中の別世界に遊ぶのもまた楽しいかな。

《鑑賞》 「耳たむし」により明和八年(一七七一)以前の作と推定される。明和から安永元年(一七七二)の蕪村の住所は〈烏丸《からすま》東へ入ル町〉(明和五年〈一七六八〉三月刊『平安人物志』)であった。それが袋小路であったかどうかは問題ではない。

一句の発想は、京の町中の庶民的な借家住まいから、陶《とう》淵明《えんめい》の理想郷を媒介として、胸中の想像世界へ自在に飛翔《ひしょう》しようというのである。〈路地〉は狭い通路でも、庭内の小道でもよい。人が一人か二人通れるほどの細道であろう。その小道は豁《かつ》然と開けて別世界へ通ずるのである。〈路地〉という言葉が京の庶民生活を端的に表現していてよい。

《補説》 蕪村の「冬籠《こも》り」を詠んだ句には他に、

勝手まで誰が妻子ぞ冬ごもり　(蕪村句集)

があり、より現実味が濃いが、本句と双璧《そうへき》をなすかと思う。

(清水・清登)

うぐひ《(い)》すのあちこちとするや小家がち

(続明烏《あけがらす》)

▼季語—「うぐひす」兼三春。▼句切れ—「あちこちとするや」。切れ字「や」。▽小家がち—「がち」は体言またはこれに準ずる語について、それが一方に偏して多く、またはまさっている意を表す接尾語。蕪村には〈菜の花や油乏しき小家がち〉(『蕪村遺稿』)など六例もある。友人炭太祇《たんたいぎ》には用例がなく、蕪村好みの語であった。松窓乙二《おつに》は〈小家がちと言葉にてとめねば老成ならず〉(『発句《ほっく》手爾葉《てには》草』)と評した。ここでは大家を問題にしていないから、正岡子規《しき》説のように〈悉《ことごと》く小家と見る方がよい〉。

『句解』 粗末な生け垣《がき》続きの町はずれ。一羽の鶯《うぐいす》が身も軽やかにあちらへ移りこちらへ移りして、楽しげに遊んでいる。あたりはほとんど小家ばかりだが、どの家の庭先も清掃されていて清らかである。ときどき、鶯《うぐいす》は美声を張り上げて、明るい早春の空気を震わせる。

《鑑賞》『俳諧新選』(安永二年〈一七七三〉三月序)により安永元年(一七七二)以前の句と推定される。『続明烏《あけがらす》』『蕪村句集』に〈籬落《りらく》〉(竹や柴《しば》で結った垣《かき》。まがき。)と前書する。漢詩趣味による句題にすぎぬが、この句が漢詩境の転換であることを推察せしめる。

〈あちこち〉は漢詩に多い〈遠近〉の転でもあり、〈遠近含《ム》二晴光《ワ》一〉(李白)、〈遠近山河浄《シ》〉(李頎)といった清浄感を意図し、一羽の鶯《うぐいす》の挙動を中心に、「早春」の情景——静かで明るい庶民の平和境——を形象化した。

中八音の字余りが成功している。「あちこちするや」では気ぜわしく、〈と〉を入れたために、のどかな小禽《しょうきん》の動作をゆったりとした気持ちで受け入れることができる。〈あちこちとするや〉は鶯《うぐいす》の姿があちこちとするのだが、そのゆくえは音声によって確認することが可能である。また前後に配置された〈ぐ〉と〈が〉の濁音がうまく均衡を保っていて、〈小家がち〉もすんなりと落ち着いている。

(清水・清登)

欧米に紹介された俳句 9

■つり鐘を大砲に変える

アール＝マイナーは『英米文学における日本の伝統』の中で、蕪村《ぶそん》の、〈つり鐘に止まりて眠る胡蝶《こちょう》かな〉が、エミイ＝ロウエルの三行詩〈大砲の砲口に止まって／黄色の蝶《ちょう》が羽をゆっくりと／開き、閉じている〉(『浮世絵』、一九一八年)に影響を与えたと指摘している。エミイ＝ロウエルはつり鐘を大砲に変えたわけである。

この句には、いつなんどき僧がやって来てつり鐘を打つかもしれない、そのとき蝶《ちょう》はあわてふためいて飛び立つであろうという理屈があって、俳句として好ましいものではないとされているが、エミイ＝ロウエルの詩にも、いつ再び戦端が開かれて、大砲が火を吹き、蝶《ちょう》が飛び立つかわからないという含意があると考えられる。それはこの三行詩が書かれたのが第一次大戦中かその直後であり、タイトルも「平和」となっているからである。蝶《ちょう》と砲火のイメージは映画『西部戦線異状なし』のラストーシーンを思わせる。

この句は、ラフカディオ＝ハーンによって、『怪談』(一九〇四年)の中の「蝶《ちょう》」の章で、最初に訳された。

(佐藤)

高麗船《こまぶね》のよらで過ぎ行く霞《かすみ》かな　（俳諧新選）

▼季語―「霞《かすみ》」兼三春。古来、春は霞《かすみ》、秋は霧を称する。春、遠い野づらなどが一面ぼやけたようになることや、また山の中腹あたりに棚《たな》引いてみえる薄雲をいう。春は山野に多くたちこめ、夜の場合は「朧《おぼろ》」という。▼句切れ―「霞《かすみ》かな」。切れ字「かな」。▽高麗《こま》―古代朝鮮の高句麗《こうくり》、高麗《こうらい》のこと。そのうちの古馬《こま》・古満《こま》という小国名が国名の代わりとして用いられたものという。朝鮮東北部に建国した渤海《ぼっかい》国も、日本では同じく高麗《こま》と呼んだ。▽よらで―「寄らずて」の約。寄らずに。

『句解』沖には霞《かすみ》が深く垂れこめている。その霞《かすみ》の中から見慣れぬ船影が現れ、やがてだんだんと近づいてくる。彩色も美しい、異国・高麗《こま》の大船のようだ。港に入るのかな、と胸ときめかせて待ったが、いつしか遠ざかり、またもとの霞《かすみ》の中に消え去ってしまった。

《鑑賞》壮大で豪華な白昼夢である。霞《かす》む春の海の茫《ぼう》々たる無限感を形象化した秀吟であろう。中七の表現によって、この句は生きてくるのだが、そこには長い時間海上を見つめている好奇心の持続性と、その結末にほのかな失望と落胆の情がこもる。時間的な古代、地理的な海のかなたの国という二つの要素が詠嘆されていて、この種の異国趣味といわれる蕪村句中でも、そのロマンチシズムの本質を最も鮮明に表現した代表作である。

　同じ異国趣味の句といわれる、

　　指南車を胡地《こち》に引去ル霞《かすみ》かな　（蕪村句集）

について、作者は〈此《コノ》句けやけく候へども、折ふしは致シ置キ候。去ルと云フ字にて、霞《かすみ》とくと居《すわ》り申シ候歟《か》〉（安永三年〈一七七四〉一二月一六日付書簡）と自注している。「けやけし」は特に際立っていることの意であり、素材が際立ち、作意がはっきりしすぎていることをいう。この物珍しさの過ぎた詠史句よりも、高麗船《こまぶね》の白昼夢のほうが、未知なものに対する、何はともなきあこがれを見事にとらえていてすばらしい。　（清水・清登）

牡丹《ぼたん》散《ち》て打《うち》かさなりぬ二三片　（あけ烏《がらす》）

▼季語―「牡丹《ぼたん》」初夏。五月上旬、紅・淡紅・紅紫・白・黄などの大輪の花を咲かせる。花の姿が豊麗なので、原産地の中国では花王と称され、日本でも元禄時代ごろから観賞用としてさかんに栽培された。また白楽天の〈花開キ花落ツ二十日〉（「牡丹《ぼたん》芳」）の詩句により、二十日草ともいわれる。「二十日」は蕾《つぼみ》から落花までの期間の概算であろう。▼句切れ―

「打《うち》かさなりぬ」。切れ字「ぬ」。

《句解》 数日来、優麗に咲き誇っていた白牡丹《ぼたん》も、だんだんと衰えをみせていた。いつしか、それも崩れるように散ってしまい、二、三片の白い花弁が黒い土の上に重なっている。

《鑑賞》『俳諧新選』により安永元年（一七七二）以前の作。のち安永九年（一七八〇）の春夜主人（高井几董《きとう》）宛《あて》蕪村書簡に、〈ぼたんちりて〉と表記し、〈卯月廿日《うづきはつか》の有明《ありあけ》の月〉という几董《きとう》の脇句《わきく》に満足の意を表した（この歌仙《かせん》は安永九年刊『もゝすもゝ』に収められる）。〈さのみ骨を折らずして、いさぎよきワキ体《てい》にて、愚句も又花いばら（〈花いばら故郷の路《みち》に似たるかな〉）よりはさらりとして、ぼたんのかた可クレ然ル候〉と自賛した。さらにのちに几董《きとう》は〈発句《ほっく》は牡丹《ぼたん》の優美なるを体《てい》として、やゝうつろひたる花の二ひら三ひら落散《おちちり》しを、打《うち》重りぬとしたが作也。二三片とかたう文字を遣《つか》ふたは、題の牡丹《ぼたん》に取あはせし趣向也〉（天明六年〈一七八六〉刊『附合《つけあい》てびき蔓《づる》』）と解説した。

最も優美なものの、最も美しい散り方を描き出した句である。写生でないことは、〈二三片〉という数詞のぼかし的用法にも確かめられ、舞台は幽暗の中に沈んでいる。うつろい散った花弁は、輪郭も定かならぬ、ほんのりとした白の量感として、一種幽玄の美を漂わせている。作者が〈さらりとして〉と言うのだから、従来の濃艶《のうえん》的鑑賞は作者の意図に遠い。きっぱりと未練げもなく、あの美しかった花の二、三片が散り重なっている――それもまた自然の摂理による凋落《ちょうらく》の美である。

蕪村の多くの牡丹《ぼたん》詠の中でも、これは客観的作風の中に、それとなく離俗の理想美を描き出した秀吟であろう。時刻は昼間ではあるまい。几董《きとう》の脇句《わきく》によれば、地上はまだほの暗い、有明け月のある早朝であるが、夕刻と解し得ないでもない。

（清水・清登）

斧《おの》入レて香におどろくや冬木立

（秋しぐれ）

▼季語―「冬木立」兼三冬。落葉樹・常緑樹を問わず、冬の季節をしのいでいる木をおしなべて「冬木」といい、冬木の立ち並んだ群れを「冬木立」という。一般的には「枯れ木」ともいうが、蕪村に「枯れ木」の句はほとんどない。▼句切れ―「おどろくや」。切れ字「や」。「斧《おの》入レて」でも小休止。

《句解》 枯れ木かと思って二、三撃《げき》斧《お》を打ちこんだところ、むせるような新鮮な木の香に驚く。木々は葉を落としてはいるが、冬木の内部では生命が脈々と息づいていたのだ。

《鑑賞》『秋しぐれ』は明和九年（安永元年〈一七七二〉）序。

落莫《らくばく》たる寒林の中で、強い木の香に打たれている姿を描く、まことに新鮮な感動の句である。嗅覚《きゅうかく》を素材とした句としても出色の一句であろう。早く関東時代の歌仙《かせん》の付句に〈根にうつほ木の命ありたけ〉があった（『東風流』、「おもふこと」の巻）。若いころから冬木や巨木の生命力に心ひかれていたようだ。

上五〈斧《おの》入レて〉は的確な描写であり、〈て〉は瞬間でなく、二、三撃《げき》の間《ま》をもたせた使い方であろう。〈おどろく〉などという特殊な響きをもつ日常語がよく座っているのも、〈や〉の切れ字の効果的な用法とかかわる。

安永七年（一七七八）冬の画作に「寒林孤亭図」（紙本墨絵）があり、特に「寒林翁蕪邨《おうぶそん》」という珍しい落款《らっかん》を記している。蕪村は新緑を描くことに傑出した画家であるが、晩年は寒林のたたずまいに心引かれていったようだ。天明元年（一七八一）の作に「樵夫《しょうふ》伐木図」があり、儲光《ちょこう》羲《ぎ》の「樵夫《しょうふ》詞」を題しているが、内容はほとんど本句と同じものであり、決してありふれた漁者樵者《しょうしゃ》趣味によったのではない。

（清水・清登）

山は暮れて野は黄昏《たそがれ》の薄《すすき》かな

（蕪村句集）

▼季語―「薄《すすき》」兼三秋。一本または数本の薄《すすき》にも風情《ふぜい》があるが、群がり生えているさまが自然の姿である。花穂の光の動きや、それが群れ広がった光景には夢見るような美しさがある。▼句切れ―「薄《すすき》かな」。切れ字「かな」。

『句解』山は黒々とシルエットを描いて暮れ、その山《やま》裾《すそ》の薄《すすき》の野はほの白い残光を淡く広げて幽《かす》かにゆれている。

《鑑賞》安永二年（一七七三）の作。この句は上五の〈山は暮れて〉と中七の〈野は黄昏《たそがれ》の〉の対句を、下五の〈薄《すすき》かな〉でくくった三句構成になっている。「山―野」「暮―黄昏《たそがれ》」の語の対応がその対句性を明示している。このような句の構成が、黒々とした山容のシルエットと薄野《すすきの》の残光の広がりとをコントラストにした描法を支えているのである。

これは美しい光の濃淡で描き分けた墨絵といっていい。この幽艶《ゆうえん》なイメージには遠い昔の何かを夢見るような郷愁もかすかに匂《にお》っているようである。滅びのかなたから漂ってくる女の匂《にお》いと幽《かす》かな郷愁の情とを、光の濃淡で絵模様化してみせた趣もある。蕪村の描いた文人画はその絵の中に俳諧の詩情を描き、逆に俳諧で絵の心を詠じた。この句はそういった文人画を俳諧で詠じたものである。

『落日庵《らくじつあん》句集』には〈地下《さが》りに暮れ行く野辺の薄《すすき》かな／垣根《かきね》くぐる薄《すすき》ひともとますほなる〉という連作二句を収め

ている。この安永五年（一七七六）の連作の方は、山から裾《すその》野へ薄《すすき》が広がり、里の垣根《かきね》にまで続いている。このイメージは、山の黒から裾《すその》野のしらじらとした残光の白にしだいに変わり、それが里の垣根《かきね》をくぐる〈ますほ〉の赤味にいたる、暮光の壮大な色彩のパノラマ図である。あるいはこの〈垣根《かきね》〉には〈妹《いも》が垣根《かきね》三味線草《さみせんぐさ》の花咲きぬ〉と蕪村が詠じたような女の気配を含ませていたかもしれないのである。

　この連作のイメージは、〈山は暮れて〉の句の類想である。（高橋）

菜の花や月は東に日は西に

（蕪村句集）

▼季語―「菜の花」晩春。菜種の花で、四枚の花弁を十文字につけている。だが一つの花が詠まれる場合はほとんどなく、菜の花畑一面に黄色に咲き広がった色彩的イメージが多く詠まれている。いわば晩春の色である。▼句切れ―「菜の花や」。切れ字「や」。

『句解』　菜の花が一面に黄色に咲き広がった地平の東から金色の春月が昇り始め、西を赤く染めて日が沈む。

《鑑賞》　安永三年（一七七四）の作。『蕪村句集』には〈春景〉の前書がある。『落日庵《らくじつあん》句集』『続明烏《あけがらす》』にも収める。

　東から月が昇り西に日が沈むのは、太陽と月が一八〇度の角度であるから、これは満月である。だがどちらかが山の端にかかっているとすれば、両者の角度は一八〇度より小さくなるから、一三日か一四日月になる。いずれにしてもこれは大きな月である。菜の花畑の黄色の平面の一方から金色の大きな月が昇り、それとシンメトリカルな位置に赤い太陽が沈むというこのイメージには、華麗な色彩の模様化がみられる。蕪村は障屏画《しょうびょうが》風の華麗なイメージを句に多く詠んでいるから、この句もその一つであったろうと思われる。

　こういった絵画的構図のほかに、中七と下五を対句仕立てにした歌謡調にも注目しなければならない。〈月は東に〉〈日は西に〉の類句を繰り返すこの歌謡調は、次のような歌謡に、由来しているからである。〈月は東に、昴《すばる》は西に、いとし殿御《とのご》は真中《まんなか》に〉（『山家鳥虫歌』）。これは丹後国《たんごのくに》（京都府）の民謡である。東西に月とすばる星とを配し、その真ん中に〈いとし殿御《とのご》〉をおいてうたった民謡だが、このすばる星を〈日〉に替え、〈いとし殿御《とのご》〉を〈菜の花〉に置き換えて絵画化したのが蕪村の句であった。

　蕪村は宝暦四年（一七五四）から同七年まで丹後《たんご》の与謝《よさ》地方に出かけており、また蕪村の母は丹後《たんご》の出身であったとも伝えられている。とすると蕪村はこの丹後《たんご》の民謡に特別の感慨をもっていたに相違ない。〈いとし殿御《とのご》〉ならぬ

〈菜の花〉の黄の広がりには、はるかな郷愁の情が漂っているようである。　（高橋）

花いばら故郷の路《みち》に似たるかな　（蕪村句集）

▼季語―「花いばら」初夏。高さ二メートルくらいのバラ科の半蔓性低木。多数の細い枝には棘《とげ》がある。初夏に白い小花をつけ、芳香を漂わせる。野茨《のいばら》ともいう。山野に自生する白い花の芳香には野趣があり、人を夢見心地に誘う。▼句切れ―「似たるかな」。切れ字「かな」。「花いばら」でもいったん切れる。

《句解》　細い野路をたどって行くと、咲き乱れる野茨《のいばら》の芳香にいつしか包まれる。見覚えのあるこの路《みち》、そういえば幼いころ、これとそっくり同じ小路《こみち》に遊んだことがあるような気がする。

《鑑賞》　安永三年（一七七四）の作。『落日庵句集《らくじつあんくしゅう》』『自筆句帳』にも収め、『蕪村句集』『五車反古《ごしゃほうぐ》』には〈かの東皐《とうこう》にのぼれば〉の前書をつけて収めている。この句には最初前書がなかったが、最晩年の天明三年（一七八三）にいたって前書がつけられたわけである。

〈東皐《とうこう》〉は「東の岡《おか》」の意で、陶淵明《とうえんめい》（三六五～四二七）の「帰去来辞」の〈登リ二東皐《とうこう》一〉によった前書である。この前書は句と同じ文脈で続くように創作されている。つまり〈かの東皐にのぼれば花いばら、故郷の路《みち》に似たるかな〉という文脈を作っており、この傍点部分は次条に掲げる〈愁ひつつ岡にのぼれば花いばら〉の句の傍点箇所と同文になっていることがわかる。

「無意識」の発見者フロイトによると、初めて見る風景を「いつか見たことがある、いつか来たことがある」と感じる意識は母胎郷愁だという。とすればこの句は蕪村が「春風馬堤曲《しゅんぷうばていきょく》」で〈慈母の懐抱《かいほう》別に春あり〉とうたった意識と等質のものとなる。

安永三年にこの句を詠んだ蕪村は、翌四年に〈路《みち》たえて香にせまり咲くいばらかな〉（『蕪村句集』）の句を詠みついで「一連二句」のリズムを作り出している。〈故郷の路《みち》に似たる〉と詠じたのを、その路《みち》たえてと詠みついだわけである。

《補説》　この句は『蕪村自筆句帳』の合点句、天明二年（一七八二）に蕪村自身が選定した秀句である。（高橋）

愁ひ《い》つつ岡《おか》にのぼれば花いばら　（蕪村句集）

▼季語―「花いばら」（前条の句参照）。▼句切れ―「花いばら」。「のぼれば」でもいったん切れる。

『句解』 愁いを胸に秘めながら岡《おか》をのぼって行くと、今を盛りに野茨《のいばら》が咲き乱れ濃い芳香を漂わせて、やるかたなき郷愁をかきたてる。

《鑑賞》 天明三年（一七八三）の作と推定し得る句だが、前条の句に関連して詠まれた句なのでここに掲げた。

当時は「詩」といえば漢詩を意味していたから、仮名で書かれた日本の詩は「和詩」または「仮名詩」といって区別する。この句は和詩の発想と表現によって詠じられている。

この句は蕪村の和詩「北寿老仙《ほくじゅろうせん》をいたむ」の中で〈君をおもふて岡《おか》のべに行きつ遊ぶ／岡《おか》のべ何ぞかく悲しき〉とうたわれた詩句の内容にほぼ等しい。

この詩句は下総国結城《しもうさのくにゆうき》（茨城県）の早見晋我《しんが》（別号北寿《ほくじゅ》）の死をいたんで詠じたものだが、この「東国の岡《おか》」が前条の句の前書〈かの東皐《とうこう》にのぼれば〉の〈東皐《とうこう》〉（東の岡《おか》）のイメージとオーバーラップしているようである。そこには親とも頼んだ北寿《ほくじゅ》を媒体として〈慈母の懐袍《かいほう》〉を夢見る郷愁がある。

『蕪村句集』には次のような配列で、三句連作の型で収められている。〈かの東皐《とうこう》にのぼれば／花いばら故郷の路《みち》に似たるかな／路《みち》たえて香にせまり咲くいばらかな／愁ひつつ岡《おか》にのぼれば花いばら〉。すでに前条で述べたように、一句目と二句目は「一連二句」として詠まれており、三句目は一句目のリフレインである。こういった連作詠法は「北寿老仙《ほくじゅろうせん》をいたむ」の和詩詠法とほぼ等しいものといっていい。

この三句連作の意味内容をたどってみると――かの陶淵《とうえん》明《めい》が故郷の田園に帰って東皐《とうこう》にのぼったように、わたしもこの岡《おか》をのぼって行くと、野茨《のいばら》が芳香を漂わせて咲き乱れ、いつしか故郷の小路《こみち》をたどっているような錯覚におそわれる。やがてその小路《こみち》も絶えて、ひときわ強く野茨《のいばら》の香りが迫るように匂《にお》ってくる。やるかたなき郷愁に耐えながら、わたしはなおも野茨《のいばら》の咲き乱れる岡《おか》をのぼって行く――という展開になる。 （高橋）

狐火《きつねび》の燃えつくばかり枯尾花《かれおばな》 （蕪村句集）

▼季語―「枯尾花《かれおばな》」兼三冬。すすきはその穂が獣の尾の形状に似ているところから尾花ともいう。この季語は冬季の枯れすすきである。▼句切れ―「ばかり」。

▽狐火《きつねび》―山野や墓地などに燃える燐火《りんか》。狐《きつね》のちょうちんともいう。怪奇的幻想をさそう語である。

『句解』 狐《きつね》が群れているのだろうか、荒涼たる野の枯《かれ》尾花《おばな》に狐火《きつねび》が今にも燃えつくのではないかと思われるほどたくさん燃えている。

《鑑賞》 これは安永三年（一七七四）九月一五日の夜半亭《やはんてい》句会における兼題〈枯尾花《かれおばな》〉の句である。枯尾花《かれおばな》という季語は、荒蕪《こうぶ》の情景と情趣を醸《かも》しだす。枯尾花《かれおばな》の「尾」に狐《きつね》の尾を言い掛けたおもしろさもあるが、句眼は中七の〈燃えつくばかり〉にある。この表現によって、この狐火《きつねび》が一つや二つではなく、多数の狐火《きつねび》がいちどきに燃えている荒野の光景が思い浮かぶ。これは単なる怪奇的イメージなのではない。「狐《きつね》の嫁入り」といった童話的情趣も含まれているからである。

蕪村は〈狐火《きつねび》と人や見るらん小夜《さよ》しぐれ〉（自画賛）という句も詠んでいるが、これは小夜《さよ》しぐれの中をちょうちんを提げて行くと人はそれを狐火《きつねび》と見るだろうというのである。狐火《きつねび》を「狐《きつね》のちょうちん」ともいうところから発想された句だが、標記の句の方は燃えつくばかりの多数の狐火《きつねび》であるから、これは狐《きつね》のちょうちんを華麗に連ねた狐《きつね》の嫁入りである。このほかにも蕪村は〈狐火《きつねび》やいづこ河内《かわち》の麦《むぎ》畠《ばたけ》〉（『蕪村句集』）、〈狐火《きつねび》や五助畠《ばたけ》の麦の雨〉（蕪村遺稿）という句も詠んでいるから、蕪村の狐火《きつねび》のイメージには怪奇性の中に童話的情感が含まれていたとみなければならない。

《補説》 蕪村の自画賛に〈大徳《だいとこ》の糞《くそ》ひりおはす枯野《かれの》かな／馬の尾にいばらのかかる枯野《かれの》かな／狐火《きつねび》の燃えつくばかり枯尾花《かれおばな》〉の配列で三句を記し、「右三章蕪村書」としたものがある。これは蕪村の連作「枯野《かれの》行三句」である。この連作では〈狐火《きつねび》〉の句が結句に使われている。（高橋）

歯豁《アラハ》に筆の氷を噛《か》む夜かな

（蕪村句集）

▼季語―「氷」兼三冬。さまざまな型で使われる季語だが、一般的に寒さのきびしい感覚がある。▼句切れ―「夜かな」。切れ字「かな」。

▽歯豁《アラハ》―音読み「シカツ」。歯が抜けてまばらになった老人のさまをいう。天明三年（一七八三）に刊行された維駒《これこま》編『五《ご》車《しゃ》反古《ほうぐ》』所収の歌仙《かせん》〈曲水や〉の巻に〈頭《かしら》童《カムロニ》 歯豁《アラハナリ》 〉という蕪村の付句があるが、これは韓愈《かんゆ》の〈頭童歯豁《とうどうしかつ》〉（『進学解』）の句を訓読みして付句に仕立てたものである。この付句の方は頭がはげ、歯が抜けた老人のさまである。

『句解』 抜けてまばらになった歯をあらわに出して、凍りついた筆先を噛《か》んでものを書く寒夜のさまが、我ながらいかにもわびしい。

《鑑賞》 安永三年（一七七四）の作。三年の初案では上五が〈歯あらはに〉であったのが、六年には〈歯あらは（露）に〉（「あらは」の右傍に「露」の字を注記）のように〈露〉の字が当てられ、さらに天明二年（一七八二）になって〈歯齢《アラハ》に〉に改められた。この上五は抜けてまばらになった老人の歯のさま(歯齢)と、その歯をむき出しにするさま(歯あらわ)とを重ね合わせた表現である。これは年老いた蕪村の、寒夜独居の孤独な自画像にほかならない。この自画像は明らかに戯画化されている。

『蕪村自筆句帳』と『蕪村句集』にはこの句は〈貧居八詠〉と題された次のような連作の結句として使われている。

愚《ぐ》に耐へよと窓を暗《くろ》うす雪の竹
かんこ鳥は賢《けん》にして賤《いや》し寒苦鳥《かんくどり》
我のみの柴《しば》折りくべるそば湯かな
紙ぶすま折目《おりめ》正しくあはれなり
氷る燈《ひ》の油うかがふ鼠《ねずみ》かな
炭取《すみとり》のひさご火桶《ひおけ》にならび居る
我を厭ふ隣家寒夜《かんや》に鍋《なべ》を鳴らす
歯齢《アラハ》に筆の氷を噛《か》む夜かな

このように蕪村は自画像を八句で構成している。この連作は安永三年の初案では「七詠」の型であったが、天明二年に新たに〈我のみの〉の句を補足して「八詠」の型に改められた。

《補説》 連作〈貧居八詠〉については清水孝之「貧居八詠」(鑑賞日本古典文学『蕪村・一茶《いっさ》』所収)、および高橋庄次「蕪村の連作『貧居八詠』について」(『解釈』昭51・9)にくわしい。 (高橋)

行く春や重たき琵琶《びわ》の抱き心

(五車反古《ごしゃほうぐ》)

▼季語―「行く春」晩春。四季の推移を、去り行く時の流れの上でとらえた季語で、春を愛惜する情がある。▼句切れ―「行く春や」。切れ字「や」。
▽琵琶《びわ》―四弦の弦楽器で、なすび形の木製の胴に柄がある。膝《ひざ》の上において腕にかかえ撥《ばち》で弾く。

〔句解〕 行く春を愛惜しつつ、琵琶《びわ》を抱いて弾くでもなくただぼんやりとまさぐっていると、その重たい艶《えん》な感触に心がひかれるのを覚える。

《鑑賞》 安永三、四年(一七七四、七五)ころの作。〈抱き心〉には女を抱いているような幽艶《ゆうえん》な感触がある。行き去ろうとするものを愛惜する〈行く春〉の季語感覚がそこに重なると、幻の女を心でまさぐっているような気分が漂ってくる。〈重たき〉という感覚が、琵琶《びわ》と女体とを妖《あや》しく二重化しているといえよう。ここにはまた幻の女を求める心と春愁とが溶け合って匂《にお》ってもいる。

これは生暖かい晩春の季感を媒体とした句だが、蕪村はこれと類似の想を冬季のぬくみの中でも表現している。たとえば「桐火桶《きりひおけ》」(桐火鉢《きりひばち》)である。ぬくみをもった桐《きり》の木の感触が類想をさそうのである。『夜半叟《やはんそう》句集』所収の蕪村の連作「桐火桶《きりひおけ》二句」に陶淵明《とうえんめい》の詩句をふまえ、〈桐《きり》火桶《ひおけ》無絃《むげん》の琴《きん》の撫《な》で心／琴心《きんしん》もありやと撫《な》づる桐火桶《きりひおけ》〉と二句構成で詠じられているが、これは先ほどの〈琵琶《びわ》〉が〈琴〉になったと思えばよい。ぬくみをもった桐火桶《きりひおけ》の感触が琴を媒介にして女体を連想させている。

〈行く春や〉の句は五九歳または六〇歳、「桐火桶《きりひおけ》」の連作は六十代のともに老蕪村の作である。老の幻想に支えられた青春というべきだろう。（高橋）

水仙《すいせん》に狐《きつね》あそぶや宵《よい》月夜

（五車反古《ごしゃほうぐ》）

▼季語―「水仙《すいせん》」兼三冬（江戸後期諸書のうち初冬とするものも多い）。ヒガンバナ科の多年草で、厚質の細長い葉の間から高さ二〇～三〇センチメートルの花茎を直立に出して花をつける。花は白色の六弁花で中心に黄色のさかずき状の副花冠がある。清楚《せいそ》な美しさがあるが、墓地にも植えられていたため、その美しさにはあやしい雰囲気《ふんいき》もある。▼句切れ―「あそぶや」。切れ字「や」。

▽宵《よい》月夜―宵《よい》の間だけ月のある夜であるから、それは三日月ほどの細い月が西空に見える宵《よい》である。

『句解』 荒れ果てた墓地の西の空に、細い月がかかり、そこに咲く水仙《すいせん》の陰で、狐《きつね》が無心にたわむれている。

《鑑賞》 安永三、四年（一七七四、七五）ころの作と思われる。初案には前書がなかったが、最晩年の天明三年（一七八三）にいたって前書〈古丘〉がつけ加えられた。

この〈古丘〉は古い墓地の義である。それは墓石や字の読めなくなった卒塔婆《そとば》の立つ荒廃した墓地である。しかも西の空に細い月がかかって、水仙《すいせん》のあやしい美しさを際立

欧米に紹介された俳句 10

■春雨とスプリングーシャワー

イマジスト派の詩人、J・G・フレッチャーの『イラディエーションズ』（一九一五年）にある〈たゆみなく降る雨が／光る歩道にきらめく／とつぜん疾走する傘《かさ》の数々／嵐《あらし》に揺れて花冠をまげる花々〉という一節は、蕪村《ぶそん》の〈春雨《はるさめ》や物語りゆく蓑《みの》と傘《かさ》〉にヒントを得て書かれたという（アール＝マイナー『英米文学における日本の伝統』）。

蕪村《ぶそん》の句は、しとしとと降る春雨《はるさめ》の中を蓑《みの》と傘《かさ》の二人がゆっくり歩いて行くように我々には読めるが、フレッチャーは疾走するコウモリ傘《がさ》（色彩がある）を嵐《あらし》にゆれる花のイメージとしてとらえているところがおもしろい。B・H・チェンバレンはこの句の春雨《はるさめ》をスプリングーシャワー（春のにわか雨）と訳し（『ジャパニーズ-ポエトリー』一九一〇年）、それをフレッチャーは読んだものと思われる。（佐藤）

たせる。その美しさには、遠い昔に葬られた墓の主がそこに咲き出たような趣さえある。妖艶《ようえん》な喪《ほろ》びの美女の気配が感じられる。無心にたわむれる狐《きつね》がその水仙《すいせん》の香を嗅《か》いでむせんでいる情景を想像してみるのもよい。

狐《きつね》が美女に化けるあやしい光景は当時の諸書に無数に書かれているが、そういった狐狸譚《こりたん》を背後においた狐《きつね》の効果も見逃せない。〈小狐《こぎつね》の何にむせけむ小萩原《こはぎはら》〉(『蕪村句集』)の類想句もある。しかしなんといっても〈水仙《すいせん》〉の句の解釈にとって見落とせないのが〈水仙《すいせん》や美人かうべ《こうべ》をいたむらし〉(『蕪村句集』)の句であろう。頭が痛むらしい美人の様子と水仙《すいせん》とをオーバーーラップさせたこのイメージには、狐《きつね》の化けた美女の趣がある。浅井了意《りょうい》の『御伽婢子《おとぎぼうこ》』(寛文六年〈一六六六〉刊)の「狐《きつね》の妖怪」によると、狐《きつね》は頭に髑髏《どくろ》を乗せて美女に化けるというからである。

墓地の水仙《すいせん》に狐《きつね》が無心にたわむれる宵《よい》月夜のイメージには、やはり美女の幻がつきまとっているようである。

《補説》この句は『蕪村自筆句帳』の合点句、天明二年(一七八二)に蕪村自身が選定した秀句である。(高橋)

白梅《はくばい》や墨芳《かんば》しき鴻臚館《こうろかん》 (蕪村句集)

▼季語―「白梅《はくばい》」初春。白色の五弁花で、一重が普通だが八重もある。白色花には気品の高い清浄感がある。早春の代表花。▼句切れ―「白梅《はくばい》や」。切れ字「や」。
▽鴻臚館《こうろかん》―古代、京都・大宰府《だざいふ》(福岡県太宰府《だざいふ》町)・難波《なにわ》(大阪)に外国使節を接待するために設けられた宿舎。
『句解』白梅が咲き匂《にお》う鴻臚館《こうろかん》で、唐土《もろこし》(中国)の賓客が静かにものを書いている。白梅の美しさに触発されて詩でも書いているのであろうか。その芳《かんば》しい墨の香が匂《にお》ってくるようだ。

《鑑賞》安永四年(一七七五)の作。白梅と墨との香の照応、および白と黒とのコントラストが句のモチーフを効果的に表現している。鴻臚館《こうろかん》のエキゾチックな高雅と、白梅の清浄な気品とが、相乗的な表現効果で一幅の墨絵を描き上げているのである。明らかにこの句には匂《にお》うような墨絵の風趣がある。

上五の〈白梅〉は「シラウメ」と訓読みされやすいが、〈鴻臚館《こうろかん》〉という漢趣味を考慮に入れて考えてみると、蕪村がこれを「ハクバイ」と音読みさせて、言葉の音韻効果を図っていた可能性は大きい。なぜなら、蕪村が白梅を詠んだ全七句についてみると、〈白梅《はくばい》や鶴裳《かくしょう》を着てうた歩《ほ》す〉(几董《きとう》句稿四)という蕪村の典型的な漢詩文調の句が〈白梅〉を「ハクバイ」と音読みさせていたことはまちがいなく、その他の五句はみな〈しら梅〉と表記されているからである。つまり蕪村は「ハクバイ」と音読みさせるときは「白梅」と漢字表記にし、「シラウメ」と訓読みさせるときは「しら梅」と表記していたわけである。

「しら梅」にはなつかしい暖かさがあるが、「白梅《はくばい》」には高雅な気品がある。蕪村は言葉の響きに繊細な感覚をもち、言葉の音楽を重視した詩人だったのである。（高橋）

月今宵《（こよい）》あるじの翁《（おきな）》舞ひ《（い》出《い）》でよ

（蕪村句集）

▼季語―「月今宵《こよい》」仲秋。「今日の月」ともいう。陰暦八月十五夜の「名月」である。これを「明月」とも表記するのは澄みきった曇りのない月の意である。▼句切れ―「舞ひ出《い》でよ」。切れ字「よ」。「月今宵《こよい》」でもいったん切れる。

『句解』名月の今宵《こよい》、主《あるじ》の翁《おきな》よ、この澄みきった月影のもとに現れ出て舞え。

《鑑賞》安永五年（一七七六）の作。この句の初案は上五が〈名月や〉であったが、数日後に〈月今宵《こよい》〉に改められた。この句には清澄な月の光を浴びた作者一人だけがいる。その名月の美しさに触発されて「主《あるじ》の翁《おきな》よ、舞い出《い》でよ」と作者は呼びかける。そこには幻の翁《おきな》が月光を浴びて舞う幻想がある。

『蕪村句集』にはこの句を第一句にすえた次のような連作四句の型で収められている。〈月今宵《こよい》あるじの翁《おきな》舞ひ出《い》でよ／仲麿《なかまろ》の魂祭《たままつり》せん今日の月／名月や夜は人住まぬ峰の茶屋／山の端や海を離るる月も今〉。この連作「名月四句」は『落日庵《らくじつあん》句集』と『蕪村自筆句帳』にもこれと同じ配列構成で収録されており、安永五年の八月一一日から二四日ごろまで約一〇日間ほど費やして詠作、推敲《すいこう》を重ねてまとめ上げられたものであった。

作者は名月に触発されて「主《あるじ》の翁《おきな》よ、舞い出《い》でよ、そして仲麻呂《なかまろ》の魂《たま》祭りをともにしよう」と、夜間は人の住まない峰の茶屋の主《あるじ》に向かって呼びかける。ここには、阿倍仲麻呂《あべのなかまろ》が遠く海を隔てた唐土《もろこし》（中国）から日本に帰ろうとしても帰れず〈天《あま》の原ふりさけ見れば春日《かすが》なる三笠《みかさ》の山に出《い》でし月かも〉と歌って都を恋い慕った面影が誘い出されている。だから作者は峰の茶屋から月をながめながら「いま海から出て昇って行く名月も、仲麻呂《なかまろ》の亡魂からはこの山の端にかかって見えているだろう」という、亡魂を思いやる詠になる。〈月今宵《こよい》〉の句はこのような「仲麻呂鎮魂賦《なかまろちんこんふ》」ともいうべき連作の場で発想された句だったのである。

《補説》この句は『蕪村自筆句帳』の合点句、天明二年（一七八二）に蕪村自身が選定した秀句である。（高橋）

梅遠近南《（おちこちみんなみ）》すべく北すべく

（蕪村句集）

▼季語―「梅」初春。花には白色・紅色・淡紅色があり、「白梅」「紅梅」と詠み分けられているが、ただ「梅」とある場合はいずれにもとれる。この句の場合は白梅のようである。（〈白梅《はくばい》や〉の句参照）▼句切れ―「梅遠近《おちこち》」。▽遠近《おちこち》―遠い所近い所。あちこち。

『句解』　梅があちらにもこちらにも咲いている。さて南の方に行ってみようか、それともまた北の方にしようか、あまりの美しさに心が迷う。

《鑑賞》　安永六年（一七七七）の作。句の中七・下五は『淮南子《えなんじ》』の「説林訓《ぜいりんくん》」にみえる〈楊子《ようし》見《テ》二逵路《きろヲ》一而哭《こくス》レ之《ヲ》。為《ナリ》下其《ノ》可《ク》二以《テ》南《ス》一可《キ》中以《テ》北《ス》上〉（楊子《ようし》、逵路《きろ》〈わかれみち〉ヲ見テ之ヲ哭《こく》ス。ソノ、以テ南スベク、以テ北スベキタメナリ）からの文句取りである。この楊子《ようし》の故事について『徒然草《つれづれぐさ》』には〈路《みち》のちまたのわかれん事をなげく〉と書かれている。

句の上五〈梅遠近《おちこち》〉の表現は梅林の光景ではない。梅があちらこちらに散在する光景である。だから南の梅花の美しさに心ひかれ、北の梅花の美しさに心ひかれて、さてどちらに行こうかと迷い嘆いているのである。同年作の「春風馬堤曲《しゅんぷうばていきょく》」に女を梅花に寓《ぐう》して詠じられていたように、この句の梅花にも女の面影が託されているようである。

『夜半叟句集《やはんそう》』と『蕪村自筆句帳』には〈梅遠近《おちこち》南すべく北すべく／水に散って花なくなりぬ岸の梅〉という二句連作の形態で収録されているが、この連作の場合は南北両岸の梅という構図になる。この川が淀《よど》川であったとすれば江南と江北に住む遊女の面影が匂《にお》ってくることになる。〈花なくなりぬ岸の梅〉は「澱河歌《でんがか》」の変奏といってもいい。この連作二句は「夜半楽三部曲《やはんらく》」（「春風馬堤曲《しゅんぷうばていきょく》」・「澱河歌《でんがか》」・「老鶯児《ろうおうじ》」の三部作。次条の句参照）の類想といってよく、ともに同じ安永六年春の連作であった。蕪村の句はこういう連作の場にもどすことによって初めてそのイメージの真意を表す場合が多いのである。

（髙橋）

鶯《（うぐいす）》の啼《（な）》くや小さき口あいて

（蕪村句集）

▼季語―「鶯《うぐいす》」兼三春。春に里の庭先に来て鳴く鶯《うぐいす》である。春告《はるつ》げ鳥《どり》・報春鳥の異名でも知られるように、古くから人に親しまれてきた。春季を感受する人の心に甘くささやきかけてくる鳥である。▼句切れ―「啼《な》くや」。切れ字「や」。

『句解』　枝から枝へ移りながら、鶯《うぐいす》が可憐《かれん》で愛らしい小さな口をいっぱいにあけて、しきりに、囀《さえず》っている。

《鑑賞》　安永六年（一七七七）の作。中七の〈小さき〉は、初案では〈小さい〉と音便の型になっている。下五の〈あいて〉も同様に「あきて」の音便であるから、〈小さい口あいて〉と両方を音便化した初案の型では言葉の響きが弛緩《しかん》して、鶯《うぐいす》の機敏な囀《さえず》りの表現を打ち消してしまう。改案は〈小さい〉の方を〈小さき〉に音を引き締め、〈あいて〉の方をそのまま音便にして優しさを出した。下五は「口をあけて」の意で、「あけて」は他動詞であるが、ここでは〈あいて〉と自動詞を使っている。これは自動詞を他動詞的に使う上方《かみがた》方言にほかならない。

この句の鶯《うぐいす》の囀《さえず》りはいかにも可憐《かれん》で愛らしい。当時の浮世絵の美人画はみな口が小さく、あたかもこの句の鶯《うぐいす》の囀《さえず》りの口を思わせる可憐《かれん》な描きざまだが、この句の鶯《うぐいす》の口には明らかにそういった美人画の優しい口が二重映しにイメージ化されている。蕪村は「春風馬堤曲《しゅんぷうばていきょく》」の序に、藪《やぶ》入りの女を〈痴情可憐《ちじょうかれん》〉と書いているが、この句はそういった艶《えん》で可憐《かれん》な女の口を髣髴《ほうふつ》させる。

『落日庵《らくじつあん》句集』にはこの句を結句に使った次のような連作三句の型で収められる。〈鶯《うぐいす》や耳は我が身のほとりなる／鶯《うぐいす》の二声《ふたこえ》耳のほとりかな／鶯《うぐいす》の啼《な》くや小さき口あいて〉。この第一、二句は我が身のほとりに耳があり、その耳のほとりに鶯《うぐいす》の声があるというように連続して表現されているから、これは老蕪村が耳もとで聞いた鶯《うぐいす》の声の幻聴である。ここには遠い幻の女から耳もとにささやきかけられたような趣がある。だからそれは第三句の可憐《かれん》な口のイメージにつながるのである。　（高橋）

春もややあなうぐひ《（い）》すよむかし声　（夜半楽《やはんらく》）

▼季語―「うぐひす」兼三春。この句の場合は晩春に鳴く鶯《うぐいす》である。春季が過ぎて鳴く鶯《うぐいす》を老鶯《ろうおう》というが、そういう老いを感じさせる鶯《うぐいす》の声である。▼句切れ―「うぐひすよ」。切れ字「よ」。「春もやや」でもいったん切れる。

『句解』　春もややたけて、ああ憂《う》き鶯《うぐいす》よ、おまえはなぜ昔と同じ声で鳴くのか、昔を思い起こさせてなぜわたしを悲しませるのか。

《鑑賞》　これは安永六年（一七七七）の作「夜半楽《やはんらく》三部曲」の第三部「老鶯児《ろうおうじ》」の句である。「老鶯児《ろうおうじ》」はこの句の題で、末尾の「児《じ》」は名詞に添える助辞である。

句の上五〈春もやや〉は「たけて」という語を言外に暗示した表現、中七の〈あなうぐひすよ〉は「う」に「憂《う》」をかけた掛詞《かけことば》で、「あな憂き」をつなぎ合わせた表現である。

連作詩編「夜半楽《やはんらく》三部曲」は「春風馬堤曲《しゅんぷうばていきょく》」一八首・「澱河歌《でんがか》」三首・「老鶯児《ろうおうじ》」一首（ここに掲げた一句）より成る三部作である。この「夜半楽《やはんらく》三部曲」は蕪村が女に代わって詠じるという型で、物語詩的に構成されている。まず第一部の「春風馬堤曲《しゅんぷうばていきょく》」では難波《なにわ》（大阪）に奉公する娘が一年ぶりに母親のもとへ帰省する藪《やぶ》入りの詩情を道行《みちゆき》体で詠じ、次の第二部「澱河歌《でんがか》」ではその娘が「女」に成長して男と結婚し、やがて男と別れなければならない悲愁がうたわれる。そして第三部のこの「老鶯児《ろうおうじ》」の句で、帰らぬ男を思いながら、一人むなしく老いてゆく老女の嘆きが詠じられるのである。

だが、この句は物語的な老女の嘆きを表現しながら、そこには老蕪村の郷愁の声も重ね合わされている。蕪村が安永六年二月二三日付の手紙の中で〈実は愚老（自らのこと）懐旧のやるかたなきより、うめき出《いで》たる実情にて候〉と、その制作動機について書いているのは、そういった表現構造を暗示したものといえるだろう。（高橋）

山蟻《やまあり》のあからさまなり白牡丹《はくぼたん》　（新花摘《はなつみ》）

▼季語―「白牡丹《はくぼたん》」初夏。中国原産の落葉低木で古く日本に渡来。品種が多いが、花は紅白二種がふつう。中国で「花王」と呼ばれるように、その大形八重の花の咲きざまには壮麗な美しさがあり、富貴草の別名もその美しさの一端を示している。▼句切れ―「あからさまなり」。切れ字「なり」。
▽山蟻《やまあり》―中形のクロヤマアリや大形のクロオオアリなど。

『句解』　大輪の白牡丹《はくぼたん》の上を山蟻《やまあり》が一匹うろたえて歩いている。あまりにも壮麗な花弁の純白が、山蟻《やまあり》の黒をくっきりと際立たせて、まぎれるすべもない。

《鑑賞》　安永六年（一七七七）の夏行《げぎょう》（一夏をうちにこもって文芸修業をすること。本来は仏教用語）の折の作。蕪村は四月八日から発句《ほっく》詠作の夏行《げぎょう》に入ったが、この句は四月一三日の作である。

蟻《あり》は身に危険を感じると不規則にジグザグに歩く。その歩行のさまはまさに狼狽《ろうばい》の体《てい》である。つまり山蟻《やまあり》が一匹うっかり花弁の上に出てしまい、花弁の白が山蟻《やまあり》の黒をくっきりと際立たせてしまったのである。山蟻《やまあり》はうろたえて右往左往する。この〈あからさま〉になってうろたえる山蟻《やまあり》もユーモラスだが、この山蟻《やまあり》の狼狽《ろうばい》ぶりが白牡丹《はくぼたん》の壮麗な純白を見事に表現している。

この句はこれまで白と黒のコントラストが静止的に解釈され、山蟻《やまあり》のユーモラスな動きが見落とされていた。静止的に見ては白牡丹《はくぼたん》の壮麗な美しさは表現できない。〈あからさまなり〉という言い方には白黒のコントラストだけではなく、ユーモラスな山蟻《やまあり》の動きも表現されていることを見落としてはならない。山蟻《やまあり》がうろたえるほどの壮麗美の表現だからである。

この四月一三日には牡丹《ぼたん》九句一連が詠作されているが、

その中から〈山蟻《やまあり》のあからさまなり白牡丹《はくぼたん》／方百里雨雲よせぬ牡丹《ぼたん》かな／詠物の詩を口ずさむ牡丹《ぼたん》かな〉の三句連だけを取り出してみても、蕪村がいかに牡丹《ぼたん》のイメージを壮麗に繰り広げていたかがわかるだろう。

《補説》「壮麗」は蕪村美学の重要な部分を占めているが、これについては高橋庄次「蕪村の詩論」（日本文学研究資料叢書『蕪村・一茶』）にくわしい。　（高橋）

鮒《ふな》ずしや彦根《ひこね》の城《しろ》に雲かかる　（新花摘《はなつみ》）

▼季語―「鮒《ふな》ずし」兼三夏。源五郎鮒《ぶな》を材料とした「なれずし」で琵琶《びわ》湖畔の名産。製法は腹を開かずに口中から内臓を取り出し飯を合わせて漬《つ》けこむ。そのさわやかな風味と酸味は夏季の感覚である。▼句切れ―「鮒《ふな》ずしや」。切れ字「や」。▽彦根城《ひこねじょう》―江戸初期に琵琶《びわ》湖畔の彦根《ひこね》に築かれた平山城《ひらやまじろ》。現在なお存在。

『句解』鮒《ふな》ずしを漬《つ》け終えて、しばし放心の体《てい》でいると、彦根城《ひこねじょう》の天守閣にかかった一片の真っ白な浮き雲が目にしみるようだ。

《鑑賞》前条の句と同様、安永六年（一七七七）の夏行《げぎょう》の詠作。この句は四月一六日の「すし」一連中の一句である。句の中七〈彦根《ひこね》の城《しろ》に〉は最晩年に『蕪村句集』の〈彦根《ひこね》が城《しろ》に〉の句型に改案されたが、ここでは夏行《げぎょう》の発想を重視して『新花摘《はなつみ》』の句型を採った。

　この句は今まで旅情の表現として解釈されてきたが、一六日の「すし」一連は〈鮓《すし》つけてやがて去《い》にたる魚屋《うおや》かな／鮒《ふな》ずしや彦根《ひこね》の城《しろ》に雲かかる／鮓《すし》圧《お》してしばし淋《さび》しき心かな／鮓《すし》を圧《お》す我《われ》酒醸《かも》す隣あり／鮓《すし》を圧《お》す石上に詩を題すべく／鮓《すし》の石に五更《ごこう》の鐘のひびきかな／寂寞《じゃくまく》と昼間を鮓《すし》のなれかげん〉以下、計一〇句の連作を構成しており、そこに表現されているのは旅情ではなく、漬《つ》けられた「すし」がしだいに発酵してゆく沈黙の詩的緊迫感であった。だがそこには俳諧特有のユーモアも一貫して流れている。

　蕪村はこの句について安永六年五月一七日付の吉分大魯《よしわけたいろ》宛《あて》の手紙の中で〈この句、解すべく解すべからざるものに候。とかく聞得る人まれに候。ただ几董《きとう》のみ微笑いたし申し候。いかが御評うけたまはりたく候〉と、その謎解《なぞと》きを求めている。だが現在までのところ、この謎《なぞ》を説き明かした者はまだ現れていない。

　季語の項で説明したとおり、鮒《ふな》ずしの製法は腹を開かずに口中からそっくり内臓を取り出すから、それは鮒《ふな》の剝製《はくせい》のような形になる。つまり蕪村は彦根城《ひこねじょう》の天守に逆立つ一対のシャチホコ（鯱）を見てこの鮒《ふな》ずしを連想し、そのシャチホコにかかる真っ白な浮き雲に純白の飯を連想して興じたわけである。

だがこのように謎《なぞと》解きを言葉に出してしまうと詩は失われる。謎《なぞと》解きを句の背後にだけおいておくと、俳諧味のある詩的イメージが生きてくるのである。（高橋）

淋（さび）しさに花咲きぬめり山桜　（蕪村遺稿）

▼季語―「山桜」仲春。桜は花の後に若葉が出るのが普通だが、山桜は開花と同時に若葉の出る品種である。花が若葉の光沢のある色彩に映発するさまは美しい。▼句切れ―「咲きぬめり」。切れ字「めり」。

〔句解〕　山桜が深い山中の淋《さび》しさに耐えかねて花を咲かせているようにわたしには見える。

《鑑賞》　安永七年（一七七八）の作。句の中七〈花咲きぬめり〉の〈めり〉は「自分には〜のように見える」といった主観的な推量を表す助動詞である。したがってこの句は花の心と作者の心とを重ね合わせた表現であることがわかる。

深い山中には恐ろしいような淋《さび》しさがある。その山中を一人行く淋《さび》しさが、そこにひっそりと咲く花の心と溶け合っている。若葉の中に花のまじる山桜の咲きざまが、このような感じ取り方を誘い出したといってよい。

『夜《や》半叟《はんそう》句集』には二句連作の型で収録されている。

　淋《さび》しさに花咲きぬめり山桜
　まだきとも散りしとも見ゆれ山桜

この連作二句は第一句に花の心を詠じ、第二句にその心を映し出した咲きざまを表現している。これから咲き始めようとしている状態とも見え、また散り終えようとしている状態とも見える、そういった咲きざまが、孤独な心の陰影を表現するのである。

蕪村はこの句がよほど気に入ったらしく、同じ『夜《や》半叟《はんそう》句集』に〈淋《さび》しさに花咲きぬめり山桜／石工《いしきり》の指傷《やぶ》りたるつつじかな／平地《ひらち》行きてことに遠山桜かな〉の連作三句をも詠作している。これは第一句の山桜の淋《さび》しい咲きざまから、第二句の山の斜面の石にへばりつくように咲くつつじの赤に血の色感を感じ取って山中の恐ろしいほどの淋《さび》しさを表現し、さらに第三句でその山を出て平地を行きながら別の淋《さび》しさと愛惜の情をこめてそれを遠山桜としてながめやっている。

このように連作二句と連作三句の両編の第一句に同じ句が使われていることは注意しなければならない。なぜなら連作のイメージがこの句の真意を明瞭《めいりょう》に語ってみせているからである。（高橋）

梅散るや螺鈿《らでん》こぼるる卓《しょく》の上

（蕪村句集）

▼季語―「梅」初春。花には白色・紅色・淡紅色があり、「白梅」「紅梅」と詠み分けられているが、ただ「梅」とある場合はいずれにもとれる。この句の場合には白梅である。
▼句切れ―「梅散るや」。切れ字「や」。
▽螺鈿《らでん》―おうむ貝・あわび貝・夜光貝などの真珠光のある部分を切り出して薄片とし、漆器などの面にはめこんで、さまざまな装飾模様を造形したもの。紫青色に鈍く光る幻想的な美しさがある。▽卓《しょく》―「ショク」は唐音。香華などを供える机。

『句解』 梅花の下で唐人ふうの人物が卓の傍らの椅子《いす》に腰掛けて梅見をしている。折しもその漆黒の卓の上に梅の花片が螺鈿《らでん》のように散りこぼれる。

《鑑賞》 安永八年（一七七九）春興の句（実際は前年末の詠）。池大雅《いけのたいが》（一七二三～一七七六）や蕪村の南画には卓の傍らに腰掛けている唐人ふうの人物がよく描かれているが、この句はそれを梅見図にした南画のイメージである。漆黒の面に螺鈿《らでん》装飾を施した卓も美しいが、さらにそこに梅の花片を散りこぼしたイメージには心にくいほどの美しさがある。漆黒の面に散りこぼれた花片は螺鈿《らでん》になりきっているし、鉱物質に感覚されたその花片がまた美しい。〈牡丹《ぼたん》散《ち》て打かさなりぬ二三片〉（『あけ烏《がらす》』）の句もそういった鉱物質に感覚された花片であった。

この梅の句は安永七年一二月二七日付の雨遠《うえん》・玄沖《げんちゅう》連名宛《あて》の蕪村の手紙に〈春興〉と題して〈蝙蝠《かわほり》のふためき飛ぶや梅の月／梅散るや螺鈿《らでん》こぼるる卓《しょく》の上〉の二句連作の型で詠作されているが、この連作「春興二句」は『落日庵《らくじつあん》句集』と『蕪村自筆句帳』にもこれと同じ配列で収録されている。

第一句の蝙蝠《かわほり》が〈ふためき飛ぶ〉というのは暗闇《くらやみ》の表現だが、その漆黒の闇《やみ》が〈梅の月〉のイメージを華麗に際立たせるのである。これは明らかに漆黒の面に〈梅の月〉を描いた螺鈿《らでん》装飾のイメージである。〈梅の月〉の螺鈿《らでん》装飾の卓を見て、蕪村は漆黒の面に〈蝙蝠《かわほり》のふためき飛ぶ〉イメージを幻想する。そうすると次の第二句は、その螺鈿《らでん》装飾の卓の上に現実の梅の花片が散りこぼれて、その一片一片が螺鈿《らでん》のように漆黒の面にはめこまれ、幻想化する。本句はこうした華麗な幻想を構成する連作の一句であった。（高橋）

妹《いも》が垣根《かきね》三味線草《さみせんぐさ》の花咲きぬ

（蕪村句集）

▼季語―「三味線草《さみせんぐさ》の花」仲春。春の七草の一つなずな（薺）の別名で、ぺんぺん草ともいう。野や路傍・庭などいたる所に自生する。白い小花が下からしだいに咲きのぼり、花の後

に三味線《さみせん》のバチ形をした小さな平たい実を結ぶ。ひっそりと咲くこの目立たない草花がかわいらしい三味線《さみせん》を連想させるところから、この季語にはなつかしい幼女の面影がつきまとう。▼句切れ—「咲きぬ」。切れ字「ぬ」。

▽妹《いも》—男が女を親しんでいう語。主として恋人や妻をいう。

『句解』　恋しい女に会うこともできず、その女の家の周りをただ さまよっていると、垣根《かきね》にひっそりと三味《さみ》線草《せんぐさ》の花が可憐《かれん》な風情《ふぜい》で咲いている。この恋しさをわたしはどうすることもできない。

《鑑賞》　安永九年（一七八〇）の作。このころから蕪村と祇園《ぎおん》の妓女《ぎじょ》小糸との恋が始まっているが、これはその折の句である。

小糸に会いたくても蕪村には祇園《ぎおん》に遊ぶ金がない。彼女を思うそういった悶々《もんもん》とした情が叙情豊かに表出されている。小糸は幼い無邪気《むじゃき》さと色っぽいなまめかしさとをかねそなえた女であった。句の〈三味線草《さみせんぐさ》〉には可憐《かれん》な愛らしさと三味線《さみせん》の色っぽさとが重ね合わされており、そこに小糸の面影が託されている。「春風馬堤曲《しゅんぷうばていきょく》」の女も〈痴情可《ちじょうか》憐《れん》〉（痴情《ちじょう》の色っぽさと可憐《かれん》な愛らしさ）と表現されているから、これが蕪村好みの女だったのだろう。

だが、この小糸との恋は三年後に破れる。天明三年（一七八三）四月二五日付の道立宛《どうりゅうあて》の手紙の中で蕪村は小糸を断念した旨を告げ、さらにこの句を書きつけて〈これ泥《どろ》に入りて玉を拾うたる心地に候。〉と書いている。つまりこの恋を清算するにあたって蕪村は、これを苦しい泥沼《どろぬま》のような恋の中で得た珠玉の一句といっているわけである。

■蕪村《ぶそん》の老いらくの恋

晩年の蕪村《ぶそん》は小糸という美妓《びぎ》に心を奪われていたらしい。天明二年（一七八二）、六七歳の蕪村《ぶそん》は、しゃれた小冊子『花《か》鳥篇《ちょうへん》』を編纂《へんさん》刊行した。その中の〈いろいろの人見る花の山路かな〉という無邪気《むじゃき》な句の作者が小糸である。

そのころのことだろう。蕪村《ぶそん》は佳棠《かとう》にあてて一通の手紙をしたためた。小糸が白ねりの袷《あわせ》の着物に山水画を描いてくれと頼んできたが、自分の絵は美人には取り合わせが悪いからそのことをよく言いきかせてくれと頼む手紙である。その中に〈小糸事に候ゆゑ、何をたのみ候ても いなとは申さず候へども〉と書いたり、小糸が美人であることを二度も記しているところから、蕪村《ぶそん》がかなり小糸に参っていることが想像される。

『花鳥篇《かちょうへん》』には〈蕪村《ぶそん》様へ文のはしに申しつかはし侍《はべ》る〉とする大坂の女性のうめの句〈いとによる物ならにくしいかのぼり〉がみられる。凧《たこ》が糸につながれているように蕪村《ぶそん》様は小糸さんに首ったけだと皮肉っているのである。（山下）

この句には〈琴心挑二美人一〉（琴心モテ美人ニ挑《いど》ム）という中国の故事によった前書がついている。これは「美人」を琴心に託して口説いたという故事だが、この「美人」を句の万葉語「妹」にダブらせて歌ったもの。中国の「美人」と万葉の「妹」とを重ね合わせた可憐な女の面影を垣根の向うに結ばせたわけだ。逢うことのままならぬ隠《こも》り妻のイメージで恋しい小糸を描いてみせた句だ。（高橋）

春雨《はるさめ》や同車の君がささめごと

（蕪村遺稿）

▼季語―「春雨《はるさめ》」晩春。春季の雨は時期によって違った降り方をするが、蕪村の句に使われている「春雨《はるさめ》」は晩春に音もなく降る細い雨である。そこには艶《えん》な晩春の情趣がある。▼句切れ―「春雨《はるさめ》や」。切れ字「や」。▽同車―牛車《ぎっしゃ》に同乗すること。▽ささめごと―私語。ささやき言《ごと》。

『句解』　晩春の雨が音もなく艶《えん》に忍びの牛車《ぎっしゃ》を包んで煙っている。その車の中で女が甘えるように男の耳もとに何かをささやく。

《鑑賞》　安永九年（一七八〇）に〈行く春や同車の君のささめごと〉（『落日庵《らくじつあん》句集』・『蕪村自筆句帳』）の初案が詠まれ、最晩年の天明三年（一七八三）に〈春雨や同車の君がささめごと〉に改案された。つまり安永九年に初案が詠まれ、それが天明二年（一七八二）に合点句（秀句）として『自筆句帳』に採録されたのち、翌三年に改案されたわけである。

この改案はまず上五の〈行く春〉の晩春の情を〈春雨《はるさめ》〉に改めることによって、晩春の雨に濡《ぬ》れる艶《えん》な要素を句に加味し、さらに中七の〈同車の君の〉という〈の〉が二つ重なった間延びした響きを所有格の〈が〉にかえることによって引き締めている。的確な改案というべきだろう。

これは王朝ふうの艶《えん》なあいびきである。春雨《はるさめ》に濡《ぬ》れて煙る晩春の情趣がこのあいびきのバックグラウンドとしての効果を見事に果たしている。〈ささめごと〉の所作も艶《えん》である。

この初案句を結句に使った連作四句が『落日庵《らくじつあん》句集』と『蕪村自筆句帳』に〈匂《にお》ひある衣《きぬ》もたたまず春の暮《くれ》／山彦《やまびこ》の南はいづち春の暮《くれ》／誰《た》がための低き枕《まくら》ぞ春の暮《くれ》／行く春や同車の君のささめごと〉の配列で収録されている。この連作「春の暮《くれ》四句」には匂《にお》うような王朝の恋のイメージが展開されている。第二句の〈山彦《やまびこ》の南はいづち〉というのは〈同車の君のささめごと〉なのである。この場合の〈春の暮《くれ》〉は晩春の意である。

つまりこの連作「春の暮《くれ》」の結句として詠作された〈行く春や〉の初案句型は、その後この連作から切り離されて

〈春雨《はるさめ》や〉の句型に改案されたわけである。（高橋）

畑打つやうごかぬ雲もなくなりぬ　（蕪村句集）

▼季語―「畑打つ」兼三春。畑を耕すこと。「畑打ち」ともいう。のどかな春の情趣がある。▼句切れ―「畑打つや」。「なくなりぬ」。切れ字「や」と下五の「ぬ」。

《句解》眠くなるような春の静寂の中で畑を一人耕す、その空には真っ白な一片の雲がぽっかり浮いている。ふと気がつくと、いつしかその雲も消えている。

《鑑賞》安永七年（一七七八）以後天明二年（一七八二）までに詠まれた句。一片の雲がいつの間にか消えてなくなったという現象をとらえて、畑打ちという単調な仕事をただ黙々と続ける長い時間を表現し、気の遠くなるような平和な田園の光景をうたっている。

『夜半叟《やはんそう》句集』にはこの句を第一句にすえた次のような連作の型で収録されている。〈畑打つやうごかぬ雲もなくなりぬ／畑打ちよこちの在所《ざいしょ》の鐘が鳴る／畑打つや木《こ》の間の寺の鐘供養《くよう》／畑打つや我が家も見えて暮れかぬる〉。この連作四句は『蕪村自筆句帳』にもこれと同じ配列で採録され、『蕪村句集』にも第三句までを同じ配列で収めている。

畑を打つ平和な田園の一日を詠作したこのような連作詠が、この句のイメージの質を端的に語ってくれる。蕪村の胸裏には郷愁に彩られたこういう平和な農村のイメージがいつも生きていたようである。（高橋）

公達《きんだち》に狐《きつね》化けたり宵《よい》の春　（蕪村句集）

▼季語―「宵《よい》の春」兼三春。春の宵《よい》。〈春宵《しゅんしょう》一刻値《あたい》千金〉の漢詩句からきた語。春の遅日がようやく暮れて間もないころをいう。▼句切れ―「化けたり」。切れ字「たり」。▽公達《きんだち》―きみたちの音便。王家の一族、貴公子。

《句解》春の遅い日もようやく暮れて灯《ひ》がともり初《そ》めるころ、狐《きつね》の化けた匂《にお》うような貴公子が宵闇《よいやみ》の中に忽《こつ》然《ぜん》と現れる。

《鑑賞》天明二年(一七八二)の作。春のなまめいた宵闇《よいやみ》に夢のような貴公子が立ち現れるという、この妖《あや》しい春宵《しゅんしょう》幻想自体にすでに狐《きつね》の怪奇的気配がつきまとっている。この怪奇性がイメージの幻想化を増幅させる。もちろん中七の〈狐《きつね》化けたり〉の表現には俳諧性が加味されている。

『夜半叟《やはんそう》句集』には上五を〈上臈《じょうろう》に〉とした別案も示されている。上臈《じょうろう》は身分の高い女人であるから、貴公子は貴婦人になる。宵闇《よいやみ》の中に忽然《こつぜん》と貴婦人が現れるのも違った趣があっておもしろい。

この句は『夜半叟《やはんそう》句集』に、〈公達《きんだち》に狐《きつね》化けたり宵《よい》の春／春の夜や狐《きつね》の誘ふ上童《うえわらわ》〉という二句連作の型で収められている。第二句の〈上童《うえわらわ》〉は殿上《てんじょう》を許されて出仕する公卿《くぎょう》の子である。この連作は公達《きんだち》に化けた狐《きつね》が上童《うえわらわ》を誘うというのである。宵《よい》と暁の間を「夜」というから、ここには宵《よい》から夜への時間の経過があり、それが〈……宵《よい》の春／春の夜や……〉という〈春〉を反復した尻《しり》取り句移りでしぜんに推移している。公達《きんだち》と上童《うえわらわ》との男色的妖《あや》しさが春宵《しゅんしょう》から春夜にかけての艶《えん》な情趣の中に溶けこんで詠じられているのである。

このように蕪村は一句のイメージを連作へ発展させる場合が非常に多い。だからその連作のイメージが一句の解釈の手がかりを具体的に示してくれるのである。（高橋）

冬鶯《（ふゆうぐいす）》むかし王維《（おうい）》が垣根《（かきね）》かな

（から檜葉《ひば》）

▼季語―「冬鶯《ふゆうぐいす》」兼三冬。「寒鶯《かんおう》」、「藪鶯《やぶうぐいす》」ともいう。冬の鶯《うぐいす》は餌《え》を求めて里の藪《やぶ》や人家の庭などに来てチャッチャッと笹《ささ》鳴きをする。囀《さえず》りのまだ下手《へた》な、どことなく人恋しげなものを感じさせる。▼句切れ―「垣根《かきね》かな」。切れ字「かな」。「冬鶯《ふゆうぐいす》」でもいったん切れる。

▽王維《おうい》―中国唐代の詩人・画人。字《あざな》は摩詰《まきつ》。王右丞《おうゆうじょう》とも呼ばれた。彼の詩画は〈詩中に画あり、画中に詩あり〉といわれた。王維《おうい》の輞川荘《もうせんそう》を描いた「輞川《もうせん》図」は有名。（七〇一～七六一）

『句解』　冬鶯《ふゆうぐいす》がぎこちない声で鳴いている。遠い昔、どこかでこれと同じ声を聞いたことがある。王維《おうい》の輞川荘《もうせんそう》を思わせる垣根《かきね》に来て鳴いていたような気がする。

《鑑賞》　天明三年（一七八三）一二月の臨終の作。

蕪村には古人の名を詠みこんだ句が王維《おうい》にかぎらず数多くある。たとえば〈新右衛門蛇足《だそく》を誘ふ冬至かな〉（『蕪村句集』）の句で、蜷川《になかわ》新右衛門や曾我《そが》蛇足《だそく》といった古人が現存する人間のようにいきいきと行動しているように詠まれている。このように蕪村の描く古人たちはみな〈むかし〉とは表現されていない。したがってこの句の場合も〈むかし〉は王維《おうい》の時代を指定した言葉ではなく、非限定の昔の垣根《かきね》を表現した言葉である。〈王維《おうい》〉は純然たる〈垣根《かきね》〉の形容なのである。

池大雅《いけのたいが》と競作した『十便十宜図《じゅうべんじゅうぎ》』の中で蕪村は「宜秋図《ぎしゅう》」を描いているが、この図には王維《おうい》の輞川荘《もうせんそう》を思わせるような垣根《かきね》が描かれている。つまり〈王維《おうい》が垣根《かきね》〉（王維《おうい》の垣根《かきね》）とはそういった形容の蕪村自身の垣根であって、輞川荘《もうせんそう》の垣根《かきね》ではない。

この句の表現は、このような垣根《かきね》に通ってくる冬鶯《ふゆうぐいす》の「むかし声」なのである。蕪村は臨終の床で冬鶯《ふゆうぐいす》の声を聞いている。しかし蕪村の心は遠い昔の「宜秋《ぎしゅう》図」のような世界でその声を聞いている。現実の聴覚が幻聴化し、それがなつかしい南画的な世界へ彼をいざなっている。それは「夜半楽《やはんらく》三部曲」の春色が、冬の枯色に変貌《へんぼう》して現れたイメージというべきであろう。冷たい臨終の床で、遠い心の故郷をまさぐっているイメージである。　（高橋）

しら梅に明くる夜ばかりとなりにけり　（から檜葉《ひば》）

▼季語―「しら梅」初春。白色の五弁花で、一重が普通だが八重もある。白色花には気品の高い清浄感がある。早春の代表花。▼句切れ―「なりにけり」。切れ字「けり」。
▽ばかり―おおよその程度を表す助詞。おおよその時刻。

『句解』　闇《やみ》に冷たく溶けこんでいた白梅が、おぼろに、しらじらと、しだいに浮かび上がってきて、永かった厳しい冬の夜も、ようやく明けるころとなった。鶯《うぐいす》も間もなく声おもしろく春を囀《さえず》るだろう。

《鑑賞》　天明三年(一七八三)一二月の臨終の作。高井几董《きとう》の「夜半翁終焉記《やはんおうしゅうえんき》」によると、蕪村がこの句を詠んだとき〈初春〉と題をおくように言ったという。そうすると夜が明けてゆくというこの句の表現には、冬から春へ明けてゆく表現が重ねられていたことになる。この句を最後に蕪村が亡くなったのは一二月二五日未明のことである。まだ年も明けていないし、寒も明けていない。あくまでもこれは蕪村の意識上の出来事である。

「夜半翁終焉記《やはんおうしゅうえんき》」によると、蕪村は二四日夜から翌二五日未明にかけて次のような一連の三句を詠んで眠るように息を引き取ったという。〈冬鶯《ふゆうぐいす》むかし王維《おうい》が垣根《かきね》かな／鶯《うぐいす》や何《なに》ごそつかす藪《やぶ》の霜／初春　しら梅に明くる夜ばかりとなりにけり〉。

この連作「臨終三句」には冬鶯《ふゆうぐいす》二句から初春一句へ、一貫した意識の流れがみられる。第一句の遠い昔を夢見る心、第二句の人の膚のぬくもりを希求する心、そしてそれが第三句のしら梅から明けてゆく春のイメージにつながる。冬鶯《ふゆうぐいす》の二句には寒中に春を夢見る心があるが、しら梅の句には寒中の意識はなく、春の心になっている。これはそのまま蕪村の涅槃《ねはん》のイメージだといってよいだろう。〈冬鶯《ふゆうぐいす》〉の句も〈しら梅〉の句も、このような連作の中にもどしてこそそのイメージが生きてくるのであって、決して一句だけ切り離して鑑賞すべきものではない。それは『万葉集』の長歌と反歌（短歌）の構成から短歌一首だけを切り出して鑑賞することの無意味さを想像してみるとよい。

とにかく蕪村が死に臨んでこのような連作をきわめて自然に詠じているのは、彼がいかにそれまで連作の発想で多くの句を作っていたかということを示すものでなければならない。
（高橋）

《参考文献》 ▼清水・中野・高橋・村松・久保「蕪村作品鑑賞」（『古典俳句を学ぶ〈下〉』有斐閣　昭52）▼清水孝之他『蕪村・一茶』（角川書店　昭51）▼尾形仂『蕪村自筆句帳』（筑摩書房　昭49）▼高橋庄次『蕪村の研究―連作詩篇考―』（桜楓社　昭48）▼栗山理一他『近世俳句俳文集』（小学館　昭47）▼安東次男『与謝蕪村』（筑摩書房　昭45）▼森本哲郎『詩人与謝蕪村の世界』（至文堂　昭44）▼大磯義雄『与謝蕪村』（桜楓社　昭41）▼水原秋桜子『蕪村秀句』（春秋社　昭38）▼栗山理一他『与謝蕪村集・小林一茶集』（筑摩書房　昭35）▼高橋庄次「蕪村発句基本資料考一〜四」（『俳句』昭52・2〜5）▼尾形仂「蕪村発句鑑賞一〜一二」（俳誌『寒雷』昭50・5〜51・4）《特集雑誌》▼『解釈と鑑賞』（昭53・3）▼『俳句とエッセイ』（昭49・5）▼『国文学』（昭33・3）▼高橋庄次『月に泣く蕪村』（春秋社　平6）

炭　太　祇（たんたいぎ）

宝永六（一七〇九）〜明和八（一七七一）。別号に不夜庵《あん》・三亭などがある。江戸の生まれ。水国《すいこく》に俳諧を学び、のち紀逸《きいつ》に師事した。宝暦の初めに上洛《じょうらく》、仏門に帰依し、やがて島原の遊郭内に庵《いおり》を結んだ。晩年は与謝蕪村《よさぶそん》らと親交があり、その的確な表現技巧は際立っている。編著に『鬼貫《おにつら》句選』など、句集に『太祇句選』（嘯山《しょうさん》・雅因・蕪村編）『太祇句選後篇』（五雲編）がある。炭を「すみ」と読む説もある。

山路きてむかふ《う》城下や凧《たこ》の数

（太祇句選後篇《へん》）

▼季語―「凧《たこ》」仲春。「いか」、「いかのぼり」ともいう。子供が紙鳶《しえん》を作って風に乗せて揚げる。江戸時代、多くは新年から二月にかけて遊んだ。▼句切れ―「城下や」。切れ字「や」。

《句解》 山路を登りつめると、眼下に、これから向かう城下町が広がり、空には凧《たこ》がいくつも揚がっている。

《鑑賞》 〈凧《たこ》〉は正月の子供の遊びになっているが、江戸時代には大人の競技として競われてもいたという。全国各地で行われ季節もまちまちだが、多くは二月ごろに揚げたらしい。関東でたこといい、畿内ではいか（『物類称呼』）といったという。この句も「いかのかず」と詠むべきなのかもしれない。

高く低く凧《たこ》の揚がっている光景は、平和な春の象徴でもある。険しい山道、やっと登りきって一息つく旅人。その眼下に開ける城下町の景――天守閣、町家の甍《いらか》の波、いく筋かの大きな通り、小さくあちこちに見える凧《たこ》――そうしたにぎやかで、しかも穏やかな城下町の光景を見下ろして、旅人は登り道の疲れも忘れるような、ホッと救われたような気分になるであろう。さまざまの心の動きや情景が、わずか一七字のこの作品に凝縮されている。（中野）

やぶ入りの寝るやひとりの親の側《そば》

（太祇句選）

▼季語―「やぶ入り」初春。正月一六日前後に、奉公人が暇《ひま》をもらって実家や請人《うけにん》（保証人）の家に帰ること。田舎《いなか》が遠い者は寺社参りや芝居見物をして楽しんだ。七月の盆の藪《やぶ》入りは「のちの藪《やぶ》入り」といって区別する。▼句切れ―「寝るや」。切れ字「や」。

『句解』　藪《やぶ》入りになって半年ぶりで親のもとへ帰ってきた子は、安心しきって寝ているよ。たった一人の親のそばで。

《鑑賞》　朝早くから一日中休む間もなく働く奉公人の生活にとって、年に一、二回の藪《やぶ》入りは楽しいものであった。〈ひとりの親〉はたぶん、〈若く寡婦《かふ》となった母親〉（岡谷人『太祇俳句新釈』）なのであろう。母親のそばで何も思いわずらわずに体を伸ばして寝ている子。久方ぶりに会った母と子のこまやかな情愛をしのばせる句である。

切れ字のやを中七文字の真ん中に置くことによって、大きな休止が生まれ、それが藪《やぶ》入りの子供の安らかな心地をうかがわせる。藪《やぶ》入りの子を少年とみる説、少女とみる説両説あるが、いずれでもよろしかろう。ただ成人していない、むしろまだ幼さが残るほどの子供とみたい。

《補説》　与謝蕪村《よさぶそん》の「春風馬堤曲《しゅんぷうばていのきょく》」の最後に、〈君不レ見ヤ古人太祇が句〉として、この句が紹介されている。「春風馬《しゅんぷうば》堤曲《ていのきょく》」も大坂に奉公に出た女が藪《やぶ》入りで帰省する道中の情や景を俳詩として作品化したもの。太祇の没した六年後の安永六年（一七七七）に成った。

太祇には〈やぶ入りや琴《こと》かきならす親の前〉〈養父《やぶ》入りの顔けばけばし草の宿〉〈やぶ入りの土産《みやげ》の菓子や持仏堂〉の句もあり、蕪村にも〈やぶいりの夢や小豆《あずき》の煮ゆるうち〉などがある。（中野）

ふらここの会釈《えしやく》こぼるるや高みより

（太祇句選）

▼季語―「ふらここ」晩春。ぶらんこのこと。「鞦韆《しゅうせん》」、「半仙戯」、「ゆさはり」ともいう。鞦韆《しゅうせん》は、もと中国の北方蛮族が寒食（冬至の一〇五日後に火断ちをして冷食した）のころ行ったもので、中国に輸入されて唐代には後宮の美女が遊んだという。日本に伝わったのも古い。▼句切れ―「こぼるる

や」。切れ字「や」。
▽会釈《えしゃく》―あいさつ。
『句解』　ぶらんこに乗った乙女が、高くこぎあげた高みから、こぼれるような笑いを浮かべてあいさつしている。

《鑑賞》　〈ふらここ〉が特に春の遊びとされるのは、蛮族や中国での由来によるのだが、明るい春の光を浴びながらのぶらんこ遊びは最も春らしい情趣がある。〈ふらここ〉〈こぼるる〉という同音の繰り返しが、いかにもぶらんこの軽快な動きを伝えて効果的である。

　唐画の一幅を想像して、趙飛燕《ちょうひえん》のような若い美女がふらここに乗っているときに男子の訪問をうけた、とする説（岡倉谷人『太祇俳句新釈』）もあるが、鞦韆《しゅうせん》といわずにふらここと表現しているので日本の景とみた方がよい。ほかに、遊郭のある島原のあたりの妓女《ぎじょ》ともみられているが、そう限定しなくてもよろしかろう。

　ふらここの乗り手はやはりうら若い女性であろう。〈会《え》釈《しゃく》〉という語が、その女性のもつ清潔なイメージを伝えてくれる。

　和歌はもちろん、先行の俳諧にも〈ふらここ〉はあまり詠まれていないようだ。

（中野）

ふり向けば灯《ひ》とぼす関や夕霞《ゆうがすみ》

（太祇句選）

▼季語―「夕霞《ゆうがすみ》」兼三春。夕方に立つ霞《かすみ》のこと。古く『万葉集』に〈ひさかたの天《あま》の香具山《かぐやま》この夕べ霞《かすみ》たなびく春立つらしも〉と歌われたように、夕べにたなびく霞《かすみ》はいかにも春らしい情趣をたたえている。▼句切れ―「関や」。切れ字「や」。▽とぼす―明かりをつける。点火する。ともす。▽関―関所。関の戸。通行人を検査したところ。
『句解』　先ほど通った関所の方をふり向くと、たなびく夕霞《ゆうがすみ》の中に、ともしたばかりの関所の灯《ひ》が見える。

《鑑賞》　〈関〉とあるが、たとえば箱根の関のような山中の関所ではなく、見渡しのきく平野に設けられた関所であろう。灯《ひ》ともしごろの人恋しい気持ちを巧みにいい得ている。

　〈ふり向けば〉という語を見て、読者はどのような情景がふり向いた背後にあるのだろうか、と考える。春の夕暮れ、視界のかなたにたなびく霞《かすみ》、人気のない平野に唯一の人の気配を示す関の灯《ひ》。太祇はこうした景を詠むことによって、人恋しい気持ちを表そうとしたのではないだろうか。

　与謝蕪村《よさぶそん》に火影を詠んだ句の多いことはすでに指摘されているが、〈列立てて火影行く鵜《う》や夜の水〉〈火を焼《た》けば人に問はれつ秋のくれ〉〈初恋や燈籠《とうろ》によする顔と顔〉〈里の灯《ひ》をちからによれば灯籠《とうろ》かな〉〈菊の香や花屋が灯《とも》むせぶ程〉〈よる見ゆる寺のたき火や冬木立〉など、太祇にも「明かり」を詠んだ佳句がある。　（中野）

東風《こち》吹くとかたりもぞ行く主《しゅう》と従者《ずさ》　（太祇句選）

▼季語―「東風《こち》」初春。菅原道真《すがわらのみちざね》が大宰府に配流されるときに、東風《こち》吹かばにほひおこせよ梅の花あるじなしとて春を忘るな〉（『拾遺《しゅうい》集』）と詠んだように、東から吹く風は春をもたらすとされる。▼句切れ―「かたりもぞ行く」。

▽もぞ―係助詞「も」に係助詞「ぞ」が接続した語で、強調表現。

▽主《しゅう》―仕える主人。主君。▽従者《ずさ》―供の者。随従する人。

『句解』「東風《こち》が吹く時節になった」と、語りながら主従二人歩いて行く。やわらいだ日ざしの中を。

《鑑賞》この句について、穎原《えばら》退蔵は〈封建時代にあつては、わづか一の僕《しもべ》を召連れた主人でも、従者との間には厳然たる階級意識が存して居た。……その主従が親しく語り合つて行く。それだけで柔らかに和《な》んだ気分が醸《かも》し出されるのである。自然と人事と、まさに渾然《こんぜん》たる融和を示してゐる〉（『俳諧名作集』）と述べ、また、〈東風《こち》吹く〉と、会話をそのまま取り入れたところに特色があると指摘する。太祇の作品にはほかにも会話を巧みに取り入れて仕立てたものがいくつかある。

長い冬が終わって待ち望んだ春はすぐ近くに来ている。春の確かな到来を、「東風《こち》が吹きはじめたのう。春になったのだ」「さようでございます。暖かくなりました」と語りながら行く主人と供の者の会話を通して描いてみせたのだ。なお、与謝蕪村《よさぶそん》に〈春雨《はるさめ》やものがたりゆく蓑《みの》と傘《かさ》〉の句がある。　（中野）

行く女袷《あわせ》着なすや憎きまで　（太祇句選）

▼季語―「袷《あわせ》」初夏。単衣《ひとえ》や綿入れに対する称で、裏のついた着物のこと。陰暦四月一日と九月一日の衣更《ころもが》えに着るが、ことに重くぼてぼてした綿入れを脱いで軽い袷《あわせ》に着かえる初夏の清爽感《せいそうかん》は格別なものであった。▼句切れ―「着なすや」。切れ字「や」。「行く女」でもいったん切れる。

▽着なす―「なす」は「見なす」「読みなす」のように動詞についてその動作を確かに行うことを表す語。着こなす。

『句解』若葉の光る初夏、道ですれちがった袷姿《あわせすがた》の女は、小憎らしいまでに見事に着こなしているよ。

《鑑賞》〈行く女〉で、往来を小気味よい歩調で歩く女性が想起され、〈袷《あわせ》着なすや〉の中七からは、衣更《ころもが》えの季節を迎えて綿の入った冬服から袷《あわせ》に着かえたその女性の軽やかな身のこなし、サッパリとした袷《あわせ》の感触、それを心憎いほどに着こなしているさまが浮かんでこよう。下五の〈憎きまで〉が、その女性の着こなしのうまさを余すところなく伝えてくれる。

太祇は江戸座に学んだこともあってことに人事の句に巧みであった。この句の女は若い女性を思わせるが、〈物堅き老《おい》の化粧《けわい》やころもがへ〉は初老を迎えた実直な女性の薄《うす》化粧《げしょう》した衣更《ころもが》えの様子を詠み、それぞれ衣更《ころもが》えに臨む女性の姿をこれ以上のとらえようがないほど核心をつかんだ表現によって表している。人事に巧みな太祇の作品の中でも、特に〈行く女〉の句は有名である。（中野）

脱ぎすてて角力（すもう）になりぬ草の上

（太祇句選後篇《こうへん》）

▼季語―「角力《すもう》」初秋。「すまい」ともいう。北村季吟《きぎん》の『増山の井』（寛文七年〈一六六七〉刊）に〈相撲《すまい》の秋になることは、七月の公事《おおやけこと》なりければなるべし。今の世には、いつも相撲《すまい》ははべれど、打ちまかせては、「辻《つじ》ずまひ」と言ひても、すべて秋に用ゆるなり〉とある。江戸時代にすでに相撲《すもう》の季節感は薄れていたらしいが、古く宮中で秋七月に相撲《すまい》節会《せちえ》を行ったことから秋のものとされ、後世民間でも秋祭りに行うことが多かった。▼句切れ―「なりぬ。」切れ字「ぬ」。

〖句解〗若者たちの戯れは、着物を脱ぎすてて相撲《すもう》の取組になってしまった。秋の日を浴びた草の上で。

《鑑賞》仕事の合間の一休み、若者が数人草原に集まっている。力のあり余っている彼らのこととて、戯れの取っ組み合いが、着る物を脱いでの草相撲《くさずもう》に早変わりといった光景であろう。

諸注にあるように、この相撲《すもう》は秋祭りなどでの本格的な相撲《すもう》ではない。〈脱ぎすてて角力《すもう》になりぬ〉の表現が、この句に登場する若者や相撲《すもう》の始まったいきさつなどを読み手に想像させてくれる。その場所として、〈草の上〉はまことにぴったりで、これ以外の表現はないだろう。

別に、〈着る物のうせてわめくや辻角力《つじずもう》〉という句も太祇にはあるが、この句が相撲《すもう》の終わった後の情景を詠んだものであるのに対して、〈脱ぎすてて〉の句の方は相撲《すもう》になってしまった経過を巧みに表現しているといえよう。（中野）

初恋や燈籠（とうろ）によする顔と顔

（太祇句選後篇《こうへん》）

▼季語―「燈籠《とうろう》」初秋。盆燈籠《ぼんどうろう》すなわち七月一五日の盂蘭盆《うらぼん》の供養のための燈籠《とうろう》のこと。白紙のままのものもあるが、竿《さお》を立ててそれにつるした高燈籠《たかどうろう》、長く紙や布を下げ、造花を

飾った切子《きりこ》形の枠《わく》の切子《きりこ》燈籠《どうろう》、折懸燈籠《おりかけどうろう》、花燈籠《はなどうろう》など種類が多い。なお、寺や神社に常置されている青銅や石造の燈籠《とうろう》には季はない。▼句切れ―「初恋や」。切れ字「や」。

『句解』火のともされた燈籠《とうろう》に、初恋の少年と少女が顔と顔を寄せている。ポッと赤く染まった二つの顔よ。

《鑑賞》和歌には恋の秀歌が多いが、俳句には少ない。この太祇の句は、数少ない俳句における恋の名作だといっていい。

初恋の二人は、少年・少女というほどのうら若い年齢であろう。〈燈籠《とうろ》によする〉という表現がよい。「燈籠《とうろ》によせし」などとすると、分別くさくなるが〈よする〉という動きのある表現が、いかにも若々しく初々《うい》しい二人のたたずまいを伝えている。

盆燈籠《ぼんどうろう》は、貞享五年（一六八八）刊の『日本歳時記』によると、七月一五日の条に〈昨宵より十七八夜まで、商坊《まち》には家家の戸外に燈籠《とうろう》を燃《とぼ》す。尤《もっと》も工《たくみ》をつくして、いろいろの作り物をこしらへ、人の見ものとす〉とあって、かなり数寄《すき》を凝らしたようだ。幕末の『守貞漫稿《もりさだまんこう》』にも、〈昔は切子《きりこ》を専用し、近世提灯《ちょうちん》を用ふとも云《いえ》り〉と記しているから、見た目にもかなり美しいものであったといえよう。

軒につるされたものか、あるいは門前の台にすえられたものなのか、美しい燈籠《とうろう》に寄せ合う二人の顔も、さぞかし美しく見えたであろう。（中野）

寐(ね)よといふ寝(う)ざめの夫(つま)や小夜砧(さよきぬた)　（太祇句選）

▼季語―「小夜砧《さよきぬた》」仲・晩秋。槌《つち》(物をたたく道具)で布や衣を打ちやわらげ、つやを出すのに用いる木や石の台を砧《きぬた》といい、また打つことも砧《きぬた》という。「衣打つ」ともいう。砧《きぬた》を打つのは女性の仕事で、ことに夜はあたりが静かなので、砧《きぬた》の音が耳についた。「小夜《さよ》」の「小」は接頭語で、夜のこと。
▼句切れ―「夫《つま》や」。切れ字「や」。
▽寝ざめ―ここでは、眠りの途中で目を覚ましたことをいう。▽夫《つま》―配偶者の一方を指す。夫から妻、逆に妻から夫をいうこともあり、第三者からいう場合もある。

『句解』「もう遅いからおやすみよ」と、眠りから覚めた夫が夜なべ仕事に砧《きぬた》を打つ妻にいたわりの言葉をかける。空には月が冴《さ》え渡って、砧《きぬた》を打つ音が響いている。

《鑑賞》この句も、〈東風《こち》吹くとかたりもぞ行く主《しゅう》と従者《ずさ》〉の句と同じように、会話が巧みにいかされた句作りである。

中国唐代の李白《りはく》は〈長安一片月、万戸擣《ウツ》レ衣声〉（「子夜《しゃ》呉歌《ごか》」）と、遠征した夫をしのびつつ砧《きぬた》を打つ女性を描き、以来日本でも砧《きぬた》は恋の気持ちを含むものとされてきた。和歌では、寝ざめて聞く砧《きぬた》を、〈千たびうつ碪《きぬた》の音に夢さめて物おもふ袖の露ぞくだくる〉（『新古今集』式子《しよくし》内親王）〈風さむき夜はの寝覚のとことはになれても寂し衣うつ声〉（『新勅撰《ちよくせん》集』入道前《さきの》太政大臣）などのように、涙が落ちさびしいものと詠まれている。

太祇は「もう寝なさいよ」と、いたわりの言葉をかける場面に詠みなしたのである。和歌と俳諧の違いを考えさせるとともに、また、こうした場面を思い描いて句作する太祇の優しい人柄がしのばれる作品である。（中野）

寒月や我ひとり行く橋の音

（太祇句選）

▼季語—「寒月」晩冬。冬の月。とりわけ凍《い》てつくような厳寒の中空に輝く月を指すことが多い。▼句切れ—「寒月や」。切れ字「や」。
▽橋の音—長い板橋を下駄《げた》などで渡ってゆく音。

〖句解〗吐く息も凍りつきそうに寒い夜空に冷たく冴《さ》える月、その月の光を浴びつつ一人橋の上を歩くと下駄《げた》の音のみ響いていく。

《鑑賞》「かんげつや」「われ」「はし」と、三句の頭にア音をすえたことが、句を明快にしていよう。カランコロンという乾いた下駄《げた》の音が聞こえてきそうである。〈我ひとり行く〉という決然とした措辞も、そうした感じを強めるのに役立っている。

太祇にはこの句のほかに〈うつくしき日和《ひより》になりぬ雪のうへ〉〈山吹《やまぶき》や葉に花に葉に花に葉に〉〈飛石にとかぎの光る暑《あつさ》かな〉〈塵塚《ちりつか》に蕣《あさがお》さきぬ暮のあき〉〈こころほど牡丹《ぼたん》の撓《たわ》む日数かな〉〈身の秋やあつ燗《かん》好む胸赤し〉などの句がよく知られている。いずれも、すぐれた感覚と確かな表現技巧をもった作品である。（中野）

盗人《ぬすびと》に鐘つく寺や冬木立

（太祇句選）

▼季語—「冬木立」初冬。葉が枯れ落ちたり、沈んだ色合いになった冬木の群れ。夏木立については茂っているさまを詠むことが多いのに対して、冬木立は蕭条《しようじよう》とした趣を本意とする。▼句切れ—「寺や」。切れ字「や」。
▽鐘—寺の鐘は時刻を知らせるためについたが、非常時にも鳴らされた。

〖句解〗村に盗人《ぬすびと》が押し入った。非常を村人に知らせるため早鐘《はやがね》を打つ寺の後方に冬木立がそびえている。

《鑑賞》出水・火事・押しこみなど緊急の事態が発生すると鳴らされる寺の鐘。常とは異なる早鐘《はやがね》に村中大騒ぎになる。時刻は夜半。寝入りばなを起こされた村人たちは、手に手に道具を持って寺をめがけて走る。そうしたあわただしい動きとは対照的に空に冴《さ》えかえる月、静まりかえって黒々とそびえる冬木立。動と静のコントラストも鮮やかな、物語のある句である。

　盟友太祇の没後、与謝蕪村《よさぶそん》は『太祇句選』の序に、〈仏を拝むにもほ句し、神にぬかづくにも発句《ほっく》せり〉と、太祇の俳諧に精進したさまを記している。同じく嘯山《しょうざん》も、〈一の題に十余章を並べ〉〈もし趣を得れば、上に置、下になし、あるは中にもつゞりて、一句を五句にも七句にも造りなし、唯意をうるをもてぜとす〉（同書）と伝えている。多少の誇張はあろうが、晩年の太祇の真を写していよう。こうした精進があって初めて、一言半句もゆるがせにできない太祇の作品が生まれたのだといえる。　（中野）

冬枯《ふゆがれ》や雀《すずめ》のありく戸樋《とい》の中

（太祇句選）

▼季語―「冬枯《ふゆがれ》」初冬。冬になって草や木の葉が枯れ果て、見渡すかぎり枯れ色一色になること。西行《さいぎょう》に〈冬枯《ふゆがれ》のすさまじげなる山里に月のすむこそあはれなりけれ〉（『玉葉《ぎょくよう》集』）の詠があって、冬枯れの様子をよく伝えている。▼句切れ―「冬枯《ふゆがれ》や」。切れ字「や」。

▽戸樋《とい》―屋根を流れる雨水などを集めて地上に流す装置。竹や銅などで作った。

〖句解〗草や木の葉も枯れ果てた冬の晴れた日、カサコソと音をたてて雀《すずめ》が枯れ葉のたまった戸樋《とい》の中を歩いている。

《鑑賞》太祇は、小さい生き物にも目を向け、暖かい心でとらえている。

　角出して這《は》はでやみけり蝸牛《かたつぶり》
　親と見え子と見ゆるありかたつぶり
　ありわびて這《は》うて出《い》でけむ蝸牛《かたつぶり》
　片足は踏みとどまるやきりぎりす
　芋むしは芋のそよぎに見えにけり
　空遠く声あはせ行く小鳥かな
　寄添うて眠るでもなき胡蝶《こちょう》かな

など小さい動物を題材にした作品を、いくつもすぐに彼の句の中から見つけることができよう。

　この句も、カサコソとかすかな音をたてて戸樋《とい》の中を歩く雀《すずめ》に、冬枯れで餌《えさ》もないのであろうと思いやる気持ちがほのみえる。　（中野）

《参考文献》▼池上義夫「炭太祇」（『俳句講座3』明治書院　昭34）▼『日本古典文学全集　近世俳句俳文集』（小学館　昭47）▼栗山理一「炭太祇」（『蕪村・一茶』有精堂　昭50）▼神田秀夫「太祇発句管見」（『蕪村・一茶』有精堂

昭50）▼井本農一編『古典俳句を学ぶ〈下〉』（有斐閣　昭52）▼『潁原退蔵著作集』第六巻（中央公論社　昭54）

黒柳召波（くろやなぎしょうは）

享保一二（一七二七）〜明和八年（一七七一）。通称清兵衛、別号春泥舎《しゅんでいしゃ》。京都の富商。江戸の服部南郭《はっとりなんかく》、京都の龍草蘆《りゅうそうろ》に漢詩を学ぶ。のち俳諧を与謝蕪村《よさぶそん》に学び、三菓《さんか》社《しゃ》に加盟、蕪村《ぶそん》の信頼を得た。没後、子の維駒《これこま》が編した『春《しゅん》泥《でい》句集』に寄せた蕪村《ぶそん》の序は、「離俗論」として名高い。その一三回忌にも維駒《これこま》の手で追悼集『五車反古《ごしゃほうぐ》』が成った。

浴《ゆあみ》して且《か》つうれしさよたかむしろ

（夏より）

▼季語―「たかむしろ」晩夏。簟《たかむしろ》。細く割《さ》いた竹で莚《むしろ》のように編んだ敷物。夏の涼をとるために用いた。▼句切れ―「うれしさよ」。切れ字「よ」。

▽浴《ゆあみ》―湯を浴びること。▽且《か》つ―一方では、同時に。ただしここでは漢文訓読からくる接続詞として、その上、とか、また、などの意。

『句解』　暑い夏の一日だった。汗をサッパリと湯で流し、その上うれしいことに、たかむしろに浴衣《ゆかた》がけで座ることができるよ。

《鑑賞》　この句は、明和三年（一七六六）六月二日、三菓《さんか》社《しゃ》の月並句会での兼題（前もって出されている題）〈簟《たかむしろ》〉に対して詠まれた句である。

三菓社《さんかしゃ》は、与謝蕪村《よさぶそん》を中心にした、太祇《たいぎ》・召波ら一派の句会で、この日が初会であった。

ところで、蕪村《ぶそん》には明和八年（一七七一）以前と推定される、

庵《いお》買ふて且うれしさよ炭五俵《ひょう》　（耳たむし）

の句があるが、尾形仂《つとむ》（『座の文学』）が指摘するように、召波の句が蕪村《ぶそん》の先蹤《せんしょう》をなしたのかもしれない。また、この〈且《か》つうれしさよ〉のいいまわしには、〈世俗的な実用の上から見たらほとんど無価値と思われる行動や対象をまさぐることの中に無上の快を見出《みい》だしている、一種文人的な充実感〉（同書）を読み取ることができよう。

なお、簟《たかむしろ》について『至宝抄《しほうしょう》』に唐土《もろこし》から渡来した語としており、また『はなひ大全綱目』（延宝三年〈一六七五〉刊）に、〈涼むための物と見えたり〉とわざわざ注記するところをみると、日常生活に身近な存在であったとは思われず、召波の句の〈うれしさよ〉も、まさに〈一種文人的な充実感〉を詠んだものといえよう。

（中野）

傘《からかさ》の上は月夜のしぐれかな　（春泥《しゅんでい》句集）

▼季語―「しぐれ」初冬。秋冬のころ、晴れていた空がにわかに曇って雨が降り、間もなく晴れたかと思うとまた降り、陰晴定めなく降る雨。陰暦の一〇月は時雨《しぐれ》が最も多く降り、時雨月《しぐれづき》ともいわれる。▼句切れ―「しぐれかな」。切れ字「かな」。

『句解』 初冬の夜、傘《からかさ》をさして歩いて行く。ふと気づくと、時雨《しぐれ》がはらはら落ちながら傘《からかさ》の上には月の光もおりている。

《鑑賞》 蕉門《しょうもん》の一人越智越人《おちえつじん》に〈不破《ふわ》の関月かと見れば霎《しぐれ》かな〉（『鵲尾冠《しゃくびかん》』）という月夜と時雨《しぐれ》を詠んだ句があるが、たぶん召波はこの句を知っていただろう。だが、趣はかなり異なる。越人《えつじん》の句は不破《ふわ》の関という名所に月と時雨《しぐれ》を詠み合わせた、やや公式的な傾向が強い。一方召波のこの句は、スポットを当てたように傘《からかさ》を点出しその傘《からかさ》に時雨《しぐれ》と月の光が降り注ぐ景を詠んでいて、幻想的な感じすら与える。〈月夜のしぐれ〉は、時雨《しぐれ》がいつの間にか晴れて月が出ている、と解することもできる。従来は多くそのように解されてきたが、〈ふと気が附《つ》くと、いつの間に晴れたのか、傘《からかさ》の上には月が明るくさして、地上にはつきり影を落して居る。そしてまだ雨ははら〳〵と降って居るのだ〉とする穎《え》原《ばら》退蔵（『俳諧名作集』）の評釈のように、月の光も見え、時雨《しぐれ》もはらはらと降る景とみた方がおもしろい。いずれにせよ、月の光の中で傘《からかさ》をさしているおかしさを味わうべきであろう。（中野）

冬ごもり五車の反古《ほうぐ》のあるじかな　（五車反古《ごしゃほうぐ》）

▼季語―「冬ごもり」初冬・兼三冬。冬の寒さをしのいで家の中にこもりきること。▼句切れ―「あるじかな」。切れ字「かな」。「冬ごもり」でもいったん切れる。
▽五車―五車の書、つまり五台の車に満杯になるほどの多くの書物の意。『荘子《そうじ》』天下編に〈其書五車〉とあるのによる。
▽反古《ほうぐ》―物を書いて不用になった紙。五車の書、とあるべきところを〈五車の反古《ほうぐ》〉といいかえたのである。

『句解』 冬になって家の中に閉じこもって古反古《ふるほうぐ》に埋もれている私は、いうならば「五車の反古《ほうぐ》」の主《あるじ》だなあ。

《鑑賞》 外は木枯らしが吹きすさんでいる。あるいは雪が降っているのかもしれない。五車の書物ならぬ古反古《ふるほうぐ》の山に囲まれて冬ごもりを楽しんでいる召波の姿が浮かんでくるようだ。

句の眼目は、語釈に注したように、『荘子《そうじ》』に使われた〈五車〉の語を、書物から転じて〈反古《ほうぐ》〉としたところにある。服部南郭《はっとりなんかく》に師事し、龍草盧《りゅうそうろ》の社中で柳宏《りゅうこう》と号して詩才を誇った召波らしい語の使い方である。初老のころから等持院のあたりに隠居したというから、隠栖《いんせい》したあとの生活ぶりを詠んだもの、と取れなくもない。

《補説》 召波の子維駒《これこま》もまた蕪村《ぶそん》門下であった。維駒《これこま》が父の一三回忌（天明三年〈一七八三〉）にあたり、追善集を編んだ。題して『五車反古《ごしゃほうぐ》』という。父のこの句によった集の名前であることはいうまでもない。 （中野）

憂きことを海月（くらげ）に語る海鼠（なまこ）かな （春泥《しゅんでい》句集）

▼季語―「海鼠《なまこ》」兼三冬。日本沿岸各地で捕れ、円頭状をした四〇センチメートルほどの棘皮《きょくひ》動物。冬場がしゅんで、生食したり腸を塩辛（海鼠腸《このわた》）にしたりして食する。▼句切れ―「海鼠《なまこ》かな」。切れ字「かな」。
▽海月《くらげ》―水中や水面を傘《かさ》を開閉して自由に浮遊する海生の動物。食用になる物は少なく、むしろほとんどが有害である。

《句解》 おのが身のつらいことを、水中に漂っている海月《くらげ》にしんみりと海鼠《なまこ》が語っている。

《鑑賞》 海鼠《なまこ》にとって憂きこととは、おそらく海底を泳いでいるにもかかわらず人間に捕らえられ食べられてしまうことを指しているのだろう。海月《くらげ》の方は海面や海中を漂うがごとくに浮いていて容易に捕らえられるのだが、食用にならないからおかまいなしなのである。

師の与謝蕪村《よさぶそん》に〈山家〉と前書して、

猿《さる》どのの夜寒訪《と》ひゆく兎《うさぎ》かな

という句がある。宝暦元年（一七五一）以前と推定されるから、蕪村《ぶそん》にとっては初期の作品である。いずれも動物を擬人化した同じような手法で、童話ふうの世界を描き出している。猿《さる》や兎《うさぎ》は鳥羽僧正《とばそうじょう》の「鳥獣戯画」にもみえるが、海鼠《なまこ》や海月《くらげ》はユニークな素材といえよう。 （中野）

吉分大魯（よしわけたいろ）

享保一五（一七三〇）～安永七（一七七八）。本姓今田氏。名は為虎。通称文左衛門。初号馬南、別号に蘆陰舎《ろいんしゃ》などがある。徳島藩士だったが脱藩して上洛《じょうらく》。初め文誰《ぶんすい》に、のち与謝蕪村《よさぶそん》に師事した。大坂、兵庫と居を移したのは、狷介《けんかい》な性格によるといわれる。没一年後に句集『蘆陰《ろいん》句選』（高井几董《きとう》編）、追善集に『霜月十三日』がある。

牡丹《ぼたん》折りし父の怒《いかり》ぞなつかしき　（蘆《ろ》陰《いん》句選）

▼季語―「牡丹《ぼたん》」初夏。古く中国から渡来し、江戸時代には観賞用として庭園に栽培された。一、二メートルの高さの梢《こずえ》に大輪の花をもち、中国で富貴な花、花王と称するほど華麗である。▼句切れ―「折りし」。切れる文節「こともありき」の省略形。

『句解』　美しく咲いた牡丹《ぼたん》の花。父の丹精したその花を折ってしまって父が激怒したことがあった。牡丹《ぼたん》を見ていると、なつかしくその遠い昔のことが思い出される。

《鑑賞》　〈懐旧〉と前書がある。白石悌三《ていぞう》が、〈眼前の花に触発されて、いきなり回想から上五をおこす特異な句作りで、「牡丹《ぼたん》折りし（こともありき）」といったん切れ、一拍置いて懐しさが体中にこみあげてくるのである。ふとした記憶が、まざまざと実感を呼びおこす微妙な間の取りかたを味わうべき〉（『俳句・俳論』）と解説しているとおりであろう。

五年過ごした難波《なにわ》（大阪）の住まいを立ちのくとき、〈妻児が飄泊《ひょうはく》ことに悲し〉と前書して〈我にあまる罪や妻子を蚊の喰《くら》ふ〉という句を作った。これは「感懐八句」と題する連作の中の一句だが、牡丹《ぼたん》の句と並べてみるとき、大魯の情にもろそうな面が浮かんでくる。

師の与謝蕪村《よさぶそん》は〈我門の嚢錐《のうすい》（逸材の意）〉（『蘆《ろ》陰《いん》句選』）と賞する一方陰ながら〈無頼者〉〈不届者〉といいつつ、なおその身を案じた。人と和しがたい性格ではあっても根は善良であったからと思われなくもない。この牡丹《ぼたん》の句は大魯の代表作として有名である。（中野）

初時雨《しぐれ》真昼の道をぬらしけり　（蘆《ろ》陰《いん》句選）

▼季語―「初時雨《しぐれ》」初冬。その冬初めて降る時雨《しぐれ》（晴れていると思う間にさっと降り、またすぐやむ通り雨）。初物だから賞美する気持ちがある。▼句切れ―「ぬらしけり」。切れ字「けり」。「初時雨《しぐれ》」でもいったん切れる。

『句解』　初冬の真昼、道が一本白じろと通っている。乾いたその道の上を冬の到来を告げる初時雨《しぐれ》がサーッと降り過ぎて、道はしっとりとぬれている。

《鑑賞》　〈神無月《かみなづき》降りみ降らずみ定めなき時雨《しぐれ》ぞ冬のはじめなりける〉（『後撰《ごせん》集』）の和歌が語っているように、降るかと思うとやみ、また降るといった時雨《しぐれ》はまさしく初冬の景物であり、人びとは初冬の到来を膚に感じたのである。だから時雨《しぐれ》は和歌・連歌・俳諧に数多く詠まれ、数多くの秀吟が生まれた。

大魯のこの句は、枯れ木・枯れ野など初冬の乾いた感触を道に代表させ、真昼のその道の上を初時雨《しぐれ》が通り過ぎた後、道がぬれているところをとらえたものである。もちろん、周囲の草や木もぬれているのである。大づかみの描き方ではあるが、初冬の風情《ふぜい》がうかがわれる佳句といえよう。（中野）

ともし火に氷れる筆を焦《こが》しけり

（蘆陰《ろいん》句選）

▼季語―「氷る」仲冬・兼三冬。寒気の厳しいときには、戸外はもちろん屋内のものでも水分を含むものは凍ってしまう。▼句切れ―「焦《こが》しけり」。切れ字「けり」。

『句解』　冬の夜、ものを書こうと思って硯《すずり》箱をあける。見ると筆先が凍っている。灯《とう》火に近づけ溶かそうとするうち焦《こ》がしてしまった。

《鑑賞》〈冬夜〉と前書がある。暖房設備が不完全な当時のことゆえ筆先まで凍ってしまうのである。カチカチに凍った筆先を灯《とう》火で溶かそうとする。簡単には溶けない。そのうち気がそれて筆を持つ手が疎《おろそ》かになる、焦《こ》げくさい、しまった、と思う。〈焦《こが》しけり〉という語には、我ながらおかしいとわが失敗を興ずる口吻《こうふん》がうかがえる。そしておどけた表情の裏に、孤独をかこつ気持ちがチラリとのぞく。

大魯は性狷介不羈《けんかいふき》であったという。ために難波《なにわ》（大阪）での宗匠生活を閉じ、妻子を引き連れて兵庫に移らざるを得なかった。与謝蕪村《よさぶそん》が大魯に当てた安永六年（一七七七）一二月二日付の手紙には、兵庫に移ってから俳諧の腕がさらにあがったと大魯をほめ、最近の作品の中でもとくにすぐれた句の一つとして、この句を挙げている。またその書簡で蕪村《ぶそん》は、〈ともし火に氷れる筆を焦《こがす》かな〉の形で引き、〈愚句ニ、歯あらハに筆の氷を噛《かむ》夜かな、と貧生独夜感をつぶやき候。子《し》も又《また》寒燈に狸毛《りもう》を焦《こが》したるあハれ、云《いわ》んかたなく候〉と評した。貧しい独居の夜を詠んだ蕪村《ぶそん》の〈歯あらハに〉の句が、筆（狸《たぬき》の毛で作った）を寒くさびしげな灯《とう》火に焦《こ》がした哀感を詠んだ大魯の句に通うものがあると見たのだ。

安永六年（一七七七）は死ぬ一年前、周囲から理解されぬまま没した大魯の孤独なつぶやきが聞こえてきそうな句である。（中野）

河内女《かわちめ》や干菜《ほしな》に暗き窓の機《はた》

（蘆陰《ろいん》句選）

▼季語―「干菜《ほしな》」兼三冬。蕪《かぶら》の葉や茎、大根の葉を軒下などにかけて、日陰で干したもの。吊菜《つりな》・懸菜《かけな》ともいう。つけ物や汁の実にしたり、風呂《ふろ》に入れることもあった。▼句切れ―

「河内女《かわちめ》や」。切れ字「や」。▽河内女《かわちめ》―河内《かわち》は現在の大阪府に属する。南部は大和《やまと》平野に続く平野部。河内女《かわちめ》は働き者という。▽機《はた》―布を織る道具。織機。女性の重要な仕事の一つであった。

〔句解〕外は穏やかな小春日和《こはるびより》。干菜《ほしな》がずらりとかけられてうす暗い家内で、窓際に座って河内女《かわちめ》はしきりに機《はた》を織っている。

《鑑賞》たとえていえば、ベラスケス（一七世紀スペインの画家。光線表現に巧みで、みごとな肖像画がある。）の絵のような場面が想像される。この句は明るい平野の広がる外と対比して、干菜《ほしな》のために薄暗い屋内が描かれている。明るい所を求めて、窓のそばに織機をすえている情景であろう。

　もちろん、遠くから干菜《ほしな》のかけられた家の窓辺に機《はた》を織る河内女《かわちめ》の姿を認めた図、と解されなくはないし、従来はそのように解されているようだ。作者の視点が、外から内に向けられたものなのか、それとも内から外に向いているのか、の違いなのである。

　いずれにも解せるが、ベラスケスの絵のように、暗い室内、窓際の明るさという対比と解するのもおもしろかろう。

（中野）

高井几董（たかいきとう）

寛保一（一七四一）〜寛政一（一七八九）。別号に晋明《しんめい》・春夜楼などがある。京都に生まれる。父几圭《きけい》は与謝蕪村《よさぶそん》と同門であった。蕪村《ぶそん》に師事し、高弟として蕪村《ぶそん》七部集の過半を出版するなど実務を担当し、師の没後夜半亭《やはんてい》を継承した。編著書に『其雪影《そのゆきかげ》』『あけ烏《がらす》』『続あけがらす』『から檜葉《ひば》』『新雑《ぞう》談《だん》集』ほか多数、自撰《せん》句集に『井華《せいか》集』がある。

湖の水かたぶけて田植かな　（其雪影《そのゆきかげ》）

▼季語―「田植」仲夏。苗代《なわしろ》で育てた稲の苗を二、三センチメートルになったころ水田へ移し植えること。田に引く水や苗の育ち工合、人手の関係などから短期間にあちこちの農家で田植をするため、多人数で行った。▼句切れ―「田植かな」。切れ字「かな」。

〔句解〕降り続いた五月雨《さみだれ》を満々とたたえた湖、その湖の近くの田では湖から水を傾けるようにたっぷりと引いて田植をしている。

《鑑賞》明和九年（一七七二）刊の『其雪影《そのゆきかげ》』に載るので、明和九年をあまりさかのぼらない時期、几董にとっては比較的初期の作品である。『其雪影《そのゆきかげ》』は蕪村《ぶそん》七部集の第一集に当たり、また父几圭《きけい》の一三回忌追善のために几董自身が編んだ、彼にとっても処女撰《せん》集であった。

〈湖〉は、京都に暮らした几董の身近な存在であった琵《び》琶《わ》湖かもしれないが、あるいは旅先で見た湖であるかもしれない。いずれにせよ、満々と水をたたえた湖が遠くに見え、菅笠《すげがさ》に赤いたすきがけの早乙女《さおとめ》たちが幾人も並んで田植をしている田に、湖からたっぷりと水が引かれているところを詠んだものである。実に大きな景を作品化したものといえよう。

〈かたぶけて〉は、湖から水を引く様子が少しではなく多量であることを、まるで瓶《びん》を傾けて水をこぼすように、とたとえた表現である。（中野）

冬木立月骨髄《こつずい》に入《いる》夜かな

（続あけがらす）

▼季語―「冬木立」初冬。冬になって、常緑樹も沈んだ色になり、落葉樹も葉を落としつくした木立。蕭条《しょうじょう》とした感じが強い。▼句切れ―「夜かな」。切れ字「かな」。
▽骨髄《こつずい》に入《いる》―深く心の真底にしみこむ。〈骨髄《こつずい》〉は心の底の意。『史記』に〈怨骨髄《うらみこつずい》ニ入ル〉という措辞があり、『太平記』にも〈是《こ》れを愛すること骨髄《こつずい》に入り〉とあって、成句になっていた。「骨髄《こつずい》に透《とお》る」も同じ意。

『句解』 冬の木立に月がさえざえと冷たい光を落としている。その月の光が心の底まで染み透《とお》るようなさむざむとした夜だ。

《鑑賞》 安永五年（一七七六）九月の自跋《じばつ》のある『続あけがらす』に入集するから、それ以前に作られたもの。安永九年（一七八〇）の七月からこの句を発句《はっく》に与謝蕪村《よさぶそん》と両吟歌仙《かせん》を巻き、蕪村《ぶそん》の〈牡丹《ぼたん》散《ちり》て打《うち》かさなりぬ二三片〉を発句《ほっく》にした几董との両吟歌仙《かせん》と合わせて『もゝすもゝ』として同年に刊行された。

この二つの歌仙《かせん》は手紙のやりとりによって付け進んでいったのだが、蕪村《ぶそん》は〈冬木立の句は悲壮なる句法にて、実に杜子美《としび》がおもむき有之候《これありそうろう》〉といって、脇《わき》に〈此《この》句老杜《ろうと》が寒き腸《はらわた》〉と和した。几董自身も〈月の光のするどう冴《さ》えわたりたる夜に、冬枯《ふゆがれ》せし木のつくぐ〵あらはなるを趣向にして、月の光も骨身にしむやうな夜ぢやといふを、月も骨髄《こつずい》に透《とお》るばかり哉《かな》と作つたものぢや〉（『付合手引蔓《つけあいてびきづる》』）と解説している。

これらの説明に尽きているが、なお付言すれば、安永四、五年の『几董句稿』をみると、漢詩文調の句や漢詩が目につく。冬木立の句のもつ漢詩ふうの感触はこうした素地があって生まれたものということができよう。

（中野）

絵草紙《ぞうし》に鎮《しず》おく店や春の風

（井華《せいか》集）

▼季語―「春の風」兼三春。春に吹く風は、〈のどかにして、しづかなるもの〉（『改正月令博物筌《せん》』）ととらえられている。▼句切れ―「店や」。切れ字「や」。▽絵草紙《ぞうし》―江戸時代に刊行された、かな文字で書かれた絵入りの本。女・子供を対象とした通俗読み物である。▽鎮《しず》―おもり。おもし。

〖句解〗色とりどりの絵草紙《ぞうし》を並べた店先に春風が吹いて、絵草紙《ぞうし》のページをめくる。それらの絵草紙《ぞうし》の上に置かれたおもしに春の日が光っている。

《鑑賞》『井華《せいか》集』（寛政元年〈一七八九〉刊）は、几董の自撰句集である。みずから佳句と認めた作を収録している。この句は、『晋明《しんめい》集二稿』という几董の句稿に収められていて、『井華《せいか》集』に載せるときに〈市陌《しはく》〉と前書を付された。〈陌《はく》〉は、道とか市中の街の意だから、街中・市中などの意味になろう。

春の街角、明るく暖かくなった日ざし。心地よい春の風。路《みち》に面して並ぶ店々のたたずまいも、往来を行き交う人びとの顔にも春らしい雰囲気《ふんいき》が感じられる。そうした春の街中の光景の中でも、几董はとくに絵草紙《ぞうし》屋に焦点を定め、春風にページが開いたり、飛ばされたりしないようにと置かれたおもしを見つめる。色とりどりの絵草紙《ぞうし》が並び、店先には春の光がのどかにさしこみ、春風に絵草紙《ぞうし》のページの端がひらひらする、色彩豊かな春の光景である。（中野）

門口《かどぐち》に風呂《ふろ》たく春のとまりかな

（井華《せいか》集）

▼季語―「春」兼三春。陰暦の一月から三月までを春とした。しだいに暖かくなり日も長くなるので、外出したくなる一方、物憂さや愁いを感じさせる季節でもある。▼句切れ―「とまりかな」。切れ字「かな」。▽風呂《ふろ》―水風呂《すいぶろ》。昔は風呂《ふろ》に潮水を用いることが多かったので、井戸の水を使った風呂《ふろ》をとくに水風呂《すいぶろ》といった。湯風呂《ぶろ》（蒸し風呂《ぶろ》）に対する語。▽とまり―やどる所。宿屋。宿所。昔の旅籠屋《はたごや》には、門口《かどぐち》に水風呂《すいぶろ》を設けてあるものが多かった（穎原《えばら》退蔵『俳諧名作集』）という。

〖句解〗春の夕暮れに煙が立ち上っている。一日を歩き疲れてたどり着いた旅籠《はたご》の門口《かどぐち》では風呂《ふろ》をたいている。

《鑑賞》『井華《せいか》集』（寛政元年〈一七八九〉刊）春の部には、この句をはさんで前後に一句ずつ計三句の〈春のとまり〉の句が入集している。『井華《せいか》集』の、夏・秋・冬の部には〈とまり〉を詠んだ句がないところをみると、〈春のとまり〉は几董にとって創作意欲を起こさせる題材であったのかもしれない。

門口《かどぐち》でたいている風呂《ふろ》の煙を見ているのは、旅人である自分ともとれるし、旅とは無関係な立場から宿屋を見て春らしい情景だと感じている、とも解することができる。どちらかというと、春の日長を歩き疲れてやっとたどり着いた旅宿の門口《かどぐち》で、風呂《ふろ》をたいているのを見てホッとした安堵感《あんどかん》を味わっている、とみた方がおもしろかろう。（中野）

大島蓼太（おおしまりょうた）

享保三（一七一八）～天明七（一七八七）。本姓吉川氏。名は陽喬、通称は平助（または平八）という。別号に雪中庵《せっちゅうあん》などがある。信州（長野県）伊那《いな》の生まれという。江戸の雪中庵《せっちゅうあん》二世吏登《りとう》に師事し、のち雪中庵《せっちゅうあん》を襲号する。江戸座一派に対抗して「続五色墨《ごしきずみ》」を結成、雪門《せつもん》を拡張し、芭蕉《ばしょう》顕彰事業につとめた。『雪颪《おろし》』『附合《つけあい》小鏡』『芭蕉句解』など編著は多い。句集に『蓼太句集』がある。

世の中は三日見ぬ間に桜かな

（蓼太句集）

▼季語―「桜」晩春。バラ科の落葉高木。品種は多いが、ソメイヨシノは明治になって栽培されたから、江戸期に桜といえばそれ以外のものを指す。古来日本人に最も愛された花である。▼句切れ―「桜かな」。切れ字「かな」。

『句解』　三日ほど家にこもりきって、久方ぶりに外に出てみると、世の中はすっかり桜の花盛りになっていたことよ。

《鑑賞》　中村俊定（『俳句講座』3）によれば、この句は寛保二年（一七四二）二五歳のときの作という。

中七を〈見ぬ間の〉の形で一般に知られた句だが、その場合、この世はたとえば三日見ない間に桜が開花し散ってしまうように変わりやすいものだ、という道理にひきずられた意味をなす。大衆が通俗的な意味にこの句をすり替えてしまったわけで、「の」と「に」の一字の違いが作品全体に及ぼす力のいかに大きいかを示すよい例といえよう。『七部捜《しちぶさがし》』によると、師吏登《りとう》はこの句を〈世の中の五文字居《す》わりかねるものなり。是《これ》は可なり〉と評した。むずかしい〈世の中〉の語をこの句は上五にうまく使っているというのだ。白石悌三《ていぞう》（『俳句・俳論』）の指摘するように、和歌にならったこの〈世の中〉の措辞は、〈世の中に絶えて桜のなかりせば春の心はのどけからまし〉（『古今集』在原業平《ありわらのなりひら》）を踏まえつつ〈三日見ぬ間に〉いっせいに開き咲いた桜の

本意を巧みに言い取った、といえよう。（中野）

馬借りてかは《（わ）》るがは《（わ）》るに霞《（かす）》みけり　（蓼太句集）

▼季語―「霞《かす》む」兼三春。春の晴れた日に、山や地平線に霞《かすみ》が薄雲のようにたなびくこと。▼句切れ―「霞《かす》みけり」。切れ字「けり」。

《句解》　のんびりした春の旅、馬を一匹雇って交替で乗る。ゆっくりした馬の脚でもやがて徒歩の者と差ができて、馬上の人はかなたにかすんでしまう。

《鑑賞》　安永六年（一七七七）刊『蓼太句集』、天明三年（一七八三）刊『五車反古《ごしやほうぐ》』に〈行旅〉という前書がある。なお小林一茶《いつさ》の『三韓人《さんかんじん》』（文化一一年〈一八一四〉）の巻頭に、〈同行三人、玉川一見も今ハ昔のむかしとなりぬ〉と前書してこの句を掲げている。

この小文が蓼太自身が付したものか、一茶《いつさ》が付したものかはわからないが、〈行旅〉とあったのは江戸からの日帰りコースであった多摩川辺を指していることがわかる。気の合った三人、交替で馬に乗りながら川べりをそぞろ歩く姿が浮かんでくる。

《補説》　蓼太は〈五月雨《さみだれ》やある夜ひそかに松の月〉〈むつ

欧米に紹介された俳句　**11**

■小・中学校の HAIKU 教育

アメリカでは小・中学校で、詩の入門にHAIKUが教えられている。これは英訳された俳句の短小性、無韻詩としての簡潔さのためである。

ニューヨークの小学校で児童に詩の書き方を教えた経験を持つケネス＝コックは、『バラよ、お前はどこでその赤い色を貰《もら》ったのか』（一九七三年）の中で五つの俳句を挙げ（松尾芭蕉《ばしよう》、正岡子規《しき》など）、〈非常に短い詩を書くことは、三つか四つの線で絵を書くのに似ている。もし適切な線すなわち言葉を選べば非常に楽しく、かつ変った効果を出すことができる〉と解説している。

さらに、蓼太《りようた》の〈ものいはず客と亭主《あるじ》と白菊と〉の句を〈みんな黙っていた／主人もお客も／白い菊も〉という英詩（K・レックスロス訳）に訳した例について、〈ひとつだけ意外なものが入るように言葉を並べてごらんなさい。この詩では白い菊がそれです。菊は口をきかないから〉といい、この俳句のように、〈私には三人の友達がいる／ジェーンとサラと／楓《かえで》の木〉と書けばおもしろい詩になると教えている。蓼《りよう》太《た》の句にある「俳」のおもしろさを、児童向きに解説した例である。（佐藤）

としてもどれば庭に柳かな〉など、理におちた作が有名だが、〈鳥遠うして高欄《こうらん》に牡丹《ぼたん》かな〉〈絶々《たえだえ》に温泉《ゆ》の古道や苔《こけ》の花〉〈我が影の壁にしむ夜やきりぎりす〉などの佳句もある。（中野）

堀　麦　水（ほりばくすい）

享保三（一七一八）～天明三（一七八三）。名は長。通称は池田屋平三郎、のち長左衛門という。別号には樗庵《ちょあん》・四楽庵《あん》などがある。金沢の生まれ。はじめ美濃の五々に俳諧を学ぶが、のち美濃派や麦林《ばくりん》調に疑問をもち、貞享期の松尾芭《ば》蕉《しょう》、とくに『虚栗《みなしぐり》』に帰れと主張した。『うづら立』『俳諧蒙求《もうぎゅう》』『貞享正風句解伝書』『山中夜話』『蕉門《しょうもん》一夜口授』『新虚栗《みなしぐり》』などを著して、革新運動につとめた。

椿（つばき）落ちて一僧笑ひ過（い）ぎ行きぬ

（落葉《おちば》掐《かく》）

▼季語―「落ち椿《つばき》」仲春。たけの高い常緑樹で、肉厚の花片。多種類で、花の色は紅が最も多い。花が落ちるときは、花の形をほとんど崩さずにポトリと落ちる。▼句切れ―「過ぎ行きぬ」。切れ字「ぬ」。

『句解』ポトリと椿《つばき》の花が落ちると、折しもそこを通りかかった僧が一人、笑いを浮かべて過ぎて行った。

《鑑賞》この僧の笑いが高笑いなのか、含み笑いの類なのか、また、椿《つばき》が落ちたのは寺院の中なのか、路上なのか、一つだったのか、複数だったのか、といったようなことがこの句からは一切わからない。読者の読みに任されているわけだが、従来、含み笑いと解されてきた。含み笑いとすれば、不気味さ、やや禅的な感じを伴い、高笑いとすると、豪快な感じになる。

この句を載せる『落葉《おちば》掐《かく》』は麦水の追善集で、彼の作一〇〇句を前体・後体に分けて収める。これは後体、すなわち安永以後の後期の作で、虚栗《みなしぐり》調（漢詩などによった佶《きっ》屈《く》な作風）を志向していた時期のものである。（中野）

郭公（ほととぎす）穂麦が岡（おか）の風はやみ

（落葉《おちば》掐《かく》）

▼季語―「郭公《ほととぎす》」初夏。夏期日本に来る渡り鳥。夜間に鳴き渡ることが多く、古来その鳴き声を賞《め》で、夜を徹して一声を待つものとされた。「穂麦」初夏。麦は秋に種をまき初夏に刈り取るが、熟しすぎて穂を出してしまったものをいう。

▼句切れ―「郭公《ほととぎす》」。

▽風はやみ―「風をはやみ」の「を」を省略した形で、「風が早いので」の意。頴原《えばら》退蔵（『俳諧名作集』）は〈後世はただ「風が早い」といふくらゐの意に用ひられて居る〉と述

べ、以後そう解されてきた。

『句解』 ほととぎすが鋭く鳴いた。丘一面の黄熟した穂麦が初夏の風に波打っている。

《鑑賞》 これも後体（前条参照）の作。〈風はやみ〉は歌語だが〈穂麦が岡《おか》の〉にも雅語的な響きがある。平明な事がらを叙しながらなお表現上の変化をねらった麦水らしい試みといえよう。風が早いからほととぎすが鳴いた、というより、風が吹いた折しもほととぎすが鳴いた景であるのを、〈因果関係があるかのようにいうことで、時間と空間の焦点が定まる〉（山下一海『古典俳句を学ぶ〈下〉』）のだ。〈穂麦〉の語が、初夏のさわやかさ、そして熟して一面に黄色い麦畑という明るいイメージを与える。

そして、そよ風ではなく、膚に強く感じられる風が穂麦をなびかせていくと、折しもほととぎすが鳴いたという景だから、〈風はやみ〉という語調からも、ほととぎすは、一か所にとまって鳴いているよりは、鳴き過ぎた、と解する方がよろしかろう。 （中野）

勝見二柳（かつみじりゅう）

享保八（一七二三）～享和三（一八〇三）。名は充茂。別号に三四坊・不二庵《あん》などがある。加賀（石川県）山中に生まれる。初め蕉門《しょうもん》の桃妖《とうよう》に俳諧を学び、さらに中川乙由《おつゆう》・和田希因《きいん》に師事。諸国を遍歴し、明和八年（一七七一）大坂に住み、与《よ》謝《さ》蕪《ぶ》村《そん》・堀麦水《ばくすい》・高桑蘭更《らんこう》らと交わって、俳壇の中心的存在になった。編著書に『俳諧直指伝』『松《まつ》かざり』『俳諧氷餅《こおりもち》集』などがあり、句集に『二柳庵発句《ほっく》集』がある。

小海老(えび)飛ぶ汐干(しおひ)の跡の忘れ水

（津守船初篇《つもりぶねしょへん》）

▼季語―「汐干《しおひ》」晩春。陰暦三月三日のころは春の彼岸の大潮に当たり、年間を通して最も潮の干満の差が大きく、沖の方まで干上がる。▼句切れ―「小海老《えび》飛ぶ」。

▽忘れ水―和歌では〈霧深き秋の野中の忘れ水絶間がちなる頃《ころ》にもあるかな〉（坂上是則《これのり》『新古今集』）の詠にあるように、野中などをたえだえに人に知られずに流れる水を指すが、ここでは、潮が引いたあとに残された水たまりのこと。

『句解』 陽《ひ》ざしも時に汗ばむほどの暖かさ。潮が沖に引いたあとに点々と残る忘れ水が光る。よく見るとその忘れ水に小さい海老《えび》が飛んでいる。

《鑑賞》 安永五年（一七七六）に刊行された『津守船《つもりぶね》』初編は、大坂の書肆《しょし》（書店）が諸国の俳人に呼びかけて作品を集めて編んだもので、二柳のほか千代女《ちよじょ》・与謝蕪村《よさぶそん》・加藤暁台《きょうたい》・大島蓼太《りょうた》・高桑蘭更《らんこう》をはじめ当時の知名俳人の句が収められ、中興期俳壇の様相を知ることができる。

沖の遠くまで潮が引くと、人びとは〈貝拾ひ、藻《も》をかきて、遊興とな〉（『滑稽雑談《こっけいぞうだん》』）して汐干《しおひ》狩りを楽しんだ。忘れ水に小海老《えび》が飛びはねるこの浜にも、あるいは、汐干《しおひ》狩りを楽しむ家族連れがたくさんいたのかもしれない。しかし、二柳の目は、足もとの水たまりに、生きている証《あかし》として飛ぶ小海老《えび》に注がれている。やさしい眼差《まなざ》しが感じられよう。（中野）

白ぎくや籬《まがき》をめぐる水の音

（津守船初篇《つもりぶねしょへん》）

▼季語—「白ぎく」晩秋。古く中国から渡来して徳川時代にさかんに栽培・観賞された菊は、種類が多い。とりわけ白菊は、〈黄菊白菊その外《ほか》の名はなくもがな〉（服部嵐雪《はっとりらんせつ》『其俤《そのふくろ》』）の詠にもあるように、黄菊と並んで愛された。また、〈白菊の目にたてて見る塵《ちり》もなし〉（『笈日記《おい》』）の松尾芭蕉《ばしょう》の詠のごとく清潔なイメージがある。▼句切れ—「白ぎくや」。切れ字「や」。
▽籬《まがき》—竹や柴《しば》（木の小枝）などで粗く作った垣《かき》。

『句解』　澄みきった秋の空に、白菊の花が咲き匂《にお》っている。その白菊の咲く籬《まがき》をめぐって流れる音が聞こえてくる。

《鑑賞》　菊と籬《まがき》といえば、〈採ルレ菊ヲ東籬リノ下、悠然トシテ見ルニ南山ヲ一〉という陶淵明《とうえんめい》の「飲酒」其五《その》の有名な一節が浮かんでくるが、二柳のこの句はそうした大陸的な大きな景ではなく、いわば、箱庭的な世界である。

景は小さいが、白菊の白さを視覚にすえ、その芳しい香りを楽しみ、涼しげにかすかな音をたてて籬《まがき》をめぐりゆく流れに耳を傾けるこの句には、いかにも〈秋の清澄感〉（山下一海『近世俳句俳文集』）があふれている。（中野）

高　桑　闌　更（たかくわらんこう）

享保一一（一七二六）～寛政一〇（一七九八）。名は忠保（正保とも）、通称釣瓶屋長治郎か。初号は蘭皐《らんこう》。別号に二夜庵《あん》・半化房・芭蕉堂《ばしょうどう》など。金沢の商家に生まれる。希因《きいん》に俳諧を学び、芭蕉《ばしょう》復帰を唱えて活躍。諸地方を行脚《あんぎゃ》したのち京都に住んだ。寛政五年（一七九三）花の本宗匠となる。編著書・句集に『有《あり》の儘《まま》』『花の故事《ふるごと》』『俳諧世説』『蕉翁《しょうおう》消息集』『半化坊発句《ほっく》集』などがある。

枯れ蘆《あし》の日に日に折れて流れけり

（有《あり》の儘《まま》）

▼季語—「枯れ蘆《あし》」初冬・兼三冬。夏には二メートル近くに伸び茂っていた蘆《あし》も、冬を迎えると穂もほうけ葉も枯

れて、枯れ葉がしだいに折れて流れ、枯れた茎を残すのみとなる。▼句切れ―「流れけり」。切れ字「けり」。

〘句解〙 水辺に群生した枯れ蘆《あし》が、昨日も今日もそして明日も、と、だんだん折れて流れていくことよ。

《鑑賞》 蕉風《しょうふう》復帰を目指した闌更が明和六年（一七六九）に刊行した『有《あり》の儘《まま》』に初出するこの句は、『半化坊発句《ほっく》集』はもとより『俳諧新選』『類題発句《ほっく》集』『発句《ほっく》題叢《だいそう》』『続俳家奇人談』など諸書に収められている。

闌更七回忌に妻の得終尼が編んだ『もものやどり』に〈嘗《かつ》テ枯蘆《かれあし》ノ吟アリ、則チ世挙ゲテ枯蘆ノ翁ト称ス〉と伝えるように、この句は彼の代表作であった。明和元年（一七六四）、すなわち闌更にとっては初期の作品と推定され（頴原《えばら》退蔵『俳諧名作集』）、平明な叙法は月並調の端をひらいた（同書）ともいわれる。

日ごとに枯れ蘆《あし》が折れて流れていくさまを叙したこの句は、彼の主張した「ありのまま」を作品化したものといえよう。〈「枯蘆の」で微妙な間を置き、「日に日に」とくりかえして「折れて流れ」と動詞をたたみかけ、そのリズムを受けて最後を「けり」と詠嘆に流した、みごとな構成〉（白石悌三《ていぞう》『俳句・俳論』）でもある。

音の構成からいえば、〈かれあし〉〈ながれ〉とア段の語が上五・下五に二度ずつすえられ、中七に「ひにひに」というイ段の語が畳みこまれて安定した感じを作り上げるとともに、ラ行音の頻用《ひんよう》が句を明快にしている。（中野）

鵜（う）の面（つら）に川波かかる火影（ほかげ）かな

（半化坊発句《ほっく》集）

▼季語―「鵜《う》」仲夏。雑とも。鋭く先の曲がった嘴《くちばし》で、水かきをもち、トビより大きい。全身黒く、青緑色の光沢があり、のどのあたりは白い。潜水を得意とし、古来鵜飼《うかい》に使われてきた。鵜飲《うの》みにするところから、小魚を一度に二、三〇尾▼句切れ―「火影《ほかげ》かな」。切れ字「かな」。
▽火影《ほかげ》―火の光。ここでは、鵜飼《うかい》のときの、魚を集めるためにたく篝火《かがりび》を指す。

〘句解〙 鵜飼《うかい》もたけなわ。篝火《かがりび》が明るく川面を照らす。水中から姿を現した鵜《う》のキョロンとした顔に川波がかかり、篝火《かがりび》の光がゆれる。

《鑑賞》 この句は、おそらく『阿羅野《あらの》』の〈鵜《う》のつらに篝《かがり》こぼれて憐《あわ》れ也　荷兮《かけい》〉に想を得た、と田中道雄（『古典俳句を学ぶ〈下〉』）の推察したとおりであろう。

川の流れ、舟をこぐ音、鵜匠《うしょう》のかけ声、といった聴覚の世界を想起させ、顔に飛び散る川波を受ける鵜《う》、ほのめく篝火《かがりび》、背後の暗がり、闇《やみ》と光の対照も鮮やかな動的な作品である。（中野）

三浦樗良（みうらちょら）

享保一四(一七二九)〜安永九(一七八〇)。名は元克。字《あざな》は冬卿。通称を勘兵衛という。別号に無為庵・二股庵などがある。剃髪《ていはつ》して玄仲と称す。志摩国《しまのくに》（三重県）鳥羽《とば》に生まれ、寛保二年（一七四二）伊勢《いせ》（三重県）山田に移る。俳諧を紀《き》伊国《いのくに》（三重県）長島の百雄《ひゃくゆう》に学ぶ。やがて蕉風《しょうふう》に志し北越・江戸に旅したのち、安永ごろから京都の蕪村《ぶそん》一派と来往し、同五年（一七七六）には木屋町に住した。編著に『白頭鴉《しらがからす》』『我庵《わがいお》』『石をあるじ』『月の夜』『菊の香』など多く、没後句は『樗良発句《ほっく》集』に収められる。

山寺や誰《たれ》も参らぬ涅槃像《ねはんぞう》

（我庵《わがいお》）

▼季語―「涅槃像《ねはんぞう》」仲春。陰暦二月一五日を釈迦入寂《しゃかにゅうじゃく》の日として、各寺院では涅槃像《ねはんぞう》を掲げて参詣《さんけい》者を待つ涅槃会《ねはんえ》を行う。▼句切れ―「山寺や」。切れ字「や」。▽涅槃像《ねはんぞう》―涅槃《ねはん》は梵語《ぼんご》（サンスクリット語）のニルバーナで、本来、煩悩《ぼんのう》の炎が吹き消された、悟りの境地を指したが、大乗《だいじょう》仏教では釈迦《しゃか》の死を表す言葉としても用いられるようになった。涅槃像《ねはんぞう》は沙羅双樹《さらそうじゅ》の下に横たわる釈迦《しゃか》の周りに嘆き悲しむ弟子（羅漢《らかん》）たちや各種の鳥獣の姿が描かれた絵。▽参らぬ―参詣《さんけい》しない。

『句解』　今日は涅槃会《ねはんえ》だというので山深い寺を訪ねてみると、自分のほかには一人の参詣《さんけい》者もなく、いつもと変わらずひっそりとした境内である。本堂に入ってみると、さすがに美しく掃き清められて一幅の涅槃絵《ねはんえ》が掲げられていた。こんな山中でも怠りなく行事を守っている住職がゆかしいことだ。

《鑑賞》　この句は明和四年（一七六七）刊の『我庵《わがいお》』をはじめとして『樗良発句《ほっく》集』など諸編著に出て、樗良の作品中最もよく知られたものである。

原表記は〈ねはん像〉と仮名書きになっているのを便宜上改めた。

〈山寺や〉とまず簡潔に場所を示し、静かな境内の有様を〈誰《たれ》も参らぬ〉と平易な言葉で端的に述べて、すぐれた省略の手法を示す。

このように叙述が省略されているためにかえって連想は広がりを得て、その日がうららかな春の日であることや、春先の小鳥たちが囀《さえず》り始めていることや、涅槃像《ねはんぞう》に描かれているさまざまな生き物たちの嘆きのさまに心ゆくまで見入っている作者の姿などが、はっきりと浮かんでくるようである。

（矢島渚男）

さくら散る日さへ《え》ゆふ《う》べと成《なり》にけり

（樗良発句《ほっく》集）

▼季語―「さくら散る」晩春。「花散る」、「落花」ともいう。散る桜に春の名残を惜しむ情緒がある。▼句切れ―「成《なり》にけり」。切れ字「けり」。読み方としては「さくら散る、日さへ、ゆふべと成《なり》にけり」と小休止したい。

『句解』　桜もすでに散りがたとなり、名残が惜しまれてさびしいのに、日も傾き夕暮れがしだいに色濃く迫ってきた。

《鑑賞》　この句は『金花伝《きんかでん》』『から鮭《さけ》』『発句《ほっく》題叢《だいそう》』などには、中七が〈日さへゆふべと〉でなく〈日さへ夕に〉となっている。また『菊の露』には、上五を〈桜咲く〉としている。〈桜咲く〉よりも〈さくら散る〉はまさり、〈日さへ夕に〉よりも〈日さへゆふべと〉の方がまさるであろう。あるいは初案を示したものかとも思われる。

情趣にひたりきった作とみられぬでもないが、素直な作者の感傷とみるべきであろう。

（矢島渚男）

すかし見て星に淋《さび》しき柳かな

（樗良発句《ほっく》集）

▼季語―「柳」晩春。芽の萌《も》え出るころから浅緑の新葉の美しさを賞して春の季語となっている。▼句切れ―「柳かな」。切れ字「かな」。また「すかし見て」に小休止を置いて読むこと。
▽すかし見て―透かし見て。（柳の枝の）透き間から見ること。

『句解』　枝垂れた柳の下に立って、春の夜空を見上げると、しっとりとうるんでまたたく星たちが見え、ふとさびしい気持ちにおそわれた。

《鑑賞》　『骨書《ほねがき》』には

すかし見て星にさびしきやなぎかな　樗良
舟にねぶれる江のうへの春　青蘿《せいら》

という形で脇句《わきく》が付けられている。松岡青蘿《せいら》は〈すかし見〉るを、川舟に横になって岸の柳を見上げている状態と解釈したのである。舟に横たわるのは若者であろう。〈星に淋《さび》し〉さを感じた若者に春夜の憂愁ばかりではなく、もっと具体的な愛別の情、離別の情をこの句からくみ取ったのであろう。

確かにこの作品には青春のすがたがある。「星の淋《さび》しき」

ではなく〈星に淋《さび》しき〉といっているところにやるせない思いがあふれてくるようである。平明で淡泊な表現の裏に、作者の純真で率直な性情を読み取ることのできる佳作といえよう。

頴原《えばら》退蔵はこの句に関連しつつ、〈樗良は麦林《ばくりん》の句風をそのままに守つて、その中に芭蕉《ばしょう》の精神を顕現しようとしたのである。樗良があへて佶屈《きっくつ》典雅な調によらず、平明な麦林《ばくりん》調を保持しつつ、その間に革新をはからうとしたのは、もとより誤りではなかつた。ただ彼は純真で情熱的なところはあつたが、強い気魄《きはく》に乏しかつたために、その平明はしばしば平板なただごとに失する弊があつた。……しかしその佳作に至つては、対象に対する純真な感激が、おのづから深い真実味となつて現はれてゐる〉（『俳句評釈』）と述べている。（矢島渚男）

嵐《あらし》吹く草の中よりけふ《きょう》の月　（樗良発句《ほっく》集）

▼季語―「けふ（今日）の月」仲秋。名月のこと。陰暦八月十五夜の月、中秋の満月。「今日の月」「今宵《こよい》の月」などといってそれを待ち続けてきた気持ちをこめる。「芋名月」ともいって、この日芋を月に供える。▼句切れ―「草の中より」。「けふの月」。

▽嵐《あらし》吹く―（台風の）強い風が吹き荒れる。

『句解』　風の吹き荒れる広い秋の草原《くさはら》の彼方《かなた》から、今《こ》宵《よい》八月一五日の満月が悠然《ゆうぜん》と大きな姿を現してきた。


《鑑賞》〈山寺や誰《たれ》も参らぬ涅槃像《ねはんぞう》〉と並んで名高い作。『我庵《わがいお》』『続明烏《あけがらす》』『几董《きとう》句稿《こう》』『雪の声』『発句《ほっく》題林集』『夢の猪名野《いなの》』などの各書に採録されている。

『続明烏《あけがらす》』には〈清光〉と前書があり、稿本『乞食袋《こじきぶくろ》』には〈小じか（鹿）なく朝熊山に良夜の月見むと、酒さかな（肴）やうのもの携へておのが家をうかれ出《いず》るに、秋の野らの夕まぐれとあはれなる頃《ころ》、月ははやにほやかに出《いず》る〉と詞書《ことばがき》があり、宝暦一二年（一七六二）三四歳の作とわかる。

高井几董《きとう》は安永五年（一七七六）の几董《きとう》亭句会に連句の発《ほっ》句《く》として起用している。その連句について、同安永五年と推定される（古典俳文学大系『蕪《ぶ》村《そん》集』）八月一六日付几董《きとう》宛《あて》書簡で与謝《よさ》蕪村《ぶそん》は〈良夜の句は、良叟《りょうそう》（樗良）の嵐《あらし》吹く草の中よりけふの月　是《これ》より外なく候〉と絶賛している。

名月の句といえば既成の情趣にはまった作が多い中で、本句は清新である。台風に荒れ騒ぐ草原《くさはら》という今まで詠まれたことのなかった月の出をとらえ、激しい自然の動きの中に凋落《ちょうらく》に向かう秋の野のわびしさを平明に表している。〈けふの月〉には、「あらし」なので、今日はおそらく見られないだろうという危俱《きぐ》の念を吹き飛ばすかのように昇ってきた待望の満月への喜びがこめられている。

《補説》 なお原表記は〈あらしふく草の中よりけふの月〉と上五が仮名書きになっている。（矢島渚男）

かりがねの重なり落つる山辺《やまべ》かな　（石をあるじ）

▼季語―「かりがね」晩秋。雁《かり》のこと。一〇月初めに北方から渡来、三月ころまで止《とど》まる渡り鳥。かりがねは「雁《かり》が音《ね》」で本来、雁《かり》の鳴き声であるが、転じて雁《かり》そのものをも指す。▼句切れ―「山辺《やまべ》かな」。切れ字「かな」。
▽山辺《やまべ》―山のほとり。

〔句解〕 秋の空を高く一列に棹《さお》のようになって飛んできた雁《かり》の群れが、次々と山の一箇所へ重なるように下りて行った。

《鑑賞》 雁《かり》は夕暮れの空や、月夜の空によく見られる。この句の場合は仮寝《かりね》の宿りを求める雁《かり》であろうから、夜空としたい。空は月の光に明るくても、山々はすっかり夜の闇《やみ》に沈み黒く横たわっている。その山辺《やまべ》に重なり落ちる雁《かり》の群れを描写した清澄な叙景句である。

《補説》 なお『樗良発句《ほっく》集』の表記は〈雁金《かりがね》のかさなり落る山辺《やまべ》かな〉となっている。（矢島渚男）

立臼《たてうす》のぐるりは暗し夕しぐれ　（雪の声）

▼季語―「しぐれ」初冬。秋の終わりから、冬の初めに、ぱらぱらと急に降り過ぎる雨。時には日がさしながら降ることもあり、山や森を移ってゆくのが見えたりする。秋の時雨《しぐれ》は秋時雨《しぐれ》として区別する。一一月の異称を時雨月《しぐれづき》ともいうように期間は一一月を中心とし、また地形的には京都盆地などで最も多い。▼句切れ―「暗し」。切れ字「し」。
▽立臼《たてうす》―たてうす、たちうすともいう。大木を輪切りにして作った臼《うす》。餅《もち》搗きなどに用いる。▽ぐるり―まわり、周囲。
▽夕しぐれ―夕暮れ時の時雨《しぐれ》。冬の雨でありながら時雨《しぐれ》には明るいニュアンスもある。夕時雨《しぐれ》は夕暮れの物寂しさと華やかさが交錯した複雑な美感をこめてうたわれることが多い。

〔句解〕 百姓家の土間端に置かれた立臼《たてうす》の周りだけがほの暗い。外には夕暮れが迫りぱらぱらと時雨《しぐれ》の通り過ぎる音が聞こえる。

《鑑賞》 安永九年（一七八〇）刊行の『雪の声』に出る句であるから、樗良最晩年の作であろう。〈田家《でんか》に遊びて〉と前書がある。『樗良発句《ほっく》集』にも収録されている。
田舎《いなか》を旅して一夜の宿を農家に乞《こ》うたときの作であろう。涅槃像《ねはんぞう》の句と同様に、この句もよく省略がきいている。

立臼《たてうす》とだけいってかなり広い百姓家のありさまを暗示しているし、また自分は家の中にいて、時雨《しぐれ》の音だけを聞いていることも表している。視覚と聴覚、空間と時間とが、しっかりと一句の中にうたいこめられている。

〈ぐるりは暗し〉には、ぐるりは暗いけれどもその他は明るい、といって主人に対する微妙な挨拶《あいさつ》の気持ちをもこめているのかもしれない。単なるものわびしさの句と解釈してはならないであろう。（矢島渚男）

紛《まぎ》るべき物音絶えて鉢叩《はちたたき》　（続明烏《あけがらす》）

▼季語―「鉢叩《はちたたき》」初冬。空也《くうや》上人の忌日である一一月一三日から大晦日《おおみそか》までの四八日間、空也《くうや》堂の僧侶が、京都の内外を巡り歩き、竹の枝で瓢箪《ひょうたん》を鳴らしながら念仏和賛を唱える行事。▼句切れ―「物音絶えて」。「鉢叩《はちたたき》」。

▽紛《まぎ》る―まぎれるの文語。入りまじって、見分けがつかなくなる。

『句解』　宵《よい》のうちは市中や家の内のいろいろなざわめきに紛《まぎ》れて聞き取れなかった鉢叩《はちたたき》の音が、人通りも絶え寝静まったころになるとはっきりと聞こえてくることだ。

《鑑賞》　空也《くうや》堂の僧侶の念仏と瓢箪《ひょうたん》のたてる響きのさむざむとした情趣がよくとらえられている。近づき、やがて小路の奥へかすかになってゆくわびしい音が聞こえてくるようだ。

《補説》　原表記は〈まぎるべき物音たえて鉢《はち》たゝき〉。『樗良発句《ほっく》集』にも収録されている。（矢島渚男）

寒の月川風岩をけづ《ず》るかな　（樗良発句《ほっく》集）

▼季語―「寒」晩冬。「寒の内」ともいう。寒の入り（小寒）から寒明け（節分）までの約三〇日間を寒の内といい、「寒中」ともいう。俳句では「寒月」といえば冬の月と同義であるが、「寒の月」といえば寒中の月、つまり一月の月を指す。▼句切れ―「けづるかな」。切れ字「かな」。「寒の月」でもいったん切れる。

▽川風岩をけづる―実際に川風が岩を削っているというのではなく、川風の激しさ、厳しさをこのように表現したもの。

『句解』　寒気の厳しい夜、川の上にはさえざえと月がかかっている。川を吹く風が、川原や川岸の岩を削って（削るように）吹きすさんでいる。

《鑑賞》　冬の谷川の鋭くむき出された岩膚にひゅうひゅうと唸《うな》り声をあげて吹き荒れる川風を巧みに描き出している。硬質の表現が寒中の厳しさにふさわしく、〈岩をけづる〉という大胆な言葉によって、刃《やいば》のように鋭い川風をとらえている。松尾芭蕉《ばしょう》に〈木枯《こがらし》に岩吹《ふき》とがる杉間かな〉（『笈《おい》日記』）という句があるので、これを踏まえて発想された表現であろう。

かんのつき・かわかぜ・いわを・けずる・かなというk音のリフレインが緊張した音韻上の効果をもたらしている。

（矢島渚男）

《参考文献》▼高木蒼悟「三浦樗良」（『俳諧史上の人々』俳書堂　昭7）▼荻野清「伊勢雑俳と樗良」（『国語国文』昭24・1）▼鳥居清「三浦樗良」（『俳句講座3』明治書院　昭34）

加藤暁台（かとうきょうたい）

享保一七（一七三二）〜寛政四（一七九二）。本名は周挙《かねたか》、通称は平兵衛という。初号は他朗《たろう》。別号には買夜《ばいや》・暮雨巷《ぼうこう》などがある。名古屋に生まれ、尾張《おわり》徳川家に仕えたが、のちに職を辞した。初め武藤巴雀《はじゃく》、のちにその子白尼《はくに》に俳諧を学び、蕉風《しょうふう》復興を唱え、中興俳諧において指導的な役割を果たした。編著に『蛙啼《あてい》集』『秋の日』『姑射《こや》文庫』『風羅念仏《ふうらねんぶつ》』『花のしるべ』などがあり、没後に『暁台句集』『暁台七部集初篇《しょへん》』がまとめられた。

ゆきどけや深山《みやま》曇りを啼《な》く烏《からす》　（暁台句集）

▼季語―「ゆきどけ」初春。「ゆきげ」ともいい、ともに「雪解」の字を当てる。冬のうちにも降った雪が解けることはあるが、俳句では春になってしぜんに解けることをいう。
▼句切れ―「ゆきどけや」。切れ字「や」。
▽深山《みやま》曇り―山の奥深く、空には雲がたれこめている。古歌にある「深山《みやま》がくれ」「深山《みやま》おろし」などの語から思いついたものか。

『句解』　春の遅い深山《みやま》の雪もようやく解け始め、山の上を低くおおっている雲にも、冬の厳しさとは違ったやわらかな春の気配がある。そこに烏《からす》の鳴き声が聞こえてきた。その声も、深山《みやま》の寒気がゆるんで春の気配が満ちてきたことを感じさせるものである。

《鑑賞》　烏《からす》の声は、どこか俗な人間くささを感じさせるものである。その声には、いかにももう冬の自然の厳しさは去っていったという感じがある。烏《からす》の姿は見えなくてもいい。雪解け水の流れの音とともに、烏《からす》の声が聞こえている。そこここに新しい季節の動きがある。

しかし、雪を払い落として立っている高い木の上で烏《からす》が鳴いている情景を考えてもいい。雪解けの谷川のあたりに舞い降りる姿を見てもいい。要するに春の気配が動き始めた深山《みやま》の様子を、〈深山《みやま》曇り〉と〈烏《からす》〉によってとらえているのである。

《補説》『骨書《ほねがき》』（李雨《りう》編、天明七年〈一七八七〉刊）にあり、のちに『新五子《ごし》稿《こう》』（嘉会室亨《かかいしつとおる》編、寛政一二年〈一八〇〇〉刊）『発句《ほっく》三傑《さんけつ》集』（車蓋《しゃがい》編、寛政六年〈一七九四〉刊）にも収められ、有名な句である。暁台にはほかに〈月曇る端山《はやま》の雪解《ゆきげ》なくからす〉（『暁台句集』）という句がある。（山下）

火ともせばうら梅がちに見ゆるなり　（暁台句集）

▼季語―「梅」初春。俳句では「梅」というだけで梅の花のことである。早春、他の花に先がけて咲き、気品があって香りも高いので、古くから多くの文人に愛されている。▼句切れ―「見ゆるなり」。切れ字「なり」。
▽うら梅―花の裏の方から見た梅。

『句解』　庭先の梅が美しく咲いた。昼の明るさの中で、見事に咲きそろっているのも美しいが、遅い春の日も暮れ、闇《やみ》の中に溶けこんでゆこうとするとき、部屋の明かりをともすと、夜の梅が白く浮かび上がり、昼間とは違って、花の裏の方ばかりがたくさん見えるような気がする。それもまた趣の深いものである。

《鑑賞》〈火ともせば〉のところに、価千金といわれる春宵《しゅんしょう》の時刻を、じっと見つめて味わっているような趣があり、〈うら梅がちに〉に思いがけない美しさを発見した軽い驚きがある。

〈うら梅〉は梅の花を裏面から見た形の紋所のことをいい、また、表は白で裏が蘇芳《すおう》色（黒味を帯びた赤）の襲《かさね》の色目のこともいう。そのような美術的な連想を伴う語であることも、この句の情緒を深めることに役立っている。

夜空を背景にして、明かりの中に浮かんで見える裏梅の数々には、春の夜のなまめかしい美しさがある。いかにも暁台らしい巧みな句である。

《補説》高井几董《きとう》の『宿の日記』（写本）、『続明烏《あけがらす》』（几董《きとう》編、安永五年〈一七七六〉刊）、『仏の座』（畝波編、安永五年刊）などにも収められている。暁台が四〇歳を過ぎて間もなく、蕪村《ぶそん》一派との交流がさかんになり始めるころの作である。（山下）

うぐひ《い》すやもののまぎれに夕鳴きす　（暁台句集）

▼季語―「うぐひす」初春。近世初期には兼三春とされたこともある。▼句切れ―「うぐひすや」。切れ字「や」。
▽もののまぎれ―物事にまぎれること。また、物事がまちが

うこと。『源氏物語』に用例のみられる語で、男女の情事の意に用いられることもある。▽夕鳴き―夕方鳴くこと。うぐいすは朝のうちに鳴くことが多いからとくに〈夕鳴き〉といったもの。

『句解』ものうい春の夕べ、なんのはずみか、うぐいすの鳴き声が聞こえてきた。夕方はあまり鳴かないうぐいすだが、春の夕べの気分にさそわれたようなその一声は、なかなか趣の深いものである。

《鑑賞》あまりうぐいすの声を聞くことのない夕方にその声を聞いて深い情緒を感じたのである。ふとした間違いで鳴いたようでもあり、春の夕影にとけこむような鳴き方でもある。そのような気配を〈もののまぎれ〉という語が見事にとらえている。

〈もののまぎれ〉が王朝の優雅な語であるところから、一句に物語めいた雰囲気《ふんいき》も感じられることになり、何やら恋の趣がただよってくるようにも思われる。そのあたりに人目を忍ぶ若い男女の姿があるようでもある。

《補説》〈もののまぎれ〉を男女のことに用いた『源氏物語』の例に、〈さるべき方につけても、心をかはしそめ、もののまぎれ、多かりぬべきわざ也〉（若菜下）がある。

（山下）

日くれたり三井寺《みいでら》下《くだ》る春のひと

（暁台句集）

▼季語―「春のひと」兼三春。いかにも春の季節を味わい、楽しんでいるような人。▼句切れ―「くれたり」。切れ字「たり」。

▽三井寺《みいでら》―近江《おうみ》（滋賀県）の長等山麓《ながらさんろく》にある天台宗寺門派の総本山園城寺《おんじようじ》の通称。大津《おおつ》の街と琵琶《びわ》湖を見下ろす景勝の地として知られ、詩歌に詠まれることが多い。「三井《みい》の晩鐘」は近江《おうみ》八景の一つ。桜の名所でもある。

『句解』遠くに広々と霞《かす》んだ琵琶《びわ》湖をながめ、三井寺《みいでら》の春の一日もようやく暮れてゆく。静かに入相《いりあい》の鐘が鳴るころ、山門から湖岸の方へ下《くだ》ってゆく人がある。物憂い春の気分にひたりきっているような人である。

《鑑賞》謡曲「三井寺《みいでら》」の中の〈山寺の春の夕暮《ゆうぐれ》来て見れば、入相《いりあい》の鐘に花ぞ散りける。げに惜しめどもなど夢の春と暮れぬらん〉の趣がヒントになっているか。

〈春のひと〉がなかなか巧みである。この〈ひと〉は、参詣《さんけい》人でもよいし花見客でもよい。男でも女でもよいし、また一人と限ることもあるまい。もちろんそこに作者自身の姿も重なっていることであろう。三井寺《みいでら》の濃密な春の気配にひたりきって、暮れゆく湖水をながめながら、夕影の濃い町並みへ足を向けて、春の夕べの一刻を惜しんでいる人の姿である。

《補説》　この句は『暁台句集』のほかに、『発句《ほっく》題苑《だいえん》集』（丈左編、寛政一一年〈一七九九〉刊）にも出ているが、作られた年次はわからない。ほかに、

秋の風三井《みい》の鐘より吹起《ふきおこ》る　（暁台句集）

の作もある。　（山下）

夕顔のはな踏む盲《めくら》すずめかな　（暁台句集）

▼季語―「夕顔のはな」晩夏。夕顔は蔓《つる》性で垣根《かきね》をはい、屋根に上る。葉のわきに白い五弁の花が咲く。夕方開き翌朝にしぼむさびしげな花である。貧しげな小家にふさわしい。▼句切れ―「盲《めくら》すずめかな」。切れ字「かな」。
▽夕顔―ウリ類の一種で、茎は太く、巻きひげで他のものにからまりながら蔓《つる》状に延びてゆく。葉は心臓形で浅く裂け、葉にも茎にも軟毛がある。夏の夕方に花を咲かせるところから、「朝顔」や「昼顔」に対してこの名がある。▽盲《めくら》すずめ―生まれつきなのか、外傷によるものなのか、目が見えなくなった雀《すずめ》である。

『句解』　夏の夕べ、夕顔の花の咲くあたりに、友に遅れた雀《すずめ》が一羽遊んでいる。無造作に花を踏んづけているのを見ると、かわいそうなことに盲目の雀《すずめ》であった。

《鑑賞》　夕顔の花はそれだけでもさびしい花である。それに哀れな盲目の雀《すずめ》を取り合わせて、夏の夕べを一層さびしいものに感じさせる。しかもその雀《すずめ》は、そこに花があるとも知らずに踏んづけている。〈はな踏む〉というところに盲目になった雀《すずめ》の哀れさが表れている。　（山下）

蚊ばしらや棗《なつめ》の花の散るあたり　（暁台句集）

▼季語―「蚊ばしら」兼三夏。近世初期には仲夏とされている。風のない穏やかな夕方の軒先などに多く見られる。「棗《なつめ》の花」初夏。近世初期には晩春とされている。可憐《かれん》な花である。▼句切れ―「蚊ばしらや」。切れ字「や」。
▽蚊ばしら―蚊の雌雄が生殖のために集まって群がり飛び、柱のような形になっているものをいう。▽棗《なつめ》―落葉小高木。切り込みのある卵形の葉のつけ根に、二、三個の小さな黄色の花をつける。

『句解』　静かな夏の夕べ、あたりがすこし薄暗くなってくると、黄色い棗《なつめ》の花の散りこぼれているのが目に

つく。気がつくとそのかたわらに蚊柱が立っていて、だんだん夜の闇《やみ》が迫ってくる。

《鑑賞》蚊柱と棗《なつめ》の花を取り合わせた句だが、夕方であるとも、静かであるともいわずに、夏の夕方の穏やかな感じをよく表している。

〈散るあたり〉によって情景が立体的になり、動きが与えられる。さらに、初夏の夕暮れの、暮れようとしてなかなか暮れない、ゆったりとした時の流れも感じられてくる。

《補説》蚊は俳人たちに好まれた題材で、蚊と花を取り合わせて繊細な情緒を表している句は、ほかにも暁台の〈紫陽花《あじさい》やよれば蚊のなく花のうら〉(『暁台句集』)や、与謝《よさ》蕪村《ぶそん》の〈蚊の声す忍冬《にんどう》の花の散るたびに〉(『蕪村《ぶそん》句集』)がある。　(山下)

風かなし夜々に衰ふ《う》月の形《なり》　(暁台句集)

▼季語―「月」仲秋。澄んだ秋の月は、何かしら人の悲しみをさそうものがある。古来、多くの詩歌に月は悲しいものとうたわれている。▼句切れ―「かなし」。切れ字「し」。
▽夜々に衰ふ―満月の夜以後、夜ごとに月の出が遅くなり、欠けていって、光が衰える。

『句解』仲秋の名月の夜も過ぎると、あの美しかった月の形も、夜ごとに変わり、光も衰えてきた。吹く風もだんだん冷たくなって、悲しさが身にしみるようである。

《鑑賞》『左比志遠理《さびしおり》』(一音《いちおん》編、安永五年〈一七七六〉刊)にはこの形で出ているが、『続明烏《あけがらす》』(高井几董《きとう》編、安永五年刊)には中七を〈夜々に欠け行く〉としている。自筆の真蹟《しんせき》には中七を〈夜々におくるる〉とするものもある(頴原《えばら》退蔵『俳句評釈』)。与謝蕪村《よさぶそん》の明和六年(一七六九)の作〈欠け欠けて月も無くなる夜寒かな〉(『其雪影《そのゆきかげ》』)の影響があるかと思われる。

〈風かなし〉と初めに強い感情を述べ、以下に季節の推移を大きくとらえている。秋の夜の概念的な叙情で、痛切な真実味には乏しいが、和歌の情趣にも似た優雅なところに特色がある。暁台にはほかに〈月見して余り悲しき山の上〉(『暁台句集』)のような句がある。　(山下)

九月尽《くがつじん》遥《はる》かに能登《のと》の岬《みさき》かな　(暁台句集)

▼季語―「九月尽《くがつじん》」晩秋。陰暦九月末日のこと。行く秋を惜しむ気持ちがぎりぎりに高まっている。▼句切れ―「岬《みさき》かな」。切れ字「かな」。「九月尽《くがつじん》」でもいったん軽く切れる。

▽能登《のと》の岬《みさき》―石川県の能登《のと》半島。

『句解』 九月の終わり、もう秋もいってしまおうとするころ、北陸の海辺に立つと、はるかな海の上に、能《の》登《と》の岬《みさき》がのびているのが見える。

《鑑賞》 おそらく越中《えっちゅう》（富山県）の方か、越後《えちご》（新潟県）の親不知《おやしらず》のあたりからでも遠望したものであろう。

冬を迎えようとしている北の海は、しだいに荒れ模様になろうとしている。しかし空はまだ秋の名残の上天気で、能登《のと》の岬《みさき》がはるかにくっきりと横たわっている。上五の〈九月尽《くがつじん》〉という強い調子を受け、その緊張を大きく解き放つような、〈遙《はる》かに能登《のと》の岬《みさき》かな〉というゆるやかな調べが効果的である。太い線で描かれた雄大な景色の中に、行く秋のこまやかな哀愁が感じられるのは、その調べによるものであろう。はるかにのびている岬《みさき》の果てに、行く秋の後ろ影を見る思いがする。

《補説》 暁台が北陸へ行ったのは『佐渡日記』（旦水編）の成った安永四年（一七七五）の旅が有名だが、そのときは六月中旬に佐渡に渡り、秋には江戸に回っていると思われるから、そのときの句ではない。おそらく最晩年の、暁台六〇歳の寛政三年（一七九一）の旅での作であろう。

（山下）

秋の山ところどころに烟《けむり》たつ

（暁台句集）

▼季語―「秋の山」兼三秋。晴れ上がった空の下の秋の山は、くっきりと明るく美しいが、どこかさびしげである。▼句切れ―「秋の山」。次に切れ字の「や」があるような気持ち。

▽烟《けむり》―煙。山で働く人たちの焚《た》き火《び》であろう。山間《やまあい》の里の煙もあっていい。

『句解』 山のあちらこちらは色づいてきて、すっかり秋の景色となった。青空の下、その秋の山のところどころに静かに煙が立ちのぼっている。

《鑑賞》 〈ところどころに〉というところから、その山は、そう小さくはない。かといって、そう大き過ぎもしないということがわかる。親しみ深い山間《やまあい》の風景である。〈烟《けむり》たつ〉で、静かに立ちのぼる幾筋かの煙が見え、清らかに澄んだ山の空気が感じられる。平淡だが味わいの深い句である。

《補説》 『暁台句集』には〈秋山〉としてこの句があり、次に、

雨三粒降て人顕《あらわ》るるあきの山

の句がある。この二句は同時に作られたわけではあるまいが、〈ところどころに〉の句は、風景を大観して単純化したものであり、後の句は風景を〈雨三粒〉の中に凝縮して単純

化したもので、二句一対のもののようにみえる。（山下）

暁や鯨（くじら）の吼（ほ）ゆるしもの海

（暁台句集）

▼季語―「鯨《くじら》」兼三冬。初冬、または仲冬とされることもある。『和漢三才図会《さんさいずえ》』には、〈肥前の五島・平戸の辺は節分前後盛りとなし、紀州熊野浦は、仲冬を盛りとなす〉とある。「勇魚《いさな》」とも呼ばれ、豪快勇壮なものとされた。「しも」兼三冬。仲冬、または晩冬とされることもある。▼句切れ―「暁や」。切れ字「や」。
▽吼《ほ》ゆる―鯨《くじら》が潮を吹き上げることをいったものであろう。
▽しもの海―霜の降りた朝の海。海辺一面に霜が降り、海も冷たく静まっている。「霜凪《しもなぎ》」という語があるように、霜の朝は海が穏やかである。

『句解』　霜の降りた寒い夜明け、穏やかな霜凪《しもなぎ》の海もしだいに明るくなってくるころ、鯨《くじら》がめずらしくかなり近づいてきていて、勇ましく潮を吹き上げる音が聞こえる。

《鑑賞》　勇ましい鯨《くじら》、それも吼《ほ》えている姿を穏やかな霜の海に配して、印象的な情景にまとめている。巧みな道具立てで、やや作為的な感じもあるが、上五に〈暁や〉と置き、全体を夜明けの光の中に置いたことで、技巧を超えた詩趣を感じさせる。暁台の代表作の一つとされている。

《補説》　正岡子規《しき》は暁台の句について、〈剛健跌宕《てっとう》一気呵《か》成《せい》、銀河の九天より落つるが如《ごと》く〉（『中興俳諧五傑集』）と評している。この句も、そのような傾向の一つであるし、ほかに〈あき風や鷹《たか》に裂かるる鳥の声〉〈ほととぎすあらしにかかる夜の声〉〈狼《おおかみ》の吼《ほえ》うせてけり月がしら〉（以上、『暁台句集』）などいずれも動物の声による豪壮な句である。（山下）

《参考文献》　▼栗山理一「蕪村と暁台」（『日本文学史第七巻』岩波書店　昭33）▼山下一海『中興期俳諧の研究―暮雨巷暁台―』（桜楓社　昭40）▼清水孝之「暁台と岡崎俳壇」（『国語と国文学』昭43・10）▼服部徳次郎『暮雨巷暁台の門人』（愛知学院国語研究会　昭47）▼伊藤東吉『暁台の研究』（藤園堂書店　昭51）

釈　蝶　夢（しゃくちょうむ）

享保一七（一七三二）～寛政七（一七九五）。別号には五升庵・泊庵などがある。法号は幻阿弥陀仏《あみだぶつ》。京都の生まれ。二五歳で京都阿弥陀《あみだ》寺中帰白院の住職となるが、三六歳で隠退し、五升庵を洛東《らくとう》（京都）下岡崎に営む。俳諧を望月宋屋《もちづきそうおく》に学び、勝見二柳《じりゅう》と接して蕉風《しょうふう》を慕い、『芭蕉翁発句集《ばしょうおうほっくしゅう》』『芭翁《はおう》文集』『去来《きょらい》発句集《ほっくしゅう》』『丈草発句集《じょうそうほっくしゅう》』など多数の編著を刊行し、義仲寺芭蕉堂《ばしょうどう》の改築など蕉風《しょうふう》の顕彰に後半生を送る。篤実な人格者で交友も広く中興俳諧の基盤的存在であった。句集に『草根《そうこん》発句《ほっく》集』がある。

一夜一夜《ひとよひとよ》月おもしろの十夜《じゅうや》かな　（草根発句《そうこんほっく》集）

▼季語―「十夜《じゅうや》」初冬。旧暦一〇月五日の夜から一五日朝まで浄土宗の寺院で行われる念仏の行事。十夜粥《じゅうやがゆ》といって夜間の参詣《さんけい》者に粥《かゆ》を給したりする。▼句切れ―「十夜《じゅうや》かな」。切れ字「かな」。

『句解』　旧暦八月の満月が「名月」、九月のものが「後《のち》の月」であるが、冬に入った一〇月の月も冴《さ》え渡って美しい。十夜《じゅうや》念仏を聞きながら、毎晩少しずつ満ちてゆく月をおもしろくながめる情趣も捨てがたい。

《鑑賞》　みずから浄土宗の僧であった蝶夢の作として鑑賞すると〈一夜一夜《ひとよひとよ》〉というのが深い実感に裏づけられていることがわかる。

僧侶《そうりょ》として生き、俳諧師として生きた作者のうちに宗教と風雅（俳諧）とが一体であったことをうかがわせる優れた作品である。平凡な事象のうちに観照がゆき届き、深い情緒をたたえている。

（矢島渚男）

凩《こがらし》や壁にからつく油筒　（草根発句《そうこんほっく》集）

▼季語―「凩《こがらし》」初冬。「木枯《こがらし》」とも書く。一一月前後に吹く強い風。木の葉を落とし、枯れ木にしてしまうことからこの名がある。▼句切れ―「凩《こがらし》や」。切れ字「や」。
▽からつく―からからに乾く。からからと鳴る。▽油筒―灯《とう》油を入れる竹筒。

『句解』　凩《こがらし》が荒屋《あばらや》の内にまで吹きこんで、壁に掛けた空《から》っぽの油筒がからからと音を立てて鳴る。

《鑑賞》　蝶夢は三六歳のとき阿弥陀《あみだ》寺の帰白院住職を譲って洛東《らくとう》（京都）下岡崎に五升庵を結んで隠遁《いんとん》した。庵名は松尾芭蕉《ばしょう》の真蹟《しんせき》〈春立《たつ》や新年ふるき米五升〉の短冊を人に贈られたことにちなんで名づけられたものであった。この庵《いおり》を中心に彼の俳諧活動は行われたのであるが、この句も質素な五升庵での生活ぶりをうたったものであろう。

凩《こがらし》の吹くころはすでに膚寒く戸障子をしめるのだが、戸障子をしめてもなお、凩《こがらし》が吹きこむということで、粗末な家屋のさまを表現している。さらに油筒が〈からつく〉といって一滴の油も残っていないような貧しい生計のありさまを描き出している。

〈からつく〉は干からびるとからから音をたてるという

二つの意味を掛けていて、極度に省略した緊密な表現である。貧しいけれども閑寂な生活を作者は楽しんでいるのである。

（矢島渚男）

うづ《（ず）》み火や壁に翁《（おきな）》の影ぼうし

（草根《そうこん》発句集《ほっくしゅう》）

▼季語―「うづみ火（埋火）」兼三冬。炉や火鉢《ひばち》に埋めた炭火。家をあけるときや寝に就くときなどに炭火に灰をかけておくと、長時間保つことができる。冬の夜のしんみりとした静かな状況や気分を表す季語として用いられる。▼句切れ―「うづみ火や」。切れ字「や」。▽翁《おきな》―一般的には老人の意味であるが、俳諧の世界では芭蕉《ばしょう》翁《おう》・蕉翁《しょうおう》の尊称をつづめて、翁《おきな》といえば松尾芭蕉《ばしょう》を指すことになった。「翁忌《おきなき》」（芭蕉忌《ばしょうき》）など用例が多い。

『句解』人びとの寝静まった夜更け、埋火《うずみび》に手をかざしながら芭蕉《ばしょう》の遺徳をしのんでいる。壁には芭蕉《ばしょう》像の影がさして、何か生前の芭蕉《ばしょう》と語り合っているかのように思われてくることだ。

《鑑賞》〈東山正阿弥《あみ》にて芭蕉翁《ばしょうおう》百年忌興行。一間に尊像を祭りしに、かの冬籠《ふゆごもり》の俤《おもかげ》をそふ〉と前書があり、芭蕉《ばしょう》の彫像の影法師が壁に映っていたことがわかる。芭蕉《ばしょう》に〈埋《うずみ》火《び》や壁には客の影ぼうし〉（『続猿蓑《さるみの》』）という作品があり、前書の〈かの冬籠《ふゆごもり》の俤《おもかげ》〉とはこの句に描かれた状況を指している。

冬の夜、芭蕉《ばしょう》像に向き合っていると、自分が芭蕉《ばしょう》の客となっているかのように思われてくるというのであり、芭蕉《ばしょう》に心酔しその研究と顕彰につとめた蝶夢の面目がよく表されている。芭蕉《ばしょう》の句を踏まえて、〈客〉を〈翁《おきな》〉に置き換えた作品であるが、そのことによって芭蕉《ばしょう》を崇敬する気持ちを巧みにうたいこめたといえる。寛政五年（一七九三）、六二歳の作である。

《補説》〈埋火《うずみび》や打《うち》けぶりたる竹の箸《はし》〉〈うづみ火や埋《うず》めど出《いず》る膝《ひざ》がしら〉などの作もある。

（矢島渚男）

加舎白雄（かやしらお）

元文三（一七三八）〜寛政三（一七九一）。名は吉春。通称は五郎吉。別号には舎来・昨烏《さくう》・しら尾・白尾坊・春秋庵などがある。信州（長野県）上田藩士次男として江戸に生まれる。宝暦末年舎来と号し青峨《せいが》門となり、明和二年（一七六五）には烏明《うめい》に入門、のち烏明《うめい》の師鳥酔《ちょうすい》の直門となる。明和六年（一七六九）鳥酔《ちょうすい》の死後、各地を遊歴する。安永九年（一七八〇）江戸に春秋庵を開き『春秋稿』を年次刊行し、関東一帯に独自な地歩を築く。俳論に『寂栞《さびしおり》』『春秋夜話』などがあり、編著には『田毎《たごと》の春』『文車《ふみぐるま》』など多数がある。没後の句集に『白雄句集』（碩布《せきふ》編）がある。

人恋し灯《ひ》ともしころをさくらちる　（白雄句集）

▼季語―「さくら（桜）」晩春。▼句切れ―「恋し」。切れ字「し」。
▽灯《ひ》ともしころ―夕暮れ、灯《ひ》を点《とも》すころ。

『句解』　春の日のたそがれ、家々には灯《ひ》が点《とも》されるころ、桜の花びらがほの白くあるともない風にひらひらと舞い散っている。それを見ていると、しだいに人恋しい気持ちが込み上げてくることだ。

《鑑賞》　この句は白雄四〇歳から四四歳ころの中期作品と推定されている。春の日暮れのやるせない感傷が美しくうたわれている。

　もの恋し火ともしころをちるさくら
　ひと恋し火とぼしころを桜ちる
　人恋し火とぼしころをさくらちる
　人恋し灯《ひ》ともしころをさくらちる

という改作過程を経ている。〈もの恋し〉では対象が人とも物とも定まらぬ情緒であるが、〈ひと恋し〉として異性とし、さらに〈人恋し〉として友人をも含めて一般化していることがよくわかる。作者の気持ちとしてはこの友人を求めるという思いが強かったのであるが、読者はそれぞれの状況に応じて〈人〉を受け取ってよいわけである。

　白雄の句は、むずかしい表現はほとんどなく、すらっと読めるものが多いが、内容は奥深い。この句なども表面は青年の若々しい感傷にも通じるものであるが、中年に達した作者の鬱屈《うっくつ》した人生的な憂情をも、読み取ることができよう。

《補説》　東京都墨田区の白鬚《しらひげ》神社にこの句の句碑がある。

　天明の中興俳諧を締め括《くく》る位置にある白雄は、その憂愁と対象の截《き》り取り方の鋭さにより近代を先取りしていた。　（矢島渚男）

子規《ほととぎす》なくや夜明《よあけ》の海がなる　（白雄句集）

▼季語―「子規《ほととぎす》」兼三夏。▼句切れ―「なくや」。切れ字「や」。

『句解』　目覚めたままに夜明けの海鳴りを聞いていると、一声つんざくように鋭くほととぎすが鳴き過ぎていった。

《鑑賞》　この句は『きさらぎ集』に昨烏《さくう》の号で出たのが最初であるから、作者三二歳以前の作品である。明和二年

（一七六五）、白雄は松露庵烏明《うめい》に出会って江戸座俳諧を捨てて入門し、舎来から昨烏《さくう》へと改号したが、やがて烏明《うめい》の師である白井鳥酔《ちょうすい》に接して直接師事するにいたり蕉風《しょうふう》へと大きく開眼していった。そして鳥酔《ちょうすい》の没年までの四年間にその作品は長足の進歩をとげる。

この句は海に近い大磯《おおいそ》（神奈川県）での作と推定される。死の前年の明和五年（一七六八）鳥酔《ちょうすい》はここに鴫立庵《しぎたつあん》を再興したが、白雄はここに滞在し鳥酔《ちょうすい》の指導を受けていた。〈子規《ほととぎす》なくや〉という形は〈時鳥《ほととぎす》鳴くや湖水のささ濁り　丈草《じょうそう》〉〈蜀魂《ほととぎす》なくや木の間の角櫓《すみやぐら》　史邦〉〈子規《ほととぎす》啼くや有磯《ありそ》の浪《なみ》がしら　暁台《きょうたい》〉など、すでに秀作が多かったが、本句はそれらを凌駕《りょうが》する秀句であろう。

聴覚をとおして、視覚的に大きな情景を構成した作品である。

（矢島渚男）

菖蒲湯《しょうぶゆ》や菖蒲《しょうぶ》寄りくる乳《ち》のあたり

（白雄句集）

▼季語―「菖蒲湯《しょうぶゆ》」初夏。五月五日、端午の節句には菖蒲《しょうぶ》の葉や根を浮かせた湯に入る。菖蒲《しょうぶ》は繁殖力が強く陽性の植物と考えられ、陰性の悪霊を払う力があるとされ、陰陽道の思想がゆきわたった平安時代から災厄《さいやく》を避ける呪《まじな》いとして用いられてきた。前日の四日夜には菖蒲《しょうぶ》を軒端に葺《ふ》く風習があり、このほかにも菖蒲酒《しょうぶざけ》・菖蒲敲《しょうぶたたき》などの行事が行われた。

▼句切れ―「菖蒲湯《しょうぶゆ》や」。切れ字「や」。

『句解』　菖蒲湯《しょうぶゆ》につかると、乳のあたりに菖蒲《しょうぶ》の葉が漂い寄ってくる。

《鑑賞》　たっぷりと湧《わ》いた昼の湯であろう。あふれこぼれる湯に鳩尾《みぞおち》のあたりまでつかって風呂桶《ふろおけ》に両腕をゆだねている状態が想像される。

最初の湯の動きで、押しのけられていた菖蒲《しょうぶ》が、湯の動きが静まると乳のあたりへ漂ってきたというので、菖蒲《しょうぶ》の動きがよく観察されている。そんな細かい観察をするということに、いつもの湯ではなく年に一度の菖蒲湯《しょうぶゆ》だという新鮮な感動が語られている。

乳ということから、女性を考えやすいが、作者が男性であるということを離れて一般化しても、ここに描かれた人物は男性でなければ菖蒲湯《しょうぶゆ》の清爽感《せいそうかん》は損なわれるであろう。葉先が乳首に触れる甘くすぐったい感触までも伝わるようである。

《補説》　原句は〈さうぶ湯やさうぶ寄《より》くる乳《ち》のあたり〉と表記されている。〈さうぶ〉の発音は「そうぶ」である。現在では菖蒲は「しょうぶ」と読むことが多いが、当時は両様の発音があった。

（矢島渚男）

めくら子《こ》の端居《はしい》さびしき木槿《むくげ》かな　（白雄句集）

▼季語―「木槿《むくげ》」初秋。アオイ科の低木で生垣《いけがき》にも作られる（木槿垣《むくげがき》）。一般に紅紫色の花を開くが、白や紅もある。朝開き夕方には凋《しぼ》む。別称「あさがお」ともいった。▼句切れ―「木槿《むくげ》かな」。切れ字「かな」。▽めくら子《こ》―盲目の子供。▽端居《はしい》―縁先に座っていること。これも季語で夏季であるが、この句の場合は切れ字に続き、より明確に季節を限定する木槿《むくげ》が季語である。

『句解』　盲目の子がさびしく端居《はしい》しているかたわらに木槿《むくげ》の花が咲いている。

《鑑賞》　句が直接語っているのは句解に示したことがらであるが、この句はさまざまな連想を読む者に与える。時刻は朝か昼か夕方か。子供の性別は、年齢は。木槿《むくげ》は垣根《かきね》だろうか、それとも一本だけか、など。

　頴原《えばら》退蔵は『俳句評釈』の中で〈縁側の柱によつた目鼻立ちの細い美しい女の子、あはれや両眼は盲《めし》ひて、うつむきがちに淋《さび》しい顔をしてゐる。日はすでに黄昏《たそが》れかけて、垣根《かきね》に咲いた木槿《むくげ》の花もいつしか凋《しぼ》んでしまつてゐる〉と鑑賞し、この句は当然このような豊かな連想を誘う複雑な内容と見事な構成をもっていると述べている。

　さらに敷衍《ふえん》すれば、この子供の齢《とし》は五つか六つ、色白の女の子であって、それもその家にその子がいることを作者が熟知しているのであり、また木槿《むくげ》は白い花であることがふさわしい。

　天明四年（一七八四）八月、信州（長野県）の弟子に当てた書簡にみえ、四七歳の作品である。（矢島渚男）

吹尽《ふきつく》しのちは草根に秋の風　（白雄句集）

▼季語―「秋の風」兼三秋。「秋風」ともいう。秋に吹く風を総称するが、はげしい嵐《あらし》（台風）は「野分《のわき》」として区別している。「色なき風」ともいい、「色なし」ははなやかな色をもたないという意味で、身にしみるさびしさを秋風に感じ取ったもの。▼句切れ―「秋の風」。「吹尽し」でもいったん切れる。▽吹尽《ふきつく》し―吹き尽くしてしまって。主語の「はげしい風」が省略されている。▽草根―草の根であるが、この句では草の根本《ねもと》をいう。

『句解』　はげしい台風が荒れ狂い吹き尽くした後は、薙《な》ぎ倒されてあらわにされた草の根を穏やかな秋風が吹いている。

《鑑賞》　草木を吹き分けるという意味から野分《のわき》と呼ばれる

秋の暴風と、穏やかにさびしい一般の秋風を一句の中に描き上げて見事な作品である。しかも長い時間の経過をもつ複雑な内容を、さりげなく表現している。暴風は夜間を吹き荒れ、秋風が吹いているのは朝であろうか。〈吹尽し《ふきつくし》〉が省略の効《き》いた表現であるために余韻がある。自然の現象をそのままに表して、人間の心理を含めてそれ以上の内容を象徴しているようである。奥深く幽玄味をたたえた作品といえる。

《補説》 安永二年（一七七三）の『奥羽《おうう》紀行』に出ていて、作者三六歳の作。発表時から評判高く、また自信作でもあったらしく『春秋稿初篇《しょへん》』に再録された。一七回忌に当たって弟子たちによって建立された句碑が大磯《おおいそ》の鴫立沢《しぎたつさわ》にある。

（矢島渚男）

鶏《とり》の嘴《はし》に氷こぼるる菜屑《なくず》かな　（白雄句集）

▼季語―「氷」晩冬。▼句切れ―「菜屑《なくず》かな」。切れ字「かな」。
▽嘴《はし》―くちばし。▽菜屑《なくず》―菜や大根の葉の屑《くず》。乾燥して保存しておいた干葉《ひば》を、水にもどして細かく刻み鶏に与えた。

『句解』 朝早く鶏小屋から解き放たれた鶏たちが凍《い》てついた庭先などで餌《えさ》を探しまわっている。菜屑《なくず》を拾い上げると、頸《くび》を振り、嘴《くちばし》でしごくようにして氷やごみを拾い落としながら飲みこむ。そのたびに細かな氷片が朝日にキラキラ光って嘴《くちばし》からこぼれる。

《鑑賞》 一点に焦点をしぼった精緻《せいち》な写実で、きびしい冬の朝の情景が彷彿《ほうふつ》とする。きりっとしまった描写に余分なものは少しもない。それが厳冬にふさわしいのである。

（矢島渚男）

氷る夜や双手《もろて》かけたる戸の走り　（白雄句集）

▼季語―「氷」晩冬。▼句切れ―「氷る夜や」。切れ字「や」。
▽双手《もろて》―両手。▽走り―勢いよく動くこと。

『句解』 寒くしんしんと冷えこむ夜、戸を開けたてしようとしたが、軋《きし》んでしまって片手ではどうにも動こうとしない。そこで、よしとばかり悴《かじか》んだ両手をかけてふんばると、今度はどっと走り出してしまった。

《鑑賞》 勢《い》いよく走り出した戸が柱に当たって跳《は》ね返る、きんきん凍てた空気を震わせる大きな音さえ句の中から聞こえてくる。

だれでも日常経験することがらを巧みに句に描いていて、普遍性をもつと同時に、作者のおかれていた草庵《そうあん》の独り住まいという状況を考えてみると孤影が深い。〈氷る〉

というきびしい季語がそうした状況を鋭く暗示している。戸は雨戸だろうか、それとも部屋の襖《ふすま》や障子の類か、そのどちらであってもよい。〈双手《もろて》かけたる〉〈戸の走り〉という間髪を容《い》れぬ簡潔な表現をみるべきである。

（矢島渚男）

を（お）かしげに燃えて夜深し榾（ほた）の節

（白雄句集）

▼季語―「榾《ほた》」兼三冬。暖炉や囲炉裏《いろり》でたく木の切れ端や細木。「ほだ」ともいう。▼句切れ―「夜深し」。切れ字「し」。▽をかしげに―おかしそうに、おもしろそうに。▽榾《ほた》の節―枝のつけ根。松や杉などはこの部分に油脂分が多い。

『句解』 囲炉裏端《いろりばた》に座って、ときどき榾木《ほたぎ》をつぎ足しながら美しい炎に見とれて静かな刻《とき》を過ごしている。榾《ほた》には樹脂《やに》の多い木も混じっているのか、火が節にさしかかると、ぼおっと脂が吹き出して炎を明るくする。まるで自ら燃え尽きるのを楽しんでいるかのようだ。部屋には灯《とう》火はなく、炉明かりだけが夜の深まったことを知らせている。

《鑑賞》 旅の途次での作。句集では〈野火留にて〉と前書して、

妻も子も榾火《ほたび》に籠《こも》る野守《のもり》かな

いちはやく燃えて甲斐《かい》なし榾《ほた》の蔦《つた》

という二句とともに出ている。三句ともに傑出した作品であるが、中でも掲出の句には、作者の孤独な心がにじんでいてひかれる。

榾《ほた》の燃えるのを〈をかしげに〉と言い取って、対象を的確に描写すると同時に、そんな榾火《ほたび》に見入っている自分のさびしさを間接的に表出している。榾火《ほたび》がおもしろおかしそうに燃えていると観《み》ているのは、逆に作者を深い寂寥《せきりょう》が領しているからである。

（矢島渚男）

《参考文献》 ▼西谷勢之助「白雄論」（『天明俳人論』 交蘭社 昭4）▼荻野清「加舎白雄」（『国語国文』 昭8・10）▼中村俊定「白雄の出自」（『俳諧史の諸問題』 笠間書店 昭45）▼西沢茂二郎『俳傑白雄』（信濃教育会 昭35）▼伝田才子「加舎白雄」（『俳句講座3』 明治書院 昭34）▼宮脇昌三他編『加舎白雄全集上・下』（国文社 昭50）▼矢島渚男『白雄の秀句』（角川書店 昭51）

松岡青蘿（まつおかせいら）

元文五（一七四〇）～寛政三（一七九一）。通称鍋五郎《なべごろう》。別号には幽松庵《あん》・栗庵《あん》・栗の本・山李房などがある。姫路藩士として生まれ、江戸に育った。二三歳で藩を追われ、のち二九歳で剃髪《ていはつ》した。俳諧は玄武坊に学び、姫路退去後の諸国遍歴

中、和田希因《きいん》・高桑闌更《らんこう》の影響を受け蕉風《しょうふう》となる。明和四年（一七六七）播州《ばんしゅう》（兵庫県）に帰り、以後与謝蕪村《よさぶそん》・三浦樗良《ちょら》・加藤暁台《きょうたい》らと交わり、また中国・四国地方へ蕉風《しょうふう》を広めた。『蛸《たこ》壺塚《つぼづか》集』『骨書《ほねがき》』『都六歌仙《かせん》』などを編み、句は没後に『青蘿発句《ほっく》集』に収められる。

はる雨《さめ》の赤兀山《あかはげやま》に降《ふり》くれぬ

（青蘿発句《ほっく》集）

▼季語―「はる雨《さめ》」兼三春。三月、四月ごろしとしとと降り続く細い雨。春雨《はるさめ》の情趣には、〈春の雨はものごもりてさびし〉（『鬼貫独言《おにつらひとりごと》』）という鬱屈《うっくつ》した物寂しさと、草木を芽吹かせ花の蕾《つぼみ》を綻《ほころ》びさせるという、しっとりと優艶《ゆうえん》な明るさと、古来二つの本意がある。作者の状況と心理によって春雨《はるさめ》の情趣は支配される。▼句切れ―「降《ふり》くれぬ」。切れ字「ぬ」。「はる雨《さめ》の」でもいったん切れる。
▽赤兀山《あかはげやま》―草木が生えず、赤土が露出した山。▽降《ふり》くれぬ―降り続きながら夕暮れてゆくこと。

〘句解〙　春雨《はるさめ》に閉じこめられて鬱陶《うっとう》しい日である。窓から見えるのは赤はげた平凡な山、それを日がな一日ながめ暮らす。夕暮れとなってもまだ雨は降りやまず夜に入ってゆく。

《鑑賞》　春雨《はるさめ》の本意のうち、前者の鬱屈《うっくつ》した物寂しさを主題とした句である。〈赤兀山《あかはげやま》〉という対象に退屈で平凡な日常生活を象徴させていて青蘿作品のうちでは、最もよく知られていると同時に優れたものである。
〈赤兀山《あかはげやま》〉とは秋の出水、あるいは雪の被害で削り取られた赤膚の山であろうか。それとも土砂の採掘などでいびつにされてしまった山であろうか。ともかく荒涼としてながめるに耐えない景色だろう。その景色に一日中向き合っている、と表現することによって作者の心がたしかに形象化されている。

（矢島渚男）

角《つの》上げて牛人を見る夏野かな

（青蘿発句《ほっく》集）

▼季語―「夏野」兼三夏。植物のさかんに繁茂した夏の野であるが、田畑があり雑木林があっても青い野がどこまでも続いている感じである。夏期を通して使用されるが、さんさんと焼けつくような日が降り注ぐ盛夏の季感をもっている。
▼句切れ―「夏野かな」。切れ字「かな」。「角《つの》上げて、牛、人を見る夏野かな」と小休止を置いて読むのがよい。

〘句解〙　燃えつくような昼下がり、あたりに人影のない夏野をたどって行くと、道の傍《かたわ》らに一匹の牛がおとなしく草を食《は》んでいる。なおも道を進んで行くと、突然その牛が顔を上げて（角《つの》を上げて）こちらをじっと見た。

《鑑賞》牛は顔を上げて敵意もなくこちらを見ただけであるが、作者にとっては夏野の真ん中で牛に出会って少し不安になっているときだったので、不気味な気持ちになったのである。それを「顔上げて」ではなく〈角《つの》上げて〉といって巧みに表現している。あわて驚いて、立ちすくんでしまったのかもしれない、そんな作者がよく表されている。おとなしい牛であっても、狂暴な性質を象徴するような角《つの》をもって生まれてくる、といった生き物のあわれさも、句面から漂ってくるような気もする。

　万物の生命力のさかんな状態を示す〈夏野〉という季語が、句の内容に適合している。これが春野だったら、やさしい牛になるし、秋の原だったら、やっぱり人間は被害意識を持たないにちがいない。

《補説》〈行年《ゆくとし》や馬をよければ牛の角《つの》〉という作品もあり、これもおもしろい。おそらく〈角《つの》上げて〉の成功に触発されたものであろうか。　（矢島渚男）

蘭《らに》の香も閑を破るに似たりけり　（青蘿発句《ほっく》集）

▼季語―「蘭《らに》」仲秋。日本産の春蘭《しゅんらん》は深山に春咲き、春季であるが、古来蘭《らん》が秋季とされているのは芳香の強い秋の七草の一つ、藤袴《ふじばかま》を蘭（らに）と称したからである。中国から入った秋蘭《しゅうらん》には建蘭、玉魫蘭、素心蘭など品種が多い。俳諧でうたわれてきた蘭《らん》は多く藤袴《ふじばかま》であり、この句の蘭も「らに」である。▼句切れ―「似たりけり」。切れ字「けり」。

▽閑を破る―閑居を乱す。静寂な境地をさまたげる。

〔句解〕君子の花とされる蘭《らに》の鉢植《はちう》えを置いて自分は静かな境地にいたいと思う。しかし心を鎮めてくれるはずの高貴な蘭《らに》の芳香が、かえって心をさわがせてしまうようだ。

《鑑賞》いっきに言い下した緊張した調べに憂情をこめている。文人雅人としては蘭《らん》の香を賞《め》で閑居を楽しまねばならぬのであるが、そうした境地にも住み難い自分の心境を率直に吐露したのである。

　蘭《らん》の高貴に対して閑寂な心境を付け合わせるのでは平凡であるが、逆に〈閑を破る〉として、強く否定することによって、閑居に心ひかれる自分の姿を表すことができたのである。

　ある事物にふさわしい物や心を取り合わせては月並みなつまらぬ作品になってしまう。この句の場合はむしろ対立的な異物を取り合わせるという二物衝撃的な手法が生かされているといえよう。　（矢島渚男）

戸口より人影さしぬ秋の暮（くれ）　（青蘿発句《ほっく》集）

▼季語―「秋の暮《くれ》」兼三秋。もともとは「暮秋」（秋の終わり）を意味したが、秋の夕暮れの意味も併用されるようになり、両義を包摂する。この句の場合、人影がさしこんだ、という意味から秋の夕暮れに用いられている。▼句切れ―「人影さしぬ」。切れ字「ぬ」。
▽戸口―戸の立ててある家の出入口。入口を入ると土間になっている江戸時代の家の構造がこの句の場合ぴったりする。

〔句解〕　秋の日暮れはひっそりとさびしい。だれもいない、もの音の絶えた部屋に座っていると、人の気配がして、戸口から土間にだれともわからぬ人影がすっと伸びてきた。

《鑑賞》　『新類題発句《ほっく》集』に〈さし覗《のぞ》く人影さしぬ秋の暮《くれ》〉という異型が収められている。この型だと、窓や障子からのぞいたという感じで明るく、軽い句柄となってしまって〈秋の暮《くれ》〉と不調和であるし、〈さし覗《のぞ》く〉〈さしぬ〉というリフレインもおもしろくはあるが成功していない。

〈戸口より〉とはっきり場所を限定し、「覗《のぞ》いた」というような余計な説明を切り捨てた型が、ひっそり静まり返った秋の暮れの状況にふさわしいといえる。言葉もなく戸口からさし込んだ人影に秋の日暮れの不安な心が象徴されている。平明な写実句でありながら、心の動きをもとらえている優れた作品である。

《補説》　近代に入って〈戸の口にすりつぱ赤し雁《かり》の秋　石《せき》鼎《てい》〉という作品がある。この句は鮮明な写生句で、印象派ふうの趣がある。墨絵ふうの青蘿作品と対比してみるとよい。　（矢島渚男）

松風の落ちかさなりて厚氷　（青蘿発句《ほっく》集）

▼季語―「氷」晩冬。▼句切れ―「落ちかさなりて」。「て」は切れ字ではないが、上五・中七と下五の間の因果関係が飛躍しているので軽く切れる感じがある。また下五が名詞止めなのでここに切れがある。
▽松風―松の木（林）を吹く風。松の梢《こずえ》を吹いてきた風。強く吹くとき発する音を松籟《しょうらい》という。▽厚氷―厚く張った氷。

〔句解〕　松林に囲まれ、氷の張りつめた湖（池）に、寒風を受けてごうごうとすさまじい松籟《しょうらい》が響き渡っている。幾日もの間、この松風が湖に落ち重なって厚い氷を作ったのだ。

《鑑賞》　一般に平明で穏和な作品が多い青蘿の中では異色である。与《よ》謝《さ》蕪《ぶ》村《そん》には有名な〈牡丹《ぼたん》散《ち》て打《うち》かさなりぬ二三片〉、三浦樗良《ちよら》にも〈かりがねの重なり落つる山辺《やまべ》かな〉といった作があるが、両者とも写実的なとらえ方をしたものである。青蘿の句はおそらくこうした作品を知った上で作られていると考えられるが、松風が落ち重なったというのは叙景をつきつめた感覚の所産であろう。頭でこしらえたものという感じもしないではないが、厚氷に寒風の重なりを感じ取るには、理屈ではない鋭い直感が必要であろう。

青蘿としても、この時代としても異色な作品の一つである。

（矢島渚男）

灯火《ともしび》のすは《わ》りて氷る霜夜《しもよ》かな

（青蘿発句《ほっ》集）

▼季語―「霜夜《しもよ》」兼三冬。晴れた寒夜には地表の水蒸気が白く結晶する。霜《しも》が降りるようなしんしんと冷えこむ夜である。▼句切れ―「霜夜《しもよ》かな」。切れ字「かな」。
▽すはりて―座りて。じっとして動かないありさまをいう。
『句解』　しんしんと更け渡る夜である。風も落ちて室内にも寒気が容赦なく忍びこんでくる。自分は一灯《とう》を見つめて時を過ごしている。炎は瞬きもせず寂として凍りついたように直立している。今夜はきっと霜《しも》が降りることだろう。

《鑑賞》　じっと動かぬ灯火《ともしび》のさまを〈すはりて〉の一語で端的に表現したのがこの句のすぐれた点である。炎も動かず、そしてそれを見つめている作者も身じろぎもしないのだ。いかにも霜夜《しもよ》らしい情感がある。〈氷る〉も晩冬の季語で季が重なるが、わずらわしくない。

（矢島渚男）


《参考文献》▼高木蒼梧「松岡青蘿」（『俳諧史上の人々』俳書堂　昭7）▼萩原蘿月「青蘿・移竹・鳥酔」（『俳句講座9』改造社　昭8）▼山崎喜好「栗の本青蘿」（『国語国文』昭32・7）▼荒木良雄「俳人青蘿の位置」（『国文論叢』昭30・11）▼『近世俳句俳文集』（小学館　昭47）

■俳句の一年――鳥

春の鶯《うぐいす》。ホーホケキョの美しい声は、あまりにも有名である。〈鶯《うぐいす》の身をさかさまに初音《はつね》かな　其角《きかく》〉〈鶯《うぐいす》の啼《な》くや小さき口あいて　蕪村《ぶそん》〉〈ほのかなる鶯《うぐいす》聞きつ羅生門《らしょうもん》　来山《らいざん》〉〈うぐひすやもののまぎれに夕鳴きす　暁台《きょうたい》〉。芭蕉《ばしょう》は〈鶯《うぐいす》や餅《もち》に糞《ふん》する縁のさき〉とユーモラスな一面を詠んでいる。

秋は雁《かり》。秋の季感とマッチして、あわれな風情《ふぜい》が漂う。〈かりがねの重なり落つる山辺《やまべ》かな　樗良《ちょら》〉〈病雁《びょうがん》の夜寒に落ちて旅寝かな　芭蕉《ばしょう》〉〈田の雁《かり》や里の人数《にんず》はけふもへる　一茶《いっさ》〉〈雁《かり》がねも静かに聞けばからびずや　越人《えつじん》〉。その雁《かり》も、春になれば北へ帰る。〈日と海の懐ろに入り雁《かり》帰る　みどり女〉。

化政・天保期の俳諧

中興期の俳人たちが相ついで没すると、俳諧は再び内容の薄いものとなったが、その中で、文化・文政のころにすぐれた個性をみせたのは小林一茶《いっさ》であり、ほかにも鈴木道彦《みちひこ》・夏目成美《せいび》・建部巣兆《たけべそうちょう》・井上士朗《しろう》らに特色があった。天保のころになると、俳諧はますます普及したが、作品は低調なものとなった。平凡な季題趣味と小理屈がもてあそばれたいわゆる月並俳諧の時期である。成田蒼虬《そうきゅう》・田川鳳朗《ほうろう》・桜井梅室《ばいしつ》が天保の三大家と呼ばれた。

大伴大江丸（おおともおおえまる）

享保七（一七二二）～文化二（一八〇五）。本名、安井政胤《まさたね》。通称大和屋善右衛門。大坂の人。居住地の大伴浦から大伴大江丸と号す。別号には芥室《かいしつ》・旧国《ふるくに》などがある。飛脚問屋を業とした。俳系は松木淡々《たんたん》、大島蓼太《りょうた》の流れをくむ。職業上よく旅に出、交友の幅も広い。古典のパロディや口語調の俳風で中興・化政期の俳壇のユニークな存在となっている。句文集に『俳懺悔《はいざんげ》』『はいかい袋』がある。

秋来（き）ぬと目にさや豆のふとりかな

（はいかい袋）

▼季語―「秋来《き》ぬ」初秋。風はさわやかだが、まだ残暑はきびしい。▼句切れ―「ふとりかな」。切れ字「かな」。▽目にさや豆―「目にさやかに見える」と「さや豆」の掛詞《かけことば》。メニサヤマメの韻も踏む。

『句解』 立秋とはいえ、日ざしはきびしく風も吹かない。夏と同じだ。道端の畑を見ると、さや豆が大きくふくらんでいる。ああ、やっぱり秋は来ているのだ。さや豆のふとり方に、さやかに（はっきりと）秋は感じられる。

《鑑賞》 『古今集』巻第四巻頭の藤原敏行《ふじわらのとしゆき》の〈秋立つ日よめる　秋来《き》ぬと目にはさやかに見えねども風の音にぞおどろかれぬる〉のパロディである。敏行《としゆき》が聴覚により秋の到来をしみじみと感じているのに対して、大江丸は視覚で感受している。つまり原歌の〈目にはさやかに見えねども〉を「目にはさやかに見える」と逆転してしまっている。

植物に対して「ふとる」と表現しているのも、俳諧らしいユーモアであり、「天高く馬肥ゆる秋」を迎え、さや豆も肥えてきたのか、という意であろう。またさや豆のさやという語は古来すがすがしさを感じさせる語である。

《補説》 与謝蕪村《よさぶそん》の〈秋来《き》ぬと合点させたる嚔《くさめ》かな〉が、このさや豆の句と、同じく大江丸の〈能因にくさめさせたる秋はここ〉とに影響しているかと思われる。（遠藤）

ちぎりきなかたみに渋き柿《かき》二つ　（はいかい袋）

▼季語―「柿《かき》」初秋。熟す前の柿《かき》はまだ渋く、食べるといつまでも消えない渋みが口の中に広がる。▼句切れ―「ちぎりきな」。切れ字「な」。
▽ちぎりきな―契《ちぎ》る（約束する）とちぎる（もぎ取る）とが掛けてある。▽かたみに―互いに。
〖句解〗 互いに渋い柿《かき》を一つずつちぎり取ったことですね。甘いものと確信しあっていたのに。

《鑑賞》 『後拾遺集《ごしゅうい》』第一四、恋四の清原元輔《きよはらのもとすけ》（清少納言の父）の〈心変り侍《はべ》りける女に人にかはりて　契《ちぎ》りきなかたみに袖《そで》をしぼりつつ末《すゑ》の松山浪《まつやまなみ》越さじとは〉のパロディ。原歌は「約束しましたね。互いに涙にぬれた袖《そで》をしぼりつつ、末《すえ》の松山《まつやま》を浪《なみ》が越さないように、二人の愛も決して変わることはない、と。それだのにあなたの心は変わってしまったのですね。」という女性の裏切りを恨む男の歌である。この苦い男女の愛の終末を、渋い柿《かき》をかじって苦い顔をしている二人の人間の表情のクローズ－アップに変えたのである。大江丸の二つの渋い柿《かき》の中には、男女の愛の苦味もかすかに残っているのではあるまいか。小林一茶《いっさ》の〈ちぎりきな藪《やぶ》入り茶屋を知らせ文〉はこの考え方へ筆者を誘う。

《補説》 千代女《ちよじょ》の句と伝えられる〈渋かろか知らねど柿《かき》の初ちぎり〉（結婚初夜の句とされる）を意識した句とも考えられる。千代女《ちよじょ》の句の〈初ちぎり〉に「初契《はつちぎ》り」と「初《はつ》もぎ」の両意の掛けてあるのはもちろんである。（遠藤）

井上士朗（いのうえしろう）

寛保二（一七四二）～文化九（一八一二）。本名正春。別号に枇杷園《びわえん》などがある。尾張《おわり》（愛知県）の守山に生まれ、名古屋で産科医となる。加藤暁台《きょうたい》の跡を継ぎ、鈴木道彦《みちひこ》・与謝蕪村《よさぶそん》からも長者としての待遇を受け、俗謡に〈尾張《おわり》名古屋は士朗《しろ》（城）で持つ〉と歌われた。国学を本居宣長《もとおりのりなが》に学び、俳風は平明温和だが、天保調の先駆的な一面もある。著書に『枇杷園《びわえん》句集』『枇杷園《びわえん》随筆』などがある。

足軽のかたまつて行く寒さかな　（縦《たて》のならび）

▼季語―「寒さ」兼三冬。時代的な寒さ、心の寒さも包含し

ている。▼句切れ―「寒さかな」。切れ字「かな」。
▽足軽―足軽く走り回る者の意味。戦時には歩兵として、平常は雑役夫として武家に仕える。

〘句解〙 脛《すね》を出した軽装の足軽たちが一つにまとまって、冬の寒い中を急ぎ足で行く。その速さは、足軽の悲しい習性のようにみえる。孤独な一人一人がしぜんに身をすり寄せてできた一団は、まるで寒さの塊のように、見る人の心にまで迫ってくる。

《鑑賞》〈かたまって行く〉が、この句の眼目であろう。天候の寒さ、心の寒さが、足軽たちを一つの集団にしたのであろう。『雑兵物語《ぞうひょうものがたり》』に足軽のきびしい生活ぶりが活写されている。共通の貧しさ・苦しみをかかえこんだ人びとの、無意識の連帯感とでもいうべきものさえ、〈かたまって行く〉から想像されるのだ。

小林一茶《いっさ》は『おらが春』に〈木《こ》がらしや折助《おりすけ》帰る寒さ橋〉と詠み、翌年〈づぶ濡《ぬ》れの大名を見る炬燵《こたつ》かな〉と詠む。折《おり》助《すけ》（武家の使用人）への同情と大名への反発とが一茶《いっさ》の句にはある。しかし士朗の句〈菜の花に大名うねる麓《ふもと》かな〉〈足軽のかたまって行く寒さかな〉の大名・足軽への眼《め》には、むしろ審美的なものの方が強く感じられる。

《補説》 元禄六年（一六九三）、〈寒菊や〉の歌仙《かせん》に次のような付け合いがある。〈蝮《まむし》の跡をいたむ霜先　芭蕉《ばしょう》／年よりて身は足軽の追《おい》からし　野坡《やば》／陰で（異本に泣いて）酒のむ乗物の前　芭蕉《ばしょう》〉
（遠藤）

木枯《こがらし》や日に日に鴛鴦《おし》の美しき　（枇杷《びわ》園《えん》句集）

▼季語―「木枯《こがらし》」「鴛鴦《おし》」初冬。落葉を急がす木枯らし。その中に華麗な夫婦愛をみせる鴛鴦《おし》。▼句切れ―「木枯《こがらし》や」。切れ字「や」。

〘句解〙 秋、山奥から里の池に降りてきたオシドリは、紅葉・黄葉の色にまぎれていたが、木枯らしの毎日吹きすさぶ冬になり、すっかり落葉した林の中で一日一日ますます美しくなってゆくように感じられる。枯れ木の色とオシドリの色とが映り合う故であろうか。冬は日増しに深まってゆく。

《鑑賞》〈日に日に〉の表現は、千代女《ちよじょ》の句に〈落鮎《おちあゆ》や日に日に水のおそろしき〉〈富士の笑ひ日に日に高し桃の花〉とみえ、また『千代尼《ちよに》句集』の跋文《ばつぶん》の筆者である高桑闌更《たかくわらんこう》も〈枯れ蘆《あし》の日に日に折れて流れけり〉の句を作っている。士朗のこの句にも、千代女《ちよじょ》の〈落鮎《おちあゆ》〉の句のリズムが響き、またその句の深まりゆくわびしさの中に士朗はオシドリの華麗さを点ずることにより新味を出している。おそろしくさむざむとした水中の鮎《あゆ》に対して、木枯らしの中でますます美しく

なるオシドリを配した。与謝蕪村《よさぶそん》の〈鴛《おしどり》に美を尽くしてや冬木立〉に時間の経過を添加した雰囲気《ふんいき》の句である。（遠藤）

夏目成美（なつめせいび）

寛延二（一七四九）〜文化一三（一八一六）。本名包嘉。通称は井筒屋八郎右衛門という。浅草蔵前の札差《ふださし》。一八歳で右足の自由を失い、不随斎と号し、心境を練磨して随斎と改号。「俳諧独行の旅人」と自称して、一定の流派に属さず、鋭い感覚で洗練された句を詠む。小林一茶《いっさ》をはじめ俳人の世話をよくして尊敬された。『四山藁《しざんこう》』『随斎諧話』『成美家集』などの著書がある。

魚《うお》食うて口なまぐさし昼の雪

（成美家集）

▼季語—「雪」兼三冬。朝の雪、夜の雪とは異なり、昼の雪には清純なものが解けかかり汚《けが》れてゆくイメージがある。デカダンスのにおいがする。▼句切れ—「口なまぐさし」。切れ字「し」。

《句解》　昼食に魚を魚べた。縁に出て、日の光に解けてゆく雪—清く美しかったもの—が汚《けが》れてゆく姿を見ていると、口に残る魚の生臭さと解けてゆく雪の頽廃《たいはい》のにおいとが、どこかで照応し合っているように思えてくる。

《鑑賞》　潁原《えばら》退蔵以来、この〈昼の雪〉は「清麗純白」な雪であり、それとの対照で魚の生臭さが感じられる、と解釈され、〈魚を食うはずのない朝の雪でもなければ、夕暮《ゆうぐれ》の雪でもない。〉（暉峻康隆《てるおかやすたか》『近世俳句』）という非常に現実的な〈昼の雪〉の必然性の説明も続いて出ている。しかし、昼の雪には、むしろデカダンスのにおいがあり、それと魚の生臭さとのコレスポンダンス（照応）こそ、この句の眼目であろう。故に近代的な、鋭い官能の句になっているのだ。

この句は寛政二年（一七九〇）の句で、この二年前の天明八年（一七八八）、成美は〈袷《あわせ》着て塩魚《しおうお》食ふ口清し〉と、袷《あわせ》の感触、塩魚《しおうお》の味、口の清さの照応を詠む。この「口清」き世界と正反対なのが、「口なまぐさ」き世界なのだ。〈ふる雪を見てゐるまでのこころかな〉も参考にするとよい。（遠藤）

蝿《はえ》打ってつくさんとおもふ《う》こころかな

（成美家集）

▼季語—「蝿《はえ》」兼三夏。うるさくつきまとってくる感じ。人の心をいらだたせる。▼句切れ—「こころかな」。切れ字「かな」。

▽つくさん―すべて捕り尽くしてやろう。

『句解』　歩行不自由な自分は、まず手持ちぶさたを慰めるために蝿《はえ》たたきを始めたのである。それなのに、いつか夢中になり、すべての蝿《はえ》をたたき殺してやろうと躍起になってしまっている。そんな自分の心にふと気づいて、我ながら恥ずかしく思うとともに、自分の心の働きを自分でも制御できぬときのあるのを感じ、人間の心に、ある種の恐れと不安をさえ感じる。暑さと倦怠《けんたい》とが一種のサディズム的な心理を誘発したのかもしれない。

《鑑賞》　文化三年（一八〇六）のこの句を、寛政二年（一七九〇）刊の『俳懺悔《はいざんげ》』中の大伴大江丸《おおともおおえまる》の〈蝿《はえ》うちや上手になりし我がこころ〉と比較すると、同じ遊俳ながら両者の自己凝視の深さに大きな相違のあることに気づくはずである。

　蝿たたきに無聊《ぶりよう》を慰める成美の姿を、長翠《ちようすい》という俳人が詠んでいる。〈成美が別荘にて〉と前書してある、〈黄鳥《うぐいす》の蝿《はえ》追ふは籠《かご》のつれづれか〉という句がそれだ。歩行の不自由な成美には豪華な別荘も鳥籠《とりかご》のように窮屈な場であったにちがいない。〈ふる雪を見てゐるまでのこころかな〉にも、自己の心の動きをさめた眼《め》で見すえている成美の近代的自意識が感じられる。（遠藤）

鈴木道彦（すずきみちひこ）

宝暦七（一七五七）～文政二（一八一九）。本名由之。別号は金令舎など。仙台《せんだい》の人。江戸で医を業にしながら、加舎白雄《かやしらお》に入門。師の没後、夏目成美《せいび》・井上士朗《しろう》らに接近して、政治的策略を弄《ろう》し、俳壇的地位を確立、名声を天下にとどろかし、諸俳人を圧倒した。その、諸大家への酷評に満ちた『無孔笛《むくてき》』は、逆に道彦への非難や罵倒《ばとう》の声を喚起し、彼を自滅へ導く。句集に『蔦本集《つたのもと》』などがある。

ゆさゆさと桜もて来る月夜かな

（蔦本集《つたのもと》）

▼季語―「桜」晩春。浮かれ心を誘い出す。▼句切れ―「月夜かな」。切れ字「かな」。

▽ゆさゆさと―全体がゆれ動く様子をいう。

『句解』　月もおぼろにかすむ夜、自分の身の丈《たけ》よりも大きいような桜の枝を大きく揺するようにかついで来る男がある。桜の花は月の光に鈍く光り、酔いどれ男もその花と月の夢幻の世界に陶然としている感じ。見ている者も、しばしわが身が市中にあることさえ忘れて、劇中人物になったような気分で、酔漢を見送る。揺れる桜花、酔漢、見送る人すべての上に月がさしている。

《鑑賞》〈ゆさゆさと〉に見事な桜の枝ぶり、酔漢の千鳥足その他の情景が凝縮されているのはさすがである。枝がしない、花びらが散るさまが目に浮かぶ。

松尾芭蕉《ばしょう》の〈しばらくは花の上なる月夜かな〉は山中の桜の森を照らす月を大きくとらえているが、道彦の句の月は、酔漢という俗人の典型がかつぐ桜を照らし、それを浄化しているともいえよう。俗塵《ぞくじん》の中を俗人が桜をかついで通るのだが、そこにこの世ならぬ妖艶《ようえん》な世界が出現している。これは写生の句ではあるまい。実景の句としても、作者の美意識により再構成された、耽美《たんび》の世界と考えるべきであろう。〈桜花素面《しらふ》でかつぐものでなし〉（『柳多留《やなぎだる》』）とは全く別の世界を創造している句。前掲の芭蕉《ばしょう》句や小林一茶《いっさ》の〈山の月花盗人を照らし給ふ〉や夏目成美《せいび》の〈折れ盗めとても花には狂ふ身ぞ〉などが、むしろ道彦の句の参考になる。（遠藤）

家二つ戸の口見えて秋の山

（蔦本集《つたのもと》）

▼季語―「秋の山」兼三秋。冬の眠りに入る前のさびしさを漂わせながらも明るく澄みきった雰囲気《ふんいき》をもつ。▼句切れ―「家二つ」。「見えて」でもいったん切れる。

『句解』晴れわたった秋空の下、山路を行くと、思いがけず二軒の家が遠方に見える。入口があいていて、そこだけが屋内の闇《やみ》を見せている。広く明るい空間の中に二つの黒い穴がぽっかりと。小さな闇《やみ》だが、充満する秋の光の中で無気味なさびしさを感じさせる。

《鑑賞》秋の山の明るさの中に二つの戸口の闇《やみ》をクローズアップしたところに、この句の近代性がある。即物的方法で深い虚無感を表現している。

「家二軒」とせずに〈家二つ〉としたのは、広大な空間の中の存在としての家を表現するためではなかったか。〈五月雨《さみだれ》や大河を前に家二軒　蕪村《ぶそん》〉〈入梅晴《つゆばれ》や二軒並んで煤《すす》払ひ　一茶《いっさ》〉などの人間臭は〈家二つ〉には感じられない。家のはかなさの方が身に迫る。西行《さいぎょう》の〈さびしさに堪へたる人のまたもあれな庵《いおり》並べむ冬の山里〉の幻想の二軒家には人の心の交流があるが、この〈家二つ〉は暗い穴を一つずつ外界にさらして、孤独にシーンと静まり返っているのみである。（遠藤）

建部巣兆（たけべそうちょう）

宝暦一一（一七六一）～文化一一（一八一四）。本名山本英親。別号には秋香庵・菜翁などがある。江戸本石町の名主の家の生まれ。俳諧は加舎白雄《かやしらお》門。夏目成美《せいび》・鈴木道彦《みちひこ》と共に江戸三大家と呼ばれる。土佐風《ふう》・蕪村風《ぶそんふう》の画にもすぐれ、書もよくした。洒脱《しゃだつ》な中に気品の高さのうかがわれる俳風である。鳥羽僧正《とばそうじょう》を慕うところに、その洒脱《しゃだつ》さの底に深いものの潜むことが想像される。没後の句集に『曾波可理《そばかり》』がある。

梅散るや難波《なにわ》の夜の道具市

（曾波可理《そばかり》）

▼季語―「梅」初春。寒気の残る中に清楚《せいそ》な姿で春を告げる花。気品あるイメージ。▼句切れ―「梅散るや」。切れ字「や」。▽難波《なにわ》―大坂。仁徳天皇以来の古い歴史の町であるとともに、活況を呈する商業都市でもある。▼道具市―古道具をせり売りする市。多くは夜間営業された。

『句解』 かつて栄えた人びとが生活に窮して手放した由緒ある家具・小道具などが、夜の灯を浴びて売られている。美しい道具類が、灯下にあってますます古雅なものに見える。梅の花がはらはらと、売る人、買う人、売られる道具の上に散りかかり、「商業」というものがふと美しく、悲しく、さびしいものに思われてくる。

《鑑賞》 苛烈《かれつ》な商業都市大坂の夜の市を耽美《たんび》的な目で見た句といえよう。仁徳天皇を梅の花によそえて王仁《わに》が詠んだ歌〈難波津《なにわづ》に咲くやこの花冬ごもりいまは春べと咲くやこの花〉（『古今集』仮名序）は、難波《なにわ》に都をおいたといわれる仁徳天皇への賛歌である。〈いまは春べと咲〉いた〈梅〉も、巣兆の句では〈散〉ってしまう。それは伝統ある家柄の人たちの没落を象徴しているのかもしれない。彼らの没落をうながしたのは商業であるかもしれぬ。それを夜市に焦点をしぼって美しく詠み上げている。

与謝蕪村《よさぶそん》の〈秋の燈やゆかしき奈良の道具市〉を意識している句と考えられるが、性格は違う。

（遠藤）

江《え》に添うて家々に結ふ《う》粽《ちまき》かな

（曾波可理《そばかり》）

▼季語―「粽《ちまき》結ふ」仲夏。米の粉の餅《もち》を笹《ささ》・菰《まこも》で包み、藺草《いぐさ》で縛る（これを結うという）。端午の節句に疫病よけに食べる。▼句切れ―「粽《ちまき》かな」。切れ字「かな」。
▽江《え》―川。

『句解』 川に沿って長く広く人里が見える。その一軒一軒の家ごとに、母親や主婦たちが、粽《ちまき》を作っている。節句の用意のため、作る人の心もはずむ。この情景を見ている人もしぜんに楽しくなってしまっている。

《鑑賞》 大きな景観をまず〈江《え》に添うて〉と写し出し、各の〈家々〉の内部へと入り、最後に小さな〈粽《ちまき》〉に読者の目を定着させる技法に注意したい。一家の健康を祈る主婦たちの心が粽《ちまき》に結晶している。

〈家々に〉から、三好達治《みよしたつじ》の「雪」という詩を思う。〈太郎を眠らせ、太郎の屋根に雪ふりつむ。／次郎を眠らせ、次郎の屋根に雪ふりつむ。〉これをもじって、〈太郎を喜ばせ、太郎の屋根の下に粽《ちまき》つくる。／次郎を喜ばせ、次郎の屋根の下に粽《ちまき》つくる。〉と迷句を並べたくさえなるのだ。子供たちのうれしそうな顔が見えてくる句であることはたしかである。庶民の生きる喜びを与謝蕪村《よさぶそん》のように、暖かな目で詠んだ句。　（遠藤）

小林一茶（こばやしいっさ）

宝暦一三（一七六三）～文政一〇（一八二七）。本名信之《のぶゆき》。通称弥太郎。別号に亜堂・雲外・俳諧寺などがある。北信濃《しなの》（長野県）の柏原《かしわばら》の農民の子。三歳で生母に死別し、継母と不和のため、一五歳で江戸に出て、奉公生活に辛酸をなめた。二〇歳ごろ葛飾《かつしか》派に入門、六か年にわたる西国の旅から帰り、師の竹阿《ちくあ》の二六庵《にろくあん》を継いだが、宗匠として一家を成すにいたらず、知友を頼って転々と流寓《りゅうぐう》生活を送り、夏目成美《せいび》らの庇護《ひご》を受けた。亡父の遺産をめぐる継母や義弟との長い抗争の果てに、五一歳で郷里に帰住し、結婚して三男一女をもうけたが、子は次々に夭折《ようせつ》し、火災に家までも失い、焼け残りの土蔵の中で六五歳の生涯《しょうがい》を終えた。

その句には、一茶の人間と生活が赤裸々に投影し、野性的な生活派俳人として、化政期の俳壇に異彩を放った。また伝統的な風雅観にとらわれず、俗語・方言を大胆に駆使した俳風は一茶調と呼ばれる。句数は二万句に近く、『七番日記』その他の句日記に克明に筆録され、俳文の代表作に『父の終焉《しゅうえん》日記』『おらが春』などがある。

三文《さんもん》が霞《かすみ》見にけり遠眼鏡《とおめがね》

（霞《かすみ》の碑）

▼季語―「霞《かすみ》」兼三春。▼句切れ―「見にけり」。切れ字「けり」。

▽三文《さんもん》―遠眼鏡《とおめがね》の借り賃。▽遠眼鏡《とおめがね》―円筒形の望遠鏡。千里鏡ともいう。井原西鶴《さいかく》の『好色一代男』に、屋根の上から遠《とお》眼鏡《めがね》で入浴中の女を覗《のぞ》き見する場面があり、近世では一般にも用いられた。ここは遊覧客用の遠眼鏡《とおめがね》。

『句解』　湯島天神の境内で、三文《さんもん》を投じて遠眼鏡《とおめがね》を借り、霞《かすみ》に包まれたお江戸の春景色を楽しんだ。風景をながめるのもただでは済まないとは、都会の生活も不自由なことだ。

《鑑賞》　葛飾《かつしか》派二世馬光《ばこう》の五〇回忌集『霞の碑《かすみ》』（寛政二年〈一七九〇〉刊）に初出。初期の葛飾《かつしか》派時代の作である。『寛政句帖《くちょう》』には〈白日登ル二湯台一〉という前書がある。白日は日中の意。湯台は湯島台のことで、台上に湯島天神がある。その境内は、泉鏡花《きょうか》の小説「婦系図《おんなけいず》」により、お蔦《つた》・主税《ちから》の悲恋の舞台としてよく知られているが、一茶当時は江戸市民の遊覧の場所としてにぎわいをみせていた。門前には茶屋・料理屋・楊弓場《ようきゅうじょう》などが立ち並び、毎月の植木市は人出でにぎわい、祭礼（二月一〇日と一〇月一〇日）には宮芝居がかかり、はなやかな雰囲気《ふんいき》をかき立てた。

この句は、平日の天神境内のさまであろうが、見晴らしのよい台上からは、上野・浅草のあたりまでが一望の下に見渡される。境内の茶店には遊覧客のために遠眼鏡《とおめがね》が備えつけてあり、一茶は三文《さんもん》を払ってそれを借り、大江戸の春景を楽しんだのである。今でいえば、東京タワーの上から望遠鏡で東京市街を一瞥《いちべつ》するような気分であるが、ことさらに〈三文《さんもん》が霞《かすみ》〉とことわったところに、一茶らしい算用癖と、皮肉な目がのぞいている。

《補説》一茶には金銭的な発想の句が多く、

蓬莱《ほうらい》や只三文《たださんもん》の御代《みよ》の松　（七番日記）
なでしこに二文《にもん》が水を浴びせけり　（八番日記）
青草も銭《ぜに》だけそよぐ門《かど》涼み　（おらが春）

など、万事金銭に換算される都市生活のやりきれなさを、後年まで句に詠んでいる。　（丸山）

夏山や一足《ひとあし》づ《ず》つに海見ゆる　（享和句帖《くちょう》）

▼季語―「夏山」兼三夏。『栞草《しおりぐさ》』（嘉永四年〈一八五一〉刊）に〈夏山は蒼翠《そうすい》にして滴《したた》るがごとし〉とある。▼句切れ―「夏山や」。切れ字「や」。

『句解』鬱蒼《うっそう》と茂る樹間を分けて、汗まみれで山路を登りつめ、ようやく頂上近くになると、視界が開け、ひと足ごとに明るい夏の海が姿を現してくる。その輝くような青さと広がりに、息を飲む思いである。

《鑑賞》『享和句帖《くちょう》』によると、享和三年（一八〇三）五月二三日、船で上総《かずさ》（千葉県）の木更津《きさらづ》に渡り、同地に滞留中の作である。

同じころの作に、

蠅《はえ》一つ打っては山を見たりけり　（享和句帖《くちょう》）
暮れぬ間に飯《めし》も過《すご》して夏の山　（同）
たまたまに晴《はる》れば闇《やみ》よ夏の山　（同）

などがあるが、掲出句が際立ってすぐれている。

海に近い小高い山に登ったときの所見であろう。〈一足《ひとあし》づつに海見ゆる〉には、ひと足ごとにせり上がってくる海への新鮮な驚きがある。加藤楸邨《しゅうそん》は、〈信濃《しなの》の柏原《かしわばら》という山の中に育った一茶には、いっそう憧憬《あこがれ》の深かった海なのである。この句は、四十一歳の一茶の句でありながら、奇妙に懐かしく童心を思わせる。私どもの内に眠っていたものを揺りさますからであろう〉（『一茶秀句』）と評している。

《補説》 同じく上総《かずさ》の海を詠んだ句に、

亡《な》き母や海見る度《たび》に見る度《たび》に　（七番日記）

がある。三歳で母に死別した一茶は、母の記憶も定かではなかったらしい。しかし海を見るたびに、その限りない広さ、豊かさ、柔らかくそして大きく自分を包みとってくれるような海の感触が、母への思いをかき立てるのであろう。〈海見る度《たび》に見る度《たび》に〉という繰り返しに、抑えきれぬ慕情があふれている。このときは五〇歳だが、そういう年齢を超えて、遠くはるかな母への思慕がよみがえってくるのだ。一茶が海に引きつけられたのは、山国育ちのためばかりではなく、海そのものに母性的なものを感じ取っていたからでもあろう。　（丸山）

楢《なら》の葉の朝からちるや豆腐槽《とうふぶね》

（文化句帖《くちよう》）

▼季語―「木の葉散る」兼三冬。『改正月令博物筌《げつれいはくぶつせん》』（文化五年〈一八〇八〉刊）に〈木の葉は、続けやうにて木にある葉をもいへど、それは和歌などにていふことなり。俳の季に出《い》だすものは、散り落ちたる木々の葉をいふなるべし〉とある。

▼句切れ―「ちるや」。切れ字「や」。

▽楢《なら》―武蔵野《むさしの》一帯は、楢《なら》や櫟《くぬぎ》の雑木林が多い。▽豆腐槽《とうふぶね》―豆《とう》腐《ふ》を入れておく水槽《すいそう》。江戸時代には、紅葉豆腐《もみじどうふ》という名で、紅葉紋《もみじもん》を押した豆腐《とうふ》が売られた。この紅葉紋《もみじもん》が、楢《なら》の落ち葉を連想させる。

〔句解〕 郊外の林のほとりに、わびしげな豆腐屋《とうふや》が一軒、早朝から店を開いているが、紅葉した楢《なら》の葉が風にぱらぱらと散って、豆腐槽《とうふぶね》の中に舞いこんでくる。

《鑑賞》『文化句帖《くちよう》』文化元年（一八〇四）九月二三日の条に〈晴、王子行〉とあって、この句が記してある。王子村は荒川の岸に臨み、このころ王子稲荷《いなり》の参詣《さんけい》客でにぎわったが、人家はきわめて少なく、全くの農村にすぎなかった。

この句も〈楢《なら》の葉〉から、郊外の雑木林が連想される。晴天だが、かなり風の強い日であろう。林のほとりに板屋根の豆腐屋《とうふや》があり、紅葉した楢《なら》の葉が豆腐槽《とうふぶね》の中に舞いこんでくるさまである。

朝の早い職業だけに、〈朝から〉がよくきいている。水槽《すいそう》に沈んだ豆腐《とうふ》の白さと、水に浮いた楢紅葉《ならもみじ》との対照もおもしろい。一見平凡な叙景句のようだが、場末のうらさびれた感じや、そこに営まれる庶民の生業《なりわい》の姿を詠みこんで、一茶らしい特色を出している。

《補説》 同じく庶民生活を詠んだ佳句として、

ゆで汁のけぶる垣根《かきね》やみぞれふる　（享和句帖《くちよう》）

というのもある。みすぼらしい家並みの建てこんだ市井の一隅《いちぐう》であろう。冷たいみぞれの降る中で、垣根《かきね》越しに暖かいゆで汁の匂《にお》いが漂ってくる。台所口から流れ出た大根か菜などのゆで汁であろうか。なつかしい生活の匂《にお》いである。ここにも、庶民生活のひとこまがしみじみとした情感をたたえて詠まれている。　（丸山）

かすむ日や夕山かげの飴（あめ）の笛　（文化句帖《くちょう》）

▼季語―「かすむ日」兼三春。霞《かすみ》のかかったのどかな日。
▼句切れ―「かすむ日や」。切れ字「や」。
▽飴《あめ》の笛―飴《あめ》売りの吹く笛。小さな盥《たらい》に飴《あめ》を入れて頭にのせ、手甲脚絆《てっこうきゃはん》姿で、唐人笛（チャルメラ）を吹きながら、村里を売り歩く。

〖句解〗 霞《かすみ》が立ちこめた春の夕暮れ、近くの山陰から飴屋《あめや》の吹く笛の音が聞こえてくる。その笛の音に誘われて、幼い日のことが甘くなつかしく思い出され、淡い哀愁が胸をひたす。

《鑑賞》『文化句帖《くちょう》』文化二年（一八〇五）正月の作。遠い幼き日への郷愁をそそられるような句である。霞《かすみ》がたなびいて、なま暖かく物憂いような春の夕べ、山陰から聞こえる飴《あめ》の笛。童心と春愁とが一つに溶け合い、甘美な詩情を漂わせている。

栗山《くりやま》理一は、〈飴《あめ》の笛は子供心をそそりたてるものであり、この句にも一茶の幼年時代への追憶がたたみこまれていよう〉（『小林一茶』）という。夕霞《ゆうがすみ》と飴《あめ》の笛とがかもし出す、愛すべき春の風物詩であり、適度の感傷と甘い詩情をたたえた佳吟である。

《補説》 童心をそそる飴屋《あめや》は、一茶が好んで句材に取り上げたもので、このほかにも、

笹《ささ》の葉に飴《あめ》を並べる茂りかな　（七番日記）
かすむ日や飴屋《あめや》がうらのばせを塚《づか》　（同）
飴店《あめみせ》のひらひら紙や先《まず》かすむ　（同）
飴売《あめうり》も花かざりけり御影講《みえいこう》　（同）

などがある。〈笹《ささ》の葉に〉の句は、野趣に富んでいておもしろい。また、軒先の広告用の紙幟《のぼり》を〈ひらひら紙〉と表現したところなども、童心を思わせてほほえましい。　（丸山）

夕燕（ゆうつばめ）我には翌（あす）のあてはなき　（文化句帖《くちょう》）

▼季語―「燕《つばめ》」仲春。春の彼岸のころ渡来し、人家の軒下などに巣を作り、子を育て、秋の彼岸のころ暖かい南国へ帰る。▼句切れ―「あてはなき」。「夕燕《ゆうつばめ》」でもいったん切れる。

《句解》 夕闇《ゆうやみ》の迫る軒端に、白い腹を翻して、忙しげに出つ入りつしている親燕《おやつばめ》。巣で餌《えさ》を待つ子燕《こつばめ》のために、忙しく飛び回っているのに、自分には助け合うべき家族もなく、明日の当てもない、その日暮らしの明け暮れなのだ。

《鑑賞》『文化句帖《くちょう》』文化四年(一八〇七)二月の作。享和期から文化初期にかけて、一茶の江戸生活は、底をついたような貧困生活が続いた。『文化句帖《くちょう》』文化元年(一八〇四)四月二〇日の条には〈貧して分を知らざれば盗か、おとろへて分をしらざれば病をうく〉と記され、生活の窮迫を思わせるものがある。

おのが身になれて火のない炬燵《こたつ》かな　(享和句帖《くちょう》)
秋の風乞食《こじき》は我を見くらぶる　(文化句帖《くちょう》)
野は枯れて何ぞ喰《く》ひたき庵《いおり》かな　(同)
花ちるやひだるくなりし貌《かお》の先　(同)

など、いずれもこのころの窮状を伝える句である。
〈夕燕《ゆうつばめ》〉の句もその一つであり、夕闇《ゆうやみ》迫る軒下を、生の営みに忙しく飛び回っている親燕《おやつばめ》。それを茫然《ぼうぜん》と見上げているうつけたような顔。一茶の深いため息が聞こえるような句だ。この句は、『花声集』や『嘉永版句集』に下五〈あてもなし〉の句形で収録してあるが、やはり原案のままがよい。〈あてはなき〉の方が、たよりなく、思い迫った気持ちがよく出ている。

《補説》 このころの一茶は、物心両面ともに最も苦悩に満ちた時期であった。父の死と肉親の離反、俳諧の道のけわしさ、そして胸を噛《か》む孤独と貧困。そういう生きがたい現実の中で、死の声が心の一隅《いちぐう》をかすめたとしても、不思議ではない。このころ、一茶はしきりに死の誘惑を感じていたらしく、

木つつきの死ねとて敲《たた》く柱かな　(文化句帖《くちょう》)
身一つや死なば簾《すだれ》の青いうち　(同)

などと詠んでいる。　(丸山)

古郷《ふるさと》やよるもさはる《わ》も茨《ばら》の花　(七番日記)

▼季語—「茨《ばら》の花」初夏。原野に自生し、枝に鋭い棘《とげ》がある。初夏のころ枝の先に白い小花をつけ、芳香を放つ。▼句切れ—「古郷《ふるさと》や」。切れ字「や」。
▽よるもさはるも—「寄ると触ると」の転化。接するものは何もかも、の意。

《句解》 はるばるやって来た故郷は、家族ばかりか、だれもかれも自分に敵意をもち、どちらを向いても棘《とげ》だらけ。なんというまいましいことだ。

《鑑賞》『七番日記』文化七年(一八一〇)五月一九日の条

に、〈雨、辰《たつ》ノ刻、柏原《かしわばら》ニ入ル。小丸山墓参。村長《むらおさ》・誰《だれ》かれに逢《あ》ひて、我家に入る。きのふ心の占《うら》のごとく、素湯《さゆ》一つとも云《い》はざれば、そこ〳〵にして出る〉とあって、この句が記されている。村長《むらおさ》は、名主《なぬし》の嘉左衛門を指し、〈心の占《うら》のごとく〉とは、予期したとおり、案の定、の意。このときの帰郷は、遺産問題の折衝のためであった。

日記によると、五月一〇日江戸を立って、一九日に雨の中を辰《たつ》の刻（午前八時）柏原《かしわばら》に入り、まず小丸山墓地にある亡父の墓参を済ませ、名主《なぬし》嘉左衛門をたずねた。扇面真《しん》蹟《せき》の文には、〈柱ともたれしなぬし嘉左衛門といふ人に、あが仏の書一紙、いつはりとられしものから、魚の水に放《はな》れ、盲《めくら》の杖《つえ》もがれし心ちして、たのむ木陰も雨降れば、一夜やどるよすがもなく、六十里来《きた》りて、墓より直《ただち》に又六十里の東へふみ出しぬ〉とある。

〈あが仏の書〉とは、亡父の遺言状を指し、かねて預けておいたその遺言状を取りもどそうとしたが、嘉左衛門は一騒動もち上がるのを懸念《けねん》して渡さず、一茶はやむなく遺言状なしでわが家の門をくぐった。ところが、継母や義弟はそ知らぬ顔で〈素湯《さゆ》一つ〉もてなしてくれない。そのときの憤懣《ふんまん》をぶちまけたのがこの句である。六〇里の道をはるばる来て冷たくあしらわれた無念さが、故郷の人びとに対する露骨な憎悪の形で示されている。

この句の表現は、季語の約束から〈茨《ばら》の花〉（夏季）とおき、棘《とげ》（敵意）は言外に隠されていることに注意したい。

（丸山）

田の雁《かり》や里の人数《にんず》はけふ《きょう》もへる　（七番日記）

▼季語―「雁《かり》」晩秋。秋分のころ、北の大陸より日本へ群れをなして渡ってくる。鳴き声は哀れを誘う。▼句切れ―「田の雁《かり》や」。切れ字「や」。

▽田の雁《かり》―田に下りて餌《えさ》をあさる雁《かり》。▽里の人数《にんず》―村の人口。

『句解』北の空から渡ってきた雁《かり》が刈り田に下りるころ、信濃《しなの》（長野県）では冷たい雪がちらつき始める。男たちは仕事を求めて、二人三人と村を去ってゆく。田の面《も》が雁《かり》でにぎやかになるのにひきかえ、里の人数は日ましに減って、さみしくなっていくことだ。

《鑑賞》『七番日記』文化八年（一八一一）七月の作。『嘉永版句集』には〈信濃《しなの》雪ふり〉という前書がある。また、別案に、

雁《かり》鳴くや村の人数《にんず》はけふもへる　（我春集《わがはる》）
初雁《はつかり》や里の人数《にんず》はけふもへる　（希杖《きじょう》本句集）

など、句形に異同がみられる。

信濃《しなの》は昔から出稼《でかせ》ぎの本場である。川柳にも〈雪ふれば

椋鳥《むくどり》江戸へ食ひに出る〉とあるように、秋の収穫が済むと、男たちは郷里を離れて、江戸へ出稼《でかせ》ぎに行く。雪に埋もれる冬の間、徒食を避けるため、それは生活上やむをえぬ慣習となっていたのである。〈けふもへる〉には、昨日も今日も、そしてまた明日も、の意が含まれる。過疎地帯の悩みは、昔も今も変わりはない。後に残された老人や女子供たちの心細さも、言外に感じられる。

こうして江戸へ出稼《でかせ》ぎに行った男たちも、多くは定職もなく、日雇いなどの低収入労働に甘んじなければならなかった。それでもなお、窮乏した農村からの出稼《でかせ》ぎ人口の急増のために、しばしば都市出稼《でかせ》ぎ禁止令が出されるほどであった。

《補説》ほかにも、農村生活のみじめさを詠んだ句は多い。

鴨《かも》も菜《な》もたんとな村のみじめさよ　（七番日記）

穀値段《こくねだん》どかどか下るあつさかな　（文政九年句帖写《くちょううつし》）

野菜の出来のよい年は値下がりに泣き、また、暑さに恵まれて米の作柄がよければ、米価の大暴落に見舞われる。いずれにせよ、農村のきびしい現実なのである。　（丸山）

米蒔《ま》くも罪ぞよ鶏《とり》が蹴《け》合ふ《う》ぞよ　（株番《かぶばん》）

▼季語―「鶏《とり》の蹴《け》合ひ」晩春。春は最も鶏の闘争力の盛んな時季なので、古くから闘鶏の行事が行われた。平安時代には宮中行事として公卿百官《くぎょうひゃっかん》が見物し、室町以後は三月三日の節《せち》会《え》の公式行事となった。近世では民間にも広く行われ、その勝負に賭《か》ける者などもあった。この句は闘鶏ではないが、「鶏《とり》の蹴《け》合ひ」で春季になる。▼句切れ―「罪ぞよ」。「蹴《け》合ふぞよ」。切れ字「よ」。

〔句解〕鶏《とり》たちへの慈悲心から、わざわざ米を買ってきて蒔《ま》いてやったのに、かえって鶏《とり》同士の争いを招いてしまった。我ながら罪なことをしたものだ。

《鑑賞》下総《しもうさ》（千葉県）行脚《あんぎゃ》中、布施《ふせ》東海寺の境内で鶏《とり》の蹴《け》合いを見て、その感想を詠んだ句である。

『株番《かぶばん》』の前文に〈布施《ふせ》東海寺に詣《もう》でけるに、鶏《とり》どもの迹《あと》をしたひぬることの不便《ふびん》さに、門前の家によりて、米一合ばかり買ひて、菫《すみれ》・蒲公英《たんぽぽ》のほとりにちらしけるを、やがて仲間喧嘩《げんか》をいく所にも始めたり。其《そ》のうち木木より鳩《はと》・雀《すずめ》ばら〳〵とび来たりて、心しづかにくらひつゝ、鶏《とり》の来る時、小ばやくもとの梢《こずえ》へ逃げさりぬ。鳩《はと》・雀《すずめ》は蹴《け》合ひの長かれかしとや思ふらん。士農工商其《そ》の外さま〴〵の稼《なりわ》ひ、みなかくの通り〉とある。布施《ふせ》東海寺は、今の千葉県柏《かしわ》市内にあり、俗に布施《ふせ》の弁天という。利根川《とねがわ》南岸の小丘に建ち、景勝の地である。

『七番日記』文化九年(一八一二)二月一二日の条に〈大晴、布施《ふせ》紅竜山東海寺ニ詣《もう》デ、流山《ながれやま》ニ入ル〉とあるので、このときの作とわかる。前文によると、一茶の慈悲心が思いもよらぬ争いの種となり、その鶏同士の争いが鳩《はと》や雀《すずめ》に漁夫《ぎょふ》の利を占めさせたことに、割り切れないものを感じている。善意の行為が意外な結果を招いたというだけでなく、さらに〈士農工商其《そ》の外さまぐ〵の稼《なりわ》ひ、みなかくの通り〉と、人間生活の縮図をそこに見ようとしている。これは、一茶の人生批評としてなかなかおもしろいが、いざ自分のこととなると、遺産分配を巡る争いなどでは、強引に我執を押し通していく一茶なのである。（丸山）

有明《ありあけ》や浅間《あさま》の霧が膳《ぜん》をはふ《う》

（七番日記）

▼季語―「有明《ありあけ》」「霧」ともに兼三秋。▼句切れ―「有明《ありあけ》や」。切れ字「や」。
▽有明《ありあけ》―「有明行燈《ありあけあんどん》」「有明月《ありあけづき》」の両説あるが、一茶の用例では、「有明《ありあけ》」はすべて有明月《ありあけづき》（秋季）に用いている。夜明けまで空に残っている月で、早立ちの旅人と縁語。『類船集《るいせん》』（延宝四年〈一六七六〉刊）に〈草枕《くさまくら》旅寝の人は心せよ有明《ありあけ》の月はかたぶきにけり〉の古歌を引き、〈草の枕《まくら》は有明《ありあけ》の友として、夜ぶかに出《い》づるこそ心よけれ〉とある。▽浅間《あさま》―浅《あさ》間山《まやま》。長野・群馬両県にまたがる活火山。

〔句解〕　有明《ありあけ》の月がまだ空に淡く消え残っている夜明け、早立ちの膳《ぜん》につく。浅間《あさま》の山裾《やますそ》からわく霧が、あけ放した窓から煙のように舞いこんできて、膳《ぜん》のあたりに低くまといつく。これから旅仕度《じたく》を整えて、さわやかな気分で旅宿を出ることだ。

《鑑賞》　『七番日記』文化九年（一八一二）七月の作。『株番《かぶばん》』には〈軽井沢〉という前書がある。軽井沢は浅間山麓《あさまさんろく》にあり、今は避暑地として有名だが、当時は中仙道《なかせんどう》の宿駅である。江戸と郷里との往復に幾度もこの宿場を通過した一茶には、目慣れた情景であったろう。

『七番日記』によると、六月一一日に江戸を立ち、一五日軽井沢通過、一八日柏原《かしわばら》に入り、二か月ほど滞在して遺産問題の交渉に当たった。帰途は八月一二日に長沼を立ち、一四日に軽井沢の旅宿林屋三左衛門方に泊まっているから、この句は、その翌朝の出発のさまを詠んだとも考えられるが、日記には七月の部の終わりに記入してあるので、あるいは往路の印象を句にしたものかもしれぬ。いずれにせよ、旅宿のさわやかな朝立ちの気分を詠んだ句である。

一茶にしては珍しく本格的な叙景句で、〈有明《ありあけ》〉といって時刻を表し、〈浅間《あさま》〉で背景を、〈膳《ぜん》〉で場所を示し、〈はふ〉という一語で情景を躍如とさせているところは、寸分

の隙《すき》もない叙法である。とくに〈はふ〉の一語は、霧の動態を的確にとらえている。（丸山）

是《これ》がまあつひ《い》の栖《すみか》か雪五尺　（七番日記）

▼季語―「雪」兼三冬。▼句切れ―「栖《すみか》か」。切れ字「か」。▽是《これ》がまあ―嘆声を示す。〈美人賛　是《これ》がまあ芒《すすき》に声をなすものか　大江丸《おおえまる》〉〈是《これ》がまあ地獄の種か花に鳥　鶴老《かくろう》〉などの先例がある。▽つひの栖《すみか》―最後の落ち着き場所。死に場所。〈草枕《くさまくら》人はたれとか言ひ置きし終《つい》の住処《すみか》は野山とぞ見る〉（『拾《しゅう》遺《い》集』）など、和歌に用例が多い。

〔句解〕長い漂泊の果てに、ようやく帰り住むこととなった故郷である。しかし、いま眼前に見る五尺の雪、この雪の中で自分のこれからの余生は過ごされるのかと思うと、腹の底から深いため息がわいてくる。

《鑑賞》『七番日記』文化九年（一八一二）一一月の作。一茶が郷里帰住の決意を固めて、雪の柏原《かしわばら》に乗りこんだのは、同年一一月末であった。一か月ほどは近村巡りに過ごし、いよいよ借家に腰をすえて、遺産問題の交渉に当たったのは、一二月二四日のことで、明けて翌年の正月、明専寺住職の調停により、多年の紛争もようやく解決にいたるのである。真蹟《しんせき》には〈柏原《かしわばら》を死所《しにどころ》と定めて〉という前書があり、この句は、長年執念を燃やし続けてきた故郷を、わが終焉《しゅうえん》の地として、改めて深い雪の中に見直している沈痛な感慨である。『七番日記』の冒頭には〈従《リ》二安永六年一出《デテ》二旧里《ヲ》一而漂泊三十六年也。……千辛万苦《シテ》一日無《ク》二心楽《シムコト》一、不《シテ》レ知《ラ》レ己《ヲ》而終成《ニル》二白頭翁《ト》一〉とある。その三〇余年の長い漂泊の果てにたどり着いた〈つひの栖《すみか》〉なのである。しかし生まれ故郷とはいえ、柏原《かしわばら》は有数の豪雪地帯で、この五尺の雪に埋もれるきびしい生活に耐えてゆかねばならない。

この句は、初め中七は〈死所《しにどころ》かよ〉〈つひの栖《すみか》か〉の両案があったが、夏目成美《せいび》の批正によって後者に決したもの。〈死所《しにどころ》かよ〉では露骨にすぎて、余韻に乏しくなるからである。また〈是《これ》がまあ〉という俗語表現も、上記のごとく先例があり、〈つひの栖《すみか》〉も、古くから歌語として用いられているが、下五に〈雪五尺〉と詠みすえたことにより、紛れもなく一茶の句となっている。（丸山）

春雨《はるさめ》や喰《くわ》はれ残りの鴨《かも》が鳴く　（七番日記）

▼季語―「春雨《はるさめ》」兼三春。『改正月令博物筌《げつれいはくぶつせん》』（文化五年〈一八〇八〉刊）に〈春雨《はるさめ》は音なくしめやかにふる、物さびしきなり〉とある。▼句切れ―「春雨《はるさめ》や」。切れ字「や」。

▽鴨《かも》―渡り鳥の一種。雁《かり》に後れて寒地から渡来し、水辺で冬を過ごし、春になるとまた北へ帰る。肉は美味で食用になる。俳諧では冬の季語になっているが、この句は、冬の猟期に捕獲を免れ、春まで生き残った鴨《かも》のこと。

『句解』 春雨《はるさめ》が降る夕暮れ、鴨《かも》の鳴き声がわびしく聞こえてくる。田畑に餌《えさ》をあさりに来たのであろう。今ごろあぁして鳴いているのは、冬の間に捕らえられもせず、命拾いをした運のいい鴨《かも》なのだ。

《鑑賞》『七番日記』文化一〇年(一八一三)正月の作。『浅《あさ》黄空《ぎぞら》』には、下五〈鴨《かも》の声〉とある。この句を、食用に飼育される鴨《かも》と解する説もあるが、郷里帰住直後の作であるから、やはり野生の鴨《かも》を詠んだのであろう。旧作に、

　殺されにことしも来たよ小田の雁《かり》　（享和句帖《くちよう》）

という句があり、参考になる。

　鴨《かも》は、日中は人里離れた山中の池・沼などに集まり、田畑に餌《えさ》を求めに来るのは、多く薄暮から夜にかけてである。この句も、夕景とする方が哀愁が深い。春雨《はるさめ》の降る夕闇《ゆうやみ》を縫《ぬ》って聞こえてくる鴨《かも》の哀音に対して、〈喰《く》はれ残りの〉という独得のひねり方をするところに、一茶の対象把握《はあく》の特異さがある。鴨《かも》に寄せる哀憐《あいれん》の情にはちがいないが、そこに人間の俗意をからみつけ、人間臭を強く押し出すことによって、一茶らしい個性的な句となっている点に注目したい。

《補説》 利根川《とねがわ》洪水の矚目《しょくもく》吟に、

　夕月や流れ残りのきりぎりす　（文化句帖《くちよう》）

があり、同様の手法がみられる。また、

　山畠《やまはた》やこやしの足《た》しにちる桜　（八番日記）

　汁の実《み》の足《た》しに咲きけり菊の花　（同）

花に対しても、花そのものの美的情趣にひたることよりは、人間生活への強い関心が先行する。これも一茶の特色の一つに数えてよい。　（丸山）

人来たら蛙《かえる》となれよ冷し瓜《うり》　（七番日記）

▼季語―「冷し瓜《うり》」兼三夏。真桑瓜《まくわうり》を清水や冷たい流れにつけて冷やしたもの。▼句切れ―「なれよ」。切れ字「よ」。▽人来たら―『伊勢《いせ》物語』の鬼一口《おにひとくち》の話などから、人間を人鬼と見立てたもの。同書の〈白玉か何ぞと人の問ひし時露と答へて消えなましものを〉の歌を踏まえた〈人問はば露と答へよ合点か〉（『文政版句集』）という句もあり、参考となろう。▽蛙《かえる》となれよ―『志多良《しだら》』には中七〈蛙になれよ〉とあり、「カヘル」とふり仮名がつけてある。

『句解』 冷し瓜《うり》よ、いいかね、人鬼がやって来て、ひと口に取って食おうとしたら、蛙《かえる》になってしまえよ。

《鑑賞》『七番日記』文化一〇年（一八一三）六月の作。青地に縞《しま》模様のある真桑瓜《まくわうり》は、殿様蛙《がえる》の背の縞《しま》を連想させる。冷たい水にぽっかり浮いている瓜《うり》に、「人鬼が来たら、取って食われないように、蛙《かえる》になってしまえよ。」と語りかけた句で、童話ふうの楽しさがある。

この童心の世界は、一茶の特色の一つにちがいないが、この句の場合は、『伊《い》勢《せ》物語』の鬼一口《おにひとくち》の話などが発想に響いているようだ。ただし、雷鳴のおどろおどろしき夜に、高貴の女性が鬼にひと口に食われるという陰惨な原話を、〈冷し瓜《うり》〉と〈蛙《かえる》〉という明るいメルヘンの世界に転化させたところは、なかなかおもしろい。

《補説》 一茶には、人間を〈人鬼〉と詠んだ句が多い。

人鬼が野山に住むぞ巣立鳥　（文化句帖《くちょう》）
人鬼よ鬼よと鳴くか親雀《おやすずめ》　（七番日記）
人鬼をいきどほるかよ鰒《ふぐ》の顔　（同）
人鬼に鵙《もず》の早贄《はやにえ》とられけり　（八番日記）

など、生類を虐《しいた》げ、殺傷する人間の存在を鬼と見なしている。　（丸山）

秋風に歩行《あるい》て逃げる螢《ほたる》かな　（七番日記）

▼季語―「秋の螢《ほたる》」初秋。螢《ほたる》は夏のものだが、まれに秋になってもその姿を見ることがある。季節はずれの感がして哀れであり、活動も鈍く、弱々しい。▼句切れ―「螢《ほたる》かな」。切れ字「かな」。

『句解』 夏の夜の美しい景物である螢《ほたる》も、秋風の吹くころともなれば、衰えて飛ぶ力もなく、縁先などをよろよろと逃げるように歩く姿は、いかにも哀れである。

《鑑賞》『七番日記』文化一〇年（一八一三）八月の作。同日記によると、六月一五日に臀部《でんぶ》に癰《よう》（悪性の腫《は》れ物）を発し、一八日より善光寺町の桂好《けいこう》亭に病臥《びょうが》すること七〇余日、この句は、その病中吟である。病床からの矚目《しょくもく》であろうか。

首筋の赤い小さな螢《ほたる》が、風に追われるように逃げて行く姿は哀れである。〈歩行《あるい》て逃げる〉に、活力を失った秋の螢《ほたる》の生態がよく描かれている。このとき、身動きもできぬ病床に臥《ふ》していた一茶の境涯《きょうがい》を思い浮かべながら、この句に対すると、一層哀愁の感が深い。

これは、秋の螢《ほたる》への哀憐《あいれん》の情を詠んだだけの句ではない。この衰残の螢《ほたる》には、おのずから作者の境涯《きょうがい》が影を落としているのである。病後の作に、

かな釘《くぎ》のやうな手足を秋の風　（志多良《しだら》）

がある。病もようやく癒《い》えて、長沼の門人のもとに赴く途

中吟である。前文に〈桂好亭《けいこう》にわづらふこと七十五日にして、九月五日といふに、笻《つえ》にすがりて、霜がれの虫の這《は》ふやうに、二足三脚歩きては一息つき、四足七脚運びては臑《すね》をさすりて……〉とあって、この句が記してある。痩《や》せ衰えた病軀《びょうく》を秋風に吹きなぶられながら、蹌踉《そうろう》と足を運ぶ一茶の姿が目に見えるようだ。一茶は農村育ちらしい、横肥《ぶと》りのがっしりした体格の持ち主で、それだけに、大患後のこの衰弱ぶりはいたいたしい。

《補説》 一茶の秋の螢《ほたる》の句は、近代の俳人村上鬼城《きじょう》の〈冬蜂《ふゆばち》の死にどころなく歩きけり〉を連想させる。この冬蜂《ふゆばち》も、明らかに作者の影を負っている。大須賀乙字《おおすがおつじ》によれば、鬼《き》城《じょう》は境涯《きょうがい》の詩人として、一茶の系譜を最もよく近代に生かした作者といわれるが、両者の生活や環境の相似が、おのずから句境の類似を招いたことは興味深い。（丸山）

むまさ《そ》うな雪がふうは《わ》りふは《わ》りかな （七番日記）

▼季語―「雪」兼三冬。▼句切れ―「ふはりかな」。切れ字「かな」。

▽むまさうな―「うまさうな」に同じ。

〔句解〕 空から大きな牡丹雪《ぼたんゆき》が、ゆっくりゆっくりと舞い落ちてくる。綿菓子を千切ったように、いかにもうまそうで、手に取って食べたくなるような感じだ。

《鑑賞》 『七番日記』文化一〇年（一八一三）閏《うるう》一一月の作。この句は、後に、

うまさふな雪やふふはりふふはりと （随斎筆紀《ずいさいひっき》）

むまさうな雪がふうはりふうはりと （文政版句集）

など、幾度か改作を試みているが、改案の〈ふうはりふうはりと〉の方が、流動感があってよい。

この雪は、綿を千切ったような、大きな牡丹雪《ぼたんゆき》であろう。〈むまさうな〉という味覚的な感じ方は、いかにも一茶らしく、また大きな雪片のゆるやかに舞い降りてくる感じが、高速度フィルムでも見るように、鮮やかにとらえられている。童心の世界を思わせる楽しい句である。

栗山理一《くりやま》は、〈雪を仇敵《きゅうてき》のように取り扱う一茶にしては珍しい句である。ようやくにして柏原《かしわばら》に定住することができるようになった安堵感《あんどかん》が、こうした楽しげな口吻《こうふん》ともなったのであろうか〉（『小林一茶』）と評している。

《補説》 この句は、〈擬《ス》二惟然《いぜん》坊《ニ》一〉と前書した真蹟《しんせき》もあり、『成美《せいび》評句稿』にも〈惟然《いぜん》坊が洒落《しゃらく》におち入らん事をおそるるなり〉という夏目成美《せいび》の評語がある。蕉門《しょうもん》の俳人広瀬惟然《いぜん》の句に〈水さつと鳥はふはふはふうはふは〉などがあることから、その口語調の句風との類似を成美《せいび》は指摘したのである。

だが、このことによって、一茶を惟然《いぜん》の追随者のように見なすのは誤りであろう。青年時代に葛飾《かつしか》派に属して、俗語や擬態語を多用した平俗調の洗礼を受けており、さらに『一茶留書《とめがき》』によれば、『犬筑波集《いぬつくば》』や談林《だんりん》など古俳諧の滑《こっ》稽性《けいせい》にも強い関心をもち、これに生得の野性味が加わったところに、一茶独特の軽妙な俗語調が形成されたことを見逃してはなるまい。（丸山）

雪とけて村一ぱいの子どもかな　（七番日記）

▼季語―「雪どけ」仲春。雪国で春暖かくなると、強い日ざしに積雪が解け始める。雪国の現象であり、一日、二日降った雪が消えることではない。▼句切れ―「子どもかな」。切れ字「かな」。

〔句解〕雪解けとともに、子供らがどっと戸外に飛び出してきた。暖かい日ざしを浴びて、どの子も楽しそうな笑顔で、駆け回り、声を上げる。村にこんなにもたくさんの子供がいたのかと、驚くばかりだ。

《鑑賞》『七番日記』文化一一年（一八一四）正月の作。

雪とけて町一ぱいの子供かな　（七番日記）
雪とけて町一ぱいの雀《すずめ》かな　（同）

などの別案もあるが、掲出の句形が最もよい。

からっとした明るい印象の句である。雪国の春は遅い。遊び盛りの子供たちにとっては、春はとりわけ待ち遠しい季節である。長い冬ごもりの生活に、屋内で息をひそめて暮らしていた子供たちが、雪解けとともに、いっせいに戸外に飛び出してきた光景である。〈村一ぱい〉という表現に、空にはね返るような子供たちの喚声が聞こえてくる。春の訪れをおもしろい角度からとらえて、雪国らしい郷土色を出している。

《補説》一茶には、雪解けのころを詠んだ句に佳吟が多い。

門前や子どもの作る雪解《ゆきげ》川　（八番日記）

雪解けの水がよく流れるように小溝《こみぞ》を作るのを〈雪解《ゆきげ》川〉といったのであろう。手足が濡《ぬ》れるのもいとわず、木片などで溝《みぞ》作りに熱中する子ら。ここにも、雪解けの子供の遊ぶ姿が詠まれている。そのほか、

片隅《かたすみ》に烏《からす》かたまる雪解《ゆきげ》かな　（七番日記）
雪とけてくりくりしたる月夜かな　（同）
鍋《なべ》の尻《しり》ほし並べたる雪解《ゆきげ》かな　（八番日記）

などがある。雪消えの田畑をせせる烏《からす》の群れとつややかな土の色。あるいはまた、雪解《ゆきげ》どきの洗い上げたような月光にも、鍋《なべ》の尻《しり》にさす暖かそうな日ざしにも、春を迎えてよみがえった自然の活動が感じられる。（丸山）

大根《だいこ》引き大根《だいこ》で道を教へ《え》けり

（七番日記）

▼季語―「大根《だいこ》引き」初冬。大根は首の部分が地表から抜き出る性質があるので、葉を両手でつかんで引けば、たやすく抜ける。土の乾いた天気のよい日に抜き取る。『俳諧古今《ここん》抄』（享保一五年〈一七三〇〉刊）に〈この詞は、冬の当用なり。大根《だいこ》と略して音語に読むべし〉とある。▼句切れ―「教へけり」。切れ字「けり」。

『句解』　冬の田舎《いなか》道を通りながら、畑に腰をかがめて大根を引いている男に道をたずねた。男は身を起こし、いま引き抜いたばかりの大根で方向を示しながら、気さくに教えてくれた。

《鑑賞》　『七番日記』文化一一年（一八一四）一二月の作。冬の晴天の下、畑には青々と葉を茂らせて大根が育っている。土のついたままの大根で無造作に方向を示す農夫。即興の句であろう。〈大根《だいこ》で道を教へけり〉に軽いユーモアがある。

川柳にも、〈ひんぬいた大根《だいこ》で道を教へられ〉（『柳多留《やなぎだる》』）があり、偶然の暗合であろうが、一茶の句には川柳的発想に近いものがかなり目につく。

《補説》　川柳と類想の句を挙げると、

穴蔵《あなぐら》の中で物いふ春の雨　（七番日記）
穴蔵《あなぐら》で物いふやうな綿ぼうし　（柳多留《やなぎだる》）
蠅《はえ》よけに孝経かぶる昼寝かな　（文化句帖《くちょう》）
うたたねの貌《かお》へ壱冊《いっさつ》屋根にふき　（柳多留《やなぎだる》）

など、川柳と共通する語彙《ごい》や素材がしばしば現れてくる。

また、

み仏や寝ておはしても花と銭《ぜに》　（おらが春）
づぶ濡《ぬ》れの大名を見る炬燵《こたつ》かな　（八番日記）

のように、神仏や権力者といわれるものの中に、人間並みの弱点を発見して小気味よがっているところなどは、川柳ふうの穿《うが》ちをねらったものといえよう。

ほかにも、卑近な発想といい、季題の軽視といい、風刺的な傾向といい、両者に共通する要素は多く、俳諧も川柳も、発想の基盤が著しく近接してきた時代傾向をよく示している。　（丸山）

涼風《すずかぜ》の曲りくねつて来たりけり

（七番日記）

▼季語―「涼風《すずかぜ》」晩夏。夏の末に吹く涼しい風をいう。▼句切れ―「来たりけり」。切れ字「けり」。

『句解』　自分が住んでいるこの裏長屋一帯は、家並みも不揃《ふぞろ》いなので、涼風《すずかぜ》も曲がりくねって、やっとのことで、一番奥のわが家に吹きこんでくる。

《鑑賞》『七番日記』には〈裏店《うらだな》に住居して〉という前書があり、文化一二年（一八一五）六月の作。『成美《せいび》評句稿』では〈うら長屋のつきあたりに住みて〉となっている。いずれにせよ、江戸流寓《りゅうぐう》時代を追想した作であろう。

おかしみといえばおかしみだが、素直な笑いではない。やはり一茶らしいひがみが顔をのぞかせている。初案は、

涼風《すずかぜ》の横すぢかひに入る家かな　（七番日記）

であるが、〈横すぢかひに〉を〈曲りくねって〉と改め、さらに皮肉っぽくすねてみせたところに、一茶の面目が躍如としている。また、〈曲りくねって〉吹くという風の形容によって、あたりの陋巷《ろうこう》のさままでも彷彿《ほうふつ》とさせる技量はさすがであり、無造作な詠みぶりのようだが、実は隙《すき》のない表現となっている。

《補説》ほかにも、江戸生活のせせこましさを詠んだ句は多い。

板塀《いたべい》に鼻のつかへる涼みかな　（文化句帖《くちょう》）

江戸住人

銭《ぜに》なしは青草も見ず門《かど》涼み　（八番日記）

江戸住みや銭《ぜに》出た水をやたら打つ　（文政句帖《くちょう》）

涼を呼ぶ縁日の青草も、銭《ぜに》なしでは手に入れることもできない。また、水売りから水を買って門口にまき、市中の暑さを避けようとしても、思ったほどには涼を得られない。つまりは、

いざいなん江戸は涼みもむつかしき　（七番日記）

という句に、江戸生活のやりきれなさに対する一茶の憤懣《ふんまん》が吐き出されている。　（丸山）

痩蛙《やせがえる》まけるな一茶是《これ》に有り　（七番日記）

▼季語―「蛙《かえる》」兼三春。▼句切れ―「まけるな」。切れ字「な」。

▽痩蛙《やせがえる》―『成美《せいび》評句稿』では〈痩《やせ》がへる〉と仮名書きされている。▽是《これ》に有り―戦場で武者が名乗りをあげるときの言葉。軍談・講釈などの口調を模したもの。

『句解』雌に挑《いど》もうとして、負けて小さくなっている痩蛙《やせがえる》よ、しっかりしろ、ここに一茶がついているぞ。

《鑑賞》『七番日記』文化一三年（一八一六）四月の作。この句は、弱きものへの同情や愛憐《あいれん》の情を示す代表作のように解されているが、それほど単純な句ではないようだ。

『七番日記』には〈蛙《かわず》たゝかひ見にまかる、四月廿日《はつか》也けり〉という前書があり、『希杖《きじょう》本句集』には〈むさしの国竹の塚《つか》といふに、蛙《かわず》たゝかひありけるに見にまかる、四

月廿日《はつか》也けり〉とある。竹の塚《つか》は、奥州《おうしゅう》街道の宿駅で、千住の少し北に当たる。〈蛙《かわず》たゝかひ〉は蛙合戦《かわずがっせん》ともいい、古来蛙《かえる》が集まって戦いをするものと信じられているが、実は蛙《かえる》の群婚である。『嬉遊《きゆう》笑覧』に、寛喜三年（一二三一）夏、高陽院殿の南大路の堀《ほり》に数千の蝦蟇《がま》が集まり、凄惨《せいさん》な食い合いをし、京中の者がこぞって見物した例が記されている。

一茶も竹の塚《つか》の蛙合戦《かわずがっせん》の噂《うわさ》を聞いて、江戸から見物に行ったのであろう。文化一三年の作だが、江戸在住時代の体験と思われる。蛙《かえる》の大群が生殖行為を営むときは、それぞれ一匹の雌をめぐって、雄同士のはげしい争いが繰りひろげられる。

この句は、負けて押しのけられた痩蛙《やせがえる》に対して、がんばれと声援を送っているさまだが、単なる弱きものへの憐《あわ》れみといったようなものではない。中年を過ぎてもまだ妻帯できず、この性の争闘に目を光らせている一茶の相貌《そうぼう》を思い浮かべるとよい。また〈一茶是《これ》に有り〉という軍談めかした諧謔《かいぎゃく》調を用いたところにも、その屈折した心理が感じられよう。

（丸山）

■一茶《いっさ》、妻の異常行動に悩むこと

一茶《いっさ》の妻菊は、二八歳で嫁いで来た。一茶《いっさ》五二歳の時である。彼女は、昼間畑仕事に追われ、夜は年の違う夫へのつとめでいとまのない身であったが、長男を出生後一か月足らずで失うはめとなって、心労はますますつのっていったようである。

ある夏の早朝、一茶《いっさ》は前夜の妻との口論が気になって、姿の見えない妻を、もしやと古間川まで捜しに行く。だがそこにはいない。心配しながら帰ってみると、何と彼女は家の隅《すみ》の方で洗濯《せんたく》をしていたのである。自分を捜している一茶の声が聞こえなかったはずはない。それはかなり異常な姿であった。翌日、菊は、一茶《いっさ》がせっかくさし木した木瓜《ぼけ》を引きぬいてしまう。菊はあとできまりが悪くなり植え直したが、数日後にはまた発作がおこったのか全部引きぬいてしまった。

我が菊や向きたい方へつんむいて

一茶《いっさ》の『七番日記』には、こうした妻に手をやいている様子が、詳しく記されている。

（山下）

ひいき目に見てさへ（え）寒し影法師

（七番日記）

▼季語―「寒し」兼三冬。▼句切れ―「寒し」。切れ字「し」。

▽影法師―壁に映った自分の影法師。

『句解』 夜、行燈《あんどん》のわきに座し、壁に映った影法師を見ると、わが姿ながら、どうひいき目に見てもいかにも貧相で、うそ寒い思いがするよ。

《鑑賞》 『七番日記』文政元年（一八一八）一二月の作。この句は、いろいろに改作を試みており、

うしろから見ても寒げな天窓《あたま》なり　（七番日記）
ひいき目に見てさへ寒き天窓《あたま》かな　（同）
ひいき目にさへも不形《ぶなり》な天窓《あたま》かな　（同）
ひいき目に見てさへ寒きそぶりかな　（文路《ぶんろ》宛《あて》書簡）

などと、苦吟の跡を思わせる作である。『七番日記』には〈自像〉という前書があり、また〈おれが姿にいふ〉と題して、寒そうにかしこまった横向きの自画像を添えた真蹟《しんせき》も現存する。それには、首を縮めて、肩の中に落ちこんだ不《ぶ》恰好《かっこう》な坊主頭が、いかにもさむざむと描かれている。

　寒夜、行燈《あんどん》の火に映し出された自分の影法師に、うそ寒い自嘲《じちょう》をもらした句である。〈寒し〉は、季節の寒さと一つになった心の寒さも表している。〈寒き天窓《あたま》かな〉という句もおもしろい。そのものずばりの表現がいかにも一茶らしく、迫力がある。しかし〈不形《ぶなり》な天窓《あたま》〉は言いすぎであり、〈そぶりかな〉も、どこかよそよそしい感じで、句としては弱い。

《補説》 一茶のこの種の句は、誇張された表現をとりがちであり、この貧寒とした自画像にしても、ことさらに苦渋を装っているようなところがないでもない。

　このころの一茶は、生活も安定し、妻子に囲まれて、恵まれた日々を送っていた。働き者の妻は元気で、五月に生まれた長女さとはかわいい盛りであった。だが、農村に住みながら、

耕さぬ罪もいくばく年の暮《くれ》　（文化句帖《くちょう》）
春がすみ鍬《くわ》とらぬ身のもったいな　（同）

という、みずから耕すことを知らぬ不生産的な生活への自責の念が、一茶の心の奥に負いめとしてあったことも、また確かであろう。　（丸山）

次の間の灯《ひ》で膳《ぜん》につく寒さかな　（文政版句集）

▼季語―「寒さ」兼三冬。寒いという季感とわびしさとが深くかかわっている。▼句切れ―「寒さかな」。切れ字「かな」。「膳《ぜん》につく」でもいったん切れる。

▽次の間―一茶の常用語の一つで、〈次の間に行灯《あんど》とられし炬燵《こたつ》かな〉（『享和句帖《くちょう》』）の句あたりから、しきりに使っている。自分のいる部屋よりもましな明るい隣部屋である。

▽膳《ぜん》につく―飯を食うと同じ意。旅宿でのわびしさを出すため、原句〈飯を喰《く》ふ〉を改めたものか。膳《ぜん》は食膳《しょくぜん》の略。

『句解』 旅の夕暮れ。隣部屋の漏れ灯《もび》をたよりに食う飯のなんとわびしくさむざむとしたことよ。

《鑑賞》 『文政版句集』に〈一人旅〉と前書がある。同じ前書は『七番日記』文政元年（一八一八）六月の条に〈独《ひとり》旅《たび》〉とあり、〈次の間の灯《ひ》で飯をくふ夜寒かな〉〈一人《いちにん》と書《かき》留《とめ》らるる夜寒かな〉の二句がみえる。前者の〈夜寒〉の句は同じ日記の文化一二年（一八一五）八月にあり、これが初出。上掲句は、〈膳《ぜん》につく〉と旅宿の感じを出すのが改案のねらい。〈夜寒〉（晩秋）の句を冬の句に変えたことも旅先のわびしさを一層かき立てている。原句だと前書がなければ、無精《ぶしよう》な一人住みの句とも取られかねないからだ。改案は文政元年のうちであろう。

これは当座の矚目《しよくもく》吟ではなく、かつての放浪時代を回想しての作。乞食《こじき》坊主同然の一人旅、胡散《うさん》臭い男へのあしらいはまことにそっけない。飯になっても油火一つともしてくれない。仕方なく隣部屋の漏れ灯《もび》にすがって、ひえびえとしたものを喉《のど》に通すのである。人一倍敏感で継子《ままこ》の僻《ひが》み根性をもった一茶にとり、寒さが身にこたえなかったはずがない。〈夜寒〉の句はわびしい気分をよくうたい出しているが、上掲句は旅先のわびしさそのものに迫っている。

郷里の柏原《かしわばら》へ帰り、食べるに困らない〈羽織貴族〉になってからも、長い漂泊時代に骨身にしみた寒さを、時に思い返すことがあったのであろう。〈有明《ありあけ》や浅間《あさま》の霧が膳《ぜん》をはふ〉（文化九年〈一八一二〉）の明るい叙景句にしても、一茶の句には生活の実感がある。　（宮坂）

目出度《めでた》さもちう位《ちゆうくらい》なりおらが春　（おらが春）

▼季語―「おらが春」新年。陰暦正月は春の初め、「今朝《けさ》の春」と同じ。ほかでもない、おれの正月という意の季語。▼句切れ―「ちう位《くらい》なり」。切れ字「なり」。
▽ちう位《くらい》―本来は上位に対して中程度の意であるが、ここは、ごくいい加減、あいまい、はっきりしない意の、信濃《しなの》（長野県）の方言を用いたもの。

『句解』 新年を迎える喜びも、あなた任せに世を渡る老い先の知れた身には、まあいい加減なものだが、それはそれでおれにふさわしいではないか。

《鑑賞》 『おらが春』の巻頭に、初めて正月を迎える長女さとを詠んだ〈這《は》へ笑へ二つになるぞけさからは〉の一句とともにすえられた、文政二年（一八一九）、五七歳の歳旦《さいたん》吟である。

長い流離の果てに郷里の柏原《かしわばら》に帰住して五年、人並みに妻を娶《めと》り子をもうけ、俳諧師としても、東北信地方（長野県北東部）の郷村を中心に、門弟を擁《よう》するようになる。

句には前文がある。〈おのれらは俗塵《ぞくじん》に埋れて世渡る境《きょう》界《がい》ながら、鶴亀《つるかめ》にたぐへての祝尽《いわいづく》しも、厄《やく》払ひの口上《こうじょう》めきて、そらぞらしく思ふからに、から風の吹けばとぶ屑家《くずや》はくづ屋のあるべきやうに、門松立てず、煤《すす》はかず、雪の山路の曲り形《なり》に、ことしの春もあなた任せになんむかへける。〉。屑家《くずや》住みの身には、正月の支度に門松を立てたり、煤《すす》払いをしたり気をつかうこともなく、すべてあなた任せ(他力本願)でいこうと、おのれの心境を、飾ることなくありのままに見せている。

かつて四十代の日に江戸で、〈わが春や炭団《たどん》一つに小菜《こな》一把《いちわ》〉(『文化句帖《くちょう》』)とか〈我春《わが》も上々《じょう》吉《きち》ぞ梅の花〉(『我《わが》春《はる》集』)と詠んだときのような、自己卑下もなければ気負いもない。やっと手に入れた、つかの間の満ち足りた思いや安堵《あんど》感を、まあ適当ないい加減なものさと、自分に言いきかせるような口吻《こうふん》が凡愚《ぼんぐ》一茶にふさわしいのである。

《補説》『おらが春』巻末の句〈ともかくもあなた任せの年の暮《くれ》〉と、よく照応しているので、実際は文政二年一二月の作とする説もある。　(宮坂)

雀《すずめ》の子そこのけそこのけ御馬《おうま》が通る　(おらが春)

▼季語―「雀《すずめ》の子」晩春。身近な春の小鳥として古来最もかわいがられてきた。「子雀《こすずめ》」または「黄雀《きすずめ》」とも。▼句切れ―「雀《すずめ》の子」「そこのけ」「そこのけ」。切れ字「のけ」。▽そこのけそこのけ―もともと「そこを退《の》き去れ」と大名行列の人払いをするときに使われた格式ばった言葉。ここでは、子供が遊びの場で、「お馬が通る、先のけ先のけ」と囃《はや》す語へ転化したもの。〈馬場退《の》け馬場退《の》けお馬が参る〉(狂言「対馬祭」)を踏まえているとも。▽御馬《おうま》―大名行列の馬や畦《あぜ》道《みち》の曳馬《ひきうま》ではなく、子供の玩具《がんぐ》の馬か竹馬など。

『句解』雀《すずめ》の子よ、さあそこをどいたどいた、お馬さんのお通りだ。

《鑑賞》『おらが春』のほか『八番日記』文政二年(一八一九)二月に出る。句形に異同はない。〈それ馬が馬がとやいふ親雀《おやすずめ》〉(『七番日記』文化一五年〈一八一八〉)が発想の原型か。この種の発想は一茶に多い。〈やよや蝶《ちょう》そこのけそこのけ湯がはねる〉〈寝がへりをするぞそこのけきりぎりす〉(『七番日記』)など。

蠅《はえ》・蚤《のみ》・蚊・蛙《かえる》など小動物を詠んで、弱いもの、憎まれ虐《しいた》げられるものへの同情や親愛の気持ちを投影させる句風はよく知られている。この句も、従来、無心に餌《えさ》をあさる雀子《すずめこ》と行列の馬、あるいは農道の曳馬《ひきうま》との対比から、同想の句とみられて、一般にもてはやされてきた。

しかし、「お馬が通る、先のけ先のけ」は当時の子供が玩具《がんぐ》の馬や竹馬に乗って遊ぶときの常套語《じょうとうご》（潁原《えばら》退蔵『俳句評釈』）であり、句全体に流れる母音オ音のやわらかな調べは、無邪気な童心の世界を描いたものと解してよい。

　ただし、一茶の句は、単純に小動物や子供の世界への共感を示したものではなく、やはり、〈そこのけそこのけ〉という御上《おかみ》の語を、日常卑近な子供の遊びの場へ移し変えて、いわば、一茶流のパロディ化をして用いている点に注目しなければならない。（宮坂）

麦秋《むぎあき》や子を負ひ《い》ながらいわし売《うり》

（おらが春）

▼季語―「麦秋《むぎあき》」初夏。「麦の秋」とも。冬を越した麦の刈り取りごろをいう。秋とは収穫の時節の意。一面に黄熟した麦を刈る光景は夏の初めの代表的な農村風景。陰暦四月の異名を麦秋《ばくしゅう》とも呼ぶ。▼句切れ―「麦秋《むぎあき》や」。切れ字「や」。
▽子を負ひながら―赤子を女親が背負いながら。▽いわし売《うり》―いわしは秋に漁獲《ぎょかく》が多い。ここでは時期はずれに山国へ塩いわしや昆布《こんぶ》などを持って越後《えちご》（新潟県）から来る行商の女だけに哀感がある。

〖句解〗晴天が続く山国の明るい麦刈りのころ。赤子を背負いながら、いわしを売り歩く越後《えちご》女の哀れなことよ。


《鑑賞》『おらが春』に〈越後《えちご》女、旅かけて商ひする哀《あわれ》さを〉と前書がついてみえる。文政二年（一八一九）作。

　北国街道筋の柏原《かしわばら》宿は越後《えちご》からの入口に当たる。塩いわしや昆布《こんぶ》や若布《わかめ》などわずかな荷を旅でひさいでささやかな口銭《こうせん》で世を渡るような女もやって来る。富山の薬売りのように旅慣れた商人《あきんど》でないだけに素人《しろうと》ぽく、時には乳飲み子を背にくくりながら、戸口に立つ。

　『八番日記』文政二年に〈越後《えちご》女の哀《あわれ》さを〉とある〈鰯《いわし》めせめせとや泣く子負ひながら〉の同想句とくらべると、一茶の目のつけどころがはっきりする。

　前書にいう哀れさは、日記の句に、縋《すが》るような声調で端的につかまれているが、生き抜くためにたつきに身を張る弱者への共感は、上掲句の方に深い。

　〈子を負ひながら〉という措辞を取り上げても、矚目《しょくもく》による単なる事実の再現ではなく、しがないいわし売りの実体に迫る悲しみがある。〈木がらしや地びたに暮る辻諷《つじうた》ひ〉（『文化句帖《くちょう》』）〈霜がれや鍋《なべ》のすみかく小傾城《こけいせい》〉（『八番日記』）〈身一つすぐすとて山家《やまが》のやもめの哀《あわれ》さは　おのが里仕廻《しま》うてどこへ田植笠《がさ》〉（『おらが春』）などの句と共通した、ほそぼそと生きる不遇な庶民への温かな目は一茶独自なものである。

麦秋《ばくしゅう》のからっとした明るさが、句柄を大きくしている。（宮坂）

蟬《せみ》なくやつくづく赤い風車《かざぐるま》

（八番日記）

▼季語―「蟬《せみ》」晩夏。歳時記では陰暦五月あるいは六月に分類される、にぎやかな夏の演出家。鳴き声がじっとりとした真昼の暑さをかきたてる。▼句切れ―「蟬《せみ》なくや」。切れ字「や」。

▽つくづく赤い―〈熟、ツクヅク〉（『文明本節用集』）。じっと思いを凝らして、赤という色にこもる情感を見い出した驚き。▽風車《かざぐるま》―紙で翼を作る華奢《きゃしゃ》なものでなく、竹の輪に色紙を貼《は》り、柄をつけたもの。

〔句解〕蟬《せみ》がしきりに鳴き立てる。時のとまってしまった昼下がり、ふと気づくと燃え立つような赤い風車《かざぐるま》、蟬《せみ》の声も赤い。

《鑑賞》『風間《かざま》本八番日記』によると、文政二年（一八一九）閏《うるう》四月の作。下五が〈赤へ風車《かざぐるま》〉とある。〈赤い〉を〈赤へ〉とするのは信濃《しなの》の方言であり、異同は一字にすぎないが、作者の心理を探ると微妙な違いがある。

赤という色のもつ二面性、〈心理的な色であると同時に、たいへん土俗的な色である〉（『近世の秀句』）点を指摘し、そこから、この句に一茶の土俗性、〈田舎者《いなかもの》の性根《しょうね》〉をかぎ出したのは安東次男である。〈つくづく赤へ風車《かざぐるま》〉という土臭い響きは、還暦を目前にしてようやく摑《つか》んだ家庭のぬくみを、じっと嚙《か》みしめる一茶の偽らない生理をみせている。

四年前、長男を生後一か月でなくした一茶にとり、再び授かったわが子への愛はまさに溺愛《できあい》といってよい。『おらが春』に〈こぞの夏、竹植うる日のころ、うき節《ふし》茂きうき世に生れたる娘、おろかにしてものにさとかれとて、名をさととよぶ。ことし誕生日祝ふころほひより、てうちてうちあはは、天窓《おつむ》てんてん、かぶりかぶりふりながら、おなじ子どもの風車《かざぐるま》といふものをもてるを、しきりにほしがりてむづかれば、とみにとらせけるを、やがてむしやむしやしやぶつて捨て、露程《つゆほど》の執念《しゅうねん》なく〉とあるのが風車《かざぐるま》である。

蟬《せみ》が鳴く昼下がり、ふと描き出された赤い風車《かざぐるま》は、なまなましく悲しい。農村の核のような光景である。（宮坂）

蟻《あり》の道雲の峰よりつづきけん

（おらが春）

▼季語―「蟻《あり》」兼三夏。蟻《あり》が隊列をなして、どこまでも連なるさまを「蟻《あり》の道」とか「蟻《あり》の列」という。一列の縦隊《じゅうたい》を「蟻《あり》の門渡《とわた》り」と擬人化した言い方もある。いずれも本題に

対し傍題として、季語に準じて考えてよい。『梅塵《ばいじん》本八番日記』には「雲の峰」(兼三夏)を季語としている。▼句切れ―「つづきけん」。切れ字「けん」。「蟻《あり》の道」でも切れる。

▽雲の峰―古俳諧以来、夏の代表的な季語として、その詩的な表現が愛用されてきた。反射光線のはげしい盆地などに、むくむくと雲の高い円塔が立つ。入道が空に立ちはだかるようだというので入道雲とも呼ばれる。雷を伴い強い雨を降らせる雷雲、夕立雲は雲の峰が最も発達したもので高さ一〇キロメートルにも及ぶ。積乱雲のこと。

『句解』 えんえんと連なる蟻《あり》の隊列。この果てははるか雲の峰から続いているのだろう。

《鑑賞》 『おらが春』にみえる文政二年(一八一九)六月の作。他に下五を〈つづきけり〉(『八番日記』)、〈つづくかな〉(『文政九年句帖写《くちょううつし》』)と句形の異同がある。作句推敲《すいこう》時期から推して、上掲句が改案、前者が初案、後者が別案であろう。

初案では句中の発見を平板に叙したにとどまる。また別案では句調が懇《ねんご》ろになり、新鮮な驚きが削《そ》がれる。弾んだ心をみずからに納得させるような韻《ひびき》が改案にはある。

〈夕不二《ふじ》に尻《しり》をならべてなく蛙《かえる》〉〈投げ出した足の先也雲の峰〉と、日常の次元での大小・強弱という定まった価値を逆転させて描くことで、俳諧味を出す手法は『七番日記』文化年間の常套《じょうとう》であった。が、無限級数のような蟻《あり》の道が雲の峰まで続くというのではない。雲の峰よりと帰着点からの把握《はあく》の仕方は、単なる矚目《しょくもく》や常套《じょうとう》手法ではいたり得ない大胆な構図である。炎昼の下、土に縋《すが》ってえいえいと働き続ける蟻《あり》のはるかな意志に、おのれを超えた、〈幻想的な恍惚《こうこつ》〉(加藤楸邨《しゅうそん》『一茶秀句』)を感じ取った一茶の率直な表現であろう。雲の峰よりも蟻《あり》の道がはるかに大きく強靭《きょうじん》なものに描かれている。

(宮坂)

露の世は露の世ながらさりながら

(おらが春)

▼季語―「露」兼三秋。四季を通じて見られるものだが、晴れた風のない秋の夜に多いので秋季とする。はかないもの、わずかなことを暗示する代表的な季語として古来愛用されてきた。▼句切れ―「露の世ながら」。

▽露の世―秋の露が消えやすいようにはかないこの世。世とは生涯《しょうがい》とか運命の意。現世を仮の世とする無常の念が一茶にある。▽さりながら―そうではあるが。逆接の接続詞。一応上述のことを承知しながら、真から承服できない意を表す。

『句解』 結んでもたちまち消える露のように、この仮の世に受けた生ははかないものだと知っている、知ってはいるものの、それが今わが子であってみると、どうにもあきらめきれない。

《鑑賞》『おらが春』にみえる長女さとの夭折《ようせつ》を悼《いた》んだ文政二年（一八一九）六月二一日の一句である。『七番日記』文化一四年（一八一七）五月の条に〈悼〉と前書して、〈露の世は得心ながらさりながら〉とある句を改作したもの。原句は長男千太郎の一周忌の追悼句かと推定される。

　生後一か月ほどで長男を亡くしているだけに、二年後にもうけた長女を一茶は溺愛《できあい》した。その子も一歳余りで疱瘡《ほうそう》にかかり死んでしまう。一茶はあきらめきれない思いを、〈この期《ご》に及んでは、行く水のふたたび帰らず、散る花の梢《こずえ》にもどらぬ悔いごとなどとあきらめ顔しても、思ひ切りがたきは恩愛のきづななりけり。〉と、句の前文に記している。最良の句解といってよい。

　〈得心ながら〉には知的なはからいがみえるが、上掲句になると、思いつめた哀惜の情を堪《こら》えがたくもらしたさまが〈露の世〉〈ながら〉の同音反復にうかがわれる。〈撫子《なでしこ》のなぜ折れたぞよをれたぞよ〉（『八番日記』文政四年〈一八二一〉）も似た句法の一句。次男石太郎の百か日納骨の際の作である。泣き崩れる一茶が見えるようだ。

《補説》さと死去当日のメモが『八番日記』に〈サト女此《この》世ニ居《ル》事四百日一茶見《ルコトシタシク》レ親　百七十日、命《めい》ナル哉《かな》今《こん》巳《み》ノ刻《こく》（午前一〇時ごろ）歿《ぼつ》〉とある。

（宮坂）

秋風やむしりたがりし赤い花

（おらが春）

▼季語—「秋風」兼三秋。古来、凋落《ちょうらく》のきざしを象徴し、身にしむあわれをそぞろかき立てるものと意識されてきた。中国では西風が当てられ、また愁風ともいう。▼句切れ—「秋風や」。切れ字「や」。

〔句解〕風はすでに秋風。いま目の前に揺れているのは、死んだわが子がしきりにむしりたがった、あの赤い花だ。

《鑑賞》『おらが春』に〈さと女卅五日墓〉という前書がついてみえる。文政二年（一八一九）六月二一日に死んだ長女の五七忌《ごしちき》、三五日の墓参の句である。『文政版発句《ほっく》集』には〈秋風やむしり残りの赤い花〉とみえ、前書と合わせて、作句発想の意図がはっきりする。

　しかし、作品のできばえは微妙に異なる。上掲句は、秋風の中に揺れている目の前の赤い花に、かつて元気な愛児が、しきりにむしりたがった鮮やかな記憶の中の赤い花を重ねることで、〈赤い花〉の姿を一層鮮明《せんめい》に描いている。わずか一歳余りの短命で亡くなったさと女の運命の色であるかのように〈赤〉という色彩をみている。

　だが、〈むしり残りの赤い花〉という表現は、眼前の赤い花をそのように見つめることによって、哀切な思いが強調されるけれども、〈赤い花〉の輪郭はそれほどはっきりしない。〈生前の日々、遊びの種《たね》にむしりとった赤い花の、わずかに残った幾本かを墓前に献《ささ》げる。これだと秋風のそよぎは切《せつ》に胸を打つ。〉(加藤楸邨《しゅうそん》『一茶秀句』)という連想は〈むしり残りの〉から生まれないわけではないが、いささか余事である。

なんの花というのではない。〈赤い花〉と幼児の欲しがった花を、そぞろ身にしむ秋風の中に端的にみとめたのである。〈夢にさと女を見て　頰《ほっ》ぺたにあてなどするや赤い柿《かき》〉(『八番日記』)の赤は子供の世界につきすぎるが、上掲句は赤で生きたといえよう。

《補説》『八番日記』によると、文政二年(一八一九)〈七月二十四日、晴、墓詣《はかもうで》〉とあり、それは五七忌《ごしちき》の前日に当たる。　　(宮坂)

椋鳥《むくどり》と人に呼ばるる寒さかな　　(八番日記)

▼季語―「寒さ」兼三冬。椋鳥《むくどり》(兼三秋)はここでは比喩《ひゆ》として用いられているので季語ではない。▼句切れ―「寒さかな」。切れ字「かな」。「人に呼ばるる」でもいったん切れる。▽椋鳥《むくどり》―〈椋《むく》の実を群《むれ》はむところから〉(『滑稽雑談《こっけいぞうだん》』)名がついたといわれる。全長二五センチメートルほど。頭・頰《ほお》・腰の部分が白いほかは全体が黒味がかった、野暮《やぼ》ったい感じの鳥。秋に北国から群れをなして南下し町中のケヤキなどで騒騒しく鳴き立てるところから、冬季に信越地方から江戸へ出《で》稼《かせ》ぎ奉公に来る田舎者《いなかもの》を嘲《あざけ》ったあだ名ともなっている。ここではその意。▽人に呼ばるる―通人を自負する江戸の者から蔑《さげす》んで呼ばれる。〈椋鳥《むくどり》も毎年くると江戸雀《すずめ》〉(『柳多留《やなぎだる》』)とある。

《句解》それ、また信州(長野県)の椋鳥《むくどり》が来たと蔑《さげす》まれる。そんな陰口を耳にすると、ぐっと寒さが身にこたえる。

《鑑賞》『風間《かざま》本八番日記』文政二年(一八一九)一一月に、〈江戸道中〉と題してみえる。同じ句形は『おらが春』に、〈東《あずま》に下らんとして中途迄出《までいで》たるに〉として出、また下総《しもうさ》馬橋(千葉県松戸市馬橋)の大川斗《と》囿宛《ゆうあて》書簡にも一二月三日〈杖《つえ》をならし、東の方に踏《ふみ》出して〉はみたものの、中途から引き返したことを記し、上掲句が書かれている。

実際は、『八番日記』によると、一一月下旬から一二月中旬まで柏原《かしわばら》を出ていない。上掲句の原句かと推定される『八番日記』一〇月の条に〈仲仙道《なかせんどう》〉と題す〈椋鳥《むくどり》と我をよぶ也村時雨《しぐれ》〉にしても、旅の事実に即したものではなく想像句であろう。

こうしてみると、一句は、長い江戸在住の間、風采《ふうさい》といい、習性といい、「信州の椋鳥《むくどり》」と呼ばれる野鄙《やひ》な田舎《いなか》俳人でしかなかった自分を噛《か》みしめるように回想している句ではないだろうか。ここには一茶の素顔がみえる。

また、〈村時雨《しぐれ》〉という原句は、明らかに松尾芭蕉《ばしょう》の『笈《おい》の小文《こぶみ》』の出立吟《しゅったつ》〈旅人とわが名呼ばれん初時雨《しぐれ》〉の典雅な風流を意識した野暮天《やぼてん》一茶の哀《かな》しい自己主張である。（宮坂）

雪ちるやおどけも言へ（え）ぬ信濃空（しなのぞら）

（八番日記）

▼季語―「雪」晩冬。雪月花などというときの風流な雪と異なり、生活を脅かす雪国の雪である。▼句切れ―「雪ちるや」。切れ字「や」。

▽おどけも言へぬ―冗談《じょうだん》の一つも口から出ない。おどけはふざけること。滑稽《こっけい》の意。▽信濃空《しなのぞら》―山国信濃《しなの》（長野県）の空の意であるが、押しつめた言い方は偏狭な空を思わせる。

『句解』 山おろしの風にのって雪がちらちらする。いよいよ長い冬の到来。低く垂れこめた鈍色《にびいろ》の信濃《しなの》の空を仰いでは、冗談《じょうだん》一つ口から出ない。暗い気持ちになるばかりだ。

《鑑賞》 『風間本《かざま》八番日記』文政二年（一八一九）一二月にみえ、『おらが春』も句形は同じ。『梅塵本《ばいじん》八番日記』、『文政九年句帖写《くちょううつし》』、上原文路《ぶんろ》宛《あて》書簡などには下五が〈しなの山〉とある。

黒姫山《くろひめやま》をはじめ、飯縄山《いいづなやま》、妙高山《みょうこうさん》など二千メートル級の山を手近に仰ぐ柏原《かしわばら》の村人は、冬の訪れをそれらの山容の変化によって知る。〈しなの山〉というすえ方は一茶には自然なものであったろう。だが、呟《つぶや》きめいた中七音を受ける言葉としては硬い。〈信濃空《しなのぞら》〉とおかれて生まれるようなこだまがない。一茶は『おらが春』（文政三年〈一八二〇〉成稿）に入れた〈信濃空《しなのぞら》〉の句形を定稿と考えたのであろう。

一句の雪は文人墨客が風雅の種《たね》にするような雪ではない。〈下々《げげ》の下国《げこく》の信濃《しなの》もしなのおくしなのの片すみ、黒《くろ》姫山《ひめやま》の麓《ふもと》なるおのれ住める里は、木の葉はらはらと峰のあらしの音ばかりして淋《さび》しく、人目も草もかれはてて、霜降《しもふり》月《づき》の始《はじめ》より白いものがちらちらすれば、悪いものが降る、寒いものが降ると口々にののしりて〉（『俳諧寺記』）という雪である。

〈おどけも言へぬ〉は単なる雪空への感慨ではなく、度重なる不幸――長女さとの天然痘《てんねんとう》による死や一茶の瘧《おこり》の災患など――をおのずから投影させた言葉と受け取れよう。きびしい雪国の風土をえぐり出す一茶の言葉は、一茶自身を正直に語るところから発している。そこに共感も深い。

（宮坂）

ともかくもあなた任せの年の暮《くれ》　（おらが春）

▼季語―「年の暮《くれ》」晩冬。一二月に入ると年の暮れであるが、中旬過ぎにいよいよ年の総決算の感が深い。「歳暮《さいぼ》」また単に「暮《くれ》」ともいう。▼句切れ―「年の暮《くれ》」。
▽ともかくも―どのようにでも。なんとも。いかなる事態でも受け入れようとする意。▽あなた任せ―一切を阿弥陀仏《あみだぶつ》に任すこと。浄土宗や真宗では、阿弥陀仏《あみだぶつ》をあなたと称した。一茶の常用語。他に「仏任せ」「天道任せ」などの類似語句がある。

《句解》　さまざまなできごとに揉《も》みくちゃになった一年だったが、もう今となっては、なんなりとも、阿弥《あみ》陀仏《だぶつ》にひたすらおすがりする年の暮れであることよ。

《鑑賞》『おらが春』巻末に、文政二年（一八一九）一二月二九日の日付でみえる。

『おらが春』は二一の章段から構成されているが、その主旋律は、前年五月にもうけた長女さとをめぐる溺愛《できあい》のドラマである。〈這《は》へ笑へ二つになるぞけさからは〉と、元《がん》旦《たん》に雑煮膳《ぞうにぜん》をすえて祝った愛児が、六月には天然痘《てんねんとう》にかかり、突然亡くなってしまう深い悲しみを〈露の世は露の世ながらさりながら〉とうたう。悟ろうにも悟りきれない現《げん》世《ぜ》への執着がのぞく。

上掲句は『おらが春』一編のドラマの果てにたどり着いた自称〈土凡夫《どぼんぶ》〉一茶の心境が語られている。長い前書がある。必要なところだけ触れる。〈さて後生《ごしょう》の一大事は、其《その》身《み》を如来の御前に投出して、地獄なりとも極楽なりとも、あなた様の御はからひ次第、あそばされくださりませと、御頼み申ばかり也〉と、ひとたびは〈あなた任せ〉の他力信仰によって〈安心《あんじん》〉を得ようとしている。

しかし、それほど一茶は純真なわけではない。口では称《しょう》名《みょう》を唱えながら、欲の皮が張って窃盗《せっとう》をしたり、人目をかすめてわが田に水を引く、醜い現実があることを忘れていない。それを自己反省としてではなく、隣人への非難や他人のもっている悪癖のように語る。一茶の俗情である。一茶の〈あなた任せ〉は、そんな俗人でも救われたいという一縷《いちる》の切ない希《ねが》いである。（宮坂）

づ《ず》ぶ濡《ぬ》れの大名を見る炬燵《こたつ》かな　（八番日記）

▼季語―「炬燵《こたつ》」兼三冬。冬の暖房として欠かすことができない。寒さの厳《きび》しい地方では炉を切り、櫓《やぐら》を置き、布団を掛ける切炬燵《きりごたつ》を用いる。ここはそれ。置炬燵《おきごたつ》もある。▼句切れ―「炬燵《こたつ》かな」。切れ字「かな」。「見る」でもいったん切れる。

▽ずぶ濡《ぬ》れ―ずぶ濡《ぬ》れが正しい。全身がぐっしょり濡《ぬ》れるさま。「ずぶ」は接頭語で強め。▽大名―江戸時代、一万石以上を領有する幕府直属の武士の称。ここは大名行列の略。

〔句解〕冷たい雨にたたかれ、ぐっしょり濡《ぬ》れた大名行列が表を通る。のんびりと炬燵《こたつ》にあたり戸障子の隙《すき》間《ま》からのぞき見することよ。

《鑑賞》『風間《かざま》本八番日記』文政三年（一八二〇）一〇月に、〈火達《こたつ》から大名見るや本通り〉と並んでみえる。『七番日記』の〈大名は濡《ぬ》れて通るを炬燵《こたつ》かな〉（文化一四年〈一八一七〉）を推敲《すいこう》したもので、他に〈大名を眺《なが》めながらに炬燵《こたつ》かな〉（『だん袋』）がある。一句は〈ずぶ濡《ぬ》れの仏立ちけりかんこ鳥〉（文化一三年〈一八一六〉）などの〈ずぶ濡《ぬ》れ〉という一茶愛用の形容を雨の日の大名行列に用いて、いささか得意になっている。

柏原《かしわばら》は加賀百万石の殿様が参勤交代の折に泊まる宿場である。〈涼まんと出《い》づれば下に下にかな〉（文化一四年）ということもたびたびあったであろう。先箱・先槍《やり》・鉄砲・弓と続く仰《ぎょう》々しい行列がずぶ濡《ぬ》れになりながら、〈下に下に〉といって通るさまを炬燵《こたつ》にあたり見ているという一句の構図は、鮮やかなだけに皮肉たっぷりだ。しかし、前田侯《こう》のお召しを〈何のその百万石も笹《ささ》の露〉と詠んで召しに応じなかったという気風《きっぷ》のよさはない。

一茶には、〈松陰に寝てくふ六十余州かな〉（文化九年〈一八一二〉）のように徳川の善政を称える現実肯定の面がある。が、また反面にはこのように、嵩《かさ》にかかる者への反抗精神があった。ただそれはそれほどはっきりした社会意識ではなく、ときに気紛れである。皮肉ったり、誹《そし》ったり、茶化したり、消極的な反発であったが、根の方にある精神は醒《さ》めていた。（宮坂）

やれ打つな蠅《はえ》が手を摺《す》り足をする　（八番日記）

▼季語―「蠅《はえ》」兼三夏。一年中見られるが、繁殖や活動がことに盛んなのが夏である。羽が二枚、脚が六本。毛が密生した歩脚にはゴミがつきやすく動作を鈍らせるのでときどき掃除をしている。俳諧になって登場した季語。▼句切れ―「やれ打つな」。切れ字「な」。▽やれ打つな―それ、打ってはいけない。「やれ」は呼びかけの感動詞。「な」は禁止の意の終助詞。▽手を摺《す》り足をする―蠅《はえ》の動作を命乞《ご》いをしているとみたもの。

〔句解〕それ、打っちゃいけない。蠅《はえ》が手をすり足をすり合わせて命乞《ご》いをしているではないか。

《鑑賞》『梅塵《ばいじん》本八番日記』文政四年（一八二一）六月にみえる。句形の異同では風間《かざま》本が〈やよ打つな〉、『関清水《せきのしみず》物語』（于《う》当《とう》編）には、〈蝿《はえ》は手をすり足をする〉とする。〈手をする足をする〉との伝誦《でんしょう》の形は口当たりがよいが誤伝である。

蝿《はえ》は身近にいて最も嫌《きら》われもの。その動作を擬人化してユーモラスにとらえたところが人びとに迎えられ、周知の句となった。蝿《はえ》ばかりでなく、蚊や蚤《のみ》なども人間生活の中では憎まれものだが、一茶はむしろ、嫌悪《けんお》の対象物を好んで句に詠む。

そこには、一茶が生涯《しょうがい》抱き続けた被害者意識や自己疎外の感情など、いつも自分は孤独な継子《ままこ》や貧乏な田舎者《いなかもの》だというコンプレックスがはたらいている。いわば、嫌《きら》われもの、憎まれもの同士が心を許し合える世界として一茶は昆《こん》虫《ちゅう》や小動物を見たのである。〈痩蛙《やせがえる》まけるな一茶是《これ》に有り〉〈寝返りをするぞそこのけきりぎりす〉（『七番日記』）〈我《われ》と来て遊べや親のない雀《すずめ》〉（『おらが春』）などはその好例であろう。

上掲句〈やれ打つな〉は、他人への呼びかけではなく、〈自分の心に言いきかせている〉（栗山《くりやま》理一『俳句講座4古典名句評釈』）との指摘は鋭い。たわいもない蝿《はえ》のしぐさを命乞《ご》いをしているのだとみる一茶の擬人法がそれによって陳腐でなくなる。〈常套的《じょうとうてき》〉（加藤楸邨《しゅうそん》『一茶秀句』）というよりもむしろ巧みだ。

（宮坂）

欧米に紹介された俳句 12

■翻訳されて輝きを増した一茶《いっさ》

一茶《いっさ》の俳句には、翻訳されてかえって輝きを帯びてくる句が少なくない。たとえば

人も一人蝿《はえ》もひとつや大座敷

の句は "One man／and one fly／waiting in this huge room." と一九七二年にW・H・コーヘンによって訳されているが、この短詩を読むと、大きな客間で、主人が出てくるのを長いあいだ待たされている男とそのまわりを飛んでいる蝿《はえ》の情景が鮮やかに浮かんでくる。しかも人間と蝿《はえ》が完全に平等かつ同列にあつかわれている。これが一茶《いっさ》の小動物を詠んだ句の特徴である。

アメリカのすぐれた現代詩人ロバート＝ブライは、詩集『海と蜜蜂《みつばち》の巣』（一九七一年）の中で、一茶《いっさ》の句一〇編を訳し、その巻末のノートで、〈一茶《いっさ》は世界でもっとも偉大な蛙《かえる》の詩人、もっとも偉大な蝿《はえ》の詩人、そしておそらくもっとも偉大な児童詩の詩人である〉といっている。

アメリカには俳句をやさしい英語に訳した児童向きの絵本が幾種かあるが、その中で最も多く出てくるのは一茶《いっさ》の俳句である。

（佐藤）

ちる芒《すすき》寒くなるのが目にみゆる

（寂砂子《さびすなご》集）

▼季語―「芒《すすき》」兼三秋。薄《すすき》とも書く。秋の七草の一つ。黄褐《おうかつ》色《しょく》の花穂が獣の尾に似ているので尾花《おばな》という。晩秋になると穂は白髪のようにほおけ、やがて散り落ちる。「芒《すすき》」の傍題として「芒《すすき》散る」がこれである。▼句切れ―「ちる芒《すすき》」。

『句解』芒《すすき》の穂が散り始めた。いよいよ寒さが迫ってくるのが目《ま》のあたりに見える。

《鑑賞》『七番日記』文政元年（一八一八）七月に〈散芒《ちるすすき》寒く成ったが目に見ゆる〉の句形でみえ、上掲句は同六年（一八二三）改案されて、『寂砂子《さびすなご》集』（青野太笻《たいこう》編）に収められたもの。

下総《しもうさ》（千葉県）の俳人太笻《たいこう》は一茶が江戸在住以来の旧知の間柄で、文政六年七月、越後《えちご》（新潟県）に向かう途次、柏原《かしわばら》に立ち寄った。太笻《たいこう》六〇歳。この年還暦の一茶は五月に妻菊に先立たれ、憔悴《しょうすい》していた。同書には〈互に露の命のつゝがなきをよろこび、さすがに年のかたむくをかこち、なきみ笑ひみ、万《よろず》うち忘れて、そこに一碗《いちわん》の粥《かゆ》をわかつ事五日〉と記され、太笻《たいこう》の〈なす事のへるにつけても秋の月〉の句があり、一茶の句はこれに和して詠んだ句である。

原句の〈寒く成ったが〉では、花穂を散らす芒《すすき》のさまに、深秋の寒さを見とめ、言いとめた報告である。〈なす事のへるにつけても〉というこれからの時間への唱和は手直しの句〈寒くなるのが〉によって初めて成り立つ。両吟とも〈年のかたむく〉老の身を託《かこ》っているが、そくそくと〈寂寥《せきりょう》の響きが迫る〉（丸山一彦『近世俳句俳文集』）のは一茶の句だ。

見わたすかぎり一面の芒《すすき》がほおけて、穂綿を散らす銀世界。信濃《しなの》（長野県）の寒い冬がくる前兆である。〈寒くなるのが目にみゆる〉にどこか口語調を感じるのは、山国のこの季節になると交わされる会話を生かしているからだ。作句動機からして、句は白髪の老人の姿を彷彿《ほうふつ》とさせる重層性をもっている。上五を「芒《すすき》ちる」とおいたのでは、結句の〈みゆる〉と差し合い、句にまとまりがなくなる。一茶の表現への心づかいは細心である。（宮坂）

やけ土のほかりほかりや蚤《のみ》さわぐ

（久保田春耕《しゅんこう》宛《あて》書簡）

▼季語―「蚤《のみ》」兼三夏。蚊と同じく血を吸う。畳の下の塵埃《じんあい》などに棲《す》み、六本脚が発達してよく跳躍する。どこか頓狂《とんきょう》なところが俳諧に愛される。▼句切れ―「ほかりほかりや」。切れ字「や」。

▽やけ土―文政一〇年（一八二七）閏《うるう》六月一日柏原《かしわばら》の大火に類焼し、かろうじて残った土蔵へ移り住む。焼け跡のいまだぬくもりがさめないような土。▽ほかりほかり―寝莫蓙《ねござ》を通した土ぼてり。

『句解』 焼け出され土間に寝莫蓙《ねござ》の仮住居《かりずまい》をする。土ぼてりのほかほかなぬくもりに蚤《のみ》どもがたち騒ぎ始めたよ。

《鑑賞》 文政一〇年（一八二七）閏《うるう》六月一五日付、高井郡紫《むらさき》（上高井郡高山村紫《むらさき》）の門人久保田春耕《しゅんこう》宛《あて》書簡に、〈土蔵住居《ずまい》して〉の前書でみえる。

一〇余年に及ぶ義弟との係争の末に、手に入れた〈つひの栖《すみか》〉を焼け出された一茶は、裏の焼け残りの土蔵へ、身重の妻やをと移る。三間に二間二尺の茅葺《かやぶ》き、天井の高い土蔵は真昼でも薄暗く、かろうじて当座の仮住居《かりずまい》とした。閏《うるう》六月初めといえば、暑いさなかで、土間に敷いた莫蓙《ござ》ごしに蚤《のみ》が騒ぐ。〈やけ土のほかりほかり〉とは、焼け跡のほくほくした土の一般的な印象ではない。焼け残りの土間に老残の身を横たえた実感である。

落胆し陰気になりがちな状況にいて、一茶は意外なほど明るい。一切を焼かれて、物欲の執念がとれたような軽やかさが、この擬態語にはある。与えられた不遇を、むしろ楽しんでいるようなやわらかな響きがこもる。かえってそこに〈凄愴味《せいそうみ》〉（丸山一彦『小林一茶』）を感じる見方もできよう。

《補説》 仏の位牌《いはい》一つをもって土蔵を出た一茶は、盆には湯田中の門人湯本希杖《きじょう》方で〈御仏は淋《さび》しき盆とおぼすらん〉と詠む。その後、一一月に柏原《かしわばら》へ帰ってから、中風が重くなり、一九日の夕刻、土蔵に臥《ふ》したまま六五歳の生涯《しょうがい》を終えた。その〈一茶終焉《しゅうえん》の土蔵〉は、今も柏原《かしわばら》に残り、史跡に指定されている。（宮坂）

《参考文献》 ▼勝峯晋風『一茶名句評釈』（非凡閣 昭10）▼伊藤正雄『小林一茶』（三省堂 昭17）▼伊藤正雄『小林一茶集』（朝日新聞社 昭28）▼小林計一郎『小林一茶』（吉川弘文館 昭36）▼丸山一彦『小林一茶』（桜楓社 昭39）▼加藤楸邨『一茶秀句』（春秋社 昭39）▼栗山理一『小林一茶』（筑摩書房 昭45）▼丸山一彦他『一茶集』（集英社 昭45）▼栗生純夫『一茶随筆』（桜楓社 昭46）▼丸山一彦『一茶秀句選』（評論社 昭50）▼尾沢喜雄他『一茶全集』（信濃毎日新聞社 昭50）▼矢羽勝幸『一茶大事典』（大修館書店 平5）▼松尾靖秋他『一茶事典』（おうふう 平7）▼矢羽勝幸『信濃の一茶』（中公新書 平6）

成田蒼虬（なりたそうきゅう）

宝暦一一（一七六一）～天保一三（一八四二）。通称は彦助、また久左衛門利定という。金沢の生まれ。京都に出て高桑闌更《たかくわらんこう》に入門。闌更《らんこう》の死後、そのあとを継ぎ芭蕉堂《ばしょうどう》二世となる。全国を俳諧行脚《あんぎゃ》して名声を馳《は》せた。全体として俳風には平俗なものが多く、月並調の巨匠でしかないが、少数だが、好句を残している。頼山陽《らいさんよう》と親交があった。編著に『蒼虬翁句集』などがある。

蓬莱《ほうらい》の橙《だいだい》赤き小家《こいえ》かな

（訂正蒼虬翁句集）

▼季語―「蓬莱《ほうらい》」「橙《だいだい》」新年。蓬莱《ほうらい》は正月を祝う飾り物。三《さん》方《ぼう》に海老《えび》・熨斗《のし》・昆布《こんぶ》・榧《かや》・橙《だいだい》・穂俵《ほんだわら》などを盛りつけたもの。▼句切れ―「小家《こいえ》かな」。切れ字「かな」。
▽小家《こいえ》―小さな家。

〘句解〙 貧しい小さな家々のあたりを所用があって通る。ふとその一軒の内部が見えてしまった。小さな床の間の蓬莱《ほうらい》の台に飾られた質素な供物《くもつ》の中で赤味を帯びた橙《だいだい》の実が一瞬目に映る。貧しい部屋の中で、その赤だけがいかにも正月らしい雰囲気《ふんいき》を漂わせている。その赤い色に救われたような思いで、小家《こいえ》がちの通りを歩いて行くのだ。

《鑑賞》 冬の暗鬱《あんうつ》な日々が過ぎて新春がきたとはいえ、まだ寒さはきびしい。そんな中で、柑橘類《かんきつるい》の実は、人の目と心とを明るく慰めてくれる。芥川龍之介《あくたがわりゅうのすけ》は短編「蜜柑《みかん》」で、冬の曇天の下の憂鬱《ゆううつ》が、突然車窓からばらまかれた蜜柑《みかん》によって消えてゆくまでを描いた。その小家《こいえ》の人たちも、通りがかりの人も、赤い橙《だいだい》に心がなごむのであろう。〈小家《こいえ》〉は与謝蕪村《よさぶそん》の〈うぐいすのあちこちとするや小家《こいえ》がち〉、野沢凡兆《ぼんちょう》の〈門前の小家《こいえ》も遊ぶ冬至かな〉など、庶民の営みへの思いのこもった言葉で、古くは、『源氏物語』の夕顔の巻にも〈げにいと小家《こいえ》がちに、むつかしげなるわたりの……〉と、庶民の生活の描写に用いられている。（遠藤）

江《え》のひかり柱に来たり今朝《けさ》の秋

（訂正蒼虬翁句集）

▼季語―「今朝《けさ》の秋」初秋。立秋の朝は、気分的にだけでもすがすがしい。残暑の昼に対する。▼句切れ―「来たり」。切れ字「たり」。
▽江《え》―川、または湖。

〘句解〙 朝起きてみると、いつもと違って、部屋の奥まった柱にも日の光がさしている。それもゆらゆらと揺れながらである。あ、そうか、今日は立秋だったのだ。家のすぐ前の川の水面から光が反射して、こんなところにまで届くのか。やはり秋だな。

《鑑賞》 季節の推移を柱への川面の光の反射に見いだしたところ、鋭い感覚である。立秋のころの朝のさわやかさが膚に感じられるような句。

「ヒカリ」「キタリ」「ケサノアキ」の、ヒカリ・キタリの響き、カ・キ・ケ・キのカ行音の点綴《てんてい》が、立秋の朝の空気の感触を思わせて快い。〈柱に来たり〉には鋭い目が感じられるとともに、立秋を迎えた喜びがリズムとして聞き取れる。

《補説》 月並調といわれる蒼虬にも、次のような佳句がある。〈うぐひすの夕啼《ゆうなき》聞くや朱雀口《すじやくぐち》〉〈羽《は》をこぼす梢《こずえ》の鳶《とび》や小六月《ころくがつ》〉〈いつ暮《くれ》て水田のうへの春の月〉。こうした佳句をものすることのできた蒼虬ほどの人物も、時代の俗調の流行には流されざるを得なかったのだろうか。

（遠藤）

田川鳳朗（たがわほうろう）

宝暦一二（一七六二）～弘化二（一八四五）。通称は東源、また義長ともいう。別号には鶯笠《おうりゆう》・自然堂などがある。熊本に生まれる。寛政九年（一七九七）江戸に出て鈴木道彦《みちひこ》に入門。夏目成美《せいび》たちとも交際して、俳壇的地位を確立して、天下に名をとどろかしたが、俳風は大部分が平俗であり、天保の月並調へと人びとを導くものであった。編著に『正風俳諧芭蕉《ばしよう》葉ふね』『自然堂千句』などがあり、没後の句集に『鳳朗発句《ほつく》集』などがある。

暮遅《くれおそ》き加茂の川添《ぞい》下りけり

（鳳朗発句《ほつく》集）

▼季語―「暮遅《くれおそ》し」兼三春。暮れようとしていつまでも暮れない春の日長。▼句切れ―「下りけり」。切れ字「けり」。

『句解』 散歩していて、そろそろわが家に引き返そうと思う。しかし、まだまだ日は暮れそうにもないので、京の加茂川の沿道を、下流に向かってゆったりと歩いて行く。まだ高い日に加茂川の水は輝き、向こうには京の町が霞《かす》んで見える。のどかな夕暮れのひとときである。

《鑑賞》 まず、素直な句である。「クレオソキカモノカワゾイクダリケリ」と読み下してみて、「クレオソキ」と「クダリケリ」との呼応、「カモノ」と「カワゾイ」との呼応の妙に引かれる。俳句は、内容のみではなく、韻律が大きく作用する。〈下りけり〉を「上りけり」としてはいけないのは、韻律上の理由からではあるまいか。

《補説》 鳳朗の句には、影が好んで詠みこまれている。〈閑居《かんきよ》 鳥の巣の影もさしけり膝《ひざ》のうへ〉〈己《おの》が影さすや蛙《かえる》の咽《のど》の下〉〈草先を鵜《う》の影ぼうの登りけり〉〈己《おの》が影さすとも知らず草の鴫《しぎ》〉〈ぞくぞくと影の通るや渡り鳥〉〈妻鴛《つまお》

鳶《し》の影さす鴛《おし》の横身かな〉〈よく見ればちる影もちる紅葉かな〉

このように〈影〉に注目している鳳朗は鋭い感覚の持ち主であったにちがいないが、当時の俗流俳諧に反逆するだけの見識はもっていなかったのであろう。（遠藤）

紙燭《しそく》して垣《かき》の卯《う》の花暗うすな

（物見塚記《ものみづかのき》）

▼季語―「卯《う》の花」初夏。旧暦四月を卯月《うづき》というように夏の到来を告げる。闇《やみ》の中でも白く浮かび上がって見える。▼句切れ―「暗うすな」。切れ字「な」。

▽紙燭《しそく》―室内用のたいまつとでもいおうか。細く削った松の木切れの先端を火で焦がして油を滲《にじ》ませて火つきのよいようにしてあるもの。もとが紙で巻いてあるので、この名がある。

『句解』 夜の闇《やみ》の中に白く浮き立つのを見てこそ、卯《う》の花の美を味わったことになる。垣《かき》の卯《う》の花をよく見ようと紙燭《しそく》などともすと、卯《う》の花はかえって見えなく（暗く）なってしまうから、そんなことはしないでくれよ。

《鑑賞》 古来、暗の中の白さが、卯《う》の花の美であった。池西言水《ごんすい》の〈卯《う》の花も白し夜なかの天の川〉、向井去来《むかいきょらい》の〈卯《う》の花の絶え間たたかん闇《やみ》の門〉、小林一茶《いっさ》の〈寐所《ねどこ》見る程は卯《う》の花明りかな〉など、すべてこの伝統を踏まえたものである。

『物見塚記《ものみづかのき》』は一茶《いっさ》の俳友一瓢《いっぴょう》の編集した俳書で文化八年（一八一一）の刊。この化政期にすでに風流のてらいを露骨にみせた鳳朗の句が作られているのである。また〈うぐひすに踏まれて浮くや竹柄杓《たけびしゃく》〉〈父をうしなひまゐらせて　御影像の蚊を追払ふ泪《なみだ》かな〉など、通俗的人情に媚《こ》びた句もあり天保の俗調が、にわかにできたものでないことがわかる。（遠藤）

桜井梅室（さくらいばいしつ）

明和六（一七六九）〜嘉永五（一八五二）。本名能充。別号に雪雄などがある。金沢に生まれ、一六歳で俳諧に志し、高桑《たかくわ》闌更《らんこう》らに学ぶ。文化元年（一八〇四）、三六歳で家業の刀研《かたなとぎ》師《し》の職を弟に譲り隠遁《いんとん》。文化四年上京し、以後京都俳壇に確たる地位を築く。文政から天保にかけては江戸に居住、帰京後名声はますます上がったが、その俳諧は月並調の典型であった。自撰《せん》句集に『梅室家集』がある。

元日や鬼ひしぐ手も膝《ひざ》の上

（梅室家集）

▼季語―「元日」新年。心も身のこなし方も年の始めらしく姿勢正しくきちんとする。▼句切れ―「元日や」。切れ字

「や」。
▽ひしぐ―強く押してつぶす。『古事記』の倭建命《やまとたけるのみこと》が兄を厠《かわや》で〈搤《つか》み批《ひし》ぎて〉（つかみつぶして）殺す話を思えば、状況は想像できる。

〖句解〗出入りしている男がきちんとした服装で、年始の挨拶《あいさつ》にやってきた。労働で鍛えられた、鬼をもつかみつぶしてしまいそうなごつい手を膝《ひざ》の上に置き、正座しているのを見ると、つい昨日までなりふりかまわず働いてくれていた彼の粗野な姿を思い出して、なんとなくそぐわない感じで、おかしくなる。しかし、あのように実直に陰ひなたなく働く男だからこそ、このように正月は折目正しくもなるのだ、と、その男に対して好感も抱くのである。

《鑑賞》ふだん見なれている人が、元日にあまりにきまじめにしているのをみて、あれ、この人にこんな一面が、と驚き、よく考えてみると、日常の彼と晴れの日の彼との間に首尾一貫したものがあるのに気づくという心理か。

梅室の〈元日や人の妻子の美しき〉や、川柳〈女房をちつと見直す松の内〉と通ずる正月の人情のうがちである。目のつけどころは鋭いが、どうだ、うまいだろうという俗情が鼻につく。天保の月並俳句の代表作である。元日と鬼との結合は節分の鬼やらいの連想か。（遠藤）

冬の夜や針うしなうておそろしき

（梅室家集）

▼季語―「冬の夜」兼三冬。刻々と冷えこみがきびしくなる。ひっそりとした夜。一人起きていると、ふと孤独の底に突き落とされる。▼句切れ―「冬の夜や」。切れ字「や」。

〖句解〗夜更け、針仕事に熱中している。気がつくと、針が一本不足している。あちらこちらと探すが見つからない。寒さも忘れて探すが、とうとう出てこない。今まで忘却していた深夜のきびしい冷えこみと故知れぬ恐怖感と孤独感とが同時に襲ってきた。

《鑑賞》三六歳まで刀研師《かたなとぎし》をし続けた梅室は、刃物や光る針に対して長年の間に培《つちか》われた鋭い感覚を備えていたと考えられる。深更の針仕事の女性心理に迫ることのできたのは、この故ではあるまいか。

旧暦一二月八日には、針供養《くよう》（針歳暮）を行うが、北陸ではこの日魔物・怪物（たとえば針千本という怪魚）が浜に打ち寄せ、家の中をうかがうという信仰（迷信）があるという。三六歳まで金沢に生活した梅室の内部に、無意識のうちにも、魔物が家の中のようすをのぞき見るという伝承と針供養《くよう》との結合が潜んでいたとも考えられる。

行燈《あんどん》の光を浴びて物陰に輝いている夜の針のイメージは、近代的であるが、海幸山幸以来の、三輪山伝説以来の「針」の神秘性を尊ぶ日本人の伝統的心情とも重なりそうだ。（遠藤）

市原たよ女（いちはらたよめ）

安永五（一七七六）〜慶応一（一八六五）。多代女《たよじょ》ともいう。別号晴霞庵《せいかあん》。奥州《おうしゅう》（福島県）須賀川の酒造家の娘。婿を迎えて跡を継ぎ、二男一女をあげたが、文化三年（一八〇六）、三一歳で夫と死別する。三児を育てつつ、雨考《うこう》・道彦《みちひこ》に入門して俳諧を学ぶ。道彦《みちひこ》の死後は乙二《おつに》の指導を受ける。夫なきのちの彼女の支えは俳諧であった。句集に『晴霞《せいか》句集』、編著に『浅香市《あさかいち》集』などがある。

日のさすや杉間《すぎま》に見ゆるからす瓜《うり》

（はまちどり）

▼季語―「からす瓜《うり》」晩秋。枯れがれな中でその鮮やかな赤い実は目立つ。夕日を浴びてつやつやかに映えているのは格別である。▼句切れ―「日のさすや」。切れ字「や」。

《句解》 杉の間を縫《ぬ》う山路をゆく。晴天でも暗い道は晩秋の曇天ゆえますます暗く、うっとうしい。思いがけず日がさしてきて、杉の林の中にも光が忍びこむ。ただの暗闇《くらやみ》と思えた杉の木の間で、真っ赤なからす瓜《うり》が、日の光に照り映えている。見ている人の心にも、何か、ほっとぬくもりがさしてくる。

《鑑賞》 日のさす前の杉の暗緑色、日に照らされた杉のつややかな緑とからす瓜《うり》の赤。色彩的効果の計算された句といえる。「さすやすぎま」「からす」とサ音の繰り返しも、響きをよくしている。〈さみだれのたまたま赤き薊《あざみ》かな〉なども暗の中の赤を際立たせた句。

文化八年（一八一一）、このからす瓜《うり》の句は『はまちどり』に採録された。たよ女の初めての入集である。句作して五年後、たよ女にもようやく〈日がさす〉のである。

《補説》 〈水嵩《みずかさ》に車はげしや藤《ふじ》の花〉は大正元年小学唱歌「藤《ふじ》の花」の歌詞に用いられた。（遠藤）

■俳句の一年――風

春風駘蕩《たいとう》たる春の風。涼をよぶ夏の風。秋の風は、あわれをさそう。そして木々を枯らす木枯らしの冬。

〈春風や闘志いだきて丘に立つ　虚子《きょし》〉〈涼風《すずかぜ》や青田《あおた》の上の雲の影　許六《きょりく》〉〈物いへば唇《くちびる》寒し秋の風　芭蕉《ばしょう》〉〈鳥羽殿《とばどの》へ五六騎いそぐ野分《のわき》かな　蕪村《ぶそん》〉〈狂句木枯《こがらし》の身は竹斎《ちくさい》に似たるかな　芭蕉《ばしょう》〉〈木枯《こがらし》の果てはありけり海の音　言水《ごんすい》〉。

子《し》規《き》派の俳句

新聞『日本』に入社した正岡子規《しき》は、そこをよりどころとして俳句革新運動にのりだした。江戸時代末期以来の低俗な俳諧を否定し、俳句も文学の一部でなければならないとして、写生を唱え、与謝蕪村《よさぶそん》の客観美・絵画美を高く評価するのである。ここには子規《しき》およびその門下、または周辺にあって、明治新派俳句の初期に活躍した人びとを収めた。

正岡子規（まさおかしき）

慶応三（一八六七）〜明治三五（一九〇二）。本名常規《つねのり》、通称升《のぼる》。別号獺祭書屋《だっさいしょおく》・竹の里人。愛媛県松山市新玉町に生まれ、東京都台東区上根岸《ねぎし》子規庵《あん》で逝去《せいきょ》した。享年三六歳。松山中学校を退き、上京し、神田一ツ橋の大学予備門から東京帝国大学文科大学国文科に入り、のちに中退。

郷里で旧派の大原其戎《きじゅう》に俳諧を訊《たず》ね、松山藩常盤《ときわ》会寄宿舎では舎監、内藤鳴雪《めいせつ》を知る。高浜虚子《きょし》、河東碧梧桐《かわひがしへきごどう》と交わる。俳人たらんと決意し、明治二五年「獺祭書屋俳話《だっさいしょおくはいわ》」を新聞『日本』に連載、俳句革新を志す。蕪村《ぶそん》句集を繙《ひもと》き、画家中村不折などの影響で写生を提唱する。日清戦争に従軍後、喀血《かっけつ》し脊椎《せきつい》カリエスのため病臥《びょうが》。三一年『ホトトギス』を東京に移して発行し、写生文を鼓吹《こすい》する。

一方、『歌よみに与ふる書』により短歌革新にも手をのばす。さらに、『墨汁一滴《ぼくじゅういってき》』『病牀六尺《びょうしょうろくしゃく》』『仰臥漫録《ぎょうがまんろく》』など随筆に独自の境地をひらく。すべて病牀《びょうしょう》六尺での奮闘記録である。いっさいは子規全集（講談社版）全二二巻に収められている。

あたたかな雨がふるなり枯葎《かれむぐら》

（寒山落木《かんざんらくぼく》巻一）

▼季語—「あたたか」兼三春。枯葎《かれむぐら》との関連から早春の雨の程よい暖かさをいう。▼句切れ—「雨がふるなり」。切れ字「なり」。

▽枯葎《かれむぐら》—生《お》い茂ったまま枯れている蔓草《つるくさ》のこと。金葎《かなむぐら》や八重《やえ》葎《むぐら》など特定の草を葎《むぐら》と呼んでいるが、古くは蔓《つる》を伸ばし茂った雑草をいう。ここもその意。

『句解』 春まだ浅く、蔓草《つるくさ》の藪《やぶ》は灰色に枯れたまま芽ぶくけはいも見えないが、さすがに、降りそそぐ雨は暖かく心なごむことよ。

《鑑賞》『寒山落木《かんざんらくぼく》』巻一、明治二三年俳句稿にみえる。同書は子規が自作を年代ごと、季題別に分類した手控《てびか》え帖《ちょう》。ただ、季題別に整理されるのは巻二、二六年からで、それ以前は四季別の区分けになっている。

上掲句を、枯葎《かれむぐら》（兼三冬）の句とし、〈「枯葎《かれむぐら》」という季節を媒介として、冬のある季節現象に敏感に反応したところにおもしろさがある。〉（山本健吉）、〈晴天よりも雨天の方があたたかく感じられる冬のある日の季感が微妙に把握《はあく》されている。〉（楠本憲吉《くすもとけんきち》）などの説があるが、子規の分類にしたがえば、前後は「桃の花」と「春の月」を詠んだ句であり、春季に入っている。

俳人として立とうと「獺祭書屋俳話《だっさいしょおくはいわ》」を新聞『日本』に載せるのは二年後、上掲句はいまだ習作時代の作で、同年の作は五三句あるにすぎない。しかし、春の訪れを陋巷《ろうこう》の無聊《ぶりょう》な枯葎《かれむぐら》に降る雨から感じたところに、写生を説く以前の子規のおおらかさが出ている。（宮坂）

赤蜻蛉《あかとんぼ》筑波《つくば》に雲もなかりけり

（寒山落木《かんざんらくぼく》巻三）

▼季語―「赤蜻蛉《あかとんぼ》」兼三秋。蜻蛉《とんぼ》の中でも小形でかわいらしい。雄は全身が赤い。秋茜《あきあかね》とか、のしめ蜻蛉《とんぼ》の類がある。透《す》き通った翅《はね》を陽《ひ》にさらしながら、きびきびと群がるさまは秋を彩る代表的な風物。▼句切れ―「なかりけり」。切れ字「けり」。「赤蜻蛉《あかとんぼ》」でもいったん切れる。▽筑波《つくば》―筑波《つくば》山。茨城県中央部に位置する山地。標高八七六メートルと高くはないが、関東平野の東部に裾野《すその》をひき、富士山とともに関東の名山とされる。俳諧の前身連歌をさして筑《つく》波《ば》の道ともいい、筑波《つくば》は子規にとり関心のある名称。▽雲もなかりけり―一片の雲もとどめない晴天の意であるが、昂揚《こうよう》したリズムにかえって子規の心の底にあるさみしさがのぞく。

『句解』燦《さん》々とそそぐ秋のひかりの中で、群れる赤蜻《あかとん》蛉《ぼ》。今日はかなたの筑波嶺《つくばね》に、一片の雲のかげもないことよ。

《鑑賞》『寒山落木《かんざんらくぼく》』巻三、明治二七年俳句稿にみえる。初出は新聞『日本』同年一〇月二七日付。他に子規自選句集『獺祭書屋俳句帖抄上巻《だっさいしょおくはいくちょう》』『新俳句』所収。

前景の赤蜻蛉《あかとんぼ》の群れと筑波《つくば》の大景とが見事に調和している。〈厭味《いやみ》がなくて垢抜《あかぬけ》がした〉〈写生的の妙味〉がはじめて分かったと自ら上掲の俳句帖抄《はいくちょう》上巻の序にいう。根岸《ねぎし》郊外での矚目吟《しょくもくぎん》である。

編集担当の『小日本』が廃刊後、日清戦争への従軍記者希望も容《い》れられず、子規の胸中には〈鬱勃《うつぼつ》たる不平〉が蟠《わだかま》っていた。ひとには理解されない、働きざかりの男の心に秘められた、そんなさみしさがふと窺《うかが》える一句である。（宮坂）

行く我にとどまる汝《なれ》に秋二つ

（寒山落木《かんざんらくぼく》巻四）

▼季語—「秋」兼三秋。▼句切れ—「秋二つ」。「行く我に」「とどまる汝《なれ》に」でも切れる。
▽秋二つ—秋という季節を二つと即物的に把握《はあく》したところに惜別の情がこもる。『蕪村《ぶそん》句集』の〈永西法師はさうなきすきもの也し。世を去りてふたとせに成《なり》ければ〉と前書された〈秋ふたつうきをますほの薄《すすき》かな〉の句から知った措辞であろう。

『句解』　今別れて東京へ行こうとする自分と、ここ松山の地で教鞭《きょうべん》をとる君と、折から季節の秋は各々《それぞれ》二つに割《さ》かれてしまうことだよ。

《鑑賞》　『寒山落木《かんざんらくぼく》』巻四、明治二八年俳句稿に〈漱石《そうせき》に別る〉の前書でみえる。『獺祭書屋俳句帖抄上巻《だっさいしょおくはいくちょう》』所収。新聞『日本』にも三年後九月二五日付で出る。

明治二八年従軍からの帰途喀血《かっけつ》した子規は神戸、須磨《すま》で療養後、松山に帰郷。八月二七日、夏目漱石《そうせき》の下宿に移る。交遊六年にわたる漱石《そうせき》は四月に松山中学校の英語教師となって赴任していた。松山の連衆《れんじゅう》を集めた句作三昧《くさくざんまい》は、一つ屋根の下の漱石《そうせき》をついに仲間に引き込んでしまう。

上掲句は滞留五〇日の後、一〇月一九日、漱石《そうせき》との留別《りゅうべつ》に際し贈った挨拶《あいさつ》句。即興吟のようにみせながら、一句はユーモラスな理屈をかくしている。漱石《そうせき》の故地東京へ行く子規と子規の郷里にとどまる漱石《そうせき》と、これも互いが担う運命のようなものだといったもの。〈秋二つ〉と呟《つぶや》きめいて、ぽつんと置かれた抽象語の表現がかえって惜別の情を深くしている。松尾芭蕉《ばしょう》の〈蛤《はまぐり》のふたみに別れ行く秋ぞ〉を思わせる（楠本《くすもと》憲吉）とはいい指摘である。

（宮坂）

柿《かき》くへ《え》ば鐘が鳴るなり法隆寺《ほうりゅうじ》

（寒山落木《かんざんらくぼく》巻四）

▼季語—「柿《かき》」晩秋。▼句切れ—「鐘が鳴るなり」。切れ字「なり」。
▽柿《かき》—〈その味はひ絶美なり〉（『本朝食鑑』）といわれる大和《やまと》名産の御所柿《ごしょがき》であろう。▽くへば—ここは「食べていると」と単に事実を述べて下へ続ける偶発的な意にとる。同じ確定条件の接続でも、〈柿《かき》食うて居れば鐘鳴る法隆寺《ほうりゅうじ》〉（河東碧梧桐《かわひがしへきごどう》）の意とすると〈稍《や》々句法が弱くなるかと思ふ〉（『病牀《びょうしょう》六尺』）という子規の見方は正しい。▽鳴るなり—切れ字としてはたらく断定の助動詞「なり」には詠嘆の意がこもる。▽法《ほう》隆寺《りゅうじ》—聖徳太子の創建になる古刹《こさつ》。奈良県生駒《いこま》郡斑鳩《いかるが》町にある聖徳宗の総本山。

『句解』　大和《やまと》は折から柿日和《かきびより》。法隆寺《ほうりゅうじ》に立ち寄った後、門前の茶店でいっぷくして柿《かき》を食べる。待望の柿《かき》にかぶりつくと、その途端、法隆寺《ほうりゅうじ》の鐘がゴーンと鳴った。秋の韻《ひび》きだ。

《鑑賞》〈法隆寺《ほうりゆうじ》の茶店に憩ひて〉と前書がつき『寒山落木《かんざんらくぼく》』巻四、明治二八年俳句稿にみえる。他に『獺祭書屋俳句帖《だっさいしょおくはいくちょう》抄上巻』所収。

一〇月一九日夏目漱石《そうせき》と別れ松山を発《た》った子規が奈良へ入ったのが二四日、東大寺の真下に宿をとる。その夜御所《ごしょ》柿《がき》をたらふく食べ、奈良と柿《かき》の配合の発見に喜び、翌二五日に、法隆寺《ほうりゆうじ》で句を治定《じじょう》したもの。柿《かき》好きの子規が衒《てら》うことなく〈柿《かき》くへば〉と率直に詠《うた》い出したところに、即興的な淡泊な味わいがある。よく知られた子規の代表句の一つ。

《補説》子規の肉筆を拡大した句碑が法隆寺《ほうりゆうじ》西院伽藍《がらん》前庭に建てられている。（宮坂）

元日の人通りとはなりにけり

（寒山落木《かんざんらくぼく》巻五）

▼季語―「元日」新年。年の始めにあたり格別すがすがしい気分が漲《みなぎ》る一日である。それだけに、さりげない季語の用い方が好句を生んでいる。▼句切れ―「なりにけり」。切れ字「けり」。▽人通りとは―「と」と変化の結果を示し、「は」で人通りをとり立てて強調したもの。▽なりにけり―母韻イ音を連ねたリズムには独特な芯《しん》の強さが生まれる。刻印《こくいん》の詩といわれる俳句の慣用的な表現。

〔句解〕一夜明けると年の始め、大晦日《おおみそか》の忙《せわ》しさがどこへやら、神詣《かみもうで》や年始回りの姿が見え、すがすがしくなごんだ人通りとなったことよ。

《鑑賞》『寒山落木《かんざんらくぼく》』巻五、明治二九年俳句稿の巻頭句。他に『新俳句』所収。新聞『日本』同年一月七日付に出る。『徒然草《つれづれぐさ》』の昔から、元日は大晦日《おおみそか》の年越用意や掛乞《かけこい》のあわただしさと対比されて、そのうって変わった、のどかさや清新さが詠《うた》われてきた。その点では目新しい句ではないが、めでたさを気分として詠むのではなく、人通りに着眼し、すっきりとまとめた点、単純な「もの」に託して思いを述べる子規の写生俳句の特色をよく表した句である。

元日一日の時の変化に焦点をしぼった寒川鼠骨《さむかわそこつ》の説、〈元日の市中は余り人通りもなく、平日よりかは至って静かなものである。それが日も早や高く昇ってくるにつれて、そろそろ廻礼《かいれい》の人が通るやうになる〉（『子規俳句評釈』）もある。この句解では摑《つか》み方が平板でつまらない。（宮坂）

行く秋の鐘つき料を取りに来る

（寒山落木《かんざんらくぼく》巻五）

▼季語―「行く秋」晩秋。過ぎゆく秋を惜しむ思いがこもっている。「秋の別《わかれ》」、「秋の名残」、「秋惜しむ」などの傍題よりは用い方が淡泊である。▼句切れ―「取りに来る」。「行く

秋の」でもいったん切れる。

▽鐘つき料―鐘の響きの御利益《ごりやく》や、打ちならして時刻を知らせたりする手数料という名目で集める御布施《おふせ》。おかしさがある。

《句解》　空高く澄み、季節も終わりに当たる深秋のある日、寺からひょっこり鐘つき料を徴収に来られたことよ。

《鑑賞》　『寒山落木《かんざんらくぼく》』巻五、明治二九年俳句稿にみえる。『獺祭書屋俳句帖《だっさいしょおくはいくちょう》抄上巻』所収。

鐘つき料という変わった名目のささやかな徴収にふとユーモラスな気持ちになった。発想のきっかけはそこにあろう。子規庵《あん》のある根岸《ねぎし》一帯は、上野寛永寺の鐘の音に明け暮れる。檀家《だんか》ではなくとも、いわばお寺の縄張《なわば》りのうちである。間もなく冬籠《ごも》りに入るというころの托鉢《たくはつ》であり、取られる方でもお寺さんのためならと気分は悪くない。

〈行く秋の〉は、巧みな時節の設定だが、単にそれだけにとどまらない。〈の〉の絶妙なはたらきによって、秋という季節の惜別につく鐘つき料を托鉢《たくはつ》に来たともとれる。晩秋は鐘の音もいちだんと冴《さ》える。世俗の些細《ささい》なできごとが、たいしたことのように印象的に詠まれたのがおもしろい。一句から寺との〈一種の連帯の感情〉(山本健吉)を感じるとの指摘は炯眼《けいがん》である。

（宮坂）

しぐるるや蒟蒻（こんにゃく）冷えて臍（へそ）の上

（寒山落木《かんざんらくぼく》巻五）

▼季語―「しぐれ」初冬。▼句切れ―「しぐるるや」。切れ字「や」。

▽蒟蒻《こんにゃく》―こんにゃく玉の粉末を煮てのり状にし、石灰乳を入れて固めた食品。ここでは患部を温めるために用いたもの。

《句解》　わずかな晴れ間もどこへやら、しぐれてきた。湯婆《ゆたんぽ》代わりの蒟蒻《こんにゃく》がいつか冷えて忘れ物のように臍《へそ》の上にあることよ。

《鑑賞》　『寒山落木《かんざんらくぼく》』巻五、明治二九年俳句稿には、〈小夜《さよ》時雨《しぐれ》上野を虚子《きょし》の来つつあらん〉とともに、前書〈病中二句〉がついてみえる。

新聞『日本』同年一二月三〇日「松蘿玉液《しょうらぎょくえき》」中に、上掲句を含み九句の病床吟が出て、〈病み初めたるは、十一月の半《なかば》になん。……それより後《の》ち日毎夜毎折々には忽《たちま》ち風、忽《たちま》ち雨、忽《たちま》ち獅子吼《ししほ》え、忽《たちま》ち魑魅《ちみ》泣く〉と、脊椎《せきつい》カリエスに冒された漏膿《ろうのう》の苦しさを記している。胃腸を病むのもカリエスの余病であろう。蒟蒻《こんにゃく》が湯婆《ゆたんぽ》代わりにいいときいて試みる。だが、初冬のしぐれのくるころは、寒さに身が馴《な》れていない。温《ぬく》みの抜けた蒟蒻《こんにゃく》に、かえって異物めいた違和感をいだく。

〈蒟蒻《こんにゃく》のさしみもすこし梅の花　芭蕉《ばしょう》〉のように食物の蒟《こん》蒻《にゃく》は、その俳諧味が好かれ詠まれてきたが、湯婆《ゆたんぽ》代わりの蒟蒻《こんにゃく》は珍しい句材である。句材の発見や拡充も、明治の子規の新しさであった。その上、〈臍《へそ》の上〉という把握《はあく》には自《じ》嘲《ちょう》の暗さも軽薄さもなく、的確な写生の眼《め》が感じられる。そこにおのずから、俳諧の飄逸味《ひょういつみ》が生まれている。（宮坂）

小夜時雨《さよしぐれ》上野を虚子《きょし》の来つつあらん　（寒山落木《かんざんらくぼく》巻五）

▼季語―「時雨《しぐれ》」初冬。冬の初めの降ったりやんだりする局所的な通り雨をいう。〈小夜時雨《さよしぐれ》〉の「小」は接頭語。夜降る時雨《しぐれ》。ものわびしい雨音にもどこか情緒が感じられる。▼句切れ―「来つつあらん」。切れ字「ん」。「小夜時雨《さよしぐれ》」でも切れる。

▽上野―東京都台東区の寛永寺や上野公園のある高台。この句が詠まれた当時、虚子《きょし》は神田淡路町の高田屋に下宿をしており、根岸《ねぎし》の子規庵《あん》へは、上野の山を抜け、寛永寺坂を下るのが常であった。

『句解』　宵《よい》を過ぎたころ、ぱらぱらと時雨《しぐれ》が来た。人恋しい。今ごろ虚子《きょし》は、上野の山あたりを根岸《ねぎし》へ向かい、ひたすら急いでいるのではないか。

《鑑賞》〈しぐるるや蒟蒻《こんにゃく》冷えて臍《へそ》の上〉とともに〈病中

■子規《しき》と連句

今日の俳句は、子規《しき》が『芭蕉雑談《ばしょうざつだん》』で、〈発句《ほっく》は文学なり連俳は文学に非《あら》ず〉と、一句独立の詩を標榜《ひょうぼう》し、連句の付句や雑《ぞう》の句も含めて、伝統の進化を俳句という一行詩に託したことに始まる。

しかし、だからといって子規《しき》が連句に全くかかわりがなかったと思うのは短絡の誹《そし》りをまぬがれない。子規《しき》は、『俳諧大要』第八に俳諧連歌の一項を設け、連句作法を子細に述べただけではなく、初期のころには、しばしば実作を試みていたからである。また、内藤鳴雪《めいせつ》の回顧談によれば、鳴雪《めいせつ》や竹村黄塔《こうとう》などと、連句を付け合いながら野外を散歩したという。矚目《しょくもく》の景色に、連想が間髪を容《い》れず五・七・五、七・七と次次口をついで出たわけだ。

『子規《しき》全集』の中に、それらの連句断片を見るのであるが、一例として特殊な漢詩連句を挙げる。〈今夜復聯句　鳴雪《めいせつ》／捫筆費工夫　黄塔《こうとう》／苦吟無言行　子規《しき》／親交忘形娯　雪／麦湯沸々煮　塔／塩鮭徐々《ソロソロ》屠　規〉という具合で挙句《あげく》（連句の最終の句）は〈左様《サヨウナラ》　御屋隅《オヤスミ》　規〉とあり、天明の蜀山人《しょくさんじん》の滑《こっ》稽《けい》漢詩を思わせる。漢詩の教養が身に備わっていた明治の時代であった。

（松崎　豊）

二句〉の前書で、『寒山落木《かんざんらくぼく》』巻五、明治二九年俳句稿にみえる。他に『獺祭書屋俳句帖《だっさいしょおくはいくちょう》抄上巻』所収。新聞『日本』には同年一二月三〇日「松蘿玉液《しょうらぎょくえき》」中に、〈碧梧桐《へきごどう》の吾《われ》をいたはる湯婆《ゆたんぽ》かな〉などと並べて出る。

　二九年一一月半《なか》ばからにわかに病臥《びょうが》の身になった子規は、しきりに高浜虚子《きょし》を恋しがった。〈昇《のぼ》は清《きよ》さんが一番すきであった〉と、のちに母堂が語っているが、時雨《しぐれ》に濡《ぬ》れながらやって来る虚子《きょし》を気遣《きづか》い、いまかいまかと、さながら恋人を待つようだ。〈来つつあらん〉には、そんなひたすらな病者の心情がみえる。だが、「サヨシグレ」ときらめく母音を冠《かむ》りに一句が芝居仕立てに詠まれているのは、〈病中〉とはいえ、いまだ余裕のある作といえよう。　（宮坂）

いくたびも雪の深さを尋ねけり

（寒山落木《かんざんらくぼく》巻五）

▼季語―「雪」晩冬。▼句切れ―「尋ねけり」。切れ字「けり」。▽いくたびも―幾度も、何回もの意。〈尋ねけり〉を修飾する。「も」は強めの係助詞。▽雪の深さ―刻々と降り積もる雪の深さ。積雪が珍しいのである。▽尋ねけり―上五音と呼応して心の昂《たか》ぶりが分かる。「けり」はその昂《たか》ぶりの余韻余情をよく支えている。回想の助動詞ではたらきは詠嘆。

〘句解〙東京には珍しい大雪。障子《しょうじ》の中で寝たきりの自分は、子どものように昂《たか》ぶる心を抑えかねて、何度も何度も、家人に降り積もる雪の深さを尋ねたことだよ。

《鑑賞》〈病中雪　四句〉と前書がつき『寒山落木《かんざんらくぼく》』巻五、明治二九年俳句稿にみえる。『獺祭書屋俳句帖《だっさいしょおくはいくちょう》抄上巻』にも収録。

　他の三句は、

　　雪ふるよ障子《しょうじ》の穴を見てあれば
　　雪の家に寝て居ると思ふばかりにて
　　障子《しょうじ》明けよ上野の雪を一目見ん

いずれの句も折からの雪にうち興じているが、中でも〈いくたびも〉の句は、昂《たか》ぶる思いをしずめ、形の整った句になっている。

　この年はたまに近隣へ外出することはあったが、大方《おおかた》は〈左ノ腰腫《は》レテ痛ミ強ク只《ただ》横ニ寝タルノミニテ身動キダニ出来ズ〉という容態だった。それだけに外界への関心は強い。母に尋ね、またすぐ妹に聞く。暖国生まれの子規に雪は珍しい。いつか病人特有の心理になって執《しゅう》していく。暗い心の渇きを抑えることができないのだ。子規独自の病床吟の秀作である。　（宮坂）

つり鐘の蔕《へた》のところが渋かりき

（俳句稿）

▼季語―「つり鐘」（柿《かき》）晩秋。形が釣鐘《つりがね》に似ているので、名づけられたもの。▼句切れ―「渋かりき」。切れ字「き」。▽蔕《へた》―柿《かき》や蜜柑《みかん》などの実についている萼《がく》。▽渋かりき―形容詞「渋し」の連用形に回想の助動詞「き」の終止形を付け、体験的な事実を回想。

〔句解〕　柿《かき》はなによりも好きだ。京都の歌僧愚庵《ぐあん》がつりがねという珍しい名の柿《かき》をくれた。早速食べた。蔕《へた》のところが渋かった。渋いのがうまかった。

《鑑賞》　〈つりかねといふ柿《かき》をもらひて〉と前書がつき、『俳句稿』明治三〇年秋の条にみえる。

同年一〇月一〇日の『病牀手記《びょうしょうしゅき》』（日記）には、この句を頭に一一句書かれ、〈桂湖村京都ヨリ帰ル。愚庵《ぐあん》ノ柿《かき》（つりかね）十五顆《か》及ビ松蕈《まつたけ》ヲ携ヘテ来ル〉の一文が出る。愚庵《ぐあん》（天田鉄眼《あまだてつがん》）は京都、清水に住む禅僧で、万葉調の歌をよくした。子規とは五年前より面識があった。子規は柿《かき》の便りをしなかったので、愚庵《ぐあん》は湖村宛《あて》に〈正岡はまさきくてあるか柿《かき》の実のあまきともいはずしぶきとも言はず〉の一首を寄せた。その返礼に贈ったのが上掲句である。

禅僧の好意に謝するのに、つり鐘柿《がき》の渋さを讃《たた》えた点がまことにふさわしい。付句の呼吸だ。のちにこれを〈柿《かき》の実のあまきもありぬ柿《かき》の実のしぶきもありぬしぶきぞうまき〉と歌にして贈っている。句では〈しぶきぞうまき〉とまでいわないで、あっさりと事実を叙している。そこにかえって、飄々《ひょうひょう》としたとぼけた味がある。（宮坂）

三千の俳句を閲《けみ》し柿《かき》二つ

（俳句稿）

▼季語―「柿《かき》」晩秋。▼句切れ―「柿《かき》二つ」。「閲《けみ》し」でも切れる。▽三千の俳句―子規選を受けるために寄せられた多数の句稿。「三千」は数の多いことをいう。▽閲《けみ》し―調べてみる、あらためる意。句稿に目を通し選句すること。▽柿《かき》二つ―単なる取り合わせの意ではなく、「食へり」という述語が省かれた俳句特有な省略表現。

〔句解〕　ある日、夜更けにかけ、根《こん》をつめて投稿のやまの一句一句に目を通す。どうやら枕元《まくらもと》の俳句函《ばこ》をからっぽにした。ほっとして一気に平らげた柿《かき》二つ。なんとうまいことよ。

《鑑賞》　〈ある日夜にかけて俳句函《ばこ》の底を叩《たた》きて〉と前書がつき、『俳句稿』明治三〇年秋の条にみえる。前書は、俳句のやまをことごとく見終わったことの意である。二六年三月六日に新聞『日本』の俳句欄が設けられて以来、年々増える全国からの投句を子規は、病魔とたたかいながら、このように処理していった。原句は、〈三千の俳句を点《しる》し柿《かき》二つ〉（直野碧玲瓏《なおのへきれいろう》「故正岡子規氏」）だといわれる。

　果物好き、特に柿《かき》好きの子規は、仕事の間か後には必ず食べなければ承知できないところがあって、『俳句稿』にも、〈文売らん柿《かき》買ふ銭の足らぬ勝〉や〈我死にし後は〉と前書した〈柿喰《かきく》ひの俳句好みしと伝ふべし〉などがみえる。いわば、わが糧《かて》である二つの大きな柿《かき》を食べたいばかりに、〈三千〉の句稿を平らげたといってもいい。高浜虚子《きよし》の小説にもなる「柿《かき》二つ」は子規の生の象徴である。　（宮坂）

ある僧の月も待たずに帰りけり　（俳句稿）

▼季語—「月」兼三秋。▼句切れ—「帰りけり」。切れ字「けり」。▽ある僧—無造作ないい方に、子規の僧への淡々とした関心がみえる。寛永寺の塔頭《たっちゅう》浄名院にいた釈清潭《しゃくせいたん》という名の青年僧。▽待たずに—立待月《たちまちづき》の待を踏んでいる。

『句解』　上野の山の元光院で、十七夜の観月会が開かれ、私も誘われるままに加わった。それぞれ三々五々月の出を待ったが、中にひとりの僧が、急なことでも思い出したのか、そっと中座して帰って行った。名残惜しいひとだと思った。

《鑑賞》〈陰暦八月十七日元光院〉と前書がつき『俳句稿』明治三一年にみえる。同年一〇月二日上野寛永寺の塔頭《たっちゅう》元光院で日本新聞社の陸羯南《くがかつなん》社長が催した観月会の折の作。同夜の句を一〇〇句、一〇月六、七日の新聞『日本』に〈立待月《たちまちづき》〉と題し、前書〈陰暦八月十七夜、月を上野元光院に看《み》る。会する者二十人、筑前琵琶《ちくぜんびわ》を聴く。俳句百首を以て記事に代ふ〉を付して載せている。

　この会は子規が外に出て風趣を愉《たの》しんだ最後であった。招かれた客、政治家、学者、文人などの中には面識のある者も多かったが、子規はひとりの青年僧に心ひかれた。立待月《たちまちづき》（十七夜）であるから、七時ごろには月の出になる。間もなく月も出て、宴《えん》たけなわになろうという折に、そっと中座した僧の淡々とした後ろ姿に、清潔な思いを感じた。僧の欠けた一抹《いちまつ》のさみしさを、無造作に詠み下した句に、後に子規の目指した〈平淡の中に至味を寓《ぐう》する〉境地の端緒が窺《うかが》われる。　（宮坂）

この頃《ごろ》の蕣《あさがお》藍《あい》に定まりぬ　（俳句稿）

▼季語—「蕣《あさがお》」初秋。朝顔とも書く。顔とは美しいの意で、〈朝美しいが蕣《あさがお》の称〉（『滑稽雑談《こっけいぞうだん》』）という。晩夏から初秋に、漏斗《ろうと》形の花をつける。▼句切れ—「定まりぬ」。切れ字「ぬ」。

▽この頃《ごろ》―いつとさだかにいっていないところに情感がこもる。秋口になっての意。▽藍《あい》―青より濃く、紺よりは淡い色。

『句解』 色とりどりに咲いていた朝顔も、涼しくなったこのごろ、さかりを過ぎて、藍《あい》一色に決まってしまったことよ。

《鑑賞》『俳句稿』明治三一年秋の条にみえる。『ホトトギス』第二巻第一号（明31・10）誌上で高浜虚子《きよし》と河東碧梧桐《かわひがしへきごとう》の朝顔の句を子規が合わせ、判詞を書いた「朝顔句合」の選者吟に出る一句。他に、〈山里の蕣《あさがお》藍《あい》も紺もなし〉〈朝顔や紫しほる朝の雨〉などがある。

子規の部屋に面した二〇坪ほどの小庭は、上野の杉が垣《かき》の外にみえ、鶏頭《けいとう》、萩《はぎ》、芒《すすき》、桔梗《ききょう》とさまざまな秋草が植わり、〈小園は余が天地にして草花は余が唯一の詩料〉（「小園の記」）という「病牀六尺《びょうしょう》」の世界である。上掲句の朝顔は、その天地の矚目《しょくもく》吟であろうが、色の移り変わりに季節の変化を感じ、そこに子規の心境をのぞかせている。単なる矚《しょく》目《もく》とはいえない。

この句に、病気の境涯《きょうがい》にいて、病気を楽しむ、〈「悟り」への志向〉（松井利彦《としひこ》）を洞察《どうさつ》する見方もあるが、藍《あい》一色になった朝顔の描き方は、子規がなにものでも充《み》たされないさみしさを嚙《か》みしめているように受けとれる。（宮坂）

鶏頭（けいとう）の十四五本もありぬべし

（俳句稿）

▼季語―「鶏頭《けいとう》」兼三秋。花序が鶏冠《とさか》に似るために呼ばれる。▼句切れ―「ありぬべし」。切れ字「べし」。「鶏頭《けいとう》の」で小休止、そこに情感がこもる。▽鶏頭《けいとう》―鄙《ひな》びた趣に富む鶏頭《けいとう》を子規は好んで、毎年庭に植えた。鶏頭《けいとう》の句の前年に書いた「根岸草廬記事《ねぎしそうろ》」その三（『ホトトギス』第三巻三号）では、鶏頭《けいとう》を恋人にたとえて慕っている。▽十四五本―「根岸草廬記事《ねぎしそうろ》」その四、河東碧梧桐《かわひがしへきごとう》の文章は子規の庭の鶏頭《けいとう》を擬人化した文であるが、文中に〈自分等の眷族《けんぞく》十四五本〉との表現がみえる。▽ありぬべし―「あるにちがいない」と確信にみちた意志表示にかえって仲間に同意を求めるひびきがこもっている。

『句解』 今、庭先に鶏頭《けいとう》が咲き誇っている。同じところに去年も咲いていた。私には、去年のあの炎《も》え立つような真っ赤な鶏頭《けいとう》の十四五本がなんとも忘れられない。眼《まなこ》にやきついてたしかに在《あ》るんだよ。

《鑑賞》『俳句稿』にみえる。明治三三年九月九日根岸《ねぎし》子規庵《あん》の句会での作。長塚節《ながつかたかし》が評価し、斎藤茂吉《もきち》が〈子規の進むべき純熟の句〉とその真価を世に知らしめた句。

従来、庭前の小景を写生した〈即興感偶の絶妙の句〉

（楠本憲吉《くすもと》）と評されてきたが、〈ありぬべし〉は嘱目吟《しょくもく》にはふさわしくない表現である。そこに、去年の鶏頭《けいとう》の印象をもとに詠んだものという大岡信《おおおかまこと》の説がある。十四五本は、鶏頭《けいとう》のありようを端的に形容するため碧梧桐《へきごどう》の語句を借りて生かしたもの。そのあざやかな手際《てぎわ》は句座の仲間の微笑をさそったかもしれない。　（宮坂）

五月雨《さみだれ》や上野の山も見飽きたり　（俳句稿以後）

▼季語―「五月雨《さみだれ》」仲夏。陰暦五月のころに降る長雨。梅雨と同じであるが、梅雨は雨の降る時候を主としていい、五月雨《さみだれ》は、雨そのものをさす。▼句切れ―「五月雨《さみだれ》や」。切れ字「や」。

▽上野の山―東京都台東区の寛永寺や上野公園のある高台。根岸《ねぎし》の子規庵《あん》からはすぐ南にあたる。垣根《かきね》の外に上野の杉木立が見える。

《句解》　梅雨に入り、くる日もくる日も降り続く地雨《じあめ》。臥《ふ》して見えるものは、代わりばえのしない上野の森ばかり、すっかり見飽きたことよ。

《鑑賞》　初出は、『ホトトギス』第四巻九号（明34・6）で子規の病臥《びょうが》のもようを記した高浜虚子《きょし》の消息欄。

病苦を紛《まぎ》らわさんと折からの五月雨《さみだれ》の句を子規が五句作った中の一句である。他の句は、〈病人に鯛《たい》の見舞や五月雨〉〈五月雨《さみだれ》や垣《かき》にとりつくものゝ蔓《つる》〉など格別の句はないが、虚子《きょし》は、それらの句作を、〈苦悶《くもん》の極の発作的勇気〉によってなされたものといっている。子規全集（講談社版）では『俳句稿以後』（仮題）明治三四年に所収。

この句に〈何か人生に疲れ、倦《う》んだという感じ〉（山口青邨《せいそん》）をみた指摘はいい。腐るような梅雨の病床で、見えるものは、鬱蒼《うっそう》たる上野の森。〈見飽きたり〉と投げ出すようにいうことで、いかんともしがたい懊悩《おうのう》の身をわずかになぐさめている。他に縋《すが》るものとてない這《は》うような苦しい句だ。こう詠んだ後、子規は上野の山への親近感を深めていくのである。　（宮坂）

鶏頭《けいとう》ノマダイトケナキ野分《のわき》カナ　（仰臥漫録《ぎょうがまんろく》）

▼季語―「野分《のわき》」仲秋。野の草木を吹き分ける意で、いわゆる秋の台風をいう。▼句切れ―「野分《のわき》カナ」。切れ字「カナ」。

▽イトケナキ―年が小さい、子どもらしくてあどけないの意。鶏頭《けいとう》が「イトケナキ」なのであって、野分《のわき》ではない。

《句解》　わが天地ともいうべき庭前には、ことしもさまざまな秋草が植えられているが、中に鶏頭《けいとう》はいまだ十分に生育しないかわいらしいまま、野分《のわき》に吹かれていることよ。

《鑑賞》『仰臥漫録《ぎょうがまんろく》』の劈頭《へきとう》、明治三四年九月二日の条に、〈野分《のわき》近ク夕貌《ゆうがお》ノ実ノ太リ哉《かな》〉〈湿気多ク汗バム日ナリ秋ノ蠅《はえ》〉などの句とともにみえる。同書は思いつくままに記した個人の病床日記。当日は〈雨、蒸暑〉とあることからして、上掲句の野分《のわき》は二百十日に因《ちな》んだ想像句であろう。

鶏頭《けいとう》と野分《のわき》との取り合わせはすでに、〈鶏頭《けいとう》は二尺に足らぬ野分哉《のわきかな》〉〈鶏頭《けいとう》の皆倒れたる野分哉《のわきかな》〉〈鶏頭《けいとう》や二度の野分《のわき》に恙《つつが》なし〉と詠んでいるが、稚《おさ》ない鶏頭《けいとう》が野分《のわき》に吹かれているけなげな姿ははじめてである。無心の子規が摑《つか》んだ写生の極といってよい。

これを、〈野分《のわき》が吹き倒していった、その哀れさを、淡々と詠《うた》い上げたもの〉(松井利彦《としひこ》)、〈この句は八月の作であるから、鶏頭《けいとう》がまだいとけないのと同様に、野分《のわき》もまだいとけない〉(山本健吉)とする見方がある。前者は、野分《のわき》の情趣を吹き過ぎた後にあるとみた深読み、後者は、八月の作とする点で、一貫させようとしたもの。いずれも採らない。

(宮坂)

鬚剃《ひげそ》ルヤ上野ノ鐘ノ霞《かす》ム日ニ

(仰臥漫録《ぎょうがまんろく》二)

▼季語―「鐘霞《かす》む」兼三春。春のおだやかな日に、鐘の音が霞《かす》んだようにのんびりと聞こえるのをいう。音の響きを視覚化して表現したもの。鐘は昼の鐘である。▼句切れ―「鬚剃《ひげそ》ルヤ」。切れ字「ヤ」。

▽鬚《ひげ》―顎《あご》に生える毛が鬚《あごひげ》。他に髭《くちひげ》、髯《ほおひげ》がある。子規は厳密に区別していないので、広く唇《くちびる》から頬《ほお》にかけてのひげをいったもの。▽上野ノ鐘―寛永寺で撞《つ》く昼の鐘。

『句解』ある暖かな昼、病床から身を起こし、思いきって鬚《ひげ》を剃《そ》る。折から上野寛永寺の鐘の音がのどかに霞《かす》んでつつんでくれる。

《鑑賞》『仰臥漫録《ぎょうがまんろく》』二の最後に一括して出る俳句群のうちにみえる。明治三五年春の作。子規全集(講談社版)『俳句稿以後』(仮題)にも所収。新聞『日本』には同年三月一二日付に出る。

漏膿《ろうのう》のために包帯を取り替え、二時間おきに麻痺《まひ》剤をうつ。〈始メテ腹部ノ穴ヲ見テ驚ク、穴トイフハ小キ穴ト思ヒシニ、ガランド也。心持悪クナリテ泣ク〉(三月一〇日)。これが子規の日常だ。

〈鬚剃《ひげそ》ルヤ〉と無造作に置かれた些事《さじ》がいきいきと感動的である。病床に身を起こし、決断するまでの思いが〈ヤ〉にこもる。〈上野ノ鐘〉以下はその余韻から生まれたもの。いわば、〈鬚剃《ひげそ》ル〉という図柄をひき立たせるための彩り、背景《バック》である。伝統的な季語「鐘霞《かす》む」が一句に懐旧の思いを蘇らせ、〈鬚剃《ひげそ》ル〉ことを生涯《しょうがい》の一大事のように際立たせる。そこに生まれた淡泊なユーモアは与謝蕪村《よさぶそん》とも小林一《いっ》茶《さ》とも異なり、子規独特なものである。（宮坂）

活《い》きた目をつつきにくるか蠅《はえ》の声

（仰臥漫録《ぎょうがまんろく》二）

▼季語―「蠅《はえ》」兼三夏。屋内をうるさく飛び交《か》い、食物にたかり、人にぶつかり、最も嫌われる双翅目《そうしもく》イエバエ科の昆虫《こんちゅう》。▼句切れ―「つつきにくるか」。切れ字「か」。▽活《い》きた目―仰臥《ぎょうが》のまま身を動かすことも自由にできない病人が、わずかに目だけは精一杯みひらいている。生きている証《あかし》の目。

『句解』　暑いさなか、身動きもままならないで、呻吟《しんぎん》し仰臥《ぎょうが》していると、病臭にむらがる家蠅《いえばえ》が、屍《しかばね》に近いとみて、あけている目をつつきにやってくるのか、しつこく唸《うな》りを立てて、つきまとうことよ。

《鑑賞》〈病中作〉と前書が付き、『仰臥漫録《ぎょうがまんろく》』二、明治三五年にみえる。原句は下五が〈蠅《はえ》の飛ぶ〉とある。新聞『日本』にも同年八月四日付、原句型で出る。もとより病臥《びょうが》の身でありながら、〈病中作〉としたのは、溽暑《じょくしょ》の中で病篤《あつ》い状況を踏まえたものであろう。

原句では、蠅《はえ》の姿を目で追いながら、上五・中七のように想像したにすぎないが、〈蠅《はえ》の声〉となると、病人特有の異常な神経の昂《たか》ぶりが目に見えるようで、すぐれた心理詠となる。気力も滅入《めい》ってしまい、やっと目だけをあけて生存を主張している、最悪のときの呻《うめ》くような作である。

小林一茶《いっさ》の句〈やれ打つな蠅《はえ》が手を摺《す》り足をする〉といった人情の投影が子規にはない。子規の句は写生に徹《てっ》した、即物的な摑《つか》み方をしている。次の句は前年秋の作。〈秋の蠅《はえ》追へばまた来る叩《たた》けば死ぬ〉〈秋の蠅叩《はえたた》き殺せと命じけり〉〈秋の蠅《はえ》殺せども猶《なお》尽きぬかな〉。（宮坂）

糸瓜《へちま》咲《さい》て痰《たん》のつまりし仏かな

（絶筆）

▼季語―「糸瓜《へちま》の花」晩夏。庭前につくられる一年生の蔓草《つるくさ》で、晩夏から秋口にかけて鮮黄色の花をつける。茎からは、糸瓜水《へちますい》を採り、去痰《きょたん》や咳止《せきど》めの薬とする。▼句切れ―「仏かな」。切れ字「かな」。「糸瓜咲《へちまさい》て」でかるく小休止。▽糸瓜《へちま》―糸瓜棚《へちまだな》は子規庵《あん》を象徴するもの。病室の日除《よ》けのために、亡くなる一年前の六月から造られている。糸瓜《へちま》と仏を結びつける意識はそのころからあった。〈草木国土悉皆成仏〉と前書された〈糸瓜《へちま》サヘ仏ニナルゾ後《おく》ル、ナ〉という作もある。▽仏―死ぬ寸前の自分を客観視した絶妙な表現。

『句解』糸瓜《へちま》の花がつぎつぎと咲く。その黄色い花の下で自分は痰《たん》がつまった仏さまだな。

《鑑賞》子規絶筆三句の第一句。自筆稿は国立国会図書館保管。子規全集(講談社版)『俳句稿以後』(仮題)明治三五年所収。

河東碧梧桐《かわひがしへきごどう》の『子規言行録』によると、同年九月一八日朝一〇時ごろ、すでに声が出なくなった子規は、画板に唐紙を貼《は》り付けたものを妹律《りつ》にもたせて、碧梧桐《へきごどう》が筆に墨を付けてわたすと、いきなり中央に糸瓜咲《へちまさい》てと書き、ついで痰《たん》のつまりしまで一気に書く。つぎに何が出るかと注視していると、仏かなと書いたので、覚えず胸が刺されるように感じたという。喉《のど》に痰《たん》がつまりながら他の二句も記し、翌一九日午前一時、〈稍《やや》顔面ヲ左ニ向ケタルマヽ両手ヲ腹部ニ載セ極メテ安静ノ状ニテ熟睡スルト異ナラズ〉(高浜虚子《きょし》「子規子終焉《しゅうえん》の記」)絶命した。灯《ともしび》のような糸瓜《へちま》の花のもとで、すでに屍《しかばね》同然となった自己を仏と観じた子規は、死の瞬間まで気力の人であった。その人にしてはじめて、真の滑稽《こっけい》を生《な》したものといえる。（宮坂）

を《(お)》ととひ《(い)》の糸瓜《(へちま)》の水も取らざりき　（絶筆）

▼季語―「糸瓜《へちま》の水」仲秋。実を付け終わった糸瓜《へちま》の茎を根元《ねもと》近くで切り、切り口を瓶《びん》に入れておくと糸瓜水《へちますい》が採れる。去痰《きょたん》や咳止《せきど》めの薬となる。▼句切れ―「取らざりき」。切れ字「き」。

▽をととひの―子規が死去した九月一九日は十七夜であり、「をととひ」は陰暦八月十五夜にあたる。その夜、糸瓜《へちま》の水を採る習《なら》わしがあった。『仰臥漫録《ぎょうがまんろく》』によると、子規は一年前に、この故事を知ったようである。

『句解』おとといは十五夜、蔓《つる》を切って糸瓜《へちま》の水を採るべき日だったが、それも忘れていたよ。もう遅い。

《鑑賞》絶筆三句の最後の句。書かれた事情に関しては前述の句で触れた通りである。

辞世三句を見渡すと、〈旅に病んで夢は枯野《かれの》をかけめぐる〉と現世に思いを残した松尾芭蕉《ばしょう》とは異なった意味で、最期《さいご》まで、生に執《しゅう》した子規の意志のつよさに心動かされる。糸瓜《へちま》の水さえあったならばと、還《かえ》らない〈をととひ〉の命の水を乞《こ》う子規は、決して悟り得た人ではなかった。

だが、三句の構図は、〈糸瓜咲《へちまさい》て痰《たん》のつまりし仏かな〉の句を中心に、〈をととひの糸瓜《へちま》の水も取らざりき〉が右、〈痰《たん》一斗糸瓜《へちま》の水も間にあはず〉が左と、いわば、釈迦《しゃか》が両脇侍《わきじ》をしたがえた形をなしており、三句一体と考えたならば、〈糸瓜《へちま》の水〉への拘泥《こうでい》も、それほどこの世への未練や悔恨《かいこん》を残したものとみることはできない。左右の句は、初めに書いた仏の句を、おのずからひき立てる効果をつくり出している。このような辞世の配慮にむしろ、命終に際しての、最大の俳味を感じる。生涯《しょうがい》の俳諧の完成をここにみるのである。　（宮坂）

《参考文献》 ▼小谷保太郎編『子規言行録』（吉川弘文館　明35）▼内藤鳴雪・高浜虚子他『子規句集講義』（俳書堂　大5）▼河東碧梧桐『子規の回想』（昭南書房　昭19）▼山本健吉「正岡子規」（『現代俳句』角川書店　昭37）▼大野林火「正岡子規」（『近代俳句の鑑賞と批評』明治書院　昭42）▼松井利彦『正岡子規』（桜楓社　昭48）▼大岡信『子規・虚子』（花神社　昭51）▼松井利彦『正岡子規の研究』上・下（明治書院　昭51）▼坪内稔典『正岡子規』（俳句研究社　昭51）▼正岡子規『子規全集』（講談社　昭53）▼宮坂静生『子規秀句考』（明治書院　平8）

内藤鳴雪（ないとうめいせつ）

弘化四（一八四七）～大正一五（一九二六）。本名素行《もとゆき》。幼名助之進、別号破蕉・南塘《なんとう》・老梅居。江戸、松山藩邸に生まれる。松山藩権少参事・愛媛県官・文部省参事官を経て、明治二四年旧藩主経営の常盤《ときわ》会寄宿舎の監督となって、舎生正岡子規《しき》を知り、翌年四五歳にして俳句に入った。和漢仏にわたる学識と脱俗飄逸《ひょういつ》な人柄と相まち、子規《しき》派の長老として敬愛された。『鳴雪句集』『鳴雪俳話』『俳句作法』『鳴雪自叙伝』などがある。

初冬《はつふゆ》の竹緑なり詩仙堂《しせんどう》

（鳴雪俳句鈔《しょう》）

▼季語―「初冬《はつふゆ》」初冬。▼句切れ―「竹緑なり」。ただし、「初冬の《はつふゆ》」の「の」は、ここに小休止をおき、下句全体にかかってゆく俳句独特の用法。

▽竹緑なり―「竹の春」といえば仲秋の季語で、竹は万木凋《ちょう》落《らく》に向かうころに、かえって緑のつややかさを増す。なお、「竹の秋」は春、「竹落葉」は夏の季語である。▽詩仙堂《しせんどう》―漢詩人石川丈山《じょうざん》が寛永一三年（一六三六）に建て、閑居したところ。京都市左京区一乗寺にある。

〖句解〗 草木すべてが冬枯れに向かう中にあって、詩《し》仙堂《せんどう》のあたりでは、竹がひときわ緑美しく、丈山隠栖《じょうざんいんせい》の地にふさわしく、高潔清雅なながめを呈している。

《鑑賞》 『新俳句』所出、明治三〇年以前の作。後年作者の述べたところによれば、〈初冬〉の席題を得て、往事を回想して作ったもので、〈実際の句ではない〉し、また〈左程《さほど》得意な句ではない〉ともいうが（『ホトトギス』大10・10）、写生句としてのよさを備え、鳴雪の代表句とするに足りる。

《補説》 鳴雪は〈初め猿蓑《さるみの》より入り殊に凡兆《ぼんちょう》を尚《とうと》ぶ〉と正岡子規《しき》に評されており、野沢凡兆《ぼんちょう》の〈古寺の簀子《すのこ》も青し冬構へ〉〈禅寺の松の落葉《おちば》や神無月《かんなづき》〉あたりからの影響を看取することができる。

（矢島房利）

伊藤松宇（いとうしょうう）

安政六（一八五九）〜昭和一八（一九四三）。本名半次郎、別号雪操居。長野県に生まれる。晩年は小石川関口芭蕉庵《ばしょうあん》に住んだ。渋沢栄一の知遇を得てその関係会社に勤務。明治二四年、椎《しい》の友社を結び、二六年『俳諧』を二号まで刊行。その後、秋声会に参加、秉燭会《へいしょくかい》を結び、明治四四年『にひはり』（昭和三年『筑波《つくば》』と改題）創刊、俳諧の史的研究と、連句に力を注いだ。古俳書収集家としても知られ、松宇文庫として名高い。『松宇家集』『俳諧雑筆』のほか、『俳諧中興五傑集』『蕪村几《ぶそんき》董付合《とうつけあい》全集』『俳文学大系』『俳書集覧』『蕉影余韻』など、古俳諧の翻刻・校訂・編著が多い。

繋《つな》かれし馬の眼《め》細し合歓《ねむ》の花

（松宇家集）

▼季語—「合歓《ねむ》の花」晩夏。▼句切れ—「馬の眼《め》細し」。切れ字「し」。

『**句解**』合歓《ねむ》の花が淡紅色にぼうっと咲いているが、その幹に繋《つな》がれた馬の眼《め》もとろんと眠そうで、いかにも平和な昼のひとときだ。

《**鑑賞**》合歓《ねむ》の花の牡丹刷毛《ぼたんばけ》のような幻想的な感じと、馬の眠たげな細い眼《め》の印象とを配合した句である。

松宇はその初期にあっては、正岡子規《しき》と親しかったということもあり、この句などは、子規《しき》一派の写生的手法によりながら、繊細な感じを出すのに成功している一句と思う。ただし、上五・中七の末尾の〈し〉の繰り返しは、いささか煩わしい感がないではない。

『冬の日』（山本荷兮《かけい》編。貞享元年〈一六八四〉刊）に〈真昼の馬のねぶたがほなり〉という野水《やすい》の付句があるが、この句も真昼どきとして鑑賞するがよいであろう。

（矢島房利）

松瀬青々（まつせせいせい）

明治二（一八六九）〜昭和一二（一九三七）。本名弥三郎。別号無心・孤雲・老蕉峰。大阪に生まれる。明治三〇年句作を始め、三二年には大阪第一銀行を辞して上京し、『ホトトギス』編集にたずさわった。三三年帰阪して大阪朝日新聞社に入社、会計部に勤務、かたわら朝日俳壇の選を担当し晩年に及んだ。三四年『宝船』（大正四年に『倦鳥《けんちょう》』と改題）を創刊主宰し、関西俳壇に重きをなした。句集には『妻木《つまき》』『鳥の巣』『松苗《まつなえ》』があり、他に『巻頭言集』『添削小録』『随感と随想』などがある。

甘酒屋打出《うちで》の浜におろしけり　（妻木《つまき》）

▼季語―「甘酒（屋）」兼三夏。▼句切れ―「おろしけり」。切れ字「けり」。

▽打出《うちで》の浜―大津市松本町。『枕草子《まくらのそうし》』の「浜は」の段にみえ、また歌枕《うたまくら》でもある。

『句解』　甘酒屋が荷を担《かつ》いで打出《うちで》の浜にひょっこりと現れ、荷をおろして店開きを始めたが、遠くながめやっていると、芝居かなんぞを見るようでなかなかおもしろい。

《鑑賞》　『宝船』明治三五年七月号に発表。死期近い正岡子規が『病牀六尺《びょうしょうろくしゃく》』で再三考え直した末論評していて、今となっては歴史的意義をもつ句である。子規《しき》は次のように述べている。

〈おろしけりと位置を定めて一歩も動かぬ処《ところ》が手柄である。もし「おろしけり」の替りに「荷を卸《おろ》す」といふやうな結句を用ゐたならば、尚《なお》不定の姿があつて少しも落着かぬ句となる。又た打出《うちで》の浜といふ語を先に置いて見ると、即ち「打出《うちで》の浜に荷を卸《おろ》しけり甘酒屋」といふやうにいふと、打出《うちで》の浜の一小部分を現はす許《ばか》りで折角大きな景色を持つて来ただけの妙味はなくなつて仕舞ふ。そこで先づ「甘酒屋」と初めに主人公を定め、次に「打出《うちで》の浜に」と其場所を定め「おろしけり」といふ語で其場所に於《お》ける主人公の位置が定まるので、甘酒屋が大きな打出《うちで》の浜一面を占領したやうな心持になる。そこが面白い。〉と子規《しき》は書き、その〈趣味〉において〈古今に稀《まれ》なる句〉と賞賛している。　（矢島房利）

石井露月（いしいろげつ）

明治六（一八七三）〜昭和三（一九二八）。本名祐治《ゆうじ》。秋田県河辺郡戸米川《とめがわ》村女米木《めめぎ》に生まれる。正岡子規の知遇を得て『小日本』『日本』で活躍。その後医師となり、明治三二年郷里に帰って開業、以後郷里を離れることがなかった。三三年、子規命名の『俳星』創刊、同誌は子規系の代表誌の一つとなったが、四五年休刊。大正一五年銀婚記念として『永寧集《えいねいしゅう》』が編まれ、同年一〇月『俳星』復刊。没後『露月句集』および遺文集『蜩《ひぐらし》を聴きつつ』が刊行された。

一宿《いっしゅく》に足る交りや露涼し　（露月句集）

▼季語―「露涼し」兼三夏。「涼し」は一抹《いちまつ》の涼気・涼味を指していい、夏。「水涼し」「鐘涼し」「灯涼し」のようないい方もされる。「露」だけなら秋季である。▼句切れ―「交り

や」、「涼し」。切れ字「や」、「し」。
▽一宿《いつしゆく》—一夜を共にして語り合うこと。

〖句解〗 はるばるお訪ねいただき、一夜旧交を温め得た。語り尽くせなかったことはあまりにも多いが、我らの友情はこれもまたよしとする淡々として水のごとき交わりである。涼しげに露の置いた朝光の中で、今君と別れようとする。

《鑑賞》〈虚子《きよし》来訪〉と前書があり、明治四三年五月の作。挨拶《あいさつ》の心をこめた吟である。
高浜虚子《きよし》には、「露月を女米木《めめぎ》に訪ふの記」という長文の紀行文があり、その中には、〈朝飯の膳《ぜん》に並んだ時、「何だか余りあっけ無いな。」と露月は言った。「さうだ。けれども短い会合には又短い会合なりの興味がある。」と余は答へた。「それはさうだ。」と露月も点頭《うなず》いた。〉という描写もある。（矢島房利）

松根東洋城（まつねとうようじょう）

明治一一（一八七八）〜昭和三九（一九六四）。本名豊次郎。東京に生まれる。父は伊予《いよ》（愛媛県）宇和島藩家老の子、母は同藩主の娘。明治三八年京都帝国大学法学部卒業。宮内省式部官・宮内書記官・帝室会計審査官を歴任して大正八年退官。俳句は松山中学時代夏目漱石《そうせき》に学び以後も師事、正岡子《し》規《き》にも就いた。河東碧梧桐《かわひがしへきごとう》に対抗して、高浜虚子《きよし》と「俳諧散心」を興し、『新春夏秋冬』を刊行。明治末から大正初年にかけ「国民俳壇」の選を担当、この件をめぐり虚子《きよし》と絶縁するにいたった。大正四年『渋柿《しぶがき》』を創刊、松尾芭蕉《ばしょう》に学ぶ求道的態度で厳格な指導を実践し、また連句にも関心を示した。昭和二九年芸術員会員。著書に『漱石《そうせき》俳句研究』『俳諧道』『黛《まゆずみ》』『新水帖《しんすいじょう》』、句集は没後『東洋城全句集』が編まれた。

黛《まゆずみ》を濃《こ》うせよ草は芳《かぐわ》しき　（東洋城全句集）

▼季語—「草芳《かぐわ》し」兼三春。萌《も》え出る春の若草のみずみずしいさまをいう。▼句切れ—「濃《こ》うせよ」。切れ字「よ」。「黛《まゆずみ》を濃うせよ」はいわゆる「句またがり」で、中七は文法上二分されている。
▽黛《まゆずみ》—眉墨《まゆずみ》。眉《まゆ》を描くための化粧品。〈黛《まゆずみ》を濃《こ》うせよ〉は濃厚な化粧をせよの意。

〖句解〗 青春のさなかにいるそなたよ、思いきり眉墨《まゆずみ》を濃《こ》く引きあでやかに化粧し、青春謳歌《おうか》のよすがとするがよい。時もまさに若草の馥郁《ふくいく》と萌《も》え出る春ではないか。

《鑑賞》 明治三九年三月一九日の第一回「俳諧散心」に出された句。東洋城の貴族趣味ないしは理想主義の一面をうかがうに足りる。正岡子規《しき》を中心とする俳句革新運動も、とくにその初期にあっては、さまざまな傾向・趣味をかかえながら進行したことがわかる。

秋元不死男《ふじお》は、〈「濃《こ》うせよ」に繭《ろう》たしとおもう語感があり、いささか目下のものに命じる言葉つきも感じられる。かといって、妻君とか妹のたぐいではない。「濃《こ》くせよ」といわず「濃《こ》うせよ」といったところ、言葉の趣味ではなく、柔らかく瑞《みず》々しい感じを伝える技巧である。それが芳草の感じに合っている。写生の眼《め》ではこのような捉《とら》え方はできない。〉（明治書院『俳句講座6』）と述べている。

（矢島房利）

渋柿《しぶがき》のごときものにては候《そうらえ》へど

（東洋城全句集）

▼季語―「渋柿《しぶがき》」晩秋。酒樽《さかだる》に入れ醂《さわ》し、渋味を抜いて樽柿《たるがき》とし、日に干して串柿《くしがき》・吊《つる》し柿《がき》などにして食べる。また実をしぼって柿渋《かきしぶ》をとる。ここでは、柿《かき》の中でもとくに人から顧みられることの少ない地味な存在の意をこめて取り上げられている。▼句切れ―「候《そうら》へど」。

▽候《そうら》へど―ございますけれどの意で、以下に続くべき言葉を省略して、余情として感じさせようとする表現。

『句解』　私の俳句作品は、渋柿《しぶがき》にもたとえるべき、まことに見栄《ば》えのしないものですが、聖旨を畏《かしこ》み、その一端を叡覧《えいらん》に入れ奉る次第でございます。

《鑑賞》　〈とのゐのあした、侍従してほ句奉るべく勅諚《ちょくじょう》ありければ、かしこまりたてまつるとて〉と前書があり、大正三年の作。天皇への奉答句そのものではなく、奉答したことの感慨を詠んだものである。

自己の作品を目して〈渋柿《しぶがき》のごときもの〉といったのであり、松尾芭蕉《ばしょう》が〈予が風雅は夏炉冬扇のごとし〉といったのにはるかに応じているともみられる。この句に因《ちな》み、翌年創刊の主宰誌は『渋柿《しぶがき》』と名づけられたのであった。

《補説》　奉答の句は〈折柄戦争の因《ちな》むもの三首〉であった。〈青島征戦〉と前書された〈長き夜や要塞穿《ようさいうが》つ鶴《つる》の嘴《はし》〉、〈壮丁田舎《いなか》に肥ゆ〉と前書された〈柿噛《かきか》むや青島の役《えき》に従はず〉、〈怪魔独乙《ドイツ》を呪《のろ》ふ〉と前書された〈秋風や世界に亡ぶ国一つ〉がそれである。

（矢島房利）

静けさや夕霧醸《かも》す池の面《おも》

（東洋城全句集）

▼季語―「夕霧」兼三秋。▼句切れ―「静けさや」。切れ字「や」。

▽醸《かも》す―穀類を麴《こうじ》にし、水を加え発酵させて酒・醬油《しょうゆ》などを造ることをいう語であるが、ここでは夕霧がおのずから生まれ立ち昇るさまをいった。

〔句解〕 四囲は全く静謐《せいひつ》そのもので、見やると、夕方の光の中に、眼前の池の面にはいま霧が立ちこめそめて、何か別天地に身を置いているような感がある。

《鑑賞》『渋柿《しぶがき》』昭和九年四月号に載った寺田寅日子《とらひこ》（寅彦）との両吟歌仙《かせん》の発句《ほっく》で、〈星野温泉〉と前書がある。浅間山麓《さんろく》の同地旅館での庭前矚目《しょくもく》吟なのであろう。発句《ほっく》であるが故に、ことさら穏やかにどっしりと詠みすえられている。寅日子《とらひこ》はこれに〈家鴨《あひる》追ひ込む露草の花〉と田園風景の一コマをとらえた脇句《わきく》を付けている。寅日子《とらひこ》など夏目漱石《そうせき》門下の優れた連衆《れんじゅう》を得て、東洋城が連句の上に残した足跡は高く評価されてよい。（矢島房利）

青木月斗（あおきげっと）

明治一二（一八七九）～昭和二四（一九四九）。本名新護《しんご》。別号図書・月兎・三水老人。大阪に生まれ、薬種商を営む。正岡子規《しき》に師事、大阪満月会を興し、明治三二年『車百合《くるまゆり》』創刊。大正五年『カラタチ』、同九年『同人』創刊、『同人』は晩年まで続け、関西俳壇の主要誌であった。妹茂枝は河東碧《かわひがしへき》梧桐《ごどう》の妻。高浜虚子《きよし》とも親しかった。『子規《しき》名句評釈』『月斗翁《おう》句抄』などがある。

春愁や草を歩けば草青く

（月斗翁《おう》句抄）

▼季語―「春愁」兼三春。▼句切れ―「春愁や」。切れ字「や」。

〔句解〕 そこはかとないもの思いを抱きながら春の野をそぞろ歩きすると、草の青さがひとしお心に沁《し》みて感じられる。

《鑑賞》 みずみずしい感傷味をたたえた作である。〈草を歩けば草青く〉というなだらかなリズムも詩情にふさわしい。〈草〉の繰り返しが効果的に用いられているが、これは現在もなお多用されている手法である。〈山あり青く水あり白く春愁に〉という句もあり、同じような叙情の質をみせている。

月斗は正岡子規《しき》直系の門人で、『車百合《くるまゆり》』創刊に際しては、子規《しき》から〈俳諧の西の奉行や月の秋〉の句を贈られたほどの人であったから、地味でやや古風ではあったが、風格のある句も多かった。〈沖三里鯛《たい》が屯《たむろ》す春の潮〉〈香木をけづりて春夜たゞならぬ〉〈たく〳〵と噴水の折れ畳むかな〉〈蝙蝠《こうもり》や光添ひ来し夕月夜〉〈天の川夜汐《しお》音なくなりにけり〉〈風落ちしあとの寒さの年の暮《くれ》〉などにその一斑《いっぱん》をうかがうことができよう。

（矢島房利）

虚子《きよし》・碧梧桐《へきごどう》の時代

正岡子規《しき》門下の高浜虚子《きよし》と河東碧梧桐《かわひがしへきごどう》は、子規《しき》没後、対立した二つの流れを形作った。虚子《きよし》が小説に熱中していた間に碧梧桐《へきごどう》は全国旅行を行い、新傾向俳句運動を起こして、その中から口語自由律の俳句が生まれた。これに対して虚子《きよし》は俳壇に復帰して、季題や定型を守る守旧派の立場に立ち、客観写生を唱えながら、多くのすぐれた新人を育成した。

村上鬼城（むらかみきじょう）

慶応一（一八六五）〜昭和一三（一九三八）。旧姓小原、本名荘太郎《しょうたろう》。鳥取藩江戸屋敷に生まれ、幼時より高崎《たかさき》に居住。耳疾により軍人・司法官の志望をあきらめ、父の職を継いで明治二七年高崎《たかさき》裁判所の代書人となる。子規《しき》俳論にひかれて師事、『ホトトギス』に参加、大正初期には同誌の代表作家として活躍した。『山鳩《やまばと》』『奔流』などの選を担当。多くの家族をかかえた貧困の中で、境涯《きょうがい》俳句に独自の境地をひらいた。『鬼城句集』（大正六年版・一五年版）『続鬼城句集』『定本鬼城句集』『鬼城俳句俳論集』『村上鬼城全集』がある。

野を焼くやぽつん〳〵と雨到る

（大正六年版　鬼城句集）

▼季語—「野を焼く」初春。害虫を駆除し、灰を肥料としてよい若草が育つように、野の枯れ草を焼き払うのをいう。

▼句切れ—「野を焼くや」。切れ字「や」。

〔句解〕　野焼きが行われているが、低く垂れた曇り空からは、とうとうこらえかねたように、大粒の雨がそのまだくすぶっている黒い焼け野の上にぽつんぽつんと落ち始めた。

《鑑賞》　写生の手法によった句で、一見平凡にみられがちであるが、〈ぽつん〳〵と雨到る〉という表現には、春先のまだ荒々しい雨がとうとう降り始め、それが焼き払ったばかりの黒い野の大地を打つ感触が、実にいきいきと把握《はあく》されている。鬼城の句の土臭い骨太さといったものが強く感じられる句である。

擬声語の類を用いて成功した句には、他に〈残雪やごうぐ〳〵と吹く松の風〉〈ゆさ〳〵と大枝ゆるゝ桜かな〉などがある。

（矢島房利）

闘鶏の眼《まなこ》つむれて飼は《わ》れけり

（大正一五年版　鬼城句集）

▼季語―「闘鶏」晩春。雄鶏に蹴《け》合いをさせることで、昔宮中で三月三日に行ったといわれ、春の季語とする。このころは雄鶏の闘争性の発揮される時期でもあるという。「鶏合《とりあわせ》」ともいう。現今は軍鶏《しゃも》を争わせることが多い。この句では、鶏合《とりあわせ》ではなく、それに使う鶏そのものを指しており、必ずしも春の季感はない。▼句切れ―「飼はれけり」。切れ字「けり」。

『句解』かつて闘鶏として勇ましく戦った鶏が、目をつぶされて、今はもう戦う当てもなく飼われているさまがいかにも哀れである。

《鑑賞》大正六年版『鬼城句集』に初出するが、同書には中七〈眼《まなこ》つぶれて〉とあり、〈つむれて〉を定稿とみるべきである。

耳疾のためにその志望を断念しなければならなかったという事情もあり、〈廃疾、弱者、貧、老、等に対する作者の熱情〉（高浜虚子《きよし》「村上鬼城」）は、その作品傾向の著しい特色の一つで、この句もそうした一句である。

飼い主の慈悲により、かろうじて命長らえている敗残の闘鶏への熱い思いが、〈飼はれけり〉と事実を押さえた形で提出されているために、感動は感傷に流されることなく、一層の奥行きをもつにいたった。切れ字〈けり〉の味わいも深い。同傾向の句で有名なものに、〈春雨《はるさめ》やぶつかり歩く盲犬〉〈夏草に這《は》ひ上りたる捨蚕《すてご》かな〉がある。

（矢島房利）

生きかは《わ》り死にかは《わ》りして打つ田かな

（大正一五年版　鬼城句集）

▼季語―「打つ田」。「田打ち」のことで晩春。刈田《かりた》のまま冬の間放置してあった田を鍬《すき》で打ち起こし耕すこと。▼句切れ―「田かな」。切れ字「かな」。▽生きかはり―生まれ変わる意。▽死にかはり―人が死んで代が変わること。〈生きかはり〉と対句にしたもの。

『句解』鍬《すき》を振り上げ黙々と田を打っている男がいるが、この田は、この家の男たちが父祖代々毎年毎年打ち続けてきたものであることを思うと、胸迫る思いを禁じがたい。

《鑑賞》『ホトトギス』大正四年六月号に初出。はげしい田打ち作業に従事する小百姓への共感に発した句である。

土にすがりついて生きる農家の縦に流れる時間を強く思いやっているが、これには父を継いで代書人となった自分の姿が重ね合わされていたかもしれない。日本の農民の負う暗く重い運命をつかむそのつかみ方は、思想的であるよりは自己同化的とでもいうべきあり方を示しているわけで、その点がまた鬼城の特質でもある。

　上五・中七は対句ふうの想念的内容であるが、それを受ける〈打つ田かな〉が具象的で重厚であったために、田打ちのはげしい労働と沈黙を髣髴《ほうふつ》とさせる表現となった。〈畑打やいつかは死して後絶えん〉などの句もある。（矢島房利）

瘦馬《やせうま》のあはれ《わ》機嫌《きげん》や秋高し

（大正六年版　鬼城句集）

▼季語―「秋高し」兼三秋。秋の空が澄み渡って高く感じられるさま。「天高し」「空高し」などともいう。杜審言《としんげん》の詩に〈秋高くして塞馬《さいば》肥ゆ〉の句があり、一般に秋は馬肥ゆる時節とされる。▼句切れ―「機嫌《きげん》や」。切れ字「や」。▽瘦馬《やせうま》の―〈機嫌《きげん》や〉に続き、主語と見たい。▽あはれ―哀れにもというほどの意。なおこの語には「ああ」という感動詞としての用法があり、語のすえ方はそれに近い。〈瘦馬《やせうま》にあはれ灸《やいと》や小六月〉〈稲つむや瘦馬《やせうま》あはれふんばりぬ〉などの句もある。

『句解』　天高く馬肥ゆる候、労役に老いた瘦馬《やせうま》までが機嫌《きげん》よげに嘶《いなな》いているさまがいかにも哀れである。

《鑑賞》　『ホトトギス』大正三年一一月号に初出。弱小者への同情というこの作者の特色を示す一句である。山本健吉は、〈「あはれ機嫌《きげん》や」に泣き笑いの表情がある〉（『現代俳句』）といったが、一句の底には諦観《ていかん》が漂い、「境涯《きょうがい》の句」としての味わいを秘めている。

　高浜虚子《きょし》は句集に寄せた「序」で、次のように鑑賞している。〈此句《このく》に現はれた瘦馬《やせうま》は……分不相応な重い荷物を引かされながらも、秋の好い時候に唆《そその》かされて、たゞ好い機嫌《きげん》で働いてゐる。そこに反《かえ》って前の反抗する馬に比べて一層深いあはれがある。瘦馬《やせうま》が好い機嫌《きげん》でゐるといふ事は一寸《ちょっと》聞くとそれも軽い可笑《おか》しみを感ずるのであるが、其底《そのそこ》には沈んだ重い悲しみがある。此瘦馬《このやせうま》に対する格段な作者の同情は軈《やが》て作者自身に対する憐憫《れんびん》の情である〉。（矢島房利）

蛤《はまぐり》に雀《すずめ》の斑《ふ》あり哀れかな

（大正六年版　鬼城句集）

▼季語―「蛤《はまぐり》」は春の季語であるが、この句の季語はそれではなく、〈爵大水《すずめたいすい》に入って蛤《はまぐり》と為る〉（略して「雀蛤《すずめはまぐり》となる」）によったもの。これは、七十二候のうち、九月節の第二候（陽暦の一〇月一三日ごろからの五日間）の季節的特徴をいう言葉として中国の暦で用いられたもので、俳諧の季語としても

採用されているものである。もと『礼記』にみえる言葉である。歳時記では通常「時候」に分類されている。▼句切れ―「哀れかな」。切れ字「かな」。「斑《ふ》あり」でも切れる。

〘句解〙「雀蛤《すずめはまぐり》となる」といわれるが、蛤《はまぐり》をつくづく見るとなるほどその殻にはあの雀《すずめ》に似た斑《まだら》の紋様があり、しきりに哀れをそそられることだ。

《鑑賞》『鬼城句集』秋の部に所収。「雀蛤《すずめはまぐり》となる」といういわば荒唐無稽《こうとうむけい》の季語によりながら、十分に自己の内面に引きつけて叙情の世界に転化せしめている。

人間に親しく、空中を自在に飛翔《ひしょう》していたおしゃべり雀《すずめ》が、今や動くことも鳴くこともしない蛤《はまぐり》に転生しているという伝えは、鬼城の心を激しくゆさぶるものをもっていたのだろう。例によって小動物に注ぐ愛情のまなざしがあり、悲しさがおのれに戻ってくる境涯《きょうがい》句ふうの味わいもある。〈雀《すずめ》の斑《ふ》あり〉には発見の驚きといったものがあり、それが〈哀れかな〉という直叙的な結句に連続するあたりの呼吸にも捨てがたい味わいがある。

（矢島房利）

冬蜂《ふゆばち》の死にどころなく歩きけり　（大正六年版　鬼城句集）

▼季語―「冬蜂《ふゆばち》」兼三冬。最も普通に見かけるアシナガバチなどでは、交尾後雄は死に、受精した雌だけが越冬し、春になると巣を作り繁殖を始める。「冬蜂《ふゆばち》」とは、通常その雌を指すと思われるが、たまたま初冬のころまで生き残った雄を指すこともあろう。ここは雄の感じが強い。▼句切れ―「歩きけり」。切れ字「けり」。

▽死にどころ―死ぬにふさわしい場所。

〘句解〙冬の今ごろまで生き延びてしまった蜂《はち》が、まだ死ねず、飛ぶ力も失ったままに、日向《ひなた》を緩慢《かんまん》に歩いているのがいかにもみじめな感じだ。

《鑑賞》『ホトトギス』大正四年一月号に載った句で、そこでは〈冬蜂《ふゆばち》の死に所なく歩行きけり〉と表記されている。この句に感動した大須賀乙字《おおすがおつじ》が鬼城に書簡を送り、自作一〇句の批評を乞《こ》うたという経緯《いきさつ》もあり、鬼城一代の代表句と目されているものである。

〈死にどころなく〉には、耳疾と貧困に苦しんだ鬼城のやりきれなさの嘆きを聞く思いがあり、〈歩きけり〉の写生の目は確かである。高浜虚子《きよし》はこの句に関して、〈人間社会でもこれに似寄ったものは沢山ある。否人間其《その》物が皆此冬蜂《このふゆばち》の如《ごと》きものであるとも言ひ得るのである。〉（『鬼城句集』序）と、境涯《きょうがい》の句としての鑑賞を書き留めている。他に〈凍蝶《いてちょう》の翅《つばさ》をさめて死にゝけり〉〈蟷螂《とうろう》の石をかゝへて死にゝけり〉などの作もある。

（矢島房利）

《参考文献》▼高浜虚子「村上鬼城」（『進むべき俳句の道』角川文庫　昭34）▼金子刀水「鬼城翁の境涯と俳句」（『鬼城俳句俳論集』創元社　昭22）▼加藤楸邨「鬼城私抄」（『俳句』昭29・10）▼飯田蛇笏「村上鬼城」（『俳句講座8』明治書院　昭33）▼中村草田男「村上鬼城」（『俳句講座6』明治書院　昭33）▼松本旭『村上鬼城研究』（角川書店　昭54）

高浜虚子（たかはまきょし）

明治七（一八七四）～昭和三四（一九五九）。本名清。愛媛県松山市に、池内庄四郎政忠の末子として生まれた。九歳のとき、祖母の家系を継ぎ高浜姓となる。一歳から八歳まで、松山市郊外風早郡柳原村西ノ下《げ》に帰農した一家とともに住む。

明治二四年伊予《いよ》尋常中学校在学中、河東碧梧桐《かわひがしへきごとう》を介して正岡子規《しき》と文通、子規《しき》の命名により虚子と号する。明治二五年京都第三高等中学校に入学。二七年仙台《せんだい》第二高等学校に転校したが、一〇月碧梧桐《へきごどう》とともに同校を退校して上京する。

明治三一年一〇月『ほとゝぎす』を東京に移し発行する。子規《しき》没後、いちじ小説に熱中し「風流懺法《せんぼう》」「斑鳩《いかるが》物語」「俳諧師」「続俳諧師」「朝鮮」などを書く。

明治四五年碧梧桐《へきごどう》らの新傾向に対して守旧派を以て任じ、『ホトトギス』に雑詠選を復活。この雑詠欄から村上鬼城《きじょう》・渡辺水巴《すいは》・飯田蛇笏《だこつ》・原石鼎《せきてい》・前田普羅《ふら》らを輩出させる。昭和に入り、四S（水原秋桜子《しゅうおうし》・高野素十《すじゅう》・阿波野青畝《あわのせいほ》・山口誓子《せいし》）も台頭する。昭和二年「花鳥諷詠《ふうえい》」を提唱。のちに秋桜子《しゅうおうし》・誓子《せいし》が『ホトトギス』を去ったが俳壇の大勢は虚子に従った。

昭和一九年より二二年まで長野県小諸《こもろ》に疎開。昭和二六年三月号より雑詠選を長男年尾《としお》に譲る。二九年文化勲章を受章。三四年四月八日脳幹部出血のため永眠した。

代表的句集に、『五百句』『五百五十句』『六百句』『六百五十句』『年代順俳句全集』『贈答句集』『小諸《こもろ》百句』などがあり、自伝に『俳句の五十年』がある。

遠山に日の当りたる枯野《かれの》かな

（五百句）

▼季語―「枯野《かれの》」兼三冬。冬枯れの野をいう。▼句切れ―「枯野《かれの》かな」。切れ字「かな」。

〔句解〕日のかげった枯れ野を歩いて行くと、行く手の遠くに見える山の頂にぽっかりと日が当たった。

《鑑賞》明治三三年一一月二五日、虚子庵《あん》例会での作。時に虚子二六歳。

この句を、今は辛くとも行く手に光明がある、というような人生観的なものに解しては月並みになるが、日の当たった遠山を見て虚子の胸中に生じた暖かい感情を無視して単にことがらの報告のみと解してはつまらない句となる。

虚子は自己の代表句として多くこれを揮毫《きごう》している。二六歳にしてこの鉱脈を掘り当てたのは虚子の幸福であった。枯淡静寂のうちにほのかに暖かみのある、虚子その人らしい句である。

《補説》虚子の長男の年尾《としお》が、この句を、春もそこまで来ていて、季節の移り変わる様子が読み取れ、一種の人生観めいたものが想像される、と説明してきたと言うと、虚子は〈そこ迄《まで》言ふのは月並的だね。人生観といふ必要はない。目の前にある姿で作ったものが本当だ。松山の御宝町のうちを出て道後の方を眺《なが》めると、道後のうしろの温泉山にぽっかり冬の日が当っているのが見えた。その日の当っているところに何か頼りになるものがあった。それがあの句だ〉と言ったという（『定本虚子全集一巻』解説）。（村松）

桐一葉《きりひとは》日当りながら落ちにけり　（五百句）

▼季語—「桐一葉《きりひとは》」初秋。桐《きり》は秋の初めに一葉ずつ落葉する。中国の古典に、〈一葉落ちて天下の秋を知る〉（『文録』）、〈梧桐《ごとう》一葉落ち、天下尽《ことごと》く秋を知る〉（『羣芳譜』）などとある。▼句切れ—「落ちにけり」。切れ字「けり」。

『句解』桐《きり》の一葉がはらりと枝を離れて落ちてゆく。葉の面に日が当たったまま、そのまま地上まで落ちていった。

《鑑賞》明治三九年八月二七日、虚子庵《あん》での「俳諧散心」第二二回での作。虚子三二歳。

桐一葉《きりひとは》といえば、凋落《ちょうらく》の秋、天下の秋という古来の観念がある。それを一切表面に出さず、一瞬の、自然のいわば些事《さじ》を、スロービデオを見るように描いてみせた。固定的観念にとらわれず、このような微細の中に天地の幽玄な一消息をとらえた。ここには虚子の、従来の俳句への批評があり、したがって主張がある。

《補説》当時、碧梧桐《へきごどう》一派は明治三八年から九年にかけて、たびたび「俳三昧《はいざんまい》」と称する句会を催していた。虚子一派の「俳諧散心」はそれに対抗するものであった。（村松）

金亀子擲つ《こがねむしなげうつ》闇《やみ》の深さかな　（五百句）

▼季語—「金亀子《こがねむし》」兼三夏。色は大体黒褐色《こくかっしょく》で光沢がある。夏の夜、窓から飛びこんできて、灯の回りをぶんぶんうなりながら飛び回る。▼句切れ—「深さかな」。切れ字「かな」。

『句解』こがね虫が自分でどこかへ突き当たって落ちた。それを、窓から外の闇《やみ》に向かって力まかせになげうった。こがね虫を投げこんだがために窓外の闇《やみ》の深さが実感として感じられる。

《鑑賞》 明治四一年八月一一日「俳諧散心」（日盛会）、第一一回、三四歳の作である。

　こがね虫を窓の外へ投げるというようなことは日常よくあることである。そういう日常的な行動をとらえながら〈闇《やみ》の深さ〉という一語でかすかにではあるが形而上《けいじじょう》の世界を連想させる。

　この人間を取り巻いている暗黒というものは、人知をもってはかることのできぬ、深いものである。しかもそれがごく日常的な行動に直接につながって、窓の外に深ぶかと存在しているのである。俳句のおもしろさの一つの典型である。（村松）

春風や闘志いだきて丘に立つ

（五百句）

▼季語—「春風」兼三春。春にも強い風が吹くことがあるが、それは「春疾風《はるはやて》」「春嵐《しゅんらん》」などといい、単に「春風」といったときには、穏やかで暖かい感じの風を意味する。▼句切れ—「春風や」。切れ字「や」。

『句解』 春風が、穏やかに暖かに吹いている。自分は今、その春風に吹かれながら、静かな、深い闘志を胸中に抱いて、丘に立っている。

■虚子《きょし》と碧梧桐《へきごどう》の秋山真之《さねゆき》論

日本海海戦における「天気晴朗なれど浪《なみ》高し」「舷《げん》々相摩す」で名高い秋山参謀は、正岡子規《しき》と同郷、大学で同窓の親友であった。司馬遼太郎《りょうたろう》の『坂の上の雲』の種本『秋山真之《さねゆき》』伝（昭8）には、のちの外相松岡洋右《ようすけ》ら諸名士に交じって高浜虚子《きょし》・河東碧梧桐《かわひがしへきごどう》の追想文が載っている。

　虚子《きょし》は、松山の水練場で真っ裸の真之《さねゆき》が「チンポが痒《かゆ》うてならん」と、一物を砂を握った両手で揉《も》んでいるのを見て、そのような男らしいことのできぬ自分は、真之《さねゆき》には寄りつけんと諦《あきら》めたという。この件を四回も繰り返して書くところがいかにも虚子《きょし》流である。

　碧梧桐《へきごどう》は、日露役の成功により世間から海軍一の知謀とまつり上げられた、真之《さねゆき》の幸と不幸を指摘し、同僚や先輩に敵も少なくなく、本来の戦術兵法の特異な能力の道を徹底せず、吏務的な軍務局長に就任したのはマイナスであったと説く。

　虚子《きょし》の文は日露役直後、碧梧桐《へきごどう》のものは追悼文で、ともに世俗的な秋山観を超えた尊敬と愛惜の情の中に、一は余裕低徊《ていかい》、一は峻厳真率《しゅんげんしんそつ》な両俳人の性格と気骨が浮かび出ている。（松崎　豊）

《鑑賞》 大正二年二月一一日、三田俳句会での作。虚子三八歳。昭和二一年刊の『贈答句集』にはこの句の前に〈霜降れば霜を楯《たて》とす法《のり》の城〉の句があり、ともに〈大正二年・俳句に復活す〉という前書がついている。

　明治三五年に正岡子規《しき》が死んだ後、虚子はしだいに小説の方に力を注ぎ幾多の傑作を書いた。しかし、この間に、河東碧梧桐《かわひがしへきごとう》に任せたつもりの俳壇は新傾向と称して季題や定型をも捨て去ろうとし、しかも碧梧桐《へきごとう》・大須賀乙字《おおすがおつじ》・荻《おぎ》原井泉水《わらせいせんすい》・中塚一碧楼《なかつかいっぺきろう》らはばらばらに分裂していた。虚子は明治四一年一〇月号から翌年七月号まで一度『ホトトギス』に雑詠を募集したが中断し、明治四五年七月号から再び不退転の決意で雑詠募集を始めた。

　それが闘志の内容である。歯をむき出したあらわな闘志でなく、深く心の底にたたえた闘志である。〈春風〉〈霜を楯《たて》〉がそれを語っている。闘志というものと組み合わせるのに意表をついた〈春風〉をもってきたところがこの句の命であり、同時に虚子という人物の色合いである。（村松）

鎌倉《かまくら》を驚かしたる余寒あり　（五百句）

▼季語―「余寒」初春。立春（ふつう二月四日か五日）以後になおときどき襲う寒気をいう。▼句切れ―「余寒あり」。▽鎌倉《かまくら》―神奈川県の都市。源氏・北条氏の幕府があった。今、高級住宅地。

『句解』 鎌倉《かまくら》は三方を山に囲まれ、ふだんは温暖で、冬でもそうひどい寒さはないのであるが、その温暖の地、鎌倉《かまくら》を驚かす余寒があった。

〔鑑賞〕 大正三年二月一日鎌倉《かまくら》大町虚子庵《あん》例会での作である。虚子三九歳。この句の眼目は〈鎌倉《かまくら》を驚かした〉にある。鎌倉《かまくら》中の人びとを驚かしたのであるが、そう言わずに、鎌倉《かまくら》を擬人化したところに、おもしろみと味わいがある。
　しかも、いかに温暖の地ではあっても、たとえば、「熊本を」とか「鹿児島を」ではこの句のような効果は期待できない。それは鎌倉《かまくら》というところが、かつて絶大な武力の中心であったからである。「いざ鎌倉《かまくら》」という言葉が語っているように、「鎌倉《かまくら》を驚かす」ということは、たとえば元寇《げんこう》とか、上皇の謀反とかいう重大事を連想させる。それが、そういう重大事ではなくて余寒であった、というところにおかしみがある。おかしみをねらった句ではないが、巧まない上品な滑稽《こっけい》が生まれている。（村松）

大空に又わき出《い》でし小鳥かな　（五百句）

▼季語―「小鳥」仲秋、晩秋。ふつう「小鳥」といえば大群の渡りでなく、少数の小鳥がはらはらと渡るのをいうが、この句の場合、大群の小鳥の渡りである。▼句切れ―「小鳥かな」。切れ字「かな」。

『句解』今、小鳥の大群が南を指して頭上を渡って行った。しばらくすると、はるか北の方の空の一角がわずかに黒灰色になった。それは渡りをする小鳥たちの大群がまた、わき出たのであった。

《鑑賞》大正五年一一月六日、木曽《きそ》および恵那《えな》に吟行したときの作である。

大景を的確に描き、しかも渡り鳥に寄せる作者の愛情がにじみ出ている。とくに〈又〉の一語が効果的である。

《補説》このとき虚子は〈木曽川《きそがわ》の今こそ光れ渡り鳥〉の佳句も同時に作っている。大空の一大饗宴《きょうえん》ともいえる渡り鳥の壮観に際会して、木曽川《きそがわ》よ、今こそお前も美しく光り輝けよ、という句で、万物を有情のものとみる虚子の詩心のあふれた句である。（村松）

秋天の下に野菊の花瓣《かべん》欠く　（五百句）

▼季語—「野菊」仲秋。野に自生する菊という意で、野菊という特定の植物があるのではない。リュウノウギク・ノジギク・アブラギク・アワコガネギク・ノコンギク・シロヨメナ・ヨメナ・ユウガギクなどをこう呼んでいる。▼句切れ—「花瓣《かべん》欠く」。

▽秋天—秋の空。秋空。

『句解』高く、青く、ひろびろとした秋の空がある。その下の野路《のみち》を歩いて行くと、足もとに野菊が咲いている。その野菊の花をよく見ると花びらが一つ二つ欠けている。

《鑑賞》大正七年一〇月二一日、神戸での作。虚子四四歳である。

秋天という大に対して、野菊の花の花弁が一、二枚欠けているという小を点出したところにこの句の眼目がある。ひろびろとした秋天もよく、可憐《かれん》な野菊の花もよいのである。あるがままの状態を写し、他をいわないという点で『ホトトギス』の写生の一原型である。

《補説》このころ、島村元《はじめ》は『ホトトギス』誌上で、〈写生句と言っても大正六、七年以前は動物なり植物なりが副次的な作用をしてゐるのだが、新しい写生句は、動・植物そのものの、あるがままの状態のみを写生する、それが最近の傾向である〉（大正八年七月号）と論じた。（村松）

白牡丹《はくぼたん》といふ《う》といへ《え》ども紅《こう》ほのか　（五百句）

▼季語—「白牡丹《はくぼたん》」初夏。牡丹《ぼたん》はその華麗さと気品とで花の王とされる。古く中国から渡来したが、一般の観賞用に栽培されるようになったのは江戸時代以降である。深見草《ふかみぐさ》・富貴《ふうき》

草《そう》などの別名がある。▼句切れ―「紅《こう》ほのか」。

〔句解〕清楚《せいそ》な白牡丹《はくぼたん》がある。白牡丹《はくぼたん》ではあるけれども、ほのかに紅色もさしてかすかな艶《えん》を漂わせている。

《鑑賞》『ホトトギス』大正一四年八月号巻頭の〈近詠〉二七五句中に発表した。虚子五一歳。

この句の句切れは下五で、一本の棒のように下まで続いている。しかし、読むときの調子では、多くの俳句がそうであるように、上五でちょっと切れる。つまり「白牡丹《はくぼたん》!」と読んで休止する。真っ白なふっくらとした牡丹《ぼたん》の大輪が彷彿《ほうふつ》とする。すると、〈といふといへども〉とくる。この悠揚《ゆうよう》迫らぬ気息がいい。この気息こそ八五歳の長寿を保ち、全俳句界を掌握した虚子独特のものだ。意味は「白牡《はくぼ》丹《たん》なれども」「白牡丹《はくぼたん》だが」というほどの意である。そして〈紅《こう》ほのか〉と結ばれる。

句意は右に通釈したとおりであるが、この句の味わいは、実はこのような通釈とは別なところにある。この句の味わいは、そのテンポの緩急にあり、間《ま》のよさにある。能楽でワキの謡に続いてシテの重々しいスローテンポの謡が始まるが、その受け渡しの間《ま》と、シテの謡とに似たものがこの句の味わいである。

《補説》大正一四年五月一七日、大阪毎日俳句大会に題詠として出句したもの。このときの出句者約三〇〇〇人、来会者八〇〇人。（村松）

この庭の遅日《ちじつ》の石のいつまでも　（五百句）

▼季語―「遅日《ちじつ》」兼三春。日の暮れることが遅い、の意。一年のうち最も日が永いのは夏であるが、日の短かった冬から春に移ったころが、むしろ日が永いという実感がするので、「日永《ひなが》」「遅日《ちじつ》」は春の季語となっている。▼句切れ―「いつまでも」。

〔句解〕ここ竜安寺《りょうあんじ》の暮れることの遅い春の日の中に、四、五個の石はただ静かにすわり、そして微動だにもしない。この暮れがたい春の一日を、いつまでもじっとそうしているのである。

《鑑賞》昭和二年四月、虚子が松山に俳句大会があったのを機会に京都にしばらく滞在した折の句で、「花の都」と題して六月号の『ホトトギス』に長文の紀行文を書いている中に出る。〈一路竜安寺《りょうあんじ》に詣《まい》つた。……方丈の庭の相阿《そうあ》弥《み》作の虎《とら》の子渡しといふのを見た。……見て居るうちに此《この》狭い庭が広大な天地になつて来るといふのは前日に見た素《す》十《じゅう》君の説であつた。〉としてこの句が出ている。虚子五三歳である。

この句には〈の〉が四か所も使われ、上から下へなだらかな調子で、続く。しかし、その中で〈遅日《ちじつ》の石〉の〈の〉だけが強い印象で読者に迫る。そして〈いつまでも〉の五文字は、今日一日だけ〈いつまでも〉であるとともに遠い過去から遠い未来までも、の意を運んでいる。（村松）

流れ行く大根の葉の早さかな　（五百句）

▼季語―「大根」兼三冬。大根は夏もしくは秋蒔《ま》いて冬取り入れる。「大根蒔《ま》く」は俳句では秋の季語となっている。▼句切れ―「早さかな」。切れ字「かな」。

〘句解〙ふと小川を見ると、その急流に乗って、大根の葉が早い勢いで流れて行った。秋の野路《のみち》のさまざまな景観がこの一点に集約され、いきいきとしたその情趣を一瞬のうちに見せてくれた。

《鑑賞》ここに描かれているものは一枚か、せいぜい二枚の大根の葉だけであり、それも一瞬のうちに流れ去ったのである。ただそれだけをいったのである。

この句を例に挙げて精神の空白（これはいい意味でもいわれるが）とか、痴呆《ちほう》俳句とかいわれることがある。しかしこの句は〈秋天の下に野菊の花瓣《かべん》欠く〉以来の、「そのもののあるがまま」を写す『ホトトギス』流写生俳句の極を示している。散漫なる精神の空白状態や痴呆《ちほう》状態で生まれたのではなく、逆に、多くのものの凝集として、焦点として成っているのである。〈今まで心にたまりたまつて来た感興がはじめて焦点を得て句になつた〉と虚子は自解している（『句集虚子』序）。

この句を「大根洗い」の句とすることもできるが、そういう知的連想をも拒否するほどの強さをもっている。昭和三年一一月一〇日、九品仏《くほんぶつ》吟行での作。虚子五四歳。（村松）

箒木《ははきぎ》に影といふ《う》ものありにけり　（ホトトギス）

▼季語―「箒木《ははきぎ》」晩夏。箒草《ははきぐさ》をいう。現代名ホウキグサ。農家の庭先などに生え、秋、根もとから切って、そのまま草箒《くさぼうき》として用いる。高さ一メートル前後。枝葉がこんもり茂って形のいい円錐《えんすい》になる。▼句切れ―「ありにけり」。切れ字「けり」。

▽ありにけり―「に」は完了の助動詞「ぬ」の連用形で、ここでは強意の意。「けり」は回想の助動詞。「あったっけなあ」。

〘句解〙明るい夏の日ざしの下、平らな庭先の土に箒《ははき》木《ぎ》が立っていた。その土には確かに、影というものがくっきりとたしかにあるなあ。

《鑑賞》この句は『ホトトギス』昭和六年二月号の巻頭に

載せた「箒草《ははきぐさ》」という虚子の文章(創作)の中に出る。この作品は「彼」という主人公（虚子その人らしい）が頭の中で箒草《ははきぐさ》のことをいろいろ考える。そして、箒草《ははきぐさ》の影を強く意識してこの句を作る。

『古今六帖《じょう》』や『新古今集』に〈薗原《そのはら》の伏屋《ふせや》に生ふる帚《はは》木《ぎ》のありとて行けど（ありとは見えて）逢《あ》はぬ君かな〉があり、『源氏物語』帚木《ははきぎ》の巻で光源氏と空蟬《うつせみ》とのやりとりにもこの歌が本歌となって使われる。つまり箒木《ははきぎ》という木は遠くから見れば確かにありながら、近寄ると消えてしまう不思議な木という文芸上の伝説ができ上がっている。

虚子のこの一句は、こういう伝説に寄りかかったのではなく、箒草《ははきぐさ》自体の姿を描いたのである。しかし、〈影というもの〉と殊更らしい表現をしたことによって、読者を一種不可思議な世界に引きこみ、また古典の世界とも融和が生じているのである。これも作者の用意であろう。（村松）

襟巻《えりまき》の狐《きつね》の顔は別に在り　（五百句）

▼季語―「襟巻《えりまき》」兼三冬。ふつう毛糸編みや毛織物であるが、絹物もあり、またキツネ・テン・カワウソ・ラッコなどの毛皮のものもある。▼句切れ―「別に在り」。

〖句解〗 毛皮の襟巻《えりまき》に顔を埋めた女が行く。毛皮があり、顔があり、それでつり合いがとれていると思ったら、そのすぐ近くに、別に狐《きつね》の顔が存在しているよ。

《鑑賞》 昭和八年一月一二日(虚子五八歳)、七宝会が松韻社であり、その折に日比谷公園を吟行して得た句である。

狐《きつね》の毛皮の襟巻《えりまき》をするのは、今でもそうだれでもができることではないが、当時は当然もっと贅沢《ぜいたく》な感じのものであった。しかしこの句はそういう贅沢《ぜいたく》を批判し、嘲笑《ちょうしょう》しているのではない。ふと通りすがりの女性を見て、女の顔とは別に、毛皮本来の主人公である狐《きつね》の顔が、女の顔のすぐ近くに存在しているのを発見した、その意外感・滑稽感《こっけいかん》を述べたまでである。金持ちとか虚栄への直接的な批判・嘲《ちょう》笑《しょう》はないが、人間自体の飾りとか、さかしらへの笑い、いわば俳諧的な笑いはあり、この句の味わいとなっている。

《補説》 七宝会記事（『ホトトギス』昭8・4）中には〈あり〉であるが、句日記（『ホトトギス』昭9・1）では〈在り〉となっている。（村松）

道のべに阿波《あわ》の遍路の墓あは《わ》れ　（五百句）

▼季語―「遍路」兼三春。四国八十八か所の霊場を巡拝すること、およびその人。四月が主で、三月・五月にも行われる。

▼句切れ―「墓あはれ」。

▽阿波《あわ》―今の徳島県。

〘句解〙 道端に一つの墓がある。それにはただ〈阿波《あわ》の遍路〉とだけ記されている。いつの世のだれともわからないが、ここで行き倒れて、村人に葬ってもらったのであろう。哀れなことである。

《鑑賞》 昭和一〇年四月二五日郷里愛媛県松山市郊外の風早西ノ下《げ》での作（発表は一一年四月）。虚子六一歳。

そこの大師堂の横に二つ三つ墓石が建っており、その中にお家流で〈阿波《あわ》のへんろの墓〉とだけ刻まれたものがあった。虚子はそこにある哀話を想像し〈墓あはれ〉と一掬《いっきく》の涙を注いだのである。〈遍路の墓〉には理詰めに考えれば季感はないが〈遍路〉という季語がおのずと季感を呼び起こしてくる。

《補説》 この墓はそれから三年後の昭和一三年一〇月に虚子が再びここを訪れたときにはすでになくなっていた。虚子はそのことを「阿波《あわ》のへんろの墓」という文章に次のように書いている。

〈何か哀話があるのであらう。……里人が其《それ》を憐《あわ》れんで碑を建てたといふことも情けある仕業で……古い時代の人の心が其《それ》からも読めるように思はれる。その昔の人の心を籠《こ》めたあはれな遍路の墓を誰の仕業であらうかむざ〳〵引つこ抜いて打棄《うっちゃ》つて了《しま》ふとは洵《まこと》に心無いことといはねばならぬ〉（『ホトトギス』昭13・12）。

（村松）

たとふ《う》れば独楽《こま》のはぢ《じ》ける如《ごと》くなり　（五百句）

▼季語―「独楽《こま》」新年。子供たちが正月の遊びに回す。▼句切れ―「如《ごと》くなり」。切れ字「なり」。

〘句解〙 たとえてみれば、我々二人の仲というものは、二つ並んで回っていた独楽《こま》が、親しさのあまり近寄って、そして互いにはじけ飛んだようなものである。

《鑑賞》 昭和一二年二月一日、松山以来の友人で、かつ明治末から大正にかけては新傾向俳句の指導者として、保守派の虚子と対立していた河東碧梧桐《かわひがしへきごとう》が死んだ。この句は『日本及日本人』の碧梧桐《へきごとう》追悼号に載り、〈碧梧桐《へきごとう》とはよく親しみよく争ひたり〉という前書がつく。

正岡子規《しき》没後、虚子は小説に熱中し、俳句は碧梧桐《へきごとう》に任せた形になった。碧梧桐《へきごとう》は日本中を旅行し、全俳句界は碧《へき》梧桐《ごとう》に帰したかの観があった。しかし、碧梧桐《へきごとう》は、当時文壇に流行していた自然主義の影響を受け、有季定型を捨て、無中心論を唱えて急速に伝統的な俳句から遠ざかった。

これに対して虚子は有季定型を守り、『ホトトギス』に雑詠を募集して多くの優秀な俳人を育てた。二人は高等学校時代は同じ下宿で暮らし、退学も同時にして子規《しき》の両翼となった仲であったが、晩年は大きな隔たりを持つにいたった。しかし私交の上では終生変わらず、この前年（昭和一一年）虚子が外遊するときには碧梧桐《へきごとう》は桟橋《さんばし》まで見送りに来てもいる。

この追悼句には、自分と碧梧桐《へきごとう》とを高所から見下ろしているような、たとえば仏の眼《め》から見ているといったような暖かみがある。虚子六三歳の作である。（村松）

手毬唄《てまりうた》かなしきことをうつくしく　（五百五十句）

▼季語―「手毬唄《てまりうた》」新年。女の子が正月手毬《てまり》をつくときに歌う歌。▼句切れ―「手毬唄《てまりうた》」。

『句解』　手毬《てまり》をつく音とともに手毬唄《てまりうた》を歌う声が聞こえる。聞いていると、その歌は悲しい内容の歌である。その悲しい話が美しい手毬唄《てまりうた》になり、春着を着た女の子によって美しく歌われている。

《鑑賞》　昭和一四年一二月一日、大崎会（丸之内倶楽部《クラブ》別室）での作である。虚子六五歳。

老いてなおみずみずしい虚子の感情を示している。そして、物そのものの微細をそのまま写す、ということを強力に主張し実践した大正時代の句の一つの傾向から離れ、そのものの情緒的核心をずばりとうたう虚子の傾向が表れている。虚子が贈答句に佳品が多いのはその性向が本来この句のような叙情に適しているからである。

〈かなしきことを〉といったのは〈阿波《あわ》の遍路の墓あはれ〉といったのと同じく、小説家虚子の想像力が、一基の墓や、手毬唄《てまりうた》の片言隻語《へんげんせきご》から豊かなドラマを生み出すからである。俳句作者としてだけでなく、小説家として、また、深い味わいをもつ写生文作家としても成功した虚子の資質を思わせる句である。（村松）

天地《あめつち》の間にほろと時雨《しぐれ》かな　（六百句）

▼季語―「時雨《しぐれ》」兼三冬。陰晴定めなくはらはらと降る冬の雨をいう。「しぐれの雨」ともいう。▼句切れ―「時雨《しぐれ》かな」。切れ字「かな」。

『句解』　はらはらと時雨《しぐれ》があった。天と地の間にほろというような感じで、はかなくも美しい時雨《しぐれ》であった。

《鑑賞》　昭和一七年、虚子六八歳の作である。〈一一月二三日、長泰寺に於《お》ける花蓑《はなみの》追悼会に句を寄す〉という前書をつけて、〈泉石に魂入りし時雨《しぐれ》かな〉の句とともにこの句が出る（『ホトトギス』所収の「句日記」）。

鈴木花蓑《はなみの》（一八八一～一九四二）は愛知県半田町（現半田市）に生まれ、大正四年上京し、大審院書記をつとめながら句作に励んだ。大正末期から昭和初期にかけて、『ホトトギス』を代表する作家であり、のちの四S（水原秋桜《しゅうおう》子《し》・高野素十《すじゅう》・阿波野《あわの》青畝《せいほ》・山口誓子《せいし》）なども花蓑《はなみの》から影響感化を受けている。虚子が客観写生を唱導すると最も忠実にその説を実践した。

この句は直接に花蓑《はなみの》の追悼句ではないが、花蓑《はなみの》の死に際会した虚子の感慨が土台にある。時雨《しぐれ》は宗祇《そうぎ》の〈世にふるもさらに時雨《しぐれ》のやどりかな〉（人生は時雨《しぐれ》の雨宿りのようなものだ）の句以来、人生のはかなさ、美しさを連想させる。その時雨《しぐれ》が天地の間にほろとあったというのは、俳句に打ち込み、六〇歳そこそこで散った一人の人生をはかなくも美しいものとして思い描いてもいるのである。

（村松）

枯菊《かれぎく》に尚《なお》ほ或物をとゞめずや　（六百句）

▼季語―「枯菊《かれぎく》」兼三冬。▼句切れ―「とゞめずや」。切れ字「や」。

『句解』　盛りを過ぎて枯れた菊が立っている。それは枯れ菊ではあるが、しかし、なおかつ、力とも、気品とも艶《えん》ともいえるようなある物がとどまっているようではないか。

《鑑賞》　いよいよ戦争のはげしくなった昭和一八年一二月二四日、鎌倉《かまくら》俳句会、神奈川県の片瀬町（現藤沢市）、仙石隆子邸での作。虚子六九歳。

この句は、大正の末から昭和初めにかけてのような、微細な、物そのものの外形写生とはほど遠く、物そのものの本性・核心をずばりとつかんで表現している。虚子の唱導する写生の一方の極を示しているものであろう。

さて、この句、もとより枯れ菊の姿の写生ではある。しかし、この姿の中に、虚子が感じ取り、表現しようとした感情は、一体どういうものであったろうか。

数えで七〇歳の年もやがて逝《ゆ》こうとしている自己の晩年の感懐というものもあろう。人から見たらもはや老人ではあるが、胸中なお一点の燃ゆる火を存しているという気持ちであろう。

さらには、はなやかなもの一切が姿を消した、苛烈《かれつ》な戦時下の世相というものもなかったろうか。枯れ菊のごとき世相の中になおある物をとどめている、そのある物こそ文人虚子の慰めであり、国民の心の憩いであったはずである。

（村松）

虹《にじ》立ちて忽《たちま》ち君の在る如《ごと》し

（六百句）

▼季語―「虹《にじ》」兼三夏。▼句切れ―「在る如《ごと》し」。

〔句解〕この小諸《こもろ》の町に浅間山にかけて虹《にじ》が立った。虹《にじ》がかかったらそれを渡って行きますと言ったあなたが、たちまちほんとうにここにいるようである。

《鑑賞》昭和一九年、虚子七〇歳の作。鎌倉《かまくら》七里ケ浜の鈴木病院に入院していた愛弟子《まなでし》森田愛子は母親の住む三国（福井県）へ帰った。昭和一八年一一月虚子は旅行の途中三国の愛子宅に立ち寄った。そのとき虹《にじ》が立った。愛子は「今度虹《にじ》が立ったら虹《にじ》の橋を渡って鎌倉《かまくら》へ行きます」と言った。「句日記」によると、〈昭和十八年十二月二十五日、愛子に贈る〉として〈雪山に虹《にじ》立ちたらば渡り来よ〉の句がある。

翌一九年、虚子は信州（長野県）小諸《こもろ》へ疎開し、一日、虹《にじ》が立ったとき、頭書の句とともに、

浅間かけて虹《にじ》のたちたる君知るや
虹《にじ》消えて忽《たちま》ち君の無き如《ごと》し

の句を作った。

戦後になって虚子は小説「虹《にじ》」（『苦楽』昭22・1）を発表したが、師弟の間に漂う虹《にじ》そのもののような情愛を描いたこの作品は、すさんだ当時の世相の中で別趣の光を放ち世評が高かった。その末尾は右の俳句三句であった。主情的詩人虚子の本性が結晶したような美しい句である。

《補説》小説「虹《にじ》」は、「愛居」「音楽は尚《な》ほ続きをり」「小説は尚《な》ほ続きをり」の後続作品を伴う。また、虹《にじ》を詠んだ句にも〈虹《にじ》消えて音楽は尚《なお》続きをり〉〈虹《にじ》消えて小説は尚《なお》続きをり〉〈虹《にじ》の橋渡り交《かわ》して相見舞ひ〉〈虹《にじ》の橋渡り遊ぶも意のまゝに〉がある。

愛子は昭和二三年四月一日に永眠した。〈虹《にじ》の上に立てば小諸《こもろ》も鎌倉《かまくら》も　愛子〉の句がある。

（村松）

一塊の冬の朝日の山家かな

（六百句）

▼季語―「冬の朝日」（冬の日）兼三冬。▼句切れ―「山家かな」。切れ字「かな」。

▽一塊―ひとかたまり。

〔句解〕この山家に住んでいると朝はきびしい寒さであるが、空はからりと晴れ、明るい朝の日ざしが縁側のガラス戸を通して部屋の一隅《いちぐう》に届いている。一塊の冬の朝日がそこにころがってでもいるようである。

《鑑賞》昭和一九年一一月一〇日、小諸山廬《こもろさんろ》における七宝

会での作。虚子七〇歳。

虚子はこの年九月四日に長野県小諸《こもろ》町野岸(現小諸《こもろ》市)に疎開した。家は平家一戸建てで八畳・六畳の二間、それに小さな勝手と風呂場《ふろば》、厠《かわや》がつき、二間の南側に三尺幅、三間半の廊下があり、ガラス戸が入っていた。虚子は八畳間の炬燵《こたつ》に入って雑詠選や原稿執筆をした。

朝のうちは仕事をしている虚子のところまでは朝日が当たらず、背の方の畳の上にだけ日がさしている。日の当たらないところには信州特有のずんと骨身にこたえる寒さがあり、日の当たっているところは別天地のように暖かい。それただ、その日の当たっている部分があまりに小さい。それを〈一塊〉と表現した。氷などを表現する一塊という語を、それとは反対の日ざしに対して用いて、山国の乏しい暖かさを運ぶ朝日を表現した。まぎれもない実感の写生であり巧妙なる一語である。（村松）

山国の蝶《ちょう》を荒しと思は《わ》ずや　（六百句）

▼季語―「蝶《ちょう》」兼三春。▼句切れ―「思はずや」。切れ字「や」。疑問の係助詞。

『句解』　この山国信州(長野県)は、気候も荒々しく、人の言葉や挙措《きょそ》動作も荒々しい。春の、やさしい景物であるはずの蝶《ちょう》までも、その飛び方などが、どことなく荒々しいと思いませんか。

《鑑賞》　昭和二〇年五月一四日、虚子七一歳、小諸山廬《こもろさんろ》で

■**虚子《きょし》の満州紀行**

高浜虚子《きょし》は中国東北地区(旧満州)に、大正一三年と昭和四年、一六年の三回にわたって足跡を残している。『二三片』(昭和5)の中の「大連よりハルビンを経て京城まで」が、小説「朝鮮」とともに『定本高浜虚子《きょし》全集』に収録されていないのは残念である。戦後の中国・朝鮮に対する出版元毎日新聞の配慮であろうか。〈満洲《まんしゅう》の野に咲く花のねぢあやめ　虚子《きょし》〉の〈ねぢあやめ〉も歳時記から消えてしまった。

翩翻《へんぽん》と柳絮《りゅうじょ》の飛ぶ美しい満州は、また、昭和三年に張作霖《ちょうさくりん》が爆死し排日運動の激化した馬賊の跳梁《ちょうりょう》する大陸であった。芥川龍之介《あくたがわりゅうのすけ》の「湖南の扇」と同じく、虚子《きょし》も排日の時代相を、支那《しな》芸者の気概と雰囲気《ふんいき》に感じ取っている。ロシア革命後の白系露人のみじめな生活を各所に追って、淡々とした筆致で次々に写生してゆく中で、踊り子となって一家を支えるけなげなロシア娘に、虚子《きょし》の淡いロマンが投影されている。

満州事変前夜の情況とシベリア出兵の側面を知るためにも、一顧の価値ある紀行文といえよう。（松崎　豊）

の作である。

虚子は前年九月四日に鎌倉《かまくら》から長野県小諸《こもろ》町野岸（現小《こ》諸《もろ》市）の一軒の家に移り住んだ。戦局の切迫によって疎開したのである。南国松山で育ち、永く鎌倉《かまくら》に住み、つまり穏やかな海辺の生活になれてきた虚子にとって、浅間山麓《さんろく》の、しかも周囲を田舎《いなか》の農民たちに囲まれての生活は、何もかもが「荒々しい」という感じのものであった。

虚子に「荒々し」という小文がある（『玉藻《たまも》』昭21・10、のち、『父を恋ふ』〈昭2〉に収める）。

〈小諸《こもろ》といふところに来た時の直覚は何となくすべてのものが荒々しいといふ感じであった。……翌年の春であった。折節来合はせた年尾《としお》と比古《ひこ》とを伴って近郊を散歩した。……畑には豌豆《えんどう》の花が咲いて居ったり、青麦の畑があったりする。その上を蝶《ちょう》々が飛んで居る。

山国の蝶《ちょう》をあらしと思はずや

と私は二人を顧みた。〉

虚子らしい率直な存問の句である。そして蝶《ちょう》一つをとらえて、よく山国信濃《しなの》を描ききっている。（村松）

敵といふ《う》もの今は無し秋の月　（六百句）

▼季語――「秋の月」兼三秋。▼句切れ――「今は無し」。

〖句解〗 憎しみの対象として、また恐怖の根元として、今までは敵というものがあった。その「敵」というものが、今は全くなくなってしまい、清澄な秋の月が光を放って空にあるだけだ。

《鑑賞》 これは昭和二〇年八月二五日の朝日新聞に載った句である。作句月日は八月二二日（虚子七一歳）であり、小《こ》諸山廬《もろさんろ》での作である。〈詔勅《しょうちょく》を拝し奉りて〉と前書をつけている。この句と同時に『朝日新聞』に発表した句の中には、

秋蟬《あきぜみ》も泣き蓑虫《みのむし》も泣くのみぞ

の句もある。

日本民族がかつて経験したことのない、全面的な敗戦によって一億国民は虚脱状態に陥っていた。この句には、当時の日本人に共通した、一種のむなしさが裏打ちされている。

しかし〈敵といふもの〉といったところに、人間の繰り返してきた戦争というものの愚かさが指摘されてもいる。このころから目先の利く文化人たちが平和、平和といい出すが、虚子のこの句にはそれらとは違った本質的、あるいは生得的な大きさと深さがある。

〈秋蟬《あきぜみ》も〉の句もまた、親を失い、子を失い、家を失い、そして、詔勅《しょうちょく》を拝して戦いをやめ、運命に随順しようと

する当時の日本人の心が痛切にうたわれている。多くの歌人・俳人の終戦詠のうち虚子のこの二句は最もすぐれたものであった。　（村松）

初蝶来《はっちょうく》何色と問ふ《う》黄と答ふ《う》　（六百五十句）

▼季語―「初蝶《はっちょう》」初春。その年初めて目にする蝶《ちょう》をいう。
▼句切れ―「初蝶来《はっちょうく》」「何色と問ふ」。

『句解』 蝶《ちょう》がひらひらと飛んできた。今年の初蝶《はっちょう》であると気づく。「初蝶《はっちょう》だ」と家人に言う。「何色?」と家人が部屋の中から問う。「黄色」と答える。

《鑑賞》 昭和二一年三月二九日、虚子七二歳、小諸山廬《こもろさんろ》での作。この山廬《さんろ》は八畳・六畳の二間の家で、八畳の間に虚子と糸子夫人、六畳の間に手伝いの女性が一人の計三人の住まいであった。糸子夫人は足が悪く、歩行が不自由なため、ほとんど炬燵《こたつ》に入っていて外へは出なかった。

この句の初案は中七〈何色と問はれ〉（『ホトトギス』〈昭21・6〉、『小諸《こもろ》百句』『小諸《こもろ》雑記』）であり、『玉藻《たまも》』（昭21・9）に載せるとき、〈問ふ〉と直したのである。足の悪い夫人が、縁先か庭に下り立っている作者に初蝶《はっちょう》の色をたずねたのであることは初案の句形から推察できる。上五で切れ、中七で切れ、特異な調子の句であるが、老夫婦の、要点だけで通じ合う会話が軽快に写生されていて、新鮮である。

『小諸《こもろ》雑記』中に「初蝶《はっちょう》」と題する小文があり、この句のできた日の様子が描かれている。〈蝶《ちょう》々だと意識すると同時に、これが今年の初蝶《はっちょう》であると気が付いた。「やさしきあはれなる初蝶《はっちょう》よ」と見て居る間に、直ぐそれは板塀《いたべい》を越えて隣の庭に飛んで行って了《しま》った。〉　（村松）

茎《くき》右往左往菓子器のさくらんぼ　（六百五十句）

▼季語―「さくらんぼ」初夏。▼句切れ―「茎《くき》右往左往」。▽茎《くき》―ここでは、さくらんぼについている柄のこと。▽右往左往―秩序なく、大勢の人が右へ行ったり左へ行ったりすること。

『句解』 菓子器に盛られたさくらんぼがある。それぞれ柄がついていて、その柄はてんでに右に向いたり左に向いたりしている。統率を失った大部隊が、ばらばらの個人となって、勝手に右往左往しているような、ふと、そんな感じのする菓子器のさくらんぼである。

《鑑賞》 昭和二二年七月一日、虚子七三歳の作である。この日、富安風生《とみやすふうせい》とともに、長野の俳人たちが小諸山廬《こもろさんろ》を訪れ、小句会があった。

眼前瞩目《しょくもく》の句であろう。一瞬思考を停止して眼界の事物を無心に受けとめる、という方法が虚子の写生の有力な方法である。菓子器の中のさくらんぼの柄が動くはずはもとよりないのだが、それを、ふと感覚に訴えてきたままに詠んだのである。柄だけが、雑然とたくましく、擬人的にクローズ-アップされた。虚子の、老年にもかかわらぬ感覚の若々しさ、あるいはみずみずしさを示しているとともに、心境の明朗さをも語っている句である。（村松）

彼一語我一語秋深みかも　（六百五十句）

▼季語—「秋深し」晩秋。▼句切れ—「秋深みかも」。切れ字「かも」。「彼一語」、「我一語」でも切れる。
▽秋深みかも—「み」は形容詞の語幹について名詞を作る。すなわち「秋深み」という名詞に感動詠嘆を表す終助詞「かも」（「かな」とほぼ同意）のついたもの。秋が深くなったことよ。

《句解》 彼が一語を発する。それに対して私は一語をもって答える。あたりは静寂である。ややあってまた彼が一語を発する。私はまた一語をもって答える。再び静寂が支配する。秋の深まったことがしみじみと感じられる。


《鑑賞》 昭和二五年一〇月二八日、虚子七六歳の作である。ぽつりぽつりと会話を交わすのみの二人の男、その一人は作者であるが、ともに老境に入っている。若い人のように饒舌《じょうぜつ》ではない。会話を楽しむよりも、むしろ会話と会話との間の静寂を楽しんでいるような二人である。

この二人がどこにいるのかは描かれていない。したがって句の背景についてのイメージは喚起しようがない。明瞭《めいりょう》に力強く描かれているのは〈彼一語我一語〉だけである。他は一切省略された。それによって深まる秋を見事につかんでいる。（村松）

去年《こぞ》今年《ことし》貫く棒の如《ごと》きもの　（六百五十句）

▼季語—「去年今年《こぞことし》」新年。▼句切れ—「如《ごと》きもの」。
▽去年今年《こぞことし》—新年早々の感慨をいった言葉。昨日もしくは一昨日が、もはや去年《こぞ》であり、その去年《こぞ》から一夜二夜しか隔たっていない今が、今年なのだ、と時の推移に着目しての語である。

《句解》 去年といい、今年といい、暦の上では別の年として記される。だが、よく考えてみると、自分の生活も、他の人びとの生活も、また歴史も文化も、すべてひとときも断絶することなく、ただ昨日に続く今日として続いている。去年と今年との二つを貫いて、一本の太い棒のようなものが厳然と存在している。その棒のようなあるものに、神の意志とでもいうべき強力なものを感じる。

《鑑賞》　昭和二五年一二月二〇日、虚子七六歳。翌年の新春放送のために作った句である。そのときの句には、

　見栄も無く誇《ほこり》も無くて老の春

というのもある。〈去年今年《こぞことし》〉の句もこれと同じ心境から生まれたものであろう。

　新年となったからといって、この老人の自分には特別うれしいことが待っているわけでもない。今と同じ多忙な生活が続くだけだ、という気持ちが発想の原点であろう。しかしこの句はそういう日常性を越えて、時間と人間とのかかわりを明確にとらえている。大胆率直な句作りが、おのずから天地の真に迫り得たのである。　（村松）

明易《あけやす》や花鳥諷詠《ふうえい》南無《なむ》阿弥陀《あみだ》

（七百五十句）

▼季語―「明易《あけやす》」兼三夏。夏の夜明けの早いことの意。▼句切れ―「明易《あけやす》や」。切れ字「や」。「花鳥諷詠《ふうえい》」でも切れる。

▽花鳥諷詠《ふうえい》―虚子の俳句理念〈俳句の目的は花鳥風月を諷詠《ふうえい》するにある〉（昭和二年六月一日講演）から生まれた語。

『句解』　ある山寺にこもって、明け暮れ俳句を作り、また早朝から僧たちの勤行《ごんぎょう》の声を耳にしている。天地山川は、今、明けやすい時期で、おのずから安逸を許さない。その天地に包まれて、ただ花鳥諷詠《ふうえい》と南無《なむ》阿弥陀仏《あみだぶつ》との二つに身を任せかつ励むのである。

《鑑賞》　昭和二九年七月一九日、虚子八〇歳、千葉県鹿野《かのう》山神野寺《ざんじんやじ》における合宿句会（土筆《つくし》会・句謡会・草樹会・稽古《けいこ》会など）第六日（最終日）での作である。

　この寺では、のちに(昭和三三年)、虚子の抜けた奥歯一つをもらって住職山口笙堂《しょうどう》が歯塚《はづか》を建てた。これらのことから大野林火《りんか》は〈自分を生仏視しているもっとも嫌《いや》な句〉とこの句を評する。しかし虚子が自分の歯塚《はづか》などを喜んでいなかったことは、この歯塚《はづか》に寄せた〈歯塚《はづか》とはあらはづかしの落葉塚《づか》〉〈楓林《ふうりん》に落せし鬼の歯なるべし〉の句からもわかる。

〈明易《あけやす》や〉の句も、自然に帰依し、仏に帰依する謙虚無雑の心境を詠んだのであって、自己の主張を権威づけようとか、自分を生仏視しているとかという句ではない。ひたすら自己を責めて俳諧に励もうとしているのである。それが〈明易《あけやす》や〉の五字の意味である。　（村松）

牡丹《ぼうたん》の一瓣《べん》落ちぬ俳諧史

（七百五十句）

▼季語―「牡丹《ぼうたん》」初夏。▼句切れ―「一瓣《べん》落ちぬ」。切れ字「ぬ」。

〔句解〕　華麗な才能をもった俳人松本たかしが死んだ。古今にわたって俳諧史というものは、たとえてみれば大輪の牡丹《ぼたん》の花のように、美しい世界を作り上げているが、その美しい牡丹《ぼたん》の、大きな一弁が、今や、はらりと散ったのである。

《鑑賞》　昭和三一年五月一三日、虚子八二歳、草樹会での作。前書に〈松本たかし死す〉とある。松本たかしは『ホトトギス』の実力作家（四五七ページ参照）。

〈たかしは生来の芸術上の貴公子である〉とは、川端茅舎《ぼうしゃ》の評言である。虚子も、たかしの芸の品格を高く評価していた。結核を病み、鶴《つる》のごとく痩《や》せていたたかしを評して〈牡丹《ぼうたん》の一瓣《べん》〉としたのは、彼の芸がふくよかに美しく大成していたからである。

《補説》　虚子には挨拶《あいさつ》応答の句に秀でたものが多く、したがって悼句にも佳句が多い。長谷川素逝《そせい》を悼んで〈まっしぐら爐《ろ》にとび込みし如《ごと》くなり〉と詠み、緒方句狂を悼んで〈目を奪ひ命を奪ふ諾《だく》と鷲《わし》〉と詠み、森田愛子を悼んでは〈虹《にじ》の橋渡り遊ぶも意のまゝに〉と詠んでいる。（村松）

蜘蛛《くも》に生れ網をかけねばならぬかな

（七百五十句）

▼季語―「蜘蛛《くも》」兼三夏。▼句切れ―「ならぬかな」。切れ字「かな」。

〔句解〕　見ると今、眼前に一匹の蜘蛛《くも》がいて、せっせと最前から網をかけている。生きてゆくために小さな昆虫《こんちゅう》を捕らえて食べねばならず、そのためにこうして網をかけているのである。この小さな一つの命は、蜘蛛《くも》としてこの世に生まれてこなくてはならなかったのであり、蜘蛛《くも》として生まれてきた上は、殺生のための網をせっせとかけねばならないのだ。

《鑑賞》　昭和三一年七月一七日、虚子八二歳、千葉県鹿野《かのう》山神野《ざんじんや》寺《じ》での作。この年も七月一五日から一九日まで、連日ここで稽古《けいこ》会その他の句会が行われた。

この句は蜘蛛《くも》という一個の生命の営みの哀れさをうたっている。生きてゆくためには、必然的に罪を犯さねばならない、そのように神は我々を作っているのだ。この蜘蛛《くも》も哀れであるが、考えてみればこの一個の虚子もまたこの蜘蛛《くも》のごとくに生きてきたのだという感慨がこの句には漂っている。〈ならぬかな〉という表現にその嘆息が聞こえる。

この鹿野山《かのうざん》での句会の最後の日（一九日）に、虚子は〈蜘《く》蛛《も》網を張るが如《ごと》くに我もあるか〉の句を作っている。八二歳の作者が、おのれの全生涯《しょうがい》を振り返って、自分もせっせと網を張り多くの命を犠牲にしてきたのだと自分をあわれむのである。〈初空や大悪人虚子の頭上に〉（大正七年）の思いはこの作者の生涯《しょうがい》を通しての思いであった。（村松）

春の山屍《かばね》をうめて空《むな》しかり　（七百五十句）

▼季語―「春の山」兼三春。▼句切れ―「春の山」。
▽屍《かばね》―死骸《しがい》。なきがら。

『句解』一人の人間の生涯《しょうがい》を思ってみる。波瀾《はらん》に富んだ一生の終わりには一個の死骸《しがい》となり、山の土の中に埋められ、そしてその後、数百年の時が流れ、今はその土中に白骨すらあるものやらないものやらもわからない。そう思うとその人間の生前の喜怒も哀楽も、功も罪も、一切がむなしいものに思われる。山は、今、春の山で、木々はいっせいに芽吹き、小鳥は楽しくさえずっている。

《鑑賞》昭和三四年三月三〇日、虚子八五歳、鎌倉《かまくら》市婦人子供会館での句謡会席上での作。

この句のほかに〈英雄を弔ふ詩幅桜活《い》け〉の句も出句している。席上の床の間に桜が活《い》けてあり、源頼朝《みなもとのよりとも》を弔う軸がかかっていたという。この句も頼朝《よりとも》という一個の英雄の死後というものを頭に描いて詠んだのであろう。英雄の生涯《しょうがい》というものを思い描いて句を作るならば、もっと勇ましい、明るい句も作れるはずである。しかし、虚子はこの英雄から〈屍《かばね》〉を思い、時というものが洗い流してしまう人間のむなしさを思っているのだ。

この句がこの日の作句の最後の句である。虚子はこの二日後の四月一日の夜、意識を失い、八日にこの世を去る。頼朝《よりとも》の屍《かばね》の埋まっている同じ春の山の一基の墓となったのである。（村松）

独り句の推敲《すいこう》をして遅き日を　（七百五十句）

▼季語―「遅き日」兼三春。「日永《ひなが》」と同意で日の暮れることの遅いところからいう。▼句切れ―「遅き日を」。

『句解』大谷句仏が死んではや一七回忌になった。彼は生涯《しょうがい》俳句を愛し、しかもだれに頼るというではなく、ただ一人で句作を楽しんでいた。今も、浄土で、

やはりただ一人、句の推敲《すいこう》をしていることであろう、
この春の永い日に。

《鑑賞》 この句を記した葉書の消印は、昭和三四年四月一日であるという。句帳には、前掲の〈句仏十七回忌〉の句の次に、ほぼ一行分あけて、前書の〈春の山〉とともにこの句が記され、後は空白となっている。すなわちこの句が虚子の絶吟である。作句はおそらく三月三一日であったろう。虚子八五歳である。

句仏は大谷光演の俳号である。東本願寺第二三世の法主《ほっす》で俳句は虚子や河東碧梧桐《かわひがしへきごとう》に学び、一時新傾向に走った。が、それをも離れ、一人句作を続けた。虚子とは最後まで親交があったが、昭和一八年二月六日、六七歳で没した。

この句は句仏の生前の姿を思い描いて作ったのであるが、それはそのまま虚子自身の浄土での姿を彷彿《ほうふつ》させる。ちょうど〈春の山〉の句が自身の死を予知したかのような感があることと一致する。偶然の暗合というだけではすまされぬ不思議な二句である。そしてその心境の清浄さという点で、この偉大な作者の最後の作としてふさわしい二句である。

（村松）

《参考文献》 ▼水原秋桜子『高浜虚子』（文芸春秋新社　昭27）▼大野林火『虚子秀句鑑賞』（角川書店　昭34）▼清崎敏郎『高浜虚子』（桜楓社　昭40）▼川崎展宏『高浜虚子』（明治書院　昭41、増補・改訂版　永田書房　昭49）▼山口誓子・今井文男・松井利彦『高浜虚子研究』（右文書院　昭49）▼『定本高浜虚子全集』（毎日新聞社　昭49）▼真下五一『虚子　花鳥諷詠の俳人』（国書刊行会　昭51）▼大岡信『子規・虚子』（花神社　昭51）

大須賀乙字（おおすがおつじ）

明治一四（一八八一）～大正九（一九二〇）。本名績《いさお》。福島県に生まれる。東京帝国大学文学部国文学科卒業。仙台《せんだい》一中在学のとき作句を始め、乙字と号す。上京後河東碧梧桐《かわひがしへきごとう》一派の隆盛期をになう俳人として活躍した。しかし、その後は碧《へき》派と決別し、『懸葵《かけあおい》』『常磐木《ときわぎ》』に拠った。今日では、俳論家としての業績が高く評価されている。『乙字俳論集』『乙字句集』『乙字書簡集』がある。

雁《かり》鳴いて大粒な雨落しけり

（乙字句集）

▼季語―「雁《かり》」晩秋。北方の寒さを避けて一〇月初めごろ渡来し、翌春三月ごろ帰っていく。単に「雁《かり》」とだけいえば秋季で、「春の雁《かり》」「帰る雁《かり》」（春季）とは区別する。▼句切れ―「落しけり」。切れ字「けり」。「鳴いて」でもいったん切れる。

『句解』 鳴いて渡る雁《かり》の声に空を仰ぐと、その声に誘

い出されたかのように、二つぶ三つぶ大粒の雨が落ちてきたことよ。

《鑑賞》 明治三七年の作。大づかみなタッチで、雁《かり》の声と雨空の照応するところを詠んでいる。村山古郷《こきょう》によれば、この句について〈雁其物《かりそのもの》よりも雁来《かりく》る頃《ころ》の気象に包まれた気分を詠んだ〉という作者の言葉があるそうで、一句のねらいは、言葉の表面に現れた雁《かり》や雨よりも、それらによって暗示される「気分」をあらわすことにあった。

　四年後に「俳句界の新傾向」を書いて、正岡子規《しき》の「直叙法」(写生)に「隠約暗示の法」を対置したこの作者には、このころすでに〈特性を指示して本体を彷彿《ほうふつ》せしむる〉工夫があったようである。この句も、雨を含んだ空に聞こえる雁《かり》の声と、落ちてくる雨滴とが暗示する秋の気象の移ろいやすい気配を味わってみるべきであろう。（小室）

臼田亜浪（うすだあろう）

明治一二(一八七九)〜昭和二六(一九五一)。本名卯一郎。長野県に生まれる。法政大学卒業。月並俳句から入り日本派に親しんだが、大正三年、高浜虚子《きょし》に会い俳壇に立つ決意をする。翌年『石楠《しゃくなげ》』創刊。有季定型の新傾向俳句を目指した。句集に『亜浪句鈔《しょう》』『旅人』『定本亜浪句集』、評論に『道としての俳句』がある。

鵯《ひよどり》のそれきり鳴かず雪の暮《くれ》　（旅人）

▼季語—「雪」晩冬。ふつう六角状に結晶することから「六花《むつのはな》」ともいう。ここでは地上に降り積もった雪である。▼句切れ—「鳴かず」。
▽鵯《ひよどり》—全身が暗灰色で尾の長いのが特徴。山地の雑木林に群棲《ぐんせい》し、秋・冬に人里に下る。ピーヨ、ピーヨとやかましく鳴く。

〘句解〙 雪の降り積もった夕暮れ、鋭く鳴く鵯《ひよどり》の声を聞いた。次の声を心待ちにして耳を澄ましたが、もうそれきり鳴かなかった。

《鑑賞》 大正九年の作。神奈川県厚木在の中津で新年の句会があり、会場になっていた旅館での経験を詠んだものという。

　〈うすうすとあたりをこめて来た夕暮れのとばりに誘はれて、私はつと起《た》つて縁側の欄《おばしま》にもたれた。雪をかぶつた三本五本の大欅《けやき》、谷へなだれてゐる雪の篁《たかむら》、中津川の水声はそれらの枝々をかすかにをののかせて響いて来る。階下の往来には人影もない。と、ピーピーと、四辺《あたり》の寂寞《せきばく》を破つて鋭い鳥の叫び、雪がはらはらと散つた。はて、何鳥だらう。鵯《ひよどり》らしかつたが……としばらく耳を澄ましたが、唯《ただ》それきりである。夕暮《ゆうぐれ》のとばりはいよいよ濃くなりまさつて、しづけさの底深く我れを忘れた。〉(「雪の二句」)という制作の機微を伝える作者の言葉がある。

一句の眼目は〈それきり鳴かず〉という中七のいい取りにあり、ひと声ふた声鋭く鳴いた後の沈黙と寂寥《せきりょう》の印象がくっきりと描き出されている。 (小室)

木曾路《きそじ》ゆく我も旅人散る木の葉 (旅人)

▼季語―「木の葉散る」兼三冬。紅葉の時期を過ぎ、茶褐色《ちゃかっしょく》になった木の葉が地面に舞い落ちること。一種の風情《ふぜい》とともに寂寥《せきりょう》の感が深い。▼句切れ―「我も旅人」。
▽木曾路《きそじ》―中仙道《なかせんどう》のうち長野県の塩尻《しおじり》から岐阜県の中津川にいたる街道。

『句解』 山深い木曾路《きそじ》をたどって行く旅の人、自分もそういう旅人の一人として、折から散りかかる木の葉を浴びて行くことだ。

《鑑賞》 大正九年の作。この年の一〇月、飄逸《ひょういつ》な漫画で俳誌ともかかわりの深い小川芋銭《うせん》と信濃《しなの》地方を旅した折のもの。

芋銭《うせん》は写生をし亜浪は作句をしながら歩いたらしい。西《にし》垣脩《がきしゅう》の伝えるところによれば、旅の途中、遠くに小荷物を負うた回国の商人ふうの老人を見かけて詠まれたものという(「先生の二十句」)。

とすれば、この句〈我も旅人〉といううち興じた表現には、みずから名乗り出てその老人と気心を通ずるような意識が働いているのかもしれない。下五は冬の山路の寂寥感《せきりょうかん》を強めるものであるが、「落ち葉」といわず〈散る木の葉〉と動的に叙したのは、中七の弾んだ調子に応じたものであろう。 (小室)

嶋田青峰(しまだせいほう)

明治一五(一八八二)〜昭和一九(一九四四)。本名賢平。三重県に生まれる。早稲田《わせだ》大学英文科卒業。国民新聞社に入り高浜虚子《きょし》主任の文芸欄を担当、のち『ホトトギス』の編集事務を助けた。大正一一年篠原温亭《しのはらおんてい》らと『土上《どじょう》』を創刊。温亭《おんてい》没後主宰となる。昭和初期、新興俳句運動に参加し、昭和一六年の俳句弾圧事件で検挙され、釈放後に病没した。『青峰集』『海光』などがある。

出《い》でて耕す囚人に鳥渡りけり (青峰集)

▼季語―「鳥渡る」兼三秋。秋になって北から、鴨《かも》・雁《かり》・鴫《しぎ》・鶇《つぐみ》などの渡り鳥が、群れをなして渡ってくるのをいう。また、内地の漂鳥が山地から平地に移る場合もいう。▼句切れ―「渡

りけり」。切れ字「けり」。「囚人に」でもいったん切れる。

『句解』獄舎を出て農耕の労役に従っている囚人たちの上を、秋の鳥が群れをなして渡って行くことだ。

《鑑賞》大正一〇年ごろの作。この句は巧拙を超えて青峰という俳人のヒューマニスティックな人柄を感じさせる句である。獄舎にとらわれている囚人にはそれがたとえ労役であっても戸外に出ることにかすかな解放感があるにちがいない。この句では空を行く鳥を見ることで、とらわれた思いが一層ひらかれている。

囚人たちは鳥の列を仰ぐことで、懐郷の思いをかきたてられているのか、広い空を飛ぶものの自由をうらやんでいるのか、とにかくそれによって季節の推移を知り、いっとき心を慰められているのである。句に流れる素朴《そぼく》な暖かさは、囚人を見る作者の目の暖かさでもあるだろう。

（小室）

渡辺水巴（わたなべすいは）

明治一五（一八八二）〜昭和二一（一九四六）。本名義《よし》。東京に生まれる。日本中学中退。初め内藤鳴雪《めいせつ》の門に入り、のち高浜虚子《きょし》に師事する。二五歳で『俳諧草紙』を創刊し、以後各誌の選を担当した。大正初期、虚子《きょし》の俳壇復帰を機に『ホトトギス』の代表的俳人として活躍した。大正五年『曲水《きょくすい》』を創刊主宰する。句集に『水巴句集』『水巴句帖《くちょう》』『白日《はくじつ》』などがある。

天渺《びょう》々笑ひ《い》たくなりし花野かな　（白日《はくじつ》）

▼季語―「花野」兼三秋。秋の草花が咲き満ちた野。はなやかなうちに、一抹《いちまつ》の寂寥感《せきりょうかん》がある。▼句切れ―「花野かな」。切れ字「かな」。「渺《びょう》々」でもいったん切れる。

▽渺《びょう》々―果てしなく広がるさま。

『句解』果てしもなく広がる秋の空、このはなやかに草花の咲き乱れる野に出ると、思わずも笑いがこみ上げてきたことよ。

《鑑賞》大正一二年の作。〈東都大震直後より「曲水《きょくすい》」発行の関係上大阪郊外豊中村に仮寓《かぐう》す〉とある一連の作のうちの一句。

震災に壊滅した東京をのがれて仮寓《かぐう》していた作者は、意に満たぬ鬱屈《うっくつ》した毎日を送っていたであろう。そんな一日野に出て見れば、天はひろびろとあくまで青くひらけ、足もとには秋の草花が咲きあふれる野があって、思わずも忘れていた笑いを取りもどしたような感情のせき上げてくるのを感じたのだ。

しかし、この笑いは前書からわかるように、決して底抜けに明るい心からの快活な笑いではあるまい。その笑いの背後には、滅んでしまった家への思いと、震災が根こそぎ破壊していった人の世のむなしさと、異郷にある生活の不如意とが複雑にからみ合っているからである。　（小室）

かたまつて薄き光の菫《すみれ》かな　（白日《はくじつ》）

▼季語―「菫《すみれ》」兼三春。山野の日当たりのよいところに自生。根もとから出た葉の間から、五〜一〇センチメートルぐらいの数本の花茎を延ばして可憐《かれん》な花を咲かせる。花の色は紫が最もふつうだが、さまざまな種類がある。▼句切れ―「菫《すみれ》かな」。切れ字「かな」。「かたまつて」でもいったん切れる。

〔句解〕　山上の日当たりのよいところに小さな菫《すみれ》がかたまっている。淡い紫色の花にやわらかな光を浴びて、なんと可憐《かれん》に咲いていることよ。

《鑑賞》　昭和四年の作。〈鹿野山《かのうざん》にて〉と前書がある。房《ぼう》総《そう》（千葉県）西部の木更津《きさらづ》に水巴の指導する『曲水《きょくすい》』の支部があり、その縁で鹿野山《かのうざん》に登る機会があったようだ。江戸の若者たちに信仰されたころは木更津《きさらづ》がその登山口になってにぎわったという。山頂からは九十九谷《つくもだに》の丘陵群をながめることができる。

この句は、そうした大景に接しながら、脚下の微物に思いを凝らした作品である。〈かたまって〉は無造作ないいようだが、地に接するように群らがり咲く菫《すみれ》の特徴を的確にいい表している。〈薄き光〉は淡い花の色とともに、そこにさす陽光のやわらかさをいうのであろう。山菫《すみれ》の可憐《かれん》なありようを、あたりのなごんだ空気ともども美しくいい取った一句である。　（小室）

ひとすぢ《じ》の秋風なりし蚊遣香《かやりこう》　（新月《しんげつ》）

▼季語―「蚊遣香《かやりこう》」兼三夏。除虫菊の花・葉・茎などの粉末を焚《た》いて蚊を追い払うもの。「秋風」も季語であるが、この句では夏の日に秋の気配を感じ取ったものと解して、「蚊遣香《かやりこう》」を主たる季語とみておく。句集『白日《はくじつ》』では夏に分類されている。▼句切れ―「蚊遣香《かやりこう》」。

〔句解〕　夏の夕方蚊遣香《かやりこう》を焚《た》いて端居《はしい》をしていると、静かに立ち上る煙を揺らして、ひとすじの秋風が過ぎていったことだ。

《鑑賞》　昭和七年の作。蚊遣香《かやりこう》の揺らめきに、いち早くしのびこむ秋の気配を感じ取った句である。〈ひとすぢの〉といったところ、蚊遣《かやり》の煙の立ち上るたたずまいと同時に、かすかに通り過ぎる風の繊細さを、目に見るように鮮やかに描き出している。〈なりし〉は、断定および過去の助動詞。かすかに吹き過ぎた風を、改めて反芻《はんすう》するような思いで味わっているのだ。

　山本健吉は、この句から〈秋来ぬと目にはさやかに見えねども風の音にぞ驚かれぬる〉という藤原敏行《ふじわらのとしゆき》の歌を思い出すといっているが、けだし適評である。(『現代俳句』)。歌が風の音で目に見えぬ秋をとらえているに対して、句は見えぬ秋風を煙のそよぎで見ている。

　蚊遣香《かやりこう》という卑近なものをもち出したのが、いかにも俳句らしい。水巴の特色とする市井《しせい》の日常生活を諷詠《ふうえい》した句のうちでも代表的な秀作であり、路地の家のさまが彷彿《ほうふつ》と浮かんでくる。

《補説》『白日《はくじつ》』には上五〈一筋の〉とあるが、自選句集『新月《しんげつ》』ではかな書きになっている。　（小室）

飯田蛇笏（いいだだこつ）

明治一八（一八八五）〜昭和三七（一九六二）。本名武治《たけはる》。山梨県に生まれる。早稲田《わせだ》大学英文科中退。早くから高浜虚子《きょし》に注目されたが、学芸を捨て家を継ぐ。大正初期虚子《きょし》の俳壇復帰を機に『ホトトギス』の代表的俳人として活躍。大正七年『キララ』主幹となり誌名を『雲母《うんも》』と改め、のちこれを主宰する。句集に『山廬《さんろ》集』『霊芝《れいし》』『心像』『椿花《ちんか》集』などがある。

芋の露連山影を正しうす　（山廬《さんろ》集）

▼季語―「露」兼三秋。大気中の水蒸気が地表の草木の葉や石などに触れ、水滴状に凝結したもの。晴れた夜にできやすい。「芋」も秋の季であるが、ここでは「露」が主たる季感を表す。▼句切れ―「正しうす」。「露」でも切れる。

▽影―ものの形。ここでは山の姿そのもの。

〔句解〕眼前の里芋畑にびっしりと露の置いた朝、晴れた空の遠くに、山脈がみずから姿勢を正すかのようにくっきりと姿を見せている。

《鑑賞》大正三年の作。簡勁《かんけい》重厚と評される蛇笏俳句の初期の代表作。「自註《じちゅう》五十句抄」によると、健康がすぐれず、隣村の医院に通っていたときの作という。

　露の多く置く朝は快晴である。里芋の大葉にびっしり置いた露はことさらに大きく凝って、荘厳なまでに輝く。その引き締まるような冷気と輝きとを身に感じながら、遠くに目をやると、南アルプスの連山もまた澄み渡った冷気の中に、くっきりときびしい山容を現していた、というのである。

そのさまを〈影を正しうす〉と、あたかも山自身が姿勢を整えるかのようにいい取ったために、山容の偉大さと作者自身の心のたたずまいとが、鮮やかに描き出された。病身時の作とは信じられないような気迫充実した一句である。

《補説》甲府市の舞鶴《まいづる》城跡公園に句碑がある。（小室）

たましひ（い）のたとへ（え）ば秋の螢（ほたる）かな　（山廬《さんろ》集）

▼季語―「秋の螢《ほたる》」初秋。遅くなって生まれた螢《ほたる》。螢《ほたる》の羽化してからの寿命は約二〇日とされるから、夏の終わりから秋の初めごろ羽化したものである。弱々しく哀れな印象をこめていう。▼句切れ―「螢《ほたる》かな」。切れ字「かな」。「たましひの」「たとへば」でもいったん切れる。
〔句解〕亡き芥川龍之介《あくたがわりゅうのすけ》の魂のありようをたとえていってみれば、秋の螢《ほたる》のごとく、はかなくもまたあやしい存在であったことだ。

《鑑賞》昭和二年の作。〈芥川龍之介《あくたがわりゅうのすけ》氏の長逝《ちょうせい》を深悼《しんとう》す〉と前書がある。芥川《あくたがわ》が自殺したのは、この年の七月二四日である。その死は大正文学の終焉《しゅうえん》とも小市民インテリゲンチアの運命を暗示するものともいわれ、各方面に衝撃を与えた。ことに芥川《あくたがわ》最末期の厭世観《えんせいかん》を漂わせた諸作は、鋭い神経質な風貌《ふうぼう》とともにこの人の苦悩と衰弱とを余すところなく伝えている。

一句は、そうした芥川《あくたがわ》の繊弱と妖気《ようき》とを〈秋の螢《ほたる》〉という季物によってシンボライズせしめたもので、一言よくその本質を指摘したものということができる。妖しく光りながらも、すでに滅んでゆく命の印象が、この季語に託されている。

この両者は書簡の往復もあり、芥川《あくたがわ》は「飯田蛇笏氏」なる短文で、自分の〈癆咳《ろうがい》の頬《ほお》美しや冬帽子〉という句は、蛇笏の〈死病得て爪《つめ》美しき火桶《ひおけ》かな〉にならったものだ、といっている。蛇笏もまた芥川《あくたがわ》の句〈鉄条《ゼンマイ》に似て蝶《ちょう》の舌暑さかな〉を、みずから主張する「霊的表現」および「主観的写生」の句として推賞してやまなかった。（小室）

を（お）りとりてはらりとおもきすすきかな　（山廬《さんろ》集）

▼季語―「すすき」兼三秋。野外のくさむらに群生し、秋にはふっさりとした花穂が白くなる。風に吹かれて一面になびくさまには、風雅でものさびしい風情《ふぜい》がある。▼句切れ―「すすきかな」。切れ字「かな」。「をりとりて」でもいったん切れる。
〔句解〕なよなよと軽そうなすすきを折り取ってみると、意外に重い感触で、はらりとなだれるようにその重みが手に伝わったことだ。

《鑑賞》昭和五年の作。これは、蛇笏の繊細優美の側面を代表する一句。〈折りとりてはらりとおもき芒《すすき》かな〉と表記されたものもあるが、すべてを平仮名書きにすることで、すすきのたおやかな風姿は完全に定着された。

一句の内容は、野のすすきを折り取るという単純きわまりないものであるが、単純に徹することですすきの本質は見事にとらえられた。〈はらりとおもき〉は、茎に支えられていた穂の重みが、手にしなだれかかる印象をいったもの。これを山本健吉は、〈一本の薄《すすき》の穂の豊かさ、艶《あで》やかさ、みごとさを表現し尽くしている。〉(『現代俳句』)とたたえている。

この句は、大阪の三津寺で大会があったときの席上吟というが、もちろん発想の根底は、蛇笏自身のいうように〈郷土山国生活の日常に因してゐる〉(『山廬《さんろ》随筆』)のである。(小室)

くろがねの秋の風鈴鳴りにけり

(霊芝《れいし》)

▼季語―「秋の風鈴」初秋。夏の用を終えてもなおしまわれず軒に下がっている風鈴。涼味を呼ぶ夏のそれに比べ、時期にはずれたわびしい印象がある。▼句切れ―「鳴りにけり」。切れ字「けり」。「くろがねの」でも切れる。「風鈴」の次に休止をおくことも考えられるが、山本健吉説に従う。

▽くろがね―鉄の古称。

『句解』秋になっても軒に下げられたままになっていた鉄製の風鈴が、風に吹かれて、わびしげに鳴ったことだ。

《鑑賞》昭和八年の作。夏の涼味を呼ぶ風鈴は明るくすがすがしいものであるが、これは時期はずれの黒くさびた風鈴である。

〈くろがねの〉といったのが、いかにも古めかしく、ものものしい。これは直接には風鈴そのものを修飾する語であるが、〈ここに休止を置くことによって、それは「秋」にも「風鈴」にも「音」にも、全体に覆《おお》いかぶさるようにその象徴するものを浸透させる〉とする山本健吉の名評(『現代俳句』)がある。

また〈くろがねの秋の風鈴〉という長い修飾語を負った主語が、〈鳴りにけり〉という重々しい詠嘆によって受けとめられ、一種荘重な印象を与えていることも見のがすことができない。

作者はものさびた単純な音に耳を傾けながら、過ぎ去った夏を呼び起こし、蕭条《しょうじょう》たる秋の深まりを感じ取っているのである。

(小室)

夏雲むるるこの峡中に死ぬるかな

（山響《こだま》集）

▼季語—「夏雲」兼三夏。夏の空に出る雲は太陽に輝いて白く濃い。積雲ははなればなれになっているが、積乱雲は巨大な山塊のように発達し、雷雨を伴うことが多い。▼句切れ—「死ぬるかな」。切れ字「かな」。「この峡中に」でもいったん切れる。
▽この峡中—作者の居住する甲府盆地の一隅《いちぐう》、山梨県東八代郡境川村。

〔句解〕 山の向こうからわき群がる夏の雲、この四辺を山に取り囲まれた山峡の地において自分の生涯《しょうがい》は終わることだ。

《鑑賞》 昭和一四年の作。五四歳の感慨、それまでのみずからの人生を振り返るような思いで詠まれている。

上京して大学の英文科に学ぶかたわら新体詩に、小説に、俳句にと青春の情熱を傾けていた蛇笏は、突然〈一切学術を捨て、所蔵の書籍全部を売払つて家郷に帰り、田園生活に入〉るという経験をもっている。以後旧家の長男として家を継ぎ、甲斐《かい》（山梨県）峡中にみずからの人生を封じこめ、辺境にありながら中央俳壇の高峰に競い立つ地歩を築いたのが蛇笏の俳句生涯《しょうがい》であった。

〈この峡中に死ぬるかな〉は、そうした蛇笏の意志と諦念《てい》《ねん》とが一つのまとまりをなしたことを物語るものであろう。この心境は全面的な自足・悟達のそれではなく、遠い挫折《ざせつ》の記憶をどこかににじませたそれではないだろうか。

大野林火《りんか》に〈蛇笏が出郷を断念、終生故郷にとどまったことが幸か、不幸か、それはにわかに断じ得ない。その抑圧感が蛇笏生涯《しょうがい》の憂愁となり、複雑な田園詩人として大成するを得たことを思えば、あながち不幸とはいえまい。〉（『近代俳句の鑑賞と批評』）という言葉がある。この句にも、憂愁のかげりが感じられないだろうか。

（小室）

命《めい》尽きて薬香さむくはなれけり

（心像）

▼季語—「寒し」兼三冬。身に冬の寒気が感じられること。時候の膚寒さとともに、心理的な寂寞感《せきばくかん》をにじませて用いられることが多い。▼句切れ—「はなれけり」。切れ字「けり」。「命《めい》尽きて」でもいったん切れる。

〔句解〕 生命が尽きて、それまで病者の身にまとわりついていた薬の香りが、さむざむと離れ去ったことだ。

《鑑賞》 昭和一八年の作。この年の一月二〇日急性肺炎で逝去《せいきょ》した父を悼んだ句。句集『心像』には、〈家厳長逝《ちょうせい》〉と題して一八句が収められている。

近親の死を主題にした連作として、短歌では斎藤茂吉《もきち》の「死にたまふ母」はあまりにも有名だが、茂吉《もきち》のそれが慟《どう》哭《こく》の感情を流露させているに対し、蛇笏のそれは素っ気ないまでに対象そのものを描出している。青年期の茂吉《もきち》と中年の作者ということも考えに入れなければならないが、それとは別に俳句の即物的性質とともに、蛇笏特有のリゴリズムの気質がこれにかかわっているであろう。〈薬香さむくはなれけり〉は、悲しみのうちにも病者が死者になっていく厳粛な様相を恐ろしいほどの冷静さで感じ取っている。

《補説》ほかに〈家厳長逝《ちょうせい》〉より数句を抜いておく。〈父逝《ゆ》くや凍雲闇《いてぐもやみ》にひそむ夜を〉〈蒲団《ふとん》なほぬくくて外づす湯《たん》婆《ぽ》鳴る〉〈冬燈《ふゆともし》死は容顔に遠からず〉〈香けむり寒をうづまく北枕《きたまくら》〉〈太刀《たち》のせて嵩《かさ》のへりたる衾《ふすま》かな〉〈冬日影はふり火もえてけむらはず〉　（小室）

《参考文献》▼福田甲子雄・角川源義『飯田蛇笏』（桜楓社　昭48）▼石原八束『飯田蛇笏』（角川書店　平9）

原　石　鼎（はらせきてい）

明治一九（一八八六）〜昭和二六（一九五一）。本名鼎《かなえ》。島根県に生まれる。京都医学専門学校中退。放浪遍歴ののち奥吉野から投じた句が高浜虚子《きょし》に認められ、大正初期『ホトトギス』の代表俳人として活躍。昭和一〇年『草汁』を『鹿火屋《かびや》』と改題して主宰する。晩年は病気がちであった。句集に『花影《かえい》』『石鼎句集』『定本石鼎句集』、俳論に『俳句の考へ方』がある。

花影婆娑《かえいばさ》と踏むべくありぬ岨《そば》の月　（花影《かえい》）

▼季語―「花影《かえい》」晩春。花をつけた桜の木が、月明かりなどで地面に黒く影を落としたもの。幻想的で妖艶《ようえん》な印象を伴う。▼句切れ―「踏むべくありぬ」。切れ字「ぬ」。
▽婆娑《ばさ》―ものの散り乱れるさま。▽踏むべくありぬ―踏むことができるような状態にあった。「べく」は可能の助動詞。
▽岨《そば》―山の崖《がけ》。

『句解』　崖《がけ》沿いの夜道を歩いてゆくと、足で踏めそうに、散り乱れるように月明かりに桜の花の影が落ちていたことだ。

《鑑賞》　大正二年の作。奥吉野で次兄の診療を手伝っていた石鼎が、外出して夜遅く帰る途中の矚目《しょくもく》を句にしたものという。

石鼎はこれを次のように自解している。〈峠路が真つ白に月光を浴びてゐる、左様な路上を行くと、俄《にわ》かに一団の黒い影が婆娑《ばさ》とむらがつてゐる、まさに踏むところであつた、何の影だらうと思つて仰向いて見るとすぐ足下からそばだつてゐる岨《そば》の上方に桜の木があつて、これもまさに中央にかゝらうとしてゐる月が、その満開の桜を透して見える。彼の婆娑《ばさ》たる物影は此《この》桜の満開の影であつた。今少しでふむべくあつた花の影であつたのである。〉（「机をはさみて」）。

　自解に明らかなように、〈踏むべくありぬ〉は、あやうく踏みそうになった桜花の影を、改めてつつしみ見るような心の表現であり、月光を浴びる桜樹と、踊るように広がる地の影とを等分に見ながら、恍惚《こうこつ》と立つ作者の姿が彷彿《ほうふつ》と浮かび上がってくる。

《補説》　奈良県吉野郡東吉野村鷲家口《わしかぐち》にこの句を刻んだ碑がある。　（小室）

秋風や模様のちがふ（う）皿二つ　（花影《かえい》）

▼季語—「秋風」兼三秋。身にしみじみとさびしさが感じられる秋の風。風雅な情感とともに寂寥《せきりょう》の印象がある。▼句切れ—「秋風や」。切れ字「や」。

『句解』　独り者の食卓に置かれた模様の違った不揃《ふぞろ》いな二枚の皿、そこに秋風がわびしく吹き通ってくることよ。

《鑑賞》　大正三年の作。〈父母のあたたかきふところにさへ入ることをせぬ放浪の子は、伯州米子《よなご》に去つて仮りの宿りをなす〉と前書がある。二年たらずにして吉野を出た石鼎は、郷里に近い鳥取米子《よなご》に仮寓《かぐう》していた。両親は代々の医家であった関係から、他の兄弟同様石鼎も医者になることを望んだが、生来の放浪癖と芸術志望とから親の意にそむいて、三〇歳になんなんとして浪々の日を送っていた。

　この句は、その仮寓《かぐう》孤独の境涯《きょうがい》を、わびしい食卓に模様の違う二枚の皿を点ずることによって暗示的に描き出したもの。俳句に特有の省略の手法が、不如意な独身者の境涯《きょうがい》をしみじみと感じさせる。あり合わせの不揃《ふぞろ》いな皿で食事を取る放浪子の心に、秋風はわびしく吹き通ってくる。〈ちがふ〉のは皿の模様ばかりではない。両親とおのれとの心のくい違うやるせなさも、ここに感じ取っていいだろう。

　虚子《きょし》はこれを〈目前些事《さじ》をつかまへて来てそれで心持の深い句〉（「進むべき俳句の道」）と評している。　（小室）

青天や白き五弁の梨（なし）の花　（花影《かえい》）

▼季語—「梨《なし》の花」晩春。高さ二、三メートルの木に、四月ごろ新葉とともに白い五弁花をつける。花は五日ぐらいで散る。採果用のものは棚《たな》に仕立てられる。▼句切れ—「青天や」。

切れ字「や」。

『句解』 雲一つないような青々とした空のすがすがしさ。その青空を背景にして、五枚の花びらをつけた白い梨《なし》の花が、清楚《せいそ》にくっきりと咲いている。

《鑑賞》 昭和一一年の作。麻布本村町時代に向かいの家の裏庭に梨《なし》の木があったのを詠んだものと自注にある。

このとき『鹿火屋《かびや》』に〈近詠〉として発表された句に、

　五弁づゝつぶらつぶらに梨《なし》の花
　梨《なし》の花ちるとき嫩葉《やわ》あかねざし
　突風のふるはせすぎぬ梨《なし》の花

などがあるが、いずれも平凡である。

掲出の一句も軽いスケッチふうの手法によることは同様だが、この句のみが代表句として喧伝《けんでん》されているのは、思い切った略画ふうの描き方が一種暗示的効果を生むところまで徹底しているからだ。

はからいをもたぬ無欲の詩心が、淡々と対象を写しながら、青天の地色《じいろ》にくっきり花の形を描き出してしまっている。この〈青天〉は、晴れた空というより、日本画の青いバックを想像させる。（小室）

《参考文献》 ▼小室善弘『俳人原石鼎』（明治書院　昭48）
▼原裕『原石鼎ノオト』（鹿火屋会　昭51）

前田普羅（まえだふら）

明治一七（一八八四）〜昭和二九（一九五四）。本名忠吉《ちゅうきち》。東京に生まれる。早稲田《わせだ》大学英文科中退。高浜虚子《きょし》に師事し、大正初期『ホトトギス』の新人として活躍した。報知新聞富山支局長となったのを機に、大正一五年『辛夷《こぶし》』の雑詠選を担当、のち主宰となり北越俳壇に重きをなす。句集に『普羅句集』『新訂普羅句集』『春寒浅間山』などがある。

春尽きて山みな甲斐（かい）に走りけり　（普羅句集）

▼季語—「春尽く」晩春。春が終わること。季節の終わるのを惜しむ心をこめていう。▼句切れ—「走りけり」。切れ字「けり」。「尽きて」でもいったん切れる。
▽甲斐《かい》—山梨県の古い国名。

『句解』 春が終わると、山々の尾根がくっきりと現れ、どの山もどの山もいきいきとした姿で甲斐《かい》の国の方向に稜線《りょうせん》を走らせていることだ。

《鑑賞》 大正四年ごろの作か。横浜時代に甲州（山梨県）・信州（長野県）のあたりに出かけた折のものであろう。

山国では、雪が解けきって山襞《やまひだ》がくっきり現れるのは、春も終わるころである。〈春尽きて〉は、一般には惜春の情をこめて使われるが、ここでは下句との照応からみて、新しい季節の到来を喜び迎える心持ちもあるとみたい。
甲斐《かい》は周辺を山に取り囲まれた盆地である。一句は、そうした山の雪が解けて春の姿を現した山々が、いきいきとした稜線《りようせん》を、なだれこむように甲斐《かい》の国に走らせているさまである。〈山みな甲斐《かい》に走りけり〉と断定的にかつ動的にいいとったために、みずみずしく活気のある山襞《やまひだ》のありさまだけでなく、山自身の喜ばしげな表情までも、きっぱりと鮮やかに描き出された。（小室）

駒《こま》ケ嶽《たけ》凍《い》てゝ巌《いわお》を落しけり

（定本普羅句集）

▼季語―「凍《いて》る」兼三冬。寒気のためものの凍ること。万象凍りつくような寒気の印象を強調していうことも多い。▼句切れ―「落しけり」。切れ字「けり」。「駒《こま》ケ嶽《たけ》」でもいったん切れる。
▽駒《こま》ケ嶽《たけ》―同名の山は北辺の山地にいくつかあるが、これは長野県と山梨県の境にある甲斐駒《かいこま》ケ岳。標高二九六六メートル。山名は、残雪期に山膚に駒《こま》の形が現れることによるとされる。

『句解』荘厳な山容を天にさらす駒《こま》ケ岳。その山が、万象凍りつく寒気のきびしさに、山膚から離れた大岩を、音響とともに谷に落としたことだ。

《鑑賞》昭和一二年の作。〈甲斐《かい》の山々〉の題で発表された連作五句の一つ。いずれも渾身《こんしん》の力をふりしぼって山岳の偉容に迫り、普羅の山岳俳句の頂点に位置づけられる秀作である。
掲出の一句は、その三句目。寒気の中にそそり立つ駒《こま》ケ岳のきびしいたたずまいを、〈凍《い》てゝ巌《いわお》を落しけり〉と剛直な措辞でいっきに詠み切っている。これは眼前の実景だろうか、それとも、目に見える山岳の威容に触発された感動を、強い主観の働きによって表したものであろうか。寒冷のきわみに亀裂《きれつ》の入った山が、身の一部を大音響とともに谷底にふるい落とすと詠むことによって、山容のたたずまいのみならず、作者自身の感情のたかぶりもさながらに表されている。

《補説》他の四句は、

茅《かや》枯れてみづがき山は蒼天《そら》に入る
霜つよし蓮華《れんげ》とひらく八《やつ》ケ嶽《たけ》
茅《かや》ケ嶽《たけ》霜どけ径《みち》を糸のごと
奥白根かの世の雪をかがやかす

それぞれに、山容の特徴を独特の主観的叙法でうつし取っていて力強い。（小室）

乗鞍《のりくら》のかなた春星《しゅんせい》かぎりなし

（飛驒紬《ひだつむぎ》）

▼季語―「春星《しゅんせい》」兼三春。うるんだような春の夜空に出ている星。▼句切れ―「かぎりなし」。「かなた」でも切れる。▽乗鞍《のりくら》―乗鞍《のりくら》岳の略称。岐阜県北部と長野県中部にまたがる火山。標高三〇二六メートル。岐阜県側から望むと、馬の背に鞍《くら》を置いたように見えるので、この名がある。

『句解』 夜空をふり仰ぐと、黒々とそびえ立つ乗鞍《のりくら》岳のはるか遠くに、みずみずしい春の星が数限りもなく輝いている。

《鑑賞》 作句年未詳。収録の句集名『飛驒紬《ひだつむぎ》』から推察して、飛驒《ひだ》高山《たかやま》のあたりから望んだ乗鞍《のりくら》岳であろう。星明かりの夜空に、高く馬の背がたの稜線《りょうせん》が黒く見え、そのさらに後ろの方の空には、いくぶんうるんだような星がばらまかれたようにいくつも光っているのである。

〈春星《しゅんせい》〉という語のふっくらと弾力のある音感が、いま生まれたばかりのような春の星のみずみずしさにふさわしい。それを〈かぎりなし〉といっきにいい切って、思いを遠い夜空にはせるように表している。〈何か悠久《ゆうきゅう》なものへの思慕の情がこの句にはこもっている。〉（『現代俳句』）と山本健吉は評している。（小室）

《参考文献》 ▼中西舗士『前田普羅 生涯と俳句』（角川書店 昭46）▼同『鑑賞前田普羅』（明治書院 昭51）

長谷川かな女（はせがわかなじょ）

明治二〇（一八八七）～昭和四四（一九六九）。本名かな。東京に生まれる。小松原小学校高等科卒業。高浜虚子《きょし》の勧める「婦人十句集」の幹事となり、女流俳句隆盛の先駆をなす。大正一〇年以後は夫零余子《れいよし》の創刊した『枯野《かれの》』に拠り、その没後『水明《すいめい》』を主宰した。句集に『竜胆《りんどう》』『雨月』『牟良佐伎《むらさき》』などがあり、随筆に『ゆきき』『小雪』がある。

羽子板の重きが嬉《うれ》し突かで立つ

（雨月）

▼季語―「羽子板」新年。正月に女子が羽子をついて遊ぶ用具。柄のついた長方形の板で、片面に役者絵などが描かれている。簡単なものは板に直接絵が描かれているが、精巧な押し絵の装飾を施したものもある。▼句切れ―「重きが嬉《うれ》し。」切れ字「し」。

『句解』 女の子が押し絵の羽子板を抱えて門前に立ち、人の遊ぶさまを見ている。持ち重りするほどだがそれもうれしく、突かないで立っている。

《鑑賞》 大正三年の作。この人の句としては、最初期の代表作。〈重さが嬉《うれ》し〉という中七に、女の子の微妙な心の動きが、巧みにいいとられている。持ち重りするほどに装飾の施された羽子板の重さは、そのまま麗艶《れいえん》な豪華さそのものでもあって、女の子にとっては、内心それがほこらしくもありうれしくもあるのだ。

　この女の子はおそらく、あでやかな正月の衣装を着て人が羽子を突くのをながめているのであるが、自分は羽子板を持って立っているだけで十分満ちたりた気分になっているのである。　（小室）

阿部みどり女（あべみどりじょ）

　明治一九（一八八六）〜昭和五五（一九八〇）。本名光子。札《さっ》幌《ぽろ》に生まれる。札幌《さっぽろ》北星女学校中退。鎌倉《かまくら》で通院中病気を忘れるためにと作句を勧められ、のち高浜虚子《きょし》につき『ホトトギス』に投句。昭和四年婦人俳句会「笹鳴会《ささなきかい》」を興す。昭和七年『駒草《こまくさ》』を創刊。句集に、『笹鳴《ささなき》』『微風』『雪嶺』、随筆に『冬虫夏草』などがある。

日と海の懐《ふとこ》ろに入り雁《かり》帰る　（光陰）

▼季語―「雁《かり》帰る」晩春。北方に暖気が移動するにつれて、日本で越冬した雁《かり》が北へ向かって飛ぶのをいう。多くは列をなして飛ぶ。惜別の心をこめて用いられる。▼句切れ―「雁《かり》帰る」。「懐《ふとこ》ろに入り」でも切れる。

〔句解〕陽《ひ》と海とがやわらかく睦《むつ》み合うような北の空を目指して、あたかも懐《ふところ》に入るように、一群の雁《かり》が帰って行く。


《鑑賞》昭和三七年の作。宮城県の深沼海岸での矚目《しょくもく》という。語感からしても、一般の経験からしても、夕暮れの海を行く雁《かり》を連想するが、東北の東海岸という状況からみて、暁のうす闇《やみ》を行く雁《かり》であろう、と上野さち子は推定している（『近代の女流俳句』）。暁光としても、この光は、雁《かり》をやわらかく包みこむようなそれであろう。

　日と海の形作る大景を〈懐《ふとこ》ろ〉といったのが、いかにもおおらかで暖かい。雁《かり》の群れは大きな胸に抱きとられるように、光と海の睦《むつ》む大景の中に入って行くのである。上野がこの句に「母性」をみているのはいい。自然そのものの母性と同時に、見送る人のそれも感じられる。　（小室）

富安風生（とみやすふうせい）

　明治一八（一八八五）〜昭和五四（一九七九）。本名謙次。愛知県の生まれ。東京帝大法学部卒業。逓信省在任中に俳句を始める。東大俳句会に参加、『ホトトギス』に拠《よ》り、高浜虚子《きよし》の指導を受ける。昭和三年『若葉』の雑詠選者となり、のち主宰となる。句集に『草の花』『松籟《しょうらい》』『村住』『古稀《こき》春風《しゅんぷう》』『喜寿以後』、文集に『艸魚《そうぎょ》集』『草木愛』などがある。

よろこべばしきりに落つる木の実かな　（草の花）

▼季語―「木の実落つ」晩秋。栗《くり》・どんぐり・椎《しい》の実・くるみなど、小さな木の実が熟して地に落ちるのをいう。風の吹くときなどには、はらはらと雨の降るように落ちる。▼句切れ―「木の実かな」。切れ字「かな」。「よろこべば」でもいったん切れる。

〖句解〗　実の落ちるのがうれしくて、大樹を見上げていると、私の気持ちに応じるように、はらはらとしきりに木の実が落ちてくれることだ。

《鑑賞》　昭和七年の作。高浜虚子《きよし》が句集序で、〈温情が句の底を流れてをつて、いかに草木花鳥に親愛を感じてゐるかを物語るもの〉といい、〈其《その》穏健、妥当な叙法のうちにも〈従横の才気〉を発揮したと評した句の一つ。その〈才気〉は、この句では〈よろこべば〉という意表に出た表現に現れている。

　風生には、素朴《そぼく》な童心でとらえたような、心楽しい作が数多くあり、それが軽すぎるという見方もあるが、成功したものには、遊び心だけがもつ一種軽妙な味わいがある。この句もそうした方面を代表する一句で、踊るような童心を楽しみ味わうべきだ。

　こちらの心楽しい感情が木に伝わるはずもないが、それを〈よろこべば〉と両者に因果関係があるように叙したのがおもしろい。雨の降るように、はらはらと木の実が落ちるのを、木自身の喜びの表現とみて、わが心との交歓を楽しんでいるのである。　（小室）

まさを《お》なる空よりしだれざくらかな　（松籟《しょうらい》）

▼季語―「しだれざくら」仲春。自生種はなく観賞用の品種で、エドヒガンの変種という。枝が細く垂れ下がり、葉に先立って淡紅色の花をつける。一重咲きと八重咲きがあり、高さは二〇メートルにもなる。▼句切れ―「しだれざくらかな」。切れ字「かな」。「空より」でもいったん切れる。

〖句解〗　真っ青に晴れ渡った空の高みから、なだれるように、咲き盛ったしだれ桜の枝が、垂れ下がっていることよ。

《鑑賞》　昭和一二年の作。千葉県市川市真間《まま》の弘法寺《ぐほうじ》の桜を詠んだもの。

俳句は短詩型であるから、一句の成立には必然的に省略が働くものであるが、この句はその性質を存分に活用して思い切った省略に出ている。夾雑物《きょうざつぶつ》を排除して、真っ青な空を背景に、しだれた桜の枝だけをクローズ－アップしたために、その美しさがことさら鮮やかに浮かび上がった。

〈しだれ〉は「しだれざくら」という名詞の一部であるが、〈空より〉枝垂れる桜のありさまを示す動詞でもある。〈空より〉と大胆にいい切ったことで、高い樹の中空から天蓋《てんがい》のように垂れる花の枝を、目を上げて仰ぐ感じが実によく表れている。無造作にいいとっているようだが、狂いのない確かな切り取り方である。

《補説》 この句は弘《ぐ》法寺《ほうじ》の桜樹の下に、句碑として刻まれている。 (小室)

赤富士に露滂沱《ぼうだ》たる四辺かな (古《こ》稀春風《きしゅんぷう》)

▼季語―「赤富士」晩夏。晩夏から冬のころに裏富士に見られる現象で、雪の解けた山膚が早暁の日を反映して、赤く染め出されるのをいう。霧や雲の状態によって色彩が刻々に変化する。▼句切れ―「四辺かな」。切れ字「かな」。「赤富士に」でもいったん切れる。

▽滂沱《ぼうだ》―露が多量に置くさま。

『句解』 暁の光を反映して赤い山膚となった富士、私の立っている周辺の木にも草にも、朝の露がしとどに置いていることだ。

《鑑賞》 昭和二九年の作。〈山中湖畔 一三句〉の一つ。このころから、作者は夏ごとに暑を避けて山中湖畔に赴き、山荘から見える富士をしばしば句に詠んでいる。ふつうに東海道から見える観光絵はがき的富士とは趣を異にした裏富士が、暁光に染め上げられるさまに、作者はいたく感興をそそられたものとみえて、『富士百句』という句集をまとめたりもしている。

〈赤富士に〉の句は、早暁に、山膚の色を濃くしたり薄くしたりしながら変化する山を、遠くながめやるさまであるが、作者の思いは、自分を取り巻く身辺にも及んでいて、薄明の地にも周辺の草や木にもしとどに露の置いている気配を、身の引き締まるような思いで感じ取っているのである。

〈滂沱《ぼうだ》〉の語が、一句にずしりとした重みを加えていることを見のがすことはできない。高原地帯の爽涼《そうりょう》を充実した気息で描き切った句である。 (小室)

《参考文献》 ▼加倉井秋を・清崎敏郎『富安風生』(桜楓社 昭43)

杉田久女（すぎたひさじょ）

明治二三（一八九〇）～昭和二一（一九四六）。本名久子。鹿児島県に生まれる。お茶の水高等女学校卒業。次兄赤堀月蟾《げっせん》の勧めで作句を始め、『ホトトギス』の婦人俳句欄を経て、大正七年雑詠に入選、以後情熱を傾ける。昭和七年『花衣《はなごろも》』を創刊したが五号で廃刊。晩年は作句を廃した。句集に『久女句集』『杉田久女句集』、文集に『久女文集』がある。

足袋《たび》つぐやノラともならず教師妻

（杉田久女句集）

▼季語―「足袋《たび》」兼三冬。礼装用の白足袋《たび》は一年中用いられるが、防寒用の男物は多く紺または黒で、和服に合わせ用いられる。▼句切れ―「足袋《たび》つぐや」。切れ字「や」。▽ノラ―イプセンの戯曲『人形の家』に出てくる女主人公。個人主義的自由を主張して家庭を出る新しい女。

『句解』　夫の履《は》き古した足袋《たび》の破れを黙々としてつくろっている。『人形の家』のノラのように家を出て新しい自由な生き方を求めることもなく、平凡な教師の妻として。

《鑑賞》　大正一一年の作。『久女句集』では〈醜《しこ》ともならず〉と改められている。小説の一場面をかいま見るような句である。〈ノラともならず〉という表現のモダニズムは、当時新鮮な印象で受け取られたであろうが、露骨に自我を押し出しているのをきらうむきもある。作者自身もそれを自覚しての改作であろう。

この句は、〈ノラともならず〉と自分自身への不満を述べながら、実はいつまでも平凡な田舎《いなか》教師に安穏としている夫に不満を投げつけた句でもある。お茶の水高等女学校を卒業し、美術学校出の夫と結婚したとき、彼女は資産家に嫁ぐ幸せを捨て、芸術家の妻としての生き甲斐《がい》を選んだのだという。その夫が一介の中学教師にとどまっていることは、彼女の性格からしても、人生設計からしても、嘆かわしいことであったのだ。

（小室）

谺《こだま》して山ほととぎすほしいまゝ

（久女句集）

▼季語―「山ほととぎす」兼三夏。初夏のころ渡来し高原の林などにすんで、鋭い声で鳴く。古来「鳴いて血を吐く」といわれるように、一種哀切な響きがある。▼句切れ―「山ほととぎす」。「谺《こだま》して」でも切れる。

『句解』　四辺の山に鋭くこだまを反響させて、山ほととぎすが、思う存分に鳴きしきっている。

《鑑賞》　昭和六年の作。〈英彦山《ひこさん》六句〉の一句目。この句を、大阪毎日新聞・東京日日新聞募集の「日本新名勝俳句」に投じ、一〇万三二〇七句の応募から最優秀二〇句中に選ばれたことはよく知られている。

『久女文集』解説（石昌子）によれば、作者はこの句を得るに寸《すん》々の腸をさいたそうで、〈谺《こだま》して山ほととぎす〉とすえるためには比較的早くまとまったが、〈ほしいまゝ〉とすえるために、七、八度も英彦《ひこ》山《さん》に通ったという。この句はそうした作家的執念の結晶でもあったわけだ。

作者は、その声の印象を〈絶頂近く杉の木立をたどる時、とつぜんに何ともいへぬ美しいひゞきをもつた大きな声が木立のむかふの谷まからきこえて来ました。それは単なる声といふよりも、英彦《ひこ》山《さん》そのもの〻山の精の声でした。〉（「日本新名勝俳句入選句」）と伝えている。

〈ほしいまゝ〉と力強くいい切った結句に、全山をとよもす声の鋭さがさながらに写し取られている。（小室）

風に落つ楊貴妃桜《ようきひざくら》房のまま

（久女句集）

▼季語―「楊貴妃桜《ようきひざくら》」晩春。オオシマザクラ系の一種。八重咲きで、色が濃く花も大きい。艶麗《えんれい》な花のさまを玄宗皇帝の寵妃《ちょうひ》楊貴妃《ようきひ》になぞらえて、この名がある。奈良の僧玄宗が好んだ縁で、玄宗皇帝に結びついたともいう。▼句切れ―「風に落つ」。「楊貴妃桜《ようきひざくら》」でも切れる。

『句解』 あでやかな楊貴妃桜《ようきひざくら》の花が風に吹かれ落ちた。艶麗《えんれい》な房のままで。

《鑑賞》 昭和七年の作。〈八幡公会クラブにて六句〉とあるうちの二句目。

この句では桜花そのものの美しさもさることながら、〈楊貴妃《ようきひ》〉という女人のもつ豊満なイメージが一句全体をおおっていることを無視するわけにいかない。作者が花の艶麗《えんれい》な美しさにうたれただけでなく、そこに美妃《びひ》楊貴妃《ようきひ》を二重写しに見ていたことは、同時作に〈きざはしを降りる沓《くつ》なし貴妃桜《きひざくら》〉のあることからも知られる。

強風に吹きちぎられて落ちた花であるから、みずみずしさは十分にあり、数花がかたまって房のまま落ちたありさまには、あでやかなうちにも一種薄命の印象があったにちがいない。結句〈房のまま〉は大づかみなとらえようだが、花の豪華と非命とを的確に描き出している。

この句について、大野林火《りんか》は〈これは美妃《びひ》楊貴妃《ようきひ》の落命をさながらに思わしめるものであり、そのことが久女を感動せしめたのである。〉（『近代俳句の鑑賞と批評』）と説いている。（小室）

吉田冬葉（よしだとうよう）

明治二五（一八九二）～昭和三一（一九五六）。本名辰男《たつお》。岐阜県に生まれる。育英中学校卒業。大須賀乙字《おおすがおつじ》に俳句を学び、『常磐木《ときわぎ》』『懸葵《かけあおい》』『石楠《しゃくなげ》』などに拠《よ》り、乙字《おつじ》没後の大正一四年『獺祭《だっさい》』を創刊してその精神を継承した。句集に『冬葉第一句集』『望郷』のほか、『俳句に入る道』『子規《しき》の俳句と其《その》一生』などの著書がある。

岩なだれとまり高萩《たかはぎ》咲きにけり

（冬葉第一句集）

▼季語―「萩《はぎ》」初秋。秋の七草の一つ。高さ二メートルほどの低木で、房状に紅紫色の可憐《かれん》な花をつける。▼句切れ―「咲きにけり」。切れ字「けり」。「とまり」でもいったん切れる。

『句解』　ずるずると斜面をすべり落ちる岩なだれもやがてとまり、そのあたりにはたけの高い可憐《かれん》な萩《はぎ》が、何ごともなかったように静かに咲いていることよ。

《鑑賞》　大正八年の作。〈上松《あげまつ》より頂上まで〉と前書がある。駒《こま》ケ岳（長野県・木曾駒《きそこま》ケ岳）登山の折の作というから、これは頂上に行く途中での矚目《しょくもく》ではなかろうか。〈岩なだれ〉の荒々しい動と、〈高萩《たかはぎ》〉の可憐《かれん》な静との対比に注意して読み取りたい。このなだれは山を揺るがすほどの大きいものではなく、風か何かの振動で吹き落とされた岩の小片がまとまってずり落ちる現象をいうのであろう。初め作者は、やかましい音とともに砂煙を上げて斜面をすべっていく〈岩なだれ〉に心を奪われていたのであるが、ちょうどそのとどまったやや平坦《へいたん》になったところに、あくまでもやさしく静かに咲いている萩《はぎ》を見出して、その意外な対照に感動を覚えたのであろう。（小室）

竹下しづの女（たけしたしづのじょ）

明治二〇（一八八七）～昭和二六（一九五一）。本名静廼《しずの》。福岡県に生まれる。福岡女子師範学校卒業。吉岡禅寺洞《ぜんじどう》に俳句を学び、『ホトトギス』に投句。一時期中断したが、昭和初期、女流黄金期の代表俳人として活躍する。昭和一二年学生を中心とする学生俳句連盟が結成され、機関誌『成層圏』を創刊、その指導に当たる。句集に『颯《はやて》』があり没後に『竹下しづの女句文集』が刊行された。

短夜や乳《ち》ぜり泣く児《こ》を須可捨焉乎《すてっちまおか》

（颯《はやて》）

▼季語―「短夜」兼三夏。明けやすい夏の夜。春分からしだいに夜が短くなり、夏至が最も短い。▼句切れ―「短夜や」

「須可捨焉乎《すてつちまおか》」。切れ字「や」。「乎《か》」。
▽乳《ち》ぜる―乳をほしがってせきたてる。▽須可捨焉乎《すてつちまおか》―捨てしまおうか、という意を、漢文の〈須《ラク》可《ケン》レ捨《ツル》焉乎〉(すべからく捨つるべけんや)と複合させたもの。

〔句解〕夏の明けやすい夜、寝苦しさのためか乳をほしがって嬰児《えいじ》がいつまでも泣きやまない。いっそこの子を捨ててしまおうか。


《鑑賞》大正九年の作。一読〈須可捨焉乎《すてつちまおか》〉という異様の文字が目に飛びこんでくる。夏は昼間が長いだけ疲れがたまり、短い夜は蒸し暑く寝られないというのが通例で、乳飲み子に泣き立てられては、この作者でなくても腹立たしい気持ちになるのは人情であろう。その爆発するような感情が、〈須可捨焉乎《すてつちまおか》〉というはげしいものいいに託されているのである。

一種のペダンチズムがあるといえばそれに違いないが、ここに、知識人としての生き方と、育児・家事との狭間《はざま》に苦悩する女性の姿を想像することも可能だろう。(小室)

富田木歩(とみたもっぽ)

明治三〇(一八九七)〜大正一二(一九二三)。本名一《はじめ》。東京に生まれる。二歳のとき病のため足が不自由になり普通教育が受けられず、いろはがるたなどで文字を学ぶ。『ホトトギス』『やまと新聞』に投句、のち臼田亜浪《うすだあろう》の『石楠《しゃくなげ》』に拠《よ》り、境涯《きょうがい》の作家として認められる。関東大震災により焼死。没後に『木歩句集』『決定版富田木歩全集』などが刊行された。

我が肩に蜘蛛《くも》の糸張る秋の暮《くれ》

(木歩句集)

▼季語―「秋の暮《くれ》」兼三秋。秋の夕暮れ。ものさびしい心持ちをこめて詠まれる。▼句切れ―「肩に」「蜘蛛《くも》の糸張る」。

〔句解〕終日病み臥《ふ》したままの私の肩に、どこからともなく蜘蛛《くも》がおりてきて、しきりに糸を張っている秋の夕暮れである。


《鑑賞》大正六年の作。〈病臥《びょうが》〉と前書がある。肺結核で倒れた弟を看病中に、木歩自身も病に倒れ、狭苦しい四畳半に枕《まくら》を並べて寝るようになったときの句である。

ほとんど寝返ることもなく、一日を仰臥《ぎょうが》しつづけ夕暮れを迎える病者の落莫《らくばく》とした心境が現れている。動きもならぬ病人だから、蜘蛛《くも》も肩を物の一部でもあるかと錯覚して、薄暗い夕方の光の中でせっせと糸を張っている。それを横目に見ながら、作者は境涯《きょうがい》のわびしさと秋の夕暮れの情感のわびしさとを、しみじみと味わっているのである。

〈自己の運命をみつめ、自己の死を予期した者の静かな忍従があると山本健吉は評しているが（『現代俳句』）、このとき作者は、まだ二十歳、六年後には関東大震災のため墨田《すみだ》川の堤に焼死してしまう。（小室）

河東碧梧桐（かわひがしへきごどう）

明治六（一八七三）～昭和一二（一九三七）。本名秉《へい》五郎。伊予《いよ》（愛媛県）松山に生まれ、正岡子規《しき》を通じて俳句に親しむ。その俳風は、清新な写生句を多く残した定型期、接社会的・個性発揮を唱えた新傾向期、人間味の充実・直接表現を志向した自由律期、晩年の短詩・ルビ俳句期と変化した。紀行文集正続『三千里』、俳論集『新傾向句の研究』、他四種の『碧梧桐句集』がある。

赤い椿《つばき》白い椿《つばき》と落ちにけり

（新俳句）

▼季語―「椿《つばき》の花」晩春。八重・一重と品種が多く、山椿《やまつばき》・白椿《しろつばき》・乙女椿《おとめつばき》などがある。大きいわりに散りやすく花全体がぽとりと落ちる。▼句切れ―「落ちにけり」。切れ字「けり」。
▽赤い椿《つばき》白い椿《つばき》と―この「と」は「赤い椿《つばき》」の下にも省略されているとみる。▽落ちにけり―地上に落ち敷いている紅白の落花の静的なさまを写生したもの。

『句解』　紅白二本の椿《つばき》の木の根もとには、赤い椿《つばき》の花ばかりの一団と、白い椿《つばき》の花ばかりの一団が円く固まって落ち敷いていることだよ。

《鑑賞》　明治二九年の作。この句の特色は〈極めて印象の明瞭《めいりよう》なる〉（正岡子規《しき》「明治二十九年の俳句界」）点にある。

作者は、その根もとに紅と白、二つの円陣を敷いたかのように見える華麗な落花の印象をとらえて、目の前に見るように描き出している。そこに私たちは〈写生的絵画の小幅を見る〉（同前）のとほぼ同様な感興を与えられる。

ここには椿《つばき》の木がどのように繁茂し、どのような形状をしているのかとか、生えている場所は庭園なのか山路なのかといった説明はない。このように一切の夾雑物《きようざつぶつ》を排して〈只《ただ》紅白二団の花を観《み》るが如《ごと》く〉（同前）描き出したところに、この句の眼目である「印象明瞭《めいりよう》」が発揮されたのである。碧梧桐のこうした感覚的写実的な傾向は、彼の稟質《ひんしつ》によるところが大きい。（瓜生）

空《くう》をはさむ蟹《かに》死にをる《お》や雲の峰

（続春夏秋冬）

▼季語―「雲の峰」仲夏。日ざしの強い真夏日、はげしい上昇気流によって生ずる入道雲。▼句切れ―「蟹《かに》死にをるや」。切れ字「や」。
▽空《くう》をはさむ―『続春夏秋冬』には「空《くう》」とルビがふってあ

り、「空《そら》」とは読まない。大空の意のほかに、むなしいところの意がある。▽死にをるや―「や」は詠嘆を表す。

〔句解〕 真夏の炎天下、蟹《かに》がその鋏《はさみ》で空《くう》をはさむ姿をしたまま死んでいる。その背後には雲の峰がむくむくと湧《わ》き立っていることだ。

《鑑賞》 明治三九年六月七日に催された「夏季俳三昧《ざんまい》」中の作。

ここには〈蟹《かに》〉といっても「磯蟹《いそがに》」なのか「川蟹《かわがに》」なのか「沢蟹《さわがに》」なのかといった説明はない。いずれにしても焼けつくような暑さの夏の日盛りに、赤い甲羅《こうら》を下に、白い腹をあらわに見せて一匹の蟹《かに》が鋏《はさみ》を広げたままの姿勢で死んでいる姿に作者は注目したわけである。

何か雄大なものを求めようとして何も求め得ずに終わったかのように、むなしく鋏《はさみ》を広げている姿を〈空《くう》をはさむ〉と表現したところに作者の感情移入がある。

この句は、蟹《かに》の鋏《はさみ》と壮大な入道雲の取り合わせといい、〈空《くう》をはさむ蟹《かに》〉だけでクローズ-アップした蟹《かに》の鋏《はさみ》が思い起こされる修辞技法といい、空の青・蟹《かに》の赤・雲の峰の白の配色といい、従来の季題観念にまつわる配合趣味を離れた絵画的で洗練された写実味にその特色がある。

（瓜生）

芒《すすき》枯れし池に出《いず》づ工場《こうば》さかる音《ね》を

（新傾向句集）

▼季語―「枯芒《かれすすき》」初冬。野一面をおおっていた芒《すすき》が、冬を迎え茫々《ぼうぼう》と枯れ姿になっていること。▼句切れ―「池に出《い》づ」で呼吸をおく。

▽工場《こうば》さかる音《ね》を―「さかる」には「盛る」の字を当てる。間断なく轟音《ごうおん》を出している工場の活況を形容したもの。「を」の下には「聞くことだ」といった意の言葉が省略されている。製材工場の鋸《のこぎり》の音などが連想される。

〔句解〕 町並みを離れて、芒《すすき》の枯れ果てた池畔にまでやって来た。ここからも風の吹き具合によって工場でさかんな音をたてているのが聞こえることだ。

《鑑賞》 『続三千里』の旅の途次、明治四三年一二月五日、玉島俳三昧《ざんまい》十三夜において〈枯芒《かれすすき》〉の題で詠んだ作品。

碧梧桐が中塚一碧楼《なかつかいっぺきろう》の郷里、備中（岡山県）玉島滞在中に論議の中心となったのは「無中心論」であった。同年一一月、碧梧桐は「日本俳句」の投句中に〈雨の花野来しが母屋《おもや》に長居《ながい》せり　響也《きょうや》〉の句を見出し、この句のごとく、ことがらの経過を偽らず、ありのままに描写した中心点のない句こそ真実を描いたものであり、新傾向は、今後この方向に向かって進むべきだとの指針を得た。〈芒《すすき》枯れし〉の句にもこうした「無中心的」傾向が看取される。

またこの句にはこれまでの碧梧桐の句調とは違った何かゴツゴツしたものが感じられるが、それは五・七・五のリズムではなく、新傾向の代表的な句形式である五・五・三・五の四辺形式を踏んでいるからである。（瓜生）

曳《ひ》かれる牛が辻《つじ》でずつと見廻《まわ》した秋空だ　（八年間）

▼季語―「秋空」仲秋。あくまでも高くおおらかで、飛ぶ白雲も軽快で、独特な美しさがある。▼句切れ―「見廻《まわ》した」。▽曳《ひ》かれる牛―市場へ曳《ひ》かれてゆく牛、あるいは屠殺場《とさつじょう》へ曳《ひ》かれてゆく牛と解す。▽ずっと―長い間持続しての意。

『句解』　これから屠殺場《とさつじょう》に曳《ひ》かれてゆく牛が、自らの運命を予知してのことであろうか、四つ辻《つじ》にさしかかると何か悲しげな目つきで、晴れ渡った秋空をずっと見回したことだ。その秋空の澄み切り様《よう》よ。


《鑑賞》　大正七年一一月号の『海紅』に載った作品である。

碧梧桐はそれ以前に、「直接的表現」（大5）の中で〈自己の真実性を詐《いつわ》らない、出来得るだけ情趣の動くままな自由な表現〉を唱え、「人間味の充実」（大6）の中では〈現在の全的我れを打込んで行かうとする俳句が、我に最も親しい人間味、其《その》切実な環境を除外例にして置くことはどうしても出来ないわけである。〉と主張している。

曳《ひ》かれる牛が運命の岐路を示す十字路にさしかかって、高く澄み渡った秋空を見回している場面に接したとき、作者は〈自己を詐《いつわ》らず、情趣の動くままに、全的自己を打ちこむ〉といった句作理念を実践しようと努めた。その結果、七・一一・五、計二三音の口語自由律俳句にならざるを得なかったのである。（瓜生）

榾《ほだ》をおろせし雪沓《ゆきぐつ》の雪君に白くて　（三昧《さんまい》）

▼季語―季節感を示す言葉として「雪」をはじめ「雪沓《ゆきぐつ》」「榾《ほだ》」がある。厳寒期の冬。▼句切れ―「雪沓《ゆきぐつ》の」で呼吸をおく。▽榾《ほだ》―囲炉裏《いろり》にくべる薪。▽雪沓《ゆきぐつ》―雪国で雪中を歩くために藁《わら》で作った沓《くつ》。▽君に―倒置とみる。本来は「榾《ほだ》をおろせし」の下につく。▽白くて―「白くつきて」の意であるが、雪沓《ゆきぐつ》についた雪の白さを際立たせるためにこうした表現となった。

『句解』　軒下に積んでいた榾《ほだ》を取りに外に出て、炉端まで抱えもどって来た君に、雪沓《ゆきぐつ》についた雪がひときわ白く、鮮やかに見えることだ。


《鑑賞》　昭和二年三月号『三昧《さんまい》』に発表された句である。

碧梧桐は、同年二月号に発表した「短詩の生命、感受性の修練」において、〈短詩は主として刹那《せつな》の環境の刺戟《しげき》即ち印象に立脚します。〉〈官能の或る驚きとでもいふべき昂《たか》ぶりの刹那《せつな》の動きを写すことが、詩の生命であると言ってよろしいのであります。〉と述べている。

この句はこうした作者の主張を実践した「短詩」の部類に属する作品であり、榾火《ほだび》を焚《た》きつぐために屋外に出て、榾《ほだ》を抱えてもどって来た女人の雪沓《ゆきぐつ》についた雪の白さが屋内の薄暗さの中でひときわ印象的にとらえられている。

この期の碧梧桐の作品は、著しく叙情的であり、七・七・七調になっていて短歌的でさえあるのが特色である。

（瓜生）

老妻若やぐと見るゆふ(う)べの金婚式《コト》に話頭《カタ》りつぐ

（昭和日記）

▼季語—無季。▼句切れ—「若やぐと見る」で呼吸をおく。

▽老妻—茂枝夫人のこと。当時五八歳。▽若やぐと見る—若返ったように見える。▽金婚式《コト》—夫婦が結婚後五〇年目に行う記念祝賀の式。▽話頭《カタ》りつぐ—自分たちの金婚式のことに話題が及んだことと、それをいつまでも語り続けたこととの二内容を集約して、速度と緻密性《ちみつせい》を与えるためこうしたルビ俳句となったのである。

『句解』　老いた妻も若返って見えることだよ。昨晩話題に上った自分らの金婚式の話を、またもち出しては私に語り継いでいる姿を見ると。

■碧梧桐《へきごどう》と煎餅《せんべい》屋

昭和八年還暦を機に芸術的良心から俳壇引退を表明した河《かわ》東碧梧桐《ひがしへきごどう》に、大谷句仏《くぶつ》をはじめ復帰をすすめる弟子も少なくなかった。だが、俳壇と自分の俳句に絶望していた碧梧桐《へきごどう》は、ついに応じなかった。書の潤筆料も減り、注文の俳句も発表を断るようになる。

新傾向で全国を風靡《ふうび》した碧梧桐《へきごどう》が〈総《すべ》ての文筆を揚棄して塩煎餅《せんべい》を焼く一商人とならん〉と、今後の生活のために思い立ったのは、菓子商「うさぎや」主人である門人谷口喜作の弟、平井程一の煎餅《せんべい》屋を引き継ぐという計画だった。しかしそれは若いころの高浜虚子《きょし》がマッチ会社を興すため、中国の重慶行きを企てたり、岩野泡鳴《ほうめい》が蟹《かに》の罐詰《かんづめ》製造を北海道へ渡って実行するような、意気上がる計画ではない。

『三千里』をはじめ旅につぐ旅に、生涯《しょうがい》席の温まることのなかった碧梧桐《へきごどう》は、生活の基盤を結社経営に置くような性格ではなく、一途《いちず》に新境地を追求し変遷して、つぎつぎに弟子たちを篩《ふる》い落としてきた。その弟子たちの寄付で不遇の師のために建てられた新居祝賀の宴から、一〇日後の昭和一二年二月一日、碧梧桐《へきごどう》はチフスで呆気《あっけ》なく死んだ。（松崎　豊）

《**鑑賞**》「昭和日記」昭和一二年一月一九日の条に〈もう十二年すれば金婚式になるやうだ　此頃《このごろ》妻が水木から錦の丸帯を買つた　曰《いわ》く我々の金婚式に結べると　お前金婚式まで生きてゐるつもりかと笑つたがもう十二年位ならノラクラしてゐるうちに来さうな気がする〉云々《うんぬん》とあり、

　金襴《テリ》帯かゞやくをあやかに解きつ巻き巻き解きつ

の句と並べてこの句が記されている。

　しかしこの句を記してから一三日後の二月一日に碧梧桐は急逝《きゅうせい》し、悲運なことにこの句は碧梧桐の絶筆となってしまう。感覚した実体をそのまま表現するために用いたルビ俳句の手法も、この句の内容を豊かなものとしており、邪道といってすますことなく再評価する必要ありとみる。

（瓜生）

《**参考文献**》▼阿部喜三男『河東碧梧桐』（桜楓社　昭39）▼瀧井孝作「河東碧梧桐」（『海』　昭52・2）▼瓜生敏一「河東碧梧桐」（『現代国語研究シリーズ8現代俳句』　尚学図書　昭53）▼栗田靖『河東碧梧桐の基礎的研究』（翰林書房　平12）

荻原井泉水（おぎわらせいせんすい）

　明治一七（一八八四）〜昭和五一（一九七六）。本名藤吉。東京芝区（現港区）に生まれる。東京帝大文学部言語学科卒業。明治四四年に新傾向の機関誌『層雲』を創刊した。後ろ楯《だて》の河東碧梧桐《かわひがしへきごとう》が身を退《ひ》いたのちは、この俳誌を舞台に印象的象徴的な自由律俳句を推進し、多くの門下を養成した。『井泉水句集』全八巻のほか『原泉《げんせん》』『長流』『大江』『旅人芭蕉《ばしょう》』『奥の細道評論』などの著作がある。

伏して哭《こく》す民草《たみくさ》に酷暑きは《わ》まりぬ

（原泉《げんせん》）

▼季語―「酷暑」仲夏。「極暑」ともいう。じっとしていても汗がたらたら出てくる暑さの極み。▼句切れ―「きはまりぬ」。切れ字「ぬ」。「伏して哭《こく》す」で呼吸をおく。
▽伏して哭《こく》す―頭をうなだれ声を上げてはげしく泣くこと。
▽民草《たみくさ》―「たみぐさ」とも読み、人民のこと。▽きはまりぬ―はげしい暑さが極点に達したことと同時に、悲しみが絶頂に達したことを暗示する表現である。

〔**句解**〕　明治天皇崩御の知らせを聞いて、皇居前の敷砂利に頭をたれたまま慟哭《どうこく》している民衆の上に、真夏の太陽が照りつけ、きびしい暑さも頂点に達したかのように感じられることだ。

《**鑑賞**》　前書に〈明治天皇崩御〉とある。わが国が未曾有《みぞう》の発展を遂げた時代の君主たる明治天皇が崩御されたのは、明治四五年七月三〇日のことである。

『東京日日新聞』には〈宮城二重橋前の砂利の上に跪《ひざま》づい

て、御悩平癒《へいゆ》を祈る、夜明しの民草《たみくさ》の群れ〉（七月二四日）といった記事や、〈宮城前深愁に沈む七万の赤子、満都殆《ほとん》ど睡《ねむ》らず、御容体の号外に翹首《ぎょうしゅ》〉などの見出しのもとに、御容体を案ずる民衆のことが記されている。

しかしそうした祈念もむなしく聖帝の御病状は漸次《ぜんじ》悪化し、ついに崩御される。そのときの民衆の悲しみを折柄の酷暑にあって井泉水はよく代弁している。大正元年作のこの句はのちの自由律俳句提唱の萌芽《ほうが》をうかがうに足る作品である。（瓜生）

力一ぱいに泣く児（こ）と啼（な）く鶏（とり）との朝　（原泉《げんせん》）

▼季語―無季。▼句切れ―「力一ぱいに」で呼吸をおく。
▽力一ぱいに―この言葉は直接的には〈泣く〉を修飾しているが、間接的には〈啼《な》く〉をも修飾している。

『句解』　力いっぱいに泣く赤子の声が聞こえてくる。それと同時にけたたましい鶏の啼《な》き声も聞こえてくる。なんと希望に満ち、躍動的な朝なのだろう。

《鑑賞》　層雲第一句集『自然の扉《とびら》』（大3）の「習作」の部、〈折に触れて〉四句中の一句。その四句すべてが二行書きで、この句も、

力一ぱいに泣く児《こ》と
啼《な》く鶏《とり》との朝

と二行に書かれている。井泉水は一行の「自由律俳句」を中心に二行・三行の「短詩」も認め、その実作や評論を『層雲』誌上その他に発表している。作者はその後〈折に触れて〉四句についての自解を施し〈是等《これら》の作の中に籠《こ》められてゐる生命意識といふか、生命感といふか、つまり自然にある生命の根源的なものを自分の魂にしつかりと体得したといふ感じを懐《いだ》いて、其《それ》を詩の言葉として表現しようと試みる時、私には斯《こ》うした最も単純なる表現様式に依ることが一番切実であると信じられたのである。〉と述べている。

「光」と「力」を求めて新しい俳句に向かわんとする心持ちが感じられ、習作ながらいかにもすがすがしい。（瓜生）

空をあゆむ朗朗（ろうろう）と月ひとり　（原泉《げんせん》）

▼季語―季節感を示す言葉として「月」があり、仲秋。▼句切れ―「空をあゆむ」で呼吸をおく。
▽朗朗《ろうろう》と―本来は「声などのほがらかなるさま」の意だが、ここでは〈月の澄み渡ったさま、汚れなきさまを伝え〉、〈「うらうら」というまろやかな音調は月の円《まろや》かさ豊かさ〉（大野林火《りんか》『近代俳句の鑑賞と批評』）を表している。▽月ひとり―

李白《りはく》の「月下ノ独酌《どくしゃく》」の詩が思い浮かんでくる。ここには、村野四郎の指摘するように、〈作者の単独さ〉のみならず、〈作者の孤独と自由な〉心影をみてとることができる。

〘句解〙秋の夜空に悠然《ゆうぜん》と月が闊歩《かっぽ》している。その月を見ていると、自分までも、自由で陶然とした気分になり、一人であることのさびしさから解放されることだ。

《鑑賞》初出は『層雲』大正九年一二月号である。

そらをあゆむ
らうらうとつきひとり

と二行四節に読むと、この句の味わいがよくわかる。

この句は〈あゆむ〉といい、〈ひとり〉といい、月を擬人化してとらえているが、それは井手逸郎のいう〈月ひとり我ひとり、我が歩めば月も歩む〉といった〈自然・自己不二一体〉と、そこから生ずる〈自然・自己・自由不二一体〉の観想に到達せんと努めている作者の心の証《あかし》であり、融通《ゆうずう》無礙《むげ》を目指し、みずから随翁《ずいおう》と称した晩年の境地に通じている（『俳句研究』昭51・11）。（瓜生）

咲きいずるや桜さくらと咲きつらなり

（原泉《げんせん》）

▼季語―季節感を示す言葉として「桜」があり、春。▼句切れ―「咲きいずるや」。切れ字「や」。

▽咲きいずるや―井泉水みずから〈「咲きいづるや」とは、其《その》生命の煥発《かんぱつ》する感じをやゝ驚嘆的にまで見つめたもので、其《それ》が「や」である。「や」といふ助辞は定型律俳句ではやたらに使ふが、私達はそのやうに濫用《らんよう》することを避けたい。〉（『自由律俳句評釈』）と述べている。

〘句解〙一つ咲き出したとなると、たちまちあちらにも桜、こちらにもさくらというふうに、桜が咲き続き、地上一面が、桜の花で埋められてしまった観があることだ。

《鑑賞》初出は『層雲』昭和二年四月号。表記は〈咲きいづる〉であったのを、『原泉《げんせん》』所収の際現代表記に直している。

井泉水みずから〈「桜桜」と複数に云《い》ふたのではなくて、「咲きいづるや桜」で区切りがあり、それから改めて「さくらと咲きつらなり」と句を起す呼吸なのである。〉（前掲書）と解説しているが、時間的推移をいいながら次々と咲いてゆく桜の花の状態と、桜の花に包まれて陶然とした自己の情感とがうまく調和し息づいている作品である。文節の最初に、同音（サ音）・類音（「サキ」と「サクラ」）をおいたそのリズムの中に、情景や見る人の心理を反映した点で評価すべきである。（瓜生）

遠くたしかに台風のきている竹藪《たけやぶ》の竹の葉　（長流）

▼季語―季節感を示す言葉として「台風」があり、秋。▼句切れ―「きている」で呼吸をおく。
▽遠くたしかに―まだ暴風雨圏内には入っていないが、ここから遠いところにたしかにの意。

『句解』　台風はまだ遠くにあるが、たしかにこちらの方に近づいてきている気配が感じられる。その兆しをいち早くとらえて、竹藪《たけやぶ》の竹の葉がときおり不気味にざわめいていることだ。

《鑑賞》　初出は『層雲』昭和三一年八月号。「慈雨連作五句」のうちの一句。そこには〈遠く確かに台風のきている竹の枝竹の葉〉とある。

連作中には〈音立てて来た雨が待つていた雨〉〈走ってぬれてきた好い雨だという〉などの句があり、今度の雨を表題どおりの「慈雨」だとみている。それ故にこの句は、〈台風〉の襲来を不安がり恐れおののいている心境を詠んだものではなくて、台風の到来によってもたらされる降雨を待ち望む人の、うれしい予感を表現しようとしたものである。

村野四郎は〈この句のどこにも、風という語は出てこないが、時おり竹の葉をあおりぞよめかす怪しい風の様相を即物的に印象づけて微妙である。〉（『現代俳句評釈』）と述べている。3・4／5・4／5・4、の音律がタ行音で始まる手法も巧みで、心境的な味のこもった口語自由律俳句である。　（瓜生）

残る花はあろうかと見にいでて残る花のさかり　（遺稿）

▼季語―季節感を示す言葉として「花」（桜）があり、春。▼句切れ―「残る花のさかり」。「見にいでて」でも呼吸をおく。
▽残る花はあろうかと―花見に出かける前の予想である。
▽残る花のさかり―花見にやってきて実際に見た景である。

『句解』　例年だと落花を過ぎた時分、息子の背におぶさって建長寺の花見にやってきた。咲き残った花があるだろうかと、あまり期待せずにやってきたのだが、今年は例年より散り時が遅く、咲き残った花の盛りに出くわしたことだ。

《鑑賞》　『層雲』昭和五一年六月号（「井泉水先生追悼号」）の巻頭に掲載された〈見おさめの花かも〉と題する「遺稿」一三句の中の一句。

その連作を読むと、井泉水の長男である海一氏らが、花見の好きな父に最後の花見をさせてあげたいと、病める父を背負って建長寺に詣《もう》でたことがわかる。四月一一日のことである。

その年鎌倉《かまくら》の桜の開花は早く、この分だと咲き残った花があるだろうかと懸念《けねん》していたのだが、やってきてみると、開花後気温が冬に逆もどりしたため、花はその散り時を失い、いつまでも散り残っていた。親思いの行いが天に通じたのか、井泉水は予期せぬ幸運に恵まれ、存世最後の花見を楽しむことができたのである。「涅槃《ねはん》」「解脱《げだつ》」といった世界に遊ぶ井泉水をみる思いのする句である。　（瓜生）

《参考文献》▼伊沢元美「荻原井泉水」（『現代俳句の流れ』河出書房　昭31）▼内島北朗「井泉水先生との思い出」他（『俳句』昭51・8）▼大竹大三「荻原井泉水主要著書解題」他（『俳句研究』昭51・11）▼荻原井泉水『此の道六十年』（春陽堂　昭53）▼瓜生敏一『荻原井泉水研究』（オールスタッフ　昭57）

種田山頭火（たねださんとうか）

明治一五（一八八二）～昭和一五（一九四〇）。本名正一。山口県防府に生まれる。大正二年荻原井泉水《おぎわらせいせんすい》門に入り『層雲』に出句。その生涯《しょうがい》に母と弟の自殺、家業の酒造業の失敗などの不幸が重なり、大正一四年出家得度。禅僧として行乞流転《ぎょうこつるてん》の旅を送りながら句作し、『層雲』の短律時代に活躍。自選句集『草木塔』『定本山頭火全集』全七巻がある。

まつたく雲がない笠（かさ）をぬぎ　（鉢《はち》の子）

▼季語―「まつたく雲がない」とあるところから、よく晴れた絶好の秋日和《あきびより》が想像される。▼句切れ―「雲がない」で呼吸をおく。

▽まつたく雲がない―空には一点の雲もない。▽笠《かさ》をぬぎ―「笠《かさ》」は網代笠《あじろがさ》のこと。一鉢一笠の行乞行脚《ぎょうこつあんぎゃ》姿が思い浮かぶ。「ぬぎ」は連用中止法で、「紺碧《こんぺき》の空を仰いだ」などの言葉が下に省かれているとみる。

『句解』　空には全く雲がない。あまりのすがすがしさに網代笠《あじろがさ》を脱いで、どこまでも突き抜ける青さの大空をながめていたことだ。

《鑑賞》　『行乞記』（山頭火の旅日記）の中の、昭和五年十月二十六日の記述によれば、「ほんとうに秋空一碧だ、万物のうつくしさはどうだ、秋、秋、秋のよさが身心に徹する。八時から十一時迄高鍋町本通り行乞、そして行乞しながら歩く、今日の道は松並木つゞき、見遙かす山なみもよかった、四時過ぎて都農町《つのうちょう》の此宿に草鞋《わらじ》をぬぐ（中略）」とあり、そのあとにこの句を冒頭に置いた一〇句が並んでいる。因《ちな》みに二句目は「よいお天気の草鞋がかろい」である。秋晴れ下、宮崎県高鍋町から都農町まで四里の行程を行乞し、都農町の「此宿」（さつま屋）に草鞋を脱ぎ、そこで作られた句だということが分かる。この句については、これまで「阿蘇の大観峰での作」という説が流布していたが、近年、斉藤英雄氏の調査により宮崎説が有力になった。

《補説》熊本市の大慈禅寺に、この句の句碑がある。

（瓜生）

おちついて死ねさ《（そ）》うな草枯るる

（定本山頭火全集）

▼季語―季節感を示す言葉として「草枯るる」があり、冬。霜威を浴びて草が枯れゆくさま。▼句切れ―「死ねさうな」で呼吸をおく。

▽おちついて死ねさうな―下に「気がする」といった言葉が省かれている。

『句解』「解《げ》すべくもない惑い」を背負い、死場所を求めながら生きてきた私にも落ち着いて死ねそうな庵《いおり》が見つかった。折からあたりの草も冬を迎えて枯れていることだよ。

《鑑賞》〈一洵君に〉と前書がある。山頭火は高橋一洵の世話で、昭和一四年一二月一五日、松山市御幸町御幸寺境内に居を得、のちに一草庵と名づけた。彼は「ほんとうの自分の句を作りあげること」と「ころり往生」の二つを晩年の念願とし、この句の脇書《わきがき》にも〈死ぬることは生れることよりもむつかしいと、老来《ろうらい》しみじみと感じないではゐられない。〉と書いている。他人に及ぶ迷惑を考えているのである。

一草庵から温泉の好きな山頭火にとって、道後《どうご》の湯までは数町、隣はお寺とお宮、近所の人も親切で、土地の俳友にも恵まれていた。そうして山頭火は、この庵《いおり》で昭和一五年一〇月一一日、念願どおりの「ころり往生」を遂げたのである、

〈草枯るる〉は自然の摂理を踏まえて、草も冬になると枯れてゆくのだの意に解したい。

（瓜生）

尾崎放哉（おざきほうさい）

明治一八(一八八五)～大正一五(一九二六)。本名秀雄。鳥取市に生まれる。東京帝大法学部卒業後、二つの保険会社に勤めたが、「世間からの脱出」を念じて一切を放擲《ほうてき》し、大正一二年、京都鹿ケ谷《ししがだに》の一燈園に入る。のち諸所の寺に働き、香川県小豆島《しょうどしま》南郷庵で没した。俳句は大正四年以降『層雲』に投句していたが、独居無言の生活の中から生まれた晩年二年間に佳句が多い。句集『大空《たいくう》』『尾崎放哉全集』などがある。

咳《せき》をしても一人

（大空《たいくう》）

▼季語―季節感を示す言葉として「咳《せき》」があり、冬。放哉は喉頭《こうとう》結核で死去しており、「咳《せき》」は彼にとって宿命的なものであった。▼句切れ―「咳《せき》をしても」で呼吸をおく。

▽一人―〈ひとりぼっちという孤独感だけでなく、そのなかから自然と湧《わ》いてくるおかしみがある〉（伊沢元美）表現である。

〘句解〙 この庵《いおり》に吹きつける冬の北風は想像以上に寒く、病気で衰弱した身体にはことさらにこたえる。今もはげしい咳《せき》の発作に襲われて苦しんだが、咳《せき》をしたとてここには看病してくれる人もいない。改めて全く「一人」であることを痛感させられたことだよ。

《鑑賞》 初出は『層雲』大正一五年二月号。放哉は同年四月七日、近所の漁師に見とられながら四二歳の生涯《しょうがい》を閉じているので、この句は死の数か月前に作られた短律俳句である。

放哉は大正一四年八月、南郷庵に入って以降、心境の深まりとともに短律をよく生かして用いている。この作品も三語三節、わずか九音の短律表現の中に、無限の孤独感が感じられ、咳《せき》をした後の余韻がいつまでも読者の胸に残る。

しかもここには〈放哉の全き生活、全き気持がまるぼりに〉（荻原井泉水《おぎわらせいせんすい》）表現されているのである。言うべきことだけをずばりと言いのけた句だといえよう。

（瓜生）

春の山のうしろから煙が出だした

（大空《たいくう》）

▼季語―季節感を示す言葉として「春の山」があり、春。冬の間枯色に包まれていた山が、春を迎えると木の芽や若草の色がいきいきとし、美しく明るい山となること。▼句切れ―「うしろから」で軽く呼吸をおく。

▽煙が出だした―初出では「煙」は「烟」となっている。〈「烟」は作者自身の死体を焼く煙か〉（北川漸）との説に従いたい。そうなると自分の死体の焼かれる場面を思い描いた瞑想《めいそう》の句と解するのが妥当である。

〘句解〙 待望の春が訪れた。山の姿にも春の感じが濃く、明るい緑色に包まれている。折から山の後方より、もくもくと白い煙が立ち昇り始めた。その煙は病臥《びょうが》の床にあり、命終間近な自分にとって、みずからの屍《しかばね》を焼く煙のように錯覚されることだ。

《鑑賞》 初出は『層雲』大正一五年六月号。放哉の手帳に〈すっかり病人になって柳の糸が吹かれる〉の句に続いて書き残されていた絶筆である。

作者は日増しに悪化してゆくみずからの病状を顧みて、この一冬を乗り切れるかどうか案じていた。この句には春を迎えることのできた喜びの素直な表出がある一方、再起不能の病床にあって末期《まつご》の眼《め》でとらえた澄明で静かな安らぎの世界が描き出されている。彼岸を見つめる諦観《ていかん》から生まれた作品である。

《補説》この句の句碑が、鳥取市の興禅寺境内にある。（瓜生）

中塚一碧楼（なかつかいっぺきろう）

明治二〇（一八八七）〜昭和二一（一九四六）。本名直三。岡山県玉島（倉敷市）に生まれる。明治四一年河東碧梧桐《かわひがしへきごとう》選の「日本俳句」に投句し、しだいに新傾向作家としての頭角を現す。次いで『自選俳句』『試作』『第一作』を創刊し、自由律俳句運動を展開。大正四年『海紅』の編集にたずさわり、同一一年以降主宰した。句集には、第一句集『はかぐら』以下第五句集までのほか『一碧楼句抄』などがある。

能登《のと》が突き出《い》で日のてりながら秋の海　（一碧楼句抄）

▼季語―季節感を示す言葉として「秋の海」があり、晩秋。高い秋空の下に広がる紺青の日本海が想像される。▼句切れ―「秋の海」。

▽能登《のと》―石川県の能登《のと》半島。

〔句解〕秋陽の照り輝く青い海、そのはるかかなたにまで能登《のと》半島が突き出ていることだよ。

《鑑賞》『海紅』昭和五年一月号に発表された句である。一碧楼は前年一一月、北陸地方への旅にたち、越中《えっちゅう》（富山

■俳句の一年――花

春を告げる花は梅。〈山里は万歳《まんざい》遅し梅の花　芭蕉《ばしょう》〉。桜と並ぶ春の名花である。〈梅が香にのつと日の出る山路かな　芭蕉《ばしょう》〉〈梅が香や客の鼻には浅黄《あさぎ》椀《わん》　許六《きょりく》〉。白梅・紅梅の花の色にもまして、その香りは芳《かぐわ》しい。

花といえば桜。春爛漫《らんまん》の情趣である。〈花の雲鐘は上野か浅草か　芭蕉《ばしょう》〉〈ながむとて花にもいたし頸《くび》の骨　宗因《そういん》〉。咲き誇った桜もやがて終わる。〈やあしばらく花に対して鐘撞《つ》く事　重頼《しげより》〉といっても、〈残る花はあろうかと見にいでて残る花のさかり　井泉水《せいせんすい》〉は幸運で、むしろ〈花散りて竹見る軒のやすさかな　洒堂《しゃどう》〉と、落花の後ようやく心やすまるのである。

春の梅・桜に対して、秋の菊。〈菊の香や奈良には古き仏たち　芭蕉《ばしょう》〉〈白ぎくや籬《まがき》をめぐる水の音　二柳《じりゅう》〉。

野趣あふれる秋の花は萩《はぎ》。〈白露もこぼさぬ萩《はぎ》のうねりかな　芭蕉《ばしょう》〉〈岩なだれとまり高萩《たかはぎ》咲きにけり　冬葉《とうよう》〉。

県）城端《じょうはな》の満花城居でこの句を作っている。直江津から富山県高岡《たかおか》を経て城端《じょうはな》に向かっているので、この句はその途中にみた矚目吟《しょくもくぎん》であろう。

　この句は、松尾芭蕉《ばしょう》が『おくのほそ道』の旅で、加賀《かが》の国に入ろうとするところで詠んだ句、

　早稲《わせ》の香や分け入る右は有磯海《ありそうみ》

と一脈通ずるものがある。一碧楼は大正一二年九月関東大震災にあい、その後三年間の郷里玉島での帰住生活において、芭蕉《ばしょう》から「自然への沈潜」を学んでいる。そうした芭《ば》蕉《しょう》からの感化および加藤暁台《きょうたい》の〈九月尽《くがつじん》遙《はる》かに能登《のと》の岬《みさき》かな〉との共通点が想起される。

　なお、大野林火《りんか》は、〈突き出《い》で〉に〈半島の起伏をあらわにさらした感じ〉がよく出ているとし、〈日のてりながら〉については、〈半島をめぐる秋の海の小皺《こじわ》がしみじみと胸にこたえる〉と評している。

（瓜生）

病めば蒲団《ふとん》のそと冬海の青きを覚え

（一碧楼句抄）

▼季語―季節感を示す言葉として「冬海」があり、冬。言葉からすぐ荒涼たる感じを連想するが、ここでは、瀬戸内海沿いの青く豊かに凪《な》いだ郷里玉島の冬の海とみる。▼句切れ―「蒲団《ふとん》のそと」で呼吸をおく。

▽病めば―「已然形《いぜんけい》＋ば」の形で順接の確定条件を示す。「病んでいると」の意。

『句解』　今こうして病床に横たわっていると、夢となくうつつとなく、故郷の海に似た青い冬の海があたりに広がっているのを感ずることだ。

《鑑賞》　昭和二一年一二月一五日海紅社月例句会に〈魴鮄《ほうぼう》一ぴきの顔と向きあひてまとも〉とともに発表した句であり、この二句が「絶句」となってしまった。

　作者は句会後の一二月一七日胃潰瘍《いかいよう》で吐血、一二月三一日に息を引き取っている。おそらくは今までにない身体の衰弱を自覚し、自らの死期の近いことを予期していたのであろう。高熱と堪えがたい痛苦にさいなまれ、死の恐怖と格闘しながらも、作者は最後まで詩魂を磨《みが》き続けている。

　生死の境を彷徨《ほうこう》する作者の俳句への執着は、いつの間にか幼いころから慣れ親しんだ海の光景と結びつき、蒲団《ふとん》のあたりまで冬海の清冽《せいれつ》な深い青さが押し寄せているかのごとく錯覚したのである。こうした安住境に到達するまでの作者の心の軌跡がしのばれる作品である。

《補説》　生地岡山県玉島の八幡神社境内に、句碑が建てられている。

（瓜生）

昭和前期の俳壇

昭和の初め、高浜虚子《きよし》は「花鳥諷詠《ふうえい》」を唱えて、俳句の性格を自然叙景詩であると規定し、主宰誌『ホトトギス』には、多くの特色ある新人が育った。しかし中には、そうした『ホトトギス』の傾向に反対するものもあらわれ、新興俳句運動がおこったが、のちにその左翼的、自由主義的傾向が当局によって弾圧され、別に人間探求派といわれる動きが見られるようになった。

水原秋桜子（みずはらしゅうおうし）

明治二五（一八九二）〜昭和五六（一九八一）。本名豊。別号静夏・白鳳堂《はくほうどう》・喜雨亭。東京に生まれる。産婦人科医。高浜虚子《きよし》に師事し、高野素十《すじゅう》・阿波野青畝《あわのせいほ》・山口誓子《せいし》との四S時代を築く。昭和六年、虚子《きよし》の客観写生に対立、主観写生を唱え、『馬酔木《あしび》』に拠《よ》って、石田波郷《はきょう》、加藤楸邨《しゅうそん》らの俊秀を育成した。句集『葛飾《かつしか》』、回想記『高浜虚子《きよし》』など著書は多い。全集二一巻がある。

葛飾《かつしか》や桃の籬《まがき》も水田べり

（葛飾《かつしか》）

▼季語―「桃」晩春。「桃」といえば、ふつう桃の実を指し、初秋の季語だが、この句では籬《まがき》に咲く桃の花のことで、晩春の季語になる。▼句切れ―「葛飾《かつしか》や」。切れ字「や」。「べり」。

▽葛飾《かつしか》―江戸川下流左岸、千葉県市川市のあたりを指す。真《ま》間《ま》の手古奈《てこな》の伝説の地や国府台《こうのだい》の古戦場がある。▽籬《まがき》―垣根《かきね》のこと。

〘句解〙 葛飾《かつしか》を歩く。水田が多くさまざまなものを映し出している。桃の咲く籬《まがき》も映って、宙と水にぼんぼりのようにともっている。

《鑑賞》 大正一五年作。『葛飾《かつしか》』の〈葛飾《かつしか》の春〉の中にある。前には〈連翹《れんぎょう》や手古奈《てこな》が汲《く》みしこの井筒《いづつ》〉、後には〈鋤《すき》牛に水田光りて際《はて》しらず〉などの句が並ぶ。秋桜子の自解によれば、〈真間川《ままがわ》の堤から市川の駅あたりまでは昔は田が多く、その間に池もあり、池には蓮《はす》の花が咲いていた。人家もなかったわけではない。……大抵《たいてい》は農家で粗末な垣《かき》を結ってあり庭には桃の花が咲いていた。田はまだ水田であるから、その水に桃の花が映って美しい。〉（『自選自解水原秋桜子句集』）という景だった。秋桜子はよくこの地に吟行したが、小中学校のころの遠足や『万葉集』の東歌《あずまうた》を思い出し、〈眼前の景を眺《なが》めつゝ、心はむかしの葛飾《かつしか》に遊んでゐて、題材をそこに得ることが多かつた〉（『俳句になる風景』）のであった。想像力がまとめた心象風景だったのである。

この句、k音、m音、i音が循環して、快いリズムの輪を作り出す。その調べと選ばれた心象は、秋桜子が高浜虚《きょ》子《し》の下で工夫した主情優美な新世界であった。（平井）

梨《なし》咲くと葛飾《かつしか》の野はとのぐもり　（葛飾《かつしか》）

▼季語―「梨《なし》咲く」晩春。四月末ごろ、白い五弁の花が数個かたまって咲き、叙情的な情趣がある。▼句切れ―「とのぐもり」。「梨《なし》咲くと」でもいったん切れる。
▽梨《なし》咲くと―梨《なし》の花が咲いたからというほどではなく、もっと微妙に梨《なし》の開花ととの曇りの照応を表す。▽とのぐもり―たな曇りのこと。雲がたなびき曇ること。

『句解』 梨《なし》の花が咲き始めたこの葛飾《かつしか》の野は、そのためであるかのように、ほのかな梨《なし》の花曇りとなって広がっていることだ。

《鑑賞》 昭和二年作。『葛飾《かつしか》』の〈葛飾《かつしか》の春〉の冒頭にある。次の句は、〈万葉の古江の春や猫柳《ねこやなぎ》〉。葛飾《かつしか》には梨《なし》畑が多く、桜の花の終わるころ、花梨《はななし》を白々と咲かせる。この句の句碑がいま弘法寺に建っているが、その丘からながめた景であるかもしれない。

注目されるのは、〈梨《なし》咲くと〉〈とのぐもり〉という万葉語が使われている点で、このため秋桜子の句は万葉調と呼ばれた。山本健吉の指摘のとおり『万葉集』には、〈あしひきの山の雫《しずく》に妹《いも》待つとわれ立ちぬれぬ山の雫《しずく》に〉〈とのぐもり雨降る川のさざれ波間なくも君は思ほゆるかも〉などの例がある。

このころ秋桜子は、主観をものに溶けこませる方法として短歌の調べを研究していた。その工夫の成果で、この句には自然に対する情感を伝える優美な音楽性があり、万葉語も、〈と〉〈の〉の繰り返しを用意し、調べの要因となっている。だが、句の内面には万葉の素朴《そぼく》な力は感じられない。

《補説》 句碑の建つ弘法寺は千葉県市川市にある。この句碑は『馬酔木《あしび》』の会員が、創刊三十周年と秋桜子の還暦を祝って建てたもの。（平井）

啄木鳥《きつつき》や落葉《おちば》をいそぐ牧の木々　（葛飾《かつしか》）

▼季語―「啄木鳥《きつつき》」兼三秋。この句は季重なりで「落葉《おちば》」が冬の季語だが、啄木鳥《きつつき》に中心がある。木をつつき中の虫を食べる鳥だが、その音が秋の静寂を表す。羽も美しい鳥。落ち

葉との関係で、季節は晩秋となろう。▼句切れ—「啄木鳥《きつつき》や」。切れ字「や」。「木々」。
▽牧—牧場のこと。
『句解』 冬が近づく牧場。落ち葉が地に散り急ぐようにしきりだ。啄木鳥《きつつき》の幹をつつく音が、落ち葉の翻りの調子をとるように聞こえる。

《鑑賞》 昭和二年作。『葛飾《かつしか》』の〈赤城《あかぎ》の秋〉の中にある。前の句は〈啄木鳥《きつつき》にさめたる暁《あけ》の木精《こだま》かな〉、後の句は〈雲海や鷹《たか》のまひゐる嶺《みね》ひとつ〉。

　秋桜子の自解によれば、大正一五年赤城《あかぎ》山に登り山上一泊、敷島口から下山、前橋口との別れ道の大きな水楢《みずなら》の陰に休息するが、付近の木に啄木鳥《きつつき》が来ていて幹を叩《たた》く音が静かな山気の中によく聞こえた。その時は詠んでみる気もなく捨てておいたのだが翌年の夏ふと詠みたくなって詠んだもので、実景を回想し想像力で作り上げた句であることがわかる(『自選自解水原秋桜子句集』)。

　この句は清潔明快な印象画ふうの句で、西洋の牧場の軽快な油画のような味わいが青年の心を引きつけ、高原俳句と呼ばれて、秋桜子といえば真っ先に思い出される代表作となった。旅まめの彼の風景句は清新な情感にあふれ、彼の新開拓の領域である。「きつつき」「まきのきぎ」に繰り返される「き」音「つ」音が、イメージに快適なリズム感を与えている。　（平井）

蟇《ひき》ないて唐招提寺《とうしょうだいじ》春いづ《ず》こ　（葛飾《かつしか》）

▼季語—「春」兼三春。「蟇《ひき》」とはひきがえるのことでこれは初夏の季語。夏の句とする説もあるが、「春いづこ」とあるので、晩春のころととる方がよかろう。「春いづこ」を「行《ゆ》春《はる》」の季語として考えることもできる。初夏の候の近づいた暮春の情緒がさぐられている。▼句切れ—「春いづこ」。切れ字「いづこ」。「蟇《ひき》ないて」でもいったん切れる。
▽唐招提寺《とうしょうだいじ》—天平宝字三年(七五九)、唐の高僧鑑真《がんじん》が建立した寺。奈良西の京にある。開山堂の盲目の鑑真和上《がんじんわじょう》座像は有名で、松尾芭蕉《ばしょう》に〈若葉して御目《おんめ》の雫《しずく》拭《ぬぐ》はばや〉がある。
『句解』 低い声で蟇《ひき》が鳴いている。ここ、静かな唐招《とうしょう》提寺《だいじ》の境内を逍遥《しょうよう》していると、若葉をみせるこずえはあるが、花の少ないこの寺のどこに春が流れているのだろうかと思う。

《鑑賞》 昭和三年作。『葛飾《かつしか》』の〈大和《やまと》の春〉の中にあり、〈再び唐招提寺《とうしょうだいじ》〉の前書がつく。〈再び〉とは再度訪れたという意味ではなく、再度唐招提寺《とうしょうだいじ》を思っての意味。秋桜子は前年この寺を訪れた。〈私は宝物を拝観し、古びた講堂の前に立つた。そこらは一層ものさびしく、山吹の花が咲くほとりに蟇《ひき》がひとつ鳴いてゐるのみであつた。〉（『俳句になる風景』）この情景を思い返しながら、この句が作られたのである。

何よりも音調の美しい句で、i音で全体の調子をとりながら、〈唐招提寺《とうしょうだいじ》〉の長いo音で春の情緒の調べを作り出している。秋桜子自身は〈春いづこ〉が感傷的だったと反省するが、山本健吉はこの詠嘆にこそ一句の感銘がこもるとする。（平井）

萩《はぎ》の風何か急《せ》かるゝ何ならむ　（残鐘）

▼季語―「萩《はぎ》」初秋。秋の七草の一つ。古来秋を代表する草なのでくさかんむりに秋と書くといわれる。紅紫色の花や白色の花があり、可憐《かれん》でややさびしい美しさをもっている。▼句切れ―「何か急《せ》かるゝ」「何ならむ」。切れ字「何か」「何」「む」。三段切れ。

〔句解〕萩《はぎ》の花を風が揺らす。それを見ていると、何かにせかされる気持ちを覚える。一体、それは何なのか。人生の秋の思いか。

《鑑賞》昭和二五年作。『残鐘』の冒頭、〈新涼〉の二句目にある。巻頭の句は〈鰯雲《いわしぐも》こゝろの波の末消えて〉。句集名とともに老いの思いあふれる感動的な配列だ。秋桜子の句は美しい情趣のものが多かったが、この少し前から、〈冬菊のまとふはおのがひかりのみ〉〈寒苺《かんいちご》われにいくばくの齢《とし》のこる〉のような、内面を凝視する、乾いた深い眼《め》の句が現れるようになった。この句もその系列につながる。

秋桜子は戦中戦後にかけて、次男の病死、戦災、病気、山口誓子《せいし》らの『馬酔木《あしび》』離脱を経験、心身を衰えさせていたが、昭和二三年石田波郷《はきょう》らの同人復帰後しだいに復調、「人生あますところ長からず」と諦観《ていかん》し、自己の特長を生かそうと努め始めた。そうしたころの作。〈何〉の繰り返し、つぶやきのような切れは、自分に対する、明白でいて、言葉では答えがたい問いをよく表している。「何か急《せ》かるゝ」の句切れは、「急《せ》かるゝがそは」の省略された形といえ、気持ちはつながっているようである。（平井）

滝落ちて群青《ぐんじょう》世界とどろけり　（帰心）

▼季語―「滝」兼三夏。この句のような豪壮雄大な大滝もあれば、小さな白糸のような滝もあり、いずれも清涼爽快《そうかい》な夏の景物である。▼句切れ―「とどろけり」。切れ字―「り」。「滝落ちて」でもいったん切れる。

▽群青《ぐんじょう》世界―秋桜子の造語。群青《ぐんじょう》は日本画の顔料で、高価な青い粉末。群青《ぐんじょう》世界とは、この場合、大滝を取り巻く山杉を表す。

『句解』水勢はげしく轟然《ごうぜん》と大滝が落ち続け、あたりの群青《ぐんじょう》一色の杉木立をとどろかしている。鳴り渡る群《ぐん》青《じょう》世界の神秘荘厳よ。

《鑑賞》昭和二九年作。『帰心』の〈惜春海景〉の中にある。南紀をめぐり、四月一四日午後那智《なち》山で、この句を含む七句を作った。〈山杉の群青《ぐんじょう》滝のけぶり落つ〉が前におかれている。晩春の作で、季語により夏に転じられているわけである。

この句の焦点は、〈群青《ぐんじょう》世界〉という語のすばらしさにある。秋桜子は、この語を、前年平泉《ひらいずみ》の中尊寺金色堂《こんじきどう》で作った〈青梅雨の金色《こんじき》世界来て拝む〉の〈金色《こんじき》世界〉から工夫したというが、案内僧の言葉からヒントを得た〈金色《こんじき》世界〉より、〈群青《ぐんじょう》世界〉の方が格段にすぐれ、感動によって緊張し、単純化された一句の核となって、美の荘厳浄土を幻出させている。それは東山魁夷《かいい》などの日本画の傑作を想起させるばかりか、「ぐんじょうせかい」という音の動的効果、「とどろけり」の擬音効果によって、滝の力動感をも、余すところなく湧出《ゆうしゅつ》させている。この句は戦後の秋桜子の充実を遺憾《いかん》なく示す最大の傑作である。（平井）

《参考文献》▼『水原秋桜子全集』全二一巻（講談社　昭52〜）▼石田波郷・藤田湘子『水原秋桜子』（桜楓社　昭38、44）▼『自選自解水原秋桜子句集』（白鳳社　昭43）▼山本健吉『現代俳句』（角川文庫　昭39）▼大野林火『近代俳句の鑑賞と批評』（明治書院　昭42）▼『近代俳句大観』（明治書院　昭49）

高野素十（たかのすじゅう）

明治二六（一八九三）〜昭和五一（一九七六）。茨城県北相馬郡山王《さんのう》村（現藤代《ふじしろ》町）に生まれた。本名與巳《よしみ》。新潟県立長岡《ながおか》中学、一高を経て、大正七年東京帝大医学部を卒業した。のち法医学教室に入り、そこで水原秋桜子《みずはらしゅうおうし》らと知り俳句を作り始める。大正一二年以降高浜虚子《きょし》に師事。昭和七年新潟医大助教授となり、同時にドイツに留学する。昭和二八年新潟医大を退き、奈良県高取町に住む。二九年京都市東山区山科《やましな》に転居。昭和三二年『芹《せり》』創刊。昭和四七年神奈川県相模原《さがみはら》市に移る。句集に『初鴉《はつがらす》』『雪片《せっぺん》』『野花集』があり、ほかに『素十全集』『高野素十自選句集』『素十全集別巻』がある。

方丈の大庇《おおびさし》より春の蝶《ちょう》　（初鴉《はつがらす》）

▼季語—「春の蝶《ちょう》」兼三春。▼句切れ—「春の蝶《ちょう》」。
▽方丈—一丈（約三・〇三メートル）四方の意。仏語で維摩《ゆいま》居士《こじ》の一丈四方の部屋。転じて禅宗で寺の長老のいる部屋。さらに転じて寺の住職をいう。この句では大庇《おおびさし》とあるので寺の本堂の意で使われている。

『句解』 ある禅寺にいる。周囲はすべて重厚で冷徹な感じである。座っている方丈の縁の頭上の、高々と空間を占めて横に走っている大庇《おおびさし》も自分を圧迫するように感じられる。そのとき、一匹の蝶《ちょう》がその大庇《おおびさし》から出て、青い空をバックにひらひらと舞い出した。張りつめた空気を一転して、やさしい「春」をそこに生み出してくれた。

《鑑賞》 昭和二年（三四歳）京都市右京区にある竜安寺《りょうあんじ》（相阿弥《そうあみ》作と伝えられる石庭《せきてい》で有名）での作。『ホトトギス』（昭2・9）雑詠には〈竜安寺《りょうあんじ》〉と前書がある。『初鴉《はつがらす》』（昭22）『雪片《せっぺん》』（昭27）には前書はない。

蝶《ちょう》とあればすでに春であるのに〈春の〉とあえて二字を加えたところに作者の意図があり、成功の因がある。

『ホトトギス』の「雑詠句評会」で、水原秋桜子《みずはらしゅうおうし》は、蝶《ちょう》は春にきまっている、春の蝶《ちょう》などというのは余計なことだとかつていったことを失言だとし、〈「春の蝶《ちょう》」といふ言葉をつかつた作者の用意に感服する。〉という。また高浜虚子《きょし》は、竜安寺《りょうあんじ》の泉石は簡素の極で、しかも絶大な生命感をもつ。それを表すために〈突として一個の胡蝶《こちょう》〉を飛ばしたといい、この写生には根底に作者の瞑想《めいそう》があるという。

中村草田男《くさたお》（『俳句講座』）、大野林火《りんか》（『近代俳句の鑑賞と批評』）、中島斌雄《たけお》（『現代俳句全講』）などはいずれも、重厚でありながら軽快、地味でありながら粋《いき》なこの句の味わいを賞賛している。（村松）

蟻地獄《ありじごく》松風を聞くばかりなり　（雪片《せっぺん》）

▼季語―「蟻地獄《ありじごく》」兼三夏。うすばかげろうの幼虫である。すりばち虫ともいう。お寺の縁の下とか、松林の砂地とかの乾燥した場所に、擂鉢《すりばち》状の穴を掘り、その底にひそんでいる。蟻《あり》などが落ちると捕らえて体液を吸ってしまう。この句ではその擂鉢《すりばち》状の穴をいっている。▼句切れ―「ばかりなり」。切れ字「なり」。「蟻地獄《ありじごく》」でもいったん切れる。

▽松風―松の林に風が吹きつけて起こす音。松籟《しょうらい》ともいい、古来茶人などに好まれた。

『句解』 蟻地獄《ありじごく》の穴がそちこちにある。一匹の蟻《あり》が落ちこめば、たちまち蟻地獄《ありじごく》が底の砂の中から現れ、その蟻《あり》を捕らえてしまう。そういう穴ではあるが、今はそんな惨劇はいっこうに起こる気配もなく、ただ地上に、いくつか凹《くぼ》んだ穴があるだけである。他には何もこれといったものはない。そして耳に聞こえているのは、海から吹きつける風に鏘《そう》々と鳴っている松風の音だけである。

《鑑賞》 昭和二年、作者三四歳の作。

この句はただ蟻地獄《ありじごく》と松風の二つの要素だけから成っている。その単純化をさらに〈ばかりなり〉の語が強調している。ところが極端に単純化されたがために、かえってふしぎな大きな世界が生まれている。この句の上に進行している時間も夢幻的な永遠の時間のようである。

《補説》この句、『初鴉《はつがらす》』には〈松風と〉と誤って出ている。それで、出典を『雪片《せっぺん》』からとした。『ホトトギス』昭和二年九月号には〈松風を〉の形で入選する。（村松）

また一人遠くの芦《あし》を刈りはじむ　（初鴉《はつがらす》）

▼季語―「芦《あし》刈り」晩秋。水辺の蘆《あし》が枯れるころ、これを刈り取る作業をいう。▼句切れ―「刈りはじむ」。

『句解』二、三人が蘆《あし》を刈っている。ひろびろとした蘆原《あしはら》である。蘆《あし》刈りというさびしい、ものさびた仕事はそれでもぼつぼつ進んでいる。と、はるか遠くの方で蘆叢《あしむら》の一箇所が動き始め、刈り倒されていく。人影も一人たしかに見える。また一人蘆《あし》刈りが増えたのである。

《鑑賞》昭和三年三月号『ホトトギス』雑詠に採られている句であるが、作ったのは前年、昭和二年、作者三四歳の晩秋であろう。

〈遠くに起つた事柄を描いて近い景色を想像せしめ小さな事を云《い》つてより大きな事を描く〉（楠目橙黄子《くすめとうこうし》）筆法である。〈また一人〉の言葉で、広い蘆原《あしはら》と、あちこちに散在する蘆《あし》刈りとが想像できる。

高浜虚子《きょし》は『ホトトギス』の「雑詠句評会」で〈遠くの芦《あし》がゆれはじめ、人が刈つてゐるのであらうといふことが想像がつく。淋《さび》しい、枯れた、淡い、空寂《くうじゃく》な光景の中に一点の動きを点じてゐるところに妙味がある。〉といっている。（村松）

生涯《しょうがい》にまは《わ》り燈籠《どうろう》の句一つ　（初鴉《はつがらす》）

▼季語―「まはり燈籠《どうろう》」初秋。ろうそくをともすと、火先の空気が暖まって上昇する。燈籠《とうろう》の中に上部に風車のついた円筒形のものを置き、この空気が上昇することを利用して、ぐるぐる回るようにする。その筒には人物や草花・鳥・馬などの形が切り抜いてあり、筒が回ると外枠《そとわく》の燈籠《とうろう》の紙にそれらの影が走っているように映る。「走馬燈《そうまとう》」「舞燈籠《まいどうろう》」「影燈籠《かげどうろう》」などともいう。▼句切れ―「句一つ」。

『句解』須賀田平吉君が亡くなった。不幸にして若く亡くなり、業績というほどのものをこの世に残さなかった。ただ生前俳句を好み、回り燈籠《どうろう》を詠んだ句で佳句が一つあった。彼は生涯《しょうがい》に、回り燈籠《どうろう》の句を一つだけ残したのである。

《鑑賞》 作者三八歳、昭和六年一一月号の『ホトトギス』に入選している。〈須賀田平吉君を弔ふ〉という前書がある。

この句、まず〈須賀田平吉〉という名前がいい。なまじ風流めいた俳号でないのがいい。次に生涯《しょうがい》の一句が、時鳥《ほととぎす》だの時雨《しぐれ》だの蝶《ちょう》だのの句でなく、庶民的で、たわいのない、それでいてちょっとあわれもある〈まはり燈籠《どうろ》〉の句であることがいい。からっとした句でありながら、そこには人間の一生のあわれというものがとらえられている。

須賀田平吉がどういう人物か、〈まはり燈籠《どうろ》〉の一句がどういう句か、生前、素十はついに語るところがなかった。（村松）

阿波野青畝（あわのせいほ）

明治三二（一八九九）～平成四（一九九二）。奈良県高取町に生まれた。本名橋本敏雄。結婚（大正一二年）して阿波野姓を名乗る。畝傍《うねび》第二中学二年生のときから、同県の郡山中学英語教師原田浜人《ひんじん》について俳句を学び、のち、高浜虚子《きょし》に師事する。主観的傾向が強く、虚子《きょし》から客観写生の必要をさとされ悟るところがあった。昭和四年『かつらぎ』を創刊し、今日にいたる。『ホトトギス』同人。俳人協会顧問。句集に『万両《まんりょう》』『国原《くにはら》』『春の鳶《とび》』などがある。

案山子翁《かかしおう》あちみこちみや芋嵐《いもあらし》

（万両《まんりょう》）

▼季語―「案山子翁《かかしおう》」兼三秋。かかし（「かがし」とも）のことを、やや滑稽味《こっけいみ》をもって、翁《おう》と敬称で呼んだ。稲につく雀《すずめ》をおどすためにたんぼの中に立てられる。「芋嵐《いもあらし》」仲秋。里芋《さといも》の葉は少しの風にも吹き立てられるので、とくに嵐《あらし》の感じがする。そこに着目しての青畝の造語であるが、この句以後、季語として人びとに用いられている。したがって、この句には季語が二つある。▼句切れ―「あちみこちみや」。切れ字「や」。

〘句解〙 野分《のわき》めいた風が吹いている。とくに里芋《さといも》畑では広い芋《いも》の葉が一面に吹き立てられてバタバタしている。まさに芋嵐《いもあらし》である。隣の稲田では、やはりかかしが強風に吹かれ、風向きが変わるたびに、あちらを向いたりこちらを向いたりしている。嵐《あらし》を心配している百姓じいさんといったさまである。

《鑑賞》 この句は、大正一五年二月号の『ホトトギス』雑詠に入選している。したがってこれは前年、作者二六歳秋の作である。

若くして老成した句風である。芋嵐《いもあらし》とか案山子《かかし》翁《おう》という語に作者の人柄がにじみ出ている。それは高踏的でないということ、庶民の哀歓の中に身をおいているということである。この句はいかにも俳諧的な滑稽味《こっけいみ》のある句であるがその滑稽《こっけい》の裏に哀れがあることを見落としてはなるまい。（村松）

なつかしの濁世《じょくせ》の雨や涅槃像《ねはんぞう》　（万両《まんりょう》）

▼季語―「涅槃像《ねはんぞう》」仲春。陰暦二月一五日は釈迦《しゃか》入滅の日。寺々では涅槃会《ねはんえ》が行われる。そのとき掛ける絵を涅槃図《ねはんず》・涅槃絵《ねはんえ》といい、その図の中央に横臥《おうが》している釈迦像《しゃかぞう》を涅槃像《ねはんぞう》という。絵でなく、彫刻のものもある。涅槃《ねはん》とは梵語《ぼんご》の音訳で、煩悩の灯《ひ》が吹き消され悟りに入ること。▼句切れ―「濁世《じょくせ》の雨や」。切れ字「や」。
▽濁世《じょくせ》―濁った世。つまりこの現世。仏語では「ダク」でなく多く呉音の「ジョク」で読まれる。

《句解》寺の外には、静かに雨が降っている。それはこの浮き世の雨であり、濁りに満ちた、いわば濁世《じょくせ》の雨である。折しも今涅槃会《ねはんえ》で、寺の中には涅槃図《ねはんず》が掛かっている。その図中で、今、釈迦《しゃか》は静かにこの世を去ろうとしている。しかし釈迦《しゃか》はこの世をきらい、捨て去ろうとしているのではない。その静かな寝顔は、じっと濁世《じょくせ》の雨の音をなつかしげに聞いているようである。

《鑑賞》大正一五年一一月号の『ホトトギス』雑詠に入選した句である。作者二七歳の作である。

この句、〈なつかし〉という主体が、作者自身でもあり、釈迦《しゃか》でもあるような二重構造になっているところが独特の味わいとなっている。この作者は若くして一種の悟りの境地に達している。（村松）

葛城《かつらぎ》の山懐《やまふところ》に寝釈迦《ねしゃか》かな　（万両《まんりょう》）

▼季語―「寝釈迦《ねしゃか》」仲春。陰暦二月一五日、釈尊の入滅の日に寺で行われる法会を涅槃会《ねはんえ》といい、そのとき、釈迦《しゃか》入滅の画像を掛ける。この画像の中央に入滅の折の釈迦《しゃか》が横たわっている。これを寝釈迦《ねしゃか》という。釈迦《しゃか》の周りには多くの仏弟子たち、および山の鳥・獣たちまでが集まって釈迦《しゃか》の死を悲しんでいる。画像でなく彫刻の寝釈迦《ねしゃか》もある。▼句切れ―「寝釈迦《ねしゃか》かな」。切れ字「かな」。
▽葛城《かつらぎ》―奈良県と大阪府の境の金剛《こんごう》山地にある葛城山《かつらぎさん》のこと。修験道の最古の霊地。「かずらき」とも。

『句解』葛城《かつらぎ》山中の一寺を訪れた。涅槃会《ねはんえ》のために釈《しゃ》迦《か》入滅の大きな絵が本堂に掛けられている。人びとに囲まれて釈迦《しゃか》は安らかに寝ておられる。やがて寺を辞し山を下った。ふり返るとはや遠ざかった葛城山《かつらぎさん》に暮色が漂い始めた。頭の中には、この葛城《かつらぎ》の山懐《やまふところ》に安らかに寝ておられる寝釈迦《ねしゃか》の尊いお顔が浮かんでくる。

《鑑賞》昭和三年六月号の『ホトトギス』雑詠で巻頭となった句である。作者二九歳の作。
大和《やまと》（奈良県）生まれの作者は葛城山《かつらぎさん》に特別親しみを感じていたであろう。上五文字の〈葛城《かつらぎ》の〉の響きがよい。さらに〈山懐《やまふところ》〉と〈寝釈迦《ねしゃか》〉の〈寝《ね》〉も微妙に響き合っている。「寺」とか「本堂」とか「涅槃図《ねはんず》」とかを一切省略して、いきなり山懐《やまふところ》に寝ていると叙したことによってこの句の幻想味が生まれ、また夾雑物《きょうざつぶつ》のない純粋な句となった。（村松）

山口誓子（やまぐちせいし）

明治三四（一九〇一）～平成六（一九九四）。本名新比古《ちかひこ》。京都に生まれる。第三高等学校を経て東京帝大法学部卒業。俳句は鈴鹿野風呂《すずかのぶろ》・日野草城《そうじょう》の指導を受け、『ホトトギス』に投句して高浜虚子《きょし》に学んだ。昭和一〇年から『馬酔木《あしび》』に拠り、昭和二三年以来『天狼《てんろう》』を主宰する。句集に『凍港《とうこう》』『黄旗《こうき》』『炎昼《えんちゅう》』『七曜《しちよう》』『激浪《げきろう》』『遠星《えんせい》』などがある。

流氷や宗谷の門波（となみ）荒れやまず　（凍港《とうこう》）

▼季語―「流氷」仲春。江戸時代では「氷流るる」が初春の季語とされ、池や川の氷が春になって解けて流れることをいった。近代では「流氷」として、新鮮な感覚の季語となっている。ふつうオホーツク海の流氷が考えられているから、仲春の季語とする方がよい。高浜虚子《きょし》編『新歳時記』も三月（仲春）としている。春になって、北海道オホーツク沿岸に押し寄せる流氷は、強い東風が吹くと宗谷海峡を抜けて日本海に入ることがある。暖かい南風が吹くと、接岸していた流氷は一夜のうちに流れ去ってしまう。▼句切れ―「流氷や」。切れ字「や」。
▽宗谷―宗谷海峡。樺太《からふと》（サハリン）の南端と北海道北端の宗谷岬《みさき》の間の海峡。▽門波《となみ》―瀬戸（海峡）に立つ波。『万葉集』に用例がみられる。

『句解』北の海にも春がきて、冬の間は吹雪に閉ざされることの多かった宗谷海峡に流氷が見えるが、まだ海峡の波は荒く、いつまでも治まりそうにない。

《鑑賞》大正一五年作。誓子は事情あって父母と離れ、一二歳のとき外祖父脇田嘉一（俳号氷山）をたよって樺太豊《からふととよ》原《はら》(ユジノサハリンスク)に赴き、大泊《おおとまり》中学に入学し、嘉一が京都にもどった後も中学の寄宿舎に残って、四年半ほど樺太《からふと》にいた。後年作句に熱中し始めたとき、少年時代の樺《から》太《ふと》の印象が次々に俳句にまとめられた。

これも、少年のとき連絡船から見た情景であろうか。春とはいえ、まだ北の海の色は暗い。〈流氷〉という新鮮な感覚の語に、〈宗谷の門波《となみ》〉という万葉語を取り合わせて、スケールの大きな情景を描き出している。（山下）

夏の河赤き鉄鎖《てつさ》のはし浸《ひた》る　（炎昼《えんちゅう》）

▼季語―「夏の河」兼三夏。夏の川はさまざまのものがあるが、ここではどんよりと濁った都会の川。▼句切れ―「夏の河」。そこで切って詠嘆している気持ち。

▽鉄鎖《てつさ》―鉄の鎖。船のいかりを下ろした鎖と解する説もあるが、それと限定する必要はない。

〘句解〙　倉庫や工場の大きな建物の立ち並ぶ間に、どんよりと重苦しい夏の川がある。コンクリートの岸辺から、何に用いるのかわからないが、赤く錆《さ》びた鉄の鎖がたれて、その端が水の中に浸《ひた》っている。

《鑑賞》　昭和一二年作。〈夏の河〉と題する連作五句の第一句。以下、〈暑《しょ》を感じ黒き運河を溯《さかのぼ》る〉〈文撰工《ぶんせんこう》鉄階に夏の河を見る〉〈夏の河地下より印刷工出《い》づる〉〈活字ケースともれり夏の河暮るる〉と続く。

■連作俳句と映画

寺田寅彦《とらひこ》は俳諧論に映画手法のモンタージュを比較し、連句の移りと変化を説いた。また新興俳句の旗手、山口誓子《せいし》は連作理論に応用して、一句の構成法にエイゼンシュテインの衝撃説を、連作俳句の有機的な構成にプドフキンの連鎖説をモンタージュ手法として採用すべきと説いた（「詩人の視線」昭8）。「画面と画面の衝撃によって生ずる画面以上」のものへ、という映画の構成法は、以後長く視覚的でメカニックな誓子《せいし》俳句の技法となった。

当時映画は最も新しい芸術であり、「モロッコ」「自由を我等に」「制服の処女」「会議は踊る」「外人部隊」などの名作が、連作俳句流行期の昭和六〜一〇年に封切られている。有名な日野草城《そうじょう》の「ミヤコ・ホテル」などは、映画ストーリー的な連作といえよう。

〈薔薇垣《ばらがき》の母の黒衣を児《こ》は怯《おそ》る　白泉《はくせん》〉〈葡萄《ぶどう》呉る〻大いなる掌《て》の名附親《なづけおや》　三鬼《さんき》〉は、デュビビエ監督の「にんじん」（昭9）を詠んだ連作中の一句だ。新興俳句とトーキーの日本字幕は出現の時期を同じくし、俳句青年たちに強い影響を与えている。（松崎　豊）

これらの句からこの川が印刷工場の近くの運河であることがわかる。大阪の淀川《よどがわ》河口に近いあたりであろうか。コンクリートで固められた殺風景な様子をそのまま投げ出したような句だが、句全体に作者の気力が充実しており、都会的な乾いた叙情がある。

《補説》 西東三鬼《さいとうさんき》はこの句について〈誓子俳句五千余句から一句だけ選べと命じられた時、今日立ちどころに私が振りかざすであろう一句である〉(角川文庫『山口誓子句集』)と書いている。金子兜太《とうた》はこの句の歴史的な意義は十分に認めながら、この句にヒューマンな影がなく、作者の心意の内容が空白であると批判している（『定型の詩法』）。

（山下）

つきぬけて天上の紺曼珠沙華（まんじゅしゃげ）

（七曜《しちよう》）

▼季語—「曼珠沙華《まんじゅしゃげ》」初秋。三〇センチメートルほどの花軸に華麗な花を咲かせるが、有毒であり、花が咲くときには葉がなく、葉があるときには花が咲かないということや、墓地のあたりに多いということもあって、死人花《しびとばな》ともいわれ一般の家に植えることはきらわれる。しかしそれだけに妖《あや》しい魅力の感じられる花である。「彼岸花」ともいう。▼句切れ—「天上の紺」。そこで切って詠嘆する気持ち。

▽つきぬけて—曼珠沙華《まんじゅしゃげ》の花が天上の紺を突き抜けると解する説と、天上の紺が突き抜けたように晴れ上がったと解する二説がある。一応後説によるが、前説によるイメージも無視できない。▽天上の紺—晴れた紺碧《こんぺき》の空。

〖句解〗 秋空は突き抜けたように晴れ上がって深い紺の色がひろがり、その下に赤い曼珠沙華《まんじゅしゃげ》の花が、すっきりと立ち上がったように咲き、その空の紺と花の赤い色のとりあわせがあざやかである。

《鑑賞》 昭和一六年、病気療養のため伊勢《いせ》（三重県）に移ってからの作。

曼珠沙華《まんじゅしゃげ》が天上を突き抜けるとするのは、比喩《ひゆ》としてもいささかおおげさであり、上五の述語の主語が下五にあるとするのにも、やや無理がある。だから一応〈つきぬけて〉は〈天上の紺〉の様子を表すもの、つまり、「つきぬけて天上の紺は美し」の意に解する方が自然である。

しかしそこにはすっくと花軸を伸ばした曼珠沙華《まんじゅしゃげ》の姿も重なってくる。突き抜けたような秋空の下、曼珠沙華《まんじゅしゃげ》を見つめている作者の眼《め》には、花の姿が大きくクローズ・アップされ、深い秋空に伸び、突き刺さり、突き抜けるようにも見える。〈つきぬけて〉によって、紺の空と赤の花が、中天に大きく重なって見える。

（山下）

海に出て木枯《こがらし》帰るところなし　（遠星《えんせい》）

▼季語―「木枯《こがらし》」初冬。冬の初めに、木を吹き枯らすかのようにはげしく吹く風。▼句切れ―「ところなし」。切れ字「し」。

『句解』野山をはげしく吹きまくっていた木枯らしは、陸を離れ、海の上を吹き渡って行き、もう帰ってくるところはない。はげしい木枯らしもあわれであるし、木枯らしの吹き渡って行った海は実にわびしい。

《鑑賞》昭和一九年の作。陸の上を吹く木枯らしが海の上を行くというところに新しい発見があり、それをまるで人か何かのように、帰るところがないとするところに、わびしく、またきびしい叙情がある。

作者自身この句について〈木枯《こがらし》は陸を離れ、海の彼方《かなた》を指して行ってしまった。木枯《こがらし》は行ったきりでもはや還《かえ》って来ることはない。その木枯《こがらし》はかの片道特攻隊に劣らぬくらい哀れである〉（『自作案内』）と記している。〈帰るところなし〉に、木枯らしと作者の気持ちが重なるのである。

西東三鬼《さいとうさんき》はこの句について、〈海に出てしまった木枯《こがらし》に帰るところはないと観ずる時、この人の前にあるものは、茫茫《ぼうぼう》として是非を失した言語道断の虚無の海が、のたうつばかりだ。木枯《こがらし》と身を化して無限の端を覗《のぞ》いた人は、氷の様に身を凍らして独語する――〉（『誓子氏の三つの作品について』）という。

《補説》池西言水《ごんすい》の〈木枯《こがらし》の果てはありけり海の音〉の影響があるのではないかとも考えられる。平畑静塔《ひらはたせいとう》はそれを〈無意識の本歌取り〉（『誓子秀句鑑賞』）としている。〈果てはありけり〉と〈帰るところなし〉に近世人と近代人の違いが明らかであろう。（山下）

土堤《どて》を外《そ》れ枯野《かれの》の犬となりゆけり　（遠星《えんせい》）

▼季語―「枯野《かれの》」兼三冬。近世初期には初冬とされていた。草木の枯れ果てたわびしい野。▼句切れ―「なりゆけり」。「土堤《どて》を外《そ》れ」でもいったん切れる。▽枯野《かれの》の犬―枯れ野の中を行く犬。枯れ野にふさわしいわびしさと、枯れ野のわびしさの中を行くけなげさがある。

『句解』土堤《どて》の上を小走りに進んでいた犬が、ふと土《ど》堤《て》をそれて、枯れ野の中を歩き始めた。それまでの犬と変わっているわけではないが、すぐにいかにも枯れ野の犬という感じになっているのがおもしろい。

《鑑賞》昭和二〇年二月の作。広々とした枯れ野があり、そこを横切るように土堤《どて》が延びている。その土堤《どて》から枯れ野にそれて行く一匹の犬を描いて、風景の広さとわびしさを感じさせる。

また、犬が枯れ野を行くというのでなく、枯れ野の犬になるというところに一つの発見がある。土堤《どて》を進んでいるうちは作者の意識にとどまっていなかった犬が、枯れ野にそれたときにはっきりと風景の中の焦点として認識され、孤独な犬の行動に作者の心情が重なってゆく。

《**補説**》この作者にはほかに〈堤下りて寒鮒釣《かんぶなつり》となりにけり〉があり、また高野素十《すじゅう》の〈歩み来し人麦踏《むぎふみ》をはじめけり〉にも、共通するとらえ方がある。山田みづえの〈犬らしくせよと枯野《かれの》に犬放つ〉は、この句とは対照的な見方である。（山下）

炎天の遠き帆やわがこころの帆

（遠星《えんせい》）

▼季語―「炎天」晩夏。燃えるように暑い空のことをいう。地上の万物は焼けつくようで、ものの動きも少なく、静かである。▼句切れ―「遠き帆や」。切れ字「や」。

▽こころの帆―遠くにいる船の帆が自分の孤独な心そのものであるように見えることをいう。

『**句解**』晴れ上がった夏の空は燃えるように暑く、まるでその暑さに押さえつけられたような静かな海に、遠く一つの白帆が見える。あれはまるで、さびしい自分の心そのもののように、心細く、しかしまたけなげで、何かなつかしいような気もする。

《**鑑賞**》昭和二〇年の作。日本の敗戦の夏、伊勢《いせ》湾のほとりで病気の療養をしていた作者の心情がよくうかがわれる。〈炎天〉という強い響きの語の下に、〈遠き帆〉〈こころの帆〉とやさしい言葉を並べているところに、意志の強さと気の弱さが入り混じっているような趣がある。〈遠き帆〉と遠望し、すぐに畳みかけるように〈こころの帆〉と内面を振り返るところに、深い苦しみに満ちた叙情が感じられる。そしてさらに〈こころの帆〉には、かすかななつかしさとやすらぎの気持ちもある。（山下）

《**参考文献**》▼東京三『現代俳句の出発―「黄旗」を主とせる山口誓子の俳句研究―』（河出書房　昭14）▼平畑静塔『誓子秀句鑑賞』（角川書店　昭35）▼平畑静塔『山口誓子』（桜楓社　昭39）

山口青邨（やまぐちせいそん）

明治二五（一八九二）～昭和六三（一九八八）。本名吉郎。盛岡《もりおか》市に生まれる。東京帝大で採鉱学を修め、同大学工学部助教授のとき高浜虚子《きょし》に入門、水原秋桜子《みずはらしゅうおうし》・富安風生《とみやすふうせい》・山口誓子《せいし》らと東大俳句会を興した。その後『ホトトギス』同人となり、また『夏草』を主宰。虚子《きよし》の花鳥諷詠《ふうえい》の教えに従い、作風は穏健で洒脱《しゃだつ》。句集に『雑草園』『雪国』『露団々』など、随筆集に『花のある随筆』『わが庭の記』その他がある。

祖母山《そぼさん》も傾山《かたむくさん》も夕立《ゆだち》かな　（雑草園）

▼季語―「夕立《ゆだち》」晩夏。▼句切れ―「夕立《ゆだち》かな」。切れ字「かな」。▽祖母山《そぼさん》―大分・熊本・宮崎三県の境にそびえる標高一七五八メートルの山。その山裾《やますそ》は高原状で、名のとおりゆったりした山容である。▽傾山《かたむくさん》―祖母山《そぼさん》の東側にある標高一六〇五メートルの山。名のとおり一方に傾いたような山容である。大分・宮崎の県境。

『句解』夕立の雲が湧《わ》いてきて、雄大な祖母山《そぼさん》も、それに続く傾山《かたむくさん》も、みるみる夕立におおわれてしまう。あの形の違った二つの山も、今ははげしい雨にひところに降りこめられている。

《鑑賞》山の名を巧みに生かした句。祖母山《そぼさん》や傾山《かたむくさん》の景色を知っていれば一番いいが、知らなくても、その名前が大きな風景を心の中に浮かび上がらせてくれる。〈祖母山《そぼさん》〉というどっしりした名（とその姿）と〈傾山《かたむくさん》〉という少し変わった名（とその姿）の取り合わせがいい。

祖母山《そぼさん》と傾山《かたむくさん》の間には、古祖母山、本谷山などもあるが、両端の山であたりの風景を大きくとらえたもの。何よりもその二つの山の名がおもしろいし、〈夕立《ゆだち》かな〉ということで、夕立の雲が動き、山をおおう様子が目に浮かぶ。

昭和八年作。

《補説》固有名詞を使うにしても、後述の〈みちのくの〉の句は遠くから呼びかけるような感じだが、この句は眼前の景を詠嘆している趣がある。

青邨はこの句の自注に〈山をおほうた雲は雨脚が見えて夕立が烈しいやうである。この風景は雄壮で、馬上から眺《なが》めてゐてたのしかつた。〉（『山雨海風』）と記している。　（山下）

みちのくの淋代《さびしろ》の浜若布《わかめ》寄す　（雪国）

▼季語―「若布《わかめ》」近世前期は晩春、中期は初春、後期は兼三春とされることが多い。高浜虚子《きよし》の『新歳時記』にも兼三春とある。青邨の故郷に近い三陸沿岸の若布《わかめ》は長くて立派である。▼句切れ―「淋代《さびしろ》の浜」。▽みちのく―東北地方のこと。道の奥の意で、さびしい遠隔の地が思われる。盛岡《もりおか》を故郷とする青邨は句に「みちのく」をよく用いている。▽淋代《さびしろ》―八戸《はちのへ》の北の太平洋岸の地名。青

森県三沢市。そのあたりの平地を淋代《さびしろ》平といい、淋代《さびしろ》の浜は長い浜辺である。名前からもさびしげな風景が思われる。

『句解』 みちのくのこの淋代《さびしろ》の浜は、その名のとおりいかにもさびしげで、ちぎれた若布《わかめ》が波にゆられて浜辺に打ち寄せている。

《鑑賞》〈みちのく〉と〈淋代《さびしろ》〉はそれぞれさびしげな言葉だが、その二つが接続すると、荒涼たる北国の浜辺が眼前に広がってくる。〈若布《わかめ》寄す〉というのは、そのさびしさの形象である。「寄る」ではなくて、〈寄す〉としたところに、そのさびしさをしっかりと心に受けとめている趣がある。

〈みちのくの淋代《さびしろ》の浜〉という言い方からは、現にその場所にいるのではなく、遠く離れていて呼びかけるような気分がある。昭和一二年作。（山下）

《補説》 この句は句会の席上で作られたものであり、淋代《さびしろ》の浜では実際は若布《わかめ》が採れないという。しかし〈寄す〉だから、遠くから流れてきた若布《わかめ》ということもあるだろうし、また必ずしも事実でなくても、心象の中の詩の風景として、十分に真実を表している。（山下）

外套《がいとう》の裏は緋《ひ》なりき明治の雪　（露団々）

▼季語―「外套《がいとう》」兼三冬。近代の季語。「オーバー」といわずに「外套《がいとう》」というと、いささか古めかしい感じがする。
▼句切れ―「緋《ひ》なりき」。
▽緋《ひ》―濃く明るい朱色。はなやかで情熱的な感じである。
▽明治―明治時代を回想している。

『句解』 しきりに降る雪を見ていると少年時代の明治のころが思い出される。あのころの黒い羅紗《らしゃ》の外套《がいとう》には緋色《ひいろ》の裏地がついていて、雪の中に翻るその色が印象的であった。思えばあの時代はよい時代であった。

《鑑賞》 中村草田《くさた》男《お》の〈降る雪や明治は遠くなりにけり〉と同じように、しきりに降る雪は、人の思いを昔へ導く。この句が作られたのは、重苦しい戦争の時代、昭和一七年である。明治人の作者にとって、その今にくらべると、明治は実にはなやかで輝かしい時代に思えたのだろう。

〈緋《ひ》なりき〉は作者の回想であるが、このようにうたうことで今眼前にそれが見えてくる。さらに雪の中に、明治の町並み、明治の人通りまで浮かんでくる。

《補説》 作者は自注に〈明治の頃《ころ》の黒ラシヤの外套《がいとう》には緋《ひ》の裏がついてゐた。男の子のものばかりではなく、大人のものも、或《あるい》は陸軍の将校のもさうではなかつたかと思ふ〉（『山雨海風』）と記している。（山下）

川端茅舎（かわばたぼうしゃ）

明治三〇（一八九七）〜昭和一六（一九四一）。本名信一《のぶかず》。東京日本橋に生まれる（戸籍上は明治三三年生まれ）。異母兄に画家川端龍子《りゅうし》がいる。父は和歌山出身で、多芸な趣味人であった。俳句は初め父に学ぶ。いちじは画家を志し、仏道にも心引かれたが、やがて高浜虚子《きょし》について俳句に専念した。仏教的な求道の精神による透徹した自然観照に特色がある。句集に『川端茅舎句集』『華厳《けごん》』などがある。

しぐるゝや目鼻もわかず火吹竹《ひふきだけ》

（川端茅舎句集）

▼季語―「しぐれ」仲冬。降るかと思えば晴れ、晴れるかと思えば降るさびしげな雨。ここでは動詞として用いた。▼句切れ―「しぐるゝや」。切れ字「や」。▽目鼻もわかず―目と鼻の区別もわからないように顔中をくしゃくしゃにしている様子。▽火吹竹《ひふきだけ》―竹の一節に穴をあけ、吹いて火をおこすのに用いる道具。

『句解』　外は時雨《しぐれ》である。うす暗い土間の台所の片隅《かたすみ》で使用人が一心に火吹竹《ひふきだけ》を吹いて火をおこしている。あんまり一生懸命に吹いているので、顔中がくしゃくしゃになって、目と鼻の区別もつかないほどである。

《鑑賞》　土間にかまどが並んでいるような古い大きな家の台所を想像したい。外は一日時雨《しぐれ》模様で、うす暗い土間はひんやりとしている。しかし使用人が一心に火吹竹《ひふきだけ》を吹いている情景には、何か心暖まるものがある。〈目鼻もわかず〉が実に的確に火吹竹《ひふきだけ》を吹く人の顔を表している。ただ的確であるだけでなく、諧謔味《かいぎゃくみ》があり、しかも、人間的であるところがいい。しかも外は、風雅な時雨《しぐれ》であるから、情景に奥行きができる。俳諧的な軽いおもしろさに特色があるが、それに終わっていない句である。昭和三年作。

《補説》　茅舎の句は、俳諧的な諧謔味《かいぎゃくみ》をもつところにも特色がある。〈秋風や袂《たもと》の玉はナフタリン〉〈僧酔うて友の頭撫《な》づる月の縁〉〈しんがりは鞠躬如《きっきゅうじょ》たり放屁虫《ほうひちゅう》〉〈しぐるゝや僧も嗜《たしな》む実母散《じつぼさん》〉〈酒買ひに韋駄天《いだてん》走り時雨沙弥《しぐれしゃみ》〉（『川端茅舎句集』）など、そのような例が多い。いずれにも、ただ滑稽《こっけい》であるだけではなく、どこかに人生の寂寥感《せきりょうかん》が漂っている。（山下）

金剛の露ひとつぶや石の上

（川端茅舎句集）

▼季語―「露」兼三秋。初秋とすることもある。清らかであるが、はかないものである。▼句切れ―「ひとつぶや」。切れ

字「や」。

▽金剛―もともと仏教用語で、金中の精なるもの、すなわちはなはだ堅固なものをいい、さらに金剛石(ダイヤモンド)を意味する。ここではその両方を兼ねる。

〔句解〕石の上にひとつぶの露がある。それをじっと見つめていると、まるで、かたい金剛石のように、永遠に光り続けるものであるように思えてくる。

《鑑賞》石の上のひとつぶの露だけを凝視して、周りのすべてを省略した句。やがては消えてしまうはずのはかない露が、じっと見つめていると、堅固な大きな世界のように見えてくる。自然の不思議さの中に永遠の生命が見えるのである。

その際、仏教用語でもある〈金剛の〉という比喩《ひゆ》が、はなはだ効果的である。はかなさの極であるひとつぶの露が、堅固なものの極である金剛にたとえられるところに、透徹した認識があるといえる。昭和六年の作。

《補説》『川端茅舎句集』(昭和九年刊)は四季別で、秋の部から始まっているが、初めに「露」の句が二六句並んでいて壮観である。〈露径《こみち》深う世を待つ弥勒尊《みろくそん》〉〈夜店はや露の西国《さいごく》立志編〉〈露散るや提灯《ちょうちん》の字のこんばんは〉〈巌《いわ》隠れ露の湯壺《ゆつぼ》に小提灯《こちょうちん》〉〈夜泣する伏屋は露の堤陰《つつみかげ》〉という具合である。

高浜虚子《きよし》はその句集の序文に〈茅舎君は雲や露や石などに生命を見出すばかりでなく、鳶《とび》や蝸牛《かたつむり》などにも人性を見出す人である。露の句を巻頭にして爰《ここ》に収録されてゐる句は悉《ことごと》く飛び散る露の真玉の相触れて鳴るやうな句許《ばか》りである。〉と記している。　(山下)

ひら〱と月光降りぬ貝割菜(かいわりな)　(華厳《けごん》)

▼季語―「貝割菜《かいわりな》」仲秋。「間引菜《まびきな》」、「摘まみ菜」などと同じ。大根や蕪《かぶら》の類の、ういういしく可憐《かれん》な菜である。小さな二葉は、小貝が割れたように見える。「月光」仲秋。▼句切れ―「月光降りぬ」。切れ字「ぬ」。

▽ひら〱と―月光が降りかかる様子。貝割菜《かいわりな》が月光の下でゆらめき光る様子も合わせ表している。

〔句解〕秋の月の清らかな光が、まるでひらひらとひらめくように地上に降り注ぎ、畑にきれいに生えそろっている貝割菜《かいわりな》の上を美しく照らしている。

《鑑賞》この句では、〈ひら〱と〉が最も注目すべきところである。まず、月の光をひらひらととらえたところ、しかもそれを降るというところがすぐれている。そこに〈貝《かい》割菜《わりな》〉とおくと、そのひらひらが貝割菜《かいわりな》のひらめきと重なる。自然の神秘的な美しさが巧みにとらえられている。この、天来の声を聞くような幻想性も茅舎の特色である。昭和八年作。

《補説》〈ひら〳〵〉のような畳語を、茅舎は実に巧みに用いている。〈一聯《いちれん》の露りん〳〵と糸芒《いとすすき》〉〈自然薯《じねんじょ》の身空ぶる〳〵掘られけり〉〈梅擬《うめもどき》つら〳〵晴るゝ時雨《しぐれ》かな〉〈たら〳〵と日が真赤ぞよ大根引《だいこひき》〉〈翡翠《かわせみ》の影こん〳〵と溯《さかのぼ》り〉〈迎火に合歓《ねむ》さん〳〵と咲き翳《かざ》し〉(『川端茅舎句集』)など、たちどころに例を挙げることができる。　(山下)

まひ《(い)》〳〵や雨後の円光とりもどし　(華厳《けごん》)

▼季語―「まひ〳〵」仲夏。初夏とされることもある。みずすましのこと。池や小川の水面で、くるくる輪を描いて舞っている小さな黒い虫。雨上がりによく見られる。「鼓豆虫」の字を当てる。▼句切れ―「まひ〳〵や」。切れ字「や」。
▽円光―仏や菩薩《ぼさつ》の頭上にある円輪の光。ここではまいまいが水の上に描く円形をたとえたもの。

《句解》まいまいが勢いよく舞っていた池をおおって、ひとしきりはげしい夕立があった。やがて雨が去って、日がさし、池の面が静まると、またまいまいが舞い始めた。まいまいの描く円形は、雨後に取りもどした美しい円光のようである。

《鑑賞》まいまいは勢いよく、そしてどこか愛嬌《あいきょう》のある虫である。この句にはそれをじっと見つめている作者の眼《め》が感じられる。そのような小さな虫にも、生命の神秘を感じ、自然界の不思議を思っているのである。

下五に〈とりもどし〉とあるので、雨の降る前から雨の上がった後までのしばらくの時の流れがわかる。雨の前にもまいまいの動きに円光を見、雨の後にまたその円光が取りもどされたのを見るのである。はげしい夕立もその円光を消し去ったのではなかった。すべてを見下ろして神は空にしろしめすのである。〈円光〉だから、神というよりも仏というべきかもしれない。仏の慈悲の光があまねく万物をおおっているのである。

まいまいが円光を取りもどすとするところに、俳句的なユーモアがあるが、円光は同時に作者が取りもどしたものでもある。昭和一三年作。　(山下)

花杏《(はなあんず)》受胎告知の翅音《(はおと)》びび　(定本川端茅舎句集)

▼季語―「花杏《はなあんず》」晩春。梅に似ているが花期は梅よりも遅い。
▼句切れ―「花杏《はなあんず》」。
▽受胎告知―処女マリアのもとに神から遣わされた天使ガブリエルが来て聖霊によって身ごもったことを告げ知らせたこ

と。キリスト教絵画の重要なテーマとして多くの画家が描いている。▽翅音《はおと》—蜜蜂《みつばち》や虻《あぶ》などの羽音。〈びび〉はその擬声語。

〖句解〗 晩春のものうい光の中で、杏《あんず》の花が咲き満ちており、花の中で蜜《みつ》を吸っている虫の羽音がびびと聞こえて、おしべの花粉がめしべに接授されているこの瞬間は、あの受胎告知の時のように思われる。

《鑑賞》 杏《あんず》の花は梅よりも少しはなやかで、どこかエキゾチックな感じがある。晩春の光の中でその花をながめ、花の中の虫の羽音を聞いたとき、西洋の名画の世界にいるような気がした。花の中の虫の動きに、清らかな受胎を連想したのである。名画の題の「受胎告知」をそのままこの瞬間のメタファー（暗喩《あんゆ》）とした。

〈びび〉という擬声語は、虫の羽音であるだけでなく、あたりの空気を祝福にうち震わせるようである。そして、そこには天使ガブリエルのつばさの音も聞こえてくる。杏《あんず》の花のふくよかな匂《にお》いは、さながら聖母マリアの匂《にお》いである。

昭和一四年作。

《補説》 いちじは画家を志した茅舎だから、受胎告知の名画は多く知っていたにちがいない。当時普及していた『世界美術全集』（平凡社）にも、アンブロジオ＝ロレンツェティやフラ＝アンジェリコの受胎告知図が収められている。そのいずれにも、天使ガブリエルのつばさがはっきり描かれている。　（山下）

朴散華即《ほおさんげすなわ》ちしれぬ行方かな

（定本川端茅舎句集）

▼季語—「朴《ほお》の花」初夏。「朴散華《ほおさんげ》」とあるので朴《ほお》の花である。匂《にお》いの強い大きな花が、枝の上に上向きに開くので、木の下からは見えにくい。花弁は九片で、黄色味を帯びた白色である。▼句切れ—「行方かな」。切れ字「かな」。▽散華《さんげ》—もともと仏の供養のために花を散布すること、また法会に紙で作った五色の蓮華《れんげ》の花弁を声明《しょうみょう》に合わせてまき散らすことをいうが、ここでは朴《ほお》の花が散ること。法会に使う紙の花弁は朴《ほお》の花びらの大きさに似ている。

〖句解〗 枝の先に大きく開いていた朴《ほお》の花を、下から見上げて見慣れていたが、ある日その花は散ってしまった。あの大きな花が、不思議なことに行方がわからなくなってしまったのだ。

《鑑賞》 病床にあった茅舎は、朴《ほお》の花が散ったのを知って、予感するものがあったのだろう。〈散華《さんげ》〉という仏教用語を用いたのはそのためである。行方が知れないというところに、ひそかに覚悟するものがあり、いさぎよさがあり、同時に深い悲しみがある。西垣脩《にしがきしゅう》がいうように、茅舎の辞世の一句と見なしていいものである（『現代日本文学講座　短歌・俳句』）。昭和一六年作。

《補説》　茅舎が病臥《びょうが》する窓前に朴《ほお》の木があり、臨終（七月一七日）に近いその夏も、〈我が魂のごとく朴《ほお》咲き病よし〉〈天が下朴《ほお》の花咲く下に臥《ふ》す〉〈朴《ほお》の花白き心印青天に〉〈朴《ほお》の花猶《なお》青雲の志〉〈父が待ちし我が待ちし朴《ほお》咲きにけり〉（『定本川端茅舎句集』）などと吟じている。茅舎の霊前に、高浜虚子《きょし》は〈示寂《じじゃく》すといふ言葉あり朴散華《ほおさんげ》〉との弔句を寄せている。　（山下）

《参考文献》▼野見山朱鳥『川端茅舎』（菜殻火社　昭43）▼野見山朱鳥『川端茅舎の俳句』（菜殻火社　昭44）▼石原八束『川端茅舎』（角川書店　昭49）▼小室善弘『川端茅舎―鑑賞と批評―』（明治書院　昭51）

後藤夜半（ごとうやはん）

明治二八（一八九五）～昭和五一（一九七六）。本名潤《じゅん》。大阪市に生まれる。証券会社に約三〇年間勤務。実弟実《みのる》は能楽喜多流宗家を継ぐ。大正一二年より『ホトトギス』に入り、高浜虚子《きょし》に師事する。昭和七年同人となる。六年『蘆火《あしび》』を創刊主宰したが、病を得て廃刊、二三年『花鳥集』創刊主宰、二八年より『諷詠《ふうえい》』と改題し主宰。句集に『翠黛《すいたい》』『青き獅《し》子《し》』『彩色《さいしき》』遺句集に『底紅《そこべに》』がある。

滝の上《え》に水現れて落ちにけり　（翠黛《すいたい》）

▼季語―「滝」兼三夏。糸のように細いものから、ナイアガラのような瀑布《ばくふ》にいたるまでさまざまあるが、それに向かえば、爽涼《そうりょう》の気を覚えるので、夏の季語とする。▼句切れ―「落ちにけり」。切れ字「けり」。

『句解』　幅広く、たけ高い瀑布《ばくふ》がかかっている。はげしく水しぶきを上げながら滝壺《たきつぼ》に落下しているが、その滝を見つめていると、滝の上に、大きい水のかたまりが現れては落ちかかってくるのであった。

《鑑賞》　昭和四年作。大阪府北西部にある箕面《みのお》自然公園の滝を詠んだもの。句集には、この句に続いて〈滝水の遅るごとく落つるあり〉も載せられている。いずれも写生の眼《め》が効いた作であるが、とくに上掲句は、水が〈現れ〉ると見たところが眼目で、爾来《じらい》、滝の名句として喧伝《けんでん》されている。またこの句は、昭和六年、高浜虚子《きょし》選の新日本名勝俳句の一つとしても選ばれた。

鷹羽狩行《たかはしゅぎょう》は、〈スローモーション撮影手法を導入した句の決定版〉とするが、それは結果であって、作者自身に、その手法導入の意識があったかどうか。眼前の滝のはげしい生命力に打たれ、滝と対峙《たいじ》していて、しぜんに見えてきたものではなかったかと思われる。

《補説》 句碑が、箕面《みのお》滝の前に建てられている。（上野）

山口草堂（やまぐちそうどう）

明治三一（一八九八）～昭和六〇（一九八五）。本名太一郎。別号泰一郎。大阪市に生まれる。早稲田《わせだ》大学文学部ドイツ文学科に学んだが、胸部疾患のため中退、七年間の療養の後事業界に入る。昭和七年『馬酔木《あしび》』に入会し、水原《みずはら》秋桜子《しゅうおうし》に師事する。一〇年同人となり、同年より『南風』を主宰。句集に『帰去来』『漂泊の歌』『行路抄』『四季蕭嘯《しょうしょう》』があり、第一一回蛇笏《だこつ》賞受賞。昭和六〇年『白望』刊。

癌《がん》病めばものみな遠し桐《きり》の花　（四季蕭嘯《しょうしょう》）

▼季語―「桐《きり》の花」初夏。木の高さは一〇メートルくらい。葉に先立って淡紫色の五弁の筒状花をつける。花筒は長く、外面に粘性の絨毛《じゅうもう》があり、その色とともに、やわらかく高貴な感じがする。落花もまた美しい。▼句切れ―「ものみな遠し」。切れ字「し」。「癌《がん》病めば」でもいったん切れる。

『句解』 不治の病といわれる癌《がん》に冒された身にとって、この世のすべてのものは遠い存在である。窓外にやさしく咲く桐《きり》の花もまた。

《鑑賞》 昭和四六年、舌癌《ぜつがん》の切開手術を受けて間もなくのころの作。〈青雲の花のあなたへ遙《はる》かな瞳《め》〉〈花合歓《はなねむ》や遙《はる》かな風の音うつろふ〉などもそのころの作。

口中重く、違和感があれば、自分のすべての感覚が、普段と違って感じられる。いわんや、生命の危機感を内にもつものにとっては、外界のものはすべて自分とは無縁に思われるのだ。

そうした心情の暗さに対して、桐《きり》の花の明るさは対照的である。しかし、桐《きり》の花もまた遠い、と作者はいっている。〈遠し〉で、一応切れながらも、その語は微妙に下の語にも響く。桐《きり》の花のやさしさに和みつつ、それをはるかなものとする病者の孤独感がにじんでいる。（上野）

右城暮石（うしろぼせき）

明治三二（一八九九）～平成七（一九九五）。本名斎《いつき》。高知県に生まれる。大正九年から三四年間、大阪電燈株式会社に勤務。大正一〇年『倦鳥《けんちょう》』に入会し、松瀬青々《せいせい》に師事する。青々《せいせい》の没後は『青垣《あおがき》』『風』同人を経て、昭和二四年『天狼《てんろう》』同人となる。以後山口誓子《せいし》に師事する。二七年『筐《かたみ》』を発行。三一年『運河』と改題し主宰する。句集に『声と声』『上下』『蛇峠』『天水』がある。第五回蛇笏《だこつ》賞受賞。

水中に遁《に》げて蛙《かえる》が蛇《へび》忘る

（上下）

▼季語―「蛙《かえる》」兼三春。「蛇《へび》」も季語（兼三夏）だが、この場合は蛙《かえる》が主で、春の句。蛙《かえる》は、水田・池・沼など、日本のどこにでも棲《す》む。〈古池や蛙《かわず》飛び込む水の音　芭蕉《ばしょう》〉以来、俳句と縁が深い。古くは「かわず」と呼んだが、今日では「かえる」と読むことが多い。▼句切れ―「蛇《へび》忘る」。

〖句解〗蛇《へび》に追われていた蛙《かえる》は、いち早く水中に逃げて蛇《へび》の追跡を振り切った。やれやれとひと安心して水中に手足を伸ばす。と、もうさっきまでの蛇《へび》の恐怖はすっかり忘れているのだった。

《鑑賞》昭和四二年作。このとき作者は七〇歳に近い。飄《ひょう》飄《ひょう》とした味は、さすがにその年齢ならではと思わせる。〈鳥羽僧正《とばそうじょう》に似て鳥獣戯画の妙手を発揮している〉とする鑑賞（平畑静塔《ひらはたせいとう》）があるが、全くそのとおりで、メルヘンの楽しさともいえるし、蛙《かえる》に託した人間風刺ともいえる。〈人間にある忘失の本能とか、人間心理の変り身の早さを皮肉った〉（同前）というが、この句のよさは、そうした観念を観念としてではなく、蛙《かえる》という具体的な生物を通して描いてみせたところにある。（上野）

篠田悌二郎（しのだていじろう）

明治三二（一八九九）～昭和六一（一九八六）。本名悌次郎。旧号春蟬《しゅんせん》。東京に生まれる。大正六年から約三〇年間、三越本店に勤務。大正一五年水原秋桜子《みずはらしゅうおうし》に入門し、昭和八年『馬酔木《あしび》』同人となる。一一年より一八年まで『初鴨《はつがも》』主宰。二一年より『野火』を創刊主宰。句集に『四季薔薇《ばら》』『青霧』『風雪前』『霜天《そうてん》』『深海魚』『玄鳥』『夜も雪解』『桔梗濃し』ほか。

蘆刈《あしかり》のしたゝり落つる日を負へ《え》る

（四季薔薇《ばら》）

▼季語―「蘆刈《あしかり》」晩秋。蘆《あし》を刈ること、またはその人をいうが、この句の場合は後者。『大和《やまと》物語』の蘆《あし》刈りの話は有名だが、その他、和歌・俳諧にもよく詠まれる素材である。水辺に生える二メートル近い蘆《あし》を刈り束ねる作業は重労働で、晩秋の哀れを誘うものである。▼句切れ―「日を負へる」。「蘆刈《あしかり》の」でもいったん切れる。

〖句解〗水辺の、一面に蘆《あし》の生い茂った中に入って蘆《あし》を刈っている人がいるが、その背には、枯れ蘆《あし》の葉越しに晩秋の澄んだ日ざしが滴るように降り注いでいる。

《鑑賞》昭和八年作。句集では、この句に続いて〈ひかりなく白き日はあり蘆《あし》を刈る〉があり、好一対をなす。空が晴れ切っていれば日は滴り、曇れば日輪は光を失って白い。明暗二つの蘆《あし》刈りの景である。

師の水原秋桜子《みずはらしゅうおうし》は、俳句の中に、印象派以後の近代絵画がもつ外光の世界を取り入れたが、この句も、伝統的なうす暗い蘆《あし》刈りの世界の中に、明るい光をもちこんでいる。〈した〳〵り〉の語は、葉越しの陽光の表現として巧みであり、〈負へる〉も、たけ高い枯れ蘆《あし》の中に踞《かが》んで仕事をする人の姿をよく浮かび上がらせている。アシカリノシタタリオツルヒヲオヘルと、シ・リ・ル音を畳みかけて調べを流麗にしている点も見逃せない。（上野）

鮎釣《あゆつり》や野ばらは花の散りやすく

（四季薔薇《ばら》）

▼季語―「鮎釣《あゆつり》」兼三夏。「野ばら」も初夏の季語だが、この場合は従。鮎《あゆ》は、姿・香・味ともに川魚の王とされるが、命は短い。春先に孵化《ふか》した稚魚は川を上り、一夏を清流で過ごすが、秋には川を下り、産卵して海で死ぬ。鮎釣《あゆつり》の解禁はふつう六月一日、それから約三か月が鮎釣《あゆつり》の期間である。渓流《けいりゅう》に竿《さお》をのべて鮎釣《あゆつり》をする姿は、清涼感を呼ぶ。▼句切れ―「鮎《あゆ》釣《つり》や」。切れ字「や」。

『句解』澄んだ流れに糸を垂れて鮎《あゆ》を釣《つ》っている。そのそばに野茨《のいばら》が白く咲いているが、この花はなんとはかなく、散りやすいことだろう。

《鑑賞》昭和八年作。同じころの作に〈上り鮎卯《あゆう》の花しろくこぼれつつ〉もある。鮎《あゆ》と白い花のこぼれやすさとを配合した点は同類である。〈上り鮎《あゆ》〉の方が少し早い季節だが、作者のねらいは、鮎《あゆ》の香気と白い花の清純さ、また、それぞれの命のはかなさとでもいったものを組み合わせた美的情趣の世界にある。ただし、上掲句は、鮎《あゆ》そのものではなく、鮎釣《あゆつり》の人が主となっており、その点で〈上り鮎《あゆ》〉の句より視野はやや広い。

この句について、山本健吉は、〈上五と下の七五の関係は、微妙な気持ちの上でのリフレーンにおいて成立している。〉（『現代俳句』）と述べている。（上野）

橋本多佳子（はしもとたかこ）

明治三二（一八九九）〜昭和三八（一九六三）。本名多満《たま》。東京に生まれる。大正一一年九州小倉にいたとき、杉田久女《ひさじょ》を知り、俳句を学ぶ。一四年より『ホトトギス』『破魔弓《はまゆみ》』『天《あま》の川』などに投句し、昭和四年大阪に転居後は山口誓子《せいし》に師事した。昭和二三年『馬酔木《あしび》』を退き『天狼《てんろう》』の同人となる。二五年『七曜《しちよう》』を主宰する。句集には『海燕《うみつばめ》』『信濃《しなの》』『紅絲《こうし》』『海彦《うみひこ》』『命終《みょうじゅう》』などがあり、随筆集に『菅原抄』がある。

毟《むし》りたる一羽の羽毛寒月下　（紅絲《こうし》）

▼季語—「寒月」兼三冬。とくに寒の内だけの月をいうのでなく、寒を含めて冬の月の凍《い》てつくような寒い感じを表す場合に用いる。▼句切れ—「一羽の羽毛」。

〘句解〙 寒月の皓《こう》々と輝く下に、昼間毟《むし》った一羽の鳥の羽毛が置かれている。今は命なく積もる羽毛のかなしさよ。

《鑑賞》 昭和二四年作。この句の載っている『紅絲《こうし》』では、鶏を締める句一連の最後に置かれているので、毟《むし》られた鳥は鶏とわかる。鶏ならば、その白さが寒月下に一層さえざえ目に映るだろうが、必ずしも鶏とみなくてもよい。一羽の鳥の命が人の手によって殺《あや》められ、毟《むし》られたこと、今は毟《むし》られた羽毛のみがそこにあることが重要である。

　この句、なんの主情語も用いず、ただ物だけを置いているが、こうした即物的手法は多佳子が師の山口誓子《せいし》から学んだものである。ここにあるのは酷烈な生の姿の確認であり、それが寒月のきびしい光の中に、ふわりと置かれたものであるだけに非情の美しさは極まる。

《補説》 この作者には〈鷺《さぎ》撃たる羽毛の散華《さんげ》遅れ降る〉（昭和三一年）もある。ともに非情美の極致である。（上野）

白桃に入れし刃先の種を割る　（紅絲《こうし》）

▼季語—「白桃」晩夏。桃の実が赤く熟すのは初秋の候であり、古来「桃の実」は秋とされてきたが、栽培される白桃は別で、晩夏のものとする。白桃は膚も肉も白く、味は水分をたっぷり含んで甘美、ややエロチックなイメージをもつ。▼句切れ—「種を割る」。

〘句解〙 白桃を半分に割ろうとして、やわらかい果肉に刃を入れたが、勢い余って種まで割ってしまったことだ。

《鑑賞》 昭和二五年作。果物のやわらかさに対して、金属の堅く鋭い刃を当て、ちょっとためらった末にナイフに力をこめると、それは意外に果肉の厚みを通り越し、堅いと思った種まで割ってしまったのだ。種は堅そうに見えて、実はもろかったのかもしれぬ。いずれにしてもこの句の焦点は、鋭い危機感によってとらえられた白桃の質感（存在）の確かさにあり、底にやや自虐的なナルシシズムも混じる。

　山本健吉は、この句の動詞終止形で止めた直叙体表現について、〈俳句的なイロニックな把握《はあく》が弱く、悪くすると散文的な説明調に流れやすいが、切れ字を濫用して大時代な月並み調になる怖《おそ》れは少ないわけで、即物的なメカニックな対象把握《はあく》には、成功する場合が多い。〉（『現代俳句』）と述べている。（上野）

月一輪凍湖一輪光りあふ《う》　（海彦《うみひこ》）

▼季語―「凍湖」晩冬。凍結した湖。「氷湖」ともいう。▼句切れ―「月一輪」「凍湖一輪」。

『句解』　天には寒月が一輪、地には凍りついた湖が一輪、互いに、遠く隔たりながら、鈍い光を放ち合っている。

《鑑賞》　昭和二九年作。〈諏訪《すわ》湖の凍るを見に再びの来信を約せし伊東楨雄氏僅《わず》か十数日のちがひにて急逝《きゅうせい》さる。訪《おとな》ひて霊前に額《ぬか》づく〉と前書のある一連の最後に置かれた句。凍湖一輪が諏訪《すわ》湖であれば、納得がいく。しかも、この句が亡き人への鎮魂歌であるとすれば、光り合う親しさは、そこからも生まれているか。

　しかし、この句は、それらの事情を離れても十分鑑賞しうる作で、平畑静塔《ひらはたせいとう》はこの句を〈見事に冷たいエクスタシー〉と評し、堀内薫は〈静寂と光明の華厳世界〉という。大野林火《りんか》は〈「月一輪」「凍湖一輪」と上一三字を名詞で重ね、下五一動詞で彼我のつながりを示し、結んだこともこの句を大きくしている〉と述べ、さらに付言して〈誓子《せいし》は多佳子の『海彦《うみひこ》』を『紅絲《こうし》』に比して「地下にこもって燃えつづける火」というが、その評言はまたこの句に当てはまる。〉とした。この年、多佳子は五五歳、俳人として最も高調の時期であった。（上野）

三橋鷹女（みつはしたかじょ）

明治三二（一八九九）〜昭和四七（一九七二）。本名たか子。別名東文恵、東鷹女。千葉県に生まれる。娘時代、若山牧水《ぼくすい》・与謝野《よさの》晶子に私淑。大正一一年、結婚して俳句に転じ、原石《せき》鼎《てい》の門に入る。のち小野蕪子《ぶし》の『鶏頭陣』などを経て、昭和二八年高柳重信《しげのぶ》らの『薔薇《ばら》』に加わり、さらに『俳句評論』へと行を共にする。句集に『向日葵《ひまわり》』『魚《うお》の鰭《ひれ》』『白骨』『羊歯《しだ》地獄《じごく》』『橅《ぶな》』などがある。

子に母にましろき花の夏来る《きた》　（白骨）

▼季語―「夏来《きた》る」初夏。「立夏」「夏に入る」ともいう。暦の上では五月六日ごろがその日に当たるが、実際に夏を感ずるのは、もう少し後で、「夏来《きた》る」の季語は幅広く使われる。

▼句切れ―「夏来《きた》る」。

『句解』この健やかな子にも、その母たる私にも、真っ白い花の咲く夏がやってきた。

《鑑賞》昭和一六年作。この〈子〉は、鷹女の一子、陽一。当時、陸軍経理学校の学生であった。句集『白骨』の第一部は〈母子〉と題され、この子に寄せるひたむきな母情で占められている。夏の〈ましろき花〉は、卯《う》の花・茨《いばら》の花・アカシア・泰山木などいろいろ考えられるが、この句の次に〈子へ書けり泰山木の花咲くと〉があるので、あるいは泰山木の花をイメージとしてできた句か。泰山木の花は香りが濃艶《のうえん》だが、いずれにしても、真っ白い花のもつイメージは清純・高貴であり、それはわが子のイメージであると同時に、母と子のひたむきで清純な関係を表すイメージでもある。ましろきととくに白さを強調し、下五に〈夏来《きた》る〉と動詞をすえて、形としてもよくきまっている。（上野）

《補説》この子はやがて中支へ出征、戦地で傷は受けたものの、昭和二一年、無事生還した。〈秋暁の雲白く母子覚めてゐる〉は帰還後の作。

白露《しらつゆ》や死んでゆく日も帯締めて　（白骨）

▼季語―「白露《しらつゆ》」兼三秋。露は他の季節にもあるが、秋に最も多く置くので秋の季語とする。日が当たればすぐ消えてしまう点で、古来命のはかなさにたとえられることが多い。

▼句切れ―「白露《しらつゆ》や」。切れ字「や」。

『句解』白露《しらつゆ》がびっしりと置き、地上には粛《しゅく》とした気が満ちている。私が死んでゆく日も、このように清浄な白露《しらつゆ》の中で、帯をきちんと締め、端然と死を迎えることであろうか。

《鑑賞》昭和二五年作。鷹女には〈死は涼し昼くつわ虫葦《あし》中《なか》に〉〈白蝶《ちょう》の涼しき水死見守れる〉（昭和二四年作）といった昆虫《こんちゅう》の死を扱うものから、〈萍《うきくさ》のわが屍《しかばね》を蔽《おお》ふべく〉〈死ぬること独りは淋《さび》し行々子《ぎょうぎょうし》〉〈南風の孔雀《くじゃく》となりて死に挑《いど》む〉（昭和二六年作）〈春眠や金の柩《ひつぎ》に四肢氷らせ〉（昭和二九年作）といった、自分の死をテーマとするものまで、死を扱った句が多い。

上掲句も、死にいたるまで志操高く、しかも美しくあろうとする願いを詠んだもので、白露《しらつゆ》の清浄さ、はかなさとよく結びつく。そしてそれは多分にナルシシズム的要素を含むものである。永田耕衣は〈（鷹女さんは）死を思うことによって、生の歓喜を創作する実力に満ちる俳人であった。〉と評するが、卓見である。（上野）

蔦《つた》枯れて一身《いっしん》がんじがらみなり　（羊歯地獄《しだじごく》）

▼季語―「蔦《つた》枯れて」兼三冬。秋の蔦《つた》は紅葉して美しいが、冬は、その色も褪《あ》せ、やがてかじかんで散ってしまう。葉が枯れてから、春、芽ぶくまでの蔦《つた》を、「枯蔦《かれつた》」として季語とする。▼句切れ―「がんじがらみなり」。切れ字「なり」。「蔦《つた》枯れて」でもいったん切れる。

『句解』　鮮やかに紅葉して木に巻きついていた蔦《つた》もすっかり枯れ果て、葉も大方は落ちてしまった。後に残ったのは枯蔓《かれつる》だけである。それも、幾重にも巻きついて、まるで自分自身、がんじがらみになった姿を曝《さら》している。これは、わが老年の姿そのものではないか。

《鑑賞》　昭和二八年作。鷹女には、「死」とともに、「老」をテーマとした句も多い。〈女老い七夕竹《たなばただけ》に結ぶうた〉〈老いざまや万朶《ばんだ》の露に囁《ささや》かれ〉〈老いながら椿《つばき》となつて踊りけり〉〈老ゆるべし虹《にじ》の片はし爪先に〉（『白骨』）など。

上掲の「枯蔦《かれつた》」は、作者の自画像とみるべく、〈十方にこがらし女身錐揉《によしんきりもみ》に〉と同発想であろう。ものに絡《から》みついて、初めて生を全うする性を、かなしき女の性とみたのである。〈枯蔦《かれつた》となり一木を捕縛せり〉もある。この一木は、男性の象徴とみてもよいのではないか。　（上野）

高浜年尾（たかはまとしお）

明治三三（一九〇〇）～昭和五四（一九七九）。本名も年尾。東京に生まれる。高浜虚子《きょし》の長男。小樽《おたる》高商卒業後、旭《あさひ》シルク、和歌山製糸会社に勤務。昭和九年退職後俳人として生活。連句に興味を示し、一三年、俳文・俳諧詩・連句・俳論掲載の『俳諧』を発行。二六年以後『ホトトギス』を主宰。句集に『高浜年尾全句集』、連句入門書に『俳諧手引』がある。

遠き家の氷柱《つらら》落ちたる光かな　（年尾句集）

▼季語―「氷柱《つらら》」晩冬。軒先や崖《がけ》などから滴る水が凍って、剣のように垂れ下がったもの。「垂氷《たるひ》」ともいう。▼句切れ―「光かな」。切れ字「かな」。

『句解』　満目蕭条《しょうじょう》たる雪景色の中に、ものみな息をひそめているような寒冷の地。日ざしはあるが、動くものは何一つ見出すことはできない。その中にきらっと光るものを見た。あれは、遠くの家の氷柱《つらら》が軒を離れて落ちたのだったのだ。

《鑑賞》　年尾は、大正八年から一三年まで小樽《おたる》高商に在学したが、そのときの作。氷柱《つらら》の落ちる光を通して、よく寒冷の地の大景を把捉《はそく》している。

このほか〈やがて又伸び来し氷柱《つらら》ありにけり〉〈曲り出《い》でし氷柱《つらら》やなほも延びにけり〉〈何物の落下や氷柱《つらら》皆落ちぬ〉なども当時の作としてあるが、格の高さ、また印象の鮮明さからいって、上掲句が最もすぐれている。（上野）

野分雲《のわきぐも》夕焼しつゝ走り居り　（年尾句集）

▼季語—「野分雲《のわきぐも》」仲秋。「夕焼」（晩夏）も季語であるが、この場合は「野分雲《のわきぐも》」が主で秋の句。野分《のわき》は野を吹き分ける風の意味で、今日でいえば台風ということになろうが、必ずしも台風だけをいうのでなく、秋の疾風のいいで、ここでは、その風に乗って走る雲である。▼句切れ—「走り居り」。「野《の》分雲《わきぐも》」でもいったん切れる。

『句解』　午後からあやしい雲行きをみせていた空が、夕方になると一嵐《ひとあらし》きそうな気配で、雲はますます速さを増してきた。折から落日の空は茜色《あかねいろ》に染まり、野分《のわき》雲《ぐも》もさまざまな色に染まりながら空を走っている。

《鑑賞》　きわめてダイナミックな美しさに満ちた句である。走る野分雲《のわきぐも》が夕焼けているというのでなく、夕焼けしながら走っているというところに、野分雲《のわきぐも》の動きと同時に、夕焼け雲の色の変化も巧みにとらえられているのである。

これは純粋に叙景句であるが、その底に作者の躍動する内面世界があって初めてできるもので、高浜虚子《きよし》のいう「花鳥諷詠《ふうえい》」の精神を、忠実に体した作者の句といえる。〈走り居り〉の現在形の止めもよい。同句集にある〈時雨月《しぐれづき》をり〱除夜の鐘照らす〉も純粋な叙景句であるが、明晰《めいせき》な描写の底に、よく除夜の感情をとらえている。（上野）

永田耕衣（ながたこうい）

明治三三（一九〇〇）〜平成九（一九九七）。本名軍二。兵庫県に生まれる。三菱《みつびし》製紙会社に四〇年近く勤務。大正五年より俳句を始め、『山茶花《さざんか》』『鹿火屋《かびや》』などの投句時代を経て『鶏頭陣』『鶴《つる》』『風』『天狼《てんろう》』の同人を遍歴、昭和二四年より『琴座《りらざ》』を主宰。『俳句論評』創刊とともに同人となる。句集には『加古』『傲霜《ごうそう》』『驢鳴《ろめい》集』『吹毛集』『梅華』などがある。

夢の世に葱《ねぎ》を作りて寂しさよ　（驢鳴《ろめい》集）

▼季語—「葱《ねぎ》」兼三冬。関東では根を深く土に入れて白く作り（根深《ねぶか》）、関西では根を浅くして青く作る（葉葱《はねぎ》）が、いずれも冬栽培し、冬食する。多く鍋物《なべもの》の具としたり、薬味として用いる。▼句切れ—「寂しさよ」。切れ字「よ」。

『句解』夢のようにはかない世の中に、葱《ねぎ》を育てている。この人生のさびしさよ。

《鑑賞》昭和二二年作。作者は関西の須磨《すま》に住んでいるので、この葱《ねぎ》は根深《ねぶか》ではなく、葉葱《はねぎ》とみるべきか。たいした野菜の植えてある畑ではなく、ほんの一坪菜園であろう。葱《ねぎ》は主食にならぬことは無論だが、副食にしても、主役を演ずるものではない。その色と香りが、他の料理の引き立て役になるといった性質のもので、夢の世のはかない語感に添う。

折柄、戦後の食糧難時代であったことを思うと、この句はかなり風刺的でもある。葱《ねぎ》を作るさびしさに、あえておのれを引きすえようとする姿勢もよめる。戦時中から、禅に関心を抱いていたという、作者の経歴からすると、肯《うべな》えるおもしろさだ。

山本健吉は、〈季節が冬であることも、合わせ考えて味わうべきだろう。何か人生の寂寥《せきりょう》を噛《か》みしめている仄《ほの》かな主情がある。〉(『現代俳句』)と述べている。（上野）

中村汀女（なかむらていじょ）

明治三三(一九〇〇)～昭和六三(一九八八)。本名破魔子《はまこ》。熊本県に生まれる。大正七年より句作を始め、八年『ホトトギス』に入会する。九年、結婚してしばらく中断するが、昭和七年杉田久女《ひさじょ》の『花衣《はなごろも》』創刊に誘われ、句作を再開する。同年より高浜虚子《きょし》に師事し、九年『ホトトギス』同人となる。二二年『風花《かざはな》』を主宰。句集に『汀女句集』『春暁』『花影』『都鳥』『紅白梅』など。他に随筆集も多い。

あはれ《わ》子の夜寒の床の引けば寄る

（汀女句集）

▼季語—「夜寒」晩秋。「寒さ」は冬だが、夜だけ寒さを感ずるのは秋。その夜の寒さをいう。▼句切れ—「引けば寄る」。「あはれ」でもいったん切れる。

『句解』急に寒さを感ずるようになった晩秋のある夜、子供の眠っている布団《ふとん》を見ると、いかにも小さく寒そうで、私はその布団《ふとん》を自分の方に引き寄せようとした。と、意外に軽く、それは、すっと自分のそばに引き寄せられたことだ。

《鑑賞》昭和一一年作。このころ作者は夫の勤務の都合で仙台《せんだい》にいた。わずか一年余の生活であったが、慣れぬ東北の地で、子供たちとひしと身を寄せ合うようにして過ごしたこの時期は、汀女俳句の一ピークをなす時期であり、とくに子供を詠んだ句に佳句が多い。〈あひふれし子の手とりたる門火《かどび》かな〉〈咳《せき》の子のなぞなぞあそびきりもなや〉〈ここにまた吾子《あこ》の鉛筆日脚伸ぶ〉〈晩涼の子や大き犬いつくしみ〉〈蜩《ひぐらし》やはや子の顔の見えわかず〉など。

上掲句は〈あはれ〉の主情語を冒頭にすえ、後は〈子の夜寒の床の〉と〈の〉を畳みかけて〈引けば寄る〉と、下五をひといきに言い収めた。この句の柔軟で、しかもねばり強いリズムは、子を守る母情の表現としてまさにふさわしい。（上野）

雨粒のときどき太き野菊かな　（花影）

▼季語―「野菊」晩秋。山野に自生する菊の総称。白い菊も、淡紫色のヨメナの花も、紺色深い野紺菊《のこんぎく》も、黄色の油菊も、野に咲く菊は、すべて含めて野菊という。▼句切れ―「野菊かな」。切れ字「かな」。

〔句解〕　変わりやすい秋の天気は、いつの間にか細い雨を降らせ始めている。雑草に交じる野菊にも雨脚はかかっているが、じっと見ていると、その雨はときどき太い雨粒となって野菊を濡《ぬ》らしているのだった。

《鑑賞》　昭和二〇年作。戦争が終わった年の秋、作者は久し振りに郷里の熊本に帰省して母を訪れた。〈みぞそばに沈む夕日に母を連れ〉もこのときの作。上掲句からは、久し振りにふるさととの自然に向かう落ち着いた心情をうかがうことができる。

山本健吉は〈女流の句は、よくこういった単純な叙景に、巧まざるうまさを発揮することがある。だが、この単純さのなかにも、非凡な着眼は、おのずから示されている〉とし、〈雨粒の太さということに興趣を見出《い》だしたのがこの句の生命である。〉（『現代俳句』）と述べる。それもまた、静謐《せいひつ》な心境がもたらした（発見した）世界であろうか。（上野）

外《と》にも出よ触るゝばかりに春の月　（花影）

▼季語―「春の月」兼三春。秋の月はさやけく、春の月はうるんで感じられる。朧《おぼろ》にかすんでいるわけであるが「朧月《おぼろづき》」よりは広い範囲で用いられる。▼句切れ―「外《と》にも出よ」。切れ字「よ」。

〔句解〕　皆さん、まあ外に出てごらんなさいよ。すぐそこに、手を伸ばせば触れそうに、ふっくらと大きい月が出ていますよ。春の満月なんですよ。

《鑑賞》　昭和二一年作。長い戦争が終わって間もなくのころであることを知れば、この句にあるおのずからなる解放感は理解されよう。それまでは春月を春月として感ずる心の余裕すらなかったのだ。

〈触るゝばかり〉という具体的表現によってその月のふくよかさ・かぐわしさがよく伝わる。〈外《と》にも出よ〉と、冒頭に相手への呼びかけの語をすえたことも印象的である。すでに内にいる人たちに向かって発せられたこの言葉は、すでに一歩外に出ている作者の位置を明らかにし、明るい声音とともに、輝く表情をも想像させるのだ。（上野）

中村草田男（なかむらくさたお）

明治三四（一九〇一）〜昭和五八（一九八三）。本名清一郎。中国厦門《アモイ》に生まれる。四歳で愛媛県松山に帰国。東京帝大文学部独文科に入学したが、転じて国文科を卒業。成蹊《せいけい》大学名誉教授。昭和四年高浜虚子《きょし》に入門、『ホトトギス』に投句、のちに同人となる。二一年『萬緑《ばんりょく》』創刊主宰。人間探究派の指導者として、新句風をひらいた。句集に『長子』『萬緑《ばんりょく》』など。評論・メルヘンなどの著作も多い。

降る雪や明治は遠くなりにけり

（長子）

▼季語―「雪」兼三冬。雪国では雪は生活の脅威となって大変であるが、たまに降る地方では、雪はなんとなく童心を呼びさます楽しいものであり、なつかしさを感じさせる。▼句切れ―「降る雪や」「なりにけり」。切れ字「や」「けり」。

『句解』　雪がさかんに降ることよ。その雪に現実の時を忘れ、今が二十数年前の明治のころそのままのような気持ちになっていたところ、ふと現実に返り、しみじみ明治は遠くなってしまったと、痛感したことである。

《鑑賞》　昭和六年作。作者の自解によれば、明治の最後の時期を過ごした、東京青山の青南小学校を訪れた際、その建物も付近の様子も震災を免かれて昔日のままであったが、そこに折からはげしく雪が降り出してきたという。その間断ない降雪が時の意識をブランク化してしまい、現在が明治時代であるかのような錯覚を起こし、同時に、明治は永久に消失してしまったという認識を極度に強化したという。

上五が「雪降るや」でなく〈降る雪や〉で、雪の実在感を強調した詠嘆法によって、幻想性が強く打ち出され、それによって中七以下の詠嘆が生かされている。また切れ字が二つ使われているのは、抱字《かかえじ》の用法との指摘がある。強い感動によって調和し、不自然な感じがない。作者の代表作として人口に膾炙《かいしゃ》している。（鍵和田）

《補説》　青南小学校の創立七十周年記念事業の一つとして、同校庭に句碑が建っている。

蟾蜍《ひきがえる》長子家去る由《よし》もなし

（長子）

▼季語―「蟾蜍《ひきがえる》」兼三夏。「がま」「いぼがえる」などともいい、大形で、昼は床下や草陰などにいて、夕方出て昆虫《こんちゅう》など

を食べる。動作が鈍く、のそのそしているが、なんとなくユーモラスでもある。▼句切れ―「蟾蜍《ひきがえる》」。

『句解』 ひきがえるを見ていると長子としての自分の立場が思われる。長子は宿命的に、家を去るべき理由がないのだ。家の重荷をしっかりと受けとめて、生きてゆくのである。

《鑑賞》 昭和七年作。句集『長子』はこの句から名づけられた。その跋《ばつ》に〈私は、単に戸籍上の事実に於《お》てのみならず、対人生・対生活態度の全般を通じて、「長子」にも喩《たと》ふべき運命を自ら執り自ら辿《たど》りつゝあるものであることを自覚する。〉と書き、その宿命の中の決意を表したのがこの句である。

だから〈家去る由《よし》もなし〉は、去りたいのに去る方法・手段がないという泣きごとではなく、長子は家を去る事態の起こり得ようはずがないという意味で、長子の責任を感じそれを負う決意なのである。そういう作者の心情を、鈍重であるが落ち着きがあり、後へは退《ひ》かぬというような不敵さも感じさせるひきがえるによって、象徴的に一句に定着させたのである。当時、実に斬新《ざんしん》な手法であった。(鍵和田)

妻二タ夜あらず二タ夜の天の川

(火の島)

▼季語―「天の川」兼三秋。晴れた夜空を横切って川のように見える無数の星の群れ。初秋のころ天頂に来るので目立って美しい。銀河、銀漢。おおらかで恒久的なので、人生にかかわる句が多く、また、七夕の行事との関連からロマン性もある。▼句切れ―「あらず」。

『句解』 たまたま妻が二晩家を留守にした。その二晩、見上げる夜空の天の川は特に鮮明に輝いて作者の心に染みる。妻のいない空虚なさびしさが、それでいよいよ深く痛切になる。

《鑑賞》 昭和一二年作。この前年二月、三六歳で結婚した作者は、第二句集『火の島』を〈夕汽笛一すぢ寒しいざ妹《いも》へ〉で始め、続いて〈足あとの雪の大路を妹《いも》がり〉〈矢《や》絣《がすり》や妹《いも》若くして息白し〉〈妹《いも》手拍《う》つ冬雲切れて日が射《さ》せば〉〈妻ごめに五十日《いそか》を経たり別れ霜〉と並べている。青春性にあふれ、生命力にあふれ、句集全体にも、愛情と祝福とを感じさせる句が多い。

それゆえにその中での妻不在の掲出句は、際立って独特な世界を形成している。〈二タ夜〉の繰り返しによるリズムもおおらかであるが、単なる個人のさびしさという感傷を超えて、悠久《ゆうきゅう》なものの中での人生の、何か奥深い本質をつかんでいる。その普遍性が、多くの人の共感を呼ぶのである。

《補説》　直子夫人は昭和五二年六四歳で逝去《せいきょ》。カトリック信者であった妻への草田男の追悼句を掲げる。〈中村直子の霊前に捧ぐ　めぐりあひやその虹七色七代《にじなないろななよ》まで〉

（鍵和田）

万緑《ばんりょく》の中や吾子《あこ》の歯生え初《そ》むる

（火の島）

▼季語―「万緑《ばんりょく》」兼三夏。この季語は草田男のこの句によって創始された。王安石《おうあんせき》の詩「万緑叢中紅一点《ばんりょくそうちゅうこういってん》」が出典。従来からある新緑・青葉・茂りなどと比較して、力強く豊かな生命力を暗示できる季語である。▼句切れ―「中や」。切れ字「や」。

〔句解〕　見渡すかぎり緑の木々の中、その緑の充実した生命力に呼応するかのように、吾子《あこ》の歯が生え初《そ》め、白く光ることであるよ。

《鑑賞》　昭和一四年作。一月に生まれた次女に歯が生えたのである。「万緑叢中《ばんりょくそうちゅう》白一点」とでもいうところである。緑と白との対照が鮮明で美しく、かつ万緑《ばんりょく》の生命力と歯の生える生命力とが呼応している。見事な配合であり、見事な季語の生かし方である。

父親である作者の祝福の気持ちは〈万緑《ばんりょく》の中や〉と中七の途中で切れ字を用いることによるリズムの高まりや、〈生え初《そ》むる〉という連体形で止めた語法などによく表れている。生命への賛歌が感動的で、広く愛唱されている句である。

《補説》　作者には自分の子を詠んだ佳句が多く、〈吾子《あこ》の瞳《め》に緋《ひ》躑躅《つつじ》宿るむらさきに〉〈あかんぼの舌の強さや飛び飛ぶ雪〉〈赤んぼの五指がつかみしセルの肩〉などが有名である。なお第三句集も主宰誌も『萬緑《ばんりょく》』と名づけた。

（鍵和田）

勇気こそ地の塩なれや梅真白

（来し方行方）

▼季語―「梅」初春。梅の花のこと。早春、まだ寒い中で、百花に先がけて咲き、白梅、紅梅、一重咲き、八重咲き、さまざまの種類があるが、どれも香りがよく気品も高いので、昔から好まれ、詩歌にもよく詠まれている。▼句切れ―「なれや」。切れ字「や」。

▽地の塩―聖書マタイ伝にある語句で、塩は防腐剤になるので、人の世の腐敗堕落を防ぐものという比喩《ひゆ》に使っている。

〔句解〕　勇気こそが〈地の塩〉のように、人の世の腐敗を防ぎ止めるものである。折からその象徴のように、寒さの中で梅が凛《り》々しく、真っ白に咲いている。

《鑑賞》　昭和一九年作。戦争末期の重苦しい空気の中で、勇気の必要を常日ごろ痛感していた作者が、梅の凜《りん》たる白さに触発されて一句を成したのであろう。梅の白さと塩の白さとの共通性も考えられる。

　発表されたときの前書に〈出陣近き教へ子に語りて、次の一句を示す〉とあるが、教え子に対してだけでなく、作者自らに確認しているような感じがある。〈こそ〉と〈や〉を使った語の勢いによるものであろう。中七までの強烈な感慨を〈梅真白〉が見事に受け止め定着させている。

　こういう「思想性」「社会性」という要素を、詩的に美しく結晶させたのは、草田男の大きな功績である。（鍵和田）

焼跡に遺《のこ》る三和土《たたき》や手毬《てまり》つく

（来し方行方）

▼季語―「手毬《てまり》」新年。正月の女の子の遊び道具。美しい色糸で作られ、ついて遊んだが、現在ではゴムまりとなり、あまり季節に関係がなくなった。▼句切れ―「三和土《たたき》や」。切れ字「や」。

▽三和土《たたき》―砂利・赤土・石灰に苦塩《にがしお》を合わせたものを敷いて叩《たた》き固めた土間。今はセメントを加えて固めた土間。

《句解》　戦災で一面に焦土と化した町、その焼け跡に三和土《たたき》が平らに残っている。子供たちがそこで無心に手毬《てまり》をついて遊んでいる。それはよみがえる平和を予感させ、祝福したい姿である。

《鑑賞》　昭和二〇年作。この一句だけを単独に取り出せば、〈焼跡〉はふつうの火事の跡とも考えられるが、制作年代からも考えられるように、この句は終戦直後の混乱期に戦災跡で作られたものである。国がめちゃめちゃになって、大人たちが絶望し、惨めな無力感に落ち込んでいたとき、手毬《てまり》で遊ぶ子の姿は、一つの救いであった。失われずにあるものを見、日本のよみがえりを信じ、明るい将来を祈りたくなる、そういう想《おも》いを、主観的な語句を一切用いないで、見事に一句に結晶させている。〈手毬《てまり》〉が新年の季語であるから、新春の感慨と考えるといっそう意味深い句になる。発表当時、俳句愛好者の心に衝撃的な感動を与えた句として有名である。

《補説》　他の代表句に、〈玫瑰《はまなす》や今も沖には未来あり〉〈秋の航《こう》一大紺《いちだいこん》円盤の中〉〈燭《しょく》の灯《ひ》を煙草火《たばこび》としつチェホフ忌〉〈種蒔《たねま》ける者の足あと洽《あまね》しや〉〈寒星や神の算盤《そろばん》ただひそか〉〈葡萄《ぶどう》食ふ一語一語の如《ごと》くにて〉がある。（鍵和田）

《参考文献》　▼山本健吉「中村草田男」（『現代俳句』上　角川新書　昭26）▼秋元不死男「中村草田男」（『俳句講座6』明治書院　昭33、44）▼香西照雄『中村草田男』（桜楓社　昭38）▼「特集中村草田男」（『俳句研究』昭47・6）

加藤楸邨（かとうしゅうそん）

明治三八（一九〇五）～平成五（一九九三）。本名健雄。別号達谷《たっこく》山房。山梨県に生まれる。昭和五、六年ごろ短歌から俳句に入り水原秋桜子《みずはらしゅうおうし》に師事。『馬酔木《あしび》』発行所に勤めつつ東京文理大を卒業。昭和一五年『寒雷』を創刊し独立、人間探求派と呼ばれる真摯《しんし》な内面的句風をひらく。松尾芭蕉《ばしょう》に傾倒、研究書が多い。句集に『寒雷』『野哭《やこく》』『まぼろしの鹿《しか》』『吹越《ふっこし》』など、随筆集に『隠岐《おき》』『達谷《たっこく》往来』などがある。

露の中万相《ばんそう》うごく子の寐息《ねいき》

（穂高）

▼季語―「露」兼三秋。露は風のない秋の晴夜に多く生ずるので、秋の季語である。しっとりと冷たい感じで秋の気配を伝える。▼句切れ―「露の中」。「寝息」。▽万相《ばんそう》―すべての様相ということで新造語と思われる。森羅《しんら》万象《ばんしょう》を指すだけでなく、思いの中の世界も含まれていよう。

『句解』 露がしとどに降りた秋の夜。そのしっとりと冷たい大気の中に、病んだ子の苦しそうな寝息を聞いていると、二人を取り巻く一切のもの、一切の思いが、子の寝息と呼応して動き立つのが感じられる。

《鑑賞》 昭和一五年作。第三句集『穂高』は、長男穂高の名前をタイトルとし、その入院費に当てるためにまとめられ、第一、第二句集の裏句集になるもの。この句は〈穂高病む〉という前書をもつ。

このころ楸邨は護国寺近くの崖下《がけした》に住む三五歳の老大学生で、三人の子をかかえ、穂高は小学一年生だった。病児の枕辺《まくらべ》に座って、その寝息を聞きながら、病状を心配し、父子を取り巻く大きな宇宙の動きを感じているのである。子よ治れという祈念が不安とからまり、緊張し、子の寝息を感ずるすべてのものの核心となっているのだ。

山本健吉は、三段に切れるようでいて、各句は有機的につながっていると指摘しているが、〈万相《ばんそう》うごく子の寐息《ねいき》〉の気息はとぎれずに続き、おおらかなリズムを作っている。（平井）

雉子《きじ》の眸《め》のか《こ》うか《こ》うとして売られけり

（野哭《やこく》）

▼季語―「売られる雉子《きじ》」兼三冬。雉子《きじ》の繁殖期は春から初夏。この時期、雄がけんけんと鳴いて雌を呼び、春の季語とされるが、この句の雉子《きじ》は、狩りで撃たれた獲物なので冬とする。羽美しい雄が目を閉じず売られているのだ。▼句切れ―「売られけり」。切れ字「けり」。

▽眸《め》―初出では「瞳」とあったが句集で「眸」となった。鋭い刺すような眼光を表す。▽かうかう―「耿々」で、光の強い明るさを示す。

〘句解〙 雉子《きじ》が吊《つ》り下げられ売られている。その眸《め》が開かれたまま、こうこうと輝いている。

《鑑賞》 昭和二〇年作。『野哭《やこく》』は作者の最も好む句集。集名は〈野哭《やこく》ノ千家戦伐ニ聞ユ〉という杜甫《とほ》の詩句から採られた。戦乱のさなか、野にある中国の民衆はその惨禍を天を仰いで哭《こく》したが、その思いを太平洋戦争敗戦の日本のおのれの身にかえりみたのである。

雉子《きじ》の眸《め》は、まさに天に哭《こく》する憤りと悲嘆の眸《め》ではないか。この眸《め》はつぶらなイメージの「瞳」では表現できない。鉾《ほこ》と類似した「眸」の字によって、突き刺すような鋭いものになる。この雉子《きじ》は高士・義士のように見える。作者が強く反映し、作者の分身となっているからである。

この句の鋭い気迫は音によっても見事に表されている。まず四つあるk音、句頭と句尾のi音がその役割を果たす。また〈かうかう〉のoの長音が上二つの〈の〉と呼応して、眸《め》の輝きを漂わせる。〈眸《め》の〉の次に小休止があるようだが切れず、一句言い切りの句となっている。

（平井）

死や霜の六尺の土あれば足る

（野哭《やこく》）

▼季語―「霜」兼三冬。霜は寒さきびしくよく晴れた風のない夜に生ずる。朝一面に白く輝く霜は、きびしく爽快《そうかい》な美をもつ。▼句切れ―「死や」。切れ字「や」。ただし、句意の上での句切れは「死や」にあるが、五・七・五のリズムとずれるため、「霜の」で小休止をとって読まれる。「足る」。
▽六尺の土―人を埋葬する墓穴を指す。トルストイの、人間にはどれだけの土地が必要かという考え方が反映しているかもしれない。

〘句解〙 霜に白く光る土。理想を追い、さまざまな欲求をもつ自分も、死んでしまえば、この霜まみれの土に掘った六尺の穴に納まってしまうのだ。それ以上何もいらないのだ。

《鑑賞》 昭和二一年作。『野哭《やこく》』には死を主題とする句が多く、それがまた秀作ぞろいである。〈死ねば野分《のわき》生きてゐしかば争へり〉〈天の川怒濤《どとう》のごとし人の死へ〉などがそれで、戦後間もないころであったから、旧友の戦死などを知ることも多かったろうし、戦争協力者追及の声に苦しんだりもしたのであった。暗い苦しいイメージに向かうのも当然であった。戦後の食糧難や貧窮も、そうした暗さをかきたてたにちがいない。

だが楸邨は大本営報道部嘱託として中国に渡ったが、作家として大陸をながめたのであって、戦争に協力したのではなかった。この句はストイックなまでに孤高に身を持して背筋を張っている。「しやしもの」の頭韻が、粛然《しゅくぜん》とした作家の志と、それに殉じる決意を物語っている。（平井）

鮟鱇《あんこう》の骨まで凍《い》ててぶちきらる　（起伏）

▼季語―「鮟鱇《あんこう》」兼三冬。長さ一メートルほどの、頭が大きく横長の口をもつぐにゃぐにゃした魚。冬、味がよく、鮟鱇《あんこう》鍋《なべ》にする。皮や臓物が喜ばれる。俎板《まないた》で切りにくいので吊《つる》し切りにする。ただし、この句の場合には骨まで凍りつき、ぶち切られるので、俎上《そじょう》と考えてもよい。グロテスクで滑稽《こっけい》味のある、ものがなしい魚である。▼句切れ―「ぶちきらる」。

『句解』不格好な鮟鱇《あんこう》が骨までこちんこちんに凍って、そのまま一気に、出刃包丁でぶち切られる。

《鑑賞》昭和二三年作。『起伏』は楸邨の第八句集で、肋膜《ろくまく》炎《えん》のため病臥《びょうが》中の作品を収めたもの。この句はその中の代表作である。

実景ではなくて想像裏の作品であろう。やはり鮟鱇《あんこう》というかなしくおかしい魚を材にとったところが楸邨らしい。楸邨の句では、〈蟾蜍《ひき》あるく糞量世にもたくましく〉〈啞蟬《おしぜみ》や鳴かざるものはあつくるし〉〈腹の力脱くるよ冬の豚《ぶた》鳴いて〉のような、グロテスクでかなしい生物が主役になることが多い。楸邨の鳥獣戯画・動物哀歌である。それが楸邨の庶民的な人なつかしい持ち味の一つで、『起伏』のころからひらけてきた句境といえる。

鮟鱇《あんこう》の惨劇を太い息で一気に描きつつ、どこかから病中の自画像を漂わせているようだ。一句言い切りの句。〈凍《い》てて〉のところに句切れがあるようだが、句の勢いは一気《いっき》呵成《かせい》で、句切れとならず言い切っているものとみた方がよかろう。（平井）

木《こ》の葉ふりやまずいそぐないそぐなよ　（起伏）

▼季語―「木《こ》の葉散る」兼三冬。「落ち葉」というと、地に落ちた葉を中心にしていうが、「木《こ》の葉散る」というと、木を離れ空中を漂う葉という感じが強い。葉が多く散り、わずかに枝に散り残っている葉も、木の葉という感じになる。蕭条《しょうじょう》と枯れ急ぐ冬の気配がみなぎる季語である。▼句切れ―「ふりやまず」「いそぐな」「いそぐなよ」。三段切れ。切れ字「な」「なよ」。

『句解』長い病床生活、あせる心が抑えきれない。いつの間にか冬がきて、木《こ》の葉がにわかに散り急ぐ。急ぐな、急ぐなよ、と、呪文《じゅもん》のように、木《こ》の葉に呼びかける。自分に呼びかける。

《鑑賞》 昭和二三年作。楸邨はこの年の三月飯田蛇笏《だこつ》を訪ね、帰宅後発病、肋膜炎《ろくまくえん》となった。六月には絶対安静、九月には小康状態になり、一一月にまた悪化するという状態だった。その悪化したころの作であろう。

この句を愛誦《あいしょう》する読者が多いが、それはこの句の八・四・五という変型のリズムにどことなく楸邨の肉声が感じられるからかもしれない。病床にあって、〈いそぐないそぐなよ〉とかけ声のように声を上げている楸邨を思うと、意志的な楸邨の人柄に親しみが湧《わ》き、ほほえましくもあるのである。この句は療養者の心の支えにもなった、その意味でヒューマンな句である。〈いそぐないそぐなよ〉は、同語反覆のリズムをもつので、〈いそぐな〉のところで息が切れずに続くものと読める。（平井）

原爆図中口あくわれも口あく寒（かん）

（まぼろしの鹿）

▼季語―「寒《かん》」兼三冬。「寒《かん》」というと、ふつう、寒の入りから寒明けまでの三〇日間を指し、期間がさだまった季語で、「寒の内」ともいう。だが、この句の場合は、その寒の内をも含めて、一般的な冬の寒さ、「寒気」を指しているものと考えられる。寒いと感じたというのである。▼句切れ―「口あく」「口あく」「寒《かん》」。三段切れ。

▽原爆図―丸木位里・赤松俊子夫妻の描いた執念の大作。原爆の惨状をなまなましく描き出し、原爆の非人間性を訴えた、世界的に有名な連作の絵である。

〔句解〕 原爆図を見る。苦痛に口をあけているむごたらしい被爆者たち。見ている自分も口をあけていた。それに気づいたとき、にわかに寒気が全身に感じられてきた。

《鑑賞》 昭和二八年作。楸邨の原爆関係の秀作には、長崎で作った〈遺壁の寒さ腕失せ首失せなほ天使〉などがあるが、掲出句が最も強烈である。

この句は、特殊な形式をとり、〈原爆図中口あく／われも口あく／寒《かん》〉という一一・七・二音の構成である。異様に強烈な感動が作り出した大破調である。

〈口あく〉の繰り返しがすさまじい印象であり、その口の中の地獄の色を想像させる。また一一・七・二としだいに緊張するリズムも効果的であり、とくに「かん」という音は、痛烈な響きをもつ。原爆図の戦慄《せんりつ》と寒気とが一つになっているのだ。（平井）

《参考文献》▼田川飛旅子『加藤楸邨』（桜楓社　昭41）▼『現代俳句文学全集　加藤楸邨集』（角川書店　昭32）▼山本健吉『現代俳句』（角川文庫　昭39）▼『近代俳句大観』（明治書院　昭49）▼大野林火『近代俳句の鑑賞と批評』（明治書院　昭42）▼『加藤楸邨全集』（講談社　昭55～57）

石田波郷（いしだはきょう）

大正二（一九一三）～昭和四四（一九六九）。本名哲大《てつお》。愛媛県に生まれる。松山中学のころより作句。五十崎古郷《いかざきこきょう》に師事したが、のち水原秋桜子《みずはらしゅうおうし》に師事する。上京後、『馬酔木《あしび》』編集に従事。昭和一二年『鶴《つる》』を創刊し、一七年『馬酔木《あしび》』より独立。人間探求派の一人。応召後中国で発病、生涯《しょうがい》胸部疾患に苦しむ。読売文学賞受賞。句集に『鶴《つる》の眼《め》』『病雁《びょうがん》』『雨覆《あまおおい》』『惜命《しゃくみょう》』『酒中花』などがあり、『石田波郷全集』全一〇巻がある。

バスを待ち大路《おおじ》の春をうたがは《わ》ず

（鶴《つる》の眼《め》）

▼季語―「春」兼三春。立春から立夏の前日までをいい、大体、二、三、四月に当たる。語感のあたたかく、やわらかい、よろこびの宿る季語である。▼句切れ―「うたがはず」。「バスを待ち」でも切れる。

▽大路《おおじ》―都会の大通りで、この句の場合、東京の銀座通りとか、神保町の通りとかが思い浮かぶ。「おおじ」というい方は都大路《おおじ》を連想させ、東京とか京都の大通りらしいおおらかな語感である。芽ぶく街路樹なども連想させる。

『句解』　大都会の大通り。バスを待っていると、頰《ほお》に触れる風といい、空の明るさといい、街路樹の若葉といい、もう疑いようのない春だ。

《鑑賞》　昭和八年作。波郷は昭和七年、四国から上京し、水《みず》原秋桜子《はらしゅうおうし》の庇護《ひご》を受けた。翌年『馬酔木《あしび》』は同人制をとり、四月号から第一期同人に推された。波郷は最年少（二〇歳）の同人であった。翌九年から『馬酔木《あしび》』の編集に参加し、石橋辰之助《たつのすけ》、高屋窓秋《そうしゅう》らとの交友の刺激もあり、この句のころの波郷には輝かしい未来と、充実した青春の日々があった。

そうした心の躍動が、さわやかにはずみ出てくるような句である。とりわけ〈うたがはず〉の一語に、そうした思いが期せずして浮かび出ている。これを波郷の青春俳句というが、同じころの〈ある書肆《しょし》にひらく雑誌も青あらし〉なども、みずみずしい情感に満ちて若々しい。（平井）

顔出せば鵙迸《もずほとばし》る野分《のわき》かな

（風切《かぜきり》）

▼季語―「鵙《もず》」兼三秋。この句にはもう一つ「野分《のわき》」（仲秋）という季語があるが、鵙《もず》の方が焦点になっているものとみて、

鵙《もず》の方を主たる季語とした。鵙《もず》は性質の荒い鳥で、小鳥や小動物を捕らえて木の枝などに刺す。鵙《もず》の贄《にえ》である。鋭い鳴き声の鳥で、その声を愛用する俳人が多い。野分《のわき》は秋の強風で、野を吹き分ける風というところからつけられた名前である。野分《のわき》が吹き過ぎた後の吹き倒れの跡が「野分後《のわきあと》」である。「のわけ」と読んでもよい。▼句切れ―「野分《のわき》かな」。切れ字「かな」。「出せば」でもいったん切れる。

▽迸《ほとばし》る―鵙《もず》は尾を振りながら、鋭い声でキーッキーッと鳴く。その声がいきなり起こったのである。なおこの迸《ほとばし》るは、幾分かは野分《のわき》にも響いて、風の感じをも表しているようである。

〘句解〙 窓から顔を出すと、吹き起こる野分《のわき》の中に、いきなり鵙《もず》の甲《かん》高い声が湧《わ》き起こった。迸《ほとばし》るようなその声が野分《のわき》に吹きさらわれていった。

《鑑賞》 昭和一七年作。昭和一八年に刊行の『風切《かぜきり》』は、

女来《く》と帯纏《ま》き出《い》づる百日紅《さるすべり》
初蝶《はつちょう》や吾《わが》三十の袖袂《そでたもと》
朝顔の紺の彼方の月日かな

などの秀作を収め、青春俳句から作家の俳句に成長した波郷を示した。

彼は古典を学び、韻文精神によって格高き俳句を作ろうとした。掲出句にもしたたかな調べがある。山本健吉のいうように、〈顔出せば〉にはうっすらと俳諧味がある。

（平井）

秋の夜の憤ろしき何々ぞ　（病雁《びょうがん》）

▼季語―「秋の夜」兼三秋。秋の夜長というように、秋は日に日に夜が長くなり、虫が鳴き、月光が冴《さ》え渡るようになる。しみじみと物思うころである。▼句切れ―「何々ぞ」。切れ字「ぞ」。「憤ろしき」でもいったん切れる。

▽憤ろしき―憤怒に堪えぬもの。単なる怒りより強く、腹立たしくてならぬものである。

〘句解〙 この秋の夜、死ぬかもしれぬという予感のする病の中で、思えば思うほど、胸中にこみ上げてくる憤怒がある。一体それを、何と何といったらよいのか。

《鑑賞》 昭和一九年作。年譜によると、波郷は昭和一八年九月召集されて佐倉連隊に入り、一〇月に華北に送られた。翌年軍鳩《ぐんきゅう》取扱兵となったが、三月に発病する。左湿性胸膜炎で、心臓が右に転位するほどであり、胸水が洗面器にいっぱい出たという。翌二〇年内地に送還され、やがて快方に向かうが(楠本《くすもと》憲吉による)、掲出句はその最悪の状態のときに作られたのであった。

『病雁《びょうがん》』にはこの句とともに、〈秋の夜の俳諧燃《も》ゆる思《おもい》かな〉、〈同じ折、一子修大に〉と前書された〈秋の風万の禱《いのり》を汝《なれ》一人に〉の二句が並んでいる。とすれば、憤ろしきも

のは、俳諧とわが子に注いだおのれの思いをむなしく死んでゆくかもしれぬ運命、ということになろう。その無力な憤りを抑えかねている秋の夜は苦しみの夜だった。〈憤ろしき〉は、「憤ろしき（ものは）」の省略された形であり、その省略部分が、切迫した切れを形作っている。（平井）

霜の墓抱起《だきおこ》されしとき見たり　（惜命《しゃくみょう》）

▼季語―「霜」兼三冬。寒気きびしい晴夜に降りた霜が、朝墓を白くおおっているのである。墓と関係づけられたこの霜は、爽快《そうかい》なものではなく、きびしい、恐ろしい霜である。▼句切れ―「見たり」。「霜の墓」でもいったん切れる。

〘句解〙　長い病の床にいて、自分で身体が起こせぬほどだ。ある寒く晴れた朝、家人に抱き起こされたとき、つい目に入ってしまったことだ。霜に真っ白におおわれた墓が。

《鑑賞》　昭和二三年作。波郷は昭和二二年九月、肺患が再発、自宅で病床につくが、悪化し、翌年三月宮本忍博士の診察を受け、成形が可能とされて五月に、清瀬村の東京療養所に入る。この句はその自宅療養中の作である。

　波郷の家の西隣は妙久寺の墓地で、窓をあけると目の前に墓の群れが見えたという。波郷は自身でこの句についてこう書いている。〈「寝巻を替えてくれないか」霜晴の明るい日だったが、妻が肩の下に手を入れて抱き起してくれると、明け放した窓の後方から霜の日を浴びて輝く墓が、やきつくように目に入った。私は自分の肋《あばら》の出た胸に目を落した。これを早く何とかしなければならぬと考えた。〉（『清瀬村』）。これを見てもこの霜の墓は波郷に強烈な印象を与えたことがわかる。自分の死後を見るような思いがしたのかもしれない。

　この句は句意があいまいなことで有名だが、墓が抱き起こされたとか墓が見たとか読むのは無理だ。表現に多少難のある句。（平井）

雪はしづ《ず》かにゆたかにはやし屍室《かばねしつ》　（惜命《しゃくみょう》）

▼季語―「雪」兼三冬。古来、雪月花といって、日本の詩歌の伝統の中で最も尊重された美の一つ。美しい雪、暗い雪、初めての雪、生活にかかわる北国のきびしい雪など、さまざまなニュアンスの雪があるが、この句の場合、死を思う心につながる、暗く美しい雪降りである。▼句切れ―「はやし」。切れ字「し」。この句は破調で、七・七・五のリズムだが、上の七・七は、さらに三・四・四・三に細分され、それぞれの部分が少しずつの休止をもちつつ連続して、「はやし」の切

れにいたる。「屍室」。

▽屍室《かばねしつ》―病院や療養所の霊安室、遺体安置室のこと。

〔句解〕屍室《かばねしつ》が向こうに見える。そこにまた死んだ同病の人が横たわっているのだ。その屍室《かばねしつ》を隠すように、雪が無心に降っている。しずかに、ゆたかに、はやく。

《鑑賞》昭和二四年作。『惜命《しゃくみょう》』の代表作の一つ。清瀬の東京療養所での作。

この句には二つの解がある。一つは山本健吉の解で、通夜の情景ととり、作者は屍室《かばねしつ》にいるとする。他は作者の自解で、作者は病室にいて、屍室《かばねしつ》を降り包む雪をこちらからながめているとする。句の形からすればどちらともとれ、作者の自解に従う必要はない。

この句の眼目は、雪が実にリズミカルに降っているところにある。句の表面にあってはそうだが、句の裏で、その雪が死のいたみ、きびしさをかきたてるわけで、その二つのリズムを聞きとらねばならないのだ。（平井）

螢籠《ほたるかご》われに安心《あんじん》あらしめよ　（酒中花以後）

▼季語―「螢籠《ほたるかご》」兼三夏。螢《ほたる》を捕らえて入れる籠《かご》で、竹や木の枠《わく》組みに金網を張ったもの。紗《しゃ》を張ったものもある。軒などに吊《つる》して、そのほのかな光を観賞するのである。▼句切れ―「あらしめよ」。切れ字「よ」。「螢籠《ほたるかご》」でも切れる。

▽安心《あんじん》―「あんしん」ではなくて、この場合「あんじん」である。仏教用語で、信仰が確立することによって心が安定すること、いわゆる悟りのことである。

〔句解〕螢籠《ほたるかご》のほのかな光が消え、またともる。そのたよりなげな光が、また仏の世界のことを示しているようでもある。死に近く、病み衰え、いまだ信心決定できないでいる我に、願わくは心の安定を与えたまえ。螢《ほたる》の光よ。

《鑑賞》昭和四四年作。死の年の作ということになる。この年の一一月二一日に波郷は死んだ。『酒中花以後』は、翌年刊行された遺句集である。

この句を作ったころの波郷は低肺のために、酸素吸入を離すことができないまでに衰えていたと草間《くさま》時彦《ときひこ》が書いている。波郷はみずからも、死期がすぐそこに迫っていることを感じていたろうし、そのための心の用意もしていただろう。

そんな思いが、〈われに安心《あんじん》あらしめよ〉となったのだろうが、螢籠《ほたるかご》と結び合って、なんというしみじみとした思いに誘う言葉であろうか。波郷には〈今生《こんじょう》は病む生なりき烏頭《とりかぶと》〉の句があるが、その病生涯《びょうしょうがい》の遺《のこ》したこれは最高の句と思う。

（平井）

《参考文献》▼楠本憲吉『石田波郷』（桜楓社　昭41）▼『現代俳句文学全集　石田波郷集』（角川書店　昭32）▼山本健吉『現代俳句』（角川文庫　昭39）▼『近代俳句大観』（明治書院　昭49）▼大野林火『近代俳句の鑑賞と批評』（明治書院　昭42）

皆吉爽雨（みなよしそうう）

明治三五（一九〇二）〜昭和五八（一九八三）。本名大太郎。福井県に生まれる。住友電気会社に三〇年勤務、大正八年『ホトトギス』に入り、昭和七年同人となる。大正一一年から昭和一九年まで『山茶花《さざんか》』編集責任者。昭和二一年『雪解《ゆきげ》』を創刊主宰。句集には、『雪解《ゆきげ》』『寒林』『遅日』『雁列《がんれつ》』『寒《かん》柝《たく》』『三露』『泉声』『花幽』『聲遠』ほかがある。俳句鑑賞書も多い。第一回蛇笏賞受賞。

夜焚火人《よたきびびと》のまくろき背《せな》に近よりし

（雪解《ゆきげ》）

▼季語―「焚火《たきび》」兼三冬。戸外で暖をとるために焚《た》く火のこと。夜焚《た》くのが「夜焚火《よたきび》」。▼句切れ―「近よりし」。

『句解』　夜焚火《よたきび》をしている人がいる。火は赤々と燃えているが、その火に向かう人の表情は全く見えず、ただ黒々とした背があるだけだ。その背中に向かって、私はそっと近づいていった。

《鑑賞》　大正九年、『ホトトギス』に初入選した句で、作者一九歳のときの作。

この句にはなんとなき北国の憂愁が感じられる。夜焚火《よたきび》をしている人と、作者との関係は不明であるが、その黒々とした背に親しみを感じていることは確かで、作者もその焚火《たきび》に寄って、暖をとろうとしたのであろう。炎の色の陽《よう》は描かず、人影の陰《いん》を描くことで夜焚火人《よたきびびと》の生活を出している。

それはまた、当時の作者の精神風景でもあったろう。爽雨は、地元の中学を出て、就職したばかりであった。高浜虚子《きよし》は句集『雪解《ゆきげ》』の序文で、〈年少にして既に老成した態度を具《そな》へてをつた〉と述べている。

後年の彼の句は、定型を守ったなだらかなものが多いが、これは初句が七音で、それが句を重厚にしている。

《補説》　他に彼の代表作として〈さらさらと又落衣《おちぎぬ》や土用干〉〈がう〳〵と深雪《みゆき》の底の機屋《はたや》かな〉〈棚《たな》かげにこぼれてひとりねむる蚕《こ》も〉〈鳥屋《とや》それて鳥屋《とや》それて鳥渡りけり〉などを挙げることができる。

（上野）

星野立子（ほしのたつこ）

明治三六（一九〇三）〜昭和五九（一九八四）。本名立子。東京に生まれる。高浜虚子《きよし》の次女。大正一五年ころより句作。『ホトトギス』に出句、昭和九年同人となる。昭和五年、父のすすめで女流を主とした俳誌『玉藻《たまも》』を創刊。句集『立子句集』『続立子句集』『笹目《ささめ》』『実生』『春雷』『句日記』、他に随筆集『玉藻《たまも》俳話』『俳小屋』『一日一句』などがある。

しんしんと寒さがたのし歩みゆく　（立子句集）

▼季語—「寒さ」兼三冬。冬季、膚に感ずる寒さをいう。▼句切れ—「たのし」。切れ字「し」。

〘句解〙　寒さがしんしんと身にしみる。しかし、その寒さこそが私には楽しくて、ずんずん歩いて行くのだ。

《鑑賞》　昭和八年一月二七日、松本たかし庵《あん》句会に出されたもの。このとき立子は満で二九歳。若々しさがあふれている。シンシントサムサガタノシと、シ・サのサ行音を畳みかけて、寒さを強調し、間に撥音《はつおん》を繰り返して、歩くリズムを出した。下五の〈歩みゆく〉は動詞の終止形で終わり、はなはだ躍動的である。

この句の下五のおき方について、山本健吉は〈普通ならこういう場合、結びの五文字には何かゴタゴタと配合物を持ってきたくなるところだ。そういう場合、立子はあまり欲ばらず、こだわらずに、あわあわと、さりげなく心情を叙してしまう。彼女の素質のよさを物語るものである。〉（『現代俳句』）と批評している。

立子の句はまさしく幼児のごとく素直であり、その表現は平易、そして〈しんしんと〉にみられるような擬声語・擬態語が多い。それはまた、彼女のいい意味での幼児性の表れでもある。〈狐火《きつねび》のほと〱いうて灯《とも》るかも〉〈羅《うすもの》の二人がひらり〱歩す〉〈うつ伏せに風につつつつ落椿《おちつばき》〉などがその例である。（上野）

女郎花《おみなえし》少しはなれて男郎花《おとこえし》　（立子句集）

▼季語—「女郎花《おみなえし》」「男郎花《おとこえし》」初秋。共に秋草。女郎花《おみなえし》は七草の一つで、細長い茎の上に淡黄色の小花を多数かさ状につける。艶《えん》な女性の連想。男郎花《おとこえし》は女郎花《おみなえし》に似るが、茎や葉に毛が多く、花は白。▼句切れ—「女郎花《おみなえし》」。

〘句解〙　高原の清澄な空気。女郎花《おみなえし》がすんなりとした姿で、黄色の花を咲かせ、そのそばに少し離れて男郎花《おとこえし》が白い花をつけてたたずんでいる。

《鑑賞》 昭和八年八月二〇日、北海道層雲峡に遊んだときの作。層雲峡は、大雪山《だいせつざん》国立公園北端の峡谷で、長さ二四キロ、日本随一の峡谷美を誇るところである。

　この句のおもしろさは、そうした大景を背景にしながら、一局部に限定して高原の風景を描いている点にあり、大峡谷の空気の清澄さとともに、女郎花《おみなえし》と男郎花《おとこえし》の特性をよく描出し得ている点にある。しかも、その叙景の背後に、温かい人間の眼《め》を感ずることができる。あたかも、女対男にくらべられるような二種類の秋草が、相呼ぶごとく、相離るるごとく〈少しはなれて〉立っている。この場合の〈少し〉の語は絶妙で、なんとなきおかしみを漂わせるのだ。

　この句の使い方とは違うが、立子の〈少し〉の巧みな使用例として〈今たしか少し時雨《しぐ》れてをりたるに〉〈薄氷の上を流るゝ水少し〉〈麦の芽の少しもつれてまばらかな〉がある。いずれも、写生の眼《め》の確かさを感じさせる言葉である。（上野）

大野林火（おおのりんか）

明治三七（一九〇四）〜昭和五七（一九八二）。本名正《まさし》。横浜市に生まれる。中学時代より同窓の俳文学者荻野《おぎの》清と句作。大正一〇年『石楠《しゃくなげ》』入会。臼田亜浪《うすだあろう》に師事する。昭和二年東京帝大経済学部卒業後会社に入るが、五年より二三年まで高校教員。二一年『濱《はま》』を創刊主宰。句集に『海門』『冬青《とうせい》集』『早桃《さもも》』『冬雁《ふゆかり》』『青水輪《あおみなわ》』『白幡南町』『雪華』『潺潺集《せんせんしゅう》』『方円集』『月魄集』。『現代の秀句』『高浜虚子《きょし》』『近代俳句の鑑賞と批評』などの研究書も多い。第三回蛇笏《だこつ》賞受賞。

蝸牛《かたつむり》虹《にじ》は朱ヶのみのこしけり　（冬雁《ふゆかり》）

▼季語—「虹《にじ》」兼三夏。「蝸牛《かたつむり》」兼三夏。虹《にじ》は夕立などの後に現れることが多く、ただ「虹《にじ》」といえば夏。七色の彩は夢幻的。蝸牛《かたつむり》はでんでんむしともいわれる。夏、雨が降るとさかんに出てくる。螺旋《らせん》形の殻と二本の角が特徴的。▼句切れ—「のこしけり」。切れ字「けり」。「蝸牛《かたつむり》」でもいったん切れる。

『句解』 雨後の菜園。野菜の上に湿った蝸牛《かたつむり》がとまっている。虹《にじ》が大きく、そのかなたにかかったが、やがてその色は内側の紫、青としだいに薄れてゆき、最後に朱色のみが残った。残った朱色が鮮やかに蝸牛《かたつむり》に映え、あたりはみずみずしくさわやかな空気に包まれている。

《鑑賞》 昭和二一年作。作者の自注（『自選自解』）によると、この句のできたのは、弟子の目迫秩父《めさこちちぶ》の家においてであるが、モチーフは、作者の家の菜園から得たという。

戦後間もなくの当時は〈どこの家も庭をつぶして菜園とし、胡瓜《きゅうり》・茄子《なす》・トマトなど作ったが、蝸牛《かたつむり》はその菜園で見つけた。〉という。この句は、明るく、みずみずしく、解放された戦後の気分をよく表している。〈どくだみの花いきいきと風雨かな〉もこのころの作。

林火には、色彩の鮮やかな句が多いが、〈あをあをと空を残して蝶《ちょう》別れ〉〈店越しに紺青の海梨《なし》を買ふ〉〈をみなへし信濃《しなの》青嶺をまのあたり〉〈海盤車《ひとで》赤しこどもらは昼寝の刻《とき》か〉〈絵を溢《あふ》るる赤を寒夜のよろこびに〉など、いずれも、みずみずしい叙情精神に裏打ちされた作品である。

（上野）

ねむりても旅の花火の胸にひらく

（冬雁《ふゆかり》）

▼季語―「花火」初秋。花火は夏の終わりから初秋の気配の感じられる八月末ごろよく上げられる。はなやかではあるが、どこか哀愁をそそるところが、その季節にぴったりする。
▼句切れ―「胸にひらく」。「ねむりても」でも切れる。
『句解』旅先でのある夜、闇《やみ》に上がる美しい花火を見た。その晩は、眠っていても、花火は胸の中で幾度も幾度も華麗な色彩を広げるのであった。

《鑑賞》昭和二二年作。〈豊川島山美水居にて〉の前書がある。美水は『林苑《りんえん》』（太田鴻村《こうそん》主宰）の発行者。

当時は、乗車切符さえままならず、米持参の旅という不自由さであったが、美水居では馳走《ちそう》になった。〈宴果てたころ、誰かが花火の音を告げた。これも永い戦争で忘れていたものだ。私は外に出て飯田線の踏切のあたりに立った。花火は田畑をへだて、豊橋の方に見えた。心底から美しいと思い、昂奮《こうふん》した。それは就寝してからもつづいた。平和のよさをつくづく感じた〉（『自選自解』）という経験からできたものである。

その晩、中七・下五ができ、あくる日上五を冠したという。その間に、少し実際とは違う屈折が生まれている。しかし、そのことが句を一層浪漫《ろうまん》的にしているのは否めない。その後、作者は幾度も豪華な花火を見たが、このときのような興奮はなく、以後、花火の句は作っていないという。久し振りの平和の到来が、このようにかぐわしく、しかも哀愁に満ちた俳句を生んだことを忘れてはなるまい。（上野）

風立ちて月光の坂ひらひらす

（白幡南町《しらはたみなみちょう》）

▼季語―「月」兼三秋。秋の月は四季の中で最もさやかで清いために「月」だけで秋の季とする。▼句切れ―「ひらひら

す」。「風立ちて」でも切れる。

『句解』 月光に照らされた坂道が、足元から街の方に延びている。そこに風が立つと、坂道はひらひらと翻り、身をくねらせるように見えたことだ。

《鑑賞》 昭和二七年作。作者が横浜の白幡南町《しらはたみなみちょう》に移った直後の作。

作者の家は、『江戸名所図会』にも出ている白幡《しらはた》神社への参道の途中にあり、旧東海道から浦島山を越えてゆく坂(権兵衛坂)の、切り通しを経てちょっと下がったところにある。かなり急斜面の、しかし、古い趣を残した坂で、そこの切り通しに立ってながめると、長い坂は眼《め》の内である。引っ越し直後のころは、まだ素朴《そぼく》さが残っていて、八月の祭りのときは界隈《かいわい》の人びとが出て参道に当たる坂道の青草を刈ったという。

この句について〈平畑静塔《ひらはたせいとう》氏は「ポオの小説に出てくるような月光の坂」、即ちスリラー物語の光景といい、また「どこか艶《えん》でエロチックなところがなきにしも非《あら》ず」といった。作者は坂の月光が風でひらひらと翻《ひるがえ》ったそれが詠みたかった。いずれかといえば静塔《せいとう》評の後者を首肯する。〉(『自選自解』)と述べている。

《補説》 この坂ではないが、林火には〈さみだるる一燈ながき坂を守《も》り〉(昭和一四年作)もある。月光・五月雨《さみだれ》、各々天候によって、坂はさまざまの表情を見せてくれる。さみだれの句は、一燈を有情のものと見ているところがおもしろい。 (上野)

福田蓼汀(ふくだりょうてい)

明治三八(一九〇五)〜昭和六三(一九八八)。本名幹雄。山口県に生まれる。東北帝大法文学部在学中、高浜虚《きょ》子《し》門に入る。卒業後会社に勤務。昭和一五年『ホトトギス』同人。二三年より『山火《やまび》』を創刊主宰。山岳俳人として著名。句集に『山火《やまび》』『碧落《へきらく》』『暁光』『源流』『秋風挽歌《ばんか》』『霰《あられ》』『神の山仏の山』エッセイ集に『黒部幻影』など。第四回蛇笏《だこつ》賞受賞。

福寿草《ふくじゅそう》家族のごとくかたまれり (山火《やまび》)

▼季語─「福寿草《ふくじゅそう》」新年。元来は野生の宿根草だが、鉢《はち》植えにして正月の飾りものとする。丈《たけ》は低いが、ふくよかな感じの黄色い単弁花を開く。▼句切れ─「かたまれり」。「福寿草《ふくじゅそう》」でもいったん切れる。

『句解』 正月のくるのを待っていたように、咲き初めた福寿草《ふくじゅそう》。一つ大きいのは父、それに寄り添うのは母、その周りに、二つ三つ顔を見せている蕾《つぼみ》たちは子供。やさしく和やかにかたまり合って、それはまるで仲のよい家族のようだ。

《鑑賞》 昭和一八年作。正月の飾りものを写生した句と思われるが、小鉢《こばち》に寄せ植えした福寿草《ふくじゅそう》を見て、〈家族のごとく〉と見るのは、作者の内に温かく和やかな心があってのことである。そしてそれは、彼を中心にした、平和な家庭が背景に存在していることを思わせる。

そうした彼が、やがて後年（昭和四四年）奥黒部で二男善明を失うことになったのは、痛ましいかぎりであった。〈秋雲《しゅううん》一片遺《のこ》されし父何を為さん〉〈稲妻の斬《き》りさいなめる真夜《まよ》の岳〉〈晩夏湖畔咲く花なべて供華《くげ》とせん〉などはそのときの作。〈秋雲《しゅううん》一片〉の句は、遭難の地、奥黒部東沢出合いの地に句碑として建てられた。

《補説》 山岳俳人としての代表作を挙げれば、〈秋風やいただき割れし燧岳《ひうちだけ》〉〈岳《だけ》更《ふ》けて銀河激流となりにけり〉〈石枕して雲仰ぐとき秋風〉などである。

（上野）

松本たかし（まつもとたかし）

明治三九（一九〇六）～昭和三一（一九五六）。本名孝。東京に生まれる。父祖代々宝生《ほうしょう》流能役者。たかしも幼時よりその修業をしたが、大正九年病を得てより断念。一二年より高浜虚子《きょし》に師事し、昭和四年『ホトトギス』同人となる。二一年『笛』を創刊主宰して、以後没年まで後進を指導した。句集に『松本たかし句集』『鷹《たか》』『野守《のもり》』『石魂《せきこん》』（読売文学賞受賞）『火明』、随筆・評論に『えごの花』『俳能談』などがある。

羅《うすもの》をゆるやかに着て崩れざる

（松本たかし句集）

▼季語―「羅《うすもの》」晩夏。絽《ろ》・紗《しゃ》・明石・上布など、薄い絹の布地で仕立てた単衣《ひとえ》をいう。透き通って、見るからに涼し気なもの。▼句切れ―「崩れざる」。

〔句解〕 その人は、上等の羅《うすもの》をゆったりと身につけていながら、少しも着崩れしていない。なんという優雅さであろう。

《鑑賞》 昭和七年、たかし二七歳のときの作。

これは女人を描いたものというのが、定説のようになっている。山本健吉は〈おそらくは中年の女人の夏姿であろう。女の容姿そのものを一句に仕立てたのであって、柔軟な表現の中に色っぽいものが匂《にお》い出ている。……この句は、鏡花《きょうか》の小説の挿絵《さしえ》をよく書いた清方《きよかた》などの明治の美人画の匂《にお》いがある。〉（『現代俳句』）といい、上村占魚《うえむらせんぎょ》は〈つつましい女人像を上品に描きあげている。〉（『近代俳句大観』）というが、あえて、女人に限定する必要もあるまい。

たとえば、たかしのような伝統的芸能の世界の中で育った人にとって、このような着こなしの男性は周辺に多かったのではあるまいか。「ゆるやかで、しかも崩れぬ」のは、一つの芸の極致ではないか。そしてこの句に漂う色っぽさも、また芸の花であるはずである。それは単純な若さから匂《にお》うものではなく、練り上げられた年齢から初めてにじみ出すものである。この句のリズムもまた、ゆるやかで、しかもよく決まっている。（上野）

我庭の良夜の薄《すすき》湧《わ》く如《ごと》し　（野守《のもり》）

▼季語―「良夜」仲秋、「薄《すすき》」兼三秋。薄《すすき》は本来、兼三秋であるが、「良夜の薄《すすき》」は仲秋である。良夜は、月良き夜であり、八月十五夜の名月の夜を指す。▼句切れ―「湧《わ》く如《ごと》し」。切れ字「し」。

〘句解〙私の庭は、広々として野趣をとどめ、薄《すすき》が美しい穂を出している。折柄十五夜の月が上り、月の光が明らかになるにつれて、薄《すすき》の穂は光り、揺れ、まるで地面から湧《わ》き上がるような豊かさであることよ。

《鑑賞》昭和一四年作。〈我庭の〉といううたい出しはおおらかで万葉風、さらに〈良夜の〉とのを畳みかけ、ひといきに言い下して〈湧《わ》く如《ごと》し〉と大胆に言い放った。

たかしには「如《ごと》し」を使った比喩《ひゆ》表現が多く、その点、比喩《ひゆ》の名手といわれる川端茅舎《ぼうしゃ》に似るが、互いの影響は考えられるところだ。二人の比喩《ひゆ》を比較して、山本健吉は〈茅《ぼう》舎《しゃ》が形象の中にも寓意《ぐうい》を含んで絢爛《けんらん》たるのに対して、たかしはただひたすらに感覚的と言えるかも知れない。つまりたかしの比喩《ひゆ》は「物の見えたるひかり」（芭蕉《ばしょう》）をずばりととらえた時出てくるものだ。〉（『現代俳句』）と述べる。

たかしの他の比喩《ひゆ》表現の句を挙げれば、〈日の障子太鼓の如し福寿草《ふくじゅそう》〉〈水仙《すいせん》や古鏡の如く花をかかぐ〉〈雪残る汚れ汚れて石のごと〉〈露草の拝めるごとき蕾《つぼみ》かな〉〈金魚大鱗夕焼《ゆやけ》の空の如きあり〉〈向日葵《ひまわり》に剣の如きレールかな〉〈白猫の綿の如きが枯菊《かれぎく》に〉など、各々の質感を実に的確にとらえて見事である。（上野）

夢に舞ふ《う》能美しや冬籠《ふゆごもり》　（石魂《せきこん》）

▼季語―「冬籠《ふゆごもり》」兼三冬。冬の寒い間、もっぱら家に引きこもって暮らすことをいう。▼句切れ―「能美しや」。切れ字「や」。

〘句解〙ある夜、私は能舞台に立って、一さし舞う夢を見た。我ながら、それは美しく、その中に陶酔しきっていた。が、ふと夢は覚め、たちまち、冬籠《ふゆごも》りの現実にかえったのだった。

《鑑賞》昭和一六年、たかし三六歳のときの作。たかしの父長《ながし》は、能役者として名人といわれた人。たかしも六歳のときから、家元宝生《ほうしょう》九郎の薫陶をうけ、九歳で初舞台をつとめた。一五歳、病のため能を断念するにいたるのだが、伝統の家の長子として、舞台への未練は想像以上のものがあったろう。それが、この幽艶《ゆうえん》な一句を生んだのだ。

大野林火《りんか》は、〈その道の専門家となることを諦《あきら》め、俳句に専心した以後も、演能への希求は恨みとして心中ふかく残り、消すすべもなかったであろう。〉（『近代俳句の鑑賞と批評』）と述べる。恨みが夢となって現れるとすれば、それはいかにも夢幻能がふさわしい。

〈冬籠《ふゆごもり》〉の季語が象徴的である。彼の人生そのものが、冬《ふゆ》籠《ごも》りのごときものであったともいえるからである。〈チヽポヽと鼓打たうよ花月夜〉〈花散るや鼓あつかふ膝《ひざ》の上〉〈打ち止めて膝《ひざ》に鼓や秋の暮〉なども、彼の能との関《かか》わりを思わせて優艶《ゆうえん》である。（上野）

長谷川素逝（はせがわそせい）

明治四〇（一九〇七）〜昭和二一（一九四六）。本名直次郎。大阪府に生まれる。三高を経て、京都帝大文学部卒業。高校在学中から句作し、鈴鹿野風呂《すずかのぶろ》の『京鹿子《きょうかのこ》』を経て、『ホトトギス』同人となる。昭和一二年砲兵将校として応召、大陸に戦ううち、一三年病を得て送還された。二一年『桐《きり》の葉』を主宰したが、同年病没。句集に『砲車』『ふるさと』『村』『暦日《れきじつ》』など、評論集に『俳句誕生』がある。

馬ゆかず雪はおもてをたたくなり　（砲車）

▼季語—「雪」兼三冬。▼句切れ—「たたくなり」。切れ字「なり」。「馬ゆかず」でも切れる。

〔句解〕砲車を引く馬は、進まず、風まじりに降りしきる雪は、兵たちの顔を打って、一歩の前進すら困難である。いったいどうしたらいいのか。

《鑑賞》昭和一二年（三〇歳）砲兵少尉として、日中戦争に赴いた素逝は、翌年末、病により内地に送還されるまで、中国大陸を転戦した。〈この集の大部分の句は、馬の上で地図の上に走り書きしたり、まっくらな夜中、手帳に大きな字でさぐり書きしたりした〉（『砲車』後記）ものという。

それらは戦争俳句ではあるが、戦場を舞台として人間のかなしみを描いたものが多い。〈寒夜くらしたたかひすみていのちありぬ〉〈ねむれねばま夜《よ》の焚火《たきび》をとりかこむ〉〈あはれ民凍《い》てし飯さへ掌《て》にうくる〉〈氾濫《はんらん》の黄河の民の粟《あわ》しづむ〉などである。砲兵少尉としての生活は、上掲の句のほかに、〈凍土揺れ射ちし砲身あとへすざる〉〈わが馬をうづむと兵ら枯野《かれの》掘る〉〈雪の上に焚《た》くべきものもなく暮れぬ〉など、酷寒と戦う苦しさをリアルに描く。

高浜虚子《きょし》は、『砲車』の序文で、〈二百句はいづれも高朗の調子を持った句である〉というが、とくに〈馬ゆかず〉の句は、高朗、まさに誦《しょう》するに足る佳句である。（上野）

しづ《ず》かなるいちにちなりし障子かな

（暦日《れきじつ》）

▼季語―「障子」兼三冬。日本家屋独特の建具として、一年中間仕切りに用いられる（夏は簾《すだれ》に切りかえられることも多い）が、防寒と同時に室内の採光をよくする意味で、とくに冬の生活と切り離せぬものである。▼句切れ―「障子かな」。切れ字「かな」。

『句解』　障子が夕闇《ゆうやみ》の中でほの白い光を放っている。今日も障子の中の静かな一日であったなあ。

《鑑賞》　句集『暦日《れきじつ》』は、昭和一七年から著者没年の昭和二一年までの句を収めるが、この句は、最後から三番目におかれている。一月から一二月まで暦を追っての記載なので、障子の句が終わりに近いところにあるのは不思議でないが、〈何か素逝の絶句としておきたいような句〉（森澄雄《すみお》『現代俳句大系・五巻』解説）とする見解に同感である。

〈しづかなるいちにち〉は「しづかなる一生」ともおき

■戦争俳句

小劇場カンカン帽を抱く一刻　波郷《はきょう》

昭和一二年七月、日中戦争が勃発《ぼっぱつ》すると、斎藤茂吉はニュース映画によって戦場を詠み、俳壇でも左記のような戦火想望の句が出現した。

当時、無季を推進した新興俳句の尖鋭《せんえい》は、国民に強烈な普遍性をもつ「戦争」を主題に、意識的に無季俳句を方法づけようとした。〈両眼を射貫《いぬ》かれし人を坐《すわ》らしむ　草城《そうじょう》〉〈パラシウト天地ノ機銃フト黙ル　三鬼《さんき》〉〈全滅の大地しばらく見えざりき　白泉《はくせん》〉〈墓碑生れ戦場つかの間に移る　辰之助《たつのすけ》〉万歳万歳の時勢の中で、醒《さ》めた眼《め》で戦争を主知的に把握《はあく》しようとすれば、批判性を宿すのは当然のなりゆきであった。

一方、前線には、〈胸射貫《いぬ》かれ夏山にひと生きんとす　桃《とう》史《し》〉〈一木の絶望の木に月あがるや　赤黄男《かきお》〉などの句が生まれ、〈みいくさは酷寒の野をおほひ征《ゆ》く〉と詠んだ長谷川素逝《そせい》は『砲車』（昭14）で一躍盛名を馳《は》せた。召集俳人の戦場句が諸俳誌に氾濫《はんらん》し「支那《しな》事変三千句」が『俳句研究』で特集されたが、戦争の推移とともに千篇一律《せんぺんいちりつ》の皇軍賛歌となってしまった。素逝《そせい》の未発表句に〈弟を還《かえ》せ天皇を月に呪《のろ》ふ〉があるのは感慨深い。

（松崎　豊）

かえられそうである。だが、彼の一生は、決して静かではなかった。大陸での苦しい戦い、それによる長い闘病生活（胸部疾患）。それらを〈しづか〉というとすれば、森澄雄《すみお》がいうように〈末期の眼《め》〉（同前）に映じたとするほかはあるまい。

障子という、白くやわらかい和紙を通して漉《こ》されてくる太陽の光の中で、静かに目を閉じる素逝の面影が浮かんでくる。〈かな〉の切れ字が、しみじみとした詠嘆を表す語としてまことによく効いている。（上野）

石橋秀野（いしばしひでの）

明治四二（一九〇九）〜昭和二二（一九四七）。本名秀野。旧姓藪《やぶ》。奈良県に生まれる。文化学院で歌を与謝野《よさの》晶子に、俳句を高浜虚子《きょし》に学ぶ。昭和四年石橋貞吉（山本健吉）と結婚し、俳句を離れる。昭和一三年ころより横光利一《りいち》の十日会句会に出席し『鶴《つる》』入会、同人になる。疎開生活中胸を病み京都の宇多野《うたの》療養所において逝去《せいきょ》。句文集『桜濃《さくらこ》く』がある。第一回茅舎《ぼうしゃ》賞受賞。

蟬時雨（せみしぐれ）子は担送車に追ひ（い）つけず

（桜濃《さくらこ》く）

▼季語―「蟬時雨《せみしぐれ》」兼三夏。降るような蟬《せみ》の声をいう。▼句切れ―「追ひつけず」。「蟬時雨《せみしぐれ》」でもいったん切れる。

《句解》 蟬《せみ》の音が降るように聞こえてくる。その中を私は担送車に乗せられて病室へ運ばれてゆく。子供が泣きながら後を追っていたが、だれかに引きとめられたのか、ついにその声は聞こえなくなった。

《鑑賞》 昭和二二年作。句集『桜濃《さくらこ》く』の最後の句。〈七月二十一日入院〉の前書がある。秀野の夫であった山本健吉は、この書の扉《とびら》に、〈蟬時雨《せみしぐれ》の句は、宇多野《うたの》療養所に入院の時、胸に浮んだものを句帖《くちょう》の無雑作に開いた頁《ページ》に書付けたもので、青鉛筆でのなぐり書きである。……とっさに思ひ浮べて間髪を入れず書取って置いたといふやうな気魄《きはく》が迫って来るのを覚える〉と記す。この子は、彼女の一子安見子（女児）で、この年、数え年六歳。病状悪化しての入院であるから、作者は死を覚悟していたろうか。母としての悲しさ、痛ましさは言語に絶する。蟬時雨《せみしぐれ》がよく効いている。命短い蟬《せみ》のあらん限りの鳴き声なのである。（上野）

吉岡禅寺洞（よしおかぜんじどう）

明治二二（一八八九）〜昭和三六（一九六一）。本名善次郎。福岡市に生まれる。一五歳より『日本』に投句。全国旅行中の河東碧梧桐《かわひがしへきごどう》を迎え、いちじ新傾向俳句を作る。大正七年『天《あま》の川』創刊。昭和に入り新興俳句運動を推進し、無季を提唱、『ホトトギス』同人を除名された。戦後は口語・自然律を唱え多行表記を行う。口語俳句協会会長。句集に『銀漢《ぎんかん》』『新墾《しんこん》』『定本吉岡禅寺洞句集』がある。

海苔《(のり)》買ふ《(う)》や追は《(わ)》るる如《(ごと)》く都去る

（銀漢《ぎんかん》）

▼季語―「海苔《のり》」初春。「海苔簀《のりず》」「海苔採《のりとり》」「海苔干《のりほし》」など、冬から春にかけて海苔《のり》の発生期に浅海に養殖採集する海辺の光景による春の季語がある。▼句切れ―「海苔《のり》買ふや」。切れ字「や」。

『句解』　東京名物の浅草海苔《のり》を土産《みやげ》に、喧騒《けんそう》の都会から、敗者のようにあわただしく去ってゆく。

《鑑賞》　大正八年の作。前書に〈退京〉とあり、九州から上京した作者の帰郷の事実に即している。ある志をもって上京したが、挫折《ざせつ》の思いを抱いて蒼惶《そうこう》と離京する切ない感情を、〈追はるる如《ごと》く〉という実感をこめた表現によって、東京中心主義に違和感を抱いた九州人禅寺洞の孤独な姿が浮かび上がってくる。

　後年「無季俳句を提唱するまで」（『天《あま》の川』昭10・7）に〈都を去るものの淋《さび》しい姿であり、故郷への思慕と……プロレタリヤの抱懐する心象でもある。海苔《のり》は春の季題だといふ制度の辞令が、当然この句に与へられた……田舎者《いなかもの》の自分が、東京の浅草海苔《のり》を土産《みやげ》に買ふのであればそれでいいのだ。……此《こ》の一句によつて、季題主義への懐疑をいよいよ深めた……〉と述べている。

　年中売られている〈海苔《のり》〉に、春の季感を実際に感じなかった経験が、無季提唱の遠因となったわけである。ただ、季感を別としても、歳時記の古典『毛吹草《けふきぐさ》』諸国の名物の項に、〈下総《しもうさ》―葛西苔《カサイノリ》（是《これ》ヲ浅草海苔《のり》トモ云《いう》）〉とあるように、東京名物の〈海苔《のり》〉のもたらす喚起力は「題」としての普遍性の歴史をもつといえよう。

（松崎　豊）

一握の砂を滄《さう(そう)》海にはなむけす

（定本吉岡禅寺洞句集）

▼季語―無季。▼句切れ―「はなむけす」。「砂を」でも切れる。

『句解』　海を去るにあたって、乾いた浜辺の砂を掌に握り、波打ち際に餞別《せんべつ》の思いを託して、さらさらとこぼした。

《鑑賞》　石川啄木《たくぼく》の『一握の砂』を云々《うんぬん》するまでもない。はるか水平線へ広がる青海原に向かったようなとき、悠久《ゆうきゅう》の自然へ人間は果敢《はか》ない所作を行う。それは、最も純粋な青春の感傷がなせる業《わざ》であろう。昭和一〇年の作。

　この句は〈白浜の螺鈿《らでん》〉と題された、

　　青空に
　　青海堪えて
　　貝《かい》殻伏しぬ

に始まる三行書き一連七句の最後に、一行書きですえられた。長歌の終わりにおかれる反歌を思わせる新形式の連作である。禅寺洞は啄木《たくぼく》の三行書き短歌形式を、俳句で行ったわけである。

　高柳重信《しげのぶ》の多行形式の先駆には、新興俳句運動の多様な方法と、スタイルの模索の歴史があった。当時四六歳の禅寺洞の革新への志向と叙情性は、年齢を超えて運動の先頭に立ち、青年層に伍《ご》して少しも引けをとらなかったのである。（松崎　豊）

日野草城（ひのそうじょう）

明治三四（一九〇一）〜昭和三一（一九五六）。本名克修《よしのぶ》。東京に生まれる。京都帝大卒業。大正六年『ホトトギス』に投句、高浜虚子《きょし》に師事、京大三高俳句会を結成し新風を興す。昭和一〇年、指導誌『青嶺《あおね》』『ひよどり』『走馬燈《そうまとう》』を合併し『旗艦』を創刊、超季を提唱した。戦後は『太陽系』を経て『青玄《せいげん》』を主宰。句集に『草城句集・花氷《はなごおり》』『転轍手《てんてつしゅ》』『旦暮《たんぼ》』『人生の午後』『銀』『日野草城全句集』がある。

ところてん煙のごとく沈みを《お》り　（花氷《はなごおり》）

▼季語―「ところてん」仲夏。「心太《ところてん》」。寒天より作る清涼食品。庶民の夏の食べ物というイメージが濃い。▼句切れ―「沈みをり」。「ところてん」でもいったん切れる。

〘句解〙 盥《たらい》に水をたたえて、ところてんが冷やされてある。角型の木筒から水鉄砲式に突き出される前の状態である。半透明のところてんが、茫漠《ぼうばく》と重なり合って〈煙のごとく〉静かに沈んでいる。

《鑑賞》「ごとく」という直喩《ちょくゆ》法は、物の本質を射止《さ》めたとき、短詩形では一層具象力を発揮する。それには冴えた詩的感覚を必要とする。一物《いちもつ》仕立てのこの句には、若かりしころの作者の純粋な直覚が、そのまま、意表をつく〈煙のごとく〉という比喩《ひゆ》となり、とらえどころのないところてんの本質を絶妙に射止めた。

　『草城句集・花氷《はなごおり》』の序文に、鈴鹿野風呂《すずかのぶろ》は、〈大正十一年（一九二二）、夏稽古《げいこ》をした。まだ心太《ところてん》を見たことがないと云《い》ふので家人に作らせ……之を題にいざ作ると、君は立ちどころに二十句ばかり物した。ほんの十分間ばかりだつたが、作つたものは多く絶唱だつた〉と述べている。

朝鮮で育った草城は初めてところてんを見たのである。その好奇心が奔流のように多作を生み、その感動が〈ところてん〉の存在感を把握《はあく》させたのである。従来この句は草城の早熟の才を喧伝《けんでん》された句であるが、機知を云々《うんぬん》するより、濁りのない青年の眼《め》と、直観が〈煙〉という見事な言葉を生んだのだと思いたい。　（松崎　豊）

こひ《い》びとを待ちあぐむらし闘魚の辺　（昨日の花）

▼季語―「闘魚」仲夏。観賞用の「熱帯魚」のこと。今は「金魚」に準ずる仲夏の季語。昭和九年この句が発表された時点では、大都会の新しい風物の一つで、まだ季語として定着していない。したがって草城は無季の句として作ったはずである。▼句切れ―「待ちあぐむらし」。

『句解』　ビルのロビーか、百貨店の一隅《いちぐう》でもあろうか。さっきから熱帯魚の遊泳するガラスの水槽《すいそう》のほとりで、若い女性がたたずんでいる。約束した彼氏の来るのを待ちあぐんででもいるのであろうか。

《鑑賞》　当時は珍しかった熱帯魚にも見飽きたようで、彼氏が現れないらしく、少しいらいらしているモダンな女性の心理を、忙しげにガラス箱の中を遊泳する〈闘魚〉と照応させて、心理的な衝撃効果を構成している。

草城が主宰した『旗艦』は、新興俳句運動の中で都会的なモダニズムの匂《にお》いの濃い結社である。時代の尖端《せんたん》的な風物を素材に多角的に俳句の領域を拡大した草城のモダニズムと、山口誓子《せいし》のメカニズムは新興俳句の二大潮流であった。この句のような、風俗を詠んで俗に堕さない都会的なセンスと、瀟洒《しょうしゃ》な芸は、現代俳壇には少なくなってしまったといえる。　（松崎　豊）

ひとりさす眼《め》ぐすり外《そ》れぬ法師蟬《ほうしぜみ》　（銀《しろがね》）

▼季語―「法師蟬《ほうしぜみ》」初秋。夏の終わりから秋の初めに鳴く。「つくつくぼうし」のこと。この蟬《せみ》の声を聞くと秋来たるの感じがする。▼句切れ―「眼《め》ぐすり外《そ》れぬ」。切れ字「ぬ」。

『句解』　家人が留守《るす》なのであろうか、独り不自由な病《びょう》臥《が》のままさす目薬はそれて、ひんやりした水滴が頰《ほお》を流れる。つくつく法師ももう鳴き出して、暑さのなかにも秋の気配が感じられるのである。

《鑑賞》　さきに〈遽《にわ》かに右眼の明を失す、なほ回復せず。〉と前書した〈右眼には見えざる妻を左眼にて〉の句があるように、草城は戦後永い病臥《びょうが》の上に一眼を失明した。法師《ほうし》蟬《ぜみ》が鳴いても、わが病は癒《い》えぬという思いが背後にあって、作者の悲しみが蟬《せみ》の声とともに染みとおる。
　もちろん、句の上には、そのようなことは一つも詠まれていないが、戦後の草城は不治の病に冒され、はなばなしく新興俳句運動の先頭に立ったころとは異なる、病境涯《きょうがい》に即した句を詠むようになる。正岡子規《しき》の例を引くまでもなく、俳句と草城の日常生活が一枚になった、しみじみした心境を読者は享受されたいと思う。目薬と涙が重層して感じられるところに、作者の寂しい自嘲《じちょう》の思いがうかがわれるのである。

（松崎　豊）

芝　不器男（しばふきお）

　明治三六（一九〇三）〜昭和五（一九三〇）。本名太宰不器男《だざいふきお》。愛媛県に生まれる。東京帝大・東北帝大中退。初め『枯野《かれの》』に拠り句会で作句。大正一四年吉岡禅寺洞《ぜんじどう》に師事、『天《あま》の川』に拠り翌年巻頭を占める。『ホトトギス』に投句し高浜虚子《きょし》に認められ一躍注目されたが、昭和初期俳壇に近代的叙情をもたらし二八歳で流星のごとく去った。句集に『定本芝不器男句集』などがある。

あなたなる夜雨（よさめ）の葛（くず）のあなたかな

（芝不器男句集）

▼季語—「葛《くず》」仲秋。茎は十数メートルにも延び、根は薬用、食用の葛粉《くずこ》となる。▼句切れ—「あなたかな」。切れ字「かな」。

〔句解〕　はるかあなたの故郷に思いを馳《は》せながら、夜《よ》雨《さめ》の降り注ぐ、葛《くず》の葉におおわれたさびしい山野の光景を瞼《まぶた》に思い浮かべて、ああ、遠くも来つるものかな、という感慨を深くしている。

《鑑賞》　大正一五年一二月号の『ホトトギス』に、他一句とともに初入選した句。前書に〈仙台《せんだい》につく。みちはるかなる伊予《いよ》の我家をおもへば〉とあり、望郷の句である。
　翌年一月号の雑詠句評会における高浜虚子《きょし》の名鑑賞によって不動の評価を得た。その評は〈丁度《ちょうど》絵巻物にでもして見ると、非常に長い部分は唯真つ暗で、一面に黒く塗つてある許《ばか》りで、それから少し明るい夜雨《よさめ》の降つて居る葛《くず》の生ひ茂つて居る山がかつた光景が描き出されて、それから又非常に長い黒い所があると云《い》つた様な者である。その黒い所といふのははる〲郷里を思いやつた情緒である。〉と間然するところがない。
　静かに朗詠してみると、心情のたゆたいをリズムに乗せた、初めの〈あなた〉と後の〈あなた〉の、リフレインの間の微妙な変化が感じられよう。母音の響きの美しい音楽的な句で、虚子《きょし》の絵巻物という形容も、流れるような韻律が生ましめた言葉とも考えられるのである。短歌的なこの句の青春の情調は、〈かな〉の詠嘆で止められ、余韻を引いてやわらかく心に染みとおるのである。

《補説》出身地愛媛県松野町の松野西小学校校庭に、この句の句碑がある。

（松崎　豊）

麦車《むぎぐるま》馬におくれて動きいづ《ず》　（芝不器男句集）

▼季語―「麦」初夏。麦が黄熟する五、六月の季を「麦の秋」という。人事生活に関連した季語に「麦刈」「麦扱《こき》」「麦打」などがあり、「麦車《むぎぐるま》」も同じ範疇《はんちゅう》に入る。▼句切れ―「動きいづ」。「麦車《むぎぐるま》」でもいったん切れる。

『句解』刈り取られた麦の束を満載した荷馬車の手綱が引かれ、百姓のかけ声とともに、馬の足掻《あが》きにグッと力が入り、一歩、二歩と前へ出る。と、やや遅れて車の車輪がゴトリと回り始めた。

《鑑賞》対象に付随する麦秋の背景や、情緒を一切取り去って、ただ、輓馬《ばんば》と車の運動の時間のずれ、静と動の絶妙の間合いを的確に表現した句で、運動の中心に焦点を定めた、即物写生の興趣が感じられる。

当時としてはごく当たり前の一光景から、運動の些細《ささい》な一点を拡大把握《はあく》した作者の眼力、即作者の発見の感動は、単一化された句柄だけに、一層強く焼きつけられるのである。そして、満載された麦の揺らぎ、豊かな麦秋の夕映えといった〈牧歌的要素の甘美さと、ものうさと、なつかしさとが罩《こ》めてある。〉という、中村草田男《くさたお》の指摘へ広がってゆく。

（松崎　豊）

横山白虹（よこやまはっこう）

明治三二（一八九九）〜昭和五八（一九八三）。本名健夫《たけお》。東京に生まれる。父は評論家横山健堂《けんどう》。九州帝大医学部卒業。大正一四年九大俳句会を創立。吉岡禅寺洞《ぜんじどう》の門に入り『天《あま》の川』を編集、同誌の隆盛に寄与した。篠原鳳作《しのはらほうさく》の『傘火《かさび》』選者を経て昭和一二年『自鳴鐘《じめいしょう》』を創刊主宰。戦後『天狼《てんろう》』同人となる。句集に『海堡《かいほ》』『空港』『旅程』『横山白虹全句集』がある。

雪霏《ひ》々と舷梯《げんてい》のぼる眸《め》濡《ぬ》れたり　（海堡《かいほ》）

▼季語―「雪」仲・晩冬。▼句切れ―「眸《め》濡《ぬ》れたり」。「雪霏《ひ》々と」でもいったん切れる。
▽霏《ひ》々―雪や細雨がしきりに降るさま。▽舷梯《げんてい》―船の外側に取りつけられた乗降用の階段。タラップのこと。

『句解』船を仰ぎながら舷梯《げんてい》を一段一段登ってゆく。降りしきる雪に眸《ひとみ》が濡《ぬ》れる。

《鑑賞》船につきものの別離が背後にあり、別れに濡《ぬ》れる眸《ひとみ》と、雪片に濡《ぬ》れる眸《ひとみ》が二重映しになっている。と想像すれば、句はドラマチックな映画の一齣《ひとこま》とも感じられる。

昭和初期の新興俳句に強い影響を与えたものの一つに、最も新しい芸術の映画があった。エイゼンシュテインの衝撃説、プドフキンの連鎖説の、モンタージュ理論は、連作俳句に引用されて理論的基礎ともなった。カメラーワークの角度、移動撮影、大写し技術が、連作における場所の転移、視角の変換に応用され、新素材をメカニックに把握《はあく》する写生構成技法を生んだ。

この句も、たとえば巨大な船の黒と雪の白の画面の中を、主人公が高い船体を見上げながら舷梯《げんてい》を登るにつれて、濡《ぬ》れた眸《ひとみ》が大写しになる映画のラストーシーンを見るような構図である。白虹は新情緒主義を主唱し、ダンディな実作でこたえた。（松崎　豊）

西東三鬼（さいとうさんき）

明治三三（一九〇〇）〜昭和三七（一九六二）。本名斎藤敬直《けいちょく》。津山市に生まれる。日本歯科医専卒業。昭和八年『走馬燈《そうまとう》』の日野草城《そうじょう》選に初投句する。『馬酔木《あしび》』『天《あま》の川』『旗艦』『天《てん》香《こう》』に拠《よ》り、新興俳句運動を強力に推進し、戦後は現代俳句協会の創立に参与。『天狼《てんろう》』編集長。『雷光《らいこう》』。『激浪《げきろう》』『断崖《だんがい》』主宰。句集は『旗』『夜の桃』『変身《へんしん》』『西東三鬼全句集』など。

水枕《みずまくら》ガバリと寒い海がある（旗）

▼季語―「寒い」仲冬。▼句切れ―「海がある」。「ガバリと」でもいったん切れる。

〔句解〕高熱に冒された病臥《びょうが》の頭の向きを変える。〈ガバリ〉と水枕《みずまくら》の鈍い音とともに、頭の中が一瞬に、寒い海になったような暗い気持ちに襲われる。

《鑑賞》のちに三鬼は俳句自伝「俳愚伝」に、〈現実の水《みず》枕《まくら》と、夢幻的な寒い海が結びつき、そこに暗い死をみた〉〈この句を得たことで、私は私なりに、俳句の眼《め》を開いた。同時に俳句のおそるべき事に思い到った。〉と述べ、みずから開眼の一句と称した。

肺結核の急性症状での高熱中の体験と発想であるが、〈ガバリ〉という擬声語によって、ゴムの水枕《みずまくら》の中の水の浮動の嫌《いや》な触覚が、陰鬱《いんうつ》な〈寒い海〉に心理的に重層している。現実の水枕《みずまくら》が作者の内面の〈寒い海〉に〈ガバリ〉と変容して、死を連想させる〈寒い海〉の心象風景に、頭をゆだねて漂っている不安が描き出されているのである。

赤い〈水枕《みずまくら》〉の色彩と、暗い海の対比の中の〈寒い〉は季感的な寒さではなく、心理的な〈寒い〉であり、口語で表現された〈ある〉の断定は、詩的リアリティの認識である。三鬼は〈寒い海〉に、俳句の中の無限の時間と空間に広がる〈おそるべき事〉の秘密をつかみ、〈水枕《みずまくら》〉に、日常と超日常を連結する即物具象の鍵《かぎ》を握った。開眼の一句と称するゆえんであろう。昭和一一年、新興俳句が最盛期にさしかかった時期の句である。

《補説》 津山市（岡山県）の成道寺に三鬼の墓があり、その墓にこの句が刻まれている。　（松崎　豊）

広島や卵食ふ《う》とき口開く

（三鬼百句）

▼季語—無季。▼句切れ—「広島や」。切れ字「や」。

『句解』 原爆の傷跡がまだなまなましく残る広島。人間のなす業《わざ》の冥《くら》さに戦慄《せんりつ》しながらも、生のかなしさ、闇市《やみいち》で買った茹《ゆ》で卵を口に運ぶとき、機械的に口が開くのである。

《鑑賞》 〈有名なる街〉（傍点筆者）と題された上五に「広島」の地名を連ねた無季連作八句の中の一句である。米軍占領下における三鬼の勝者への批判をうかがうことができよう。

原爆が投下され破壊しつくされた街、ヒロシマは、〈広島や〉という大前提に耐え得る世界の歴史を負った地名だ。この句が発表された昭和二二年の時点で三鬼が見たものは、

　広島や月も星もなし地の硬さ
　広島の夜陰《やいん》死にたる松立てり
　広島が口紅黒き者立たす

原爆の傷跡がまだなまなましく残る光景であり頽廃《たいはい》の姿であった。

原爆によって目も鼻ものっぺらぼうに剝《は》ぎ取られた顔や身体を、殻を剝《は》がされたなまぬるいつるつるした茹《ゆ》で卵の触覚が呼び起こす、おそろしいアナロジーの戦慄《せんりつ》。乾いた文体で即物無表情に表現されたリアリティは、敗戦直後の広島の本体に迫るものといえよう。句中に隠された三鬼の眼《め》は、黒い闇《やみ》に向けてまばたきもせず開かれているのである。

戦争に対する認識は、五〇余年を経た今日、戦後に成長期を迎えた、また戦後生まれの青年層と戦中派との間には、越えがたい断層があるのは当然であり、しかも、その戦中派といえども、時間の漂白による概念化はまぬがれがたい。歳時記の一行事の項におかれた「原爆忌」とは異なる、この句の臨場感の原点に立ち返る必要を、今一度考えねばならないと思う。　（松崎　豊）

秋の暮《くれ》大魚《たいぎよ》の骨を海が引く （変身《へんしん》）

▼季語―「秋の暮《くれ》」晩秋。秋の夕暮れのこと。秋の終わりの時期を指す「暮秋」とは異なる。▼句切れ―「秋の暮《くれ》」。

〘句解〙 静かな秋の夕べの海のほとり、渚《なぎさ》に寄せては返す夕映えの波間に、波に晒《さら》された白い大きな魚の骨が漂っていて、渚《なぎさ》に打ち上げられそうになるが、引く潮とともに海へもどってゆく。

《鑑賞》 死を二年後に控えた昭和三五年の作。晩年を葉山の森戸海岸に住んだ三鬼は、しばしばこのような光景をながめたことであろう。

秋の夕暮れの浜辺に腰を下ろして、夕映えの暮れきるまでの時間を静かに享受している、澄んだ孤独な心境と、しみじみとした哀《かな》しみが伝わってくる。それは、死の静寂を感じさせるやさしさなのである。

非情といい、虚無的といい、また言葉の魔術師というレッテルで俳壇は三鬼を評した。〈大魚《たいぎよ》の骨〉に、いわゆる三鬼らしいデフォルマシオンをみる読者もあるかもしれない。だが筆者は、〈海が引く〉という見事な措辞から、自然の営為の回帰性に思いいたるのである。〈秋の暮《くれ》〉という季語のもつ歴史の重さが、そのような永劫《えいごう》感情を助長するからであろう。 （松崎 豊）

秋元不死男（あきもとふじお）

明治三四（一九〇一）～昭和五二（一九七七）。本名不二雄。旧号地平線《ちへいせん》・東《ひがし》京三。横浜市に生まれる。初め『渋柿《しぶがき》』に投句。昭和五年嶋田青峰《せいほう》に師事、その主宰誌『土上《どじょう》』に拠《よ》り、新興俳句の実作評論両面に活躍、『天香《てんこう》』同人となる。俳句弾圧事件で検挙され入獄二年。戦後は『天狼《てんろう》』創刊に同人参加。『氷海』主宰。句集に『街』『瘤《こぶ》』『万座』『甘露集』、評論に『現代俳句の出発』ほかがある。

クリスマス地に来《き》ちちはは舟を漕《こ》ぐ （街）

▼季語―「クリスマス」晩冬。一二月二五日の「聖誕祭」。同類の季語に「聖夜」「聖樹」「聖菓」（クリスマス－ケーキ）などがあり、昭和期に入って季語として定着した。▼句切れ―「舟を漕ぐ」。「地に来《き》」でもいったん切れる。

〘句解〙 巷《ちまた》はクリスマスでにぎわっているが、街中を流れる川には、水上生活者の家族が、クリスマスとはかかわりもなく舟を漕《こ》いでいる。

《鑑賞》 横浜の繁華街、伊勢佐木町入口の吉田橋にて矚目《しょくもく》、と作者は自注している。クリスマスがきた〈地〉とは、一段低い、寒く冷たい歳末の運河に艀《はしけ》を漕《こ》ぐ労働者の一家。やさしく〈ちちはは〉と仮名で書かれた配慮に、同じ舟に住む子供の姿が浮かび、うきうきした行き来を仰いでいる貧しい子供の心情を思いやる、作者の温かい眼《まな》ざしが感じ取れる。

東《ひがし》京三の号で発表した、昭和一二年〈運河〉と題する五句連作中の一句。当時、作者は〈資本主義社会の矛盾が生んだ種々相……人間的な、社会的な、都会的……諸相(を)リアリスティックに高い世界観を通してうたう〉リアリズム論を提唱した。

〈来《き》〉の切れで、明と暗の世界に別れ、富める者のクリスマスと底辺の生活とが対比されている。作者の貧しかった少年時の生活体験を踏まえた社会的感情が底流しているといえよう。翌年の〈少年工学帽かむりクリスマス〉〈クリスマス徒弟《とてい》を求むラジオ鳴り〉とともに、人道主義を芯《しん》に庶民の善意の哀《かな》しみがうかがわれる叙情の句である。(松崎 豊)

鳥わたるこきこきこきと罐《かん》切れば

(瘤《こぶ》)

▼季語—「鳥わたる」晩秋。渡り鳥。▼句切れ—「鳥わたる」。

『句解』 秋の澄んだ大空を鳥が渡ってゆく。そのようなよい天気の日に、罐詰《かんづめ》をコキコキと切っている。

《鑑賞》 不死男が入獄二年を経験したように、官憲による俳句弾圧のため沈黙を余儀なくされていた新興俳句運動を推進した俳人たちが、敗戦後の俳句革新のため、東京目黒の古刹《こさつ》祐天寺《ゆうてんじ》に集合した昭和二一年九月八日の、句会報で初めて活字となった句。

この句には、天下晴れて俳句が作れるようになった作者の、自由の気分が背後にある。食糧難のこの時期、一個の罐詰《かんづめ》の貴重さはいうまでもない。その罐詰《かんづめ》を鳥渡る秋晴れの天の下で切るのである。〈こきこきこき〉と擬音を三つ重ねた斬新《ざんしん》な技法が、そのまま、澄んだ空気に響き合い、明るい心の弾みとなっている。このリズムは空ゆく渡り鳥の姿と照応して、叙情的で健康なやすらぎを感じさせるのである。〈敗戦のまだなまなましく匂《にお》ふ風景の中で、私は、解放された明るさを噛《か》みしめながら〉と、作者は当時の状況を自解している。(松崎 豊)

平畑静塔(ひらはたせいとう)

明治三八(一九〇五)〜平成九(一九九七)。本名富次郎。和歌山市に生まれる。京都帝大卒業。大正末年三高俳句会

に入り『ホトトギス』『京鹿子《きょうかのこ》』『馬酔木《あしび》』に投句。昭和八年『京大俳句』を創刊。新興俳句の尖鋭《せんえい》的な評論活動を行い、京大俳句事件により刑二年を受ける。戦後は『天狼《てんろう》』編集者。句集に『月下の俘虜《ふりょ》』『旅鶴《たびづる》』『栃木集《とちぎ》』『壺国《こっこく》』『漁歌』『矢素』『竹柏』、評論に『俳人格』『平畑静塔俳論集』ほかがある。

徐々に徐々に月下の俘虜《ふりょ》として進む

（月下の俘虜《ふりょ》）

▼季語―「月」仲秋。▼句切れ―「進む」。「徐々に」「徐々に」の二箇所で小休止する。

〔句解〕徐々に、徐々に、敗戦によって俘虜《ふりょ》となった戦士の集団は、勝者の指示するままに、月明かりの下を黙々と移動してゆく。

《鑑賞》〈中国江蘇省崑山にて終戦。兵站《へいたん》病院部隊が上海《シャンハイ》五条辻の集中営に移る月下の徒歩風景である。〉と作者は記している。

敗戦後の各地の戦場に見られた光景である。日本敗れたり―という、軍隊を支え、みずからを支えてきた精神の崩壊に伴う虚脱感は、一挙に肉体の疲労をもたらした。俘虜《ふりょ》という名の、統制の意志を欠いた集団となって、軍隊特有の軍靴《ぐんか》の響きも失せた列が進んでゆく。皓々《こうこう》たる月光の下、個々の敗者の胸中を占める不安と、生き残った安らぎ

■新興俳句の弾圧

日中戦争が泥沼の様相を呈してきた昭和一五年は、左翼出版物がいっせいに発売禁止され、警察の庭では焚書《ふんしょ》が行われた。一方、大政翼賛会が発足し紀元二千六百年式典が挙行された。

〈銃後といふ不思議な街を岡《おか》で見た　白泉《はくせん》〉。リベラルを主唱した『京大俳句』には、渡辺白泉《はくせん》・仁智栄坊《にちえいぼう》らの社会風刺の要素の強い知性句、西東三鬼《さいとうさんき》・石橋辰之助《たつのすけ》らの戦火想望句に内包する反・厭《えん》戦的傾向、〈我講義軍靴《ぐんか》の音にたゝかれたり　白文地《はくぶんじ》〉などの体制批判が現れ、これらは人民戦線的イデオロギーに基づく知的活動とみられ、治安維持法違反の容疑で昭和一五年二月〜八月の間に、平畑静塔《ひらはたせいとう》・波止影夫《はしかげお》・三谷昭《みたにあきら》ら一五名が特高に検挙される。

翌一六年二月には『土上《どじょう》』の嶋田青峰《せいほう》・秋元不死男《ふじお》・古屋榧夫《かやお》、『広場』の藤田初巳《はつみ》・細谷源二ら五名、自由律からは『日本俳句』の平沢栄一郎、『俳句生活』の栗林一石路《くりばやしいっせきろ》・橋本夢道《むどう》ら一三名が検挙された。さらに地方へも波及し、『山脈』（宇部市）、『蠍座《さそりざ》』（秋田）、『きりしま』（鹿児島）が軍国政策の犠牲となった。以後敗戦まで入獄者はもちろん、起訴猶予者は作品活動を一切禁止された。

大戦起《おこ》るこの日のために獄をたまわる　夢道《むどう》

（松崎　豊）

の交錯を、字余りの上六の、小休止をおいたリフレインにくみ取ることができよう。

私事にわたるが、筆者も、北満の月明の曠野《こうや》を俘虜《ふりょ》となって進んだ。昨日までの武器と弾薬を捨てた肉体は、重心の平衡を失い空を踏むようで、まさに徐《しずか》に、徐《しずか》に、という実感であった。（松崎　豊）

富沢赤黄男（とみざわかきお）

明治三五（一九〇二）～昭和三七（一九六二）。本名正三。旧号蕉左右。愛媛県に生まれる。早稲田《わせだ》大学卒業。大学在学中『渋柿《しぶがき》』に投句。山本梅史《ばいし》の『泉』を経て『青嶺《あおね》』で日野草城《そうじょう》に師事、『旗艦』創刊に参加。戦中は中国大陸を転戦し異色の前線俳句で注目され新興俳句の掉尾《とうび》を飾る『天の狼《おおかみ》』を出した。戦後は『太陽系』『詩歌殿』『薔薇《ばら》』に拠《よ》った。句集に『天の狼《おおかみ》』『蛇《へび》の笛』『黙示《もくし》』などがある。

蝶堕《ちょうお》ちて大音響の結氷期

（天の狼《おおかみ》）

▼季語―「結氷」仲冬。▼句切れ―「結氷期」。「蝶堕《ちょうお》ちて」でもいったん切れる。

『句解』それは静寂の極みの、死を象徴するような結氷のとき、蝶《ちょう》のように軽々しいものが堕《お》ちても氷面は大音響を発するのだ。


《鑑賞》極度に緊張した精神状態にあるとき、些細《ささい》な衝撃にすら空気が震動して硬度の音響を発するのではないか！と、恐怖と圧迫を感じさせる極限の心理状態を、俳句に具象化する場合を想像してみよう。作者が一七字詩の小天地に描き出したのは、一瞬が永遠に凍結されるような時間と、超現実絵画を思わせる空間との、超自然的な交合であった。

エッセイ「クロノスの舌」で赤黄男は、〈現実―それは外部ではなく自己の内部である〉と述べた。この句に創造された心象風景は、現象面での日常と隔絶した、赤黄男の内部に認識された現実であり、写生的な視覚がとらえた対象とは異なり、作者の内面の思いに、より直接的なものといえる。

日米開戦直前、昭和一六年作のこの句には、カタストロフを洞察《どうさつ》する悲劇的な嗟嘆《さたん》が、堕《お》ちた〈蝶《ちょう》〉に象徴されている。再度の応召を直前にした作者の内部には、緊迫した一触即発の崩壊音を確信させるものがあったのだ。（松崎　豊）

三谷　昭（みたにあきら）

明治四四（一九一一）～昭和五三（一九七八）。本名も昭。東京に生まれる。東京府立五中卒業。昭和五年素人《そじん》社書屋に入り『俳句月刊』『俳句世界』を編集。昭和八年『走馬燈《そうまとう》』に拠《よ》り、『扉《とびら》』『京大俳句』『天香《てんこう》』同人。京大俳句事件に連座し検挙され中絶。戦後は『天狼《てんろう》』創刊同人、『俳句評論』『三角点』『面《めん》』に拠《よ》る。句集『獣身《じゅうしん》』『三谷昭全句集』がある。

暗がりに檸檬《れもん》泛《う》かぶは死後の景

（獣身《じゅうしん》）

▼季語―「檸檬《れもん》」仲秋。歳時記に従って秋季としたが、無季感の句である。▼句切れ―「死後の景」。「泛《う》かぶは」でも切れる。

〔句解〕　ある暗い場所に、レモン－イエローの紡錘《ぼうすい》形の果物が一個置かれている（あるいは作者の心象風景として暗い宙に浮游《ふゆう》している）。その黄色い発光体であるレモンが、今日を生きる生命のシンボルのように思えてくる。そして、微妙な重量感を保つ存在が、なぜかわが死後の景色に最もふさわしく感じられる。

《鑑賞》　西洋種の果物、レモンも季節をとわず輸入され、日々の生活に欠かせないものとなった。だが、〈檸檬《れもん》〉と漢字で書かれたとき、梶井基次郎《かじいもとじろう》の小説「檸檬《れもん》」を思い浮かべる人も少なくないはずだ。ああ、この重さだな、と掌《てのひら》に量《はか》られた感触から、実存の小宇宙を認識する詩的飛躍が生まれるように、一果物に象徴された完璧《かんぺき》な形体を、おのれの死後の景色でありたいと願望する、想念の世界をもつこともなんら不思議ではないはずである。

網目の細かい銅版画を連想させるこの句は、昭和四三年の作。俳壇では生活派の範疇《はんちゅう》に入る三谷昭作品が行きついた、叙情美の一典型といっていい。

（松崎　豊）

桂　信　子（かつらのぶこ）

大正三（一九一四）〜。本名丹羽《にわ》信子。大阪市に生まれる。大阪府立大手前高女卒業。昭和一三年日野草城《そうじょう》に師事する。『旗艦』『琥珀《こはく》』同人。戦後は『まるめろ』『アカシヤ』『太陽系』『火山系』『青玄《せいげん》』と、草城《そうじょう》に従った。『女性俳句』編集同人。四五年主宰誌『草苑《そうえん》』を創刊。句集に『月光抄』『女身《にょしん》』『晩春』『新緑』『緑夜』『草樹』『樹影』がある。

鯛《たい》あまたいる海の上盛装して

（晩春）

▼季語―単に「鯛《たい》」だけでは季語ではない。産卵のため外海から内海の方へ群れ来る八十八夜前後が、鯛《たい》のしゅんで、肉の肥えた鱗《うろこ》の鮮やかな紅色の鯛《たい》は、俗に桜鯛《さくらだい》といわれ賞味される。とくに瀬戸内の鯛《たい》は名高い。その「桜鯛《さくらだい》」は「花見鯛《はなみだい》」ともいい、「鯛網《たいあみ》」とともに晩春の季語である。作者は超季感俳句を提唱した日野草城《そうじょう》門下である。現代仮名づかいの無季句であるが、陽春の季感が感じられる。▼句切れ―「海の

上」。「鯛《たい》あまたいる」でもいったん切れる。

『句解』 鯛《たい》の群游《ぐんゆう》する海上を行く汽船の上には、嬉《き》々と着かざった女性がいる。

《鑑賞》 この句に関連して作者は、鯛《たい》の名産地である、風光明媚《めいび》な瀬戸内海の塩飽《しわく》諸島のことを記している。だが、この句、とくにその場所は問わない。

紅を濃くした鯛《たい》の群れと、遊覧船上のはなやかな女性群とのアナロジーに、一種シニカルな視線が感じ取れる。盛装した主体を作者自身と受け取っても、風俗的ではあるが、鮮烈華麗な構図の中に、現実を批判的にみる、新興俳句出身の作者らしい醒《さ》めた意識がうかがわれる。句の上に船を書かず知的に鯛《たい》と女性の対比を構成した句で、作者は〈断面図〉のおもしろさと、見事な自解をしている。(松崎 豊)

橋本夢道 (はしもとむどう)

明治三六(一九〇三)〜昭和四九(一九七四)。本名淳一。徳島県に生まれる。俳句は大正一二年荻原井泉水《おぎわらせいせんすい》に師事した。昭和五年栗林一石路《くりばやしいっせきろ》らとプロレタリア俳句を目指し『旗』を創刊し『層雲』を離れる。昭和一六年『俳句生活』同人として俳句弾圧事件に連座する。戦後、新俳句人連盟の結成に参加。三二年石原沙人《さじん》らと『秋刀魚《さんま》』を創刊。句集に『無礼なる妻』『橋本夢道全句集』などがある。

無礼なる妻よ毎日馬鹿げたものを食わしむ

(無礼なる妻)

▼季語—無季。▼句切れ—「無礼なる妻よ」。切れ字「よ」。
▽無礼なる妻よ—妻の無礼な行為を嘲弄《ちょうろう》した表現ではなく、妻をここまで追いつめた背後にあるものに対する憤りをこめた表現である。▽食わしむ—「しむ」は使役の助動詞。

『句解』 戦後の食糧難が続いて、このところ碌《ろく》な食べ物も口に入らない。妻よ、毎日のやりくりの苦しさはわかるが、どうしてこんな馬鹿げたものを食べさせるのだい。これでは人間とはいえないじゃないか。無礼じゃないか。

《鑑賞》 昭和二一年ごろの作。敗戦後の混乱期にあって食糧事情もきわめて悪かった。

〈無礼なる妻〉連作には、この句のほかに〈あれを混ぜこれを混ぜ飢餓《きが》食造る妻天才〉〈すいとん畳に下してきて不服言わさぬ妻〉〈この飢餓《きが》食茎も葉も刻み込み食う妻の論〉などの作品が並んでおり、耐乏時代の食生活がどんなものであったのか、それを宰領する妻の苦労のほどもしのばれる。

のちには〈妻は最愛なる人間である〉連作も残している作者の裏返しにされた愛情表現ともいえるこの句は、彼の庶民性と滑稽味《こっけいみ》、思想性が根づき育っている。(瓜生)

戦後の俳壇

人間探求派と呼ばれていた人びとが第二次大戦後の俳壇の指導的な地位に立ち、新興俳句系の俳人も復活してきた。戦時下に青春を過ごした人びとも、戦後の現実を見すえて新しい俳句の世界をきりひらき、社会性や思想性の問題が積極的に論じられるようになった。また、俳諧の伝統もかえりみられ、俳句性についての論議も行なわれた。一方口語自由律の俳句も一つの分野として定着した。

安住　敦（あずみあつし）

明治四〇（一九〇七）～昭和六三（一九八八）。本名も敦。旧号あつし。東京に生まれる。立教中学卒業後逓信省に奉職、富安風生《とみやすふうせい》の『若葉』に投句。昭和一〇年日野草城《そうじょう》の『旗艦』に参加。『多麻』を創刊。戦後久保田万太郎《まんたろう》を擁し『春燈』を創刊、万太郎《まんたろう》没後は同誌を主宰した。蛇笏《だこつ》賞受賞。句集に『貧しき饗宴《きょうえん》』『古暦《ふるごよみ》』などがある。随筆も多い。

てんと虫一兵《いっぺい》われの死なざりし　（古暦《ふるごよみ》）

▼季語―「てんと虫」兼三夏。半球形の小さい昆虫《こんちゅう》で種類多く、甲に黒や黄の斑点《はんてん》がある。益虫。「てんとうむし」。小さいが背がつややかで生命力溢《あふ》れた感じがし、童話的なかわいらしさもある。▼句切れ―「てんと虫」。

『句解』　飛んで来たてんと虫よ。おまえを見ていると、しみじみと、一兵卒《いっぺいそつ》としての自分が死なずにすんだことを、思うことであるよ。

《鑑賞》　〈八月十五日終戦〉の前書がある。また、この前の句〈蟬《せみ》しぐれ子の誕生日なりしかな〉の前書に〈昭和二十年八月、米軍の本土上陸に備へ、対戦車自爆隊の一員として千葉県上総湊《かずさみなと》の兵舎にあり。〉とある。

作者は終戦の一か月ほど前に召集され、爆雷を背負って敵の戦車の下へ飛び込むという訓練を重ねていて、終戦を迎えたのである。

終戦の詔勅を聞いたとき、一匹のてんと虫が、抱え持っていた銃の銃身にとまったのだという。

この句は死ぬはずだった生命をとりとめた感激が、てんと虫の生命感と一体になって、率直に、なまなましく詠出

されており、余韻が深くて、感動を誘う。新興俳句推進から、戦後の『春燈』調への転機となった作といわれている。（鍵和田）

橋本鶏二（はしもとけいじ）

明治四〇（一九〇七）〜平成二（一九九〇）。本名英生《ひでお》。三重県に生まれる。上野中学校卒業。一七歳ころより俳句に親しむ。高浜虚子《きょし》に師事、『ホトトギス』同人、長谷川素逝《そせい》と『桐《きり》の葉』復刊。素逝《そせい》没後『鷹《たか》』『雪』を経て、昭和二二年『年輪』を創刊主宰。句集に『年輪』『松囃子《まつばやし》』『山旅波旅《さんりょはりょ》』『朱《しゅ》』『花袱紗《ふくさ》』『鳥襷《とりだすき》』『汝鷹《なたか》』などがある。

鷹《たか》の巣や大虚《たいきょ》に澄める日一つ

（年輪）

▼季語―「鷹《たか》の巣」兼三春。鳥は春、産卵に先立って巣を営む。鷹《たか》は鷲《わし》などと同じく深山の絶壁や大木の梢《こずえ》などに巣を作る。そこで雛《ひな》が育つ。鳥は毎年新しい巣を営むので、使用ずみの古巣と違って活気があり、充実している。▼句切れ―「鷹《たか》の巣や」。切れ字「や」。

▽大虚《たいきょ》―（＝太虚《たいきょ》）大空、天のこと。広い宇宙をも意味し、万物の根源の意味もある。

『句解』　山深く入って鷹《たか》を仰いでいると鷹《たか》の巣が見えた。それは絶壁の特に高いところにあって、巣を取り囲むのは果てなく広い天空であり、一つだけ澄んだ太陽が静かに照らしているばかりである。

《鑑賞》　昭和一八年作。四月中ごろであろうか。自注によると、伊《い》賀《が》と伊《い》勢《せ》の境に青山高原があり、小さい山が群立していて、そこへ通い続けて鷹《たか》を仰いだという。大胆な把《は》握《あく》と的確な写生、すぐれた構成など作者の特色がよく表れている。しんとした宇宙の中での生の営みのかなしさのようなものまで感じる。

翌年作の、

鳥のうちの鷹《たか》に生れし汝かな
巌襖《いわぶすま》しづかに鷹《たか》のよぎりつつ

なども、焦点を絞った心象的な句である。（鍵和田）

細見綾子（ほそみあやこ）

明治四〇（一九〇七）〜平成九（一九九七）。本名沢木綾子。兵庫県に生まれる。日本女子大学国文科卒業。療養中の昭和五年、松瀬青々《せいせい》主宰『倦鳥《けんちょう》』に投句。二一年『風』創刊に参加。沢木欣一《きんいち》と再婚。茅舎《ぼうしゃ》賞、芸術選奨文部大臣賞、蛇笏賞受賞。句集に『桃は八重』『冬薔薇《ふゆばら》』『雉子《きじ》』『伎芸天《ぎげいてん》』など、随筆に『私の歳時記』『花の色』がある。

鶏頭《けいとう》を三尺離れもの思ふ《う》　（冬薔薇《ふゆばら》）

▼季語―「鶏頭《けいとう》」兼三秋。庭先などに植えて観賞する一年草。紅色の茎を直立し、鶏のとさかのような花序をなし、細かい花がかたまってつく。深紅の花は美しく、やや暗い陰がある。種類が多く、花期も長い。▼句切れ―「もの思ふ」。

〘句解〙　鶏頭《けいとう》の前でもの思いにふけっていて、ふと気がつくと鶏頭《けいとう》と自分との距離は三尺（約一メートル）ほどであった。その三尺という距離に気がついたとき、鶏頭《けいとう》の花も自分も、急にはっきりと存在感が意識された。

《鑑賞》　昭和二一年作。戦後の荒廃の時期である。「自作ノート」によると、土蔵の前に鶏頭《けいとう》が一列になってたくさんあったのに、気がついたら五、六本になっていて、燃えるような鶏冠《とさか》だったという。戦後の虚無感の中の晩秋の一句、ということなので、〈もの思ふ〉の内容も何かその虚無感につながりがあるかもしれない。

三尺という距離の発見がこの句のきめ手であるが、作者は距離感に敏感で、〈藤《ふじ》はさかり或《あ》る遠さより近よらず〉〈夕方は遠くの曼珠沙華《まんじゅしゃげ》が見ゆ〉など同年の作がある。いずれも距離感を通してそのものの本質を認識している。独特な把握《はあく》の仕方による個性的世界の表出が見事である。

《補説》　金沢の尾山神社に句碑が建っている。（鍵和田）

女身仏《にょしんぶつ》に春剝落《はくらく》のつづきをり《お》　（伎芸天《ぎげいてん》）

▼季語―「春」兼三春。俳句では春は立春から立夏の前日まで、ほぼ陽暦の二、三、四の三か月が当たる。一般の感覚では気象学の三、四、五の三か月がぴったりする。温暖な気候で、万物が発生し芽吹く明るさがある。▼句切れ―「つづきをり」。

〘句解〙　女身仏《にょしんぶつ》（伎芸天《ぎげいてん》）の前にたたずむと、黒い乾《かん》漆《しつ》が剝落《はくらく》して地肌《じはだ》の赤土色が出ている。春が今めぐってきて、その時の流れの中に、女身仏《にょしんぶつ》の剝落《はくらく》は続いているのである。

《鑑賞》　昭和四五年三月初め、奈良秋篠寺《あきしのでら》へ行ったときの作。〈畦焼《あぜやき》の火色天女の裳《も》に残る〉〈雪止んで日ざしを給ふ伎芸天《ぎげいてん》〉などが前にあり、当日春雪が散らつき、畦《あぜ》焼きの火を見たことがわかる。その気持ちのたかぶりが掲出句で最高潮に達したといえる。

この句、初案は〈伎芸天《ぎげいてん》に……〉で、時の流れの中での伎芸天《ぎげいてん》の剝落《はくらく》の美が中心であった。〈女身仏《にょしんぶつ》に……〉と上五を入れかえることで、伎芸天《ぎげいてん》の中に女身を見つめ、そこに作者が一体になった気息が感じられる。つまり時の流れの中での女身の美のありようを感じさせる句になった。それは剝落《はくらく》し続けることによって、永遠に保てる美しさである。季語の〈春〉が実に巧みに使われてイメージを広げ、美しくまたかなしい句になっている。

《補説》 他の代表句としては、〈でで虫が桑《くわ》で吹かるゝ秋の風〉〈峠見ゆ十一月のむなしさに〉〈くれなゐの色を見てゐる寒さかな〉がある。

（鍵和田）

中島斌雄（なかじまたけお）

明治四一（一九〇八）～昭和六三（一九八八）。本名武雄。東京に生まれる。東京帝大文学部国文科卒業。日本女子大教授をつとめた。俳句は中学時代小野蕪子《ぶし》の『鶏頭陣《けいとうじん》』で始める。東大俳句会で高浜虚子《きょし》の指導を受け『ホトトギス』に投句。原石鼎《せきてい》、水原秋桜子《みずはらしゅうおうし》にも学ぶ。昭和二一年『麦』を創刊主宰。句集に『樹氷群』『光炎』『火口壁』など。

子へ買ふ《(う)》焼栗《マロン》夜寒は夜の女らも

（火口壁）

▼季語―「夜寒」晩秋。晩秋の夜に寒さを覚えること。日中は暖かいので、特に夜の寒さを感じ、わびしく、もの恋しい感じがある。▼句切れ―「焼栗《マロン》」。

『句解』 帰宅途中、秋の夜寒が身に染みるとき、焼栗《やきぐり》屋《や》の前を通った。いかにも暖かそうで香ばしく、子供への土産《みやげ》に買っていると、街頭に立って客を待っていた夜の女たちも、焼栗《やきぐり》を買いに寄ってきた。やはり夜寒が身に染みるのである。

《鑑賞》 昭和二五年作。〈焼栗《マロン》〉は甘栗《あまぐり》。大きな鉄鍋《てつなべ》に栗《くり》を入れ、砂混じりの小石でかき回して焼いている。紙袋に入れて売るが、手にするとぬくもりが、寒い夜にはなつかしい。自分は子へ買ったのだが、夜の女たちはまず自分たちが食べて、ぬくもりを分け合うのであろう。戦後の混乱期、さまざまの事情で悲惨な境遇に落ちながらも、必死で生きようとする女たちへの、暖かい眼《め》が感じられる。

それは一つには〈夜寒〉という季感、時刻のもっている情趣からであろう。季語が決定的である。また〈焼栗《マロン》〉を芯《しん》として明暗二面の与える感動が余韻をひいている。社会意識の自覚によって、真の社会性俳句を志向していた作者の特色をよく表している。

（鍵和田）

爆音や乾きて剛《つよ》き麦の禾《のぎ》

（わが噴煙）

▼季語―「麦」初夏。穂麦が六月には黄褐色《おうかっしょく》に熟して刈り取りを待つ。周囲が緑の季節なので麦畑の色は目立ち、「麦の秋」

の季語もある。充実した感じである。ただ最近はごく少なくなってしまった。▼句切れ―「爆音や」。切れ字「や」。
▽禾《のぎ》―穀類《こくるい》の穂の先の毛。麦の熟した禾《のぎ》はとげのように鋭く堅い。

『句解』 空には飛行機の爆音が威圧するように響きわたる。地上ではそれに負けまいとするかのように、熟した麦が群立してとげのような、乾いてつよい禾《のぎ》を空へ向けている。それは生命力あふれる、充実して強靭《きょうじん》な相である。

《鑑賞》 昭和二九年作。この句は、社会性俳句の立場からみれば〈爆音〉は日本の空を思うまま飛ぶ戦闘機の爆音で、〈乾きて剛《つよ》き麦の禾《のぎ》〉の方はそれに抵抗する民衆の意志という解になり、作者の真意もそれに同じだという。

たしかに戦後の不安な時代には、そういうテーマも考えられるが、しかし今、一句としてみれば、機械文明の所産の飛行機の爆音と、昔からの農耕の営みの中にある自然界の所産との、二者がぶつかり合ったところに生まれた、新しい詩の世界と考えられる。

ただし〈爆音〉〈乾きて剛《つよ》き〉の表現から、作者が、両者を対抗するものと認識していることは確かである。

《補説》 他の代表作に〈稲架《はざ》の棒芯《しん》まで雨を吸ふ頃《ころ》ぞ〉〈爆心の残壁の灼《や》け掌《て》に沁《し》ます〉がある。

（鍵和田）

石川桂郎（いしかわけいろう）

明治四二（一九〇九）～昭和五〇（一九七五）。本名一雄。東京に生まれる。高等小学校卒業。理髪業を継いだが、戦中に廃業。石田波郷《はきょう》の『鶴《つる》』に投句、同人となり、波郷《はきょう》に従い『馬酔木《あしび》』同人となる。昭和三五年『風土』編集担当、続いて主宰。一方横光利一《りいち》に学び小説も書いた。五〇年、食道癌《がん》で逝去《せいきょ》。俳人協会賞、蛇笏《だこつ》賞受賞。著書には句集『含羞《がんしゅう》』『竹取』ほか、短編集『剃刀日記《かみそり》』などがある。

柚子湯《（ゆずゆ）》して妻とあそべるおもひ《（い）》かな

（含羞《がんしゅう》）

▼季語―「柚子湯《ゆずゆ》」仲冬。冬至《とうじ》の日に柚子《ゆず》を風呂《ふろ》の湯に入れて入浴する。「冬至風呂《とうじぶろ》」。香りもよく体も温まる。▼句切れ―「おもひかな」。切れ字「かな」。

『句解』 冬至《とうじ》の日、柚子湯《ゆずゆ》をたて、それに浸る。浮いている柚子《ゆず》に触れていると、気持ちが若やいでくる。妻と遊んでいるような、なつかしい優しい思いになってくる。

《鑑賞》 昭和二九年作。東京三田聖坂《ひじりざか》に生まれ育った作者は、江戸っ子的な羞《は》じらいをもった人だったという。句集名も『含羞《がんしゅう》』である。

それは当然、妻子を詠んだ句に最も顕著に現れるであろう。この句はその意味での愛妻俳句である。実際には妻と遊んでいるわけではないが、柚子《ゆず》に触発されて、妻と遊んでいるような思いを楽しんでおり、なつかしんでいる。その底に一抹《いちまつ》の人生のかなしみのようなものが漂っている。私小説的な趣があり、小説家としての作者の特色も感じられる。

理髪業を廃業してから何度か転職し、『俳句』や『俳句研究』の編集にたずさわり、小説を書き、病弱であり、都下鶴川《つるかわ》村の竹林中の書屋に住んだというような背景を考え合わせると、一層この句は深い味をもってくると思う。病《びょう》臥《が》してから〈通ひ妻梅雨の下駄《げた》音紛れなし〉の句もある。

(鍵和田)

遠蛙《とおかわず》酒の器《うつわ》の水を呑《の》む　(含羞《がんしゅう》)

▼季語―「遠蛙《とおかわず》」兼三春。ふつうは「かえる」といっている。春になると冬眠からさめて産卵し、夏にかけてさかんに鳴き立てる。「遠蛙《とおかわず》」ももちろんその鳴き声を主にしている。遠方からの蛙《かえる》の合唱は、やかましいというより、生の根源的な迫力と、ある種のさびしさが感じられる。▼句切れ―「遠蛙《とおかわず》」。
『句解』 遠くで蛙《かえる》がさかんに鳴いている。病床で、酒を断たれた身は、その声を聞きながら、酒の器《うつわ》で酒ならぬ水を飲むことである。

《鑑賞》 昭和三〇年作。鶴川《つるかわ》村の書屋の周辺には田が多く、遠くから蛙《かえる》の鳴き立てる声がとどく。作者は有名な酒好きであったが、病臥《びょうが》によって酒を飲むことができなくなった。なじみの酒の器《うつわ》で水を飲んでいるのである。

『馬酔木《あしび》』に連載された「病床日記」によれば、この器《うつわ》は黄瀬戸のぐい飲みとのことであり、酒の器《うつわ》の水を見るとつらいだけでなく一種の孤独感に襲われていたが、あるときフッと、それは底なしの滑稽感《こっけいかん》であったのに気づいたということである。そう気づく契機になったのが〈遠蛙《とおかわず》〉であり、蛙《かえる》の鳴き声の微妙な働きかけと、それに応じる人間の心の微妙な作用とが、美しくかなしく表現され、心を打つ。〈昼蛙《ひるかわず》どの畦《あぜ》のどこ曲らうか〉の作もある。

《補説》 その他の代表句としては〈日に出てわれから遠し卒業歌〉〈なんの湯か沸かして忘れ初嵐《あらし》〉〈三寒の四温を待てる机かな〉がある。

(鍵和田)

石橋辰之助　(いしばしたつのすけ)

明治四二(一九〇九)～昭和二三(一九四八)。本名も辰之助。旧号竹秋子。東京に生まれる。安田保善工業学校卒業。

映画関係の会社に勤務。俳句は初め『ホトトギス』に投句したが、昭和六年水原秋桜子《みずはらしゅうおうし》に従い『ホトトギス』を離脱し、『馬酔木《あしび》』で活躍した。のち『京大俳句』に参加、『天香《てんこう》』創刊。俳句弾圧事件で検挙され句作を中断する。戦後、新俳句人連盟で活躍。二三年、胸患で急逝《きゅうせい》した。句集に『山行《さんこう》』『山岳画』『家』『妻子』『山暦』などがある。

朝焼の雲海尾根を溢《あふ》れ落つ

（山行《さんこう》）

▼季語―「雲海」晩夏。夏、高山に登って、脚下に見える一面の白雲のつらなりのこと。空を埋めて海原のようである。飛行機からも見えるが、やはり夏山登山による季節感が強い。なお「朝焼」も夏の季語で、日の出前に東の空が紅黄色になるのをいう。▼句切れ―「溢《あふ》れ落つ」。

『句解』　夏の朝早く山頂に立つと、見渡すかぎり雲海が広がり、朝焼に染まって荘厳なまでの美しさである。やがて雲海に動きが見え、流れ始め、あふれるようにせり上がって尾根を越え、次の谷間の方へあふれ落ちてゆく。

《鑑賞》　昭和七年作。山頂からの壮大な美観と、あふれ落ちる雲海の躍動的な力強い美が一体となり、夏山を賛美した若々しい句風である。従来のホトトギス流の山岳俳句と違って、近代的な登山家の目で見ており、美しさ、完成度、作者の心情の裏づけなど、山岳俳句に独自の境地を開いた功績は大きい。ほかに〈風鳴れば樹氷日を追ひ日をこぼす〉などの作もある。

《補説》　『馬酔木《あしび》』を離れてから〈傷兵の昏《く》れゆく路上河のうねり〉など戦争と自己とを追求し、戦後は〈夜学生よ君には戦闘帽よりないのか〉など民主主義闘士としての作風になる。

（鍵和田）

加倉井秋を（かくらいあきを）

明治四二（一九〇九）～昭和六三（一九八八）。本名昭夫。茨城県に生まれる。東京美術学校卒業。建築家。昭和一三年富安風生《とみやすふうせい》の門に入り『若葉』に投句。のちに同人となる。戦後一時『諷詠派』の発行にたずさわり、また『風』に同人として参加した。三四年より『冬草』を主宰。句集に『胡桃《くるみ》』『午後の窓』『真名井《まない》』などがある。

食卓の鉄砲百合《ゆり》は素つぽをむく

（胡桃《くるみ》）

▼季語―「鉄砲百合《ゆり》」晩夏。百合《ゆり》の中で切り花にする栽培種。香気が強く気位の高い感じがする。▼句切れ―「素つぽをむく」。

『句解』　食卓で一家だんらんの一刻であろう。鉄砲百《ゆ》合《り》が壺《つぼ》に活《い》けて置かれてあるのだが、その百合《ゆり》がかってな方に向いて咲いている。家族はみな向き合うように卓を囲んでいるので、その百合《ゆり》が目立つのである。

《鑑賞》 昭和一四年作。作者のごく初期の作であるが、すでに特色がよく表れている。第一句集『胡桃《くるみ》』の作風は一見さりげなく無造作に詠まれているようで、素材もごく日常的なものを取り上げ、表現は口語的な発想で軽妙に句にしているが、日常生活の中での意外性や、一見なにげない現象にも、鋭い感覚を働かせている。ある意味で日常性を洗い直したといえるであろう。

掲出句もよくある場面であるが、このように句になると、百合《ゆり》に意志があるかのようにいきいきし、新しい美が構成されている。

《補説》 同句集にはほかに、〈さくらんぼの柄は灰皿へ捨てる〉〈赤ん坊の眠りつづける落花かな〉〈秋風に吹かれ胡桃《くるみ》の木とわれと〉などがある。 （鍵和田）

篠原　梵（しのはらぼん）

明治四三（一九一〇）～昭和五〇（一九七五）。本名敏之《としゆき》。愛媛県に生まれる。東京帝大文学部国文科卒業。中央公論社に入り、一時退社し教職にあったが復職、同社役員となる。俳句は中学時代より始め、昭和六年大学に入ると臼田亜浪《うすだあろう》に師事、『石楠《しゃくなげ》』同人として評論面でも活躍した。句集『皿』『雨』『花序』、全句集『年々去来の花』がある。

閉ぢ（じ）し翅（はね）しづ（ず）かにひらき蝶（ちょう）死にき （雨）

▼季語—「蝶《ちょう》」兼三春。種類が多く四季を通じて見られるが、春先に多く出るので単に蝶《ちょう》といえば春季である。春は白や黄の蝶《ちょう》が多い。蛾《が》と違い昼間飛び、とまるときは大体羽を畳む。美しく、夢幻性が感じられる。▼句切れ—「死にき」。

〘句解〙 蝶《ちょう》を見つめていると、閉じ畳んでいた羽を静かに開いて、それきり動かなくなってしまった。美しい死である。

《鑑賞》 昭和二二年作。〈虫〉一六句中の一句。第一句集『皿』の時代は鋭い感覚と柔らかい叙情、斬新《ざんしん》な表現で注目されたが、この『雨』の時代は写実的傾向が強くなり、描写が的確で内容が深まったといわれる。

この句も蝶《ちょう》が静かに息を引き取る様子を、実に正確に描きながら、かつ美しい。印象が際立って鮮明であり、凝視の深さ・確かさが感じられる。それは静—動—静という流れや、〈し〉の音の繰り返しなど、知性に支えられた表現の巧みさにもよっている。美しい死への共感や賛嘆もどこかに感じられるようだ。

《補説》『皿』より代表句をあげる。〈やはらかき紙につつまれ枇《び》杷《わ》のあり〉〈扇風機止り醜き機械となれり〉〈葉桜の中の無数の空さわぐ〉（鍵和田）

高屋窓秋（たかやそうしゅう）

明治四三（一九一〇）～平成十一（一九九九）。本名正《まさ》国《くに》。名古屋市に生まれる。法政大学文学部英文科卒業。終戦まで満州の放送事業にたずさわる。若くして水原秋桜子《みずはらしゅうおうし》に師事、『馬酔木《あしび》』で活躍。昭和一〇年俳句との決別を宣して同誌を退いたが、のち『京大俳句』に加わった。戦後『天狼《てんろう》』に参加したが、その後作句活動を休止。句集に『白い夏野』『河』『石の門』『高屋窓秋全句集』がある。

山鳩《やまばと》よみればまは《わ》りに雪がふる　（白い夏野）

▼季語―「雪」兼三冬。さらさらした粉雪から解けかかったぼたん雪までさまざまであるが、雪が降るさまは場所や時間を超えた幻想的な世界に誘う趣がある。▼句切れ―「山鳩《やまばと》よ」。切れ字「よ」。

〔句解〕鳴き始めた山鳩《やまばと》よ。見ると囲りには細かい雪がちらちら降っている。山鳩《やまばと》を降り包むかのように。

《鑑賞》昭和九年作。句集『白い夏野』は『馬酔木《あしび》』の最先端をゆく作風で、やや哀愁のある美しい叙情の世界に作者の意識を定着させ、独自の境地をみせている。この句も柔軟な発想と口語ふうな自由な感じの表現で、むしろ現代詩に近い、若々しい雰《ふん》囲《い》気《き》をもっている。当時さかんに行われた連作様式を取り入れ、四句連作の第二句目になっている。〈山鳩《やまばと》のふと鳴くこゑを雪の日に〉が一句目にあるので、この句の場合もまず鳴き声から意識し、ついで姿が目に入ったのであろう。山本健吉は『現代俳句』の中でこの句を推賞し、特に〈よ〉の用法に注目して、それは呼び掛けでもあり、詠嘆でもあり、従来の俳句表現になかった純粋叙情だといっている。（鍵和田）

能村登四郎（のむらとしろう）

明治四四（一九一一）～。本名も登四郎。東京に生まれる。国学院大学卒業。千葉県市川市に居住、永年教職にあった。一六歳で俳句を始め、昭和一四年水原秋桜子《みずはらしゅうおうし》の『馬酔木《あしび》』に投句。戦後、同人となる。四五年『沖』を創刊主宰する。現代俳句協会賞、六〇年『天上華』で蛇笏賞受賞。句集には『咀嚼音《そしゃくおん》』『合掌部落』『枯野《かれの》の沖』『民話』『幻山水』『有為の山』がある。他に評論集や随筆などの著作がある。

暁紅《ぎょうこう》に露の藁屋根《わらやね》合掌す

（合掌部落）

▼季語―「露」兼三秋。秋に最も多いので秋季になっている。はかなさのたとえにも使う。▼句切れ―「合掌す」。

『句解』　初秋の夜明け方、空が茜色《あかねいろ》に染まったころ、合掌造りの家の前に立つと、露がしとどにおりた藁屋根《わらやね》は、まさしく合掌して、深い祈りをささげているように見えた。

《鑑賞》〈所謂《いわゆる》大家族制と合掌造《づくり》とで名のある白川村は、御母衣《みぼろ》ダム開発のため、ここ数年にして湖底に没すといふ。村民反対の中に既に工事すすめり。立秋の翌日、ただひとり奥飛驒《ひだ》の峡村をゆく。〉の前書で四七句収録中の一句。昭和三〇年作。

当時流行した社会性俳句の影響もあるが、ブルーノ＝タウトの本などから深い興味をもっていた白川村が、ダムの底に沈むという新聞記事を見て出かけたという。機械文明の犠牲となって、大家族制度も、合掌造りも、村そのものも崩壊してゆく。それに対して、大自然に向かい永遠の祈りを続けているかのような藁屋根《わらやね》の荘厳な姿に、作者の感動と愛惜の情が結晶している。

《補説》　作者の句風は〈長靴《ながぐつ》に腰埋め野分《のわき》の老教師〉の教師俳句から社会性俳句を経て、〈火を焚《た》くや枯野《かれの》の沖を誰か過ぐ〉の内面的世界へ発展する。

（鍵和田）

角川源義（かどかわげんよし）

大正六（一九一七）～昭和五〇（一九七五）。本名も源義。富山県に生まれる。国学院大学卒業。角川書店を創立。中学時代より句作し『草上《そうじょう》』に投句。戦後『古志』創刊に同人として参加。昭和三三年『河《かわ》』を創刊主宰した。総合誌『俳句』の創刊、角川俳句賞、蛇笏《だこつ》賞の設定、俳句文学館設立への努力など俳壇への貢献は多大である。句集に『ロダンの首』『西行の日』などがある。他に随筆や研究論文など数多い。

ロダンの首泰山木《たいさんぼく》は花得たり

（ロダンの首）

▼季語―「泰山木《たいさんぼく》の花」初夏。北米原産の常緑高木で、初夏に白木蓮《もくれん》に似た大輪の白い花を開く。葉も花も大きく部厚い感じで、大木の茂りはたくましい。▼句切れ―「ロダンの首」。

『句解』　今、部屋にはブロンズ像のロダンの首が飾られ、庭には泰山木《たいさんぼく》の大樹に大きな白い花が開いた。どちらも作者のたいそう気に入っているもので、幸福感に満ちた一刻である。

《鑑賞》 昭和三〇年作。句集『ロダンの首』の題名になった句。句集の「あとがき」によれば、家を新築した折に俳壇の諸先生、諸先輩から泰山木《たいさんぼく》を贈られ、新宅びらきの句会を催したときの作という。お礼をこめた挨拶《あいさつ》句である。〈ロダンの首〉も〈泰山木《たいさんぼく》の花〉も日本古来の さび・しおり的世界とは遠く、いかにも西洋ふうで近代的であり、力強くて明快である。わが家を新築した喜びと、作者の趣味的傾向がよく表れた、どっしりした句である。

　晩年作者は二句一章論をしきりに説いたが、この句も〈ロダンの首〉と〈泰山木《たいさんぼく》の花〉との二物の配合による典型的な二句一章の句となっている。

《補説》 同句集にはほかに〈群稲棒《ぼっち》一揆《いっき》のごとく雨に佇《た》つ〉〈何求めて冬帽行くや切通し〉などがある。　（鍵和田）

香西照雄（こうざいてるお）

大正六（一九一七）〜昭和六二（一九八七）。本名照雄。旧号照波。香川県に生まれる。東京帝大文学部国文科卒業。応召され、ラバウルに出征、復員後上京する。教職にあった。俳句は旧制高校時代竹下しづの女主宰『成層圏』に参加、大学時代中村草田男《くさたお》に指導を受ける。戦後『萬緑《ばんりょく》』に参加、のち編集を担当した。現代俳句協会賞受賞。句集に『対話』『素志《そし》』、評論に『人と作品・中村草田男《くさたお》』などがある。

あせるまじ冬木を切れば芯《しん》の紅《べに》　（対話）

▼季語―「冬木」兼三冬。落葉樹でも常緑樹でも冬らしい姿で寒さをしのいでいる木をいう。▼句切れ―「あせるまじ」。

『句解』 さむざむとした冬木を切ると、その断面が芯《しん》に近いほど濃い色をして、中心は鮮やかな紅色をしている。その生命力の原点のような紅色を見ながら、自分も今の逆境に屈せず、あせらないで、希望を持ち続けてゆこうと思った。

《鑑賞》 昭和二一年作。年譜によれば、作者はこの年五月に復員、マラリアのため勤め先を長期欠勤し、郷里で保養生活に入った。小作地を返してもらい、約二反の耕作を一家で始めたという。〈軍籍四年の空白の後で、学問か実作か、家庭本位か個性樹立かと迷いかつあせった。〉（『自註《じちゅう》現代俳句シリーズ』）とある。

　そういう背景を知ると一層この句は切実であるが、同時にどこかに若々しさも感じられる。たしかな写生眼を基に、思想を美的に結晶させようとする作者の志向の、見事な原型的作品といえる。

《補説》 他の代表句に〈夏濤《かとう》夏岩《かがん》あらがふものは立ちあがる〉〈遠のけば白鳥まぶし稼《かせ》ぐ妻よ〉〈鍵《かぎ》っ子なりし亡き子

よ雨中の迎火ぞ〉がある。　　（鍵和田）

野見山朱鳥（のみやまあすか）

大正六（一九一七）〜昭和四五（一九七〇）。本名正男。福岡県に生まれる。鞍手中学校卒業。胸を病み療養生活に入る。昭和二〇年『ホトトギス』に投句、高浜虚子《きょし》に師事する。以後俳句と絵画に専心した。二七年『菜殻火《ながらび》』を創刊主宰。肝硬変のため五二歳で死去。句集に『曼珠沙華《まんじゅしゃげ》』『天馬《てんば》』『荊冠《けいかん》』『運命』『野見山朱鳥全句集』など。俳論集も多い。

曼珠沙華《まんじゅしゃげ》散るや赤きに耐《え》へかねて

（曼珠沙華《まんじゅしゃげ》）

▼季語―「曼珠沙華《まんじゅしゃげ》」仲秋。秋の彼岸ごろ、堤や畦《あぜ》などに真っ赤な花が群れ咲く。葉がなく何か妖凄《ようせい》な感じで、墓地などにも多いゆえか「彼岸花」のほかに「死人花・幽霊花・狐花《きつね》」など、呼び名が多い。しかし花の色の燃えるような赤さは美しい。▼句切れ―「散るや」。切れ字「や」。

《句解》　曼珠沙華《まんじゅしゃげ》が散ることだ。そのさまはちょうど、自分自身の赤い色（生命の燃焼）に耐えかねて、散るかのように思われることである。

《鑑賞》　昭和二一年作。当時療養生活中の作者には、常に死のことが意識されていたであろう。一方、二九歳の若さでは、精いっぱいの命の燃焼にも憧憬《どうけい》があったにちがいない。

　この句は生命を燃焼させ尽くして散る曼珠沙華《まんじゅしゃげ》の姿を見つめたものだが、〈赤きに耐へかねて〉の表現には強烈な主観があり、独自の発想がある。自己と曼珠沙華《まんじゅしゃげ》とが一体になった感じである。奔放な詩想と思いきった構想で定評のある作者らしい作である。

《補説》　のちに客観写生の枠《わく》から出て、浪漫《ろうまん》的作風が強まった。〈炎天を駆ける天馬に鞍《くら》を置け〉など。晩年は〈泣くものの声みな透る夜の霜〉など心象を鮮明にうたい上げた。　　（鍵和田）

石原八束（いしはらやつか）

大正八（一九一九）〜平成一〇（一九九八）。本名登、のち八束と改名。山梨県に生まれる。中央大学法学部卒業。父石原舟月《しゅうげつ》の影響で早くから句作を試み、一九歳で『雲母《うんも》』に投句、飯田蛇笏《だこつ》に師事した。昭和三六年に『秋』を創刊。句集に『秋風琴《しゅうふうきん》』『雪陵線』『空の渚《なぎさ》』『黒凍みの道』（芸術選奨文部大臣賞受賞）『白夜の旅人』など。評論研究に『現代俳句の幻想者たち』『飯田蛇笏』などがある。

くらがりに歳月を負ふ《う》冬帽子　（空の渚《なぎさ》）

▼季語―「冬帽子」兼三冬。冬帽子は装飾用ばかりでなく、防寒用として用いることが多い。色も地味なものが多く、さむざむとした中で、孤独な感じがある。▼句切れ―「冬帽子」。

『句解』冬帽子をふかぶかとかぶると、周囲から隔絶されて、内省的な気分になる。身に負ってきた歳月のことを考えると、そのすべてが暗いところにあったような気がする。不幸だった歳月の重みをしみじみ見つめているのである。

《鑑賞》昭和三三年作。第一句集『秋風琴《しゅうふうきん》』の二六年の項に〈晩春発病して以来の病状七月に至りて俄《にわ》かに悪化し、喀血《かっけつ》六度七度と重なりて止らず〉云々《うんぬん》の前書で三二句が収録されており、〈血を喀《は》いて眼玉《めだま》の乾く油照り〉など高名な句を含んでいる。その後半年余りの絶対安静や一年半の転地静養を続け、二九年社会復帰するまで、寝たきりの生活で「内観造型説」を確立し、この〈冬帽子〉の句も内観一辺倒を目指した句という（「私の俳句作法」）。

冬帽子をかぶっているのは作者であり、この句は自画像である。「くらがりの歳月」は戦中戦後の混乱窮乏生活や長い闘病生活などを指していよう。

《補説》三好達治《みよしたつじ》の知遇をえ、芸術的にも多大の影響を受けており、独自な句境を展開している。　（鍵和田）

沢木欣一（さわききんいち）

大正八（一九一九）～。本名も欣一。富山市に生まれる。東京帝大文学部国文科卒業。俳句は四高入学の年に始め、『馬酔木《あしび》』『鶴《つる》』『寒雷《かんらい》』などに投句。加藤楸邨《しゅうそん》に師事。また『成層圏』句会で中村草田男《くさたお》を知る。昭和二一年『風』を創刊、のち主宰となる。句集に『雪白』『塩田』『地声』『赤富士』『沖縄吟遊集』『二上挽歌』『遍歴』『往還』『眼前』『白鳥』『交響』などがある。

塩田に百日筋目つけ通し　（塩田）

▼季語―歳時記による既成の季語はない。ただ「塩田」は夏三か月間の労働なので、この句は夏の季のものである。▼句切れ―「つけ通し」。
▽塩田―太陽熱を利用し海水から塩を採るため造った砂田。そこに海水を撒《ま》き、筋目をつけ夏の太陽にさらす。何回も繰り返し、海水を吸いこんだ砂を集めて濃い塩水を作り煮つめる。

『句解』能登《のと》の塩田に来てみると、炎天の下、すべて人力による原始的な方法で作業が行われている。一〇〇日間も砂田に筋目をつけ通すという単調な重労働が行われているのだ。

《鑑賞》 昭和三〇年夏、能登《のと》塩田での二五句中の一つ。かつて二〇余もあった塩田が衰え、当時二、三残っていただけという。こういう原始的な、それゆえたしかな人間の営みがあったのだという感嘆と、重労働に黙々と従う人びとへの感動がこの句の根底をなしていると思う。骨太い叙情という評がぴったりである。

当時、俳句の社会性論議の中心的存在であった作者の、実作による志向の結晶は高く評価された。同時作に〈塩田夫日焼け極まり青ざめぬ〉〈夜明けの戸茜《あかね》飛びつく塩の山〉などがある。

《補説》 能登《のと》曾々木《そそぎ》（輪島市）の松林に句碑がある。

（鍵和田）

西垣　脩（にしがきしゅう）

大正八（一九一九）〜昭和五三（一九七八）。本名脩《おさむ》。大阪市に生まれる。東京帝大文学部国文科卒業。明治大学教授であったが心筋梗塞《こうそく》で急逝《きゅうせい》。俳句は松山高校時代より『石楠《しゃくなげ》』に拠《よ》った。『石楠《しゃくなげ》』廃刊後、『風』に同人として参加。作品は『現代俳句全集』第六巻に収録されている。一方伊東静雄に詩を学び、詩集に『一角獣』がある。また、編著『現代俳人』その他、評論方面でも活躍した。

さやけくて妻とも知らずすれちがふ（う）

（現代俳句全集）

▼季語―「さやけし」兼三秋。秋は空気が澄み快適な時候なので、「爽《さわや》か」が秋の季語で、「さやけし」もその中に含まれる。心理的な爽快《そうかい》さ清明さもある。▼句切れ―「さやけくて」。

〖句解〗 散歩にでも出たとき、外気のさわやかさに心身ともに清々《すが》しく快くなり、周囲の様子などほとんど意識しないで歩いているうちに、ふと気になって、今すれ違った女を振り返ってみると、妻であったと気がついたのである。それほど、さやけさの中で、心中の思いに身をまかせていたのだ。

《鑑賞》 戦後の作。さやけさに身をまかせて歩む風狂めいた面影が浮かぶが、都会に住む者の孤独感とか寂寥《せきりょう》感のようなものも感じる。それはすべて「さやけし」という季感のなせるわざである。妻の場合は、何か本能的に感じるものがあって気づいたので、その意味では、含羞《がんしゅう》を帯びた愛妻俳句ともいえるだろう。

詩人としての作者の繊細で鋭い感受性が、近代知識人のある心理状態を、季感の中で巧みにつかんでみせている。

《補説》 他の作品に〈寝酒さがす三時花吹く風きこゆ〉〈かまつかの秀《ほ》の透き照りて露くらし〉などがある。（鍵和田）

原子公平（はらここうへい）

大正八（一九一九）～。本名も公平。小樽《おたる》市に生まれる。東京帝大文学部仏文科卒業。出版関係に勤務。三高時代『馬酔木《あしび》』に投句を始める。のちに加藤楸邨《しゅうそん》に師事し、『寒雷《かんらい》』同人となる。『成層圏』句会にも出席。戦後『風』創刊に参加、一時中村草田男《くさたお》の『萬緑《ばんりょく》』同人ともなった。昭和四七年『風濤《ふうとう》』創刊主宰。句集に『浚渫船《しゅんせつせん》』、俳論集に『俳句変革の視点』などがある。

戦後の空へ青蔦《あおつた》死木《しぼく》の丈に充《み》つ

（浚渫船《しゅんせつせん》）

▼季語―「青蔦《あおつた》」兼三夏。青葉した蔦《つた》。夏になると石塀《いしべい》や洋風建築などに這《は》った蔦《つた》が青々と美しい。旺盛《おうせい》な生命力を感じさせる。▼句切れ―「充《み》つ」。

『句解』 戦後復興もいまだ成らず、戦災にあった町は瓦礫《がれき》の山、焼け跡である。空だけが青い。そこに戦火で焼けた大樹が、枯れたまま立っている。這《は》う壁を失った青蔦《あおつた》がその死木《しぼく》に這《は》い上がり、梢《こずえ》までびっしりからんで茂っている。さらに空へまで延びそうな様子で、なんとも強靭《きょうじん》な生命力である。

《鑑賞》 昭和二一年作。この句に並んで〈飢餓《きが》の夏民の一つ燈点々と〉がある。自然の荒廃だけでなく、物資不足から人心がすさんでいたときである。また没落してゆく階級に対し、新興勢力が勢いを得つつあったときでもあった。

この句は町での実景からの発想であろう。不気味なまでに青々と茂る蔦《つた》の強烈さが、作者の感嘆を誘ったのである。それは戦争にめげない、戦後のたくましい生命の存在であり、遠慮なく死木《しぼく》にからみついて繁栄している姿である。

戦後の世相や感慨を、見事に具象化した作である。リズムも用語も重く強烈で、新しい美が感じられる。（鍵和田）

森澄雄（もりすみお）

大正八（一九一九）～。本名澄夫。兵庫県に生まれる。九州帝大経済学部卒業。出征し、南方に転戦する。復員後上京して教職にあった。昭和一五年『寒雷《かんらい》』創刊と同時に投句、加藤楸邨《しゅうそん》に師事する。戦後、同人となり、編集にたずさわる。四五年『杉』を創刊主宰する。『読売新聞』俳壇選者。読売文学賞、昭和六二年蛇笏賞受賞。句集に『雪櫟《ゆきくぬぎ》』『花眼《かがん》』『浮鷗《うきかもめ》』『鯉素《りそ》』『游方』『空艫』『所生』『余日』『花間』など。

森　澄雄

除夜の妻白鳥のごと湯浴(ゆあ)みを(お)り　（雪櫟《ゆきくぬぎ》）

▼季語―「除夜」仲冬。大晦日《おおみそか》の夜。それも夜が更け、一年の終わりに近いぎりぎりのあたりを指す感じである。▼句切れ―「湯浴《ゆあ》みをり」。

〘句解〙 大晦日《おおみそか》の夜も更け、やっと迎春の用意のすんだ妻が終湯《しまいゆ》に入っている。白鳥のように大らかに美しく、湯浴《ゆあ》みをしているのである。

《鑑賞》 昭和二八年作。愛妻への賛歌である。「自作ノート」によると当時武蔵野《むさしの》の一隅《いちぐう》に、六畳一間の板の間の小さな家で親子五人が生活していた。板の間に薄縁《うすべり》を敷き、りんご箱を重ねて机と椅子《いす》にし、薪で煮炊《た》きし、井戸水を汲《く》み、冬は土間に風呂桶《ふろおけ》を据《す》えて焚《た》き、夏は櫟林《くぬぎばやし》の月明の外風呂《ぶろ》を楽しんだという。これによって、句の情景が想像できる。

作者は湯浴《ゆあ》みの音を聞いているだけでなく、湯浴《ゆあ》み中の妻の姿をかいま見たのだと思う。六畳の部屋から、土間の湯浴《ゆあ》みが見えたのだ。薄暗い電燈に照らされた妻の白い美しさが、まさに白鳥のようだったのである。常日ごろの生活の苦労や不如意を、妻は全く意にかけない様子で湯を浴びている。それがむしろ非現実的なほどに豊かで美しかったのである。その妻への限りない感動が、〈除夜〉という時を得て、見事に一句に定着している。

当時俳壇で社会性論議が行われていたが、作者はあえて、自らの生活に執したという。　（鍵和田）

磧(かわら)にて白桃むけば水過ぎゆく　（花眼《かがん》）

▼季語―「白桃」初秋。桃の中でも岡山県を主産地とする白桃は、特に香りよく肉が豊かで甘味、果汁も多い。▼句切れ―「白桃むけば」。▽磧《かわら》―河原。水際の石原。

〘句解〙 真ん中には清流のある、石がごろごろした河原に下りて、一休みする。周囲がごつごつしている中で、取り出した白桃はいかにもみずみずしい。薄皮を剝《む》いていると、不意に、今まで意識していなかった川の水が、とめどなく流れ過ぎてゆくことが、心を満たした。

《鑑賞》 昭和三〇年作。前書に〈白馬山麓《さんろく》〉とある六句中の一句。夏休みに糸魚川《いといがわ》から姫川沿いに一人歩いて大町に出た、そのときの姫川上流の河原という。

「自作ノート」にそのときの状況を〈白っぽい光を放つ磧《かわら》石《いし》の堆積《たいせき》は一種白熱の荒涼といった風景であった〉と書き、

〈みずみずしく充実した白桃の、生毛《うぶげ》の生えた柔かい薄皮をむきながら、一瞬、不安な旅情をひきしめて、何か涼しい光の矢と言ったものが僕の胸を通り過ぎた〉とある。

さらに〈或《ある》いはこれが僕の「時間の意識」のはじまりか〉と書いているが、この「時の流れ」を意識し、存在とのかかわりを追求することが、『花眼《かがん》』の一主題といえる。

《補説》 第三句集『浮鷗《うきがもめ》』あたりから虚の世界への志向が見られる。〈寒鯉《かんごい》を雲のごとくに食はず飼ふ〉〈白をもて一つ年とる浮鷗《うきがもめ》〉　（鍵和田）

飯田龍太（いいだりゅうた）

大正九（一九二〇）～。山梨県に生まれる。国学院大学国文科卒業。父飯田蛇笏《だこつ》の『雲母《うんも》』編集に従事、昭和三七年父が没し、『雲母《うんも》』を主宰した。現代俳句協会賞、読売文学賞受賞。句集に『百戸《ひゃくこ》の谿《たに》』『童眸《どうぼう》』『麓《ふもと》の人』『忘音《ぼうおん》』『春の道』『山の木』『今昔』『山の影』『昨日の径』『遅速』、随筆評論に『無数の目』『俳句の魅力』などがある。

紺絣《こんがすり》春月《しゅんげつ》重く出《い》でしかな

（百戸《ひゃっこ》の谿《たに》）

▼季語―「春月《しゅんげつ》」兼三春。春は朧月《おぼろづき》が多いが、早春の冷えびえした夜などは澄んだ月が艶な風情《ふぜい》をみせる。▼句切れ―「出《い》でしかな」。切れ字「かな」。「紺絣《こんがすり》」でもいったん切れる。

《句解》 山の端から春の満月が昇ってきた。それが潤《うる》んだような暖かみのある黄色をして、しずしずといかにも重たげに、全容を現した。その春月《しゅんげつ》に対し、身に着けている紺絣《こんがすり》がいかにもふさわしく、匂《にお》いたつようである。

《鑑賞》 昭和二六年作。三〇歳の作にふさわしくいかにも若々しく新鮮な感覚であり、同時に格調高く、詩情が濃い。ところで〈紺絣《こんがすり》〉を着ている人を、大人である作者として句解したが、子供のころよく着た回想とも考えられなくはない。「自句自解」によれば、〈春の月の色は厭《いや》らしい、という人があるが、山国の澄んだ夕景色の、特に早春の姿はまんざらではない。清潔な色気がある。あるいは母の乳房の重みといってもいい。したがって幼時を思い出す。子供のころは、もっぱら久留米絣《くるめがすり》を着た。〉とあって、作者は幼時回想の紺絣《こんがすり》をモチーフにしていた。

この句の斬新《ざんしん》な美しさは、〈紺絣《こんがすり》〉で切り、その〈紺絣《こんがすり》〉と下の〈春月《しゅんげつ》〉とのモンタージュ的効果にある。また下五を〈かな〉の詠嘆で重々しく止めた声調は、一句を重厚にし、山々の重なる甲斐《かい》山中の春月《しゅんげつ》の美を、余すところなく

表現している。（鍵和田）

父母の亡き裏口開《あ》いて枯木山《かれきやま》

（忘音《ぼうおん》）

▼季語―「枯木山《かれきやま》」兼三冬。冬になって葉が落ち、枯れたように見える木を枯木《かれき》といい、その山が枯木山《かれきやま》である。さむざむとしてさびしい。▼句切れ―「枯木山《かれきやま》」。

〘句解〙父も母も亡い家はがらんとしてさびしい。農家の造りの広い厨《くりや》の裏口が、風か何かでひとりでに開《あ》いて、裏の枯木山《かれきやま》が見える。家の中のほの暗さに対してそこには冬日が射《さ》しているが、心の空虚さを満たすには、枯木山《かれきやま》はあまりにさびしい感じである。

《鑑賞》作者の父飯田蛇笏《だこつ》は昭和三七年一〇月に没し、母は四〇年一〇月に死去した。この句は四〇年一二月の作。母の死後詠んだ句では〈落葉踏む足音いづこにもあらず〉〈生前も死後もつめたき箒《ほうき》の柄〉などが一一月の作にあり、掲出句がそれに続く。前二句は直接亡母を想《おも》っての句であるが、この句は父母亡き後の心の空虚さを詠じて見事である。〈裏口開《あ》いて〉と、ひとりでに「開いた」感じが、むなしさにつながる。

「自句自解」では〈冬日のなかの枯木山《かれきやま》が明るく見えることそれだけがせめてもの救いであろうか。〉と書いている。

《補説》その他の代表句に〈春すでに高嶺《たかね》未婚のつばくらめ〉〈満月に目をみひらいて花こぶし〉〈大寒の一戸もかくれなき故郷〉〈一月の川一月の谷の中〉がある。（鍵和田）

上村占魚（うえむらせんぎょ）

大正九（一九二〇）～平成八（一九九六）。本名武喜《たけよし》。熊本県に生まれる。東京美術学校工芸科（漆芸）卒業。一時教職にあった。俳句は熊本時代に始め、上京後、高浜虚子《きょし》・松本たかしに師事。たかしの『笛』創刊に参加した。昭和二四年『ホトトギス』同人となり、同年『みそさざい』を創刊主宰。句集に『鮎《あゆ》』『球磨《くま》』『霧積《きりづみ》』『石の犬』などがある。

晩涼《ばんりょう》の闇《やみ》にこころの魚放つ

（石の犬）

▼季語―「晩涼《ばんりょう》」兼三夏。暑い季節なので涼しさが特に意識されて快い。夕方からの涼しさでも、夕涼《ゆうすず》・晩涼《ばんりょう》・夜涼《やりょう》・宵《よい》涼し・涼夜《りょうや》など微妙に使い分けられている。▼句切れ―「放つ」。

〘句解〙昼の暑さも去り、日が暮れてからしばらくの間、夕風が吹いていかにも涼しい。庭木のあたり闇《やみ》が濃くて、ふと海底のような雰囲気《ふんいき》を感じる。ほっとして、心の中に棲《す》んでいる魚を放ち泳がせてやる。しばらく自分だけの世界に楽しんでいるのである。

《鑑賞》『ホトトギス』の写生を身につけ、一方美術家でもある作者は、その洗練された繊細な感覚で、美への傾斜が顕著である。たとえば〈六面の銀屏《ぎんぺい》に灯《ひ》のもみ合へる〉〈春の水光琳《こうりん》模様ゑがきつつ〉〈金の箔《はく》おくごと秋日笹《ささ》むらに〉など、作者の特色をよく表している。

しかしここでは最近作、四七年の、心象的な句を選んでみた。〈晩涼《ばんりょう》〉の季語が、自然現象としてだけでなく、心理的に微妙に働いている。作者の心を開かせ純粋にさせ、閉じ込めていた思いがあこがれ出た感じである。〈こころの魚放つ〉といい切ったところ、叙情味もあり、魅力的な句である。（鍵和田）

野沢節子（のざわせつこ）

大正九（一九二〇）～平成七（一九九五）。本名も節子。横浜市に生まれる。フェリス女学校二年在学中にカリエスを病み中退。闘病生活をおくるうち昭和一七年、大野林火《りんか》の著に感動し、臼田亜浪《うすだあろう》の『石楠《しゃくなげ》』に入会。林火の『濱《はま》』創刊とともに参加師事、翌年同人。四六年『蘭《らん》』を創刊主宰する。現代俳句協会賞、読売文学賞受賞。句集に『未明音《みめいおん》』『雪しろ』『鳳蝶《ほうちょう》』『飛泉』などがあり、随筆集もある。

冬の日や臥《ふ》して見あぐる琴の丈　（未明音《みめいおん》）

▼季語―「冬の日」兼三冬。冬の一日のことも冬の太陽のこともいうが、ここでは冬の一日。しかし当然、淡い冬の日ざしが病室にも射《さ》しこんでいたであろう。病者の心境にも通じる。▼句切れ―「冬の日や」。切れ字「や」。

〖句解〗さむざむとして短い冬の日である。病臥《びょうが》して、床の上から見上げているだけの琴の丈は、しみじみ長く思われることだ。

《鑑賞》昭和二四年作。すでに一五年間ほどの闘病生活を送り、少女期から青春時代も過ぎ去ろうとしている。

友禅におおわれて床の間に立てかけてある琴の丈は、触れることのできなかった永い歳月を思わせ、〈挫折《ざせつ》した女の夢と思いの丈がこの琴の中に封じ込まれて立っている〉（「自作ノート」）のである。〈琴の丈〉の表現が感傷的な甘さに堕することを防ぎ、同時に作者のすべての思いを見事に定着させている。〈春昼の指とどまれば琴も止む〉の句も同年作で、琴は作者の心を託すのに最もふさわしい素材であったようだ。

《補説》昭和三二年病気全快。その後の作に〈せつせつと眼《め》まで濡《ぬ》らして髪洗ふ〉〈枯山中《かれさんちゅう》日ざせばふいに己が影〉

〈雪の田のしんと一夜の神あそび〉などがある。（鍵和田）

藤田湘子（ふじたしょうし）

大正一五（一九二六）〜。本名良久《よしひさ》。小田原市に生まれる。国鉄本社勤務。昭和一八年より『馬酔木《あしび》』に投句、水原秋桜子《みずはらしゅうおうし》に師事。のちに同人となり『馬酔木《あしび》』の編集も担当した。三九年同誌傘下《さんか》の同人誌『鷹《たか》』を創刊、四三年『馬酔木《あしび》』同人を辞退し『鷹《たか》』を主宰する。句集に『途上《とじょう》』『雲の流域』『白面《はくめん》』『狩人』などがあり、評論集もある。

枯山《かれやま》に鳥突きあたる夢の後　（狩人）

▼季語—「枯山《かれやま》」兼三冬。草木が枯れつくした冬の山。満目《まんもく》蕭条《しょうじょう》として、見る側の心も荒涼としてくる。▼句切れ—「突きあたる」。

『句解』　夢を見たのち、まだ夢の続きのような気分でいたところ、眼前の冬枯れの山に向かって非常な速さで鳥が飛び、山に突き当たったように見えた。それを見たとたん、鳥に自分の姿を見たようで、はっと覚めた気がしたのである。

《鑑賞》　昭和四四年信州（長野県）安曇野《あずみの》での作。四一年から毎年数回安曇野《あずみの》に出かけ、憑《つ》かれたように吟行したが、この句をえてしだいに間遠になったのは、数年求め続けてきたものがこの一句で満たされた思いが広がったからと「自作ノート」にいう。

それから考えると〈夢〉は数年求め続けていた精神的な、デーモンのようなものらしく、「枯山《かれやま》に突きあたる鳥」に自己の姿を見たことで、つまり現実の相を見据《す》えたことで、憑《つ》かれていた夢から覚めた精神状態を、一句に結晶したのだと思われる。人間の微妙な心理を追求した独特な世界があり、魅力的な句である。

《補説》　他の代表句に〈愛されずして沖遠く泳ぐなり〉〈筍《たけのこ》や雨粒ひとつふたつ百〉がある。（鍵和田）

高柳重信（たかやなぎしげのぶ）

大正一二（一九二三）〜昭和五八（一九八三）。旧号恵幻子《けいげんし》。また山川蟬夫《せみお》と称する。東京に生まれる。早稲田《わせだ》大学専門部卒業。昭和一一年大場白水郎の『春蘭《しゅんらん》』に学ぶ。その後、新興俳句末期の『琥珀《こはく》』に参加。戦後は富沢赤黄男《かきお》に師事、『太陽系』『火山系』『薔薇《ばら》』を経て『俳句評論』の代表同人。句集に『蕗子《ふきこ》』『伯爵領』『山海集』『日本海軍』、評論集に『バベルの塔』『現代俳句の軌跡』がある。

船焼き捨てし
船長は
泳ぐかな
(蕗子《ふきこ》)

▼季語—「泳ぐ」仲夏。ただし超季感句。▼句切れ—「泳ぐかな」。切れ字「かな」。

『句解』 みずから船に火を放ち、みずからの船を放擲《ほうてき》した船長は、ただ独り泳いでゆく。

《鑑賞》 松尾芭蕉《ばしょう》は、家・身分・故郷を捨てて、漂泊の間に俳諧という夢を生活した。この句の船長は、船を焼き捨てる。船という拠《よ》りどころを放棄し、炎上する船を背後に、ひたすら海流に抜き手を切ってゆく男に、どんな未来があるのか——。彼をそのような行為に駆り立てた、暗い虚無的な情熱はなんであろうか。絵画的でドラマチックなこの句から、無限の詩的空間への憧憬《どうけい》を思考するもよし、また、みずからの人生のあり方を洞察《どうさつ》し、顧みることも可能である。

昭和二四年の作。敗戦後の占領下において、旧来の権威者側がたちまち民主主義者に変貌《へんぼう》してはばからないような、一億総懺悔《ざんげ》の風潮から脱出し、みずから痛み、みずからを否定の場より出発せんとする、純粋な青年重信の自虐と反抗の詩精神が感じられるのである。

昭和二二年富沢赤黄男《かきお》に師事して以後、重信は多行形式で俳句を発表する。二行目の後、一行を空白にするのは重信が始めた新様式であり、時間と空間の広がりの造型、「虚」の形象化である。詩人の吉岡実《よしおかみのる》はこの句に、伝統的な一行形式を放棄した重信の〈多行多難の岸をめざして行く単独泳者の姿〉(『現代俳句全集』)をみると書いた。　(松崎　豊)

たてがみを刈り
たてがみを刈る
愛撫《あいぶ》の晩年
(蒙塵《もうじん》)

▼季語—無季。▼句切れ—「たてがみを刈る」。

『句解』 たてがみを刈り、また刈る。それは、みずからを愛撫《あいぶ》し、みずからを慰藉《いしゃ》する精神の晩年を象徴するようである。

《鑑賞》 高柳重信の作品は、その明晰《めいせき》かつ説得力のある評論に比較して、いわゆる俳壇の一般的な共鳴は得ていないようである。それは、重信の俳句に対する姿勢が、日常的な内容の意味づけ、説明を拒否するところから出発しているからにほかならない。

さて、〈たてがみ〉という言葉から、だれしも頭に浮かぶのは獅子《しし》のたてがみであろう。ライオン歯磨《はみがき》やメトロ映画のマークを思い起こすまでもない。メトロ社のライオンも数代にわたるそうで、ある時期は、すっかり老化した物憂さそうな顔が映像された。

この句は常に孤高の姿勢を峙《そばだ》てることで、精神の傷跡を作品にとどめてきた作者の自画像ともいえる。雄獅子《じし》の誇るたてがみのような男子の志は、意に反して挫《ざ》折《せつ》しがちで、みずからたてがみを刈る痛みを重ねるものだ。その刈り手が日常次元より起こる事態も当然あり得るわけで〈刈り〉と〈刈る〉との間にこめられた、苦い屈折した断念の時間は、次の一行の空白によっていちだんと効果を生む。〈愛《あい》撫《ぶ》の晩年〉には、どこか、男のロマンチシズムの、リアリズムに対する敗北感を感じさせないでもない。（松崎 豊）

金子兜太（かねことうた）

大正八（一九一九）〜。本名も兜太。埼玉県生まれ。東京帝大卒業。昭和一三年学生俳誌『成層圏』に参加。『寒雷《かんらい》』に拠《よ》り、加藤楸邨《しゅうそん》に師事した。社会性、造型を説き前衛俳句の旗手として活動。昭和三七年『海程《かいてい》』を創刊。句集に『少年』『蜿蜒《えんえん》』『暗緑地誌《あんりょくちし》』『旅次抄録』『遊牧集』『猪羊集』、評論に『定住漂泊』などがある。

霧の村石を投《ほう》らば父母散らん　（蜿蜒《えんえん》）

▼季語—「霧」晩秋。▼句切れ—「父母散らん」。切れ字「ん」。「霧の村」でもいったん切れる。

〔句解〕霧の立ちこめた故郷の村に向けて、もし、石をほうったら、私の魂を呪縛《じゅばく》する父母への愛も憎も四散してしまいそうだ。

《鑑賞》ある高みから霧におおわれた村を見遣《や》っている風《ふ》情《ぜい》が感じられる。秩父《ちちぶ》の山峡に生まれた作者の記憶にある風景かもしれないが、それはどこにあっても父母を思えば、霧のように心中に滲透《しんとう》してくる情緒であり、因襲に包まれた村の姿である。そのような愛憎の絆《きずな》を断つべき石礫《せきれき》は、作者の自由への意志の象徴にほかならない。作者はその石を手にしながら、鬱屈《うっくつ》した愛憎をもてあましている。心情的な解釈となったが、この句には、鑑賞する側にそのような湿った情感をそそる要素がそろっているからである。

三橋敏雄は〈父母を投《ほう》らば石散らん〉を提示し〈たわむれの一様態、滑稽《こっけい》の要素〉（『俳句』昭53・4）と、俳諧の歴史を踏まえた、俳句におけるリアリティーのあり方を求める発言をしている。三橋がこの句を常識的とみたところに、実は、兜太の真率きわまる情念世界があるわけで、小林一茶《いっさ》を風土的に追求しようとする近来の態度も、兜太自身の〈霧の村〉に対する愛着の現れにほかならない。（松崎　豊）

人体冷えて東北白い花ざかり

（蜿蜿《えんえん》）

▼季語―「花」仲春。俳句の季題における「花」は桜を指す。
▼句切れ―「花ざかり」。「人体冷えて」でもいったん切れる。

〔句解〕　さくら前線も北上したころの旅である。今一度、東北の地で今年の花の盛りに会った。晩春の陽気に合わせた服装のまま、みちのくに来て見る盛りの春は、ひえびえとした感覚を肉体に覚えさせる。永い冬が終わると北辺の地は、いちじに桜も梨《なし》も林檎《りんご》も百花斉放《せいほう》のにぎわいであるが、どこか荒蕪《こうぶ》の地らしい静かなさびしさを漂わせていて、白い桜の中で漂白された旅愁がしみじみと体感されるのである。

《鑑賞》　金子兜太は、昭和三〇年代はなばなしく前衛俳句の旗手として俳壇を奔馬のように席巻《せっけん》した。革新の志向と肉体が常に合致し、健康と意志の一致を当然のごとく過信する若さを誇っていた。

　しかしこの句は句集あとがきに〈肉体を通して承知した自然しか信用しなくなった〉と述べたように、肉体の生理を確かめ顧みる、知命の坂にさしかかった、昭和四二年、句集『蜿蜿《えんえん》』の最後におかれた句である。非詩的な〈人体〉というような一回性の言葉の把握《はあく》が、兜太作品独特の体臭である。自然に対して、主体の人間存在を強く提示するあり方に、師、加藤楸邨《しゅうそん》の人間探求派の流れを継承しているといえよう。（松崎　豊）

市川一男（いちかわかずお）

明治三四（一九〇一）～昭和六〇（一九八五）。本名も一男。東京に生まれる。弁理士。大正九年原石鼎《せきてい》の門に入り、のち『鹿火屋《かびや》』の編集などに当たる。昭和一三年水谷六子《りくし》らと口語俳句研究会を興し、『口語俳句』を発行。三三年吉岡《よしおか》禅寺洞《ぜんじどう》らと口語俳句協会を設立。著書に『定本市川一男俳句集』『俳句百年』『近代俳句のあけぼの』などがある。

おのが面《つら》に蝙蝠《こうもり》をほつた江戸庶民のかなしい独創

（定本市川一男俳句集）

▼季語―無季。▼句切れ―「江戸庶民の」で軽く呼吸を置く。
▽蝙蝠《こうもり》―頭が鼠《ねずみ》のようで前足がはなはだ長い哺乳《ほにゅう》動物。翼と思われるのは股間膜《こかんまく》で、すすけた褐色《かっしょく》をしていて気味が悪い。▽独創―模倣によらず自分一個の考えで独特の創意を表

すこと。▽かなしい—「哀しい」の字を当てる。

〖句解〗自分の面《つら》に蝙蝠《こうもり》の入れ墨を彫って恐喝《きょうかつ》の手段とした「蝙蝠安《こうもりやす》」の異名をもつ男、蝙蝠《こうもり》の絵を顔に彫りつけるなんて、たしかに奇抜な独創ともいえるものだが、それは江戸庶民の哀れな独創としかいいようのないものだ。

《鑑賞》〈きびしい封建の身分制度に、がんじがらめにしばられた、江戸庶民の抑圧された心情はよくわかるが、それにしても自分の顔に、ものもあろうに蝙蝠《こうもり》を入れ墨するとは思い切った独創で、「安」とよばれるやくざ一代の傑作である。江戸庶民の心のなかに、つもりつもった怒りと呪《のろ》いが凝り固まった鬼気の芸術であるが、それにしても何という『かなしい独創』であろうか。〉(『新俳句講座第二巻』)と作者は自句自解している。歪曲《わいきょく》・頽廃《たいはい》した江戸文化の様相がしのばれる句である。（瓜生）

内田南草（うちだなんそう）

明治三九（一九〇六）～。本名寛治《かんじ》。三重県熊野市に生まれる。昭和二年萩原蘿月《はぎわららげつ》に師事、自由律俳句を作る。俳誌『唐《から》檜葉《ひば》』『多羅葉樹下《たらようじゅか》』『俳句日本』を発行。戦後は、二二年『梨《なし》の花』を創刊、二六年『感動律』と改題。三三年、口語俳句協会の設立に参加。句集に『光と影』『感動律俳句選集』がある。

靴《くつ》の底に鋲《びょう》打つて一生をつとめる気でいる

（光と影）

▼季語—無季。▼句切れ—「鋲《びょう》打つて」で呼吸をおく。
▽鋲《びょう》—頭の大きい釘《くぎ》。▽一生をつとめる気でいる—この前に「その靴《くつ》で」といった意の言葉が省かれているとみる。

〖句解〗長い間履《は》き慣れた靴《くつ》であったが、底の方を大分履《は》き減らしてしまった。今街頭で靴底《くつぞこ》に鋲《びょう》を打ってもらっているが、修繕《しゅうぜん》した靴《くつ》を履《は》き古すまで、これからもずっと自分はこの靴《くつ》を履《は》き、勤めに精を出す気でいることだよ。

《鑑賞》昭和二七年、作者四六歳の作品。〈靴《くつ》の底に鋲《びょう》打って〉の主語は、自分ともとれなくはないが、靴直《くつなお》し屋さんと理解するのがふつうであろう。だから「靴《くつ》の底に鋲《びょう》を打ってもらって」の意に近い。また〈一生をつとめる気でいる〉の主語は、作者自身であり、靴直《くつなお》し屋さんではない。

履《は》き古して少しくたびれたみずからの靴《くつ》への愛着、それを履《は》いてこれから先どれだけ働き続けることができるのかという将来への予測など、そうした感情の入り混じった中年の独語だといえる。着実に生涯《しょうがい》の地歩を踏みしめてきた人の、〈小市民的な感慨の句〉（水谷六子）である。（瓜生）

鈴木真砂女（すずきまさじょ）

明治三九（一九〇六）〜。本名まさ。千葉県鴨川市に生まれる。日本女子商業卒。姉の死をきっかけに作句、大場白水郎に学び、久保田万太郎、安住敦に師事、『春燈』同人。句集『生簀龍』『卯浪』『夏帯』『夕蛍』（俳人協会賞）『居待月』『都鳥』（読売文学賞）『紫木蓮』（蛇笏賞）。

羅《うすもの》や人悲します恋をして　（生簀《いけす》籠《かご》）

▼季語―「羅」仲夏。絽、砂、上布などの薄い布でできた着物。▼句切れ―「羅や」で切れる。切れ字「や」。

▽人悲します―「人妻が恋をして幸せであるべき筈はない。このため何人かを苦しませ悲しませた。そして自分も相手も。」（『自註現代俳句シリーズ』）と自解にある。

《句解》夏になって羅を着ると、過去の恋の思い出がよみがえる。いちずな思いからなったことではあるが、たがいに伴侶を持つ者どうしの恋ゆえに、ずいぶんとかかわりのあった人を苦しませたり、悲しませたりしたものだった。

《鑑賞》昭和二九年作。布地が薄く透く「羅」は、見た目にも涼しいが、また艶やかな情緒もある。それが季節感とともに、恋の情緒にも微妙にかようところがある。「人悲します」という恋の思い出も夏のことだったのだろう。「羅」を着る季節になると、いつもそのときのことが思い出され、悲しみとも、懐かしさともつかぬ感情がよみがえるのだ。初五「羅や」で薄物を着る季節の印象を表し、中七以下でそれを「人悲します恋をして」と飛躍させる。主体的な感情の表出を主とする短歌に比べ、写生によって季節を詠むことが主流の俳句では、恋の感情の表現はむずかしいとされるが、この句では、季語と主情とを飛躍的に結び付ける手法で、女性独自の感情が率直に表現されている。（小室）

三橋敏雄（みつはしとしお）

大正九（一九二〇）〜。東京八王子市に生まれる。実践商業学校卒。十代から新興俳句に共鳴して作句、渡辺白泉、西東三鬼に師事、無季俳句の開発につとめる。句集『まぼろしの鱶』（現代俳句協会賞）『真神《まかみ》』『青の中』『弾道』『鷓鴣《しゃこ》』『畳の上』（蛇笏賞）『長濤』『しだらでん』。

昭和衰へ馬の音する夕かな　（真神）

るること。
▼季語―無季。▼句切れ―「夕かな」。切れ字「かな」。
▽昭和衰へ―昭和という時代が年数をかさね、活力がなくなること。

〔句解〕 昭和という時代も四十年を経て活力がなくなり、マンネリズムになった平坦な日がながくつづいている。暗くなりかかった夕べ、どこかで馬のたてる音が物憂く聞こえる。

《鑑賞》 昭和四十年の作。作者は大正九年の生まれ、第二次世界大戦の終わるまでの昭和は、恐慌や戦争の時代だった。現代では運送や交通の事情がすっかり変わり、馬は競馬場でもないと見られないが、戦前は住来で荷を運んだり、農耕にしたがうのが普通に見られ、馬が人の暮らしに果たす役割が大きかった。戦にも馬が駆り出されて働いていた。作者の「昭和」は戦争とともにあったから、この音は軍馬の蹄の音、あるいは水を飲む音かも知れない。いずれにしても、「馬」は作者の世代には、昭和という時代を象徴するものだろう。句は、疲労の見えた時代のたそがれのなかで、背負っている記憶が、昭和を永く経過したあともなお残りつづけているさまである。この音は古ぼけた時代のかなたにつながっている。（小室）

草間時彦（くさまときひこ）

大正九（一九二〇）〜。東京に生まれ鎌倉で育つ。幼時から俳句的雰囲気のなかで育ち、水原秋桜子、石田波郷に俳句を学び、『鶴』同人を経て無所属。俳人協会理事長をつとめた。句集『中年』『淡酒』『櫻山』『朝粥』『夜咄』『盆手前』（詩歌文学館賞）など。

足もとはもうまつくらや秋の暮

（櫻山）

▼季語―「秋の暮」秋。▼句切れ―「まつくらや」。切れ字「や」。
▽もうまつくらや―気づかないうちに暮れるさま。「日が落ちると同時に闇が地の表面から湧き上がってくる。冬の暮のたちまち夜となるのと違って、ためらいがちに、しかし、素早く夜が来る」（『現代俳句全集』自作ノート）

〔句解〕 暮れるにはまだと思って道を歩きながら、ふと足もとに目をやると、はやくも秋の夕暮の暗さがまつわるように来ていた。

《鑑賞》 昭和四六年作。家にむかう途中のことであろう。歩いて行く「足もと」にまつわるような暗さを感じとって、暮れるに早い秋の夕方の気配をたくみにあらわしている。

中七「もうまつくらや」に、まだ空やあたりには明るさがありながら、足もとに目をやって意外な暗さに気づくといった気配がある。自解に「仰げば、消えつつある夕焼、ブルーから紺に変わりつつある大空、そういうものが目に入るのである。自分の足もとに目を向けたとき、はたと驚くのである。」とある。単純な表現でぴたりと核心をついた句である。　（小室）

川崎展宏（かわさきてんこう）

昭和二（一九二七）～。本名展宏（のぶひろ）。広島県呉市に生まれる。東京大学卒。卒業の年に加藤楸邨の門に入る。『寒雷』『杉』同人。昭和五五年『貂《てん》』を創刊。句集『葛の葉』『義仲』『観音』『夏』（読売文学賞）『秋』（詩歌文学館賞）評論『高浜虚子』『俳句初心』（俳人協会評論賞）など。

「大和」よりヨモツヒラサカスミレサク　（義仲）

▼季語―「スミレ」兼三春。菫は、日当たりのよい山野に自生する多年草。四、五月に濃紫の可憐な花をつける。▼句切れ―「サク」
▽大和―第二次大戦中の昭和二十年沖縄へ出撃の途中、九州南方海上でアメリカ空母機に撃沈された旧日本海軍の戦艦。▽ヨモツヒラサカ―黄泉つ平坂。よみの国と現世との境にあるとされる坂。

〔句解〕春の海を見ていると、世界大戦の末期に深い海の底に沈んだ戦艦大和のことが思われる。海の底はいまどんなだろうか、よもつひらさかにすみれが咲いている、と電信でも来そうな気がする。

《鑑賞》前書に「戦艦大和　昭和二十年四月七日沈没」とある。作者は昭和二年呉の生まれで、少年期が戦争の時代であった。呉には軍港もあり、海軍には強い関心があったようだ。不沈といわれた戦艦とともに亡くなった死者への鎮魂の思いがこめられた句である。この句が浮かんだのは鎌倉の海だったようだが、春ののどかな海から、思いは海の底に沈む戦争の死者へとつながる。中七以下をかたかな書きにしているのは、軍艦から打電される電信をほうふつさせるためだろう。「ヨモツヒラサカ」は『古事記』に出てくる海底のあの世とこの境のある坂。そこにも春がきて、すみれが咲いているだろうかと想像したのだ。死者たちの世界もせめて平安であれ、という思いがこういう句になったものだろう。すみれは作者のささげる供華とも思われる。「太郎水漬《みづ》き次郎草生《む》し茄子の馬」も戦死者を悼む句。軍歌「海行かば」をふまえ、無名の戦死者への鎮魂の思いが詠まれている。　（小室）

岡本　眸（おかもとひとみ）

昭和三（一九二八）～。本名曾根朝子。東京に生まれる。清心女子学院卒。職場句会により富安風生に師事、岸風三楼の指導を受ける。『若葉』『春嶺』同人を経て、昭和五五年『朝』を創刊。句集『朝』（俳人協会賞）『冬』『二人』『母系』『十指』『矢文』『流速』。

雲の峰一人の家を一人発《た》つ　（母糸）

▼季語―「雲の峰」兼三夏。山の峰のように盛り上がる積乱雲をいう。▼句切れ―「雲の峰」。▽一人の家―一人暮らしの家。▽発つ―旅に出発する。

〘句解〙 夏の入道雲が勢いよく立ち上がる盛夏。一人暮らしの家の戸を閉ざして旅に出る。

《鑑賞》 自分の住んでいる部屋のある建物を仰いで、旅に出るときの感慨であろう。自分のほかには連れ合いもなく家族もないひとりの暮らし、気楽でもあれば、寂しくもある。家にいるのもひとりなら、このときは旅に出るのもひとりだった。家のうしろに高い雲の峰が立っていて、それにあとを頼むような感じで、家をあとにするのだろう。「一人」という語が繰り返されてリズムをつくっているが、この語がそれぞれのはたらきをしている。「一人の家」からは普段の境涯が、「一人発つ」からはこのときの旅のようすがうかがえる。　（小室）

稲畑汀子（いなはたていこ）

昭和六（一九三一）～。神奈川県横浜市に生まれる。小林聖心女学院中退。祖父高浜虚子、父高浜年尾につき俳句を学び、昭和五二年『ホトトギス』雑詠選者。父没後主宰。昭和六二年日本伝統俳句協会を設立し会長に就任。句集『汀子句集』『汀子第二句集』『障子明かり』。

雪雲の支えきれざるものこぼす　（障子明かり）

▼季語―「雪雲」冬。雪を降らせそうな雲。▼句切れ―「こぼす」。

▽こぼす―保っていたものをやむなく落とすさま。

〘句解〙 雪を降らせそうな雲が空を覆っていたが、とうとう支えきれなくなったか、こぼれるように雪が、ちらちらと落ちてきた。

《鑑賞》 どんよりとした空にいかにも重そうな感じでかかるのが雪雲。降りそうな気配をただよわせながら、それでもしばらくそのままだったのだ。それがさらに重たくなって、もう支えきれないといった様子で、雪片を落としはじめたのだ。「支えきれざる」が、どんよりした空模様がしばらく保たれ、やがてその緊張が切れる気配を的確にとらえている。少しづつ雪の落ちはじめる感じを「こぼす」と言い、「もの」とあいまい化したのもいい。写生できたえられた把握のたしかさを感じさせる句である。（小室）

寺山修司（てらやましゅうじ）

昭和一〇（一九三五）～昭和五八（一九八三）。青森県に生まれる。劇作家、詩人、歌人。早稲田大学中退。十代の頃から俳句に早熟な才能を表し、学生俳句誌『牧羊神』を創刊。昭和二九年、短歌「チェホフ祭」五十首で『短歌研究』新人賞で歌壇に登場。以後詩、劇、映画などでも活躍。昭和四二年劇団「天井桟敷」結成。句集『花粉航海』歌集『田園に死す』など。

勝ちて獲し少年の桃腐りやすし

（花粉航海）

▼季語―「桃」仲秋。桃はバラ科の木にみのる果実。球形で香り高く、汁が多く甘い。句切れ―「腐りやすし」。切れ字―「し」。

▽勝ちて獲し―勝負に勝って手に入れた。

〔句解〕相手との勝負に勝って手に入れたみずみずしい桃、それもはや腐りやすいあやうさにある。

《鑑賞》俳誌「暖鳥」昭和二九年九月に載る句だから、このとき作者はまだ高校生だった。若々しい詩心が伝統的な風流などとは無縁の現代詩のような世界をひらいている。この勝負はなんだったのか、仲間で手に入れた桃をじゃんけんで勝った者が取る、といった場合か、何かの試合、勝ち負けを競う遊びのたぐいか、勝った少年が手にした桃は、みんなから羨望の的、勝者の栄光のようなものだろう。しかし、そのみずみずしさも永くは保てない。すぐ腐りはじめる。勝者の栄光もまた。こんな洞察も感じさせる。旧来の俳句にはない切れ味である。（小室）

鷹羽狩行（たかはしゅぎょう）

昭和五（一九三〇）～。山形県新庄市に生まれる。本名高橋行雄。中央大学法学部卒。山口誓子の『天狼』秋元不死男の『氷海』を経て昭和五三年『狩』を創刊。俳人協会副会長兼理事長。句集『誕生』（俳人協会賞）『遠岸』『平遠』（文部大臣芸術選奨新人賞）『五行』『六花』『七草』『十友』『十二紅』、

評論集に『古典と現代』『俳句の魔力』など。

摩天楼より新緑がパセリほど　（遠岸）

▼季語―「新緑」初夏。夏になって草木がみずみずしい緑色になるのをいう。句切れ―「ほど」。「より」で軽い休止。
▽摩天楼―アメリカのニューヨークにあるエンパイア・ステート・ビルディング。八六階の上にさらに塔状の一六階がある。高さ三八一メートル。その上に六七メートルのテレビ塔。

〔句解〕　高層ビル摩天楼から眺めると、ひろい景色の中に、なにもかもが小さく見える。新緑の森もパセリほどのささやかさだ。

《鑑賞》　昭和四四年作。この句が詠まれたころは海外での作句はめずらしかった。季語の問題などがあり、俳句は外国の風土にあわないのではないか、という声もあった。その危惧をいともさわやかに吹き飛ばしたのがこの句。高層ビルから見た大景をとらえるのに、パセリというまことにささやかなものを持ち出していて、読み手の意表をつく。この諧謔が新鮮な詩的衝撃をあたえる。「新緑」は、立ち並ぶビルのあいだにはさまれたようにある森のたぐいだろう。「パセリ」は五十センチほどのセリ科の草、森にくらべたらあまりに小さい。このたとえがきのきいたエスプリとしてはたらきながら、高層の建物から見た距離感を見事に表している。大景を白い皿の並べられたテーブルとして、一片のパセリが添えられているさまと見てもおもしろい。（小室）

原　裕（はらゆたか）

昭和五（一九三〇）～平成一一（一九九九）。本名昇（旧姓堀込）。茨城県下館市に生まれる。埼玉大学卒。高校在学中より原石鼎の門に入り『鹿火屋』の編集に携わる。石鼎没後原家に入り、夫人原コウ子を援け、のち『鹿火屋』を継ぐ。句集『葦芽』『青垣』『新治《にいはり》』『出雲』『正午』『平成句帖』、著書『季の思想』など。

鳥雲に入るおほかたは常の景　（青垣）

▼季語―「鳥雲に入る」仲春。春になって雁や鴨などが北へ帰るのをいう。略して「鳥雲に」ともいう。▼句切れ―「鳥雲に入る」で切れる。切れ字「入る」。
▽常の景―いつもと変わらない景色。

〔句解〕　遠くながめやると、北に帰る鳥が雲のかなたに消えてゆく。自分にひとつのつつがあるほかは、おおかたは見慣れたいつもに変わらない景色である。

《鑑賞》 昭和四八年作。同じ俳句誌の大先輩加藤しげるが亡くなったときの句である。追悼の思いを胸に置きながら見た景であろう。「おほかたは」と言ったのは、そうした異変が背後にあるからだ。それを直接に言わず、景を主にして詠んでいる。人ひとりの死も、自然の営みのなかでは、全体にはあまり変化なくともに流れてゆく、といった感慨であろうか。景はいつもと変わったところもほとんど見られないが、帰ってゆく鳥によって、たしかに季節は動き出しているのである。 （小室）

上田五千石（うえだごせんごく）

昭和八（一九三三）～平成九（一九九七）。東京に生まれる。本名明男。上智大学卒。幼少より父、兄の影響で俳句に親しむ。大学在学中に秋元不死男の門に入り、『氷海』同人を経て、昭和四八年『畦』を創刊。句集『田園』（俳人協会賞）『森林』『風景』『琥珀』『天路』。

渡り鳥みるみるわれの小さくなり

（田園）

▼季語――「渡り鳥」兼三秋。気候が寒くなると、北の方から雁、鴨、鶫、鶸などいろいろな鳥が渡ってくる。▼句切れ――「渡り鳥」。

▽みるみる――見る見る。見ているまに。

〔句解〕 秋の高い空を鳥が渡ってゆく。視野から離れてゆく鳥を見ていると、たちまちに自分が小さくなるようだ。

《鑑賞》 秋になると、北国から渡ってきた鳥が各地の川や沼などに飛んで行くのが見られる。この句はそれを詠んだもの。題材としては何度も詠まれてきたもので、見送る鳥がしだいに小さくなる、というならあたりまえの景色にすぎないが、ここでは視点を入れ替えて、離れてゆく鳥の目からこちらを見るような感じで詠まれている。それが読む者に斬新な詩的衝撃をあたえる。立って見ているうちに、遠ざかる鳥との距離がたちまちに絞り込まれて遠景になる感じが、たくみにとらえられている。 （小室）

文人俳句

文人墨客が俳句をたしなむのは江戸時代以来の伝統である。明治以後も多くの文学者が俳句をその文学の第一歩とし、また、終生の趣味とした。その俳句は専門俳人のものとは違った自由な個性のみられることが多く、俳句史の中でも、文人俳句というべき特別の分野を形作っている。

尾崎紅葉（おざきこうよう）

慶応三(一八六七)~明治三六(一九〇三)。本名徳太郎。別号は十千万堂《とちまんどう》・緑山など。東京に生まれる。小説家。明治一八年山田美妙《びみょう》らと硯友社《けんゆう》を結び、『我楽多文庫《がらくた》』を発刊。明治新文学の旗手として、泉鏡花《きょうか》・徳田秋声《しゅうせい》らを育成した。俳句は明治二三年紫吟社を結成、井原西鶴《さいかく》の談林風《だんりんふう》を鼓吹、二八年角田竹冷《かくたちくれい》らと秋声会を興し、二九~三〇年には『秋の声』を刊行、日本派の対抗勢力をなした。句集に『紅葉山人俳句集』『紅葉句集』『紅葉句帳』などがある。

猿曳《さるひき》の猿《さる》を抱いたる日暮《ひぐれ》かな　（紅葉句帳）

▼季語――「猿曳《さるひき》」新年。家々を回り、太鼓に合わせて猿《さる》を舞わしめ金銭を乞《こ》う門付《かどづ》け芸人。繁栄を祝い、災厄を去るとされ、厩《うまや》安全のまじないとされた。「猿回《さるまわ》し」ともいう。▼句切れ――「日暮《ひぐれ》かな」。切れ字「かな」。

『句解』日中家々を回っていた猿回《さるまわ》しが、一日の稼《かせ》ぎを終え、この日暮れどき猿《さる》を抱いて宿へ帰って行く姿が哀れである。

《鑑賞》明治二九年の歳旦《さいたん》句。上五・中七が連体修飾語として下五の〈日暮《ひぐれ》〉にかかり、切れ字〈かな〉で全体が結ばれるという、最も常套的《じょうとうてき》な表現の型をとっている。

したがって、作者の発見は、中七の〈猿《さる》を抱いたる〉にあった。猿曳《さるひき》のその動作に〈日暮《ひぐれ》〉を感じ、猿曳《さるひき》の猿《さる》に注ぐ愛情のかなしさを見ていたわけである。日中ならば、多分曳《ひ》くか負うかするのであったろう。『猿蓑《さるみの》』の松尾芭蕉《ばしょう》の付句に〈猿引《さるひき》の猿《さる》と世を経《ふ》る秋の月〉とあるのが思い合わされる。

紅葉は〈天渺《びょう》々海漫《まん》々中にひよつくり鰹舟《かつおぶね》〉のような新奇をねらった談林《だんりん》調の句を作る一方で、〈時鳥《ほととぎす》あつらへ向きの寝覚かな〉のような旧派の月並風の句もあり、いわば新旧両派の中間的な性格を払拭《ふっしょく》できなかったところがある。（矢島房利）

夏目漱石（なつめそうせき）

慶応三（一八六七）〜大正五（一九一六）。本名金之助。東京に生まれる。東京帝大英文科を卒業し、大学院に進んだ。正岡子規《しき》の影響で俳句を始め、松山・熊本の教師時代に最も熱心だった。英国留学以後は小説家として名声があがり、作句は衰えたが、修善寺に療養中の句には心境の滋味を加えた佳句がみられる。没後『漱石俳句集』が編まれた。

腸《はらわた》に春滴《したた》るや粥《かゆ》の味

（漱石俳句集）

▼季語―「春」兼三春。万物の新生するみずみずしい印象がある。▼句切れ―「春滴《したた》るや」。切れ字「や」。

『句解』 永く病臥《びょうが》していた身にしばらくぶりで味わう粥《かゆ》のうまさ。口に運んで飲み下すと、臓腑《ぞうふ》に春のみずみずしさがしたたるように感じられる。

《鑑賞》 明治四三年の作。〈修善寺病中〉の前書がある。一〇月四日の日記では〈残骸猶《ざんがいなお》春を盛るに堪へたりと前書して〉とあって、〈甦《よみが》へる我は夜長に少しづゝ〉と〈骨の上に春滴《したた》るや粥《かゆ》の味〉の二句を記す。後者は、東京に帰って「思ひ出す事など」に挿入《そうにゅう》されるとき上五が掲出のように改められた。〈骨の上〉としたのは病瘦《びょうそう》の身をことさらに意識したものであろうが、〈腸《はらわた》〉と直接いうことで、しみとおるような〈粥《かゆ》の味〉のうまさは、一層的確にとらえられた。

日記によれば、吐血し人事不省に陥ったのが八月二四日、初めて粥《かゆ》を食べたのは九月一六日である。しかし、このときは〈起き直りつゝある退儀を思へば粥《かゆ》の味も半分は減る位也。〉とあって、〈粥《かゆ》も旨《うま》い〉という記事がみえるのは九月二三日になってのことである。

《補説》 この句は、季の約束からいえば春であるが、実際は秋の作。生き返る喜びとみずみずしい粥《かゆ》の味とを、春の情感に移しかえて受けとめているのであろう。（小室）

有る程の菊抛《な》げ入れよ棺《かん》の中

（漱石俳句集）

▼季語―「菊」兼三秋。円形の芯《しん》に十数枚の花弁をつけた白または黄の花形が最もふつうに見られるものであるが、栽培種が多く、大きさも色も花形も多種多様である。清楚《せいそ》な気品

と芳香があり、観賞用のほかに弔花としても用いられる。

▼句切れ―「抛《な》げ入れよ」。切れ字「よ」。

『句解』 私自身病中で花を手向けることができないから、せめてあるだけの菊を全部棺《ひつぎ》の中に抛《な》げ入れて、死者を弔ってくれよ。

《鑑賞》 明治四三年の作。一一月一五日の日記には〈床の中で楠緒子《くすおこ》さんの為に手向の句を作る〉として、〈棺《ひつぎ》には菊抛《な》げ入れよ有らん程〉があり、次にこの句が記されている。掲出句は〈棺《ひつぎ》には〉の改作であろう。

〈楠緒子《くすおこ》さん〉というのは、漱石の友人大塚保治（美学者）の夫人、歌人で小説家でもあった。才色ともに備わり漱石意中の人であったといわれている。

このとき漱石は、修善寺で大吐血したあと東京の病院で療養していた。葬儀は一九日であったから、あらかじめそのときを想像して詠んだものである。ウォードの『力学的社会学』を読み、宇宙的視野から人間をながめたとき心細くなり、〈殊更に気分を易《か》へて〉詠んだ、と書いている。（小室）

内田百閒（うちだひゃっけん）

明治二二（一八八九）～昭和四六（一九七一）。本名栄造。別号百鬼園。岡山市に生まれる。東京帝大文学部独文科卒業。夏目漱石《そうせき》門下の随筆家・小説家。陸軍士官学校・海軍機関学校教官を経て法政大学教授となったが、昭和九年から文筆生活に入った。俳句は志田素琴《そきん》のもとで六高俳句会を結成したがやがて中絶し、昭和九年素琴《そきん》の『東炎《とうえん》』同人として復活した。昭和二一年『べんがら』同人となり、二六年には同誌を主宰したが四号で休刊、晩年は作品も少ない。句集に『百鬼園俳句帖《ちょう》』『百鬼園俳句』『内田百閒句集』があり、『俳諧随筆』の著もある。

こほ《お》ろぎの夜鳴いて朝鳴いて昼鳴ける

（内田百閒句集）

▼季語―「こほろぎ」兼三秋。直翅目《ちょくし》コオロギ科の昆虫《こんちゅう》の総称。秋を通じて澄んだ声で鳴く。▼句切れ―「昼鳴ける」。

『句解』 秋に入りこおろぎの声がようやく繁くなったが、よく聞けば、夜ばかりでなく、朝もそして昼までも、あわれに鳴き続けているではないか。

《鑑賞》 昭和二六年作。主宰することになった『べんがら』に発表された句で、晩年近いこの作者の句境をうかがうことができる。〈夜鳴いて朝鳴いて昼鳴ける〉と畳みかけた自在な口調には若やぎさえ感じられる。

昭和一八年の作に〈少年の頃《ころ》のこほろぎ今宵《こよい》も鳴ける〉というのがあり、作者は、少年時代の感傷を伴った特別の情感

をこおろぎに抱いていたようでもある。〈こほろぎや暁近き声の張り〉とその声を聞き澄ました句もある。（矢島房利）

久保田万太郎（くぼたまんたろう）

明治二二（一八八九）〜昭和三八（一九六三）。本名も万太郎。一時期、暮雨・傘雨《さんう》の俳号を用いた。東京生まれ。小説家・戯曲家。慶應《けいおう》大学卒業。在学中に『三田文学』が創刊され、作家への道が開けた。芸術院会員、文化勲章受章。年少にして俳句に手をそめ、岡本松浜のち松根東洋城《とうようじょう》に師事。文壇に出た明治四四年から大正五年にかけて中絶。その後、いとう句会の事実上の指導者となる。昭和二一年『春燈』を創刊、主宰する。句集に『道芝』『もゝちどり』『わかれじも』『春燈抄』『冬三日月』『草の丈《たけ》』『流寓抄《りゅうぐうしょう》』『流寓抄以後』。

新参《しんざん》の身にあか〱と灯《とも》りけり

（草の丈《たけ》）

▼季語―「新参《しんざん》」晩春、または仲春。「出替《でがわり》」（奉公人が雇用期限を終えてかわること）の傍題。出替《でがわり》は、土地・時代によりその時期はさまざまであるが、俳句では二月二日（旧暦）として扱うのが普通である。「新参《しんざん》」は新たに雇われた者。
▼句切れ―「灯《とも》りけり」。切れ字「けり」。

『句解』 新参《しんざん》の奉公人が新しい境遇にとまどいつつ一日を終え、さて夜ともなるとあかあかと灯《ひ》がともり、すべてがまぶしく取りつく島もない感じでいるさまが哀れである。

《鑑賞》 『道芝』初出。大正一一年ごろの作か。浅草生まれの作者が、身近な商家のしきたりの一齣《こま》を句にしたものである。俳句の伝統的な表現の型を借りつつ、人情味をうまくにじませ、〈あか〱と灯《とも》りけり〉と全く主観を抑えた表現が見事に効果を発揮している。〈新参《しんざん》の身に〉というような俳句表現は、自身のことをいう場合と他者のことをいう場合と二通りの解釈が可能であるが、この句はもちろん後者として鑑賞すべきものであろう。

芥川龍之介《あくたがわりゅうのすけ》は『道芝』の序で、〈江戸時代の影の落ちた下町の人々を直写したものは久保田氏の外には少ないであらう〉といい、〈久保田氏の発句《ほっく》は余人の発句《ほっく》よりも抒情詩《じょじょうし》的である〉〈久保田氏の発句《ほっく》は東京の生んだ「歎《なげ》かひ」の発句《ほっく》であるかも知れない。〉と述べている。（矢島房利）

新涼の身にそふ《う》灯影《ほかげ》ありにけり

（草の丈《たけ》）

▼季語―「新涼」初秋。秋の訪れとともに感じる涼しさ。「秋涼し」などともいう。単に「涼し」といえば夏季である。
▼句切れ―「ありにけり」。切れ字「けり」。

『句解』 夏祭りもすんでしまったが、ふと見ると浴衣《ゆかた》の身にほのかに及んでくる灯《ひ》の色が認められる。その灯影《ほかげ》にも、もはや新涼の気配がさだかで、一抹《いちまつ》のさびしさを禁じ得ないことだ。

《鑑賞》『道芝』初出。大正一五年作であろう。〈まつりのあとのさびしさは〉と前書がある。八月二六日の日暮里《にっぽり》諏訪《すわ》神社祭礼がすんだ後の句である。同時に〈朝顔にまつりの注連《しめ》の残りけり〉〈糠雨《ぬかあめ》のいつまでふるや秋の蟬《せみ》〉の吟もあったが、三句中では、この句がいちばん内面的な深まりをみせ、みずからの孤影にふと気づいてもらした独語の趣がある。

詞書《ことばがき》を巧みに多用するのはこの作者のお家芸で、前書と句とが渾然《こんぜん》一体となって、一つの芸術境を形作ることがしばしばである。掲出句もその例にもれない。

上五の〈新涼の〉は、〈灯影《ほかげ》〉を修飾するととるべきもののようで、そのためここに小休止がある。その小休止が、ふと息をのんだような作者の感動のありようを的確に伝えていると思う。

（矢島房利）

あきくさをごつたにつかね供《え》へけり

（草の丈《たけ》）

▼季語―「あきくさ」兼三秋。▼句切れ―「供へけり」。切れ字「けり」。

〔句解〕 友人の七回忌に当たり、追慕哀悼の念はますます切なるものがあるが、我らにふさわしく、秋草のかずかずをごったに束ねた花束を供え冥福《めいふく》を祈るのみである。

《鑑賞》『これやこの』初出。〈昭和十八年十月、友田恭助七回忌〉と前書がある。友田恭助は新劇俳優、文学座結成の同志の一人だったが、その直後召集され、上海《シャンハイ》作戦で戦死をとげた。新劇俳優田村秋子の夫でもある。友田の戦死報に際しては、〈死ぬものも生きのこるものも秋の風〉があり、追慕の句としては、〈帽子すこし曲げかぶるくせ秋の風〉〈子煩悩なりしかず〳〵野菊咲く〉などがあった。

この句は〈ごった〉という俗語の使用に加えて、仮名書きを採用し一種の素朴感《そぼくかん》を表出しているが、そこに高度の遊びの精神をみることもできよう。慶弔句を含め、挨拶《あいさつ》句はこの作者の最も得意とするところで、そこには俳句を余技とみなす万太郎の作句態度がかえって強みとなって生きているのが認められる。

（矢島房利）

室生犀星（むろうさいせい）

明治二二（一八八九）〜昭和三七（一九六二）。本名照道、別号魚眠洞《ぎょみんどう》。金沢市に生まれる。高等小学校を中退して、裁判所・新聞社などに勤め、明治四二年上京、貧窮の中に詩人・小説家としての地位を築いていった。芸術院会員。俳句は明治三六年より郷里の指導者についた。中央の新傾向俳句にも接近したが、やがて俳句から遠ざかり、大正の後半、芥川龍之介《あくたがわりゅうのすけ》との交遊により復帰した。句集に『魚眠洞発句集《ぎょみんどうほっく》』『犀星発句《ほっく》集』（野田書房版、桜井書店版）『遠野集』『室生犀星句集』（魚眠堂全句）があり、『芭蕉襍記《ばしょうざつき》』の著もある。

青梅の臀《しり》うつくしくそろひ《い》けり

（犀星発句《ほっく》集）

▼季語―「青梅」仲夏。▼句切れ―「そろひけり」。切れ字「けり」。

▽臀《しり》―青梅の実の枝につく部分。胡瓜《きゅうり》などについていうのとは反対の部分である。「尻《しり》」でなくとくに「臀《しり》」（ずっしりと重いしり、また、しりの肉をさす）の文字を用いたところには作者の意図が働き、ある官能的な感じを読み取ることもできる。〈青梅も茜《あかね》刷きけり臀《しり》のすぢ〉の作もある。

『句解』 豆粒のようだった梅の実が、着実に青梅に育ち、今そのどれもがつやつやと充実した丸みをもって枝にしっかりとつき、まことにうつくしい情景である。

《鑑賞》 梅の枝の全体と、個々の実のしかもその臀《しり》という部分とが、同時に作者の視野に入っていて、青梅の実の感触がいきいきとつかまれている。青梅の季節に特別な愛着をもつ者にのみ見えてくる世界がここにはある。〈青梅の〉の〈の〉は、ここに小休止をおき下の句の主語に立つような感じで読むべき、俳句独特のそれである。〈うつくしく〉も、微妙な語感を発揮しているであろう。あるいは、これを古語ふうにかわいいの意に解して、嬰児《えいじ》のおしりのむっちりした感じを青梅から感得しているといったふうな鑑賞も許されようかと思う。句集の配列からみると、郷里金沢にかかわる作品のようである。（矢島房利）

鯛《たい》の骨たたみにひらふ《ろう》夜寒かな

（犀星発句《ほっく》集）

▼季語―「夜寒」晩秋。夜分になるとひとしお感じられる膚寒さをいう季語。「寒き夜」ならば冬である。▼句切れ―「夜寒かな」。切れ字「かな」。

▽ひらふ―拾う。

『句解』 畳の上に夕食の鯛《たい》の小骨が一本こぼれてきらりと光っているのを見つけ、指先でつまみ上げるとき、ひいやりと夜寒を感じたことである。

《鑑賞》 犀星の作品中でも特に有名になっている一句だという。実感に即した真率なうたいぶりが共感を呼ぶのであろう。〈鯛《たい》の骨たたみにひらふ〉が連体修飾語として〈夜寒〉にかかり、最後を切れ字〈かな〉で締めくくった形はいわば俳句の古風な一タイプともいうべきものであり、犀星がかなり愛好した型でもあるが、その古風さが効果を発揮した一句である。

〈鯛《たい》の骨たたみにひらふ〉には近代的な感覚の冴《さ》えをみて取ることもできよう。『魚眠洞発句《ぎよみんどうほつく》集』の序で、〈新鮮であるために常に古風でなければならぬ詩的精神を学び得たのは自分の生涯《しようがい》中に此《こ》の発句《ほつく》道の外には見当らないであらう。〉と犀星の述べたのが思い合わされる。（矢島房利）

久米正雄（くめまさお）

明治二四（一八九一）〜昭和二七（一九五二）。本名も正雄。俳号三汀《さんてい》、別号籛亭《さんてい》。長野県に生まれ、福島県で育った。東京帝大英文科卒業。夏目漱石《そうせき》門下の小説家・戯曲家。俳句は中学時代に始め、たちまち新傾向派の新人として注目された。大正三年句集『牧唄《まきうた》』を刊行したが、以後俳句から遠ざかり、昭和一〇年代に復帰、久保田万太郎のいとう句会その他の文壇人句会に出席し、伝統的な句を作った。第二句集に『返り花』がある。

魚城《ぎよじよう》移るにや寒月の波さゞら　（牧唄《まきうた》）

▼季語―「寒月」兼三冬。▼句切れ―「移るにや」。切れ字「や」。
▽魚城《ぎよじよう》―魚の国の意。▽波さゞら―波が細かく立ちきらめいているさま。「細《さざ》ら波」は「さざれ波」に同じく、さざ波のことをいう古語。

〔句解〕 寒月の下、海面にはさざ波がしきりに立ってきらめいているが、これは海中の魚の城でいま大移動が行われ、その余波が及んでいるためであろうか。

《鑑賞》『日本俳句鈔《しよう》・第二集』（河東碧梧桐《かわひがしへきごとう》編、大正二年刊）所収。明治四四年初めの作か。

新傾向俳句として世評の高かった句で、当時「魚城《ぎよじよう》の三汀《さんてい》」の呼称さえ行われたものという。今からみれば、魅力の所在を理解することにさえかなりな困難を感ずるが、新傾向俳句が定型破壊に向かう直前にあって、こういう句がもてはやされたという事実は、近代俳句の歩みの一齣《ひとこま》として知っておいてよいことであろう。

この時期から約三〇年近い空白をおいて、昭和一〇年代に三汀《さんてい》俳句はもう一度開花の期を迎えるが、年齢のせいもあって、句境は一転して闊達《かつたつ》・瀟洒《しようしや》なものとなる。昭和一八年刊行の第二句集『返り花』の句は、次のようなものである。〈籠《かご》編むや籠《かご》に去年《こぞ》の目今年の目〉〈帰る雁《かり》江東版の記者とあり〉〈風花やあるとき青きすみだ川〉。（矢島房利）

芥川龍之介（あくたがわりゅうのすけ）

明治二五（一八九二）～昭和二（一九二七）。本名も龍之介。俳号我鬼《がき》、別号澄江堂《ちょうこうどう》。小説家。東京に生まれる。大正五年東京帝大英文科を卒業。近代日本文学を代表する小説家の一人。俳句は大正七年ごろから高浜虚子《きょし》に師事し、蕉門《しょうもん》俳句に関心を示した。昭和二年七月二四日自殺。その命日を我鬼《がき》忌《き》・河童《かっぱ》忌という。没後自選遺句七七句を収めた『澄江堂《ちょうこうどう》句集』が刊行された。

木《こ》がらしや目刺《めざし》にのこる海のいろ

（澄江堂《ちょうこうどう》句集）

▼季語―「木《こ》がらし」初冬。「目刺《めざし》」は季語としては春（「鰯《いわし》」は秋）であるが、ここでは「木《こ》がらし」が季語。▼句切れ―「木がらしや」。切れ字「や」。

『句解』 木《こ》がらしの空の下、新目刺《めざし》に心をとめて見ると、その膚は、かつてこれらの魚たちが自在に泳ぎ回った明るい秋の海の色をとどめていることだ。

《鑑賞》『我鬼《がき》句抄』の冬の部に〈六年〉と注記して収めるが、大正八年一〇月の小島政二郎宛《あて》書簡にみえ、このころの作か。大正一一年一二月の真野友彦宛《あて》書簡には、〈長崎より目刺《めざし》をおくり来れる人に〉と前書して冬の句六句の末尾に掲出。この前書がそもそもの制作事情を示すかどうかは不明であるが、恵贈品にかかわる挨拶《あいさつ》の句とすれば、一層味わいは深い。

■芥川《あくたがわ》龍之介《りゅうのすけ》と小沢《おざわ》碧童《へきどう》

芥川《あくたがわ》の小説「魚河岸《うおがし》」のモデルは魚河岸《うおがし》の西徳六代目忠兵衛、すなわち俳人碧童《へきどう》である。芥川《あくたがわ》が「わが俳諧修業」に〈小沢碧童《おざわへきどう》の鉗鎚《かんつい》を受け〉と記しているように、碧童《へきどう》と画家で俳人の小穴隆一《りゅういち》は、最も親しい俳句の師と友であった。

「蕩《とう》々帳」に残された芥川《あくたがわ》の歌〈碧童《へきどう》は酔ひ泣きすらん隆《りゅう》一《いち》は眠るが常ぞ古原草《こげんそう》は如何《いか》に〉〈小柱に菊は香ぐはしとろとろと入谷《いりや》の兄貴酔ひにけらずや〉の、古原草《こげんそう》は碧門《へきもん》の遠藤古原草《こげんそう》、入谷《いりや》の兄貴は碧童《へきどう》のことである。

〈この間辛気くささのあまり碧童《へきどう》先生を訪ね いろいろ聞いて貰《もら》ひましたおかげで家へかへつたら小説を書く気分になりました〉（小穴宛《あて》書簡）とあるように、芥川《あくたがわ》は、家業をゆずり俳句と書と篆刻《てんこく》に心を注ぐ同じ東京人の碧童《へきどう》に、文壇仲間の友人とは別種の気のおけない親しみを感じていたのだと思う。

大正八年に始まる碧童《へきどう》との俳交が、芥川《あくたがわ》の俳句に磨《みが》きをかけ、また碧童《へきどう》の方も自由律から定型に復帰するきっかけとなった。ちなみに芥川《あくたがわ》の第五短編集『夜来の花』の題字は碧童《へきどう》の書である。

（松崎　豊）

目刺《めざし》の庶民的なわびしさには目もくれず、感覚に徹してややロマンチックな感じを生かしたあたり、この作者の気質がうかがえる。愛好した俳人池西言水《ごんすい》の〈木枯《こがらし》の果てはありけり海の音〉の影響を看取することもあるいはできよう。

木《こ》がらしはまた彼の好んだ素材の一つでもあり、〈木《こ》がらしや東京の日のありどころ〉〈凩《こがらし》にひろげて白し小風呂敷〉などの作もある。　（矢島房利）

水涕《みずばな》や鼻の先だけ暮れ残る

（澄江堂《ちょうこうどう》句集）

▼季語―「水涕《みずばな》」兼三冬。▼句切れ―「水涕《みずばな》や」。切れ字「や」。

『句解』　夕暮れの寒さの中でしきりに水涕《みずばな》が垂れ、そのために鼻先だけが鋭く意識にのぼって、この薄暮の中でぶざまな鼻先だけが暮れ残っている感じだ。

《鑑賞》　『澄江堂《ちょうこうどう》句集』の一七番目に〈自嘲《じちょう》〉と前書して所収。自殺の直前、同じく前書して短冊にしたため、主治医に渡すよう伯母《おば》に託した句であるため、辞世の句ともみられている。

制作年代は不明だが、堀辰雄によれば、大正八、九年ごろの作で、死の前になって、たびたび揮毫《きごう》したよしである（山本健吉『現代俳句』）。

大正八、九年の作とすれば、当初は鼻に託して自己を客観視したあたりにむしろ滑稽《こっけい》・笑いを漂わせていたのではないかという気もするし、場合によっては他人をからかった句である可能性もあるが、〈自嘲《じちょう》〉と前書するにいたって、深刻味を潜めた自画像となったものである。そしてその〈自嘲《じちょう》〉の念がひそかに自殺の意志と通じていって、事実上の「辞世」の句として、その位置づけを完了したもののようである。

句は、鼻先だけを残して他は暮れてしまったといってもいるわけで、そこには死へ傾斜する思いが読み取れるのである。山本健吉は、〈後に「僕も亦《また》人間獣の一匹である」（或《ある》旧友へ送る手記）と言った彼は、顔の中の鼻の部分に動物的なものの名残を意識することがたびたびあったかもしれぬ。しかも次第に「動物力を失っている」（同）自分を意識した彼にとって、鼻はただ一つ取り残されたものという感じがつきまとっていたかもしれぬ。……鼻だけが動物のごとく生きて水涕《みずばな》を垂らしているという不気味な自画像を描き出したのである。〉（『現代俳句』）という考察を展開している。〈鼻〉はまた、作者の出世作の題名でもあった。　（矢島房利）

瀧井孝作（たきいこうさく）

明治二七(一八九四)～昭和五九(一九八四)。本名も孝作。俳号は折柴《せっさい》。岐阜県高山市に生まれる。一五歳から河東碧梧桐《かわひがしへきごとう》に師事し、新傾向俳句に打ちこむ。大正三年に上京し、翌年から四年間にわたり『海紅』の編集を手伝う。この間自由律派の俳人として活躍する。その後芥川龍之介《あくたがわりゅうのすけ》の知遇をえて小説の創作にのりだし、志賀直哉《なおや》に兄事した。代表作に、小説「無限抱擁《ほうよう》」、句集に『折柴《せっさい》句集』『浮寝鳥』『瀧井孝作全句集』がある。

真赤《まっか》なフランネルのきもので四つの女の児（折柴《せっさい》句集）

▼季語―季節感を示す言葉として「フランネル」があり、冬場とか春や秋でも膚寒い時節が想像される。▼句切れ―「四つの女の児」。「きもので」でもいったん切れる。

▽フランネルのきもの―毛糸で荒く織ったやわらかい織物を「フランネル」というが、ふつうネルと称している。染色しやすく、膚ざわりがよく、昔は膚寒い季節になると小児の衣服などによく用いた。かわいい盛りの四歳の女児に〈真赤《まっか》なフランネルのきもの〉の配色は、ルノアールの絵の中の少女を見るようである。

『句解』 真っ赤なフランネルのきものを着て、年格好は四歳ぐらいの女の児。真っ赤なフランネルのきものといい、四歳といい、女の児といい、すべてが調和しており、生活に疲れた私には、新鮮な感動がよみがえってくることだ。

《鑑賞》 大正八年五月の作。芥川龍之介《あくたがわりゅうのすけ》はこの句を見て〈これや、君の俳句も修羅道《しゅらどう》だネ〉と言い、この句の現実と取っ組んでいる気魄《きはく》を認めたという(『折柴《せっさい》句集』自序)。その当時の作者は、創作に打ちこめない悩みや、困窮を抱えて生活と格闘していた。そんな情況下に路上で見出した心引かれる光景であろう。(瓜生)

永井龍男（ながいたつお）

明治三七(一九〇四)～平成二(一九九〇)。本名も龍男。俳号東門居《とうもんきょ》、別号二階堂。東京に生まれる。大正末ごろから小説を発表して一部に認められ、昭和二年に文芸春秋社に入社し、文芸誌編集者として才能を発揮した。戦後は文筆活動に専念し、短編でとくに評価されている。横光利一《りいち》賞・野間文芸賞・芸術院賞などを受賞、芸術院会員。俳句は、横光利一《りいち》の十日会、文芸春秋主宰の文壇句会、久米正雄の三汀居《さんていきょ》句会、久保田万太郎のいとう句会などに出席して、実作にはげんだ。句集に『永井龍男句集』、句文集に『文壇句会今昔・東門居《とうもんきょ》句手帖《てちょう》』がある。

永井龍男

シャボンのせて鮑《あわび》の貝や虫の宿

（永井龍男句集）

▼季語―「虫の宿」初秋。仲秋、兼三秋とも。「虫」の傍題として成立した新しい季語。秋の虫の鳴き声に包まれた家。
▼句切れ―「鮑《あわび》の貝や」。切れ字「や」。
▽鮑《あわび》の貝―アワビの貝殻。形はほぼ楕円《だえん》形で、長径は二〇センチメートルぐらいに達する。厚く、外側は暗褐色《あんかっしょく》、内側は真珠色の光沢をもち、呼吸孔の列がある。

〔句解〕 アワビの貝殻に石けんが載せられ、恰好《かっこう》の容器として使用されているのがおもしろい。この家をめぐって、いま秋の虫が、降るように鳴きしきっている。

《鑑賞》 矚目《しょくもく》の一事象をいとしむように拾いあげて一句を成している。定型をもつ俳句文芸の即興性のおもしろさを

欧米に紹介された俳句　**13**

■欧米における俳句の受容

異国間の文学の交流と影響関係には、おもしろい誤解や意外な展開がつきものだが、俳句の場合も、その例外でない。俳句は一九世紀末から二〇世紀初頭にかけて西欧に伝えられた。当時の紹介者（ラフカディオ＝ハーン、B・H・チェンバレン、カール＝フローレンツ、P・L・クーシュウ、ミッシェル＝ルボンなど）によって俳句は三行あるいは二行の無韻詩に翻訳され、日本語の一七音や切れ字を失ってしまった。

しかし俳句独得の鮮明なイメージ、対象把握《はあく》の方法、美しい単純さは必ずしもそこなわれることがなかった。その証拠には、現代詩のひとつの出発点ともいうべきイマジズム運動に、俳句は大きく貢献したからである。イメージを重視する短い無韻詩の運動が起こっていたころに、俳句が欧米に伝わったことは、大きな幸運であった。俳句とイマジスト派の詩人たちの関係は、浮世絵と印象派の画家たちの関係に似ているといえよう。

第二次大戦後、欧米で禅が流行し、俳句はエゴレス－ポエム（無私の詩）、ワードレス－ポエム（無言の詩）として迎えられた。今度は禅の思想と俳句が手をつないで欧米に広まったのである。

今日、俳句の西洋語による解説書ははなはだ多いが、R・H・ブライス、ハロルド・G・ヘンダスン、ジョルジュ＝ボノウなどの著書は広く海外で読まれている。また一九六〇年代より、アメリカの小学校教育にHAIKUが登場するようになった。「俳諧は三尺の童《わらわ》にさせよ」（松尾芭蕉《ばしょう》）の意外な実例である。

アメリカやカナダでは、現在、いくつかのハイク雑誌が出ており、大勢の人が英語でハイクを作っている。その他ドイツ語、フランス語、スペイン語などでも書かれている。この事実は、日本文化の移出現象のひとつとして興味深いし、徳川時代に完成された俳句のすぐれた特性を物語っている。（佐藤）

楽しむことのできる作品である。

〈シャボン〉という語の選択には、ある親近感を漂わせることをねらった作者の意図がうかがわれよう。〈虫の宿〉は、自宅・旅宿のいずれにとるもよく、また、たまたま見かけたとある家でもよい。その家の風呂場《ふろば》の情景か、それとも井戸端か、そういうことに一切こだわらないおおどかさが、発想の特色ともなっている。

小説家の俳句は、最初から余技的な色彩が濃く、いわば芸の遊びといった風格が漂い、そこが魅力となっていることが多く、この作家も例外ではない。　（矢島房利）

石塚友二（いしづかともじ）

明治三九（一九〇六）〜昭和六一（一九八六）。本名も友二。新潟県生まれ。大正一三年一八歳で離郷。文学に親しみ横光利一《りいち》に師事する。出版社沙羅書店を経営。昭和一七年小説「松風」を発表し、池谷信三郎賞受賞。俳句は『馬酔木《あしび》』に投句、『鶴《つる》』同人。石田波郷《はきょう》のよき同行者で、波郷《はきょう》没後は『鶴《つる》』を主宰。句集に『百万』『方寸虚実《ほうすんきょじつ》』『磯風《いそかぜ》』『光塵《こうじん》』『曠日《こうじつ》』『磊磈集《らいかい》』などがある。

百方（ひやっぽう）に借（かり）あるごとし秋の暮（くれ）

（光塵《こうじん》）

▼季語―「秋の暮《くれ》」晩秋。あるいは仲秋、兼三秋とも。もともとは暮秋を意味したが、のちには秋の夕暮れの意とされ、「暮《くれ》の秋」と区別することも行われた。近代でも夕暮れと解されるのがふつう。あわれさに気ぜわしさの感を伴う。▼句切れ―「借《かり》あるごとし」。切れ字「し」。

『句解』　秋の夕暮れどき、ふと思えば、あらん限りの人びとに借金を負い、その返済に追われているかのごとき妙に落ち着きのない思いに落ちこんでゆくことだ。

《鑑賞》　『光塵《こうじん》』（昭和二九年刊）所収。作者はもともと小説を志していたこともあり、その句境は著しく私小説的で、庶民の哀歓を強くにじませている。この句もそうした一句。〈実際の金銭的な貸借でない、その頃《ころ》の作者の生活が、周囲の多くの人達の恩恵によって過し得て来た、その恩遇に対する負い目というものが重く覗《のぞ》いている。〉（岸田稚魚《ちぎょ》）という解もあるが、〈百方《ひやっぽう》に借《かり》あるごとし〉の無造作・率直・大胆な叙法からはいささか自嘲《じちょうてき》的な思いを読み取り、およそ伝統的な秋の夕暮れの情趣からは遠い庶民生活のにおいを一句に持ちこんだおかしさを味わいたい。現実に借金の返済に追われているおのれのぶざまさを、さりげなく〈ごとし〉とやってのけたいわば不敵なユーモアと読むこともできようかと思う。〈金餓鬼《かねがき》となりしか蚊帳《かや》につぶやける〉〈巨《おお》き歯に追はるるごとし十二月〉の句もある。　（矢島房利）

付録

俳句の技法と鑑賞……五二〇
句会について……五三一
俳諧・俳句史概説　付　参考文献……五三五
俳諧・俳句史略年表……五四四
季語集……五五六
用語小辞典……五九九
俳人の系譜……六〇九

索引

季語索引……六三七
事項索引……六四九
人名索引……六六六
俳句索引……六八五

俳句の技法と鑑賞

はじめに　この書物のはしがきで、私は俳句について、〈その魅力に強く心を引かれ、また、漠然《ばくぜん》とはわかったような気がしながらも、しかし、ほんとうにはよくわかったと言い切れる自信がもてない。それが俳句に接するときの、大方の共通した感想だろうと思います。〉ということを申しました。なぜ俳句は、それをほんとうに理解することがむずかしいのでしょうか。それは、それが五・七・五というわずか一七音節の、しかも私どもが日常使っている散文とは語義も構成原理も異なった、俳句独特の技法による詩的な言語表現であるからにほかなりません。いわばそれは、俳句世界における暗号によってつづられた文章だといってもよいでしょう。

なつかしい魅力を秘めた俳句の世界の扉《とびら》を開き、その心をほんとうに理解するためには、私どももまた、その俳句独特の技法、つまり俳句世界における暗号の性質や原理について心得ておく必要があります。そこでここでは、主として松尾芭蕉《ばしょう》の句を例に引きながら、その基本となると思われるいくつかのカギについて取り上げてみることにいたしました。

季　語　第一のカギは季語です。俳句の母胎となったのは、何人かの人びとが寄り集まってそれぞれに五・七・五の句と七・七の句とを交互に付け連ねて一〇〇句なり三六句なりの一巻を完成する「連歌」と呼ばれる合作文芸ですが、季語はその連歌において、これから共同制作を始めるに際しての一座の人びとに対する挨拶《あいさつ》として、その発端の句（これがつまり発句《ほっく》で俳句はその独立したものです）にその時々の季節の言葉を詠みこむことから起こったもので、したがってその挨拶《あいさつ》の言葉としての季語は、発句《ほっく》の作者と一座の人びと、広くいえば読者とをつなぐ、最も基本的なパイプとしての役割をもった言葉ということになるでしょう。

美しく変化する四季の自然に恵まれた日本の風土の中で、その自然に順応しながら生活を営んできた人びとは、次々と新しい季語をつむぎ出し、そこにさまざまな心情を刻みこんできました。たとえば雨一つを取り上げてみても、季節によって「春雨《はるさめ》」「五月雨《さみだれ》」「時雨《しぐれ》」と呼び分け、春雨《はるさめ》にはしとしとと小止《おや》みなく降り続ける雨空のもとでの甘美な物思いを、五月雨《さみだれ》にはながながと晴れやらぬ鬱陶《うっとう》しい情感を、そして時雨《しぐれ》にはその晴雨の定めなさに無常流転の嘆きを寄せる、といったぐあいに。

　注意しておかなければならないのは、季語というものは、こんなふうに、四季の自然現象、ないしは四季の推移に伴う生活行事そのものを指した言葉ではなく、そこに日本人の文学的心情のしみついてできた言葉だということです。たとえば今あげた「時雨《しぐれ》」にしても、もともとは文字どおり時に降る雨で、季節も一定していなかったのに、『後《ご》撰《せん》集』の〈神無月《かんなづき》降りみ降らずみ定めなき時雨《しぐれ》ぞ冬の初めなりける〉の歌が名歌としてもてはやされるに伴い、やがて鎌倉初頭の『新古今集』ごろになると、時雨《しぐれ》といえば初冬の風物として、その定めない降り方にしめやかな感傷が託されるようになりました。中世の連歌師宗祇《そうぎ》は〈世にふるもさらに時雨《しぐれ》のやどりかな〉と詠んでその時雨《しぐれ》に乱世の無常を託しましたが、近世の太平の現実のもとでその宗祇《そうぎ》の風懐を反芻《はんすう》し〈世にふるもさらに宗祇《そうぎ》のやどりかな〉と詠んだ芭蕉《ばしょう》は、時雨《しぐれ》の伝統の上に無常に身をゆだねた漂泊者の風狂の喜びをつけ加えるなど、代々の詩人たちは時雨《しぐれ》という自然現象の中に、それによって喚起された新たな詩情を次々と投影してきたのです。

　季節の風物によって喚起された新しい詩情の投影、それは新しい季感の発見ということにほかなりません。季語の中には、そのような古来の詩人たちによって発見されてきた季感が年輪のように刻みつけられており、そしてそれはそうしたトータルな形で、常に新しい詩情を喚《よ》びさます起爆剤としての力を秘めていることを見落としてはならないでしょう。

　こんな話があります。これは私の友人から聞いた話ですが、その友人の教え子で商社に入った青年が、駐在先のパリからひょっこりその友人のもとに手紙をよこしました。そしてその中に、自分はこちらへ来て、このごろしきりに「春雨《はるさめ》」とか「朧夜《おぼろよ》」といった季語を思い起こすようになった。そうして周囲にそうした季感の存在しないことがさびしく、痛切な郷愁におそわれている。だが、考えてみると、自分は格別俳句を嗜《たしな》んでいるわけでもないし、日本にいたときも東京のビルの谷間に育って、自然の風物に触れ詩情を催すといった体験をもつことはなかった。にもかかわらず、こうした季語を思い浮かべ、郷愁を誘われるというのは、ふだんは意識しない自分の血の中にそういった潜在的な感覚がひそんでいて、それが今の自分の心を騒がせるのでしょうか、と書いてあったというのです。

　季語というのは、つまり、そういうものなのではないでしょうか。それはその時々の一瞬の触れ合いの中で作者の詩情を喚起する、きわめて現実的、直接的なものであると同時に、この日本の風土の中ではぐくまれた日本人の血の中に、共通して潜在的にはらまれているものでもあるのです。だからこそ、それは作者と読者とをつなぐ共通の基本的パイプとしての役割を果たすことが可能なのだと考えられます。

俳句は、連句の座から離れ単独に詠まれるようになって以後も、季語を共通のパイプとしてもつことで、一句の統一を支え、独立の詩としての伝達を可能にしてきました。したがって俳句を鑑賞する場合にも、まず季語に注目し、季語の年輪を探ることを通してその底に流れる根源的情感をつかむとともに、作者がそこにどのような新しい詩情を託そうとしているかを吟味することが必要です。その場合に、もしも季語を春・夏・秋・冬の四季別に分類登載し、各季語ごとに例句をあげて解説を施した、いわば俳句世界の暗号書とでもいうべき書物があったら、作句の上からだけでなく、俳句の鑑賞の手がかりを求める上からいっても、どんなに便利でしょうか。そうした要求にこたえてくれているのが、歳時記です。

たとえば芭蕉《ばしょう》の有名な〈古池や蛙《かわず》飛び込む水の音〉の句の、季語が〈蛙《かわず》〉であることはだれでもすぐ見当がつきますが、蛙《かわず》を夏だと思っている人が少なくありません。歳時記を見ると、蛙《かわず》は仲春（陰暦二月。今の三月ごろ）の部に〈地虫出る〉〈とかげ穴を出る〉などと並んで出ています。つまり蛙《かわず》は、これまで地中に眠っていた虫どもがムクムクと地上へ出てくる、いわゆる啓蟄《けいちつ》の候の風物の一つとされているわけで、この句の鑑賞は、蛙《かわず》という季語を手がかりに、そうした春の生命の発動感をおさえてかかることから始められなければならぬことになるでしょう。

切れ字

季語と並んで、俳句の秘密を解く上の重要なカギとされるものに、切れ字があります。切れ字は、俳句表現を特色づける最も根本的な要素で、季語を暗号書に記載された暗号そのものとすれば、これは暗号の構成原理にかかわる言葉ということもできるでしょう。

切れ字というのは、文字どおり、句を切るための言葉、言い換えれば、表現を切断するはたらきをする言葉です。たとえば、いまの〈古池や蛙《かわず》飛び込む水の音〉の句では〈や〉が切れ字になっていますが、切れ字があると私どもはそこでいったん句を切って読まなければならない、つまり、ふつうの散文を読みくだすように、「古池に蛙《かわず》飛び込む」と、すぐ下に続けて読んではいけないということになっているのです。

どうして俳句では切れ字を用い句を切って読むなどということをするようになったのでしょうか。それは、先ほど俳句は連歌の発句《ほっく》から起こったものだということを申しましたが、その発句《ほっく》がもと連歌の巻頭の句として、以下の連歌の変化と展開の世界を導き出してゆくような、一句としてのどっしりとした句がらの大きさをそなえているべきことを要求されたからなのです。句としての大きさを要求されたといっても、形の方は五・七・五ときまっていて、どうすることもできません。そこで、切れ字というものを用い、句の表現をいったん切断することによって、その切れ字の後の沈黙の間《ま》、いわば表現ゼロの空間から、言外の余情、つまり口には出して語らないさまざまな情感を喚起しようとする方法が考え出されたというわけなのです。発句《ほっく》が五・七・五のわずか一七音節の短い限られた表現面しかもっていないにもかかわらず、三十一文字《みそひともじ》の和歌よりも、いやそれどころか場合によってはもっともっと長い散文よりも、はるかに多くの内容を伝達することが可能な秘密は、一にかかってこの切れ字の効用にあるといっても、決して言い過ぎではありません。

ただし、発句《ほっく》が切れ字の効用によって豊富な内容を伝達することが可能になったといっても、それには一つの条件がいります。それは、発句《ほっく》を受けとめた一座の人びとが、表現された言葉の響きに応じて自分たちの想像力をはたらかせ、その表現ゼロの空間を補完する作業に参加するということです。連句はそのような補完作業を通して付け進められていったわけでしたが、発句《ほっく》が連句の座を離れ俳句として単独に詠まれるようになってからも、俳句表現が切れ字によって切断した沈黙の空間を読者の想像力によって補完すべきことを要求している点では変わりありません。その意味で俳句は、作者と読者との協力によって完成される合作文芸、座の文芸といえます。

〈古池や〉の句は、〈や〉という切れ字によって上下二つに切断され、〈古池〉の静寂の世界と、〈蛙《かわず》飛び込む水の音〉という春の生命の発動感とが、大きく対置されている複式構造としてとらえられなければなりません。〈古池や〉と打ち出されたとき、私どもの目の前には、人びとから忘れられたように手入れもされず、苔《こけ》むした石に囲まれどんよりとした水をたたえた、永遠の静寂ともいうべき池水のイメージが浮かんでまいります。一方、〈蛙《かわず》飛び込む水の音〉は、啓蟄《けいちつ》の候の自然の鼓動を聴覚を通してとらえたものではありますけれども、蛙《かわず》が水に飛び込む音などというものは、よほど静かな環境の中でじっと心の耳を澄ませていなければ、聞き取ることができません。その、〈古池〉の視覚イメージと〈水の音〉の聴覚イメージとの対置の中から浮かんでくるのは、静から動へ、動から再びもとの静へという一瞬の転換の機微を通して一層はっきりと確認された静寂感と、その静寂の天地に訪れた春の鼓動を感じ取っている芭《ば》蕉《しょう》の澄んだ心境と生活とでなければならないでしょう。

「古池に蛙《かわず》飛び込む」という直線的な単一構造の表現で

は、こうした複雑な内容を伝達することができません。俳句の暗号の構成原理は、句の切断による表現構造の複式化にあるといってよく、したがって句切れがどこにあるかをおさえることが、俳句の暗号を解く最も重要なカギになるわけです。

ことわっておきますと、たとえば〈梅が香にのっと日の出る山路かな〉のように切れ字が句末に置かれている場合にも、句は直線的に言いくだしただけの単一構造の表現ではなく、切れ字によって言い切った後に喚起される余情が、もう一度さかのぼって一句全体に反響していっているわけで、複式構造の表現である点においては変わりありません。

ではいったい、どういう言葉が用いられていたら句が切れるのでしょうか。古来連歌師や俳諧師の間では、長い実作の経験の中から、「かな・けり・もがな・し・ぞ・か・よ・せ・や・れ・つ・ぬ・へ・す・いかに・じ・け・らん」などの言葉をあげて、これらを一八切れ字と称してきました。今日の文法用語でいえば、「や・か・ぞ」などは係助詞、「かな・よ・がな」などは終助詞、「つ・ぬ・けり・じ・らん」などは助動詞の終止形、「し」は形容詞の終止形語尾、「せ・れ・へ・け」は動詞の命令形語尾、「いかに」は疑問の副詞ということになります。

けれども、これらは芭蕉《ばしょう》も〈いまだ句の切れる、切れざるを知らざる作者のため、先達、切れ字の数を定められたり〉といっていますように、初心者のための大体の目やすであるにすぎません。ほんとうは、これも芭蕉《ばしょう》が説いているとおり、〈切れ字に用ふる時は、四十八字みな切れ字なり。用ひざる時は、一字も切れ字なし〉なのだというべきでしょう。近代俳句はそうした姿勢に立って、あえて伝統的な切れ字に拘泥《こうでい》せず、言葉の響きや構成を通して句を切ろうとしていますので、私どもも一層語感に留意して句切れをおさえることが肝要です。

配合

以上、俳句の秘密を解く上で最も重要な二つのカギ、すなわち、作者あるいは作品世界と読者とをつなぐ基本的なパイプとしての季語、および俳句表現独特の複式構造を構成する切れ字について述べてきたわけですが、次には、その二つを前提として俳句に最もしばしば用いられる主な技法のいくつかを取り上げてみたいと思います。

切れ字による複式構造の表現を特色とする俳句においては、切れ字によって切断された二つの表現面に、それぞれ異なった事物を配置し、その両者の対立交響を通して詩情を増幅し、もしくは全く新しい詩情を創造することを主要な武器の一つとしてきました。これを取り合わせとか、配合とか、あるいはやや気どって二物衝撃法などと申します。

たとえば、先ほどの〈古池や〉の句において、〈古池〉の静と〈蛙《かわず》飛び込む水の音〉の動が対置されていることによって、静寂感が一層増幅されていることは、すでに見たとおりですが、もう少し詳しく申しますと、蛙《かわず》は和歌以来春の代表的な詩材として、その妻を呼ぶやるせない鳴き声を、山吹の花咲く清流といった美しい視覚的景象に配して詠むのを常套《じょうとう》とされてきました。この句は、その古来鳴き声を賞美されてきた蛙《かわず》の、水に飛び込む音を取り上げたところに意外性があり、また、古来美しい清流に配してきた蛙《かわず》を古池に配したところに、もう一つの意外性があるといえます。そのように、伝統的な詩の世界における連想関係からいったらむしろ意外な、二つのものを取り合わせることによって、これまでになかった独自の詩境を創出したところに、この句の俳句としての新しさがあったのです。

〈鶯《うぐいす》や餅《もち》に糞《ふん》する縁のさき〉の句についても、同様なことがいえるでしょう。『古今集』の序にも〈花に鳴く鶯《うぐいす》、水に住む蛙《かわず》〉と併称されているように、鶯《うぐいす》もまた古来和歌の世界において、その美しい鳴き声を梅や柳や竹などに配して詠みつがれてきました。それを縁先に干し並べた餅《もち》に配し、しかも、その糞《ふん》する姿態を取り上げたのは、伝統的美意識の上からいったら、全く意外というよりありません。その意外な取り合わせの中から浮かんでくるのは、鶯《うぐいす》も里なれ、正月の餅《もち》もかびのはえかかるころの、なつかしい季感とひなびた情趣です。これもまた、意外な二物の取り合わせが生んだ新しい詩情といってよく、日常性の中に詩を求めた晩年の芭蕉《ばしょう》の詩境をよく伝えているといえましょう。

こんなふうに、意外ともいうべき、正反対の連想をはらんだ二物を取り合わせることによって新しい詩情の創造に成功している例に対して、それとは反対に、ほぼ相似た情感を含んだ二つの事物の対置を通して、それぞれの情感を一層増幅しているケースも少なくありません。たとえば〈菊の香や奈良には古き仏たち〉の句なども、その一つのよい例にあげられるでしょう。日本の秋をいろどる菊の花には、はなやかさの中に、高貴な気品としっとりと落ち着いた古雅な匂《にお》いが漂っています。一方、古都奈良の寺々に安置された古い仏像のお姿には、閑寂蒼古《そうこ》の趣の中に、はなやかな天平の昔をしのばせるなつかしさの感がたたえられています。これは、そのそれぞれに一脈相通ずる情感をはらんだ両者のイメージを二重映しにすることにより、その微妙な気分の映発の中から、はるかに写実を超える、渾然《こんぜん》たる詩的調和の世界を実現したものということができるでしょう。

一日中歩き通した重い足を引きずりながらこよいの宿を求めようとするころのものうい時刻と状況を、薄紫色の長い花房をしどけなく垂れて頼りなげに咲いている藤《ふじ》の花に配し、その微妙な調和の中から、それぞれの情感を増幅し、晩春の旅の夕暮れのけだるい気分を訴えかけた〈草臥《くたび》れて宿借《やどか》るころや藤《ふじ》の花〉の句なども、そうした例の一つです。

そのような、反対の情感を含んだ二物の配合、同質の情感を含んだ二物の配合のほかにまた、全く無関係な二物を配合したケースのあることも見落とせません。たとえば〈梅若菜まりこの宿《しゅく》のとろろ汁〉の句。これは梅・若菜・とろろ汁と名詞を三つ畳み重ねた、いわゆる三段切れと呼ばれる句法の句ですが、梅と若菜とは、正月七日の祝いの席の、一方は床に飾られ、一方は膳《ぜん》に盛られた、ともに眼前の景物であるのに対して、まりこの宿《しゅく》のとろろ汁はこれらと全く関係のない、東海道の宿場の名物です。けれども、これらがこのように並べられるとき、七草をことほぐはずんだ気分がとろろ汁の上に映ってゆき、また逆に旅の前途の楽しいイメージが七草の席のめでたい気分をいやが上にもかきたてて、早春の旅路におもむく人に対する見事な餞《せん》別《べつ》となっているのは、まさに俳句表現の不思議さというよりありません。

また、〈夏草や兵《つわもの》どもが夢の跡〉の句でも、上五と中七・下五の世界とは、一見相互に無縁とみえながら、よく味わってみると、生えては枯れ枯れては生えて今眼前に茫《ぼう》々と生《お》い茂る夏草のありようと、現《うつ》し身ははかなく滅び去りながら、その遺跡を訪れる人の胸に永遠によみがえり続ける武人たちの人生の夢のかなしさとが、一大共鳴音を形作りつつ、恒常と流転との哲理を含んだ大きな感慨を訴えかけてくるのも、俳句表現の不思議さというべきでしょう。

そのような配合における二物の情感を吟味し、その微妙な調和の中に詩心の有所《ありど》を探るのも、俳句鑑賞の重要なポイントの一つで、俳句がわかるかわからぬかは、その調和が感じ取れるか否かにかかっているといっても、言い過ぎではありません。

踏《とう》跡《せき》

俳句は、五・七・五という限られた表現空間を通してものを言うために、そのほかにもさまざまなくふうを凝らしてきました。その一つとして、ことに古典俳句にしばしば用いられたものに、典拠を踏まえて詠むという技法があげられます。

その場合、古歌を踏まえて詠むものを本歌取り、故事などを踏まえたものを本説取りと申しますが、現代ではこれらを西欧文学の用語を当てはめて踏跡《とうせき》と呼んでいます。これは実は俳句が新しく発明した技法というわけではありません。典拠を踏まえて詠むということは、早くから漢詩・和歌の世界に行われ、ことに『新古今集』時代の歌人たちが本歌取りを縦横に駆使して和歌史の頂点を極めて以来、本歌取りは和歌の世界の常套《じょうとう》手段とされるまでになりました。わずか一七音節の短詩形である俳句は、これを積極的に取り入れ、その背後に典拠を踏まえ古典の世界を響かせることによって、その詩情を増幅し、もしくはその新しさを強調することを、一つの主要な武器としてきたのです。

たとえば、芭蕉《ばしょう》が『笈《おい》の小文《こぶみ》』の旅で伊勢《いせ》神宮に参詣《さんけい》した際の〈何の木の花とは知らず匂《にお》ひかな〉の句は、『西行《さいぎょう》法師家集』に収める〈何事のおはしますをば知らねどもかたじけなさの涙こぼるる〉の歌を本歌としたものにほかなりません。芭蕉《ばしょう》はあえて西行《さいぎょう》の歌の上の句と類似した表現をとることで、この句が自分の尊敬する西行《さいぎょう》の歌を踏まえたものであることを暗示し、そのことによって敬虔《けいけん》の情を増幅するとともに、西行《さいぎょう》の和歌の世界に感覚的な花の匂《にお》いを点ずることで神域の森厳の気を具体化してみせたのです。

また、死の前年の五〇歳の歳末の感を詠んだ〈有明《ありあけ》も三《み》十日《そか》に近し餅《もち》の音〉の句は、兼好《けんこう》が死の半月前に詠んだと伝えられる〈ありとだに人に知られぬ身のほどや三十日《みそか》に近きあけぼのの月〉の歌を本歌としたものであることを、その下の句との類似によって暗示していますが、ここでも、世俗のにぎわいを象徴する餅《もち》の音を耳にしながら、独り仰ぐ歳暮の空の、いよいよ細く淡くなりまさってゆく月の形《なり》の実景を詠んだ句が、死を前にしての兼好《けんこう》の述懐の情を詠んだ〈ありとだに〉の歌を本歌としていることによって、わが身の存在のはかなさを嘆く色合いをいちだんと深める効果を加えていることが、注目されなければならないでしょう。

典拠は、句中に暗示されるだけとはかぎりません。たとえば『猿蓑《さるみの》』に収められた〈かたつぶり角ふり分けよ須磨《すま》明石《あかし》〉の句には、〈この境、這《は》ひ渡るほどと言へるも、ここのことにや〉という前書が付されていますが、この句では実はこの前書が一句の典拠を暗示するはたらきをになっているのです。これは『源氏物語』の須磨《すま》の巻に、須磨《すま》と明《あか》石《し》の間の距離の短いことを〈明石《あかし》の浦はただ這《は》ひ渡るほどなれば〉と述べた言葉が出てくるのをいったものですが、芭蕉《ばしょう》がそのような前書を付したのは、ただ〈這《は》ひ渡る〉という王朝時代語のおもしろさに興味をもったからだけではありません。芭蕉《ばしょう》は、この前書を加えることによって、この句が、初夏のさわやかな朝、かたつむりが角をふる前後左右に須磨《すま》・明石《あかし》の景が広がっているという眺望《ちょうぼう》を述べただけでなく、その風景の上に、今ははかなく失われた王朝物語の世界の幻をよみがえらせて見せてほしいと願う、痛切な懐古の情を詠んだものなのだ、ということを読者に暗示しているのです。この場合、句中の〈須磨《すま》明石《あかし》〉の語が

『源氏物語』の世界を背後に踏まえ、また〈かたつぶり〉が世の栄枯盛衰のはかなさをいう蝸牛《かぎゅう》角上の争いということわざを響かせている、その暗号としての用法を解くカギを、前書を通して提供していることになります。

一方また、典拠として踏まえられるものは、このような古歌や王朝古典だけにはかぎりません。先に季語の説明のところで引用した芭蕉《ばしょう》の〈世にふるもさらに宗祇《そうぎ》のやどりかな〉の句が、宗祇《そうぎ》の〈世にふるもさらに時雨《しぐれ》のやどりかな〉の本歌取りであることは、もうすでにお気づきでしょう。芭蕉《ばしょう》は、一句の構成と〈宗祇《そうぎ》〉の語によって、この句が宗祇《そうぎ》の名句を本歌としたものであることを明示することによって、〈時雨《しぐれ》〉の季語を利《き》かせるとともに、近世の太平の現実の中で宗祇《そうぎ》の風懐を反芻《はんすう》し漂泊の風狂に生きる喜びを告げているのです。また、与謝蕪村《よさぶそん》の〈門を出《い》づれば我も行く人秋の暮《くれ》〉〈門を出て古人に逢《あ》ひぬ秋の暮《くれ》〉の句は、それぞれ芭蕉《ばしょう》の〈この道や行く人なしに秋の暮《くれ》〉〈人声やこの道帰る秋の暮《くれ》〉の句を本歌に踏まえながら、籠居《こもりい》の詩人の立場から、秋暮の路頭に芭蕉《ばしょう》の漂泊の詩情を確かめ得た喜びを語り、はるかに芭蕉《ばしょう》の孤独の魂への呼びかけにこたえたものにほかなりません。

俳句は、これらの本歌取りの方法を通じて、その詩情を増幅するとともに、一瞬の個的で偶然な感動を詩心の伝統の中にゆるぎなく定着させようと努めてきたのです。そうした本歌取りの精神は、写生を尊重し個の独創を重んずる近代日本の精神風土の中で一時忘れられかけてきましたが、西欧にもそのような手法があることが知られるに及んで、改めて踏跡《とうせき》と呼ばれて見直されるようになりました。芭蕉《ばしょう》の〈この道や〉の句を下敷きにした中村草田男《なかむらくさたお》の〈真直ぐ行けと白痴がさしぬ秋の道〉同じく芭蕉《ばしょう》の〈病雁《びょうがん》の夜寒に落ちて旅寝かな〉の句を踏まえた森澄雄《すみお》の〈雁《かり》の数渡りて空に水尾《みお》もなし〉の句などは、そのよい例にあげることができるでしょう。

暗示

俳句はこのように、表現上のさまざまなくふうを凝らして、その短い詩形の中でものを言うための苦心を重ねてきたように見受けられます。けれども、どんなにくふうを凝らしてみても、所詮《しょせん》一七文字は一七文字にすぎません。たまたま字余り・字足らずの破調の形をとることがあっても、それは内心のリズムに伴うたかだか数字の増減にすぎず、もしもこれに一〇字も二〇字も増益して五・七・五の定型を大きく踏みはずすようなことがあったとしたら、それはもはや俳句とは認められなくなってしまいます。俳句がそのような限られた詩形の詩であってみれば、どんなにくふうを凝らしたとしても、これにふつうの散文と同じような精細な伝達を期待することは、そもそも無理だといわなければならぬでしょう。

　もちろん俳句の作り手たちは、そのことを十二分に承知していました。これまで見てきたような俳句の表現技法は、実は初めから散文のような詳細な伝達の意志を放棄し、むしろ開き直ってその不便さを逆手に取る覚悟の上に成立したものだったのです。

　芭蕉《ばしょう》が門人の句を評した中で、〈蔦《つた》の葉は残らず風の動きかな〉という句について〈発句《ほつく》はかくのごとく、くまぐままで言ひ尽くすものにあらず〉と説き、また〈下臥《したぶ》しにつかみ分けばや糸桜〉の句について〈言ひおほせて何かある〉（言い尽くして、どこに発句《ほつく》の詮《せん》があるか）と教えたという『去来《きょらい》抄』のエピソードは、よくそのことを立証しているといえます。

　俳句というものは、くまぐままで表現し尽くすものではない。言い尽くしてしまっては俳句の取り柄がない。では、いったい、俳句はどこに表現としての取り柄を求めたらよいのでしょうか。ということになると、それはできるだけ言葉を惜しみ、一見あいまいともいえる表現を通して物事を暗示することに求めるよりないということになるでしょう。それも、できるだけ集約的にある一点をとらえて。

　たとえば、〈初しぐれ猿《さる》も小蓑《こみの》をほしげなり〉と、猿《さる》の表情をとらえることによって、山国の時雨《しぐれ》の感触と、その年初めて邂逅《かいこう》した時雨《しぐれ》のさびさびとした情趣に興ずる内心の喜びを暗示するとか、〈白菊の目にたてて見る塵《ちり》もなし〉と、俳席に飾られた白菊の清浄感を通して、一点の塵《ちり》もとどめぬ閑雅《かんが》な俳席と、その俳席を主催した女あるじの人がらの清らかさとをたたえる気持ちを暗示する、といったぐあいにです。

　暗示の技法の一つとしては、物事を直接に細叙するかわりに、比喩《ひゆ》をもって示すという方法があげられます。たとえば、〈狂句木枯《こがらし》の身は竹斎《ちくさい》に似たるかな〉と、自分を読者の周知する仮名草子の主人公になぞらえることによって、自分もまた狂歌に耽溺《たんでき》して零落《れいらく》の人生を歩んだ竹斎《ちくさい》と同じように、狂句（俳諧）に淫《いん》し世外の風狂に遊んで漂泊する人間であることを暗示するとか、また〈義朝《よしとも》の心に似たり秋の風〉と、常盤《ときわ》御前の塚《つか》のまわりを吹く秋風を、平治の乱に敗れ愛妾《あいしょう》常盤《ときわ》の身を気づかいつつ都落ちをする源　義《みなもとのよし》朝《とも》の心中に比することによって、その悲愁の感を暗示した句などが、その例に当たるでしょう。

　右の例のように「……は……のようだ」という形で直接比喩《ひゆ》する修辞法を直喩《ちょくゆ》といい、近代俳句では一時「……ごとし」という句法がはやったこともありましたが、一般的には、俳句ではむしろ次のような暗喩《あんゆ》の形をとるほうがふつうです。たとえば、文芸上のすぐれた資質の持ち主である愛弟子《まなでし》坪井杜国《とこく》を鷹《たか》に比し、その再会の喜びを〈鷹《たか》一つ見付けてうれしいらご崎《ざき》〉という形で表現する、といったぐあいに。〈海士《あま》の家《や》は小海老《こえび》にまじるいとどかな〉の句では、漁師の家の土間に打ち上げられた小海老《こえび》の山にまじって、海老《えび》と形のよく似たエンマコオロギが独り秋を鳴いているという情景全体が、俳諧のわからない俗衆の中で孤愁をかこっている芭蕉《ばしょう》自身の状況の比喩《ひゆ》として詠まれているのなども、その例です。

こうしたさまざまな暗示の方法の中でも、抽象的な観念や情緒を具体的な事物によって暗示するものを象徴といい、たとえば、老いの自覚の中で師走《しわす》の京に漂泊する凍りつくような孤独の心境を、寒中の魚屋の店頭にさらされたから鮭《ざけ》や、洛中洛外《らくちゅうらくがい》を勧進してまわる空也《くうや》僧の老いさらばえたイメージをもって表現した〈から鮭《ざけ》も空也《くうや》の痩《やせ》も寒の内〉の句などは、その最高の達成の一つにあげられるでしょう。この句では「から鮭《ざけ》」「くうや」「かんの内」という乾いたk音を「も」「の」「も」「の」という助詞によって畳み重ねた、その音調的効果が、冷え痩《や》せ乾《から》びの感を高めていることも、また見落とせません。

おわりに

俳句は、五・七・五というきわめて短い、したがって物事をくまぐままで言い尽くすには不適当な性格を逆手にとって、私どもの想像を刺激し、それぞれの胸の奥に眠っている潜在的な詩情の共鳴を喚《よ》びさますための、各種の暗号を駆使した独特の表現体系を築いてきたわけですが、しかし、俳句の特質はそうしたアクロバット的な表現を売り物とした極小の詩であることにとどまるものではありません。

俳句の「俳」の字が、もと滑稽《こっけい》を意味する言葉であることが示しているように、俳句の特質は、実は一七音という短い形をとった笑いの詩であるところにあるのです。詩人の西脇《にしわき》順三郎氏が、すべて新しいものはグロテスクで笑いであるといっているように、笑いとは新しみであると言い換えてもいいでしょう。初期の俳句は、もっぱら伝統的な美意識を破壊し嘲笑《ちょうしょう》することを、笑いの本領としてきましたが、芭蕉《ばしょう》以来、その笑いは人生的な響きを帯びるようになりました。芭蕉《ばしょう》の俳句の笑いは、絶えず人生と世界とを新しい目でとらえ直してゆくところから発見された笑いであり、それはおかしいけれども笑いとばすことのできぬ人生の真実の、笑えぬ笑いともいえます。暗号の原理に従い、さまざまな暗号書を駆使した私どもの俳句鑑賞の究極もまた、作品との共鳴を通して、絶えず新しく人生の真実を発見してゆくことにあるといわなければならぬでしょう。

（尾形　仂）

句会について

句会の歴史

今日行われている句会は、明治の正岡子規《しき》によって一般に普遍化されたあり方を基準としている。だが、江戸〜明治時代の月並の運座《うんざ》(句会)や俳諧の座はもとより、連歌の座においても、そのスタイルに時代の変遷はあったとしても、本質的には現在の句会となんら変わるところはない。それは日本詩歌のルーツ、記紀歌謡の歌垣《うたがき》にまでさかのぼることのできる、唱和の場の形式を伝承しているからである。日本詩歌の歴史は、近代的な西欧の個人意識をもってしては理解しがたい、一座の和の中から生まれでる詩という、場の形式を伴ってきたのである。

鎌倉〜室町時代も、世の中というものは、それなりに今日と同じ俗事多忙らしく、風雅の道に遊ぶためには苦心があったのだろう。政府の官吏である殿上人《てんじょうびと》の公卿《くぎょう》たちの、日々の鍛錬を裏づける着到和歌というものが巻物となって残っている。たとえば、会社員が毎日出勤簿を押すように、一日に一題を定めて、毎日出題の和歌を到着順に書き留めていった記録である。なかに署名のない歌は、やんごとない高貴の方の作で、句会の清記係のような人の筆によって清書されている。なかには筆跡が日々異なり、各人の筆跡とおぼしきものもある。おそらく役所の一室に、句会場のような場所が定めてあって、その場で到着順に、一首の題詠を作る風雅の時間を楽しんだのではないかと考えられる。この方法は現在一会社の俳句グループの間で、直ちに実行できる鍛錬法で、一か月か半月に区切って集計し、批評の場をもち研鑽《けんさん》するのも一方法であろうと思う。

時の最高の権威者が集まり、主張意見を出し合って厳選された勅撰《ちょくせん》和歌集や、松尾芭蕉《ばしょう》・向井去来《むかいきょらい》・野沢凡兆《ぼんちょう》三人の撰《せん》者が心血を注いだ『猿蓑《さるみの》』編集のように、出版のための選句の場とは別に、実行の場である俳諧の座は、出席した一座の俳人が、いわゆる飛花落葉の光いまだ消えざる間髪の詩心を、付句にこめて宗匠(指導者)のさばき(選)に、精神を澄ます緊張の時間を楽しむところであった。正式の俳諧興行ともなれば、なかなか格式ばった作法があるそうで、宗匠を中心に及第した句を書き留める文台(机)が置かれ、執《しゅ》筆《ひつ》が筆記し読み上げた。その文台は指導者の権威の象徴で、有名なのは芭蕉《ばしょう》真筆の二見の文台といわれる品だ。文台をもつ宗匠になるという意味の「立机」という言葉は、たとえば、一誌の主宰者になり記念の俳句大会を開くといえばわかりやすいであろう。〈幡持《はたもち》を文台脇《わき》やうめの花　其角《きかく》〉

という正月の鏡開きの俳諧を祝った難解な挨拶《あいさつ》句が『五《ご》元《げん》集』にあるが、今日の句会における披講《ひこう》（読み上げ）係や、幹部の世話役が、中心の先生の脇《わき》に座を占めているのと同様なありさまが想像されるのである。

要するに内容を盛る俳句の形式とともに、作句の場の形式も連綿と伝承されてきたわけである。今日の句会も、老若・男女・職業・貧富を問わず、俳句という共通の一本の絆《きずな》によって結ばれた出席者たちの和と、詩心の緊張錬磨《れんま》とが一致する場であるのが、伝統の文芸にふさわしい本来のあり方である。

近代の句会

子規《しき》が俳句に熱中し始めた明治二二、三年ごろの仲間は、同郷の五百木《いおき》飄亭《ひょうてい》・新海《にいのみ》非《ひ》風《ふう》の二人だけであった。内藤鳴雪《めいせつ》の回顧談によると、初めは各人の題詠句を書いた半紙を見せ合い、互いに良いとか悪いとか批評し合う程度だったそうで、一題一句のとき、何句でも作りしだいと定めることもある。また一定の時間中に題詠の句数を競う「せり吟」を行い熱度を高めたという。のちの席上一題一〇句の先駆的なあり方である。

明治二六年になって、伊藤松宇《しょうう》と子規《しき》や鳴雪《めいせつ》が懇意になり、その仲間の「椎《しい》の友」同人の運座《うんざ》に誘われた。その運《うん》座《ざ》の方法が、今日の句会のすすめ方と同じであって、松宇《しょうう》が始めたものという。以後子規《しき》らの松山派も、松宇《しょうう》の句会方法を踏襲したのである。そのような気運から生まれたのが、子規《しき》が初めて関係した俳誌『俳諧』（明治二六年刊）であった。

従来の旧派の運座《うんざ》では、通例一人の点者《てんじゃ》（指導者）がいて、その批評を点によって示し、点数で高点句（優秀作）をきめた。宗匠を点者《てんじゃ》というのも句会指導者だからである。その点印も各人各派の好みで造られた由緒ある印もあり、文台とともに流派の権威として伝えられた。現今の俳句大会における、天・地・人を定めるとか、特選・秀逸・佳作に賞を設けるしきたりは、高点の名残といえる。

松宇《しょうう》が始め、子規《しき》が広めた句会法は、子規《しき》の俳句革新にふさわしい場の形式の革新でもあった。旧来の特定者の選

採点表：出席10人，出句10句，選句10句の場合

選者＼出句	A	B	C	計
A			● ●	10
B	● ●			10
C		● ●		10
D	● ●		●	10
E	●	●	●	10
F			● ●	10
G	● ●		●	10
H	● ●	●		10
I		●		10
J	●		● ●	10
点　数	10	5	9	

●は入選句を記入したもの

だけを、先生も弟子も同様に無記名で投句し互選するという衆評に改めたところに意義がある。出席者が同一線上に並んで平等に鍛錬と緊張の時間をもつという、和の世界の近代化が確立されたのである。

いま一つの「袋廻《まわ》し」は、当時東京牛込に住んだ岡本半《はん》翠《すい》という宗匠が始めたもので、出席人数分の状袋に各々季題を表記し、その表記の題の出句を袋に入れて回し、一巡して集まった袋の中から指導者が投句の高点を選ぶか、または清記して互選する。この句会が渋滞なく進行するためには、短時間に作句する速度を要するわけで、むずかしい季題に苦吟して時間を費やす人の前には、たちまち回されてきた袋の山ができてしまい、句会の興を削《そ》ぐ結果となる。題詠に対する是非もあろうが、一応力量のある俳人同士なら、俳句集中力の錬磨《れんま》のために時には試みられていい方法ではないかと思う。

高浜虚子《きよし》時代の『ホトトギス』の句会は披講《ひこう》がすんで入選の点数がわかると、講評や合評はなく句会は終わり、さっさと解散するのが通例であった。一見入選の点数を競って終わりとなるようにも思えるが、自分が投句した句の良し悪《あ》しは、選によって自分が判断し、講評批評をこめた選の重さを各自が噛《か》みしめることで、俳句を自得するきびしさをもつ句会だ、という見方もできる。もっとも、虚子《きよし》選の重みも考えねばなるまいが――。句会の後に指導者が講評を行うようになった端緒は、故柴田宵曲翁《しょうきょくおう》の話によれば、『ホトトギス』の場合、関西方面へ結社の勢力を伸ばすために、必然的に行われるようになったのであろう、とのことだ。

結社の高度な研鑽《けんさん》の場として幹部や同人たちによる、同人句会がもたれているが、近代俳句史のエポックとなった幹部同人の句会は、河東碧梧桐《かわひがしへきごとう》門の「俳三昧《ざんまい》」と虚子《きよし》門の「俳諧散心」である。一事に心を集中する意の三昧《ざんまい》(定心)と心を散ずる意の散心という、仏教修行の対立する二つのあり方を句会名とした厳格な俳句修行の場である。『渋柿《しぶがき》』の松根東洋城《とうようじょう》の場合は、禅の公案(試験)に類する方法で、一人ずつ別室に呼び入れ呈出の句を、及第するまで何度でもやり直しを命じるという徹底したもので、私語を禁じ森閑としたストイックな雰囲気《ふんいき》の句会だったという。

昭和六年『ホトトギス』を離脱した水原秋桜子《みずはらしゅうおうし》の『馬酔《あし》木《び》』では、かねがね批評のない『ホトトギス』句会に不満であったので、入選・落選を問わず、出句全句を一句ずつ批評した。大正末年～昭和初期にかけて『ホトトギス』誌上に合評会を推進した秋桜子《しゅうおうし》らしい、一徹さの表れた句会である。『虚子《きよし》編・現代俳句評釈』(昭和三年刊)の秋桜子《しゅうおうし》の序文に〈我等《われら》は此《こ》の(俳句)多方面の研究に永年黙々として従事してゐた……即ちこれを発表して、一面には俳句が狭い城廓《じょうかく》に閉ぢ籠《こも》つて満足してゐるのではないことを明かにし……〉とある文章からうかがわれるように、入選の点数がわかれれば黙々と解散するような句会を改めて、批評の中から新しい俳句を啓蒙《けいもう》し、新人を育成して、時代の風潮に即した文学の一分野として他の芸術と比肩できる、基礎作りの場を句会に求めたのである。

その新興の熱意が全句批評の実行となったわけで、以後しだいに他の結社でも、指導者の講評や合評を行うのが句会の形式となって今日にいたっている。また、題詠が、矚《しょく》目《もく》句や雑詠に変わっていったのもそのころからである。

句会での作法

現在の句会では席上で作句するより、各自が持参した句を出句し選を受ける場合が多くなった。しかし、時間の制約もあろうが、句会本来のあり方は、やはり席上の矚目《しょくもく》なり、席題を一、二句、持参した句に加えて投句することが望ましい。多数の人が同一の題で一定の時間に同条件で作句することは、発表されたとき作句技術の巧拙・見方・感じ方の相違点が明らかとなり、初心者は巧者の作り方を学び、巧者は初心者の汚れのない眼《め》と素朴《そぼく》な感じ方に反省し、若きは老いに、老いは若きに互いに教えられるところが少なくないからだ。吟行句会は、その最も良きあり方であろう。

いうまでもないが、出句の短冊は正しく楷書《かいしょ》でしたため、清記の場合も同じことで、間違いのないようよく確かめて書くことである。「てにをは」一字の誤りが句の生殺を左右するからである。披講《ひこう》は静粛に聴くこと、眼《め》で読んだ場合に良いと思えた句も、耳で聴いてみると、さして感銘せず、耳ざわりにさえ感じられることがある。選句のとき見すごした句が、再三同じ句を読み上げられるのを聴いているうち、だんだん快く感じられてくることが必ずあるはずだ。内容と韻律の不即不離の関係、格調という言葉の意味をおのずと体感するためにも、じっと披講《ひこう》に心を澄まし、耳で味わってほしいと思う。

句会に持参するのは、自信作はもちろんだが、確とした自信はないが、自分では一歩新しい境地へ冒険したと思われる句の出句を勧めたい。作句向上のため、多数の人の反応を確かめ、指導者や、一座の目標とする先輩が選んでくれるか否かで、黒白を明らかにしたい、そういう心持ちで不安の句、冒険の句を臆《おく》せず出句してみることである。合評の場合、多数の選に入った句でも、自分に納得のゆかない箇所もあるのは当然で、そのときは、意見を堂々と発言する熱意が必要である。がまず、先輩たちの言葉に耳を傾ける謙虚な姿勢を忘れてはいけない。一座の和の中で詩心を磨《みが》くのが句会だからである。

（松崎　豊）

俳諧・俳句史概説

一　古典俳諧の時代

連歌の起源

俳諧は「俳諧之連歌」の略称である。正式の本連歌に対して、くだけた滑稽《こっけい》の連歌のことをいう。

連歌の発生は、通説によると『古事記』『日本書紀』にみえる倭建命《やまとたけるのみこと》（日本武尊）と火焼翁《ひたきのおきな》との問答であるという。ところがそれは、五・七・七の問いかけに同じく五・七・七で答えるいわゆる片歌問答だから、連歌体の起源は、『万葉集』巻八所収の、尼《あま》と大伴家持《おおとものやかもち》による唱和とすべきだろう。これは、短歌の上の句の五・七・五に、下の句の七・七を付けたものだが、さらに、これとは逆に、七・七に五・七・五を付けることも行われるようになった。要するに形の上では、二人で一首の短歌を詠んだのだが、眼目はその短歌の出来栄えにあるのではなく、二人で問答唱和する当意即妙の機知にあった。連歌は発生の時点において、すでに機知即興の性格を有し、滑稽《こっけい》への志向を含んでいたといえる。

平安時代の末期になると、二句の唱和であった短連歌から、五・七・五と七・七を交互に三句以上連鎖的に連ねてゆく鎖《くさり》連歌が現れ、鎌倉時代には、百韻《ひゃくいん》・五十韻《ごじゅういん》・百二《ひゃくに》十韻《じゅういん》などの長連歌の形式が成立した。南北朝時代にいたって、二条良基《にじょうよしもと》は救済《ぐさい》とともに「応安新式」と呼ばれる連歌の式目を制定し、室町時代には、宗砌《そうぜい》・心敬《しんけい》・宗祇《そうぎ》・宗長《そうちょう》ら、すぐれた連歌師たちが連歌の文芸性を高めた。

俳諧の発生

俳諧は滑稽《こっけい》を意味する。発生の当初から機知即興の性格をもっていた連歌は、俳諧を生み出して当然であった。ある意味では俳諧は連歌とともに始まっているとみていい。俳諧の発生を、連歌との選手交代のごときものとしてみることは正しくない。連歌の中に俳諧連歌があり、それに反する純正連歌があって、互いにその性格を明確にしてゆく。俳諧の起源は、連歌との交代にあるのではなく、同伴者であった純正連歌との、別離にあったといえる。

室町時代の後期に、里村紹巴《じょうは》の純正連歌の完成と、その反面の固定化がみられ、一方では自由な俳諧連歌がさかんに行われた。山崎宗鑑《そうかん》の『犬筑波《いぬつくば》集』、荒木田守武《あらきだもりたけ》の『俳諧之連歌独吟千句』（守武《もりたけ》千句）があり、さらに近年紹介された『竹馬《ちくば》狂吟集』などがあった。それらにみられるものは、純正連歌の煩わしい法式や狭い美意識からの自由である。俳諧はそこで初めて人間臭い生命を得た。連歌そのものが和歌の堅苦しさからの離脱という性格をもっていたわけだが、俳諧はさらに、固定化した連歌からの解放であったのだ。

貞門《ていもん》俳諧

江戸時代になって著しく広まった俳諧に、一人の指導的な人物が現れた。和歌・連歌・古典にくわしい当代一流の文化人松永貞徳《ていとく》である。貞門《ていもん》とは、その貞徳《ていとく》を中心とする一派、およびその俳風をいう。

当時の俳諧はもちろん五・七・五に七・七を交互に連ねるもので、一〇〇句連ねる百韻《ひゃくいん》を本式とし、三六句の歌仙《かせん》も行われた。その第一句（発句《ほっく》）が今日の俳句に当たる。

初め貞徳《ていとく》にとって俳諧は、ただの余技にしかすぎないものであった。だから貞徳《ていとく》のもとに集まった俳諧愛好者は、貞徳《ていとく》の伝統的文芸における権威を慕うものであり、貞徳《ていとく》も俳諧を和歌・連歌より一段低いものとみていた。しかし俳諧にもそれはそれとしてのおもしろさを認めていたようである。

貞徳《ていとく》の出現によって、俳諧は全国的な規模で組織化され、文芸の一ジャンルとしての地位を獲得することになった。当然に俳諧といっても、あまりに奔放猥雑《わいざつ》なものであってはならないと考えられるようになる。和歌・連歌などには用いられない漢語・俗語などを俳言《はいごん》として、そのあるなしで俳諧であるか否かの区別とし、本歌取りや掛詞《かけことば》・縁語などの言葉の技巧が重んじられた。

初め俳諧を伝統文芸より一段下のものとし、その余興もしくは入門のための階梯《かいてい》と考えていた貞徳《ていとく》も、時代のおもむくところに従って、やがて俳諧そのものを文芸としての目標とするようになった。そのため俳諧には文芸の自覚がもたらされたが、室町時代の『犬筑波《いぬつくば》集』などにみられたいきいきとした庶民性はやや後退することになった。

貞門《ていもん》俳諧は三つの時期に分けることができる。寛永の初年（一六二四）から明暦のころ（一六五五〜五七）までを第一期、そこから延宝の初年（一六七三）を第二期、さらに天和のころ（一六八一〜八三）までを第三期とする。貞門《ていもん》が俳壇の主流を占めたのは第一期と第二期で、第三期は次に興ってきた談林《だんりん》俳諧と重なり競合する時期である。

第一期には貞門《ていもん》の四大撰《せん》集といわれる『犬子《えのこ》集』『鷹筑《たかつく》波《ば》』『崑山《こんざん》集』『玉海《ぎょうかい》集』が刊行された。貞徳《ていとく》を中心として、室町以来の俳諧が整理され、方式化され、全国的に普及・確立した時期である。第二期は、貞門《ていもん》俳諧が新しい展開をみせた時期で、貞徳《ていとく》によく従わず、独自の進み方をし始める松江重頼《しげより》の動きを中心としており、第三期は貞門《ていもん》・談林《だんりん》競合期である。貞門《ていもん》の俳人では、野々口立圃《りゅうほ》・重頼《しげより》・安原貞室《ていしつ》・鶏冠井令徳《かえでいりょうとく》・山本西武《さいむ》・北村季吟《きぎん》・高瀬梅盛《たかのせばいせい》がとくに貞門七俳仙《ていもんしちはいせん》と呼ばれた。

談林俳諧《だんりんはいかい》

文芸としての地位を得、上層町人の教養とまでされるようになった貞門《ていもん》俳諧も、寛文のころ（一六六〇年代）には行きづまりの様相をみせてきた。そこで注目されたのが、大坂の天満宮連歌所宗匠であった西山宗因《そういん》の自由な俳諧である。宗因《そういん》と、そこに集まった井原西鶴《さいかく》・岡西惟中《いちゅう》・菅野谷《すがのや》高政《たかまさ》らは、貞門《ていもん》俳諧の枠《わく》を打ち破り、言葉の技巧を内容のおもしろさが上まわるような、町人の生活意識を反映した俳諧をみせるようになった。その傾向は、大坂・京都・江戸などの都市を中心として、全国的な広がりをみせ、この宗因《そういん》風俳諧はのちに談林《だんりん》俳諧と呼ばれるようになった。

貞門《ていもん》俳人とはげしい論争を交えながら、諸々に頭角を現した談林《だんりん》俳人の中でも、西鶴《さいかく》は感興のおもむくところ、速吟の矢数《やかず》俳諧に熱意をみせ、一昼夜に二万三五〇〇句という空前絶後の記録を打ち立てたが、当然のことながら詩としての内省と充実には欠けて、散文化の傾向が著しかった。

蕉風俳諧《しょうふうはいかい》

やがて談林《だんりん》俳諧の珍奇な表現や平板な内容に不満をもち、それぞれのやり方で新しい詩を求めるものが現れてきた。江戸の池西言水《ごんすい》・椎本才麿《しいのもとさいまろ》、京都の伊藤信徳《しんとく》、大坂の小西来山《らいざん》、伊丹《いたみ》の上島鬼貫《うえじまおにつら》などがそれである。これらには、続いて現れる蕉風《しょうふう》俳諧を予言するようなところがあり、前期蕉風《しょうふう》ともいえる傾向がみられた。

松尾芭蕉《ばしょう》もまた、そのような純正詩への動きの中から生まれてきた。初め芭蕉《ばしょう》は貞門《ていもん》俳諧を学んだが、その処女撰《せん》著である句合《くあわせ》『貝おほひ』（寛文一二年）には談林《だんりん》俳諧の気分を反映するものがある。

談林《だんりん》俳諧の末期近く、延宝末年から天和のころにかけて流行した漢詩文調は、初めは単にその新奇な響きに興味がもたれたのだが、芭蕉《ばしょう》はそれを単なる物珍しさにとどめず、漢詩文の風韻《ふういん》を借りて新しい詩情を表現しようとした。その傾向はすでに『次韻《じいん》』（延宝九年）にみられ、さらに『虚《みなし》栗《ぐり》』（天和三年）で一層明瞭《めいりょう》になった。

芭蕉《ばしょう》独自の蕉風《しょうふう》俳諧は、貞享元年の『野ざらし紀行』の旅と、その旅先で成った『冬の日』によって確立した。芭《ば》蕉《しょう》は、江戸を中心として門弟を集め、『鹿島詣《かしまもうで》』の旅、『笈《おい》の小文《こぶみ》』『更科《さらしな》紀行』の旅などによって心境を深め、蕉風《しょうふう》俳諧はしだいに完成の域に近づいた。後に書かれた『おくのほそ道』と、元禄四年刊の『猿蓑《さるみの》』に蕉風《しょうふう》俳諧の最高の達成がある。

『おくのほそ道』は、元禄二年（一六八九）三月下旬に江戸を立ち、奥羽《おうう》・北陸を経て、八月下旬、大垣《おおがき》に着くまでの約五か月間の旅の記であるが、辺士に風雅を追い求めるその態度や、句と文が時に照応し、時に一体となる出来栄えなど、蕉風《しょうふう》の文学のすぐれた一面を示すものである。

『冬の日』を第一として『春の日』（貞享三年）、『阿羅野《あらの》』（元禄二年）、『ひさご』（元禄三年）、『猿蓑《さるみの》』（元禄四年）、『炭俵《すみだわら》』（元禄七年）、『続猿蓑《さるみの》』（元禄一一年）の七部の書が、のちに「俳諧七部集」としてまとめられ、芭蕉《ばしょう》俳諧の七回の変風を示している。しかしその蕉風《しょうふう》七変説よりも、『冬の日』『猿蓑《さるみの》』『炭俵《すみだわら》』の三部をそれぞれの頂点と考える蕉《しょう》風《ふう》三変説による方が、蕉風《しょうふう》俳諧の展開は理解しやすい。そのそれぞれの特徴は、「風狂」「さび」「軽み」の語で表される。「風狂」は風雅に身を投ずる積極性があり、「さび」は中世以来の幽玄美を近世の感覚でとらえなおしたものであり、「軽み」はそこに新たな展開を試みたものである。

芭蕉《ばしょう》のすぐれた一〇人の弟子の名を挙げる蕉門十哲《しょうもんじってつ》は、諸説があって一致しないが、榎本其角《えのもときかく》・服部嵐雪《はっとりらんせつ》・向井《むかい》去《きょ》来《らい》・内藤丈草《じょうそう》は、江戸時代の諸書を通じて挙げられ、ほかに、森川許六《きょりく》・各務支考《かがみしこう》・杉山杉風《さんぷう》・志太野坡《しだやば》・越智越人《おちえつじん》・河合曾良《かわいそら》・野沢凡兆《ぼんちょう》・山本荷兮《かけい》・服部土芳《はっとりどほう》・立花北枝《ほくし》などが挙げられる。

芭蕉《ばしょう》没後、門弟たちは芭蕉《ばしょう》俳諧の多様性・発展性を理解せず、それぞれおのれの信ずる芭蕉《ばしょう》像のみを正しいものと考えてゆずらなかったので、蕉門《しょうもん》は四分五裂し、中でも支《し》考《こう》の流れの美濃《みの》派、岩田涼菟《りょうと》・中川乙由《おつゆう》の流れの伊勢《いせ》派が栄えて、ともに平俗な小理屈におちいり、江戸の其角《きかく》の流れをくむ江戸座は浮華浅薄に走った。

中興俳諧

蕉風《しょうふう》末流の俳諧の低俗化に対する反省から、俳諧を再び芭蕉《ばしょう》の昔にかえそうとする動きは、芭蕉《ばしょう》没後五〇回忌のころから現れ始めたが、自覚的な新風は、三宅嘯山《みやけしょうざん》らの『平安二十歌仙《かせん》』（明和六年〈一七六九〉）と加藤暁台《きょうたい》らの『秋の日』（安永元年〈一七七二〉）によって始まったとみるべきである。蕉風《しょうふう》復興を目指すこの期の俳諧を中興俳諧と称する。

加賀《かが》の堀麦水《ほりばくすい》・高桑闌更《たかくわらんこう》、江戸の大島蓼太《りょうた》・加舎白雄《かやしらお》、名古屋の暁台《きょうたい》、京都の炭太祇《たんたいぎ》・与謝蕪村《よさぶそん》・黒柳召波《しょうは》、伊勢《いせ》の三浦樗良《ちょら》、播磨《はりま》の松岡青蘿《まつおかせいら》らが目立ったが、その中でもとくに蕪《ぶ》村《そん》は、そのすぐれた才能によって際立った活動をみせた。

蕪村《ぶそん》は大坂近郊に生まれたが、早く両親を失い、江戸に出て俳諧を早野宋阿《そうあ》（巴人《はじん》）に学び、しばらく関東・奥羽《おうう》のあたりをさすらったあと、京都に出て画家として知られるようになった。五四歳になって師宋阿《そうあ》の夜半亭《やはんてい》を継承してその二世となり、『其雪影《そのゆきかげ》』（安永元年）、『此《この》ほとり』（安永二年）、『あけ烏《がらす》』（安永二年）、『続明烏《あけがらす》』（安永五年）などにその一派の清新な作品をまとめた。

蕪村《ぶそん》は芭蕉《ばしょう》を尊敬し、目標としたが、芭蕉《ばしょう》とはまた違った境地を開いた。離俗論を唱え、印象鮮明な句、夢幻的な句、滑稽洒脱《こっけいしゃだつ》な句と、多彩な作風をもつ蕪村《ぶそん》は、都市系蕉《しょう》門《もん》の代表的なもので、釈蝶夢《しゃくちょうむ》を中心とする地方系蕉門《しょうもん》との緊張関係のもとに、一派を確立したものと考えられる。

中興俳諧は、芭蕉《ばしょう》尊崇・蕉風《しょうふう》復興を共通の心がけとし、また目標としたが、一方では各人の個性の伸長を一つの特色としたので、芭蕉《ばしょう》に対しても、各人の理解はかなりまちまちであった。しかし大別すれば、蕪村《ぶそん》・暁台《きょうたい》・麦水《ばくすい》らのように比較的初期の芭蕉《ばしょう》に学ぶ傾向と、闌更《らんこう》・白雄《しらお》らのように晩年の芭蕉《ばしょう》をよしとする傾向の二つがあった。前者は高雅な格調を重んじ、後者は飾り気のない真実味を大切にした。しかしもちろん、ともに芭蕉《ばしょう》の風に合致することはできず、別趣の新風を作ったとみるべきである。

中興俳諧の一般的な傾向としては、虚飾を排した清新な叙情性と、耽美《たんび》的な空想趣味を挙げることができる。それが、古典や和歌への関心、漢詩文の好み、絵画趣味など、文人的な広い教養によって裏づけられているのも中興期の特色である。

化政・天保の俳諧

蕪村《ぶそん》・暁台《きょうたい》・闌更《らんこう》ら、中興期の俳人たちが相次いで没し、その後を受け、寛政の三大家と称される江森月居《げっきょ》・鈴木道彦《みちひこ》・井上士朗《しろう》が活躍した。俳諧はしだいに平明繊細になったが、その反面、平俗陳腐な傾向も著しくなった。江戸の夏目成美《せいび》・建部《たけべ》巣《そう》兆《ちょう》なども好ましい趣味を示したが、人を引きつける強さには欠けていた。

文化・文政のころ（一八〇〇年代の初め）にすぐれた個性をみせたのは、信州出身で江戸に住んだ小林一茶《いっさ》である。一茶《いっさ》は成美《せいび》のもとに出入りしながら江戸俳壇に知られるようになり、飄逸洒脱《ひょういつしゃだつ》でありながら野性的な主観を強く表すことが多く、俗語や方言を大胆に取り入れて、独特の一茶《いっさ》調ともいうべき作風をみせた。

ほかにも、白雄《しらお》門下の常《と》世《よ》田長翠《だちょうすい》・川村碩布《せきふ》・倉田葛三《かっさん》・榎本星布《えのもとせいふ》、蓼太《りょうた》門の高柳荘丹《そうたん》・巒蓼松《みねりょうしょう》、蕪村《ぶそん》門の宮紫暁《しぎょう》・下村春坡《しゅんぱ》・寺村百池《ひゃくち》、暁台《きょうたい》門の桜田臥央《がおう》など、すぐれた俳人があり、また奥州には、須賀川《すかがわ》の市原たよ女《め》、白石の岩間乙二《おつに》、仙台《せんだい》の山田白居《はくきょ》・高橋東皐《とうこう》、盛岡《もりおか》の小野素郷《そきょう》・平野平角《へいかく》、秋田の吉川五明《ごめい》など、特色のある者がいた。

天保のころ（一八三〇年代）になると、俳諧はますます普及し、全国いたるところに宗匠が現れたが、作品は技巧的な小理屈の目立つものが多く、質は高くなかった。

天保期の多くの俳人の中では、江戸の田川鳳朗《ほうろう》と京都の成田蒼虬《そうきゅう》・桜井梅室《ばいしつ》が天保の三大家と呼ばれ、さすがに独特の洗練された感覚にみるべきものがあるが、人に訴えかける強い魅力に乏しく、やがて平凡な季題趣味と低俗な理屈をもてあそぶいわゆる月並俳諧の全盛期となって、幕末にいたり、さらに明治の新時代を迎えることになる。

二　近代俳句の時代

子規《しき》派の俳句

明治の新時代を迎えても、穂積永機《ほづみえいき》・三《み》森幹雄《もりみきお》・斎藤雀志《じゃくし》らによる旧派俳諧が盛んであったが、正岡子規《しき》は「獺祭書屋俳話《だっさいしょおくはいわ》」「芭蕉雑談《ばしょうぞうだん》」（明治二六年）などによって俳諧の特質を考え、旧派にみられた小主観と小理屈の趣味を排し、連句より発句《ほっく》を重んじて、俳句と称し、近代文学たらしめようとした。子規《しき》以外にも、尾崎紅葉《こうよう》・巌谷小波《いわやさざなみ》・角田竹冷《かくたちくれい》らの秋声会、伊藤松宇《しょうう》らの椎《しい》の友社、大野洒竹《しゃちく》・佐々醒雪《さっさせいせつ》・笹川臨風《ささがわりんぷう》らの筑波《つくば》会などが新しい俳句を試み、新派と呼ばれていたが、とくに熱心であった子規《しき》の一派が俳壇の中心となった。

子規《しき》は明治二四、五年のころから主として新聞『日本』に俳句革新の論陣を張りながら選句を載せ、また明治三〇年に松山で創刊された俳句雑誌『ホトトギス』を翌年に東京に移してその派の本拠とした。子規《しき》派の作品は、『新俳句』（明治三一年）、『春夏秋冬』（明治三四〜三六年）にまとめられており、「写生」を重んじて、印象明瞭《めいりょう》な情景を表すとともに、近代的な複雑な事象も詠みこもうとした。門下には石井露月《ろげつ》・松瀬青々《せいせい》・佐藤紅緑《こうろく》・村上霽月《せいげつ》・吉野左《さ》衛門《えもん》・内藤鳴雪《めいせつ》・夏目漱石《そうせき》などすぐれた人びとが多かったが、中でも、高浜虚子《きょし》と河東碧梧桐《かわひがしへきごどう》がとくにきわだっており、子規《しき》のあとを継ぐことになる。

虚《きょ》・碧《へき》の時代

明治三五年に子規《しき》が没すると、『ホトトギス』を引き受けていた高浜虚子《きょし》と新聞『日本』の俳句欄を継いだ河東碧梧桐《かわひがしへきごどう》が俳壇を二分するような形となる。しかし虚子《きょし》は俳句よりも写生文に興味をもち、小説に熱中したので『ホトトギス』は一時、俳句雑誌ではなく、小説中心の文芸雑誌となった。一方、碧梧桐《へきごどう》は、熱心に句作を続け、明治三五年から四四年にかけて全国旅行を行い、紀行文『三千里』『続三千里』を書いた。その旅行によって各地に碧梧桐《へきごどう》を支持する俳人が現れ、旅行中に無中心論その他の新しい考えがまとめられた。季題にまつわる伝統的な趣味を離れ、自然よりむしろ人間世界を多く取り上げるようなその新しい作風は、大須賀乙字《おおすがおつじ》によって新傾向と名づけられた。

碧梧桐《へきごどう》門下の中塚一碧楼《なかつかいっぺきろう》と荻原井泉水《おぎわらせいせんすい》は、新傾向を推し進め、それぞれ季題を不必要のものと考え、定型をも破って自由律の俳句を作るようになった。一碧楼《いっぺきろう》の雑誌『試作』『海紅』、井泉水《せいせんすい》の雑誌『層雲』がその中心となる。井泉水のもとには種田山頭火《さんとうか》・尾崎放哉《ほうさい》などの異色の俳人が現れた。

小説に熱中して一時俳壇から遠ざかっていた虚子《きょし》は、新傾向俳句の動きを案じ、『ホトトギス』を俳句雑誌にもどして俳壇に復帰することを決意し、明治四五年には同誌に雑詠欄を復活させた。季題と定型を守り、「守旧派」であると宣言した虚子《きよし》のもとでは、村上鬼城《きじょう》・嶋田青峰《せいほう》・渡辺水巴《すいは》・飯田蛇笏《だこつ》・原石鼎《せきてい》・前田普羅《ふら》らのすぐれた俳人が育った。

昭和前期の俳壇

昭和になると、虚子《きよし》は客観写生説を徹底させ、「花鳥諷詠《ふうえい》」を説くようになる。そのころの『ホトトギス』には、水原秋桜子《みずはらしゅうおうし》・高野素《す》十《じゅう》・阿波野青畝《あわのせいほ》・山口誓子《せいし》（以上を四Sという）・日野草《そう》城《じょう》・富安風生《とみやすふうせい》・山口青邨《せいそん》ら、新しい世代が台頭して、個性的な新鮮な作風を示し始めていた。そのうち素十《すじゅう》・青畝《せいほ》・風生《ふうせい》・青邨《せいそん》は、虚子《きよし》の教えに忠実に従ってそれぞれの写生の境地を深めたが、秋桜子《しゅうおうし》・誓子《せいし》・草城《そうじょう》は従来の俳句の世界に満足せず、新しい感覚や感情を盛りこもうとした。草《そう》城《じょう》の句集『花氷《はなごおり》』（昭和二年）は軽やかで艶《つや》っぽく、秋桜子《しゅうおうし》の句集『葛飾《かつしか》』（昭和五年）は、みずみずしい叙情に特色があり、誓子《せいし》の『凍港』（昭和七年）は知的な構成美を示した。秋桜子《しゅうおうし》は『ホトトギス』を離れて『馬酔木《あしび》』に拠《よ》り、やがて誓子《せいし》も秋桜子《しゅうおうし》に従った。秋桜子《しゅうおうし》のもとには、加藤楸邨《しゅうそん》・石田波郷《はきょう》・石橋辰之助《たつのすけ》・高屋窓秋《そうしゅう》ら、すぐれた新人が集まり、質の高い集団を形成した。

秋桜子《しゅうおうし》・誓子《せいし》の新しい動きに呼応して、大阪の日野草城《そうじょう》は『旗艦』、福岡の吉岡禅寺洞《よしおかぜんじどう》は『天《あま》の川』、東京の嶋田青《せい》峰《ほう》は『土上《どじょう》』、松原地蔵尊《じぞうそん》は『句と評論』を主宰し、それぞれ近代的な世界を推し進め、さらに『京大俳句』に拠《よ》る平畑静塔《ひらはたせいとう》らも含めて、それらは新興俳句と呼ばれた。昭和一〇年前後には、無季を認める新興俳句の傾向に、秋桜子《しゅうおうし》・誓子《せいし》はついて行けずに離脱したが、禅寺洞《ぜんじどう》の『天《あま》の川』は、篠原鳳作《しのはらほうさく》・神崎縷々《かんざきるる》・北垣一柿《きたがきいっし》らすぐれた新人を擁して新興俳句の重要拠点となった。

新興俳句はおおむね新感覚派的モダニズムの傾向にあったが、リアリズムを唱えた『土上《どじょう》』や、自由主義的な『京大俳句』は、『層雲』の自由律俳人のうちプロレタリア俳句に進んだ栗林一石路《くりばやしいっせきろ》・橋本夢道《むどう》らとともに昭和一五、六年に治安当局の弾圧を受け、多くの俳人が特高警察に検挙された。

秋桜子《しゅうおうし》・誓子《せいし》らが去った『ホトトギス』では、川端茅舎《ぼうしゃ》・松本たかし・中村草田男《くさたお》・中村汀女《ていじょ》・星野立子《たつこ》らが活躍した。草田男《くさたお》は、花鳥諷詠《ふうえい》の世界にとどまらず、人間の内面を追求し、同じような傾向をもつ楸邨《しゅうそん》・波郷《はきょう》とともに人間探求派と呼ばれた。

昭和後期の俳壇

第二次大戦後、新興俳句系の俳人は昭和二一年に新俳句人連盟を結成し、機関誌『俳句人』を創刊したが、思想的な上部機関との関係

について の意見の相違から、西東三鬼《さいとうさんき》・三谷昭《みたにあきら》・富沢赤黄《かき》男《お》ら一部有力会員が脱退、翌二二年には、新興俳句系と伝統俳句の合同の形で現代俳句協会が成立した。

戦争中に統合されて廃刊、休刊となっていた俳誌も相次いで復刊した。楸邨《しゅうそん》の『寒雷』、草田男《くさたお》の『萬緑《ばんりょく》』、波郷《はきょう》の『鶴《つる》』、大野林火《りんか》の『濱《はま》』など有力な雑誌がそろったが、桑《くわ》原《ばら》武夫の「第二芸術論」(昭和二一年)には現代俳句を否定する意見が述べられて俳壇に衝撃を与えた。しかしそれによって俳句が衰えるというようなことはなかった。

新興俳句系の俳人のうち、人生を深く見つめようという傾向の、西東三鬼《さいとうさんき》・平畑静塔《ひらはたせいとう》・秋元不死男《ふじお》・橋本多佳子《たかこ》らは山口誓子《せいし》を中心として『天狼《てんろう》』を創刊し、何を根源とし、いかに表すかを課題として根源俳句を唱えた。また富沢赤黄男《かきお》・高柳重信《しげのぶ》らは、耽美《たんび》的な超現実的傾向を濃くして、『薔薇《ばら》』を創刊した。

昭和三〇年前後には、社会性俳句が問題とされ、中島斌《たけ》雄《お》・沢木欣一《きんいち》・金子兜太《とうた》・原子公平《こうへい》・赤城さかえ・古沢太《たい》穂《ほ》・鈴木六林男《むりお》・佐藤鬼房《おにふさ》らが論議に加わった。その中で金子兜太《とうた》の活躍が目ざましく、その造型俳句論は、前衛俳句と呼ばれる先駆的作品群に影響を与えた。

口語自由律俳句は、井泉水《せいせんすい》の『層雲』系が盛んだが、一碧《いっぺき》楼《ろう》の『海紅』系に西垣卍禅子《にしがきまんぜんじ》・内田南草《なんそう》の『新俳句』があり、新興俳句の禅寺《ぜんじ》洞《どう》主宰の『天《あま》の川』も口語に移り定型を破った。有季定型の石鼎《せきてい》系の『鹿火屋《かびや》』出身の市川一男《かずお》も、『口語俳句』を主宰した。

昭和三六年、現代俳句協会から伝統俳句系の多数の会員が脱退し、新たに俳人協会を結成した。（山下一海）

《参考文献》

通史

樋口功『連俳史』(麻田文明堂　昭3)

佐藤一三『俳諧史研究』(功人社　昭5)

池田秋旻『増補日本俳諧史』(星文館　昭5)

井手逸郎『明治大正俳句史』(立命館出版部　昭7)

潁原退蔵『俳諧文字』(河出書房　昭13)

太田鴻村『明治俳句史論』(交蘭社　昭14)

麻生磯次『俳趣味の発達』(東京堂　昭18)

伊沢元美『現代俳句の流れ』(河出書房　昭31)

楠本憲吉『一筋の道は尽きず――昭和俳壇史――』(近藤書店　昭32)

井本農一他『俳諧史』(俳句講座1)(明治書院　昭34)

加藤楸邨他『現代俳句史』(俳句講座7)(明治書院　昭34)

西垣卍禅子他『自由律俳句文学史』(新俳句講座1)(新俳句社　昭35)

栗山理一『俳諧史』（塙書房　昭38）
松井利彦『近代俳論史』（桜楓社　昭40）
松井利彦『近代俳句研究年表　昭和編』（桜楓社　昭43）
赤城さかえ『戦後俳句論争史』（俳句研究社　昭43）
市川一男『俳句百年』全5巻（口語俳句発行所　昭45〜47）
市川一男『近代俳句のあけぼの』全2巻（三元社　昭50）
上田都史『自由律俳句文学史』（永田書房　昭50）
村山古郷『明治俳壇史』（角川書店　昭53）
山下一海『俳句の歴史』（朝日新聞社　平11）

史論

志田義秀『俳文学の考察』（明治書院　昭7）
潁原退蔵『俳諧史の研究』（星野書店　昭8）
潁原退蔵『俳諧史論考』（星野書店　昭11）
各務虎雄『俳文学研究』（文学社　昭12）
藤井乙男『史談俳話』（晃文社　昭18）
石田元季『俳文学論考』（養徳社　昭19）
藤井乙男『俳諧研究』（秋田屋　昭25）
井本農一『俳文芸の論』（明治書院　昭28）
栗山理一『俳句批判』（至文堂　昭30）
横沢三郎『俳諧の研究』（角川書店　昭42）
中村俊定『俳諧史の諸問題』（笠間書院　昭45）
松井利彦『昭和俳句の研究』（桜楓社　昭45）
荻野清『俳文学叢説』（赤尾照文堂　昭46）
石原八束『現代俳句の世界』（中央大学出版部　昭47）
尾形仂『俳諧史論考』（桜楓社　昭52）
楠本憲吉・川名大『新・俳句への招待』（日貿出版社　昭53）
川名大『昭和俳句の展開』（桜楓社　昭54）
田中善信『初期俳諧の研究』（新典社　平元）
鈴木勝忠『近世俳諧史の基層』（名古屋大学出版会　平4）
楠元六男『享保期江戸俳諧攷』（新典社　平5）

俳諧・俳句史略年表

＊『 』は句集・俳誌など、「 」は作品・論文などを示す＊作者名は（ ）で示し、編者名と区別した。初出する俳人名は姓を示すようにした＊物故者の享年は数え年で示した＊『俳諧大辞典』（明治書院）、『俳句辞典』（桜楓社）、『現代俳句辞典』（角川書店）の年表を参考とした。

西暦	年号	事項
一四九九	明応八	『竹馬狂吟集』成る
一五三九	天文八	山崎宗鑑撰『新撰犬筑波集』大永三年以降このころまでに成る
一五四〇	天文九	『誹諧之連歌独吟千句』（別名『守武千句』『飛梅千句』）（荒木田守武）成る
一五四九	天文一八	荒木田守武（77）没 天文年間山崎宗鑑没
一六〇三	慶長八	▼徳川家康征夷大将軍に任ぜらる
一六二四	寛永一	宗鑑撰『犬筑波集』このころ刊か
一六二九	寛永六	松永貞徳、京都妙満寺にて正式の俳諧を興行
一六三二	寛永九	『徳元千句』（斎藤徳元）成る
一六三三	寛永一〇	松江重頼編『犬子集』刊。同書をめぐって野々口立圃と重頼対立し、ともに貞徳の門を去る 『塵塚誹諧集』（徳元）成る。立圃編『誹諧発句帳』刊
一六三六	寛永一三	『はなひ草』（立圃）刊
一六三八	寛永一五	重頼編『毛吹草』成る
一六四一	寛永一八	『誹諧初学抄』（徳元）刊
一六四二	寛永一九	山本西武編『鷹筑波』・『俳諧之註』（安原貞室）刊
一六四三	寛永二〇	貞徳編『新増犬筑波集』（「油糟」・「淀川」）刊
一六四四	正保一	『天水抄』（貞徳）成る
一六四五	正保二	重頼編『毛吹草』刊
一六四六	正保三	貞室、池田正式、『毛吹草』を難ず
一六四七	正保四	斎藤徳元（89）没
一六四八	慶安一	西山宗因、大坂天満宮連歌所の宗匠となる
一六五一	慶安四	『山の井』（北村季吟）・『正章千句』（貞室）刊 鶏冠井良徳編『崑山集』・『御傘』（貞徳）刊
一六五三	承応二	松永貞徳（83）没
一六五五	明暦一	『埋木』（季吟）成る。『紅梅千句』（貞徳・友仙ら）刊
一六五六	明暦二	季吟宗匠となる 皆虚編『世話焼草』・蔭山休安編『夢見草』・貞室編『玉海集』刊
一六六〇	万治三	重頼編『懐子』・谷口重以編『百人一句』・阿知子顕成編『境海草』刊
一六六三	寛文三	椋梨一雪、貞室と論争する 『増山の井』（季吟）刊

一六六四	寛文四	重頼編『佐夜中山集』刊
一六六五	寛文五	宗因、俳諧に点をつける
一六六六	寛文六	松尾芭蕉の主君、藤堂蟬吟（25）没
一六六七	寛文七	北村湖春編『続山の井』・季吟編『新続犬筑波集』刊
一六六九	寛文九	『便船集』（高瀬梅盛）刊 石田未得（82）・野々口立圃（75）没
一六七一	寛文一一	『宝蔵』（山岡元隣）刊
一六七二	寛文一二	芭蕉この年江戸に下るか 重頼編『誹諧時世粧』成る。芭蕉撰『貝おほひ』刊。山岡元隣（42）没
一六七三	延宝一	井原西鶴、守武流を標榜 西鶴編『生玉万句』・『宗因千句』（宗因）・『埋木』（季吟）刊 安原貞室（64）没
一六七四	延宝二	宗因の『蚊柱百韻』をめぐり新旧対立 内藤風虎編『桜川』成る。『渋団』（去法師）・『俳諧無言抄』（梅翁）刊
一六七五	延宝三	宗因江戸に下る 田代松意編『談林十百韻』・宗因判『大坂独吟集』・『俳諧蒙求』『渋団返答』（岡西惟中）・広岡宗信編『千宜理記』刊
一六七六	延宝四	『江戸両吟集』（山口素堂・芭蕉）・風虎編『六百番誹諧発句合』成る。『類船集』（梅盛）刊
一六七七	延宝五	西鶴独吟一六〇〇句の矢数俳諧を行う
一六七八	延宝六	西鶴編『物種集』・伊藤信徳編『江戸三吟』刊
一六七九	延宝七	菅野谷高政の『中庸姿』をめぐり大論争起こる 『仙台大矢数』（大淀三千風）・高政編『中庸姿』・『誹諧破邪顕正』（中島随流）刊
一六八〇	延宝八	西鶴独吟四〇〇〇句興行。芭蕉、深川の草庵に入る 榎本其角編『田舎の句合』・杉山杉風編『常盤屋句合』・『破邪顕正返答』（惟中）・『桃青門弟独吟二十歌仙』刊。松江重頼（79）没
一六八一	天和一	『大矢数』（西鶴）・池西言水編『東日記』・信徳編『七百五十韻』・芭蕉編『次韻』刊
一六八二	天和二	大原千春編『武蔵曲』刊 田中常矩・西山宗因（78）没
一六八三	天和三	其角編『虚栗』刊
一六八四	貞享一	西鶴、住吉社頭にて一昼夜二万三五〇〇句独吟。芭蕉、『野ざらし紀行』の旅に出立 山本荷兮編『冬の日』刊
一六八五	貞享二	上島鬼貫、「誠の外に俳諧なし」と悟る 内藤風虎（67）没
一六八六	貞享三	青蟾堂仙化編『蛙合』・荷兮編『春の日』刊
一六八七	貞享四	芭蕉、『笈の小文』の旅に出立 『鹿島紀行』（芭蕉）成る。其角編『続虚栗』・言水編『京日記』・江左尚白編『孤松』刊
一六八八	元禄一	『更科紀行』（芭蕉）成る。岡村不卜編『続の原』刊

一六八九	元禄二	芭蕉、『おくのほそ道』の旅に出る。季吟、幕府に召さる
一六九〇	元禄三	荷兮編『阿羅野』・『俳諧番匠童』(斎藤如泉)刊 芭蕉、幻住庵に入る。景気の句流行
一六九一	元禄四	浜田珍碩編『ひさご』・『花摘』(其角)・鬼貫編『大悟物狂』・加賀田可休編『物見車』刊 『嵯峨日記』(芭蕉)成る。立花北枝編『卯辰集』・向井去来、野沢凡兆編『猿蓑』・『雑談集』(其角)刊
一六九二	元禄五	『葛の松原』(各務支考)・『貞徳永代記』(随流)刊
一六九三	元禄六	洒堂(珍碩)編『深川』・荷兮編『曠野後集』刊 井原西鶴(52)・松倉嵐蘭(47)没
一六九四	元禄七	志太野坡ら編『炭俵』・子珊編『別座鋪』・其角編『句兄弟』『枯尾花』刊。松尾芭蕉(51)没
一六九五	元禄八	支考編『笈日記』・斎部路通編『芭蕉翁行状記』刊
一六九六	元禄九	中村史邦編『芭蕉庵小文庫』刊
一六九七	元禄一〇	森川許六、河野李由編『韻塞』・青木鷺水編『誹林良材集』・天野桃隣編『陸奥衢』刊
一六九八	元禄一一	『俳諧問答』(其角・去来)成る。支考編『続猿蓑』・許六、李由編『篇突』刊
一六九九	元禄一二	『旅寝論』(去来)成る。『続五論』(支考)・鬼貫編『仏の兄』刊
一七〇〇	元禄一三	其角編『三上吟』・支考編『東華集』刊

一七〇一	元禄一四	其角編『焦尾琴』・支考編『東西夜話』刊
一七〇二	元禄一五	『花見車』(轍士)・許六、李由編『宇陀法師』・『おくのほそ道』(芭蕉)刊
一七〇三	元禄一六	『去来抄』・『三冊子』(服部土芳)このころ成る
一七〇四	宝永一	伊勢風、美濃風起こる。岩田涼菟編『山中集』刊。内藤丈草(43)・向井去来(54)没
一七〇五	宝永二	北村季吟(82)・河野李由(44)・富尾似船(77)没
一七〇六	宝永三	許六編『本朝文選』・斯波園女編『菊のちり』刊
一七〇七	宝永四	貴志沾洲ら編『類柑子』刊 榎本其角(47)・服部嵐雪(54)没
一七〇八	宝永五	松木淡々上洛、上方に勢力を得る
一七〇九	宝永六	『笈の小文』(芭蕉)刊
一七一〇	宝永七	支考、洛東双林寺で芭蕉一七回忌執行
一七一一	正徳一	支考、自ら死をいつわる。このころ三笠付流行。支考編『東山墨なをし』刊 北条団水(49)・岡西惟中(73)・広瀬惟然没
一七一二	正徳二	下里知足編『千鳥掛』・許六編『正風彦根躰』刊
一七一三	正徳三	『滑稽雑談』(其諺)・秋色編『石なとり』刊
一七一五	正徳五	『歴代滑稽伝』(許六)・支考編『発願文』刊 森川許六(60)・岸本調和(78)没
一七一六	享保一	水間沾徳、貴志沾洲の譬喩俳諧盛ん 山口素堂(75)・山本荷兮(69)・小西来山(63)没 ▼吉宗将軍となり、享保の改革始まる
一七一七	享保二	岩田涼菟(57)・菅沼曲翠(58)・三井秋風(72)没
一七一八	享保三	『独言』(鬼貫)・支考編『本朝文鑑』刊

一七一九	享保四	『俳諧十論』（支考）刊
一七二二	享保七	江左尚白（73）・池西言水（73）没
一七二四	享保九	坂本朱拙、有隣編『芭蕉盥』刊
一七二五	享保一〇	越智越人、『不猫蛇』により支考を難ず 田中千梅編『鎌倉海道』・『十論為弁抄』（支考）刊。秋色（57）・谷木因（80）没
一七二六	享保一一	斯波園女（63）・山岸半残（73）・水間沾徳（65）没
一七二八	享保一三	支考、『削かけの返事』で『不猫蛇』に応ず
一七二九	享保一四	越人、『猪の早太』により支考を再駁す
一七三〇	享保一五	立羽不角、自ら正風を称し、化鳥風の代表者と目さる 支考編『三日月日記』（芭蕉）・『俳諧古今抄』刊 服部土芳（74）没
一七三一	享保一六	長水ら編『五色墨』刊 各務支考（67）没
一七三二	享保一七	『俳諧七部集』このころ成る。『綾錦』（菊岡沾涼）刊。杉山杉風（86）没
一七三三	享保一八	早野巴人編『一夜松』・水光ら編『四時観』刊 稲津祇空（71）・坂本朱拙（78）・内藤露沾（79）没
一七三五	享保二〇	『とく〳〵の句合』（素堂）刊
一七三六	元文一	『芭蕉翁二十五ケ条』・『鳥山彦』（沾涼）刊
一七三八	元文三	野坡ら編『六行会』・露月ら編『卯月庭訓』刊 椎本才麿（83）・深川湖十（63）・上島鬼貫（78）没
一七三九	元文四	華雀編『芭蕉句選』刊 中川乙由（65）・貴志沾洲（70）没
一七四〇	元文五	志太野坡（78）没
一七四二	寛保二	富天ら編『淡々文集』刊 早野巴人（66）没
一七四三	寛保三	望月宋屋編『西の奥』・二世湖十編『ふるすだれ』刊
一七四四	延享一	与謝蕪村編『歳旦帳』・祇徳編『句餞別』刊
一七四五	延享二	「北寿老仙をいたむ」（蕪村）成る。湖十ら編『江戸二十歌仙』刊
一七四六	延享三	分外編『淡々発句集』刊
一七四七	延享四	旨原編『五元集』『五元集拾遺』（其角）刊
一七五一	宝暦一	雪門・葛飾派の台頭。大島蓼太、江戸座を難ず 『雪おろし』（蓼太）成る。中川宗瑞ら編『続五色墨』刊
一七五二	宝暦二	『鹿島詣』（芭蕉）刊
一七五三	宝暦三	魯玉編『嵯峨日記』（芭蕉）刊 立羽不角（92）没
一七五五	宝暦五	宋屋編『杖の土』・砂岡雁宕ら編『夜半亭発句帖』（巴人）刊
一七五七	宝暦七	白井鳥酔編『夏炉一路』・『芭蕉句解』（蓼太）刊
一七五八	宝暦八	鳥酔編『冬扇一路』・『芭蕉翁発句評林』（杉雨）刊
一七五九	宝暦九	三浦樗良編『白頭鴉』刊
一七六〇	宝暦一〇	建部綾足、片歌の説を発表
一七六一	宝暦一一	松村桃鏡編『芭蕉翁附合集』・蓼太編『芭蕉翁七部捜』成る。桃鏡編『去来湖東問答』刊

一七六一	宝暦一一	松木淡々（88）没
一七六二	宝暦一二	蓼太編『俳諧無門関』・桃鏡編『芭蕉翁文台図』・川口竹人筆『芭蕉翁全伝』刊 慶紀逸（68）・瀧瓢水（79）没
一七六三	宝暦一三	『片歌道のはじめ』（綾足）成る。三宅嘯山編『俳諧古選』・高桑闌更編『花の故事』刊
一七六六	明和三	蕪村、三菓社を結成
一七六七	明和四	樗良編『我庵』刊
一七六八	明和五	釈蝶夢編『鉢たたき』・月下編『野ざらし紀行』（芭蕉）刊
一七六九	明和六	闌更『有の儘』を著し平明調を主唱 炭太祇編『鬼貫句選』・嘯山ら編『平安二十歌仙』・加舎白雄編『面影集』刊
一七七〇	明和七	蕪村、夜半亭二世を継承 『俳諧蒙求』（堀麦水）成る
一七七一	明和八	『加佐理那止』（白雄）・蕪村編『明和辛卯春』刊 炭太祇（63）・黒柳召波（45）没
一七七二	安永一	加藤暁台編『秋の日』・嘯山ら編『太祇句選』・高井几董編『其雪影』刊 ▼田沼意次老中となる
一七七三	安永二	麦水、『蕉門一夜口授』で虚栗調復活を唱う 几董編『あけ烏』・蕪村編『此ほとり』刊
一七七四	安永三	蝶夢編『芭蕉翁発句集』『去来発句集』『丈草発句集』刊 建部綾足（56）没

一七七五	安永四	『去来抄』・蓼太編『付合小鏡』・暁台編『熱田三謌僊』刊。千代女（73）没
一七七六	安永五	「洛東芭蕉庵再興記」（蕪村）成る。蕪村編『芭蕉翁附合集』・几董編『続明烏』・『三冊子』（土芳）刊
一七七七	安永六	蕪村、『春泥句集』序に離俗論を掲ぐ 『新花摘』（蕪村）成る。麦水編『新虚栗』・黒柳維駒編『春泥句集』（召波）・蕪村編『夜半楽』・飯島吐月編『蓼太句集』刊
一七七八	安永七	『旅寝論』（去来）・『奥の細道菅菰抄』（梨一）刊 吉分大魯没
一七七九	安永八	几董編『蘆陰句選』（大魯）・『翌檜』（吾山）刊
一七八〇	安永九	蕪村編『もゝすもゝ』・白雄編『春秋稿』刊 三浦樗良（52）没
一七八二	天明二	蕪村編『花鳥篇』刊
一七八三	天明三	河合曾良編『雪満呂気』・亀文編『華実年浪草』・暁台編『風羅念仏』・維駒編『五車反古』刊 横井也有（82）・堀麦水（66）・与謝蕪村（68）没
一七八四	天明四	几董編『から檜葉』『蕪村句集』・甫尺編『樗良発句集』刊
一七八五	天明五	『青根が峰』（許六・去来）・『新雑談集』（几董）・嘯山編『許野消息』（許六・野坡）刊
一七八六	天明六	几董編『点印論』・闌更編『芭蕉翁消息集』刊
一七八七	天明七	『鶉衣』（也有）・『也哉抄』（上田無腸）・車蓋編『半化坊発句集』（闌更）刊

		大島蓼太（70）没 ▼老中松平定信による寛政の改革始まる
一七八九	寛政一	『井華集』（几董）・蝶夢編『芭蕉門故人真蹟』刊 高井几董（49）没
一七九〇	寛政二	『俳懺悔』（大伴大江丸）・『よし野紀行』（几董）刊
一七九一	寛政三	「帰郷日記」（小林一茶）成る 加舎白雄（54、一説に57）没
一七九二	寛政四	素外編『誹諧百回鶴の跡』（西鶴百回忌追善）刊 加藤暁台（61）没
一七九三	寛政五	芭蕉百回忌各地に行わる 『芭蕉翁絵詞伝』（蝶夢）・碩布編『しら雄句集』刊
一七九五	寛政七	『寛政紀行』（一茶）成る。蓼太編『雪門七部集』・一茶編『旅拾遺』・蝶夢編『俳諧名所小鏡』刊 釈蝶夢（64）没
一七九七	寛政九	大江丸編『秋存分』・『新花摘』（蕪村）・栗本玉屑編『青蘿発句集』刊
一七九八	寛政一〇	五明編『芭蕉翁 三等之文』・竹二坊編『芭蕉翁正伝』刊 高桑蘭更（73）没
一八〇一	享和一	『父の終焉日記』（一茶）成る。紫暁編『夢の猪名野』刊 三宅嘯山（84）没
一八〇二	享和二	『俳諧二十五箇条注解』（支考）・『はいかい袋』（大江丸）・菅沼奇淵編『俳諧季寄大全』刊
一八〇三	享和三	『俳諧歳時記』（滝沢馬琴）・『享和句帖』（一茶）刊 勝見二柳（81）没
一八〇五	文化二	大伴大江丸（84）没
一八〇八	文化五	『改正月令博物筌』（鳥飼洞斎）刊
一八〇九	文化六	『冬の日注解』（升六）・『蕪村七部集』・臥央編『暁台句集』刊 上田無腸（76）没
一八一〇	文化七	『渋よっ手』（鈴木道彦）・『枇杷園随筆』（井上士朗）刊
一八一一	文化八	『我春集』（一茶）成る。奇淵編『芭蕉袖草紙』刊
一八一二	文化九	『誹諧寂栞』（白雄）・秋挙編『惟然坊句集』刊 井上士朗（71）没
一八一三	文化一〇	『蔦本集』（道彦）・『屠龍之技』（酒井抱一）刊
一八一四	文化一一	一茶編『三韓人』刊
一八一五	文化一二	『芭蕉翁附合集評註』（佐野石兮）刊
一八一六	文化一三	『俳家奇人談』（竹内玄玄一）・包封編『成美家集』刊 夏目成美（68）・升六没
一八一七	文化一四	『曾波可里』（建部巣兆）・市原たよ女編『浅香市集』刊
一八一八	文政一	『七番日記』（一茶）成る
一八一九	文政二	『おらが春』（一茶）成る。包寿ら編『随斎諧話』（成美）刊

一八一九	文政二	鈴木道彦（63）没
一八二一	文政四	『八番日記』（一茶）成る。包寿ら編『四山藁』（成美）刊
一八二三	文政六	『七部集大鏡』『続猿蓑註解』（茂呂何丸）刊 岩間乙二（68）没
一八二四	文政七	『九番日記』（一茶）成る。猪来編『蓑虫庵小集』刊。江森月居（69）没
一八二五	文政八	田川鳳朗編『蕉門俳諧師説録』成る。『枇杷園七部集』（士朗）刊
一八二七	文政一〇	仏兮、湖中編『俳諧一葉集』（芭蕉）刊 小林一茶（65）没
一八二八	文政一一	酒井抱一（68）没
一八二九	文政一二	『一茶発句集』・庭雅編『暁台七部集』・『猿みのさがし』（空然）刊
一八三〇	天保一	応々編『道彦七部集』・『俳諧一串抄』（亦夢）・『芭蕉翁句解大成』（何丸）刊
一八三三	天保四	『蕪村発句解』（乙二）・漣々編『白雄夜話』刊
一八三四	天保五	『古学截断字論』（鴨北元）刊
一八三五	天保六	豊嶋由誓編『乙二七部集』刊
一八三六	天保七	『俳諧人名録』（惟草）刊
一八三八	天保九	『誹家大系図』（生川春明）刊 ▼天保の改革始まる
一八三九	天保一〇	『梅室家集』・『蒼虬翁句集』刊
一八四二	天保一三	成田蒼虬（82）没
一八四五	弘化二	田川鳳朗（84）没

一八四七	弘化四	堤梅通編『訂正蒼虬翁句集』刊
一八四八	嘉永一	『風俗文選犬注解』（葎甘介我）刊
一八五一	嘉永四	青藍編『俳諧歳時記栞草』刊
一八五二	嘉永五	『おらが春』（一茶）刊 桜井梅室（84）没
一八五三	嘉永六	馬場錦江編『葛飾蕉門分脈系図』成るか。『多代句集』・鼎左ら編『俳諧海内人名録』刊
一八五八	安政五	『奥の細道通解』（錦江）成る。『鼇頭奥の細道』（鶯宿）刊
一八五九	安政六	『貞享式海印録』（原田曲斎）・氷壺編『俳林良材集』刊
一八六〇	万延一	『七部集婆心録』（曲斎）刊
一八六二	文久二	鳳朗編『蕉門俳諧師説録』刊
一八六四	元治一	三森幹雄編『標注七部集』（富所西馬）刊
一八六五	慶応一	市原たよ女（90）没
一八六七	慶応三	信則編『逸淵発句集』刊
一八六八	明治一	▼明治維新
一八六九	二	萩原乙彦、明治初の俳誌『俳諧新聞誌』発刊
一八七三	六	三森幹雄・鈴木月彦・月の本為山・小築庵春湖の四名に政府、教導職を任命す
一八七四	七	為山が俳諧教林盟社、幹雄が俳諧明倫講社を設立
一八七六	九	新暦初の季寄、恒庵見左編『新選四季部類』刊
一八七九	一二	春湖、幹雄ら『俳諧新報』創刊
一八八〇	一三	『新題季寄俳諧手洋燈』（乙彦）刊。幹雄『俳諧

俳諧・俳句史略年表

一八八三	明治一六	明倫雑誌』創刊
一八九〇	二三	正岡子規、松山より上京 尾崎紅葉ら、むらさき吟社を結成。俳句近代化の可能性について議論盛ん
一八九一	二四	伊藤松宇ら、椎の友社を結成。子規、『俳句分類』作成に着手。このころ月並俳諧流行
一八九二	二五	子規、俳諧革新の第一声「獺祭書屋俳話」を新聞『日本』に発表。『日本』社に入社する
一八九三	二六	子規、「芭蕉雑談」を『日本』に連載 松宇、子規ら『俳諧』創刊（二号で廃刊）
一八九四	二七	佐々醒雪、大野洒竹ら筑波会を結成。河東碧梧桐、高浜虚子、上京して子規に師事する ▼日清戦争始まる
一八九五	二八	子規、記者として日清戦争に従軍、病のため帰国。角田竹冷、紅葉ら秋声会を結成
一八九六	二九	中川四明ら京阪に満月会を結成。子規派、日本派と称さる
一八九七	三〇	紅葉ら『秋の声』創刊（〜明30・10） 松山の柳原極堂『ホトトギス』創刊
一八九八	三一	『ホトトギス』東京に移り、虚子が世話する
一八九九	三二	『俳人蕪村』（子規）刊。加藤雪腸『芙蓉』・青木月斗『車百合』（〜明35）創刊
一九〇〇	三三	石井露月、『俳星』創刊
一九〇二	三五	子規没後『日本』俳句欄を碧梧桐が担当する 正岡子規（36）没

一九〇三	明治三六	荻原井泉水ら、一高俳句会結成 秋声会『卯杖』創刊（明42・4『木太刀』と改題） 尾崎紅葉（37）没
一九〇四	三七	四明、京都に『懸葵』創刊（〜昭26・7） 松瀬青々の自選句集『妻木』冬の部刊 ▼日露戦争始まる
一九〇六	三九	碧梧桐、大旅行に出発 渡辺水巴『俳諧草紙』創刊
一九〇七	四〇	新聞『日本』俳句欄を雑誌『日本及日本人』に移す。選者は碧梧桐
一九〇八	四一	大須賀乙字「俳句界の新傾向」を『アカネ』創刊号に発表し、新傾向運動の口火をきる。 虚子『国民新聞』俳句欄の選を松根東洋城に譲る
一九〇九	四二	碧梧桐、第二次の全国行脚に出発。『卯杖』は『木太刀』と改題さる
一九一〇	四三	乙字、「新傾向句の短所」（『蝸牛』）などで新傾向運動を批判 中塚一碧楼『自選俳句』創刊（二号のみ）
一九一一	四四	碧梧桐の大旅行完結。井泉水『層雲』創刊
一九一二	大正一	虚子『ホトトギス』の雑詠選を始める。井泉水、季題無用論を唱える 一碧楼『第一作』創刊
一九一三	二	虚子、守旧派を自認し、新人を育てる

一九一四	大正三	臼田亜浪、乙字の後見で石楠社を起こす ▼第一次世界大戦始まる
一九一五	四	『水巴句集』・『鳴雪俳句集』刊・東洋城『渋柿』・亜浪『石楠』・碧梧桐ら『海紅』・飯田蛇笏『雲母』創刊
一九一六	五	虚子、『国民新聞』俳句欄の選を再び担当する 乙字編『碧梧桐句集』刊。月斗『カラタチ』創刊
一九一七	六	乙字編『鬼城句集』・小宮豊隆ら編『漱石俳句集』刊
一九一八	七	新傾向運動、下火になる 『紅葉句集』刊。吉岡禅寺洞『天の川』創刊
一九一九	八	乙字、『石楠』を去る。日野草城ら神陵俳句会結成
一九二〇	九	月斗『同人』大阪に創刊。草城ら、京大三高俳句会を起こし『京鹿子』を創刊 大須賀乙字（40）没
一九二一	一〇	木下蘇子編『乙字俳論集』刊・原石鼎『鹿火屋』創刊
一九二二	一一	水原秋桜子ら、東大俳句会を復活
一九二三	一二	碧梧桐『碧』創刊 ▼九月、関東大震災
一九二四	一三	『ホトトギス』従来の選者制度をやめ、同人と新選者を置く 碧梧桐ら『東京俳三昧稿』創刊
一九二五	大正一四	『碧』『東京俳三昧稿』合併し、『三昧』と改題
一九二六	昭和一	井泉水編『大空』（尾崎放哉）・『鬼城句集』刊 内藤鳴雪（80）・尾崎放哉（42）没
一九二七	二	虚子、初めて「花鳥諷詠」を説く。『層雲』にプロレタリア俳句現れる 芥川龍之介（36）没
一九二八	三	秋桜子「筑波山縁起」を『ホトトギス』に発表、連作の初の試み。山口青邨が、山口誓子・高野素十・阿波野青畝・水原秋桜子を『ホトトギス』の四Sと呼ぶ
一九二九	四	『戦旗』に栗林一石路らプロレタリア俳句を発表。『三昧』にルビ付俳句流行 青畝『かつらぎ』創刊
一九三〇	五	『葛飾』（秋桜子）刊。久保田万太郎ら『春泥』・青邨『夏草』・星野立子『玉藻』・長谷川かな女『水明』創刊。芝不器男（28）没
一九三一	六	秋桜子、『ホトトギス』の写生句を批判して同誌を離脱し、『馬酔木』に拠る
一九三二	七	『凍港』（誓子）・『山廬集』（蛇笏）刊。杉田久女『花衣』創刊
一九三三	八	碧梧桐、俳壇を引退 平畑静塔ら『京大俳句』創刊（〜昭15・2）
一九三四	九	草城「ミヤコ・ホテル」発表、論議起こる 栗林一石路ら『俳句生活』創刊（〜昭15・3）
一九三五	一〇	誓子『ホトトギス』を辞し『馬酔木』に参加。

		無季俳句一般化する
一九三六	昭和一一	草城『旗艦』創刊（〜昭16・5） 秋桜子「無季俳句を排す」を『馬酔木』に発表。草城、禅寺洞、久女ら『ホトトギス』同人を除籍さる
一九三七	一二	俳人の戦争による応召相次ぐ 石田波郷『鶴』創刊 松瀬青々（69）・河東碧梧桐（65）没 ▼七月、日中戦争起こる
一九三八	一三	戦争俳句・戦争俳句論盛ん 高浜年尾『俳諧』創刊（〜昭19）
一九三九	一四	村上鬼城（74）没 『俳句研究』の座談会「新しい俳句の課題」（中村草田男・波郷・加藤楸邨・篠原梵）より、人間探求派・難解派の称起こる 『寒雷』（楸邨）刊
一九四〇	一五	京都検事局、治安維持法により『京大俳句』の新興俳人を検挙（京大俳句事件） 種田山頭火（59）没
一九四一	一六	東京の新興俳人検挙さる 川端茅舎（45）没 ▼一二月、太平洋戦争始まる
一九四二	一七	日本俳句作家協会、日本文学報国会の俳句部会となる。波郷、楸邨『馬酔木』を離脱 『七曜』（誓子）刊
一九四三	昭和一八	俳人の入隊続く
一九四四	一九	雑誌統制強化され、俳誌の統合・廃刊相次ぐ
一九四五	二〇	▼八月、太平洋戦争終わる
一九四六	二一	俳誌の復刊・創刊相次ぐ。桑原武夫、「第二芸術」（『世界』）を発表。新俳句人連盟設立さる 杉田久女（57）・渡辺水巴（65）・中塚一碧楼（60）没
一九四七	二二	新俳句人連盟分裂、波郷・西東三鬼ら現代俳句協会を設立す。誓子『馬酔木』を脱退 『来し方行方』（草田男）刊
一九四八	二三	波郷、『馬酔木』に復帰 『野哭』（楸邨）刊。誓子ら『天狼』・市川一男ら『口語俳句』創刊
一九四九	二四	秋元不死男『氷海』・草城『青玄』創刊 青木月斗（71）没
一九五〇	二五	俳人層の広がりにつれ女流俳人の進出目だつ
一九五一	二六	静塔『馬酔木』に「俳人格論」発表 臼田亜浪（73）・原石鼎（66）没
一九五二	二七	『現代俳句』『純粋俳句』（山本健吉）・『冬薔薇』（細見綾子）刊。富沢赤黄男『薔薇』創刊（〜昭32・12）
一九五三	二八	『銀河依然』（草田男）、『俳句』（大野林火編集）などにより社会性俳句の論起こる
一九五四	二九	社会性俳句の論議盛ん

一九五四	昭和二九	前田普羅（69）没
一九五五	三〇	草城、『ホトトギス』同人に復帰
一九五六	三一	金子兜太、造型俳句を提唱 日野草城（56）・松本たかし（51）没
一九五七	三二	兜太、草田男、造型論について論争
一九五八	三三	このころ前衛俳句などの問題に関して論盛ん
一九五九	三四	高浜虚子（86）没
一九六〇	三五	前衛俳句に対して『馬酔木』その他で叙情性を討議されはじめる
一九六一	三六	現代俳句協会分裂。草田男、波郷ら伝統派によって俳人協会設立される 石原八束『秋』創刊 吉岡禅寺洞（73）・栗林一石路（68）没
一九六二	三七	女流俳人、女性俳句懇話会結成 兜太『海程』創刊 富沢赤黄男（61）・西東三鬼（63）・飯田蛇笏（78）・大場白水郎（73）没
一九六三	三八	久保田万太郎（75）・橋本多佳子（65）没
一九六四	三九	秋桜子、芸術院賞受賞。井泉水、芸術院会員に推さる 松根東洋城（87）没
一九六五	四〇	秋桜子、芸術院会員に推さる 星野麦人（90）没

一九六六	昭和四一	子規百年祭（松山）。個人全句集相次ぎ刊
一九六七	四二	このころ有季定型の反省起こり、戦後俳句の原点について論盛ん
一九六八	四三	生活と俳句とのかかわり、伝統継承の様態についての論現れる
一九六九	四四	句集出版、活発になる 渡辺白泉（57）・長谷川かな女（83）・石田波郷（57）没
一九七〇	四五	森澄雄『杉』・能村登四郎『沖』創刊 野見山朱鳥（54）没
一九七一	四六	前衛俳句が曲がり角に来ているという危機感が生じる
一九七二	四七	殿村菟絲子『万蕾』創刊 三橋鷹女（74）没
一九七三	四八	大家、中堅、新人の句集や著作物の刊行続く
一九七四	四九	池内たけし（86）没
一九七五	五〇	有季定型俳句論相次ぐ 篠原梵（66）・角川源義（59）・石川桂郎（67）没
一九七六	五一	荻原井泉水（93）・後藤夜半（82）・高野素十（84）没
一九七七	五二	俳句文学館図書室閲覧開始 秋元不死男（77）没

一九七八	昭和五三	「軽み」の論議、活発になる
		鷹羽狩行『狩』創刊
一九七九	五四	『子規会誌』創刊
		高浜年尾（78）・富安風生（93）没
一九八〇	五五	『ホトトギス』一〇〇〇号に達する。『現代俳句』創刊
一九八一	五六	阿部みどり女（93）没
		『子規博だより』創刊
		水原秋桜子（88）没
一九八二	五七	現代俳句協会創立三五周年・俳人協会創立二〇周年
一九八三	五八	大野林火（78）没
		兜太、現代俳句協会会長
		高柳重信（60）・寺山修司（47）・中村草田男（82）・横山白虹（84）没
一九八四	五九	「結社の時代」と言われ論議盛んになる
		柿衛文庫開館。東京四季出版『俳句四季』創刊。『俳句研究』富士見書房より復刊。本阿弥書店『俳壇』創刊
一九八五	六〇	星野立子（80）没
		楸邨、芸術院会員に推さる
		市川一男（83）没
一九八六	昭和六一	現代俳句協会、国際部を新設
		石塚友二（79）没
一九八七	六二	日本伝統俳句協会発足
一九八八	六三	安住敦（81）・中村汀女（88）・山口青邨（96）・山本健吉（81）没
一九八九	平成一	国際俳句交流協会創設
一九九〇	二	奥の細道三百年につき、出版や行事盛ん
		『俳句』五〇〇号に達す
一九九一	三	俳人協会三〇周年
一九九二	四	『雲母』『層雲』終刊。加藤楸邨記念館落成
		阿波野青畝（93）没
一九九三	五	廣瀬直人『白露』創刊。山口誓子俳句館開館
		加藤楸邨（88）没
一九九四	六	山口誓子（92）没
一九九五	七	野沢節子（75）没
一九九六	八	日本伝統俳句協会「俳句ネット」開設
一九九七	九	現代俳句協会創立五十周年
		上田五千石（63）・永田耕衣（97）・平畑静塔（92）・細見綾子（90）没
一九九八	一〇	石原八束（78）没
一九九九	一一	高屋窓秋（88）・原裕（69）没

〈松崎好男〈近世〉・中野沙恵〈近現代〉・小室善弘〈現代〉〉

季語集

＊季語の配列は、時候・天文・地理・人事・動物・植物の六部とし、各部の中での順序は『図説俳句大歳時記』(角川書店)に拠った。伝統的かつ作品も多い季語には解説を付し、原則として近世と近現代から各一句ずつ例句をあげた。その他の季語は━━の下にまとめた。＊執筆は中野沙惠〈新年・冬〉・松崎好男〈春〉・小針玲子〈夏・秋〉が分担し、全体統一を中野がはかった。

新年

《時候》

新年　年立つ　年明《あく》る　年迎ふ

一年の初め。景色も物も人の心もどことなく改まった感じがして、しかものどやかである。

春立つや新年古き米五升　松尾芭蕉

ひとの家に雨蕭《しょう》々と年立てり　石田波郷

初春《はつはる》　花の春　新春　君が春

春の初め。陰暦では新年と春がほぼ同時期だったので新年の意味で「春」の語を使っている。

日の春をさすがに鶴《つる》の歩みかな　榎本其角

喜寿の賀を素直にうけて老の春　富安風生

正月　お正月　睦月《むつき》　歳首

陰暦では「睦月《むつき》」ともいい、常とは異なった、改まってめでたい新年の感を中心とする。

正月や三日過ぎれば人古し　高桑闌更

正月をして出てゆきぬ鮪《まぐろ》船　松本たかし

元日　元旦《がんたん》　歳旦《さいたん》　元朝

一月一日。新年の第一日。元は初めの意。年改まってすべてが新鮮でめでたく感じられる。

元日や家にゆづりの太刀《たち》佩《は》かん　向井去来

墨《すみ》も濃くまず元日の日記かな　永井荷風

松の内　松七日　注連《しめ》の内

新年に松飾りを飾っておく間をいう。元旦《がんたん》より七日までだが、古くは一五日までをいった。

もろもろの神も遊ばん松の内　石井露月

更けて焼く餅《もち》の匂《にお》ひや松の内　日野草城

松過ぎ　松明け　注連《しめ》明《あけ》

松の内が過ぎて門松などを取り去った後を松過ぎという。しだいに平日気分にもどる。

松過ぎて年始まはりの役者かな　中村吉右衛門

松過ぎのまたも光陰矢の如《ごと》く　高浜虚子

━━一月・今年《ことし》・去年今年《こぞことし》・旧年・二日・三日・三ケ日・四日・五日・六日・七日・人日《じんじつ》・花正月・小正月・女正月・二十日《はつか》正月・春永《はるなが》

《天文》

初空　一元日の大空。明け方から朝にかけてをいう。空

初御空《みそら》　今朝《けさ》の空

のたたずまいにも新年の気分が感じられる。

壁の穴や我が初空もうつくしき　小林一茶

初空の藍《あい》と茜《あかね》を満たしあふ　山口青邨

初日　初日影　初日の出

元旦《がんたん》の日の出、日の光。太陽そのものを指すこともある。厳《おごそ》かでおおらかな感じを与える。

大空のせましと匂《にお》ふ初日かな　田川鳳朗

初日影さすや鞍馬《くらま》の石段に　松根東洋城

御降《おさがり》　富正月　初雨

元日に降る雨や雪を縁起よく「御降《おさがり》」という。三が日に降る場合にもいい、豊作の前兆とした。

御降《おさが》りや庵《いお》の嘉例《かれい》のもりはじめ　田川鳳朗

御降《おさが》りの雪にならぬも面白き　正岡子規

初霞《がすみ》　新霞《がすみ》

新春に山や野にたなびく霞《かすみ》をいう。南国に多く見られるのどやかな景である。

朝紅や水うつくしき初がすみ　上島鬼貫

初霞舗装《がすみほそう》の街に土恋し　香西照雄

―― 初星・初明り・初東雲《しののめ》・初茜《あかね》・初東風《こち》・淑気《しゅくき》

《地　理》

初富士

元日に望み見る富士山のこと。雪に包まれた富士の姿は、新年にはことに神々《こうごう》しく見える。

神棚《かみだな》に代へて初富士拝むなり　大須賀乙字

初富士の朱《あけ》の頂《いただき》熔けんとす　山口青邨

―― 初晴《ばれ》・初景色・初比叡《ひえい》・若菜野

《人　事》

若水　若井　井開《びらき》　井華水《せいかすい》

元日に汲《く》む水。古く宮中の行事を民間でも行うようになった。神聖なもので、年男の役。

若水も初瀬は花の流れかな　江森月居

若水や星うつるまで溢《あふ》れしむ　原田種茅

子《ね》**の日**　初子《ね》の日　小松引《こまつひき》

正月初めての子《ね》の日の行事。中古、宮廷でこの日に郊外に出て小松《こまつ》をひいたり若菜を摘んだ。

幾人か千世《ちよ》の古道子《ね》の日せし　松岡青蘿

天竺《てんじく》や小松《こまつ》引く野の仏だち　藤野古白

門松　松飾《かざり》　門飾《かざり》　松の門

正月の祝いに門に立てる松。家々にたてられた門松はいかにも正月らしい光景である。

犬の子やかくれんぼする門の松　小林一茶

門松のやゝ傾くを直し入る　原石鼎

注連飾《しめかざり》　注連縄《しめなわ》　輪飾《わかざり》　飾縄《かざりなわ》

正月の飾りとして門戸をしめ縄《なわ》で飾る。新しい藁《わら》であみ、橙《だいだい》などを飾ったものが多い。

輪飾りや辻《つじ》の仏の御首へ　小林一茶

熔鉱炉《ようこうろ》注連《しめ》飾りして真赤なり　富安風生

蓬莱《ほうらい》　蓬莱飾《ほうらいかざり》　懸蓬莱《かけほうらい》

新年の祝いに三方《さんぼう》の上に米・栗《くり》・昆布《こんぶ》・串柿《くしがき》など縁起物で盛り飾ったもの。床の間などに飾る。

蓬莱《ほうらい》に聞かばや伊勢《いせ》の初便り　松尾芭蕉

蓬莱《ほうらい》山

蓬萊《ほうらい》や東にひらく伊豆《いず》の海　水原秋桜子

雑煮
雑煮祝ふ
雑煮膳《ぜん》

餅《もち》に野菜・魚などを取り合わせてすまし汁または味噌《みそ》汁に仕立てたもの。正月三が日に食する。

脇差《わきざし》を横に廻《まわ》して雑煮かな　森川許六
今年から夫婦つきりの雑煮かな　松尾春鈴

書初《かきぞめ》
吉書《きっしょ》
筆始《ふではじめ》
試筆

新年に初めて筆をとること。正月二日筆墨を新しくしてめでたい詩句などを書くことが多い。

大津絵の筆の始めは何仏　松尾芭蕉
書初《かきぞめ》やうるしの如《ごと》き大硯《おおすずり》　杉田久女

七種《ななくさ》
七種粥《ななくさがゆ》
七日粥《なのかがゆ》
薺粥《なずながゆ》

正月七日、七種類の若菜を入れた粥《かゆ》を食べると万病を除くと信じられ、古くから伝わる行事。

七草やあとは上手に菜をきざむ　大伴大江丸
七草をきざむ俎《まないた》新しく　谷田好子

若菜摘《つみ》
菜摘《つみ》
若菜狩《がり》
若菜迎《むかえ》

正月七日、七種粥《ななくさがゆ》に入れる若菜（芹《せり》・薺《なずな》・御行《ごぎょう》・はこべ・ほとけの座・すずな・すずしろ）を摘む。

朝の間に摘みてさびしき若菜かな　加舎白雄
美しの湖上の虹《にじ》や若菜摘む　鈴木花蓑

左義長《さぎちょう》
どんど
とんど
飾り焚《た》く

正月一四、一五日に多く行われた火祭りの行事。門松・注連《しめ》飾り・書き初めを焼き歌いはやした。

おどろかすどんどの音や夕山辺　松岡青蘿
谷水を撒《ま》きてしづむるどんどかな　芝不器男

藪入《やぶいり》
養父入《やぶいり》
里下《さが》り
宿下《くだ》り

正月一六日に奉公人が暇をもらって実家や身元引受人のもとに帰ったり遊んだりすること。

やぶ入りの枕《まくら》うれしき姉妹　黒柳召波
藪入《やぶいり》の母の焚《た》く炉の煙たさよ　高野素十

万歳《まんざい》
三河万《みかわまん》歳《ざい》
徳若

年頭に、末長い繁栄を祝って賀詞を述べ舞いを舞う門付《かどづけ》芸人のこと。太夫《たゆう》と才蔵《さいぞう》の二人連れである。

万歳《まんざい》の舞声聞ゆ梅が門　高井几董
万歳《まんざい》や広げし袖《そで》に春宿る　松根東洋城

春着
春小袖《こそで》
花小袖《こそで》
初衣裳《いしょう》

初春に着るために新調したり整えた晴れ着。多く婦人や子供のものをさす。

老いてだに嬉《うれ》し正月小袖《こそで》かな　伊藤信徳
春着なきを羞《は》ぢず昂然《こうぜん》一美貌　佐々木有風

羽子《はね》
羽子《はね》つく
飾羽子《かざりばね》

正月の女子の代表的な遊びであった追羽子《おいばね》で使う。ムクロジの実に鳥の羽を五枚さしたもの。

はねつくや世ごゝろしらぬ大またげ　炭太祇
音冴《さ》えて羽根の羽白し松の風　泉鏡花

手毬《てまり》
手毬《てまり》つ

正月の女の子の遊び。歌に合わせて、色糸で美しくかがった手毬《てまり》をついて遊んだ。

く
手毬唄《てまりうた》

鳴く猫《ねこ》に赤ん目をして手まりかな　小林一茶

手毬《てまり》つく髪ふさふさと動きけり　山口波津女

初夢
夢祝《いわい》
夢始《はじめ》

新年に初めて見る夢。近年は、二日の夜に見る夢を初夢とする。縁起をかつぐことが多い。

初夢やさめても花ははなごころ　千代女

初夢の扇ひろげしところまで　後藤夜半

初詣《もうで》
初参り
正月詣《まい》り

元日に氏神、またはその年の恵方《えほう》に当たる神社や仏閣にお参りすること。

土器《かわらけ》に浸みゆく神酒《みき》や初詣《もうで》　高浜年尾

初詣《もうで》善男善女の代に似たり　香西照雄

——朝賀《ちょうが》・国栖奏《くずのそう》・歯固《はがため》・政始《まつりごとはじめ》・県召《あがためし》・成人の日・弓始《はじめ》・飾《かざり》・鏡餅《もち》・飾臼《かざりうす》・福藁《ふくわら》・年男・屠蘇《とそ》・食積《くいつみ》・重《じゅう》詰《づめ》・太箸《ふとばし》・庭竈《にわかまど》・年賀・御慶《ぎょけい》・礼者《れいじゃ》・女礼者《れいじゃ》・年玉・賀状・名刺《めいし》受《うけ》・宝船《たからぶね》・読初《よみぞめ》・仕事始《しごとはじめ》・船初《ふなぞめ》・初市・初荷・買初《かいぞめ》・売初《うりぞめ》・節の日・節料理《せちりょうり》・新年会・初句会・吟行始《ぎんこうはじめ》・出初《でぞめ》・薺《なずな》打つ・七草打つ・若菜売《うり》・磯菜《いそな》摘《つみ》・松納め・松取る・鳥総松《とぶさまつ》・宝恵籠《ほえかご》・鏡開き・帳綴《ちょうとじ》・蔵開き・店《たな》おろし・若餅《わかもち》・餅花《もちばな》・繭《まゆ》玉《だま》・削掛《けずりかけ》・粥杖《かゆづえ》・小豆粥《あずきがゆ》・綱《つな》引き・水祝ひ・田遊び・なまはげ・かまくら・土竜打《もぐらうち》・鏡台祝《きょうだいいわい》・才蔵・獅子《しし》舞《まい》・大黒舞・猿回《さるまわ》し・猿引《さるひ》き・春駒《はるこま》・鳥追ひ・傀儡《かいらい》師《し》・くぐつ・若夷《わかえびす》・懸《け》想文《そうぶみ》・着《き》衣始《そはじめ》・年酒・大服《おおぶく》・福茶・福沸《ふくわ》かし・数の子・田作り・五万米《ごまめ》・押鮎《おしあゆ》・年の餅《もち》・俎《まないた》始め・初国旗・初手水《ちょうず》・掃初《はきぞめ》・初暦・初湯・初風呂《ぶろ》・初放送・初刷《ず》り・初写真・初便り・初電話・初笑ひ・初泣き・初やいと・初鏡・初髪・初結《ゆ》ひ・日記始《はじめ》・縫初《ぬいぞめ》・初染・初竈《かまど》・初茶湯《ちゃのゆ》・初釜《がま》・乗初《のりぞめ》・機始《はたはじめ》・鍬始《くわはじめ》・初山・斧始《おのはじめ》・初漁《りょう》・かるた・双《すご》六《ろく》・絵《え》双六《すごろく》・羽子板・追羽子《おいばね》・遣羽子《やりばね》・独楽《こま》・破魔《はま》弓《ゆみ》・破魔矢《はまや》・毬打《ぎっちょう》・ぶりぶり・穴一《あないち》・宝引《ほうびき》・福引・籟初《ふきぞめ》・弾初《ひきぞめ》・能初《のうぞめ》・舞初《まいぞめ》・初鼓《つづみ》・初芝居・初春狂言・二の替《かわり》・初場所・初音《はつね》売《うり》・初旅・初寝覚《ねざめ》・寝正月・いね積む・四方拝《しほうはい》・御修法《みずほう》・年徳神《としとくじん》・年神・年棚《としだな》・恵方《えほう》・恵方詣《えほうまいり》・白朮詣《おけらまいり》・白朮火《おけらび》・七福神詣《まいり》・玉せせり・鶯替《うそかえ》・居籠《いごもり》・十日戎《とおかえびす》・初戎《えびす》・初卯《う》・常陸帯《ひたちおび》・八《や》幡詣《わたまいり》・厄詣《やくまいり》・初天神・初寅《とら》・畚下《ふごおろ》し・初薬師・初閻《えん》魔《ま》・斎日《さいにち》・初観音《かんのん》・初大師・初不動・初ミサ・夕霧《ゆうぎり》忌《き》・義仲忌《よしなかき》・実朝忌《さねともき》・金槐忌《きんかいき》

《動物》

初鴉《がらす》

——元旦《がんたん》の朝早く鳴き渡るカラスをいう。鳴き声を詠むこともあるし、姿を詠むこともある。

――はつ鴉《がらす》月あきらかにかがみ餅《もち》　堀　麦水
熱湯を噴《ふ》く厳天に初鴉《がらす》　西東三鬼

――嫁が君・初鶏《どり》・初声・初鶯《うぐいす》・初雀《すずめ》・初鶴《つる》・初田鶴《たづ》

《植物》

歯朶《しだ》
裏白《うらじろ》
山草
諸向《もろむき》

暖地の山野に自生する草本。常緑のまま段々をなして繁栄するのに因《ちな》んで新年の飾りに使う。

歯朶《しだ》添へて松あらたむる宮居かな　山本荷兮
裏白《うらじろ》のかろびまろまり藁《わら》を纏《ま》き　松本たかし

福寿草《ふくじゅそう》
元日草

野生の宿根草だが、栽培されたものが多い。黄金色の花が、いかにもめでたい感じを与える。

ひともとはかたき莟《つぼみ》やふく寿草　黒柳召波
福寿草《ふくじゅそう》満開雪塊しりぞくに　山口青邨

若菜
初若菜
七種《ななくさ》
粥草《かゆぐさ》

芹《せり》・薺《なずな》・御行《ごぎょう》・はこべ・ほとけの座・すずな・すずしろの七種《ななくさ》の総称。正月七日の七種粥《ななくさがゆ》に入れる。

小原女《おはらめ》のいただきそめる若なかな　大島蓼太
古鍋《ふるなべ》の中に煮え立つ若菜かな　尾崎紅葉

――楪《ゆずりは》・橙《だいだい》・柑子《こうじ》・榧《かや》・野老《ところ》・昆布《こんぶ》・穂俵《ほだわら》・ほんだわら・初草・根白草《ねじろぐさ》・薺《なずな》・はこべ・ほとけの座・たびらこ・すずな・すずしろ・よめがはぎ・子《ね》の日の松・姫小松

春

《時候》

春
陽春
三春
春べ

立春（二月四日ごろ）から立夏（五月六日ごろ）の前日までを春とする。陽暦の二、三、四月。

春うたゝ犬君《いぬき》が膝《ひざ》の犬張子　与謝蕪村
腸《はらわた》に春滴《したた》るや粥《かゆ》の味　夏目漱石

二月

月うるみ柳の染むる二月かな　松根東洋城
眠れねば香《こう》きく風の二月かな　渡辺水巴

立春
春立つ
春来る
春さる

二十四気の一つ。節分の翌日で陽暦二月四日ごろ。暦の上ではこの日から春。

春立《たち》てまだ九日の野山かな　松尾芭蕉
立春のどこも動かず仔鹿《こじか》立つ　秋元不死男

春寒《はるさむ》
春寒し
料峭《りょうしょう》

春が立ってから来る寒さのこと。「余寒《よかん》」とほぼ同じである。

春寒し泊瀬《はせ》の廊下の足のうら　炭　太祇

春寒《しゅんかん》

春寒《しゅんかん》や砂より出《い》でし松の幹　高浜虚子

啓蟄《けいちつ》　驚蟄《けいちつ》

二十四気の一つ。陽暦三月六日ごろ。土中に冬眠していた昆虫《こんちゅう》や蛇《へび》などが穴を出るの意。

啓蟄《けいちつ》のいとし児《ご》ひとりよちくと　飯田蛇笏

啓蟄《けいちつ》の蛇《へび》に丁々《ちょうちょう》斧《おの》こだま　中村汀女

彼岸　彼岸中日　入り彼岸

春分を中日《ちゅうにち》とする七日間。単に「彼岸」といえば春の彼岸。秋の彼岸は「秋彼岸」、「後の彼岸」。

曇りしが降らで彼岸の夕日影　榎本其角

毎年よ彼岸の入に寒いのは　正岡子規

春暁《しゅんぎょう》　春の暁《あかつき》　春の曙《あけぼの》　春曙《しゅんしょ》

春の夜明けで、空がほのぼのと白みかけるころであり、「春の朝」というより時間的に早い。

春は曙《あけぼの》羞明《はじあか》し末の世の官女　井原西鶴

長き長き春暁《しゅんぎょう》の貨車なつかしき　加藤楸邨

春昼《しゅんちゅう》

春昼といふ大いなる空虚の中　富安風生

鐘の音を追ふ鐘の音よ春の昼　木下夕爾

春の暮《くれ》

今日では春の夕暮れの意に使っているが、古くは「暮春」の意。また両者を兼用することもある。

我が為に燈《ともし》おそかれ春の暮《くれ》　加藤暁台

天地《あめつち》に妻が薪《まき》割る春の暮《くれ》　石田波郷

春の夜　春夜　夜半の春

日が暮れてまもないころが「春の宵《よい》」、それが更けると「春の夜」となる。なまめかしさがある。

春の夜や籠《こも》り人ゆかし堂の隅《すみ》　松尾芭蕉

春の夜や後添が来し燈を洩《も》らし　山口誓子

暖か

暖《あたたか》や飴《あめ》の中から桃太郎　川端茅舎

あたたかや鳩《はと》の中なる乳母車　野見山朱鳥

日永《ひなが》　永日《えいじつ》　永き日　日永し

最も日が長くなるのは夏至のころだが、春は短かった冬の日が長くなってゆくので、日の長さを感じる。

母恋し日永きころのさしも草　加舎白雄

連れ鳰《にお》の啼《な》き戻《もど》りくる日永《ひなが》沼　秋元不死男

遅日　暮《くれ》遅し　暮れかぬる

「日《ひ》永《なが》」と同じだが、「日《ひ》永《なが》」は昼の長さをいうが、これは、春の日の暮れ方の遅いのをいう。

遅き日やしかまのかち路牛で行く　山口素堂

軽雷のあとの遅日をもてあます　水原秋桜子

暮《くれ》の春　暮春　春暮る

春の終わり。今日では「春の暮《くれ》」を春の夕暮れの意に使い、「暮《くれ》の春」とは区別する。

還俗《げんぞく》のあたま痒《かゆ》しや暮《くれ》の春　高井几董

人妻となりて暮春の襷《たすき》かな　日野草城

行く春　春の名《な》残《こり》

いままさに終わろうとする春。過ぎ去ってゆく春を惜しむ気持ちがこもっている。

行く春や重たき琵琶《びわ》の抱き心　与謝蕪村

春の泊《とまり》

ゆく春や流人《るにん》に遠き雲の雁《かり》　飯田蛇笏

春惜む
惜春

「行く春」を惜しむこと。桜に代表される春は、はなやかであるゆえに惜しむ心も切である。

白髪同士春ををしむもばからしや　小林一茶

パンにバタたっぷりつけて春惜しむ　久保田万太郎

——初春《しょしゅん》・寒明け・早春・春浅し・冴《さえ》返る・余寒・春めく・獺魚《かわうそ》を祭る・きさらぎ・仲春・三月・春分・晩春・四月・弥生《やよい》・清明・春夕《はるゆうべ》・春の宵《よい》・朧月夜《おぼろづきよ》・うららか・のどか・花冷え・花時・蛙《かえる》の目借り時《どき》・穀《こく》雨《う》・春深し・八十八夜・春暑し・夏近し・三月尽

《天文》

春の日
春日《はるび》
春日《しゅんじつ》
春日影
春の夕日

二つの意味がある。一つはうららかな春の一日で、また一つは春の太陽ということである。

春の日や庭に雀《すずめ》の砂あびて　上島鬼貫

病者の手窓より出《い》でて春日《はるび》受く　西東三鬼

春の月
春月《しゅんげつ》

さやけき秋の月に対して、春の月は朧《おぼろ》である。早春の、朧《おぼろ》でない月も春の月と呼ぶ。

清水の上から出たり春の月　森川許六

蛤《はまぐり》を買うて重たや春の月　松本たかし

朧月《おぼろづき》
月朧《つきおぼろ》
淡月

春の夜の水蒸気を含んだ空気に包まれて、ぼんやりとかすんで見える月のこと。

大原《おおはら》や蝶《ちょう》の出て舞ふ朧月《おぼろづき》　内藤丈草

くちづけの動かぬ男女おぼろ月　池内友次郎

朧《おぼろ》
鐘朧《おぼろ》
草朧《おぼろ》
初朧《おぼろ》

春の夜の万物が、水蒸気のためにぼんやりとかすんで見えることをいう。朧月《おぼろづき》をいうとはかぎらない。

鉢《はち》たたき来ぬ夜となれば朧《おぼろ》なり　向井去来

沼囲む樹々なまめきて朧《おぼろ》かな　永井龍男

春の風
春風《はるかぜ》
春風《しゅんぷう》

春の暖かく穏やかな風をいう。春にも大風が吹くが、それは春の風とか春風とかいわない。

春の風吹きわたる中のひかりかな　高桑闌更

春風《はるかぜ》や闘志いだきて丘に立つ　高浜虚子

東風《こち》
朝東風《こち》
夕東風《こち》
あゆの風

春になって冬の北風がやみ、東から吹く風。古来春を告げる風とされた。

のうれんに東風《こち》吹くいせの出店《でだな》かな　与謝蕪村

東風《こち》吹くや耳あらはるゝうなゐ髪　杉田久女

春雨《はるさめ》

晩春に降る雨。もの静かにいつまでも降り続く

春の雪
春雪
春吹雪

ものをいう。「春の雨」は春に降る雨の総称。
春雨《はるさめ》や蓬《よもぎ》をのばす草の道　松尾芭蕉
東山低し春雨傘《はるさめかさ》のうち　高浜年尾

春になってから降る雪で、淡雪が多く、積もってもすぐ消えてしまう。
鳥の巣にくはへた枝も春の雪　建部綾足
春雪や信濃《しなの》に入りて貌《かお》変る　角川源義

春の雷《らい》
春雷《しゅんらい》

ただ「雷」といえば夏の季語だが、春の雷を「春の雷《らい》」といい、夏の雷ほどはげしくない。
どろどろと桜起すや一つ雷《らい》　志太野坡
春の雷《らい》焦土しづかにめざめたり　加藤楸邨

霞《かすみ》
薄霞《うすがすみ》
八重霞《やえがすみ》
朝霞《あさがすみ》

春の日、空気中の浮遊物によって遠方がぼんやりと見える現象をいう。
我里はどうかすんでもいびつなり　小林一茶
窮状の開拓部落土霞《がす》み　加藤かけい

陽炎《かげろう》
糸遊《いとゆう》
遊糸《ゆうし》
かぎろひ

春の日ざしの熱によって地面近くの空気が乱され、物がゆらゆらと浮動して見える現象。
かげろふや伊勢《いせ》の御祓《おはらい》捨ててある　夏目成美
かげらふに遠巻かれつつ磯づたふ　篠原　梵

花曇《はなぐもり》
養花天《ようかてん》

桜の咲くころの曇り空をいう。「養花天《ようかてん》」は、養花雨が降る季節の意で、花曇《はなぐもり》に同じ。
花ぐもり田にしのあとや水の底　内藤丈草
ゆで玉子むけばかがやく花曇《はなぐもり》　中村汀女

──春日和《はるびより》・春光・春の空・春の雲・春の星・春の闇《やみ》・貝寄風《かいよせ》・涅槃西風《ねはんにし》・春一番・風光る・春嵐《あらし》・春塵《しゅんじん》・霾《つちふる》・菜種梅雨《なたねづゆ》・花の雨・淡雪《あわゆき》・斑雪《はだれ》・別れ霜・初雷《らい》・佐保姫《さおひめ》・鐘霞《かす》む・春陰・鳥曇《とりぐもり》・蜃気楼《しんきろう》

《地理》

春の山
春山
春嶺

春の到来した山。冬枯れの沈んだ様子とは異なり、木々は芽吹き、若草はもえ、明るさにあふれる。
春の山窓から見ても時うつる　桜井梅室
草籠《くさかご》の蔭《かげ》に雉子《きぎす》や春の山　飯田蛇笏

山笑ふ
笑ふ山

早春の山の、緑もえ明るくいきいきとした様子。
筆取りてむかへば山の笑ひけり　大島蓼太
山笑ふ中に富士見て下りけり　長谷川零余子

春の水
春水

春になると雪が解けて、湖沼は水量を増し、川も豊かに流れる。

水温《ぬる》む
温《ぬる》む水
温《ぬる》む池
温《ぬる》む川

春の水山なき国を流れけり　与謝蕪村
下総《しもうさ》の国の低さよ春の水　正岡子規

春になり寒さがゆるみ、冬の間手を切るようだった川などの水が温まってきたように感ずる。

ながれ合ふてひとつぬるみや淵《ふち》も瀬も　千代女
水温《ぬる》むとも動くものなかるべし　加藤楸邨

苗代《なわしろ》
苗田《なえた》
苗代水《なわしろみず》

稲の種である種籾《たねもみ》をまいて稲の苗を作る田。

苗代《なわしろ》やうれし顔にもなく蛙　森川許六
苗代《なわしろ》の青や近江《おうみ》は真っ平ら　吉川英治

残る雪
残雪
雪残る

春になってもまだ解けずに残っている雪。日の当たらない人家の陰や岩のくぼみなどに残る。

木枕《まくら》のあかや伊吹《いぶき》に残る雪　内藤丈草
越ケ谷の残雪にをり蕎麦《そば》を食ふ　森澄雄

雪解《ゆきどけ》
雪消《ゆきげ》
雪解水《ゆきげみず》
雪解川

春の暖かさが増してくると、雪国や山では積もっていた雪が解け始め、川は水量を増す。

雪どけの音聞いてゐる朝寝かな　高井几董
娼婦《しょうふ》らも溶けゆく雪の中に棲《す》み　飯田龍太

―春の野・焼野《やけの》・末黒野《すぐろの》・春の川・春の海・春の波・春潮・潮干《しおひ》潟《がた》・春田・春の土・春泥《しゅんでい》・雪しろ・雪間《ゆきま》・なだれ・凍解《いてどけ》・薄氷《うすらい》・氷解く・流氷

《人事》

初午《はつうま》
初午詣《はつうまもうで》
一の午《うま》
稲荷講《いなりこう》

二月の最初の午《うま》の日であり、この日は稲荷《いなり》神社や稲荷《いなり》のほこらで祭礼が行われる。

初午《はつうま》や美女の影ふむ素浪人　水間沾徳
初午《はつうま》の祠《ほこら》ともりぬ雨の中　芥川龍之介

出替《でがわり》
新参《しんざん》
古参《こさん》
居なり

奉公人が雇用期間を終え、入れ替わる日。江戸では、古くは二月と八月、のちに三月と九月となっていた。

出替《でがわ》りや幼なごころに物あはれ　服部嵐雪
出代《でがわり》や鉱毒を説く国訛《くになま》り　寺田寅彦

雛祭《ひなまつり》
雛《ひな》
内裏雛《だいりびな》
古雛
紙雛

三月三日の女児の節句。雛段《ひなだん》に雛人形《ひなにんぎょう》を飾り、桃の花を活《い》けたりして祝う。桃の節句。

酔ざめやほのかに見ゆる雛《ひな》の顔　加藤暁台
照り反す光の中に雛《ひな》ほころび　橋本多佳子

野山焼く
野焼く
山焼く
野火

早春に、村里に近い野山を焼くこと。枯れ木・枯れ草を焼いた灰は肥料となり、害虫駆除にもなる。

山焼くや夜はうつくしきしなの川　小林一茶
野を焼きて離れ離れの家にあり　中村汀女

耕《たがやし》

野菜の種をまいたり稲の苗を植える前に、田畑

春耕　耕人　耕牛

の土をすきかえしてやわらかくしておくこと。

耕すやむかし右京の土の艶《つや》　炭　太祇

春耕の田や少年も個の数に　飯田龍太

畑打《はたうち》

畑打つ　畑返す　畑鋤《す》く

彼岸から八十八夜のころまで作物の種まきを行うのでそれに備えて畑をすきかえすこと。

動くとも見えで畑打つ男かな　向井去来

天近く畑打つ人や奥吉野　山口青邨

種蒔《たねまき》

籾蒔《もみま》く

もみ種を苗代《なわしろ》にまくこと。八十八夜に多く行う。

種蒔《たねまき》もよしや十日の雨ののち　与謝蕪村

指さすがごとく種蒔《たねま》く農婦かな　山口誓子

蚕飼《こがい》

毛蚕《けご》　飼屋《かいや》　蚕時《かいこどき》

蚕《かいこ》を飼うこと。四月末蚕卵紙《さんらんし》から孵化《ふか》した幼虫は、眠《ねむり》と脱皮を四度繰り返したのち繭《まゆ》を作る。

ことしより蚕はじめぬ小百姓　与謝蕪村

焼岳の鳴りいでし夜の蚕飼《こがい》かな　水原秋桜子

汐干狩《しおひがり》

潮干《しおひ》　貝掘る　狩り跡

春の彼岸のころの大潮は一年中で干満の差が最も大きく、汐干《しおひ》狩りに適する。とくに陰暦三月三日、四月八日ごろに多く行われた。

青柳の泥《どろ》にしだるる塩干かな　松尾芭蕉

汐干狩《しおひがり》夫人はだしになりたまふ　日野草城

花見

観桜《かんおう》　花見酒　花見笠《がさ》

花というだけで桜を指すので観桜《かんおう》のこと。花の下に席を設けて酒宴を開き、歌舞を楽しむ。

みよし野は右往左往の花見かな　安原貞室

花見にも行かずもの憂き結び髪　杉田久女

凧《たこ》

いかのぼり　奴《やっこ》だこ

たこ揚げは江戸・大坂などでは正月、二月に行った。土地により異なるがおおむね春の行事。

凧巾《いかのぼり》きのふの空のありどころ　与謝蕪村

夕空や日のあたりゐる凧《たこ》一つ　高野素十

涅槃会《ねはんえ》

涅槃像《ねはんぞう》　涅槃図《ねはんず》　寝釈迦《ねしゃか》

二月一五日は釈迦入寂《しゃかにゅうじゃく》の日である。寺院では涅《ね》槃像《はんぞう》を祭り、遺教経《ゆいきょうぎょう》を誦《じゅ》して法会《ほうえ》を行う。

ねはんには仏弟子やみな泣き不動　北村季吟

御灯《みあかし》のうへした暗し涅槃像《ねはんぞう》　芝不器男

お水取《みずとり》

修二会《しゅにえ》　お松明《たいまつ》

奈良東大寺の二月堂で三月一日から一四日間行われる修二会《しゅにえ》の行法。また、三月一三日午前二時ごろから行われる、二月堂下の閼伽井屋《あかいや》で香水を汲《く》み取る修二会《しゅにえ》をお水取りともいう。

水取りや氷の僧の沓《くつ》の音　松尾芭蕉

水取りや奈良には古き夜の色　松根東洋城

仏生会《ぶっしょうえ》

灌仏《かんぶつ》　灌仏会《かんぶつえ》　誕生仏《たんじょうぶつ》　花祭

四月八日釈迦《しゃか》の誕生日を祝う法会《ほうえ》。寺では誕生仏像に甘茶をかける。陽暦で春、陰暦では夏。

雲のあゆみ水の行くかたや仏生会《ぶっしょうえ》　加舎白雄

大雨の降りかくす嵯峨《さが》や仏生会《ぶっしょうえ》　渡辺水巴

曲水・紀元節・天皇誕生日・踏絵・春分の日・二の午《うま》・二日灸《ふつかきゆう》・針供養・寒食《かんしよく》・雛《ひな》節句・桃の節句・上《じよう》巳《し》・雛市《ひないち》・雛流《ひななが》し・雛納《ひなおさ》め・鶏合《とりあわせ》・雁風呂《がんぶろ》・奈良の山焼き・伊勢《いせ》参り・義士祭《まつり》・水口祭《みなくちまつり》・渡り漁夫・四月馬鹿・緑の週間・どんたく・春闘・ゴールデンウィーク・入学試験・大試験・落第・春休み・入学・卒業・遠足・種痘《しゆとう》・花衣《はなごろも》・春袷《あわせ》・春外套《がいとう》・春ショール・春手袋・春服・春の日傘《ひがさ》・木《こ》の芽漬《めづけ》・花菜漬《はななづけ》・桜漬《さくらづけ》・木《こ》の芽田楽《めでんがく》・青饅《あおぬた》・鮒膾《ふななます》・田螺和《たにしあえ》・蜆汁《しじみ》・干鰈《ほしかれい》・蒸《むし》鰈《かれい》・白子干《しらすぼし》・目刺《めざし》・干鱈《ひだら》・壺焼《つぼやき》・闘茶《ききちや》・鶯餅《うぐいすもち》・蕨《わらび》餅《もち》・草餅《くさもち》・桜餅《さくらもち》・菱餅《ひしもち》・椿餅《つばきもち》・菜飯《なめし》・白魚飯《しらうおめし》・雛《ひな》あられ・白酒・味噌豆《みそまめ》煮る・春窮《しゆんきゆう》・春燈・春障子・春の炉・春炬燵《ごたつ》・炉塞《ろふさぎ》・厩出《うまやだ》し・北窓開く・目貼《めばり》剝《は》ぐ・雪割り・雪囲《ゆきがこい》とる・屋根替・麦踏・畑焼く・芝焼く・田打《たうち》・畦塗《あぜぬ》り・種物・種井・種俵・種選び・種浸《ひたし》・植木市・苗木市・苗売り・花種《はなだね》蒔く・剪定《せんてい》・接木《つぎき》・挿木《さしき》・根分け・野老《ところ》掘る・若布《わかめ》刈る・海苔《のり》掻《かき》・桑摘《くわつみ》・茶摘・製茶・鮎《あゆ》汲み・魞挿《えりさ》す・鯛《たい》網・海女《あま》・小弓引《こゆみひき》・磯遊《いそあそび》・踏青《とうせい》・野遊《のあそび》・摘草《つみくさ》・蕨狩《わらびがり》・桜狩《さくらがり》・花《はな》人《びと》・花莚《むしろ》・花篝《かがり》・花守・花の都・花の宿・花疲《はなづかれ》・都踊《おどり》・東踊《あずまおどり》・薪能《たきぎのう》・春場所・ボートレース・風船・風《かざ》車《ぐるま》・石鹼玉《しやぼん》・ぶらんこ・鞦韆《しゆうせん》・春の風邪《かぜ》・朝寝・春眠・春愁・春祭《まつり》・石清水臨時祭《いわしみずりんじさい》・春日祭《かすがまつり》・鎮花祭《はなしずめまつり》・安良居祭《やすらいまつり》・山王祭《さんのうまつり》・稲荷祭《いなりまつり》・積塔会《しやくとうえ》・比良八講・勧学会・嵯峨《さが》の柱炬《はしらたいまつ》・嵯峨大念仏《さがのだいねんぶつ》・経供養《きようくよう》・彼岸会《ひがんえ》・六阿弥陀詣《ろくあみだもうで》・時宗踊念仏・御影供《みえいく》・太子会《たいしえ》・聖霊会《しようりようえ》・道明寺祭《まつり》・薬師寺造華会《ぞうかえ》・花会式《はなえしき》・開帳・遍路・東大寺授戒・甘茶・花御堂《はなみどう》・御身拭《おみぬぐい》・御忌《ぎよき》・壬生念仏《みぶねんぶつ》・千本念仏・峯入《みねいり》・バレンタインの日・謝肉祭・復活祭・光悦忌《こうえつき》・兼好忌《けんこうき》・西行忌《さいぎようき》・元政忌《げんせいき》・丈草忌《じようそうき》・利《り》休忌《きゆうき》・其角忌《きかくき》・俊寛忌《しゆんかんき》・人麿忌《ひとまろき》・大石忌《おおいしき》・蓮如忌《れんによき》・梅若忌《うめわかき》・鳴雪忌《めいせつき》・多喜二忌《たきじき》・茂吉忌《もきちき》・三鬼忌《さんきき》・光太《こうた》郎忌《ろうき》・虚子忌《きよしき》・啄木忌《たくぼくき》・釋奠《せきてん》

《動物》

猫《ねこ》の恋
恋猫《こいねこ》
うかれ猫《ねこ》
猫《ねこ》の妻

猫《ねこ》は主として一、二月から初夏に発情する。雄猫《ねこ》は人間の赤ん坊のような声で雌猫《ねこ》を求める。

うらやまし思ひ切る時猫《ねこ》の恋　越智越人

色町や真昼ひそかに猫《ねこ》の恋　永井荷風

蝌《か》蚪《と》
蛙子《かえるご》
お玉杓子《たまじやくし》

蛙《かえる》の子。おたまじやくし。足がなく尾を振って泳ぐ。成長すると後足前足の順に生え蛙《かえる》となる。

蛙子《かえるご》や何やら知れぬ水の草　釈　蝶夢

蝌《か》蚪《と》の上キューン〳〵と戦闘機　西東三鬼

蛙《かわず》　かへる　初蛙《はつかわず》　蛙合戦《かわずがっせん》

鶯《うぐいす》　黄鳥《うぐいす》　金衣鳥《きんいちょう》　初音《はつね》

雉《きじ》　きぎす　焼野《やけの》の雉子《きぎす》

雲雀《ひばり》　揚雲雀《あげひばり》　落雲雀《おちひばり》　夕雲雀《ゆうひばり》

燕《つばめ》　つばくらめ

冬眠していた蛙《かえる》は、春になると目覚め、水田などで鳴く。古来その鳴き声を詠む場合が多い。

一畦《ひとあぜ》はしばし鳴きやむ蛙《かわず》かな　向井去来

蛙《かわず》鳴くや我が足冷ゆる古畳　富田木歩

春の鳴鳥として最も親しまれる。梅と合わせ詠まれ、鳴き声を法華経に聞きなして経よみ鳥とも呼ばれる。

ほのかなる鶯《うぐいす》聞きつ羅生門　小西来山

鶯の山で貯めたる声放つ　野沢節子

日本固有の鳥。とくに雄は美しい羽色と長い尾羽をもつ。その声は古くはほろろと表現された。

うつくしき顔かく雉子《きじ》の距《けづめ》かな　榎本其角

雉子《きじ》の眸《め》のかうかうとして売られけり　加藤楸邨

春の野を代表する鳥で、飛翔《ひしょう》力が強く朗々とさえずりながら空高く舞い上がり、鳴き止むと一直線に降りる。

庵室《あんじつ》や雲雀《ひばり》見し目のまくらやみ　黒柳召波

雨の日は雨の雲雀《ひばり》のあがるなり　安住敦

春、南方から日本に渡り、軒などに巣を作り子を育て、秋になるとまた南方へ帰る。

夕燕《ゆうつばめ》我には翌《あす》のあてはなき　小林一茶

燕来る《つばめ》

帰る雁《かり》　帰雁《きがん》　行く雁《かり》

鳥雲に入る　雲に入る鳥　鳥雲に

囀《さえずり》

白魚《しらうお》　しらを　白魚船《しらおぶね》

蝶《ちょう》

つばめつばめ泥が好きなる燕《つばめ》かな　細見綾子

秋、北方から渡って来た雁《かり》は春になるとまた北方に帰って行く。これを「帰る雁《かり》」という。

帰る雁《かり》きかぬ夜がちになりにけり　炭太祇

大学生おほかた貧し雁《かり》帰る　中村草田男

春、雁《かり》・鶴《つる》などの北方へ帰る渡り鳥の群れが、雲間に去って見えなくなってゆくこと。

朝たつや鳥見かへれば雲に入る　浪化

鳥雲に娘はトルストイなど読めり　山口青邨

春に鳥が、雌への求愛や縄張《なわば》り宣言のために鳴くことで、地鳴きに対していう。

さへづるやここに数ならぬむら雀《すずめ》　西山宗因

囀《さえずり》や遠さざなみに寒さみゆ　石原八束

体長一〇センチ程度の細長い半透明の体をもつ魚。河口にすみ淡泊で上品な味が珍重される。

白魚《しらうお》やさながら動く水の色　小西来山

篝火《かがりび》に飛び込む雪や白魚《しらお》舟　松本たかし

厳寒を除けば一年中見られるが、空を舞い花に

胡蝶《こちょう》
初蝶《ちょう》
紋白蝶《もんしろちょう》

集まる風情《ふぜい》が春に似合うので春の季語とする。

青空やはるばる蝶《ちょう》のふたつづれ　立花北枝
ひたひたと肺より蒼《あお》き蝶の翅《はね》　富沢赤黄男

——種牛・熊《くま》穴を出る・春駒《はるこま》・仔馬《こうま》・春の鹿《しか》・孕鹿《はらみじか》・落し角《づの》・猫《ねこ》の子・亀《かめ》鳴く・蛇《へび》穴を出《い》づ・蜥蜴《とかげ》穴を出《い》づ・春の鳥・貌《かお》鳥・花鳥・呼子《よぶこ》鳥・百千《ももち》鳥・松毟《まつむしり》鳥・山鳥・鷽《うそ》・河原《かわら》鶸《ひわ》・頬白《ほおじろ》・春の鵙《もず》・岩燕《いわつばめ》・引鶴《ひきづる》・白鳥帰る・春の雁《かり》・引鴨《ひきがも》・残る鴨《かも》・海猫《うみねこ》渡る・鳥帰る・鳥交《さか》る・孕雀《はらみすずめ》・雀《すずめ》の子・鳥の巣・巣箱・古巣・鷹《たか》の巣・鳶《とび》の巣・燕《つばめ》の巣・雀《すずめ》の巣・鴉《からす》の巣・桜鯛《さくらだい》・鰊《にしん》・鰆《さわら》・鱵《さより》・鯥五郎《むつごろう》・鮊子《いかなご》・鱒《ます》・諸子《もろこ》魚・公魚《わかさぎ》・桜鯎《さくらうぐい》・柳鮠《やなぎはえ》・初鮒《はつぶな》・乗込鮒《のっこみぶな》・若鮎《わかあゆ》・飛魚・花烏賊《はないか》・飯蛸《いいだこ》・栄螺《さざえ》・蛤《はまぐり》・浅蜊《あさり》・帆立貝・赤貝・馬蛤貝《まてがい》・貽貝《いがい》・馬《ば》鹿貝《かがい》・潮吹・桜貝・蜆《しじみ》・蜷《にな》・田螺《たにし》・烏貝《からすがい》・寄居虫《やどかり》・磯巾着《いそぎんちゃく》・雲丹《うに》・雪虫《ゆきむし》・地虫《じむし》穴を出《い》づ・蟻《あり》穴を出《い》づ・蜂《はち》・蜂《はち》の巣・虻《あぶ》・春の蚊・春の蚤《のみ》・花見虱《はなみじらみ》・春の蠅《はえ》・蠅《はえ》生る・蚕《かいこ》・山繭《やままゆ》・春蟬《はるぜみ》

《植　物》

梅

梅が香
白梅《はくばい》
飛梅《とびうめ》

早春、百花に先がけて咲く。『万葉集』以来愛され、とくに上品で高い香りが賞されてきた。

梅が香にのつと日の出る山路かな　松尾芭蕉
病める目にすぐ湧く涙梅白し　松本たかし

椿《つばき》

紅椿《べにつばき》
白椿《しろつばき》
落椿《おちつばき》

日本に古くから自生し、江戸時代以降多様な品種が作られた。紅、白、絞り、一重、八重などがある。

春風にむかふ椿《つばき》のしめりかな　志太野坡
赤い椿《つばき》白い椿《つばき》と落ちにけり　河東碧梧桐

桜

朝桜
夕桜
夜桜

春の花の代表として、古来和歌俳諧に詠まれてきた。はなやかな美しさは比類ない。

明星や桜定めぬ山かづら　榎本其角
大仏殿いでて桜にあたたまる　西東三鬼

花

花の雲
花明り
花盛り

花というだけで桜を指すが、春の花一般のはなやかさを賞する意味もこもる。

又平に逢《あ》ふや御室《おむろ》の花ざかり　与謝蕪村
病み呆《ほう》けてふと死を見たり花の昼　富田木歩

落花《らっか》

花散る
散る桜
花吹雪

風に吹かれてあたかも吹雪のように散る桜は絢《けん》爛《らん》たる晩春の風情《ふぜい》であり、人を夢幻の境に誘う。

はな散りて三日月高し嵐山《あらしやま》　松岡青蘿
城を出《いで》し落花《らっか》一片いまもとぶ　山口誓子

躑躅《つつじ》

山野に自生し、また庭にも植えられ、色とりど

きりしま

りの花を咲かせる。

躑躅《つつじ》咲くうしろや闇《くら》き石燈籠《いしどうろ》　天野桃隣

うつうつと大嶽《おおたけ》の昼躑躅《つつじ》咲く　飯田蛇笏

藤《ふじ》　白藤《しろふじ》　藤房《ふじふさ》　藤浪《ふじなみ》

つる性で山野に自生する。また藤棚《ふじだな》を作って観賞用とする。紫の花が一般だが白いものもある。

物がたり読みさして見る藤《ふじ》の花　加舎白雄

雨誘ふ藤《ふじ》の落花《らっか》の美しく　高浜年尾

山吹

山野に自生し、また観賞用ともする。特色ある葉に混じって、黄色の花を咲かせる。

山吹や春の奥なる貸座敷　稲津祇空

山吹にかはたれの雨しぶきけり　日野草城

桃の花　西王母《せいおうぼ》　桃園　桃の宿

淡紅色の五弁花で美しい。梅の終わった後、桜に先立って咲く。

わが衣《きぬ》に伏見《ふしみ》の桃の雫《しずく》せよ　松尾芭蕉

桃の花牛の蹴《け》る水光りけり　沢木欣一

木《こ》の芽　きのめ　名木《なのき》の芽

春の木の芽の総称である。「きのめ」ともいう。とくに山椒《さんしょう》の芽を「きのめ」ということもある。

骨柴の刈られながらも木《こ》の芽かな　野沢凡兆

木々の芽のしづかなるかな蒼空《そら》の青　富沢赤黄男

柳　糸柳　青柳《あおやぎ》　柳の糸

種類が多いが、ふつうは枝垂柳《しだれやなぎ》をいう。細い枝のしなやかさ、若緑の葉はまことに美しい。

夕汐《ゆうしお》や柳がくれに魚わかつ　加舎白雄

ゆつくりと時計のうてる柳かな　久保田万太郎

菜の花　花菜

主として菜種を採るため畑に作る。春に、輝くように明るい黄色の花が一面に咲き乱れる。

菜の花の中に城あり郡山《こおりやま》　森川許六

菜の花という平凡を愛しけり　富安風生

下萌《したもえ》　草萌《くさもえ》　萌《もえ》　草青む

草萌《くさもえ》と同義で、草の芽が土からもえ出ること。道の端、岩のはざまなどにもえ出る。

下萌《したも》えもいまだ那須野《なすの》の寒さかな　広瀬惟然

下萌《したもえ》の大磐石《だいばんじゃく》をもたげたる　高浜虚子

菫《すみれ》　菫草《すみれぐさ》　初菫《すみれ》　壺《つぼ》すみれ

春の野山に、濃い紫色の可憐《かれん》な花を咲かせる。壺《つぼ》すみれなどはスミレ科の別の品種。

つばくらの巣にもえそめし菫《すみれ》かな　立羽不角

菫程《すみれほど》な小さき人に生れたし　夏目漱石

蒲公英《たんぽぽ》　蒲公英《たんぽぽ》の絮《わた》

春の野のどこにでも咲く。鋸《のこぎり》状の葉と黄色の花におもしろみがある。西日本には白い花が多い。

たんぽぽや野をめぐり来る水の隈《くま》　大伴大江丸

潮騒《しおざい》にたんぽぽの黄のりんりんと　阿波野青畝

土筆《つくし》
つくづくし
土筆摘む

杉菜と地下茎を同じくし、杉菜に先立って出る胞子茎である。土筆和《つくしあ》えにしたりして食べる。

つくづくしここらに寺の跡もあり　千代女

土筆《つくし》見て巡査かんがへ引返す　加藤楸邨

紅梅・初桜・初花・彼岸桜・枝垂《しだれ》桜・山桜・八重桜・遅桜・残花・牡丹《ぼたん》の芽・薔薇《ばら》の芽・山茱萸《さんしゅゆ》の花・黄梅《おうばい》・紫荊《はなずおう》・辛夷《こぶし》・三椏《みつまた》の花・沈丁花《じんちょうげ》・連翹《れんぎょう》・海棠《かいどう》・桜桃《おうとう》の花・馬酔木《あせび》の花・こでまりの花・雪柳・木蘭《もくれん》・夏蜜柑《なつみかん》・李《すもも》の花・梨《なし》の花・杏《あんず》の花・林檎《りんご》の花・木瓜《ぼけ》の花・伊予柑《いよかん》・ネーブル・八朔柑《はっさくかん》・芽立ち・蘖《ひこばえ》・若緑・松の芯《しん》・柳の芽・山椒《さんしょう》の芽・楓《かえで》の芽・楤《たら》の芽・枸杞《くこ》・五加《うこぎ》・桑・棠梨《やまなし》の花・まんさく・しどみの花・草木瓜《くさぼけ》・松の花・杉の花・楓《かえで》の花・はんのきの花・白樺《しらかば》の花・猫柳《ねこやなぎ》・柳絮《りゅうじょ》・楊梅《やまもも》の花・木苺《きいちご》の花・枸橘《からたち》の花・黄楊《つげ》の花・桑の花・樒《しきみ》の花・鈴懸《すずかけ》の花・通草《あけび》の花・郁子《むべ》の花・山帰来《さんきらい》の花・竹の秋・三色菫《すみれ》・黄水仙《すいせん》・喇叭《らっぱ》水仙《すいせん》・けまん草・雛菊《ひなぎく》・金盞花《きんせんか》・勿忘草《わすれなぐさ》・アネモネ・フリージア・チューリップ・クロッカス・シクラメン・ヒヤシンス・君子蘭《くんしらん》・おだまきの花・都忘れ・菊の苗・菊の若葉・大根の花・そらまめの花・豌豆《えんどう》の花・葱坊主《ねぎぼうず》・苺《いちご》の花・萵苣《ちしゃ》・菠薐草《ほうれんそう》・鶯《うぐいす》菜《な》・水菜・壬生菜《みぶな》・茎立《くくたち》・芥菜《からしな》・三葉芹《みつばぜり》・野大根・独活《うど》・春菊《しゅんぎく》・韮《にら》・蒜《にんにく》・胡葱《あさつき》・防風・山葵《わさび》・茗荷竹《みょうがだけ》・慈姑《くわい》・青麦・種芋・春の草・草芳《かんば》し・草の芽・ものの芽・末黒《すぐろ》の芒《すすき》・蔦《つた》の芽・雪間草《ゆきまぐさ》・双葉・若草・古草・若芝・草の若葉・紫雲英《げんげ》・苜蓿《うまごやし》の花・薺《なずな》の花・杉菜・はこべ・はこべら・桜草・若紫・雪割草・翁《おきな》草《ぐさ》・虎杖《いたどり》・酸葉《すいば》・すかんぽ・蕨《わらび》・薇《ぜんまい》・芹《せり》・野蒜《のびる》・いぬふぐり・春蘭《しゅんらん》・化偸草《えびね》・熊谷草《くまがいそう》・金鳳花《きんぽうげ》・一人静《ひとりしずか》・母子草・蕗《ふき》の薹《とう》・蓬《よもぎ》・茅花《つばな》・片栗《かたくり》の花・恵具《えぐ》・水草生ふ・萍《うきくさ》生ひ初む・蓴《ぬなわ》生ふ・蘆《あし》の角《つの》・松露《しょうろ》・若布《わかめ》・鹿角菜《ひじき》・海雲《もずく》・海松《みる》・海苔《のり》・青海苔《のり》

夏

《時候》

夏
三夏
炎帝
朱夏《しゅか》

立夏（五月六日ごろ）から立秋（八月八日ごろ）の前日まで。前半は梅雨、後半は猛暑が続く。

世の夏や湖水に浮かむ波の上　松尾芭蕉

群青《ぐんじょう》に雲刷《は》く朱夏《しゅか》の国大和《やまと》　太田鴻村

五月《ごがつ》
五月尽《ごがつじん》

みどり子の頬《ほお》突く五月《ごがつ》の波止場にて　西東三鬼
乙女《おとめ》合唱絶えずきららに五月《ごがつ》の日　中村草田男

麦の秋
むぎあき
麦秋《ばくしゅう》

初夏の、麦の取り入れ時をいう。「秋」は、実りの季節であるゆえの命名である。
深山路《みやまじ》を出抜けてあかし麦の秋　炭　太祇
麦秋の中なるが悲し聖廃墟《はいきょ》　水原秋桜子

水無月《みなづき》
風待月
常夏月《とこなつづき》

陰暦六月の異名。陽暦で七月ごろ。字義のごとく、水枯れの月ともいうべき猛暑が続く。
水無月《みなづき》や風に吹かれに古里へ　上島鬼貫
水無月《みなづき》や青嶺《あおね》つゞける桑のはて　水原秋桜子

短夜《みじかよ》
短夜《たんや》
明易し
明急ぐ

夏至のころを頂点とする短い夏の夜。「永き日」でもあるが、この方は季感から春とする。
明けやすき夜を泣く児《ちご》の病かな　加舎白雄
短夜《みじかよ》の戸に物の苗くれに来る　石井露月

暑し
暑《しょ》

負うた子に髪なぶらるる暑さかな　斯波園女
世にも暑《しょ》にも寡黙《かもく》をもつて抗しけり　安住　敦

涼し
涼《りょう》
晩涼《ばんりょう》
夜涼《やりょう》

暑さゆえに、涼しさは格別に感じる。体で感ずる涼感だけでなく、見た目の涼感もあろう。
すずしさは独り目のあく座敷かな　志太野坡
踏切の夜涼《やりょう》に待てり乳母車　藤田湘子

秋近し
秋隣《あきどなり》

秋ちかき心の寄るや四畳半　松尾芭蕉
苔《こけ》づける百日紅や秋どなり　芥川龍之介

——初夏・卯月《うづき》・立夏・夏浅し・夏めく・薄暑・小満・仲夏・皐月《さつき》・六月・芒種《ぼうしゅ》・田植時《たうえどき》・入梅・梅雨寒《つゆざむ》・夏至・白夜《はくや》・半夏生《はんげしょう》・晩夏・七月・林鐘・小暑・梅雨明《つゆあけ》・冷夏・夏の暁・炎昼・夏の夕・夏の夜・土用・盛夏・三伏《さんぷく》・暑き日・大暑・極暑《ごくしょ》・炎暑・炎《も》ゆ・灼《や》く・夏深し・夏の果・夜の秋

《天　文》

雲の峰
入道雲
雷雲《らいうん》
峰雲《みねぐも》

夏、高い峰のように立ち昇る積乱雲。雄大である。雷や夕立を伴うことが多い。
畠うつ黒き背中や雲の峰　岩田涼菟
雲の峰潜《かず》ける蜑《あま》の足振れる　伊東月草

夏の月
月涼し
夏月

月の光で大地が白く霜を置いたように見えるため「夏の霜」に見立てられ、秋の月とは別の趣がある。短夜《みじかよ》ゆえに、惜しまれる。
市中《いちなか》は物のにほひや夏の月　野沢凡兆

青嵐《あおあらし》
風青し
夏嵐《あらし》
夏の嵐《あらし》

風薫《かお》**る**
薫風《くんぷう》
薫《かお》る風
風の香

梅雨《つゆ》
梅の雨
梅霖《ばいりん》
荒梅雨《あらつゆ》

五月雨《さみだれ》
五月雨《さつきあめ》
さみだる

夕立
ゆだち
白雨《しらさめ》

なほ北に行く汽車とまり夏の月　中村汀女

五月から七月にかけ、夏木立の青葉を音立てて吹き渡る爽快《そうかい》な風。大いなる自然を感じさせる。

長雨の空吹き出《い》だせ青嵐《あおあらし》　山口素堂
青あらし吹きぬけ思ひくつがへる　加藤楸邨

陰暦六月に吹く涼風のこと。『古文真宝前集』の「薫風南ヨリ来ル」に由る語。

薫風《くんぷう》やともしたてかねついつくしま　与謝蕪村
詩碑はその母校の前の薫風《くんぷう》に　皆吉爽雨

六月一一、二日ごろの入梅から約三〇日間の霖《りん》雨期《うき》。梅が熟すころに当たるからという。

川音や寝覚に変る梅の雨　望月宋屋
梅雨《つゆ》の海静かに岩をぬらしけり　前田普羅

梅雨のことであるが、長々と降り続く雨そのものを指す。「梅雨《つゆ》」のように時候には用いない。

五月雨《さみだれ》を集めて早し最上川《もがみがわ》　松尾芭蕉
五月雨《さみだれ》の晴間に煙る香華《こうげ》かな　高浜虚子

真夏、発達した積乱雲が、時に雷鳴を伴って、一時的にはげしく降らせる雨のことである。

夕立に走り下るや竹の蟻《あり》　内藤丈草

驟雨《しゅうう》

虹《にじ》
夕虹《ゆうにじ》

雷
遠雷

夕焼
夕焼雲

日盛《ひざかり》
日の盛《さかり》

西日
大西日

炎天
炎気
炎日

旱《ひでり》
旱魃《かんばつ》
旱天《かんてん》
大旱《だいかん》

樺《かば》の中奇《く》しくも明き夕立《ゆだち》かな　芝不器男
虹《にじ》たるるもとや樗《おうち》の木の間より　黒柳召波
をさなごのひとさしゆびにかかる虹《にじ》　日野草城
雷やみて茅《ち》の輪ぬけ出し心かな　釈 蝶夢
鳴神《なるかみ》や暗くなりつつ能最中《さなか》　松本たかし
夕やけやから紅《くれない》の露しぐれ　小林一茶
大夕焼一天をおしひろげたる　長谷川素逝
日ざかりをしづかに麻《あさ》の匂《にお》ひかな　大伴大江丸
万象に影をゆるさず日の盛《さかり》　相馬遷子
西日さす浜は柴胡《さいこ》の茂りかな　加舎白雄
西日中電車のどこか摑《つか》みて居り　石田波郷

まさに、炎のごとく、じりじりと焼けるようにすさまじい、極暑の空である。

炎天に照らさるる蝶《ちょう》の光りかな　炭 太祇
炎天の遠き帆やわがこころの帆　山口誓子

夏、雨の降らぬ日が続き水が乏しくなること。旱魃《かんばつ》の被害もあり日常生活への影響が大きい。

土照りて裂けるや草の生ひながら　炭 太祇
浦上は愛渇くごと地の旱《ひでり》　下村ひろし

——夏の日・夏の空・梅雨空《つゆぞら》・夏の雲・梅雨《つゆ》の月・夏の星・旱星《ひでりぼし》・夏の風・南風《みなみ》・はえ・黒南風《くろはえ》・白南風《しろはえ》・筍《たけのこ》流し・麦嵐《むぎあらし》・土用東風《どようごち》・熱風・涼風《すずかぜ》・朝凪《あさなぎ》・夕凪《ゆうなぎ》・夏の雨・卯《う》の花腐《はなくた》し・迎え梅雨《づゆ》・空梅雨《からつゆ》・薬降る・虎《とら》が雨・喜雨・夏の露・夏の霧・夏霞《がすみ》・雲海・御来《ごらい》迎《ごう》・雹《ひょう》・卯月曇《うづきぐもり》・梅雨曇《つゆぐもり》・五月闇《さつきやみ》・梅雨晴《つゆばれ》・朝曇《あさぐもり》・五月晴《さつきばれ》・朝焼・油照・片蔭《かたかげ》

《地　理》

夏の山　夏山　夏嶺《なつね》　青嶺《あおね》

木木の生い茂る、緑濃き山。『臥游録《がゆうろく》』には、「夏山」を「蒼翠滴る《そうすいしたた》ごとし」と評している。

　夏山の膏《あぶら》ぎつたる月夜かな　小林一茶

　夏山を統《す》べ槍《やり》ケ岳真青なり　水原秋桜子

夏野　夏野原　夏の原　青野

夏草が、一面に繁茂する野原。近くは草いきれにむせるが、遠くはひろびろとながめられる野である。

　馬ぼくぼく我を絵に見る夏野かな　松尾芭蕉

　頭の中で白い夏野となつてゐる　高屋窓秋

青田　青田風　青田原　青田道

成長した稲葉で、水面が見えないほど、おおわれた田をいう。

　松風の中を青田のそよぎかな　内藤丈草

　八方へゆきたし青田の中に立つ　橋本多佳子

泉　泉川　やり水

地中から清冽《せいれつ》に湧《わ》き出ずる水。炎天の下で見つける泉は、とくに涼味《い》にあふれている。

　緑わく夏山陰の泉かな　大島蓼太

　天つ日のふとかげりたる泉かな　富安風生

清水　山清水　岩清水　苔《こけ》清水

泉と同じく、湧《わ》き水である。「泉」は湛《たた》えられたさま、「清水」は湧《わ》き流れるさまの違いがある。

　石工《いしきり》の鑿《のみ》冷し置く清水かな　与謝蕪村

　底の石ほど動き湧く清水かな　高浜虚子

滝　滝壺《たきつぼ》

　奥や滝雲に涼しき谷の声　榎本其角

　滝落ちて群青《ぐんじょう》世界とどろけり　水原秋桜子

——五月山《さつきやま》・五月富士《さつきふじ》・富士の雪解《ゆきげ》・赤富士・雪渓《せっけい》・お花畑・夏の川・出水《でみず》・夏の海・卯浪《うなみ》・皐月浪《さつきなみ》・土用浪《なみ》・夏の潮・熱砂・代田《しろた》・植田《うえた》・日焼田《ひやけだ》・噴井《ふけい》・滴り《したた》

《人　事》

端午　重五《ちょうご》　菖蒲《あやめ》の日

五月五日の節句。菖蒲《しょうぶ》で邪気を祓《はら》い、また「尚武」に通ずるので、男児の祝い日となった。

　四辻《つじ》や匂《にお》ひ吹きみつあやめの日　高桑闌更

　旅の空矢車鳴りて端午なり　及川　貞

大矢数《おおやかず》

江戸時代、三十三間堂《げんどう》で行われた通し矢の数を

矢数《やかず》　通し矢　総一

更衣《ころもがえ》　衣更《ころもか》ふ

鮓《すし》　鮨《すし》　鮓桶《すしおけ》　鮓《すし》の石

新茶　走《はしり》の茶　古茶　茶詰

心太《ところてん》　心天《ところてん》　こころぶと

競う行事。暮れ六つから翌日の日暮れまで射た。

大矢数《おおやかず》弓師親子もまゐりたる　与謝蕪村

残る矢に頼み心の矢数《やかず》かな　佐々木北涯

四月一日に冬物から夏物に装いを改める王朝以来の伝統的行事。さわやかな夏を迎えて心もはずむ。

長持へ春ぞ暮れ行く更衣《ころもがえ》　井原西鶴

すずかけもそらもすがしき更衣《ころもがえ》　石田波郷

語源は「酸《す》し」。古代は保存用の塩押しした魚を指す。飯がつくのは近世ごろからである。

鮒《ふな》ずしや彦根《ひこね》が城に雲かかる　与謝蕪村

鮓《すし》つけて祭《まつり》する野の小家《こいえ》かな　大須賀乙字

八十八夜ごろ、新芽を摘んだ香り高い煎《せん》じ茶。ただし、茶の湯では口切りの晩秋を季とする。

宇治に似て山なつかしき新茶かな　各務支考

新茶いれわが好日の刻《とき》惜しむ　吉田ひで女

天草《てんぐさ》から作られ、心太《ところてん》突きで細長く突き出したもの。いかにも夏にふさわしく、透明で涼しげである。

清滝の水汲《く》ませてやところてん　松尾芭蕉

ところてん煙のごとく沈みをり　日野草城

蚊帳《かや》　蚊帳《かや》の吊《つ》り初《ぞ》め

蚊遣火《かやりび》　蚊遣《かやり》　蚊火《かび》　蚊遣香《かやりこう》

団扇《うちわ》　団《うちわ》

虫干　土用干　書を曝《さら》す

田植　囃田《はやしだ》　田植女《め》　田植笠《がさ》

蚊《か》を入れないために、部屋の四隅《よすみ》からつるす寝具。萌黄《もえぎ》色の麻布《まふ》が多く、夏の趣がある。

蚊屋《かや》つりて翠微《すいび》つくらむ家の内　与謝蕪村

よろめきて孤絶の蚊帳《かや》をつらんとす　石田波郷

クス・カヤ・ヨモギなどの草木を燻《くす》べ、煙を立てて蚊《か》を追う火。除虫菊からは蚊取線香《かとりせんこう》を作る。

二尺程月のさし入る蚊《か》やりかな　小林一茶

蚊遣《かやり》一すぢこの平安のいつまでぞ　加藤楸邨

後家の君黄昏貌《たそがれがお》のうちはかな　与謝蕪村

桟橋《さんばし》に出て夕凪《ゆうなぎ》の団扇《うちわ》かな　水原秋桜子

夏の土用に、虫・黴《かび》の害を防ぐため、衣類・書画の類を取り出して風を入れ、陰干しにすること。

亡き人の小袖《こそで》も今や土用干　松尾芭蕉

曝書《ばくしょ》しばし雲遠く見て休らひぬ　嶋田青峰

二〇センチほど伸びた苗を苗代《なわしろ》から田に移し植えること。短時日に大勢で協力して行う。

田一枚植ゑて立ち去る柳かな　松尾芭蕉

植ゑ上げて夕べ田原のしんとしぬ　臼田亜浪

早乙女《さおとめ》
うゑをんな
五月女《さつきめ》

鵜飼《うかい》
鵜川《うかわ》
鵜舟《うぶね》
鵜飼火《うかいび》

納涼《すずみ》
涼む
門涼み
夕涼み

泳ぎ
遠泳

裸
裸子《はだかご》

汗
汗ばむ

昼寝
三尺寝

苗取りや田植をする女性たち。神聖な農事を行うため、晴れの着物を着て田に入る。

かつしかや早乙女《さおとめ》がちの渉《わた》し舟　小林一茶
早乙女《さおとめ》や泥手《どろて》にはさむ額髪《ひたいがみ》　村上鬼城

鵜《う》を飼いならして、魚を網の中に追いこませたり、飲みこませたりして、魚を捕る漁法。

おもしろうてやがて悲しき鵜舟《うぶね》かな　松尾芭蕉
鵜《う》づかひの手に鵜《う》が逸《はや》りかちわたる　木津柳芽

木陰、水辺などで涼をとること。夕刻、団扇《うちわ》もつ浴衣《ゆかた》がけの姿は、涼を誘う景である。

蜀黍《とうきび》のもとにかたらふ涼みかな　加舎白雄
くらきより浪《なみ》寄せて来る浜納涼《はますずみ》　臼田亜浪
山川の泳ぎのころの峰つたふ　皆吉爽雨
愛されずして沖遠く泳ぐなり　藤田湘子
はだか子よ物着ばやらん瓜《うり》一つ　各務支考
伸びる肉ちぢまる肉や稼《かせ》ぐ裸　中村草田男
汗水は暑さよりわく湯玉かな　北村季吟
百姓の広き背中や汗流る　高野素十
昼寝して手の動きやむ団扇《うちわ》かな　杉山杉風
遠くより戻《もど》りきしごと昼寝覚《ざめ》　野見山朱鳥

夏瘦《やせ》
夏負《まけ》

祭《まつり》
御祭《おまつり》
夏祭《まつり》
神輿《みこし》

祇園会《ぎおんえ》
祇園祭《ぎおんまつり》
山鉾《やまぼこ》
祇園囃《ぎおんばやし》

なつやせや西日さしこむ竹格子《ごうし》　大伴大江丸
母はわが顔の夏瘦《やせ》のみをいふ　篠原　梵

平安時代、賀茂祭《かものまつり》を指したが、祇園会《ぎおんえ》の普及とともに夏祭りをすべて意味するようになった。

鱠《なます》にも響くまつり太鼓かな　三浦樗良
神田川祭《まつり》の中をながれけり　久保田万太郎

京都市東山区の八坂神社で七月に行われる絢爛《けんらん》豪華な祭礼である。山鉾《やまぼこ》が巡行し、にぎわう。

月鉾《つきぼこ》や児《ちご》の額の薄粧《うすけわい》　河合曾良
祇園会《ぎおんえ》や二階に顔のうづたかき　正岡子規

氷室《ひむろ》・氷室守《ひむろもり》・子供の日・母の日・時の記念日・施《せ》米《まい》・メーデー・幟《のぼり》・鯉幟《こいのぼり》・矢車・吹流し・武者人形・菖蒲葺《あやめふ》く・菖蒲湯《しょうぶゆ》・薬玉《くすだま》・薬狩《くすりがり》・山開き・パリ祭・鬼灯市《ほおずきいち》・夏休み・帰省・白重《しらがさね》・夏衣《なつごろも》・夏服・袷《あわせ》・セル・単衣《ひとえ》・帷子《かたびら》・羅《うすもの》・晒布《さらし》・夏羽織・甚平《じんべえ》・浴衣《ゆかた》・白絣《しろがすり》・アロハシャツ・海水着・サングラス・夏帯・夏帽子・夏手袋・夏足袋《なつたび》・白靴《しろぐつ》・衣紋竹《えもんだけ》・汗拭《あせぬぐ》ひ・ハンカチ・粽《ちまき》・柏餅《かしわもち》・夏料理・豆飯《まめめし》・水飯《すいはん》・乾飯《ほしいい》・冷汁・冷麦・そうめん・冷奴《ひややっこ》・瓜揉《うりもみ》・冷し瓜《うり》・梅干・煮酒・麦酒《ビール》・梅酒・焼酎《しょうちゅう》・冷酒・甘酒・麦湯・葛水《くずみず》・ソーダ水・ラムネ・氷水・氷菓・白玉・麨《はったい》・水の

粉・土用鰻《うなぎ》・鰌鍋《どじょうなべ》・沖膾《おきなます》・夏炉・夏座敷・噴水・夏布団《ぶとん》・花茣蓙《ござ》・簟《たかむしろ》・竹婦人《ちくふじん》・日除《ひよけ》・簾《すだれ》・青簾《あおすだれ》・籐《とう》椅子《いす》・蠅叩《はえたたき》・掛香《かけこう》・香水・天瓜粉《てんかふん》・冷房・花氷・冷蔵庫・扇・扇風機・風鈴《ふうりん》・吊忍《つりしのぶ》・走馬燈・日傘《ひがさ》・風《ふ》炉《ろ》茶《ちゃ》・井戸《いど》替《がえ》・打水《うちみず》・行水・夜濯《よすすぎ》・毒消売《うり》・麦刈《かり》・麦打《うち》・牛馬冷す・溝浚《みぞさら》へ・代掻《しろか》く・苗取《とり》・田植唄・雨乞《あまごい》・水番《みずばん》・早苗饗《さなぶり》・田草取《たぐさとり》・菜種刈《かり》・麻刈《かり》・藺刈《いかり》・藻刈《もかり》・海蘿《ふのり》干す・袋かけ・瓜番《うりばん》・竹植《う》う・草刈《かり》・干草《ほしぐさ》・誘蛾燈《ゆうがとう》・繭《まゆ》・糸取《とり》・照射《ともし》・火串《ほぐし》・川狩《がり》・夜振《よぶり》・魚簗《やな》・避暑・川床《かわゆか》・船遊《ふなあそび》・ボート・ヨット・登山・キャンプ・プール・海水浴・砂日傘《ひがさ》・夜店・金魚売《うり》・川開き・花火・夏芝居・ナイター・水中花・金魚玉・箱庭・昆虫《こんちゅう》採集・蛍狩《ほたるがり》・草笛・麦笛・蛍籠《ほたるかご》・起し絵・跣《はだし》・端居《はしい》・髪洗う・日焼・寝冷え・暑気《しょき》中《あた》り・汗疹《あせも》・霍乱《かくらん》・コレラ・賀茂《かも》の競馬《くらべうま》・筑摩祭《つくままつり》・神田祭《まつり》・賀茂《かもの》祭《まつり》・富士詣《もうで》・御祓《みそぎ》・名越《なごし》の祓《はらえ》・茅《ち》の輪《わ》・夏神楽《なつかぐら》・湯《ゆ》殿詣《どのもうで》・天満祭《まつり》・野馬追《のまおい》・安居《あんご》・夏書《げがき》・四《し》万六千日《にち》・閻魔参《えんままいり》・たかし忌《き》・丈山忌《じょうざんき》・頼政忌《よりまさき》・業平忌《なりひらき》・光琳《こうりん》忌《き》・桜桃忌《おうとうき》・河童忌《かっぱき》

《動　物》

蝙蝠《こうもり》　―初夏以後、夕方から群飛するほ乳類。害虫を駆

かはほり
蚊食鳥《かくいどり》

蟇《ひきがえる》
蟾蜍《ひきがえる》
蟾《ひき》
蝦蟇《がま》

蛇《へび》
くちなは
青大将

時鳥《ほととぎす》
杜鵑《ほととぎす》
子規《ほととぎす》
不如帰《ほととぎす》

郭公《かっこう》
閑古鳥《かんこどり》

除する。「かはほり」（蚊《か》を欲す）の転語ともいう。

かはほりや月のあたりを立ちさらず　加藤暁台
蝙蝠《こうもり》の空暮れてゆく泊りかな　高浜年尾

蝦蟇《がま》ともいう。体長一二センチほどで背に疣《いぼ》がある。水にあまり入らず、昆虫《こんちゅう》、ミミズを食す。

憂き時は蟇《ひき》の遠音も雨夜かな　河合曾良
蟇《ひきがえる》誰かものいへ声かぎり　加藤楸邨

六、七月ごろ、上皮をぬぎ、夏、よく活動する。形は不気味だが、ネズミの駆除には役立つ。

蛇《へび》の目の何か悟りて早合点　各務支考
風吹けり蛇没《へびかく》れたる石垣《いしがき》を　石田波郷

五月中旬以後、南方から渡来する夏鳥。鶯《うぐいす》の巣に卵を産む。「初音《はつね》」を、夏の訪れとして待ちわびた。

ほととぎす声横たふや水の上　松尾芭蕉
谺《こだま》して山ほととぎすほしいまゝ　杉田久女

五月半ばに南方より渡来する夏鳥で、明るいところにすむ。ツツドリとほぼ同大同色。

憂き我をさびしがらせよ閑古鳥《かんこどり》　松尾芭蕉
郭公《かっこう》や何処《どこ》までゆかば人に逢《あ》はむ　臼田亜浪

老鶯《おいうぐいす》　老鶯《ろうおう》　残鶯《ざんおう》　夏鶯《なつうぐいす》

夏、山でさえずる鶯《うぐいす》。年老いた鶯《うぐいす》の意ではない。鶯《うぐいす》は春は平地にいるが夏は高山へ移る。

　山中や鶯老《うぐいすお》いて小六ぶし　各務支考

　谷雲に夏鶯《なつうぐいす》は枝のさき　飯田蛇笏

葭切《よしきり》　行々子《ぎょうぎょうし》　葭原雀《よしはらすずめ》　葭雀《よしすずめ》

五月初めに南方から渡来し、葭原《よしはら》に群生する。終日、ギョギョシとよく鳴く。

　よしきりや汐《しお》さす川の水遅し　高井几董

　葭切《よしきり》の鳴き迫りくる沼の宿　山口青邨

水鶏《くいな》　緋水鶏《ひくいな》　秧鶏《くいな》　水鶏笛《くいなぶえ》

全体が赤っぽく、水辺で、夏季、カタカタと戸をたたくように鳴く、緋水鶏《ひくいな》の種類を指す。

　つよく降る雨に水鶏《くいな》の遠音かな　高桑闌更

　水鶏《くいな》来し夜明けて田水満てるかな　河東碧梧桐

鮎《あゆ》　年魚《ねんぎょ》　香魚《こうぎょ》　鮎釣《あゆつ》り

年魚《ねんぎょ》とも呼び寿命は約一年。海で稚魚期を過ごし、若鮎《わかあゆ》のころ川をのぼる。姿が清楚《せいそ》で美味。

　飛ぶ鮎《あゆ》の底に雲ゆく流れかな　上島鬼貫

　山の色釣《つ》り上げし鮎《あゆ》に動くかな　原　石鼎

初鰹《はつがつお》　初松魚《がつお》

青葉のころ南海から関東沖に回遊する鰹《かつお》を捕るのが鰹漁《かつおりょう》の初め。江戸時代、とくに珍重された。

　目には青葉山ほととぎす初鰹《はつがつお》　山口素堂

　初鰹《がつお》襲名いさぎよかりけり　久保田万太郎

螢《ほたる》　飛ぶ螢《ほたる》　螢火《ほたるび》　螢合戦《ほたるがっせん》

夏の夕闇《ゆうやみ》に水辺を発光しながら飛び交《か》い、目を楽しませてくれる。源氏螢《げんじぼたる》と平家螢《へいけぼたる》が有名。

　さびしさや一尺消えてゆく螢《ほたる》　立花北枝

　螢火《ほたるび》となり鉄門を洩《も》れ出《い》でし　平畑静塔

蟬《せみ》　初蟬《はつぜみ》　蟬時雨《せみしぐれ》　夕蟬《ゆうぜみ》

夏の暑さに相応ずるかのように鳴き、耳に親しい。長く地中で生活し、地上での命は短い。

　閑《しず》かさや岩にしみ入る蟬《せみ》の声　松尾芭蕉

　深山木《みやまぎ》に雲行く蟬《せみ》のしらべかな　飯田蛇笏

蠅《はえ》　蠅《はえ》の声

　やれ打つな蠅《はえ》が手を摺《す》り足をする　小林一茶

　大仏殿蠅《はえ》一匹の虚空《こくう》かな　龍岡　晋

蚊《か》　蚊《か》の声　藪蚊《やぶか》　蚊柱《かばしら》

夏の夜、うだる暑さに加えて安眠を妨害する、憎らしい虫。ブーンと近づくや血を吸っていく。

　血を分けし身とは思はず蚊《か》の憎さ　内藤丈草

　叩《たた》かれて昼の蚊《か》を吐く木魚かな　夏目漱石

蟻《あり》　蟻《あり》の道

　蟻《あり》の道雲の峰よりつづきけん　小林一茶

　蟻《あり》強し日も強し何の影もなし　細見綾子

蝸牛《かたつむり》　でんでん虫　でで虫

陸にすむ巻貝《まきがい》。梅雨期によく活動する。長短二対の屈伸自在の角《つの》があり、作物に害を与える。

　角《つの》出して這《は》はで止みけりかたつぶり　炭　太祇

　蝸牛《ででむし》の遠く到りしが如《ごと》くかな　松根東洋城

――鹿《か》の子・袋角《ふくろづの》・青蛙《あおがえる》・雨蛙《あまがえる》・河鹿《かじか》・山椒魚《さんしょううお》・蠑螈《いもり》・守宮《やもり》・蜥蜴《とかげ》・蛇《へび》の衣《きぬ》・蝮《まむし》・巣《す》立鳥《だちどり》・羽抜鳥《はぬけどり》・筒鳥・慈《じ》悲心鳥《ひしんちょう》・仏法僧《ぶっぽうそう》・夜《よ》鷹《たか》・練雲雀《ねりひばり》・青葉木菟《あおばずく》・雷鳥・燕《つばめ》の子・烏《からす》の子・翡翠《かわせみ》・鷭《ばん》・浮巣・通し鴨《がも》・鵜《う》・青《あお》鷺《さぎ》・三光鳥・目高《めだか》・夏燕《つばめ》・駒鳥《こまどり》・鯰《なまず》・岩魚《いわな》・山女《やまめ》・金魚・熱帯魚・黒鯛《くろだい》・鰹《かつお》・鯖《さば》・鰺《あじ》・鱚《きす》・石首魚《いしもち》・鯒《こち》・赤鱏《あかえい》・鱧《はも》・穴子《あなご》・鰻《うなぎ》・烏賊《いか》・鮑《あわび》・章魚《たこ》・蟹《かに》・船虫・海月《くらげ》・夏の蝶《ちょう》・揚羽蝶《あげはちょう》・夏蚕《なつご》・火取虫・蛾《が》・毛虫・尺蠖《しゃくとり》・兜虫《かぶとむし》・天牛《かみきり》・玉虫・金亀子《こがねむし》・瓢虫《てんとうむし》・穀象《こくぞう》・斑《はん》猫《みょう》・落し文《ぶみ》・鼓虫《まいまい》・水馬《あめんぼう》・松蟬《まつぜみ》・空蟬《うつせみ》・糸蜻蛉《いととんぼ》・蟷《かま》螂《きり》生《うま》る・蛆《うじ》・孑孑《ぼうふら》・かがんぼ・蚋《ぶと》・蠛蠓《まくなぎ》・優曇華《うどんげ》・蟻《あり》地獄《じごく》・油虫・蚤《のみ》・紙魚《しみ》・羽蟻《はあり》・螻蛄《けら》・蜘蛛《くも》・蜘蛛《くも》の囲《い》・蜈蚣《むかで》・蚰蜒《げじげじ》・蛞蝓《なめくじ》・蛭《ひる》・蚯蚓《みみず》・夜光虫

《植物》

葉桜
桜若葉

桜の花が散ると、枝に茂る若葉が美しい。花とはまた異なった風情《ふぜい》があり、初夏らしくみずみずしい。

葉ざくらに古跡めきたる飼屋《かいや》かな　田川鳳朗

葉桜の中の無数の空さわぐ　篠原　梵

薔薇《ばら》
さうび
しやうび

観賞用として、花形・花色にさまざまの品種が工夫された。香りがあり、枝や幹にとげが多い。

針ありと蝶《ちょう》に知らせん花薔薇《はなそうび》　中川乙由

みどり児《ご》に見せつつ薔薇《ばら》の垣《かき》を過ぐ　篠原　梵

牡丹《ぼたん》
ぼうたん
富貴草

華麗で上品なので、「花の王」といわれる。五月の花。古来、珍重され、多くは寺院に植えられた。

牡丹《ぼたん》散《ち》て打《うち》かさなりぬ二三片　与謝蕪村

白牡丹《はくぼたん》といふといへども紅《こう》ほのか　高浜虚子

紫陽花《あじさい》
よひら
七変化《ななへんげ》

梅雨のころ、小花の集合した球形の花が咲く。紫色だが、時期によって変色してゆくので「七《なな》変化《へんげ》」という。

紫陽花《あじさい》や藪《やぶ》を小庭の別座敷　松尾芭蕉

あぢさゐの藍《あい》をつくして了《おわ》りけり　安住　敦

花橘《はなたちばな》
橘《たちばな》の花
常世花《とこよばな》
昔草

夏の到来を告げる、白色の五弁の花。芳香が追想を誘う花として、古来、歌にも多く詠まれた。

橘《たちばな》や定家机《ていかづくえ》のありどころ　杉山杉風

人にあふも花たちばなの香にあふも　山口青邨

青梅

未熟の青い梅の実。五、六月ごろ、急に大きく

梅の実　実梅　梅売《うり》

なり、新鮮な色である。煮梅や梅酒の原料。

うれしさは葉がくれ梅の一つかな　坪井杜国

青梅を落しゝ後も屋根に居る　相生垣瓜人

若葉　山若葉　若葉時　若葉風

初夏の木々の美しい新葉である。「里若葉」「柿《かき》若葉」など、場所や木の名を冠した語がある。

若葉して御目《おんめ》の雫《しずく》拭《ぬぐ》はばや　松尾芭蕉

界隈《かいわい》のけやき若葉や夕歩《ある》き　瀧井孝作

木下闇《こしたやみ》　下闇《したやみ》　木晩《このくれ》

鬱蒼《うっそう》と茂る夏木立の陰の昼なお暗いさま。明るい外光とくらべ樹下の暗さが一層感じられる。

須磨寺《すまでら》や吹かぬ笛聞く木下闇《こしたやみ》　松尾芭蕉

下加茂《しもがも》や木下闇《こしたやみ》なる神の道　田中王城

緑陰《りょくいん》　翠陰《すいいん》　木陰《こかげ》

青葉若葉の木々の作る陰である。「木下闇《こしたやみ》」にくらべて、明るい語感がある。憩《いこ》いの場である。

笠《かさ》で貌《かお》ぱつぱとあふぐ木陰《こかげ》かな　小林一茶

緑陰《りょくいん》に三人の老婆わらへりき　西東三鬼

卯《う》の花　空木《うつぎ》の花　花空木《はなうつぎ》

陰暦卯月《うづき》の花の意で、ウツギのこと。五、六月ごろ白色五弁の花が多数咲き、初夏に似合う。

卯《う》の花に蘆毛《あしげ》の馬の夜明かな　森川許六

雨の洲《す》の卯《う》の花かなし衣川　水原秋桜子

野茨《のいばら》　花茨《はないばら》

初夏、枝先に、白・薄紅色の小花を多数つける。芳香があり、枝は刺《とげ》をもつ。山野に自生する。

野薔薇《のばら》　茨《いばら》

愁ひつつ岡《おか》にのぼれば花いばら　与謝蕪村

花うばらふたゝび堰《せき》にめぐり合ふ　芝不器男

合歓《ねむ》の花　ねむの木　花合歓《はなねむ》

マメ科の落葉高木。薄紅色の花が、夕方、咲く。羽状複葉の葉は、朝開き夜閉じる性質がある。

象潟《きさがた》や雨に西施《せいし》がねぶの花　松尾芭蕉

どの谷も合歓《ねむ》の明りや雨の中　角川源義

若竹　今年竹　竹の若葉

初夏、竹の子が、皮を落としながら成長し、ついに、鮮やかな緑の竹となったものをいう。

若竹や夕日の嵯峨《さが》となりにけり　与謝蕪村

濡縁《ぬれえん》に母念《おも》ふ日ぞ今年竹　石田波郷

燕子花《かきつばた》　杜若《かきつばた》　かほよ花

六月ころ、飛燕《ひえん》を思わせる紫の花が咲くので、つけられた名。水辺に自生し、栽培もされる。

虚無僧《こむそう》の立ち留りけり杜若《かきつばた》　溝口素丸

杜若《かきつばた》けふふる雨に莟《つぼみ》見ゆ　山口青邨

向日葵《ひまわり》　日車　日輪草　天蓋花《てんがいばな》

黄色の日輪のような大花で、中央は管状花、周囲は舌状花から成る。大陸性気候を好む。

向日葵《ひまわり》の空かゞやけり波の群　水原秋桜子

われ蜂《はち》となり向日葵《ひまわり》の中にゐる　野見山朱鳥

芥子《けし》の花　罌粟《けし》の花

五月ごろ、白・赤・紫、八重咲きなどの花が咲く。花弁は四枚。アヘンをとる種類もある。

花
花芥子《はなげし》

海士《あま》の顔先《まず》見らるるや芥子《けし》の花　松尾芭蕉
罌粟《けし》ひらく髪の先まで寂しきとき　橋本多佳子

百合《ゆり》の花
鬼百合《おにゆり》
鉄砲百合《てっぽうゆり》

直立した茎の先に、花被片《かひへん》が内外に三枚ずつある、特有の形をした美しい花が咲く。芳香が強い。
ゆりあまた束《つか》ねて涼し伏見《ふしみ》舟　黒柳召波
うつぶけに白百合《しらゆり》さきぬ岩の鼻　正岡子規

筍《たけのこ》
竹の子
たかんな

竹の地下茎より生ずる若芽で、晩春から初夏にかけて掘り取る。とくにモウソウチクが食用にされる。
竹の子や児《ちご》の歯ぐきの美しき　服部嵐雪
たかんなの土出《い》でてなほ鬱鬱《うつうつ》と　山口誓子

夕顔
夕顔の花
夕顔棚《だな》

ウリ科のつる草。夏の夕方、白色の合弁花が開き、翌朝までにしぼむ。果実は干瓢《かんぴょう》にする。
夕顔やそこら暮るるに白き花　炭　太祇
夕顔の一つの花に夫婦かな　富安風生

蓮《はす》
はちす
蓮《はす》の花
蓮華《れんげ》

池・沼などで成育する。夏の夜明け、極楽を表徴する美しい大花を開く。紅・白の花色がある。
波ゆりの大蔓荼羅《まんだら》か蓮《はす》の花　野々口立圃
西方へ日の遠ざかる紅蓮《べにはちす》　野沢節子

麦
麦の穂
麦畑
麦の波

秋蒔《ま》きの穀類。畑作や水田の裏作にされる。初夏、熟した麦畑は、周囲の緑に映えて美しい。
落着の古郷やちやうど麦時分　杉山杉風
若者の頭が走る麦熟《う》れゆく　西東三鬼

夏草
夏の草
青草

力強い生命力でいたるところに繁茂する夏の雑草であるが、中には、日に照らされて萎《な》える草もある。
夏草や兵《つわもの》どもが夢の跡　松尾芭蕉
夏草に汽罐車《きかんしゃ》の車輪来て止る　山口誓子

昼顔

初夏の昼間、つる性の茎に朝顔に似た淡紅色の花が咲き、夕方しぼむ。路傍などに自生する。
昼顔や行く人絶えし野のいきれ　高井几董
昼顔の風に砂噛《か》む家居《いえい》かな　富田木歩

黴《かび》
青黴《かび》
黴《かび》の香
黴《かび》の宿

じめじめした梅雨《つゆ》どき、衣類・食物などに寄生する微細な下等菌類。不衛生である。
厚板の帯の黴《かび》より過去けぶる　橋本多佳子
交響楽運命の黴拭《かびふ》きにけり　野見山朱鳥

――余花・桜の実・石楠花《しゃくなげ》・百日紅《さるすべり》・梔子《くちなし》の花・さつき・手鞠《てまり》の花・金雀枝《えにしだ》・泰山木《たいさんぼく》の花・額《がく》の花・夾竹桃《きょうちくとう》・凌霄《のうぜん》の花・蜜柑《みかん》の花・柚《ゆ》の花・栗《くり》の花・柿《かき》の花・石《ざ》榴《くろ》の花・柿《かき》若葉・青柿《がき》・生胡桃《なまくるみ》・青葡萄《ぶどう》・青林檎《りんご》・楊梅《やまもも》・桜桃《おうとう》の実・さくらんぼ・ゆすらうめ・李《すもも》・杏《あん》

子《ず》・枇杷《びわ》・バナナ・夏木立・新樹・青葉・新緑・茂《しげり》・万緑《ばんりよく》・椎《しい》若葉・若楓《わかかえで》・土用芽・病葉《わくらば》・松落葉・桐《きり》の花・厚朴《ほお》の花・槐《えんじゅ》の花・栃《とち》の花・棕櫚《しゅろ》の花・花みづき・忍冬《すいかずら》の花・アカシヤの花・桷《ずみ》の花・楝《おうち》の花・椎《しい》の花・えごの花・沙羅《しゃら》の花・玫瑰《はまなす》・桑の実・青桐《ぎり》・竹の落葉・竹の皮脱ぐ・篠《すず》の子・あやめ・花菖蒲《しょうぶ》・菖蒲《しょうぶ》・鳶尾草《いちはつ》・芍薬《しゃくやく》・ダーリヤ・ユッカ・葵《あおい》・紅蜀《もみじ》葵《あおい》・雛芥子《ひなげし》・芥子《けし》坊主・夏菊・石竹《せきちく》・ガーベラ・睡蓮《すいれん》・松葉牡丹《ぼたん》・仙人掌《さぼてん》の花・スヰートピー・アマリリス・百日草・青酸漿《ほおずき》・酸漿《ほおずき》の花・鉄線花・岩菲《がんび》・紅の花・玉巻く芭蕉《ばしょう》・苺《いちご》・瓜《うり》の花・南瓜《かぼちゃ》の花・瓢《ひさご》の花・馬鈴薯《じゃがいも》の花・韮《にら》の花・豆類の花・豌豆《えんどう》・蠶《そら》豆《まめ》・蕗《ふき》・瓜《うり》・真桑瓜《まくわうり》・胡瓜《きゅうり》・メロン・茄子《なすび》・蕃茄《とまと》・甘藍《かんらん》・新馬鈴薯《しんじゃがいも》・茗荷《みょうが》の子・蓼《たで》・紫蘇《しそ》・青山椒《さんしょう》・青蕃椒《とうがらし》・蓮《はす》の浮葉・浮葉・麦の黒穂・早苗《さなえ》・帚木《ははきぎ》・棉《わた》の花・麻・草茂る・草いきれ・青芝・青蔦《つた》・青芒《すすき》・青蘆《あし》・夏萩《はぎ》・葎《むぐら》・石菖《せきしょう》・竹煮草《たけにぐさ》・紫蘭《しらん》・風蘭《ふうらん》・鈴蘭《すずらん》・月見草・水芭蕉《ばしょう》・擬宝珠《ぎぼうし》・真菰《まこも》・胡蝶花《しゃが》・沢瀉《おもだか》・河《こう》骨《ほね》・藺《い》の花・藜《あかざ》・浜木綿《はまゆう》の花・薊《あざみ》・夏薊《あざみ》・かたばみの花・萱草《かんぞう》の花・車前草《おおばこ》・蕺菜《どくだみ》・蚊帳吊草《かやつりぐさ》・踊子草・射干《ひおうぎ》・都草・螢袋《ほたるぶくろ》・一つ葉《ば》・烏瓜《からすうり》の花・蛇苺《へびいちご》・夏蕨《わらび》・虎耳草《ゆきのした》・苔《こけ》の花・藻《も》の花・萍《うきくさ》・蓴菜《じゅんさい》・梅雨茸《つゆだけ》・昆布《こんぶ》

秋

《時　候》

秋
白帝《はくてい》
素秋
三秋

初秋《はつあき》
初秋《しょしゅう》
新秋
秋初め

立秋
秋立つ
秋来る
来る秋

秋の暮《くれ》
秋の夕暮《ぐれ》
秋の夕

立秋（八月八日ごろ）から立冬（一一月七日ごろ）の前日まで。台風一過、さわやかな時候となる。

この秋は何で年寄る雲に鳥　松尾芭蕉
くろがねの秋の風鈴《ふうりん》鳴りにけり　飯田蛇笏

残暑の続く中から、いつとはなしに涼しくなる、秋の訪れである。風の気配や、ものの澄むさまで知れる。

初秋《はつあき》や黍穂《きびほ》は軽き風の道　秋山文鳥
初秋《はつあき》の蝗《いなご》つかめば柔かき　芥川龍之介

二十四気の一つ。陽暦八月八日ごろ。気温は下がり始めるが、まだ夏の様相が濃い。

秋立つや素湯香《さゆこうば》しき施薬院《せやくいん》　与謝蕪村
川風も秋となりけり釣《つり》の糸　永井荷風

釣瓶《つるべ》落としで、たちまち暗闇《くらやみ》となる秋の夕方の、日の沈む直前を惜しんだ語である。

この道や行く人なしに秋の暮《くれ》　松尾芭蕉
秋の暮《くれ》笑ひなかばにしてやめぬ　大野林火

秋の夜

秋ひとり琴柱《ことじ》はづれて寝ぬ夜かな　山本荷兮
　秋の夜や学業語る親の前　河東碧梧桐

夜長　夜永　長き夜

夜の長いのは実際は冬であるが、夏の短夜にくらべて、感じられる夜の長さを秋の季感とする。
　夜永さに筆とるや旅の覚書《おぼえがき》　高井几董
　雨もりもしづごころなる夜長かな　阿波野青畝

冷やか　ひゆる　冷え　秋冷《しゅうれい》

秋になったことを、身をもって、つくづく実感する冷ややかさのことである。
　もたれゐる物冷やかになりにけり　山本荷兮
　秋冷《しゅうれい》の瀬音いよ〳〵響きけり　日野草城

身に入《し》む　身に沁《し》む

秋風に触発されしみじみと身にしみ通るように感じられる、自然や人生への寂寥《せきりょう》の思いである。
　野ざらしを心に風のしむ身かな　松尾芭蕉
　身に入《し》むや隠れ礁《いわ》より浪《なみ》ひびく　山口草堂

朝寒《あさざむ》　朝寒し

秋も深まり気温の下がりきった朝、晴れ上がった空の下で感ずる寒さのこと。
　朝寒《あさざむ》のけふの日南《ひなた》や鳥の声　上島鬼貫
　くちびるを出て朝寒《あさざむ》のこゑとなる　能村登四郎

夜寒《よさむ》　宵寒《よいさむ》　夜寒し　夜寒さ

晩秋の夜、吐く息もかすかに白く、日中の気温にくらべていちだんと冷えこみを感じる寒さ。
　落雁《らくがん》の声のかさなる夜寒《よさむ》かな　森川許六
　停車場に夜寒《よさむ》の子守旅の我　高浜虚子

秋深し　秋闌《た》ける　秋深む

晩秋、冬を控えた自然の姿が静寂の中に物悲しく感じられ、人生への思いも深まるころである。
　秋深き隣は何をする人ぞ　松尾芭蕉
　秋深し石に還《かえ》りし石仏　福田蓼汀

行秋《ゆくあき》　秋暮る　秋の別《わかれ》

草木が枯れそめ、過ぎ去る秋を惜しむ語である。内省的なさびしさがこめられている。
　行く秋や一入《ひとしお》塔の延び上がり　堀　麦水
　秋ゆくと照りこぞりけり裏の山　芝不器男

――文月《ふみづき》・八月・今朝《けさ》の秋・涼風《りょうふう》至る・白露《はくろ》降《くだ》る・残暑・秋めく・新涼・処暑《しょしょ》・二百十日・仲秋《ちゅうしゅう》・葉月《はづき》・九月・八朔《はっさく》・白露《はくろ》・秋分・後《のち》の彼岸《ひがん》・晩秋・長月《ながつき》・十月・律《りち》の調《しらべ》・千秋楽・秋風楽・秋暁《しゅうぎょう》・秋の朝・秋の昼・秋の宵《よい》・秋澄む・爽《さわ》やか・寒露・秋寒《あきさむ》・そぞろ寒《さむ》・漸寒《ややさむ》・肌寒《はださむ》・うそ寒《さむ》・霜降《そうこう》・秋土用《あきどよう》・すさまじ・暮《くれ》の秋・秋惜む・冬隣《となり》・九月尽

《天　文》

秋の日　――　秋の日やちらちら動く水の上　山本荷兮

秋晴《ばれ》
秋日射
秋の晴

金の箔《はく》おくごと秋日笹《ささ》むらに　上村占魚
刈株《かりかぶ》の後ろの水や秋日和　小林一茶
秋晴《ばれ》の岬《みさき》や我れと松一つ　渡辺水巴

秋の空
秋空
秋天
旻《びん》天

「秋霖《しゅうりん》」が終わると、空は抜けるように澄みきってくる。すがすがしく美しい秋の青空である。
にょつぽりと秋の空なる不尽《ふじ》の山　上島鬼貫
雲に透《す》く秋空見れば笛欲しや　藤田湘子

秋の雲
秋雲
雲の秋

秋空に浮かぶ白雲は、夏の雲のようなはげしさはないが、変化の中にも、落ち着きがある。
山につき山にはなれつ秋の雲　堀　麦水
秋雲の下そこはかと人住めり　角川源義

鰯雲《いわしぐも》
鱗雲《うろこぐも》

さざ波のように見える絹積雲。鰯《いわし》の群れに似ていることや、鰯《いわし》の大漁を暗示することからの名。
鰯雲立塞《いわしぐもたちふさ》ぎけんふねの道　三宅嘯山
鰯雲人に告ぐべきことならず　加藤楸邨

月
秋の月
月夜
月光

秋の月は、四季のうち、最も清澄なので、古来、「月」といえば、秋の月を指し、賞美する。
月天心貧しき町を通りけり　与謝蕪村
金堂の柱みな月明らかに　阿波野青畝

三日月
月の眉《まゆ》
新月
月の剣

陰暦八月三日の月。秋の日暮れ、しばしの間、眉《まゆ》形《がた》に細く浮かぶ月は、はかなく、ものさびしい。
三日月や影ほのかなる抜菜汁　河合曾良
三日月に川一筋や新墾田《にいはりだ》　河東碧梧桐

名月
今日の月
月今宵《つきこよい》

陰暦八月一五日の仲秋の満月。すっかり秋色に満ちた宵《よい》、澄明で美しい月がながめられる。
名月や只《ただ》うつくしくすみわたる　三浦樗良
けふの月馬も夜道を好みけり　村上鬼城

十六夜《いざよい》
いざよふ月
既望《きぼう》

陰暦八月一六日の夜、および、その月。「名月」より、月の出はやや遅れ、いざよい(ためらい)出る月の意からの命名である。
十六夜《いざよい》もまだ更科《さらしな》の郡《こおり》かな　松尾芭蕉
十六夜《いざよい》の天渡りゆく櫓音《ろおと》かな　河原枇杷男

後《のち》の月
十三夜
二夜の月

陰暦九月十三夜の月。「名月」にくらべると、冷涼の気が漂い、寂しい。豆や栗《くり》を供える。
稲懸けて里しづかなり後《のち》の月　大島蓼太
みちのくの如《ごと》く寒しや十三夜　山口青邨

天《あま》の川《がわ》
銀河
星河
銀漢

無数の星が、川のように密集して見える。一年中出ているが、秋はとくに美しく鑑賞できる。
荒海や佐渡に横たふ天《あま》の河《がわ》　松尾芭蕉
妻二夕夜あらず二夕夜の天《あま》の川《がわ》　中村草田男

秋風
秋の風

万物凋落《ちょうらく》の秋に吹く風は、まさに、愁《うれ》いを感じさせる。きびしさを増す風音に哀感がある。

金風
風爽《かぜさや》か

野分《のわき》
野わけ
野分《のわき》立つ

秋の雨
秋雨《あきさめ》
秋黴雨《あきついり》
秋霖《しゅうりん》

稲妻《いなずま》
稲光《いなびかり》
稲の殿

霧
朝霧
夜霧
霧雨《きりさめ》

十団子《とおだご》も小粒になりぬ秋の風　森川許六
吹きおこる秋風鶴《つる》をあゆましむ　石田波郷

今日の台風に当たる。野の草を吹き分けて吹く風の意。荒涼と、諸物がさらされる。
芭蕉野分《ばしょうのわき》して盥《たらい》に雨を聞く夜かな　松尾芭蕉
抱き起す萩《はぎ》と吹かるる野分《のわき》かな　河東碧梧桐

九月中旬から一〇月半ばにかけての秋の長雨のこと。小雨が降り続き、なかなか上がらない。
松の葉の地に立ちならぶ秋の雨　内藤丈草
秋雨《あきさめ》や夕餉《ゆうげ》の箸《はし》の手くらがり　永井荷風

秋の夜空に生じる放電現象で、遠雷のため、閃《せん》光《こう》のみ走るのが見える。稲の実りに関すると考えられての名。
稲妻《いなずま》のかきまぜて行く闇夜《やみよ》かな　向井去来
稲妻《いなずま》のゆたかなる夜《よ》も寝べきころ　中村汀女

水蒸気の凝結した、ごく小さな水滴が大気中に浮游《ふゆう》する現象。秋に発生しやすい。
御座舟や霧間もれたる須磨明石《すまあかし》　松江重頼
白樺《しらかば》を幽《かす》かに霧のゆく音か　水原秋桜子

露
白露《しらつゆ》
露の玉
露けし

水蒸気が凝結して、地面や、草木の表面に作る多数の水滴をいう。秋に最も多い。
おく露やいとど葡萄《ぶどう》の玉ゆらぐ　釈蝶夢
蔓《つる》踏んで一山の露動きけり　原石鼎

―秋日和《あきびより》・秋旱《あきひでり》・秋の色・秋の声・秋高し・月代《つきしろ》・盆の月・初月《はつづき》・二日月・弓張月・夕月夜・待宵《まつよい》・良夜《りょうや》・無月《むげつ》・雨月《うげつ》・立待月《たちまちづき》・居待月《いまちづき》・臥待月《ふしまちづき》・更待月《ふけまちづき》・宵《よい》闇《やみ》・有明月《ありあけづき》・秋の星・星月夜・流星・初嵐《あらし》・秋の初風・台風《たいふう》・雁《かり》渡し・黍嵐《きびあらし》・秋曇《ぐもり》・秋時雨《しぐれ》・秋雪・秋の雷《らい》・秋の虹《にじ》・秋の夕焼・秋の霞《かすみ》・露時雨《つゆしぐれ》・露寒《つゆさむ》・露霜《つゆじも》・秋の霜・龍田姫《たつたひめ》

《地　理》

秋の山
秋山

家二つ戸の口見えて秋の山　鈴木道彦
信濃路《しなのじ》やどこ迄《まで》つづく秋の山　正岡子規

花野
花野原
花野道
花野風

秋の草花の咲き乱れた野。人為的に作られる花畑とは異なり、野の趣が感じられる。
広道へ出て日の高き花野かな　与謝蕪村
花野やはらか移動文庫の車輪過ぎ　平畑静塔

落し水
田水を

稲刈りのひと月ほど前に畦《あぜ》の水口につめた藁《わら》を抜いて、いらなくなった田水を落とすこと。

落す
堰外《せきはず》す

水落ちて田面《たのも》をはしる鼠《ねずみ》かな　釈　蝶夢
落し水落ち尽くす音もなかりけり　松根東洋城

秋の水
秋水

秋になって、冷ややかに澄む水の総称。「三尺の秋水」は、名刀の喩《たと》えとされた。

茫《ぼう》々と芒《すすき》をれ臥《ふ》す秋の水　加藤暁台
白鷺《しらさぎ》に子ありて秋の水に彳《た》つ　山口誓子

——山粧《やまよそお》ふ・秋の野・野山の錦《にしき》・枯野《かれの》の色・秋園・花畠《ばたけ》・秋の土・秋の田・刈田・穭田《ひつじだ》・水澄む・秋の川・秋出水《でみず》・秋の湖・秋の海・秋の潮・初潮・秋の波・秋の浜・不知火《しらぬい》

《人　事》

重陽《ちょうよう》
重九《ちょうきゅう》
今日の菊

陰暦九月九日をいう。陽数の九が重なるゆえの名で、めでたい日である。菊の節句。

人心しづかに菊の節句かな　黒柳召波
重陽《ちょうよう》や青柚《あおゆ》の香ある雑煮《ぞうに》椀《わん》　水原秋桜子

七夕《たなばた》
星祭《まつり》
七夕竹《たなばただけ》
星迎え

陰暦七月七日の節句。中国の牽牛《けんぎゅう》・織女《しょくじょ》星伝説と乞巧奠《きこうでん》の行事に、わが国の棚機《たなばた》つ女《め》信仰が習合したものという。

たなばたや児《ちご》の額に笹《ささ》のかげ　三浦樗良
うつぶして婢《ひ》も筆をとり星祭《まつり》　皆吉爽雨

八朔《はっさく》の祝《いわい》
田面《たのも》の節《せち》
頼合《たのみあい》

陰暦八月朔日《ついたち》。稲の実りの祈願や主従関係などの強化の憑《たのみ》の節供を行う。徳川家康《とくがわいえやす》が江戸城に入った日を記念する行事も行われた。

八朔《はっさく》や浅黄《あさぎ》小紋の新しき　志太野坡
名主先づ謡うて田面《たのも》祝ひけり　佐々木北涯

新酒
今年酒《ことしざけ》
新走《あらばしり》
利酒《ききざけ》

その年に穫《と》れた新米を、すぐに仕込んで造った新しい酒。昔は、神に「初穂」として捧げた。

父が酔ひ家の新酒のうれしさに　黒柳召波
小百姓の新酒の馬をひきにけり　村上鬼城

燈籠《とうろう》
盆燈籠《ぼんどうろう》
盆提燈《ぼんちょうちん》
切籠《きりこ》

盆の仏を迎えるために、紙や木で作った供養の燈籠《とうろう》。送り盆で、火をつけたまま、川や海に流す地方も多い。

高燈籠《たかとうろ》しばらくあつて嶺《みね》の月　立花北枝
燈籠《とうろう》流す水足許《あしもと》に来てをりぬ　久米正雄

案山子《かがし》

落つる日に影さへうすきかがしかな　加舎白雄
倒れたる案山子《かがし》の顔の上に天　西東三鬼

稲刈《いねかり》
稲刈る
田刈《たかり》
稲車《いなぐるま》

田の水を落とした後、一〇月ごろ、稲を刈る。短期間に行うので、たいへんな重労働である。

稲刈れば小草に秋の日のあたる　与謝蕪村
たそがれて馬おとなしや稲を積む　原　石鼎

稲《は》架《さ》
はざ
稲架《いなか》
稲木《いなぎ》

刈り取った稲を束にしてかけて干すために、木や竹で組んだもの。地方により、型は異なる。

象潟《きさがた》や稲木《いなぎ》も網の助杭《たすけぐい》　池西言水
稲《は》架《ざ》の道旦夕《たんせき》きよくなりにけり　大野林火

砧《きぬた》
砧打《きぬたう》つ
衣打つ
小《さ》夜砧《よぎぬた》

昔、繊維の硬い着物を台に乗せて、槌《つち》で打ち柔らげたことをいう。秋の夜寒《よさむ》に響く砧《きぬた》の音は、侘《わ》びしい。

行く舟に遠近《おちこち》かはるきぬたかな　高井几董
何おもふ砧《きぬた》俄《にわか》にうちやみぬ　松瀬青々

踊
盆踊
盆踊歌
踊子

盆踊りを指す。盆に来る亡霊を供養し、あの世に送り帰す踊りである。娯楽の意義も大きい。

看病の耳に更け行く踊かな　与謝蕪村
をみならにいまの時過ぐ盆踊　森　澄雄

相撲
角力《すもう》
相撲取《とり》
草相撲《くさずもう》

宮中で七月に相撲《すまい》の節会《せちえ》が行われたため、秋季とされた。もともとは、宗教的神事であった。

母親に見送られけり角力取《すもうとり》　松岡青蘿
年若く前歯折りたる角力《すもう》かな　正岡子規

月見
月待つ
月の客
月の友

主として名月（陰暦八月十五夜）を見ること。供物を供え、知人を招き、月見の座を設ける。

岩鼻《いわはな》やここにもひとり月の客　向井去来
着きし座を起《た》つことなくて月を待つ　富安風生

盂蘭盆《うらぼん》
盆
盆会《ぼんえ》
盆供《ぼんく》

魂《たま》祭りの行事。七月一三日の夕方、迎え火を焚《た》き祖霊を迎え、供養して、一六日の朝、送り盆をする。

盆ごころ夕がほ汁に定りぬ　加藤暁台
盂蘭盆《うらぼん》や道であひたる俄《にわか》雨　久保田万太郎

魂《たま》祭り
霊祭《たままつり》
玉祭《たままつり》
魂棚《たまだな》

盆に祖霊を供養する祭り。精霊棚《しょうりょうだな》に位牌《いはい》を安置し供物を置き精霊《しょうりょう》を慰め、僧が読経供養する。

まざまざといますが如《ごと》し魂祭《たままつり》　北村季吟
魂棚《たまだな》の見えて淋《さび》しき昼寝かな　村上鬼城

墓参《まいり》
墓詣《もうで》

夕月や涼みがてらの墓参り　小林一茶
城山の桑の道照る墓参かな　杉田久女

秋の駒牽《こまひき》・毛見《けみ》・終戦記念日・老人の日・文化の日・硯洗《すずりあらい》・星合《ほしあい》・二星《にせい》・牽牛《けんぎゅう》・織女《しょくじょ》・鵲《かささぎ》の橋・梶《かじ》の葉・梶《かじ》の鞠《まり》・草の市・盆用意・苧殻《おがら》・盆休《やすみ》・中元・つと入《いり》・高きに登る・菊の酒・温《あたた》め酒・後《のち》の雛《ひな》・十日の菊・鹿《しか》の角切《つのきり》・原爆忌《げんばくき》・震災記念日・運動会・夜学・秋袷《あわせ》・濁り酒・新米・焼米・夜食・零余子《ぬかご》飯・栗飯《くりめし》・柚味噌《ゆみそ》・吊《つる》し柿《がき》・菊膾《なます》・新蕎麦《そば》・新豆腐《どうふ》・秋の燈・燈火親しむ・秋の蚊帳《かや》・扇置く・秋扇・菊枕《まくら》・秋簾《すだれ》・障子洗ふ・障子貼《は》る・松手入《ていれ》・冬支度《じたく》・秋耕《しゅうこう》・添水《そうず》・鳴子《なるこ》・鳥おどし・威銃《おどしじゅう》打つ・田守《たもり》・虫送り・鹿火屋《かびや》・鹿垣《ししがき》・稲干・掛稲・稲扱《こき》・籾《もみ》・籾摺《もみすり》・豊年・凶作・

新藁《わら》・藁塚《わらづか》・よなべ・渋取《しぶとり》・綿取《とり》・新綿・秋蚕《ご》・竹伐《たけき》る・若煙草《たばこ》・種採《たねとり》・大根蒔《ま》く・牡丹《ぼたん》の根分《ねわけ》・薬掘《くすりほ》る・豆引く・牛蒡《ごぼう》引く・菱《ひし》取る・木賊《とくさ》刈る・萱《かや》刈る・葦刈《あしかり》・葦火《あしび》・牧閉《まきとざ》す・小鳥網・囮《おとり》・鳩吹《はとふき》・鹿狩・下《くだ》り簗《やな》・網代打《あじろうち》・鮭打《さけうち》・鰯《いわし》引く・秋場所・花火・海螺廻《ばいまわし》・菊合《あわせ》・菊人形・虫売《うり》・茸狩《たけがり》・紅葉狩《もみじがり》・初猟《りょう》・鯊釣《はぜつり》・雁瘡《がんかさ》・秋思・秋祭《まつり》・御射山《みさやま》祭・八幡放生会《やわたほうじょうえ》・鞍馬《くらま》の火祭《ひまつり》・平安祭《へいあんまつり》・摂待《せったい》・生身魂《いきみたま》・蓮《はす》の飯・迎火《むかえび》・施餓鬼《せがき》・燈籠《とうろう》流し・送火《おくりび》・大文字《だいもんじ》の火・解夏《げげ》・六斎《ろくさい》念仏・六道参《ろくどうまいり》・地蔵盆・秋彼岸・太秦《うずまさ》の牛祭《うしまつり》・御《お》命講《めいこう》・宗祇忌《そうぎき》・鬼貫忌《おにつらき》・太祇忌《たいぎき》・西鶴忌《さいかくき》・水巴忌《すいはき》・定家忌《ていかき》・去来忌《きょらいき》・子規忌《しきき》・蛇笏忌《だこつき》

《動物》

鹿《しか》

牡鹿《おじか》
鹿《しか》鳴く
鹿《しか》の声

秋になって山の遠くから聞こえる、雌を慕う雄の鳴き声は愁いがあり、古来、歌にも詠まれてきた。

びいと啼《な》く尻声《しりごえ》悲し夜の鹿《しか》　松尾芭蕉
老鹿《おいじか》の眼《め》のたゞふくむ涙かな　飯田蛇笏

渡り鳥

小鳥渡る
鳥雲《ちょううん》

渡り鳥は春秋に見られるが、秋は、群をなすので目立つ。夏鳥が去ったのち冬鳥が来る。

柴《しば》売りに連れてや市の渡り鳥　各務支考
鳥渡る終生ひとにつかはれむ　安住　敦

鵙《もず》

鵙啼《もずな》く
鵙《もず》の早贄《にえ》

生《い》き餌《え》を捕食する鳥。秋は食餌《しょくじ》が少なく、鳴き声が鋭く痛切になる。尾を上下に振って鳴く。

汐風《しおかぜ》の中より鵙《もず》の高音かな　広瀬惟然
かなしめば鵙《もず》金色の日を負ひ来　加藤楸邨

鶉《うずら》

片鶉《かたうずら》
諸鶉《もろうずら》
鶉《うずら》の床

ずんぐりした形の狩猟鳥。秋風の吹く深草野で鳴く声のあわれさが、季感の伝統とされてきた。

夕暮《ゆうぐれ》をおもふままにも啼《な》く鶉《うずら》　広瀬惟然
鶉《うずら》鳴くばかり淋《さび》しき山の畑　佐藤紅緑

雁《かり》

初雁《はつかり》
雁渡《かりわた》る
雁《かり》が音《ね》

一〇月ごろ、北方から渡来する冬鳥。多くは編隊で飛来する。鳴き声を「雁《かり》が音《ね》」としてとくに賞する。

病雁《びょうがん》の夜寒に落ちて旅寝かな　松尾芭蕉
雁啼《かりな》くやひとつ机に兄いもと　安住　敦

蜩《ひぐらし》

日暮《ひぐらし》
かなかな

一〇月初めごろまで、カナカナと哀切な声で鳴く。人家の近辺より、深い森を好む美しい蟬《せみ》。

日ぐらしや盆も過ぎ行く墓の松　釈　蝶夢
会へば兄弟《はらから》ひぐらしの声林立す　中村草田男

蜻蛉《とんぼ》

蜻蜓《とんぼ》
あきつ

蜻蛉《とんぼ》は夏にも多いが、秋とするのは、飛ぶ姿が爽《さわ》やかな秋の野面《のもせ》に合っているからであろう。

行く水におのが影追ふ蜻蛉《とんぼ》かな　千代女

やんま

とどまればあたりにふゆる蜻蛉《とんぼ》かな　中村汀女

虫
虫鳴く
虫の声
虫時雨《しぐれ》

秋の草むらにすだく虫。姿を見るのでなく、声を聞いて楽しむ。鳴くのは、いずれも雄である。

行水《ぎょうずい》の捨てどころなき虫の声　上島鬼貫

夜《よ》は夜《よる》の天の恵みに虫鳴くも　上村占魚

蟋蟀《こおろぎ》
蛼《こおろぎ》
ちちろむし

人里近くすみ、秋を通じて、澄んだ声で鳴く。古くキリギリスと呼ばれたこともある。

蛼《こおろぎ》や一夜宿せし歯朶《しだ》屏風《びょうぶ》　加舎白雄

糸つむぐ車の下やちちろ鳴く　高浜虚子

螽蟖《きりぎりす》
ぎす

緑色、または褐色《かっしょく》の頑丈《がんじょう》そうな虫。ギーッチョンと鳴く。古くはハタオリと呼んでいたらしい。

我が影の壁にしむ夜《よ》やきりぎりす　大島蓼太

きりぎりす時を刻みて限りなし　中村草田男

蓑虫《みのむし》
鬼の子
親無子《おやなしご》
結草虫《けっそうちゅう》

蓑蛾《みのが》の幼虫。木の葉や小枝を綴《つづ》った袋に包まれる。実際は鳴かないが鳴き声があわれとされた。

蓑虫《みのむし》の音《ね》を聞きに来よ草の庵《いお》　松尾芭蕉

蓑虫《みのむし》や吹き起されて石の面《おも》　高野素十

――猪《いのしし》・馬肥ゆる・蛇《へび》穴に入《い》る・鷹《たか》渡る・坂鳥・色鳥・小鳥・燕《つばめ》帰る・稲雀《いなすずめ》・鶇《つぐみ》・鵯《ひよどり》・懸巣鳥《かけす》・鶸《ひわ》・連雀《れんじゃく》・鶲《ひたき》・鶺鴒《せきれい》・椋鳥《むくどり》・鵲《かささぎ》・啄木鳥《きつつき》・鴫《しぎ》・初鴨《かも》・鶴来る《つるきた》・四十雀《しじゅうから》・山雀《やまがら》・日雀《ひがら》・小雀《こがら》・五十雀《ごじゅうから》・眼白《めじろ》・落鮎《おちあゆ》・紅葉鮒《もみじぶな》・江鮭《あめのうお》・鰍《かじか》・鯔《ぼら》・鱸《すずき》・鯊《はぜ》・秋鯖《さば》・鰶《このしろ》・鰯《いわし》・太《た》刀魚《ちうお》・秋刀魚《さんま》・初鮭《ざけ》・秋の螢《ほたる》・秋の蚊・秋の蠅《はえ》・秋の蝶《ちょう》・秋の蟬《せみ》・蛁蟟《つくつくぼうし》・赤蜻蛉《あかとんぼ》・蜉蝣《かげろう》・竈馬《いとど》・鈴虫・松虫・邯鄲《かんたん》・草雲雀《くさひばり》・鉦叩《かねたたき》・馬追・轡虫《くつわむし》・はたはた・ばった・蝗《いなご》・稲舂虫《いねつきむし》・浮塵子《うんか》・蟷螂《かまきり》・螻蛄《けら》鳴く・蚯蚓《みみず》鳴く・茶立虫《ちゃたて》・放屁虫《へひり》・芋虫・残る虫・われから

《植物》

木槿《むくげ》
きはちす
もくげ

晩夏から初秋にかけて、五弁の紅紫色の花が咲く。朝開き夕方しぼむので「槿花《きんか》一日《いちじつ》の栄」という。

道のべの木槿《むくげ》は馬に食はれけり　松尾芭蕉

白木槿《しろむくげ》嬰児《えいじ》も空を見ることあり　細見綾子

芙蓉《ふよう》
木芙蓉《もくふよう》
白芙蓉《しろふよう》
紅芙蓉《べにふよう》

初秋、淡紅色の大花が咲き、一日でしぼんで落ちる。観賞のために、庭によく植えられる。

芙蓉《ふよう》さく今朝一天に雲もなし　宮　紫暁

門入りてまづ夕方の白芙蓉《しろふよう》　星野立子

柿《かき》
渋柿《しぶがき》
甘柿《あまがき》

鮮紅色の果実をつける。古来親しまれた果樹。秋空に、鈴なりの柿《かき》が映えた光景は美しい。

柿《かき》ぬしや梢《こずえ》は近き嵐山《あらしやま》　向井去来

柿《かき》くへば鐘が鳴るなり法隆寺《ほうりゆうじ》　正岡子規

栗《くり》
木守《きもり》　毬栗《いがぐり》　笑栗《えみぐり》　落栗《おちぐり》

ふつう、九月下旬以後熟す。毬《いが》の中で成熟し毬《いが》に裂け目ができて(笑《え》み栗《ぐり》)、弾《はじ》けて落ちる。

栗笑《くりえ》んで不動の怒る深山《みやま》かな　池西言水

待つことは長し栗《くり》の実落つることも　山口青邨

紅葉《もみじ》
濃紅葉《もみじ》　もみぢ　葉《ば》

晩秋、気温が下がると落葉樹などの葉が、赤や黄色に変化すること。紅絹《もみ》の色に由来する名。

関照るや紅葉《もみじ》にかこむ箱根山　小西来山

障子しめて四方の紅葉《もみじ》を感じをり　星野立子

桐一葉《きりひとは》
一葉《いちよう》　桐《きり》の葉　落つ

『准南子《えなんじ》』以来、梧桐の一葉の落ちるのを見て秋の到来を知る意として初秋の語となった。

夕暮《ゆうぐれ》やひざをいだけば又一葉　小林一茶

桐一葉《きりひとは》日当りながら落ちにけり　高浜虚子

柳散る
黄柳　秋の柳

仲秋、黄ばみ始め吹く秋風とともに一時に散る。なよやかな枝がなびき水辺に吹き乱れて散る。

柳ちるや少し夕べの日のよわり　加藤暁台

柳散る水の十字路漕《こ》ぎ曲《まが》り　野見山朱鳥

蔦《つた》
蔦紅葉《つたもみじ》　蔦《つた》かづら

山林に自生して、巻きひげで巨樹や崖《がけ》にはい登る。掌状《てのひら》に分裂した葉は秋に見事に紅葉する。

桟《かけはし》や命をからむ蔦《つた》かづら　松尾芭蕉

蔦紅葉《つたもみじ》巌《いわお》の結界《けっかい》とざしけり　大野林火

芭蕉《ばしょう》
芭蕉《ばしょう》広葉　芭蕉《ばしょう》林

もと中国産で古く日本に渡来している。秋風の吹くころ葉が裂けるので無常を感じさせる。

暮《くれ》わたる空や芭蕉《ばしょう》に鐘の音　岩田涼菟

更けゆくや芭蕉《ばしょう》の雨を枕上《まくらがみ》　太田鴻村

朝顔
朝顔市　蕣《あさがお》　牽牛花《けんぎゅうか》

ヒルガオ科の一年生つる草。朝開花し、昼しぼむ。花の命の短さが惜しまれ、愛《め》でられる。

朝がほや一輪深き淵《ふち》のいろ　与謝蕪村

朝顔や濁り初《そ》めたる市の空　杉田久女

鶏頭花《けいとうか》
鶏頭《けいとう》　鶏冠《けいかん》

たくましい茎の先が鶏冠《とさか》状に変形し、その下に小花が密生する。赤・橙《だいだい》・紫色に美しく咲く。

鶏頭《けいとう》や倒るる日まで色ふかし　松岡青蘿

鶏頭《けいとう》の十四五本もありぬべし　正岡子規

菊
隠君子《いんくんし》　翁草《おきなぐさ》　白菊　菊の香

古く、中国から渡来し風流人の愛《め》でる花であった。今や全国で栽培され品種はきわめて多い。

てらてらと菊の光りや浜庇《はまひさし》　山本荷兮

わがいのち菊にむかひてしづかなる　水原秋桜子

芋
芋の露　芋畑　芋の葉

ふつう里芋を指す。一〇月上旬ごろ子芋・孫芋を収穫する。芋畑のながめは美しい。

猶《なお》月に知るや美濃路《みのじ》の芋の味　広瀬惟然

芋の露連山影を正しうす　飯田蛇笏

稲
稲穂

末枯《うらがれ》
草枯《くさかれ》に
花残る

萩《はぎ》
秋萩
萩《はぎ》の露
白萩《しらはぎ》

芒《すすき》
薄《すすき》
芒原《すすきはら》
芒野《すすきの》

尾花《おばな》
花薄《はなすすき》
穂薄《ほすすき》
薄《すすき》の穂《ほ》

美しき稲の穂並《ほなみ》の朝日かな　斎部路通
稲穂いま乳こもり来し撓《しな》ひにあり　篠原梵

晩秋、野山の草の葉が、先の方から枯れることをいう。枯れ色のさびしい景色である。
うら枯れや隈《すみ》々の水澄みかへり　溝口素丸
末枯《うらがれ》の黄昏《たそがれ》の子を負いゆくのみ　三谷昭

秋草を代表するので萩の字を当てる。初秋、紅紫色の蝶《ちょう》形花が穂を連ね、風にうつろう。
行き行きてたふれ伏すとも萩《はぎ》の原　河合曾良
古庭や身に親しくも萩《はぎ》の花　小沢碧童

イネ科多年草の風媒花で、秋の七草の一つ。黄褐《おうかっしょく》色の穂がしだいに白くなり、侘《わ》びしい。
風のたび道付け替ふるすすきかな　杉山杉風
この道の富士になり行く芒《すすき》かな　河東碧梧桐

ススキの穂状の花。獣の尾に似ているので名づけられた。風になびく尾花《おばな》の波は風情《ふぜい》がある。
野の風や小松が上も尾花《おばな》吹く　炭太祇
穂芒《ほすすき》や地震《ない》に裂けたる山の腹　寺田寅彦

曼珠沙華《まんじゅしゃげ》
彼岸花《ひがんばな》
天涯花《てんがいばな》
三昧花《さんまいばな》

茸《きのこ》
菌《きのこ》
月夜茸《つきよたけ》
茸飯《きのこめし》

ヒガンバナ。梵語《ぼんご》の曼珠沙華《まんじゅしゃげ》は「赤い花」の意。秋日、しべが突出した数花を輪状に開く。
霧雨《きりさめ》や下は雫《しずく》の曼珠沙華《まんじゅしゃげ》　服部土芳
曼珠沙華《まんじゅしゃげ》散るや赤きに耐へかねて　野見山朱鳥

山野の木の下に子のごとく生ずるゆえの名。毒茸《きのこ》もあるが食用の茸《きのこ》の風味は秋の味覚である。
さびしさや菌《きのこ》のかさの窪《くぼ》たまり　鈴木道彦
爛《らん》々と昼の星見え菌《きのこ》生え　高浜虚子

秋薔薇《ばら》・木犀《もくせい》の花・南天の実・藤《ふじ》の実・枳殻《きこく》の実・秋果《しゅうか》・桃・梨子《なし》・熟柿《じゅくし》・林檎《りんご》・葡萄《ぶどう》・石榴《ざくろ》・棗《なつめ》の実・無花果《いちじく》・胡桃《くるみ》・柚子《ゆず》・橙《だいだい》・金柑《きんかん》・朱欒《ざぼん》・檸檬《れもん》・榲桲《まるめろ》・榠樝《かりん》の実・柿紅葉《かきもみじ》・初紅葉《もみじ》・薄紅葉《うすもみじ》・黄葉《もみじ》・照葉《てりは》・黄落《こうらく》・鶏冠木《かえで》・櫨紅葉《はぜもみじ》・桜紅葉《もみじ》・銀杏黄葉《いちょうもみじ》・色かへぬ松・新松子《ちじり》・銀杏《いちょう》散る・木《こ》の実・ななかまど・橡《とち》の実・椋《むく》の実・団栗《どんぐり》・一位《いちい》の実・梅檀《せんだん》の実・榧《かや》の実・椎《しい》の実・銀杏《ぎんなん》・菩提子《ぼだいし》・桐《きり》の実・錦木《にしきぎ》・梅もどき・茱萸《ぐみ》・通草《あけび》・竹の春・破《や》れ芭蕉《ばしょう》・カンナ・蘭《らん》・葉《は》鶏頭《げいとう》・コスモス・白粉花《おしろいばな》・鬼灯《ほおずき》・鳳仙花《ほうせんか》・秋海棠《しゅうかいどう》・残菊《ざんぎく》・紫苑《しおん》・敗荷《やれはす》・蓮《はす》の実・西瓜《すいか》・南瓜《かぼちゃ》・絲瓜《へちま》・瓢《ふくべ》・秋茄子《なす》・自然薯《じねんじょ》・零余子《むかご》・間引菜《まびきな》・隠元豆《いんげんまめ》・刀豆《なたまめ》・落花生《らっかせい》・紫蘇《しそ》の実・唐辛子《とうがらし》・茗荷《みょうが》の花・生姜《しょうが》・稲の

花・早稲《わせ》・晩稲《おくて》・落穂《おちぼ》・稗《ひえ》・甘藷《さつまいも》・玉蜀黍《とうもろこし》・黍《きび》・唐黍《とうきび》・粟《あわ》・蕎麦《そば》の花・大豆《だいず》・小豆《あずき》・胡麻《ごま》・煙草《たばこ》の花・秋草・草の花・草の穂《ほ》・草の実・草紅葉《くさもみじ》・秋の七草・萱《かや》・刈萱《かるかや》・蘆《あし》の花・荻《おぎ》・真菰《まこも》の花・数珠玉《じゅずだま》・葛《くず》・葛《くず》の花・藪枯《やぶか》らし・撫子《なでしこ》・野菊・狗尾草《えのころぐさ》・ゐのこづち・藤袴《ふじばかま》・藪虱《やぶじらみ》・桔梗《ききょう》・女郎花《おみなえし》・男郎花《おとこえし》・吾亦紅《われもこう》・水引《みずひき》の花・龍胆《りんどう》・松虫草・露草《つゆくさ》・鳥兜《かぶと》・忍草《しのぶぐさ》・蓼《たで》の花・犬蓼《いぬたで》・茜草《あかね》・烏瓜《からすうり》・菱《ひし》の実・松茸《まつたけ》・占地《しめじ》・椎茸《しいたけ》・初茸《たけ》・毒茸《どくたけ》・松露《しょうろ》

冬

《時候》

冬
冬将軍
玄冬
三冬

立冬から立春前日までを指す。陽暦の一一、一二、一月。寒気がきびしい。

松原や時雨《しぐれ》せぬ日も冬の音　　杉山杉風

ふかし芋割るやより添ふ冬の宿　　横光利一

立冬
冬立つ
今朝《けさ》の冬

二十四気の一つ。陽暦一一月七日ごろ。冬に入ったことをいう。「今朝《けさ》の冬」は立冬当日の朝のことである。

けさの冬よき毛衣を得たりけり　　与謝蕪村

冬立ちにけり町角の珈琲《コーヒー》の香　　伊丹三樹彦

小春《こはる》
小六月《ころくがつ》
小春日《こはるび》
小春凪《こはるなぎ》

陰暦一〇月の異称。「小六月《ころくがつ》」ともいう。また冬の初めに多い、穏やかな日和《ひより》をも指す。

海の音一日遠き小春《こはる》かな　　加藤暁台

小春日《こはるび》や石を噛《か》みゐる赤蜻蛉《あかとんぼ》　　村上鬼城

冬至
冬至南《かぼ》瓜《ちゃ》
冬至粥《がゆ》

二十四気の一つ。陽暦一二月二二日ごろ。太陽が最も南をとおるため日が短い。

燈心をそへて遊ばむ冬至の夜　　釈　蝶夢

冬至の日しみじみ親し膝《ひざ》に来る　　富安風生

師走《しわす》
極月《ごくげつ》
臘月《ろうげつ》

陰暦一二月の異称。現在も用いられ、一年の終わりの月のあわただしさをいい得た称である。

里々に米つく音の師走《しわす》かな　　森川許六

極月《ごくげつ》の人々人々道にあり　　山口青邨

年の暮《くれ》
年暮る
年の瀬
歳末

一二月の末、一年の終わり。無事に年を越して新年を迎える準備に追われる時期である。

年暮れぬ笠《かさ》きて草鞋《わらじ》はきながら　　松尾芭蕉

しんかんたる英国大使館歳《とし》暮れぬ　　加藤楸邨

行く年
年行く
年歩む
年送る

「年の暮《くれ》」と同義だが、過ぎ去って行くこの一年をふり返り、惜しむ気持ちが強い。

行く年やひとり噛《か》みしる海苔《のり》の味　　加舎白雄

寒の内　寒　寒きびし

小寒（一月五日ごろ）から大寒を経て立春の前日までの約三〇日間。年間最も寒さがきびしい。

行年《ゆくとし》の庫裡《くり》の大炉の火絶えず　高浜年尾
干鮭《からざけ》も空也《くうや》の痩《やせ》も寒の中《うち》　松尾芭蕉
捨水《すてみず》の即《すなわ》ち氷る寒に在り　池内たけし

短日《たんじつ》　日短か　日短し　暮《くれ》早し

一年で最も日の短い冬至をはさんで、冬は、日が短く、あわただしく暮れてゆく。

日短かやかせぐに追付《おいつく》貧乏神　小林一茶
短日やにはかに落ちし波の音　久保田万太郎

冬の夜　寒夜

何となく冬夜隣をきかれけり　榎本其角
闇《やみ》走る犬猫《ねこ》どもの冬の夜　山口誓子

寒し　寒さ　寒気

身に感じる寒さ、見た目の寒さを含めていう。なお春寒・余寒は春の寒さ、朝寒は秋の寒さ。

有明《ありあけ》にふりむきがたき寒さかな　向井去来
明け寒き嵐《あらし》の中の鶏《とり》の声　富田木歩

凍る　氷る夜　凍《し》む　氷る

寒さのために水気のあるものが凍ること。厳冬には戸外はもちろん戸内のものも凍る。

吹き散りて松葉や氷る石の中　山本荷兮
晒桶《さらしおけ》古鏡のごとく氷つたり　阿波野青畝

凍《い》てる　冱《い》つる　凍《いて》

寒気のために凍ったものをいうばかりでなく、凍るように感じるすべてのものに用いる。

庭草のよごれしままに風の凍《いて》　加舎白雄
触るる物みな凍《い》て指頭熱したり　沢木欣一

――初冬・神無月《かんなづき》・十一月・霜月・十二月・冬ざれ・冬暖か・暖冬・年末・歳晩・大晦日《おおみそか》・大つごもり・大《おお》年《とし》・年惜しむ・年越・除夜・年の夜・寒の入《いり》・小寒・大寒・寒ゆるむ・冬の日・冬の暮《くれ》・寒夜・霜夜《しもよ》・冷たし・底冷え・冴《さ》ゆる・寒波・三寒四温・厳寒・冬深し・日脚《ひあし》のぶ・春待つ・春近し・春隣《となり》・冬終る・節分・年内立春

《天　文》

冬日　冬の日　冬陽《ふゆひ》　冬日向《ひなた》

冬の太陽や日ざし。遠くから斜めにさして弱々しい。穏やかな天気は冬日和《びより》といって区別する。

あたたかに冬の陽《ひなた》は寒きかな　上島鬼貫
大空の片隅《かたすみ》にある冬日かな　高浜虚子

冬の月　月冴《さ》ゆる

冬の月は、青白く冴《さ》えていかにも寒そうにみえる。寒気満ちた中天に輝く月は凄寥《せいりょう》ですらある。

よき夜ほど氷るなりけり冬の月　浪化
酔へば酔語いよいよ尖《とが》る冬の月　楠本憲吉

凩《こがらし》　木枯《こがらし》

晩秋から初冬にかけ吹く強い風。凩《こがらし》が吹き始めると木は葉を落とし冬景色にさま変わりする。

凩《こがらし》に菅笠《すげがさ》たつる旅寝かな　越智越人

北風
朔風《さくふう》

凩《こがらし》の中に灯《とも》りぬ閻魔堂《えんまどう》　川端茅舎
プール涸《か》れ屋上の如《ごと》し北風吹き　秋元不死男
鷲《わし》動かず紙屑《かみくず》北風にさらはるる　桂　信子

初時雨《はつしぐれ》

その冬に初めて降る時雨《しぐれ》。冬の到来を告げる。珍しいものとして賞美する気持ちがある。

けふばかり人も年よれ初時雨《しぐれ》　松尾芭蕉
初時雨《しぐれ》とは聞くからに濡《ぬ》れて見ん　池内たけし

時雨《しぐれ》
時雨《しぐ》る
夕時雨《しぐれ》

秋から冬にかけ陰晴定めなく降ったり、日がさしながら降る雨。漂泊のイメージが濃い。

遠山に夕日一すぢ時雨《しぐれ》かな　与謝蕪村
街道や時雨《しぐれ》いづかたよりとなく　中村草田男

霰《あられ》
初霰《あられ》
夕霰《あられ》
玉霰《あられ》

空中の水蒸気が凝結して降る。パラパラという音とともに一面玉を敷いたような景を呈する。

石山の石にたばしる霰《あられ》かな　松尾芭蕉
雪峰の月は霰《あられ》を落しけり　原　石鼎

霜
霜の声
強霜《つよしも》
大霜《おおしも》

晴れた朝や夜、地上一面に白い霜が降りる。空中の水蒸気がそのまま氷になったものである。

鳴きながら霜ふるひけり明がらす　大伴大江丸
月光をさだかに霜の降りにけり　松村蒼石

初雪

秋から冬にかけて初めて降る雪。賞美する気持ちがある。ちらちらと降ることが多い。

初雪や波のとどかぬ岩の上　松木淡々
はじめての雪闇《やみ》に降り闇《やみ》にやむ　野沢節子

雪
深雪《みゆき》
けさの雪

水蒸気が凍って結晶になった白い小片。古来雪月花《せつげっか》といわれ、用い方が大変に豊かである。

鍛冶《かじ》ありと走り火遠し雪の上　大島蓼太
地の雪と貨車のかづきて来し雪と　木下夕爾

吹雪《ふぶき》
吹雪《ふぶ》く
地吹雪《じふぶき》
雪煙《げむり》

風がはげしく吹き、雪を巻き上げ、同時に空から降る雪も吹き上げられる状態。地吹雪《じふぶき》などともいう。

宿かせと刀投げ出す雪吹《ふぶき》かな　与謝蕪村
橇《そり》やがて吹雪《ふぶき》の渦《うず》に吸はれけり　杉田久女

―冬日和《びより》・冬晴《ばれ》・冬麗《うら》ら・冬旱《ひでり》・冬の雲・寒月・冬の星・冬銀河・すばる・オリオン・天狼・冬凪《なぎ》・冬の風・寒風・隙間風《すきまかぜ》・虎落笛《もがりぶえ》・鎌鼬《かまいたち》・小夜時雨《さよしぐれ》・冬の雨・寒の雨・霙《みぞれ》・霧氷《むひょう》・樹氷《じゅひょう》・初霜・霜晴《ばれ》・露凝《こ》る・雪催《もよい》・雪曇り・雪雲・新雪・夜の雪・雪明り・雪女郎《ゆきじょろう》・雪晴《ばれ》・風花《かざはな》・しまき・冬の雷《らい》・寒雷《かんらい》・雪起し・冬霞《がすみ》・冬の霧・冬夕焼・冬の虹《にじ》

《地理》

冬の山
冬山

鵜《う》の糞《くそ》の白き梢《こずえ》や冬の山　広瀬惟然
落日に会はんと冬山ひた登る　福田蓼汀

枯野《かれの》
野の枯れ
枯原《かれはら》

満目蕭条《まんもくしょうじょう》とした冬の野。冬の野というよりも詩情をかきたてる語のようだ。
よわよわと日のゆきとどく枯野《かれの》かな　堀　麦水
掌《てのひら》に枯野《かれの》の低き日を愛《め》づる　山口誓子

氷
厚氷
氷上
結氷

氷の衣・氷の花・氷の声ともいう。氷面鏡《ひもかがみ》は凍った面が滑らかで鏡のようにみえるのでいう。
くらがりの柄杓《ひしゃく》にさはる氷かな　太　祇
氷上や雲茜《あかね》して暮れまどふ　原　石鼎

枯山《かれやま》・雪山・雪嶺《せつれい》・山眠る・冬野・冬田・枯園《かれその》・冬景色・水涸《か》る・川涸《か》る・冬の水・寒の水・冬の川・冬の海・冬の波・冬濤《ふゆなみ》・寒潮・冬の浜・霜柱《しもばしら》・初氷・氷柱《つらら》・滝氷る・氷湖・凍港・狐火《きつねび》

《人事》

煤掃《すすはき》
煤《すす》掃く
煤《すす》払ひ
煤《すす》払ふ

年末の大掃除。江戸時代には一二月一三日にするものとされたが、現在は定まっていない。
一函《はこ》の皿あやまつやすす払ひ　黒柳召波
川にひゞく畳の音や煤《すす》はらひ　岡村柿紅

年忘れ
忘年会
別歳
分歳

年の暮れに、年中の労を忘れ無事を祝し合う会。一二月の声を聞くと知人朋友相集まって催す。
そばきりのまづ一口やとし忘《わすれ》　西山宗因
蘭蝶《らんちょう》を弾かせて年を忘れけり　阿部みどり女

蒲団《ふとん》
夜具

足を折りて頭に余すふとんかな　吉分大魯
浪音を消さんとかむり石蒲団《いしぶとん》　皆吉爽雨

紙子《かみこ》
紙衣《かみこ》
紙子《かみこ》夜《よ》着《ぎ》

紙製の衣服。厚い白紙に柿《かき》の渋を重ねて塗《ぬ》り、日に乾して一晩露に当ててもみ柔らげ、仕立てる。
まじはりは紙子《かみこ》の切《きれ》を譲りけり　内藤丈草
我死なば紙衣《かみこ》を誰に譲るべき　夏目漱石

外套《がいとう》

聖十字かこむ黒外套《がいとう》四人　大野林火
外套《がいとう》の襟《えり》立てて世に容《い》れられず　加藤楸邨

頭巾《ずきん》
丸頭巾《ずきん》
お高祖《こそ》頭巾《ずきん》

布などで袋形に作り頭にかぶるもの。種々の形、名称がある。冬以外に用いられることもある。
夜噺《よばなし》の片手に着する頭巾《ずきん》かな　千代女
猿《さる》にきせて我に似たりや古頭巾《ふるずきん》　内藤鳴雪

足袋《たび》

足袋《たび》はいてじつとして居る時雨《しぐれ》かな　杉山杉風
病む人の足袋《たび》白々とはきにけり　前田普羅

乾鮭《からざけ》

生鮭《なまざけ》の腸を除き、軒下や木にかけて干したもの。

北海道・青森・秋田での保存法であった。
雪の朝独《ひと》り干鮭《からざけ》を嚙み得たり　松尾芭蕉
乾鮭《からざけ》の切口赤き厨《くりや》かな　正岡子規

冬籠《ごもり》　冬籠《ごも》る　雪籠《ごもり》

冬の寒さを避け家に籠《こも》る暮らしぶりのこと。ことに北国の冬と切り離すことができない。
此里《このさと》は山を四面や冬籠《ふゆごも》り　各務支考
夢に舞ふ能美しや冬籠《ふゆごもり》　松本たかし

冬の燈　寒燈

冬の灯《ひ》をはやばや点《つ》けてわがひとり　日野草城
寒燈に散る喪帰りの浄《きよ》め塩　野沢節子

炭　炭つぐ

たそがれに吹きおろす炭の明りかな　炭 太祇
丹念に炭つぐ妻の老いにけり　臼田亜浪

埋火《うずみび》　炉火

炉や火鉢《ひばち》の灰の中に埋めた炭火のこと。長時間もたせるためにいけこむ。
埋火《うずみび》や終《つい》には煮ゆる鍋《なべ》のもの　与謝蕪村
さぐりあつ埋火《うずみび》ひとつ母寝し後　桂 信子

炬燵《こたつ》　切炬燵《きりごたつ》　昼炬燵《ごたつ》

切った炉に櫓《やぐら》を置き蒲団《ふとん》でおおって暖をとる切り炬燵《ごたつ》、電気炬燵《ごたつ》のような置き炬燵《ごたつ》がある。
影法師横になりたる火燵《こたつ》かな　内藤丈草
よみさしの小本ふせたる炬燵《こたつ》かな　永井荷風

焚火《たきび》

夕影や焚火《たきび》の煙遠く這《は》ひ　大場白水郎
炎皆大地に沈む焚火《たきび》かな　橋本鶏二

風邪《かぜ》

風邪《かぜ》の子や眉《まゆ》にのび来しひたひ髪　杉田久女
わが風邪《かぜ》をひけば愛犬の眸《め》もうるむ　石塚友二

息白し　白息

ささやきの人目はばかる息白し　上村占魚
友へ文白《し》ら息こめて封をなす　原子公平

日向《ひなた》ぼこ

ちかよりて老婦親しく日向《ひなた》ぼこ　飯田蛇笏
日向《ひなた》ぼこしてゐる前に落葉舞ひ　高浜年尾

鉢叩《はちたたき》　空也《くうや》念仏

空也《くうや》僧が一一月一三日の空也忌《くうやき》から四八日間、毎夜瓢簞《ひょうたん》や鉦《かね》を叩《たた》き鳴らしつつ、唱名念仏して回った。
千鳥なく鴨川《かもがわ》こえて鉢《はち》たたき　榎本其角
聞きも居るや行くか踊るか鉢叩《はちたたき》　松根東洋城

クリスマス　聖夜

クリスマス義足の音が階昇る　藤田湘子
聖夜眠れり頸《くび》やはらかき幼な子は　森 澄雄

――亥《い》の子餅《こもち》・髪置・袴着《はかまぎ》・七五三《しちごさん》・ボーナス・事納《おさめ》・針供養《はりくよう》・年用意・年の市・羽子板市・柚子《ゆず》湯・冬至粥《がゆ》・事始《はじめ》・松迎《むかえ》・熊祭《まつり》・社会鍋《なべ》・掛乞《かけごい》・節季候《せきぞろ》・衣《きぬ》

配《くばり》・歳暮祝・年木《としき》樵《こり》・餅搗《もちつき》・注連《しめ》飾る・仕事納《おさめ》・岡見・年守《としも》る・冬休み・寒施行《かんせぎょう》・寒稽古《かんげいこ》・寒声・寒弾《かんびき》・寒中水泳・寒紅《かんべに》・寒灸《かんぎゅう》・節分・追儺《ついな》・鬼やらひ・豆まき・年の豆・柊挿《ひいらぎさ》す・厄払《やくはらい》・冬服・冬着・綿・綿入・布子《ぬのこ》・綿子・夜着《よぎ》・衾《ふすま》・ちゃんちゃんこ・ねんねこ・重ね着・着ぶくれ・褞袍《どてら》・毛衣《けごろも》・裘《かわごろも》・毛皮・毛布・角巻《かくまき》・セーター・ジャケツ・二重廻《まわ》し・コート・投頭巾《なげずきん》・綿帽子・冬帽・雪帽子・雪眼鏡《ゆきめがね》・頰被《ほおかむり》・耳袋・襟巻《えりまき》・マフラー・ショール・肩掛《かけ》・手袋・マスク・毛糸編む・毛糸・餅《もち》・水餅《みずもち》・寒餅《かんもち》・熱燗《あつかん》・鰭《ひれ》酒《ざけ》・玉子酒・霙酒《みぞれざけ》・葛湯《くずゆ》・蕎麦湯《そばゆ》・湯豆腐《ゆどうふ》・寒卵・焼鳥・薬喰《くすりぐい》・雑炊《ぞうすい》・焼芋・鍋焼《なべやき》・芹焼《せりやき》・河豚《ふぐ》汁《じる》・狸《たぬき》汁《じる》・納豆汁《なっとうじる》・根深汁・粕汁《かすじる》・闇汁《やみじる》・牛鍋《ぎゅうなべ》・寄鍋《よせなべ》・おでん・煮凝《にこごり》・風呂吹《ふろふき》・茎漬《くきづけ》・菜漬・酢茎《すぐき》・納豆《なっとう》・寒造《づくり》・寒晒《かんざらし》・凍豆腐《しみどうふ》・切干《きりぼし》・冬構《ふゆがまえ》・北窓塞《ふさ》ぐ・霜除《しもよけ》・風除《かぜよけ》・雪囲《ゆきがこい》・雁木《がんぎ》・藪巻《やぶまき》・雪吊《つり》・雪搔《かき》・雪踏《ふみ》・除雪車・雪下《おろし》・冬座敷・障子《しょうじ》・襖《ふすま》・屛風《びょうぶ》・暖房・ヒーター・スチーム・ストーブ・暖炉・ペチカ・温突《オンドル》・炭切る・炭挽《ひ》く・炭がしら・炭火・消炭・炭斗《とり》・炭売《うり》・売炭《ばいたん》翁《おう》・炭俵《だわら》・炭団《たどん》・石炭・煉炭《れんたん》・置炬燵《おきごたつ》・炉・炉火・囲炉裏《いろり》・榾《ほだ》・榾火《ほだび》・火桶《ひおけ》・火鉢《ひばち》・手焙《てあぶり》・助炭《じょたん》・行火《あんか》・温石《おんじゃく》・懐炉《かいろ》・湯婆《たんぽ》・冬扇・炉開《ろびらき》・炉を開く・敷松葉・口切《くちきり》・吸入器・賀状書く・日記買ふ・古日記・暦売《こよみうり》・古暦《ふるごよみ》・火の番・夜番《よばん》・寒柝《かんたく》・火事・火事見舞・雪沓《ゆきぐつ》・樏《かんじき》・橇《そり》・雪車《そり》・雪上車・凍死・すが漏《もり》・春支度《じたく》・冬耕《とうこう》・大根引《だいこんひき》・蓮根《はすね》掘る・麦蒔《むぎまき》・大根干す・大根洗ふ・干菜《ほしな》・寒肥《かんごえ》・温室・狩・狩人・夜興引《よごひき》・鷹狩《たかがり》・網代《あじろ》・柴漬《ふしづけ》・鯨突《くじらつき》・炭焼・炭竈《すみがま》・楮晒《こうぞさら》す・紙漉《かみすき》・雪見・探梅・牡蠣《かき》船《ぶね》・顔見世・竹馬・雪遊《あそび》・雪達磨《ゆきだるま》・スキー・スケート・ラグビー・湯ざめ・咳《せき》・嚔《くさめ》・水洟《ばな》・木《こ》の葉髪・胼《ひび》・皸《あかぎれ》・霜焼・雪焼・雪眼《め》・悴《かじか》む・懐手《ふところで》・神の旅・神送《かみおくり》・神の留主《るす》・神迎《かみむかえ》・夷講《えびすこう》・御火《おほ》焚《たき》・鞴祭《ふいごまつり》・子祭《ねまつり》・酉《とり》の市・熊手《くまで》・神楽《かぐら》・里神楽《さとかぐら》・年《とし》籠《こもり》・十夜・御命講《おめいこう》・報恩講《ほうおんこう》・臘八会《ろうはつえ》・仏名会《ぶつみょうえ》・除夜の鐘・寒垢離《かんごり》・寒念仏・達磨忌《だるまき》・芭蕉忌《ばしょうき》・時雨忌《しぐれき》・空也忌《くうやき》・一茶忌《いっさき》・近松忌《ちかまつき》・一葉忌《いちようき》・漱石忌《そうせきき》・蕪村忌《ぶそんき》

《動物》

鷹《たか》
鷹《たか》の声

猛禽類《もうきんるい》の一種。種類が多い。古来、飼い馴《な》らして鷹《たか》狩りに使っていた。

鷹《たか》の目の枯野《かれの》に居《すわ》るあらしかな　内藤丈草

双鷹《そうよう》の次第に遠く舞ひ連るる　高野素十

笹鳴《ささなき》

鶯《うぐいす》の地鳴きをいう。冬季には、親鳥も子鳥も餌《えさ》

笹子《ささこ》鳴く

を求めて里近くに来て、チッ、チッ、などと鳴く。

さゝ鳴《なき》や葉もなき枝に居並び　釈　蝶夢

笹鳴《ささなき》の鳴けば亡き母呼ぶかとも　福田蓼汀

水鳥

浮寝鳥《うきねどり》

水上で暮らす鳥の総称。水に浮かんだまま首を後方に折り曲げ眠るので浮寝鳥《うきねどり》ともいう。

水鳥の川尻《かわじり》見せて流れたり　岩田涼菟

水鳥のしづかに己《おの》が身を流す　柴田白葉女

鴨《かも》

鴨《かも》鳴く

鴨《かも》の声

鈴鴨《すずがも》

水鳥で、しかも大部分が冬の渡り鳥である。泳ぎも潜水も巧みで群れをなす。肉は美味。

古利根や鴨《かも》の鳴く夜の酒の味　小林一茶

鴨《かも》うてばとみに匂《にお》ひぬ水辺草　芝不器男

鴛鴦《おしどり》

鴛鴦《おし》

離れ鴛《おし》

鴛《おし》の衾《ふすま》

カモの一種でことに雄の羽色が美しい。雌雄仲がよいことから夫婦仲のよい喩《たと》えに使われる。

木枯《こがらし》や日に日に鴛鴦《おし》のうつくしき　井上士朗

水底のあらはに鴛鴦《おし》の通りけり　石原八束

千鳥

千鳥鳴く

浜千鳥

海や河にすみ群れて飛ぶ。姿も鳴き声も愛らしいので古来親しまれて詩歌にも詠まれている。

磯《いそ》ちどり足をぬらして遊びけり　与謝蕪村

走り寄り二羽となりたる千鳥かな　中村汀女

河豚《ふぐ》

ふぐと

河豚釣《ふぐつる》

箱河豚《はこふぐ》

フグ科の魚の総称。内臓に猛毒があるが、美味なために刺身や鍋物《なべもの》として賞味される。

鰒喰《ふぐく》うて其後《そのご》雪の降りにけり　上島鬼貫

男《お》の子われ河豚《ふぐ》に賭《か》けたる命かな　日野草城

海鼠《なまこ》

初海鼠《なまこ》

生海鼠《なまこ》干す

日本沿岸各地で捕れる円頭状の棘皮《きょくひ》動物。酢のものや干して食する。腸《はらわた》の塩辛はこのわた。

尾頭《おかしら》の心もとなき海鼠《なまこ》かな　向井去来

腸《わた》ぬいてさあらぬさまの海鼠《なまこ》かな　阿波野青畝

―― 熊《くま》・冬眠・狐《きつね》・狸《たぬき》・狼《おおかみ》・兎《うさぎ》・竈猫《かまどねこ》・鯨《くじら》・隼《はやぶさ》・鷲《わし》・冬の雁《かり》・寒雀《かんすずめ》・寒鴉《かんがらす》・梟《ふくろう》・木菟《みみずく》・鷦鷯《みそさざい》・三十三才《みそさざい》・鳰《かいつぶり》・にほ・都鳥・冬鷗《かもめ》・凍鶴《いてづる》・白鳥・鮪《まぐろ》・鱈《たら》・鰤《ぶり》・鮟鱇《あんこう》・杜父魚《かくぶつ》・氷魚《ひお》・寒鯉《かんごい》・寒鮒《かんぶな》・牡蠣《かき》・冬の蝶《ちょう》・冬の蜂《はち》・冬の蠅《はえ》・綿虫

《植　物》

帰り花

返り咲

狂ひ花

忘れ花

初冬の小春日和《びより》が続くころ、草や木が季節はずれの花をもつこと。

夢に似てうつつも白し帰り花　大島蓼太

帰り花兄妹睦《むつ》びあひにけり　安住　敦

山茶花《さざんか》

茶梅《さざんか》

常緑高木。晩秋から初冬に椿《つばき》より小型の白・淡紅・しぼり、および八重咲きなどの花をもつ。

茶の花

さざん花に囮《おとり》鳴く日のゆふべかな　池西言水
山茶花《さざんか》の大樹花満つ鶴《つる》の村　野見山朱鳥

関東以南に栽培される常緑低木。秋から一二月まで白い小さい花をもつ。濃黄色の雄蕊《おしべ》で芳香がある。

茶の花や疾《と》く昇る日の朝曇《ぐも》り　三宅嘯山
茶の花に暖かき日のしまひかな　高浜虚子

落葉《おちば》
落葉焚《おちばたき》　落葉掃《おちばは》く

冬になると落葉樹は葉をすべて落とす。落ちた葉、落ちる葉をいう。冬の到来を告げるもの。

落葉《おちば》して日なたに立る榎《えのき》かな　夏目成美
むさしのの空真青なる落葉《おちば》かな　水原秋桜子

冬木立
寒林

明けぼのやあかねの中の冬木立　高井几董
寒林の一樹といへど重ならず　大野林火

枯木《かれき》

家遠し枯木《かれき》のもとの夕けぶり　黒柳召波
水ととと枯木《かれき》の影の流れをり　池内友次郎

冬枯《がれ》
枯るる

冬枯れて窓はあかるき雨夜かな　小林一茶
枯《かれ》はげしわが家の崖《がけ》もその中に　山口波津女

寒菊
冬の菊

秋の末から一二月に白色か黄色の花をもつ。冬菊ともいう。「残菊」というと秋の季になる。

寒菊は奢《おこ》らで久し花盛《はなざかり》　松江重頼
寒菊の霜を払って剪《き》りにけり　富安風生

水仙《すいせん》
水仙花《すいせんか》　雪中花《せっちゅうか》

多く花壇などに栽培され一二月から二、三月ごろまで芳香のある白・黄色の花をもつ。

水仙《すいせん》や白き障子のとも映り　松尾芭蕉
水仙《すいせん》のリリと真白し身のほとり　橋本多佳子

葱《ねぎ》
根深《ねぶか》　一文字《ひともじ》　葱《ねぎ》洗ふ

ふつう、一二月中旬から二月末にかけて収穫する。関東では根が白く長いので根深《ねぶか》という。

島原や根深《ねぎ》の香もあり夜の雨　池西言水
凍りたる葱《ねぎ》ばりばりと嚙《か》みにける　加藤楸邨

―冬の梅・寒梅・早梅・臘梅《ろうばい》・室咲《むろざき》・冬桜・冬ばら・冬牡丹《ぼたん》・冬椿《つばき》・寒椿《つばき》・侘助《わびすけ》・八手《やつで》の花・寒木瓜《ぼけ》・枯芙《かれふ》蓉《よう》・蜜柑《みかん》・枇杷《びわ》の花・柿落葉《かきおちば》・冬紅葉《もみじ》・紅葉《もみじ》散る・木の葉・枯葉《かれは》・朴落葉《ほおおちば》・朽葉《くちば》・冬木・名の木枯る・枯柳《かれやなぎ》・枯桑《かれくわ》・霜枯《しもがれ》・冬芽・雪折《ゆきおれ》・冬苺《いちご》・柊《ひいらぎ》の花・葉《は》牡丹《ぼたん》・千両・万両・枯菊《かれぎく》・枯芭蕉《かればしょう》・枯蓮《かれはす》・冬菜・白菜・枯《かれ》大根・人参《にんじん》・蕪《かぶら》・麦の芽・冬の草・名の草枯る・枯草《くさ》・枯葦《かれあし》・枯萩《かれはぎ》・枯芒《かれすすき》・枯芝《かれしば》・藪柑子《やぶこうじ》・石蕗《つわぶき》の花・新海苔《しんのり》

用語小辞典

あ行

挙句《あげく》　連句の最終の句。一巻の完成を喜ぶ心をこめて、春季の句でめでたくあっさりと巻き納める。

『馬酔木』《あしび》　結社誌。水原秋桜子《みずはらしゅうおうし》主宰。大正一一年創刊の『破魔弓《はまゆみ》』を昭和三年に『馬酔木』と改題、同四年二月から秋桜子《しゅうおうし》が経営した。昭和六年に『ホトトギス』の瑣末《さまつ》な客観写生を批判して以後独自の歩みを続け、作者の感情を重んじる流麗温雅な叙情的作風を特色とし、多くの俊才が育っている。

暗喩《あんゆ》　比喩《ひゆ》の一種で、喩《たと》えるものと喩《たと》えられるものの間に、「のようだ」「のごとし」「に似たり」などの語を介在させず、直接に結びつける技法である。比喩《ひゆ》であることが隠されているので「隠喩《いんゆ》」ともいう。例〈河骨《こうほね》の金鈴ふるふ流れかな　茅舎《ぼうしゃ》〉。

一句一章《いっくいっしょう》　大正中期ころから臼田《うすだ》亜浪《あろう》が唱えた俳句の形式論。大須賀乙字《おおすがおつじ》の「二句一章」に対し、結果が五・七・五になるか二句一章になるかを問わず、俳句をあくまでも一七音の一行詩と考え、自由な音節の配列によって、詩としての音律を求めようとするもの。「一句一章」の語は、〈鶏《けい》頭《とう》の十四五本もありぬべし　子規《しき》〉のように一句の途中に断切のない句に対して用いることもある。

運座《うんざ》　多くの人が集まり、与えられた題で発句《ほっく》を詠み、互選によって佳句を選出する会をいう。題の書かれた状袋に各人が小短冊を入れて回す「袋廻《まわ》し」の方法と出句を浄書した紙を各人に回して選句する「膝廻《ひざまわ》し」とがある。文政年間に考案され、嘉永年間に月並的に開かれて一般化した。

『雲母』《うんも》　結社誌。大正四年、愛知県で創刊された『キララ』を同六年一二月『雲母』と改題して飯田蛇笏《だこつ》が主宰、発行所を山梨に移して経営に当たり、中央俳壇に対し隠然たる勢力を確立した。俳風は、重厚雄勁《ゆうけい》な「雲母調」で、異色ある作家が輩出した。蛇笏《だこつ》没後は飯田龍太《りゅうた》が継承。平成四年八月終刊。

か行

懐紙《かいし》　連句を詠進するのに用いる料紙。檀紙《だんし》・奉書紙・杉原紙・鳥の子紙などの和紙が使われる。歌仙《かせん》の場合は料紙二枚、百韻《ひゃくいん》の場合は四枚を用い、二つ折りにして右端をとじる。一枚目を初折《しょおり》、二枚目を二の折、三枚目を三の折、四枚目を名残《なごり》の折といい、各面に書く句数がきまっている。

『風』《かぜ》　結社誌。昭和二一年五月、沢木欣一《きんいち》が二十歳代の有力俳人を糾合して創刊。主宰を設けぬ同人制は在来の結社誌の旧風を破ったものとして注目された。俳句における文芸性の確立、人間性の回復などを目指し、批評に実作に戦後俳壇に新風を送った。その後沢木欣一が主宰。

歌仙《かせん》　三六句よりなる連句の一形式。歌仙の名は和歌の三十六歌仙に由来する。本来は百韻《ひゃくいん》のものが本式で、歌仙が盛んになるのは蕉風《しょうふう》確立以後である。懐紙《かいし》二枚を用い、初折《しょおり》表六句、裏一二句、名残《なごり》表一二句、裏六句を記し、二花三月を配置する。

花鳥諷詠《かちょうふうえい》　昭和二年に高浜虚子《きょし》が説いた俳句理念。俳句は〈花鳥風月を諷詠《ふうえい》する〉もので、これを〈一層厳密に云《い》へば、春夏秋冬四時の移り変りに依つて起る自然界の現象並びにそれに伴ふ人事界の現象を諷詠《ふうえい》する〉ものである、というのがその主旨である。

『かつらぎ』　結社誌。昭和四年一月、阿《あ》波野青畝《わのせいほ》を選者とし、奈良県下の『ホトトギス』系俳人を中心に創刊された。松尾芭《ば》蕉《しょう》の風雅と高浜虚子《きょし》の花鳥諷詠《ふうえい》を踏まえ、〈ものの生命を写しとる〉写生精神を主張とする。森田峠が継承。

軽　み《かるみ》　『おくのほそ道』の旅中ころから松尾芭蕉《ばしょう》が重視した俳諧の理念。旧来の「重くれ」に対する反省から出た考えで、はからいや渋滞のない、平淡でさらりとした境地をいう。子珊《しさん》の『別座鋪《ざしき》』に〈浅き砂川を見るごとく、句の形、付心ともに軽きなり。其所に至りて意味あり〉という言葉が伝えられている。

『寒雷』《かんらい》　結社誌。昭和一五年一〇月創刊。加藤楸邨《しゅうそん》主宰。〈俳句の中に人間の生きることを第一に重んずる〉立場にたち、対象と自己とが浸透し合う〈真実感合《さんか》〉を説く。戦中を生き抜いた青年を多く傘下に集め、伝統前衛取り混ぜて戦後俳壇のにない手が輩出している。

季重り《きかさなり》　一句の中に季語を二つ以上含む場合をいう。ふつうには、一句の統一が乱れることから避けるものとされるが、一方が主であることが明らかな場合や統一に支障のない場合には、一概にきらうべきではない。〈目には青葉山ほととぎす初鰹《はつがつお》〉素堂《そどう》のように成功した例もある。

季　語《きご》　季節の言葉。古くは季詞・季の詞ともいい、「季題」が一般に使われるようになるのは明治以後である。伝統的な情緒を伴い一定の美意識によって選択された言葉を「季題」、それらを含む季に関するもろもろの言葉を「季語」と呼んで区別する説があるが、一般には混用されている。発句《ほっく》に当季を詠みこむきまりは、連歌の法式を受け継いだものである。

基準律《きじゅんりつ》　俳句の定型を基準として、その振幅の内外で自由にリズムを創造し、その発想や内容に応じたリズムを作り出そうとする立場から、そのときに基準として意識される五・七・五の一七音を「基準律」という。「基準律」の語は中田青馬《せいば》の「基準律派宣言」（昭12・7『天《あま》の川』）に始まる。

季　題《きだい》　⇩季語《きご》

季題趣味《きだいしゅみ》　季題に伴っている伝承的な情緒を重んじて作句すること。明治末期から大正初期に、高浜虚子《きょし》が季題情緒を自己のものとし、それによって感情を高揚させる発想法を唱えたが、のちには、季題の陳腐な用い方を軽蔑《けいべつ》していうようになった。

客観写生《きゃっかんしゃせい》　大正中期から高浜虚子《きょし》が説いた俳句の方法論。大正初期の主観尊重の反省の上にたち、〈小さな自己を立てようとする努力を一切擲《なげう》って〉正確な観察と忠実な描写によって、客観的に対象を描き出すことを強調した。

切れ字《きれじ》　一句の途中や末尾にあって、切れるはたらきをする字。発句《ほっく》を独立したものとして言い切るという考えに基づいている。伝救済《きゅうぜい》著『連歌手爾葉《てには》口伝』には、「かな、けり、もがな、し、ぞ、か、よ、せ、や、れ、つ、ぬ、へ、す、いかに、じ、け、らん」の十八が挙げられているが、芭《ば》蕉《しょう》は〈きれ字に用る時は、四十八字皆切字《きれじ》なり〉（『去来抄』）といっている。

吟行《ぎんこう》　作句を目的として、郊外や名勝旧跡などに出かけて行くこと。

句会《くかい》　数人が集まって開く俳句の会。近世俳諧の「運座」に対して近代では「句会」の語が用いられる。吟行をした後、矚目《しょくもく》の句によって会を開く場合と、あらかじめ作った句を持ち寄って開く場合とがある。無記名で数句を投じ、互選の後講評があるのが一般の方式である。

鶏頭論争《けいとうろんそう》　正岡子規《しき》の〈鶏頭《けいとう》の十四五本もありぬべし〉をめぐって展開された論争。志摩芳次郎《しまよしじろう》が「子規《しき》俳句の否時代性」(『氷原帯』昭24・11)でこの句を否定したのに端を発し、賛否の論がたたかわされた。『俳句研究』(昭25・8)のアンケートでは、これを佳句・秀句とみる者が大多数であった。

兼題《けんだい》　句会を開くに先立って、前もって出しておく題。兼日の題の意。句会までの何日かの間に参加者は、その題(季題)について句を作っておき、当日持って集まる。

現代俳句協会《げんだいはいくきょうかい》　石田波郷《はきょう》によって計画され、西東三鬼《さいとうさんき》の尽力により、昭和二二年九月結成された俳句団体。俳人・評論家・国文学者など三八名が参加した。以後しだいに会員の増加があったが、昭和三六年、前衛俳句の評価をめぐって意見が対立し、多数が脱会して別に俳人協会を結成した。

口語俳句《こうごはいく》　口語で表現された俳句。明治末の新傾向俳句と、これから分派していく自由律俳句に、その散文化に伴って口語的表現が多く現れ、さらに自由な発想を求める昭和初期の新興俳句の気運からも、積極的に口語表現が試みられた。昭和二三年市川一男によって『口語俳句』が創刊された。

高点《こうてん》　点取《てんとり》俳諧や雑俳《ざっぱい》で、宗匠が佳句に与える点。最初は五点・十点であったが、作句者を引きつけるためにしだいに点数が多くなり、五百点・千点を与える宗匠も現れた。近代の句会では、互選で高い得点のあった場合をいう。

滑稽《こっけい》　おかしみ、ふざけ、軽口の意で、『史記』に〈滑稽《こっけい》は猶《なお》俳諧のごとし〉とあるように俳諧と同義に用いられる。優美高尚な和歌の伝統美を意識において、これを笑いに転ずるのが、俳諧本来の方法である。

さ行

歳時記《さいじき》　季題を季によって分類整理した書物。初期には作法書の中に付録的に季寄せを入れていたが、しだいに季寄せ・類題句・季題解説を合わせたものが出るようになり、現代においては解説と例句を付してあるのがふつうである。今日では「歳時記」に対し、季題だけを集めたものを「季寄せ」と呼んでいる。

雑詠《ざつえい》　ふつうには課題を設けず、自由に作句することを「雑詠」または「雑吟」というが、高浜虚子《きょし》が明治四一年『ホトトギス』に選句欄を設け、これを「雑詠」と称して以後、結社誌の投稿選句欄をもこの名で呼ぶようになった。

さび　連歌時代から重んじられていたが、松尾芭蕉《ばしょう》にいたって俳諧の根本理念となった。一般には古びて趣のある美をいうが、蕉風《しょうふう》では、句のにぎやかさ、静かさにかかわらず、対象をとらえる作者の心に静寂な観照があり、それが句の色調としてにじみ出たものをいう。

字余り《じあまり》**・字足らず**《じたらず》　五・七・五定型の上、中、下の三句のいずれかが、音数を超過している場合を「字余り」、逆に不足している場合を「字足らず」という。著しく乱れている場合を「破調」という。

七名八躰《しちみようはつたい》 各務支考《かがみしこう》が連句の付合《つけあい》について分類説明した説。「七名」は、「有心《うしん》・向付《むかいづけ》・起情《きじよう》・会釈《あしらい》・拍子《ひようし》・色立《いろだて》・遁句《にげく》」で、趣向のたて方を分類したものである。「八躰」は、「其人《そのひと》・其場《そのば》・時節・時分・天相・時宜《じぎ》・観相・面影」で、付け方を分類したものである。

『渋柿《しぶがき》』 結社誌。大正四年一月創刊。主宰は、松根東洋城《とうようじよう》のちに野村喜舟《きしゆう》、徳永山冬子《さんとうし》。高浜虚子《きよし》が小説に専念していた明治末期、定型の孤塁を守っていた東洋城《とうようじよう》が『ホトトギス』に対し自己主張の場を求めて始めた。写生を手段とし、心境・境涯《きようがい》の表現を目指す、道場的なきびしい鍛練で知られる。

社会性俳句《しやかいせいはいく》 社会性をもつ俳句の意。その系譜は新興俳句あたりからたどることができるが、活発に論議されたのは昭和三〇年前後である。沢木欣一《きんいち》は〈社会主義イデオロギーを根底に持った生き方・態度・意識・感覚から産まれる俳句を中心に広い範囲、過程の進歩的傾向にある俳句〉と定義している。

『石楠《しやくなげ》』 結社誌。大正四年三月、大《おお》須賀乙字《すがおつじ》の援助を受け臼田亜浪《うすだあろう》が創刊。河《かわ》東碧梧桐《ひがしへきごどう》とも高浜虚子《きよし》とも違う立場から「広義の十七音」と「自然感」にのっとり、〈内的生活より生れ来たる新生命を希求〉し〈俳壇を革正〉することを期した。昭和二八年一二月終刊。

写　生《しやせい》 洋画家のスケッチに示唆《しさ》を受けて、正岡子規《しき》が唱えた作句法。〈美を感ぜしめたる客観の事物ばかりを現すこと〉〈ありのまゝ見たるまゝに其《その》事物を模写する〉ことを特色とする。旧派の句の観念性・理屈・うがちなどを超克する方法として主張された。

秋声会《しゆうせいかい》 明治二八年一〇月『毎日新聞』選者角田竹冷《かくたちくれい》の発案によって結成された俳句結社。尾崎紅葉《こうよう》・巌谷小波《いわやさざなみ》・大野洒竹《しやちく》・岡野知十《ちじゆう》らが加わり、〈詞調の新古門派の異同〉にかかわりなく〈真の風雅を振ひ興〉すことを目標としたが、社交的な色彩が強かった。

自由律《じゆうりつ》 五・七・五の定型のリズムにとらわれず、作者各人のそのときそのときの自由なリズムによって詠む俳句。明治末の新傾向にはじまり、大正初期の中塚一碧楼《なかつかいっぺきろう》・荻原井泉水《おぎわらせいせんすい》の実践に、無季の形および定型批判の形で現れ、『層雲』（井泉水《せいせんすい》）・『海紅』（河東碧梧桐《かわひがしへきごどう》・一碧楼《いっぺきろう》）などによって推進された。

主観尊重《しゆかんそんちよう》 大正初期に高浜虚子《きよし》が、正岡子規《しき》の写生を発展させるものとして主張した。〈作者めいめいの主観〉を涵養《かんよう》し、〈それにぶつかってくるいゝ客観物〉を得て、主観を作品に投影させる方法で、この動向の中で、村上鬼城《きじよう》・飯田蛇笏《だこつ》・渡辺水巴《すいは》・前田普羅《ふら》・原石鼎《せきてい》らが活躍した。

執　筆《しゆひつ》 俳諧の席で句を懐紙に書きつける役。宗匠の指示に従って一座の進行が滞りなく行われるように心を配る役でもあり、連歌・俳諧のきまりに精通していなくてはならない。

象　徴《しようちよう》 抽象的な事物や心情を具体的な形象によって表現する詩の技法。俳句では、明治末期に大須賀乙字《おおすがおつじ》が「暗示法」に着目し、季題の象徴的用法を説いたのが最初であるが、技法としては、松尾芭蕉《ばしよう》の〈この秋は何で年寄る雲に鳥〉〈この道や行く人なしに秋の暮《くれ》〉などにもみることができる。

蕉　風《しようふう》 松尾芭蕉《ばしよう》の俳風、およびその門流の俳風。風雅の誠を根本精神とし、さび・しをり・細みなどの美的理念によって作句する。付合《つけあい》には、前句の余情によって付ける匂付《においづけ》が重んじられた。芭蕉《ばしょう》の晩年には軽みが唱えられたが、その没後はしだいに俗化していった。

蕉門十哲《しょうもんじってつ》　松尾芭蕉《ばしょう》の門人のうちからすぐれた作者一〇人を選んでいう。宝永二年、森川許六《きょりく》の「師ノ説」に出ているのが早い例といわれるが、だれを十哲とするかで異論がある。一般には、榎本其角《えのもときかく》・服部嵐雪《はっとりらんせつ》・各務支考《かがみしこう》・森川許六《きょりく》・向井去来《むかいきょらい》・内藤丈草《じょうそう》・志太野坡《しだやば》・越智越人《おちえつじん》・立花北枝《ほくし》・杉山杉風《さんぷう》を指す。

矚目《しょくもく》　とくに題を決めず、目に触れるものを自由に句に詠むこと。「矚目吟」ともいう。

しをり　芭蕉《ばしょう》俳諧の美的理念。語源に「萎り」「撓り」「湿り」の三説がある。対象をながめる作者のこまやかな感情が、ほのかな余情を伴って、しなやかな表現となって句の姿に表れたものである。松尾芭蕉《ばしょう》は〈十団子《とおだご》も小粒になりぬ秋の風　許六《きょりく》〉を〈しをり有り〉と評した。

新傾向俳句《しんけいこうはいく》　明治末期に台頭し、大正初期まで続いた新しい傾向の俳句。大《おお》須賀《すが》乙字《おつじ》が河東碧梧桐《かわひがしへきごどう》らの句に「暗示法」の多くなったのを機に、季題の象徴的用法を示唆《しさ》し、これに啓発されて碧梧桐《へきごどう》が、表現手法および句作態度の問題として推進し、碧梧桐《へきごどう》の全国遍歴の旅に伴って各地に広まった。

新興俳句《しんこうはいく》　昭和前期に勃興《ぼっこう》した俳句現代化の運動。高浜虚子《きょし》の写生論や俳壇経営を不満として水原秋桜子《みずはらしゅうおうし》が『ホトトギス』を離れたのに端を発し、『天《あま》の川』『土《ど》上《じょう》』『句と評論』『旗艦』『京大俳句』などの各誌に、俳句の表現や主題を革新する運動が起こった。昭和一六年官憲の弾圧により消滅した。

真実感合《しんじつかんごう》　昭和一六年に加藤楸邨《しゅうそん》が唱えた俳句の方法論。対象である「客」と創作主体である「主」とが、互いに浸透し合い一体化することによって物象の真が把握《はあく》される、とする。みずからの作句体験を、芭蕉《ばしょう》研究の成果および西田哲学などで理論化したものであろう。

新俳句人連盟《しんはいくじんれんめい》　昭和二一年五月、戦争中弾圧された新興俳句系およびプロレタリア俳句系の俳人を全国的に組織し、結成された俳句団体。栗林一石路《くりばやしいっせきろ》・石橋辰之《たつの》助《すけ》・橋本夢道《むどう》・古沢太穂《たいほ》などを中心に民主的俳句運動を推進。機関紙「俳句人」を発行。

席題《せきだい》　句会の席上で出される題、またはその題によって即席で詠まれる句。「当座」あるいは「即題」ともいう。

前衛俳句《ぜんえいはいく》　発想や表現に在来の句にない先駆的な方法を目指す俳句。狭義には、昭和三〇年前後の社会性論議から造型論に進んだ金子兜太《とうた》を中心とする「主体性派」と、俳句形式と言葉の美学を追求する高柳重信《しげのぶ》らの「芸術派」とを指す。

『層雲』《そううん》　結社誌。明治四四年四月、荻原井泉水《おぎわらせいせんすい》が創刊。当初河東碧梧桐《かわひがしへきごどう》をいただき新傾向俳句の機関誌の観があったが、大正三年、新傾向と対立分離し、定型季題を揚棄《ようき》して自由律の俳誌となった。以後短律化の時代、長律化、散文化の時代、プロレタリア俳句の分離などを経て今日にいたっている。

宗匠《そうしょう》　連歌・俳諧などの師匠。俳諧では、連句の席で一座の長として文台を前にし、執筆《しゅひつ》を従えて、座をさばく人のことをいうが、一般には、何派何代を継いだ人、または門人として立机を許されて点者となった者を指していう。

た行

題詠《だいえい》　あらかじめ題を設定しておいて作句する方法。何日かの余裕をおいて題が出される「兼題」と、句会の席上で出される「席題」とがある。

第三《だいさん》　連句の発句《ほっく》・脇句《わきく》に次ぐ第三句のこと。脇句《わきく》を離れ、新しい展開をはかるのを本意とし、長高《たけたか》く、幽玄に詠むものとされる。「にて留め」「らん留め」が多く用いられる。

第二芸術論《だいにげいじゅつろん》　昭和二一年一一月、桑原《くわばら》武夫が発表した「第二芸術」を契機に巻き起こされた短詩型否定についての論。学者や評論家が、伝統文化を再検討する動向の中で問題提起され、安易な創作態度、結社の封建性、社会性・思想性の欠如などが論議された。

多行形式《たぎょうけいしき》　一句を数行に分けて表記する方法。短歌では、土岐善麿《ときぜんまろ》・石川啄木《たくぼく》に三行書きがあるが、俳句では吉岡禅寺洞《よしおかぜんじどう》が昭和一〇年にこの形式を用いて以後、前衛派の人びとに広まった。在来の一行書きに対して、新しいリズムと視覚の効果をねらったものである。

『玉藻』《たまも》　結社誌。昭和五年六月、高浜虚子《きよし》の娘星野立子《たつこ》が父に勧められて創刊。虚子《きよし》の後見の下に、『ホトトギス』系の女流を結集して独自の発展を示し、今日は男女の別なく会員が集まっている。虚子《きよし》は『ホトトギス』雑詠選を高浜年尾《としお》に譲ってからは、『玉藻』に力を尽くした。

短律・長律《たんりつちょうりつ》　自由律俳句で一七音よりも短い句が「短律」。『層雲』の大正期から昭和初期にこの傾向が著しい。例〈陽へ病む　裸木《らぼく》〉。逆に一七音より長い「長律」がこれに続いて流行した。例〈ミモーザを活《い》けて一日留守にしたベットの白く　碧梧桐《へきごどう》〉。

談林俳諧《だんりんはいかい》　西山宗因《そういん》を始祖とする俳諧の流派。貞門《ていもん》の古典趣味的、保守的傾向にあきたらず、法式の煩瑣《はんさ》を脱して、現実的な素材を、奇抜な着想や奔放な表現によって表し、あえて卑俗を辞せず、俳諧を広く庶民層に浸透させた。

中興俳諧《ちゅうこうはいかい》　松尾芭蕉《ばしょう》没後、低迷していた俳諧の復興を目指した安永・天明期の俳諧をいう。『五色墨《ごしきずみ》』の出版を機に「芭《ば》蕉《しょう》に帰れ」が合い言葉となり、与謝蕪村《よさぶそん》・炭太祇《たんたいぎ》・加舎白雄《かやしらお》・加藤暁台《きょうたい》・堀麦水《ほりばくすい》・高《たか》桑闌更《くわらんこう》・三浦樗良《ちょら》などが活躍し、各地に俗流俳諧に対する批判が活発になった。

直喩《ちょくゆ》　比喩《ひゆ》の一種で、「たとえば」「あたかも」「のごとし」「に似たり」というような語を添えて、喩《たと》えるものと喩《たと》えられるものとの関係を叙述的に示す技法をいう。例〈一枚の餅《もち》のごとくに雪残る　茅舎《ぼうしゃ》〉〈金魚大鱗夕焼《ゆやけ》の空の如《ごと》きあり　たかし〉。

月並《つきなみ》　月々に行われる例会というのが本義であるが、正岡子規《しき》が、成田蒼虬《そうきゅう》・桜井梅室《ばいしつ》らによって広められた天保以後の句を〈概《おおむ》ね卑俗陳腐にして見るに堪へず。称して月並調といふ〉といったことから、旧派の句およびそれに類する句を、軽蔑《けいべつ》していうようになった。

筑波会《つくばかい》　大野洒竹《しゃちく》の提唱によって同志を募り、明治二九年に開会された俳句結社。笹川臨風《ささがわりんぷう》・佐々醒雪《さっさせいせつ》・田岡嶺雲《たおかれいうん》ら東大関係者の集まりであることから「大学派」ともいう。俳句革新の意図をもちながらも余技的で、運動としてよりも、研究の方面にみるべき点が多い。

付句《つけく》　俳諧において、前句に対して付ける句をいう。付合《つけあい》の手がかりを前句の言葉に求めて付ける「物付《ものづけ》」、意味に求めて付ける「心付《こころづけ》」、余情に求めて付ける「匂《におい》付《づけ》」など、さまざまな付け方がある。

『鶴』《つる》　結社誌。昭和一二年九月、『馬』『樹氷林』の二誌を併合して石田波郷《はきょう》が創刊。現代俳句の散文的傾向を批判し韻文精神の徹底を唱え、元禄俳諧を範として〈あくまでも俳句精神と俳句手法〉の把握《はあく》追求を目指した。傘下《さんか》に個性的な俳人が集まり庶民意識にたつ独自の連衆を成立させている。その後石塚友二《いしづかともじ》が主宰し、星野麦丘人が継承。

定型《ていけい》　五・七・五の調子をもつ一七音の俳句形式。もと五・七・五の長句と七・七の短句を連ねていく連句の発句《ほっく》が独立して一形式となったもの。明治末期から大正期にかけて散文化の傾向が顕著になるに伴って、「定型」に対する意識が強まった。

貞門俳諧《ていもんはいかい》　松永貞徳《ていとく》を中心とする俳諧の流派。貞徳は初め俳諧を連歌の階梯《かいてい》と考えていたが、その急速な流行をみるに及んで、俳言《はいごん》の有無によって両者を区別した。縁語・掛詞《かけことば》による言葉の滑稽《こっけい》を主眼とし、付合《つけあい》においては物付《ものづけ》（詞付《ことばづけ》）を特色とした。

点取俳諧《てんとりはいかい》　作者が点者に句の採点を請い、得点の多いのを楽しむ遊戯的な俳諧をいう。俳諧の大衆化に伴い、点取りに熱中する者が多くなった。松尾芭蕉《ばしょう》はこの傾向を〈点取に昼夜を尽し、勝負をあらそひ、道を見ずして走り廻《まわ》るもの〉と難じている。

『天狼』《てんろう》　結社誌。昭和二三年一月、新興俳句系、山口誓子《せいし》系の作者を糾合して誓子《せいし》により創刊され、関西俳壇に一大勢力をなした。〈酷烈なる精神〉と〈俳壇的権威〉とを『天狼』に備えしめようというのが創刊の意図であった。「根源俳句」が合い言葉になり論議を呼んだ。平成六年五月終刊。

取り合わせ《とりあわせ》　いくつかの素材を組み合わせて、一句を構成する作句法。松尾芭《ば》蕉《しょう》に〈発句《ほっく》は取合《とりあわ》せ物也。二つ取合《とりあわ》せて、よく取りはやすを上手と云《い》ふ也。〉という言葉がある。正岡子規《しき》以後は、「配合」の語が用いられた。

な行

内在律《ないざいりつ》　五・七・五の形式化された「外在律」に対して、詩のリズムは作者個人のそのときどきの感動の振幅によって自由に表されるべきだとする考えに基づく。初めは「自由律」の語が用いられたが、戦時中「自由」の語が禁圧されたため、「内在律」と称した。

二句一章《にくいっしょう》　大須賀乙字《おおすがおつじ》が大正初期に唱えた俳句の構成法。途中に休止を一か所おくことによって、一つの俳句は二つの部分（句）に分かたれ、その二句が結合して一つの俳句が構成されるとするもの。例〈時鳥《ほととぎす》　琥珀《こはく》の　玉を鳴らし行く　蕪村《ぶそん》〉。

二段切れ《にだんぎれ》　一句のうちに切れ字が二つある場合をいう。〈夕顔や秋はいろいろのふくべかな　蕪村《ぶそん》〉〈降る雪や明治は遠くなりにけり　草田男《くさたお》〉などの例もあるが、一般には一句のまとまりがそこなわれるので避けるのが常道とされる。

日本派《にほんは》　新聞『日本』に明治二六年に創設された正岡子規《しき》選句欄によって活躍した俳人の一派。内藤鳴雪《めいせつ》・河東碧梧桐《かわひがしへきごとう》・高浜虚子《きょし》・石井露月《ろげつ》・柳原極堂《きょくどう》らを指す。明治新派俳句の一大勢力となった。選集に『新俳句』『春夏秋冬』がある。

人間探求派《にんげんたんきゅうは》　昭和一〇年ごろ〈俳句における人間の探求〉を目指した俳人、中村草田男《くさたお》・加藤楸邨《しゅうそん》・石田波郷《はきょう》らをいう。俳壇の写生主義・叙情主義にあきたらず、人生および生活に対する人間としての要請を、いかに俳句の中に回復していくかを課題としていた。

は行

『俳句』《はいく》　俳句総合誌。昭和二七年六月、角川書店から創刊された。初期の編集長は石川桂郎《けいろう》、のちに大野林火《りんか》、西東三鬼《さいとうさんき》らが当たったが、以後は社内から起用され現在にいたっている。現代俳壇の動向に広く目を配り、俳句史の展望、問題の提起、作家の発掘などに努め、交流研鑽《けんさん》の場を提供している。

『俳句研究』《はいくけんきゅう》　俳句総合誌。昭和九年三月、改造社から創刊された。菅沼純治郎、山本健吉、伊沢元美らが初期の編集長。その後、目黒書店・巣枝堂・俳句研究社・俳句研究新社・富士見書房と出版元を移しながら今日にいたっている。俳句総合誌として結社中心の俳壇に、ジャーナリズムが進出した意義は大きい。

俳句弾圧事件《はいくだんあつじけん》　太平洋戦争中、治安維持法によって俳句関係者が検挙投獄された事件をいう。昭和一五年に『京大俳句』関係の平畑静塔《ひらはたせいとう》・西東三鬼《さいとうさんき》・石橋辰之助《たつのすけ》らが、昭和一六年には、嶋田青峰《せいほう》・東京三《ひがし》(秋元不死男《ふじお》)・橋本夢道《むどう》・細谷《ほそや》源二らが検挙された。

俳人協会《はいじんきょうかい》　昭和三六年一二月「現代俳句協会」から分離して設立された、伝統派の俳人による俳句団体。伝統俳句の正しい発展を目的とし、俳句文学館を拠点に、資料の収集・整備、調査・研究、大会・講座・講演会の開催、出版、作家の顕彰などの事業を通じ、俳文芸の普及発展をはかっている。

破調《はちょう》　⇩字余《じあま》り・字足《じた》らず

『濱』《はま》　結社誌。昭和二一年一月創刊。大野林火《りんか》主宰。〈浜という語感のもつぁかるさ、おほらかさ、ひろさ、きよらかさをその作品に具現したい〉と創刊の辞にあるように、繊細で清新な叙情を特色とする。

『萬緑』《ばんりょく》　結社誌。昭和二一年一〇月創刊。中村草田男《くさたお》主宰。俳句の特性である「芸」と、人生・社会・時代の生活者としての作者内面の「文学」とを、いかに現代文学として作品化するかを課題とし、俳句の伝統性を踏まえながらも作者の内面界を重視する。

百韻《ひゃくいん》　一巻が一〇〇句よりなる連歌の基本形式。俳諧においても貞門《ていもん》・談林《だんりん》時代には、この形式が多く行われた。懐紙四枚を用い、初折《しょおり》表八句、裏一四句、二の折、三の折表裏各一四句、名残《なごり》の表一四句、裏八句を記し、四花七月を配する。

平句《ひらく》　連句の発句《ほっく》・脇句《わきく》・第三・挙句《あげく》を除いた句の総称。句体や内容についての制約はあまりないが、一巻全体の序破急の運びや、月花などの配置についての心得は必要である。

風雅の誠《ふうがのまこと》　俳諧の道における真実心の意。滑稽《こっけい》の文芸として発生し、言葉の機知や奇抜な表現をもてあそんできた俳諧に対して、松尾芭蕉《ばしょう》が自己の俳諧の根本においた理念で、儒教の世界観に想を得たものといわれる。

不易流行《ふえきりゅうこう》　芭蕉《ばしょう》俳諧の根本理念。『三冊子《さんぞうし》』によれば、松尾芭蕉《ばしょう》の俳諧には、時代の新古、作風の変化にかかわらぬ永遠不変なる「不易」性と、時々刻々の変化を反映する「流行」性の二面があるが、その根本は「風雅の誠」に基づいているという。

プロレタリア俳句《プロレタリアはいく》　昭和三、四年ごろから、橋本夢道《むどう》・栗林一石路《くりばやしいっせきろ》・小沢武《たけ》二《じ》らを中心として推進された階級意識にたつ俳句。自由律の俳誌『層雲』の中から起こり、昭和五年に分派して、『旗』『俳句前衛』『プロレタリア俳句』『俳句の友』『俳句生活』などが創刊された。

文壇句会《ぶんだんくかい》　昭和一二年二月、文芸春秋社が主催して始められた文壇人による句会。吉川英治《えいじ》・久米正雄・徳川夢声《むせい》・久保田万太郎・小島政二郎・佐佐木茂索《もさく》・永井龍男《たつお》・東谷弘などが参加し、俳壇からも参加があった。文壇・劇壇・画壇などの名士による「いとう句会」もこの系列に含めてよい。

碧門《へきもん》　河東碧梧桐《かわひがしへきごどう》の門流。主として明治四〇年雑誌『日本及日本人』に設けられた碧梧桐《へきごどう》選欄「日本俳句」によって活躍した広江八重桜《やえざくら》・安西桜魂子《おうかいし》・喜《き》谷立花《たにりつか》・小沢碧童《へきどう》・大須賀《おおすが》乙字《おつじ》らを指す。新傾向俳句全盛期を代表する勢力で、選集に『続春夏秋冬』『日本俳句鈔《しょう》第一集』『日本俳句鈔《しょう》第二集』がある。

細み《ほそみ》　芭蕉《ばしょう》俳諧の根本理念。作品の繊細な詩情が、細く一筋に対象に浸透し、句意が幽玄微妙の境地に達した状態をいう。〈鳥どもも寝入っているか余吾《よご》の海　路通《ろつう》〉の句を松尾芭蕉《ばしょう》は〈細みあり〉と評している。

発句《ほっく》　連句における発端の句をいう。一句として独立した内容と形をもち、当季を詠みこむこと、本意が確かで、曲節があり、余意余情が豊かであることが要求される。一座の正客に当たる者が詠むものとされる。

『ホトトギス』　結社誌。明治三〇年一月、松山で柳原極堂《きょくどう》が創刊。二一号から東京で高浜虚子《きょし》が発行したが、指導者は正岡子規《しき》であった。子規《しき》没後は虚子《きょし》が継承し、大正期にその権威を確立して以後俳壇に君臨し、幾多の俊才を送り出した。その後高浜年尾《としお》が主宰し、稲畑汀子が継承。

ま　行

前書《まえがき》　句の前におかれ、作句の動機や場の状況を説明して、句の理解をたすける言葉。和歌の「詞書《ことばがき》」に相当するもの。これがあることによって一七音で表しきれない複雑な世界を詠むことができるが、一方もたれかかりすぎると一句の独立性がそこなわれる。

無季《むき》　⇩有季《ゆうき》・無季《むき》

無中心論《むちゅうしんろん》　河東碧梧桐《かわひがしへきごどう》が唱えた俳句の方法論。在来の句には中心点があり、そのため、作句に当たって作意が介在して真実をゆがめてしまう。そこで、事柄の経過を作意によって統一せず、ありのままに叙した無中心の句こそ、今後の進むべき方向であるとした。

モダニズム　昭和初期の新しい都会風俗を反映した文学の傾向を指す。俳壇では、日野草城《そうじょう》・富沢赤黄男《かきお》・西東三鬼《さいとうさんき》などの作風についていう。草城《そうじょう》はモダニズムについて、〈気分的なものであり機智《きち》的なものであり浪漫《ろうまん》的なもの〉であるといっている。

モンタージュ　写真や絵画で、別々の像を組み合わせて一つの画面を構成する方法。寺田寅彦《とらひこ》は連句の付合《つけあい》をこれによって説明している。また山口誓子《せいし》は、プドフキンやエイゼンシュテインの映画論に刺激されて、連作俳句にこの方法を応用し、さらに単作にもこの方法を用いた。

や　行

矢数俳諧《やかずはいかい》　一昼夜あるいは一日の制限時間内に独吟で何句詠めるかを競う俳諧。京都蓮華王院《れんげおういん》三十三間堂《げんどう》の通し矢にならってこの名がある。貞享元年（一六八四）摂津《せっつ》（大阪府）住吉《すみよし》社前で、井原西鶴《さいかく》が一昼夜に二万三五〇〇句を詠んだことは有名である。

有季・無季《ゆうき・むき》　「有季」は、一句の中に季語を詠みこむという俳句の約束を守る立場。定型と合わせて、「有季定型」ということもある。「無季」は、季語にこだわらず自由に詠む立場。五・七・五の定型によるものと、季にも定型にもとらわれない自由律によるものとがある。

幽　玄《ゆうげん》　中世の和歌・連歌・能楽において重視された美的理念。神秘的な奥深さを感じさせる静寂枯淡の美が、象徴的、余情的に表れている境地をいい、松尾芭蕉《ばしょう》の「さび」は、この「幽玄」から発展したものといわれる。

余情・余韻《よじょう・よいん》　作品の言外ににじみ出る情緒・風韻をいう。中世の歌論で重視された精神で、松尾芭蕉《ばしょう》の〈言ひおふせてなにかある〉というのも余情を重んじた発言である。

四S《よんえす》　大正末期から昭和期に『ホトトギス』雑詠欄で活躍した水原秋桜子《みずはらしゅうおうし》・高野素十《すじゅう》・阿波野青畝《あわのせいほ》・山口誓子《せいし》の四人のイニシアルが共通してSであることからいう。山口青邨《せいそん》が昭和三年に、〈東に秋素《しゅうす》の二Sあり、西に青誓《せいせい》の二Sあり〉といったのに始まる。

ら行

リアリズム　写実主義。現実をありのままに認識し、対象の実相を忠実に表現しようとする態度。正岡子規《しき》の「写生」論以後近代俳句では一貫してこの方法が主流を占めているが、客観的自然描写に傾く立場、社会や人間に関心を払う立場など、その受けとめ方はさまざまである。

連　句《れんく》　俳諧の連歌のこと。「連句」の名が一般化したのは、明治以後である。五・七・五を発句《ほっく》とし、これに七・七の短句と五・七・五の長句とを交互につけていき、三六句（歌仙《かせん》）、四四句（世吉《よよし》）、五〇句（五十韻《ごじゅういん》）、一〇〇句（百韻《ひゃくいん》）などで一巻となる。

連　衆《れんじゅ》　俳諧の興行に集まって詠み合う人びと。二人で詠む「両吟」、三人で詠む「三吟」などのほか、多い場合には十数名に及ぶものがあるが、四、五名から一〇名くらいの場合が多い。

わ行

『若葉』《わかば》　結社誌。大正中期から旧逓信省貯金局の俳誌として大阪で発行されていたのを、昭和三年五月新生誌として東京で発行、六月から富安風生《とみやすふうせい》が全面的に指導し今日の隆盛に導いた。有季定型を守り、中道を目指し、花鳥諷詠《ふうえい》を踏まえた穏健平明な諷詠《ふうえい》を特色とする。

脇　句《わきく》　「脇《わき》」ともいう。連句における第二句のこと。発句《ほっく》の余情を受け、これに応じるように付ける。古来、客の発句《ほっく》に対して、亭主役の者が挨拶《あいさつ》の心をもって付けるものとされる。季は発句《ほっく》に合わせ、韻字どめ（体言止）にするのがふつうである。

わ　び　つらく思う意の「侘《わ》ぶ」から出た語で、不如意や乏しさを肯定的に受けとめ、美意識によって染め上げたもの。簡素で幽静の境を尊ぶ中世茶道の精神美が、俳諧に受け継がれたものである。

（小室善弘）

俳人の系譜

・この系譜は、それぞれ次のものに拠り作成した。
《近世》　潁原退蔵「俳人系統表」（『俳諧名作集』講談社）・荻原恭男「俳人系統図」（『俳句講座9』明治書院）
《近代・現代》　松崎豊「現代俳人師系略系譜一覧」（『現代俳句を学ぶ』有斐閣）
・……は、師弟というより、傾向を同じくした俳人であることを示す。
・（　）内は主宰誌、またはそれに準ずる雑誌を示す。

《近世》

- 西山宗因
  - 井原西鶴 — 椎本才麿
  - 前川由平 — 小西来山
- 松永貞徳
  - 松江重頼
    - 上島鬼貫
    - 池西言水
  - 宮川松堅 — 田捨女
  - 野々口立圃
  - 安原貞室
  - 北村季吟
    - 松尾芭蕉
      - 杉山杉風
      - 榎本其角
        - 深川湖十 — 巽窓湖十 — 慶紀逸 — 炭太祇
        - 稲津祇空 — 伊藤祇明 — 夏目宗成 — 夏目成美
        - 秋色
        - 早野巴人
          - 与謝蕪村
            - 高井几董
            - 黒柳召波
            - 吉分大魯
          - 望月宋屋 — 釈蝶夢
      - 内藤丈草
      - 森川許六
      - 向井去来
      - 野沢凡兆
      - 立花北枝
      - 服部嵐雪 — 桜井吏登 — 大島蓼太 — 大伴大江丸
      - 越智越人
      - 各務支考
        - 仙石廬元坊 — 神谷玄武坊 — 松岡青蘿
        - 太田巴静 — 横井也有
      - 斎部路通
      - 山本荷兮
      - 河合曾良
      - 岩田涼菟 — 中川乙由
        - 千代女
        - 和田希因
          - 高桑闌更
            - 成田蒼虬
            - 桜井梅室
          - 堀麦水
          - 勝見二柳
        - 武藤巴雀 — 蓮阿坊白尼 — 加藤暁台 — 井上士朗
        - 佐久間柳居 — 白井鳥酔 — 木耳庵烏明 — 加舎白雄
          - 建部巣兆
          - 鈴木道彦
            - 田川鳳朗
            - 市原たよ女
      - 服部土芳
      - 広瀬惟然
      - 坪井杜国
      - 浜田洒堂
      - 志太野坡
      - 斯波園女
    - 山口素堂 — 長谷川馬光 — 二六庵竹阿 — 小林一茶
- 無敵斎百雄 — 三浦樗良

《室町》

- 山崎宗鑑
- 荒木田守武

《近代・現代》

- 〔秋声会〕（秋の声・卯杖）
  - 尾崎紅葉
  - 伊藤松宇（にひはり）
- 〔筑波会〕（帝国文学）
  - 藤井紫影 ― 志田素琴（東炎）― 内田百閒
  - 大谷繞石 ― 室生犀星
- 高浜虚子（ホトトギス）
  - 村上鬼城
  - 飯田蛇笏（雲母）
    - 石原八束（秋）
    - 飯田龍太（雲母）
  - 前田普羅（辛夷）
  - 山口青邨（夏草）
  - 高野素十（芹）
  - 阿波野青畝（かつらぎ）
  - 水原秋桜子（馬酔木）
    - 加藤楸邨（寒雷）
      - 金子兜太（海程）
      - 沢木欣一（風）
      - 森澄雄（杉）
      - 原子公平（風濤）
    - 篠田悌二郎（野火）
    - 能村登四郎（沖）
    - 石田波郷（鶴）
      - 石橋秀野
      - 石川桂郎（風土）
      - 石塚友二（鶴）（点線）
    - 藤田湘子（鷹）
    - 石橋辰之助（樹氷林）
    - 高屋窓秋
    - 山口草堂（南風）
  - 杉田久女（花衣）
  - 川端茅舎
  - 竹下しづの女（成層圏）
  - 皆吉爽雨（雪解）
  - 富安風生（若葉）
    - 加倉井秋を（冬草）
  - 星野立子（玉藻）
  - 原石鼎（鹿火屋）
    - 小野蕪子（鶏頭陣）（点線）
      - 中島斌雄（麦）
    - 市川一男（口語俳句）
    - 三橋鷹女
    - 永田耕衣（琴座）
  - 芥川龍之介
  - 橋本鶏二（年輪）
  - 山口誓子（天狼）
    - 橋本多佳子（七曜）
    - 平畑静塔（京大俳句）
    - 西東三鬼（断崖）（点線）
    - 三谷昭（点線）
  - 阿部みどり女（駒草）
  - 中村汀女（風花）
  - 吉岡禅寺洞（天の川）
    - 横山白虹（自鳴鐘）
    - 芝不器男
  - 後藤夜半（諷詠）
- 石井露月

俳人の系譜

- 正岡子規（ホトトギス・日本）
  - 夏目漱石
  - 青木月斗（車百合・カラタチ・同人）
  - 河東碧梧桐（日本・海紅・碧・三昧）
    - 中塚一碧楼（海紅）
    - 荻原井泉水（層雲）
      - 種田山頭火
      - 尾崎放哉
      - 橋本夢道（秋刀魚）
    - 瀧井孝作
    - 大須賀乙字
      - 臼田亜浪（石楠）
        - 大野林火（濱）
          - 野沢節子（蘭）
        - 富田木歩（洪水）
        - 篠原梵
        - 西垣脩
      - 吉田冬葉（獺祭）
      - 伊東月草（草上）
        - 角川源義（河）
    - 久米正雄（朱鞘）
      - ……永井龍男
  - 内藤鳴雪
    - 渡辺水巴（曲水）
  - 松瀬青々（宝船・倦鳥）
    - 細見綾子
    - 右城暮石（運河）
  - 松根東洋城（渋柿）
    - 久保田万太郎（春燈）
      - 安住敦（春燈）
  - 坂本四方太
    - ……萩原蘿月（唐檜葉）
      - 内田南草（感動律）

- 中村草田男（萬緑）
  - 香西照雄
- 松本たかし（笛）
  - 上村占魚（みそさざい）
- 日野草城（旗艦・青玄）
  - 桂信子（草苑）
  - 富沢赤黄男（太陽系・薔薇）
    - 高柳重信（俳句評論）
- 嶋田青峰（土上）
  - 秋元不死男（氷海）
- 高浜年尾（ホトトギス）
- 野見山朱鳥（菜殻火）
- 福田蓼汀（山火）
- 鈴鹿野風呂（京鹿子）
  - 長谷川素逝（桐の葉）
- 長谷川零余子（枯野）
- 長谷川かな女（水明）

（作成　宿利弥生）

鷲《わし》〔冬〕　597
鷲《わし》の巣〔春〕　*161*
勿忘草《わすれなぐさ》〔春〕　570
忘れ花〔冬〕　597
早稲《わせ》〔秋〕　*87*
綿〔冬〕　596
綿入〔冬〕　596
綿子〔冬〕　596
綿取《とり》〔秋〕　587
棉の花〔夏〕　581
綿帽子〔冬〕　596
綿虫〔冬〕　597
渡り漁夫《ぎよふ》〔春〕　566
渡り鳥〔秋〕　587
　　上田五千石
　　505
侘助《わびすけ》〔冬〕　598
笑ふ山〔春〕　563
藁塚《わらづか》〔秋〕　587
蕨《わらび》〔春〕　570
蕨狩《わらびがり》〔春〕　566
蕨餅《わらびもち》〔春〕　566
われから〔秋〕　588
吾亦《われも》紅《こう》〔秋〕　591

93
　与謝蕪村 *216, 230*
湯ざめ〔冬〕 596
柚《ゆ》子《ず》〔秋〕 590
柚《ゆ》子《ず》湯〔冬〕 *479*
ゆすらうめ〔夏〕 580
楪《ゆずりは》〔新〕 560
ゆだち〔夏〕 572
　山口青邨 *423*
ユッカ〔夏〕 581
湯《ゆ》豆腐《どうふ》〔冬〕 596
湯殿詣《ゆどのもうで》〔夏〕 576
柚《ゆ》の花〔夏〕 580
柚《ゆ》味《み》噌《そ》〔秋〕 586
弓始《はじめ》〔新〕 559
弓張月〔秋〕 584
夢祝《いわい》〔新〕 559
夢始《はじめ》〔新〕 559
百合《ゆり》の花〔夏〕 580

よ

宵寒《よいさむ》〔秋〕 582
宵《よい》の春〔春〕 *242*
宵闇《よいやみ》〔秋〕 584
養花天〔春〕 563
楊貴《ようき》妃桜《ひざくら》〔春〕 *393*
陽春〔春〕 560
余《よ》花《か》〔夏〕 580
余《よ》寒《かん》〔春〕 *359*
夜着〔冬〕 *169*
夜霧〔秋〕 584
夜興《ご》引《ひき》〔冬〕 596
夜桜〔春〕 568
夜寒《さむ》〔秋〕 582
　中村汀女 *438*
　中島斌雄 *478*
　室生犀星 *511*
葭切《よしきり》〔夏〕 577
葭雀《よしすずめ》〔夏〕 577
義仲忌《よしなかき》〔新〕 559
葭原雀《よしはらすずめ》〔夏〕 577
夜濯《すすぎ》〔夏〕 576
寄鍋《よせなべ》〔冬〕 596
夜鷹《たか》〔夏〕 578
四日〔新〕 556
ヨット〔夏〕 576
夜長〔秋〕 582
よなべ〔秋〕 597
夜番〔冬〕 596
よひら〔夏〕 578
呼子鳥《よぶこ》〔春〕 568
夜振《ぶり》〔夏〕 576
夜店〔夏〕 576
読初《よみぞめ》〔新〕 559
嫁が君〔新〕 560
よめがはぎ〔新〕 560
蓬《よもぎ》〔春〕 570
頼政忌《よりまさき》〔夏〕 576
夜の秋〔夏〕 571
夜の雪〔冬〕 593
夜半《わ》の春〔春〕 561

ら

雷雲〔夏〕 571
雷鳥〔夏〕 578
落第〔春〕 566
ラグビー〔冬〕 596
落花《らつか》〔春〕 568
落花《らつか》生《せい》〔秋〕 590
喇叭《らつぱ》水仙《すいせん》〔春〕 570
蘭《らに》〔秋〕 *287*
ラムネ〔夏〕 575

り

利《り》休忌《きゆうき》〔春〕 566
律《りち》の調《しらべ》〔秋〕 582
立夏〔夏〕 571
立秋〔秋〕 581
立春〔春〕 560
立冬〔冬〕 591
柳絮《りゆうじよ》〔春〕 570
流星〔秋〕 584
流氷〔春〕 *418*
涼《りよう》〔夏〕 571
料 峭《りようしよう》〔春〕 560
涼風《りようふう》至る〔秋〕 582
良夜《りようや》〔秋〕 *458*
緑陰《りよくいん》〔夏〕 579
林檎《りんご》〔秋〕 590
林檎《りんご》の花〔春〕 570
林鐘《りんしよう》〔夏〕 571
龍胆《りんどう》〔秋〕 591

れ

冷夏〔夏〕 571
礼者《れいじや》〔新〕 559
冷蔵庫〔夏〕 576
冷房〔夏〕 576
檸《れ》檬《もん》〔秋〕 590
連翹《れんぎよう》〔春〕 570
蓮華《れんげ》〔夏〕 580
連雀《れんじやく》〔秋〕 588
煉炭《れんたん》〔冬〕 596
蓮如忌《れんによき》〔春〕 566

ろ

炉《ろ》〔冬〕 596
老鶯《ろうおう》〔夏〕 577
臘月《ろうげつ》〔冬〕 591
老人の日〔秋〕 586
臘梅《ろうばい》〔冬〕 598
臘八会《ろうはつえ》〔冬〕 596
六阿《ろくあ》弥《み》陀詣《だもうで》〔春〕 566
六月〔夏〕 *116*
六斎念仏《ろくさいねんぶつ》〔秋〕 587
六道参《ろくどうまいり》〔秋〕 587
炉《ろ》火《び》〔冬〕 595
炉開《ろびらき》〔冬〕 596
炉塞《ろふさぎ》〔春〕 566

わ

若鮎《あゆ》〔春〕 568
若井〔新〕 557
若夷《えびす》〔新〕 559
若楓《かえで》〔夏〕 581
若草〔春〕 570
公魚《わかさぎ》〔春〕 568
輪飾《わかざり》〔新〕 557
若芝〔春〕 570
若竹〔夏〕 579
若煙草《たばこ》〔秋〕 587
若菜〔新〕 560
　松尾芭蕉 *102*
若菜売《うり》〔新〕 559
若菜狩《がり》〔新〕 558
若菜摘《つみ》〔新〕 558
若菜野〔新〕 557
若菜迎《むかえ》〔新〕 558
若葉〔夏〕 579
　松尾芭蕉 *73, 77*
　与謝蕪村 *219*
若葉風〔夏〕 579
若水〔新〕 557
若緑〔春〕 570
若紫〔春〕 570
若布《め》〔春〕 *423*
若布《め》刈る〔春〕 566
若餅《もち》〔新〕 559
別れ霜〔春〕 563
病葉《わくらば》〔夏〕 581
山葵《わさび》〔春〕 570

焼野《やけの》〔春〕 564
焼野《やけの》の雉子《きぎす》〔春〕 567
夜光虫〔夏〕 578
夜食〔秋〕 586
安良居《やすらい》祭《まつり》〔春〕 566
奴《やつこ》だこ〔春〕 565
八手《やつで》の花〔冬〕 598
寄居虫《やどかり》〔春〕 568
宿下《くだ》り〔新〕 558
魚簗《やな》〔夏〕 576
柳〔春〕 569
　三浦樗良 *268*
柳散る〔秋〕 589
　与謝蕪村 *205*
柳の糸〔春〕 569
柳の芽〔春〕 570
柳鮠《はえ》〔春〕 568
屋根替〔春〕 566
藪入《やぶいり》〔新〕 558
　炭太祇 *246*
薮蚊《やぶか》〔夏〕 577
藪枯《やぶか》らし〔秋〕 591
藪柑子《やぶこうじ》〔冬〕 598
藪虱《やぶじらみ》〔秋〕 591
藪巻《やぶまき》〔冬〕 596
山雀《がら》〔秋〕 588
山草〔新〕 560
山桜〔春〕 *238*
山清水〔夏〕 573
山鳥〔春〕 568
棠梨《やまなし》の花〔春〕 570
山開き〔夏〕 575
山吹〔春〕 569
　松尾芭蕉 *71*
山鉾《ほこ》〔夏〕 575
山ほとどぎす〔夏〕
　山口素堂 *42*
　杉田久女 *392*
山繭《まゆ》〔春〕 568
山女《め》〔夏〕 578
楊梅《やまもも》〔夏〕 580
楊梅《やまもも》の花〔春〕 570
山焼く〔春〕 564
山粧《よそお》ふ〔秋〕 585
山若菜〔夏〕 579
山笑ふ〔春〕 563
闇汁《やみじる》〔冬〕 596
守宮《やもり》〔夏〕 578
漸寒《ややさむ》〔秋〕 582
弥生《やよい》〔春〕 562
遣羽子《やりばね》〔新〕 559
やり水〔夏〕 573
夜涼《やりょう》〔夏〕 571
破《や》れ芭蕉《ばしょう》〔秋〕 590
敗荷《やれはす》〔秋〕 590
八幡放生会《やわたほうじょうえ》〔秋〕 587
八幡詣《やわたまいり》〔新〕 559
やんま〔秋〕 588

ゆ

夕霰《あられ》〔冬〕 593
夕顔〔夏〕 580
夕顔棚《だな》〔夏〕 580
夕顔の花〔夏〕 580
　加藤暁台 *275*
夕霞《がすみ》〔春〕 *247*
誘蛾《ゆうが》燈《とう》〔夏〕 576
夕霧〔秋〕 *350*
夕霧忌《ゆうぎりき》〔新〕 559
夕東風《こち》〔春〕 562
夕桜〔春〕 568
遊糸《ゆうし》〔春〕 563
夕時雨《しぐれ》〔冬〕 593
　各務支考 *192*
夕涼み〔夏〕 575
夕蟬《ぜみ》〔夏〕 577
夕立〔夏〕 572
　榎本其角 *131*
夕月夜〔秋〕 584
夕凪《なぎ》〔夏〕 573
夕虹《にじ》〔夏〕 572
夕雲雀《ひばり》〔春〕 567
夕焼〔夏〕 572
夕焼雲〔夏〕 572
浴衣《ゆかた》〔夏〕 575
雪〔冬〕 593
　田捨女 *26*
　西山宗因 *28*
　越智越人 *146*
　向井去来 *158*
　与謝蕪村 *215*
　夏目成美 *293*
　小林一茶 *305, 308, 321*
　正岡子規 *338*
　臼田亜浪 *376*
　中村草田男 *440*
　石田波郷 *450*
　長谷川素逝 *459*
　横山白虹 *466*
　高屋窓秋 *483*
雪明り〔冬〕 593
雪遊《あそび》〔冬〕 596
雪起し〔冬〕 593
雪折《ゆきおれ》〔冬〕 598
雪下《おろし》〔冬〕 596
雪女〔冬〕 *21*
雪搔《かき》〔冬〕 596
雪囲《がこい》〔冬〕 596
雪囲《がこい》とる〔春〕 566
雪沓《ぐつ》〔冬〕 596
雪雲〔冬〕 593
　稲畑汀子 *502*
雪消《げ》〔春〕 564
雪解《げ》川〔春〕 564
雪解《げ》水〔春〕 564
雪煙《げむり》〔冬〕 593
雪籠《ごもり》〔冬〕 595
雪女郎《じょろう》〔冬〕 593
雪しろ〔春〕 564
雪達磨《だるま》〔冬〕 596
雪つむ〔冬〕 *166*
雪吊《つり》〔冬〕 596
雪解《どけ》〔春〕 564
　加藤暁台 *272*
　小林一茶 *309*
雪残る〔春〕 564
虎耳草《ゆきのした》〔夏〕 581
雪晴《ばれ》〔冬〕 593
雪踏《ふみ》〔冬〕 596
雪帽子〔冬〕 596
雪間〔春〕 564
雪間草〔春〕 570
雪まるけ〔冬〕 *64*
雪見〔冬〕 *68*
雪虫〔春〕 568
雪眼〔冬〕 596
雪眼鏡〔冬〕 596
雪催《もよい》〔冬〕 593
雪焼〔冬〕 596
雪柳〔春〕 570
雪山〔冬〕 594
雪割り〔春〕 566
雪割草〔春〕 570
行秋《ゆくあき》〔秋〕 582
　松尾芭蕉 *90*
　坪井杜国 *144*
　正岡子規 *335*
行く雁《かり》〔春〕 567
行く年〔冬〕 591
行く春〔春〕 561
　松尾芭蕉 *76,*

みぞれ〔冬〕 *175*
霙酒《みぞれざけ》〔冬〕 596
三日〔新〕 556
三葉《みつば》芹《ぜり》〔春〕 570
三椏《みつまた》の花〔春〕 570
緑の週間〔春〕 566
水口祭《みなくちまつり》〔春〕 566
水無月《みなづき》〔夏〕 571
南風《みなみ》〔夏〕 573
身に入《し》む〔秋〕 582
　松尾芭蕉 *51*
峯入《みねいり》〔春〕 566
峰雲《みねぐも》〔夏〕 571
蓑虫《みのむし》〔秋〕 588
蓑虫《みのむし》の音《ね》〔秋〕 *66*
壬生菜《みぶな》〔春〕 570
壬生念仏《みぶねんぶつ》〔春〕 566
蚯蚓《みみず》〔夏〕 578
木菟《みみずく》〔冬〕 597
蚯蚓《みみず》鳴く〔秋〕 588
耳袋〔冬〕 596
都 踊《みやこおどり》〔春〕 566
都草〔夏〕 581
都鳥〔冬〕 597
都忘れ〔春〕 570
深雪《みゆき》〔冬〕 593
茗荷竹《みょうがだけ》〔春〕 570
茗荷《みょうが》の子〔夏〕 581
茗荷《みょうが》の花〔秋〕 590
御代《みよ》の春〔春〕 *147*
海松《みる》〔春〕 570

む

六日〔新〕 556
迎え梅雨《つゆ》〔夏〕 573
迎火《むかえび》〔秋〕 587
零余子《むかご》〔秋〕 590
昔草〔夏〕 578
蜈蚣《むかで》〔夏〕 578
麦〔夏〕 580
　芝不器男 *466*
　中島斌男 *478*
むぎあき〔夏〕 571
　小林一茶 *316*
麦嵐〔夏〕 573
麦打〔夏〕 576
麦刈〔夏〕 576
麦の秋〔夏〕 571
麦の黒穂〔夏〕 581
麦の波〔夏〕 580
麦の穂〔夏〕 580
　松尾芭蕉 *114*
麦の芽〔冬〕 598
麦畑〔夏〕 580
麦笛〔夏〕 576
麦踏〔春〕 566
麦薪《まき》〔冬〕 596
麦湯〔夏〕 575
木槿《むくげ》〔秋〕 588
　松尾芭蕉 *53*
　立花北枝 *152*
　加舎白雄 *283*
椋鳥《むくどり》〔秋〕 588
椋《むく》の実〔秋〕 590
葎《むぐら》〔夏〕 581
無月《むげつ》〔秋〕 584
虫〔秋〕 588
虫売〔秋〕 587
虫送り〔秋〕 586
蒸鰈《むしがれい》〔春〕 566
虫時雨《しぐれ》〔秋〕 588
虫鳴く〔秋〕 588
虫の声〔秋〕 588
　上島鬼貫 *38*
　小西来山 *41*
虫の宿〔秋〕 *516*
虫干〔夏〕 574
武者人形〔夏〕 575
睦月《むつき》〔新〕 556
鯥五郎《むつごろう》〔春〕 568
霧氷《むひょう》〔冬〕 593
郁子《むべ》の花〔春〕 570
室咲《むろざき》〔冬〕 598

め

名月〔秋〕 583
　松尾芭蕉 *64*
　榎本其角 *129*
　服部嵐雪 *136*
名刺受《めいしうけ》〔新〕 559
鳴雪忌《めいせつき》〔春〕 566
目刺《めざし》〔春〕 566
眼白《めじろ》〔秋〕 588
目高《めだか》〔夏〕 578
芽立ち〔春〕 570
メーデー〔夏〕 575
目貼《めばり》剝《は》ぐ〔春〕 566
メロン〔夏〕 581

も

毛布〔冬〕 596
萌《もえ》〔春〕 569
藻刈《もかり》〔夏〕 576
虎落笛《もがりぶえ》〔冬〕 593
茂吉忌《もきちき》〔春〕 566
もくげ〔秋〕 588
木犀《もくせい》の花〔秋〕 590
土竜打《もぐらうち》〔新〕 559
木蘭《もくれん》〔春〕 570
鵙《もず》〔秋〕 587
　石田波郷 *448*
海雲《もずく》〔春〕 570
鵙《もず》の早贄《はやにえ》〔秋〕 587
餅《もち》〔冬〕 596
餅搗《もちつき》〔冬〕 596
餅花《もちばな》〔新〕 559
ものの芽〔春〕 570
藻《も》の花〔夏〕 *162*
籾《もみ》〔秋〕 586
紅葉《もみじ》〔秋〕 589
紅蜀葵《もみじあおい》〔夏〕 581
紅葉狩《もみじがり》〔秋〕 587
紅葉《もみじ》散る〔冬〕 598
紅葉鮒《もみじぶな》〔秋〕 588
籾摺《もみすり》〔秋〕 586
籾蒔《もみま》く〔春〕 565
桃〔秋〕 590
　寺山修司 *503*
百千鳥《ももちどり》〔春〕 568
桃の節句〔春〕 566
桃の花〔春〕 569
　各務支考 *193*
　水原秋桜子 *409*
桃の宿〔春〕 569
炎《も》ゆ〔夏〕 571
諸鶉《もろうずら》〔秋〕 587
諸子魚《もろこ》〔春〕 568
諸向《もろむき》〔新〕 560
紋白蝶《もんしろちょう》〔春〕 568

や

八重霞《かすみ》〔春〕 563
八重桜〔春〕 570
夜学〔秋〕 586
矢数《やかず》〔夏〕 574
焼芋〔冬〕 596
焼米〔秋〕 586
焼鳥〔冬〕 596
灼《や》く〔夏〕 571
夜具〔冬〕 594
薬師寺造華会《ぞうかえ》〔春〕 566
厄払《やくはらい》〔冬〕 596
厄詣《やくまいり》〔新〕 559
矢車〔夏〕 575

蓬萊《ほうらい》〔新〕 558
　成田蒼虬 *327*
菠薐草《ほうれんそう》〔春〕 570
宝《ほ》恵《え》籠《かご》〔新〕 559
朴落葉《ほおおちば》〔冬〕 598
頬被《ほおかむり》〔冬〕 596
頬白《ほおじろ》〔春〕 568
鬼灯《ほおずき》〔秋〕 590
鬼灯市《ほおずきいち》〔夏〕 575
酸漿《ほおずき》の花〔夏〕 581
朴《ほお》の花〔夏〕 581
　川端茅舎 *428*
火《ほ》串《ぐし》〔夏〕 576
木瓜《ぼけ》の花〔春〕 570
星合《ほしあい》〔秋〕 586
乾飯《ほしいい》〔夏〕 575
干鰈《ほしかれい》〔春〕 566
干草《ほしぐさ》〔夏〕 576
星月夜〔秋〕 584
干菜《ほしな》〔冬〕 *257*
星祭〔秋〕 585
星迎え〔秋〕 585
暮秋〔秋〕 *50*
暮春〔春〕 561
穂薄《すすき》〔秋〕 590
榾《ほた》〔冬〕 *285*
菩《ぼ》提子《だいし》〔秋〕 590
帆《ほ》立貝《たてがい》〔春〕 568
榾火《ほだび》〔冬〕 596
螢《ほたる》〔夏〕 577
螢籠《ほたるかご》〔夏〕 *451*
螢合戦《ほたるがっせん》〔夏〕 577
螢狩《ほたるがり》〔夏〕 576
螢火《ほたるび》〔夏〕 577
螢 袋《ほたるぶくろ》〔夏〕 581
穂俵〔新〕 560
牡丹《ぼたん》〔夏〕 578
　与謝蕪村 *223*
　吉分大魯 *256*
　高浜虚子 *373*
牡丹《ぼたん》の根分《ねわけ》〔秋〕 587
牡丹《ぼたん》の芽〔春〕 570
ボート〔夏〕 576
ほとけの座〔新〕 560
時鳥《ほととぎす》〔夏〕 576
　松尾芭蕉 *96, 104, 110*
　向井去来 *155*
　内藤丈草 *171*
　堀麦水 *263*
　加舎白雄 *281*
ボートレース〔春〕 566
ボーナス〔冬〕 595
穂麦〔夏〕 *263*
鯔《ぼら》〔秋〕 588
盆〔秋〕 586
盆踊〔秋〕 586
盆供《く》〔秋〕 586
ほんだはら〔新〕 560
盆提燈《ちょうちん》〔秋〕 585
盆燈籠《どうろう》〔秋〕 585
盆の月〔秋〕 584
盆休《やすみ》〔秋〕 586
盆用意〔秋〕 586

ま

舞初《まいぞめ》〔新〕 559
まひまひ〔夏〕 *427*
牧閉《まきとざ》す〔秋〕 587
蠛蠓《まくなぎ》〔夏〕 578
鮪《まぐろ》〔冬〕 597
真《ま》桑瓜《くわうり》〔夏〕 581
真《ま》菰《こも》〔夏〕 581
真《ま》菰《こも》の花〔秋〕 591
鱒《ます》〔春〕 568
マスク〔冬〕 596
松明け〔新〕 556
松納め〔新〕 559
松落葉〔夏〕 581
松飾《かざり》〔新〕 557
松過ぎ〔新〕 556
松蟬《ぜみ》〔夏〕 578
松茸《たけ》〔秋〕 591
松手入〔新〕 586
松取る〔新〕 559
松七日〔新〕 556
松の内〔新〕 556
松の門〔新〕 557
松の芯〔春〕 570
松の花〔春〕 570
松葉牡丹《ぼたん》〔夏〕 581
松迎《むかえ》〔冬〕 595
松虫〔秋〕 588
松虫草〔秋〕 591
松毟鳥《むしり》〔春〕 568
待宵《まつよい》〔秋〕 584
祭《まつり》〔夏〕 575
政 始《まつりごとはじめ》〔新〕 559
馬《ま》蛤《て》貝《がい》〔春〕 568
俎 始《まないた》め〔新〕 559
間《ま》引菜《びきな》〔秋〕 590
マフラー〔冬〕 596
蝮《まなし》〔夏〕 578
豆引く〔秋〕 587
豆まき〔冬〕 596
豆飯《めし》〔夏〕 575
豆類の花〔夏〕 581
繭《まゆ》〔夏〕 576
繭玉《まゆだま》〔新〕 559
丸頭巾《ずきん》〔冬〕 594
榲桲《まるめろ》〔秋〕 590
万歳《まんざい》〔新〕 558
まんさく〔春〕 570
蔓珠沙華《まんじゆしやげ》〔秋〕 590
　山口誓子 *420*
　野見山朱鳥 *486*
万両〔冬〕 598

み

実《み》梅《うめ》〔夏〕 579
御《み》影供《えいく》〔春〕 566
三日月〔秋〕 583
三《み》河万歳《かわまんざい》〔新〕 558
蜜《み》柑《かん》〔冬〕 598
蜜《み》柑《かん》の花〔夏〕 580
神輿《みこし》〔夏〕 575
御《み》射《さ》山《やま》祭〔秋〕 587
短夜《みじかよ》〔夏〕 571
　竹下しづの女 *394*
水祝ひ〔新〕 559
水涸《か》る〔冬〕 594
水草生ふ〔春〕 570
水澄む〔秋〕 585
水鳥〔冬〕 597
　斎部路通 *148*
　広瀬惟然 *188*
水菜〔春〕 570
水温《ぬる》む〔春〕 564
水の粉〔夏〕 575
水芭蕉《ばしょう》〔夏〕 581
水涕《ばな》〔冬〕 *514*
水番〔夏〕 576
水引の花〔秋〕 591
御《み》修《ず》法《ほう》〔新〕 559
水餅《もち》〔冬〕 596
御《み》祓《そぎ》〔夏〕 576
鷦鷯《みそさざい》〔冬〕 597
溝浚《みぞさら》へ〔夏〕 576
味《み》噌《そ》豆《まめ》煮る〔春〕 566

筆始《ふではじめ》〔新〕　558
蚋《ぶと》〔夏〕　578
葡萄《ぶどう》〔秋〕　590
懐 手《ふところで》〔冬〕　596
太箸《ふとばし》〔新〕　559
蒲団《ふとん》〔冬〕　594
服部嵐雪 *137*
船遊《ふなあそび》〔夏〕　576
鮒《ふな》ずし〔夏〕　*237*
鮒初《ふなぞめ》〔新〕　559
鮒膾《ふななます》〔春〕　566
船虫《ふなむし》〔夏〕　578
海蘿《ふのり》干す〔夏〕　576
吹雪《ふぶき》〔冬〕　593
踏絵〔春〕　566
文月《ふみづき》〔秋〕　582
冬〔冬〕　591
冬暖か〔冬〕　592
冬苺《いちご》〔冬〕　598
冬 鶯《うぐいす》〔冬〕　*243*
冬麗《うら》ら〔冬〕　593
冬終る〔冬〕　592
冬霞《がすみ》〔冬〕　593
冬構《がまえ》〔冬〕　596
冬鷗《かもめ》〔冬〕　597
冬枯《がれ》〔冬〕　598
上島鬼貫 *39*
森川許六 *178*
炭太祇 *252*
冬木〔冬〕　598
香西照雄 *485*
冬着〔冬〕　596
冬銀河〔冬〕　593
冬景色〔冬〕　594
冬木立〔冬〕　598
与謝蕪村 *224*
炭太祇 *251*
高井几董 *259*
冬籠《ごもり》〔冬〕　595
松尾芭蕉 *112*
与謝蕪村 *220*
黒柳召波 *254*
松本たかし *458*
冬桜〔冬〕　598
冬座敷《ざしき》〔冬〕　596
冬ざれ〔冬〕　592
冬支度《じたく》〔秋〕　586
冬将軍〔冬〕　591
冬田〔冬〕　594
冬立つ〔冬〕　591
冬椿《つばき》〔冬〕　598
冬隣《となり》〔秋〕　582
冬菜〔冬〕　598
冬凪《なぎ》〔冬〕　593
冬濤《なみ》〔冬〕　594
冬野〔冬〕　594
冬の朝日〔冬〕　*367*
冬の雨〔冬〕　593
冬の海〔冬〕　594
冬の梅〔冬〕　598
冬の風〔冬〕　593
冬の雁《かり》〔冬〕　597
冬の川〔冬〕　594
冬の木枯る〔冬〕　598
冬の菊〔冬〕　598
冬の霧〔冬〕　593
冬の草〔冬〕　598
冬の草枯る〔冬〕　598
冬の雲〔冬〕　593
冬の暮《くれ》〔冬〕　592
冬の蝶《ちょう》〔冬〕　597
冬の月〔冬〕　592
榎本其角 *128*
冬の波〔冬〕　594
冬の虹《にじ》〔冬〕　593
冬の蠅《はえ》〔冬〕　597
冬の蜂《はち》〔冬〕　597
冬の浜〔冬〕　594
冬の日〔冬〕　592
野沢節子 *493*
冬の燈〔冬〕　595
冬の星〔冬〕　593
冬の水〔冬〕　594
冬の山〔冬〕　594
冬の夜〔冬〕　592
桜井梅室 *330*
冬の雷《らい》〔冬〕　593
冬蜂《ばち》〔冬〕　*355*
冬ばら〔冬〕　598
冬晴《ばれ》〔冬〕　593
冬日〔冬〕　592
冬旱《ひでり》〔冬〕　593
冬日向《ひなた》〔冬〕　592
冬日和《びより》〔冬〕　593
冬深し〔冬〕　592
冬服〔冬〕　596
冬帽子〔冬〕　*487*
冬牡丹《ぼたん》〔冬〕　598
冬芽〔冬〕　598
冬紅葉《もみじ》〔冬〕　598
冬休み〔冬〕　596
冬山〔冬〕　594
冬夕焼〔冬〕　593
芙蓉《ふよう》〔秋〕　588
ふらここ〔春〕　*246*
ぶらんこ〔春〕　566
鰤《ぶり》〔冬〕　597
フリージア〔春〕　570
ぶりぶり〔新〕　559
プール〔夏〕　576
古草〔春〕　570
古暦《ごよみ》〔冬〕　598
古巣〔春〕　568
古日記〔冬〕　596
古雛〔春〕　564
風炉茶《ふろちゃ》〔夏〕　576
風呂吹《ふろふき》〔冬〕　596
文化の日〔秋〕　586
分歳〔冬〕　594
噴水〔夏〕　576

へ

平安祭《へいあんまつり》〔秋〕　587
ペチカ〔冬〕　596
絲瓜《へちま》〔秋〕　590
糸瓜《へちま》の花〔夏〕　*344*
糸瓜《へちま》の水〔秋〕　*345*
別歳〔冬〕　594
紅椿《つばき》〔春〕　568
紅の花〔夏〕　581
紅芙蓉《ふよう》〔秋〕　588
蛇《へび》〔夏〕　576
蛇《へび》穴を出《い》づ〔春〕　568
蛇《へび》穴に入る〔秋〕　588
蛇苺《へびいちご》〔夏〕　581
蛇《へび》の衣《きぬ》〔夏〕　578
放屁虫《へひりむし》〔秋〕　588
遍路〔春〕　*363*

ほ

報恩講《ほうおんこう》〔冬〕　596
法師蟬《ぜみ》〔秋〕　*464*
芒種《ぼうしゅ》〔夏〕　571
鳳仙花《ほうせんか》〔秋〕　590
ぼうたん〔夏〕　578
豊年〔秋〕　586
忘年会〔冬〕　594
宝引《ほうびき》〔新〕　559
防風〔春〕　570
孑孑《ぼうふら》〔夏〕　578

ひ

日脚《あし》のぶ〔冬〕 592
柊《ひいらぎ》挿す〔冬〕 596
柊《ひいらぎ》の花〔冬〕 598
氷魚《ひうお》〔冬〕 597
冷え〔秋〕 573
稗《ひえ》〔秋〕 591
射干《ひおうぎ》〔夏〕 581
火桶《おけ》〔冬〕 596
日傘《がさ》〔夏〕 576
日雀《ひがら》〔秋〕 588
彼岸〔春〕 561
彼岸会《え》〔春〕 566
彼岸桜〔春〕 570
彼岸中日〔春〕 561
彼岸花〔秋〕 590
蟇《ひきがえる》〔夏〕 576
　中村草田男 *440*
引鴨《ひきがも》〔春〕 568
弾初《ひきぞめ》〔新〕 559
引鶴《ひきづる》〔春〕 568
緋水鶏《ひくいな》〔夏〕 577
蜩《ひぐらし》〔秋〕 587
日車〔夏〕 579
蘖《ひこばえ》〔春〕 570
日盛《ざかり》〔夏〕 572
瓢《ひさご》の花〔夏〕 581
鹿角菜《ひじき》〔春〕 570
菱《ひし》取る〔秋〕 587
菱《ひし》の実〔秋〕 591
菱餅《ひしもち》〔春〕 566
避暑〔夏〕 576
ヒーター〔冬〕 596
鶲《ひたき》〔秋〕 588
常陸帯《ひたちおび》〔新〕 559
干鱈《ひだら》〔春〕 566
穭田《ひつじだ》〔秋〕 587
旱《ひでり》〔夏〕 572
旱星《ひでりぼし》〔夏〕 573
単衣《ひとえ》〔夏〕 575
一《ひと》つ葉〔夏〕 581
人麿忌《ひとまろき》〔春〕 566
一文字《ひともじ》〔冬〕 598
一人静《ひとりしずか》〔春〕 570
火取虫《とりむし》〔夏〕 578
雛《ひな》〔春〕 564
　松尾芭蕉 *76*
　向井去来 *154*
雛《ひな》遊び〔春〕 *135*
雛《ひな》あられ〔春〕 566
雛市《ひないち》〔春〕 566
雛《ひな》納め〔春〕 566
日永〔春〕 561
雛菊《ひなぎく》〔春〕 570
雛芥子《ひなげし》〔夏〕 581
雛《ひな》節句〔春〕 566
日向《ひなた》ぼこ〔冬〕 595
雛《ひな》流し〔春〕 566
雛祭《ひなまつり》〔春〕 564
日の盛《さかり》〔夏〕 572
日の春〔新〕 *126*
火の番〔冬〕 596
火鉢《ばち》〔冬〕 596
雲雀《ひばり》〔春〕 567
　杉山杉風 *139*
胼《ひび》〔冬〕 596
向日葵《ひまわり》〔夏〕 579
日短か〔冬〕 592
氷室《ひむろ》〔夏〕 575
姫小松〔新〕 560
百日草〔夏〕 581
日焼《やけ》〔夏〕 576
日焼田《やけだ》〔夏〕 573
冷酒〔夏〕 575
冷し瓜《うり》〔夏〕 *306*
冷汁〔夏〕 575
ヒヤシンス〔春〕
　570
冷麦〔夏〕 575
冷やか〔秋〕 582
　松尾芭蕉 *119*
冷奴《やっこ》〔夏〕 575
ひゆる〔秋〕 582
雹《ひょう》〔夏〕 573
氷菓〔夏〕 575
氷湖〔冬〕 594
氷上〔冬〕 594
屏風《びょうぶ》〔冬〕 596
日除《よけ》〔夏〕 576
鵯《ひよどり》〔秋〕 588
比良八講〔春〕 566
蛭《ひる》〔夏〕 578
麦酒《ビール》〔夏〕 575
昼顔〔夏〕 580
昼炬燵《ごたつ》〔冬〕 595
昼寝〔夏〕 575
　榎本其角 *200*
鰭酒《ひれざけ》〔冬〕 596
鶸《ひわ》〔秋〕 *183*
枇杷《びわ》〔夏〕 581
枇杷《びわ》の花〔冬〕 598
旻天《びんてん》〔秋〕 583

ふ

鞴祭《ふいごまつり》〔冬〕 596
富貴草〔夏〕 578
風船〔春〕 566
風蘭《らん》〔夏〕 581
風鈴〔夏〕 576
蕗《ふき》〔夏〕 581
籟初《ふきぞめ》〔新〕 559
吹流し〔夏〕 575
蕗《ふき》の薹《とう》〔春〕 570
河豚《ふぐ》〔冬〕 597
福寿草《ふくじゅそう》〔新〕 560
　福田蓼汀 *456*
河豚汁《ふぐじる》〔冬〕 596
福茶《ふくちゃ》〔新〕 559
河豚釣《ふぐつる》〔冬〕 597
ふぐと〔冬〕 597
ふくと汁《じる》〔冬〕 *47*
福引《ふくびき》〔新〕 559
ふくべ〔秋〕 *220*
梟《ふくろう》〔冬〕 597
袋かけ〔夏〕 576
袋角《づの》〔夏〕 578
福沸《ふくわ》かし〔新〕 559
福藁《ふくわら》〔新〕 559
噴井《ふけい》〔夏〕 573
更待月《ふけまちづき》〔秋〕 584
畚下《ふごおろ》し〔新〕 559
藤《ふじ》〔春〕 569
柴漬《ふしづけ》〔冬〕 596
藤浪《ふじなみ》〔春〕 569
藤《ふじ》の花〔春〕 *73*
藤《ふじ》の実〔秋〕 590
富士の雪解《ゆきげ》〔夏〕
　573
藤袴《ふじばかま》〔秋〕 591
藤房《ふじふさ》〔春〕 569
臥待月《ふしまちづき》〔秋〕 584
富士詣《もうで》〔夏〕 576
衾《ふすま》〔冬〕 596
襖《ふすま》〔冬〕 596
蕪村忌《ぶそんき》〔冬〕 596
双葉〔春〕 570
二夜の月〔秋〕 583
二日〔新〕 556
二日灸《きゅう》〔春〕 566
二日月〔秋〕 584
復活祭〔春〕 566
仏生会《ぶつしょうえ》〔春〕 565
仏法僧《ぶっぽうそう》〔夏〕 578
仏名会《ぶつみょうえ》〔冬〕 596

季語索引

大野林火 *455*
花冷え〔春〕 562
花人〔春〕 566
花吹雪〔春〕 568
花祭《まつり》〔春〕 565
花見〔春〕 565
花見笠《がさ》〔春〕 565
花見酒〔春〕 565
花見虱《じらみ》〔春〕 568
花みづき〔夏〕 581
花御堂《みどう》〔春〕 566
花莚《むしろ》〔春〕 566
花守〔春〕 566
離れ鵟《おし》〔冬〕 597
羽抜鳥《はぬけどり》〔夏〕 578
羽子《はね》〔新〕 558
箒木《ははきぎ》〔夏〕 *362*
母子草〔春〕 570
母の日〔夏〕 575
葉牡丹《ぼたん》〔冬〕 598
蛤《はまぐり》〔春〕 568
浜千鳥〔冬〕 597
玫瑰《はまなす》〔夏〕 581
破魔矢《はまや》〔新〕 559
浜木綿《はまゆう》の花〔夏〕 581
破摩弓《はまゆみ》〔新〕 559
鱧《はも》〔夏〕 578
囃田《はやしだ》〔夏〕 574
隼《はやぶさ》〔冬〕 597
薔薇《ばら》〔夏〕 578
茨《ばら》の花〔夏〕 *301*
薔薇《ばら》の芽〔春〕 570
孕鹿《はらみじか》〔春〕 568
孕雀《はらみすずめ》〔春〕 568
針供養〔春・冬〕 566, 595
パリ祭〔夏〕 575
春〔春〕 560
松尾芭蕉 *58*
榎本其角 *134*
高井几董 *260*
水原秋桜子 *411*
石田波郷 *448*
細見綾子 *477*
夏目漱石 *507*
春暑し〔春〕 562
春嵐《あらし》〔春〕 563
春袷《あわせ》〔春〕 566
春一番〔春〕 563
春惜む〔春〕 562
春外套《がいとう》〔春〕 566
春風〔春〕 562
高浜虚子 *358*
春着〔新〕 558
春来る〔春〕 560
春暮るる〔春〕 561
春小袖《こそで》〔新〕 558
春炬燵《ごたつ》〔春〕 566
春駒《こま》〔新〕 559
春駒《こま》〔春〕 568
春寒《さむ》〔春〕 560
春雨《さめ》〔春〕 562
松尾芭蕉 *113*
内藤丈草 *169*
与謝蕪村 *241*
松岡青蘿 *286*
小林一茶 *305*
春さる〔春〕 560
春支度《したく》〔冬〕 596
春障子〔春〕 566
春蟬《ぜみ》〔春〕 568
春田〔春〕 564
春立つ〔春〕 560
春近し〔冬〕 592
春尽《つ》く〔春〕 *386*
春手袋〔春〕 566
春隣《となり》〔冬〕 592
春永《なが》〔新〕 556
春の暁《あかつき》〔春〕 561
春の曙《あけぼの》〔春〕 561
春の雨〔春〕 *103*
春の海〔春〕 564
与謝蕪村 *209*
春の蚊〔春〕 568
春の風〔春〕 562
高井几董 *260*
春の風邪《かぜ》〔春〕 566
春の雁《かり》〔春〕 568
春の川〔春〕 564
春の草〔春〕 570
春の雲〔春〕 563
春の暮《くれ》〔春〕 561
春の鹿《しか》〔春〕 568
春の空〔春〕 563
春の蝶《ちょう》〔春〕 *413*
春の月〔春〕 562
中村汀女 *439*
春の土〔春〕 564
春の泊《とまり》〔春〕 562
春の鳥〔春〕 568
春の名残《なごり》〔春〕 561
春の波〔春〕 564
春の野〔春〕 564
春の蚤《のみ》〔春〕 568
春の野ら〔春〕 *141*
春の蠅《はえ》〔春〕 568
春の日〔春〕 562
春の日傘《ひがさ》〔春〕 566
春のひと〔春〕 *274*
春の星〔春〕 563
春の水〔春〕 563
上島鬼貫 *36*
稲津祇空 *198*
春の鵙《もず》〔春〕 568
春の山〔春〕 563
高浜虚子 *374*
春の闇《やみ》〔春〕 563
春の夕日〔春〕 562
春の雪〔春〕 563
春の夢〔春〕 *41*
春の夜〔春〕 561
松尾芭蕉 *70*
春の宵《よい》〔春〕 562
春の雷《らい》〔春〕 563
春の炉〔春〕 566
春場所〔春〕 566
春日《び》〔春〕 562
春日影〔春〕 562
春日和《びより》〔春〕 563
春探し〔春〕 562
春吹雪〔春〕 563
春べ〔春〕 560
春待つ〔春〕 592
春祭《まつり》〔春〕 566
春めく〔春〕 562
春休み〔春〕 566
春山〔春〕 563
春夕《ゆうべ》〔春〕 562
バレンタインの日〔春〕 566
鷭《ばん》〔夏〕 578
晩夏〔夏〕 571
ハンカチ〔夏〕 575
半夏生《はんげしょう》〔夏〕 571
晩秋〔秋〕 582
晩春〔春〕 562
はんのきの花〔春〕 570
斑猫《はんみょう》〔夏〕 578
晩涼〔夏〕 571
上村占魚 *492*
万緑《ばんりょく》〔夏〕 *442*

初釜《がま》〔新〕 559
初竈《かまど》〔新〕 559
初髪〔新〕 559
初鴨《かも》〔秋〕 588
初鴉《がらす》〔新〕 559
初雁《かり》〔秋〕 587
初蛙《かわず》〔春〕 567
初観音《かんのん》〔新〕 559
葉月《はづき》〔秋〕 582
初句会〔新〕 559
初草〔新〕 560
初景色〔新〕 557
初声〔新〕 560
初氷〔冬〕 594
初東風《こち》〔新〕 557
初国旗〔新〕 559
初暦《ごよみ》〔新〕 559
八朔《はっさく》〔秋〕 582
八朔柑《はっさくかん》〔春〕 570
八朔《はっさく》の祝《いわ》〔秋〕 585
初桜〔春〕 570
初鮭《ざけ》〔秋〕 588
初潮〔秋〕 *164*
初時雨《しぐれ》〔冬〕 593
　松尾芭蕉 *67, 91*
　向井去来 *156*
　吉分大魯 *256*
初東雲《しののめ》〔新〕 557
初芝居〔新〕 559
初霜〔冬〕 *127*
初写真〔新〕 559
初雀《すずめ》〔新〕 560
初菫《すみれ》〔春〕 569
初刷《ず》り〔新〕 559
初蟬《ぜみ》〔夏〕 577
初染〔新〕 559
初空〔新〕 556
ばつた〔秋〕 588
麨《はったい》〔夏〕 575
初大師〔新〕 559
初茸《たけ》〔秋〕 591
初田鶴《たづ》〔新〕 560
初旅〔新〕 559
初便り〔新〕 559
初茶湯《ちやのゆ》〔新〕 559
初蝶《ちょう》〔春〕 568
　高浜虚子 *370*
初手水《ちょうず》〔新〕 559
初月《づき》〔秋〕 584
初鼓《つづみ》〔新〕 559
初鶴《つる》〔新〕 560
初天神〔新〕 559
初電話〔新〕 559
初寅《とら》〔新〕 559
初鶏《どり》〔新〕 560
初泣き〔新〕 559
初海鼠《なまこ》〔冬〕 597
初荷〔新〕 559
初音《ね》〔春〕 567
初音売《ねうり》〔新〕 559
初寝覚《ねざめ》〔新〕 559
初子《ね》の日〔新〕 557
初場所〔新〕 559
初花〔春〕 570
初春〔新〕 556
初春狂言〔新〕 559
初晴《ばれ》〔新〕 557
初日〔新〕 557
初比叡《ひえい》〔新〕 557
初日影〔新〕 557
初日の出〔新〕 557
初富士〔新〕 557
初不動〔新〕 559
初鮒《ぶな》〔春〕 568
初冬〔冬〕 *346*
初風呂《ぶろ》〔新〕 559
初放送〔新〕 559
初星〔新〕 557
初参り〔新〕 559
初ミサ〔新〕 559
初御空《みそら》〔新〕 557
初詣《もうで》〔新〕 559
初紅葉《もみじ》〔秋〕 590
初やいと〔新〕 559
初薬師〔新〕 559
初山〔新〕 559
初湯〔新〕 559
初結《ゆ》ひ〔新〕 559
初雪〔冬〕 593
初夢〔新〕 559
初雷〔春〕 563
初漁《りょう》〔新〕 559
初猟《りょう》〔秋〕 587
初若菜〔新〕 560
初笑ひ〔新〕 559
鳩吹《はとふき》〔秋〕 587
花〔春〕 568
　野々口立圃 *20*
　松江重頼 *22*
　安原貞室 *24*
　西山宗因 *27*
　松尾芭蕉 *60, 69, 93*
　立花北枝 *151*
　金子兜太 *497*
花明り〔春〕 568
花杏《あんず》〔春〕 *427*
花烏賊《いか》〔春〕 568
花茨《いばら》〔夏〕 579
　与謝蕪村 *227*
花空木《うつぎ》〔夏〕 579
花会式《はなえしき》〔春〕 566
花篝《かがり》〔春〕 566
花曇《ぐもり》〔春〕 563
花芥子《げし》〔夏〕 580
花氷〔夏〕 576
花茣蓙《ござ》〔夏〕 576
花小袖《こそで》〔新〕 558
花衣《ごろも》〔春〕 566
花盛り〔春〕 568
鎮花祭《はなしずめまつり》〔春〕 566
花正月〔新〕 556
花菖蒲《しょうぶ》〔夏〕 581
紫荊《はなずおう》〔春〕 570
花薄《すすき》〔秋〕 590
花橘《たちばな》〔夏〕 578
花種蒔《だねま》く〔春〕 566
花散る〔春〕 568
　坪井杜国 *145*
　野沢凡兆 *160*
　浜田酒堂 *183*
花疲《づかれ》〔春〕 566
花時〔春〕 562
花鳥〔春〕 568
花菜〔春〕 569
バナナ〔夏〕 581
花菜漬《づけ》〔春〕 566
花合歓《ねむ》〔夏〕 579
花野〔秋〕 584
　志太野坡 *186*
　渡辺水巴 *378*
花の雨〔春〕 *144*
花野風〔秋〕 584
花の雲〔春〕 568
　松尾芭蕉 *65*
花の匂《にお》ひ〔春〕 *69*
花の春〔新〕 556
花野道〔秋〕 584
花の都〔春〕 *25*
花の宿〔春〕 566
花畠〔秋〕 585
花火〔夏〕 576
花火〔秋〕 587
　与謝蕪村 *217*

の

野遊《あそび》〔春〕 566
野茨《いばら》〔夏〕 579
凌霄《のうぜん》の花〔夏〕 580
能初《のうぞめ》〔新〕 559
野を焼く〔春〕 *352*
野菊〔秋〕 591
　高浜虚子 *360*
　中村汀女 *439*
残る鴨《かも》〔春〕 568
残る虫〔秋〕 588
残る雪〔春〕 564
野大根〔春〕 570
後《のち》の月〔秋〕 583
後《のち》の彼岸《ひがん》〔秋〕 582
後《のち》の雛《ひな》〔秋〕 586
乗込鮒《のっこみぶな》〔春〕 568
のどか〔春〕 562
のどけし〔春〕 *19*
野の枯れ〔冬〕 594
野薔薇《ばら》〔夏〕 579
野火〔春〕 564
野蒜《びる》〔春〕 570
幟《のぼり》〔夏〕 575
野馬追《まおい》〔夏〕 576
蚤《のみ》〔夏〕 578
　松尾芭蕉 *81*
　榎本其角 *128*
　小林一茶 *325*
野焼く〔春〕 564
野山の錦《にしき》〔秋〕 585
野山焼く〔春〕 564
海苔《のり》〔春〕 570
　松尾芭蕉 *101*
　吉岡禅寺洞 *462*
海苔掻《のりかき》〔春〕 566
乗初《のりぞめ》〔新〕 559
野分《わき》〔秋〕 584
　松尾芭蕉 *49*
　与謝蕪村 *212*
　正岡子規 *342*
　石田波郎 *448*
野分雲《わきぐも》〔秋〕 *437*

は

羽蟻《あり》〔夏〕 578
売炭翁《ばいたんおう》〔冬〕 596
海螺廻《ばいまわし》〔秋〕 587
梅霖《ばいりん》〔夏〕 572
はえ〔夏〕 573
蠅《はえ》〔夏〕 577
　横井也有 *200*
　夏目成美 *293*
　小林一茶 *323*
　正岡子規 *344*
蠅《はえ》生る〔春〕 568
蠅叩《はえたたき》〔夏〕 576
馬鹿貝《ばかがい》〔春〕 568
歯固《はがため》〔新〕 559
墓参《まいり》〔秋〕 586
袴着《はかまぎ》〔冬〕 595
墓詣《もうで》〔秋〕 586
萩《はぎ》〔秋〕 590
　松尾芭蕉 *86, 111*
　吉田冬葉 *394*
　水原秋桜子 *412*
掃初《はきぞめ》〔新〕 559
萩《はぎ》の露〔秋〕 590
白菜〔冬〕 598
麦秋《ばくしゅう》〔夏〕 571
薄暑《はくしょ》〔夏〕 571
白鳥〔冬〕 597
白鳥帰る〔春〕 568
白帝〔秋〕 581
白桃〔夏〕
　橋本多佳子 *433*
　森澄雄 *490*
白梅〔春〕 568
　野沢凡兆 *159*
　与謝蕪村 *232*
白牡丹《ぼたん》〔夏〕
　与謝蕪村 *236*
　高浜虚子 *360*
白夜〔夏〕 571
白露〔秋〕 582
葉鶏頭《はげいとう》〔秋〕 590
羽子板〔新〕 *388*
羽子板市〔冬〕 595
箱庭〔夏〕 576
箱河豚《ふぐ》〔冬〕 597
はこべ〔新・春〕 560,570
はこべら〔春〕 570
稲架《はさ》〔秋〕 586
葉桜〔夏〕 578
端居《はしい》〔夏〕 576
芭蕉《ばしょう》〔秋〕 589
　松尾芭蕉 *49*
芭蕉忌《ばしょうき》〔冬〕 596
芭蕉《ばしょう》広葉〔秋〕 589
走《はしり》の茶〔夏〕 574
蓮《はす》〔夏〕 580
蓮根《はすね》掘る〔冬〕 596
蓮《はす》の飯《いい》〔秋〕 587
蓮《はす》の浮葉〔夏〕 581
蓮《はす》の花〔夏〕 580
蓮《はす》の実〔秋〕 590
鯊《はぜ》〔秋〕 588
鯊釣《はぜつり》〔秋〕 587
櫨紅葉《はぜもみじ》〔秋〕 590
畑打《うち》〔春〕 565
畑打つ〔春〕 565
　与謝蕪村 *242*
裸〔夏〕 575
畑返す〔春〕 565
肌寒《はださむ》〔秋〕 582
跣《はだし》〔夏〕 576
畑鋤《す》く〔春〕 565
機始《はたはじめ》〔新〕 559
はたはた〔秋〕 588
畑焼く〔春〕 566
斑雪《はだれ》〔春〕 563
蜂《はち》〔春〕 568
八月〔秋〕 582
八十八夜〔春〕 562
はちす〔夏〕 580
鉢叩《はちたたき》〔冬〕 595
　向井去来 *157*
　内藤丈草 *171*
　三浦樗良 *271*
蜂《はち》の巣〔春〕 568
初茜《あかね》〔新〕 557
初明り〔新〕 557
初秋〔秋〕 581
初雨〔新〕 557
初嵐《あらし》〔秋〕 584
初霰《あられ》〔冬〕 593
初衣裳《いしょう》〔新〕 558
初市〔新〕 559
初卯《う》〔新〕 559
初 鶯《うぐいす》〔新〕 560
初午《うま》〔春〕 564
初戎《えびす》〔新〕 559
初閻魔《えんま》〔新〕 559
初朧《おぼろ》〔春〕 562
初鏡〔新〕 559
二十日《はつか》正月〔新〕 556
初霞《かすみ》〔新〕 557
初鰹《かつお》〔夏〕 577
　山口素堂 *42*

納豆汁《なつとうじる》〔冬〕　596
夏嶺《ね》〔夏〕　573
夏野〔夏〕　573
　松岡青蘿 *286*
夏の暁《あかつき》〔夏〕 571
夏の雨〔夏〕　573
夏の嵐《あらし》〔夏〕　572
夏の海〔夏〕　573
夏の風〔夏〕　573
夏の河〔夏〕　*419*
夏の霧〔夏〕　573
夏の草〔夏〕　580
夏の雲〔夏〕　573
夏の潮〔夏〕　573
夏の空〔夏〕　573
夏の蝶《ちょう》〔夏〕　578
夏の月〔夏〕　571
　松尾芭蕉 *46, 74*
　野沢凡兆 *163*
夏の露〔夏〕　573
夏の果《はて》〔夏〕　571
夏野原〔夏〕　573
夏の日〔夏〕　573
夏の星〔夏〕　573
夏の山〔夏〕　573
夏の夕〔夏〕　571
夏の夜〔夏〕　571
夏羽織〔夏〕　575
夏萩《はぎ》〔夏〕　581
夏深し〔夏〕　571
夏服〔夏〕　575
夏布団《ぶとん》〔夏〕　576
夏帽子〔夏〕　575
夏負《まけ》〔夏〕　575
夏祭《まつり》〔夏〕　575
菜摘《つみ》〔新〕　558
夏蜜柑《みかん》〔春〕　570
棗《なつめ》の花〔夏〕　*275*
棗《なつめ》の実〔秋〕　590
夏休み〔夏〕　575
夏痩《やせ》〔夏〕　575
夏山〔夏〕　573
　小林一茶 *298*
夏料理〔夏〕　575
夏炉《ろ》〔夏〕　576
夏蕨《わらび》〔夏〕　581
撫子《なでしこ》〔秋〕　591
ななかまど〔秋〕　590
七種《ななくさ》〔新〕　558, 560
七草打つ〔新〕　559
七種粥《ななくさがゆ》〔新〕　558
七変化《ななへんげ》〔夏〕　578
七日〔新〕　556
七日粥《がゆ》〔新〕　558
名の木枯る〔冬〕　598
名木《なのき》の芽〔春〕　569
名の草枯る〔冬〕　598
菜の花〔春〕　569
　池西言水 *32*
　与謝蕪村 *226*
鍋焼《なべやき》〔冬〕　596
生胡桃《なまくるみ》〔夏〕　580
海鼠《なまこ》〔冬〕　597
　向井去来 *158*
　黒柳召波 *255*
鯰《なまず》〔夏〕　578
なまはげ〔新〕　559
蛞蝓《なめくじ》〔夏〕　578
菜飯《なめし》〔春〕　566
奈良の山焼き〔春〕　566
業平忌《なりひらき》〔夏〕　576
鳴子《なるこ》〔秋〕　586
苗代《なわしろ》〔春〕　564
南天の実〔秋〕　590

に

新霞《にいがすみ》〔新〕　557
にほ〔冬〕　597
二月〔春〕　560
煮凝《こごり》〔冬〕　596
濁り酒〔秋〕　586
煮酒〔夏〕　575
虹《にじ》〔夏〕　572
　高浜虚子 *367*
　大野林火 *454*
錦木《にしきぎ》〔秋〕　590
西日〔夏〕　572
二重廻《まわ》し〔冬〕　596
鰊《にしん》〔春〕　568
二星〔秋〕　586
日輪草〔夏〕　579
日記買ふ〔冬〕　596
日記始《はじめ》〔新〕　559
蜷《にな》〔春〕　568
二の午《うま》〔春〕　566
二の替《かわり》〔新〕　559
二百十日〔秋〕　582
入学〔春〕　566
入学試験〔春〕　566
入道雲〔夏〕　571
入梅〔夏〕　571
韮《にら》〔春〕　570
韮《にら》の花〔夏〕　581
庭竈《にわかまど》〔新〕　559
人参《にんじん》〔冬〕　598
蒜《にんにく》〔春〕　570

ぬ・ね

縫初《ぬいぞめ》〔新〕　559
零余子《ぬかご》飯〔秋〕　586
蓴《ぬなわ》生ふ〔春〕　570
布子《ぬのこ》〔冬〕　596
温《ぬる》む水〔春〕　564
葱《ねぎ》〔冬〕　598
　永田耕衣 *437*
葱坊主《ねぎぼうず》〔春〕　570
猫《ねこ》の子〔春〕　568
猫《ねこ》の恋〔春〕　566
　越智越人 *147*
猫《ねこ》の妻〔春〕　566
猫柳《ねこやなぎ》〔春〕　570
寝釈迦《しやか》〔春〕　565
　阿波野青畝 *417*
寝正月〔新〕　559
根白草〔新〕　560
熱砂〔夏〕　573
熱帯魚〔夏〕　578
熱風〔夏〕　573
子《ね》の日〔新〕　557
涅槃会《ねはんえ》〔春〕　565
涅槃像《ねはんぞう》〔春〕　565
　三浦樗良 *267*
　阿波野青畝 *417*
涅槃西風《ねはんにし》〔春〕　563
寝冷え〔夏〕　576
根深《ぶか》〔冬〕　598
ねぶの花〔夏〕　*84*
ネーブル〔春〕　570
子祭《ねまつり》〔冬〕　596
ねむのき〔夏〕　579
合歓《ねむ》の花〔夏〕　579
　伊藤松宇 *347*
練雲雀《ねりひばり》〔夏〕　578
根分け〔春〕　566
年賀〔新〕　559
年魚〔夏〕　577
年内立春〔冬〕　592
ねんねこ〔冬〕　596
年末〔冬〕　592

凍死〔冬〕 596
冬至〔冬〕 591
　野沢凡兆 *165*
冬至南瓜《かぼちゃ》〔冬〕 591
冬至粥《がゆ》〔冬〕 591
踏青《とうせい》〔春〕 566
冬扇〔冬〕 596
東大寺授戒〔春〕 566
道明寺祭《どうみょうじまつり》〔春〕 566
冬眠〔冬〕 597
玉蜀黍《とうもろこし》〔秋〕 591
燈籠《とうろう》〔秋〕 585
　炭太祇 *249*
燈籠《とうろう》流し〔秋〕 587
十日戎《えびす》〔新〕 559
十日の菊〔秋〕 586
遠蛙《とおかわず》〔春〕 *480*
通し鴨《がも》〔夏〕 578
通し矢〔夏〕 574
蜥蜴《とかげ》〔夏〕 578
蜥蜴《とかげ》穴を出《い》づ〔春〕 568
毒消売《どくけしうり》〔夏〕 576
木賊《とくさ》刈る〔秋〕 587
毒茸《どくたけ》〔秋〕 591
蕺菜《どくだみ》〔夏〕 581
徳若〔新〕 558
常夏月《とこなつづき》〔夏〕 571
常世《とこよ》花《ばな》〔夏〕 578
野老《ところ》〔新〕 560
心太《ところてん》〔夏〕 574
　日野草城 *463*
野老《ところ》掘る〔春〕 566
登山〔夏〕 576
年明《あく》る〔新〕 556
年歩む〔冬〕 591
年送る〔冬〕 591
年惜しむ〔冬〕 592
年男〔新〕 559
年神《がみ》〔新〕 559
年木樵《きこり》〔冬〕 596
年暮る〔冬〕 591
年越〔冬〕 592
年籠《ごもり》〔冬〕 596
年酒《ざけ》〔新〕 559
年立つ〔新〕 556
年棚《だな》〔新〕 559
年玉〔新〕 559
年徳神《とくじん》〔新〕 559
年の市〔冬〕 595
年の暮《くれ》〔冬〕 591
　斎部路通 *149*
　小林一茶 *322*
年の瀬〔冬〕 591
年の豆〔冬〕 596
年の餅《もち》〔新〕 559
年の夜〔冬〕 592
年迎ふ〔新〕 556
年守《も》る〔冬〕 *218*
年行く〔冬〕 591
年用意〔冬〕 595
鰌鍋《どじょうなべ》〔夏〕 576
年忘れ〔冬〕 594
屠蘇《とそ》〔新〕 559
栃《とち》の花〔夏〕 581
橡《とち》の実〔秋〕 590
褞袍《どてら》〔冬〕 596
飛魚《とびうお》〔春〕 568
飛梅《とびうめ》〔春〕 568
鳶《とび》の巣〔春〕 568
鳥総松《とぶさまつ》〔新〕 559
飛ぶ螢《ほたる》〔夏〕 577
蕃茄《とまと》〔夏〕 581
富正月〔新〕 557
照射《ともし》〔夏〕 576
土用鰻《うなぎ》〔夏〕 576
土用東風《ごち》〔夏〕 573
土用浪《なみ》〔夏〕 573
土用干〔夏〕 574
土用芽〔夏〕 581
虎《とら》が雨〔夏〕 573
鶏合《とりあわせ》〔春〕 566
鳥追ひ〔新〕 559
鳥おどし〔秋〕 586
鳥帰る〔春〕 568
鳥兜《かぶと》〔秋〕 591
鳥雲に入る〔春〕 567
　原裕 *504*
鳥曇《とりぐもり》〔春〕 563
鳥交《さか》る〔春〕 568
酉《とり》の市〔冬〕 596
鶏《とり》の蹴《け》合《あ》ひ〔春〕
　小林一茶 *303*
鳥の巣〔春〕 568
鳥渡る〔秋〕
　嶋田青峰 *377*
　秋元不死男 *470*
団栗《どんぐり》〔秋〕 590
どんたく〔春〕 566
どんど〔新〕 558
蜻蛉《とんぼ》〔秋〕 587

な

ナイター〔夏〕 576
苗売り〔春〕 566
苗木市〔春〕 566
苗田〔春〕 564
苗取《とり》〔夏〕 576
永き日〔春〕 561
長き夜〔秋〕 582
長月〔秋〕 582
投頭《なげず》巾《きん》〔冬〕 596
名越《なごし》の祓《はらえ》〔夏〕 576
梨子《なし》〔秋〕 590
梨《なし》咲く〔春〕 *410*
梨《なし》の花〔春〕 570
　各務支考 *192*
　原石鼎 *385*
薺《なずな》〔新〕 560
薺《なずな》打つ〔新〕 559
薺粥《なずながゆ》〔新〕 558
薺《なずな》花〔春〕 *61*
茄子《なすび》〔夏〕 *206*
菜種刈《かり》〔夏〕 576
菜種梅雨《つゆ》〔春〕 563
刀豆《なたまめ》〔春〕 590
なだれ〔春〕 564
夏〔夏〕 570
夏浅し〔夏〕 571
夏薊《あざみ》〔夏〕 581
夏嵐《あらし》〔夏〕 572
夏鶯《うぐいす》〔夏〕 577
夏帯〔夏〕 575
夏神楽《かぐら》〔夏〕 576
夏霞《がすみ》〔夏〕 573
夏河〔夏〕 *207*
夏菊〔夏〕 581
夏来《きた》る〔夏〕 *434*
夏草〔夏〕 580
　松尾芭蕉 *79*
夏雲〔夏〕 *383*
菜漬〔冬〕 596
夏蚕《ご》〔夏〕 578
夏木立〔夏〕 581
　松尾芭蕉 *94*
夏衣《ごろも》〔夏〕 575
夏座敷〔夏〕 *186*
夏芝居〔夏〕 576
夏足袋《たび》〔夏〕 575
夏近し〔春〕 562
夏燕《つばめ》〔夏〕 578
夏手袋〔夏〕 575
納豆《なっとう》〔冬〕 596

蝶《ちょう》〔春〕　567
内藤丈草 *168*
高浜虚子 *368*
篠原梵 *482*
鳥雲《ちょううん》〔秋〕　587
朝賀《ちょうが》〔新〕　559
重　九《ちょうきゅう》〔秋〕　585
重五《ちょうご》〔夏〕　573
帳綴《ちょうとじ》〔新〕　559
重陽《ちょうよう》〔秋〕　585
散る桜〔春〕　568

つ

追儺《ついな》〔冬〕　596
月〔秋〕　583
安原貞室 *24*
井原西鶴 *30*
松尾芭蕉 *86*
榎本其角 *131*
加藤暁台 *276*
正岡子規 *340*
大野林火 *455*
平畑静塔 *471*
月朧《おぼろ》〔春〕　562
接木《つぎき》〔春〕　566
月今《こ》宵《よい》〔秋〕　583
与謝蕪村 *233*
月冴《さ》ゆる〔冬〕　592
月代《しろ》〔秋〕　584
月涼し〔夏〕　571
月の客〔秋〕　586
向井去来 *155*
月の剣〔秋〕　583
月の友〔秋〕　586
月の眉《まゆ》〔秋〕　583
月の夜〔秋〕　*203*
月待つ〔秋〕　586
月見〔秋〕　586
月見草〔夏〕　581
月夜〔秋〕　583
月夜茸《たけ》〔秋〕　590
土筆《つくし》〔春〕　570
土筆《つくし》摘む〔春〕　570
つくづくし〔春〕　570
蛁　蟟《つくつくぼうし》〔秋〕　588
筑摩祭《つくままつり》〔夏〕　576
鶫《つぐみ》〔秋〕　588
漬菜《つけな》〔冬〕　596
黄楊《つげ》の花〔春〕　570
蔦《つた》〔秋〕　589
蔦《つた》かづら〔秋〕　589
蔦《つた》枯れて〔冬〕　436
蔦《つた》の芽〔春〕　570
蔦紅葉《つたもみじ》〔秋〕　589
霾《つちふる》〔春〕　563
躑躅《つつじ》〔春〕　568
筒鳥《つつどり》〔夏〕　578
つと入《いり》〔秋〕　586
綱《つな》引き〔新〕　559
椿《つばき》〔春〕　568
上島鬼貫 *37*
堀麦水 *263*
椿《つばき》の花〔春〕　*396*
椿餅《つばきもち》〔春〕　566
つばくらめ〔春〕　567
茅花《つばな》〔春〕　570
燕《つばめ》〔春〕　567
小林一茶 *300*
燕《つばめ》帰る〔秋〕　588
燕《つばめ》来る〔春〕　567
燕《つばめ》の子〔夏〕　578
燕《つばめ》の巣〔春〕　568
壺《つぼ》すみれ〔春〕　569
壺焼《つぼやき》〔春〕　566
摘草《つみくさ》〔春〕　566
冷たし〔冬〕　592
梅雨《つゆ》〔夏〕　572
露〔秋〕　584
与謝蕪村 *211*
小林一茶 *318*
飯田蛇笏 *380*
川端茅舎 *425*
加藤楸邨 *444*
能村登四郎 *484*
梅雨明《つゆあけ》〔夏〕　571
露草〔秋〕　591
梅雨曇《つゆぐもり》〔夏〕　573
露けし〔秋〕　584
露凝《こ》る〔冬〕　593
露寒《さむ》〔秋〕　584
梅雨寒《つゆざむ》〔夏〕　571
露時雨《しぐれ》〔秋〕　584
露霜《じも》〔秋〕　584
露涼し〔夏〕　*348*
梅雨空《つゆぞら》〔夏〕　573
梅雨茸《つゆだけ》〔夏〕　581
露の玉〔秋〕　584
梅雨《つゆ》の月〔夏〕　573
梅雨晴《つゆばれ》〔夏〕　573
強霜《つよしも》〔冬〕　593
氷柱《つらら》〔冬〕　*436*
つり鐘〔秋〕　*339*
吊忍《つりしのぶ》〔夏〕　576
鶴来る《つるきた》〔秋〕　588
吊《つる》し柿《がき》〔秋〕　586
石蕗《つわぶき》の花〔冬〕　598

て

手焙《てあぶり》〔冬〕　596
定家忌《ていかき》〔秋〕　587
出替《でがわり》〔春〕　564
服部嵐雪 *136*
久保田万太郎 *509*
出初《でぞめ》〔新〕　559
鉄線花〔夏〕　581
鉄砲百合《てつぽうゆり》〔夏〕　580
加倉井秋を *481*
でで虫〔夏〕　577
手袋《てぶくろ》〔冬〕　596
手毬《てまり》〔新〕　558
中村草田男 *443*
手毬唄《てまりうた》〔新〕　559
高浜虚子 *365*
手鞠《てまり》の花〔夏〕　580
出水《でみず》〔夏〕　573
照葉《てりは》〔秋〕　590
天蓋花《てんがいばな》〔夏〕　579
天涯花《てんがいばな》〔秋〕　590
天瓜粉《てんかふん》〔夏〕　576
でんでん虫〔夏〕　577
瓢　虫《てんとうむし》〔夏〕　578
安住敦 *475*
天皇誕生日〔春〕　566
天満祭《まつり》〔夏〕　576
天狼〔冬〕　593

と

籐椅子《とういす》〔夏〕　576
桃園〔春〕　569
燈火親しむ〔秋〕　586
唐辛子《とうがらし》〔秋〕　590
唐黍《とうきび》〔秋〕　591
闘魚〔夏〕　*464*
闘鶏〔春〕　*353*
凍湖〔冬〕　*434*
冬耕〔冬〕　596
凍港〔冬〕　594

鯛網《たいあみ》〔春〕 566
大旱《かん》〔夏〕 572
大寒〔冬〕 592
太祇忌《たいぎき》〔秋〕 587
大黒舞〔新〕 559
大根《だいこ》引《ひ》き〔冬〕 *310*
大根〔冬〕 *362*
大根洗ふ〔冬〕 596
大根の花〔春〕 570
大根干す〔冬〕 596
大根蒔《ま》く〔秋〕 587
泰山木《たいさんぼく》の花〔夏〕
角川源義 *484*
太子会《たいしえ》〔春〕 566
大試験《だいしけん》〔春〕 566
大暑《たいしよ》〔夏〕 571
大豆《だいず》〔秋〕 591
橙《だいだい》〔新・秋〕 560, 590
成田蒼虬 *327*
台風《たいふう》〔秋〕 584
大文字《だいもんじ》の火〔秋〕 587
内裏雛《だいりびな》〔春〕 564
田植〔夏〕 574
与謝蕪村 *208*
高井几董 *258*
田植歌〔夏〕 *78*
田植笠《がさ》〔夏〕 574
田植女《め》〔夏〕 574
田打ち〔春〕 *353*
鷹《たか》〔冬〕 596
松尾芭蕉 *68*
内藤丈草 *173*
鷹狩《たかがり》〔冬〕 596
高きに登る〔秋〕 586
たかし忌《き》〔夏〕 576
鷹《たか》の巣〔春〕 *476*
簟《たかむしろ》〔夏〕 *253*
耕《たがやし》〔春〕 564
宝船《たからぶね》〔新〕 559
田刈《かり》〔秋〕 585
鷹《たか》渡る〔秋〕 588
たかんな〔夏〕 580
滝〔夏〕 573
水原秋桜子 *412*
後藤夜半 *429*
薪能《たきぎのう》〔春〕 566
滝氷る〔冬〕 594
多喜二忌《たきじき》〔春〕 566
滝壺《つぼ》〔夏〕 573
焚火《たきび》〔冬〕 595
皆吉爽雨 *452*
田草取《ぐさとり》〔夏〕 576
啄木忌《たくぼくき》〔春〕 566
竹植《う》う〔夏〕 576
竹馬〔冬〕 596
茸狩《たけがり》〔秋〕 587
竹伐《き》る〔秋〕 587
竹煮《に》草《ぐさ》〔夏〕 581
竹の秋〔春〕 570
竹の落葉〔夏〕 581
竹の皮脱ぐ〔夏〕 581
筍《たけのこ》〔夏〕 580
服部嵐雪 *137*
竹の春〔秋〕 590
竹の若葉〔夏〕 579
凧《たこ》〔春〕 565
炭太祇 *245*
章魚《たこ》〔夏〕 578
蛇笏忌《だこつき》〔秋〕 587
太刀魚《たちうお》〔秋〕 588
橘《たちばな》の花〔夏〕 578
立待月《たちまちづき》〔秋〕 584
田作り〔新〕 559
龍田《たつた》姫《ひめ》〔秋〕 584
蓼《たで》〔夏〕 581
蓼《たで》の花〔秋〕 591
炭団《たどん》〔冬〕 596
店《たな》おろし〔新〕 559
七夕《たなばた》〔秋〕 585
七夕竹《たなばただけ》〔秋〕 585
田螺《たにし》〔春〕 568
田螺《たにし》和《あえ》〔春〕 566
狸《たぬき》〔冬〕 597
狸汁《たぬきじる》〔冬〕 596
種井〔春〕 566
種芋〔春〕 570
種牛〔春〕 568
種選び〔春〕 566
種俵〔春〕 566
種採《とり》〔秋〕 587
種浸《ひたし》〔春〕 566
種蒔《まき》〔春〕 565
種物〔春〕 566
頼合《たのみあい》〔秋〕 585
田面《たのも》の節《せち》〔秋〕 585
煙草《たばこ》の花〔秋〕 591
足袋《たび》〔冬〕 594
杉田久女 *392*
たびらこ〔新〕 560
玉霰《あられ》〔冬〕 593
玉子酒〔冬〕 596
玉せせり〔新〕 559
魂棚《たまだな》〔秋〕 586
玉巻く芭蕉《ばしよう》〔夏〕 581
魂《たま》祭り〔秋〕 586
北村季吟 *25*
玉虫〔夏〕 578
田水を落す〔秋〕 584
田守《もり》〔秋〕 586
鱈《たら》〔冬〕 597
楤《たら》の芽〔春〕 570
ダーリヤ〔夏〕 581
達磨忌《だるまき》〔冬〕 596
淡月〔春〕 562
端午〔夏〕 573
短日《たんじつ》〔冬〕 592
誕生仏《たんじようぶつ》〔春〕 565
暖冬〔冬〕 592
探梅《たんばい》〔冬〕 596
湯婆《たんぽ》〔冬〕 596
暖房〔冬〕 596
蒲公英《たんぽぽ》〔春〕 569
短夜《たんや》〔夏〕 571
暖炉〔冬〕 596

ち

近松忌《ちかまつき》〔冬〕 596
竹婦人《ちくふじん》〔夏〕 576
遅日《ちじつ》〔春〕 561
高浜虚子 *361*
萵苣《ちしや》〔春〕 570
ちちろむし〔秋〕 588
千鳥〔冬〕 597
茅《ち》の輪《わ》〔夏〕 576
粽《ちまき》〔夏〕 575
粽《ちまき》結ふ〔夏〕 *296*
茶立虫《たてむし》〔秋〕 588
茶摘〔春〕 566
茶詰〔夏〕 574
茶の花〔冬〕 598
森川許六 *178*
ちやんちやんこ〔冬〕 596
仲夏〔夏〕 571
中元〔秋〕 586
仲秋〔秋〕 582
仲春〔春〕 562
チューリップ〔春〕 570

水仙《すいせん》〔冬〕 598
与謝蕪村 *231*
水中花《すいちゅうか》〔夏〕 576
スヰートピー〔夏〕 581
酸葉《すいば》〔春〕 570
水巴忌《すいはき》〔秋〕 587
水飯《すいはん》〔夏〕 575
睡蓮《すいれん》〔夏〕 581
すが漏《もり》〔冬〕 596
すかんぽ〔春〕 570
スキー〔冬〕 596
杉菜〔春〕 570
杉の花〔春〕 570
隙間《すきま》風《かぜ》〔冬〕 593
頭巾《ずきん》〔冬〕 594
酢茎《すぐき》〔冬〕 596
末黒野《すぐろの》〔春〕 564
末黒《すぐろ》の芒《すすき》〔春〕 570
スケート〔冬〕 596
双六《すごろく》〔新〕 559
すさまじ〔秋〕 582
鮓《すし》〔夏〕 574
鮓桶《すしおけ》〔夏〕 574
鮓《すし》の石〔夏〕 574
鈴懸《すずかけ》の花〔春〕 570
涼風《すずかぜ》〔夏〕 573
森川許六 *177*
小林一茶 *310*
鈴鴨《すずがも》〔冬〕 597
芒《すすき》〔秋〕 590
与謝蕪村 *225*
小林一茶 *325*
飯田蛇笏 *381*
松本たかし *458*
鱸《すずき》〔秋〕 588
芒野《すすきの》〔秋〕 590
芒原《すすきはら》〔秋〕 590
涼し〔夏〕 571
すずしろ〔新〕 560
すずな〔新〕 560
篠《すず》の子〔夏〕 581
煤掃《すすはき》〔冬〕 594
煤《すす》払ひ〔冬〕 594
納涼《すずみ》〔夏〕 575
鈴虫《すずむし》〔秋〕 588
爵大水《すずめたいすい》に入って蛤《はまぐり》と為る〔秋〕 *354*
雀《すずめ》の子〔春〕 *315*
雀《すずめ》の巣〔春〕 568
鈴蘭《すずらん》〔夏〕 581
硯 洗《すずりあらい》〔秋〕 586
巣立鳥《すだちどり》〔夏〕 578
簾《すだれ》〔夏〕 576
スチーム〔冬〕 596
ストーブ〔冬〕 596
砂日傘《すなひがさ》〔夏〕 576
巣箱〔春〕 568
すばる〔冬〕 593
炭〔冬〕 595
炭売《うり》〔冬〕 596
炭がしら〔冬〕 596
炭竈《がま》〔冬〕 596
炭俵《だわら》〔冬〕 596
炭つぐ〔冬〕 595
炭斗《とり》〔冬〕 596
楠《ずみ》の花〔夏〕 581
炭火〔冬〕 596
炭焼〔冬〕 596
菫《すみれ》〔春〕 569
松尾芭蕉 *59*
杉山杉風 *140*
斯波園女 *190*
渡辺水巴 *379*
川崎展宏 *501*
相撲〔秋〕 586
炭太祇 *249*
相撲取《とり》〔秋〕 586
李《すもも》〔夏〕 580
李《すもも》の花〔春〕 570

せ

西王母《せいおうぼ》〔春〕 569
盛夏〔夏〕 571
星河《せいが》〔秋〕 583
井華水《せいかすい》〔新〕 557
成人の日〔新〕 559
製茶〔春〕 566
歳暮祝〔冬〕 596
清明〔春〕 562
聖夜〔冬〕 595
施餓鬼《せがき》〔秋〕 587
咳《せき》〔冬〕 596
惜春〔春〕 562
石菖《せきしょう》〔夏〕 581
節季候《せきぞろ》〔冬〕 595
石炭《せきたん》〔冬〕 596
石竹《せきちく》〔夏〕 581
釋奠《せきてん》〔春〕 566
堰外《せきはず》す〔秋〕 585
鶺鴒《せきれい》〔秋〕 588
セーター〔冬〕 596
節《せち》の日〔新〕 559
節料理《せちりょうり》〔新〕 559
雪渓《せっけい》〔夏〕 573
雪上車《せつじょうしゃ》〔冬〕 596
摂待《せったい》〔秋〕 587
雪中花《せっちゅうか》〔冬〕 598
節分《せつぶん》〔冬〕 592, 596
雪嶺《せつれい》〔冬〕 594
施米《せまい》〔夏〕 575
蟬《せみ》〔夏〕 577
松尾芭蕉 *81, 95*
小林一茶 *317*
蟬時雨《せみしぐれ》〔夏〕 577
石橋秀野 *461*
芹《せり》〔春〕 *169*
芹焼《せりやき》〔冬〕 596
セル〔夏〕 575
千秋楽〔秋〕 582
栴檀《せんだん》の実〔秋〕 590
剪定《せんてい》〔春〕 566
扇風機〔夏〕 576
千本念仏〔春〕 566
薇《ぜんまい》〔春〕 570
千両〔冬〕 598

そ

総一〔夏〕 574
宗祇忌《そうぎき》〔秋〕 587
霜降《そうこう》〔秋〕 582
早春〔春〕 562
添水《そうず》〔秋〕 586
雑炊《ぞうすい》〔冬〕 596
漱石忌《そうせきき》〔冬〕 596
雑煮《ぞうに》〔新〕 558
早梅〔冬〕 598
さうび〔夏〕 578
走馬灯〔夏〕 576
そうめん〔夏〕 575
底冷え〔冬〕 592
素秋〔秋〕 581
そぞろ寒《さむ》〔秋〕 582
ソーダ水〔夏〕 575
卒業〔春〕 566
蕎麦《そば》の花〔秋〕 591
蕎麦湯《そばゆ》〔冬〕 596
蠶豆《そらまめ》〔夏〕 581
そらまめの花〔春〕 570
橇《そり》〔冬〕 596

た

田遊び〔新〕 559

驟雨《しゆうう》〔夏〕 572
秋園〔秋〕 585
秋果〔秋〕 590
秋海棠《かいどう》〔秋〕 590
十月〔秋〕 582
秋暁〔秋〕 582
秋耕〔秋〕 586
十三夜〔秋〕 583
秋思〔秋〕 587
秋水〔秋〕 585
秋雪〔秋〕 584
鞦韆《しゆうせん》〔春〕 566
終戦記念日〔秋〕
586
重詰《じゆうづめ》〔新〕 559
秋天〔秋〕 583
十二月〔冬〕 592
秋風楽〔秋〕 582
秋分〔秋〕 582
十夜〔冬〕 *279*
秋霖《りん》〔秋〕 584
秋冷〔秋〕 582
朱夏《しゆか》〔夏〕 570
淑気《しゆくき》〔新〕 557
熟柿《じゆくし》〔秋〕 590
数珠玉《じゆずだま》〔秋〕 591
種痘《しゆとう》〔春〕 566
修二会《しゆにえ》〔春〕 565
樹氷《じゆひよう》〔冬〕 593
棕櫚《しゆろ》の花〔夏〕 581
春陰〔春〕 563
春寒〔春〕 561
俊寛忌《しゆんかんき》〔春〕 566
春菊〔春〕 570
春窮〔春〕 566
春暁〔春〕 561
春月〔春〕 562
飯田龍太 *491*
春光〔春〕 563
春耕〔春〕 565
蓴菜《じゆんさい》〔夏〕 581
春日《しゆんじつ》〔春〕 562
春愁〔春〕 *351*
春曙《しよ》〔春〕 561
春塵《じん》〔春〕 563
春水〔春〕 563
春星〔春〕 *388*
春雪〔春〕 563
春昼〔春〕 561
春潮〔春〕 564
春泥《でい》〔春〕 564
春燈〔春〕 566
春闘〔春〕 566
春風〔春〕 562
春服〔春〕 566
春分〔春〕 562
春眠〔春〕 566
春夜〔春〕 561
春雷《らい》〔春〕 563
春蘭《らん》〔春〕 570
春嶺《れい》〔春〕 563
暑《しよ》〔夏〕 571
生姜《しようが》〔秋〕 591
正月〔新〕 556
正月詣《まい》り〔新〕 559
小寒《しよう》〔冬〕 592
丈山忌《じようざんき》〔夏〕 576
障子〔冬〕 *460*
上巳《じようし》〔春〕 566
障子洗ふ〔秋〕 586
障子貼《は》る〔秋〕 586
小暑《しようしよ》〔夏〕 571
丈草忌《じようそうき》〔春〕 566
焼 酎《しようちゆう》〔夏〕 575
しやうび〔夏〕 578
菖蒲《しようぶ》〔夏〕 581
菖蒲湯《しようぶ》〔夏〕 *282*
小満《しようまん》〔夏〕 571
聖 霊会《しようりようえ》〔春〕 566
松露《しようろ》〔春・秋〕
570, 591
書を曝《さら》す〔夏〕 574
初夏〔夏〕 571
暑気《しよき》中《あた》り〔夏〕 576
織女《しよくじよ》〔秋〕 586
初秋〔秋〕 581
処暑《しよしよ》〔秋〕 582
除雪車〔冬〕 596
助炭《じよたん》〔冬〕 596
除夜〔冬〕 *490*
ショール〔冬〕 596
白息《しらいき》〔冬〕 595
白魚《しらうお》〔春〕 567
椎本才麿 *34*
小西来山 *40*
松尾芭蕉 *56*
白魚飯《しらうおめし》〔春〕 566
しら梅〔春〕 *244*
しらを〔春〕 567
白魚船《しらおぶね》〔春〕 567
白重《しらかさね》〔夏〕 575
白樺《しらかば》の花〔春〕 570
白菊《しらきく》〔秋〕 589
勝見二柳 *265*
白雨《しらさめ》〔夏〕 572
白子干《しらすぼし》〔春〕 566
白玉《しらたま》〔夏〕 575
白露《しらつゆ》〔秋〕 584
三橋鷹女 *435*
不知火《しらぬい》〔秋〕 585
白萩《しらはぎ》〔秋〕 590
紫蘭《しらん》〔夏〕 581
代掻《しろか》く〔夏〕 576
白絣《しらがすり》〔夏〕 575
白靴《しろぐつ》〔夏〕 575
白酒《しろざけ》〔春〕 566
代田《しろた》〔夏〕 573
白椿《しろつばき》〔春〕 568
白南風《しろはえ》〔夏〕 573
白藤《しろふじ》〔春〕 569
白芙蓉《しろふよう》〔秋〕 588
師走《しわす》〔冬〕 591
山口素堂 *43*
蜃気楼《しんきろう》〔春〕 563
新月〔秋〕 583
震災記念日〔秋〕
586
新参〔春〕 564
久保田万太郎
509
人日《じんじつ》〔新〕 556
新馬鈴薯《じやがいも》〔夏〕 581
新酒〔秋〕 585
新樹〔夏〕 581
新秋〔秋〕 581
新春〔新〕 556
新雪〔冬〕 593
新蕎麦《そば》〔秋〕 586
新松子《ちじり》〔秋〕 590
新茶〔夏〕 574
沈丁花《じんちようげ》〔春〕 570
新豆腐《とうふ》〔秋〕 586
新年〔新〕 556
新海苔《のり》〔冬〕 598
甚平《じんべえ》〔夏〕 575
新米〔秋〕 586
新涼〔秋〕 *509*
新緑〔夏〕 581
鷹羽狩行 *504*
新綿〔秋〕 587
新藁《わら》〔秋〕 587

す

翠蔭《すいいん》〔夏〕 579
西瓜《すいか》〔秋〕 590
忍冬《すいかずら》の花〔夏〕 581

寒し〔冬〕 592
　松尾芭蕉 *109*
　小林一茶 *312*
　飯田蛇笏 *383*
さやけし〔秋〕 *488*
冴《さ》ゆる夜〔冬〕 *191*
小夜砧《さよきぬた》〔秋〕 586
　炭太祇 *250*
小夜時雨《さよしぐれ》〔冬〕 *187*
鱵《さより》〔春〕 568
晒布《さらし》〔夏〕 575
百日紅《さるすべり》〔夏〕 580
猿曳《さるひき》〔新〕 *506*
猿回《さるまわ》し〔新〕 559
爽《さわ》やか〔秋〕 582
鰆《さわら》〔春〕 568
残鶯《おう》〔夏〕 577
三夏〔夏〕 570
残花〔春〕 570
三月〔春〕 562
三月尽〔春〕 562
三ケ日〔新〕 556
三寒四温〔冬〕 592
三鬼忌《さんきき》〔春〕 566
残菊〔秋〕 590
山帰来《さんきらい》の花〔春〕 570
三光鳥〔夏〕 578
三色菫〔春〕 570
三尺寝〔夏〕 575
三秋〔秋〕 581
山茱萸《さんしゆゆ》の花〔春〕 570
三春〔春〕 560
残暑〔秋〕 582
山椒魚《さんしよううお》〔夏〕 578
山椒《さんしよう》の芽〔春〕 570
残雪〔春〕 564
三冬〔冬〕 591
山王祭《さんのうまつり》〔春〕 566
三伏《ぷく》〔夏〕 571
秋刀魚《さんま》〔秋〕 588
三昧花《ざんまいばな》〔秋〕 590

し

椎茸《しいたけ》〔秋〕 591
椎《しい》の花〔夏〕 581
椎《しい》の実〔秋〕 590
椎《しい》若葉〔夏〕 581
潮干《しおひ》〔春〕 565
　勝見二柳 *264*
潮干潟《しおひがた》〔春〕 564
汐干狩《しおひがり》〔春〕 565
潮吹《しおふき》〔春〕 568
紫苑《しおん》〔秋〕 590
鹿《しか》〔秋〕 587
　松尾芭蕉 *120*
鹿狩〔秋〕 587
四月〔春〕 562
四月馬鹿〔春〕 566
鹿《しか》の角切《つのきり》〔秋〕 586
鴫《しぎ》〔秋〕 588
子規忌《しきき》〔秋〕 587
敷松葉〔冬〕 596
樒《しきみ》の花〔春〕 570
シクラメン〔春〕 570
時雨《しぐれ》〔冬〕 593
　椎本才麿 *35*
　立花北枝 *153*
　向井去来 *156*
　野沢凡兆 *166*
　横井也有 *201*
　与謝蕪村 *214*
　黒柳召波 *254*
　三浦樗良 *270*
　正岡子規 *336, 337*
　高浜虚子 *365*
　川端茅舎 *425*
時雨忌《しぐれき》〔冬〕 596
茂《しげり》〔夏〕 581
仕事納《おさめ》〔冬〕 596
仕事始《はじめ》〔新〕 559
鹿垣《ししがき》〔秋〕 586
獅子舞《ししまい》〔新〕 559
蜆《しじみ》〔春〕 568
蜆《しじみ》汁〔春〕 566
時宗踊念仏〔春〕 566
四十雀《しじゆうから》〔秋〕 588
紫蘇《しそ》〔夏〕 581
地蔵盆〔秋〕 587
紫蘇《しそ》の実〔秋〕 590
歯朶《しだ》〔新〕 560
滴《したた》り〔夏〕 573
下萌《したもえ》〔春〕 569
下闇《したやみ》〔夏〕 579
枝垂桜《しだれざくら》〔春〕 *390*
七月〔夏〕 571
七五三〔冬〕 595
七福神詣《まいり》〔新〕 559
しどみの花〔春〕 570
自然薯《じねんじよ》〔秋〕 590
忍草《しのぶぐさ》〔秋〕 591
芝焼く〔春〕 566
慈悲心鳥《じひしんちよう》〔夏〕 578
試筆〔新〕 558
渋柿《しぶがき》〔秋〕 588
　松根東洋城 *350*
渋取《しぶとり》〔秋〕 587
地吹雪《じふぶき》〔冬〕 593
四方拝《しほうはい》〔新〕 559
しまき〔冬〕 593
四《し》万六千日《にち》〔夏〕 576
紙魚《しみ》〔夏〕 578
清水〔夏〕 573
　千代女 *202*
凍豆腐《しみどうふ》〔冬〕 596
凍《し》む〔冬〕 592
地虫《じむし》穴を出《い》づ〔春〕 568
注連明《しめあけ》〔新〕 556
注連飾《しめかざり》〔新〕 557
注連《しめ》飾る〔冬〕 596
占地《しめじ》〔秋〕 591
注連縄《しめなわ》〔新〕 557
注連《しめ》の内〔新〕 556
霜〔冬〕 593
　加藤暁台 *278*
　加藤楸邨 *445*
　石田波郷 *450*
霜枯《がれ》〔冬〕 598
霜月〔冬〕 592
霜の声〔冬〕 593
霜柱〔冬〕 594
霜晴《ばれ》〔冬〕 593
霜焼〔冬〕 596
霜夜〔冬〕 289
霜除《よけ》〔冬〕 596
胡蝶花《しやが》〔夏〕 581
社会鍋《なべ》〔冬〕 595
馬鈴薯《じやがいも》の花〔夏〕 581
積塔会《しやくとうえ》〔春〕 566
尺蠖《しやくとり》〔夏〕 578
石楠花《しやくなげ》〔夏〕 580
芍薬《しやくやく》〔夏〕 581
ジャケツ〔冬〕 596
謝肉祭〔春〕 566
石鹼玉《しやぼんだま》〔春〕 566
沙羅《しやら》の花〔夏〕 581
十一月〔冬〕 592

穀象《こくぞう》〔夏〕　578
苔《こけ》清水〔夏〕　573
苔《こけ》の花〔夏〕　581
こころぶと〔夏〕　574
古《こ》参《さん》〔春〕　564
木《こ》下闇《したやみ》〔夏〕　579
五十雀《ごじゅうから》〔秋〕　588
小正月《こしょうがつ》〔新〕　556
コスモス〔秋〕　590
去《こ》年《ぞ》今《こ》年《とし》〔新〕　*371*
炬《こ》燵《たつ》〔冬〕　595
　内藤丈草　*174*
　小林一茶　*322*
東《こ》風《ち》〔春〕　562
　炭太祇　*248*
鯒《こち》〔夏〕　578
古茶〔夏〕　574
胡蝶《こちょう》〔春〕　568
　荒木田守武　*18*
小《こ》晦日《つごもり》〔冬〕　*44*
こでまりの花〔春〕　570
コート〔冬〕　596
事納《おさめ》〔冬〕　595
今《こ》年《とし》〔新〕　556
今《こ》年酒《としざけ》〔秋〕　585
今《こ》年《とし》竹〔夏〕　579
事始《はじめ》〔冬〕　595
子供の日〔夏〕　575
小鳥〔秋〕　*359*
小鳥網〔秋〕　587
小鳥渡る〔秋〕　587
木晩《このくれ》〔夏〕　579
鰶《このしろ》〔秋〕　588
木《こ》の葉〔冬〕　598
木《こ》の葉髪〔冬〕　596
木《こ》の葉散る〔冬〕
　小林一茶　*299*
　臼田亜浪　*377*
　加藤楸邨　*446*
木《こ》の実〔秋〕　590
木《こ》の実落つ〔秋〕
　富安風生　*390*
木《こ》の芽〔春〕　569
木《こ》の芽漬《づけ》〔春〕　566
木《こ》の芽田楽《でんがく》〔春〕　566
小《こ》春《はる》〔冬〕　591
小《こ》春凪《はるなぎ》〔冬〕　591
辛夷《こぶし》〔春〕　570
牛《ご》蒡《ぼう》引く〔秋〕　587
独《こ》楽《ま》〔新〕　*364*
胡《ご》麻《ま》〔秋〕　591
小《こ》松引《まつひき》〔新〕　557
駒鳥《こまどり》〔夏〕　578
五《ご》万《ま》米《め》〔新〕　559
小《こ》弓引《ゆみひき》〔春〕　566
暦売《こよみうり》〔冬〕　596
御《ご》来迎《らいごう》〔夏〕　573
ゴールデンウィーク〔春〕　566
コレラ〔夏〕　576
小《こ》六月《ろくがつ》〔冬〕　591
衣打つ〔秋〕　586
更衣《ころもがえ》〔夏〕　574
　井原西鶴　*29*
　松尾芭蕉　*72*
　榎本其角　*132*
昆虫採集《こんちゅう》〔夏〕　576
昆布《こんぶ》〔新〕　560
昆布《こんぶ》〔夏〕　581

さ

西鶴忌《さいかくき》〔秋〕　587
西行忌《さいぎょうき》〔春〕　566
歳首〔新〕　556
才蔵〔新〕　559
歳旦《たん》〔新〕　556
斎日《さいにち》〔新〕　559
歳晩〔冬〕　592
歳末〔冬〕　591
冴《さえ》返る〔春〕　562
囀《さえずり》〔春〕　567
早《さ》乙女《おとめ》〔夏〕　575
佐《さ》保《お》姫《ひめ》〔春〕　563
坂鳥〔秋〕　588
嵯《さ》峨《が》大念仏《のだいねんぶつ》〔春〕　566
嵯《さ》峨《が》の柱《はしら》炬《たいまつ》〔春〕　566
左《さ》義長《ぎちょう》〔新〕　558
朔風《さくふう》〔冬〕　593
桜〔春〕　568
　松尾芭蕉　*92*
　秋色　*199*
　大島蓼太　*261*
　加舎白雄　*281*
　鈴木道彦　*294*
桜鯎《うぐい》〔春〕　568
桜貝〔春〕　568
桜狩《がり》〔春〕　566
桜草〔春〕　570
桜鯛《だい》〔春〕　*27*
さくら散る〔春〕
　三浦樗良　*268*
桜漬《づけ》〔春〕　566
桜の実〔夏〕　580
桜餅《もち》〔春〕　566
桜紅葉《もみじ》〔秋〕　590
桜若葉〔夏〕　578
さくらんぼ〔夏〕
　高浜虚子　*370*
石榴《ざくろ》〔秋〕　590
石榴《ざくろ》の花〔夏〕　580
鮭打《さけうち》〔秋〕　587
栄螺《さざえ》〔春〕　568
笹子《ささこ》鳴く〔冬〕　597
笹鳴《ささなき》〔冬〕　596
山茶花《さざんか》〔冬〕　597
插木《さしき》〔春〕　566
さつき〔夏〕　580
皐《さ》月《つき》〔夏〕　571
五《さ》月雨《つきあめ》〔夏〕　572
　野沢凡兆　*162*
皐《さ》月浪《つきなみ》〔夏〕　573
五《さ》月晴《つきばれ》〔夏〕　573
五《さ》月富士《つきふじ》〔夏〕　573
五《さ》月女《つきめ》〔夏〕　575
五《さ》月山《つきやま》〔夏〕　573
五《さ》月闇《つきやみ》〔夏〕　573
甘藷《さつまいも》〔秋〕　591
里神楽《さとかぐら》〔冬〕　596
里下《さとさが》り〔新〕　558
早《さ》苗《なえ》〔夏〕　581
早苗饗《さなぶり》〔夏〕　576
実朝忌《さねともき》〔新〕　559
鯖《さば》〔夏〕　578
仙人掌《さぼてん》の花〔夏〕　581
朱欒《ざぼん》〔秋〕　590
三《さ》味《み》線草《せんぐさ》の花〔春〕
　与謝蕪村　*239*
五月雨《さみだれ》〔夏〕　572
　松尾芭蕉　*80, 82, 105, 115*
　正岡子規　*342*
寒い〔冬〕　*467*
寒さ〔冬〕　592
　内藤丈草　*172*
　森川許六　*180*
　井上士朗　*291*
　小林一茶　*313, 320*
　星野立子　*453*

薬狩《くすりがり》〔夏〕 575
薬喰《くすりくい》〔冬〕 596
薬降《くすりふ》る〔夏〕 573
薬掘《くすりほ》る〔秋〕 587
下《くだ》り簗《やな》〔秋〕 587
口切《くちきり》〔冬〕 596
梔子《くちなし》の花〔夏〕 580
くちなは〔夏〕 576
朽葉《くちば》〔冬〕 598
轡虫《くつはむし》〔秋〕 588
熊《くま》〔冬〕 597
熊《くま》穴を出る〔春〕 568
熊谷草《くまがいそう》〔春〕 570
熊手《くまで》〔冬〕 596
熊祭《くままつり》〔冬〕 595
茱萸《ぐみ》〔秋〕 590
蜘蛛《くも》〔夏〕 *373*
雲に入る鳥〔春〕 567
雲の秋〔秋〕 583
雲の峰〔夏〕 571
　小林一茶 *317*
　河東碧梧桐 *396*
　岡本眸 *502*
海月《くらげ》〔夏〕 578
蔵開き〔新〕 559
鞍馬《くらま》の火祭《ひまつり》〔秋〕 587
栗《くり》〔秋〕 589
クリスマス〔冬〕 595
　秋元不死男 *469*
栗《くり》の花〔夏〕 580
栗飯《くりめし》〔秋〕 586
来る秋〔秋〕 581
狂ひ花〔冬〕 597
胡桃《くるみ》〔秋〕 590
暮《くれ》遅し〔春〕 561
　田川鳳朗 *328*
暮れかぬる〔春〕 561
暮《くれ》の秋〔秋〕 582
暮《くれ》の春〔春〕 561
暮《くれ》早し〔冬〕 592
黒鯛《くろだい》〔夏〕 578
クロッカス〔春〕 570
黒南風《くろはえ》〔夏〕 573
桑《くわ》〔春〕 570
慈姑《くわい》〔春〕 570
桑摘《くわつみ》〔春〕 566
桑《くわ》の花〔春〕 570
桑《くわ》の実〔夏〕 581
鍬始《くわはじめ》〔新〕 559
君子蘭《くんしらん》〔春〕 570
薫風《くんぷう》〔夏〕 572

け

鶏冠《けいかん》〔秋〕 589
啓蟄《けいちつ》〔春〕 561
毛糸〔冬〕 596
鶏頭《けいとう》〔秋〕 589
　正岡子規 *341*
　細見綾子 *477*
鶏頭花《けいとうか》〔秋〕 589
夏書《げがき》〔夏〕 576
毛皮〔冬〕 596
解夏《げげ》〔秋〕 587
毛蚕《けご》〔春〕 565
毛衣《けごろも》〔冬〕 596
今朝《けさ》の秋〔秋〕 *327*
今朝《けさ》の空〔新〕 557
今朝《けさ》の冬〔冬〕 591
けさの雪〔冬〕 593
夏至《げし》〔夏〕 571
蚰蜒《げじげじ》〔夏〕 578
消炭〔冬〕 596
芥子《けし》の花〔夏〕 579
芥子《けし》坊主〔夏〕 581
削掛《けずりかけ》〔新〕 559
懸想文《けそうぶみ》〔新〕 559
月光〔秋〕 583
　川端茅舎 *426*
結草虫《けつそうちゆう》〔秋〕 588
結氷《けつぴよう》〔冬〕 594
　富沢赤黄男 *472*
けまん草〔春〕 570
毛見《けみ》〔秋〕 586
毛虫〔夏〕 578
獣交《けものつる》む〔春〕 568
螻蛄《けら》〔夏〕 578
螻蛄《けら》鳴く〔秋〕 588
厳寒〔冬〕 592
牽牛《けんぎゆう》〔秋〕 586
牽牛花《けんぎゆうか》〔秋〕 589
紫雲英《げんげ》〔春〕 570
兼好忌《けんこうき》〔春〕 566
元政忌《げんせいき》〔春〕 566
玄冬〔冬〕 591
原爆忌〔秋〕 586

こ

恋猫《こいねこ》〔春〕 566
鯉幟《こいのぼり》〔夏〕 575
濃紅葉《こいもみじ》〔秋〕 589
光悦忌《こうえつき》〔春〕 566
耕牛〔春〕 565
香魚《こうぎよ》〔夏〕 577
柑子《こうじ》〔新〕 560
耕人《こうじん》〔春〕 565
香水《こうすい》〔夏〕 576
楮晒《こうぞさら》す〔冬〕 596
光太郎忌《こうたろうき》〔春〕 566
紅梅《こうばい》〔春〕 570
河骨《こうほね》〔夏〕 581
仔馬《こうま》〔春〕 568
蝙蝠《こうもり》〔夏〕 576
黄落《こうらく》〔秋〕 590
光琳忌《こうりんき》〔夏〕 576
氷〔冬〕 594
　坪井杜国 *143*
　与謝蕪村 *229*
　加舎白雄 *284*
　松岡青蘿 *288*
氷解く〔春〕 564
氷水〔夏〕 575
凍る〔冬〕 592
　松尾芭蕉 *48*
　吉分大魯 *257*
　松岡青蘿 *289*
蟋蟀《こおろぎ》〔秋〕 588
　内田百閒 *508*
蚕飼《こがい》〔春〕 565
木蔭《こかげ》〔夏〕 579
五月《ごがつ》〔夏〕 571
金亀子《こがねむし》〔夏〕 *357*
小鴨《こがも》〔冬〕 *174*
小雀《こがら》〔秋〕 588
凩《こがらし》〔冬〕 592
　池西言水 *33*
　松尾芭蕉 *57*
　山本荷兮 *142*
　向井去来 *156*
　岩田涼菟 *195*
　釈蝶夢 *279*
　井上士朗 *292*
　山口誓子 *421*
　芥川龍之介 *513*
穀雨《こくう》〔春〕 562
極月《ごくげつ》〔冬〕 591
酷暑《こくしよ》〔夏〕 *400*

寒餅《もち》〔冬〕　596
寒夜〔冬〕　592
寒ゆるむ〔冬〕　592
寒雷《らい》〔冬〕　593
甘藍《かんらん》〔夏〕　581
寒林〔冬〕　598
寒露〔秋〕　582

き

木苺《きいちご》の花〔春〕　570
喜雨《きう》〔夏〕　573
祇園会《ぎおんえ》〔夏〕　575
祇園囃《ぎおんばやし》〔夏〕　575
其角忌《きかくき》〔春〕　566
帰雁《きがん》〔春〕　567
利酒《ききざけ》〔秋〕　585
きぎす〔春〕　567
聞茶《ききちゃ》〔春〕　566
桔梗《ききょう》〔秋〕　591
菊〔秋〕　589
　松尾芭蕉　*120, 123*
　夏目漱石　*517*
菊合〔秋〕　587
菊膾《なます》〔秋〕　586
菊人形〔秋〕　587
菊の香〔秋〕　589
菊の酒〔秋〕　586
菊の苗〔春〕　570
菊の若葉〔春〕　570
菊枕《まくら》〔秋〕　586
紀元節〔春〕　566
枳殻《きこく》の実〔秋〕　590
きさらぎ〔春〕　562
雉《きじ》〔春〕　567
義士祭《まつり》〔春〕　566
鱚《きす》〔夏〕　578
ぎす〔秋〕　588
黄水仙《すいせん》〔春〕　570
帰省〔夏〕　575
着衣始《きそはじめ》〔新〕　559
北風〔冬〕　593
北窓開く〔春〕　566
北窓塞《ふさ》ぐ〔冬〕　596
吉書《きっしょ》〔新〕　558
毬打《きっちょう》〔新〕　559
啄木鳥《きつつき》〔秋〕　*410*
狐《きつね》〔冬〕　597
狐火《きつねび》〔冬〕　594
衣配《きぬくばり》〔冬〕　595
砧《きぬた》〔秋〕　586
茸《きのこ》〔秋〕　590
茸飯《きのこめし》〔秋〕　590
きのめ〔春〕　569
きはちす〔秋〕　588
黍《きび》〔秋〕　591
黍嵐《きびあらし》〔秋〕　584
着ぶくれ〔冬〕　596
既望《きぼう》〔秋〕　583
擬宝珠《ぎぼうし》〔夏〕　581
君が春〔新〕　556
木守《きもり》〔秋〕　589
黄柳〔秋〕　589
キャンプ〔夏〕　576
牛鍋《ぎゅうなべ》〔冬〕　596
吸入器〔冬〕　596
旧年〔新〕　556
牛馬冷す〔夏〕　576
胡瓜《きゅうり》〔夏〕　581
行々子《ぎょうぎょうし》〔夏〕　577
経供養《きょうくよう》〔春〕　566
凶作〔秋〕　587
行水《ぎょうずい》〔夏〕　576
鏡台祝《きょうだいいわい》〔新〕　559
夾竹桃《きょうちくとう》〔夏〕　580
今日の菊〔秋〕　585
今日の月〔秋〕　583
　山口素堂　*43*
　松尾芭蕉　*107*
　三浦樗良　*269*
御忌詣《ぎょきもうで》〔春〕　*215*
曲水《きょくすい》〔春〕　566
御慶《ぎょけい》〔新〕　*185*
虚子忌《きょしき》〔春〕　566
去来忌《きょらいき》〔秋〕　587
霧〔秋〕　584
　池西言水　*32*
　小林一茶　*304*
　金子兜太　*496*
螽蟖《きりぎりす》〔秋〕　588
　野沢凡兆　*163*
切籠《きりこ》〔秋〕　585
切炬燵《きりごたつ》〔冬〕　595
霧雨《さめ》〔秋〕　584
きりしま〔春〕　569
桐《きり》の葉落つ〔秋〕　589
桐《きり》の花〔夏〕　*430*
桐《きり》の実〔秋〕　590
桐一葉《きりひとは》〔秋〕　589
　高浜虚子　*357*
切干《きりぼし》〔冬〕　596
金衣鳥《きんいちょう》〔春〕　567
銀河〔秋〕　583
金槐忌《きんかいき》〔新〕　559
金柑《きんかん》〔秋〕　590
銀漢〔秋〕　583
金魚《きんぎょ》〔夏〕　578
吟行始《ぎんこうはじめ》〔新〕　559
金盞花《きんせんか》〔春〕　570
銀杏《ぎんなん》〔秋〕　590
金風《きんぷう》〔秋〕　584
金鳳花《きんぽうげ》〔春〕　570

く

食積《くいつみ》〔新〕　559
水鶏《くいな》〔夏〕　577
　立花北枝　*153*
空也忌《くうやき》〔冬〕　596
空也念仏《くうやねんぶつ》〔冬〕　595
九月〔秋〕　582
九月尽《くがつじん》〔秋〕　*276*
茎漬《くきづけ》〔冬〕　596
茎立《くくたち》〔春〕　570
くぐつ〔新〕　559
枸杞《くこ》〔春〕　570
草青む〔春〕　569
草いきれ〔夏〕　581
草朧《おぼろ》〔春〕　562
草芳《かぐわ》し〔春〕　*349*
草刈《かり》〔夏〕　576
草枯《かれ》に花残る〔秋〕　590
草茂る〔夏〕　581
草相撲〔秋〕　586
草の市〔秋〕　586
草の花〔秋〕　591
草の穂〔秋〕　591
草の実〔秋〕　591
草の芽〔春〕　570
草の若葉〔春〕　570
草雲雀《ひばり》〔秋〕　588
草笛〔夏〕　576
草木瓜《くさぼけ》〔春〕　570
嚔《くさめ》〔冬〕　596
草萌《もえ》〔春〕　569
草餅《もち》〔春〕　566
草紅葉《もみじ》〔秋〕　591
鯨《くじら》〔冬〕　*278*
鯨突《くじらつき》〔冬〕　596
葛《くず》〔秋〕　465
国栖奏《くずのそう》〔新〕　559
薬玉《くすだま》〔夏〕　575
葛《くず》の花〔秋〕　591
葛水《くずみず》〔夏〕　575
葛湯《くずゆ》〔冬〕　596

神の春〔新〕 *17*
神の留守《るす》〔冬〕 596
紙雛〔春〕 564
神迎《むかえ》〔冬〕 596
亀鳴く〔春〕 568
鴨《かも》〔冬〕 597
松尾芭蕉 *58*
賀茂《かも》の競馬《くらべうま》〔夏〕 576
賀茂祭《かものまつり》〔夏〕 576
榧《かや》〔新〕 560
蚊帳《かや》〔夏〕 574
萱《かや》〔秋〕 591
萱《かや》刈る〔秋〕 587
蚊帳吊草《かやつりぐさ》〔夏〕 581
榧《かや》の実〔秋〕 590
蚊遣香《かやりこう》〔夏〕 574
渡辺水巴 *379*
蚊遣火《かやりび》〔夏〕 574
粥草《かゆぐさ》〔新〕 560
粥杖《かゆづえ》〔新〕 559
乾鮭《からざけ》〔冬〕 594
芥菜《からしな》〔春〕 570
からす瓜《うり》〔秋〕 *331*
烏瓜《からすうり》の花〔夏〕 581
烏貝《からすがい》〔春〕 568
烏《からす》の子〔夏〕 578
鴉《からす》の巣〔春〕 568
枸橘《からたち》の花〔春〕 570
空梅雨《からつゆ》〔夏〕 573
雁《かり》〔秋〕 587
小林一茶 *302*
大須賀乙字 *375*
狩《かり》〔冬〕 596
狩り跡〔春〕 565
雁《かり》帰る〔春〕 *389*
雁《かり》が音《ね》〔秋〕 587
越智越人 *146*
三浦樗良 *270*
刈田《かりた》〔秋〕 585
狩人《かりゅうど》〔冬〕 596
雁渡《かりわた》し〔秋〕 584
雁渡《かりわた》る〔秋〕 587
榠樝《かりん》の実〔秋〕 590
刈萱《かるかや》〔秋〕 591
かるた〔新〕 559
枯るる〔冬〕 598
枯《か》れ蘆《あし》〔冬〕 *265*
枯尾花《かれおばな》〔冬〕 *228*
枯木《かれき》〔冬〕 598
枯菊《かれぎく》〔冬〕 *366*
枯木山《かれきやま》〔冬〕 *492*
枯草《かれくさ》〔冬〕 598
枯桑《かれくわ》〔冬〕 598
枯芝《かれしば》〔冬〕 598
枯芒《かれすすき》〔冬〕 *397*
枯園《かれその》〔冬〕 594
枯蔦《かれつた》〔冬〕 *436*
枯野《かれの》〔冬〕 594
松尾芭蕉 *125*
内藤丈草 *173*
服部土芳 *189*
高浜虚子 *356*
山口誓子 *421*
枯野《かれの》の色〔秋〕 585
枯葉《かれは》〔冬〕 598
枯萩《かれはぎ》〔冬〕 598
枯芭蕉《かればしょう》〔冬〕 598
枯蓮《かれはす》〔冬〕 598
枯原《かれはら》〔冬〕 594
枯芙蓉《かれふよう》〔冬〕 598
枯柳《かれやなぎ》〔冬〕 598
枯山《かれやま》〔冬〕 *494*
獺《かわうそ》 魚を祭る〔春〕 562
川狩《がり》〔夏〕 576
川涸《か》る〔冬〕 594
裘《かわごろも》〔冬〕 596
蛙《かわず》〔春〕 567
山崎宗鑑 *16*
松尾芭蕉 *62*
蛙《かわず》合戦〔春〕 567
翡翠《かわせみ》〔夏〕 578
川開き〔夏〕 576
かはほり〔夏〕 576
川床《ゆか》〔夏〕 576
河原鶸《かわらひわ》〔春〕 568
寒〔冬〕 592
三浦樗良 *271*
加藤楸邨 *447*
雁《がん》〔秋〕 *97*
寒明け〔春〕 562
観桜《かんおう》〔春〕 565
勧学会《かんがくかい》〔春〕 566
雁瘡《がんかさ》〔秋〕 587
寒鴉《がらす》〔冬〕 597
雁木《がんぎ》〔冬〕 596
寒菊〔冬〕 598
森川許六 *181*
寒灸《ぎゅう》〔冬〕 596
寒稽古《げいこ》〔冬〕 596
寒月〔冬〕 593
炭太祇 *251*
橋本多佳子 *433*
久米正雄 *512*
寒鯉《ごい》〔冬〕 597
寒声〔冬〕 596
寒肥《ごえ》〔冬〕 596
閑古鳥《かんこどり》〔夏〕 576
松尾芭蕉 *104*
中川乙由 *196*
寒垢離《ごり》〔冬〕 596
寒晒《ざらし》〔冬〕 596
樏《かんじき》〔冬〕 596
元日〔新〕 556
桜井梅室 *329*
正岡子規 *335*
元日草〔新〕 560
寒食《しょく》〔春〕 566
寒雀《すずめ》〔冬〕 597
寒施行《せぎょう》〔冬〕 596
萱草《かんぞう》の花〔夏〕 581
寒柝《たく》〔冬〕 596
寒卵《たまご》〔冬〕 596
神田祭《まつり》〔夏〕 576
邯鄲《かんたん》〔秋〕 588
元旦《がんたん》〔新〕 556
寒中水泳〔冬〕 596
寒潮〔冬〕 594
元朝〔新〕 556
寒造《づくり》〔冬〕 596
寒椿《つばき》〔冬〕 598
旱天《かんてん》〔夏〕 572
寒燈〔冬〕 595
カンナ〔秋〕 590
神無月《かんなづき》〔冬〕 *165*
寒念仏〔冬〕 596
寒の雨〔冬〕 593
寒の入《いり》〔冬〕 592
寒の内〔冬〕 592
松尾芭蕉 *98*
寒の水〔冬〕 594
寒波〔冬〕 592
寒梅〔冬〕 *138*
旱魃《かんばつ》〔夏〕 572
岩菲《がんぴ》〔夏〕 581
寒弾《びき》〔冬〕 596
寒風〔冬〕 593
灌仏《かんぶつ》〔春〕 565
灌仏会《かんぶつえ》〔春〕 565
寒鮒《ぶな》〔冬〕 597
雁風呂《がんぶろ》〔春〕 566
寒紅《べに》〔冬〕 596
寒木瓜《ぼけ》〔冬〕 598

温石《じやく》〔冬〕 596
温突《オンドル》〔冬〕 596
女正月〔新〕 556
女礼者《れいじや》〔新〕 559

か

蚊《か》〔夏〕 577
蛾《が》〔夏〕 578
蚕時《かいこどき》〔春〕 565
海水浴〔夏〕 576
買初《かいぞめ》〔新〕 559
開帳〔春〕 566
鳰《かいつぶり》〔冬〕 597
海棠《かいどう》〔春〕 570
外套《がいとう》〔冬〕 594
　山口青邨 *424*
貝《かい》掘る〔春〕 565
飼屋《かいや》〔春〕 565
貝寄風《かいよせ》〔春〕 563
傀儡師《かいらいし》〔新〕 559
懐炉《かいろ》〔冬〕 596
貝割菜《かいわりな》〔秋〕 *426*
花影《かえい》〔春〕 384
鶏冠木《かえで》〔秋〕 590
楓《かえで》の花〔春〕 570
楓《かえで》の芽〔春〕 570
返り咲《ざき》〔冬〕 597
帰り花〔冬〕 597
かへる〔春〕 567
　小林一茶 *311*
　右城暮石 *431*
帰る雁《かり》〔春〕 567
蛙子《かえるご》〔春〕 566
蛙《かえる》の目借り時〔春〕 562
貌鳥《かおどり》〔春〕 568
顔見世〔冬〕 596
薫《かお》る風〔夏〕 572
案山子《かがし》〔秋〕 585
　阿波野青畝 *416*
鏡開き〔新〕 559
鏡餅《もち》〔新〕 559
かがんぼ〔夏〕 578
柿《かき》〔秋〕 588
　大伴大江丸 *291*
　正岡子規 *334, 339*
牡蠣《かき》〔冬〕 597
柿落葉《かきおちば》〔冬〕 598
書初《かきぞめ》〔新〕 558
燕子花《かきつばた》〔夏〕 579
柿《かき》の花〔夏〕 580
柿紅葉《かきもみじ》〔秋〕 590
かぎろひ〔春〕 563
柿《かき》若葉〔夏〕 580
蚊食鳥《かくいどり》〔夏〕 576
額《がく》の花〔夏〕 580
杜父魚《かくぶつ》〔冬〕 597
角巻《かくまき》〔冬〕 596
神楽《かぐら》〔冬〕 596
霍乱《かくらん》〔夏〕 576
掛稲《かけいね》〔秋〕 586
掛乞《かけごい》〔冬〕 595
掛香《かけこう》〔夏〕 576
懸巣鳥《かけす》〔秋〕 588
懸蓬莱《かけほうらい》〔新〕 557
陽炎《かげろう》〔春〕 563
　山本荷兮 *142*
　内藤丈草 *170*
　服部土芳 *190*
蜉蝣《かげろう》〔秋〕 588
風車《かざぐるま》〔春〕 566
鵲《かささぎ》〔秋〕 588
鵲《かささぎ》の橋〔秋〕 586
重ね着〔冬〕 596
風花《かざはな》〔冬〕 593
飾《かざり》〔新〕 559
飾臼《かざりうす》〔新〕 559
飾り焚《た》く〔新〕 558
飾縄《かざりなわ》〔新〕 557
飾羽子《かざりばね》〔新〕 558
火事〔冬〕 596
河鹿《かじか》〔夏〕 578
鰍《かじか》〔秋〕 588
悴《かじか》む〔冬〕 596
梶《かじ》の葉〔秋〕 586
梶《かじ》の鞠《まり》〔秋〕 586
賀状〔新〕 559
賀状書く〔冬〕 596
柏餅《かしわもち》〔夏〕 575
春日祭《かすがまつり》〔春〕 566
粕汁《かすじる》〔冬〕 596
数の子〔新〕 559
霞《かすみ》〔春〕 563
　与謝蕪村 *223*
　小林一茶 *297*
霞《かす》む〔春〕 *262*
かすむ日〔春〕 *300*
風邪《かぜ》〔冬〕 595
風青し〔夏〕 572
風薫《かお》る〔夏〕 572
風爽《さや》か〔秋〕 584
風の香〔夏〕 572
風光る〔春〕 563
風待月〔夏〕 571
風除《よけ》〔冬〕 596
片鶉《かたうずら》〔秋〕 587
肩掛〔冬〕 596
片蔭《かたかげ》〔夏〕 573
片栗《かたくり》の花〔春〕 570
蝸牛《かたつむり》〔夏〕 577
　椎本才麿 *34*
　大野林火 *454*
かたばみの花〔夏〕 581
帷子《かたびら》〔夏〕 575
鰹《かつお》〔夏〕 578
郭公《かつこう》〔夏〕 576
河童忌《かつぱき》〔夏〕 576
蝌蚪《かと》〔春〕 566
門飾《かざり》〔新〕 557
門涼み〔夏〕 575
門松〔新〕 557
かなかな〔秋〕 587
蟹《かに》〔夏〕 578
鐘朧《おぼろ》〔春〕 562
鐘霞《かす》む〔春〕 *343*
鉦叩《かねたたき》〔秋〕 588
鹿《か》の子〔夏〕 578
蚊柱《かばしら》〔夏〕 577
　加藤暁台 *275*
蚊火《かび》〔夏〕 574
黴《かび》〔夏〕 580
鹿火屋《かびや》〔秋〕 586
兜虫《かぶとむし》〔夏〕 578
蕪《かぶら》〔冬〕 598
ガーベラ〔夏〕 581
南瓜《かぼちや》〔秋〕 590
南瓜《かぼちや》の花〔夏〕 581
蝦蟇《がま》〔夏〕 576
鎌鼬《かまいたち》〔冬〕 593
蟷螂《かまきり》〔秋〕 588
蟷螂生《かまきりうま》る〔夏〕 578
かまくら〔新〕 559
竈猫《かまどねこ》〔冬〕 597
髪洗う〔夏〕 576
髪置《おき》〔冬〕 595
神送《かみおくり》〔冬〕 596
天牛《かみきり》〔夏〕 578
紙子《かみこ》〔冬〕 594
　内藤丈草 *172*
紙漉《かみすき》〔冬〕 596
雷〔夏〕 572
神の旅〔冬〕 596

112
与謝蕪村 *234,*
239
加藤暁台 *273*
建部巣兆 *296*
中村草田男
442
梅売《うり》〔夏〕　579
梅が香〔春〕　568
森川許六 *176*
梅酒〔夏〕　575
梅の雨〔夏〕　572
梅の花〔春〕
松尾芭蕉 *100*
広瀬惟然 *188*
梅の実〔夏〕　579
梅干〔夏〕　575
梅もどき〔秋〕 590
梅若忌《うめわかき》〔春〕　566
末枯《うらがれ》〔秋〕　590
裏白《うらじろ》〔新〕　560
盂蘭盆《うらぼん》〔秋〕　586
うららか〔春〕 562
売られる雉子《きじ》〔冬〕
加藤楸邨 *444*
瓜《うり》〔夏〕　206
売初《うりぞめ》〔新〕　559
瓜番《うりばん》〔夏〕　576
瓜揉《うりもみ》〔夏〕　575
鱗雲《うろこぐも》〔秋〕　583
浮塵子《うんか》〔秋〕　588
雲海《うんかい》〔夏〕　*481*
運動会〔秋〕　586

え

永日《えいじつ》〔春〕　561
恵具《えぐ》〔春〕　570
えごの花〔夏〕 581
絵双六《えすごろく》〔新〕　559
金雀枝《えにしだ》〔夏〕　580
狗尾草《えのころぐさ》〔秋〕　591
夷講《えびすこう》〔冬〕　596
化偸草《えびね》〔春〕　570
恵方《えほう》〔新〕　559
笑栗《えみぐり》〔秋〕　589
衣紋竹《えもん》〔夏〕　575
魞挿《えりさ》す〔春〕　566
襟巻《えりまき》〔冬〕　*363*
遠泳〔夏〕　575
炎気〔夏〕　572
炎日〔夏〕　572
槐《えんじゅ》の花〔夏〕 581
炎暑〔夏〕　571
遠足〔春〕　566
炎昼〔夏〕　571
炎帝〔夏〕　570
炎天〔夏〕　572
山口誓子 *422*
豌豆《えんどう》〔夏〕　581
豌豆《えんどう》の花〔春〕 570
閻魔参《えんままいり》〔夏〕　576
遠雷〔夏〕　572

お

老鶯《おいうぐいす》〔夏〕　577
老《おい》の春〔新〕　*195*
追羽子《おいばね》〔新〕　559
扇〔夏〕　576
扇置く〔秋〕　586
楝《おうち》の花〔夏〕　581
桜桃忌《おうとうき》〔夏〕　576
桜桃《おうとう》の花〔春〕 570
桜桃《おうとう》の実〔夏〕 570
黄梅《おうばい》〔春〕　570
大石忌《おおいしき》〔春〕　566
狼《おおかみ》〔冬〕　597
大霜《おおしも》〔冬〕　593
大《おお》つごもり〔冬〕
592
大年《おおとし》〔冬〕　592
大西日《おおにしび》〔夏〕　572
車前草《おおばこ》〔夏〕　581
大服《おおぶく》〔新〕　559
大晦日《おおみそか》〔冬〕　592
大矢数《おおやかず》〔夏〕　573
岡見《おかみ》〔冬〕　596
苧殻《おがら》〔秋〕　586
荻《おぎ》〔秋〕　591
置炬燵《おきごたつ》〔冬〕
松尾芭蕉 *99*
翁草《おきなぐさ》〔春〕　570
翁草《おきなぐさ》〔秋〕　589
沖膾《おきなます》〔夏〕　576
晩稲《おくて》〔秋〕　591
送火《おくりび》〔秋〕　587
白朮火《おけらび》〔新〕　559
白朮詣《おけらまいり》〔新〕　559
起し絵〔夏〕　576
お高祖頭巾《こそずきん》〔冬〕
594
御降《おさがり》〔新〕　557
鴛鴦《おし》〔冬〕　597
井上士朗 *292*
押鮎《おしあゆ》〔新〕　559
牡鹿《おじか》〔秋〕　587
鴛《おし》の衾《ふすま》〔冬〕　597
お正月〔新〕　556
白粉花《おしろいばな》〔秋〕　590
遅き日〔春〕　*374*
遅桜〔春〕　570
お松明《たいまつ》〔春〕　565
おだまきの花〔春〕
570
お玉杓子《たまじやくし》〔春〕 566
落鮎《おちあゆ》〔秋〕　588
落栗《おちぐり》〔秋〕　589
落椿《おちつばき》〔春〕　568
落葉《おちば》〔冬〕　598
落雲雀《おちひばり》〔春〕　567
落穂《おちぼ》〔秋〕　591
おでん〔冬〕　596
男郎花《おとこえし》〔秋〕　*453*
威銃打《おどし》つ〔秋〕 586
落し角《づの》〔春〕　568
落し文《ぶみ》〔夏〕　578
落し水〔秋〕　584
囮《おとり》〔秋〕　587
踊〔秋〕　586
踊子草〔夏〕　581
鬼貫忌《おにつらき》〔秋〕　587
鬼の子〔秋〕　588
鬼やらひ〔冬〕 596
鬼百合《ゆり》〔夏〕　580
斧始《おのはじめ》〔新〕　559
尾花《おばな》〔秋〕　590
お花畑〔夏〕　573
御火焚《おほたき》〔冬〕　596
朧《おぼろ》〔春〕　562
松尾芭蕉 *60*
向井去来 *157*
朧月《おぼろづき》〔春〕　562
池西言水 *31*
内藤丈草 *168*
お水取《みずとり》〔春〕　565
女郎花《おみなえし》〔秋〕　*453*
御身拭《おみぬぐい》〔春〕　566
御命講《おめいこう》〔秋・冬〕
587, 596
森川許六 *179*
沢瀉《おもだか》〔夏〕　581
親すずめ〔春〕 *182*
親無子《なしご》〔秋〕　588
泳ぎ〔夏〕　575
おらが春〔新〕 *314*
オリオン〔冬〕 593
温室〔冬〕　596

磯遊《いそあそび》〔春〕　566
磯巾着《いそぎんちやく》〔春〕　568
磯菜《いそな》摘《つみ》〔新〕　559
虎杖《いたどり》〔春〕　570
一位《いちい》の実〔秋〕　590
一月《いちがつ》〔新〕　556
苺《いちご》〔夏〕　581
苺《いちご》の花〔春〕　570
無花果《いちじく》〔秋〕　590
一《いち》の午《うま》〔春〕　564
鳶尾草《いちはつ》〔夏〕　581
一葉《いちよう》〔秋〕　589
一葉忌《いちようき》〔冬〕　596
銀杏《いちよう》散る〔秋〕　590
銀杏黄葉《いちようもみじ》〔秋〕　590
五日〔新〕　556
一茶忌《いつさき》〔冬〕　596
凍鶴《いてづる》〔冬〕　597
凍解《いてどけ》〔冬〕　564
凍《い》てる〔冬〕　592
　前田普羅　*387*
井戸替《いどがえ》〔夏〕　576
いとど〔秋〕　*98*
糸取《とり》〔夏〕　576
糸蜻蛉《とんぼ》〔夏〕　578
糸柳〔春〕　569
糸遊《ゆう》〔春〕　563
稲架《いなか》〔秋〕　586
稲木《いなぎ》〔秋〕　586
稲車《いなぐるま》〔秋〕　585
蝗《いなご》〔秋〕　588
稲雀《いなすずめ》〔秋〕　588
稲妻《いなずま》〔秋〕　584
　松尾芭蕉　*211*
稲光《いなびかり》〔秋〕　584
稲穂《いなほ》〔秋〕　590
居なり〔春〕　564
稲荷講《いなりこう》〔春〕　564
稲荷祭《いなりまつり》〔春〕　566
犬蓼《いぬたで》〔秋〕　591
いぬふぐり〔春〕　570
稲〔秋〕　590
稲刈《かり》〔秋〕　585
稲扱《こき》〔秋〕　586
稲春虫《つきむし》〔秋〕　588
いね積む〔新〕　559
稲の殿〔秋〕　584
稲の花〔秋〕　591
稲干〔秋〕　586
ゐのこづち〔秋〕　591
亥《い》の子《こ》餅《もち》〔冬〕　595
猪《いのしし》〔秋〕　588
藺《い》の花〔夏〕　581
茨《いばら》〔夏〕　579
井開《いびらき》〔新〕　557
居《い》待月《まちづき》〔秋〕　584
芋〔秋〕　589
芋嵐《あらし》〔秋〕　*416*
芋の露〔秋〕　589
芋の葉〔秋〕　589
芋虫〔秋〕　588
蠑螈《いもり》〔夏〕　578
伊予柑《いよかん》〔春〕　570
入り彼岸〔春〕　561
色かへぬ松〔秋〕　590
色鳥《どり》〔秋〕　588
囲炉裏《いろり》〔冬〕　596
鰯《いわし》〔秋〕　588
鰯雲《いわしぐも》〔秋〕　583
鰯《いわし》引く〔秋〕　587
岩清水《いわしみず》〔夏〕　573
岩清水臨時祭《いわしみずりんじさい》〔春〕　566
岩燕《いわつばめ》〔春〕　568
岩魚《いわな》〔夏〕　578
隠君子《いんくんし》〔秋〕　589
隠元豆《いんげんまめ》〔秋〕　590

う

鵜《う》〔夏〕　*266*
うゑをんな〔夏〕　575
植木市〔春〕　566
植田《た》〔夏〕　573
鵜飼《うかい》〔夏〕　575
うかれ猫《ねこ》〔春〕　566
鵜川《うかわ》〔夏〕　575
萍《うきくさ》〔夏〕　581
萍《うきくさ》生ひ初む〔春〕　570
浮草の花〔夏〕　*196*
浮巣〔夏〕　578
浮寝鳥〔冬〕　597
浮葉〔夏〕　581
鶯《うぐいす》〔春〕　567
　小西来山　*39*
　松尾芭蕉　*108*
　榎本其角　*133*
　野沢凡兆　*160*
　与謝蕪村　*204, 221, 234, 235*
　加藤暁台　*273*
鶯菜《うぐいすな》〔春〕　570
鶯餅《うぐいすもち》〔春〕　566
雨月《うげつ》〔秋〕　584
五加《うこぎ》〔春〕　570
兎《うさぎ》〔冬〕　597
蛆《うじ》〔夏〕　578
薄霞《うすがすみ》〔春〕　563
　松尾芭蕉　*58*
太秦《うずまさ》の牛祭《うしまつり》〔秋〕　587
埋火《うずみび》〔冬〕　595
　釈蝶夢　*280*
羅《うすもの》〔夏〕　*457*
　鈴木真砂女　*499*
薄紅葉《うすもみじ》〔秋〕　590
鶉《うずら》〔秋〕　587
薄氷《うすらい》〔春〕　564
鶉《うずら》の床〔秋〕　587
鷽《うそ》〔春〕　568
鷽替《うそかえ》〔新〕　559
うそ寒《さむ》〔秋〕　582
打水《うちみず》〔夏〕　576
団扇《うちわ》〔夏〕　574
　山崎宗鑑　*17*
卯月《うづき》〔夏〕　571
卯月曇《うづきぐもり》〔夏〕　573
空木《うつぎ》の花〔夏〕　579
空蟬《うつせみ》〔夏〕　578
打つ田〔秋〕　*353*
独活《うど》〔春〕　570
優曇華《うどんげ》〔夏〕　578
鰻《うなぎ》〔夏〕　578
卯浪《うなみ》〔夏〕　573
雲丹《うに》〔春〕　568
卯《う》の花〔夏〕　579
　河合曾良　*150*
　森川許六　*177*
　田川鳳朗　*329*
卯《う》の花腐《くた》し〔夏〕　573
姥桜《うばざくら》〔春〕　*45*
鵜舟《うぶね》〔夏〕　575
馬追〔秋〕　588
苜蓿《うまごやし》の花〔春〕　570
馬肥ゆる〔秋〕　588
厩出《うまやだ》し〔春〕　566
海猫《うみねこ》渡る〔春〕　568
梅〔春〕　568
　池西言水　*31*
　松尾芭蕉　*102,*

秋の水〔秋〕 585
秋の湖〔秋〕 585
秋の柳〔秋〕 589
秋の山〔秋〕 584
加藤暁台 *277*
鈴木道彦 *295*
秋の夕暮《ぐれ》〔秋〕 581
秋の夕焼〔秋〕 584
秋の夜《よ》〔秋〕 582
石田波郷 *449*
秋の宵《よい》〔秋〕 582
秋の雷《らい》〔秋〕 584
秋の別《わかれ》〔秋〕 582
秋萩〔秋〕 590
秋初め〔秋〕 581
秋場所〔秋〕 587
秋薔薇《ばら》〔秋〕 590
秋晴《ばれ》〔秋〕 583
秋彼岸〔秋〕 587
秋日射〔秋〕 583
秋旱《ひでり》〔秋〕 584
秋日和《びより》〔秋〕 584
秋深し〔秋〕 582
松尾芭蕉 *124*
高浜虚子 *371*
秋深む〔秋〕 582
秋祭《まつり》〔秋〕 587
秋めく〔秋〕 582
秋山〔秋〕 584
明急ぐ〔夏〕 571
揚羽蝶《あげはちょう》〔夏〕 578
通草《あけび》〔秋〕 590
通草《あけび》の花〔春〕 570
揚雲雀《あげひばり》〔春〕 567
明易し〔夏〕 571
高浜虚子 *372*
麻〔夏〕 581
朝顔〔秋〕 589
千代女 *202*
正岡子規 *340*
朝顔市〔秋〕 589
朝霞《がすみ》〔春〕 563
麻刈《かり》〔夏〕 576
朝霧〔秋〕 584
朝曇《ぐもり》〔夏〕 573
朝東風《こち》〔春〕 562
朝桜〔春〕 568
朝寒《ざむ》〔秋〕 582
胡葱《あさつき》〔春〕 570
朝凪《なぎ》〔夏〕 573
朝寝〔春〕 566
薊《あざみ》〔夏〕 581
朝焼〔夏〕 *481*
浅蜊《あさり》〔春〕 568
鯵《あじ》〔夏〕 578
葦刈《あしかり》〔秋〕 587
高野素十 *415*
篠田悌二郎 *431*
紫陽花《あじさい》〔夏〕 578
蘆《あし》の角《つの》〔春〕 570
蘆《あし》の花〔秋〕 591
葦火《あしび》〔秋〕 587
網代《あじろ》〔冬〕 596
網代打《あじろうち》〔秋〕 587
小豆《あずき》〔秋〕 591
小豆粥《あずきがゆ》〔新〕 559
東 踊《あずまおどり》〔春〕 566
汗《あせ》〔夏〕 575
汗拭《あせぬぐ》ひ〔夏〕 575
畦塗《あぜぬ》り〔春〕 566
馬酔木《あせび》の花〔春〕 570
汗疹《あせも》〔夏〕 576
暖か〔春〕 561
正岡子規 *332*
温《あたた》め酒〔秋〕 586
熱燗《あつかん》〔冬〕 596
暑き日〔夏〕 *83*
厚氷〔冬〕 594
暑し〔夏〕 571
穴一《あないち》〔新〕 559
穴子《あなご》〔夏〕 578
アネモネ〔春〕 570
虻《あぶ》〔春〕 568
油照〔夏〕 573
油虫〔夏〕 578
海女《あま》〔春〕 566
雨蛙《あまがえる》〔夏〕 578
甘柿《がき》〔秋〕 588
雨乞《あまごい》〔夏〕 576
甘酒〔夏〕 575
甘酒屋〔夏〕 *348*
甘茶〔春〕 566
天《あま》の川《がわ》〔秋〕 583
松尾芭蕉 *85*
中村草田男 *441*
アマリリス〔夏〕 581
江鮭《あめのうお》〔秋〕 588
水馬《あめんぼう》〔夏〕 578
あやめ〔夏〕 581
菖蒲《あやめ》の日〔夏〕 573
菖蒲葺《あやめふ》く〔夏〕 575
鮎《あゆ》〔夏〕 577
与謝蕪村 *210*
鮎汲《あゆく》み〔春〕 566
鮎釣《あゆつ》り〔夏〕 577
篠田悌二郎 *432*
あゆの風〔春〕 562
荒梅雨《あらつゆ》〔夏〕 572
新走《あらばしり》〔秋〕 585
霰《あられ》〔冬〕 593
野沢凡兆 *167*
蟻《あり》〔夏〕 577
小林一茶 *317*
有明《ありあけ》〔秋〕 *304*
有明月《ありあけづき》〔秋〕 584
蟻《あり》穴を出《い》づ〔春〕 568
蟻地獄《ありじごく》〔夏〕 *414*
蟻《あり》の道〔夏〕 577
粟《あわ》〔秋〕 591
袷《あわせ》〔夏〕 248
淡月〔春〕 562
鮑《あわび》〔夏〕 578
淡雪《あわゆき》〔春〕 563
行火《あんか》〔冬〕 596
安居《あんご》〔夏〕 576
鮟鱇《あんこう》〔冬〕 *446*
杏子《あんず》〔夏〕 580
杏子《あんず》の花〔春〕 *20*

い

飯蛸《いいだこ》〔春〕 568
烏賊《いか》〔夏〕 578
貽貝《いがい》〔春〕 568
毬栗《いがぐり》〔秋〕 589
鮊子《いかなご》〔春〕 568
いかのぼり〔春〕 565
椎本才麿 *35*
藺刈《いかり》〔夏〕 576
息白し〔冬〕 595
生身魂《いきみたま》〔秋〕 587
生大根《いけだいこ》〔冬〕 *181*
居籠《いごもり》〔新〕 559
十六夜《いざよい》〔秋〕 583
いざよふ月〔秋〕 583
石首魚《いしもち》〔夏〕 578
泉〔夏〕 573
泉川〔夏〕 573
伊勢《いせ》参り〔春〕 566

季語索引

▶所収句および付録の季語集中の季語を50音順に並べたものである ▶〔 〕内に季節名を表示した。〔新〕は新年を表す
▶所収句の季語には作者名とページ数（イタリック数字）を付した

あ

青蘆《あし》〔夏〕 581
青嵐《あらし》〔夏〕 572
葵《あおい》〔夏〕 581
青梅〔夏〕 578
　室生犀星 *511*
青蛙《がえる》〔夏〕 578
青柿《がき》〔夏〕 580
青黴《かび》〔夏〕 580
青桐《ぎり》〔夏〕 581
青草〔夏〕 580
青鷺《さぎ》〔夏〕 578
青山椒《さんしよう》〔夏〕 581
青芝〔夏〕 581
青芒《すすき》〔夏〕 581
青簾《すだれ》〔夏〕 576
青田〔夏〕 573
　森川許六 *177*
青大将〔夏〕 576
青田風〔夏〕 573
青田道〔夏〕 573
青蔦《つた》〔夏〕 *489*
青蕃椒《とうがらし》〔夏〕 581
青饅《ぬた》〔春〕 566
青嶺《ね》〔夏〕 573
青野〔夏〕 573
青海苔《のり》〔春〕 570
青葉〔夏〕 *42*
青葉木菟《ずく》〔夏〕 578
青葡萄《ぶどう》〔夏〕 580
青酸漿《ほおずき》〔夏〕 581
青麦〔春〕 570
青柳《やぎ》〔春〕 569
青林檎《りんご》〔夏〕 580
赤鱏《えい》〔夏〕 578
赤貝〔春〕 568
皸《あかぎれ》〔冬〕 596
藜《あかざ》〔夏〕 581
アカシヤの花〔夏〕 581
県召《あがためし》〔新〕 559
赤蜻蛉《とんぼ》〔秋〕 *333*
茜草《あかね》〔秋〕 591
赤富士〔夏〕 *391*
秋〔秋〕 581
　松尾芭蕉 *122*
　正岡子規 *334*
秋袷《あわせ》〔秋〕 586
秋扇〔秋〕 586
秋惜む〔秋〕 582
秋風〔秋〕 583
　松尾芭蕉 *55*
　河合曾良 *150*
　稲津祇空 *197*
　小林一茶 *319*
　原石鼎 *385*
秋来《き》ぬ〔秋〕 *290*
あきくさ〔秋〕 *510*
秋雲〔秋〕 583
秋曇《ぐもり》〔秋〕 584
秋来る〔秋〕 581
秋暮るる〔秋〕 582
秋蚕《ご》〔秋〕 587
秋鯖《さば》〔秋〕 588
秋寒《さむ》〔秋〕 582
秋雨《さめ》〔秋〕 584
秋時雨《しぐれ》〔秋〕 584
秋簾《すだれ》〔秋〕 586
秋澄む〔秋〕 582
秋空〔秋〕 583
　河東碧梧桐 *398*
秋高し〔秋〕 *354*
秋闌《た》ける〔秋〕 582
秋立つ〔秋〕 581
　上島鬼貫 *37*
秋近し〔夏〕 571
　松尾芭蕉 *118*
あきつ〔秋〕 587
秋黴雨《ついり》〔秋〕 584
秋出水《でみず》〔秋〕 585
秋隣《どなり》〔夏〕 571
秋土用《どよう》〔秋〕 582
秋茄子《なす》〔秋〕 590
秋の朝〔秋〕 582
秋の雨〔秋〕 584
秋の色〔秋〕 584
秋の海〔秋〕 585
秋の蚊〔秋〕 588
秋の霞《かすみ》〔秋〕 584
秋の風〔秋〕 583
　松江重頼 *23*
　松尾芭蕉 *52, 88, 89, 107*
　杉山杉風 *140*
　森川許六 *178*
　浜田洒堂 *184*
　加舎白雄 *283*
秋の蚊帳《かや》〔秋〕 586
秋の川〔秋〕 585
秋の雲〔秋〕 583
秋の暮《くれ》〔秋〕 581
　松尾芭蕉 *47, 121*
　富田木歩 *395*
　西東三鬼 *469*
　草間時彦 *500*
　石塚友二 *517*
秋の声〔秋〕 584
秋の駒牽《こまひき》〔秋〕 586
秋の潮〔秋〕 585
秋の霜〔秋〕 584
秋の蟬《せみ》〔秋〕 588
秋の空〔秋〕 583
秋の田〔秋〕 585
秋の蝶《ちよう》〔秋〕 588
秋の月〔秋〕 583
　高浜虚子 *369*
秋の土〔秋〕 585
秋の七草〔秋〕 591
秋の波〔秋〕 585
秋の虹《にじ》〔秋〕 584
秋の野〔秋〕 585
秋の蠅《はえ》〔秋〕 588
秋の初風〔秋〕 584
秋の浜〔秋〕 585
秋の晴《はれ》〔秋〕 583
秋の日〔秋〕 582
秋の燈〔秋〕 586
秋の昼〔秋〕 582
秋の風鈴〔秋〕 *382*
秋の星〔秋〕 584
秋の螢《ほたる》〔秋〕 588
　小林一茶 *307*
　飯田蛇笏 *381*

『もゝすもゝ』 259
『桃の実』 142
『もものやどり』 266
『守武千句』 *17*, 535
『文選』 107
モンタージュ 130, 419, 467, **607**

や

「夜雨」 49
矢数俳諧 29, **608**
『野哭』 *444*
「八島」 19
「夜直」 129
「夜半翁終焉記」 244
『夜半叟句集』 231, 238
『夜半楽』 204, *235*
「夜半楽三部曲」 234, 244
『山中問答』 151
『山火』 *456*
『夜話ぐるひ』 *193*

ゆ・よ

有季 **608**
幽玄 **608**
『雪国』 *423*
『雪櫟』 *490*
『雪解』 *452*
『雪の声』 *270*
『雪満呂気』 65
「遊行柳」 205
謡曲 33, 39, 46, 166
『義仲』 *501*
余情・余韻 523, **608**
『世中百韻』 76
世吉 608
「頼政」 39
四S **608**

ら・り

「落柿舎の記」 104
『落花集』 *29*
『蘿葉集』 *200*
『蘭』 493
リアリズム **608**
リズム 600, 602, 605
立机 531
両吟 **608**
『蓼太句集』 *261, 262*
『琴座』 437

る・れ

ルビ俳句 396, 399
『霊芝』 *382*
『暦日』 *460*
連歌 520, 525
連句 599, 602, 604, 606, 607, **608**
　正岡子規 337
連作俳句 419
連衆 **608**

ろ

『蘆陰句選』 *256*
「老鶯児」 235
『露月句集』 *348*
『ロダンの首』 *484*
『六百句』 *365〜369*
『六百五十句』 *370*
『驢鳴集』 *437*
『論語』 26, 181

わ

『我庵』 *267*
『若葉』 **608**
　富安風生 390，安住敦 475，加倉井秋を 481
『わが噴煙』 *478*
『和漢朗詠集』 21, 53
脇句 **608**
わび **608**

『篇突』
松尾芭蕉 111，榎本其角 133，森川許六 *176*

ほ

『忘音』 *492*
『保元物語』 213
『砲車』 *459*
『宝晋斎引付』 *134*
『鳳朗発句集』 *328*
「北寿老仙をいたむ」 228
『母系』 *502*
『反古衾』 *205*
細み 111，149，**607**
『穂高』 *444*
発句 520，522，**607**
『発心集』 218
『ホトトギス』 533，540，**607**
正岡子規 332，松瀬青々 347，村上鬼城 352，高浜虚子 356，359，*362*，嶋田青峰 377，渡辺水巴 378，飯田蛇笏 380，原石鼎 384，前田普羅 386，阿部みどり女 389，富安風生 390，杉田久女 392，竹下しづの女 394，富田木歩 395，阿波野青畝 416，山口誓子 418，山口青邨 423，後藤夜半 429，橋本多佳子 432，高浜年尾 436，中村汀女 438，中村草田男 440，皆吉爽雨 452，星野立子 453，福田蓼汀 456，松本たかし 457，長谷川素逝 459，吉岡禅寺洞 462，日野草城 463，芝不器男 465，平畑静塔 470，橋本鶏二 476，中島斌雄 478，石橋辰之助 481，野見山朱鳥 486，上村占魚 492
本歌取り・本説取り 21，526

ま

前書 **607**
『真神』 *499*
『牧唄』 *512*
『枕草子』 48，56，66
『枕屏風』 *137*
『亦深川』 128
『街』 *469*
「松風」 24
『松本たかし句集』 *457*
『まぼろしの鹿』 *447*
『曼珠沙華』 *486*
『万葉集』 59，87，139，212，410，535
『万両』 *416*

み

「三井寺」 22，108，274
見立て 32
『道芝』 509
『虚栗』 537
松尾芭蕉 *50*，堀麦水 263
美濃派 538
各務支考 192，横井也有 200
『未明音』 *493*
民謡 226

む・め

無季 460，462，**608**
『麦』 478
『無孔笛』 294
『武蔵曲』 *48*
無中心論 397，**607**
『陸奥鵆』
椎本才麿 *34*，松尾芭蕉 *109*，115
『鳴雪俳句鈔』 *346*
『明和辛卯春』 *218*

も

『蒙塵』 *495*
モダニズム 464，**607**
『木歩句集』 *395*
物付 605
『物見塚記』 *329*
「紅葉狩」 199

『花氷』 463, 541
『花衣』 392, 438
『咄相手』 208
『花千句』 25
『花摘』
松尾芭蕉 68, 榎本其角 128, 131
『はなひ草』 20
『花はさくら』 70
『濱』 454, 493, 542, 606
『はまちどり』 331
『破魔弓』 432, 599
『颯』 394
『薔薇』 434, 472, 494, 542
『春の日』 538
坪井杜国 143, 越智越人 146
『半化坊発句集』 266
『晩春』 473
『萬緑』 542, 606
中村草田男 440, 香西照雄 485,
原子公平 489

ひ

『光と影』 498
『ひさご』 44, 538
松尾芭蕉 92, 浜田洒堂 182
『久女句集』 392
膝廻し 599
『飛驒紬』 388
『孤松』 64, 88
『一本草』 24
『独琴』 25
『火の鳥』 441, 442
百韻 606
『百戸の谿』 491
比喩 458, 529, 599, 604
『氷海』 469
『病雁』 449
平句 606
『広場』 471
『枇杷園句集』 292
「貧居八詠」 230
「貧交行」 172
「飛驒踊」 127

ふ

『諷詠』 429
風雅の誠 606
風狂 538
『風土』 479
『風濤』 489
『笛』 457, 492
不易流行 80, 606
『葛子』 495
『袋草紙』 150
袋廻し 533, 599
『藤枝集』 23
『藤の実』 110
『蕪村遺稿』 238, 241
『蕪村句集』 206, 210, 220, 225〜229,
232〜234, 239, 242
『夫木抄』 17, 34, 62, 150, 187
『冬雁』 454
『冬草』 481
『冬の日』 58, 537, 538
松尾芭蕉 57, 坪井杜国 143
『冬薔薇』 477
『普羅句集』 386
『古暦』 475
『無礼なる妻』 474
プロレタリア俳句 474, 581, 607
『文化句帖』 299, 300
文人俳句 506
『文政版句集』 313
文台 531
文壇句会 607

へ

『平安二十歌仙』 216, 538
『平家物語』 129, 168
碧門 607
『別座鋪』 137
『べんがら』 508
『変身』 469

『虹』 367
二段切れ **605**
二物衝撃法 524
『日本』 540,605
　正岡子規 332，石井露月 348，吉岡禅寺洞 461
『日本及日本人』 607
日本派 376,**605**
「日本俳句」 407,471,607
『日本俳句鈔』 607
『庭の巻』 *138*
人間探求派 541,**605**
　中村草田男 440，加藤楸邨 444，石田波郷 448，金子兜太 497

ぬ・ね・の

ぬけ(ぬき) 23
『年輪』 *476*
『野ざらし紀行』 44,537
　松尾芭蕉 *51〜56,58〜60*
「野宮」 166
『野火』 431
『野守』 *458*

は

『俳諧』 347,532
『俳諧古今抄』 117,*193*,194
『俳諧古選』 138,194,196,206
　小西来山 *41*，与謝蕪村 *209*
俳諧散心 349,357,533
『俳諧寺記』 321
「俳諧自讃之論」 111,118,131,178
「俳諧七部集」 538
『誹諧初学抄』 *17*
『俳諧新選』 *223*
『俳諧之註』 23
俳諧之連歌 535
『俳諧之連歌独吟千句』 17,535
『俳諧百一集』 191,195,197
『はいかい袋』 194,*290*
『俳諧発句帳』 22
『俳諧向之岡』 *46*
『俳諧問答』 176
『俳句』 480,484,**606**
『俳句研究』 480,494,**606**
『俳句稿』 *339〜341*
『俳句稿以後』 *342*
『俳句人』 541
『俳句生活』 471,474,607
俳句弾圧事件 471,**606**
　嶋田青峰 377，秋元不死男 469，橋本夢道 474，石橋辰之助 481
『俳句評論』 434,437,473,494
配合 524,605
俳言 64,72,160,536
俳三昧 357,533
『梅室家集』 *329,330*
俳人協会 542,601,**606**
『俳星』 348
『萩の露』 *136*
『白日』 *378*
『白氏文集』 62
「白小」 57
『白陀羅尼』 *153*
「白帝城最高楼」 50
『白馬』 *93*
『麦林集』 *196*
麦林調 263,269
「芭蕉」 21
『芭蕉庵小文庫』
　松尾芭蕉 *111*，森川許六 *180*
『芭蕉翁行状記』 116
『芭蕉翁追善之日記』 124
『芭蕉雑談』 337,532
『旗』 474,607
『旗』(西東三鬼) *467*
『八年間』 *398*
『鉢の子』 *404*
『八番日記』 *317,320〜323*
破調 602
『初懐紙評註』 126
『初鴉』 *413,415*
『白骨』 *434*
『初蟬』 *133*
『花影』 *439*

つ

月並俳諧　539, **604**
千代女 203，高桑闌更 266，成田蒼虬 327，田川鳳朗 328，桜井梅室 329
筑波会　540, **604**
『附合てびき蔓』 224, 259
付句　**604**
『蔦本集』 *294*
『妻木』 *348*
『津守船』 *264*
『露団々』 *424*
『鶴』 542, **605**
永田耕衣 437，石田波郷 448，石橋秀野 461，石川桂郎 479，沢木欣一 487，石塚友二 517
『鶴の眼』 *448*
『徒然草』 28, 42, 210

て

定型　**605**
『汀女句集』 *438*
『訂正蒼虬翁句集』 *327*
『定本市川一男俳句集』 *497*
『定本川端茅舎句集』 *427, 428*
『定本山頭火全集』 *405*
『定本普羅句集』 *387*
『定本吉岡禅寺洞句集』 *462*
貞門俳諧　16, 536, **605**
松永貞徳 19，池西言水 32，松尾芭蕉 44，山本荷兮 141
『田園』 **505**
「澱河歌」 234, 236
『天香』 467, 469, 473, 481
点者　532
『伝燈録』 19
点取俳諧　**605**
『天の狼』 472
『天狼』 542, **605**
山口誓子 418，右城暮石 430，橋本多佳子 432，永田耕衣 437，横山白虹 466，西東三鬼 467，秋元不死男 469，平畑静塔 471，三谷昭 473，高屋窓秋 483

と

「桃花源記」 221
『凍港』 *418*, 541
当座　603
『同人』 351
踏跡　526
倒装法　50
東大俳句会　422
「東北」 33, 59
『東洋城全句集』 *349, 350*
『冬葉第一句集』 *394*
等類　118
『常磐木』 375, 394
『とくとくの句合』 42
『年尾句集』 *436*
『土上』 471, 541, 603
嶋田青峰 377，秋元不死男 469，金子兜太 496
『とてしも』 *37*
取り合わせ　**605**
『鳥の道』 *118*

な・に

内在律　**605**
『永井龍男句集』 *516*
『菜殻火』 486
『流川集』 *192*
『夏草』 423
『夏より』
与謝蕪村 *211〜215*，黒柳召波 *253*
『七百五十句』 *372〜374*
『南風』 430
『にひはり』 347
匂付　605
二句一章　**605**
『二三片』 368

宗匠　**603**
『漱石俳句集』 *507*
『雑談集』
　松尾芭蕉 *107*，榎本其角 *129*
『走馬燈』 463,467,473
『続明烏』 538
　与謝蕪村 *217,221*,高井几董 *259*,
　三浦樗良 *271*
『続今宮草』 *40*
『続近世畸人伝』 *26*
『続五論』 112
『続猿蓑』 538
　浜田洒堂 *183*，各務支考 192
『続三千里』 540
『続春夏秋冬』 *396*,607
即題　603
『続別座敷』 *140*
『続虚栗』
　松尾芭蕉 *61,64〜66*，服部嵐雪
　135
『袖日記』 126
『其俤』 *35*
『其雪影』 258,538
　与謝蕪村 *215*，高井几董 *258*
『曾波可理』 *296*
『そらつぶて』 *21*
『空の渚』 *487*

た

題詠　**604**
大学派　604
『太祇句選』 *246〜248,250〜252*
『太祇句選後篇』 *245,249*
『大空』 *406*
『大悟物狂』 *36,39*
第三　**604**
第二芸術論　542,**604**
『太陽系』 463,472,473,494
『対話』 *485*
『鷹』 476,494
『鷹筑波』 536
『宝船』 347
多行形式　**604**
　吉岡禅寺洞 462，高柳重信 495
『立子句集』 *453*
『獺祭』 394
「獺祭書屋俳話」 532
『縦のならび』 *291*
『旅寝論』 97,113,134,177,192
『旅人』 *376*
『多麻』 475
『玉藻』 453,**604**
「田村」 25
短詩　18,398
短律　**604**
　種田山頭火 404，尾崎放哉 406
談林俳諧　16,537,**604**
　荒木田守武 17，野々口立圃 21，
　松江重頼 23，西山宗因 27，井原
　西鶴 29，池西言水 31〜33，上島
　鬼貫 39，小西来山 39，松尾芭蕉
　44,48，小林一茶 309，尾崎紅葉
　506
短連歌　535

ち

『千宜理記』
　西山宗因 *28*，松尾芭蕉 *44*
『竹斎』 57
『竹馬狂吟集』 535
中興俳諧　199,538,**604**
　与謝蕪村 204，勝見二柳 264，加
　藤暁台 272，釈蝶夢 279，加舎白
　雄 281，大伴大江丸 290
超季　463,473
『澄江堂句集』 513
『長子』 *440*
長律　**604**
『長流』 *403*
長連歌　527
直喩　463,529,**604**
『千代尼句集』 *202*
樗木社　185
『樗良発句集』 *268,271*

良 267, 加藤暁台 272, 釈蝶夢 278, 松岡青蘿 286, 芥川龍之介 513
蕉門十哲 538, **603**
『松籟』 *390*
『昭和日記』 *399*
矚目 **603**
『初心もと柏』 *31, 32*
『白雄句集』 *281～285*
『白幡南町』 *455*
『白い夏野』 *483*
『白馬』 *93*
『銀』 *464*
『新傾向句集』 *397*
新傾向俳句 540, **603**, 607
臼田亜浪 376, 河東碧梧桐 396, 荻原井泉水 400, 中塚一碧楼 407, 吉岡禅寺洞 462, 久米正雄 512, 瀧井孝作 515
『新月』 *379*
新興俳句 541, **603**, 605
嶋田青峰 377, 吉岡禅寺洞 462, 日野草城 464, 横山白虹 467, 西東三鬼 467, 秋元不死男 469, 平畑静塔 471, 富沢赤黄男 472, 高柳重信 494
連作俳句と映画 419, 戦争俳句 460, 新興俳句の弾圧 471
『新古今集』 22, 27, 206, 363, 521, 526
松尾芭蕉 51, 52, 55, 57, 59, 63, 84
真実感合 **603**
『新撰都曲』 *33*
『心像』 *383*
『新雑談集』 32, 197
『新勅撰集』 59
『新俳句』 *396*, 540, 542, 605
新俳句人連盟 474, 481, 541, **603**
『新花摘』 204, *236*

す

『翠黛』 *429*
『杉田久女句集』 *392*
『炭俵』 538
松尾芭蕉 *112*, 服部嵐雪 137, 森川許六 *177*, 志太野坡 *185～187*
『住吉物語』 *190*

せ

『井華集』 *260*
『青玄』 463, 473
「西湖」 85
『成層圏』 394, 485, 487, 489, 496
『成美家集』 *293*
『青峰集』 *377*
『青蘿発句集』 *286～289*
「説林訓」 234
『石魂』 *458*
席題 **603**
『世説』 210
『折柴句集』 *515*
『雪片』 *414*
雪門 261
『芹』 413
せり吟 532
前衛俳句 542, **603**
金子兜太 496
『千載集』 150
「千手」 46
『撰集抄』 71, 86
「前赤壁ノ賦」 110
戦争俳句 460
『禅と精神分析学』 61
川柳 39, 132, 310

そ

『層雲』 540, 542, 602, **603**, 607
荻原井泉水 400, 種田山頭火 404, 尾崎放哉 405, 橋本夢道 474
『草苑』 473
造型俳句論 542
「早行」 54
『草根発句集』 *279, 280*
『荘子』 52, 200, 254

『三韓人』 262
『三鬼百句』 *468*
三吟 608
『山行』 *481*
『残鐘』 *412*
『三千里』 540
『三冊子』 67, 87, 93, 99, 101, 102, 109, 111, 113, 116, 131
三段切れ 526
『三昧』 *398*
『山脈』 471
『山廬集』 *380*

し

字余り **601**
椎の友社 347, 532, 540
『次韻』 537
しをり 178, **603**
『四季蕭嘯』 *430*
子規派 332, 540
『四季薔薇』 *431, 432*
『詩経』 134
『試作』 540
四時観派 197
『詩人玉屑』 50, 66
『羊歯地獄』 *436*
字足らず **601**
『七番日記』 *301, 302, 304〜312*
『七部捜』 261
七名八躰 **602**
『七曜』 432
『七曜』(山口誓子) *420*
『耳底記』 129
「自得発明弁」 133, 176
『芝不器男句集』 *465, 466*
『渋柿』 533, **602**
松根東洋城 349, 秋元不死男 469, 富沢赤黄男 472
四辺形式 398
『自鳴鐘』 466
社会性俳句 **602**
中島斌雄 478, 能村登四郎 484, 沢木欣一 488
『石楠』 **602**
臼田亜浪 376, 吉田冬葉 394, 富田木歩 395, 大野林火 454, 篠原梵 482, 西垣脩 488, 野沢節子 493
『鶺尾冠』 68, *144*
『惜命』 *450*
「子夜呉歌」 250
写生 600, **602**, 608
高浜虚子 362, 366
『獣身』 *473*
秋声会 347, 506, 540, **602**
『秋風琴』 487
『十便十宜図』 243
自由律 540, **602**, 604, 605
河東碧梧桐 396, 荻原井泉水 400, 中塚一碧楼 407, 内田南草 498, 瀧井孝作 515
主観写生 381, 409
主観尊重 **602**
『酒中花以後』 *451*
執筆 **602**
『春夏秋冬』 540, 605
『浚渫船』 *489*
『春泥発句集』 220, 253, *254*
『春燈』 475, 509
「春風馬堤曲」 227, 235, 240, 246
「春望」 58
『松宇家集』 *347*
『上下』 *431*
『小柑子』 *141*
『障子明かり』 *502*
『丈草発句集』 *168〜175*
象徴 530, **602**
蕉風俳諧・蕉門 537, **602**
山口素堂 42, 松尾芭蕉 44, 58, 63, 64, 91, 服部嵐雪 135, 山本荷兮 141, 坪井杜国 143, 立花北枝 151, 向井去来 154, 内藤丈草 168, 森川許六 176, 178, 志太野坡 185, 広瀬惟然 187, 服部土芳 189, 岩田涼菟 194, 中川乙由 196, 与謝蕪村 206, 高桑闌更 266, 三浦樗

『華厳』 *426*
『月下の俘虜』 *471*
『月斗翁句抄』 *351*
『玄湖集』 *197, 198*
『源氏物語』 137, 187, 363
　　松尾芭蕉 56, 71, 95
「幻住庵記」 95
『原泉』 *400〜402*
兼題　**601**
現代俳句協会　466, 542, **601**
『現代俳句全集』 *488*
『倦鳥』 347, 430, 476
『元禄四年歳旦帳』 *147*

こ

『光陰』 *389*
口語俳句　462, **601**
『口語俳句』 497, 542
口語俳句協会　462, 497, 498
『紅絲』 *433*
『光塵』 *517*
高点　**601**
『紅葉句帳』 *506*
『古稀春風』 *391*
『古今集』 16, 20, 28, 38, 43, 183, 261, 290, 296
　　松尾芭蕉 71, 83, 89, 108, 111
『古今六帖』 90, 363
『五元集』 *131*
心付　605
『来し方行方』 *442*
『五色墨』 604
『乞食袋』 269
『五車反古』 255
　　与謝蕪村 *230*, 黒柳召波 *254*
『後拾遺集』 291
「後赤壁賦」 206
『後撰集』 256, 521
『山響集』 *383*
滑稽　**601**
『此ほとり』 538
『琥珀』 473, 475, 494
『五百五十句』 *365*
『五百句』 *356〜364*
『辛夷』 386
『古文真宝』 211
『鷹獅子集』 *153*
『五老文集』 180
根源俳句　542, 605
『崑山集』 536

さ

『西鶴置土産』 *30*
『西行法師家集』 70, 527
『西行物語』 53
歳時記　522, **601**
『犀星発句集』 *511*
『嵯峨日記』 *104*, 106
『桜濃く』 *461*
『櫻山』 *500*
『山茶花』 437, 452
『蠍座』 471
雑詠　**601**
『雑草園』 *423*
『仏兄七久留万』 37
『佐渡日記』 277
「実盛」 45
さび　164, 538, **601**, 608
『寂砂子集』 *325*
『佐夜中山集』
　　松江重頼 *22*, 西山宗因 *27*, 松尾芭蕉 *45*
『更科紀行』 43, 44, 145, 537
『猿蓑』 44, 537, 538
　　松尾芭蕉 *91, 93〜95, 97, 98, 102*, 榎本其角 *127, 128*, 服部嵐雪 *136*, 杉山杉風 *139, 140*, 山本荷兮 *142*, 越智越人 *147*, 斎部路通 *148*, 立花北枝 *151*, 向井去来 154, 野沢凡兆 *159〜167*, 浜田洒堂 *182〜184*, 服部土芳 *189, 190*
『猿みのさがし』 139
山岳俳句　387, 481
三菓社　204, 253
『山家集』 42, 68, 92, 124

『枯尾花』 126
『枯野』 388
『河』 484
『蛙合』 *62*
『川端茅舎句集』 *425*
『寒菊随筆』 *186*
「寒山詩」 82
『寒山落木』 *332〜338*
漢詩 49,53,337,537
『含羞』 *479,480*
『勧進牒』 *99*
『感動律』 498
『寛保四年宇都宮歳旦帖』 *204*
『寒雷』 542,**600**
加藤楸邨 444, 沢木欣一 487, 原子公平 489, 森澄雄 489, 金子兜太 496

き

『其角十七回』 132
季重り **600**
『旗艦』 464,541,603
日野草城 463, 西東三鬼 467, 富沢赤黄男 472, 桂信子 473, 安住敦 475
「帰去来辞」 227
『菊のちり』
荒木田守武 *18*, 斯波園女 *191*
『伎芸天』 *477*
季語(季題) 520,**600**,608
基準律 **600**
『鬼城句集』 *352〜355*
『帰心』 *412*
季題趣味 600
『几董句稿』 259
『昨日の花』 *464*
『起伏』 *446*
客観写生 **600**
『京鹿子』 459,471
『仰臥漫録』 *342〜344*
『暁台句集』 *272〜278*
『京大俳句』 471,541,603,606
平畑静塔 471, 三谷昭 473, 石橋辰之助 481, 高屋窓秋 483
『享和句帖』 *298*
『曲水』 378
季寄せ 601
『玉海集』 *24*,536
『挙白集』 60,62
『魚眠洞発句集』 512
『許野消息』 113,176
『去来抄』
山崎宗鑑 17, 西山宗因 28, 松尾芭蕉 94,97,98,109,111,118, 榎本其角 128,134, 山本荷兮 142, 向井去来 154,157,野沢凡兆 167, 内藤丈草 173,森川許六 177,178, 広瀬惟然 188
『去来文』 155
『去来発句集』 *154〜158*
「許六離別ノ詞」 110
『きりしま』 471
『桐の影』 207
切れ字 522,**600**,605
『銀漢』 *462*
吟行 **601**

く

句会 531,**601**
『句兄弟』 25,109,*131*
『草刈笛』 *178*
『草の丈』 *509*
『草の花』 *390*
鎖連歌 535
『葛の松原』
松尾芭蕉 *108*, 各務支考 *192*
『句と評論』 541,603
『車百合』 351
『胡桃』 *481*

け

『鶏頭陣』 434,437,478
鶏頭論争 **601**

『海彦』 *434*
『末若葉』 65
運座 599
『雲母』 599
飯田蛇笏 380, 石原八束 486, 飯田龍太 491

え

映画 130, 419, 467
江戸座 538
榎本其角 133, 与謝蕪村 204, 炭太祇 249, 大島蓼太 261, 加舎白雄 282
『江戸三唫』 *47*
『江戸新道』 *42*
『江戸砂子』 *199*
『淮南子』 234
『犬子集』 22, 536
松永貞徳 *19, 20*, 野々口立圃 *20*
『蜿蜿』 *496*
『遠岸』 *504*
『遠星』 *421, 422*
『炎昼』 *419*
『塩田』 *487*

お

『笈日記』
松尾芭蕉 *117, 119〜125*, 森川許六 *181*, 各務支考 192
『笈の小文』 44, 537
安原貞室 24, 松尾芭蕉 *67〜74*, 坪井杜国 143, *144*
応安新式 535
「大江山」 21
『沖』 *483*
『おくのほそ道』 44, 117, 537
松尾芭蕉 *76〜90*, 河合曾良 *150*
『落葉招』 *263*
『乙字句集』 *375*
『鬼貫句選』 *38*
『をのが光』 *96, 101*
『おらが春』 *314〜319, 322*
阿蘭陀流 29
折り句 132

か

『貝おほひ』 537
『海紅』 540, 542, 602
中塚一碧楼 407, 瀧井孝作 515
懐紙 599
『海堡』 *466*
『海陸前集』 *39*
『花影』 *384*
『返り花』 512
『花眼』 *490*
『懸葵』 375, 394
「花月」 36
『火口壁』 *478*
『火山系』 473, 494
『鹿島紀行』(『鹿島詣』) 44, 529
安原貞室 24, 河合曾良 150
『霞の碑』 *297*
『風』 599
右城暮石 430, 永田耕衣 437, 細見綾子 476, 加倉井秋を 481, 沢木欣一 487, 西垣脩 488, 原子公平 489, 金子兜太 496
『風切』 *448*
歌仙 599
花鳥諷詠 372, 600
『花鳥篇』 240
『葛飾』 *409〜411*, 541
葛飾派(葛飾蕉門) 42, 297, 309
『合掌部落』 *484*
『かつらぎ』 416, 600
『かなしぶみ』 175
『鹿火屋』 384, 437, 497, 542
『株番』 *303*
『花粉航海』 503
歌謡 127, 226
『我楽多文庫』 506
『から檜葉』 *243, 244*
『仮橋』 *35*
『狩人』 *494*
軽み 44, 109, 118, 140, 182, 538, 600

事 項 索 引

▶書名・雑誌名・新聞名には『　』，作品名には「　」を付した ▶見出し語の用語小辞典の項目は太数字で，所収句の出典書名・雑誌名は，その出典句のページをイタリック数字で示した ▶掲載ページが多岐にわたる見出し語については，その箇所の項目人名，囲み記事のタイトルを付し案内した

あ

『青垣』 *504*
『青嶺』 463, 472
『秋』 486
『秋しぐれ』 *224*
『秋の声』 506
『秋の日』 538
『あけ烏』 538
　与謝蕪村 *219, 223*
挙句 **599**
「芦刈」 47
『馬酔木』 533, 541, **599**
　水原秋桜子 409, 412, 山口誓子 418, 山口草堂 430, 篠田悌二郎 431, 橋本多佳子 432, 加藤楸邨 444, 石田波郷 448, 西東三鬼 467, 平畑静塔 471, 石川桂郎 479, 石橋辰之助 481, 高屋窓秋 483, 能村登四郎 483, 沢木欣一 487, 原子公平 489, 藤田湘子 494, 石塚友二 517
『東日記』
　椎本才麿 *34*, 松尾芭蕉 *47*
『あつめ句』 65
『天の川』 541, 542, 603
　橋本多佳子 432, 吉岡禅寺洞 462, 芝不器男 465, 横山白虹 466, 西東三鬼 467
『雨』 *482*
『阿羅野』 539
　山崎宗鑑 *16*, 安原貞室 24, 山口素堂 *43*, 山本荷兮 *142*, 越智越人 *146*, 森川許六 178
『有磯海』 *114*
『有の儘』 *265*
『粟津原』 100
暗示 529
暗喩 530, **599**

い

『生簀籠』 *499*
『石をあるじ』 *270*
『石の犬』 *492*
『伊勢紀行』 50
『伊勢新百韻』
　岩田涼菟 *195*, 中川乙由 196
伊勢派 195, 196, 538
『伊勢物語』 32, 45, 306
『惟然坊句集』 *188*
伊丹風 36
一句一章 **599**
『一碧楼句抄』 *407, 408*
いとう句会 509, 512, 515, 607
『犬筑波集』 535
　山崎宗鑑 16, 田捨女 26, 小林一茶 309
イマジズム 18, 516
「飲酒」 265
『韻塞』 *177〜179*, 181
隠喩 ⇨ 暗喩

う

『浮鷗』 491
浮世草子 30
『浮世の北』 *132*
『雨月』 *388*
『牛飼』 *27*
『鶉衣』 201
『卯辰集』 *152*
『内田百閒句集』 *508*

〈水仙に〉*231*
タ〈月今宵〉*233*　〈桃源の〉*220*
〈年守るや〉*218*　〈鳥羽殿へ〉*212*
ナ〈夏河を〉*207*　〈難波女や〉*215*
〈菜の花や〉*226*
ハ〈歯豁に〉*229*　〈白梅や〉*232*
〈畑打つや〉*242*　〈花いばら〉*227*
〈春雨や〉*241*　〈春の海〉*209*
〈春もやや〉*235*　〈人の世に〉*220*
〈不二ひとつ〉*219*　〈鮒ずしや〉*237*　〈冬鶯〉*243*　〈古庭に〉*204*
〈牡丹散て〉*223*
マ〈水桶に〉*206*　〈物焚て〉*217*
ヤ〈宿かさぬ〉*215*　〈柳ちり〉*205*
〈山蟻の〉*236*　〈山は暮れて〉*225*
〈夕露や〉*211*　〈行く春や重たき琵琶の〉*230*　〈行く春や撰者を恨む〉*216*
榎本其角 128, 向井去来 156, 内藤丈草 172, 中川乙由 197, 炭太祇 245〜248, 252, 黒柳召波 253, 255, 吉分大魯 255〜257, 高井几董 258, 勝見二柳 264, 三浦樗良 267, 269, 加藤暁台 276, 松岡青蘿 286, 288, 井上士朗 291, 293, 大伴大江丸 291, 鈴木道彦 295, 建部巣兆 296, 成田蒼虬 327, 正岡子規 334
吉岡禅寺洞　461, 541, 604
〈一握の〉*462*　〈海苔買ふや〉*462*
竹下しづの女 394, 芝不器男 465, 横山白虹 466, 市川一男 497
吉岡実　495
吉川英治　607
吉田兼好　42, 83
吉田冬葉　394
〈岩なだれ〉*394*
吉野左衛門　540
吉分大魯　255
〈河内女や〉*257*　〈ともし火に〉*257*　〈初時雨〉*256*　〈牡丹折りし〉*256*
与謝蕪村 204

ら・り

来山 ⇨ 小西来山
頼山陽　327
ラフカディオ＝ハーン　63, 222
闌更 ⇨ 高桑闌更
嵐雪 ⇨ 服部嵐雪
嵐蘭　139
利牛　185
吏登　261
李白　250
李由　176
立志　129
龍草廬　253
龍太 ⇨ 飯田龍太
龍之介 ⇨ 芥川龍之介
立圃 ⇨ 野々口立圃
寥松　539
蓼太 ⇨ 大島蓼太
蓼汀 ⇨ 福田蓼汀
涼菟 ⇨ 岩田涼菟
令徳　536
林火 ⇨ 大野林火

ろ

ロウエル　63, 222
露鳩　205
露月 ⇨ 石井露月
盧元坊　201
路通 ⇨ 斎部路通

わ

若山牧水　434
渡辺雲裡房　206
渡辺水巴　378, 541
〈かたまつて〉*379*　〈天渺々〉*378*
〈ひとすぢの〉*379*
高浜虚子 356
渡辺白泉　419, 460, 471
王仁　296

〈卯の花に〉*177*　〈梅が香や〉*176*
〈御命講や〉*179*　〈寒菊の〉*181*
〈涼風や〉*177*　〈大名の〉*180*
〈茶の花の〉*178*　〈十団子も〉*178*
松尾芭蕉 105, 111, 118, 榎本其角 131, 133, 向井去来 180
森澄雄　489, 528
〈磧にて〉*490*　〈除夜の妻〉*490*
森田愛子　367, 373
守武 ⇨ 荒木田守武

や

野水　57, 347
安原貞室　23, 536
〈これはこれは〉*24*　〈松にすめ〉*24*
北村季吟 25
八束 ⇨ 石原八束
柳原極堂　605, 607
野坡 ⇨ 志太野坡
夜半 ⇨ 後藤夜半
山口誓子　418, 541, 542, 608
〈海に出て〉*421*　〈炎天の〉*422*
〈つきぬけて〉*420*　〈土堤を外れ〉*421*　〈夏の河〉*419*　〈流氷や〉*418*
高浜虚子 356, 水原秋桜子 409, 412, 山口青邨 422, 右城暮石 430, 橋本多佳子 432, 日野草城 464
『天狼』605, モンタージュ 607
山口青邨　422, 541
〈外套の〉*424*　〈祖母山も〉*423*
〈みちのくの〉*423*
正岡子規 342
山口草堂　430
〈癌病めば〉*430*
山口素堂　42
〈市について〉*43*　〈目には青葉〉*42*　〈唐土に〉*43*
松尾芭蕉 67
山崎宗鑑　16, 535
〈月に柄を〉*17*　〈手をついて〉*16*
山下一海　264
山田美妙　506
山田みづえ　422
山上憶良　139
山本荷兮　141, 538
〈陽炎や〉*142*　〈木枯に〉*142*
越智越人 145, 向井去来 157, 高桑闌更 266
山本健吉　606
松尾芭蕉 46, 99, 正岡子規 333, 343, 村上鬼城 354, 渡辺水巴 380, 飯田蛇笏 382, 前田普羅 388, 富田木歩 396, 篠田悌二郎 432, 橋本多佳子 433, 永田耕衣 438, 中村汀女 439, 加藤楸邨 444, 星野立子 453, 松本たかし 457, 458, 石橋秀野 461, 高屋窓秋 483, 芥川龍之介 514
山本梅史　472
野明　130
也有 ⇨ 横井也有

ゆ・よ

友琴　151
楊貴妃　393
楊子　234
横井也有　200
〈二三枚〉*201*　〈蠅が来て〉*200*
横光利一　461, 479, 515, 517
横山白虹　466
〈雪霏々と〉*466*
与謝野晶子　434, 461
与謝蕪村　130, **204,** 528, 538
ア〈鮎くれて〉*210*　〈稲妻や〉*211*
〈妹が垣根〉*239*　〈うぐひすのあちこちとするや〉*221*　〈鶯の啼くや小さき〉*234*　〈梅遠近〉*234*
〈梅散るや〉*239*　〈愁ひつつ〉*227*
〈斧入レて〉*224*
カ〈狐火の〉*228*　〈公達に〉*242*
〈楠の根を〉*214*　〈高麗船の〉*223*
サ〈淋しさに〉*238*　〈離別れたる〉*208*　〈しら梅に〉*244*

松江重頼 22，安原貞室 23，北村季吟 25
松根東洋城　349, 525, 593
〈静けさや〉*350*　〈渋柿の〉*350*
〈黛を〉*349*
久保田万太郎 509
松原地蔵尊　541
松本たかし　457, 541
〈羅を〉*457*　〈夢に舞ふ〉*458*
〈我庭の〉*458*
高浜虚子 373，上村占魚 492
万太郎 ⇨ 久保田万太郎

み

三浦樗良　267, 538
〈嵐吹く〉*269*　〈かりがねの〉*270*
〈寒の月〉*271*　〈さくら散る〉*268*
〈すかし見て〉*268*　〈立臼の〉*270*
〈紛るべき〉*271*　〈山寺や〉*267*
与謝蕪村 204，松岡青蘿 286, 289
水谷六子　497
水原秋桜子　409, 533, 541
〈葛飾や〉*409*　〈啄木鳥や〉*410*
〈滝落ちて〉*412*　〈梨咲くと〉*410*
〈萩の風〉*412*　〈蟇ないて〉*411*
与謝蕪村 209, 211, 214, 217，高浜虚子 356，高野素十 413, 414，山口青邨 422，山口草堂 430，篠田悌二郎 431, 432，加藤楸邨 444，石田波郷 448，中島斌雄 478，石橋辰之助 481，高屋窓秋 483，能村登四郎 483，藤田湘子 494
『馬酔木』599，新興俳句 603
三谷昭　471, **472**
〈暗がりに〉*473*
道彦 ⇨ 鈴木道彦
三橋鷹女　434
〈子に母に〉*434*　〈白露や〉*435*
〈蔦枯れて〉*436*
三橋敏雄　496, **499**
〈昭和衰へ〉*499*
三森幹雄　540
みどり女 ⇨ 阿部みどり女
源宗于　173
源義朝　529
源頼朝　374
源頼政　39
皆吉爽雨　452
〈夜焚火人の〉*452*
三宅嘯山　138, 206, 252, 538
三好達治　296, 487

む

向井去来　154, 538
〈岩鼻や〉*155*　〈おうおうと〉*158*
〈尾頭の〉*158*　〈木枯の〉*156*
〈鳶の羽も〉*156*　〈鉢たたき〉*157*
〈振舞や〉*154*　〈郭公〉*155*
山崎宗鑑 17，松尾芭蕉 93, 97, 106, 118，榎本其角 129, 133，杉山杉風 141，内藤丈草 171〜173，森川許六 177, 179, 180，浜田洒堂 182，広瀬惟然 188，田川鳳朗 329
夢道 ⇨ 橋本夢道
武藤巴雀　272
村上鬼城　352, 541,
〈生きかはり〉*353*　〈闘鶏の〉*353*
〈野を焼くや〉*352*　〈蛤に〉*354*
〈冬蜂の〉*355*　〈痩馬の〉*354*
小林一茶 308，高浜虚子 356，主観尊重 602
村上霽月　540
村野四郎　402, 403
村山古郷　376
室生犀星　510
〈青梅の〉*511*　〈鯛の骨〉*511*

め・も

明治天皇　400
鳴雪 ⇨ 内藤鳴雪
孟遠　186
木歩 ⇨ 富田木歩
本居宣長　291
森川許六　130, **176,** 538

三浦樗良 268
松尾芭蕉 **44**, 520, 537
ア〈あかあかと〉*89* 〈秋風や〉*55* 〈秋ちかき〉*118* 〈秋深き〉*124* 〈曙や〉*56* 〈暑き日を〉*83* 〈海士の家は〉*98* 〈荒海や〉*85* 〈あらたふと〉*77* 〈あら何ともなや〉*47* 〈いざさらば〉*68* 〈石山の〉*89* 〈憂き我を〉*104* 〈鶯や〉*108* 〈姥桜〉*45* 〈馬に寝て〉*54* 〈海暮れて〉*58* 〈梅が香に〉*112* 〈梅若菜〉*102* 〈衰ひや〉*101*
カ〈辛崎の〉*60* 〈から鮭も〉*98* 〈枯枝に〉*47* 〈菊の香や〉*120* 〈象潟や〉*84* 〈君火をたけ〉*64* 〈狂句木枯の〉*57* 〈京にても〉*96* 〈清滝や〉*117* 〈金屏の〉*112* 〈草の戸も〉*76* 〈草臥れて〉*73* 〈この秋は〉*122* 〈この道や〉*121* 〈木のもとに〉*92*
サ〈五月雨を〉*82* 〈五月雨の空吹き落せ〉*115* 〈五月雨の降り残してや〉*80* 〈五月雨や〉*105* 〈猿を聞く人〉*52* 〈塩鯛の〉*109* 〈閑かさや〉*81* 〈四方より〉*93* 〈白菊の〉*123* 〈白露も〉*111* 〈住みつかぬ〉*99*
タ〈鷹一つ〉*68* 〈蛸壺や〉*74* 〈旅に病んで〉*125* 〈旅人と〉*67* 〈塚も動け〉*88*
ナ〈夏草や〉*79* 〈夏の月〉*46* 〈何の木の〉*69* 〈野ざらしを〉*51* 〈蚤虱〉*81*
ハ〈芭蕉野分して〉*49* 〈初しぐれ〉*91* 〈花の雲〉*65* 〈蛤の〉*90* 〈春雨や〉*113* 〈春なれや〉*58* 〈春の夜や〉*70* 〈春や来し〉*44* 〈ぴいと啼く〉*120* 〈髭風ヲ吹きて〉*50* 〈一つ脱いで〉*72* 〈一つ家に〉*86* 〈ひやひやと〉*119* 〈病雁の〉*97* 〈風流の〉*78* 〈不精さや〉*103* 〈古池や〉*62* 〈ほととぎす大竹藪を〉*104* 〈ほととぎす声横たふや〉*110* 〈ほろほろと〉*71*
マ〈先たのむ〉*94* 〈三井寺の〉*107* 〈道のべの〉*53* 〈蓑虫の〉*66* 〈麦の穂を〉*114* 〈名月や〉*64* 〈物いへば〉*107*
ヤ〈頓て死ぬ〉*95* 〈山里は〉*100* 〈山路来て〉*59* 〈行く春を〉*93* 〈行く春や〉*76* 〈よく見れば〉*61* 〈世にふるも〉*50*
ラ〈六月や〉*116* 〈櫓の声波ヲ打って〉*48*
ワ〈若葉して〉*73* 〈早稲の香や〉*87*
安原貞室 23, 24, 北村季吟 25, 西山宗因 27, 28, 池西言水 31, 椎本才麿 34, 小西来山 40, 山口素堂 42, 榎本其角 126, 131, 服部嵐雪 135, 杉山杉風 139, 山本荷兮 141, 142, 坪井杜国 143, 144, 越智越人 145, 146, 148, 斎部路通 148, 河合曾良 150, 立花北枝 151, 向井去来 155〜157, 野沢凡兆 160, 163, 164, 167, 内藤丈草 170, 173, 森川許六 178, 182, 浜田洒堂 182, 184, 広瀬惟然 187, 服部土芳 189, 斯波園女 190, 各務支考 192, 岩田涼菟 194, 中川乙由 197, 稲津祇空 197, 与謝蕪村 206, 210, 堀麦水 263, 勝見二柳 265, 高桑闌更 265, 釈蝶夢 279, 280, 鈴木道彦 295, 小林一茶 321, 正岡子規 345, 松根東洋城 350, 中塚一碧楼 408, 加藤楸邨 444, 尾崎紅葉 506
モンタージュと俳句 130, 軽み 600, さび 601, 蕉風 602, しをり 603, 風雅の誠 606, 不易流行 606, 細み 607
松瀬青々 **347**, 540
〈甘酒屋〉*348*
右城暮石 430, 細見綾子 476
松永貞徳 **19**, 536, 605
〈しをるるは〉*20* 〈鳳凰も〉*19*

不死男 ⇨ 秋元不死男
藤田湘子　494
〈枯山に〉*494*
藤田初巳　*471*
藤原顕仲　98
藤原清輔　150
藤原俊成　52
藤原季道　150
藤原定家　150, 155
藤原敏行　38, 89, 290, 380
藤原道綱の母　158
蕪村 ⇨ 与謝蕪村
プドフキン　419
史邦　282
普羅 ⇨ 前田普羅
ブライ　324
フリント　213
古沢太穂　542, 603
古屋榧夫　471
フレッチャー　231
文誰　255

へ・ほ

平角　539
碧梧桐 ⇨ 河東碧梧桐
ホイジンガー　75
放哉 ⇨ 尾崎放哉
茅舎 ⇨ 川端茅舎
鳳朗 ⇨ 田川鳳朗
木因　91, 143, 195
北枝 ⇨ 立花北枝
木節　173
星野立子　453, 541, 604
〈女郎花〉*453*　〈しんしんと〉*453*
暮石 ⇨ 右城暮石
細見綾子　476
〈鶏頭を〉*477*　〈女身仏に〉*477*
細谷源二　471, 606
穂積永機　540
堀麦水　263, 538
〈椿落ちて〉*263*　〈郭公〉*263*
与謝蕪村 204, 勝見二柳 264
梵 ⇨ 篠原梵
凡兆 ⇨ 野沢凡兆

ま

前川由平　39
前田普羅　386, 541, 602
〈駒ケ嶽〉*387*　〈乗鞍の〉*388*
〈春尽きて〉*386*
高浜虚子 356
正岡子規　332, 532, 540
ア〈赤蜻蛉〉*333*　〈あたたかな〉*332*
〈ある僧の〉*340*　〈活きた目を〉*344*　〈いくたびも〉*338*　〈をととひの〉*345*
カ〈柿くへば〉*334*　〈元日の〉*335*
〈鶏頭の十四五本も〉*341*　〈鶏頭ノマダイトケナキ〉*342*　〈この頃の〉*340*
サ〈五月雨や〉*342*〈小夜時雨〉*337*
〈三千の〉*339*〈しぐるるや〉*336*
タ〈つり鐘の〉*339*
ハ〈鬚剃ルヤ〉*343*　〈糸瓜咲て〉*344*
ヤ〈行く秋の〉*335*　〈行く我に〉*334*
与謝蕪村 219, 加藤暁台 278, 内藤鳴雪 346, 伊藤松宇 347, 石井露月 348, 松瀬青々 348, 松根東洋城 349, 青木月斗 351, 村上鬼城 352, 高浜虚子 356, 河東碧梧桐 396, 夏目漱石 507
鶏頭論争 601, 写生 602, 日本派 605,『ホトトギス』607
正秀　152, 173
昌房　45
松井利彦　343
松江重頼　22, 536
〈生魚の〉*23*　〈やあしばらく〉*22*
野々口立圃 20, 安原貞室 23, 上島鬼貫 36
松岡青蘿　285, 538
〈角上げて〉*286*　〈戸口より〉*288*
〈灯火の〉*289*　〈はる雨の〉*286*
〈松風の〉*288*　〈蘭の香も〉*287*

パウンド　18
波郷 ⇨ 石田波郷
萩原蘿月　498
白居　539
白居易(白楽天)　24,49,53
麦水 ⇨ 堀麦水
ハクスリー　83
波止影夫　471
橋本鶏二　476
〈鷹の巣や〉*476*
橋本多佳子　432,542
〈月一輪〉*434*　〈白桃に〉*433*
〈雀りたる〉*433*
橋本夢道　474,541,603
〈無礼なる妻よ〉*474*
俳句弾圧事件 471，606，プロレタリア俳句 607
芭蕉 ⇨ 松尾芭蕉
長谷川かな女　388
〈羽子板の〉*388*
長谷川素逝　459
〈馬ゆかず〉*459*　〈しづかなる〉*460*
高浜虚子 373，橋本鶏二 476
長谷川零余子　388
白虹 ⇨ 横山白虹
服部土芳　189,538
〈かげろふや〉*190*　〈棹鹿の〉*189*
服部南郭　253
服部嵐雪　135,538
〈不産女の〉*135*　〈梅一輪〉*138*
〈竹の子や〉*137*　〈出替りや〉*136*
〈蒲団着て〉*137*　〈名月や〉*136*
松尾芭蕉 67，勝見二柳 265
英一蝶　67
浜田洒堂　182
〈高土手に〉*183*　〈花散りて〉*183*
〈人に似て〉*184*　〈日の影や〉*182*
松尾芭蕉 93，向井去来 155，森川許六 181
早見晋我(北寿)　228
原子公平　489,542
〈戦後の空へ〉*489*
原石鼎　384,541,602
〈秋風や〉*385*　〈花影婆娑と〉*384*
〈青天や〉*385*
松岡青蘿 288，高浜虚子 356，三橋鷹女 434，中島斌雄 478，市川一男 497
原裕　504
〈鳥雲に〉*504*

ひ

東京三 ⇨ 秋元不死男
久女 ⇨ 杉田久女
秀野 ⇨ 石橋秀野
日野草城　463,541
〈こひびとを〉*464*　〈ところてん〉*463*　〈ひとりさす〉*464*
山口誓子 418，西東三鬼 467，富沢赤黄男 472，桂信子 473，安住敦 475
連作俳句と映画 419，戦争俳句 460，モダニズム 607
百川　196
百池　539
白道上人　207
百雄　267
百閒 ⇨ 内田百閒
平沢栄一郎　471
平畑静塔　470,541,542
〈徐々に徐々に〉*471*
山口誓子 421，右城暮石 431，大野林火 456
俳句弾圧事件 471,606
広江八重桜　607
広瀬惟然　187
〈梅の花〉*188*　〈水鳥や〉*188*
内藤丈草 173，小林一茶 308

ふ

風生 ⇨ 富安風生
風泉　128
不器男 ⇨ 芝不器男
福田蓼汀　456
〈福寿草〉*456*

二柳 264
中島斌雄 478, 542
〈子へ買ふ焼栗〉*478* 〈爆音や〉*478*
永田耕衣 437
〈夢の世に〉*437*
三橋鷹女 435
中田青馬 600
中塚一碧楼 407, 528, 540, 602
〈能登が突き出で〉*407* 〈病めば蒲団のそと〉*408*
高浜虚子 359，河東碧梧桐 397
中塚響也 397
長塚節 341
中村草田男 440, 541, 606
〈妻二タ夜〉*441* 〈万緑の〉*442*
〈蟾蜍〉*440* 〈降る雪や〉*440*
〈焼跡に〉*443* 〈勇気こそ〉*442*
与謝蕪村 209，山口青邨 424，芝不器男 466，香西照雄 485，沢木欣一 487，原子公平 489
中村汀女 438, 541
〈雨粒の〉*439* 〈あはれ子の〉*438*
〈外にも出よ〉*439*
中村不折 332
夏目成美 293, 539
〈魚食うて〉*293* 〈蠅打つて〉*293*
稲津祇空 197, 鈴木道彦 294, 295, 小林一茶 297, 308，田川鳳朗 328
夏目漱石 507, 540
〈有る程の〉*507* 〈腸に〉*507*
正岡子規 334，松根東洋城 349，内田百閒 508，久米正雄 512
成田蒼虬 326, 539
〈江のひかり〉*327* 〈蓬萊の〉*327*
南草 ⇨ 内田南草

に

新海非風 532
西垣脩 488
〈さやけくて〉*488*
臼田亜浪 377，川端茅舎 428
西垣卍禅子 542
西山宗因 27, 537, 604
〈いかに見る〉*27* 〈となん一つ〉*28* 〈ながむとて〉*27*
松江重頼 22，井原西鶴 29，椎本才麿 34，小西来山 39，松尾芭蕉 46
二条院讃岐 51
二条良基 535
西脇順三郎 530
仁智栄坊 471

の

能因 22, 150, 160
野沢節子 493
〈冬の日や〉*493*
野沢凡兆 159, 538
〈灰汁桶の〉*163* 〈市中は〉*163*
〈鶯や〉*160* 〈髪剃や〉*162* 〈しぐるるや〉*166* 〈下京や〉*166*
〈禅寺の〉*165* 〈灰捨てて〉*159*
〈初潮や〉*164* 〈花散るや〉*160*
〈門前の〉*165* 〈呼かへす〉*167*
〈鷲の巣の〉*161* 〈渡りかけて〉*162*
椎本才麿 35，松尾芭蕉 97, 98, 向井去来 154，成田蒼虬 327，内藤鳴雪 346
野々口立圃 20, 536
〈あらはれて〉*21* 〈天も花に〉*20*
松江重頼 22
信子 ⇨ 桂信子
野見山朱鳥 486
〈曼珠沙華〉*486*
野村喜舟 601
能村登四郎 483
〈暁紅に〉*484*

は

梅室 ⇨ 桜井梅室
梅盛 536

〈紅さいた〉*202*
上島鬼貫 38，大伴大江丸 291，井上士朗 292
樗良 ⇨ 三浦樗良

つ

綱島美千代 152,153
角田竹冷 506,540,602
坪井杜国 143, 530
〈足駄はく〉*144* 〈このごろの〉*143* 〈散る花に〉*145* 〈ゆく秋も〉*144*
松尾芭蕉 68,96

て

貞室 ⇨ 安原貞室
汀女 ⇨ 中村汀女
悌二郎 ⇨ 篠田悌二郎
貞徳 ⇨ 松永貞徳
程明道 62
荻子 198
テニスン 61
寺田寅彦（寅日子） 351,419,607
寺山修司 503
〈勝ちて獲し〉*503*
テリーブ 75
照雄 ⇨ 香西照雄
暉峻康隆 293
田捨女 26
〈雪の朝〉*26*

と

桃印 110
陶淵明 221,227,265
東皐 539
道節 33
兜太 ⇨ 金子兜太
冬葉 ⇨ 吉田冬葉
桃妖 264
東洋城 ⇨ 松根東洋城
桃隣 115
土岐善麿 604
徳川夢声 607
徳田秋声 506
徳永山冬子 602
杜国 ⇨ 坪井杜国
年尾 ⇨ 高浜年尾
登四郎 ⇨ 能村登四郎
鳥羽僧正 296
杜甫
松尾芭蕉 49,50,53,57,58，内藤丈草 172
土芳 ⇨ 服部土芳
杜牧 54
富沢赤黄男 460,472, 542,607
〈蝶堕ちて〉*472*
高柳重信 494
富田木歩 395
〈我が肩に〉*395*
富安風生 389, 541,608
〈赤富士に〉*391* 〈まさをなる〉*390* 〈よろこべば〉*390*
高浜虚子 370，山口青邨 422，安住敦 475，加倉井秋を 481
友二 ⇨ 石塚友二
友田恭助 510

な

内藤丈草 168, 538
〈うづくまる〉*172* 〈大原や〉*168*
〈陽炎や〉*170* 〈淋しさの〉*175*
〈下京を〉*174* 〈鷹の目の〉*173*
〈春雨や〉*169* 〈一月は〉*171*
〈時鳥〉*171* 〈まじはりは〉*172*
〈水底を〉*174* 〈我が事と〉*169*
松尾芭蕉 94，加舎白雄 282
内藤鳴雪 346, 532,540,605
〈初冬の〉*346*
正岡子規 332,337，渡辺水巴 378
永井龍男 515, 607
〈シヤボンのせて〉*516*
中川乙由 196, 538
〈浮草や〉*196* 〈諫鼓鳥〉*196*
岩田涼菟 195，千代女 203，勝見

タ〈たとふれば〉*364*　〈敵といふ〉*369*〈手毬唄〉*365*　〈遠山に〉*356*
ナ〈流れ行く〉*362*〈虹立ちて〉*367*
ハ〈白牡丹と〉*360*〈初蝶来〉*370*〈箒木に〉*362*〈春風や〉*358*〈春の山〉*374*〈独り句の〉*374*〈牡丹の〉*373*
マ〈道のべに〉*363*
ヤ〈山国の〉*368*
松尾芭蕉 77，正岡子規 332,337,340，石井露月 349，松根東洋城 349，村上鬼城 353〜355，臼田亜浪 376，嶋田青峰 377，渡辺水巴 378，飯田蛇笏 380，原石鼎 384，前田普羅 386,長谷川かな女 388,阿部みどり女 389,富安風生 390,河東碧梧桐 399,水原秋桜子 409,高野素十 413,415，阿波野青畝 416，山口誓子 418，山口青邨 422，川端茅舎 425,426,429，後藤夜半 429，中村汀女 438，中村草田男 440，皆吉爽雨 452，星野立子 453，福田蓼汀 456，松本たかし 457，長谷川素逝 460，石橋秀野 461，日野草城 463，芝不器男 465，橋本鶏二 476，中島斌雄 478，野見山朱鳥 486，上村占魚 492，芥川龍之介 513
主観尊重 602,『玉藻』604，日本派 605,『ホトトギス』607
高浜年尾　436, 607
〈遠き家の〉*436*　〈野分雲〉*437*
高屋窓秋　483, 541
〈山鳩よ〉*483*
石田波郷 448
高柳重信　494, 542, 603
〈たてがみを刈り〉*495*　〈船焼き捨てし〉*495*
三橋鷹女 434，吉岡禅寺洞 463
田川鳳朗　328, 539
〈暮遅き〉*328*〈紙燭して〉*329*
瀧井孝作　515
〈真赤なフランネルの〉*515*
斌雄 ⇨ 中島斌雄
竹下しづの女　394
〈短夜や〉*394*
香西照雄 485
建部巣兆　295, 539
〈梅散るや〉*296*　〈江に添うて〉*296*
竹村黄塔　337
蛇笏 ⇨ 飯田蛇笏
忠知　33
橘南谿　196
立花北枝　151, 538
〈池の星〉*153*〈馬洗ふ〉*153*
〈川音や〉*152*〈焼けにけり〉*151*
龍男 ⇨ 永井龍男
立子 ⇨ 星野立子
辰之助 ⇨ 石橋辰之助
種田山頭火　404, 540
〈おちついて〉*405*　〈まつたく雲が〉*404*
たよ女 ⇨ 市原たよ女
炭太祇　245, 538
〈寒月や〉*251*〈東風吹くと〉*248*
〈脱ぎすてて〉*249*〈盗人に〉*251*
〈寐よといふ〉*250*〈初恋や〉*249*
〈冬枯や〉*252*〈ふらここの〉*246*
〈ふり向けば〉*247*〈やぶ入りの〉*246*〈山路きて〉*245*　〈行く女〉*248*
榎本其角 128，与謝蕪村 204
淡々　132, 290

ち

チェンバレン　63, 106, 168
竹阿　297
長嘯子　60, 62
長翠　294, 539
鳥酔　280, 282
蝶夢 ⇨ 釈蝶夢
千代女　201
〈朝顔に〉*202*〈月の夜や〉*203*

澄雄 ⇨ 森澄雄

せ

青蛾　280
誓子 ⇨ 山口誓子
青々 ⇨ 松瀬青々
井泉水 ⇨ 荻原井泉水
青邨 ⇨ 山口青邨
静塔 ⇨ 平畑静塔
成美 ⇨ 夏目成美
星布　539
青畝 ⇨ 阿波野青畝
青峰 ⇨ 嶋田青峰
青蘿 ⇨ 松岡青蘿
石鼎 ⇨ 原石鼎
夕道　69
磧布　539
節子 ⇨ 野沢節子
折柴 ⇨ 瀧井孝作
占魚 ⇨ 上村占魚
蟬吟　44
禅寺洞 ⇨ 吉岡禅寺洞
沾徳　110

そ

宋阿　204,538
宗因 ⇨ 西山宗因
爽雨 ⇨ 皆吉爽雨
宋屋　278
宗鑑 ⇨ 山崎宗鑑
宗祇　521,528,535
　松尾芭蕉 50,91，稲津祇空 197，
　高浜虚子 366
蒼虬 ⇨ 成田蒼虬
窓秋 ⇨ 高屋窓秋
草城 ⇨ 日野草城
宗砌　535
漱石 ⇨ 夏目漱石
荘丹　539
宗長　535
巣兆 ⇨ 建部巣兆
草堂 ⇨ 山口草堂
素郷　539
素逝 ⇨ 長谷川素逝
素性法師　97
素堂 ⇨ 山口素堂
蘇東坡　49,85,110,206
園女 ⇨ 斯波園女
曾良 ⇨ 河合曾良

た

太祇 ⇨ 炭太祇
大魯 ⇨ 吉分大魯
田岡嶺雲　604
高井几董　258
　〈絵草紙に〉*260*　〈門口に〉*260*
　〈冬木立〉*259*　〈湖の〉*258*
　池西言水 32，与謝蕪村 204,214,
　224，三浦樗良 269
高桑闌更　265,530
　〈鵜の面に〉*266*　〈枯れ蘆の〉*265*
　千代女 204，与謝蕪村 204，勝見
　二柳 264，松岡青蘿 286，井上士
　朗 292，成田蒼虬 326，桜井梅室
　329
多佳子 ⇨ 橋本多佳子
たかし ⇨ 松本たかし
鷹女 ⇨ 三橋鷹女
高野素十　413,541,608
　〈蟻地獄〉*414*　〈生涯に〉*415*
　〈方丈の〉*413*　〈また一人〉*415*
　高浜虚子 356，水原秋桜子 409，
　山口誓子 422
鷹羽狩行　429,**503**
　〈摩天楼〉*504*
高浜虚子　352,**356**,533,540,600
　ア〈明易や〉*372*　〈天地の〉*365*
　〈一塊の〉*367*　〈襟巻の〉*363*
　〈大空に〉*359*
　カ〈鎌倉を〉*359*　〈彼一語〉*371*
　〈枯菊に〉*366*　〈桐一葉〉*357*
　〈茎右往〉*370*　〈蜘蛛に生れ〉*373*
　〈金亀子〉*357*　〈去年今年〉*371*
　〈この庭の〉*361*
　サ〈秋天の〉*360*

紫暁　539
重貞　45
重信 ⇨ 高柳重信
重頼 ⇨ 松江重頼
支考 ⇨ 各務支考
志田素琴　501
志太野坡　185, 538
〈小夜しぐれ〉*187*　〈長松が〉*185*
〈山伏の〉*186*　〈行く雲を〉*186*
松尾芭蕉 113，榎本其角 126，井上士朗 292
しづの女 ⇨ 竹下しづの女
之道　182
篠田悌二郎　431
〈蘆刈の〉*431*　〈鮎釣や〉*432*
篠原温亭　377
篠原鳳作　466, 541
篠原梵　482
〈閉ぢし翅〉*482*
斯波園女　190
〈冴ゆる夜の〉*191*　〈鼻紙の〉*190*
松尾芭蕉 123
芝不器男　465
〈あなたなる〉*465*　〈麦車〉*466*
渋沢栄一　347
嶋田青峰　377, 471, 541, 606
〈出でて耕す〉*377*
秋元不死男 469
島村元　360
志摩芳次郎　601
若水　130
釈蝶夢　278, 539
〈うづみ火や〉*280*　〈凩や〉*279*
〈一夜一夜〉*279*
洒堂 ⇨ 浜田洒堂
脩 ⇨ 西垣脩
秋桜子 ⇨ 水原秋桜子
秋色　199, 200
〈井戸端の〉*199*
楸邨 ⇨ 加藤楸邨
重徳　58
寿貞　118
シュワルツ　106
春坡　539
松宇 ⇨ 伊藤松宇
湘子 ⇨ 藤田湘子
丈草 ⇨ 内藤丈草
召波 ⇨ 黒柳召波
尚白　94, 176, 178
松露庵烏明　282
白石悌三
越智越人 147，斎部路通 149，立花北枝 154，吉分大魯 256，大島蓼太 261，高桑闌更 266
白雄 ⇨ 加舎白雄
二柳 ⇨ 勝見二柳
士朗 ⇨ 井上士朗
心敬　535
信章　47
信徳　31, 537

す

水国　245
水巴 ⇨ 渡辺水巴
菅沼純治郎　606
菅原道真　17, 21, 248
杉田久女　392
〈風に落つ〉*393*　〈谺して〉*392*
〈足袋つぐや〉*392*
橋本多佳子 432，中村汀女 438
杉山杉風　139, 538
〈馬の頰〉*140*　〈がつくりと〉*140*
〈子や待たん〉*139*　〈振りあぐる〉*141*
素十 ⇨ 高野素十
鈴鹿野風呂　220, 418, 459, 463
鈴木大拙　61
鈴木花蓑　366
鈴木真砂女　499
〈羅や〉*499*
鈴木道彦　294, 539
〈家二つ〉*295*　〈ゆさゆさと〉*294*
井上士朗 291，田川鳳朗 328，市原たよ女 331
鈴木六林男　542
捨女 ⇨ 田捨女

後藤夜半　429
〈滝の上に〉*429*
後鳥羽院　59
小西来山　39, 537
〈行水も〉*41*　〈白魚や〉*40*　〈春の夢〉*41*　〈ほのかなる〉*39*
椎本才麿 34
小林一茶　297, 539
ア〈秋風に〉*307*　〈秋風や〉*319*
〈有明や〉*304*　〈蟻の道〉*317*
カ〈かすむ日や〉*300*　〈米蒔くも〉*303*　〈是がまあ〉*305*
サ〈三文が〉*297*　〈涼風の〉*310*
〈雀の子〉*315*　〈づぶ濡れの〉*322*
〈蟬なくや〉*317*
タ〈大根引き〉*310*　〈田の雁や〉*302*
〈ちる芒〉*325*　〈次の間の〉*313*
〈露の世は〉*318*　〈ともかくも〉*322*
ナ〈夏山や〉*298*　〈楢の葉の〉*299*
ハ〈春雨や〉*305*　〈ひいき目に〉*312*
〈人来たら〉*306*　〈古郷や〉*301*
マ〈麦秋や〉*316*　〈椋鳥と〉*320*
〈むまさうな〉*308*　〈目出度さも〉*314*
ヤ〈やけ土の〉*325*　〈痩蛙〉*311*
〈やれ打つな〉*323*　〈夕燕〉*300*
〈雪ちるや〉*321*　〈雪とけて〉*309*
内藤丈草 172，大島蓼太 262，大伴大江丸 291，井上士朗 292，夏目成美 293，鈴木道彦 295，田川鳳朗 329，正岡子規 344，金子兜太 497
五明　539
維駒　253, 255
言水 ⇨ 池西言水

さ

西鶴 ⇨ 井原西鶴
西行　527
西山宗因 27, 山口素堂 42, 松尾芭蕉 53,59,60,68,70,91,92,95,98, 124 野沢凡兆 162，与謝蕪村 206，炭太祇 252，鈴木道彦 295
犀星 ⇨ 室生犀星
西東三鬼　467, 542, 607
〈秋の暮〉*469*　〈広島や〉*468*
〈水枕〉*467*
山口誓子 420, 421
連作俳句と映画 419，戦争俳句 460，俳句弾圧事件 471, 606, 現代俳句協会 601
斎藤雀志　540
斎藤茂吉　341, 384
才麿 ⇨ 椎本才麿
西武　34, 536
坂上是則　264
桜井梅室　329, 539
〈元日や〉*329*　〈冬の夜や〉*330*
笹川臨風　540, 604
佐佐木茂索　607
佐々醒雪　540, 604
佐藤鬼房　542
佐藤紅緑　540
里村昌琢　22, 27
里村紹巴　19, 535
寒川鼠骨　335
サリンジャー　83
沢木欣一　487, 542
〈塩田に〉*487*
細見綾子 476
『風』599，社会性俳句 602
三鬼 ⇨ 西東三鬼
山頭火 ⇨ 種田山頭火
杉風 ⇨ 杉山杉風

し

椎本才麿　33, 537
〈笹折りて〉*34*　〈時雨そめ〉*35*
〈猫の子に〉*34*　〈夕暮の〉*35*
池西言水 31，小西来山 40
志賀直哉　114, 515
子規 ⇨ 正岡子規
式子内親王　251

高浜虚子 356, 358, 364, 大須賀乙字 375, 荻原井泉水 400, 中塚一碧楼 407, 吉岡禅寺洞 462, 瀧井孝作 515
新傾向俳句 603, 日本派 605
神崎縷々　541
鑑真　73

き

紀逸　245
希因
浜田洒堂 184, 堀麦水 263, 勝見二柳 264, 高桑闌更 265, 松岡青蘿 286
其角 ⇨ 榎本其角
季吟 ⇨ 北村季吟
祇空 ⇨ 稲津祇空
岸田稚魚　517
鬼城 ⇨ 村上鬼城
北垣一柿　541
北川漸　406
喜谷立花　607
北村季吟　25, 536
〈地主からは〉*25*　〈まざまざと〉*25*
田捨女 26, 井原西鶴 30
几董 ⇨ 高井几董
祇徳　197
衣笠内大臣　62
紀貫之　71, 74
紀友則　90
祇明　197
暁台 ⇨ 加藤暁台
虚子 ⇨ 高浜虚子
清原元輔　291
去来 ⇨ 向井去来
許六 ⇨ 森川許六
欣一 ⇨ 沢木欣一

く

救済　535
草間時彦　500
〈足もとは〉*500*
草田男 ⇨ 中村草田男
クーシュウ　106
楠目橙黄子　415
楠本憲吉　333, 334, 342
久保田万太郎　509, 607
〈あきくさを〉*510*　〈新参の〉*509*
〈新涼の〉*509*
安住敦 475, 久米正雄 512, 永井龍男 515
久米正雄　512, 607
〈魚城移るにや〉*512*
永井龍男 515
栗林一石路　471, 541, 603, 607
橋本夢道 474
栗山理一　146, 300, 308
黒柳召波　253, 538
〈憂きことを〉*255*　〈傘の〉*254*
〈冬ごもり〉*254*　〈浴して〉*253*
与謝蕪村 204
桑原武夫　604

け

鶏二 ⇨ 橋本鶏二
桂郎 ⇨ 石川桂郎
月居　539
月斗 ⇨ 青木月斗
玄武坊　285
源義 ⇨ 角川源義

こ

小穴隆一　513
小糸　240
耕衣 ⇨ 永田耕衣
香西照雄　485
〈あせるまじ〉*485*
孝作 ⇨ 瀧井孝作
幸田露伴　113, 168, 183
公平 ⇨ 原子公平
紅葉 ⇨ 尾崎紅葉
孤屋　185
後京極良経　55
小島政二郎　607
コック　262

乙州　102, 173
鬼貫 ⇨ 上島鬼貫
小野小町　20, 52, 196
小野蕪子　434, 478

か

貝原益軒　71, 73
臥央　539
各務支考　191, 538, 603
〈馬の耳〉*192*　〈歌書よりも〉*193*　〈食堂に〉*192*　〈船頭の〉*193*
松尾芭蕉 99,112,117,119,120,122, 服部嵐雪 136, 立花北枝 152, 向井去来 157, 内藤丈草 173, 森川許六 178, 岩田涼菟 194, 中川乙由 196, 千代女 201, 堀麦水 263
赤黄男 ⇨ 富沢赤黄男
柿本人麿　28, 30, 59, 94, 212
角田竹冷　506, 540, 602
加倉井秋を　481
〈食卓の〉*481*
荷兮 ⇨ 山本荷兮
一男 ⇨ 市川一男
片山桃史　460
葛三　539
勝見二柳　264
〈小海老飛ぶ〉*264*　〈白ぎくや〉*265*
与謝蕪村 204, 釈蝶夢 278
桂信子　473
〈鯛あまた〉*473*
賈島　108
加藤暁台　272, 538
〈暁や〉*278*　〈秋の山〉*277*　〈うぐひすや〉*273*　〈風かなし〉*276*　〈蚊ばしらや〉*275*　〈九月尽〉*276*　〈日くれたり〉*274*　〈火ともせば〉*273*　〈夕顔の〉*275*　〈ゆきどけや〉*272*
与謝蕪村 204, 加舎白雄 282, 松岡青蘿 286, 井上士朗 291, 中塚一碧楼 408
加藤楸邨　444, 541
〈鮟鱇の〉*446*　〈雉子の眸の〉*444*　〈原爆図中〉*447*　〈木の葉ふりやまず〉*446*　〈死や霜の〉*445*　〈露の中〉*444*
小林一茶 298, 318, 320, 水原秋桜子 409, 沢木欣一 487, 原子公平 489, 森澄雄 489, 金子兜太 496 『寒雷』600, 真実感合 603, 人間探求派 605
角川源義　484
〈ロダンの首〉*484*
かな女 ⇨ 長谷川かな女
金子兜太　496, 542, 603
〈霧の村〉*496*　〈人体冷えて〉*497*
山口誓子 420
加舎白雄　280, 538
〈をかしげに〉*285*　〈氷る夜や〉*284*　〈菖蒲湯や〉*282*　〈鶏の觜に〉*284*　〈人恋し〉*281*　〈吹尽し〉*283*　〈子規〉*281*　〈めくら子の〉*283*
野沢凡兆 162, 鈴木道彦 294, 建部巣兆 295
烏丸光広　20, 129
河合曾良　150, 538
〈卯の花を〉*150*　〈よもすがら〉*150*
松尾芭蕉 65, 71, 117
川上不白　201
川崎展宏　501
〈「大和」より〉*501*
川端茅舎　425, 541
〈金剛の〉*425*　〈しぐるゝや〉*425*　〈花杏〉*427*　〈ひらひらと〉*426*　〈朴散華〉*428*　〈まひまひや〉*427*
松本たかし 458
河東碧梧桐　352, **396**, 533, 540, 607
〈赤い椿〉*396*　〈空をはさむ〉*396*　〈芒枯れし〉*397*　〈曳かれる牛が〉*398*　〈椿をおろせし〉*398*　〈老妻若やぐと〉*399*
榎本其角 128, 130, 与謝蕪村 209, 211, 212, 218, 正岡子規 332, 341,

越人 ⇨ 越智越人
榎本其角　126, 538
〈鶯の〉*133*　〈越後屋に〉*132*　〈鐘ひとつ〉*134*　〈切られたる〉*128*　〈声かれて〉*131*　〈この木戸や〉*128*　〈初霜に〉*127*　〈日の春を〉*126*　〈名月や〉*129*　〈夕立や〉*131*
北村季吟 25，松尾芭蕉 65,98,100,109，向井去来 155，斯波園女 190，岩田涼菟 194,秋色 199，与謝蕪村 210,214
頴原退蔵
松尾芭蕉 92，榎本其角 128，越智越人 146，与謝蕪村 205，炭太祇 248，黒柳召波 254，高桑闌更 266，三浦樗良 269，加舎白雄 283，夏目成美 293
遠藤古原草　513

お

王安石　129
王維　243
王子猷　210
大江匡房　60
大江丸 ⇨ 大伴大江丸
大岡信　342
大島蓼太　261, 538
〈馬借りて〉*262*　〈世の中は〉*261*
与謝蕪村 204，大伴大江丸 290
大須賀乙字　375, 540
〈雁鳴いて〉*375*
小林一茶 308，村上鬼城 355，高浜虚子 359，吉田冬葉 394
象徴 602，新傾向俳句 603，二句一章 605，碧門 607
大谷句仏　374,399
大塚楠緒子　508
大伴大江丸　290
〈秋来ぬと〉*290*　〈ちぎりきな〉*291*
志太野坡 185，横井也有 201，夏目成美 294，小林一茶 305
大伴家持　87
大野洒竹　540,602,604
大野林火　454, 606
〈風立ちて〉*455*　〈蝸牛〉*454*　〈ねむりても〉*455*
高浜虚子 372，飯田蛇笏 383，杉田久女 393，荻原井泉水 401，中塚一碧楼 408，橋本多佳子 434，松本たかし 459，野沢節子 493
大場白水郎　494
大原其戎　332
緒方句狂　373
尾形仂　55,131,253
岡田利兵衛　48
岡野知十　602
岡本松浜　509
岡本半翠　533
岡本眸　502
〈雲の峰〉*502*
小川芋銭　377
小川風麦　92
荻野清　127,129,184,454
荻原井泉水　400, 540,602,603
〈咲きいずるや〉*402*　〈空をあゆむ〉*401*　〈力一ぱいに〉*401*　〈遠くたしかに〉*403*　〈残る花は〉*403*　〈伏して哭す〉*400*
与謝蕪村 209,212,高浜虚子 359，尾崎放哉 406,橋本夢道 474
尾崎紅葉　499, 540,602
〈猿曳の〉*499*
尾崎放哉　405, 540
〈咳をしても〉*406*　〈春の山の〉*406*
小沢武二　607
小沢碧童　513,607
越智越人　145, 538
〈行燈の〉*146*　〈うらやまし〉*147*　〈雁がねも〉*146*　〈御代の春〉*147*
黒柳召波 539
乙字 ⇨ 大須賀乙字
乙二　331,539
乙由 ⇨ 中川乙由

〈霜の墓〉*450* 〈バスを待ち〉*448*
〈螢籠〉*451* 〈雪はしづかに〉*450*
水原秋桜子 409, 412, 石川桂郎 479, 石塚友二 517
戦争俳句 460, 現代俳句協会 601, 『鶴』605, 人間探求派 605
石塚友二 **510**, 605
〈百方に〉*617*
石橋辰之助 460, 471, **480**, 541, 606
〈朝焼の〉*481*
石田波郷 448
石橋秀野 **461**
〈蟬時雨〉*461*
石原沙人 474
石原舟月 486
石原八束 **486**
〈くらがりに〉*487*
泉鏡花 506
和泉式部 41
伊勢 41
渭川 190
惟然 ⇨ 広瀬惟然
市川一男 **497**, 542
〈おのが面に〉*497*
市原たよ女 **331**, 539
〈日のさすや〉*331*
惟中 27, 537
一茶 ⇨ 小林一茶
一笑 88, 96
一雪 141
一碧楼 ⇨ 中塚一碧楼
井手逸郎 402
伊東月草 184
伊東静雄 488
伊藤松宇 **347**, 532, 540
〈繫かれし〉*347*
稲津祇空 **197**
〈秋風や〉*197* 〈野鳥の〉*198*
稲畑汀子 502
〈雪雲の〉*502*
猪苗代兼与 20
乾裕幸 149
井上士朗 **291**, 539
〈足軽の〉*291* 〈木枯や〉*292*
鈴木道彦 294
井上白文地 471
井原西鶴 **29**, 537, 607
〈浮世の月〉*30* 〈長持へ〉*29*
西山宗因 27, 椎本才麿 34, 尾崎紅葉 506
岩田涼菟 75, **194**, 538
〈凩の〉*195* 〈それもおう〉*195*
中川乙由 196
岩野泡鳴 399
巌谷小波 540, 602
斎部路通 **148**
〈いねいねと〉*149* 〈鳥どもも〉*148*
松尾芭蕉 100

う

上島鬼貫 **36**, 537
〈行水の〉*38* 〈そよりとも〉*37*
〈庭前に〉*37* 〈春の水〉*36* 〈冬枯や〉*39*
小西来山 42, 千代女 202
上田五千石 **505**
〈渡り鳥〉*505*
上野さち子 389
上村占魚 **492**
〈晩涼の〉*492*
松本たかし 457
雨考 331
右城暮石 **430**
〈水中に〉*431*
臼田亜浪 **376**, 599, 602
〈木曾路ゆく〉*377* 〈鵯の〉*376*
富田木歩 395, 大野林火 454, 篠原梵 482, 野沢節子 493
内田南草 **498**, 542
〈靴の底に〉*498*
内田百閒 **508**
〈こほろぎの〉*508*

え

エイゼンシュテイン 130, 419

人 名 索 引

▶見出し語のうち所収俳人は太字，作者紹介欄を太数字とし，作品の冒頭を〈 〉をつけ50音順で付した ▶見出し語の人名が他の俳人の項目や囲み記事・用語小辞典の項目で言及のある場合はその俳人名・タイトル・項目名を付しページを示した

あ

青木月斗 **351**
〈春愁や〉*351*
青野太笻 325
赤城さかえ 542
秋を ⇨ 加倉井秋を
秋元不死男 **469,** 542
〈クリスマス〉*469* 〈鳥わたる〉*470*
松根東洋城 350
俳句弾圧事件 471, 606
秋山真之 358
昭 ⇨ 三谷昭
芥川龍之介 **513**
〈木がらしや〉*513* 〈水涕や〉*514*
松尾芭蕉 46, 野沢凡兆 166, 成田蒼虬 327, 飯田蛇笏 381, 久保田万太郎 509, 室生犀星 511, 瀧井孝作 515
朱鳥 ⇨ 野見山朱鳥
安住敦 **475**
〈てんと虫〉*475*
阿部仲麻呂 233
阿部正美 153
阿部みどり女 **389**
〈日と海の〉*389*
天田鉄眼 339
綾子 ⇨ 細見綾子
荒木田守武 **17,** 535
〈飛梅や〉*17* 〈落花枝に〉*18*
在原業平 261
在原元方 45
在原行平 24
亜浪 ⇨ 臼田亜浪
阿波野青畝 **416,** 541, 600, 608
〈案山子翁〉*416* 〈葛城の〉*417* 〈なつかしの〉*417*
高浜虚子 356, 水原秋桜子 409
安西桜魄子 607
安東次男 317

い

飯田蛇笏 **380,** 541, 599, 602
〈芋の露〉*380* 〈をりとりて〉*381* 〈くろがねの〉*382* 〈たましひの〉*381* 〈夏雲むるる〉*383* 〈命尽きて〉*383*
高浜虚子 356, 石原八束 486, 飯田龍太 491
『雲母』599, 主観尊重 602
飯田龍太 **491,** 590
〈紺絣〉*491* 〈父母の亡き〉*492*
五百木飄亭 532
五十崎古郷 448
池西言水 **31,** 537
〈朝霧や〉*32* 〈木枯の〉*33* 〈菜の花や〉*32* 〈猫逃げて〉*31*
椎本才麿 34, 田川鳳朗 329, 山口誓子 421, 芥川龍之介 514
池大雅 204
砂岡雁宕 205
伊沢元美 406, 606
石井露月 **348,** 540, 605
〈一宿に〉*348*
石川桂郎 **479,** 606
〈遠蛙〉*480* 〈柚子湯して〉*479*
石川丈山 346
石川啄木 462, 604
石田波郷 **448,** 541
〈秋の夜の〉*449* 〈顔出せば〉*448*

雪はしづかにゆたかにはやし屍室 **450**
行く秋の鐘つき料を取りに来る… **335**
ゆく秋も伊良胡を去らぬ鷗かな… **144**
行く女袷着なすや憎きまで……… **248**
行く雲をねてゐてみるや夏座敷… **186**
行年や馬をよければ牛の角……… 287
行く春を近江の人とをしみける **93**, 96
行く春に追ひぬかれたる旅寝かな 94
行春にわかの浦にて追付たり… 72, 94
行く春や重たき琵琶の抱き心 217, **230**
行く春や撰者を恨む歌の主……… **216**
行く春や鳥啼き魚の目は涙……… **76**
行く我にとどまる汝に秋二つ…… **334**
ゆさゆさと大枝ゆるゝ桜かな…… 352
ゆさゆさと桜もて来る月夜かな… **294**
柚子湯して妻とあそべるおもひかな
…………………………………… **479**
ゆで汁のけぶる垣根やみぞれふる 299
柚の花や昔しのばん料理の間…… 104
夢に舞ふ能美しや冬籠…………… **458**
夢の世に葱を作りて寂しさよ…… **437**
夢よりも現の鷹で頼母しき……… 68

よ

夜明けの戸茜飛びつく塩の山…… 488
世を旅に代かく小田の行きもどり 160
よく見ればちる影もちる紅葉かな 329
よく見れば薺花咲く垣根かな…… **61**
義朝の心に似たり秋の風………… 529
夜焚火人のまくろき背に近よりし **452**
淀舟や炬燵の下の水の音………… 128
夜泣する伏屋は露の堤陰………… 426
世にふるもさらに時雨のやどりかな
……………… 50, 91, 366, 521, 528
世にふるもさらに宗祇のやどりかな
…………………… **50**, 67, 521, 528
世の中は三日見ぬ間に桜かな…… **261**
呼かへす鮒売見えぬあられかな… **167**
甦へる我は夜長に少しづゝ……… 507
夜店はや露の西国立志編………… 426
よもすがら秋風聞くや裏の山…… **150**
寄添うて眠るでもなき胡蝶かな… 252
よる見ゆる寺のたき火や冬木立… 248
よろこべばしきりに落つる木の実かな
…………………………………… **390**

ら・り

落花枝に帰ると見れば胡蝶かな **18**,213
蘭の香も閑を破るに似たりけり… **287**
流氷や宗谷の門波荒れやまず…… **418**
両眼を射貫かれし人を坐らしむ… 460

れ・ろ

列立てて火影行く鵜や夜の水…… 247
連翹や手古奈が汲みしこの井筒… 409
痨咳の頰美しや冬帽子…………… 381
老妻若やぐと見るゆふべの金婚式に話
頭りつぐ………………………… **399**
六月や峯に雲置クあらし山……… **116**
六面の銀屏に灯のもみ合へる…… 493
ロダンの首泰山木は花得たり…… **484**
櫓の声波ヲ打つて腸氷ル夜や涙… **48**

わ

わが馬をうづむと兵ら枯野掘る… 460
我が影の壁にしむ夜やきりぎりす 263
我が肩に蜘蛛の糸張る秋の暮…… **395**
我が菊や向きたい方へつんむいて 312
我講義軍靴の音にたゝかれたり… 471
我が事と鰍の逃げし根芹かな…… **169**
我が魂のごとく朴咲き病よし…… 429
我庭の良夜の薄湧く如し………… **458**
若葉して御目の雫拭はばや **73**,121,411
我春も上々吉ぞ梅の花…………… 315
わが春や炭団一つに小菜一把…… 315
鶯の巣の樟の枯枝に日は入りぬ… **161**
早稲の香や分け入る右は有磯海 **87**,408
渡りかけて藻の花のぞく流かな
…………………………… **162**, 168
渡り鳥みるみるわれの小さくなり… **505**
我を厭ふ隣家寒夜に鍋を鳴らす… 230
我と来て遊べや親のない雀……… 324
我にあまる罪や妻子を蚊の喰ふ… 256
我のみの柴折りくべるそば湯かな 230

や

やあしばらく花に対して鐘撞く事　22
夜学生よ君には戦闘帽よりないのか……481
矢絣や妹若くして息白し……441
頓て死ぬけしきは見えず蟬の声 83, **95**
頓而ちる柿の紅葉もね間の跡……106
やがて又伸び来し氷柱ありにけり　437
焼跡に遺る三和土や手毬つく……443
やけ土のほかりほかりや蚤さわぐ　325
焼けにけりされども桜咲かぬ間に　152
焼けにけりされども花は散りすまし……151
瘦馬にあはれ灸や小六月……354
瘦馬のあはれ機嫌や秋高し……354
瘦蛙まけるな一茶是に有り…311, 324
宿かさぬ燈影や雪の家つゞき……215
宿かせと刀投げ出す雪吹かな……215
柳ちり清水かれ石ところどこ……205
養父入りの顔けばけばし草の宿…246
やぶ入りの寝るやひとりの親の側　246
やぶ入りの土産の菓子や持仏堂…246
やぶ入りの夢や小豆の煮ゆるうち　246
やぶ入りや琴かきならす親の前…246
山あり青く水あり白く春愁に……351
山蟻のあからさまなり白牡丹……236
山国の蝶を荒しと思はずや……368
山里の蒅藍も紺もなし……341
山里は万歳遅し梅の花……100
山路来てなにやらゆかしすみれ草　59
山路きてむかふ城下や凧巾の数…245
山杉の群青滝のけぶり落つ……413
山寺や誰も参らぬ涅槃像……267
「大和」よりヨモツヒラサカスミレサク……501
山の月花盗人を照らし給ふ……295
山の端や海を離るる月も今……233
山畠やこやしの足しにちる桜……306
山鳩のふと鳴くこゑを雪の日に…483
山鳩よみればまはりに雪がふる…483
山彦の南はいづち春の暮……241
山吹や笠に指べき枝の形り……103
山吹や葉に花に葉に花に葉に……251
山伏の火をきりこぼす花野かな…186
山は暮れて野は黄昏の薄かな……225
病ム雁のかた田におりて旅ねかな　98
病めば蒲団のそと冬海の青きを覚え……408
やよや蝶そこのけそこのけ湯がはねる……315
やれ打つな蠅が手を摺り足をする……323, 344
やはらかき紙につつまれ枇杷のあり……483

ゆ

浴して且つうれしさよたかむしろ　253
夕顔のはな踏む盲すずめかな……275
夕風や水青鷺の脛をうつ……130
夕方は遠くの曼珠沙華が見ゆ……477
勇気こそ地の塩なれや梅真白……442
夕汽笛一すぢ寒しいざ妹へ……441
夕暮のものうき雲やいかのぼり…　35
夕立に走り下るや外の蟻……170
夕立や田を見めぐりの神ならば…131
夕月や流れ残りのきりぎりす……306
夕燕我には翌のあてはなき……300
夕露や伏見の相撲ちりぢりに……211
夕不二に尻をならべてなく蛙……318
雪雲の支えきれざるものこぼす…502
雪ちるやおどけも言へぬ信濃空…321
雪とけてくりくりしたる月夜かな　309
雪とけて村一ぱいの子どもかな…309
ゆきどけや深山曇りを啼く鳥……272
雪の朝二の字二の字の下駄のあと　26
雪の家に寝て居ると思ふばかりにて……338
雪の上に焚くべきものもなく暮れぬ……460
雪残る汚れ汚れて石のごと……458
雪の田のしんと一夜の神あそび…494
雪霏々と舷梯のぼる眸濡れたり…466
雪ふるよ障子の穴を見てあれば…338
雪山に虹立ちたらば渡り来よ……367
雪止んで日ざしを給ふ伎芸天……477

真直ぐ行けと白痴がさしぬ秋の道 528
まつたく雲がない笠をぬぎ……… **404**
松にすめ月も三五夜中納言……… **24**
摩天楼より新緑がパセリほど…… 504
黛を濃うせよ草は芳しき………… **349**
満月に目をみひらいて花こぶし… 492
曼珠沙華散るや赤きに耐へかねて **486**
万葉の古江の春や猫柳…………… 410

み

みいくさは酷寒の野をおほひ征く 460
三井寺の門たたかばやけふの月… **107**
御影像の蚊を追払ふ泪かな……… 329
見栄も無く誇も無くて老の春…… 372
右眼には見えざる妻を左眼にて… 464
短夜や乳ぜり泣く児を須可捨焉乎 **394**
短夜やわれにはながき夢覚めぬ… 201
湖の水かたぶけて田植かな……… **258**
水桶にうなづきあふや瓜茄子…… **206**
水鏡見てやまゆかく川柳………… 26
水嵩に車はげしや藤の花………… 331
水さつと鳥はふはふはふうはふは 308
水鳥やむかふの岸へつういつい… **188**
水に散つて花なくなりぬ岸の梅… 234
水涕や鼻の先だけ暮れ残る……… **514**
水枕ガバリと寒い海がある……… **467**
店越しに紺青の海梨を買ふ……… 455
みぞそばに沈む夕日に母を連れ… 439
路絶えて香にせまり咲くいばらかな
…………………………………… 227
みちのくの淋代の浜若布寄す…… **423**
道のべに阿波の遍路の墓あはれ… **363**
道のべの木槿は馬に食はれけり… **53**
皆子也みのむし寒く鳴尽す……… 173
水底を見て来た顔の小鴨かな…… **174**
身にしむやなき妻の櫛を閨に踏む 208
身の秋やあつ燗好む胸赤し……… 251
蓑虫の音を聞きに来よ草の庵…… **66**
三葉ちりて跡はかれ木や桐の苗… 165
身一つや死なば簾の青いうち…… 301
み仏や寝ておはしても花と銭…… 310
御仏は淋しき盆とおぼすらん…… 326
御代の春蚊屋の萌黄に極りぬ…… **147**

む・め

迎火に合歓さんさんと咲き翳し… 427
麦秋や子を負ひながらいわし売… **316**
麦車馬におくれて動きいづ……… **466**
麦の穂を便につかむ別かな……… 114
麦の芽の少しもつれてまばらかな 454
椋鳥と人に呼ばるる寒さかな…… **320**
椋鳥と我をよぶ也村時雨………… 320
鵥りたる一羽の羽毛寒月下……… **433**
むつとしてもどれば庭に柳かな… 262
胸射貫かれ夏山にひと生きんとす 460
むまさうな雪がふうはりふはりかな
…………………………………… **308**
むめがゝにのつと日の出る
山路かな…………………… **112**, 524
群稲棒一揆のごとく雨に佇つ…… 485
名月や池をめぐりて夜もすがら… **64**
名月や煙這ひゆく水の上………… **136**
名月や畳の上に松の影…………… **129**
名月や夜は人住まぬ峰の茶屋…… 233
命尽きて薬香さむくはなれけり… **383**
目を奪ひ命を奪ふ諾と鷲………… 373
めくら子の端居さびしき木槿かな **283**
めぐりあひやその虹七色七代まで 442
めづらしや二四八条のほととぎす 26
目出度さもちう位なりおらが春… **314**
目には青葉山ほととぎす初鰹 **42**, 600

も

もしあらば雪女もや白うるり…… 33
藻にすだく白魚やとらば消ぬべき 40
物いへば唇寒し秋の風…………… **107**
ものいはず客と亭主と白菊と…… 262
ものいはでただ花をみる友も哉… 107
物堅き老の化粧やころもがへ…… 249
物焚て花火に遠きかかり舟……… **217**
物の音独り倒るる案山子かな…… 164
唐土に富士あらばけふの月も見よ **43**
もろもろの心柳にまかすべし…… 75
門前の小家も遊ぶ冬至かな… **165**, 327
門前や子どもの作る雪解川……… 309

冬蜂の死にどころなく歩きけり ……………………………… 308, **355**
冬日影はふり火もえてけむらはず 384
ふらここの会釈こぼるるや高みより ……………………………… 246
振りあぐる鍬の光や春の野ら…… 141
ふり向けば灯とぼす関や夕霞…… 247
古池や蛙飛び込む水の音…… 62, 522
古郷やよるもさはるも茨の花…… 301
古寺の簀子も青し冬構へ………… 346
古庭に鶯啼きぬ日もすがら……… 204
振舞や下座に直る去年の雛……… 154
ふる雪を見てゐるまでのこころかな ……………………………… 293, 294
降る雪や明治は遠くなりにけり ……………………………… 424, **440**
無礼なる妻よ毎日馬鹿げたものを食わしむ……………………………… 474
不破の関月かと見れば雲かな…… 254
文撰工鉄階に夏の河を見る……… 419

へ・ほ

碧梧桐の吾をいたはる湯婆かな… 338
糸瓜咲て痰のつまりし仏かな…… 344
糸瓜サヘ仏ニナルゾ後ル丶ナ…… 344
紅さいた口も忘るる清水かな…… 202
蛇食ふと聞けば恐ろし雉子の声… 131
返歌なき青女房よくれの春……… 217
鳳凰も出でよのどけきとりの年… 19
帽子すこし曲げかぶるくせ秋の風 510
方丈の大庇より春の蝶…………… 413
牡丹の一瓣落ちぬ俳諧史………… 373
方百里雨よせぬ牡丹かな………… 237
魴鮄一ぴきの顔と向きあひてまとも ……………………………… 408
蓬萊の橙赤き小家かな…………… 327
蓬萊や只三文の御代の松………… 298
帆をあぐれば岸の柳の走りけり… 130
朴散華即ちしれぬ行方かな……… 428
朴の花白き心印青天に…………… 429
朴の花猶青雲の志………………… 429
綻ぶや尻も結ばぬ糸桜…………… 21
榾をおろせし雪沓の雪君に白くて 398
螢籠われに安心あらしめよ……… 451
螢火や吹とばされて鳰のやみ…… 93
螢火は河のせなかの灸かな……… 22
螢火は野中の虫の灸かな………… 22
牡丹折りし父の怒ぞなつかしき… 256
牡丹散て打かさなりぬ二三片 ……………… 223, 239, 259, 288
頰ぺたにあてなどするや赤い柿… 320
時鳥あつらへ向きの寝覚かな…… 507
ほととぎすあらしにかかる夜の声 278
ほととぎす大竹藪を漏る月夜…… 104
郭公声横たふや水の上…………… 110
ほととぎす十日もはやき夜舟かな 127
子規啼くや有磯の浪がしら …… 282
時鳥鳴くや湖水のささ濁り… 171, 282
蜀魂なくや木の間の角櫓………… 282
郭公なくや雲雀と十文字………… 155
子規なくや夜明の海がなる……… 281
郭公穂麦が岡の風はやみ………… 263
ほのかなる鶯聞きつ羅生門……… 39
墓碑生れ戦場つかの間に移る…… 460
ほろほろと山吹ちるか滝の音…… 71

ま

まひまひや雨後の円光とりもどし 427
曲り出でし氷柱やなほも延びにけり ……………………………… 437
紛るべき物音絶えて鉢叩………… 271
まさをなる空よりしだれざくらかな ……………………………… 390
まざまざといますが如し魂祭…… 25
まじはりは紙子の切を譲りけり… 172
先たのむ椎の木も有夏木立…… 94, 96
まだきとも散りしとも見ゆれ山桜 238
また一人遠くの芦を刈りはじむ… 415
松陰に寝てくふ六十余州かな…… 323
松風の落ちかさなりて厚氷……… 288
真赤なフランネルのきもので四つの女の児……………………………… 515
まつしぐら爐にとび込みし如くなり ……………………………… 373

ひかりなく白き日はあり蘆を刈る 431
曳かれる牛が辻でずつと見廻した秋空だ…… 398
蟾蜍あるく糞暈世にもたくましく 446
蟾蜍長子家去る由もなし………… 440
蟇ないて唐招提寺春いづこ……… 411
蜩やはや子の顔の見えわかず…… 439
日くれたり三井寺下る春のひと… 274
髭風ヲ吹きて暮秋嘆ズルハ誰ガ子ゾ50
鬚剃ルヤ上野ノ鐘ノ霞ム日ニ…… 343
引張りてふとんぞ寒き笑ひ声…… 173
日でりどし伏水の小菊もらひけり 211
日と海の懐ろに入り雁帰る……… 389
人鬼をいきどほるかよ鰒の顔…… 307
人鬼が野山に住むぞ巣立鳥……… 307
人鬼に鵙の早贄とられけり……… 307
人鬼よ鬼よと鳴くか親雀………… 307
人来たら蛙となれよ冷し瓜……… 306
人恋し灯ともしころをさくらちる 281
人声や此道かへる秋のくれ……… 122
ひとすぢの秋風なりし蚊遣香…… 379
一月は我に米かせ鉢叩き………… 171
一つ脱いで後に負ひぬ衣がへ…… 72
一つ家に遊女も寝たり萩と月…… 86
海盤車赤しこどもらは昼寝の刻か 455
人間はば露と答へよ合点か……… 306
人に似て猿も手を組む秋の風…… 184
人の世に尻を居えたるふくべかな 220
火ともせばうら梅がちに見ゆるなり…… 273
人も一人蠅もひとつや大座敷…… 324
一夜一夜月おもしろの十夜かな… 279
独り句の推敲をして遅き日を…… 374
ひとりさす眼ぐすり外れぬ法師蟬 464
日の影やごもくの上の親すずめ… 182
日のさすや杉間に見ゆるからす瓜 331
日の障子太鼓の如し福寿草……… 458
日の春をさすがに鶴の歩みかな… 126
向日葵に剣の如きレールかな…… 458
百方に借あるごとし秋の暮……… 517
ひや〳〵と壁をふまへて昼寝哉… 119
病雁の夜寒に落ちて旅寝かな 97, 528
病中のあまりすするや冬ごもり… 173
病人に鯛の見舞や五月雨………… 342
鵯のそれきり鳴かず雪の暮……… 376
平地行きてことに遠山桜かな…… 238
ひらひらと月光降りぬ貝割菜…… 426
昼蛙どの畦のどこ曲らうか……… 480
広き野をただ一呑みや雉子の声… 130
広島が口紅黒き者立たす………… 468
広島の夜陰死にたる松立てり…… 468
広島や卵食ふとき口開く………… 468
広島や月も星もなし地の硬さ…… 468
貧山の釜霜に鳴る声寒し………… 49

ふ

風流の初めや奥の田植歌………… 78
楓林に落せし鬼の歯なるべし…… 372
吹尽しのちは草根に秋の風……… 283
福寿草家族のごとくかたまれり… 456
不二颪十三州の柳かな…………… 220
伏して哭す民草に酷暑きはまりぬ 400
富士の笑ひ日に日に高し桃の花… 292
不二ひとつ埋みのこして若葉かな 219
不精さやかき起されし春の雨…… 103
藤はさかり或る遠さより近よらず 477
葡萄食ふ一語一語の如くにて…… 443
葡萄呉るゝ大いなる掌の名附親… 419
蒲団着て寝たる姿や東山………… 137
蒲団なほぬくくて外づす湯婆鳴る 384
鮒ずしや彦根の城に雲かかる…… 237
船焼き捨てし／船長は／泳ぐかな 495
父母の亡き裏口開いて枯木山…… 492
文売らん柿買ふ銭の足らぬ勝…… 340
文月や六日も常の夜には似ず…… 86
冬鶯むかし王維が垣根かな……… 243
冬枯や雀のありく戸樋の中……… 252
冬枯や平等院の庭の面…………… 39
冬菊のまとふはおのがひかりのみ 412
冬木立月骨髄に入夜かな………… 259
冬ごもり五車の反古のあるじかな 254
冬燈死は容顔に遠からず………… 384
冬の日や臥して見あぐる琴の丈… 493
冬の夜や針うしなうておそろしき 330

畑打やいつかは死して後絶えん… 354
畑打ちよこちの在所の鐘が鳴る… 242
畑打つやうごかぬ雲もなくなりぬ 242
畑打つや木の間の寺の鐘供養…… 242
畑打つや我が家も見えて暮れかぬる
……………………………… 242
肌さむし竹切山の薄紅葉………… 165
幡持を文台脇やうめの花………… 531
八畳の楠の板間をもるしぐれ…… 214
鉢たたき来ぬ夜となれば朧なり… 157
歯塚とはあらはづかしの落葉塚… 372
初恋や燈籠によする顔と顔… 247, **249**
初汐や旭の中に伊豆相模………… 212
初潮や鳴門の浪の飛脚船………… 164
初しぐれ猿も小蓑をほしげなり
…………………… **91**, 94, 131, 184
初時雨真昼の道をぬらしけり…… 256
初霜に何とおよるぞ舟の中……… 127
初空や大悪人虚子の頭上に……… 374
初蝶来何色と問ふ黄と答ふ……… 370
初蝶や吾三十の袖袂……………… 449
初冬の竹緑なり詩仙堂…………… 346
はつゆきや幸庵にまかりある……　65
花杏受胎告知の翅音びび………… 427
花いばら故郷の路に似たるかな… 227
鼻紙の間にしをるるすみれかな… 190
花さゐて七日鶴見る麓かな………　66
花さかぬ身は狂ひよき柳かな…… 203
花さかぬ身は静かなる柳かな…… 203
花散りて竹見る軒のやすさかな… 183
花散るや伽藍の枢落し行く……… 160
花散るや鼓あつかふ膝の上……… 459
花ちるやひだるくなりし貌の先… 301
花合歓や遙かな風の音うつろふ… 430
花の雲鐘は上野か浅草か………65, 210
花火せよ淀のお茶屋の夕月夜…… 217
篝木に影といふものありにけり… 362
蛤に雀の斑あり哀れかな………… 354
蛤のふたみに別れ行く秋ぞ……90, 334
玫瑰や今も沖には未来あり……… 443
薔薇垣の母の黒衣を児は怯る…… 419
パラシウト天地ノ機銃フト黙ル… 460
はら筋をよりてや笑ふ糸ざくら…　26
腹の力脱くるよ冬の豚鳴いて…… 446
腹の中へ歯はぬけけらし種ふくべ 220
腸に春滴るや粥の味……………… 507
春がすみ鍬とらぬ身のもつたいな 313
春風にこかすな雛のかごの衆…… 198
春風や闘志いだきて丘に立つ…… 358
春雨にけふも坂での思案かな…… 190
はる雨の赤兀山に降くれぬ……… 286
春雨や喰はれ残りの鴨が鳴く…… 305
春雨やされども笠に花すみれ…… 191
春雨や同車の君がささめごと…… 241
春雨や抜け出たままの夜着の穴… 169
春雨や蜂の巣つたふ屋ねの漏 …… 113
春雨やぶつかり歩く盲犬………… 353
春雨やものがたりゆく蓑と傘 231, 248
春すでに高嶺未婚のつばくらめ… 492
春立つや新年ふるき米五升……… 279
春尽きて山みな甲斐に走りけり… 386
春なれや名もなき山の薄霞………　58
春の海終日のたりのたりかな 205, **209**
春の水光琳模様ゑがきつつ……… 493
春の水ところどころに見ゆるかな　36
春の山屍をうめて空しかり……… 374
春の山のうしろから煙が出だした 406
春の夢気の違はぬが恨めしい……　41
春の夜や狐の誘ふ上童…………… 243
春の夜や籠り人ゆかし堂の隅　70, 145
春の夜はたれか初瀬の堂籠………　71
春もややあなうぐひすよむかし声 235
春や来し年や行きけん小晦日……　44
歯は抜けて何かつれなし秋の暮… 140
晩夏湖畔咲く花なべて供華とせん 457
氾濫の黄河の民の粟しづむ……… 459
晩涼の子や大き犬いつくしみ…… 438
晩涼の闇にこころの魚放つ……… 492
万緑の中や吾子の歯生え初むる… 442

ひ

ひいき目に見てさへ寒し影法師… 312
びいと啼尻声悲し夜ルの鹿 ……… 120
火を焚くや枯野の沖を誰か過ぐ… 484
火を焼けば人に問はれつ秋のくれ 247

南風の孔雀となりて死に挑む…… 435

に

匂ひある衣もたたまず春の暮…… 241
二三枚絵馬見て晴るる時雨かな… 201
虹消えて音楽は尚続きをり……… 367
虹消えて小説は尚続きをり……… 367
虹消えて忽ち君の無き如し……… 367
虹立ちて忽ち君の在る如し……… 367
虹の上に立てば小諸も鎌倉も…… 367
虹の橋渡り遊ぶも意のまゝに 367, 373
虹の橋渡り交して相見舞ひ……… 367
女身仏に春剝落のつづきをり…… 477
によつぽりと秋の空なる富士の山 38
鶏や榾焼く夜の火のあかり……… 181

ぬ・ね

糠雨のいつまでふるや秋の蟬…… 510
ぬか味噌に年を語らん瓜茄子…… 206
脱ぎすてて角力になりぬ草の上… 249
盗人に鐘つく寺や冬木立………… 251
ぬれ色やあめのしたてる姫つつじ 26
寝返りをするぞそこのけきりぎりす
……………………………… 315, 324
寝ごころや火燵蒲団のさめぬ内… 100
猫逃げて梅ゆすりけり朧月……… 31
猫の恋やむとき閨の朧月………… 147
猫の子に嗅がれてゐるや蝸牛…… 34
寝酒さがす三時花吹く風きこゆ… 489
寐所見る程は卯の花明りかな…… 329
ねむりても旅の花火の胸にひらく 455
ねむれねばま夜の焚火をとりかこむ
……………………………………… 459
寐よといふ寝ざめの夫や小夜砧… 250

の

能因にくさめさせたる秋はここ… 291
のうれんの奥物ぶかし北の梅…… 123
暖簾の奥ものゆかし北の梅……… 191
野を焼くやぽつんぽつんと雨到る 352
野鳥の腹に蹴て行く春の水……… 198
残る花はあろうかと見にいでて残る花のさかり………………………… 403
野ざらしを心に風のしむ身かな… 51
能登が突き出で日のてりながら秋の海 ……………………………… 407
上り鮎卯の花しろくこぼれつつ… 432
蚤虱馬の尿する枕もと…………… 81
海苔買ふや追はるる如く都去る… 462
乗鞍のかなた春星かぎりなし…… 388
野は枯れて何ぞ喰ひたき庵かな… 301
野分雲夕焼しつゝ走り居り……… 437
野分近ク夕負ノ実ノ太り哉……… 343

は

歯豁に筆の氷を噛む夜かな… 229, 257
俳諧の西の奉行や月の秋………… 351
灰捨てて白梅うるむ垣根かな…… 159
蠅うちや上手になりし我がこころ 294
蠅打つてつくさんとおもふこころかな ……………………………… 293
蠅が来て蝶にはさせぬ昼寝かな… 200
蠅一つ打つては山を見たりけり… 298
蠅よけに孝経かぶる昼寝かな…… 310
這へ笑へ二つになるぞけさからは
……………………………… 314, 322
羽をこぼす梢の鳶や小六月……… 328
萩の風何か急かるゝ何ならむ…… 412
爆音や乾きて剛き麦の禾………… 478
爆心の残壁の灼け掌に沁ます…… 479
白桃に入りし刃先の種を割る…… 433
白梅や鶴氅を着てうたた歩す…… 232
白梅や墨芳しき鴻臚館…………… 232
薄氷の上を流るゝ水少し………… 454
白牡丹といふといへども紅ほのか 360
羽子板の重きが嬉し突かで立つ… 388
箱根こす人も有らし今朝の雪…… 69
葉桜の中の無数の空さわぐ……… 483
稲架の棒芯まで雨を吸う頃ぞ…… 479
走つてぬれてきた好い雨だという 403
芭蕉野分して盥に雨を聞く夜かな 49
バスを待ち大路の春をうたがはず 448

遠き家の氷柱落ちたる光かな…… 436
遠くたしかに台風のきている竹藪の竹の葉…… 403
十団子も小粒になりぬ秋の風 178, 603
遠のけば白鳥まぶし稼ぐ妻よ…… 485
遠山に日の当りたる枯野かな…… 356
磨なほす鏡も清し雪の花…… 69
どくだみの花いきいきと風雨かな 455
戸口より人影さしぬ秋の暮…… 288
ところてん煙のごとく沈みをり… 463
閉ぢし翅しづかにひらき蝶死にき 482
年の内へふみこむ春の日足かな… 26
年守るや乾鮭の太刀鱈の棒…… 218
年よりて身は足軽の追からし…… 292
突風のふるはせすぎぬ梨の花…… 386
土堤を外れ枯野の犬となりゆけり 421
となん一つ手紙のはしに雪の事… 28
外にも出よ触るゝばかりに春の月 439
戸の口にすりつぱ赤し雁の秋…… 288
鳥羽殿へ五六騎いそぐ野分かな… 212
鳥羽殿へ御歌使や夜半の雪…… 214
飛石にとかぎの光る暑かな…… 251
飛梅やかろがろしくも神の春…… 17
鳶の羽もかいつくろひぬ初しぐれ 156
ともかくもあなた任せの年の暮… 322
ともし火に氷れる筆を焦しけり… 257
灯火のすはりて氷る霜夜かな…… 289
鳥屋それて鳥屋それて鳥渡りけり 452
鳥雲に入るおほかたは常の景…… 504
取りつかぬ力で浮む蛙かな…… 170
鳥遠うして高欄に牡丹かな…… 263
鳥どもも寝入つてゐるか余吾の海…… 148, 607
鳥の巣の影もさしけり膝のうへ… 328
鳥のうちの鷹に生れし汝かな…… 476
鶏の觜に氷こぼるる菜屑かな…… 284
鳥わたるこきこきこきと罐切れば 470
蜻蛉つり今日はどこまで行つたやら…… 203

な

永き日や絵馬をみてゐる旅の人… 201
長き夜や要塞穿つ鶴の嘴…… 350
長靴に腰埋め野分の老教師…… 484
仲麿の魂祭せん今日の月…… 233
ながむとて花にもいたし頸の骨… 27
長持へ春ぞ暮れ行く更衣…… 29
流れ行く大根の葉の早さかな…… 362
亡き母や海見る度に見る度に…… 299
亡き人の小袖も今や土用干…… 75
泣くものの声みな透る夜の霜…… 486
啼やいとど塩にほこりのたまるまで98
投げ出した足の先也雲の峰…… 318
梨咲くと葛飾の野はとのぐもり… 410
梨の花ちるとき嫩葉あかねざし… 386
なす事のへるにつけても秋の月… 325
なつかしき夏書の墨の匂ひかな… 207
なつかしの濁世の雨や涅槃像…… 417
夏河を越すうれしさよ手に草履… 207
夏草に這ひ上りたる捨蚕かな…… 353
夏草や兵どもが夢の跡…… 79, 526
夏雲むるるこの峡中に死ぬるかな 383
夏の河赤き鉄鎖のはし浸る…… 419
夏の河地下より印刷工出づる…… 419
夏の月御油より出でて赤坂や…… 46
夏山や一足づつに海見ゆる…… 298
なでしこに二文が水を浴びせけり 298
撫子のなぜ折れたぞよをれたぞよ 319
何求めて冬帽行くや切通し…… 485
何物の落下や氷柱皆落ちぬ…… 437
難波女や京を寒がる御忌詣…… 215
菜の花に大名うねる麓かな…… 292
菜の花の中に城あり郡山…… 179
菜の花や油乏しき小家がち…… 221
菜の花や鯨もよらず海暮れぬ…… 214
菜の花や月は東に日は西に…… 226
菜の花や淀も桂も忘れ水…… 32
鍋の尻ほし並べたる雪解かな…… 309
生魚の切目の塩や秋の風…… 23
楢の葉の朝からちるや豆腐槽…… 299
なんとけふの暑さはと石の塵を吹く…… 38
何の音もなし稲うちくふて蝨かな 67
何の木の花とは知らず匂ひかな 69,527
何のその百万石も笹の露…… 323
なんの湯か沸かして忘れ初嵐…… 480

たまたまに晴れば闇よ夏の山…… 298
ためつけて雪見にまかるかみこかな69
たらたらと日が真赤ぞよ大根引… 427
痰一斗糸瓜の水も間にあはず…… 345

ち

血を喀いて眼玉の乾く油照り…… 487
力一ぱいに泣く児と啼く鶏との朝 401
ちぎりきなかたみに渋き柿二つ… 291
ちぎりきな藪入り茶屋を知らせ文 291
地下りに暮れ行く野辺の薄かな… 225
父が待ちし我が待ちし朴咲きにけり
……………………………………… 429
父母のしきりに恋し雉の声……… 145
チヽポヽと鼓打たうよ花月夜…… 459
父逝くや凍雲闇にひそむ夜を…… 384
粽結ふ片手にはさむ額髪………… 106
茶の花の香や冬枯の興聖寺……… 178
蝶墮ちて大音響の結氷期………… 472
長松が親と申して西瓜かな……… 185
長松が親の名で来る御慶かな…… 185
塵塚に蕣さきぬ暮のあき………… 251
ちる芒寒くなるのが目にみゆる… 325
散るときの心やすさよ芥子の花… 147
散る花にたぶさはづかし奥の院… 145

つ

塚も動けわが泣く声は秋の風…… 88
月一輪凍湖一輪光りあふ………… 434
月曇る端山の雪解なくからす…… 273
月今宵あるじの翁舞ひ出でよ…… 233
月に柄をさしたらばよき団扇かな 17
つきぬけて天上の紺曼珠沙華…… 420
次の間に行灯とられし炬燵かな… 313
次の間の灯で膳につく寒さかな… 313
月の夜や石に出て鳴くきりぎりす 203
月の夜や石に登りて啼く蛙……… 204
月見して余り悲しき山の上……… 276
月や空にいよげに見えつすだれごし26
蔦枯れて一身がんじがらみなり… 436
堤下りて寒鮒釣となりにけり…… 422
繋かれし馬の眼細し合歓の花…… 347
角上げて牛人を見る夏野かな…… 286
角出して這はでやみけり蝸牛…… 252
椿落ちて一僧笑ひ過ぎ行きぬ…… 263
妻鴛鴦の影さす鴦の横身かな…… 328
妻ごめに五十日を経たり別れ霜… 441
妻二タ夜あらず二タ夜の天の川… 441
妻も子も榾火に籠る野守かな…… 285
露草の拝めるごとき蕾かな……… 458
露径深う世を待つ弥勒尊………… 426
露散るや提灯の字のこんばんは… 426
露の中万相うごく子の寐息……… 444
露の世は露の世ながらさりながら
………………………………… **318**, 322
入梅晴や二軒並んで煤払ひ……… 295
つり鐘に止まりて眠る胡蝶かな… 222
つり鐘の蔕のところが渋かりき… 339
つれのある所へ掃くぞきりぎりす 170

て

庭前に白く咲いたる椿かな……… 37
手を組んだ梢の猿や秋の暮れ…… 184
手をついて歌申しあぐる蛙かな… 16
出替りや幼な心に物あはれ……… 136
敵といふもの今は無し秋の月…… 369
でで虫が桑で吹かるゝ秋の風…… 478
手毬唄かなしきことをうつくしく 365
金襴帯かゞやくをあやかに解きつ巻き
巻き解きつ……………………… 400
てんと虫一兵われの死なざりし… 475
天渺々海漫々中にひよつくり鰹舟 507
天渺々笑ひたくなりし花野かな… 378
天も花に酔へるか雲の乱れ足…… 20

と

闘鶏の眼つむれて飼はれけり…… 353
峠見ゆ十一月のむなしさに……… 478
桃源の路地の細さよ冬ごもり…… 220
凍土揺れ射ちし砲身あとへすざる 460
蟷螂の石をかゝへて死にゝけり… 355
遠蛙酒の器の水を呑む…………… 480

住みつかぬ旅のこころや置き火燵　99
炭取のひさご火桶にならび居る…　230

せ

青雲の花のあなたへ遙かな瞳……　430
生前も死後もつめたき箒の柄……　492
青天や白き五弁の梨の花…………　385
咳をしても一人………………………　406
寂として客の絶え間のぼたんかな　213
咳の子のなぞなぞあそびきりもなや
……………………………………　438
せつせつと眼まで濡らして髪洗ふ　493
銭なしは青草も見ず門涼み………　311
蟬しぐれ子の誕生日なりしかな…　475
蟬時雨子は担送車に追ひつけず…　461
蟬なくやつくづく赤い風車………　317
蟬も寝る頃や衣の袖畳……………　207
禅院の子も菓子貰ふ冬至かな……　166
戦後の空へ青蔦死木の丈に充つ…　489
泉石に魂入りし時雨かな…………　365
禅寺の松の落葉や神無月……　165, 347
船頭の耳の遠さよ桃の花…………　193
扇風機止り醜き機械となれり……　483
鉄条に似て蝶の舌暑さかな………　381
全滅の大地しばらくは見えざりき　460

そ

草庵の弱りはじめや秋の蠅………　170
僧酔うて友の頭撫づる月の縁……　425
ぞくぞくと影の通るや渡り鳥……　328
祖母山も傾山も夕立かな…………　423
そよりともせいで秋立つ事かいの　37
空をあゆむ朗朗と月ひとり………　401
空遠く声あはせ行く小鳥かな……　252
それ馬が馬がとやいふ親雀………　315
それもおうこれもおうなり老の春　195

た

鯛あまたいる海の上盛装して……　473
大寒の一戸もかくれなき故郷……　492
大根引き大根で道を教へけり……　310
大戦起るこの日のために獄をたまわる
……………………………………　471
田一枚植えて立去る柳かな………　206
大徳の糞ひりおはす枯野かな……　229
鯛の骨たたみにひらふ夜寒かな…　511
大名を眺めながらに炬燵かな……　323
大名の寝間にも寝たる寒さかな…　180
絶々に温泉の古道や苔の花………　263
誰がための低き枕ぞ春の暮………　241
高土手に鶸の鳴く日や雲ちぎれ…　183
鷹の巣や大虚に澄める日一つ……　476
鷹の目の枯野に居るあらしかな…　173
鷹一つ見付けてうれしいらご崎
……………………………**68,** 144, 530
誰が聟ぞ歯朶に餅おふうしの年…　59
耕さぬ罪もいくばく年の暮………　313
滝落ちて群青世界とどろけり……　412
滝の上に水現れて落ちにけり……　429
滝水の遅るるごとく落つるあり…　429
たくたくと噴水の折れ畳むかな…　351
筍や雨粒ひとつふたつ百…………　494
竹の子や児の歯ぐきの美しき……　137
岳更けて銀河激流となりにけり…　457
蛸壺やはかなき夢を夏の月………　74
太刀のせて嵩のへりたる衾かな…　384
立臼のぐるりは暗し夕しぐれ……　270
たてがみを刈り／たてがみを刈る／愛撫の晩年…………………………　495
たとふれば独楽のはぢける如くなり
……………………………………　**364**
棚かげにこぼれてひとりねむる蚕も
……………………………………　452
種蒔ける者の足あと洽しや………　443
田の雁や里の人数はけふもへる…　302
足袋つぐやノラともならず教師妻　392
旅に病で夢は枯野をかけ廻る
…………………　119, **125,** 173, 345
旅人とわが名呼ばれん初時雨
…………………………　**67,** 92, 321
旅人の馳走に嬉しはちたたき……　172
玉あられこけるや不二の天辺より　220
たましひのたとへば秋の螢かな…　381

下京や雪つむ上の夜の雨………… **166**
霜つよし蓮華とひらく八ヶ嶽…… 387
霜の墓抱起されしとき見たり…… **450**
霜百里舟中に我月を領す………… 128
霜降れば霜を楯とす法の城……… 358
寂寞と昼間を鮓のなれかげん…… 237
死や霜の六尺の土あれば足る…… **445**
シヤボンのせて鮑の貝や虫の宿… **516**
秋雲一片遺されし父何を為さん… 457
秋暁の雲白く母子覚めてゐる…… 435
銃後といふ不思議な街を岡で見た 471
秋天の下に野菊の花辧欠く… **360,** 362
春愁や草を歩けば草青く………… **351**
春昼の指とどまれば琴も止む…… 493
春眠や金の柩に四肢氷らせ……… 435
生涯にまはり燈籠の句一つ……… **415**
小劇場カンカン帽を抱く一刻…… 460
障子明けよ上野の雪を一目見ん… 338
少年工学帽かむりクリスマス…… 470
少年の頃のこほろぎ今宵も鳴ける 508
菖蒲湯や菖蒲寄りくる乳のあたり **282**
傷兵の昏れゆく路上河のうねり… 481
昭和衰へ馬の音する夕かな ……… 499
暑を感じ黒き運河を遡る………… 419
書記典主故園に遊ぶ冬至かな…… 166
食卓の鉄砲百合は素つぽをむく… **481**
燭の灯を煙草火としつチェホフ忌 443
徐々に徐々に月下の俘虜として進む
……………………………………… **471**
除夜の妻白鳥のごと湯浴みをり… **490**
白魚やさながら動く水の色…… 34, **40**
しら梅に明くる夜ばかりとなりにけり
……………………………………… **244**
白菊の目にたてゝ見る塵もなし
…………… 118, **123**, 191, 265, 529
白菊や紅さいた手のおそろしき… 202
白ぎくや籬をめぐる水の音……… **265**
白雲を吹き尽したる新樹かな…… 36
しら露もこぼさぬ萩のうねり哉 … **111**
白露や死んでゆく日も帯締めて… **435**
汁の実の足しに咲きけり菊の花… 306
しれぬ世や釈迦の死跡にかねがある
……………………………………… 30
白をもて一つ年とる浮鷗………… 491
白炭ややかぬ昔の雪の枝………… 33
白蝶の涼しき水死見守れる……… 435
白猫の綿の如きが枯菊に………… 458
死は涼し昼くつわ虫葦中に……… 435
新右衛門蛇足を誘ふ冬至かな…… 243
しんがりは鞠躬如たり放屁虫…… 425
新参の身にあかあかと灯りけり… **509**
しんしんと寒さがたのし歩みゆく **453**
人体冷えて東北白い花ざかり…… **497**
新涼の身にそふ灯影ありにけり… **509**

す

水仙に狐あそぶや宵月夜………… **231**
水仙や古鏡の如く花をかかぐ…… 458
水仙や美人かうべをいたむらし… 232
水中に遁げて蛙が蛇忘る………… **431**
すいとん畳に下してきて不服言わさぬ
妻……………………………… 474
すかし見て星に淋しき柳かな…… **268**
鋤牛に水田光りて際しらず……… 409
杉の木にすうすうと風の吹きわたり
……………………………… 188
鮓を圧す石上に詩を題すべく…… 237
鮓を圧す我酒醸す隣あり………… 237
鮓圧してしばし淋しき心かな…… 237
鮓つけてやがて去にたる魚屋かな 237
鮓の石に五更の鐘のひびきかな… 237
鈴掛けて出たれば馬のうれしげに 195
涼風を青田におろす伊吹かな…… 178
涼風の曲りくねつて来たりけり… **310**
涼風や青田の上の雲の影………… **177**
芒枯れし池に出づ工場さかる音を **397**
涼しさを進上申す扇かな………… 21
涼まんと出づれば下に下にかな… 323
雀の子そこのけそこのけ御馬が通る
……………………………… **315**
すつかり病人になつて柳の糸が吹かれ
る………………………………… 406
づぶ濡れの大名を見る炬燵かな
……………………… 292, 310, **322**
づぶ濡れの仏立ちけりかんこ鳥… 323

さ

棹鹿のかさなり臥せる枯野かな… 189
咲かぬまも物にまぎれぬ菫かな… 191
咲きいずるや桜さくらと咲きつらなり
………………………………… 402
鷺撃たる羽毛の散華遅れ降る…… 433
さくら散る日さへゆふべと成にけり
………………………………… 268
さくらんぼの柄は灰皿へ捨てる… 482
酒買ひに韋駄天走り時雨沙弥…… 425
酒ノ瀑布冷麦の九天ヨリ落ルナラン
………………………………… 128
笹折りて白魚のたえだえ青し… 34, 40
笹の葉に飴を並べる茂りかな…… 300
里の灯をちからによれば灯籠かな 247
淋しさに花咲きぬめり山桜……… 238
淋しさの底ぬけて降るみぞれかな 175
さみだるる一燈ながき坂を守り… 456
五月雨を集めて早し最上川……… 82
さみだれの空吹おとせ大井川 …… 115
さみだれのたまたま赤き薊かな… 331
五月雨の降り残してや光堂……… 80
五月雨やある夜ひそかに松の月… 262
五月雨や上野の山も見飽きたり… 342
五月雨や垣にとりつくものゝ蔓… 342
五月雨や色紙へぎたる壁の跡…… 105
五月雨や大河を前に家二軒……… 295
五月雨や桃の葉寒き風の色……… 36
さやけくて妻とも知らずすれちがふ
………………………………… 488
冴ゆる夜の灯すごし眉の剣……… 191
小夜時雨上野を虚子の来つつあらん
………………………………… 337
小夜しぐれ隣の臼は挽きやみぬ… 187
さらさらと又落衣や土用干……… 452
離別れたる身を踏込むで田植かな 208
猿を聞く人捨子に秋の風いかに… 52
猿どのの夜寒訪ひゆく兎かな…… 255
猿曳の猿を抱いたる日暮かな…… 506
猿引きの猿と世を経る秋の月 184, 506
三寒の四温を待てる机かな……… 480
三径の十歩に尽きて蓼の花……… 221
残雪やごうごうと吹く松の風…… 352
三千の俳句を閲し柿二つ………… 339
三文が霞見にけり遠眼鏡………… 297

し

塩鯛の歯ぐきも寒し魚の店… 109, 131
しをるるは何か杏子の花の色…… 20
しかられて次の間へ出る寒さかな 173
食堂に雀鳴くなり夕時雨………… 192
しぐるるや黒木積む屋の窓明り 35,**166**
しぐるるや蒟蒻冷えて臍の上…… 336
しぐるゝや僧も嗜む実母散……… 425
しぐるゝや目鼻もわかず火吹竹… 425
時雨そめ黒木になるは何々ぞ…… 35
時雨月をりをり除夜の鐘照らす… 437
示寂すといふ言葉あり朴散華…… 429
地主からは木の間の花の都かな… 25
閑かさや岩にしみ入る蟬の声… 81, 83
しづかなるいちにちなりし障子かな
………………………………… 460
静かなるかしの木はらや冬の月… 214
静けさに堪へて水澄むたにしかな 214
静けさや夕霧醸す池の面………… 350
紙燭して垣の卯の花暗うすな…… 329
湿気多ク汗バム日ナリ秋ノ蠅…… 343
十方にこがらし女身錐揉に……… 436
指南車を胡地に引去ル霞かな…… 223
死ぬものも生きのこるものも秋の風
………………………………… 510
死ぬること独りは淋し行々子…… 435
死ねば野分生きてゐしかば争へり 445
自然薯の身空ぶるぶる掘られけり 427
死の海を汗の浮寝や夢中人……… 128
しばらくは花の上なる月夜かな… 295
死病得て爪美しき火桶かな……… 381
渋柿のごときものにては候へど… 350
渋かろか知らねど柿の初ちぎり
………………………………… 203, 291
四方より花吹き入れて鳰の波…… 93
霜がれや鍋のすみかく小傾城…… 316
下京をめぐりて火燵行脚かな…… 174

鶏頭ノマダイトケナキ野分カナ… 342
鶏頭の皆倒れたる野分哉………… 343
鶏頭や二度の野分に恙なし……… 343
鶏頭は二尺に足らぬ野分哉……… 343
原爆図中口あくわれも口あく寒… 447

こ

こひびとを待ちあぐむらし闘魚の辺
…………………………………… 464
五位六位色こきまぜよ青すだれ… 137
香けむり寒をうづまく北枕……… 384
がうがうと深雪の底の機屋かな… 452
小路行けば近く聞ゆるきぬたかな 221
香木をけづりて春夜たゞならぬ… 351
蝙蝠や光添ひ来し夕月夜………… 351
子へ買ふ焼栗夜寒は夜の女らも… 478
子へ書けり泰山木の花咲くと…… 435
声かれて猿の歯白し峰の月… 109, **131**
声せぬは誰が粥喰はす鉢たたき… 172
小海老飛ぶ汐干の跡の忘れ水…… 264
氷にがく偃鼠が咽をうるほせり… 49
氷る燈の油うかがふ鼠かな……… 230
氷る夜や双手かけたる戸の走り… 284
こほろぎの夜鳴いて朝鳴いて昼鳴ける
…………………………………… 508
こほろぎや暁近き声の張り……… 509
金亀子擲つ闇の深さかな………… 357
木枯に岩吹とがる杉間かな……… 272
木枯に月のすわりし梢かな……… 88
凩にひろげて白し小風呂敷……… 514
木枯に二日の月の吹き散るか 142, 157
凩の一日吹いて居りにけり……… 195
木枯の地にも落さぬしぐれかな… 156
木枯の果てはありけり海の音
……………………… **33,** 421, 514
木がらしや折助帰る寒さ橋……… 292
凩や壁にからつく油筒…………… 279
木がらしや地びたに暮るる辻諷ひ 316
木がらしや東京の日のありどころ 514
木枯や日に日に鴛鴦の美しき…… 292
木がらしや目刺にのこる海のいろ 513
小狐の何にむせけむ小萩原……… 232
穀値段どかどか下るあつさかな… 303
ここにまた吾子の鉛筆日脚伸ぶ… 438
こころほど牡丹の撓む日数かな… 251
去年今年貫く棒の如きもの……… 371
去年立つはけふの枝葉か花の春… 45
谺して山ほととぎすほしいまゝ… 392
東風吹くとかたりもぞ行く主と従者
…………………………………… 248
小鳥来る音うれしさよ板庇……… 208
子に母にましろき花の夏来る…… 434
此秋は何で年寄る雲に鳥 …… 122, 602
この飢餓食茎も葉も刻み込み食う妻の
論…………………………………… 474
この木戸や鎖のさされて冬の月… 128
この頃の蕣藍に定まりぬ………… 340
このごろの氷踏み割る名残かな… 143
このごろは小粒になりぬ五月雨… 178
この庭の遅日の石のいつまでも… 361
この蠅によくよく盧生寝坊なり… 201
木の葉ふりやまずいそぐないそぐなよ
…………………………………… 446
此道や行人なしに秋の暮
………………83, **121**, 123, 528, 602
木のもとに汁も鱠も桜かな……… 92
五弁づゝつぶらつぶらに梨の花… 386
子煩悩なりしかずかず野菊咲く… 510
駒ケ嶽凍てゝ巌を落しけり……… 387
高麗船のよらで過ぎ行く霞かな… 223
米蒔くも罪ぞよ鶏が蹴合ふぞよ… 303
子や啼かんその子の母も蚊の食はん
…………………………………… 139
子や待たんあまり雲雀の高あがり 139
是がまあ地獄の種か花に鳥……… 305
是がまあ芒に声をなすものか…… 305
是がまあつひの栖か雪五尺……… 305
これはこれはとばかり花の吉野山 24
殺されにことしも来たよ小田の雁 306
紺絣春月重く出でしかな………… 491
金剛の露ひとつぶや石の上……… 425
今生は病む生なりき鳥頭………… 451
蒟蒻のさしみもすこし梅の花…… 337

灌仏の日に生れあふ鹿の子哉 …… 121
寒夜くらしたたかひすみていのちありぬ…… 459
癌病めばものみな遠し桐の花…… 430

き

飢餓の夏民の一つ燈点々と……… 489
黄菊白菊その外の名はなくもがな 265
菊の香やな良には古き仏達 … 120, 525
菊の香やならは幾代の男ぶり…… 120
菊の香や花屋が灯むせぶ程……… 248
象潟や雨に西施がねぶの花……… 84
きざはしを降りる沓なし貴妃桜… 393
雉子の眸のかうかうとして売られけり…… 444
木曾川の今こそ光れ渡り鳥……… 360
木曾路ゆく我も旅人散る木の葉… 377
啄木鳥にさめたる暁の木精かな… 411
木つつきの死ねとて敲く柱かな… 301
啄木鳥や落葉をいそぐ牧の木々… 410
狐火と人や見るらん小夜しぐれ… 229
狐火のほとほというて灯るかも… 453
狐火の燃えつくばかり枯尾花…… 228
狐火やいづこ河内の麦畠………… 229
狐火や五助畠の麦の雨…………… 229
着て立てば夜の衾もなかりけり… 169
昨日立つ春や今年と及び腰……… 45
君火をたけよきもの見せむ雪まるけ…… 64
狂句木枯の身は竹斎に似たるかな……57, 528
暁紅に露の藁屋根合掌す………… 484
行水の捨てどころなき虫の声…… 38, 42, 202
行水も日まぜになりぬ虫の声…… 41
京にても京なつかしやほととぎす 96
魚城移るにや寒月の波さゞら…… 512
清滝や波にちり込青松葉 …… 117, 125
切られたる夢はまことか蚤のあと 128
霧の海の底なる月はくらげかな… 21
霧の村石を投らば父母散らん…… 496
桐火桶無絃の琴の撫で心………… 231
桐一葉日当りながら落ちにけり… 357
着る物のうせてわめくや辻角力… 249
金魚大鱗夕焼の空の如きあり…… 458
琴心もありやと撫づる桐火桶…… 231
公達に狐化けたり宵の春………… 242
金の箔おくごと秋日笹むらに…… 493
金屏の松の古さよ冬籠 …………… 112

く

空をはさむ蟹死にをるや雲の峰… 396
九月尽遙かに能登の岬かな… 276, 408
茎右往左往菓子器のさくらんぼ… 370
草先を鵜の影ぼうの登りけり…… 328
草の戸に我は蓼くふ螢かな……… 131
草の戸も住み替わる代ぞ雛の家… 76
草麦や雲雀があがるあれ下がる… 38
くじとりて菜飯たかする夜伽かな 173
楠の根を静かにぬらすしぐれかな 214
草臥れて宿借るころや藤の花 73, 526
口に出てわれから遠し卒業歌…… 480
靴の底に鋲打つて一生をつとめる気でいる…… 498
愚に耐へよと窓を暗うす雪の竹… 230
蜘蛛網を張るが如くに我もあるか 374
蜘蛛に生れ網をかけねばならぬかな…… 373
雲の峰一人の家を一人発つ ……… 502
くらがりに歳月を負ふ冬帽子…… 487
暗がりに檸檬泛かぶは死後の景… 473
蔵焼けてさはる物なき月見かな… 152
クリスマス地に来ちちはは舟を漕ぐ…… 469
クリスマス徒弟を求むラジオ鳴り 470
暮遅き加茂の川添下りけり……… 328
暮々てもちを木玉の侘寝かな…… 49
くれなゐの色を見てゐる寒さかな 478
暮れぬ間に飯も過して夏の山…… 298
くろがねの秋の風鈴鳴りにけり… 382

け

鶏頭を三尺離れもの思ふ………… 477
鶏頭の十四五本もありぬべし…… 341, 601

欠け欠けて月も無くなる夜寒かな 276
影法師のちよこちよこはやし冬の月 …… 129
陽炎や塚より外に住むばかり…… 170
陽炎や取りつきかぬる雪の上…… 142
かげろふやほろほろ落つる岸の砂 190
籠編むや籠に去年の目今年の目… 512
風花やあるとき青きすみだ川…… 512
歌書よりも軍書にかなし芳野山… 193
数ならぬ身とな思ひそ玉祭り…… 119
霞さへまだらに立つやとらの年… 20
かすむ日や飴屋がうらのばせを塚 300
かすむ日や夕山かげの飴の笛…… 300
風落ちしあとの寒さの年の暮…… 351
風かなし夜々に衰ふ月の形……… 276
風立ちて月光の坂ひらひらす…… 455
風鳴れば樹氷日を追ひ日をこぼす 481
門を出づれば我も行く人秋の暮… 528
門を出て古人に逢ひぬ秋の暮…… 528
風に落つ楊貴妃桜房のまま……… 393
片足は踏みとどまるやきりぎりす 252
片隅に烏かたまる雪解かな……… 309
かたつぶり角ふり分けよ須磨明石 527
蝸牛虹は朱ケのみのこしけり…… 454
かたまつて薄き光の菫かな……… 379
勝ちて獲し少年の桃腐りやすし … 503
がつくりと抜け初むる歯や秋の風 140
葛飾や桃の籬も水田べり………… 409
活字ケースともれり夏の河暮るる 419
勝手まで誰が妻子ぞ冬ごもり…… 221
葛城の山懐に寝釈迦かな………… 417
夏濤夏岩さからがふものは立ちあがる …… 485
門口に風呂たく春のとまりかな… 260
かな釘のやうな手足を秋の風…… 307
金餓鬼となりしか蚊帳につぶやける …… 517
鐘消て花の香は撞夕かな………… 66
鐘ひとつ売れぬ日はなし江戸の春 134
蚊の声す忍冬の花の散るたびに… 276
蚊ばしらや棗の花の散るあたり… 275
鎌倉を驚かしたる余寒あり……… 359
かまつかの秀の透き照りて露くらし …… 489
髪剃や一夜に金精て五月雨……… 162
紙ぶすま折目正しくあはれなり… 230
鴨も菜もたんとな村のみじめさよ 303
茅ケ嶽霜どけ径を糸のごと……… 387
茅枯れてみづがき山は蒼天に入る 387
通ひ妻梅雨の下駄音紛れなし…… 480
傘の上は月夜のしぐれかな……… 254
辛崎の松は花より朧にて………… 60
から鮭も空也の瘦も寒の内… 98, 530
かりがねの重なり落つる山辺かな …… **270,** 289
雁がねも静かに聞けばからびずや 146
雁鳴いて大粒な雨落しけり……… 375
雁の数渡りて空に水尾もなし…… 528
鴈は文字おほふや霧のゐんふたぎ 26
枯れ蘆の日に日に折れて流れけり …… 265, 292
彼一語我一語秋深みかも………… 371
枯枝に烏のとまりたるや秋の暮 47,130
枯菊に尚ほ或物をとゞめずや…… 366
枯山中日ざせばふいに己が影…… 493
枯蔦となり一木を捕縛せり……… 436
枯山に鳥突きあたる夢の後……… 494
川音や木槿咲く戸はまだ起きず… 152
翡翠の影こんこんと溯り………… 427
河内女や干菜に暗き窓の機……… 257
蝙蝠のふためき飛ぶや梅の月…… 239
磧にて白桃むけば水過ぎゆく…… 490
寒苺われにいくばくの齢のこる… 412
寒菊の隣もありや生大根………… 181
寒月や鋸岩のあからさま………… 214
寒月や我ひとり行く橋の音……… 251
寒鯉を雲のごとくに食はず飼ふ… 491
閑古鳥寺見ゆ麦林寺とやいふ…… 197
かんこ鳥は賢にして賤し寒苦鳥… 230
諫鼓鳥我もさびしいか飛んで行く 196
元日の人通りとはなりにけり…… 335
元日や鬼ひしぐ手も膝の上……… 329
元日や人の妻子の美しき………… 330
寒星や神の算盤ただひそか……… 443
寒の月川風岩をけづるかな……… 271
観音の甍見やりつ花の雲………… 65

え

詠物の詩を口ずさむ牡丹かな…… 237
英雄を弔ふ詩幅桜活け…………… 374
絵を溢るる赤を寒夜のよろこびに 455
絵草紙に鎮おく店や春の風……… 260
越後屋に衣さく音や更衣………… 132
江戸住みや銭出た水をやたら打つ 311
江に添うて家々に結ふ粽かな…… 296
江のひかり柱に来たり今朝の秋… 327
襟巻の狐の顔は別に在り………… 363
炎天を駆ける天馬に鞍を置け…… 486
塩田に百日筋目つけ通し………… 487
炎天の遠き帆やわがこころの帆… 422
塩田夫日焼け極まり青ざめぬ…… 488

お

老が恋わすれんとすれば時雨かな 241
老いざまや万朶の露に囁かれ…… 436
老いながら椿となつて踊りけり… 436
おうおうといへど敲くや雪の門… 158
狼の吼うせてけり月がしら……… 278
巨き歯に追はるるごとし十二月… 517
大空に又わき出でし小鳥かな…… 359
大原や蝶の出て舞ふ朧月………… 168
大晦日定めなき世の定めかな…… 30
をかしげに燃えて夜深し榾の節… 285
尾頭の心もとなき海鼠かな……… 158
沖三里鯛が屯す春の潮…………… 351
起きてみつ寐てみつ蚊帳の広さかな
……………………………………… 203
奥白根かの世の雪をかがやかす… 387
おくり火や定家の煙十文字……… 155
唖蟬や鳴かざるものはあつくるし 446
鴛に美を尽くしてや冬木立……… 293
惜しめども寝たら起きたら春であろ
……………………………………… 38
落鮎や日に日に水のおそろしき… 292
遠方に鼻かむ秋の寝覚かな……… 88
おちついて死ねさうな草枯るる… 405
落葉踏む足音いづこにもあらず… 492
弟を還せ天皇を月に呪ふ………… 460
音立てて来た雨が待つていた雨… 403
をととひの糸瓜の水も取らざりき 345
躍嗄れて念仏鉦鼓に声白し……… 58
衰ひや歯に食ひあてし海苔の砂… 101
斧入レて香におどろくや冬木立… 224
己が影さすとも知らず草の鴫…… 328
己が影さすや蛙の咽の下………… 328
おのが里仕廻うてどこへ田植笠… 316
**おのが面に蝙蝠をほつた江戸庶民のか
なしい独創……………………… 497**
おのが身になれて火のない炬燵かな
……………………………………… 301
をみなへし信濃青嶺をまのあたり 455
女郎花少しはなれて男郎花……… 453
御命講や頭のあをき新比丘尼…… 179
おもひ出でて物なつかしき柳かな 36
おもひ寄る夜伽もしたし冬ごもり 173
面白し雪にやならん冬の雨……… 69
親と見え子と見ゆるありかたつぶり
……………………………………… 252
老ゆるべし虹の片はし爪先に…… 436
**をりとりてはらりとおもきすすきかな
……………………………………… 381**
折れ盗めとても花には狂ふ身ぞ… 295
女老い七夕竹に結ぶうた………… 436
女来と帯纏き出づる百日紅……… 449

か

外套の裏は緋なりき明治の雪…… 424
花影婆娑と踏むべくありぬ岨の月 384
帰る雁江東版の記者とあり……… 512
顔出せば鵙迸る野分かな………… 448
案山子翁あちみこちみや芋嵐…… 416
柿噛むや青島の役に従はず……… 350
柿喰ひの俳句好みしと伝ふべし… 340
柿くへば鐘が鳴るなり法隆寺…… 334
鍵つ子なりし亡き子よ雨中の迎火ぞ
……………………………………… 485
垣根くぐる薄ひともとますほなる 225
学問は尻からぬけるほたるかな… 220

いねいねと人に言はれつ年の暮
………………………………… 100, **149**
稲つむや痩馬あはれふんばりぬ… 354
遺壁の寒さ腕失せ首失せなほ天使 447
今たしか少し時雨れてをりたるに 454
妹が垣根三味線草の花咲きぬ 226, 239
妹手拍つ冬雲切れて日が射せば… 441
芋の露連山影を正しうす………… 380
芋むしは芋のそよぎに見えにけり 252
巌隠れ露の湯壺に小提灯………… 426
鰯雲こゝろの波の末消えて……… 412
鰯めせめせとや泣く子負ひながら 316
岩なだれとまり高萩咲きにけり… 394
岩鼻やここにもひとり月の客…… 155
巌襖しづかに鷹のよぎりつつ…… 476

う

魚食うて口なまぐさし昼の雪…… 293
萍のわが屍を蔽ふべく……………… 435
浮草もあちらの岸にけさの秋…… 196
浮草や今朝はあちらの岸に咲く… 196
憂きことを海月に語る海鼠かな… 255
浮世の月見過しにけり末二年…… 30
憂き我をさびしがらせよ閑古鳥
………………………………… **104**, 197
うぐひすに踏まれて浮くや竹柄杓
………………………………… 329
うぐひすのあちこちとするや小家がち
………………………………… **221**, 327
鶯の啼くや小さき口あいて……… 234
黄鳥の蠅追ふは籠のつれづれか… 294
鶯の二声耳のほとりかな………… 235
鶯の細脛よりやこぼれ梅………… 36
鶯の身をさかさまに初音かな…… 133
うぐひすの夕啼聞くや朱雀口…… 328
鶯や下駄の歯につく小田の土…… 160
鶯や何ごそつかす藪の霜………… 244
鶯や耳は我が身のほとりなる…… 235
鶯や餅に糞する椽のさき…… 108, 525
うぐひすやもののまぎれに夕鳴きす
………………………………… **273**
動くとも見えで畑打つ男かな…… 141
うづくまる薬の下の寒さかな…… 172
うづみ火や埋めど出る膝がしら… 280
埋火や打けぶりたる竹の箸……… 280
うづみ火や壁に翁の影ぼうし…… 280
埋火や壁には客の影ぼうし……… 280
羅や人悲します恋をして ………… 499
羅をゆるやかに着て崩れざる…… 457
羅の二人がひらりひらり歩す…… 453
打ち止めて膝に鼓や秋の暮……… 459
うつくしき顔かく雉の蹴爪かな… 131
うつくしき日和になりぬ雪のうへ 251
うつ伏せに風につつつつ落椿…… 453
鵜のつらに篝こぼれて憐れ也…… 266
鵜の面に川波かかる火影かな…… 266
卯の花をかざしに関の晴着かな… 150
卯の花に蘆毛の馬の夜明かな…… 177
卯の花の絶え間たたかん闇の門… 329
卯の花も白し夜なかの天の川…… 329
姥桜咲くや老後の思ひ出で……… 45
馬洗ふ川すそ闇き水鶏かな……… 153
馬借りてかはるがはるに霞みけり 262
不産女の雛かしづくぞ哀れなる… 135
馬に寝て残夢月遠し茶の煙……… 54
馬の尾にいばらのかかる枯野かな 229
馬の頬押しのけ摘むや菫草……… 140
馬の耳すぼめて寒し梨の花……… 192
馬ゆかず雪はおもてをたたくなり 459
海暮れて鴨の声ほのかに白し… 34, **58**
海に出て木枯帰るところなし…… 421
梅一輪一輪ほどの暖かさ………… 138
梅遠近南すべく北すべく………… 234
梅が香や客の鼻には浅黄椀……… 176
梅散るや難波の夜の道具市……… 296
梅散るや螺鈿こぼるる卓の上…… 239
梅の花赤いは赤いは赤いはな…… 188
梅擬つらつら晴るゝ時雨かな…… 427
梅若菜まりこの宿のとろろ汁 102 526
うらやまし思ひ切る時猫の恋…… 147
愁ひつつ岡にのぼれば花いばら… 227
雲海や鷹のまひゐる嶺ひとつ…… 411

あたたかな雨がふるなり枯葎…… 332
暑き日を海に入れたり最上川…… 83
あつみ山や吹浦かけて夕涼み…… 84
穴蔵の中で物いふ春の雨………… 310
あなたなる夜雨の葛のあなたかな 465
あなたうと茶もだぶだぶと十夜かな
……………………………… 216
甘酒屋打出の浜におろしけり…… 348
尼寺や十夜に届く鬢葛…………… 209
天の川怒濤のごとし人の死へ…… 445
天の川夜汐音なくなりにけり…… 351
海士の家は小海老にまじるいとどかな
……………………………**98,** 530
飴売も花かざりけり御影講……… 300
天が下朴の花咲く下に臥す……… 429
天地の間にほろと時雨かな……… 365
雨粒のときどき太き野菊かな…… 439
雨の花野来しが母屋に長居せり… 397
飴店のひらひら紙や先かすむ…… 300
雨三粒降て人顕るるあきの山…… 277
鮎くれてよらで過ぎ行く夜半の門 210
鮎釣や野ばらは花の散りやすく… 432
歩み来し人麦踏をはじめけり…… 422
荒海や佐渡に横たふ天の河……… 85
嵐吹く草の中よりけふの月……… 269
あらたふと青葉若葉の日の光… 77, 81
あら何ともなやきのふは過ぎてふくと
汁……………………………… 47
あらはれて見えよ芭蕉の雪女…… 21
有明も三十日に近し餅の音……… 527
有明や浅間の霧が膳をはふ… 304, 314
蟻地獄松風を聞くばかりなり…… 414
蟻の道雲の峰よりつづきけん…… 317
ありわびて這うて出でけむ蝸牛… 252
ある書肆にひらく雑誌も青あらし 448
ある僧の月も待たずに帰りけり… 340
有る程の菊抛げ入れよ棺の中…… 507
あれを混ぜこれを混ぜ飢餓食造る妻天
才……………………………… 474
袷着て塩魚食ふ口清し…………… 293
あはれ子の夜寒の床の引けば寄る 438
あはれ民凍てし飯さへ掌にうくる 459
鮟鱇の骨まで凍ててぶちきらる… 446
行燈の煤けぞ寒き雪の暮れ……… 146

い

家二つ戸の口見えて秋の山……… 295
菴買ふて且うれしさよ炭五俵…… 253
いかに見る人丸が目には桜鯛…… 27
生きかはり死にかはりして打つ田かな
……………………………… 353
活きた目をつつきにくるか蠅の声 344
いくたびも雪の深さを尋ねけり… 338
池の星またはらはらと時雨かな… 153
いざいなん江戸は涼みもむつかしき
……………………………… 311
いざさらば雪見にころぶ所まで… 68
いざつまむわかなもらすな籠の内 26
石工の指傷りたるつつじかな…… 238
石枕して雲仰ぐとき秋風………… 457
石山の石より白し秋の風………… 89
磯際にざぶりざぶりと浪うちて… 188
板塀に鼻のつかへる涼みかな…… 311
一握の砂を滄海にはなむけす…… 462
一月の川一月の谷の中…………… 492
市中は物のにほひや夏の月……… 163
市に入つてしばし心を師走かな… 43
一人と書留らるる夜寒かな……… 314
いちはやく燃えて甲斐なし榾の蔦 285
一僕とぼくぼくありく花見かな… 26
一木の絶望の木に月あがるや…… 460
一聯の露りんりんと糸芒………… 427
一塊の冬の朝日の山家かな……… 367
いつ暮て水田のうへの春の月…… 328
一宿に足る交りや露涼し………… 348
一瓢の飲んで寝よやれ鉢たたき… 172
凍蝶の翅をさめて死にゝけり…… 355
出でて耕す囚人に鳥渡りけり…… 377
井戸端の桜あぶなし酒の酔… 199, 200
稲妻の斬りさいなめる真夜の岳… 457
いな妻や秋津しまねのかかり舟… 212
いな妻やきのふは東けふは西…… 210
いなづまや浪のよるよる伊豆相模 212
稲妻や浪もてゆへる秋津島… 211, 219
犬らしくせよと枯野に犬放つ…… 422

俳句索引

▶所収句は太字・太数字で案内した ▶多行表記の句についてはその改行箇所を／で示した

あ

愛されずして沖遠く泳ぐなり…… 494
あひふれし子の手とりたる門火かな
…………………………………… 438
あをあをと空を残して蝶別れ…… 455
青梅の臀うつくしくそろひけり… 511
青梅も茜刷きけり臀のすぢ……… 511
青草も銭だけそよぐ門涼み……… 298
青空に／青海堪えて／貝殻伏しぬ 463
青梅雨の金色世界来て拝む……… 413
あかあかと日はつれなくも秋の風 89
赤い椿白い椿と落ちにけり……… 396
暁や鯨の吼ゆるしもの海………… 278
赤蜻蛉筑波に雲もなかりけり…… 333
赤富士に露滂沱たる四辺かな…… 391
赤んぼの五指がつかみしセルの肩 442
あかんぼの舌の強さや飛び飛ぶ雪 442
赤ん坊の眠りつづける落花かな… 482
秋風に歩行て逃げる螢かな……… 307
秋風に吹かれ胡桃の木とわれと… 482
秋かぜのうごかして行く案山子かな
…………………………………… 207
秋風やいただき割れし燧岳……… 457
秋風や世界に亡ぶ国一つ………… 350
あき風や鷹に裂かるる鳥の声…… 278
秋風や袂の玉はナフタリン……… 425
秋風や鼠のこかす杖の音………… 197
秋風やむしりたがりし赤い花…… 319
秋風や模様のちがふ皿二つ……… 385
秋風や藪も畠も不破の関………… 55
秋来ぬと合点させたる嚔かな…… 291
秋来ぬと目にさや豆のふとりかな 290
あきくさをごつたにつかね供へけり
…………………………………… 510
秋蟬も泣き蓑虫も泣くのみぞ…… 369
秋立つやはじかみ漬も澄み切つて 42
秋ちかき心の寄や四畳半 ………… 118
秋十とせかへつて江戸を指す故郷 52
秋の風乞食は我を見くらぶる…… 301
秋の風三井の鐘より吹起る……… 275
秋の風万の禱を汝一人に………… 449
秋の暮大魚の骨を海が引く……… 469
秋の暮行く先々の苫屋かな……… 91
秋の航一大紺円盤の中…………… 443
秋の蠅追へばまた来る叩けば死ぬ 344
秋の蠅殺せども猶尽きぬかな…… 344
秋の蠅叩き殺せと命じけり……… 344
秋の燈やゆかしき奈良の道具市… 296
秋の山ところどころに烟たつ…… 277
秋の夜の憤ろしき何々ぞ………… 449
秋の夜の俳諧熾ゆる思かな……… 449
秋深き隣は何をする人ぞ…… 123, 124
秋ふたつうきをますほの薄かな… 334
秋やけさ一足に知るのごひえん… 23
灰汁桶の雫やみけりきりぎりす… 163
明方や城をとりまく鴨の声……… 130
曙や白魚白きこと一寸…………… 56
明易や花鳥諷詠南無阿弥陀……… 372
吾子の瞳に緋躑躅宿るむらさきに 442
朝顔に釣瓶とられて貰ひ水… 38, 202
朝顔にまつりの注連の残りけり… 510
朝顔に我は飯食ふをとこかな…… 131
朝顔の紺の彼方の月日かな……… 449
朝顔や紫しほる朝の雨…………… 341
朝霧やさても富士呑む長次郎…… 32
浅間かけて虹のたちたる君知るや 367
朝焼の雲海尾根を溢れ落つ……… 481
足あとの雪の大路を妹がりへ…… 441
蘆刈のしたゝり落つる日を負へる 431
足軽のかたまつて行く寒さかな… 291
紫陽花やよれば蚊のなく花のうら 276
足駄はく僧も見えたり花の雨…… 144
足もとはもうまつくらや秋の暮 … 500
畦焼の火色天女の裳に残る……… 477
あせるまじ冬木を切れば芯の紅… 485

索　　引

◇編者紹介◇

尾形　仂（おがた　つとむ）

1920年生まれ。東京文理科大学卒業。東京教育大学教授、成城大学教授を経て現在に至る。専攻は近世文学。主著に、『座の文学』（講談社学術文庫）、『芭蕉の世界』（同上）、『芭蕉・蕪村』（岩波現代文庫）、『蕪村の世界』（岩波同時代ライブラリー）、『蕪村全集』全９巻（編集委員〈代表〉、講談社）など。2009年没。

新編　俳句の解釈と鑑賞事典

2000年11月30日　初版第１刷発行
2012年３月10日　初版第４刷発行

編　者　尾　形　　仂

装　幀　芦　澤　泰　偉

発行者　池　田　つ　や　子

発行所　有限会社　笠間書院

東京都千代田区猿楽町2-2-3　［〒101-0064］

電話 03-3295-1331　Fax 03-3294-0996

ISBN 4-305-70223-1

モリモト印刷・牧製本
（本文用紙・中性紙使用）

落丁・乱丁本はお取りかえいたします。
出版目録は上記住所までご請求下さい。
http://kasamashoin.jp

kasamashoin

新編 和歌の解釈と鑑賞事典

井上宗雄 武川忠一 編

人麿から俵万智まで、日本を代表する不朽の名歌をとりあげる。

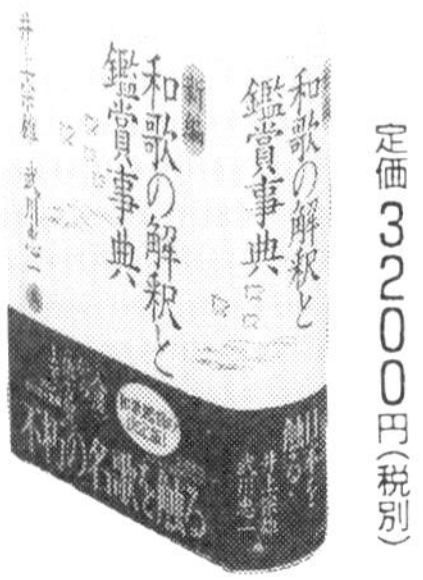

四六判 960頁
定価3200円(税別)

NHK-BS〈ブックレビュー〉
中沢けい氏激賞

上代和歌から現代短歌まで、膨大な歌人の中から三百三十五人の八百四十三首を厳選し、三十五人の研究者・歌人が作品の鑑賞法を手引きする。取り上げる歌人は須佐之男命や神武天皇から始まり、柿本人麻呂、西行、与謝野晶子らを経て、俵万智に至る。中に、足利尊氏や豊臣秀吉ら、武将の作品も挙げられる。

和歌の歴史の概説や年表、百人一首の一覧、初心者に対する短歌の作り方の解説もあり、ファンならば手元に一冊は置いておきたい内容。

共同通信

〒101-0064 東京都千代田区猿楽町2-2-5 笠間書院 Tel 03(3295)1331 Fax 03(3294)0996